Andersens Märchen

Andersens Märchen

Vollständige Ausgabe

Aus dem Dänischen von Mathilde Mann

Anaconda

Der Text folgt der Ausgabe *Hans Christian Andersens Märchen.* Erster und zweiter Band. Erschienen im Insel-Verlag zu Leipzig 1909. Zur Übersetzung vermerkt das Impressum: »Die Märchen wurden unter Benutzung der von Andersen selbst besorgten deutschen Ausgabe neu übertragen von Mathilde Mann.« Orthografie und Interpunktion folgen den Regeln der neuen deutschen Rechtschreibung. Die Einrichtung übernahm Sybille Ebner, Salzburg.

Die Deutsche Nationalbibliothek verzeichnet diese Publikation in der Deutschen Nationalbibliografie; detaillierte bibliografische Daten sind im Internet unter http://dnb.d-nb.de abrufbar.

Umschlagmotiv: Eleanor Vere Boyle (1825–1916), »Tommelise very desolate on the water lily leaf«, Buchillustration zu »Däumelinchen« aus Hans Christian Andersen, *Fairy Tales* (1872), Victoria & Albert Museum, London / bridgemanart.com
Umschlaggestaltung: dyadesign, Düsseldorf, www.dya.de
Satz und Layout: paquémedia, Ebergötzen
Printed in Czech Republic 2010
ISBN 978-3-86647-546-5
www.anacondaverlag.de
info@anaconda-verlag.de

Inhalt

Der Tannenbaum

Draußen im Wald stand ein niedlicher, kleiner Tannenbaum; er hatte einen guten Platz, Sonne konnte er bekommen, Luft war genug da, und ringsumher wuchsen viele größere Kameraden, Tannen und auch Fichten; aber der kleine Tannenbaum war nur darauf erpicht, zu wachsen; er dachte nicht an die warme Sonne und an die frische Luft, er machte sich nichts aus den Dorfkindern, die um ihn herumliefen und plauderten, wenn sie da draußen waren, um Erdbeeren oder Himbeeren zu sammeln; oft kamen sie mit einem ganzen Topf voll, oder sie hatten Erdbeeren auf einen Strohhalm gereiht, und dann setzten sie sich neben den kleinen Baum und sagten: »Nein, wie reizend klein der ist!« Das mochte der Baum gar nicht hören.

Im nächsten Jahr war er ein ganzes Ende größer, und im Jahr darauf war er noch viel größer, denn bei einem Tannenbaum kann man immer an den vielen Ansätzen, die er hat, sehen, wie viel Jahre er gewachsen ist.

»Ach, wäre ich doch solch großer Baum wie die andern!«, seufzte der kleine Baum, »dann könnte ich meine Zweige weit um mich ausbreiten und mit der Spitze in die weite Welt hinaussehen! Die Vögel würden Nester zwischen meinen Zweigen bauen, und wenn es wehte, könnte ich so vornehm nicken, geradeso wie die andern da!«

Er hatte gar keine Freude an dem Sonnenschein, an den Vögeln oder an den roten Wolken, die des Morgens und des Abends über ihn hinsegelten.

Wenn es Winter war und der Schnee ringsumher schimmernd weiß lag, dann kam oft ein Hase gesprungen und setzte gerade über den kleinen Baum hinweg – o, das war so ärgerlich! – aber zwei Winter vergingen, und im dritten war der Baum so groß, dass der Hase um ihn herumlaufen musste.

»Ach, wachsen, wachsen, groß und alt werden, das ist doch das einzig Schöne in dieser Welt«, dachte der Baum.

Im Herbst kamen immer Holzhauer und fällten einige von den größten Bäumen, das geschah jedes Jahr, und der junge Tannenbaum, der jetzt schon ganz hübsch groß war, erschauerte, denn die großen, prächtigen Bäume fielen mit einem Krachen und Knacken zu Boden; ihre Zweige wurden abgehauen, sie sahen ganz nackt, lang und schmal aus; sie waren beinahe nicht wieder zu erkennen, aber dann wurden sie auf Wagen geladen, und Pferde zogen sie fort, aus dem Wald hinaus.

Wo sollten sie hin? Was stand ihnen bevor?

Im Frühling, wenn die Schwalbe und der Storch kamen, fragte der Baum sie: »Wisst ihr, wo sie hingebracht worden sind? Seid ihr ihnen begegnet?«

Die Schwalben wussten nichts, aber der Storch sah nachdenklich aus, nickte mit dem Kopf und sagte: »Ja, ich glaube, ich weiß es! Ich begegnete vielen neuen Schiffen, als ich von Ägypten geflogen kam; auf den Schiffen waren prächtige Mastbäume; ich möchte sagen, dass sie es waren, sie rochen nach Tannen; ich kann vielmals grüßen, sie ragen so stolz, so stolz empor!«

»Ach, wäre ich doch auch groß genug, um über das Meer hinzufliegen! Wie ist es eigentlich, dies Meer, und wie sieht es aus?«

»Ja, das ist so umständlich zu erklären«, sagte der Storch, und dann ging er fort.

»Freue du dich deiner Jugend!«, sagten die Sonnenstrahlen; »freue dich auch deines frischen Wachstums, des jungen Lebens, das in dir ist!«

Und der Wind küsste den Baum, und der Tau weinte Tränen über ihn, aber das verstand der Tannenbaum nicht.

Wenn die Weihnachtszeit herankam, wurden ganz junge Bäume gefällt, Bäume, die oft nicht einmal so groß oder so alt waren wie dieser Tannenbaum, der weder Rast noch Ruhe hatte, sondern immer von dannen wollte; diese jungen Bäume – und es waren gerade die allerschönsten – behielten immer ihre Zweige, sie wurden auf Wagen gelegt, und Pferde zogen sie von dannen, aus dem Wald hinaus.

»Wo sollen sie hin?«, fragte der Tannenbaum. »Sie sind nicht größer als ich, da war sogar einer, der noch viel kleiner war; warum haben sie alle ihre Zweige behalten? Wo fahren sie hin?«

»Das wissen wir! Das wissen wir!«, zwitscherten die Spatzen. »Wir haben unten in der Stadt in die Fenster hineingeguckt! Wir wissen, wo sie hinfahren! O, sie gelangen zur größten Pracht und Herrlichkeit, die man sich nur denken kann! Wir haben in die Fenster hineingeguckt und gesehen, wie sie mitten in die warme Stube gepflanzt und mit den schönsten Sachen geschmückt wurden, mit vergoldeten Äpfeln und Honigkuchen, mit Spielzeug und mit vielen Hunderten von Lichtern!«

»Und dann –?«, fragte der Tannenbaum und zitterte an allen Zweigen. »Und dann? Was geschieht dann?«

»Ja, mehr haben wir nicht gesehen! Das war wunderbar!«

»Ob ich wohl erschaffen bin, um diesen strahlenden Weg zu gehen?«, jubelte der Baum. »Das ist noch besser, als über das Meer zu fahren! Wie mich die Sehnsucht quält! Wäre es doch erst Weihnachten! Jetzt bin ich groß und breit wie die andern, die im vorigen Jahr weggeführt wurden! – Ach, wäre ich doch erst auf dem Wagen! Wäre ich doch in der warmen Stube mit all der Pracht und Herrlichkeit! Und dann –? Ja, dann kommt noch etwas viel Besseres, viel Schöneres, warum sollten sie mich sonst wohl so schmücken! Da muss noch etwas viel Größeres, viel Herrlicheres kommen –! Aber was? O, ich leide, ich sehne mich! Ich weiß selbst nicht, wie mir zumute ist!«

»Freue dich über mich!«, sagte die Luft, sagte der Sonnenschein; »freue dich deiner frischen Jugend da draußen im Freien.«

Aber er freute sich gar nicht; er wuchs und wuchs, im Winter und im Sommer stand er grün da; dunkelgrün stand er da; Leute, die ihn sahen, sagten: »Das ist ein wunderhübscher Baum«; und zur Weihnachtszeit wurde er von allen zuerst gefällt. Die Axt hieb tief durch das Mark, der Baum fiel mit einem Seufzer an die Erde, er empfand einen Schmerz, eine Ohnmacht, er konnte gar nicht an sein Glück denken, er war betrübt, von der Heimat scheiden zu müssen, von dem Fleck, wo er empor gesprossen war; er wusste ja, dass er niemals die lieben alten Kameraden, die kleinen Büsche und Blumen ringsumher, ja, vielleicht nicht einmal die Vögel, wieder sehen würde. Die Abreise war gar nicht so angenehm. Der Baum kam erst wieder zu sich, als er im Hofe mit den andern Bäumen abgeladen worden war und einen Mann sagen hörte: »Der ist wunderhübsch! Wir brauchen nur den allein!«

Dann kamen zwei Diener in vollem Staat und trugen den Tannenbaum in einen großen, schönen Saal. Ringsumher an den Wänden hingen Ölgemälde, und neben dem großen Kachelofen standen chinesische Vasen mit Löwen auf den Deckeln; da gab es Schaukelstühle, seidene Sofas, große Tische, voll von Bilderbüchern und Spielzeug für hundert mal hundert Taler – wenigstens sagten die Kinder das. Und der Tannenbaum wurde in ein großes, mit Sand gefülltes Fass gestellt, aber niemand konnte sehen, dass es ein Fass war, denn es wurde grüner Stoff ringsherum gehängt, und es stand auf einem großen, bunten Teppich. O, wie der Baum bebte! Was wird nun wohl geschehen? Diener, wie auch junge Damen gingen umher und schmückten ihn. An die Zweige hängten sie kleine, aus buntem Papier ausgeschnittene Netze; jedes Netz war mit Zuckerwerk gefüllt; vergoldete Äpfel und Walnüsse hingen dazwischen, als seien sie festgewachsen, und über hundert rote, blaue und weiße kleine Kerzen wurden an den Zweigen befestigt. Puppen, die leibhaftig wie Menschen aussahen – der Baum hatte noch niemals solche gesehen – schwebten in dem Grün, und ganz oben auf die Spitze wurde ein großer Stern aus Flittergold gesteckt, das war prachtvoll, ganz wunderbar prachtvoll.

»Heute Abend«, sagten sie alle zusammen, »heute Abend soll er strahlen!«

»Ach«, dachte der Baum, »wäre es doch erst Abend! Wären doch die Lichter nur erst angezündet! Und was dann wohl geschieht? Ob wohl Bäume aus dem Wald kommen, um mich zu besehen? Ob die Spatzen an die Fensterscheiben fliegen? Ob ich hier festwachse und Winter und Sommer geschmückt dastehen soll?«

Ja, er wusste gut Bescheid; aber er hatte förmlich Rindenweh vor lauter Sehnsucht, und Rindenweh ist für einen Baum ebenso schlimm wie Kopfschmerzen für uns andre.

Nun wurden die Lichter angezündet. Welch ein Glanz, welch eine Pracht! Der Baum erbebte dabei an allen Zweigen, sodass eins der Lichter das Grün anzündete; es brannte ordentlich.

»Gott bewahre uns!«, schrien die jungen Damen und löschten es schnell aus.

Jetzt wagte der Baum nicht einmal zu beben! O, war das ein Graus! Er war so bange, etwas von seinem Schmuck zu verlieren, er war ganz verwirrt von all dem Glanz – – Und nun gingen beide Flügeltüren auf, und eine Menge Kinder stürzten herein, als wollten sie den ganzen Baum umreißen; die älteren Leute kamen bedächtig hinterdrein; die Kleinen standen ganz stumm da – aber nur einen Augenblick, dann jubelten sie wieder, dass es nur so schallte; sie tanzten rund um den Baum herum, und ein Geschenk nach dem andern wurde abgepflückt.

»Was machen sie nur?«, dachte der Baum. »Was wird jetzt noch geschehen?« Und die Lichter brannten bis auf die Zweige herunter, und sobald eins niedergebrannt war, wurde es ausgelöscht, und dann bekamen die Kinder Erlaubnis, den Baum zu plündern. O, sie stürzten auf ihn ein, sodass er in allen Zweigen krachte; wäre er nicht mit der Spitze und mit dem goldenen Stern an der Decke festgebunden gewesen, so wäre er umgestürzt.

Die Kinder tanzten mit ihrem herrlichen Spielzeug herum, niemand sah den Baum an außer dem alten Kindermädchen, das umherging und zwischen die Zweige guckte, aber das tat sie nur, um zu sehen, ob da nicht noch eine Feige oder ein Apfel vergessen war.

»Eine Geschichte! Eine Geschichte!«, riefen die Kinder und zogen einen kleinen dicken Mann nach dem Baum hin, und der setzte sich gerade unter ihn, »denn dann sind wir im Grünen«, sagte er, »und dem Baum kann es ganz besonders gut tun, mit zuzuhören; aber ich erzähle nur eine Geschichte. Wollt ihr die von Ivede-Avede hören, oder die von Klumpe-Dumpe, der die Treppe hinunterfiel und doch auf den Ehrenplatz kam und die Prinzessin kriegte?«

»Ivede-Avede!«, schrien einige, »Klumpe-Dumpe!«, schrien andere; da gab es ein Rufen und Schreien, nur der Tannenbaum schwieg ganz still und dachte: »Soll ich gar nicht mit dabei sein, soll ich gar nichts dabei zu tun haben!« Er war ja mit dabei gewesen, hatte getan, was er tun sollte.

Und der Mann erzählte von Klumpe-Dumpe, der die Treppe hinunterfiel und doch auf den Ehrenplatz kam und die Prinzessin kriegte.

Und die Kinder klatschten in die Hände und riefen: »Erzähle! Erzähle!« Sie wollten auch »Ivede-Avede« hören, aber sie bekamen nur die Geschichte von »Klumpe-Dumpe« erzählt. Der Tannenbaum stand ganz still und nachdenklich da, nie hatten die Vögel draußen im Wald so etwas erzählt. »Klumpe-Dumpe fiel die Treppe hinab und kriegte doch die Prinzessin! Ja, ja, so geht es zu in der Welt!«, dachte der Tannenbaum und glaubte, dass es wirklich wahr sei, weil es ein so netter Mann war, der es erzählte. »Ja, ja, wer kann es wissen. Vielleicht falle ich auch die Treppe hinunter und kriege eine Prinzessin!« Und er freute sich darauf, am nächsten Tag wieder mit Lichtern und Spielzeug und Gold und Früchten ausgeputzt zu werden.

»Morgen will ich nicht zittern!«, dachte er. »Ich will mich so recht all meiner Herrlichkeit freuen. Morgen werde ich wieder die Geschichte von »Klumpe-Dumpe« hören und vielleicht auch die von »Ivede-Avede.« Und der Baum stand die ganze Nacht still und gedankenvoll da.

Am Morgen kamen der Diener und das Mädchen herein.

»Nun beginnt die Pracht von neuem!«, dachte der Baum, aber sie schleppten ihn aus der Stube hinaus, die Treppe hinauf auf den Boden, und da, in einer dunklen Ecke, wo kein Tag hineinschien, stellten sie ihn hin. »Was soll das bedeuten?«, dachte der Baum. »Was soll ich hier wohl machen? Was werde ich hier wohl zu hören bekommen?« Und er lehnte sich an die Wand und dachte und dachte – – Und Zeit genug hatte er, denn es vergingen Tage und Nächte; niemand kam hinauf, und als endlich jemand kam, da geschah es nur, um ein paar große Kisten in die Ecke zu stellen; der Baum stand ganz versteckt, man sollte glauben, dass er ganz und gar vergessen war.

»Jetzt ist es Winter da draußen!«, dachte der Baum, »Die Erde ist hart und mit Schnee bedeckt, die Menschen könnten mich nicht einpflanzen; darum muss ich hier noch bis zum Frühling im Schutz stehen! Wie wohl bedacht das ist! Wie gut doch die Menschen sind!«

»Wäre es hier nur nicht so dunkel und so schrecklich einsam! – Nicht einmal ein kleiner Hase! – Das war doch so vergnüglich da draußen im Wald, wenn Schnee lag und der Hase vorüber sprang; ja, selbst als er über mich hinweg sprang, aber das mochte ich damals gar nicht. Hier ist es aber doch schrecklich einsam!«

»Piep, piep!«, sagte im selben Augenblick eine kleine Maus und schlüpfte hervor, und dann kam noch eine kleine dazu. Sie beschnupperten den Tannenbaum und huschten in seinen Zweigen herum.

»Es ist eine gräuliche Kälte!«, sagten die kleinen Mäuse, »Sonst ist es hier ja herrlich! Nicht wahr, du alter Tannenbaum?«

»Ich bin gar nicht alt!«, sagte der Tannenbaum, »es gibt viele, die viel älter sind als ich!«

»Wo kommst du her?«, fragten die Mäuse, »und was weißt du?« Die waren nun einmal so schrecklich neugierig. »Erzähle uns doch von dem schönsten Ort auf der Welt! Bist du dort gewesen? Bist du in der Speisekammer gewesen, wo Käse auf den Borden liegen und Schinken unter der Decke hängen, wo man auf Talglichten tanzt und mager hineingeht und fett herauskommt?«

»Den Ort kenne ich nicht«, sagte der Baum, »aber den Wald kenne ich, wo die Sonne scheint und wo die Vögel singen!«, und dann erzählte er alles aus seiner Jugend, und die kleinen Mäuse hatten noch nie so was gehört, und sie hörten aufmerksam zu und sagten: »Nein, wie viel du gesehen hast! Wie glücklich du gewesen bist!«

»Ich!«, sagte der Tannenbaum und dachte über das nach, was er selbst erzählte; »ja, es waren im Grunde ganz vergnügliche Zeiten!« – aber dann erzählte er von dem Weihnachtsabend, wo er mit Kuchen und Lichtern geschmückt war.

»Ach!«, sagten die kleinen Mäuse, »wie glücklich du gewesen bist, du alter Tannenbaum!«

»Ich bin gar nicht alt!«, sagte der Tannenbaum, »ich bin ja erst diesen Winter aus dem Wald gekommen! Ich bin in meinem allerbesten Alter, ich bin nur im Wachstum zurückgeblieben!«

»Wie schön du erzählen kannst!«, sagten die kleinen Mäuse, und in der nächsten Nacht kamen sie mit vier andern kleinen Mäusen, die den Baum erzählen hören sollten, und je mehr er erzählte, desto deutlicher erinnerte er sich all seiner Erlebnisse und meinte: »Es waren doch ganz vergnügliche Zeiten! Aber es kann noch kommen, es kann noch kommen! Klumpe-Dumpe fiel die Treppe hinunter und kriegte doch die Prinzessin, vielleicht kriege ich auch eine Prinzessin«, und dabei dachte der Tannenbaum an eine kleine niedliche Birke, die da draußen im Wald wuchs, das war für den Tannenbaum eine wirkliche, schöne Prinzessin.

»Was ist Klumpe-Dumpe?«, fragten die kleinen Mäuse. Und dann erzählte der Tannenbaum das ganze Märchen, er konnte sich jedes einzelnen Wortes entsinnen; und die kleinen Mäuse waren nahe daran, vor lauter Freude bis an die Spitze des Baumes zu springen. In der nächsten Nacht kamen noch viel mehr Mäuse, und am Sonntag kamen sogar zwei Ratten; aber die meinten, die Geschichte wäre nicht amüsant, und das betrübte die kleinen Mäuse, denn jetzt gefiel sie ihnen auch lange nicht mehr so gut.

»Wissen Sie nur die eine Geschichte?«, fragten die Ratten.

»Nur die eine!«, antwortete der Baum. »Die hörte ich an meinem glücklichsten Abend, aber damals dachte ich nicht daran, wie glücklich ich war!«

»Das ist eine außerordentlich mäßige Geschichte! Wissen Sie keine von Speck oder Talglichten? Keine Speisekammergeschichte?«

»Nein!«, sagte der Baum.

»Ja, dann bedanken wir uns vielmals!«, sagten die Ratten und gingen wieder dahin, woher sie gekommen waren.

Die kleinen Mäuse blieben schließlich auch weg, und da seufzte der Baum: »Es war doch ganz nett, als sie um mich herumsaßen, die muntern kleinen Mäuse, und zuhörten, wenn ich erzählte! Nun ist auch das vorbei! – Aber ich werde daran denken, mich zu freuen, wenn ich nun wieder hervorgeholt werde!«

Aber wann geschah das! – Ja, in einer Morgenstunde kamen Leute und kramten auf dem Boden herum. Kisten wurden weggesetzt, der Baum wurde hervorgezogen; sie warfen ihn freilich ein wenig hart auf den Fußboden, aber gleich darauf schleppte ihn ein Diener nach der Treppe hin, wo der Tag hereinschien.

»Jetzt fängt das Leben wieder an«, dachte der Baum; er fühlte die frische Luft, den ersten Sonnenstrahl – und nun war er draußen auf dem Hof. Alles ging so geschwind, der Baum vergaß ganz, sich selbst zu betrachten, ringsumher war so vieles zu sehen. Der Hof stieß an einen Garten, und darin blühte alles; die Rosen hingen so frisch und duftend über das kleine Gitter herüber, die Lindenbäume blühten, und die Schwalben flogen umher und sagten: »Quivi-wiewie-vit, mein Mann ist gekommen!«, aber den Tannenbaum meinten sie nicht.

»Jetzt will ich leben!«, jubelte er und breitete seine Zweige weit aus; ach, sie waren alle vertrocknet und gelb; und er lag in der Ecke zwischen Unkraut und Nesseln. Der Stern aus Goldpapier saß noch oben an der Spitze und glitzerte im hellen Sonnenschein.

Auf dem Hofe spielten ein paar von den lustigen Kindern, die zur Weihnachtszeit um den Baum herumgetanzt und sich so über ihn gefreut hatten. Eins von den kleinsten lief hin und riss den goldenen Stern ab.

»Seht, was da noch an dem ekligen alten Tannenbaum sitzt!«, sagte der Junge und trampelte auf den Zweigen herum, sodass sie unter seinen Stiefeln krachten.

Und der Baum sah hinüber zu all der Blumenpracht und Frische im Garten, er sah sich selbst an und wünschte, dass er in seinem dunkeln Winkel oben auf dem Boden geblieben wäre; er dachte an seine frische Jugend im Wald, an den lustigen Weihnachtsabend und an die kleinen Mäuse, die so vergnügt die Geschichte von Klumpe-Dumpe angehört hatten.

»Vorbei, vorbei!«, sagte der arme Baum. »Hätte ich mich doch gefreut, als ich es noch konnte. Vorbei! Vorbei!«

Und der Knecht kam und hieb den Baum in kleine Stücke, ein ganzes Bündel lag da; herrlich flammte es auf unter dem großen Braukessel; und er seufzte so tief, jeder Seufzer war wie ein kleiner Schuss; deshalb liefen die Kinder, die da draußen spielten, herzu und setzten sich vor das Feuer, sahen in die Flammen und riefen: »Piff! Paff!«, aber bei jedem Knall, der ein tiefer Seufzer war, dachte der Baum an einen Sommertag im Wald, an eine Winternacht da draußen, wenn die Sterne glitzerten; er dachte an den Weihnachtsabend und an Klumpe-Dumpe, das einzige Märchen, das er gehört hatte und erzählen konnte – und dann war der Baum verbrannt.

Die Knaben spielten auf dem Hofe, und der kleinste hatte den goldenen Stern an der Brust, den der Baum an seinem glücklichsten Abend getragen hatte; das war jetzt vorbei, und mit dem Baum war es vorbei und mit der Geschichte auch; vorbei, vorbei, und so geht es mit allen Geschichten!

Der Schweinehirt

Es war einmal ein armer Prinz, der hatte ein Königreich, das ganz klein war; aber es war immer noch groß genug, um daraufhin zu heiraten, und heiraten wollte er.

Nun war es ja freilich ein wenig keck von ihm, dass er es wagte, zu des Kaisers Tochter zu sagen: »Willst du mich haben?«, aber er wagte es trotzdem, denn sein Name war weit und breit berühmt; da waren Hunderte von Prinzessinnen, die sich noch obendrein bedankt haben würden; ob sie es aber wohl tun würde?

Nun wollen wir einmal hören.

Aus dem Grabe von des Prinzen Vater wuchs ein Rosenbaum, ach, ein so wunderschöner Rosenbaum! Er blühte nur in jedem fünften Jahr, und dann trug er nur eine einzige Rose, aber was für eine Rose war das auch! Sie duftete so süß, dass man, wenn man daran roch, alle seine Sorgen und seinen Kummer vergaß; und dann hatte er eine Nachtigall, die konnte singen, als ob alle schönen Melodien in ihrer kleinen Kehle säßen. Die Rose und die Nachtigall sollte die Prinzessin haben, und darum kamen sie beide in große silberne Futterale und wurden ihr dann übersandt.

Der Kaiser ließ sie vor sich bringen in den großen Saal, wo die Prinzessin mit ihren Hofdamen »Es kommt Besuch« spielte; und als sie die großen Futterale mit den Geschenken sah, klatschte sie vor Freude in die Hände.

»Wenn es doch eine kleine Miezekatze wäre!«, sagte sie – aber dann kam die wunderschöne Rose.

»Nein, wie niedlich die gemacht ist!«, sagten alle Hofdamen.

»Sie ist mehr als niedlich!«, sagte der Kaiser, »sie ist hübsch!«

Aber die Prinzessin befühlte sie, und da war sie dem Weinen nahe.

»Pfui Papa!«, sagte sie, »die ist gar nicht künstlich, sie ist wirklich!«

»Pfui!«, sagten alle Höflinge, »sie ist wirklich!«

»Lasst uns nun erst einmal sehen, was in dem andern Futteral ist, ehe wir böse werden!«, meinte der Kaiser, und nun kam die Nachtigall zum

Vorschein; sie sang so wunderschön, dass man nicht gleich etwas Schlechtes von ihr sagen konnte.

»Superbe, charmant!«, sagten die Hofdamen, denn sie plauderten alle Französisch, eine immer schlechter als die andere.

»Wie mich der Vogel an der hochseligen Kaiserin Spieldose erinnert«, sagte ein alter Kavalier; »ach ja! Das ist ganz derselbe Ton, derselbe Vortrag!«

»Ja!«, sagte der Kaiser, und dann weinte er wie ein kleines Kind.

»Ich kann gar nicht glauben, dass es ein wirklicher ist!«, sagte die Prinzessin.

»Ja, es ist ein wirklicher Vogel!«, sagten die, die ihn gebracht hatten.

»Dann lasst den Vogel fliegen«, sagte die Prinzessin, und sie wollte auf keine Weise erlauben, dass der Prinz käme.

Der ließ sich aber nicht verblüffen; er beschmierte sich das Gesicht braun und schwarz, zog die Mütze tief über den Kopf und klopfte an.

»Guten Tag, Herr Kaiser!«, sagte er, »könnte ich nicht einen Dienst hier auf dem Schloss bekommen?«

»Ja, hier find so viele, die sich bewerben«, sagte der Kaiser; »aber lass mich einmal sehen! – ich brauche einen, der die Schweine hüten kann; denn wir haben viele Schweine!«

Und dann wurde der Prinz als kaiserlicher Schweinehirt angestellt. Er bekam eine jämmerliche, kleine Kammer, unten beim Schweinekoben, und da musste er bleiben; aber den ganzen Tag saß er und arbeitete, und als es Abend war, hatte er einen allerliebsten kleinen Kochtopf gemacht, ringsherum waren Schellen, und sobald der Topf kochte, klingelten sie so ganz wunderschön und spielten die alte Melodie:

Ach, du lieber Augustin,
Alles ist weg, weg, weg!

Aber das Allerkünstlichste war doch, dass man, wenn man die Finger in den Dampf des Topfes hielt, gleich riechen konnte, was für Essen auf jedem Feuerherd in der ganzen Stadt gekocht wurde; ja, das war freilich ganz was anderes als eine Rose.

Nun kam die Prinzessin mit allen ihren Hofdamen daherspaziert, und als sie die Melodie hörte, blieb sie stehen und sah ganz vergnügt aus, denn sie konnte auch »Ach, du lieber Augustin!«, spielen, das war die einzige Melodie, die sie konnte, aber die spielte sie auch nur mit einem Finger.

»Das ist ja das, was ich kann!«, sagte sie, »dann muss er doch ein gebildeter Schweinehirte sein! Ach, geh mal hinein und frage ihn, was das Instrument kostet.«

Und dann musste eine von den Hofdamen hineinlaufen, aber sie zog Holzschuhe an.

»Was willst du für den Kochtopf haben?«, fragte die Hofdame.

»Ich will zehn Küsse von der Prinzessin haben!«, sagte der Schweinehirt.

»Gott bewahre!«, sagte die Hofdame.

»Ja, weniger kann es nicht sein!«, sagte der Schweinehirt.

»Nun, was sagt er?«, fragte die Prinzessin.

»Das kann ich wirklich nicht sagen«, antwortete die Hofdame. »Es ist so abscheulich!«

»Dann kannst du ja flüstern!«, und dann flüsterte sie.

»Er ist ja unartig!«, sagte die Prinzessin und ging sofort weg – als sie aber eine kleine Strecke gegangen war, da erklangen die Schellen so lieblich:

Ach, du lieber Augustin,
Alles ist weg, weg, weg!

»Höre einmal«, sagte die Prinzessin, »frage ihn, ob er zehn Küsse von meiner Hofdame haben will.«

»Nein, ich danke!«, sagte der Schweinehirt, »zehn Küsse von der Prinzessin, oder ich behalte meinen Kochtopf.«

»Ist das eine dumme Geschichte!«, sagte die Prinzessin, »aber dann müsst ihr euch vor mich hinstellen, damit niemand es sieht.«

Und die Hofdamen stellten sich vor ihr auf, und dann breiteten sie ihre Kleider aus, und dann bekam der Schweinehirt die zehn Küsse, und sie bekam den Topf.

War das ein Vergnügen! Am ganzen Abend und den ganzen Tag musste der Topf kochen. Da war auch nicht ein Feuerherd in der ganzen Stadt, von dem sie nicht wussten, was darauf gekocht wurde, beim Kammerherrn wie auch beim Schuster. Die Hofdamen tanzten und klatschten in die Hände.

»Wir wissen, wer Obstsuppe und Pfannkuchen essen soll! Wir wissen, wer Grütze und Karbonade bekommt! Wie interessant das doch ist!«

»Höchst interessant!«, sagte die Oberhofmeisterin.

»Ja, haltet aber reinen Mund, denn ich bin des Kaisers Tochter!«

»Gott bewahre!«, sagten sie alle.

Der Schweinehirt, das heißt der Prinz, aber sie wussten es ja nicht besser, als dass er ein richtiger Schweinehirt war, ließ den Tag nicht vergehen, ohne etwas zu tun, und so machte er denn eine Knarre; wenn er die herumdrehte, ertönten alle die Walzer, Hopser und Polkas, die man seit Erschaffung der Welt gekannt hatte.

»Aber das ist superbe!«, sagte die Prinzessin, als sie vorüberging, »ich habe noch nie eine so schöne Komposition gehört! Ach, geh doch einmal hinein und frage ihn, was das Instrument kostet; aber küssen tue ich nicht wieder!«

»Er will hundert Küsse von der Prinzessin haben«, sagte die Hofdame, die drinnen gewesen war, um zu fragen.

»Ich glaube, er ist verrückt!«, sagte die Prinzessin und ging fort. Als sie aber eine kleine Strecke gegangen war, blieb sie stehen. »Man muss die Kunst ermuntern!«, sagte sie. »Ich bin des Kaisers Tochter! Sage ihm, er soll zehn Küsse haben so wie gestern, den Rest kann er sich von meinen Hofdamen holen!«

»Aber wir tun es so ungern!«, sagten die Hofdamen.

»Das ist Unsinn!«, sagte die Prinzessin, »und wenn ich ihn küssen kann, dann könnt ihr es auch! Bedenkt, ich gebe euch Kost und Lohn!«, und dann musste die Hofdame wieder zu ihm hinein.

»Hundert Küsse von der Prinzessin«, sagte er, »oder jeder behält das Seine.«

»Stellt euch vor!!!«, sagte die Prinzessin, und dann stellten alle Hofdamen sich vor sie, und dann küsste er.

»Was mag das nur für ein Auflauf sein da unten beim Schweinekoben!«, sagte der Kaiser, der auf den Altan hinausgetreten war; er rieb sich die Augen und setzte seine Brille auf. »Das sind ja wohl die Hofdamen, die da ihr Wesen treiben! Ich muss mal zu ihnen hinunter!« Und dann zog er seine Schuhe hinten in die Höhe, denn es waren Pantoffel, die er niedergetreten hatte. Herr du meines Lebens, wie er sich sputete!

Sobald er in den Hof hinunterkam, ging er ganz leise, und die Hofdamen hatten so viel damit zu tun, die Küsse zu zählen, damit es ehrlich zugehe und er nicht zu viele, aber auch nicht zu wenig bekam; sie bemerkten den Kaiser gar nicht. Er hob sich auf die Zehen.

»Was geht denn hier vor sich!«, sagte er, als er sah, dass sie sich küssten, und dann schlug er sie mit seinem Pantoffel an den Kopf. Gerade als der

Schweinehirte seinen sechsundachtzigsten Kuss bekam. »Fort mit euch!«, sagte der Kaiser, denn er war böse, und sowohl die Prinzessin als auch der Schweinehirt wurden aus seinem Kaiserreich hinausgestoßen.

Da stand sie nun und weinte, der Schweinehirt schimpfte, und der Regen strömte herab.

»Ach, ich elendes Geschöpf!«, sagte die Prinzessin, »hätte ich doch nur den schönen Prinzen genommen! Ach, wie unglücklich bin ich!«

Und der Schweinehirt ging hinter einen Baum, wischte das Schwarze und das Braune aus seinem Gesicht, warf die hässlichen Kleider ab und trat nun in seinem Prinzengewand hervor, so schön, dass die Prinzessin einen Knicks machen musste.

»Ich bin soweit gekommen, dass ich dich verachte, du!«, sagte er. »Einen ehrlichen Prinzen wolltest du nicht haben! Du verstandest dich nicht auf die Rose und nicht auf die Nachtigall, aber den Schweinehirten konntest du für eine Spielerei küssen! Das hast du nun dafür!«

Und dann ging er in sein Königreich, schloss die Tür zu und schob den Riegel davor. Da konnte sie nun draußen stehen und singen:

Ach, du lieber Augustin,
Alles ist weg, weg, weg!

Das Liebespaar

Der Kreisel und der Ball lagen in einer Schublade zwischen anderem Spielzeug, und da sagte der Kreisel zu dem Ball: »Wollen wir nicht Brautleute sein, da wir doch in der Schublade zusammen liegen?« Aber der Ball, der aus Saffian war und sich so viel einbildete wie ein feines Fräulein, wollte auf so etwas nicht antworten.

Am nächsten Tage kam der Knabe, dem das Spielzeug gehörte, er bemalte den Kreisel mit Rot und Gelb und schlug einen Messingnagel mitten hinein, das sah ganz prächtig aus, wenn der Kreisel sich herumdrehte.

»Sehen Sie mich an!«, sagte er zum Ball. »Was sagen Sie jetzt? Wollen wir nun nicht Brautleute sein, wir passen so gut zueinander. Sie springen, und ich tanze! Glücklicher als wir beide kann niemand werden!«

»So, glauben Sie das?«, sagte der Ball. »Sie wissen wohl nicht, dass mein

Vater und meine Mutter Saffianpantoffel gewesen sind und dass ich einen Kork im Leibe habe!«

»Ja, aber ich bin aus Mahagoniholz!«, sagte der Kreisel, »und der Bürgermeister hat mich selbst gedrechselt, er hat seine eigene Drehbank, und es war ihm ein großes Vergnügen.«

»Kann ich mich auch darauf verlassen?«, fragte der Ball.

»Ich will nie wieder die Peitsche bekommen, wenn ich lüge!«, antwortete der Kreisel.

»Sie wissen gut für sich zu sprechen!«, sagte der Ball. »Aber ich kann doch nicht, ich bin so gut wie halb mit einer Schwalbe verlobt: jedes Mal, wenn ich in die Luft aufsteige, steckt sie den Kopf zum Nest heraus und sagt: ›Wollen Sie? Wollen Sie?‹ Und nun habe ich inwendig ja gesagt, und das ist so gut wie eine halbe Verlobung; aber ich verspreche Ihnen, dass ich Sie nicht vergessen werde!«

»Nun, das ist ein schöner Trost!«, sagte der Kreisel, und dann sprachen sie nicht weiter miteinander.

Am nächsten Tage wurde der Ball aus der Schublade genommen; der Kreisel sah, wie er hoch in die Luft hinaufflog wie ein Vogel, man konnte ihn zuletzt gar nicht mehr sehen; immer kam er wieder zurück, machte aber jedes Mal, sobald er die Erde berührte, einen hohen Sprung; und das geschah entweder aus Sehnsucht oder weil er einen Kork im Leibe hatte. Das neunte Mal blieb der Ball weg und kam nicht wieder, und der Knabe suchte und suchte, aber weg war er.

»Ich weiß wohl, wo er ist!«, seufzte der Kreisel, »er ist im Schwalbennest und hat sich mit der Schwalbe verheiratet!«

Je mehr der Kreisel darüber nachdachte, um so verliebter ward er in den Ball; gerade weil er die Ersehnte nicht bekommen konnte, nahm seine Liebe zu; dass sie einen andern genommen hatte, das war das Eigentümliche dabei; und der Kreisel tanzte herum und schnurrte, aber immer dachte er an den Ball, der in seinen Gedanken schöner und schöner wurde. So verging manches Jahr – und dann war es eine alte Liebe.

Und der Kreisel war nicht mehr jung –! Aber dann wurde er eines Tages ganz und gar vergoldet, noch nie hatte er so schön ausgesehen; nun war er ein Goldkreisel und sprang, dass es nur so schnurrte. Ja, das war noch etwas! Aber auf einmal sprang er zu hoch und – weg war er!

Man suchte und suchte, selbst unten im Keller, aber er war nicht zu finden.

– – Wo konnte er nur sein?

Er war in die Kehrichttonne gesprungen, wo gar mancherlei lag. Kohlstrünke, Kehricht und Schutt, der von der Dachrinne heruntergefallen war.

»Nun liege ich wahrhaftig gut; hier wird die Vergoldung bald heruntergehen; und unter was für ein Gesindel bin ich nur geraten!«, und dann schielte er zu einem langen Kohlstrunk hinüber, von dem die Blätter fast zu gründlich abgepflückt waren, und nach einem sonderbaren runden Ding, das aussah wie ein alter Apfel. – Aber es war kein Apfel, es war ein alter Ball, der viele Jahre hindurch oben in der Dachrinne gelegen hatte und durch den das Wasser hindurchgesickert war.

»Gott sei Dank, dass da doch einer unseresgleichen kommt, mit dem man sprechen kann!«, sagte der Ball und betrachtete den vergoldeten Kreisel. »Ich bin eigentlich aus Saffian, von Jungfrauenhänden genäht und habe einen Kork im Leibe, aber das kann mir wohl niemand ansehen! Ich stand kurz davor, mit einer Schwalbe Hochzeit zu machen, aber dann fiel ich in die Dachrinne, und da habe ich nun fünf Jahre gelegen und habe das Wasser hindurchsickern lassen! Sie können mir glauben, das ist eine lange Zeit für eine Jungfrau!«

Aber der Kreisel sagte gar nichts; er dachte an seine alte Liebe, und je mehr er hörte, umso klarer wurde es ihm, dass sie es war.

Da kam das Dienstmädchen und wollte die Kehrichttonne umstürzen. »Heisa, da ist der Goldkreisel!«, sagte sie.

Und der Kreisel kam wieder in die Stube und gelangte zu Ehren und großem Ansehen, aber von dem Ball hörte man nichts, und der Kreisel sprach nie mehr von seiner alten Liebe; die vergeht, wenn die Geliebte fünf Jahre in der Dachrinne gelegen und das Wasser hat hindurchsickern lassen, ja, man erkennt sie gar nicht wieder, wenn man ihr in der Kehrichttonne begegnet.

Des Kaisers neue Kleider

Vor vielen Jahren lebte ein Kaiser, der so schrecklich gern neue Kleider mochte, dass er all sein Geld ausgab, um recht geputzt zu sein. Er machte sich nichts aus seinen Soldaten, machte sich nichts aus dem Theater oder aus einer Ausfahrt in den Wald, außer um seine neuen Kleider zu zeigen. Er hatte ein Gewand für jede Stunde des

Tages, und so wie man von einem König sagt, er ist im Rate, sagte man hier immer: »Der Kaiser ist im Ankleidezimmer!«

In der großen Stadt, wo er wohnte, ging es sehr munter zu, jeden Tag kamen viele Fremde an; eines Tages kamen auch zwei Betrüger; die gaben sich für Weber aus und sagten, sie verstünden das schönste Zeug zu weben, das man sich nur denken könne. Nicht nur die Farben und die Muster seien etwas ungewöhnlich Schönes, sondern auch die Kleider, die aus dem Zeug genäht würden, hätten die sonderbare Eigenschaft, dass sie jedem Menschen unsichtbar wären, der nicht für sein Amt tauge oder auch unerlaubt dumm sei.

»Das sind ja prächtige Kleider!«, dachte der Kaiser; »wenn ich die anhabe, könnte ich ja dahinterkommen, welche Männer in meinem Reiche nicht für das Amt taugen, das sie innehaben; ich kann die Klugen von den Dummen unterscheiden, ja, das Zeug muss sofort für mich gewebt werden!« Und er gab den beiden Betrügern viel Geld im voraus, damit sie ihre Arbeit beginnen könnten.

Sie stellten auch zwei Webstühle auf, taten so, als arbeiteten sie, hatten aber nicht das Geringste auf dem Stuhl. Frischweg verlangten sie die feinste Seide und das prächtigste Gold; das steckten sie in den eigenen Beutel und arbeiteten mit den leeren Webstühlen, und zwar bis tief in die Nacht hinein.

»Jetzt möchte ich doch einmal wissen, wie weit sie mit dem Zeug sind«, dachte der Kaiser, aber ihm war ordentlich ein wenig wunderlich ums Herz bei dem Gedanken, dass, wer dumm sei oder sich nicht für sein Amt eigne, es nicht sehen könne; nun glaubte er ja freilich, dass er für sich selbst nicht besorgt zu sein brauche, aber er wollte doch vorher jemand hin senden, um zu sehen, wie die Sachen stünden. Alle Menschen in der ganzen Stadt wussten, welche sonderbare Kraft das Zeug besaß, und alle waren begierig, zu sehen, wie schlecht oder wie dumm ihr Nachbar wäre.

»Ich will meinen alten, ehrlichen Minister zu den Webern senden«, dachte der Kaiser, »der kann am besten sehen, wie sich das Zeug ausnimmt, denn er hat Verstand, und niemand waltet seines Amtes besser als er!«

Nun ging der alte, brave Minister in den Saal hinein, wo die beiden Betrüger saßen und an den leeren Webstühlen arbeiteten. »Gott soll mich bewahren!«, dachte der alte Minister und riss die Augen weit auf, »ich kann ja nichts sehen!« Aber er sagte es nicht.

Die beiden Betrüger baten ihn, die Güte zu haben und näher zu treten; sie fragten, ob es nicht ein schönes Muster und herrliche Farben seien.

Dabei zeigten sie auf den leeren Webstuhl, und der arme, alte Minister fuhr fort, die Augen aufzureißen, aber er konnte nichts sehen, denn es war nichts da. »Großer Gott!«, dachte er, »sollte ich dumm sein? Das habe ich niemals geglaubt, und das darf kein Mensch erfahren. Sollte ich nicht für mein Amt taugen? Nein, es geht nicht an, dass ich erzähle, dass ich das Zeug nicht sehen kann!«

»Nun, Sie sagen ja gar nichts!«, sagte der eine, der webte.

»O, es ist reizend, ganz allerliebst!«, sagte der alte Minister und sah durch seine Brille, »dies Muster und diese Farben! – Ja, ich werde dem Kaiser sagen, dass es mir ganz außerordentlich gefällt!«

»Nun, das freut uns!«, sagten die beiden Weber, und dann nannten sie die Farben mit Namen und erklärten das seltsame Muster. Der alte Minister gab gut Acht, um dasselbe sagen zu können, wenn er wieder nach Hause zum Kaiser käme; und das tat er auch.

Nun verlangten die Betrüger mehr Geld, mehr Seide und Gold, sie müssten es zum Weben gebrauchen. Sie steckten aber alles in die eigenen Taschen, auf den Webstuhl kam kein Faden, doch fuhren sie fort, wie bisher an dem leeren Webstuhl zu arbeiten.

Der Kaiser sandte bald wieder einen andern ehrlichen Beamten hin, um zu sehen, wie es mit dem Weben stünde und ob das Zeug bald fertig sei. Dem erging es geradeso wie dem Minister, er sah und sah, weil aber nichts da war als der leere Webstuhl, so konnte er nichts sehen.

»Ja, ist es nicht ein wunderhübsches Stück Zeug!«, sagten die beiden Betrüger und zeigten und erklärten das prächtige Muster, das gar nicht da war.

»Dumm bin ich nicht«, dachte der Mann, »folglich tauge ich nicht für mein gutes Amt? Das ist ja höchst komisch, aber das darf man sich nicht merken lassen!« Und dann lobte er das Zeug, das er nicht sah, und versicherte sie seiner Freude über die schönen Farben und das köstliche Muster. »Ja, es ist ganz wunderhübsch!«, sagte er zum Kaiser.

Alle Menschen in der Stadt sprachen von dem prächtigen Zeug.

Nun wollte der Kaiser es selbst sehen, während es noch auf dem Webstuhl war. Mit einer ganzen Schar ausgewählter Männer, unter denen sich auch die beiden braven Beamten befanden, die bereits da gewesen waren, begab er sich zu den beiden listigen Betrügern, die jetzt aus allen Kräften webten, aber ohne Faser oder Faden.

»Ja, ist es nicht *magnifique*!«, sagten die beiden braven Beamten. »Sehen Eure Majestät nur, welch ein Muster, welche Farben!« Und dabei zeigten sie auf den leeren Webstuhl, denn sie meinten, dass die andern das Zeug gewiss sehen könnten.

»Was ist denn das?«, dachte der Kaiser, »ich sehe nichts, das ist ja schrecklich! Bin ich dumm? Tauge ich nicht dazu, Kaiser zu sein? Das wäre das Schrecklichste, was mir begegnen könnte! Ja, es ist sehr schön!«, sagte der Kaiser, »es hat meinen allerhöchsten Beifall!«, und er nickte zufrieden und betrachtete den leeren Webstuhl; er wollte nicht sagen, dass er nichts sehen konnte. Das ganze Gefolge, das er bei sich hatte, sah und sah, bekam aber nicht mehr heraus als all die andern, aber sie sagten, ebenso wie der Kaiser: »Ja, es ist sehr schön!«, und sie rieten ihm, die Kleider aus diesem neuen, prächtigen Stoff zum ersten Mal bei der großen Prozession zu tragen, die stattfinden sollte. »Es ist *magnifique*, reizend, *excellent*!«, so ging es von Mund zu Mund, und sie waren alle zusammen so außerordentlich zufrieden damit. Der Kaiser gab jedem der Betrüger einen Orden, in das Knopfloch zu hängen, und verlieh ihnen den Titel eines Hoflieferanten.

Die ganze Nacht, bevor die Prozession stattfinden sollte, saßen die Betrüger auf und hatten mehr als sechzehn Lichter angezündet. Die Leute konnten sehen, dass sie Eile hatten, des Kaisers neue Kleider fertig zu schassen. Sie taten, als ob sie das Zeug vom Webstuhl nähmen, sie schnitten mit großen Scheren in der Luft, sie nähten mit Nähnadeln ohne Faden und sagten zuletzt: »So, nun sind die Kleider fertig!«

Der Kaiser kam mit seinen vornehmsten Kavalieren selbst dahin, und beide Betrüger hoben den einen Arm in die Höhe, als hielten sie etwas und sagten: »Seht, hier sind die Beinkleider, hier ist das Gewand! Hier ist der Mantel!« Und so weiter. »Es ist so leicht wie Spinnengewebe! Man sollte glauben, man hätte nichts auf dem Leibe, aber das ist gerade der Vorzug davon!«

»Ja!«, sagten alle Kavaliere, aber sie konnten nichts sehen, denn da war nichts.

»Wollen Eure kaiserliche Majestät nun allergnädigst geruhen, Ihre Kleider abzulegen!«, sagten die Betrüger, »dann wollen wir Ihnen die neuen hier vor dem großen Spiegel anziehen!«

Der Kaiser legte alle seine Kleider ab, und die Betrüger taten so, als zögen sie ihm jedes Stück von den neuen Kleidern an, die sie hatten nähen sollen, und sie fassten ihn um die Taille und banden scheinbar etwas fest, das war die Schleppe, und der Kaiser drehte und wendete sich vor dem Spiegel.

»Mein Gott, wie gut sie kleiden! Wie prächtig sie sitzen!«, sagten sie alle zusammen. »Welch Muster, welche Farben! Das ist eine kostbare Tracht!«

»Draußen stehen sie mit dem Thronhimmel, der während der Prozession über Eurer Majestät getragen werden soll!«, sagte der Oberzeremonienmeister.

»Ja, ich bin fertig!«, sagte der Kaiser, »sitzt es nicht gut?«, und dann drehte er sich noch einmal vor dem Spiegel, denn es sollte so aussehen, als wenn er die Pracht so recht betrachte.

Die Kammerherren, die die Schleppe tragen sollten, tasteten mit den Händen am Fußboden, geradeso, als wenn sie die Schleppe aushöben; sie gingen und hielten sie in der Lust, sie durften sich ja nicht merken lassen, dass sie nichts sehen konnten.

Und dann schritt der Kaiser in der Prozession unter dem prächtigen Thronhimmel dahin, und alle Menschen auf der Straße und in den Fenstern sagten: »Gott, wie wunderschön des Kaisers neue Kleider sind! Welch eine herrliche Schleppe er an dem Gewand hat! Wie großartig alles sitzt!« Niemand wollte es sich merken lassen, dass er nichts sah, denn dann hätte er ja nicht zu seinem Amte getaugt oder wäre sehr dumm gewesen. Kein Gewand des Kaisers hatte je so viel Glück gemacht.

»Aber er hat ja gar nichts an!«, sagte ein kleines Kind, »Herrgott, hört die Stimme der Unschuld!«, sagte der Vater, und der eine flüsterte dem andern zu, was das Kind gesagt hatte.

»Er hat gar nichts an«, sagt ein kleines Kind, »er hat gar nichts an!«

»Er hat ja aber auch nichts an!«, rief schließlich das ganze Volk. Und der Kaiser erschrak, denn er fand, dass sie recht hatten, aber er dachte bei sich: »Die Prozession muss ich nun aushalten.« Und dann hielt er sich noch stolzer, und die Kammerherren gingen hinter ihm drein und trugen die Schleppe, die gar nicht da war.

Fliedermütterchen

Es war einmal ein kleiner Junge, der war erkältet; er hatte nasse Füße bekommen; niemand konnte begreifen, wie er sie bekommen hatte, denn es war ganz trockenes Wetter. Nun zog seine Mutter ihn aus, brachte ihn zu Bett und ließ die Teemaschine hereinbringen, um ihm eine gute Tasse Fliedertee zu machen, denn das wärmt! Im selben Augenblick trat der alte, spaßige Mann zur Tür herein, der ganz oben im Hause wohnte und immer allein war, denn er hatte weder Frau noch Kinder; er hatte aber alle Kinder so gern und wusste so viele Märchen und Geschichten zu erzählen, dass es eine Lust war.

»Nun trinkst du deinen Tee«, sagte die Mutter, »vielleicht bekommst du dann ein Märchen.«

»Ja, wenn man nur ein neues wüsste!«, sagte der alte Mann und nickte so freundlich. »Aber wo hat der Kleine nur die nassen Füße bekommen?«, fragte er.

»Ja, wo hat er die bekommen!«, sagte die Mutter, »das kann niemand begreifen.«

»Bekomme ich ein Märchen?«, fragte der Junge.

»Ja, kannst du mir ziemlich genau sagen, denn das muss ich erst wissen, wie tief der Rinnstein da in der kleinen Straße ist, wo du zur Schule gehst?«

»Gerade bis an die Mitte von meinen Stiefelschäften«, sagte der Junge, »aber dann muss ich in das tiefe Loch gehen!«

»Sieh, daher haben wir die nassen Füße«, sagte der Alte. »Nun sollte ich ja freilich ein Märchen erzählen, aber ich weiß keins mehr!«

»Sie können ja gleich eins machen«, sagte der kleine Junge. »Mutter sagt, dass alles, was Sie ansehen, ein Märchen werden kann, und aus allem, was Sie anrühren, können Sie eine Geschichte machen!«

»Ja, aber die Märchen und Geschichten taugen nichts; nein, die richtigen, die kommen von selbst, die klopfen an meine Stirn und sagen: da bin ich!«

»Klopft es nicht bald?«, fragte der kleine Junge, und die Mutter lachte, schüttete Fliedertee auf den Teetopf und goss kochendes Wasser darauf.

»Erzählen Sie, erzählen Sie!«

»Ja, wenn ein Märchen von selbst kommen wollte, aber so eins ist vornehm, es kommt mir, wenn es selbst Lust hat. Warte!«, sagte er auf einmal. »Da haben wir es! Gib acht, jetzt ist es im Teetopf!«

Und der kleine Junge sah nach dem Teetopf hinüber, der Deckel hob sich mehr und mehr, und die Fliederblüten kamen so frisch und weiß hervor, sie schossen große, lange Zweige, selbst aus der Tippe heraus, breiteten sich nach allen Seiten aus und wurden größer und größer, es war der schönste Fliederstrauch, ein ganzer Baum, er ragte in das Bett hinein und schob die Gardinen zur Seite; nein, wie es blühte und duftete! Und mitten im Baum saß eine alte, freundliche Frau mit einem wunderlichen Kleide, das war ganz grün, so wie die Blätter des Fliederbaumes, und mit großen, weißen Fliederblüten besetzt, man konnte auf den ersten Blick nicht sehen, ob es Zeug war oder lebendes Grün und Blüten.

»Wie heißt die Frau?«, fragte der kleine Junge.

»Ja, diese Römer und Griechen«, sagte der alte Mann, »die nannten sie eine Dryade, aber das verstehen wir nicht. Da draußen in Nyboder, wo die Matrosen wohnen, haben sie einen bessern Namen für sie, da heißt sie ›Fliedermütterchen‹, und auf sie musst du jetzt Acht geben; höre nur gut zu und sieh dir den schönen Fliederbaum an!«

»Gerade so ein großer, blühender Baum stand draußen in Nyboder! Er wuchs in einer Ecke auf einem kleinen, armseligen Hof; unter diesem Baume saßen eines Nachmittags in dem herrlichsten Sonnenschein zwei alte Leute; es war ein alter, alter Seemann und seine alte, alte Frau; sie waren Urgroßeltern und sollten bald ihre goldene Hochzeit feiern, aber sie konnten sich des Datums nicht recht entsinnen, und das Fliedermütterchen saß im Baum und sah so vergnügt aus, geradeso wie hier. ›Ich weiß recht gut, wann die goldene Hochzeit ist‹, sagte sie, aber sie hörten sie nicht, denn sie sprachen von alten Zeiten.

›Ja, weißt du wohl noch‹, sagte der alte Seemann, ›damals, als wir noch kleine Kinder waren und herumliefen und spielten; es war auf ganz demselben Hof, wo wir jetzt sitzen; wir steckten kleine Zweige in die Erde und machten einen Garten.‹

›Ja‹, sagte die alte Frau, ›das weiß ich noch recht gut! Und wir begossen die Zweige, und einer davon war ein Holunderzweig, der schlug Wurzeln, trieb grüne Schösse und ist nun der große Baum geworden, worunter wir alten Leute sitzen.‹

›Freilich‹, sagte er, ›und dahinten in der Ecke stand ein Wasserkübel, da schwamm mein Schiff, ich hatte es selbst geschnitzt; wie das segeln konnte! Aber ich sollte allerdings bald ganz anders segeln!‹

›Ja, aber vorher gingen wir in die Schule und lernten etwas!‹, sagte sie, ›und dann wurden wir eingesegnet; wir weinten alle beide; aber am Nachmittag gingen wir Hand in Hand auf den Runden Turm, wir sahen in die Welt hinaus, über Kopenhagen und das Wasser; dann gingen wir nach Frederiksberg, wo der König und die Königin in ihren prächtigen Booten auf den Kanälen herumfuhren.‹

›Aber ich sollte freilich ganz anders herumfahren, und zwar viele Jahre lang, weit weg, auf den großen Reisen!‹

›Ja, ich weinte oft um dich!‹, sagte sie, ›ich glaubte, du wärest tot und hin und müsstest da unten in dem tiefen Wasser liegen und treiben! Manch liebe Nacht stand ich auf und sah nach, ob die Windfahne sich drehte; ja, sie drehte sich wohl, aber du kamst nicht! Ich weiß noch ganz deutlich, wie es eines Tages hernieder strömte, der Kehrichtmann kam vor das Haus, wo ich diente, ich kam mit dem Kehrichteimer herunter und blieb in der Haustür stehen; was war das für ein Wetter! Und während ich noch dastehe, stand der Postbote neben mir und gab mir einen Brief; der war von dir; ja wie der herumgereist war! Ich riss ihn auf und las; ich lachte und ich weinte; ich war so glücklich! Da stand, du wärest in den warmen Ländern, wo die Kaffeebohnen wachsen! Was für ein herrliches Land muss das sein! Du erzähltest so viel, und ich sah alles, während der Regen herabströmte und ich mit dem Kehrichteimer dastand. Da kam einer und fasste mich um die Taille …‹

›Ja, aber du gabst ihm eine tüchtige Ohrfeige, dass es nur so klatschte.‹

›Ich wusste ja nicht, dass du es warst! Du warst ebenso schnell gekommen wie dein Brief; und du warst so schön – – das bist du ja noch – du hattest ein langes, gelbes, seidenes Tuch in der Tasche und einen blanken Hut auf; du warst so fein. Gott, was für ein Wetter es doch war, und wie die Straße aussah!‹

›Und dann heirateten wir uns!‹, sagte er, ›weißt du wohl noch? Und dann kriegten wir den ersten kleinen Jungen und dann Marie und Niels und Peter und Hans Christian!‹

›Ja, und wie sind sie alle herangewachsen und ordentliche Menschen geworden, die ein jeder leiden mag!‹

›Und ihre Kinder haben wieder Kinder gekriegt!‹, sagte der alte Matrose; ›ja, das sind Urenkel, die sich sehen lassen können! Es war doch, deucht mir, um diese Zeit des Jahres, als wir Hochzeit machten …!‹

›Ja, just heute ist der goldene Hochzeitstag!‹, sagte Fliedermütterchen und steckte den Kopf mitten zwischen die beiden, und sie glaubten, es sei die Nachbarin, die ihnen zunickte; sie sahen sich an und fassten sich bei den Händen. Bald darauf kamen die Kinder und Kindeskinder; die wussten recht gut, dass es der goldene Hochzeitstag war, sie hatten schon am Morgen gratuliert, aber das hatten die Alten wieder vergessen, während sie sich so genau alles dessen erinnerten, was vor vielen Jahren geschehen war; und der Fliederbaum duftete so stark, und die Sonne, die eben untergehen wollte, schien den beiden Alten gerade ins Gesicht, sie sahen beide so rotwangig aus; das kleinste von den Enkelkindern tanzte um sie herum und rief ganz glückselig, heute Abend solle es hoch hergehen, es werde warme Kartoffeln geben; und Fliedermütterchen nickte im Baum und rief ›Hurra‹ mit all den andern!« –

»Aber das war ja kein Märchen«, sagte der kleine Junge, der es erzählen hörte.

»Ja, das musst du selbst wissen!«, sagte der Alte, der erzählte, »aber lass uns Fliedermütterchen fragen!«

»Das war kein Märchen!«, sagte Fliedermütterchen, »aber nun kommt es! Aus dem Wirklichen heraus wächst gerade das wunderbarste Märchen; sonst hätte ja mein schöner Fliederbusch nicht aus dem Teetopf hervorsprossen können!« Und dann nahm sie den kleinen Jungen aus dem Bett, legte ihn an ihre Brust, und die Fliederzweige voller Blüten schlugen um sie zusammen, sie saßen wie in der dichtesten Laube, und die flog mit ihnen durch die Luft, es war unvergleichlich schön. Fliedermütterchen war auf einmal ein kleines, allerliebstes Mädchen geworden, aber das Kleid war noch von demselben grünen, weißgeblümten Stoff, das Fliedermütterchen getragen hatte; an der Brust hatte sie eine wirkliche Fliederblüte und in ihrem goldblonden, lockigen Haar einen ganzen Kranz von Fliederblüten; ihre Augen waren so groß, so blau, ach, sie war gar herrlich anzusehen! Sie und der Junge küssten sich, und dann waren sie gleichaltrig und hegten die gleichen Wünsche.

Sie traten Hand in Hand aus der Laube und standen nun in dem schönen Blumengarten des Hauses; neben dem grünen Rasenplatz war des Vaters Stock an einen Pflock gebunden; für die Kinder war Leben in dem Stock; sobald sie sich rittlings darüber setzten, verwandelte sich der blanke Knopf in einen prächtigen, wiehernden Pferdekopf, die lange, schwarze Mähne flatterte, vier schlanke, kräftige Beine holten aus; das Tier war stark und feurig; im Galopp sprengten sie um den Rasenplatz herum: Hussa! – »Jetzt reiten wir viele Meilen weg!«, sagte der Junge; »wir reiten nach dem Rittergut, wo wir im vorigen Jahr waren!« Und sie ritten wieder und wieder um den Rasenplatz herum, und jedes Mal rief das kleine Mädchen, das, wie wir wissen, niemand anders als Fliedermütterchen war: »Jetzt sind wir auf dem Lande! Siehst du das Bauernhaus mit dem großen Backofen, der in der Mauer zum Wege hin wie ein riesengroßes Ei aussieht? Der Fliederbaum breitet seine Zweige über ihn aus, und der Hahn stolziert umher und scharrt für die Hühner; sieh, wie er sich brüstet! – Jetzt sind wir bei der Kirche! Die liegt hoch auf dem Hügel zwischen den großen Eichen, von denen die eine halb abgestorben ist! – Jetzt sind wir bei der Schmiede, wo das Feuer brennt und die halbnackten Männer mit den Hämmern schlagen, dass die Funken weit umhersprühen. Weiter, weiter, nach dem prächtigen Rittergut!« Und alles, was das kleine Mädchen, das hinten auf dem Stocke saß, sagte, das flog auch vorüber; der Knabe sah es, und doch kamen sie nur um den Rasenplatz herum. Dann spielten sie im Seitengang und ritzten einen kleinen Garten in die Erde, und sie nahm eine Fliederblume aus ihrem Haar und pflanzte sie, und sie wuchs, genau so wie bei den alten Leuten in Nyboder, damals, als sie noch klein waren, wie vorhin erzählt worden ist. Sie gingen Hand in Hand, so wie es die alten Leute als Kinder getan hatten, aber nicht auf den »Runden Turm« hinauf und auch nicht nach dem Frederiksberger Schlossgarten, nein, das kleine Mädchen fasste den Jungen um, und dann flogen sie weit umher in ganz Dänemark, und es war Frühling, und es wurde Sommer, und es war Herbst, und es wurde Winter, und Tausende von Bildern spiegelten sich in den Augen und dem Herzen des Jungen ab, und immer sang ihm das kleine Mädchen vor: »Das wirst du niemals vergessen!« Und während des ganzen Fluges duftete der Fliederbaum so süß und so herrlich; der Junge spürte wohl den Duft der Rosen und der frischen Buchen, aber der Fliederbaum duftete noch wunderbarer, denn seine Blüten hingen an dem Herzen des kleinen Mädchens, und daran lehnte er im Fluge oft den Kopf.

»Hier ist es herrlich im Frühling!«, sagte das kleine Mädchen, und sie standen in dem frisch grünenden Buchenwald, wo der grüne Waldmeister zu ihren Füßen duftete und die blassroten Anemonen in dem Grün so lieblich aussahen. »O, wäre es immer Frühling in dem duftenden dänischen Buchenwald!«

»Hier ist es herrlich im Sommer!«, sagte sie, und sie fuhren an den alten Schlössern aus der Ritterzeit vorüber, wo sich die roten Mauern und zackigen Giebel in den Kanälen spiegelten, wo die Schwäne umher schwammen und in die alten, kühlen Alleen hineinsahen. Auf den Feldern wogte das Korn wie die See, an den Gräben blühten rote und gelbe Blumen, und an den Hecken wuchsen blühende Winden und wilder Hopfen; und am Abend ging der Mond auf rund und groß, die Heuschober auf den Wiesen dufteten so süß. »Das vergisst man niemals!«

»Hier ist es herrlich im Herbst!«, sagte das kleine Mädchen, und die Luft ward doppelt so hoch und blau, der Wald bekam die schönsten Farben in Rot, Gelb und Grün, die Jagdhunde jagten dahin, ganze Scharen Vogelwild flogen schreiend über die Hünengräber weg, wo die Brombeerranken sich um die alten Steine schlangen; das Meer war schwarzblau mit weißen Seglern, und auf der Tenne saßen alte Weiber, Mädchen und Kinder und pflückten Hopfen in ein großes Gefäß; die Jungen sangen Lieder, aber die Alten erzählten Märchen von Kobolden und Geistern. »Besser konnte es nirgends sein!«

»Hier ist es herrlich im Winter!«, sagte das kleine Mädchen, und alle Bäume waren mit Reif bedeckt, sie sahen aus wie weiße Korallen, der Schnee knirschte unter den Füßen, als wenn man beständig neue Stiefel anhabe, und vom Himmel fiel eine Sternschnuppe nach der andern herab. In der Stube wurde der Weihnachtsbaum angezündet, da gab es Geschenke und frohe Laune; auf dem Land ertönte die Fiedel in des Bauern Stube, Apfelkuchen wurden in die Grabbel geworfen, selbst das ärmste Kind sagte: »Es ist doch schön im Winter!«

Ja, es war schön! Und das kleine Mädchen zeigte dem Jungen alles, und immer duftete der Fliederbaum, und immer wehte die rote Flagge mit dem weißen Kreuze, die Flagge, unter der der alte Seemann gesegelt war! – Und der Junge ward zum Jüngling und sollte in die weite Welt hinaus, weit weg nach den warmen Ländern, wo der Kaffee wächst, aber beim Abschied nahm das junge Mädchen eine Fliederblüte von ihrer Brust und gab sie ihm zum Aufbewahren, und sie wurde in das Gesangbuch gelegt, und jedes Mal, wenn er im fremden Lande das Buch öffnete, geschah es gerade an der Stelle, wo die Erinnerungsblume lag, und je mehr er sie ansah, um so frischer wurde sie; er spürte förmlich einen Duft aus den dänischen Wäldern, und deutlich sah er zwischen den Blütenblättern das kleine Mädchen mit ihren klaren Augen hervorlugen, und dann flüsterte sie: »Hier ist es schön im Frühling, im Sommer, im Herbst und im Winter!«, und Hunderte von Bildern glitten durch seine Gedanken.

So gingen viele Jahre dahin, und er war nun ein alter Mann und saß mit seiner alten Frau unter einem blühenden Baum, und sie hielten einander bei den Händen, so wie es Urgroßvater und Urgroßmutter in Nyboder getan hatten, und sie sprachen ebenso wie die von alten Zeiten und von der goldenen Hochzeit; das kleine Mädchen mit den blauen Augen und mit den Fliederblüten im Haar saß oben im Baume, nickte ihnen beiden zu und sagte: »Heute ist der goldene Hochzeitstag!«, und dann nahm sie zwei Blumen aus ihrem Kranz und küsste sie, und sie schimmerten erst wie Silber, dann wie Gold, und als sie sie den beiden Alten auf die Häupter legte, ward jede Blume zu einer goldenen Krone, sie saßen beide wie ein König und eine Königin unter dem duftenden Baume, der ganz und gar aussah wie ein Fliederbaum, und er erzählte seiner alten Frau die Geschichte vom Fliedermütterchen, so wie sie ihm erzählt worden war, als er ein kleiner Junge war; und sie fanden beide, dass so vieles darin war, was ihrer eigenen glich, und gerade das gefiel ihnen am allerbesten.

»Ja, so ist es!«, sagte das kleine Mädchen im Baume, »einige nennen mich Fliedermütterchen, andere nennen mich Dryade, aber eigentlich heiße ich Erinnerung; ich sitze im Baum, der wächst und wächst, ich kann zurückdenken, ich kann erzählen! Lass mich doch einmal sehen, ob du deine Blume noch hast!«

Und der alte Mann öffnete sein Gesangbuch, da lag die Fliederblume so frisch, als sei sie eben erst hineingelegt, und die Erinnerung nickte, und die beiden Alten mit den goldenen Kronen sahen in die rote Abendsonne hinein; sie schlossen die Augen, und – und – ja, dann ist das Märchen aus.

Der kleine Junge lag in seinem Bett, er wusste nicht, ob er es geträumt hatte oder ob er es hatte erzählen hören; der Teetopf stand auf dem Tische, aber es wuchs kein Fliederbaum daraus hervor, und der alte Mann, der erzählt hatte, war gerade im Begriff, zur Tür hinauszugehen, und das tat er auch.

»Wie schön das war!«, sagte der kleine Junge. »Mutter, ich bin in den warmen Ländern gewesen!«

»Ja, das glaube ich wohl!«, sagte die Mutter, »wenn man zwei Tassen kochendheißen Fliedertee herunter hat, dann soll man schon in die warmen Länder kommen!« Und sie deckte ihn gut zu, damit er sich nicht erkälten sollte. »Du hast ganz fest geschlafen, während ich hier saß und mich mit ihm darüber stritt, ob es eine Geschichte sei oder ein Märchen!«

»Und wo ist Fliedermütterchen?«, fragte der Junge.

»Die ist im Teetopf«, sagte die Mutter, »und da mag sie bleiben.«

DER ELFENHÜGEL

In den Spalten eines alten Baumes liefen einige Eidechsen geschäftig umher; sie konnten einander gut verstehen, denn sie sprachen die Eidechsensprache.

»Nein, wie es in dem alten Elfenhügel rummelt und brummelt!«, sagte die eine Eidechse; »ich habe vor dem Spektakel nun schon zwei Nächte kein Auge schließen können, und ich könnte ebenso gut mit Zahnweh daliegen, denn dann schlafe ich auch nicht!«

»Es ist etwas los da drinnen«, sagte die andere Eidechse. »Sie lassen den Hügel bis zum Hahnenkrähen auf vier roten Pfählen stehen, und die Elfen haben neue Tänze gelernt, bei denen getrampelt wird. Da ist etwas los!«

»Ja, ich habe mit einem Regenwurm aus meiner Bekanntschaft gesprochen«, sagte die dritte Eidechse. »Der Regenwurm kam geradeswegs aus dem Hügel heraus, wo er Tage und Nächte in der Erde gewühlt hat; der hatte eine Menge gehört, sehen kann er ja nicht, das erbärmliche Tier, aber tasten und horchen, das versteht er. Sie erwarten Besuch im Elfenhügel, vornehmen Besuch, aber wen, das will der Regenwurm nicht sagen, oder er wusste es vielleicht auch nicht. Alle Irrlichter sind befohlen, sie sollen einen Fackelzug bilden, wie man es nennt, und Silber und Gold, wovon genug im Hügel ist, wird geputzt und im Mondschein ausgestellt.«

»Wer mögen wohl nur die fremden Gäste sein?«, fragten alle Eidechsen. »Was mag da unten nur einmal los sein? Hört, wie es summt! Hört, wie es brummt!«

Da tat sich der Elfenhügel auf, und eine alte Elfe, hinten war sie hohl, aber sonst sehr anständig gekleidet, kam herausgetrippelt, es war des alten Elfenkönigs Haushälterin, sie war eine entfernte Verwandte und trug ein Bernsteinherz vor der Stirn. Ihre Beine bewegten sich so flink: Tripp, tripp! Herrjemine, wie sie trippeln konnte, und zwar ging es direkt ins Moor hinein zum Nachtraben.

»Sie werden nach dem Elfenhügel eingeladen, noch heute Nacht!«, sagte sie, »wollen Sie uns aber nicht erst einen großen Gefallen tun und sich der Einladungen annehmen? Sie müssen uns behilflich sein, da Sie ja selbst kein Haus machen! Wir bekommen einige hochvornehme Gäste, Erdgeister, die was zu sagen haben, und deshalb will sich der alte Elfenkönig zeigen!«

»Wer soll eingeladen werden?«, fragte der Nachtrabe.

»Ja, zu dem großen Ball kann alle Welt kommen, selbst Menschen, wenn sie nur im Schlafe sprechen oder nur ein klein wenig von dem tun können, was in unsere Art schlägt. Aber bei dem ersten Fest soll strenge Auswahl getroffen werden, wir wollen nur die Allervornehmsten haben. Ich habe mich mit dem Elfenkönig gestritten, denn ich bin der Ansicht, dass wir nicht einmal Gespenster zulassen dürfen. Der Meermann und seine Töchter müssen zuerst eingeladen werden, sie machen sich gewiss nichts daraus, aufs Trockene zu kommen, aber sie sollen jedes einen nassen Stein zum Sitzen oder etwas noch Besseres haben, und da, denke ich doch, werden sie diesmal nicht absagen. Alle alten Kobolde erster Klasse mit Schwänzen, den Wassermann und die Zwerge müssen wir haben, und dann, denke ich, können wir das Grabschwein, das Höllenpferd und den Kirchenzwerg nicht übergehen; sie gehören ja freilich zur Geistlichkeit, die nicht zu unserm Volk gerechnet wird, aber das ist nun einmal ihr Amt, sie sind doch nahe mit uns verwandt und machen ihre regelmäßigen Visiten.«

»Rra!«, sagte der Nachtrabe und flog davon, um einzuladen.

Die Elfen tanzten schon auf dem Elfenhügel, und sie tanzten mit Longschals, die aus Nebel und Mondschein gewebt waren, und das sieht allerliebst aus für den, der dergleichen mag. Mitten im Elfenhügel war der große Saal gehörig aufgeputzt. Der Fußboden war mit Mondschein gewaschen, und die Wände waren mit Hexenfett abgerieben, sodass sie wie Tulpenblätter vor dem Licht glänzten. In der Küche waren Unmengen von Fröschen am Spieß, Schneckenhäuten mit Kinderfingern darin und Salaten aus Pilzsamen, von nassen Mäuseschnauzen und Schierling, da war Bier aus dem Bräu der Sumpffrau, schimmernder Salpeterwein aus Grabkellern, alles sehr solide; verrostete Nägel und Kirchenfensterglas gehörten zu den Näschereien.

Der alte Elfenkönig ließ seine goldene Krone mit gestoßenem Schiefergriffel putzen; es war Klassen-Erster-Griffel, und es ist sehr schwer für einen Elfenkönig, Klassen-Erster-Griffel zu bekommen! Im Schlafzimmer wurden Gardinen aufgehängt und mit Natterngeifer befestigt. Ja, das war ein Summen und Brummen!

»Jetzt muss noch mit Krollhaaren und Schweineborsten geräuchert werden, dann glaube ich, habe ich das Meine getan!«, sagte die alte Elfe.

»Süßer Vati!«, sagte die kleinste von den Töchtern; »bekomme ich denn nun zu wissen, wer die vornehmen Gäste sind?«

»Nun ja!«, sagte er, »dann muss ich es wohl sagen! Zwei von meinen Töchtern müssen sich zum Heiraten bereithalten! Zwei werden wohl vermählt werden. Der greise Kobold oben aus Norwegen, der in dem alten Dovrefelsen wohnt und viele Klippenschlösser aus Granitsteinen besitzt und ein Goldwerk, das besser ist, als man glaubt, kommt mit seinen beiden Söhnen hierher, sie sollen sich eine Frau aussuchen, der alte Kobold ist so ein richtiger alter, ehrlicher, norwegischer Greis, lustig und geradezu; ich kenne ihn aus alten Zeiten, als wir Bruderschaft miteinander tranken; er war hier unten, um seine Frau zu holen, jetzt ist sie tot, sie war eine Tochter des Kreidefelsenkönigs von Möen. Er nahm seine Frau auf Kreide, wie man zu sagen pflegt. Ach, wie ich mich nach dem greisen norwegischen Kobold sehne! Die Söhne, sagt man, sollen ein Paar ungezogene, vorlaute Jungen sein, aber man kann ihnen vielleicht auch unrecht tun, und sie werden sicher gut, wenn sie erst eingeheimst sind. Seht nur zu, dass ihr ihnen Manieren beibringt.«

»Und wann kommen sie?«, fragte die eine Tochter.

»Das hängt von Wind und Wetter ab!«, sagte der Elfenkönig. »Sie reisen ökonomisch! Sie kommen mit Schiffsgelegenheit hier herunter. Ich wollte, dass sie über Schweden gehen sollten, aber der Alte neigt noch nicht nach der Seite! Er schreitet nicht mit der Zeit fort, und das gefällt mir nicht.«

Da kamen zwei Irrlichter gehüpft, das eine schneller als das andre, und darum kam das eine zuerst.

»Sie kommen! Sie kommen!«, riefen sie.

»Gebt mir meine Krone und lasst mich im Mondschein stehen!«, sagte der Elfenkönig.

Die Töchter hoben die Schals und knicksten bis zur Erde.

Da stand der greise Kobold aus Dovre mit seiner Krone aus erhärteten Eiszapfen und polierten Tannenzapfen, im übrigen war er in Bärenpelz und Schlittenstiefeln; die Söhne dahingegen gingen mit bloßem Halse und ohne Hosenträger, denn sie waren Kraftmänner.

»Ist das ein Hügel?«, fragte der kleinste von den Knaben und zeigte auf den Elfenhügel. »Das nennen wir oben in Norwegen ein Loch!«

»Buben!«, sagte der Alte, »Loch geht hinein, Hügel geht hinauf! Habt ihr denn keine Augen im Kopf?«

Das einzige, was sie hier unten verwundere, sagten sie, wäre, dass sie so ohne weiteres die Sprache verstehen könnten.

»Stellt euch nur nicht so an!«, sagte der Alte, »man sollte glauben, dass ihr noch nicht recht ausgebacken seid!«

Und dann gingen sie in den Elfenhügel hinein, wo eine wirklich vornehme Gesellschaft versammelt war, und zwar mit einer Hast, dass man hätte glauben sollen, sie sei nur so zusammengeweht, aber für einen jeden war es niedlich und nett eingerichtet. Die Meerleute saßen in großen Wasserbehältern zu Tische, sie sagten, es sei gerade, als ob sie zu Hause wären. Alle beobachteten sie die Tischsitte, mit Ausnahme der kleinen norwegischen Kobolde, die legten die Beine auf den Tisch, aber sie glaubten nun einmal, dass sie alles kleide.

»Die Füße von der Schüssel!«, sagte der alte Kobold, und da gehorchten sie zwar, taten es jedoch nicht sogleich. Ihre Tischdame kitzelten sie mit Tannenzapfen, die sie in der Tasche bei sich hatten, und dann zogen sie die Stiefel aus, um bequem zu sitzen, und gaben ihr die Stiefel zu halten. Aber der Vater, der alte Dovre-Kobold, der war freilich ganz anders, er erzählte so schön von den stolzen norwegischen Bergen und von den Gießbächen, die schaumweiß herabstürzen mit Getöse wie Donnergekrach und Orgelklang; er erzählte von dem Lachs, der gegen die stürzenden Wasser in die Höhe springt, wenn der Neck auf seiner goldenen Harfe spielt. Er erzählte von den schimmernden Winternächten, wenn die Schlittenschellen tönen und die Burschen mit brennenden Fackeln über das blanke Eis hinlaufen, das so durchsichtig ist, dass sie sehen können, wie den kleinen Fischen unter ihren Füßen bange wird. Ja, er konnte erzählen, sodass man sah und hörte, was er sagte; es war, als gingen die Sägemühlen, als wenn die Knechte und Mägde Lieder sängen und den Hallingtanz tanzten; hussa! Mit einem Male gab der greise Kobold der alten Elfe einen Gevatterschmatz, es war ein ordentlicher Kuss, und sie waren doch gar nicht miteinander verwandt!

Nun mussten die Elfen tanzen, und zwar einfach wie auch das mit dem Trampeln, und es kleidete sie gut, und dann kam der Kunst- und Solotanz. Potztausend, wie sie die Beine strecken konnten, man wusste nicht, was Anfang und was Ende war, man wusste nicht, was Arm und was Bein war, es ging alles durcheinander wie Sägespäne, und dann drehten sie sich herum, dass dem Totenpferd übel wurde und es vom Tische aufstehen musste.

»Prrrrr!«, sagte der greise Kobold, »das ist ein Pläsier, dies Gewinke mit den Beinen! Aber was können sie denn noch weiter als tanzen, die Beine strecken und Wirbelwind machen?«

»Das sollst du bald erfahren!«, sagte der Elfenkönig, und dann rief er seine älteste Tochter vor, sie war so schmächtig und klar wie Mondschein, sie war die feinste von allen Schwestern; sie nahm einen weißen Stock in den Mund, und dann war sie ganz verschwunden, das war ihre Kunst.

Aber der greise Kobold sagte, die Kunst könne er bei einer Frau nicht leiden, und er glaube auch nicht, dass seine Buben entzückt davon wären.

Die zweite konnte neben sich selbst gehen, als habe sie einen Schatten, und den hat ja das Koboldvolk nicht.

Die dritte war ganz anderer Art, sie hatte in der Sumpffrau Brauhaus gelernt, und sie verstand es, Erlenknorren mit Johanniswürmchen zu spicken.

»Die wird eine gute Hausfrau«, sagte der Kobold, und dann stieß er mit den Augen an, denn er wollte nicht so viel trinken.

Nun kam die vierte Elfe, sie hatte eine große goldene Harfe zum Spielen, und als sie die erste Saite anschlug, erhoben alle das linke Bein, denn die Kobolde sind linksbeinig, und als sie die andere Saite anschlug, mussten sie alle tun, was sie wollte.

»Das ist ein gefährliches Frauenzimmer!«, sagte der alte Kobold, aber beide Söhne gingen zum Hügel hinaus, denn nun hatten sie es satt.

»Und was kann die nächste Tochter?«, fragte der greise Kobold.

»Ich habe das Norwegische lieben gelernt«, sagte sie, »und ich werde mich nur verheiraten, wenn ich nach Norwegen kommen kann.«

Aber die kleinste von den Schwestern flüsterte dem greisen Kobold zu: »Das sagt sie nur, weil sie in einem norwegischen Lied gehört hat, dass, wenn die Welt vergeht, die norwegischen Felsklippen doch als Denksteine stehen bleiben werden, und deswegen will sie auch dahin, denn sie fürchtet sich so davor, zu vergehen.«

»Hoho!«, sagte der Alte, »war es so gemeint? Aber was kann denn die siebente und letzte?«

»Die sechste kommt vor der siebenten«, sagte der Elfenkönig, denn er konnte rechnen, aber die sechste wollte nicht recht zum Vorschein kommen.

»Ich kann nur den Leuten die Wahrheit sagen!«, sagte sie, »aus mir macht sich niemand etwas, und ich habe genug damit zu tun, mein Sterbekleid zu nähen!«

Nun kam die siebente und letzte, und was konnte die? Ja, die konnte Märchen erzählen und zwar so viele sie wollte.

»Hier sind alle meine fünf Finger«, sagte der greise Kobold, »erzähle mir eins von jedem!«

Und die Elfe fasste ihn um das Handgelenk, und er lachte, sodass es in ihm gluckste, und als sie an den Goldfinger kam, der einen goldenen Ring um den Leib hatte, gerade als ob er wisse, dass Verlobung sein solle, sagte der greise Kobold: »Halte fest, was du hast, die Hand ist dein! Dich will ich selbst zur Frau haben!«

Und die Elfe sagte, es fehle noch das Märchen vom Goldfinger und das von dem kleinen Peter Spielmann.

»Die wollen wir im Winter hören«, sagte der alte Kobold, »und von der Tanne wollen wir hören und von der Birke und von den Erdgeistergeschenken und von dem klingenden Frost! Du sollst schon erzählen, denn das kann noch niemand so recht da oben, und dann wollen wir in der Steinstube sitzen, wo der Kienspan brennt, und Met aus den goldenen Hörnern der alten norwegischen Könige trinken. Der Neck hat mir ein Paar davon geschenkt. Und wenn wir so dasitzen, kommt der Nickelmann und macht Besuch; der singt dir alle die Lieder der Sennerinnen vor. Das soll lustig werden! Der Lachs wird im Gießbach springen und gegen die Steinwände schlagen, aber er kommt doch nicht herein! – Ja, du kannst mir glauben, es ist gut sein in dem alten, lieben Norwegen! Aber wo sind denn die Buben?«

Ja, wo waren die Buben? Die liefen auf dem Felde umher und bliesen die Irrlichter aus, die so bieder daherkamen und einen Fackelzug bringen wollten.

»Was soll das Herumstreifen!«, sagte der alte Kobold, »nun habe ich eine Mutter für euch genommen, jetzt könnt ihr euch eine von den Tanten nehmen!«

Aber die Buben sagten, sie wollten lieber eine Rede halten und Brüderschaft trinken, zum Heiraten hätten sie keine Lust. – Und dann hielten sie Reden und tranken Brüderschaft und machten die Nagelprobe, um zu zeigen, dass sie ausgetrunken hatten, zogen die Gewänder aus und legten sich auf den Tisch, um zu schlafen, denn genieren taten sie sich nicht. Aber der alte Kobold tanzte mit seiner jungen Braut und wechselte Stiefel mit ihr, denn das ist feiner als Ringewechseln.

»Jetzt kräht der Hahn«, sagte die alte Elfe, die dem Hauswesen vorstand. »Nun müssen wir die Fensterladen schließen, damit uns die Sonne nicht verbrennt!«

Und dann schloss sich der Hügel.

Aber draußen liefen die Eidechsen an dem geborstenen Baum auf und nieder, und die eine sagte zu der andern:

»O, wie gern ich den alten norwegischen Kobold leiden mochte!«

»Mir gefallen die Buben besser«, sagte der Regenwurm, aber er konnte ja nicht sehen, das erbärmliche Tier.

Die Schneekönigin

Ein Märchen in sieben Geschichten

Erste Geschichte, die von dem Spiegel und den Scherben handelt

So! Nun fangen wir an. Wenn wir am Ende der Geschichte sind, wissen wir mehr, als wir jetzt wissen, denn es war ein böser Kobold! Es war einer von den allerschlimmsten, es war »der Teufel«. Eines Tages war er so recht guter Laune, denn er hatte einen Spiegel gemacht, der die Eigenschaft besaß, dass alles Gute und Schöne, was sich darin spiegelte, zu fast nichts zusammenschwand, aber was nichts taugte und sich schlecht ausnahm, das trat so recht hervor und wurde noch ärger. Die schönsten Landschaften sahen in dem Spiegel aus wie gekochter Spinat, und die besten Menschen wurden ekelhaft und standen auf dem Kopfe ohne Bauch. Die Gesichter wurden so verzerrt, dass sie nicht zu erkennen waren, und hatte man eine Sommersprosse, so konnte man sicher sein, dass sie sich über Nase und Mund ausbreitete. Das sei höchst belustigend, sagte der Teufel. Ging ein guter, frommer Gedanke durch einen Menschen, dann gab der Spiegel ein Grinsen wieder, sodass der Teufel über seine künstliche Erfindung lachen musste. Alle, die die Koboldschule besuchten, denn er hatte eine Koboldschule eingerichtet, erzählten weit und breit, dass ein Wunder geschehen sei; erst jetzt, meinten sie, könne man sehen, wie die Welt und die Menschen wirklich aussähen. Sie liefen mit dem Spiegel umher, und schließlich gab es kein Land und keinen Menschen mehr, die nicht verzerrt von dem Spiegel zurückgestrahlt worden wären. Nun wollten sie auch zum Himmel empor fliegen, um sich über die Engel und den lieben Gott lustig zu machen. Je höher sie mit dem Spiegel flogen, um so mehr grinste er, sie konnten ihn kaum festhalten; höher und höher flogen sie, Gott und den Engeln immer näher; da erbebte der Spiegel so schrecklich in seinem Grinsen, dass er ihren Händen entfiel und zur Erde stürzte, wo er in hundert Millionen, Billionen und noch mehr Stücke zersprang. Und nun richteten sie gerade noch viel mehr Unheil an als bisher, denn einige Stücke waren kaum so groß wie ein Sandkorn, und diese flogen ringsumher in der weiten Welt; und wo sie jemand ins Auge bekam, da blieben sie sitzen, und da sahen die Menschen alles verkehrt oder hatten nur Auge für das, was bei einer Sache verkehrt war, denn jede kleine Spiegelscheibe hatte dieselbe Kraft behalten, die der ganze Spiegel besaß; einige Menschen bekamen sogar eine kleine Spiegelscheibe ins Herz, und dann war es ganz grässlich, das Herz ward gleichsam zu einem Klumpen Eis. Einige Stücke von dem Spiegel waren so groß, dass sie zu Fensterscheiben verwendet wurden, aber es war nicht gut, seine Freunde durch diese Scheiben zu betrachten; andere Stücke wurden in Brillen gefasst, und wenn dann die Leute diese Brillen aufsetzten, um recht zu sehen und gerecht zu sein, so hatte das gar keine Art; und der Böse lachte, dass ihm der Bauch platzte, und das kitzelte ihn so herrlich. Draußen aber flogen noch kleine Glassplitter in der Luft umher. Nun werden wir hören!

Zweite Geschichte
Ein kleiner Knabe und ein kleines Mädchen

Drinnen in der großen Stadt, wo so viele Häuser und Menschen sind, dass nicht Platz genug zu einem kleinen Garten für alle Leute ist, und wo sich deshalb die meisten mit Blumen in Blumentöpfen begnügen müssen, waren doch zwei arme Kinder, die einen Garten hatten, der ein wenig größer war als ein Blumentopf. Sie waren nicht Bruder und Schwester, aber sie hatten sich ebenso lieb, als wenn sie es gewesen wären. Die Eltern wohnten einander gerade gegenüber in zwei Dachkammern; da wo das Dach des einen Nachbarhauses an das andre stieß und die Wasserrinne zwischen den Dächern entlang lief, da war in jedem Hause ein kleines Fenster; man brauchte nur sperrbeinig über der Rinne zu stehen, dann konnte man von dem einen Fenster zu dem andern gelangen.

Die Eltern hatten draußen jeder einen hölzernen Kasten, und darin wuchsen die Küchenkräuter, die sie gebrauchten, und ein kleiner Rosenstock; da war einer in jedem Kasten, und sie wuchsen so herrlich. Nun kamen die Eltern auf den Einfall, die Kasten quer über die Rinne zu stellen, sodass sie fast von dem einen Fenster bis an das andre reichten und ganz aussahen wie zwei Blumenwälle. Die Erbsenranken hingen über die Kasten hinab, und die Rosenstöcke schossen lange Zweige, schlängelten sich um die Fenster und neigten sich einander zu: es sah fast aus wie eine Ehrenpforte von Blumen und Grün. Da die Kasten sehr hoch waren und die Kinder wussten, dass sie da nicht hinaufkriechen durften, so erhielten sie oft Erlaubnis, zueinander hinauszusteigen und auf ihren kleinen Schemeln unter den Rosen zu sitzen; da spielten sie dann so herrlich.

Im Winter hatte ja das Vergnügen ein Ende; die Fenster waren oft ganz zugefroren, aber dann wärmten sie Kupfermünzen im Ofen, legten die heiße Münze gegen die gefrorene Fensterscheibe, und nun entstand da ein köstliches Guckloch, so rund, so rund; dahinter lugte ein lieblich sanftes Auge hervor, eins an jedem Fenster; das war der kleine Knabe und das kleine Mädchen. Er hieß Kay, und sie hieß Gerda. Im Sommer konnten sie mit einem Sprunge zueinander gelangen, im Winter mussten sie erst die vielen Treppen hinab- und die vielen Treppen hinaufsteigen; draußen stob der Schnee.

»Das sind die weißen Bienen, die schwärmen«, sagte die alte Großmutter.

»Haben sie auch eine Bienenkönigin?«, fragte der kleine Knabe, denn er wusste, dass unter den wirklichen Bienen eine solche ist.

»Freilich haben sie die!«, sagte die Großmutter. »Sie fliegt da, wo sie am dichtesten schwärmen! Sie ist die größte von ihnen allen, und nie bleibt sie ruhig auf der Erde, sie fliegt wieder in die schwarze Wolke hinauf. Manche Winternacht fliegt sie durch die Straßen der Stadt und lugt in alle Fenster hinein, und da frieren die gar sonderbar zu, wie mit lauter Blumen bedeckt.«

»Ja, das habe ich gesehen!«, sagten beide Kinder, und dann wussten sie, dass es wahr sei.

»Kann die Schneekönigin hier hereinkommen?«, fragte das kleine Mädchen.

»Lass sie nur kommen!«, sagte der Knabe, »dann setze ich sie auf den warmen Ofen, und dann schmilzt sie.«

Aber die Großmutter glättete sein Haar und erzählte andere Geschichten.

Am Abend, als der kleine Kay zu Hause und halb entkleidet war, kroch er auf den Stuhl am Fenster und guckte durch das kleine Loch hinaus; ein paar Schneeflocken fielen draußen, und eine davon, die allergrößte, blieb auf dem Rande des einen Blumenkastens liegen; die Schneeflocke wuchs mehr und mehr, sie ward schließlich eine ganze Dame, in den feinsten weißen Flor gekleidet, der wie aus Millionen sternenartigen Flocken zusammengesetzt war. Sie war so schön und so fein, aber aus Eis, aus blendendem, glitzerndem Eis, und doch war sie lebendig; die Augen starrten wie zwei klare Sterne, aber es war weder Ruh noch Rast in ihnen. Sie nickte nach dem Fenster hinüber und winkte mit der Hand. Der kleine Knabe erschrak und sprang vom Stuhl hinab; da war es, als wenn da draußen ein großer Vogel am Fenster vorüber flöge.

Am nächsten Tage war klarer Frost – und dann wurde es Tauwetter – und dann kam der Frühling, die Sonne schien, das Grün spross hervor, die Schwalben bauten Nester, die Fenster wurden geöffnet, und die kleinen Kinder saßen wieder in ihrem Garten, hoch oben in der Dachrinne über allen Stockwerken.

Die Rosen blühten in diesem Sommer ganz wundervoll; das kleine Mädchen hatte ein Lied gelernt, und darin kam etwas von Rosen vor, und bei den Rosen dachte sie an ihre eigenen; und sie sang es dem kleinen Knaben vor, und der sang mit:

»Im Tal blühen die Rosen so schön,
Wir werden das Christkindlein sehn!«

Und die Kleinen hielten einander bei den Händen, küssten die Rosen und sahen in Gottes hellen Sonnenschein hinein und sprachen zu ihm, als wenn das Jesuskind dort wäre. Was waren das für herrliche Sommertage, wie schön war es, da draußen zwischen den frischen Rosenstöcken zu sitzen, die so aussahen, als wollten sie nie aufhören zu blühen.

Kay und Gerda saßen da und besahen ein Bilderbuch mit Tieren und Vögeln, da sagte Kay – die Uhr an dem großen Kirchturm schlug gerade fünf –: »Au! Es stach mich ins Herz! Und eben flog mir etwas ins Auge!«

Das kleine Mädchen schlang ihren Arm um seinen Hals; er blinzelte mit den Augen: nein, da war nichts zu sehen.

»Ich glaube, es ist weg!«, sagte er, aber es war nicht weg. Es war gerade so einer von diesen Glassplittern, die vom Spiegel abgesprungen waren, von dem Zauberspiegel, wir wissen ja noch, von dem hässlichen Glas, das alles Große und Schöne, das sich darin abspiegelte, klein und hässlich machte, während das Böse und Schlechte ordentlich hervortrat und jeder Fehler an einer Sache gleich zu erkennen war. Der arme Kay! Er hatte auch einen Splitter gerade ins Herz hineinbekommen. Das wird nun bald wie ein Eisklumpen werden. Jetzt tat es nicht mehr weh, aber der Glassplitter war da.

»Warum weinst du?«, fragte er. »So siehst du hässlich aus! Mir fehlt ja gar nichts! Pfui!«, rief er auf einmal, »die Rose da ist von einem Wurm angenagt! Und sieh doch, die da ist ja ganz schief! Es sind im Grunde ekelhafte Rosen! Genau so wie die Kasten, in denen sie stehen!« Und dann stieß er mit dem Fuß gegen den Kasten und riss die beiden Rosen ab.

»Kay, was machst du?«, rief das kleine Mädchen, und als er ihren Schrecken sah, riss er noch eine Rose ab und lief dann in sein Fenster hinein, von der kleinen, guten Gerda weg.

Wenn sie später mit dem Bilderbuch kam, sagte er, das sei für Wickelkinder; und wenn die Großmutter Geschichten erzählte, kam er immer mit einem Aber – ja, wenn er dazu gelangen konnte, ging er hinter ihr her, setzte ihre Brille auf und sprach so wie sie; er machte das sehr treffend, und alle Leute lachten über ihn. Bald konnte er so gehen und so sprechen wie alle Menschen in der ganzen Straße. Alles, was eigentümlich an ihnen war und unschön, das wusste Kay nachzumachen, und dann sagten die Leute: »Der Junge hat sicher einen ausgezeichneten Kopf!« Aber es war das Glas, das er ins Auge bekommen hatte, das Glas, das im Herzen saß, deshalb neckte er selbst die kleine Gerda, die ihm von ganzem Herzen zugetan war.

Seine Spiele wurden nun ganz anders als bisher, sie waren so verständig. – An einem Wintertage, als die Schneeflocken stoben, kam er mit einem großen Brennglas, breitete seinen blauen Rockzipfel aus und ließ die Schneeflocken darauf fallen.

»Sieh nun in das Glas, Gerda!«, sagte er, und jede Schneeflocke wurde viel größer und sah aus wie eine prächtige Blume oder ein zehneckiger Stern; das war wunderhübsch anzusehen.

»Siehst du, wie künstlich!«, sagte Kay, »das ist weit interessanter als die wirklichen Blumen! Und an diesen ist auch nicht ein einziger Fehler, sie sind ganz vollkommen, wenn sie nur nicht schmölzen!«

Nach einer Weile kam Kay mit großen Handschuhen und seinem Schlitten auf dem Rücken; er schrie Gerda in die Ohren hinein: »Ich habe Erlaubnis bekommen, auf dem großen Platz zu fahren, wo die andern spielen!«, und fort war er.

Dort auf dem Platz banden die kühnsten Knaben oft ihren Schlitten an den Wagen eines Bauern, und dann fuhren sie ein gutes Stück mit. Das ging gar lustig zu. Als sie im besten Spielen waren, kam ein großer Schlitten daher; er war ganz weiß angestrichen, und darin saß jemand, in einen rauen, weißen Pelz gehüllt und mit weißer Pelzmütze; der Schlitten fuhr zweimal um den Platz herum, und Kay band geschwind seinen kleinen Schlitten daran fest, und dann fuhr er mit. Es ging schneller und schneller, geradeswegs in die nächste Straße hinein; die Person, die fuhr, drehte den Kopf herum, nickte Kay so freundlich zu, es war, als kennten sie einander; jedes Mal, wenn Kay seinen kleinen Schlitten losbinden wollte, nickte die Person wieder, und dann blieb Kay sitzen; sie fuhren gerade zum Stadttor hinaus. Da begann der Schnee so hernieder zu fallen, dass der Kleine nicht die Hand vor den Augen sehen konnte, während er dahinsauste; da ließ er endlich die Schnur fahren, um von dem großen Schlitten loszukommen, aber sein kleines Fuhrwerk hing fest, und es ging mit Windeseile vorwärts. Da rief er ganz laut, aber niemand hörte ihn, und der Schnee stob, und der Schlitten flog dahin; zuweilen machte er einen Sprung, es war, als führe er über Gräben und Zäune. Kay war ganz erschrocken, er wollte sein Vaterunser beten, aber er konnte sich nur des großen Einmaleins entsinnen.

Die Schneeflocken wurden größer und größer, zuletzt sahen sie aus wie zwei große, weiße Hühner; auf einmal sprangen sie zur Seite, der große Schlitten hielt, und die Person, die ihn gefahren hatte, richtete sich auf, der Pelz und die Mütze waren aus lauter Schnee; es war eine Dame, groß und schlank und schimmernd weiß, es war die Schneekönigin.

»Wir sind gut vorwärts gekommen!«, sagte sie, »aber wer wird wohl frieren? Kriech in meinen Bärenpelz hinein!« Und sie setzte ihn neben sich in den Schlitten und schlug den Pelz um ihn, es war, als versänke er in einer Schneewehe.

»Friert dich noch?«, fragte sie, und dann küsste sie ihn auf die Stirn. Huh! Das war kälter als Eis, es ging ihm gerade bis ins Herz hinein, das ja doch schon halb ein Eisklumpen war; es war, als sollte er sterben; aber nur einen Augenblick, dann tat es ihm wohl; er spürte die Kälte ringsumher nicht mehr.

»Mein Schlitten! Vergiss meinen Schlitten nicht!«, das war das erste, woran er dachte; und der wurde an eins der weißen Hühner festgebunden, und das flog hinterdrein mit dem Schlitten auf dem Rücken. Die Schneekönigin küsste Kay noch einmal, und da hatte er die kleine Gerda und die Großmutter und alle daheim vergessen.

»Jetzt bekommst du keine Küsse mehr!«, sagte sie, »denn sonst küsse ich dich tot!«

Kay sah sie an; sie war sehr schön; ein klügeres, schöneres Gesicht konnte er sich nicht denken; nun erschien sie ihm nicht mehr von Eis wie damals, als sie draußen vor dem Fenster saß und ihm winkte; in seinen Augen war sie vollkommen, er hatte gar keine Angst, er erzählte ihr, dass er kopfrechnen könne, und zwar mit Brüchen, dass er die Quadratmeilen des Landes wisse und »wie viele Einwohner« es habe, und sie lächelte beständig; da meinte er, es sei doch nicht genug, was er wisse, und er sah in den großen, großen Luftraum hinauf, und sie flog mit ihm, flog hoch oben über der schwarzen Wolke, und der Sturm sauste und brauste, es war, als sänge er alte Melodien. Sie flogen über Wälder und Seen, über Gärten und Länder; tief unter ihnen sauste der kalte Wind, die Wölfe heulten, der Schnee glitzerte, die schwarzen, schreienden Krähen flogen darüber hin, aber hoch oben schien der Mond so hell, und dem sah Kay die lange, lange Winternacht an; am Tage aber schlief er zu den Füßen der Schneekönigin.

Dritte Geschichte
Der Blumengarten bei der Frau, die zaubern konnte

Was aber machte die kleine Gerda, als Kay nicht mehr kam? Wo war er nur geblieben? – Niemand wusste es, niemand konnte Bescheid geben. Die andern Knaben erzählten nur, sie hätten gesehen, wie er seinen Schlitten an einen mächtig großen gebunden habe, der in die Straße hinein und zum Stadttor hinausgefahren war. Niemand wusste, wo er war; viele Tränen flossen, die kleine Gerda weinte heiß und lange. – Dann dachte sie, er sei tot, er sei in den Fluss gefallen, der dicht an der Stadt vorüber floss; ach, es waren gar lange, dunkle Wintertage! Dann kam der Frühling mit wärmerem Sonnenschein.

»Kay ist tot und fort«, sagte die kleine Gerda. »Das glaube ich nicht!«, sagte der Sonnenschein. »Er ist tot und fort!«, sagte sie zu den Schwalben, »Das glaube ich nicht!«, antworteten die, und schließlich glaubte die kleine Gerda es auch nicht mehr.

»Ich will meine neuen, roten Schuhe anziehen«, sagte sie eines Morgens, »die Kay noch nie gesehen hat, und dann will ich an den Fluss hinab gehen und den fragen!«

Und es war noch ganz früh; sie küsste die alte Großmutter, die noch schlief, zog die roten Schuhe an und ging ganz allein zum Tore hinaus nach dem Fluss hinab.

»Ist es wahr, dass du mir meinen kleinen Spielgefährten weggenommen hast? Ich will dir meine roten Schuhe schenken, wenn du ihn mir wiedergeben willst!«

Und die Wellen, so schien es ihr, nickten so sonderbar; da nahm sie ihre roten Schuhe, das Liebste, was sie hatte, und warf sie alle beide in den Fluss hinein; aber sie fielen ganz dicht am Ufer nieder, und die kleinen Wellen trugen sie gleich wieder zu ihr aus Land, es war, als wolle der Fluss das Liebste, was sie besaß, nicht nehmen, da er den kleinen Kay ja nicht hatte; aber sie glaubte, dass sie die Schuhe nicht weit genug hinausgeworfen hätte, und da kroch sie denn in ein Boot, das im Röhricht lag, sie ging ganz an das äußerste Ende und warf die Schuhe ins Wasser; aber das Boot war nicht festgebunden, und bei der Bewegung, die sie machte, glitt es vom Lande ab; sie bemerkte es und beeilte sich, herauszukommen, aber ehe sie noch zurückkletterte, war das Boot über eine Elle vom Ufer entfernt, und nun glitt es schneller von dannen.

Da erschrak die kleine Gerda sehr und fing an zu weinen, aber es hörte sie niemand außer den Spatzen, und die konnten sie nicht ans Land tragen, aber sie flogen am Ufer entlang und sangen, als wollten sie sie trösten: »Hier sind wir! Hier sind wir!« Das Boot trieb mit dem Strom; die kleine Gerda saß ganz still in ihren Strümpfen da; die kleinen, roten Schuhe schwammen hinterdrein, aber sie konnten das Boot nicht erreichen, das trieb immer schneller.

Hübsch war es an beiden Ufern, schöne Blumen, alte Bäume und Abhänge mit Schafen und Kühen, aber nirgends war ein Mensch zu sehen.

»Vielleicht trägt mich der Fluss zu dem kleinen Kay hin«, dachte Gerda, und dann war sie nicht mehr so traurig, sie richtete sich auf und sah viele Stunden lang die grünen Ufer an; dann kam sie an einen großen Kirschengarten, in dem ein kleines Haus mit wunderlichen roten und blauen Fenstern lag, übrigens mit einem Strohdach und zwei hölzernen Soldaten davor, die vor den Vorübergehenden das Gewehr schulterten.

Gerda rief sie an; sie glaubte, sie seien lebendig, aber sie antworteten natürlich nicht, sie kam ihnen ganz nahe, der Fluss trieb das Boot gerade auf das Ufer zu.

Gerda rief noch lauter, und da kam eine alte, alte Frau aus dem Hause heraus, die sich auf einen Krückstock stützte; sie hatte einen großen Schutzhut auf, und der war mit den schönsten Blumen bemalt.

»Du armes, kleines Kind!«, sagte die alte Frau; »wie bist du nur auf den großen, reißenden Strom gekommen und so weit in die Welt hinausgetrieben?«, Und dann ging die alte Frau ganz in das Wasser hinein, erfasste mit ihrem Krückstock das Boot, zog es ans Land und hob die kleine Gerda heraus.

Und Gerda war froh, wieder auf das Trockene zu gelangen, aber sie fürchtete sich doch ein wenig vor der fremden, alten Frau.

»Komm doch und erzähle mir, wer du bist und wie du hierher kommst!«, sagte sie.

Und Gerda erzählte ihr alles; und die Alte schüttelte den Kopf und sagte: »Hm! Hm!« Und als Gerda ihr alles gesagt und sie gefragt hatte, ob sie nicht den kleinen Kay gesehen hätte, sagte die Frau, er sei nicht vorbeigekommen, aber er würde schon kommen, sie sollte nur nicht traurig sein, sondern ihre Kirschen kosten und ihre Blumen besehen, die seien schöner als irgendein Bilderbuch, die könnten jede eine ganze Geschichte erzählen. Dann nahm sie Gerda bei der Hand, sie gingen in das kleine Haus, und die alte Frau schloss die Tür zu.

Die Fenster saßen ganz hoch oben, und die Scheiben waren rot, blau und gelb; das Tageslicht schien so wunderlich dahinein in allen Farben, aber auf dem Tisch standen die schönsten Kirschen, und Gerda aß so viele, wie sie nur wollte, denn das durfte sie. Und während sie aß, kämmte ihr die alte Frau das Haar mit einem goldenen Kamm, und das Haar lockte sich und umschimmerte so herrlich goldblond das kleine, freundliche Gesicht, das so rund war und wie eine Rose aussah.

»Nach so einem süßen kleinen Mädchen habe ich mich schon lange gesehnt«, sagte die Alte. »Nun sollst du einmal sehen, wie gut wir uns vertragen werden!« Und während sie das Haar der kleinen Gerda kämmte, vergaß diese ihren Pflegebruder Kay mehr und mehr; denn die alte Frau konnte zaubern, aber eine böse Hexe war sie nicht, sie zauberte nur ein klein wenig zu ihrem eigenen Vergnügen, und sie wollte die kleine Gerda so gern behalten. Darum ging sie in den Garten hinaus und streckte ihren Krückstock nach allen Rosenstöcken aus: wie schön sie auch blühten, sanken sie doch alle in die schwarze Erde hinab, und man konnte nicht sehen, wo sie gestanden hatten. Der Alten war bange, dass, wenn Gerda die Rosen sähe, sie an ihre eigenen denken und sich dann des kleinen Kay erinnern und davonlaufen würde.

Dann führte sie Gerda in den Blumengarten hinaus. – Nein! War das ein Duft und eine Herrlichkeit! Alle nur denkbaren Blumen, und zwar für jede Jahreszeit, standen hier in der prächtigsten Blüte; kein Bilderbuch konnte bunter und schöner sein. Gerda hüpfte vor Freude und spielte, bis die Sonne hinter den hohen Kirschbäumen unterging; dann bekam sie ein schönes Bett mit roten, seidenen Kissen, die waren mit blauen Veilchen gestopft, und sie schlief und träumte da so herrlich wie eine Königin an ihrem Hochzeitstag.

Am nächsten Tage konnte sie wieder mit den Blumen im warmen Sonnenschein spielen – so vergingen viele Tage. Gerda kannte jede Blume, aber wie viele auch da waren, so fand sie doch, dass da eine fehlte, aber welche, das wusste sie nicht. Da saß sie eines Tages und betrachtete den Schutzhut der alten Frau mit den gemalten Blumen, aber gerade die allerschönste darunter war eine Rose. Die Alte hatte vergessen, sie vom Hut zu entfernen, als sie die andern in die Erde bannte. Aber so geht es, wenn man die Gedanken nicht beisammen hat. – »Was!«, sagte Gerda, »sind hier denn keine Rosen?« Und sie sprang zwischen die Beete, suchte und suchte, aber da war keine zu finden; da setzte sie sich hin und weinte, aber ihre heißen Tränen fielen gerade auf die Stelle, wo ein Rosenbaum versunken war, und als die warmen Tränen die Erde netzten, schoss der Baum auf einmal empor, so blühend, wie er versunken war, und Gerda umarmte ihn, küsste die Rosen, und dann musste sie an die schönen Rosen daheim denken und mit ihnen auch an den kleinen Kay und sein Davonlaufen.

»O, wie bin ich doch aufgehalten worden!«, sagte das kleine Mädchen. »Ich wollte Kay ja suchen! – Wisst ihr nicht, wo er ist?«, fragte sie die Rosen. »Glaubt ihr, dass er tot und fort ist?«

»Tot ist er nicht«, sagten die Rosen. »Wir sind ja in der Erde gewesen, da sind alle die Toten, aber Kay war nicht da.«

»Habt vielen Dank!«, sagte die kleine Gerda, und sie ging zu den anderen Blumen hin, sah in ihre Kelche hinein und fragte: »Wisst ihr nicht, wo der kleine Kay ist?«

Aber jede Blume stand in der Sonne und träumte ihr eigenes Märchen oder ihre Geschichte, davon bekam die kleine Gerda so viele, viele zu hören, aber keine wusste etwas von Kay.

Und was sagte denn die Feuerlilie?

»Hörst du die Trommel: bum! Bum! Es sind nur zwei Töne, immer bum! bum! Höre der Frauen Trauergesang, höre der Priester Ruf! – In ihrem langen, roten Gewand steht das Hinduweib auf dem Scheiterhaufen, die Flammen lodern um sie und ihren toten Mann empor; aber das Hinduweib denkt an den Lebenden hier im Kreise, an ihn, dessen Augen heißer brennen als die Flammen, an ihn, dessen Feuer ihr Herz heißer berührt als die Flammen, die bald ihren Leib zu Asche sengen. Kann die Flamme des Herzens in den Flammen des Scheiterhaufens sterben?«

»Das verstehe ich gar nicht!«, sagte die kleine Gerda.

»Das ist mein Märchen!«, sagte die Feuerlilie.

Was sagte die Winde?

»Über den schmalen Gebirgspfad hinaus hängt eine alte Ritterburg. Dichtes Immergrün wächst an den alten, roten Mauern empor; Blatt an Blatt umrankt den Altan, und dort steht ein schönes Mädchen, sie beugt sich über das Gitterwerk und sieht den Weg hinab. Keine Rose hängt frischer am Zweige als sie; keine Apfelblüte, wenn sie der Wind dem Baume entführt, schwebt leichter als sie; wie rauscht das prächtige, seidene Gewand! ›Kommt er denn nicht!‹«

»Meinst du Kay?«, fragte die kleine Gerda.

»Ich spreche nur von meinem Märchen, meinem Traum«, antwortete die Winde.

Was sagte das kleine Schneeglöckchen?

»Zwischen den Bäumen hängt an Seilen das lange Brett; das ist eine Schaukel; zwei niedliche kleine Mädchen – die Kleider sind weiß wie Schnee, lange, grüne seidene Bänder flattern von den Hüten – sitzen und schaukeln sich; der Bruder, der größer ist als sie, steht aufrecht in der Schaukel; er hat den Arm um das Seil geschlungen, um sich zu halten, denn in der einen Hand hält er eine kleine Schale, in der andern eine Tonpfeife, er macht Seifenblasen; die Schaukel geht, und die Seifenblasen fliegen mit wunderbar wechselnden Farben; die letzte hängt noch am Pfeifenstiel und biegt sich im Winde; die Schaukel geht; der kleine, schwarze Hund, leicht wie die Seifenblasen, richtet sich auf den Hinterbeinen auf und will mit in die Schaukel hinein; sie fliegt, der Hund fällt, bellt und ist wütend; er wird geneckt, die Blasen zerspringen – ein schaukelndes Brett, ein zerspringendes Schaumbild ist mein Lied!«

»Es mag schon sein, dass es hübsch ist, was du da erzählst, aber du sagst es so traurig und erwähnst Kay gar nicht.«

Was sagten die Hyazinthen?

»Es waren einmal drei wunderschöne Schwestern, so durchsichtig und fein; das Kleid der einen war rot, das der andern war blau, und die dritte hatte ein ganz weißes; Hand in Hand tanzten sie an dem stillen See im hellen Mondschein. Es waren keine Elfen, es waren Menschenkinder. Es duftete so süß, und die Mädchen verschwanden im Wald; der Duft wurde stärker; – drei Särge, darin lagen die schönen Mädchen, glitten aus dem Dickicht des Waldes über den See hin; Johanniswürmchen flogen schimmernd ringsumher wie kleine, schwebende Lichter. Schlafen die tanzenden Mädchen, oder sind sie tot? – Der Blumenduft sagt, sie sind Leichen; die Abendglocke läutet ihnen den Grabgesang!«

»Du machst mich ganz traurig!«, sagte die kleine Gerda. »Du duftest so stark, ich muss an die toten Mädchen denken; ach, ist der kleine Kay denn wirklich tot? Die Rosen sind unten in der Erde gewesen, und die sagen nein!«

»Kling, klang!«, läuteten die Hyazinthenglocken. »Wir läuten nicht für den kleinen Kay, den kennen wir nicht! Wir singen nur unser Lied, das einzige, das wir kennen.«

Und Gerda ging zur Butterblume hin, die zwischen den glänzenden, grünen Blättern hervorschimmerte.

»Du bist eine kleine, helle Sonne!«, sagte Gerda. »Sage mir, ob du weißt, wo ich meinen Spielgefährten finden kann.«

Und die Butterblume schien so schön und sah Gerda wieder an. Welches Lied konnte die Butterblume wohl singen? Von Kay handelte es auch nicht.

»In einem kleinen Hof schien die liebe Gottessonne an dem ersten Frühlingstag so warm; die Strahlen glitten an der weißen Wand des Nachbars herab, dicht daran wuchsen die ersten gelben Blumen, schimmerndes Gold in den warmen Sonnenstrahlen; die alte Großmutter saß draußen in ihrem Stuhl, die Enkelin, das arme, schöne Dienstmädchen, kam nach Hause auf einen kurzen Besuch; sie küsste die Großmutter. Es war Gold,

Herzensgold in dem liebevollen Kuss! Gold auf dem Munde, Gold auf dem Grunde, Gold in der Morgenstunde! Sieh, das ist meine kleine Geschichte!«, sagte die Butterblume.

»Meine arme alte Großmutter!«, seufzte Gerda. »Ja, sie sehnt sich gewiss nach mir und grämt sich um mich sowie um den kleinen Kay. Aber ich kehre bald wieder heim, und dann bringe ich Kay mit. – Es nützt nichts, dass ich die Blumen frage, die kennen nur ihr eigenes Lied, die sagen mir nicht Bescheid!« Und dann schürzte sie ihr kleines Kleid, damit sie schneller laufen könne; aber die Narzisse schlug sie über das Bein, als sie über sie hinweg sprang; da blieb sie stehen, sah die lange Blume an und fragte: »Weißt du am Ende was?« Und sie beugte sich zu ihr hinab. Und was sagte die?

»Ich kann mich selbst sehen! Ich kann mich selbst sehen!«, sagte die Narzisse. »O, o, wie ich dufte! – Oben in dem kleinen Mansardenstübchen steht halb angekleidet eine kleine Tänzerin, sie steht bald auf einem Bein, bald auf zweien, sie tritt die ganze Welt mit Füßen, sie ist nichts als Augenverblendung. Sie gießt Wasser aus dem Teekessel auf ein Kleidungsstück, das sie in der Hand hält; das ist ihr Schnürleib; – Reinlichkeit ist eine schöne Sache! Das weiße Kleid hängt am Haken, das ist auch im Teekessel gewaschen und auf dem Dach getrocknet! Das zieht sie an, das safrangelbe Tuch um den Hals, dann schimmert das Kleid noch weißer. Das Bein in die Höhe! Sieh, wie aufrecht sie auf einem Stängel steht! Ich kann mich selbst sehen! Ich kann mich selbst sehen!«

»Das ist mir ganz einerlei!«, sagte Gerda, »das brauchst du mir gar nicht zu erzählen!« Und dann lief sie an das äußerste Ende des Gartens.

Die Tür war verschlossen, aber sie rüttelte an dem verrosteten Riegel, bis er losging und die Tür aufsprang, und dann lief die kleine Gerda auf bloßen Füßen in die weite Welt hinaus. Sie sah sich dreimal um, aber niemand kam hinter ihr drein; schließlich konnte sie nicht mehr laufen, da setzte sie sich auf einen großen Stein, und als sie sich umsah, war der Sommer vorüber, es war Spätherbst, das konnte man gar nicht merken da drinnen in dem großen Garten, wo alles Sonnenschein war und wo immer die Blumen aller Jahreszeiten blühten.

»Lieber Gott, wie habe ich mich verspätet!«, sagte die kleine Gerda, »Es ist ja Herbst geworden! Da darf ich nicht ruhen!« Und sie stand auf, um zu gehen.

O, wie waren ihre kleinen Füße wund und müde, und ringsumher sah es kalt und rau aus; die langen Weidenblätter waren ganz gelb, und der Nebel tropfte als Wasser von ihnen herab, ein Blatt nach dem andern fiel ab, nur der Schlehdorn stand voller Früchte da, so herben, sie zogen den Mund zusammen. O, wie war es so grau und schwer in der weiten Welt!

Vierte Geschichte
Prinz und Prinzessin

Gerda musste wieder ausruhen; da hüpfte dort auf dem Schnee, dem Platz, auf dem sie saß, gerade gegenüber, eine große Krähe; sie hatte stillgesessen, sie angesehen und mit dem Kopfe gewackelt; nun sagte sie: »Kra! Kra! – Gu'Tag! Gu'Tag!« Besser konnte sie es nicht sagen, aber sie meinte es so gut mit dem kleinen Mädchen und fragte, wohin sie so allein in die weite Welt hinausginge. Das Wort ›allein‹ verstand Gerda sehr wohl und fühlte so recht, wie viel darin lag, und dann erzählte sie der Krähe ihr ganzes Leben und ihre Erlebnisse und fragte, ob sie Kay nicht gesehen hätte.

Und die Krähe nickte ganz bedächtig und sagte: »Das könnte wohl sein! Das könnte wohl sein!«

»Wie? Meinst du wirklich?«, fragte das kleine Mädchen und hätte beinahe die Krähe tot gedrückt, so küsste sie sie.

»Ruhig! Ruhig!«, sagte die Krähe. »Ich glaube, es könnte wohl der kleine Kay sein! Aber nun hat er dich gewiss längst über der Prinzessin vergessen!«

»Wohnt er bei einer Prinzessin?«, fragte Gerda.

»Ja, höre!«, sagte die Krähe. »Aber es wird mir so schwer, deine Sprache zu reden. Verstehst du die Krähensprache? Dann kann ich besser erzählen.«

»Nein, die habe ich nicht gelernt!«, sagte Gerda, »aber die Großmutter konnte sie, und die Erbsensprache auch. Hätte ich sie nur gelernt!«

»Tut nichts!«, sagte die Krähe. »Ich werde erzählen, so gut ich kann, aber schlecht wird es darum doch.« Und dann erzählte sie, was sie wusste.

»In dem Königreich, in dem wir jetzt sitzen, wohnt eine Prinzessin, die ist so ungeheuer klug, aber sie hat auch alle Zeitungen gelesen, die es auf der ganzen Welt gibt, und sie wieder vergessen, so klug ist sie. Neulich sitzt sie auf dem Thron, und das ist gar nicht so ergötzlich, sagt man, da fängt sie an, ein Lied zu singen, und zwar das: ›Warum sollt ich mich denn nicht vermählen?‹ ›Wahrhaftig‹, sagt sie, ›darin ist ja Sinn und Verstand!‹ Und nun wollte sie sich verheiraten, aber sie wollte einen Mann haben, der zu antworten verstand, wenn man mit ihm sprach, der nicht nur dastand und vornehm aussah, denn das ist so langweilig. Nun ließ sie alle Hofdamen zusammentrommeln, und als sie hörten, was sie wollte, wurden sie sehr vergnügt. ›Das gefällt mir ausnehmend!‹, sagten sie, ›das habe ich neulich auch schon gedacht!‹ – – Du kannst mir glauben, jedes Wort, das ich sage, ist wahr!«, sagte die Krähe. »Ich habe eine zahme Braut, die geht frei im Schloss umher, und die hat mir alles erzählt!«

Seine Braut war natürlich auch eine Krähe, denn Art lässt nicht von Art.

»Die Zeitungen erschienen sogleich mit einer Umrandung aus Herzen und dem Namenszug der Prinzessin; da konnte man lesen, dass es jedem jungen Manne, der gut aussähe, freistände, aufs Schloss zu kommen und mit der Prinzessin zu reden, und der, der so spräche, dass man hören könnte, dass er in dem, was er sagte, zu Hause wäre, und der am besten spräche, den wollte die Prinzessin zum Manne nehmen. – Ja, ja«, sagte die Krähe, »du kannst mir glauben, das ist so gewiss, wie ich hier sitze; die Leute strömten herbei, das war ein Gedränge und ein Gelaufe, aber es glückte keinem, weder am ersten noch am zweiten Tage. Sie konnten alle zusammen gut sprechen, wenn sie draußen auf der Straße waren, aber wenn sie zum Schlosstor hereinkamen und die Garde in Silber sahen und auf den Treppen die Lakaien in Gold und die großen, erleuchteten Säle, dann wurden sie ganz verwirrt; und standen sie vor dem Thron, auf dem die Prinzessin saß, wussten sie nichts weiter zu sagen als das letzte Wort, was sie gesagt hatte, und sie machte sich nichts daraus, das noch einmal zu hören. Es war, als wenn sie alle da drinnen Schnupftabak auf den Magen bekommen hätten und eingeschlummert wären, bis sie wieder auf die Straße hinauskamen, ja, dann konnten sie reden! Da stand eine Reihe vom Stadttor bis zum Schlosse hin. Ich war selbst drinnen, um es zu sehen!«, sagte die Krähe. »Sie wurden hungrig und durstig, aber im Schlosse bekamen sie nicht einmal ein Glas lauwarmes Wasser. Freilich hatten einige von den Klügsten Butterbrot mitgenommen, aber sie teilten nicht mit ihrem Nachbar; sie dachten auch: ›Lass ihn nur hungrig aussehen, dann nimmt die Prinzessin ihn nicht!‹«

»Aber Kay, der kleine Kay?!«, fragte Gerda. »Wann kam der denn? War er unter den vielen?«

»Immer ruhig, ruhig! Nun kommen wir gleich zu ihm! Es war am dritten Tage, da kam ein kleiner Bursche ohne Pferd und Wagen ganz unbefangen gerade auf das Schloss zumarschiert; seine Augen glänzten ganz so wie die deinen, er hatte wunderschönes, langes Haar, aber sonst ärmliche Kleider.«

»Das war Kay!«, jubelte Gerda. »Ach, nun habe ich ihn gefunden!« Und sie klatschte in die Hände.

»Er hatte einen kleinen Ranzen auf dem Rücken«, sagte die Krähe.

»Nein, das war wohl sein Schlitten!«, sagte Gerda. »Denn mit dem Schlitten ging er weg!«

»Das kann wohl sein!«, sagte die Krähe, »so genau habe ich nicht hingesehen! Aber das weiß ich von meiner zahmen Braut, dass er, als er durch das Schlosstor kam und die Leibgarde in Silber und auf den Treppen die Lakaien in Gold sah, nicht im geringsten verwirrt wurde, er nickte ihnen zu und sagte: ›Es muss langweilig sein, auf der Treppe zu stehen, ich gehe lieber hinein.‹ Da schimmerten Säle von Lichtern, Geheimräte und Exzellenzen gingen auf bloßen Füßen und trugen goldene Schüsseln; einem konnte wohl feierlich zumute werden! Seine Stiefel knarrten so schrecklich, aber bange wurde ihm darum doch nicht!«

»Das ist ganz gewiss Kay!«, sagte Gerda. »Ich weiß, er hatte neue Stiefel an, ich habe sie in Großmutters Stube knarren hören!«

»Ja, knarren taten sie!«, sagte die Krähe. »Und ganz unbefangen ging er gerade auf die Prinzessin zu, die auf einer Perle saß, die so groß war wie ein Spinnrad; und alle Hofdamen mit ihren Zofen und den Zofen ihrer Zofen und alle Kavaliere mit ihren Dienern und den Dienern ihrer Diener, die wieder einen Burschen halten, standen ringsumher aufgestellt; und je näher sie nach der Tür zu standen, um so stolzer sahen sie aus. Den Burschen von des Dieners Diener, der immer in Pantoffeln geht, darf man kaum ansehen, so stolz steht er in der Tür!«

»Das muss grässlich sein!«, sagte die kleine Gerda. »Und Kay hat doch die Prinzessin gekriegt?«

»Wäre ich keine Krähe gewesen, so hätte ich sie genommen, und zwar obwohl ich verlobt bin. Er soll genau so gut geredet haben, wie ich rede, wenn ich die Krähensprache spreche, das weiß ich von meiner zahmen Braut. Er war unbefangen und allerliebst, er war gar nicht gekommen, um zu freien, war einzig und allein gekommen, um die Klugheit der Prinzessin zu hören, und die fand er gut, und sie ihrerseits fand ihn gut.«

»Ja, ganz sicher, das war Kay!«, sagte Gerda. »Er war so klug, er konnte kopfrechnen mit Brüchen! – Ach, willst du mich nicht im Schlosse einführen?«

»Ja, das ist leicht gesagt!«, meinte die Krähe. »Aber wie machen wir das nur? Ich werde es mit meiner zahmen Braut bereden; sie kann uns gewiss raten; denn das will ich dir nur sagen, so ein kleines Mädchen wie du bekommt nie die Erlaubnis, ordnungsmäßig hineinzukommen.«

»Doch, die bekomme ich!«, sagte Gerda. »Wenn Kay hört, dass ich hier bin, kommt er gleich und holt mich!«

»Erwarte mich dort an der Gitterpforte!«, sagte die Krähe, wackelte mit dem Kopf und flog davon.

Erst als es dunkler Abend war, kam die Krähe wieder zurück. »Rar! Rar!«, sagte sie. »Ich soll dich vielmals von ihr grüßen, und hier ist ein Brötchen für dich, das hat sie in der Küche weggenommen, da ist Brot genug, und du bist gewiss hungrig! – Es ist ganz unmöglich, dass du ins Schloss hineinkommst, du bist ja barfuß; die Garde in Silber und die Lakaien in Gold würden es nicht erlauben; aber weine nicht, du sollst schon hinkommen. Meine Braut weiß eine kleine Hintertreppe, die nach dem Schlafgemach führt, und sie weiß, wo sie den Schlüssel bekommen kann.«

Und sie gingen in den Garten hinein, in die große Allee, wo ein Blatt nach dem andern abfiel; und als im Schloss die Lichter ausgelöscht wurden eins nach dem andern, führte die Krähe die kleine Gerda an eine Hintertür, die angelehnt war.

O, wie Gerdas Herz vor Angst und Sehnsucht pochte! Es war geradeso, als ob sie etwas Böses tun wollte, und sie wollte ja doch nur wissen, ob es der kleine Kay wäre: ja, er musste es sein; sie dachte so lebhaft an seine klugen Augen, sein langes Haar; sie konnte ordentlich sehen, wie er lächelte so wie damals, als sie daheim unter den Rosen saßen. Er würde sich gewiss freuen, wenn er sie sah und hörte, was für einen langen Weg sie um seinetwillen gegangen war, wenn er erfuhr, wie betrübt sie alle daheim gewesen waren, als er nicht kam. O, das war eine Angst und eine Freude!

Nun waren sie auf der Treppe, da brannte eine kleine Lampe auf einem Schrank; mitten auf dem Fußboden stand die zahme Krähe und drehte den Kopf nach allen Seiten und betrachtete Gerda, die einen Knicks machte, so wie die Großmutter es sie gelehrt hatte.

»Mein Verlobter hat mir so viel Gutes von Ihnen erzählt, mein liebes, kleines Fräulein«, sagte die zahme Krähe. »Ihre Vita, wie man es nennt, ist auch sehr rührend! – Wollen Sie die Lampe nehmen, dann will ich vorangehen. Wir gehen hier geradeaus, denn da treffen wir niemand.«

»Mir deucht, da kommt jemand dicht hinter uns her«, sagte Gerda, und es sauste an ihr vorüber; es war, als wenn Schatten an der Wand glitten, Pferde mit flatternden Mähnen und dünnen Beinen, Jägerburschen, Herren und Damen zu Pferd.

»Das sind nur Träume!«, sagte die Krähe, »die kommen und holen die Gedanken der hohen Herrschaft zur Jagd ab, das ist gut, denn dann können Sie sie besser im Bett betrachten. Aber eins erwarte ich von Ihnen, wenn Sie zu Ehren und Würden gelangen, müssen Sie ein dankbares Herz zeigen.«

»Das ist doch ganz selbstverständlich!«, sagte die Krähe im Wald.

Nun kamen sie in den ersten Saal hinein, der war aus rosenrotem Atlas mit künstlichen Blumen an den Wänden; hier sausten schon die Träume an ihnen vorüber, aber sie flogen so schnell, dass Gerda die hohen Herrschaften nicht zu sehen bekam. Ein Saal war immer prächtiger als der andre: ja, man konnte wohl staunen! Und nun waren sie im Schlafgemach. Die Decke hier drinnen glich einer großen Palme mit Blättern aus Glas, kostbarem Glas, und mitten im Zimmer hingen an einem dicken Stängel aus Gold zwei Betten, von denen jedes aussah wie eine Lilie: die eine war weiß, darin lag die Prinzessin; die andre war rot, und darin sollte Gerda den kleinen Kay suchen; sie bog eins der roten Blätter zurück, und da sah sie einen braunen Nacken. Ja, das war Kay! – Sie rief ganz laut seinen Namen, hielt die Lampe dicht an ihn heran – die Träume sausten zu Pferd wieder in die Stube herein – er erwachte, wandte den Kopf um, und – – es war nicht der kleine Kay.

Der Prinz sah ihm nur im Nacken ähnlich, aber jung und schön war er. Und aus dem weißen Lilienbett guckte die Prinzessin heraus und fragte, was da los sei. Da weinte die kleine Gerda und erzählte ihre Geschichte und alles, was die Krähen für sie getan hatten.

»Die arme Kleine!«, sagten der Prinz und die Prinzessin, und sie lobten die Krähen und sagten, sie seien gar nicht böse auf sie, aber sie sollten es doch lieber nicht wieder tun. Diesmal sollten sie eine Belohnung haben.

»Wollt ihr frei umher fliegen?«, fragte die Prinzessin, »oder wollt ihr eine feste Anstellung als Hofkrähen haben, mit allem, was in der Küche abfällt?«

Und beide Krähen machten einen tiefen Knicks und baten um feste Anstellung; denn sie dachten an ihr Alter und sagten: »Es ist so gut, etwas für seine alten Tage zu haben!«

Und der Prinz stand aus seinem Bett auf und ließ Gerda darin schlafen, und mehr konnte er wirklich nicht tun. Sie faltete ihre kleinen Hände und dachte: »Wie gut doch die Menschen und die Tiere sind«, und dann schloss sie ihre Augen und schlief so herrlich. Alle Träume kamen wieder hereingeflogen, und sie sahen aus wie Engel Gottes, und sie zogen einen kleinen Schlitten, und darauf saß Kay und nickte ihr zu; aber das Ganze war nur ein Traum, und darum war es auch wieder verschwunden, sobald sie erwachte.

Am nächsten Tag wurde sie von Kopf bis zu Fuß in Samt und Seide gekleidet; ihr wurde angeboten, auf dem Schlosse zu bleiben und gute Tage zu haben, aber sie bat nur um einen kleinen Wagen mit einem Pferd davor und um ein Paar kleine Stiefel, dann wollte sie wieder in die weite Welt hinausfahren und Kay suchen.

Und sie bekam Stiefel und Muff; sie wurde aufs niedlichste gekleidet, und als sie wegwollte, hielt eine neue Kutsche aus purem Golde vor der Tür; das Wappen des Prinzen und der Prinzessin leuchtete wie ein Stern daran; Kutscher, Diener und Vorreiter, denn Vorreiter waren auch da, saßen mit goldenen Kronen da. Der Prinz und die Prinzessin halfen ihr selbst in den Wagen und wünschten ihr alles Glück. Die Waldkrähe, die nun verheiratet war, begleitete sie die ersten drei Meilen; sie saß neben ihr, denn sie konnte das Rückwärtsfahren nicht vertragen; die andere Krähe stand in der Haustür und schlug mit den Flügeln, sie kam nicht mit, denn sie litt an Kopfschmerzen, seit sie die feste Anstellung hatte und so viel zu essen bekam. Inwendig war die Kutsche mit Zuckerkringeln gefüttert, und im Sitz waren Früchte und Pfeffernüsse.

»Leb wohl! Leb wohl!«, riefen der Prinz und die Prinzessin, und die kleine Gerda weinte, und die Krähe weinte; – so ging es die ersten Meilen; dann sagte auch die Krähe Lebewohl, und das war der schwerste Abschied! Sie flog in einen Baum hinauf und schlug mit ihren schwarzen Flügeln, solange sie den Wagen sehen konnte, der wie der helle Sonnenschein glänzte.

Fünfte Geschichte
Das kleine Räubermädchen

Sie fuhren durch den dunklen Wald, aber die Kutsche leuchtete wie eine Fackel; das stach den Räubern in die Augen, das konnten sie nicht ertragen.

»Das ist Gold! Das ist Gold!«, riefen sie, stürzten hervor, fielen den Pferden in den Zaum, schlugen die kleinen Jockeis, den Kutscher und den Diener tot und zogen die kleine Gerda aus dem Wagen.

»Sie ist fett, sie ist niedlich, sie ist mit Nusskernen gefüttert!«, sagte das alte Räuberweib, das einen langen, struppigen Bart hatte und Augenbrauen, die ihr über die Augen hinabhingen.

»Die ist so gut wie ein kleines fettes Lamm, ja, die soll schmecken!« Und dabei zog sie ihr blankes Messer heraus, und das blitzte, dass es grässlich war.

»Au!«, sagte die Alte auf einmal; ihre eigene kleine Tochter, die auf ihrem Rücken hing so wild und unartig, dass es eine Lust war, hatte sie ins Ohr gebissen. »Du infamer Balg!«, sagte die Mutter und hatte keine Zeit, Gerda zu schlachten.

»Sie soll mit mir spielen!«, sagte das kleine Räubermädchen. »Sie soll mir ihren Muff und ihr schönes Kleid geben und soll bei mir im Bett schlafen!« Und dann biss sie mehrmals zu, sodass das Räuberweib in die Höhe sprang und sich rundherum drehte, und alle Räuber lachten und sagten: »Seht, wie sie mit ihrem Balg tanzt!«

»Ich will in die Kutsche hinein!«, sagte das kleine Räubermädchen, und es wollte und musste seinen Willen haben, denn es war so verhätschelt und so eigensinnig. Es setzte sich neben Gerda in den Wagen, und dann fuhren sie über Stock und Stein immer tiefer in den Wald hinein. Das kleine Räubermädchen war so groß wie Gerda, aber kräftiger, breitschultriger und von dunklerer Haut. Die Augen waren ganz schwarz, sie sahen fast traurig aus. Sie schlang ihren Arm um die kleine Gerda und sagte: »Sie sollen dich nicht schlachten, solange ich nicht böse auf dich werde! Du bist wohl eine Prinzessin?«

»Nein«, sagte die kleine Gerda und erzählte ihr alles, was sie erlebt hatte und wie lieb sie den kleinen Kay hatte.

Das Räubermädchen sah sie ganz ernsthaft an, nickte ein klein wenig mit dem Kopf und sagte: »Sie sollen dich nicht schlachten, wenn ich auch böse auf dich werde; dann will ich es schon selbst tun!« Und dann trocknete sie Gerdas Augen und steckte die beiden Hände in den schönen Muff, der so weich und so warm war.

Nun hielt die Kutsche still; sie waren mitten auf dem Hofe einer alten Räuberburg, die war von oben bis unten geborsten, Raben und Krähen flogen aus den offenen Löchern heraus, und die großen Bullenbeißer, die so aussahen, als könne jeder einen Menschen verschlingen, sprangen hoch in die Höhe, aber sie bellten nicht, denn das war verboten.

In dem großen, alten, rußgeschwärzten Saal brannte mitten auf dem steinernen Fußboden ein großes Feuer; der Rauch zog unter der Decke hin und musste sich selbst einen Ausweg suchen; ein großer Braukessel mit Suppe kochte, und Hasen und Kaninchen wurden an Spießen gebraten.

»Du sollst über Nacht mit allen meinen kleinen Tieren hier bei mir schlafen!«, sagte das Räubermädchen. Sie bekamen zu essen und zu trinken und gingen dann in eine Ecke, wo Stroh und Teppiche lagen. Hoch oben über dem Lager saßen auf Latten und Stäben fast hundert Tauben, die alle zu schlafen schienen, sich aber ein klein wenig drehten, als die beiden kleinen Mädchen kamen.

»Sie gehören mir alle zusammen!«, sagte das kleine Räubermädchen und ergriff schnell eine der zunächst sitzenden, sie hielt sie an den Beinen und schüttelte sie, sodass sie mit den Flügeln schlug. »Küsse sie!«, rief sie und schlug Gerda mit dem Vogel ins Gesicht. »Da sitzen die Waldkanaillen!«, fuhr sie fort und zeigte hinter eine Anzahl von Stäben, die vor ein Loch hoch oben in der Mauer geschlagen waren. »Das sind Waldkanaillen, die beiden! Die fliegen weg, sobald man sie nicht ordentlich verschlossen hält; und hier steht mein alter geliebter Bä!« Und sie zog ein Renntier am Horn hervor, es hatte einen blanken Kupferring um den Hals und war angebunden. »Den müssen wir auch in der Klemme halten, sonst läuft er uns auch weg. Jeden Abend kitzle ich ihn mit meinem scharfen Messer am Halse, davor hat er Angst!« Und das kleine Mädchen zog ein langes Messer aus einem Spalt in der Mauer und ließ es über den Hals des Renntiers gleiten; das arme Tier schlug mit den Beinen hinten aus, und das Räubermädchen lachte und zog dann Gerda mit sich in das Bett hinein.

»Willst du das Messer bei dir behalten, wenn du schläfst?«, fragte Gerda und sah ein wenig furchtsam danach hin.

»Ich schlafe immer mit einem Messer!«, sagte das kleine Räubermädchen. »Man weiß nie, was kommen kann. Aber erzähle mir jetzt noch einmal, was du vorher von dem kleinen Kay erzähltest, und warum du in die weite Welt hinausgegangen bist.« Und Gerda erzählte von vorne an, und die Waldtauben da oben im Bauer gurrten, die anderen Tauben schliefen. Das kleine Räubermädchen schlang seinen Arm um Gerdas Hals, hielt das Messer in der andern Hand und schlief, sodass man es hören konnte; aber Gerda konnte ihre Augen gar nicht schließen, sie wusste nicht, ob sie leben oder sterben würde. Die Räuber saßen rings um das Feuer herum, sangen und tranken, und das Räuberweib schlug Purzelbäume. Es war ganz grässlich für das kleine Mädchen, das mit anzusehen.

Da sagten die Waldtauben: »Gurre! Gurre! Wir haben den kleinen Kay gesehen. Ein weißes Huhn trug seinen Schlitten, er saß in der Schneekönigin Wagen, die dicht über dem Wald dahinflog, als wir in unserm Nest lagen; sie blies uns Jungen an, und außer uns beiden starben sie alle. Gurre! Gurre!«

»Was sagt ihr da oben?«, rief Gerda. »Wo reiste die Schneekönigin hin? Wisst ihr etwas davon?«

»Sie ist wohl nach Lappland gereist, denn da ist immer Schnee und Eis! Frage du nur das Renntier, das an dem Strick angebunden steht.«

»Da ist Eis und Schnee, da ist es schön und gut!«, sagte das Renntier; »da springt man frei umher in den großen, schimmernden Tälern! Da hat die Schneekönigin ihr Sommerzelt, aber ihr festes Schloss ist oben nach dem Nordpol zu auf einer Insel, die Spitzbergen heißt!«

»Ach Kay, lieber Kay!«, seufzte Gerda.

»Jetzt musst du ganz still liegen!«, sagte das Räubermädchen, »sonst jage ich dir das Messer in den Leib!«

Am Morgen erzählte ihr Gerda alles, was die Waldtauben gesagt hatten, und das kleine Räubermädchen sah ganz ernsthaft aus, nickte aber mit dem Kopf und sagte: »Es hilft nichts! Es hilft nichts! – Weißt du, wo Lappland liegt?«, fragte sie das Renntier.

»Wer sollte das wohl besser wissen als ich«, sagte das Tier, und die Augen glänzten ihm im Kopf. »Da bin ich geboren und aufgewachsen, da bin ich auf den Feldern herumgesprungen.«

»Höre einmal!«, sagte das Räubermädchen zu Gerda. »Du siehst, dass alle unsere Mannsleute weg sind, aber Mutter ist noch hier, und die bleibt; aber späterhin am Morgen trinkt sie aus der großen Flasche und macht darauf ein Schläfchen; dann will ich etwas für dich tun!« Sie sprang aus dem Bett heraus, fiel der Mutter um den Hals, zupfte sie am Bart und sagte: »Mein herzenssüßer Ziegenbock, guten Morgen!« Und die Mutter gab ihr einen Nasenstüber, sodass die Nase rot und blau wurde, aber das geschah alles aus lauter Liebe.

Als die Mutter dann aus ihrer Flasche getrunken hatte und ein kleines Schläfchen machte, ging das Räubermädchen zu dem Renntier und sagte: »Ich hätte wohl schrecklich Lust, dich noch manch liebes Mal mit dem scharfen Messer zu kitzeln, denn dann bist du so possierlich, aber es hilft nichts, ich will deine Schnur lösen und dir hinaushelfen, damit du nach Lappland laufen kannst, aber du darfst deine Beine nicht schonen und musst mir dies kleine Mädchen nach dem Schloss der Schneekönigin bringen, wo ihr Spielgefährte ist. Du hast wohl gehört, was sie erzählt hat, denn sie sprach laut genug, und du hast gehorcht!«

Das Renntier sprang hoch auf vor Freude. Das Räubermädchen hob die kleine Gerda hinauf und beobachtete die Vorsicht, sie festzubinden, ja sogar ein kleines Kissen gab sie ihr, auf dem sie sitzen sollte. »Es hilft nichts«, sagte sie, »da hast du deine Pelzstiefel wieder, denn es wird kalt, aber den Muff behalte ich, der ist zu niedlich! Aber frieren sollst du darum doch nicht. Hier hast du die großen Fausthandschuhe meiner Mutter, die reichen dir bis an den Ellbogen; krieche hinein! – Nun siehst du an den Händen geradeso aus wie meine gräuliche Mutter!«

Und Gerda weinte vor Freude.

»Ich kann es nicht leiden, dass du heulst!«, sagte das kleine Räubermädchen. »Jetzt solltest du doch gerade vergnügt aussehen! Und da hast du zwei Brote und einen Schinken, dann kannst du nicht hungern.« Beides wurde hinten auf das Renntier gebunden; das kleine Räubermädchen öffnete die Tür, lockte all die großen Hunde herein, und dann schnitt es den Strick mit seinem Messer durch und sagte zu dem Renntier: »Nun lauf, aber gib acht auf das kleine Mädchen.«

Und Gerda streckte die Hände mit den großen Fausthandschuhen nach dem kleinen Räubermädchen aus und sagte Lebewohl, und dann flog dag Renntier dahin über Stock und Stein, durch den großen Wald über Moore und Steppen, so schnell es nur konnte. Die Wölfe heulten, und die Raben krächzten. »Fut! Fut!«, sagte es am Himmel. Es war, als niese es rot.

»Das sind meine alten Nordlichter!«, sagte das Renntier, »sieh nur, wie sie leuchten!« Und dann lief es noch schneller von dannen Tag und Nacht; die Brote wurden verzehrt, der Schinken auch, und dann waren sie in Lappland.

Sechste Geschichte
Die Lappin und die Finnin

Bei einem kleinen Haus machten sie Halt; es war höchst jammervoll; das Dach ging bis an die Erde hinunter, und die Tür war so niedrig, dass die Familie auf dem Bauche kriechen musste, wenn sie heraus oder hinein wollte. Es war niemand zu Hause außer einer alten Lappin, die dastand und bei einer Tranlampe Fisch kochte; und das Renntier erzählte Gerdas ganze Geschichte, zuerst aber seine eigene, denn die, fand es, war weit wichtiger, und Gerda war so mitgenommen von der Kälte, dass sie gar nicht sprechen konnte.

»Ach, ihr Ärmsten!«, sagte die Lappin, »da habt ihr noch weit zu laufen! Ihr müsst über hundert Meilen nach Finnmarken hinein, denn dort ist die Schneekönigin in der Sommerfrische und brennt jeden Abend bengalische Flammen ab. Ich will ein paar Worte auf einen gedörrten Stockfisch schreiben, Papier habe ich nicht, die will ich euch für die Finnin da oben mitgeben, die kann euch besser Bescheid sagen als ich!«

Und als Gerda nun erwärmt war und zu essen und zu trinken bekommen hatte, schrieb die Lappin ein paar Worte auf einen gedörrten Stockfisch, hieß Gerda, gut acht darauf geben, band sie wieder auf das Renntier fest, und das sprang mit ihr davon. »Fut! Fut!«, sagte es oben in der Luft, die ganze Nacht brannten die schönsten blauen Nordlichter; – und dann kamen sie nach Finnmarken und klopften an den Schornstein der Finnin an, denn die hatte nicht einmal eine Tür.

Es war eine solche Hitze da drinnen, dass die Finnin selbst fast ganz nackend ging; klein war sie und ganz schmutzig; sie löste der kleinen Gerda gleich die Kleider und zog ihr die Fausthandschuhe und die Stiefel aus, denn sonst wäre es ihr zu heiß geworden, legte dem Renntier ein Stück Eis auf den Kopf und las dann, was auf dem Stockfisch geschrieben stand; sie las es dreimal, und dann wusste sie es auswendig und warf den Fisch in den Kochtopf, denn er konnte ja gegessen werden, und sie ließ nichts umkommen.

Nun erzählte das Renntier erst seine Geschichte und dann die der kleinen Gerda, und die Finnin blinzelte mit den klugen Augen, sagte aber nichts.

»Du bist so klug«, sagte das Renntier, »ich weiß, du kannst alle Winde der Welt mit einem Zwirnfaden zusammenbinden; wenn der Schiffer den einen Knoten löst, bekommt er guten Wind, löst er den zweiten, so weht es scharf, und wenn er den dritten und vierten löst, da stürmt es, dass die Wälder umfallen. Willst du dem kleinen Mädchen nicht einen Trunk geben, dass sie Zwölf-Männer-Kraft erhält und die Schneekönigin überwindet?«

»Zwölf-Männer-Kraft?«, sagte die Finnin. »Ja, was würde das wohl nützen!« Und dann ging sie an ein Bord, nahm ein großes, zusammengerolltes Fell herunter und rollte es auseinander; es waren wunderliche Buchstaben darauf geschrieben, und die Finnin las, sodass ihr das Wasser von der Stirn herabtroff.

Aber das Renntier bat wieder so sehr für die kleine Gerda, und Gerda sah die Finnin mit so flehenden Augen voller Tränen an, dass diese wieder mit den ihren zu blinzeln begann und das Renntier in eine Ecke zog, wo sie ihm etwas zuflüsterte, während es frisches Eis auf den Kopf bekam:

»Der kleine Kay ist allerdings bei der Schneekönigin und findet dort alles nach Gefallen und Wunsch und glaubt, dass es der beste Ort auf der Welt ist, aber das kommt daher, weil er einen kleinen Glassplitter ins Herz und ein Glaskörnchen ins Auge bekommen hat; die müssen erst heraus, sonst wird er nie wieder ein Mensch, und die Schneekönigin wird die Gewalt über ihn behalten.«

»Aber kannst du der kleinen Gerda nicht etwas eingeben, damit sie die Macht in die Hand bekommt?«

»Ich kann ihr keine größere Macht verleihen, als sie schon hat! Siehst du denn nicht, wie groß die ist? Siehst du nicht, wie Menschen und Tiere ihr dienen müssen, wie sie auf nackten Füßen so gut durch die Welt gekommen ist? Sie soll nicht denken, dass sie ihre Macht von uns erhalten hat, die sitzt in ihrem Herzen, die hat ihren Ursprung darin, dass sie ein liebes, unschuldiges Kind ist. Kann sie nicht selbst zur Schneekönigin hineinkommen und den kleinen Kay von den Glassplittern befreien, so können wir nicht helfen! Zwei Meilen von hier entfernt beginnt der Garten der Schneekönigin, dahin kannst du das kleine Mädchen tragen; setze sie bei dem großen Busch ab, der voll roter Beeren mitten im Schnee steht, halte keinen langen Gevatterklatsch ab, sondern spute dich, dass du hierher zurückkommst!« Und dann hob die Finnin die kleine Gerda auf den Rücken des Renntiers, und das lief, so schnell es konnte.

»Ach, ich habe meine Stiefel nicht mitbekommen, ich habe meine Fausthandschuhe nicht an!«, rief die kleine Gerda; das merkte sie an der schneidenden Kälte, aber das Renntier wagte nicht stillzustehen, es lief, bis es an den großen Busch mit den roten Beeren kam; da setzte es Gerda ab, küsste sie auf den Mund, und an den Wangen des Tieres liefen große, blanke Tränen herab, und dann lief es zurück so schnell, wie seine Füße es tragen wollten. Da stand nun die kleine Gerda ohne Schuhe, ohne Handschuhe mitten in dem fürchterlich eiskalten Finnmarken.

Sie lief, so schnell sie konnte; da kam ein ganzes Regiment Schneeflocken; aber die fielen nicht vom Himmel herab, der war ganz klar und schimmernd von den Nordlichtern; die Schneeflocken liefen gerade über die Erde hin, und je näher sie kamen, um so größer wurden sie. Gerda erinnerte sich noch, wie groß und künstlich die Schneeflocken damals ausgesehen hatten, als sie sie durch das Brennglas sah, aber hier waren sie noch weit größer und fürchterlicher, sie waren lebend, sie bildeten die Vorposten der Schneekönigin; sie hatten die wunderlichsten Gestalten; einige sahen aus wie hässliche, große Stachelschweine, andere wie ganze Knoten aus Schlangen, die die Köpfe hervorstreckten, und wieder andere wie kleine, dicke Bären, deren Haare sich sträubten, alle waren schimmernd weiß, alle waren lebendige Schneeflocken.

Da betete die kleine Gerda ihr Vaterunser; und die Kälte war so groß, dass sie ihren eigenen Atem sehen konnte, wie Rauch strömte er ihr aus dem Munde; der Atem wurde dichter und dichter, und er gestaltete sich zu kleinen, hellen Engel, die mehr und mehr wuchsen, je näher sie der Erde kamen; und alle hatten sie Helme auf dem Kopfe und Spieße und Schilde in den Händen; es wurden immer mehr, und als Gerda ihr Vaterunser beendet hatte, stand eine ganze Legion um sie herum; sie hieben mit ihren Spießen nach den abscheulichen Schneeflocken, sodass sie in hundert Stücke zersprangen, und die kleine Gerda schritt ganz sicher und unverzagt von dannen. Die Engel streichelten ihre Füße und ihre Hände, und da fühlte sie gar nicht, wie kalt es war, und schnell ging sie auf das Schloss der Schneekönigin zu.

Aber nun wollen wir erst sehen, wie es Kay erging. Er dachte freilich nicht mehr an die kleine Gerda, und am allerwenigsten daran, dass sie draußen vor dem Schlosse stand.

Siebente Geschichte
Was im Schlosse der Schneekönigin geschah, und was sich dort später zutrug

Die Wände des Schlosses waren aus treibendem Schnee und die Fenster und Türen aus schneidenden Winden; da waren über hundert Säle, je nachdem der Schnee stob; der größte erstreckte sich viele Meilen lang, das stärkste Nordlicht erleuchtete sie alle, und sie waren so groß, so leer, so eisig kalt und so glitzernd. Niemals herrschte hier Frohsinn, nicht einmal ein kleiner Bärenball fand hier statt, zu dem der Sturm hätte aufblasen und wo die Eisbären hätten auf den Hinterbeinen gehen und feine Manieren zeigen können; nie war da eine kleine Spielgesellschaft mit Maulklapp und Tatzenschlag, nie ein klein wenig Kaffeeklatsch von den weißen Fuchsdamen; leer, groß und kalt war es in den Sälen der Schneekönigin. Die Nordlichter flammten so präzise, dass man zählen konnte, wann sie sich auf dem Höhepunkt befanden und wann sie am niedrigsten standen. Mitten drinnen in dem leeren, unendlichen Schneesaal lag ein gefrorener See, der war in tausend Stücke zersprungen, aber jedes Stück war genau wie das andre, es war ein förmliches Kunststück; und mitten auf diesem See saß die Schneekönigin, wenn sie zu Hause war, und dann sagte sie, dass sie im

Spiegel des Verstandes sitze, und das sei das Einzige und das Beste auf dieser Welt.

Der kleine Kay war ganz blau vor Kälte, ja fast schwarz war er, aber er merkte es gar nicht, denn sie hatte ihm ja die Frostschauer weggeküsst, und sein Herz war so gut wie ein Eisklumpen. Er schleppte einige flache, scharfe Eisstücke hin und her, die er auf alle mögliche Weise zusammenlegte, denn er wollte etwas da herausbringen, geradeso, als wenn wir kleine Holzplatten haben und diese zu Figuren zusammenlegen, was das chinesische Spiel heißt. Auch Kay legte Figuren, die allerkünstlichsten, es war das Eisspiel des Verstandes; in seinen Augen waren die Figuren ganz ausgezeichnet und von allerhöchster Wichtigkeit; das machte das Glaskorn, das ihm im Auge saß! Er legte ganze Figuren, die ein geschriebenes Wort bildeten, nie aber konnte er das Wort herausbringen, was er gerade legen wollte, das Wort: Ewigkeit; und die Schneekönigin hatte gesagt: »Kannst du mir die Figur ausfindig machen, dann sollst du dein eigener Herr sein, und ich schenke dir die ganze Welt und ein Paar neue Schlittschuhe.« Aber er konnte es nicht.

»Nun sause ich fort nach den warmen Ländern!«, sagte die Schneekönigin, »ich will da einmal in die schwarzen Kochtöpfe hineinsehen!« – Das waren die Feuer speienden Berge Ätna und Vesuv, wie man sie nennt. – »Ich werde sie ein wenig weiß machen! Das gehört mit dazu, das tut gut nach all den Zitronen und Weintrauben!« Und dann flog die Schneekönigin davon, und Kay saß ganz allein in dem meilengroßen Eissaal und sah die Eisstücke an und dachte und dachte, sodass es in ihm knackte; ganz steif und still saß er da, man hätte glauben können, er sei erfroren.

Da geschah es, dass die kleine Gerda durch das große Tor in das Schloss hineintrat; dort wehten schneidende Winde, aber sie betete ein Abendgebet, und da legten die Winde sich, als wollten sie schlafen, und sie trat in die großen, leeren, kalten Säle ein. Da sah sie Kay, sie erkannte ihn, sie flog ihm um den Hals, hielt ihn ganz fest und rief: »Kay! lieber, süßer Kay! So habe ich dich denn endlich gefunden!«

Aber er saß ganz still, steif und kalt da. – Da weinte die kleine Gerda heiße Tränen, die fielen auf seine Brust, die drangen in sein Herz hinein, sie tauten den Eisklumpen auf und verzehrten den kleinen Spiegelsplitter da drinnen; er sah sie an, und sie sang das Lied:

»Im Tal blühen die Rosen so schön;
Wir werden das Christkindlein sehn!«

Da brach Kay in Tränen aus, und das Spiegelkörnchen floss ihm aus den Augen heraus, er erkannte sie wieder und jubelte: »Gerda! liebe, kleine Gerda! – Wo bist du denn so lange gewesen? Und wo bin ich nur gewesen?« Und er sah sich ringsumher um. »Wie kalt ist es hier! Wie groß und leer ist es hier!« Und er klammerte sich an Gerda fest, und sie lachte und weinte vor Freude; das war so herrlich, dass selbst die Eisstücke vor Freude rund herumtanzten; und als sie müde waren und sich hinlegten, bildeten sie gerade die Buchstaben, von denen die Schneekönigin gesagt hatte, dass, wenn er sie fände, er sein eigner Herr sein sollte und dass sie ihm die ganze Welt und ein Paar Schlittschuhe schenken wollte.

Und Gerda küsste seine Wangen, und sie wurden blühend; sie küsste seine Augen, und sie leuchteten wie die ihren, sie küsste seine Hände und Füße, und sie wurden gesund und stark. Die Schneekönigin konnte jetzt getrost nach Hause kommen, sein Freibrief stand da mit schimmernden Eisstücken geschrieben.

Und sie fassten einander bei den Händen und wanderten aus dem großen Schloss hinaus, sie sprachen von der Großmutter und von den Rosen oben auf dem Dach; und wo sie gingen, legten sich die Winde ganz still zur Ruhe, und die Sonne brach hervor; und als sie an den Busch mit den roten Beeren kamen, stand das Renntier da und wartete; es hatte ein anderes junges Renntier bei sich, dessen Euter voll waren, und das gab den Kindern seine warme Milch und küsste sie auf den Mund. Dann trugen sie Gerda und Kay zuerst zu der Finnin, wo sie sich in der heißen Stube erwärmten und Bescheid über die Heimreise erhielten, und dann zu der Lappin, die ihnen neue Kleider genäht und ihren Schlitten instand gesetzt hatte.

Und das Renntier und das Junge sprangen neben dem Schlitten her und gaben ihnen das Geleite bis an die Grenze des Landes; dort lugte das erste Grün hervor; da nahmen sie Abschied von dem Renntier und auch von der Lappin. »Lebt wohl!«, sagten sie alle. Und die ersten kleinen Vögel fingen an zu zwitschern, der Wald hatte grüne Knospen, und daraus herausgeritten kam auf einem prächtigen Pferde, das Gerda kannte – es war vor die goldene Kutsche gespannt gewesen – ein junges Mädchen mit einer leuchtendroten Mütze auf dem Kopf und mit Pistolen im Halfter; es war das kleine Räubermädchen, das es satt hatte, zu Hause zu sein, und nun erst nach dem Norden wollte und dann nach einer anderen Richtung, falls es ihr da nicht gefiele. Sie erkannte Gerda sogleich, und Gerda erkannte sie, das war eine Freude.

»Du bist ein netter Junge, dass du dich so herumtreibst!«, sagte sie zu dem kleinen Kay; »ich möchte wohl wissen, ob du es verdienst, dass man um deinetwillen bis ans Ende der Welt läuft!«

Aber Gerda streichelte ihr die Wange und fragte nach dem Prinzen und der Prinzessin.

»Die sind in fremde Länder gereist!«, sagte das Räubermädchen.

»Aber die Krähe?«, fragte die kleine Gerda.

»Ja, die Krähe, die ist tot!«, antwortete sie. »Die zahme Braut ist Witwe geworden und geht mit einem Ende schwarzer Wolle um das Bein; sie klagt ganz jämmerlich, und das Ganze ist ein großes Gefasel! – Aber erzähle du mir jetzt, wie es dir ergangen ist und wie du ihn gekriegt hast!«

Und Gerda und Kay erzählten beide.

»Und schnipp – schnapp, schnurre – basselurre!«, sagte das Räubermädchen, fasste sie beide bei den Händen und versprach, dass, wenn sie einmal durch ihre Stadt käme, sie hinaufkommen und sie besuchen wolle, und dann ritt sie in die weite Welt hinaus; aber Kay und Gerda gingen Hand in Hand, und wie sie so gingen, war es herrlicher Frühling mit Blumen und Grün; die Kirchenglocken läuteten, und sie erkannten die hohen Türme, die große Stadt, es war die, in der sie wohnten, und sie gingen in die Stadt hinein und bis an Großmutters Tür und die Treppe hinauf in die Stube hinein, wo alles auf demselben Fleck wie früher stand, und die Uhr sagte: Tick! Tack! und die Zeiger drehten sich; aber als sie durch die Tür gingen, merkten sie, dass sie erwachsene Menschen geworden waren. Die Rosen in der Dachrinne blühten zu den geöffneten Fenstern herein, und da standen die kleinen Kinderstühle, und Kay und Gerda setzten sich jedes auf den seinen und fassten sich bei den Händen; die kalte, leere Herrlichkeit bei der Schneekönigin hatten sie wie einen bösen Traum vergessen. Die Großmutter saß in Gottes hellem Sonnenschein und las aus der Bibel vor: »Wenn ihr nicht werdet wie die Kindlein, so werdet ihr das Reich Gottes nicht ererben!«

Und Kay und Gerda sahen sich in die Augen, und sie verstanden auf einmal den alten Gesang:

»Im Tal blühen die Rosen so schön,
Wir werden das Christkindlein sehn!«

Da saßen sie beide, erwachsen und doch Kinder, Kinder im Herzen, und es war Sommer, warmer, herrlicher Sommer.

Holger Danske

In Dänemark liegt ein altes Schloss, das heißt die Kronenburg, es liegt dicht am Öresund, wo die großen Schiffe jeden Tag zu Hunderten vorübersegeln, englische und russische und preußische; und sie begrüßen das alte Schloss mit Kanonen: »Bum!« Denn so sagen die Kanonen »Guten Tag!«, »Schönen Dank!« – Im Winter fahren da keine Schiffe; dann ist alles mit Eis bedeckt bis hinüber nach der schwedischen Küste, aber das ist förmlich wie eine Landstraße, da weht die dänische Flagge und die schwedische Flagge, und Dänen und Schweden sagen zueinander: »Guten Tag!«, »Vielen Dank!«, aber nicht mit Kanonen, nein, mit einem freundlichen Handschlag, und der eine holt Weißbrot und Kringel bei dem andern, denn fremde Kost schmeckt am besten. Aber das Herrlichste von allem ist doch die alte Kronenburg, und darunter, in dem tiefen, dunklen Keller, wohin niemand kommt, sitzt Holger Danske; er ist in Eisen und Stahl gekleidet und stützt sein Haupt auf die starken Arme; sein langer Bart hängt über den Marmortisch herab, in dem er festgewachsen ist; er schläft und träumt, aber im Traume sieht er alles, was hier oben in Dänemark geschieht. Jeden Weihnachtsabend kommt ein Engel Gottes und sagt ihm, dass es richtig ist, was er geträumt hat, und dass er ruhig wieder einschlafen kann, denn Dänemark befindet sich noch in keiner wirklichen Gefahr; kommt es aber in Gefahr, dann wird der alte Holger Danske sich aufrichten, sodass der Tisch berstet, wenn er den Bart herauszieht; dann kommt er hervor und schlägt drein, dass man es in allen Ländern der Welt hören kann.

Alles dies von Holger Danske erzählte ein alter Großvater seinem kleinen Enkel, und der kleine Junge wusste, dass das, was Großvater sagte, wahr war. Und während der Alte dasaß und erzählte, schnitzte er an einem großen, hölzernen Bilde; das sollte Holger Danske darstellen und vorne an einem Schiff angebracht werden, denn der alte Großvater war ein Bildschnitzer, und das ist ein Mann, der die Bilder für die Gallonen der Schiffe ausschneidet, nach denen jedes einzelne Schiff genannt werden soll; und hier hatte er nun Holger Danske geschnitzt, der so rank und stolz mit seinem langen Bart dastand und in der einen Hand das breite Schlachtenschwert hielt, während er die andere auf das dänische Wappen stützte.

Und der alte Großvater erzählte so viel von hervorragenden dänischen Männern und Frauen, dass der kleine Enkel schließlich meinte, nun wisse er ebensoviel wie Holger Danske wissen konnte, der es ja doch nur träume; und als der Kleine in sein Bett kam, dachte er so viel daran, dass er sein Kinn ordentlich gegen die Bettdecke presste und sich einbildete, er habe einen langen Bart, der daran festgewachsen sei.

Aber der alte Großvater blieb bei seiner Arbeit sitzen und schnitzte an dem letzten Stück: das war das dänische Wappen; und nun war er fertig, und er sah das Ganze an und dachte an alles, was er gelesen und gehört und was er heute Abend dem kleinen Jungen erzählt hatte; und er nickte und wischte seine Brille ab und setzte sie wieder auf und sagte: »Ja, zu meiner Zeit kommt Holger Danske wohl nicht mehr; aber der Junge da im Bett kann ihn vielleicht zu sehen bekommen und kann mit dabei sein, wenn es richtig losgeht.« Und der alte Großvater nickte, und je mehr er seinen Holger Danske ansah, um so klarer wurde es ihm, dass es ein gutes Bild war, was er da gemacht hatte; es schien ihm förmlich, als wenn es Farbe bekäme und als wenn der Harnisch wie Eisen und Stahl schimmere; die Herzen in dem dänischen Wappen wurden röter und röter, und die Löwen mit den goldenen Kronen aus den Köpfen sprangen.*

»Das ist doch das schönste Wappen, das nur irgend jemand in der Welt hat!«, sagte der Alte. »Die Löwen sind die Stärke, und die Herzen die Milde und die Liebe!« Und er sah den obersten Löwen an und dachte an König Knud, der das große England an Dänemarks Königsthron fesselte, und er sah den zweiten Löwen an und dachte an Waldemar, der Dänemark einte und die wendischen Lande bezwang; er sah den dritten Löwen an und dachte an Margarete, die Dänemark, Schweden und Norwegen verband; aber als er die roten Herzen ansah, da leuchteten sie noch stärker als zuvor, sie wurden zu Flammen, die sich bewegten, und seine Gedanken folgten einer jeden von ihnen.

Die erste Flamme führte ihn in einen engen, finstern Kerker; dort saß eine Gefangene, eine wunderschöne Frau, Christian des Vierten Tochter: Eleonora Ulfeldt**; und die Flamme heftete sich wie eine Rose an ihren Busen und blühte zusammen mit ihrem Herzen – an dem Herzen der edelsten und besten aller dänischen Frauen.

»Ja, das ist ein Herz in dem Wappen Dänemarks«, sagte der alte Großvater.

* Das dänische Wappen besteht aus drei Löwen und drei Herzen.

** Eleonore Christine Ulfeldt (1621–1698), die Tochter König Christians IV., war die Gemahlin des Grafen Corfitz Ulfeldt, der des Landesverrats angeklagt wurde. Da sie treu zu ihrem Gatten hielt, musste sie zweiundzwanzig Jahre im Kerker schmachten.

Und seine Gedanken folgten der Flamme, die ihn auf das Meer führte, wo die Kanonen donnerten, wo die Schiffe in Rauch eingehüllt lagen; und die Flamme heftete sich als Ordensband an Hvitfeldts* Brust, als er, um die Flotte zu retten, sich selbst und sein Schiff in die Luft sprengte.

Und die dritte Flamme führte ihn nach den elenden Hütten Grönlands, wo der Prediger Hans Egede** mit Liebe in Wort und Tat waltete; die Flamme war ein Stern an seiner Brust, ein Herz in dem dänischen Wappen.

Und die Gedanken des alten Großvaters flogen der schwebenden Flamme voran, denn sie wussten, wohin die Flamme wollte. – In dem ärmlichen Stübchen der Bauernfrau stand König Friedrich der Sechste*** und schrieb seinen Namen mit Kreide an den Balken; die Flamme bebte an seiner Brust, bebte in seinem Herzen; in der Bauernstube ward sein Herz ein Herz im dänischen Wappen. Und der alte Großvater trocknete seine Augen, denn er hatte König Friedrich mit den silberweißen Haaren und den ehrlichen blauen Augen gekannt und für ihn gelebt; und er faltete seine Hände und sah still vor sich hin. Da kam des alten Großvaters Schwiegertochter und sagte, dass es schon spät sei, nun solle er ruhen, und das Abendbrot sei aufgetragen.

»Aber schön ist es doch, was du gemacht hast, Großvater«, sagte sie. »Holger Danske und unser ganzes dänisches Wappen! – Es ist mir, als hätte ich das Gesicht schon früher gesehen!«

»Nein, das hast du wohl kaum!«, sagte der alte Großvater, »aber ich habe es gesehen, und ich habe mich bemüht, es in Holz zu schnitzen, so wie es in meiner Erinnerung lebt. Es war damals, als die Engländer auf der Reede lagen, an dem dänischen zweiten April****, als wir zeigten, dass wir alte Dänen waren. Auf der »Dänemark«, wo ich in Steen Billes Geschwader stand, hatte ich einen Mann neben mir, vor dem schien den Ku-

* In der Schlacht bei Kjöge geriet die »Daneborg« in Brand. Um die Stadt Kjöge und die Flotte, gegen die das Schiff trieb, zu retten, sprengte der Kommandant Peter Hvitfeldt sich und sein Schiff in die Luft.

** Hans Egede (1686–1758) wirkte als Missionar fünfzehn Jahre in Grönland.

*** König Friedrich VI. kam auf einer Reise zu einer armen Frau, sie bat ihn, seinen Namen an den Balken in ihrem Zimmer zu schreiben. Der König tat es. Er lebte und fühlte für den Bauernstand, und als er starb, erbaten sich dänische Bauern die Ehre, seine Leiche die vier Meilen von der Hauptstadt bis nach Roskilde in die Königsgruft tragen zu dürfen.

**** Am 2. April 1801 fand eine blutige Seeschlacht zwischen den Dänen und den Engländern auf der Reede von Kopenhagen statt.

geln bange zu sein! Lustig sang er alte Lieder und schoss und kämpfte, als wenn er mehr wäre als ein Mensch. Ich entsinne mich seines Gesichts noch, aber woher er kam und wohin er ging, das weiß ich nicht, und das weiß niemand. Ich habe oft gedacht, dass es wohl der alte Holger Danske selbst gewesen ist, der von der Kronenburg herunter geschwommen war und uns in der Stunde der Gefahr half. Das war nun so mein Gedanke, und da steht sein Bild!«

Und das Bild warf seinen großen Schatten an die Wand hinauf und sogar noch über einen Teil der Decke hin; es sah so aus, als wäre es der wirkliche Holger Danske, der dahinterstünde, denn der Schatten bewegte sich, aber es konnte auch daher kommen, dass die Flamme von dem Licht nicht ruhig brannte. Und die Schwiegertochter küsste den alten Großvater und führte ihn an den großen Lehnstuhl vor dem Tisch, und sie und ihr Mann, der ja der Sohn des alten Großvaters und der Vater von dem kleinen Jungen war, der im Bett lag, saßen da und aßen ihr Abendbrot, und der alte Großvater sprach von den dänischen Löwen und den dänischen Herzen, von der Stärke und der Milde, und ganz deutlich erklärte er, es gäbe noch eine Stärke außer der, die im Schwert liege, und er zeigte auf das Bord, wo alte Bücher standen, wo alle Holberg-Komödien lagen, die so oft gelesen wurden, denn sie waren so ergötzlich, man hatte förmlich ein Gefühl, als kenne man alle die Personen darin aus alten Zeiten.

»Seht, der hat auch zu hauen verstanden!«, sagte der alte Großvater; »er hat das Verkehrte und Eckige von den Leuten abgehauen, soweit er konnte!« Und der alte Großvater nickte nach dem Spiegel hinüber, wo der Kalender mit dem »Runden Turm«* darauf hing, und dann sagte er: »Tycho de Brahe war auch einer, der das Schwert gebrauchte, nicht um Fleisch und Bein zu hauen, sondern um einen deutlicheren Weg zwischen all den Sternen des Himmels zu hauen! – Und dann er, dessen Vater meinem Stande angehörte, der Sohn des alten Bildschnitzers, den wir selber gesehen haben mit dem weißen Haar und den breiten Schultern, er, der in allen Ländern der Welt genannt wird! Ja, der konnte bauen, ich kann nur schnitzen! Ja, Holger Danske kann auf mancherlei Weise kommen, sodass man in allen Ländern der Welt von Dänemarks Stärke hört! Wollen wir auf Bertels** Gesundheit anstoßen!«

* Der »Runde Turm« war das Observatorium in Kopenhagen.
** Bertel Thorwaldsen, dänischer Bildhauer (1770–1844).

Aber der kleine Knabe im Bett sah deutlich die alte Kronenburg mit dem Öresund, den wirklichen Holger Danske, der so tief da unten mit dem Bart in den Marmortisch festgewachsen saß und von allem träumte, was hier oben geschah; Holger Danske träumte auch von dem kleinen, ärmlichen Stübchen, wo der Bildschnitzer saß, er hörte alles, was da gesprochen wurde, und nickte im Traume und sagte:

»Ja, denkt nur an mich, ihr dänischen Leute! Behaltet mich in gutem Gedenken! Ich komme in der Stunde der Not.«

Und draußen vor der Kronenburg schien der helle Tag, und der Wind trug die Töne des Jagdhorns vom Nachbarlande herüber, die Schiffe segelten vorüber und grüßten: »Bum! Bum!« Aber Holger Danske erwachte nicht, wie stark sie auch schossen, denn es war ja nur: »Guten Tag!« – »Vielen Dank!« Da muss ganz anders geschossen werden, ehe er erwacht; aber einmal wird er schon erwachen, denn Holger Danske ist ein ganzer Kerl!

Ole Luk Öje

In der ganzen Welt gibt es niemand, der so viele Geschichten weiß wie Ole Luk Öje! – Ja, der kann erzählen!

So gegen Abend, wenn die Kinder noch so nett am Tisch oder auf ihrem Schemel sitzen, kommt Ole Luk Öje; er kommt ganz sachte die Treppe herauf, denn er geht auf Socken, ganz leise öffnet er die Tür, und wupp, spritzt er den Kindern süße Milch in die Augen, so fein, so fein, aber doch immer genug, dass sie die Augen nicht aufhalten und ihn daher auch nicht sehen können; er schleicht sich gerade hinter sie, bläst sie ganz sachte in den Nacken, und dann wird ihnen der Kopf so schwer, o, ja! Aber weh tut es nicht, denn Ole Luk Öje meint es ja gerade mit den Kindern gut, er will nur, dass sie ruhig sein sollen, und das sind sie am ehesten, wenn man sie zu Bett gebracht hat; sie sollen ganz still sein, damit er ihnen Geschichten erzählen kann.

Wenn die Kinder dann schlafen, setzt sich Ole Luk Öje auf das Bett; er ist gut gekleidet, sein Rock ist von Seidenzeug, aber es ist nicht möglich zu sagen, welche Farbe er hat, denn es schimmert grün, rot und blau, je nachdem er sich wendet; unter jedem Arm hält er einen Regenschirm, einen mit Bildern, und den spannt er über den guten Kindern aus, und dann träumen sie die ganze Nacht die schönsten Geschichten, und einen Regenschirm hat er, auf dem nichts ist, und den spannt er über die unartigen Kinder aus, dann schlafen sie sich dumm und haben am Morgen, wenn sie aufwachen, nicht das allergeringste geträumt.

Nun wollen wir einmal hören, wie Ole Luk Öje eine ganze Woche lang jeden Abend zu einem kleinen Jungen kam, der Hjalmar hieß, und was er ihm erzählte! Es sind sieben Geschichten, denn es sind sieben Tage in der Woche.

Montag

»Hör jetzt einmal!«, sagte Ole Luk Öje am Abend, als er Hjalmar zu Bett gebracht hatte, »nun will ich es fein machen!« Und dann wurden alle Blumen in den Blumentöpfen zu großen Bäumen, die ihre langen Zweige unter der Decke ausstreckten und an den Wänden entlang, sodass die ganze Stube wie die schönste Laube aussah, und alle Zweige waren voll von Blüten, und jede Blüte war schöner als eine Rose und duftete so süß, und wenn man sie essen wollte, war sie süßer als Eingemachtes. Die Früchte schimmerten wie Gold, und dann waren Kuchen da, die vor lauter Rosinen platzten, das war herrlich! Aber auf einmal ertönte ein schreckliches Gejammer aus der Tischschublade, wo Hjalmars Schulbücher lagen.

»Was ist denn das?«, sagte Ole Luk Öje, ging an den Tisch und zog die Schublade heraus. Es war die Schiefertafel, in der es wühlte und zerrte, denn da war eine falsche Zahl in das Rechenexempel hineingeraten, sodass es nahe daran war, auseinander zu fallen; der Griffel hüpfte und sprang an seinem Bindfaden, als wäre er ein kleiner Hund, der dem Rechenexempel helfen wollte, es aber nicht konnte! – Und dann hämmerte es auch in Hjalmars Schreibheft; o, es war ganz schrecklich mit anzuhören! Der Länge nach herunter standen auf jedem Blatt alle die großen Buchstaben, ein jeder mit einem kleinen daneben, eine ganze Reihe herunter, das war eine so genannte Vorschrift, und daneben standen wieder einige Buchstaben, die glaubten, dass sie ebenso aussähen wie die Vorschrift, denn die hatte Hjalmar geschrieben, sie lagen fast, als wären sie über den Bleifederstrich gefallen, auf dem sie stehen sollten.

»Seht, so sollt ihr euch halten!«, sagte die Vorschrift, »seht, so auf die Seite geneigt mit einem flotten Schwung!«

»Ach, wir wollen es ja so gern!«, sagten Hjalmars Buchstaben, »aber wir können nicht, wir sind so elend!«

»Dann müsst ihr Kinderpulver einnehmen!«, sagte Ole Luk Öje.

»Ach nein!«, riefen sie, und dann standen sie so gerade, dass es eine Lust war.

»Ja, nun können wir keine Geschichten erzählen!«, sagte Ole Luk Öje, »nun muss ich sie exerzieren! Eins, zwei! Eins, zwei!« Und dann exerzierte er die Buchstaben, und sie standen so gerade und gesund, wie nur eine Vorschrift stehen kann; aber als Ole Luk Öje wegging und Hjalmar sich am Morgen nach ihnen umsah, da waren sie ebenso elend wie vorher.

Dienstag

Sobald Hjalmar zu Bette war, berührte Ole Luk Öje mit seiner kleinen Zauberspritze alle Möbel im Zimmer, und gleich darauf fingen sie an, zu schwatzen, und alle schwatzten sie von sich selbst, ausgenommen der Spucknapf, der stand stumm da und ärgerte sich darüber, dass sie so eitel sein konnten, nur von sich selbst zu reden, nur an sich selbst zu denken und gar keine Gedanken für den zu haben, der doch so bescheiden in der Ecke stand und sich bespucken ließ.

Über der Kommode hing ein großes Gemälde in einem vergoldeten Rahmen, das war eine Landschaft; man sah hohe, alte Bäume, Blumen im Gras und ein großes Gewässer mit einem breiten Fluss, der um den Wald herum floss, an vielen Schlössern vorüber und weit hinaus in das wilde Meer.

Ole Luk Öje berührte mit seiner Zauberspritze das Gemälde, und da fingen die Vögel darauf zu singen an, die Zweige der Bäume bewegten sich, und in die Wolken kam ordentlich Fahrt hinein, man konnte ihre Schatten über die Landschaft hinziehen sehen.

Nun hob Ole Luk Öje den kleinen Hjalmar zu dem Rahmen empor, stellte seine Füße in das Gemälde hinein gerade in das hohe Gras, und da stand er nun; die Sonne schien zwischen den Zweigen der Bäume auf ihn herab. Er lief an das Wasser, setzte sich in ein kleines Boot, das da lag; es war weiß und rot angestrichen, die Segel schimmerten wie Silber, und sechs Schwäne, alle mit goldenen Kronen um den Hals und einem strahlenden, blauen Stern auf dem Kopf, zogen das Boot an den grünen Wäldern vorüber, wo die Bäume von Räubern und Hexen erzählten und die

Blumen von den niedlichen kleinen Elfen und was die Schmetterlinge ihnen gesagt hatten.

Die schönsten Fische mit Schuppen wie Silber und Gold schwammen hinter dem Boote her; zuweilen machten sie einen Sprung, sodass es im Wasser plätscherte, und die Vögel, rote und blaue, kleine und große, flogen in zwei langen Reihen hinterdrein, die Mücken tanzten, und die Maikäfer sagten brumm, brumm; alle wollten sie Hjalmar begleiten, und jedes hatte eine Geschichte zu erzählen.

Ja, das war eine Luftfahrt! Bald waren die Wälder dicht und dunkel, bald waren sie wie der schönste Garten mit Sonnenschein und Blumen, und da lagen große Schlösser aus Glas und aus Marmor; auf den Altanen standen Prinzessinnen, und das waren alles kleine Mädchen, die Hjalmar gut kannte; er hatte früher mit ihnen gespielt. Sie streckten die Hände aus und hielten ihm das niedlichste Zuckerschweinchen hin, das nur je eine Küchenfrau verkaufen konnte, und Hjalmar fasste das Zuckerschweinchen im Vorüberfahren an dem einen Ende an, und die Prinzessin hielt gehörig fest, und dann bekam jeder sein Stück, sie das kleinste, Hjalmar das allergrößte! Vor jedem Schloss standen kleine Prinzen Schildwache, die schulterten mit dem goldenen Säbel und ließen Rosinen und Zinnsoldaten herabregnen! Es waren wirkliche Prinzen!

Bald segelte Hjalmar durch Wälder, bald gleichsam durch große Säle oder mitten durch eine Stadt hindurch; er kam auch durch die, in der das Kindermädchen wohnte, die ihn auf dem Arm getragen hatte, als er noch ein ganz kleiner Knabe war, und die ihn so lieb gehabt hatte; und sie nickte und winkte und sang den hübschen kleinen Vers, den sie selbst gedichtet und an Hjalmar geschickt hatte:

Ich denke an dich so manch eine Stund,
Mein Herzens-Hjalmar, du Lieber!
Ich hab ja geküsst deinen kleinen Mund,
Deine Stirn, deine Augenlider.
Ich hörte dich lallen das erste Wort,
Ich musste Abschied dir sagen.
Dich segne der Herrgott an jedem Ort,
Du Engel, den einst ich getragen!

Und alle Vögel sangen mit, die Blumen tanzten auf ihren Stängeln, und die alten Bäume nickten, als erzähle Ole Luk Öje auch ihnen Geschichten.

Mittwoch

Nein, wie der Regen draußen nieder strömte! Hjalmar konnte es im Schlaf hören, und als Ole Luk Öje ein Fenster öffnete, stand das Wasser bis an das Fensterbrett hinauf; es war eine ganze See da draußen, aber das prächtigste Schiff lag dicht am Hause.

»Willst du mitsegeln, kleiner Hjalmar?«, sagte Ole Luk Öje. »Dann kannst du über Nacht nach fremden Ländern kommen und morgen wieder hier sein!«

Und da stand Hjalmar auf einmal in seinen Sonntagskleidern mitten auf dem prächtigen Schiff, und gleich wurde das Wetter wunderschön, und sie segelten durch die Straßen, kreuzten um die Kirche, und dann war alles eine große, wilde See. Sie segelten so lange, bis kein Land mehr zu sehen war; und sie sahen eine Schar Störche, die kamen auch aus der Heimat und wollten nach den warmen Ländern; ein Storch flog immer hinter dem andern, und sie waren schon so weit, so weit geflogen! Einer von ihnen war so müde, dass seine Flügel ihn fast nicht mehr tragen konnten, er war der allerletzte in der Reihe, und bald blieb er ein großes Stück zurück, schließlich sank er mit ausgebreiteten Flügeln tiefer und tiefer, er machte noch ein paar Schläge mit den Schwingen, aber das half nichts, nun berührte er mit seinen Füßen das Tauwerk des Schiffes, nun glitt er an dem Segel herab, und plumps! Da stand er auf dem Verdeck.

Dann nahm ihn der Schiffsjunge und setzte ihn in das Hühnerhaus zu Hühnern, Enten und Truthühnern; der arme Storch stand ganz befangen unter ihnen.

»Nein, was für einer!«, sagten alle Hühner.

Und der Truthahn blies sich auf, so dick er nur konnte, und fragte, wer er sei, und die Enten gingen rückwärts und pufften sich: »Rappel dich! Rappel dich!«

Und der Storch erzählte von dem warmen Afrika, von den Pyramiden und vom Vogel Strauß, der wie ein wildes Pferd über die Wüste dahin lief, aber die Enten verstanden nicht, was er sagte, und dann pufften sie einander: »Wollen wir uns darüber einigen, dass er dumm ist?«

»Freilich ist er dumm!«, sagte der Truthahn, und dann kollerte er. Da schwieg der Storch ganz still und dachte an sein Afrika.

»Das sind ja freilich dünne Beine, die Ihr habt«, sagte die Pute. »Was kostet die Elle?«

»Park, park, park!«, greinten alle Enten, aber der Storch tat so, als wenn er es gar nicht hörte.

»Ihr könnt schon mitlachen!«, sagte die Pute zu ihm, »denn es war sehr witzig gesagt! Oder war es Euch vielleicht zu hoch? Ach, ach, ach, er ist nicht vielseitig! Wir wollen lieber interessant für uns bleiben!« Und dann glucksten die Hühner, und die Enten schnatterten: »Gik, gak! Gik, gak!« Es war schrecklich, wie amüsant sie das selbst fanden.

Aber Hjalmar ging nach dem Hühnerhause, öffnete die Tür, rief den Storch, und der hüpfte zu ihm auf das Verdeck hinaus; nun hatte er sich ausgeruht, es war, als nicke er Hjalmar zu, um ihm zu danken; dann breitete er seine Flügel aus und flog nach den warmen Ländern, aber die Hühner glucksten, die Enten schnatterten, und der Truthahn bekam einen ganz feuerroten Kopf.

»Morgen wollen wir Suppe von euch kochen!«, sagte Hjalmar, und dann erwachte er und lag in seinem kleinen Bett. Es war doch eine wunderbare Reise, die Ole Luk Öje ihn diese Nacht hatte machen lassen.

Donnerstag

Weißt du was!«, sagte Ole Luk Öje, »werde nur nicht bange! Hier sollst du eine kleine Maus sehen!« Und dann hielt er ihm seine Hand mit dem zierlichen, niedlichen Tiere hin. »Sie ist gekommen, um dich zur Hochzeit einzuladen. Hier sind zwei kleine Mäuse, die über Nacht in den Stand der Ehe treten wollen. Sie wohnen unter dem Fußboden in deiner Mutter Speisekammer, das soll eine wunderschöne Wohnung sein!«

»Aber wie komme ich nur durch das kleine Mauseloch im Fußboden?«, fragte Hjalmar.

»Dafür lass nur mich sorgen!«, sagte Ole Luk Öje. »Ich will dich schon klein machen!« Und dann berührte er mit seiner Zauberspritze Hjalmar, der sofort kleiner und kleiner wurde, schließlich war er nicht mehr so groß wie ein Finger. »Nun kannst du dir die Kleider des Zinnsoldaten leihen, ich denke mir, dass die passen werden, und es sieht flott aus, Uniform zu tragen, wenn man in Gesellschaft geht!«

»Ja wohl!«, sagte Hjalmar, und dann war er im Augenblick wie der niedlichste Zinnsoldat angekleidet.

»Wollen Sie nicht die Güte haben, sich in Ihrer Mutter Fingerhut zu setzen?«, sagte die kleine Maus, »dann werde ich die Ehre haben, Sie zu ziehen!«

»Gott, wollen sich das gnädige Fräulein selbst bemühen!«, sagte Hjalmar, und dann fuhren sie zur Mäusehochzeit.

Zuerst kamen sie unter dem Fußboden in einen langen Gang, der nicht höher war, als dass sie gerade mit dem Fingerhut dort fahren konnten, und der ganze Gang war mit faulem Holz illuminiert.

»Riecht es hier nicht herrlich?«, sagte die Maus, die ihn zog. »Der ganze Gang ist mit Speckschwarte eingerieben, es kann gar nicht schöner sein!«

Nun kamen sie in den Brautsaal hinein; hier standen zur Rechten alle die kleinen Mäusedamen, und sie zischelten und tuschelten, als wollten sie sich übereinander lustig machen; links standen alle Mäuseriche und strichen sich den Schnurrbart mit der Pfote, mitten im Saal aber sah er den Bräutigam und die Braut, sie standen in einer ausgehöhlten Käsekruste und küssten sich so schrecklich vor aller Augen, denn sie waren ja verlobt und wollten nun gleich Hochzeit machen.

Es kamen immer mehr und mehr Gäste; die eine Maus war nahe daran, die andere totzutreten, und das Brautpaar hatte sich mitten in die Tür gestellt, sodass man weder hinaus- noch hereinkommen konnte. Die ganze Stube war, ebenso wie der Gang, mit Speckschwarten eingeschmiert, das war die ganze Bewirtung, aber als Nachtisch wurde eine Erbse herumgereicht, in die eine kleine Maus aus der Verwandtschaft den Namen des Brautpaares hineingebissen hatte, das heißt den ersten Buchstaben, aber das war etwas ganz Außerordentliches.

Alle Mäuse sagten, das sei eine schöne Hochzeit, und die Unterhaltung sei vorzüglich gewesen.

Und dann fuhr Hjalmar wieder nach Hanse; er war wahrhaftig in vornehmer Gesellschaft gewesen, aber er hatte auch ordentlich zusammen kriechen und sich klein machen müssen, um in die Zinnsoldatenuniform hineinzukommen.

Freitag

»Es ist sonderbar, wie viele ältere Leute gar zu gern meiner habhaft werden möchten!«, sagte Ole Luk Öje, »namentlich solche, die Böses getan haben. ›Guter, lieber Ole‹, sagen sie zu mir, ›wir können kein Auge zutun, und dann liegen wir die ganze Nacht da und sehen alle unsere bösen Taten, die wie eklige kleine Kobolde auf dem Bettrand sitzen und uns mit heißem Wasser bespritzen; willst du nicht kommen und sie wegjagen, damit wir einen guten Schlaf bekommen können?‹, und dann seufzen sie so tief: ›Wir wollen dich auch gerne dafür bezahlen; gute Nacht, Ole! Das Geld liegt im Fenster!‹ Aber ich tue nichts für Geld«, sagte Ole Luk Öje.

»Was wollen wir nun in dieser Nacht vornehmen?«, fragte Hjalmar.

»Ja, ich weiß nicht, ob du Lust hast, diese Nacht wieder zur Hochzeit zu gehen, es ist eine andere Art als die gestern. Die große Puppe deiner Schwester, die so aussieht wie ein Mann und die Hermann genannt wird, will sich mit der Puppe Berta verheiraten, es ist außerdem der Geburtstag der Puppe, und daher wird es viele Geschenke geben.«

»Ja, das kenne ich!«, sagte Hjalmar. »Immer, wenn die Puppen neue Kleider brauchen, lässt meine Schwester sie Geburtstag oder Hochzeit feiern! Das ist wohl schon hundertmal geschehen!«

»Ja, aber über Nacht ist die hundertundeinte Hochzeit, und wenn die hundertundeinte aus ist, dann ist alles vorbei! Darum wird diese auch ganz ausnahmsweise schön. Sieh nur einmal!«

Und Hjalmar sah nach dem Tische hin. Da stand das kleine Papphaus mit Licht in den Fenstern, und alle Zinnsoldaten präsentierten draußen das Gewehr. Das Brautpaar saß an der Erde und lehnte sich an das Tischbein ganz gedankenvoll, und dazu konnte es ja auch allen Grund haben. Aber Ole Luk Öje, der Großmutters schwarzen Rock angezogen hatte, traute sie. Als die Trauung vorüber war, stimmten alle Möbel im Zimmer den folgenden schönen Gesang an, den der Bleistift geschrieben hatte; der ging nach der Melodie des Zapfenstreiches:

Das Lied soll kommen wie der Wind
Zum Brautpaar in der Stub geschwind,
Das für das Leben sich verbindt.
Aus Handschuhleder beide sind,
Doch stehn sie da, so stolz gesinnt!
Hurra! Weit trage unser Lied der Wind.

Und nun bekamen sie Geschenke, aber sie hatten sich alles Essbare verbeten, denn sie hatten genug an ihrer Liebe.

»Wollen wir nun eine Sommerwohnung beziehen oder ins Ausland reisen?«, fragte der Bräutigam. Und dann wurden die Schwalbe, die so viel gereist war, und die Hofhenne, die fünfmal Kücklein ausgebrütet hatte, zu Rate gezogen, und die Schwalbe erzählte von den schönen warmen Ländern, wo die Weintrauben so groß und so schwer hingen, wo die Luft so mild war und die Berge Farben hatten, wie man sie hier gar nicht kennt.

»Aber sie haben doch nicht unsern Grünkohl!«, sagte die Henne. »Ich wohnte im Sommer mit allen meinen Kücklein auf dem Lande; da war eine Kiesgrube, in der wir nach Herzenslust scharren konnten, und dann hatten wir Zutritt zu einem Garten mit Grünkohl! O, wie grün der war! Ich kann mir nichts Schöneres denken.«

»Aber die eine Kohlstaude sieht geradeso aus wie die andere«, sagte die Schwalbe. »Und dann ist hier oft so schlechtes Wetter!«

»Ja, daran ist man ja gewöhnt!«, erwiderte die Henne.

»Aber hier ist es kalt, es friert!«

»Das ist gut für den Kohl!«, sagte die Henne. »Übrigens können wir es auch warm haben. Hatten wir nicht vor vier Jahren einen Sommer, der fünf Wochen währte, es war hier so heiß, dass man kaum atmen konnte! Und dann haben wir nicht alle die giftigen Tiere, die sie da draußen haben! Und Räuber haben wir auch nicht! Der ist ein Schuft, der nicht findet, dass unser Land das schönste ist! Er verdient wirklich gar nicht, hier zu sein!« Und dann meinte die Henne: »Ich bin auch gereist! Ich bin über zwölf Meilen in einem Kübel gefahren! Es ist gar kein Vergnügen beim Reisen!«

»Ja, die Henne ist eine vernünftige Frau!«, sagte die Puppe Berta. »Ich mache mir auch nichts daraus, auf Berge zu klettern, denn das geht nur hinauf und dann wieder hinunter! Nein, wir ziehen nach der Kiesgrube hinaus und gehen im Kohlgarten spazieren!«

Und dabei blieb es.

Sonnabend

Bekomme ich nun Geschichten zu hören?«, fragte der kleine Hjalmar, sobald Ole Luk Öje ihn zu Bett gebracht hatte.

»Heute Abend haben wir keine Zeit dazu«, sagte Ole und spannte seinen schönsten Regenschirm über ihm aus. »Sieh dir nur einmal diese Chinesen an!« Und der ganze Regenschirm sah aus wie eine große chinesische Schale mit blauen Bäumen und spitzen Brücken mit kleinen Chinesen darauf, die dastanden und mit dem Kopfe nickten. »Wir müssen die ganze Welt zu morgen schön geputzt haben«, sagte Ole, »es ist ja ein heiliger Tag, es ist Sonntag. Ich will einmal in den Kirchturm, um zu sehen, ob die kleinen Kirchenkobolde die Glocken fein blank putzen, damit sie schön klingen; ich will auf das Feld hinaus, um zu sehen, ob die Winde den Staub von Gras und Blumen wehen, und was die allergrößte Arbeit ist, ich muss sämtliche Sterne herunternehmen und sie putzen; ich nehme sie in meine Schürze, aber erst muss jeder nummeriert werden, und die Löcher, in denen sie da oben sitzen, die müssen auch nummeriert werden, damit sie wieder an ihren richtigen Platz kommen können, sonst würden sie nicht festsitzen, und wir bekämen zu viel Sternschnuppen, wenn der eine nach dem andern herunterpurzelte!«

»Wissen Sie was, Herr Ole Luk Öje!«, sagte ein altes Porträt, das an der Wand hing, wo Hjalmar schlief, »ich bin Hjalmars Urgroßvater; ich bin Ihnen sehr dankbar, dass Sie dem Jungen Geschichten erzählen, aber Sie dürfen seine Begriffe nicht verwirren. Sterne können nicht heruntergenommen und geputzt werden, Sterne sind Weltkugeln so wie unsere Erde, und das ist gerade das Gute an ihnen!«

»Schönen Dank, du alter Urgroßvater!«, sagte Ole Luk Öje, »schönen Dank! Du bist ja das Haupt der Familie, du bist das Urhaupt! Aber ich bin älter als du! Ich bin ein alter Heide; die Römer und Griechen nannten mich den Traumgott! Ich bin in die vornehmsten Häuser gekommen und komme noch dahin! Ich verstehe es, mit Kleinen wie mit Großen umzugehen! Nun kannst du erzählen!« – Und dann ging Ole Luk Öje und nahm den Regenschirm mit.

»Jetzt darf man wohl nicht einmal mehr seine Meinung sagen!«, brummte das alte Porträt.

Und dann erwachte Hjalmar.

Sonntag

Guten Abend!«, sagte Ole Luk Öje, und Hjalmar nickte und lief dann hin und drehte das Bild des Urgroßvaters nach der Wand um, damit es nicht mit hineinreden sollte so wie gestern.

»Nun musst du mir Geschichten erzählen; von ›den fünf grünen Erbsen, die in einer Schote wohnten‹, und von ›dem Hahnenfuß, der dem Hühnerfuß den Hof machte‹, und von ›der Stopfnadel, die so fein war, dass sie sich einbildete, sie wäre eine Nähnadel‹!«

»Man kann auch zu viel des Guten bekommen!«, sagte Ole Luk Öje. »Ich will dir am liebsten etwas zeigen, das weißt du ja! Ich will dir meinen Bruder zeigen, der heißt auch Ole Luk Öje, aber er kommt zu keinem mehr als einmal, und den, zu dem er kommt, nimmt er mit sich auf sein Pferd und erzählt ihm Geschichten! Er kennt nur zwei; eine, die ist so wunderschön, dass niemand in der Welt sie sich denken kann, und eine, die ist so hässlich und gräulich – ja, das ist gar nicht zu schildern!«, und dann hob Ole Luk Öje den kleinen Hjalmar zum Fenster hinauf und sagte: »Da kannst du meinen Bruder, den andern Ole Luk Öje, sehen! Sie nennen ihn auch den Tod; siehst du, er sieht gar nicht so schlimm aus wie in den Bilderbüchern, wo er nur ein Knochengerippe ist! Nein, er hat Silberstickerei an seinem Kleide: es ist die schönste Husarenuniform! Ein Mantel aus schwarzem Sammet flattert hinten über das Pferd herab: sieh, wie er im Galopp reitet!«

Und Hjalmar sah, wie dieser Ole Luk Öje davon ritt und junge wie alte Leute zu sich auf das Pferd nahm; einige setzte er vorne, andere hinten auf, aber immer fragte er erst: »Wie steht es mit deinem Zeugnisbuch?« – »Gut!«, sagten sie alle zusammen; »ei, lass mich selbst einmal sehen!«, sagte er, und dann mussten sie ihm das Buch zeigen, und alle, die »Sehr gut« und »Ausgezeichnet« hatten, kamen vorne auf das Pferd und bekamen die schöne Geschichte zu hören, aber alle, die »Ziemlich gut« und »Mäßig« hatten, mussten hinten aufsitzen und bekamen die hässliche Geschichte zu hören; sie zitterten und weinten und wollten vom Pferde springen, aber das konnten sie nicht, denn sie waren gleich daran festgewachsen.

»Aber der Tod ist ja der schönste Ole Luk Öje!«, sagte Hjalmar, »vor dem ist mir gar nicht bange!«

»Das sollst du auch nicht!«, sagte Ole Luk Öje, »sieh nur zu, dass du ein gutes Zeugnisbuch hast.«

»Ja, das ist lehrreich!«, murmelte das Porträt des Großvaters, »es nützt doch, wenn man seine Meinung sagt!« Und nun war er zufrieden.

Sieh, das ist die Geschichte von Ole Luk Öje! Nun kann er selbst dir heute Abend mehr erzählen.

Däumelinchen

Es war einmal eine Frau, die wollte so gern ein ganz kleines Kind haben, aber sie wusste gar nicht, wo sie es herbekommen sollte; da ging sie denn zu einer alten Hexe und zu der sagte sie: »Ich möchte so schrecklich gern ein kleines Kind haben, willst du mir nicht sagen, wo ich es herbekommen kann?«

»Ja, das wollen wir schon kriegen!«, sagte die Hexe. »Da hast du ein Gerstenkorn, das ist aber nicht von der Art, wie sie auf dem Felde des Bauern wachsen oder wie sie die Hühner zu fressen bekommen, lege es in einen Blumentopf, dann wirst du schon sehen.«

»Ich bedanke mich vielmals«, sagte die Frau und gab der Hexe zwölf Schillinge, ging dann nach Hause und pflanzte das Gerstenkorn, und sofort wuchs eine große, wunderschöne Blume daraus empor, die sah ganz aus wie eine Tulpe, aber die Blätter schlossen sich fest zusammen, als wenn es noch eine Knospe wäre.

»Das ist eine reizende Blume«, sagte die Frau und küsste sie auf die schönen roten und gelben Blätter, aber im selben Augenblicke, als sie die Blume küsste, öffnete sich diese mit einem großen Knall. Es war eine wirkliche Tulpe, das konnte man jetzt sehen, aber mitten in der Blume auf dem grünen Fruchtknoten saß ein winzig kleines Mädchen, so fein und lieblich, sie war kaum einen Daumen hoch, und deshalb wurde sie Däumelinchen genannt.

Eine zierlich lackierte Walnussschale erhielt sie als Wiege, blaue Veilchenblätter waren ihre Matratzen und ein Rosenblatt ihr Deckbett; da schlief sie des Nachts, am Tage aber spielte sie auf dem Tische, auf den die Frau einen mit einem Blumenkranz geschmückten Teller gestellt hatte; die Blumen standen alle mit den Stängeln im Wasser; in der Mitte aber schwamm ein großes Tulpenblatt, und darauf musste Däumelinchen sitzen und von der einen Seite des Tellers nach der andern hinüberfahren; sie hatte zwei weiße Pferdehaare, damit ruderte sie. Das sah wirklich ganz wunderschön aus. Sie konnte auch singen, und zwar so fein und niedlich, wie man es hier noch niemals gehört hatte.

Eines Nachts, als sie in ihrem schönen Bett lag, kam eine hässliche Kröte zum Fenster hereingehüpft; denn es war eine Scheibe zerbrochen. Die Kröte war so hässlich, groß und nass, sie hüpfte gerade auf den Tisch herunter, wo Däumelinchen lag und unter dem roten Rosenblatt schlief.

»Das ist ja eine reizende Frau für meinen Sohn!«, sagte die Kröte, und dann nahm sie die Walnussschale, in der Däumelinchen schlief, und hüpfte damit durch die Fensterscheibe in den Garten hinunter.

Da floss ein großer, breiter Bach, aber am Ufer war es sumpfig und morastig; hier wohnte die Kröte mit ihrem Sohn. Huh, wie hässlich und abscheulich war der auch, er sah ganz so aus wie seine Mutter. »Koax, koax, bekkerekex!«, das war alles, was er sagen konnte, als er das niedliche kleine Mädchen in der Walnussschale sah.

»Sprich nicht so laut, denn sonst wacht sie auf!«, sagte die alte Kröte, »sie könnte uns am Ende weglaufen, denn sie ist so leicht wie eine Schwanendaune! Wir wollen sie auf eins der breiten Wasserrosenblätter im Bach setzen, das ist für sie, die so klein und leicht ist, wie eine Insel! Da kann sie nicht weglaufen, während wir die Staatsstube unten unter dem Morast, wo ihr wohnen und hausen sollt, instand setzen.«

Draußen im Bach wuchsen so viele Wasserrosen mit den breiten, grünen Blättern, die aussehen, als schwämmen sie oben auf dem Wasser; das Blatt, das am weitesten hinaus lag, war auch das allergrößte; da schwamm die alte Kröte hinaus und setzte die Walnussschale mit Däumelinchen darauf.

Ganz früh am nächsten Morgen erwachte die arme Kleine, und als sie sah, wo sie war, fing sie so bitterlich an zu weinen, denn da war Wasser zu allen Seiten des großen, grünen Blattes, und sie konnte gar nicht ans Land kommen.

Die alte Kröte saß unten im Morast und schmückte ihre Stube mit Schilf und gelben Wasserrosenblättern, es sollte alles recht hübsch werden für die neue Schwiegertochter; dann schwamm sie mit dem garstigen Sohn nach dem Blatt hinaus, wo Däumelinchen stand; sie wollten ihr hübsches Bett holen, das sollte in der Brautkammer aufgestellt werden, ehe sie selber kam. Die alte Kröte machte im Wasser einen tiefen Knicks vor ihr und sagte: »Hier siehst du meinen Sohn, er soll dein Mann sein, und ihr werdet ganz wunderschön unten im Morast wohnen.«

»Koax, koax, bekkerekex!«, das war alles, was ihr Sohn sagen konnte.

Dann nahmen sie das reizende kleine Bett und schwammen damit von bannen, aber Däumelinchen saß ganz allein da und weinte auf dem grünen Blatt, denn sie wollte nicht bei der garstigen Kröte wohnen und mochte auch ihren hässlichen Sohn nicht zum Manne haben. Die kleinen Fische, die unten im Wasser schwammen, hatten die Kröte sehr wohl bemerkt und auch gehört, was sie gesagt hatte, darum steckten sie die Köpfe heraus, sie wollten das kleine Mädchen doch einmal sehen. Sobald sie sie zu sehen bekamen, fanden sie sie ganz entzückend, und es tat ihnen so leid, dass sie zu der garstigen Kröte hinunter sollte. Nein, das sollte niemals geschehen. Sie scharten sich unten im Wasser rings um den grünen Stängel, der das Blatt hielt, auf dem sie stand, nagten den Stängel mit den Zähnen durch, und dann schwamm das Blatt mit Däumelinchen den Bach hinab weit weg, wo die Kröte nicht hinkommen konnte.

Däumelinchen segelte an vielen Orten vorüber, und die kleinen Vögel saßen in den Büschen, sahen sie und sangen: »Welch eine liebliche kleine Maid!« Das Blatt schwamm immer weiter und weiter mit ihr weg; so reiste Däumelinchen ins Ausland.

Ein niedlicher, kleiner Schmetterling umflatterte sie beständig und setzte sich schließlich auf das Blatt nieder, denn er mochte Däumelinchen so gern leiden, und sie war so vergnügt, denn nun konnte die Kröte sie nicht mehr erreichen, und es war so schön, wo sie segelte; die Sonne schien auf das Wasser, es war wie schimmerndes Gold. Da nahm sie ihr Gürtelband, knüpfte das eine Ende um den Schmetterling und befestigte das andre Ende an dem Blatt; da glitt es viel schneller dahin und sie auch, denn sie stand ja auf dem Blatt.

Im selben Augenblick kam ein großer Maikäfer geflogen, der sah sie, und gleich schlug er seine Klauen um ihren schlanken Leib und flog mit ihr auf einen Baum, aber das grüne Blatt schwamm den Bach hinunter, und der Schmetterling flog mit, denn er war an das Blatt festgebunden und konnte nicht wieder loskommen.

Gott, wie das arme Däumelinchen erschrak, als der Maikäfer mit ihr in den Baum hinausflog, aber am traurigsten war sie doch, wenn sie an den schönen, weißen Schmetterling dachte, den sie an das Blatt festgebunden hatte: wenn der nun nicht loskommen konnte, musste er ja verhungern. Aber das war dem Maikäfer ganz egal. Er setzte sich mit ihr auf das größte grüne Blatt am Baum, gab ihr das Süßeste von den Blumen zu essen und sagte ihr, sie sei ganz allerliebst, wenn sie auch gar keine Ähnlichkeit mit einem Maikäfer habe. Und dann kamen alle die andern Maikäfer, die in dem Baum wohnten, und machten Visite; sie betrachteten Däumelinchen, und die Maikäfer-Damen rümpften die Fühlhörner und sagten: »Sie hat ja nur zwei Beine, das sieht jämmerlich aus!« »Sie hat keine Fühlhörner!«, sagten sie. »Sie ist so schlank in der Taille, pfui! Sie sieht gerade so aus wie ein Mensch! Wie hässlich sie ist!«, sagten alle Maikäferinnen, und dabei war Däumelinchen doch so niedlich! Das fand auch der Maikäfer, der sie sich geholt hatte, aber als all die andern sagten, dass sie hässlich sei, da glaubte er es schließlich auch und wollte sie gar nicht mehr haben; sie könne gehen, wohin sie wolle. Sie flogen mit ihr aus dem Baum herunter und setzten sie auf ein Gänseblümchen; da weinte sie, weil sie so hässlich war, dass die Maikäfer sie nicht haben wollten, und dabei war sie doch das Entzückendste, was man sich denken konnte, so fein und zart wie das schönste Rosenblatt.

Den ganzen Sommer hindurch lebte das arme Däumelinchen ganz allein in dem großen Wald. Sie flocht sich ein Bett aus Grashalmen und hängte es unter einem großen Klettenblatt auf, dann konnte es nicht auf sie herabregnen; sie suchte das Süße aus den Blumen heraus und aß es und trank von dem Tau, der jeden Morgen auf den Blättern lag; so vergingen der Sommer und der Herbst, aber nun kam der Winter, der kalte, lange Winter. Alle Vögel, die ihr so schön vorgesungen hatten, flogen davon, die Bäume und die Blumen verdorrten. Das große Klettenblatt, unter dem sie gewohnt hatte, rollte sich zusammen und ward zu einem gelben, welken Stängel, und es fror sie so schrecklich, denn ihre Kleider waren zerrissen, und sie war selbst so fein und klein, das arme Däumelinchen, sie musste erfrieren. Es fing an zu schneien, und jede Schneeflocke, die auf sie herabfiel, war, als wenn man eine ganze Schaufel voll Schnee über uns ausschüttet, denn wir sind so groß, und sie war nur einen Zoll lang. Da hüllte sie sich in ein dürres Blatt, aber das wollte nicht wärmen, sie zitterte vor Kälte.

Dicht vor dem Wald, in den sie nun gekommen war, lag ein großes Kornfeld, aber das Korn war schon längst weg, nur die kahlen, dürren Stoppeln ragten aus der gefrorenen Erde auf. Die waren für sie, als wandere sie durch einen großen Wald. O, wie sie vor Kälte zitterte! Dann kam sie vor die Tür der Feldmaus. Das war ein kleines Loch unter den Kornstoppeln. Dort wohnte die Feldmaus warm und gut, hatte eine ganze Stube voll Korn, eine schöne Küche und Speisekammer. Das arme Däumelinchen stellte sich vor die Tür ganz wie ein armes Bettelmädchen und bat um ein Stückchen von einem Gerstenkorn, denn sie hatte seit zwei Tagen nicht das Geringste zu essen bekommen.

»Du arme Kleine!«, sagte die Feldmaus, denn sie war im Grunde eine gute, alte Feldmaus. »Komm du nur in meine warme Stube herein und iss mit mir.«

Weil sie Däumelinchen nun gern leiden mochte, sagte sie: »Du kannst den Winter über bei mir bleiben, aber du musst meine Stube hübsch rein halten und mir Geschichten erzählen, denn die liebe ich sehr.« Und Däumelinchen tat, was die gute, alte Feldmaus verlangte und hatte es dafür riesig gut.

»Nun bekommen wir wohl bald Besuch!«, sagte die Feldmaus. »Mein Nachbar pflegt mich alle Wochen einmal zu besuchen. Er steht sich noch besser als ich; er hat große Säle und geht mit einem schönen, schwarzen Sammetpelz; wenn du den doch zum Mann bekommen könntest, dann wärest du gut versorgt; aber er kann nicht sehen. Du musst ihm die allerschönsten Geschichten erzählen, die du weißt!«

Aber daraus machte sich Däumelinchen nichts, sie wollte den Nachbar gar nicht haben, denn er war ein Maulwurf. Er kam und machte Visite in seinem schwarzen Sammetpelz. Er sei so reich und gelehrt, sagte die Feldmaus, seine Wohnung sei auch über zwanzigmal so groß als die der Feldmaus, und Gelehrsamkeit habe er, aber die Sonne und die schönen Blumen könne er nicht leiden, von denen spräche er schlecht, denn er habe sie nie gesehen.

Däumelinchen musste singen, und sie sang: »Maikäfer flieg!« und »Der Mönch gebt auf die Wiese«, und dann verliebte sich der Maulwurf in sie um ihrer schönen Stimme willen, aber er sagte nichts, denn er war ein so besonnener Mann.

Er hatte sich kürzlich einen langen Gang durch die Erde gegraben von seinem zu ihrem Hause, darin durften die Feldmaus und Däumelinchen spazieren gehen, wenn sie wollten. Aber er bat sie, sich nicht vor dem toten Vogel zu ängstigen, der im Gange lag; es sei ein ganzer Vogel mit Federn und Schnabel, der wohl erst ganz kürzlich gestorben sei, als der Winter anfing, und den man nun gerade da begraben habe, wo er sich seinen Gang gemacht hatte.

Der Maulwurf nahm ein Stück faules Holz ins Maul, denn das scheint ja wie Feuer im Dunkeln, und ging dann voran und leuchtete ihnen in dem langen, finstern Gange, Als sie dahin kamen, wo der tote Vogel lag, stemmte der Maulwurf seine Nase gegen die Decke und stieß die Erde in die Höhe, sodass ein großes Loch entstand, durch das das Licht hereinscheinen konnte. Mitten auf dem Boden lag eine tote Schwalbe, die schönen Flügel fest gegen die Seiten gedrückt, die Beine und den Kopf unter die Federn gezogen; der arme Vogel war sicher vor Kälte gestorben. Es tat Däumelinchen so leid um ihn, sie hatte alle die kleinen Vögel so gern, sie hatten ihr ja den ganzen Sommer so schön vorgezwitschert und gesungen, aber der Maulwurf stieß mit den kurzen Beinen gegen die Schwalbe und sagte: »Nun piepst sie nicht mehr! Es muss doch erbärmlich sein, als kleiner Vogel geboren zu werden! Gott sei Dank, dass keinem von meinen Kindern das passieren kann, so ein Vogel hat nichts weiter als sein Quiwitt und muss im Winter verhungern!«

»Ja, das könnt Ihr als vernünftiger Mann wohl sagen«, meinte die Feldmaus. »Was hat der Vogel für all sein Quiwitt, wenn der Winter kommt? Er muss hungern und frieren; aber er will auch so hoch hinaus!«

Däumelinchen sagte nichts; aber als die beiden andern dem Vogel den Rücken zuwendeten, beugte sie sich hinab, schob die Federn zur Seite, die über seinem Kopfe lagen, und küsste ihn auf die geschlossenen Augen. »Vielleicht ist's derselbe, der mir diesen Sommer so schön vorgesungen hat«, dachte sie. »Wie viel Freude hat er mir doch bereitet, der liebe, schöne Vogel!«

Der Maulwurf stopfte nun das Loch zu, durch das der Tag hereinschien, und begleitete die Damen nach Hause. Aber in der Nacht konnte Däumelinchen gar nicht schlafen, da stand sie aus ihrem Bett auf und flocht eine schöne, große Decke aus Heu und trug sie hinaus und breitete sie über den toten Vogel aus, legte leichte Baumwolle, die sie in der Stube der Feldmaus gefunden hatte, zu beiden Seiten des Vogels, damit er in der kalten Erde warm liegen möge.

»Leb wohl, du hübscher kleiner Vogel!«, sagte sie. »Leb wohl und hab Dank für deinen schönen Gesang im Sommer, als alle Bäume grün waren und die Sonne uns so warm beschien!« Dann legte sie den Kopf an die Brust des Vogels, erschrak aber sehr, denn es war, als poche da drinnen etwas. Das war das Herz des Vogels. Der Vogel war nicht tot, er lag nur im Winterschlaf und war nun erwärmt und bekam wieder Leben.

Im Herbst fliegen alle Schwalben fort nach den warmen Ländern, ist aber eine, die sich verspätet, dann friert sie so, dass sie wie tot herabfällt und liegen bleibt, wo sie hinfällt; und der kalte Schnee legt sich darüber.

Däumelinchen zitterte förmlich, so sehr war sie erschrocken, denn der Vogel war ja gegen sie, die nur einen Zoll lang war, groß, sehr groß, aber sie fasste doch Mut, hüllte die arme Schwalbe fester in die Baumwolle ein und holte ein Krauseminzblatt, das sie selbst als Deckbett gehabt hatte, und legte es auf den Kopf des Vogels.

In der nächsten Nacht schlich sie wieder zu ihm hin, und da war er ganz lebendig, aber so matt, dass er seine Augen nur einen Augenblick aufmachen und Däumelinchen ansehen konnte, die mit einem Stück faulen Holzes in der Hand dastand, denn eine andere Laterne hatte sie nicht.

»Hab Dank, du niedliches, kleines Kind!«, sagte die kranke Schwalbe zu ihr. »Ich bin so herrlich warm geworden! Bald bekomme ich meine Kräfte wieder und kann hinausfliegen in den warmen Sonnenschein!«

»O«, sagte sie, »es ist draußen so kalt, es schneit und friert! Bleib du nur in deinem warmen Bett, ich will dich schon pflegen!«

Sie brachte der Schwalbe Wasser in einem Blumenblatt, und die trank und erzählte ihr, wie sie den einen Flügel an einem Dornbusch wund gerissen und deshalb nicht so schnell habe fliegen können wie die andern Schwalben, die dann fort geflogen waren, weit fort nach den warmen Ländern. Sie sei dann schließlich auf die Erde herabgefallen; aber weiter wusste sie nichts mehr, wusste auch nicht, wie sie hierher gekommen war.

Den ganzen Winter blieb sie nun da unten, und Däumelinchen war gut gegen sie und hatte sie lieb; weder der Maulwurf noch die Feldmaus bekamen das geringste davon zu wissen, denn die konnten die arme, elende Schwalbe ja nicht leiden.

Sobald der Frühling kam und die Sonne die Erde erwärmte, sagte die Schwalbe Däumelinchen Lebewohl, und sie öffnete das Loch, das der Maulwurf oben gemacht hatte. Die Sonne schien so schön zu ihnen herein, und die Schwalbe fragte, ob sie nicht mitkommen wolle, sie könne auf ihrem Rücken sitzen, sie wollten weit hinausfliegen in den grünen Wald. Aber Däumelinchen wusste, dass es die alte Feldmaus betrüben würde, wenn sie sie so verließ.

»Nein, ich kann nicht!«, sagte Däumelinchen. »Leb wohl, leb wohl! Du gutes, niedliches Mädchen!«, sagte die Schwalbe und flog in den Sonnenschein hinaus. Däumelinchen sah ihr nach, und ihre Augen füllten sich mit Tränen, denn sie hatte die arme Schwalbe so lieb.

»Quiwitt, quiwitt!«, sang der Vogel und flog in den grünen Wald hinein.

Däumelinchen aber war ganz traurig. Sie durfte gar nicht in den warmen Sonnenschein hinauskommen; das Korn, das auf dem Felde über dem Haus der Feldmaus gesät war, wuchs so hoch in die Höhe, dass es wie ein ganz dichter Wald für das arme kleine Mädchen war, das ja nur einen Zoll lang war.

»Jetzt im Sommer musst du an deiner Aussteuer nähen!«, sagte die Feldmaus zu ihr, denn nun hatte der Nachbar, der langweilige Maulwurf in dem schwarzen Sammetpelz, um sie angehalten. »Du sollst Wollzeug und Leinwand haben! Du sollst was haben, worauf du sitzen und worauf du liegen kannst, wenn du die Frau des Maulwurfs wirst!«

Däumelinchen musste die Spindel drehen, und die Feldmaus mietete vier Spinnen, die sollten Tag und Nacht spinnen und weben. Jeden Abend machte der Maulwurf seine Aufwartung und redete dann fortwährend davon, dass, wenn der Sommer zu Ende ginge, die Sonne ja lange nicht mehr so warm scheine, sie brenne ja die Erde jetzt so fest wie einen Stein; ja, wenn der Sommer vorüber wäre, dann sollte die Hochzeit mit Däumelinchen gefeiert werden; aber sie war gar nicht vergnügt, denn sie mochte den langweiligen Maulwurf nicht leiden. Jeden Morgen, wenn die Sonne aufging, und jeden Abend, wenn sie unterging, schlich sie hinaus an die Tür, und wenn dann der Wind die Spitzen der Kornähren zerteilte, sodass sie den blauen Himmel sehen konnte, dachte sie daran, wie hell und schön es hier draußen war, und wünschte so sehr, dass sie die liebe Schwalbe wieder sehen könnte; aber die kam nie wieder, die flog gewiss weit von hier in dem schönen, grünen Wald.

Als es dann Herbst wurde, hatte Däumelinchen ihre ganze Aussteuer fertig.

»In vier Wochen sollst du Hochzeit halten!«, sagte die Feldmaus zu ihr. Aber Däumelinchen weinte und sagte, sie wolle den langweiligen Maulwurf nicht haben.

»Unsinn!«, sagte die Feldmaus, »sei nicht widerspenstig, denn sonst beiße ich dich mit meinem weißen Zahn! Du bekommst ja einen wunderschönen Mann! So einen schwarzen Sammetpelz wie er hat selbst die Königin nicht! Er hat Küche und Keller voll. Danke du Gott für ihn!«

Und dann sollten sie Hochzeit machen. Der Maulwurf war schon gekommen, um Däumelinchen zu holen; sie sollte mit ihm tief unter der Erde wohnen, sollte nie in die warme Sonne hinauskommen, denn die konnte er nicht leiden. Das arme Kind war so betrübt, sie sollte nun der lieben Sonne Lebewohl sagen, die sie bei der Feldmaus doch von der Tür aus hatte sehen dürfen.

»Lebewohl, du helle Sonne!«, sagte sie und streckte die Arme hoch in die Höhe, ging auch ein klein wenig vor das Haus der Feldmaus, denn nun war das Korn geerntet, und es standen nur noch die dürren Stoppeln da. »Leb wohl, leb wohl!«, sagte sie und schlang ihre zarten Ärmchen um eine kleine rote Blume, die dastand. »Grüße die liebe Schwalbe von mir, wenn du sie sehen solltest!«

»Quiwitt, quiwitt!«, ertönte es im selben Augenblick über ihrem Kopf; sie sah auf, es war die Schwalbe, die gerade vorbeikam. Als sie Däumelinchen gewahrte, wurde sie ganz vergnügt. Däumelinchen erzählte ihr, wie ungern sie den hässlichen Maulwurf zum Mann haben wolle und dass sie nun tief unten in der Erde wohnen solle, wo die Sonne niemals scheine. Sie konnte es nicht lassen, dabei zu weinen.

»Jetzt kommt der kalte Winter!«, sagte die Schwalbe, »ich fliege weit fort nach den warmen Ländern, willst du mit mir kommen? Du kannst auf meinem Rücken sitzen. Binde dich nur mit deinem Gürtel fest, dann fliegen wir weg von dem hässlichen Maulwurf und seiner dunklen Stube, weit fort über die Berge nach den warmen Ländern, wo die Sonne schöner scheint als hier, wo immer Sonne ist und wo immer schöne Blumen blühen. Fliege nur mit mir, liebes kleines Däumelinchen, die du mir das Leben gerettet hast, als ich erfroren in dem dunklen Erdkeller lag!«

»Ja, ich will mit dir kommen!«, sagte Däumelinchen und setzte sich auf den Rücken des Vogels, die Füße auf seinen ausgebreiteten Flügeln, band ihren Gürtel an einer der stärksten Federn fest; und dann flog die Schwalbe hoch in die Luft empor über Wald und über Meer, hoch oben über den großen Bergen dahin, wo immer Schnee liegt; und es fror Däumelinchen in der kalten Luft, aber dann kroch sie unter die warmen Federn des Vogels und steckte nur den kleinen Kopf heraus, um all das Schöne unter sich zu sehen.

Und dann kamen sie nach den warmen Ländern. Da schien die Sonne viel heller als daheim, der Himmel war zweimal so hoch, und an Gräben und Zäunen wuchsen die schönsten grünen und blauen Weintrauben. In den Wäldern hingen Zitronen und Apfelsinen, es duftete nach Myrten und Krauseminze, und auf der Landstraße liefen die schönsten Kinder und spielten mit großen, bunten Schmetterlingen. Aber die Schwalbe flog noch weiter fort, und es wurde immer schöner und schöner. Unter den herrlichen grünen Bäumen an dem blauen Meer stand ein Marmorschloss aus alten Zeiten, Weinranken schlangen sich um die hohen Säulen; ganz oben waren viele Schwalbennester, und in einem davon wohnte die Schwalbe, die Däumelinchen trug.

»Hier ist mein Haus!«, sagte die Schwalbe; »willst du dir nun aber selbst eine von den prächtigsten Blumen aussuchen, die da unten wohnen, dann will ich dich da hineinsetzen, und du sollst es so gut haben, wie du es dir nur wünschen kannst!«

»Das ist herrlich!«, sagte sie und klatschte in die kleinen Hände.

Da lag eine große, weiße Marmorsäule, die auf die Erde gefallen und in drei Stücke zerbrochen war, aber dazwischen wuchsen die schönsten großen, weißen Blumen. Die Schwalbe flog mit Däumelinchen hinunter und setzte sie auf eines der breiten Blätter; aber wie erstaunte nicht Däumelinchen! Da saß ein kleiner Mann mitten in der Blume, so weiß und durchsichtig, als sei er von Glas; die niedlichste goldene Krone hatte er auf dem Kopfe und die schönsten klaren Flügel an den Schultern; er selbst war nicht größer als Däumelinchen. Er war der Engel der Blume. In jeder Blume wohnte so ein kleiner Mann oder eine Frau, dieser aber war der König über sie alle.

»Mein Gott, wie schön er ist!«, flüsterte Däumelinchen der Schwalbe zu. Der kleine Prinz erschrak sehr über die Schwalbe, denn sie war ja ein ganzer Riesenvogel gegen ihn, der so klein und fein war; aber als er Däumelinchen sah, freute er sich sehr, sie war das allerschönste Mädchen, das er jemals gesehen hatte. Darum nahm er seine goldene Krone von dem Kopf und setzte sie ihr auf, fragte, wie sie heiße und ob sie seine Frau werden wolle, dann solle sie Königin über alle Blumen sein! Ja, das war freilich ein ganz anderer Mann als der Sohn der Kröte und der Maulwurf mit dem schwarzen Sammetpelz. Sie sagte deshalb »ja« zu dem schönen Prinzen, und aus jeder Blume kam eine Dame oder ein Herr, so reizend, dass es eine Lust zu sehen war; jeder von ihnen brachte Däumelinchen ein Geschenk, aber das herrlichste von allem waren doch ein Paar schöne Flügel von einer großen, weißen Fliege; die wurden an Däumelinchens Rücken befestigt, und dann konnte sie auch von Blume zu Blume fliegen. Das war eine große Freude, und die Schwalbe saß oben in ihrem Nest und sang ihnen etwas vor, so gut sie konnte, aber im Herzen war sie doch betrübt, denn sie hatte Däumelinchen so lieb und hätte sich am liebsten nie von ihr getrennt.

»Du sollst nicht Däumelinchen heißen«, sagte der Blumenengel zu ihr, »das ist ein hässlicher Name, und du bist so schön. Wir wollen dich Maja nennen!«

»Leb wohl! Leb wohl!«, sagte die Schwalbe und flog wieder fort von den warmen Ländern, weit fort nach Dänemark zurück; da hatte sie ein kleines Nest über dem Fenster, wo der Mann wohnt, der Märchen erzählen kann. Dem sang sie »Quiwitt, quiwitt!« vor, daher haben wir die ganze Geschichte.

Der kleine Klaus und der grosse Klaus

In einem Dorf wohnten zwei Männer, die beide ganz denselben Namen hatten, alle beide hießen sie Klaus, aber der eine hatte vier Pferde, und der andre hatte nur ein einziges Pferd; um sie nun voneinander zu unterscheiden, nannte man den, der vier Pferde hatte, den großen Klaus, und den, der nur das eine Pferd hatte, den kleinen Klaus. Nun wollen wir einmal hören, wie es den beiden erging, denn es ist eine wahre Geschichte.

Die ganze Woche hindurch musste der kleine Klaus für den großen Klaus pflügen und ihm sein einziges Pferd leihen; dann half der große Klaus ihm wieder mit allen seinen vieren, aber nur einmal in der Woche, und zwar am Sonntag. Hussa! Wie klatschte der kleine Klaus mit seiner Peitsche über allen fünf Pferden, sie waren ja nun so gut wie die seinen den einen Tag. Die Sonne schien so schön, und alle Glocken im Kirchturm läuteten zur Kirche, die Leute waren alle geputzt und gingen mit dem Gesangbuch unter dem Arm hin, um den Pfarrer predigen zu hören, und sie sahen den kleinen Klaus an, der mit fünf Pferden pflügte, und er war so vergnügt, dass er wieder mit der Peitsche klatschte und rief: »Hüh, alle meine Pferde!«

»Das darfst du nicht sagen«, schalt ihn der große Klaus, »dir gehört ja nur das eine Pferd!«

Aber als wieder jemand zur Kirche vorüberging, vergaß der kleine Klaus, dass er es nicht sagen durfte, und rief: »Hüh, alle meine Pferde!«

»Ja, ich möchte dich doch bitten, das zu unterlassen!«, sagte der große Klaus. »Denn wenn du es noch einmal sagst, dann schlage ich dein Pferd vor die Stirn, sodass es tot auf dem Fleck daliegt, und dann ist es mit ihm aus!«

»Ich will es auch ganz gewiss nicht wieder tun!«, sagte der kleine Klaus; aber als Leute vorüber kamen und ihm guten Tag zunickten, wurde er so vergnügt und meinte, es sähe doch so flott aus, dass er fünf Pferde habe, um sein Feld zu pflügen; und da klatschte er mit der Peitsche und rief: »Hüh, alle meine Pferde!«

»Ich will dein Pferd hühen!«, sagte der große Klaus und nahm den Spannklöppel und schlug das einzige Pferd des kleinen Klaus vor die Stirn, sodass es umfiel und ganz tot war.

»Ach, nun habe ich gar keine Pferde mehr«, sagte der kleine Klaus und fing an zu weinen. Dann zog er dem Pferd die Haut ab und ließ sie gut im

Winde trocknen, steckte sie darauf in einen Sack, den er auf den Nacken nahm, und ging nach der Stadt zu, um seine Pferdehaut zu verkaufen.

Er hatte einen sehr weiten Weg zu gehen, musste durch einen großen, dunklen Wald, und nun zog ein schreckliches Unwetter herauf; er verirrte sich völlig, und ehe er wieder auf den rechten Weg kam, wurde es Abend, und es war zu weit, um zur Stadt oder wieder nach Hause zu kommen, ehe es Nacht wurde.

Dicht am Wege lag ein großer Bauernhof, die Laden waren vor den Fenstern geschlossen, aber oben konnte das Licht doch hindurch scheinen. »Da werde ich wohl Erlaubnis bekommen, zu übernachten«, dachte der kleine Klaus und ging hin und klopfte an.

Die Bauersfrau machte ihm auf, aber als sie hörte, was er wollte, sagte sie, er solle nur seiner Wege gehen, ihr Mann sei nicht zu Hause und sie nähme keinen Fremden auf.

»Nun, dann muss ich draußen liegen«, sagte der kleine Klaus, und die Bauersfrau machte ihm die Tür vor der Nase zu.

Dicht daneben stand ein Heuschober, und zwischen ihm und dem Hause war ein kleiner Schuppen mit einem flachen Strohdach gebaut.

»Da oben kann ich ja liegen!«, dachte der kleine Klaus, als er das Dach sah, »das ist ja ein herrliches Bett, der Storch fliegt wohl nicht herunter und beißt mich in die Beine.« Denn es stand ein lebendiger Storch oben auf dem Dache, wo er sein Nest hatte.

Nun kroch der kleine Klaus auf den Schuppen hinauf, wo er sich drehte und wendete, um recht gut zu liegen. Die hölzernen Fensterladen schlossen nach oben zu nicht ordentlich, und so konnte er denn gerade in die Stube hineinsehen.

Da war ein großer Tisch mit Wein und Braten und einem ganz wunderschönen Fisch gedeckt, die Bauersfrau und der Küster saßen bei Tische und sonst weiter niemand, und sie schenkte ihm ein, und er hieb in den Fisch ein, denn das war sein Leibgericht.

»Wer doch auch etwas davon abbekommen könnte!«, sagte der kleine Klaus und reckte den Kopf nach dem Fenster zu aus. Herrgott, was für einen schönen Kuchen konnte er da drinnen stehen sehen! Ja, das war ein Schmaus!

Jetzt hörte er jemand auf der Landstraße auf das Haus zugeritten kommen, es war der Mann der Bauersfrau, der nach Hause kam.

Es war ein herzensguter Mann, aber er hatte die sonderbare Krankheit, dass er es nicht vertragen konnte, einen Küster zu sehen; kam ihm ein

Küster vor die Augen, so wurde er ganz rasend. Deswegen war auch der Küster zu seiner Frau gegangen, um ihr »Guten Tag« zu sagen, als er wusste, dass der Mann nicht zu Hause war, und die gute Frau hatte ihm all das schönste Essen, was sie hatte, vorgesetzt; als sie nun hörten, dass der Mann kam, erschraken sie sehr, und die Frau bat den Küster, in eine große, leere Kiste zu kriechen, die dort in einer Ecke stand; das tat er auch, denn er wusste ja, dass der arme Mann es nicht vertragen konnte, einen Küster zu sehen. Die Frau versteckte schnell all das schöne Essen und den Wein in den Backofen, denn hätte der Mann das zu sehen bekommen, so würde er gleich gefragt haben, was das zu bedeuten habe.

»Ach ja«, seufzte der kleine Klaus oben auf dem Schuppen, als er all das Essen verschwinden sah.

»Ist da oben jemand?«, fragte der Bauer und sah zu dem kleinen Klaus hinauf. »Warum liegst du da? Komm lieber mit in die Stube hinein!«

Und dann erzählte der kleine Klaus, wie er sich verirrt hatte, und bat, die Nacht über bleiben zu dürfen.

»Ja natürlich!«, sagte der Bauer, »aber nun müssen wir erst etwas zu essen haben!«

Die Frau empfing sie beide sehr freundlich, deckte einen langen Tisch und setzte ihnen eine große Schüssel mit Grütze vor. Der Bauer war hungrig und aß mit gutem Appetit, aber der kleine Klaus konnte es nicht lassen, an den herrlichen Braten, den Fisch und den Kuchen zu denken, was, wie er wusste, alles im Ofen stand.

Unter den Tisch zu seinen Füßen hatte er den Sack mit der Pferdehaut hingelegt, denn wir wissen ja, dass er, um sie in der Stadt zu verkaufen, von Hause fort gegangen war. Die Grütze wollte ihm gar nicht schmecken, und dann trat er auf seinen Sack, und die trockne Haut im Sack knarrte ganz laut.

»Still!«, sagte der kleine Klaus zu seinem Sack, trat im selben Augenblick aber wieder darauf, und da knarrte sie noch lauter als zuvor.

»Was hast du denn da in deinem Sack?«, fragte der Bauer.

»Ach, einen Zauberer!«, sagte der kleine Klaus. »Er sagt, wir sollen keine Grütze essen, er hätte den ganzen Ofen voll Fisch und Braten und Kuchen gehext.«

»Na nu!«, sagte der Bauer und riss schnell den Ofen auf, wo er all das schöne Essen sah, das die Frau versteckt hatte, von dem er aber glaubte, dass der Zauberer im Sacke es für sie herbeigehext hätte. Die Frau wagte nichts zu sagen, sondern setzte gleich die Speisen auf den Tisch, und dann aßen sie von dem Fisch und von dem Braten und von dem Kuchen. Gleich darauf trat der kleine Klaus wieder auf seinen Sack, sodass die Haut knarrte.

»Was sagt er jetzt?«, fragte der Bauer.

»Er sagt«, antwortete der kleine Klaus, »dass er uns auch drei Flaschen Wein gehext hat, die stehen auch im Ofen!« Nun musste die Frau den Wein herausholen, den sie versteckt hatte, und der Bauer trank und wurde sehr lustig; so einen Zauberer, wie der kleine Klaus im Sack hatte, wollte er fürs Leben gern haben.

»Kann er auch den Teufel herbeihexen?«, fragte der Bauer, »den möchte ich gern sehen, denn jetzt bin ich lustig.«

»Ja«, sagte der kleine Klaus, »mein Zauberer kann alles, was ich von ihm verlange. Nicht wahr, du?«, fragte er und trat auf den Sack, sodass er knarrte. »Kannst du wohl hören, dass er ja sagt? Aber der Teufel sieht so abscheulich aus, es ist besser, ihn nicht zu sehen.«

»Ach, mir ist gar nicht bange, wie mag er wohl aussehen?«

»Ja, er wird sich ganz leibhaftig wie ein Küster zeigen.«

»Hu!«, sagte der Bauer, »das ist grässlich! Ihr müsst nämlich wissen, dass ich es nicht vertragen kann, einen Küster zu sehen! Aber es schadet nichts, ich weiß ja, dass es der Teufel ist, da finde ich mich wohl leichter darein! Jetzt habe ich Mut! Aber er muss mir nicht zu nahe kommen!«

»Ich will meinen Zauberer einmal fragen«, sagte der kleine Klaus, trat auf den Sack und hielt sein Ohr heran.

»Was sagt er?«

»Er sagt, Ihr könnt hingehen und die Kiste aufmachen, die da in der Ecke steht, dann werdet Ihr den Teufel sehen, der darin sitzt und Grillen fängt, aber Ihr müsst den Deckel festhalten, dass er Euch nicht entwischt.«

»Wollt Ihr mir helfen, ihn zu halten!«, sagte der Bauer und ging auf die Kiste zu, in der die Frau den wirklichen Küster versteckt hatte, der dasaß und sich sehr ängstigte.

Der Bauer hob den Deckel ein wenig in die Höhe und guckte darunter: »Hu!«, schrie er und sprang zurück. »Ja, jetzt hab ich ihn gesehen, er sah leibhaftig so aus wie unser Küster! Nein, das war schrecklich!«

Daraufhin musste getrunken werden, und so tranken sie noch bis tief in die Nacht hinein.

»Den Zauberer musst du mir verkaufen!«, sagte der Bauer, »fordere für ihn, was du willst! Ja, ich gebe dir gleich einen ganzen Scheffel Geld!«

»Nein, das kann ich nicht«, sagte Klaus, »bedenke doch, wie viel Nutzen ich von dem Zauberer haben kann!«

»Ach, ich möchte ihn so furchtbar gern haben«, sagte der Bauer und fuhr fort, zu bitten.

»Ja«, sagte der kleine Klaus schließlich, »weil du so gut gewesen bist und mir über Nacht Obdach gegeben hast, so mag es sein. Du sollst den Zauberer für einen Scheffel Geld haben, aber ich will den Scheffel gehäuft voll haben.«

»Das sollst du haben!«, sagte der Bauer. »Aber die Kiste dort musst du mitnehmen, ich will sie nicht eine Stunde länger im Hause haben, man kann nicht wissen, ob er noch darin sitzt.«

Der kleine Klaus gab dem Bauer seinen Sack mit der trocknen Haut und bekam dafür einen ganzen Scheffel Geld, und zwar gehäuft voll. Der Bauer schenkte ihm obendrein noch einen großen Schubkarren, um das Geld und die Kiste wegzufahren.

»Leb wohl!«, sagte der kleine Klaus, und dann fuhr er mit seinem Geld und der großen Kiste, in der der Küster saß, davon.

Auf der andern Seite des Waldes war ein großer, tiefer Fluss. Das Wasser floss so reißend dahin, dass man kaum gegen den Strom anschwimmen konnte; man hatte eine große, neue Brücke darüber gebaut, der kleine Klaus hielt mitten darauf und sagte ganz laut, sodass der Küster in der Kiste es hören konnte:

»Ja, was soll ich eigentlich mit der dummen Kiste machen? Sie ist so schwer, als wenn Steine darin wären! Ich werde ganz müde, wenn ich sie noch weiterfahre, darum will ich sie lieber in den Fluss werfen, schwimmt sie dann zu mir nach Hause, so ist es gut, und tut sie es nicht, so macht es auch nichts.«

Dann fasste er die Kiste mit der einen Hand an und hob sie ein wenig in die Höhe, als wenn er sie in das Wasser werfen wollte.

»Nein, unterlass das!«, rief der Küster in der Kiste. »Lass mich doch heraus!«

»Huh!«, sagte der kleine Klaus und tat so, als würde ihm bange. »Er sitzt noch darin! Dann will ich ihn nur gleich in den Fluss werfen, damit er ertrinken kann!«

»Ach nein, ach nein!«, rief der Küster. »Ich will dir einen ganzen Scheffel Geld geben, wenn du es unterlassen willst!«

»Ja, das ist eine andere Sache!«, sagte der kleine Klaus und machte die Kiste auf. Der Küster kroch sofort heraus und stieß die leere Kiste in das Wasser hinein und ging dann nach Hause, wo der kleine Klaus einen ganzen Scheffel voll Geld bekam, einen hatte er ja schon von dem Bauer bekommen, so hatte er denn nun seinen ganzen Schubkarren voll Geld.

»Sieh, das Pferd habe ich ganz gut bezahlt bekommen«, sagte er zu sich selbst, als er wieder zu Hause in seiner eigenen Stube war, und schüttete alles Geld auf einen großen Haufen mitten in die Stube. »Der große Klaus wird sich ärgern, wenn er erfährt, wie reich ich durch mein eines Pferd geworden bin, aber ich will es ihm doch nicht so geradeheraus sagen.«

Nun schickte er einen Jungen zum großen Klaus, um ein Scheffelmaß zu leihen.

»Was er wohl damit will!«, dachte der große Klaus und schmierte Teer unter den Boden, damit etwas von dem, was gemessen wurde, daran hängen bleiben sollte; und das tat es auch, denn als er den Scheffel wiederbekam, hingen drei neue Achtschillingstücke daran.

»Was ist das?«, sagte der große Klaus und lief spornstreichs zu dem kleinen hin. »Wo hast du nur all das viele Geld her?«

»O, das hab ich für meine Pferdehaut gekriegt; die hab ich gestern Abend verkauft!«

»Die haben sie dir wahrhaftig gut bezahlt!«, sagte der große Klaus, lief nach Hause, nahm eine Axt und schlug alle seine Pferde vor die Stirn, zog ihnen die Häute ab und fuhr damit zur Stadt.

»Häute! Häute! Wer will Häute kaufen!«, rief er durch die Straßen.

Alle Schuster und Gerber kamen gelaufen und fragten, was er dafür haben wolle.

»Einen Scheffel Geld für jede!«, sagte der große Klaus.

»Bist du verrückt?«, sagten sie alle. »Glaubst du, dass wir das Geld in Scheffeln haben?«

»Häute! Häute! Wer will Häute kaufen!«, rief er wieder, aber allen, die fragten, was die Häute kosten sollten, antwortete er: »Einen Scheffel Geld!«

»Er will uns zum Narren haben!«, sagten sie alle, und dann nahmen die Schuster ihre Spannriemen und die Gerber ihre Schurzfelle und fingen an, auf den großen Klaus loszuprügeln.

»Häute! Häute!«, äfften sie ihm nach, »ja, ich will dir die Haut gerben, dass der rote Saft hinter dir hertreibt! Hinaus aus der Stadt mit ihm!« Und der große Klaus musste machen, dass er wegkam, denn solche Prügel hatte er noch nie gekriegt.

»Na«, sagte er, als er nach Hause kam, »das will ich dem kleinen Klaus heimzahlen, den schlag ich tot!«

Aber daheim bei dem kleinen Klaus war die alte Großmutter gestorben; sie war ja freilich immer knurrig und böse gegen ihn gewesen, aber er war doch ganz betrübt und nahm die tote Frau und legte sie in sein warmes Bett, am Ende könnte sie doch noch ins Leben zurückkehren; da sollte sie die ganze Nacht liegen, er selbst wollte in der Ecke sitzen und auf einem Stuhle schlafen, das hatte er schon früher getan.

Wie er nun so des Nachts dasaß, ging die Tür auf, und der große Klaus kam mit einer Axt herein; er wusste ganz genau, wo das Bett des kleinen Klaus stand, ging darauf zu und schlug nun die tote Großmutter vor die Stirn in dem Glauben, dass es der kleine Klaus sei.

»So!«, sagte er. »Jetzt sollst du mich nicht mehr zum besten haben!« Und dann ging er wieder nach Hause.

»Das ist doch ein schlimmer, böser Mann!«, sagte der kleine Klaus. »Da wollte er mich totschlagen, es war doch gut für die alte Großmutter, dass sie schon tot war, denn sonst hätte er ihr das Leben genommen!«

Nun zog er der alten Großmutter Sonntagskleider an, lieh ein Pferd von seinem Nachbar, spannte es vor den Wagen und setzte die alte Großmutter auf den hintern Sitz, sodass sie nicht herausfallen konnte, wenn er zufuhr; und dann rollten sie davon durch den Wald. Als die Sonne aufging, kamen sie an ein großes Wirtshaus, da hielt der kleine Klaus still und ging hinein, um etwas zu genießen.

Der Wirt hatte viel, viel Geld, er war auch ein sehr guter Mann, aber dabei so hitzig, als hätte er Pfeffer und Tabak im Blut.

»Guten Morgen!«, sagte er zu dem kleinen Klaus. »Du bist heute früh in die Staatskleider gekommen!«

»Ja«, sagte der kleine Klaus, »ich will mit meiner alten Großmutter zur Stadt, sie sitzt da draußen auf dem Wagen, ich kann sie nicht in die Stube hereinbekommen. Wollt Ihr ihr nicht ein Glas Met hinausbringen, aber Ihr müsst recht laut sprechen, denn sie kann nicht gut hören.«

»Ja, das will ich tun«, sagte der Wirt und schenkte ein großes Glas voll Met ein; damit ging er zu der toten Großmutter hinaus, die aufrecht in dem Wagen hingesetzt war.

»Hier ist ein Glas Met von Eurem Sohn!«, sagte der Wirt, aber die tote Frau sagte kein Wort, sondern saß ganz still da.

»Hört Ihr denn nicht?«, rief der Wirt, so laut er konnte. »Hier ist ein Glas Met von Eurem Sohn!«

Noch einmal rief er dasselbe und dann noch einmal; als sie sich aber gar nicht von der Stelle rührte, wurde er wütend und warf ihr das Glas gerade in das Gesicht, sodass ihr der Met über die Nase herablief und sie hintenüber in den Wagen fiel, denn sie war nur hingesetzt und nicht festgebunden.

»Hallo!«, rief der kleine Klaus und stürzte zur Tür heraus und packte den Wirt an der Brust. »Du hast ja meine Großmutter totgeschlagen! Sieh nur, sie hat ein großes Loch in der Stirn!«

»Ach, ist das ein Unglück!«, rief der Wirt und schlug die Hände über dem Kopfe zusammen. »Das kommt alles von meiner Heftigkeit! Lieber kleiner Klaus, ich will dir einen ganzen Scheffel Geld geben und will deine Großmutter begraben lassen, als wenn es meine eigene wäre, aber schweig, bitte, still, sonst schlagen sie mir den Kopf ab, und das wäre doch grässlich!«

Und dann bekam der kleine Klaus einen ganzen Scheffel voll Geld, und der Wirt begrub die alte Großmutter, als wenn es seine eigene gewesen wäre.

Als nun der kleine Klaus wieder mit dem vielen Gelde nach Hause kam, schickte er gleich seinen Jungen zu dem großen Klaus hinüber, um zu bitten, ob er ihm nicht sein Scheffelmaß leihen wolle.

»Na nu!«, sagte der große Klaus. »Den hab ich doch totgeschlagen! Da muss ich doch gleich selbst einmal nachsehen!« Und dann ging er mit dem Scheffelmaß zu dem kleinen Klaus hinüber.

»Nein, wo hast du nur all das Geld her?«, fragte er und riss die Augen weit auf, als er alles das sah, was noch hinzugekommen war.

»Du hast meine Großmutter totgeschlagen und nicht mich«, sagte der kleine Klaus; »nun habe ich sie verkauft und einen Scheffel Geld dafür bekommen!«

»Das ist, weiß Gott, gut bezahlt!«, sagte der große Klaus und eilte nach Hause, nahm eine Axt und schlug sofort die alte Großmutter tot, legte sie auf einen Wagen und fuhr damit zur Stadt, wo der Apotheker wohnte, und fragte, ob er nicht einen toten Menschen kaufen wolle.

»Wer ist das, und wo habt Ihr ihn her?«, fragte der Apotheker.

»Es ist meine Großmutter!«, sagte der große Klaus. »Ich habe sie um einen Scheffel Geld totgeschlagen!«

»Gott bewahre uns!«, rief der Apotheker. »Ihr wisst nicht, was Ihr redet! Sagt doch nicht so etwas, denn es könnte Euch den Kopf kosten!« Und dann sagte er ihm ganz gründlich, was er da schrecklich Böses getan hatte und was für ein schlechter Mensch er wäre, und dass er eigentlich dafür bestraft werden müsste; da wurde dem großen Klaus so bange, dass er aus der Apotheke geradeswegs in den Wagen sprang, auf die Pferde lospeitschte und nach Hause fuhr, aber der Apotheker und alle Leute glaubten, er sei verrückt geworden, und deshalb ließen sie ihn fahren, wohin er wollte.

»Das will ich dir heimzahlen!«, sagte der große Klaus, als er draußen auf der Landstraße war. »Ja, das will ich dir heimzahlen, kleiner Klaus!« Und dann nahm er, sobald er nach Hause kam, den größten Sack, den er finden konnte, ging zu dem kleinen Klaus hinüber und sagte: »Nun hast du mich schon wieder zum besten gehabt! Erst schlug ich meine Pferde tot, dann meine alte Großmutter! Das ist alles deine Schuld, aber du sollst mich nie wieder zum besten haben!« Und dann packte er den kleinen Klaus um den Leib und steckte ihn in seinen Sack, nahm ihn auf den Nacken und rief ihm zu: »Nun gehe ich hin und ertränke dich!«

Es war eine lange Strecke, die er zu gehen hatte, ehe er an den Fluss kam, und der kleine Klaus war nicht so leicht zu tragen. Der Weg führte dicht an der Kirche vorüber, die Orgel spielte, und die Leute sangen so schön da drinnen; da stellte der große Klaus seinen Sack mit dem kleinen Klaus darin dicht neben die Kirchentür nieder und dachte, es könnte ja ganz gut sein, erst einen Gesang mit anzuhören, ehe er weiterginge; der kleine Klaus könnte ja nicht herauskommen, und alle Leute wären in der Kirche; so ging er denn hinein.

»Ach ja, ach ja!«, seufzte der kleine Klaus in seinem Sack; er drehte und wendete sich, aber es war ihm nicht möglich, das Band aufzulösen; und im selben Augenblick kam ein alter Viehtreiber mit schneeweißem Haar und einem großen Stab in der Hand vorüber; er trieb eine ganze Herde Kühe und Stiere vor sich her, die liefen auf den Sack zu, worin der kleine Klaus saß.

»Ach ja!«, seufzte der kleine Klaus. »Ich bin noch so jung und soll schon ins Himmelreich!«

»Und ich Ärmster«, sagte der Viehtreiber, »bin schon so alt und kann noch immer nicht dahin kommen!«

»Mach den Sack auf«, rief der kleine Klaus, »krieche an meiner Stelle dahinein, dann kommst du gleich ins Himmelreich!« »Ja, das möcht ich schrecklich gern«, sagte der Viehtreiber und band den Sack auf, und der kleine Klaus sprang heraus.

»Willst du acht auf das Vieh geben?«, fragte der alte Mann und kroch in den Sack hinein, den der kleine Klaus zuband, worauf er mit allen Kühen und Stieren seines Weges zog.

Nach einer Weile kam der große Klaus aus der Kirche; er nahm seinen Sack wieder auf den Nacken, fand ja allerdings, dass er sehr leicht geworden sei, denn der alte Viehtreiber war nur halb so schwer wie der kleine Klaus. »Wie leicht zu tragen er doch geworden ist! Ja, das kommt sicher daher, dass ich einen Gesang mit angehört habe!« Und dann ging er nach dem Fluss, der tief und groß war, warf den Sack mit dem alten Viehtreiber ins Wasser und rief ihm nach, denn er glaubte ja, dass es der kleine Klaus wäre: »So, nun kannst du mich nie wieder zum besten haben!«

Und dann ging er nach Hause; als er aber an die Stelle kam, wo sich die Wege kreuzten, begegnete er dem kleinen Klaus, der all sein Vieh vor sich hertrieb.

»Na nu!«, sagte der große Klaus. »Habe ich dich denn nicht ertränkt?«

»Freilich«, sagte der kleine Klaus. »Du hast mich ja vor einer kleinen halben Stunde ins Wasser geworfen!«

»Aber wo hast du all das schöne Vieh herbekommen?«, fragte der große Klaus.

»Das ist Seevieh!«, sagte der kleine Klaus. »Ich will dir die ganze Geschichte erzählen, und bedanken will ich mich auch noch bei dir, dass du mich ertränkt hast, nun bin ich obenauf, bin gehörig reich, das kannst du mir glauben! – Mir war so bange, als ich in dem Sack lag und der Wind mir um die Ohren pfiff, als du mich von der Brücke in das kalte Wasser hineinwarfst. Ich sank sogleich auf den Grund, aber ich stieß mich nicht, denn da unten wächst das feinste weiche Gras. Darauf fiel ich, und sofort wurde der Sack aufgemacht, und die schönste Jungfrau in schneeweißen Kleidern und mit einem grünen Kranz in dem nassen Haar nahm mich bei der Hand und sagte: ›Bist du da, kleiner Klaus? Da hast du vorläufig einiges Vieh! Eine Meile weiter hinauf steht noch eine ganze Herde, die ich dir schenken will!‹ – Nun sah ich, dass der Fluss eine große Landstraße für das Meervolk war. Unten auf dem Grunde gingen und fuhren sie direkt von der See bis tief ins Land hinein, wo der Fluss endet. Da war es so schön voll Blumen und dem frischesten Gras, und die Fische, die im Wasser schwammen, schossen mir an den Ohren vorüber so wie die Vögel hier in der Luft. Was für nette Menschen das waren, und was für eine Menge Vieh graste dort an Gräben und Zäunen!«

»Aber warum bist du denn gleich wieder hierher zu uns heraufgekommen?«, fragte der große Klaus. »Das hätte ich nicht getan, wenn es da unten so schön ist.«

»Ja«, sagte der kleine Klaus, »das habe ich gerade schlau gemacht! Du hast ja gehört, was ich dir sagte: die Seejungfrau erzählte mir, dass eine Meile höher hinauf am Wege – und mit Weg meint sie ja den Fluss, denn anderswo kann sie nicht hinkommen – noch eine große Herde Vieh für mich stände. Aber ich weiß, was für Krümmungen der Fluss macht bald hier, bald da, das ist ja ein ganzer Umweg, nein, da kürzt man sich den Weg, wenn man es kann, ab, indem man hier an das Land kommt und wieder quer hinüber an den Fluss treibt, dadurch spare ich ja fast eine halbe Meile und komme viel schneller zu meinem Seevieh.«

»Ach, du bist ein glücklicher Mann!«, sagte der große Klaus. »Glaubst du, dass ich auch Seevieh bekomme, wenn ich auf den Grund des Flusses hinabgelange?«

»Ja, das sollt ich meinen!«, sagte der kleine Klaus. »Aber ich kann dich nicht im Sack bis an den Fluss tragen, du bist mir zu schwer; wenn du selbst hingehen und in den Sack kriechen willst, so will ich dich mit dem größten Vergnügen hinabwerfen!«

»Ich danke dir vielmals!«, sagte der große Klaus, »Aber falls ich kein Seevieh kriege, wenn ich hinabkomme, so werde ich dich gehörig durchprügeln, das kannst du mir glauben.«

»Ach nein, mache es nur nicht gar zu schlimm!« Und dann gingen sie an den Fluss. Als das Vieh, das durstig war, das Wasser sah, lief es, was es nur konnte, um zum Trinken hinunter zu kommen.

»Sieh nur, wie sie sich beeilen!«, sagte der kleine Klaus. »Sie sehnen sich danach, wieder auf den Grund hinabzukommen.«

»Ja, hilf mir nur erst«, sagte der große Klaus, »denn sonst bekommst du Prügel!« Und dann kroch er in den großen Sack, der quer über dem Rücken des einen Stieres gelegen hatte. »Lege einen Stein hinein, denn sonst fürchte ich, dass ich nicht untersinke!«, sagte der große Klaus.

»Es wird schon gehen!«, sagte der kleine Klaus, legte aber doch einen großen Stein in den Sack, knüpfte das Band fest zu und stieß dann an den Sack: plumps! Da lag der große Klaus draußen im Fluss und sank sogleich bis auf den Grund hinunter.

»Ich fürchte, er wird das Vieh nicht finden!«, sagte der kleine Klaus und trieb dann heimwärts mit dem, was er hatte.

Der standhafte Zinnsoldat

Es waren einmal fünfundzwanzig Zinnsoldaten, die waren alle Brüder, denn sie waren von einem alten zinnernen Löffel geboren. Das Gewehr hielten sie im Arm, und das Gesicht war geradeaus gerichtet; rot und blau, ganz wunderschön war die Uniform. Das allererste, was sie in dieser Welt hörten, als der Deckel von der Schachtel genommen wurde, in der sie lagen, war das Wort »Zinnsoldaten!« Das rief ein kleiner Junge und klatschte in die Hände; er hatte sie bekommen, weil sein Geburtstag war, und stellte sie nun auf dem Tisch auf. Ein Soldat glich dem andern leibhaftig, nur ein einziger war ein klein wenig verschieden; er hatte nur ein Bein, denn er war zuletzt gegossen worden, und es war nicht mehr genug Zinn da gewesen; doch stand er ebenso fest auf seinem einen wie die andern auf ihren zweien, und gerade er wurde merkwürdig.

Auf dem Tisch, auf dem sie aufgestellt wurden, stand noch viel anderes Spielzeug; aber das, was am meisten in die Augen fiel, war ein wunderschönes Schloss aus Papier. Durch die kleinen Fenster konnte man gerade in die Säle hineinsehen. Davor standen kleine Bäume rings um einen kleinen Spiegel, der aussehen sollte wie ein See; Schwäne aus Wachs schwammen daraus und spiegelten sich. Es war alles ganz reizend, aber das Reizendste war doch eine kleine Dame, die mitten in der geöffneten Schlosstür stand; sie war auch aus Papier ausgeschnitten, aber sie hatte einen Rock aus dem feinsten Linon an und ein kleines, schmales blaues Band über die Schulter wie ein Gewand; mitten darin saß eine schimmernde Paillette, gerade so groß wie ihr ganzes Gesicht. Die kleine Dame streckte beide Arme aus, denn sie war eine Tänzerin, und dann hob sie das eine Bein so hoch in die Höhe, dass der Zinnsoldat es gar nicht finden konnte und glaubte, sie habe nur ein Bein so wie er.

»Das wäre eine Frau für mich!«, dachte er; »aber sie ist sehr vornehm, sie wohnt in einem Schloss; ich habe nur eine Schachtel, und in die teilen wir fünfundzwanzig uns, das ist kein Aufenthalt für sie! Doch ich will versuchen, ihre Bekanntschaft zu machen!« Und dann legte er sich, so lang er war, hinter eine Schnupftabakdose, die auf dem Tische stand, da konnte er die kleine feine Dame so recht ansehen, die beständig auf einem Beine stand, ohne aus der Balance zu kommen.

Als es Abend wurde, kamen alle die andern Zinnsoldaten in ihre Schachtel, und die Leute im Hause gingen zu Bett. Nun fing das Spielzeug an zu spielen, sowohl »Es kommt Besuch«, als auch »Krieg führen« und »Ball geben«; die Zinnsoldaten rasselten in der Schachtel, denn sie wollten mit dabei sein, aber sie konnten den Deckel nicht abbekommen. Der Nussknacker schoss Purzelbäume, und der Griffel trieb Kurzweil auf der Tafel; es war ein Spektakel, dass der Kanarienvogel erwachte und anfing mitzureden, und zwar in Versen. Die beiden einzigen, die sich nicht vom Fleck rührten, waren der Zinnsoldat und die kleine Tänzerin; sie hielt sich so aufrecht auf der Zehenspitze und hatte die Arme ausgestreckt; er war ebenso standhaft auf seinem einen Bein, seine Augen wendete er keinen Augenblick von ihr.

Jetzt schlug die Uhr zwölf, und klatsch, sprang der Deckel von der Tabaksdose, aber es war kein Tabak darin, nein, sondern ein kleiner, schwarzer Kobold, das war so ein Kunststück.

»Zinnsoldat!«, sagte der Kobold, »willst du wohl deine Augen im Zaum halten!«

Aber der Zinnsoldat tat, als hörte er es nicht.

»Ja, warte du nur bis morgen!«, sagte der Kobold.

Als es nun Morgen wurde und die Kinder aufstanden, wurde der Zinnsoldat ins Fenster gestellt, und, mochte es nun der Kobold sein oder der Zugwind, auf einmal flog das Fenster auf, und der Soldat fiel kopfüber aus dem dritten Stockwerk hinab. Das war eine schreckliche Fahrt! Er streckte das Bein gerade in die Höhe und blieb auf seiner Kopfbedeckung stehen, das Bajonett zwischen die Pflastersteine hineingebohrt.

Das Dienstmädchen und der kleine Junge kamen sogleich hinunter, um zu suchen; aber obwohl sie nahe daran waren, auf ihn zu treten, konnten sie ihn doch nicht sehen. Hätte der Zinnsoldat gerufen: ›Hier bin ich!‹, dann würden sie ihn wohl gefunden haben, aber er hielt es nicht für passend, laut zu rufen, weil er in Uniform war.

Nun fing es an zu regnen, ein Tropfen fiel immer schneller als der andere, es wurde ein förmlicher Platzregen; als er vorüber war, kamen zwei Straßenjungen.

»Guck mal«, sagte der eine, »da liegt ein Zinnsoldat! Den wollen wir mal segeln lassen!«

Und dann machten sie einen Kahn aus einer Zeitung, setzten den Zinnsoldaten mitten hinein, und nun segelte er den Rinnstein hinab; die beiden Jungen liefen nebenher und klatschten in die Hände. Herr du meines Lebens! Was für Wellen in dem Rinnstein waren, und was für ein Strom der war. Aber es war auch ein Platzregen gewesen! Der Papierkahn schaukelte auf und nieder, und zuweilen drehte er sich so geschwind, dass der Zinnsoldat erbebte; aber er blieb standhaft, verzog keine Miene, sah geradeaus und hielt das Gewehr im Arm.

Auf einmal trieb der Kahn unter ein langes Rinnsteinbrett; es wurde geradeso dunkel, als läge er in seiner Schachtel.

»Wo ich jetzt wohl hinkomme«, dachte er, »ja, ja, daran ist der Kobold schuld! Ach, säße doch die kleine Dame hier im Kahn, dann könnte es hier meinetwegen noch einmal so dunkel sein!«

Da kam plötzlich eine große Wasserratte, die unter dem Rinnsteinbrett wohnte.

»Hast du einen Pass?«, fragte die Ratte, »her mit dem Pass!«

Aber der Zinnsoldat schwieg still und hielt das Gewehr noch fester. Der Kahn segelte dahin, und die Ratte lief hinterdrein. Huh! Wie sie die Zähne fletschte und den Holzspänen und Strohhalmen zurief:

»Haltet ihn fest! Haltet ihn fest! Er hat keinen Zoll bezahlt! Er hat keinen Pass vorgezeigt!«

Aber der Strom wurde immer reißender, der Zinnsoldat konnte schon vorne, wo das Brett aufhörte, den hellen Tag schimmern sehen, auch unterschied er einen brausenden Laut, der selbst einen tapfern Mann wohl erschrecken konnte; denkt nur, der Rinnstein mündete, wo das Brett endete, in einen großen Kanal, das würde für ihn ebenso gefährlich gewesen sein, als wenn wir einen großen Wasserfall hinabsegelten.

Jetzt war er schon so nahe daran, dass an ein Anhalten nicht mehr zu denken war. Der Kahn fuhr hinaus, der arme Zinnsoldat hielt sich so steif, wie er nur konnte, niemand sollte ihm nachsagen, dass er mit den Augen gezuckt hätte. Der Kahn drehte sich drei-, viermal herum und war bis an den Rand mit Wasser gefüllt, er musste sinken; der Zinnsoldat stand bis an den Hals im Wasser, und tiefer und tiefer sank das Boot; mehr und mehr löste sich das Papier auf; jetzt ging das Wasser dem Soldaten über den Kopf – da dachte er an die reizende kleine Tänzerin, die er nie wieder sehen sollte; und vor den Ohren des Zinnsoldaten klang es:

Fahre hin, o Krieger,
Den Tod sollst du erleiden!

Nun ging das Papier entzwei, und der Soldat fiel hindurch – wurde aber im selben Augenblick von einem großen Fisch verschlungen.

Nein, wie dunkel es da drinnen war! Das war noch schlimmer als unter dem Rinnsteinbrett, und dann war es da so eng; aber der Zinnsoldat war standhaft und lag, so lang er war, das Gewehr unterm Arm.

Der Fisch schwamm umher, er machte die allerschrecklichsten Bewegungen; endlich wurde er ganz still, es durchzuckte ihn wie ein Blitzstrahl. Das Licht schien ganz hell, und jemand rief laut: »Der Zinnsoldat!« Der Fisch war gefangen, auf den Markt gebracht und verkauft worden und war in die Küche gekommen, wo ihn das Mädchen mit einem großen Messer aufschnitt. Sie fasste den Soldaten mit ihren beiden Fingern mitten um den Leib und trug ihn in die Stube, wo sie alle zusammen einen so merkwürdigen Mann sehen wollten, der im Magen eines Fisches umhergereist war; aber der Zinnsoldat war gar nicht stolz. Sie stellten ihn auf dem Tisch aus, und da – nein, wie wunderlich es doch in der Welt zugehen kann! Der Zinnsoldat war wieder in derselben Stube, in der er früher gewesen war, er sah dieselben Kinder, und dasselbe Spielzeug stand auf dem Tisch; das wunderschöne Schloss mit der reizenden kleinen Tänzerin; sie hielt sich noch immer auf dem einen Bein und streckte das andere hoch in die Höhe, sie war auch standhaft; das rührte den Zinnsoldaten, und er war nahe daran, Zinn zu weinen, aber das war nicht passend. Er sah sie an, und sie sah ihn an, aber sie sagten nichts.

Da nahm einer von den kleinen Jungen den Soldaten und warf ihn in den Ofen hinein, und er gab gar keinen Grund dafür an; ganz gewiss war der Kobold in der Dose schuld daran.

Der Zinnsoldat stand hell beleuchtet da und empfand eine Hitze, die entsetzlich war, aber ob sie von dem wirklichen Feuer oder von der Liebe herrührte, das wusste er nicht. Alle Farbe war ganz von ihm abgegangen, ob es auf der Reise geschehen oder ob der Kummer schuld daran war, das konnte niemand sagen. Er sah die kleine Dame an, sie sah ihn an, und er fühlte, dass er schmolz, aber noch stand er standhaft da, das Gewehr im Arm: da ging eine Tür auf, der Wind fasste die Tänzerin, und sie flog wie eine Sylphide gerade in den Ofen hinein zu dem Zinnsoldaten, loderte in Flammen auf und war dahin; dann schmolz der Zinnsoldat zu einem Klumpen, und als das Mädchen am Tage darauf die Asche herausnahm, fand sie ihn als kleines Zinnherz; von der Tänzerin dagegen war nur die Paillette übrig geblieben, und die war kohlschwarz gebrannt.

Der Buchweizen

Gar oft, wenn man nach einem Gewitter an einem Felde vorübergeht, wo Buchweizen wächst, sieht man, dass er ganz schwarz versengt ist; es ist, als sei eine Feuerflamme darüber hingegangen, und der Bauer sagt dann: »Das hat er vom Blitz bekommen!«, aber warum hat er das bekommen? – Ich will erzählen, was mir der Spatz gesagt hat, und der Spatz hat es von einem alten Weidenbaum gehört, der an einem Buchweizenfeld stand und noch da steht. Es ist so ein ehrwürdiger, großer Weidenbaum, aber alt und schrumpelig, er ist mitten durchgeborsten, und aus der Spalte heraus wachsen Gras und Brombeerranken; der Baum neigt sich vornüber, und die Zweige hängen ganz bis auf die Erde herunter, als wären sie langes, grünes Haar.

Auf allen Feldern ringsumher wuchs Getreide, Roggen und Gerste und Hafer, ja, der schöne Hafer, der, wenn er reif ist, aussieht wie eine Menge kleiner gelber Kanarienvögel auf einem Zweig. Das Korn stand so prächtig, und je schwerer es war, umso tiefer beugte es sich in frommer Demut.

Aber da war auch ein Feld mit Buchweizen, und dies Feld lag gerade vor dem alten Weidenbaum; der Buchweizen beugte sich gar nicht wie das andere Korn, er ragte stolz und steif empor.

»Ich bin wohl ebenso reich wie die Kornähre«, sagte er, »ich bin außerdem viel schöner; meine Blumen sind liebreizend wie die Blüten des Apfelbaumes, es ist eine Lust, mich und die Meinen anzusehen; kennst du etwas prächtigeres als uns, du alter Weidenbaum!«

Und der Weidenbaum nickte mit dem Kopf, als wollte er sagen: »Ja, das tue ich allerdings!«, aber der Buchweizen spreizte sich vor lauter Hochmut und sagte: »Der dumme Baum, der ist so alt, dass ihm Gras im Magen wächst!«

Nun zog ein schreckliches Unwetter herauf; alle Blumen des Feldes falteten ihre Blätter oder beugten ihre feinen Köpfchen, während der Sturm über sie hinfuhr; der Buchweizen aber ragte stolz empor.

»Neige dein Haupt wie wir!«, sagten die Blumen.

»Das habe ich gar nicht nötig!«, sagte der Buchweizen.

»Beuge dein Haupt wie wir!«, rief das Korn; »jetzt kommt der Engel des Sturmes geflogen! Er hat Schwingen, sie reichen von den Wolken herab bis ganz hinunter zur Erde, und er schlägt dich mitten durch, bevor du ihn bitten kannst, dir gnädig zu sein!«

»Ja, aber ich will mich nicht beugen!«, sagte der Buchweizen.

»Schließe deine Blumen und senke deine Blätter!«, sagte der alte Weidenbaum, »sieh nicht zum Blitz empor, wenn die Wolke berstet, selbst Menschen dürfen das nicht, denn im Blitz kann man in Gottes Himmel hineinsehen, aber der Anblick kann selbst Menschen blind machen, was würde da nicht mit uns, den Gewächsen der Erde, geschehen, wenn wir es wagten, die wir so viel geringer sind!«

»Viel geringer?«, sagte der Buchweizen. »Nun will ich gerade in Gottes Himmel hineinsehen!«, und das tat er in Übermut und Stolz. Es war, als wenn die ganze Welt in Flammen stünde, so blitzte es.

Als das Unwetter dann vorüber war, standen Blumen und Korn in der reinen, stillen Luft herrlich erfrischt vom Regen da, aber den Buchweizen hatte der Blitz kohlschwarz gebrannt, er war nun ein totes unnützes Kraut auf dem Felde.

Und der alte Weidenbaum bewegte seine Zweige im Winde, und es fielen große Wassertropfen von den grünen Blättern, als ob der Baum weinte; und die Spatzen fragten: »Warum weinst du? Es ist ja so wunderschön hier! Sieh nur, wie die Sonne scheint, wie die Wolken ziehen, spürst du nicht den Duft von Blumen und Sträuchern! Warum weinst du denn, du alter Weidenbaum?«

Und der Weidenbaum erzählte von dem Stolz und dem Übermut des Buchweizens und von der Strafe, die immer daraus folgt. Ich, der ich die Geschichte erzähle, habe sie von den Spatzen gehört; die haben sie mir eines Abends erzählt, als ich sie um ein Märchen bat.

Die kleine Seejungfrau

Weit draußen im Meer ist das Wasser so blau wie die Blätter der schönsten Kornblume, und so klar wie das reinste Glas, aber es ist sehr lief, tiefer als irgendein Ankertau reicht; viele Kirchtürme müssten aufeinander gestellt werden, um von dem Grunde bis über das Wasser hinauszureichen. Da unten wohnte das Meervolk.

Nun muss man aber nicht glauben, dass da nur der nackte, weiße Sandboden ist; nein, da wachsen die wunderbarsten Bäume und Pflanzen, die so geschmeidige Stängel und Blätter haben, dass sie sich bei der geringsten Bewegung des Wassers rühren, geradeso, als wenn sie lebten. Alle Fische, kleine und große, huschen zwischen den Zweigen umher so wie die Vögel in der Luft. An der allertiefsten Stelle liegt das Schloss des Meerkönigs, die Mauern sind aus Korallen, und die langen, spitzen Fenster aus dem allerklarsten Bernstein, aber das Dach besteht aus lauter Muschelschalen, die sich öffnen und schließen, je nachdem das Wasser strömt; das sieht wunderhübsch aus, denn in jeder Muschel liegen strahlende Perlen, eine einzige würde in der Krone einer Königin von großer Pracht sein.

Der Meerkönig da unten war seit vielen Jahren Witwer, aber seine alte Mutter stand seinem Haushalt vor; sie war eine kluge Frau, jedoch stolz auf ihren Adel, darum trug sie zwölf Austern in ihrem Schwanz, die andern Vornehmen durften nur sechs tragen. – Sonst verdiente sie großes Lob, namentlich weil sie die kleinen Meerprinzessinnen, ihre Enkelinnen, so lieb hatte. Es waren sechs schöne Kinder, aber die jüngste war die Schönste von ihnen allen, ihre Haut war so klar und so zart wie ein Rosenblatt, ihre Augen so blau wie der tiefste See, aber ebenso wie alle die andern hatte sie keine Füße, der Körper endete in einem Fischschwanz.

Den ganzen, langen Tag konnten sie unten im Schlosse in den großen Sälen spielen, wo lebende Blumen aus den Wänden herauswuchsen. Die großen Bernsteinfenster wurden geöffnet, und dann schwammen die Fische zu ihnen hinein, sowie bei uns die Schwalben hereinfliegen, wenn wir die Fenster öffnen, aber die Fische schwammen ganz dicht an die kleinen Prinzessinnen heran, fraßen ihnen aus der Hand und ließen sich streicheln.

Draußen vor dem Schloss war ein großer Garten mit feuerroten und dunkelblauen Bäumen, die Früchte leuchteten wie Gold und die Blumen wie brennendes Feuer, indem sie fortwährend Stängel und Blätter bewegten. Die Erde selbst war der feinste Sand, aber blau wie Schwefelflammen. Über dem Ganzen da unten lag ein wunderlich blauer Schimmer; man hätte eher glauben sollen, dass man hoch oben in der Luft stünde und nur den Himmel über und unter sich habe, als dass man auf dem Grunde des Meeres sei. Bei Windstille konnte man die Sonne sehen, sie sah aus wie eine Purpurblüte, aus deren Kelch alles Licht ausströmte.

Jede von den kleinen Prinzessinnen hatte ihren kleinen Fleck im Garten, wo sie graben und pflanzen konnte, wie es ihr gefiel; die eine gab ihrem Blumenfleck die Gestalt eines Walfisches, eine andre zog es vor, dass der ihre einer kleinen Meerjungfrau glich, aber die jüngste machte ihren Fleck ganz rund wie die Sonne und hatte nur Blumen, die rot wie diese schienen. Sie war ein wunderliches Kind, still und nachdenklich, und während die andern Schwestern ihre Gärten mit den sonderbarsten Dingen schmückten, die sie von gestrandeten Schiffen bekommen hatten, wollte sie außer den rosenroten Blumen, die der Sonne dort hoch oben glichen, nur eine schöne Marmorstatue haben, ein wunderschöner Knabe war es, aus dem weißen, klaren Stein gehauen und bei einer Strandung auf den Meeresgrund geraten. Neben die Statue pflanzte sie eine rosenrote Trauerweide, die wuchs herrlich und hing mit ihren frischen Zweigen darüber bis zu dem blauen Sandboden hinunter, wo der Schatten violett erschien und ebenso wie die Zweige in beständiger Bewegung war; es sah so aus, als wenn die Spitze und die Wurzeln miteinander spielten und sich küssten.

Es gab für sie keine größere Freude, als von der Menschenwelt dort oben zu hören; die alte Großmutter musste alles erzählen, was sie von Schiffen und Städten, Menschen und Tieren wusste, namentlich erschien es ihr wunderlich schön, dass die Blumen oben auf der Erde dufteten – das taten sie auf dem Grunde des Meeres nicht – und dass die Wälder grün waren und dass die Fische, die man dort zwischen den Zweigen sah, so laut und schön singen konnten, dass es eine Lust war; das waren die kleinen Vögel, aber die Großmutter nannte sie Fische, weil die Prinzessinnen sie sonst nicht verstehen konnten, da sie noch keinen Vogel gesehen hatten.

»Wenn ihr euer fünfzehntes Jahr vollendet habt«, sagte die Großmutter, »so sollt ihr Erlaubnis haben, aus dem Meer aufzutauchen, im Mondschein auf den Klippen zu sitzen und die großen Schiffe zu sehen, die vorübersegeln, und Wälder und Städte sollt ihr sehen!«

Im nächsten Jahre wurde die eine von den Schwestern fünfzehn Jahre alt, aber die andern – ja, die eine war immer ein Jahr jünger als die andre, die jüngste von ihnen hatte also noch ganze fünf Jahre vor sich, bis sie aus dem Meeresgrunde emporsteigen und sehen durfte, wie es oben bei uns aussieht. Aber die eine versprach, den andern zu erzählen, was sie am ersten Tage gesehen und am schönsten gefunden hätte, denn die Großmutter erzählte ihnen nicht genug, da war so vieles, worüber sie Auskunft haben mussten.

Keine war so sehnsuchtsvoll wie die jüngste, gerade sie, die am längsten zu warten hatte und die so still und gedankenvoll war. Manch eine Nacht stand sie am offenen Fenster und sah durch das dunkelblaue Wasser hinauf, wo die Fische mit ihren Flossen und Schwänzen plätscherten. Mond und Sterne konnte sie sehen, freilich schimmerten sie ganz bleich, aber durch das Wasser gesehen sahen sie viel größer aus, als vor unsern Augen; glitt dann gleichsam eine schwarze Wolke unter ihnen hin, da wusste sie, dass es entweder ein Walfisch war, der über ihr schwamm, oder auch ein Schiff mit vielen Menschen; die dachten sicher nicht daran, dass eine liebliche, kleine Seejungfrau da unten stand und ihre weißen Hände nach dem Kiel empor streckte.

Jetzt war die älteste Prinzessin fünfzehn Jahre alt und durfte über die Meeresfläche hinaufsteigen.

Als sie zurückkam, hatte sie hunderterlei Dinge zu erzählen, aber das Schönste, sagte sie, sei im Mondschein auf einer Sandbank in der ruhigen See zu liegen und ganz in der Nähe die Küste mit der großen Stadt zu sehen, wo die Lichter wie Hunderte von Sternen glänzten, die Musik und den Lärm und das Geräusch von Wagen und Menschen zu hören, die vielen Kirchtürme und Kuppeln zu sehen, und zu hören, wie die Glocken läuteten; gerade weil sie nicht dahinaus kommen konnte, sehnte sie sich am allermeisten nach diesem allen.

Ach, wie die jüngste Schwester lauschte, und wenn sie dann am Abend an dem geöffneten Fenster stand und durch das dunkelblaue Wasser hinaufsah, dachte sie an die große Stadt mit all dem Lärm und Geräusch, und da glaubte sie, die Kirchenglocken bis zu sich hinab läuten zu hören.

Im Jahre darauf erhielt die zweite Schwester Erlaubnis, durch das Wasser aufzusteigen und zu schwimmen, wohin sie wollte. Sie tauchte auf, gerade als die Sonne unterging, und dieser Augenblick, fand sie, war das Allerschönste. Der ganze Himmel habe wie Gold ausgesehen, sagte sie, und die Wolken, ja deren Schönheit konnte sie nicht genug beschreiben: Rot und violett waren sie über ihr hingesegelt, aber viel schneller als sie flog einem langen, weißen Schleier gleich ein Schwarm wilder Schwäne über das Wasser hin, wo die Sonne stand; sie schwamm auf sie zu, aber sie sank, und der Rosenschimmer erlosch auf der Meeresfläche und in den Wolken.

Im Jahre darauf kam die dritte Schwester hinauf, sie war die kühnste von ihnen allen, darum schwamm sie einen breiten Fluss hinauf, der sich in das Meer ergoss. Liebliche grüne Hügel mit Weinranken sah sie, Schlösser und Herrensitze lugten aus prächtigen Wäldern hervor; sie hörte, wie alle Vögel sangen, und die Sonne schien so warm, dass sie oft unter das Wasser tauchen musste, um ihr brennendes Gesicht zu kühlen. In einer kleiner Bucht traf sie eine ganze Schar kleiner Menschenkinder; ganz nackt liefen sie umher und plätscherten im Wasser, sie wollte mit ihnen spielen, aber sie eilten erschreckt davon, und da kam ein kleines schwarzes Tier, das war ein Hund, aber sie hatte noch nie einen Hund gesehen, der bellte sie so schrecklich an, dass ihr bange wurde und sie in die offene See hinaus floh; nie aber konnte sie die prächtigen Wälder, die grünen Hügel und die niedlichen Kinder vergessen, die im Wasser schwimmen konnten, obwohl sie keinen Fischschwanz hatten.

Die vierte Schwester war nicht so kühn, sie blieb da draußen mitten auf dem wilden Meer und erzählte, dass gerade das das Allerschönste sei; man sah viele Meilen rings um sich herum, und der Himmel stand wie eine große Glasglocke darüber. Schiffe hatte sie gesehen, aber in weiter Ferne, sie sahen aus wie Möwen; die possierlichen Delfine hatten Purzelbäume geschossen, und die großen Walfische hatten Wasser aus ihren Nasenlöchern gespritzt, sodass es ausgesehen hatte wie Hunderte von Springbrunnen ringsumher.

Nun kam die Reihe an die fünfte Schwester; ihr Geburtstag war gerade im Winter, und daher sah sie, was die andern das erste Mal nicht gesehen hatten. Die See sah ganz grün aus, und ringsumher schwammen große Eisberge; ein jeder sähe aus wie eine Perle, sagte sie, und sei doch weit größer als die Kirchtürme, die die Menschen bauten. In den wunderlichsten Gestalten zeigten sie sich und glitzerten wie Diamanten. Sie hatte sich auf einen der größten gesetzt, und alle Segler kreuzten erschrocken um den Eisberg herum, auf dem sie saß und den Wind mit ihrem langen Haar spielen ließ. Aber gegen Abend wurde der Himmel mit Wolken überzogen, es blitzte und donnerte, während die schwarze See die großen Eisblöcke hoch emporhob und sie in den grellen Blitzen aufleuchten ließ. Auf allen Schiffen raffte man die Segel, es herrschte Angst und Grauen, aber sie saß ruhig auf ihrem glitzernden Eisberg und sah den blauen Blitzstrahl im Zickzack in die schimmernde See niederfahren.

Das erste Mal, wenn eine der Schwestern über das Wasser hinauskam, war eine jede entzückt über das Neue und Schöne, was sie sah, aber da sie nun als erwachsene Mädchen Erlaubnis hatten, hinaufzusteigen, wann sie wollten, wurde es ihnen gleichgültig, sie sehnten sich wieder nach der Heimat, und nach Verlauf eines Monats sagten sie, dass es da unten bei ihnen doch am allerschönsten sei, und da sei man so hübsch zu Hause.

Manch eine Abendstunde stiegen die fünf Schwestern Arm in Arm in einer Reihe über das Wasser auf; wunderschöne Stimmen hatten sie, schönere als irgendein Mensch, und wenn dann ein Sturm im Anzuge war, sodass sie annehmen konnten, dass Schiffe scheitern würden, schwammen sie vor dem Schiffe her und sangen so lieblich davon, wie schön es auf dem Grunde des Meeres sei, und baten die Seeleute, sich nicht davor zu fürchten, da hinunterzukommen; aber die konnten ihre Worte nicht verstehen, sie glaubten, es sei der Sturm, und sie bekamen die Schönheit da unten auch nicht zu sehen, denn wenn das Schiff sank, ertranken die Menschen und kamen nur als Leichen nach des Meerkönigs Schloss.

Wenn die Schwestern so des Abends Arm in Arm hoch emporstiegen bis über das Meer, dann stand die kleine Schwester ganz allein da unten und sah ihnen nach, und es war, als musste sie weinen, aber die Seejungfrau hat keine Tränen, und darum leidet sie weit mehr.

»Ach, wäre ich doch erst fünfzehn Jahre alt!«, sagte sie, »ich weiß, dass ich die Welt da oben sehr lieb haben werde und auch die Menschen, die da bauen und wohnen!«

Und endlich war sie dann fünfzehn Jahre alt.

»Sieh, nun haben wir dich auch von der Hand«, sagte die Großmutter, die alte Königinwitwe. »Komm her, lass mich dich schmücken so wie deine andern Schwestern!« Und sie setzte ihr einen Kranz von weißen Lilien auf das Haar, aber jedes Blatt in der Blume war die Hälfte einer Perle; und die Alte ließ acht große Austern sich im Schwanz der Prinzessin festklemmen, um ihren hohen Rang zu zeigen.

»Das tut so weh!«, sagte die kleine Seejungfrau.

»Ja, Hoffart muss Pein leiden!«, sagte die Alte.

Ach, sie hätte so gern all diese Pracht abgeschüttelt und den schweren Kranz abgelegt; ihre roten Blumen im Garten kleideten sie viel besser, aber sie wagte nicht, es zu tun. »Leb wohl!«, sagte sie und stieg so klar und leicht wie eine Blase durch das Wasser auf.

Die Sonne war gerade untergegangen, als sie den Kopf über das Wasser erhob, aber alle Wolken schimmerten noch wie Rosen und Gold, und mitten in der blassroten Luft strahlte der Abendstern so klar und schön, die Luft war milde und frisch, und das Meer war ganz still. Da lag ein großes Schiff mit drei Masten, nur ein einziges Segel war gehisst, denn es rührte sich kein Wind, und ringsumher im Tauwerk und auf den Rahen saßen die Matrosen. Es gab Musik und Gesang, und als der Abend dunkler ward, wurden Hunderte von bunten Laternen angezündet; sie sahen so aus, als wenn die Flaggen aller Nationen in der Luft wehten. Die kleine Seejungfrau schwamm dicht an das Kajütenfenster heran, und jedes Mal, wenn das Wasser sie in die Höhe hob, konnte sie in die spiegelklaren

Fensterscheiben hineinsehen, wo so viele geputzte Menschen standen, aber der Schönste war doch der junge Prinz mit den großen, schwarzen Augen; er war sicher nicht viel über sechzehn Jahre alt, es war sein Geburtstag, und darum herrschte all die Pracht. Die Matrosen tanzten auf dem Deck, und als der junge Prinz da hinaustrat, stiegen über hundert Raketen in die Luft auf und leuchteten wie der helle Tag, sodass die kleine Seejungfrau sehr erschrak und unter das Wasser tauchte, aber sie streckte bald den Kopf wieder hervor, und da war es, als wenn alle Sterne des Himmels zu ihr herunterfielen. Nie hatte sie solche Feuerkünste gesehen. Große Sonnen schnurrten herum, prächtige Feuerfische schwangen sich in der blauen Luft, und alles strahlte die klare, stille See wider. Auf dem Schiff selbst war es so hell, dass man jedes kleine Tau sehen konnte, von den Menschen gar nicht zu reden. Und wie schön doch der junge Prinz war, und er drückte den Leuten die Hände und lachte und lächelte, während die Musik in der herrlichen Nacht erklang.

Es wurde spät, aber die kleine Seejungfrau konnte ihre Augen nicht von dem Schiff abwenden und von dem schönen Prinzen. Die bunten Laternen wurden ausgelöscht, die Raketen stiegen nicht mehr in die Höhe, es ertönten auch keine Kanonenschüsse mehr, aber tief unten im Meer summte und brummte es; sie saß währenddessen auf dem Wasser und schaukelte auf und nieder, sodass sie in die Kajüte hineinsehen konnte; aber das Schiff bekam mehr Fahrt, ein Segel nach dem andern breitete sich aus, jetzt gingen die Wellen stärker, große Wolken zogen auf, es blitzte in weiter Ferne. Wird das ein schreckliches Wetter werden! Darum rafften die Matrosen die Segel. Das große Schiff schaukelte in fliegender Fahrt auf der wilden See, das Wasser hob sich wie große, schwarze Berge, die sich über die Masten stürzen wollten, aber das Schiff tauchte wie ein Schwan zwischen den hohen Wogen nieder und ließ sich wieder auf die hochgetürmten Wasser heben. Der kleinen Seejungfrau deuchte das gerade eine lustige Fahrt, aber das fanden die Seeleute gar nicht. Das Schiff krachte und knackte, die dicken Planken bogen sich unter den starken Stößen, die die See dem Schiff versetzte; der Mast brach mitten durch, als sei er ein Rohr, und das Schiff schlingerte auf die Seite, während das Wasser in den Raum eindrang. Jetzt sah die kleine Seejungfrau, dass sie in Gefahr waren; sie musste sich selbst vor Balken und Schiffstrümmern, die auf dem Wasser trieben, in Acht nehmen. Einen Augenblick war es so stockfinster, dass sie nicht das Geringste sehen konnte, aber wenn es dann blitzte, wurde es wieder so hell, dass sie sie alle auf dem Schiff erkannte. Jeder sorgte für sich, so gut er konnte; namentlich suchte sie nach dem jungen Prinzen, und sie sah ihn, als das Schiff zerbarst, in die tiefe See versinken. Im ersten Augenblick freute sie sich, denn nun kam er zu ihr herunter, aber dann fiel es ihr ein, dass die Menschen ja nicht im Wasser leben können und dass er nur als Leiche nach dem Schloss ihres Vaters hinuntergelangen könnte. Nein, sterben durfte er nicht, darum schwamm sie zwischen die Balken und Planken, die auf der See trieben, vergaß ganz, dass sie sie hätten zermalmen können; sie tauchte tief unter das Wasser und stieg wieder hoch zwischen den Wellen empor, und so gelangte sie endlich zu dem jungen Prinzen, der fast nicht mehr in der stürmischen See schwimmen konnte, seine Arme und Beine fingen an zu ermatten, die schönen Augen schlossen sich; er hätte sterben müssen, wenn die kleine Seejungfrau nicht hinzugekommen wäre. Sie hielt seinen Kopf über dem Wasser und ließ sich dann mit ihm von den Wellen treiben, wohin sie wollten.

In der Morgenstunde war das Unwetter vorüber; von dem Schiff war nicht ein Splitter mehr zu sehen; die Sonne stieg so rot und schimmernd aus dem Wasser auf; es war, als wenn die Wangen des Prinzen Leben dadurch erhielten, aber die Augen blieben geschlossen; die Seejungfrau küsste seine hohe, schöne Stirn und strich sein nasses Haar zurück; sie fand, er glich der Marmorstatue unten in ihrem kleinen Garten, sie küsste ihn wieder und wünschte, dass er doch leben möchte.

Jetzt sah sie das feste Land vor sich, hohe, blaue Berge, auf deren Gipfeln der weiße Schnee leuchtete, als lägen dort Schwäne; unten am Ufer waren schöne, grüne Wälder, und davor lag eine Kirche oder ein Kloster, das wusste sie nicht recht, aber ein Gebäude war es. Zitronen- und Orangenbäume wuchsen dort im Garten, und vor dem Tore standen hohe Palmenbäume. Die See bildete hier eine kleine Bucht, die war spiegelblank, aber sehr tief, bis an die Klippe heran, wo der feine, weiße Sand angespült war; hierhin schwamm sie mit dem schönen Prinzen, legte ihn auf den Sand, sorgte aber dafür, dass der Kopf hoch in dem warmen Sonnenschein lag.

Jetzt läuteten die Glocken in dem großen, weißen Gebäude, und viele junge Mädchen kamen durch den Garten. Da schwamm die kleine Seejungfrau weiter hinaus hinter einige hohe Steine, die über das Wasser aufragten, legte Meeresschaum auf ihr Haar und ihre Brust, sodass niemand ihr kleines Antlitz sehen konnte, und da gab sie acht, wer zu dem armen Prinzen käme.

Es währte nicht lange, da kam ein junges Mädchen dahin; sie schien sehr zu erschrecken, aber nur einen Augenblick, dann holte sie mehrere Menschen, und die Seejungfrau sah, dass das Leben in dem Prinzen zurückkehrte und dass er ihnen allen ringsumher zulächelte, aber zu ihr hinaus lächelte er nicht, er wusste ja auch nicht, dass sie ihn gerettet hatte; sie fühlte sich tieftraurig, und als er in das große Gebäude hineingeführt wurde, tauchte sie betrübt in das Wasser hinab und kehrte heim in das Schloss ihres Vaters.

Immer war sie still und gedankenvoll gewesen, aber nun ward sie es noch mehr. Die Schwestern fragten sie, was sie das erste Mal da oben gesehen hätte, aber sie erzählte nichts.

Manch einen Abend und Morgen stieg sie dort empor, wo sie den Prinzen verlassen hatte. Sie sah, wie die Früchte des Gartens reiften und gepflückt wurden, sie sah, wie der Schnee auf den hohen Bergen schmolz, aber den Prinzen sah sie nicht, und darum kehrte sie jedes Mal nur noch betrübter heim. Dann war es ihr einziger Trost, in dem kleinen Garten zu sitzen und die Arme um die schöne Marmorstatue zu schlingen, die dem Prinzen glich, aber ihre Blumen pflegte sie nicht, die wuchsen wie in einer Wildnis über die Gänge hinaus und flochten ihre langen Stängel und Blätter in die Zweige der Bäume hinein, sodass es dort ganz dunkel war.

Schließlich konnte sie es nicht mehr aushalten, sondern erzählte es einer von ihren Schwestern, und da bekamen es gleich alle die andern zu wissen, aber auch niemand weiter als die und ein paar andere Seejungfrauen, die es nur ihren allerbesten Freundinnen erzählten. Eine von diesen wusste, wer der Prinz war, sie hatte auch das Fest auf dem Schiff gesehen, wusste, woher er war und wo sein Königreich lag.

»Komm, kleine Schwester!«, sagten die andern Prinzessinnen, und sich umschlungen haltend, stiegen sie in einer langen Reihe aus dem Meere auf da, wo sie wussten, dass des Prinzen Schloss lag.

Das war aus einer hellgelben, glänzenden Steinart aufgeführt, mit großen Marmortreppen, eine davon ging gerade in das Meer hinunter. Prächtige vergoldete Kuppeln ragten über dem Dach auf, und zwischen den Säulen, die rings um das ganze Gebäude liefen, standen Marmorbilder, die aussahen, als lebten sie. Durch das klare Glas der hohen Fenster sah man in die prächtigen Säle hinein, wo köstliche seidene Gardinen und Teppiche aufgehängt und alle Wände mit großen Gemälden geschmückt waren, die zu sehen ein wahres Vergnügen war. Mitten in dem größten Saal plätscherte ein großer Springbrunnen, die Strahlen stiegen bis an die Glaskuppel in der Decke empor, durch die die Sonne auf das Wasser schien und auf die herrlichen Pflanzen, die in dem großen Bassin wuchsen.

Nun wusste sie, wo er wohnte, und manchen Abend und manche Nacht kam sie hierher auf das Wasser; sie schwamm viel näher an das Ufer heran, als irgendeine von den andern es gewagt hatte, ja, sie ging den schmalen Kanal ganz hinauf bis unter den prächtigen Marmoraltan, der einen langen Schatten über das Wasser warf. Hier saß sie und sah den jungen Prinzen an, der sich allein glaubte in dem hellen Mondschein.

Sie sah ihn manchen Abend mit Musik in seinem prächtigen Boot segeln, wo die Flaggen wehten; sie lugte zwischen dem grünen Schilf hervor, und wenn der Wind ihren langen, silberweißen Schleier ergriff und jemand ihn sah, so dachte er, es sei ein Schwan, der die Schwingen erhöbe.

Sie hörte manch eine Nacht die Fischer, die mit Fackeln auf der See waren, so viel Gutes von dem jungen Prinzen erzählen, und es freute sie, dass sie sein Leben gerettet hatte, als er halbtot auf den Wellen trieb, und sie dachte daran, wie fest sein Haupt an ihrem Busen geruht und wie herzlich sie ihn da geküsst hatte; er wusste nichts davon und konnte nicht einmal von ihr träumen.

Mehr und mehr fing sie an, die Menschen zu lieben, mehr und mehr wünschte sie, unter sie hinaufsteigen zu können; die Welt der Menschen erschien ihr weit größer als die ihre; sie konnten ja auf Schiffen über das Meer fliegen, konnten auf die höchsten Berge hinaufsteigen hoch über den Wolken; und die Länder, die ihnen gehörten, erstreckten sich mit Wäldern und Feldern weiter, als ihre Blicke reichten. Da war so vieles, was sie gern wissen wollte, aber die Schwestern konnten ihr keine Antwort auf alles geben, darum fragte sie die alte Großmutter, und die kannte die höhere Welt sehr gut, die sie sehr richtig die Länder über dem Meere nannte.

»Wenn die Menschen nicht ertrinken«, fragte die kleine Seejungfrau, »können sie dann immer leben, sterben sie nicht wie wir hier unten auf dem Meeresgrunde?«

»Freilich!«, sagte die Alte, »sie müssen auch sterben, und ihre Lebenszeit ist sogar noch kürzer als die unsere. Wir können dreihundert Jahre alt werden, aber wenn wir dann aufhören, hier zu sein, werden wir nur zu

Schaum auf dem Wasser, haben nicht einmal ein Grab hier unten zwischen unsern Lieben. Wir haben keine unsterbliche Seele, wir erhalten nie wieder Leben, wir sind wie das grüne Schilf: ist das einmal abgeschnitten, so kann es nie wieder grünen! Die Menschen hingegen haben eine Seele, die immer lebt; lebt, nachdem der Leib zu Erde geworden ist, sie steigt durch die klare Luft empor hinauf zu allen den funkelnden Sternen! So wie wir aus dem Meere auftauchen und die Länder der Menschen sehen, so tauchen sie zu unbekannten herrlichen Stätten auf, die wir nie zu sehen bekommen.«

»Warum haben wir keine unsterbliche Seele bekommen?«, fragte die kleine Seejungfrau betrübt, »ich wollte alle meine hundert Jahre, die ich zu leben habe, hingeben, wenn ich nur einen einzigen Tag ein Mensch sein und späterhin teil an der himmlischen Welt haben könnte.«

»Darüber musst du dir gar keine Gedanken machen!«, sagte die Alte, »wir leben viel glücklicher und besser als die Menschen da oben!«

»Ich soll also sterben und als Schaum auf dem Meere treiben, soll nicht die Musik der Wellen hören, nicht die schönen Blumen und die rote Sonne sehen! Kann ich denn gar nichts tun, um eine ewige Seele zu erwerben?«

»Nein!«, sagte die Alte, »nur wenn ein Mensch dich so lieb gewönne, dass du ihm mehr wärest als Vater und Mutter, wenn er mit all seinem Denken und Lieben an dir hinge und seine rechte Hand von dem Pfarrer in die deine legen ließe mit dem Gelöbnis der Treue hier und in alle Ewigkeit, da würde seine Seele in deinen Leib hinüber fließen, und du erhieltest auch Anteil an der Glückseligkeit der Menschen. Er würde dir Seele geben und behielte doch die eigene. Aber das kann niemals geschehen! Was hier im Meere gerade schön ist, dein Fischschwanz, das finden sie da oben auf der Erde hässlich, sie verstehen es nun einmal nicht besser; dort muss man, um hübsch zu sein, zwei plumpe Stützen haben, die sie Beine nennen!«

Da seufzte die kleine Seejungfrau und sah betrübt auf ihren Fischschwanz.

»Lass uns fröhlich sein«, sagte die Alte, »hüpfen und springen wollen wir die dreihundert Jahre, die wir zu leben haben, das ist wahrlich Zeit genug, nachher kann man um so besser ausruhen. Heute Abend werden wir Hofball haben!«

Das war auch eine Pracht, wie man sie nie auf Erden sieht. Wände und Decke in dem großen Tanzsaal waren aus dickem, aber klarem Glas. Mehrere hundert riesengroße Muschelschalen, rosenrote und grasgrüne, standen in Reihen zu beiden Seiten mit einem blauen, brennenden Feuer, das den ganzen Saal erhellte und durch die Wände hindurch schien, sodass die See da draußen ganz erleuchtet war; man konnte alle die unzähligen Fische, große wie kleine, sehen, die an die Glasmauer heran schwammen, an einigen schimmerten die Schuppen purpurrot, an andern sahen sie aus wie Silber und Gold. Mitten durch den Saal floss ein breiter, rinnender Strom, und darauf tanzten Meermänner und Meerweibchen zu ihrem eigenen lieblichen Gesang. So schöne Stimmen hatten die Menschen auf der Erde nicht. Die kleine Seejungfrau sang am schönsten von ihnen allen, und sie klatschten in die Hände; und einen Augenblick fühlte sie Freude in ihrem Herzen, denn sie wusste, dass sie die schönste Stimme von allen auf der Erde und im Meere hatte. Aber bald musste sie doch wieder an die Welt da oben über sich denken; sie konnte den schönen Prinzen nicht vergessen und ihren Kummer, keine unsterbliche Seele so wie er zu besitzen, darum schlich sie sich aus ihres Vaters Schloss, und während alles da drinnen Gesang und Frohsinn war, saß sie betrübt in ihrem kleinen Garten. Da hörte sie das Waldhorn durch das Wasser herab erklingen, und sie dachte: »Nun segelt er wohl da oben! Er, den ich mehr liebe als Vater und Mutter, er, an dem mein Sinnen hängt und in dessen Hände ich meines Lebens Glück legen möchte! Während meine Schwestern da drinnen in meines Vaters Schloss tanzen, will ich zur Meerhexe gehen, vor der mir immer so bange gewesen ist, aber sie kann vielleicht raten und helfen!«

Nun ging die kleine Seejungfrau aus ihrem Garten hinaus, hin zu den brausenden Strudeln, hinter denen die Hexe wohnte. Den Weg war sie noch nie gegangen, hier wuchsen keine Blumen, kein Seegras, nur der nackte, graue Sandboden erstreckte sich bis an die Strudel, wo das Wasser wie brausende Mühlräder herumwirbelte und alles, was es erfassen konnte, mit sich in die Tiefe hinabzog; mitten zwischen diesen zermalmenden Wirbeln musste sie hindurchgehen, um in den Bereich der Meerhexe zu gelangen, und hier führte der Weg eine lange Strecke über warm sprudelnden Schlamm, den nannte die Hexe ihr Torfmoor. Dahinter lag ihr Haus inmitten eines sonderbaren Waldes. Alle Bäume und Büsche waren Polypen, halb Tier, halb Pflanze, sie sahen aus wie hundertköpfige Schlangen, die aus der Erde herauswuchsen. Alle Zweige waren lange, schleimige Arme mit Fingern wie geschmeidige Würmer, und Glied für Glied bewegten sie sich von der Wurzel bis zu der äußersten Spitze. Alles, was sie im Meere erfassen konnten, umschlangen sie fest und gaben es nie wieder frei. Die kleine Seejungfrau blieb ganz erschrocken da draußen stehen; ihr Herz pochte vor Angst, fast wäre sie umgekehrt, aber dann dachte sie an den Prinzen und an die Seele der Menschen, und da bekam sie Mut. Ihr langes, flatterndes Haar band sie sich fest um den Kopf, damit die Polypen sie nicht daran ergreifen sollten, beide Hände legte sie über der Brust zusammen und flog dann dahin, wie der Fisch durch das Wasser stiegen kann, zwischen den hässlichen Polypen hindurch, die ihre geschmeidigen Arme und Finger nach ihr ausstreckten. Sie sah, wie jeder von ihnen etwas hielt, was er ergriffen hatte. Hunderte von kleinen Armen umfassten es wie mit starken Eisenbanden. Menschen, die auf der See umgekommen und tief hinabgesunken waren, lugten als weiße Gerippe aus den Armen der Polypen hervor, Schiffsruder und Kisten hielten sie fest, Skelette von Landtieren und ein kleines Meerweibchen, das sie gefangen und erdrosselt hatten, das war ihr fast das Schrecklichste.

Jetzt kam sie an einen großen, schleimigen Platz im Wald, wo große, fette Wasserschlangen sich wälzten und ihren hässlichen, weißgelben Bauch zeigten. Mitten auf dem Platz war ein Haus aus den weißen Knochen gestrandeter Menschen errichtet; da saß die Meerhexe und ließ eine Kröte aus ihrem Mund fressen, so wie die Menschen einen kleinen Kanarienvogel Zucker essen lassen. Die hässlichen, fetten Wasserschlangen nannte sie ihre kleinen Kücklein und ließ sie sich auf ihrer großen, schwammigen Brust wälzen.

»Ich weiß recht gut, was du willst!«, sagte die Hexe, »es ist dumm von dir! Aber du sollst doch deinen Willen haben, denn der wird dich ins Unglück stürzen, meine schöne Prinzessin. Du willst gern deinen Fischschwanz los sein und stattdessen zwei Stummel haben, auf denen du gehen kannst so wie die Menschen, damit sich der junge Prinz in dich verlieben kann und du ihn und eine unsterbliche Seele bekommen kannst!« Dabei lachte die Hexe so laut und so widerlich, dass die Kröte und die Schlangen an die Erde fielen und sich da wälzten. »Du kommst gerade zur rechten Zeit«, sagte die Hexe, »morgen, wenn die Sonne aufgeht, hätte ich dir erst wieder helfen können, nachdem ein Jahr vergangen ist. Ich will dir einen Trank bereiten, damit musst du, ehe die Sonne aufgeht, an das Land schwimmen, dich an das Ufer setzen und ihn austrinken, dann trennt sich dein Schwanz ab und schrumpft zu dem ein, was die Menschen niedliche Beine nennen, aber das tut weh, es ist, als wenn ein scharfes Schwert dich durchzuckte. Alle, die dich sehen, werden sagen, dass du das schönste Menschenkind bist, das sie gesehen haben! Du behältst deinen schwebenden Gang, keine Tänzerin kann so schweben wie du, aber jeder Schritt, den du machst, ist so, als trätest du auf ein scharfes Messer, als müsste dein Blut fließen. Willst du dies alles erleiden, dann werde ich dir helfen?«

»Ja!«, sagte die kleine Seejungfrau mit bebender Stimme – und dachte an den Prinzen und an die unsterbliche Seele.

»Aber bedenke«, sagte die Hexe, »hast du erst einmal menschliche Gestalt bekommen, so kannst du nie wieder eine Seejungfrau werden! Du kannst nie wieder durch das Wasser hinabsteigen zu deinen Schwestern und zu deines Vaters Schloss, und gewinnst du die Liebe des Prinzen nicht, sodass er um deinetwillen Vater und Mutter vergisst, mit seinem ganzen Denken an dir hängt und den Pfarrer eure Hände ineinander legen lässt, dass ihr Mann und Frau werdet – so bekommst du keine unsterbliche Seele. An dem ersten Morgen, nachdem er sich mit einer andern verheiratet hat, muss dein Herz brechen, und du wirst zu Schaum auf dem Wasser.«

»Ich will es«, sagte die kleine Seejungfrau und war bleich wie der Tod.

»Aber mich musst du auch bezahlen!«, sagte die Hexe, »und es ist nichts Geringes, was ich verlange. Du hast die schönste Stimme von allen hier unten auf dem Meeresgrunde, mit der glaubst du ihn wohl bezaubern zu können, aber die Stimme sollst du mir geben. Das Beste, was du hast, will ich für meinen köstlichen Trank haben! Mein eignes Blut muss ich dir ja darin geben, damit der Trank scharf werden kann wie ein zweischneidiges Schwert!«

»Aber wenn du meine Stimme nimmst«, sagte die kleine Meerjungfrau, »was bleibt mir dann übrig?«

»Deine schöne Gestalt«, sagte die Hexe, »dein schwebender Gang und deine sprechenden Augen, damit kannst du wohl ein Menschenherz betören. Nun, hast du den Mut verloren? Stecke deine kleine Zunge heraus, dann schneide ich sie an Zahlungs statt ab, und du sollst den kräftigen Trank haben!«

»Es geschehe!«, sagte die kleine Seejungfrau, und die Hexe setzte ihren Kessel auf, um den Zaubertrank zu kochen. »Reinlichkeit ist eine gute Sache!«, sagte sie und scheuerte den Kessel mit den Schlangen, die sie zu einem Knoten zusammenschlang; dann ritzte sie sich in die Brust und ließ ihr schwarzes Blut heruntertropfen; der Dampf bildete die wunderlichsten Gestalten, sodass einem angst und bange werden musste.

Jeden Augenblick warf die Hexe neue Sachen in den Kessel, und als er ordentlich kochte, klang es, als wenn ein Krokodil weinte. Endlich war der Trank fertig, er sah aus wie das klarste Wasser.

»Da hast du ihn!«, sagte die Hexe und schnitt der kleinen Seejungfrau die Zunge ab; nun war sie stumm, konnte weder singen noch sprechen.

»Sollten die Polypen nach dir greifen, wenn du durch meinen Wald gehst«, sagte die Hexe, »so besprenge sie nur mit einem einzigen Tropfen von diesem Trank, dann zerspringen ihre Arme und Finger in tausend Stücke!« Aber das hatte die kleine Seejungfrau gar nicht nötig, die Polypen zogen sich erschrocken vor ihr zurück, als sie den schimmernden Trank erblickten, der in ihrer Hand leuchtete, als sei es ein funkelnder Stern. So kam sie schnell durch den Wald, das Meer und die brausenden Strudel.

Sie konnte ihres Vaters Schloss sehen; die Fackeln in dem großen Tanzsaal waren erloschen; sie schliefen wohl alle da drinnen, aber sie wagte doch nicht, sie aufzusuchen, jetzt wo sie stumm war und sie für immer verlassen wollte. Es war, als sollte ihr Herz zerspringen vor Kummer. Sie schlich sich in den Garten, nahm eine Blume von jedem Blumenbeet der Schwestern, warf tausend Kusshände nach dem Schloss hinüber und stieg durch die dunkelblaue See empor.

Die Sonne war noch nicht aufgegangen, als sie des Prinzen Schloss sah und die prächtige Marmortreppe hinan stieg. Der Mond schien so wunderbar hell. Die kleine Seejungfrau trank den brennend scharfen Trank, und es war, als gehe ein zweischneidiges Schwert durch ihren feinen Körper; sie ward ohnmächtig und lag wie tot da. Als die Sonne auf die See herabschien, erwachte sie und fühlte einen brennenden Schmerz, vor ihr aber stand der schöne, junge Prinz; er richtete seine kohlschwarzen Augen auf sie, sodass sie die ihren niederschlug; da sah sie, dass ihr Fischschwanz verschwunden war und dass sie die niedlichsten kleinen, weißen Beine hatte, die nur ein kleines Mädchen haben kann, aber sie war ganz nackt, darum hüllte sie sich in ihr dichtes, langes Haar. Der Prinz fragte, wer sie sei und wie sie hierher gekommen wäre, und sie sah ihn sanft und doch so traurig mit ihren dunkelblauen Augen an, sprechen konnte sie ja nicht. Da nahm er sie bei der Hand und führte sie in das Schloss hinein. Jeder Schritt, den sie tat, war, wie ihr die Hexe im voraus gesagt hatte, als träte sie auf spitze Pfriemen und scharfe Messer, aber das ertrug sie gern; an des Prinzen Hand schritt sie so leicht einher wie eine Schaumblase, und er und alle andern wunderten sich über ihren lieblichen, schwebenden Gang.

Köstliche Kleider von Seide und Musselin bekam sie nun; im Schlosse war sie die Schönste von allen, aber sie war stumm und konnte weder singen noch sprechen. Schöne Sklavinnen, in Seide und Gold gekleidet, erschienen und sangen vor dem Prinzen und seinen königlichen Eltern; eine von ihnen sang schöner als alle andern, und der Prinz klatschte in die Hände und lächelte ihr zu. Da ward die kleine Seejungfrau traurig, sie wusste, dass sie selbst viel schöner gesungen hatte; sie dachte: »Ach, er sollte nur wissen, dass ich, um bei ihm zu sein, meine Stimme für alle Ewigkeit hingegeben habe!«

Nun tanzten die Sklavinnen in lieblichen, schwebenden Tänzen zu der herrlichen Musik, da erhob die kleine Seejungfrau die schönen, weißen Arme, richtete sich auf den Zehenspitzen auf und schwebte über den Fußboden hin, tanzte, wie noch niemand getanzt hatte; bei jeder Bewegung ward ihre Schönheit noch sichtbarer, und ihre Augen sprachen tiefer zum Herzen als der Gesang der Sklavinnen.

Alle waren entzückt darüber, namentlich der Prinz, der sie sein kleines Findelkind nannte, und sie tanzte mehr und mehr, obwohl es ihr jedes Mal, wenn der Fuß die Erde berührte, war, als träte sie auf scharfe Messer. Der Prinz sagte, sie sollte immer bei ihm sein, und sie erhielt die Erlaubnis, draußen vor seiner Tür auf einem Sammetkissen zu schlafen.

Er ließ ihr eine Männerkleidung machen, damit sie ihn zu Pferd begleiten könnte. Sie ritten durch die duftenden Wälder, wo die grünen Zweige sie auf die Schulter klopften und die kleinen Vögel hinter den frischen Blättern sangen. Sie kletterte mit dem Prinzen auf die hohen Berge hinauf, und obgleich ihre zarten Füße bluteten, sodass die andern es sehen konnten, lachte sie nur darüber und folgte ihm, bis sie die Wolken unter sich segeln sahen, als seien sie ein Schwarm von Vögeln, die nach fremden Ländern zogen.

Daheim in des Prinzen Schloss, wenn des Nachts die andern schliefen, ging sie auf die breite Marmortreppe hinaus und kühlte ihre brennenden Füße in dem kalten Seewasser, und dann dachte sie an die da unten in der Tiefe.

Eines Nachts kamen ihre Schwestern Arm in Arm, sie sangen so traurig, während sie über dem Wasser schwammen, und sie winkte ihnen, und sie erkannten sie und erzählten, wie sie sie alle betrübt habe. Seither besuchten sie sie jede Nacht, und eines Nachts sah sie draußen in weiter Ferne die alte Großmutter, die seit vielen Jahren nicht über dem Meere gewesen war, und den Meerkönig mit seiner Krone auf dem Haupt; sie streckten die Hände nach ihr aus, wagten sich aber nicht so nahe an das Land hinan wie die Schwestern.

Tag für Tag ward sie dem Prinzen teurer, er hatte sie lieb, wie man ein gutes, liebes Kind liebt, aber sie zu seiner Königin zu machen, kam ihm gar nicht in den Sinn, und seine Frau musste sie werden, sonst bekam sie keine unsterbliche Seele, sondern würde an seinem Hochzeitsmorgen zu Schaum auf dem Meere werden.

»Liebst du mich nicht am meisten von ihnen allen?«, schienen die Augen der kleinen Seejungfrau zu sagen, wenn er sie in seine Arme nahm und ihre schöne Stirn küsste.

»Ja, du bist mir die Liebste«, sagte der Prinz, »denn du hast das beste Herz von ihnen allen, du bist mir am treuesten zugetan, und du gleichst einem jungen Mädchen, das ich einstmals sah, aber wohl niemals wieder finden werde. Ich war auf einem Schiff, das strandete, die Wellen warfen mich ans Ufer bei einem heiligen Tempel, wo mehrere junge Mädchen den Dienst verrichteten; die jüngste fand mich am Strande und rettete mir das Leben, ich sah sie nur zweimal; sie ist die einzige, die ich in dieser Welt lieben könnte, aber du gleichst ihr, du verdrängst fast ihr Bild aus meiner Seele; sie gehört dem heiligen Tempel an, und deshalb hat mein guter Stern dich mir gesandt, wir wollen uns niemals trennen!« – »Ach, er weiß nicht, dass ich ihm das Leben gerettet habe!«, dachte die kleine Seejungfrau. »Ich trug ihn über das Meer zum Wald hin, wo der Tempel steht, ich saß hinter dem Meeresschaum und gab Acht, ob keine Menschen kommen würden. Ich sah das hübsche Mädchen, das er mehr liebt als mich!« Und die Seejungfrau seufzte tief, weinen konnte sie nicht. »Das Mädchen gehört dem heiligen Tempel an, hat er gesagt, sie kommt niemals in die Welt hinaus, sie werden sich nicht wieder sehen, ich bin bei ihm, sehe ihn jeden Tag, ich will ihn pflegen, ihn lieben, ihm mein Leben weihen!«

Aber nun sollte der Prinz heiraten und des Nachbarkönigs schöne Tochter zur Frau bekommen, erzählte man, darum rüste er ein so prächtiges Schiff aus. Der Prinz reise, um des Nachbarkönigs Länder zu besehen, heiße es freilich, aber es geschähe, um des Nachbarkönigs Tochter zu sehen, ein großes Gefolge werde er mitnehmen; aber die kleine Seejungfrau schüttelte den Kopf und lachte, sie kannte des Prinzen Gedanken weit besser als alle die andern. »Ich muss reisen!«, hatte er zu ihr gesagt. »Ich muss die schöne Prinzessin sehen, meine Eltern verlangen es, aber sie werden mich niemals zwingen, sie als Braut heimzuführen; ich kann sie nicht lieben, sie gleicht nicht der schönen Prinzessin im Tempel, der du gleichst; sollte ich einstmals eine Braut wählen, so würdest du es viel eher sein, mein stummes Findelkind mit den sprechenden Augen!« Und er küsste ihren roten Mund und spielte mit ihrem langen Haar und legte sein Haupt an ihr Herz, sodass es von Menschenglück und einer unsterblichen Seele träumte.

»Du fürchtest dich doch nicht vor dem Meer, mein stummes Kind!«, sagte er, als sie auf dem prächtigen Schiff standen, das ihn in des Nachbarkönigs Länder führen sollte; und er erzählte ihr von Sturm und Windstille, von seltsamen Fischen in der Tiefe und was der Taucher gesehen hatte, und sie lächelte bei seiner Erzählung, sie wusste ja besser als irgend jemand Bescheid auf dem Grunde des Meeres.

In der mondhellen Nacht, wenn sie alle schliefen bis auf den Steuermann, der am Ruder stand, saß sie an der Reling des Schiffes und starrte hinab durch das klare Wasser, und es war ihr, als sähe sie ihres Vaters Schloss; oben darüber stand die alte Großmutter mit der silbernen Krone aus dem Haupte und starrte hinauf durch die reißenden Ströme empor zu des Schiffes Kiel. Da tauchten die Schwestern aus dem Wasser auf, sie starrten sie traurig an und rangen ihre weißen Hände, sie winkte ihnen, lächelte und wollte erzählen, wie gut es ihr ginge und wie glücklich sie sei, aber der Schiffsjunge näherte sich ihr, und die Schwestern tauchten wieder unter, sodass er glaubte, das Weiße, was er gesehen hatte, wäre Schaum auf dem Meere gewesen.

Am nächsten Morgen segelte das Schiff in den Hafen von des Nachbarkönigs prächtiger Stadt. Alle Kirchenglocken läuteten, und von den hohen Türmen wurden die Posaunen geblasen, während die Soldaten mit wehenden Fahnen und blinkenden Bajonetten dastanden. Jeder Tag brachte ein Fest. Bälle und Gesellschaften folgten einander, aber die Prinzessin war noch nicht da, sie würde weit von der Stadt entfernt in einem heiligen Tempel erzogen, sagte man, dort lerne sie alle königlichen Tugenden. Endlich traf sie ein.

Die kleine Seejungfrau war begierig, ihre Schönheit zu sehen, und sie musste bekennen, dass sie eine liebreizendere Erscheinung noch niemals gesehen hatte. Die Haut war so fein und zart, und hinter den langen, dunklen Wimpern lächelten ein Paar schwarzblaue, treue Augen.

»Du bist es!«, sagte der Prinz. »Du hast mich errettet, als ich einer Leiche gleich an der Küste lag!« Und er schloss seine errötende Braut in die Arme. »Ach, ich bin zu glücklich!«, sagte er zu der kleinen Seejungfrau. »Das Beste, das, was ich nie zu hoffen gewagt habe, ist mir in Erfüllung gegangen. Du wirst dich meines Glückes freuen, denn du liebst mich am meisten von ihnen allen!« Und die kleine Seejungfrau küsste ihm die Hand, und sie hatte ein Gefühl, als wenn ihr Herz schon jetzt bräche. Sein Hochzeitsmorgen würde ihr ja den Tod bringen und sie zu Schaum auf der See verwandeln.

Alle Kirchenglocken läuteten, Herolde ritten in den Straßen umher und verkündeten das Verlöbnis. Auf allen Altären brannte duftendes Öl in köstlichen silbernen Lampen. Die Priester schwangen die Räucherfässer, und Braut und Bräutigam reichten einander die Hand und empfingen den Segen des Bischofs. Die kleine Seejungfrau war in Gold und Seide gekleidet und trug die Schleppe der Braut, aber ihre Ohren hörten nicht die festliche Musik, ihre Augen sahen nicht die heilige Zeremonie: sie dachte an ihre Todesnacht, an alles das, was sie in dieser Welt verloren hatte.

Noch am selben Abend gingen Braut und Bräutigam an Bord des Schiffes, die Kanonen donnerten, alle Flaggen wehten, und mitten auf dem Schiff war ein königliches Zelt aus Gold und Purpur errichtet und mit den schönsten Kissen, dort sollte das Brautpaar in der stillen, kühlen Nacht schlafen.

Die Segel schwellten im Winde, und das Schiff glitt leicht und ohne große Bewegung über die klare See hin.

Als es dunkelte, wurden bunte Lampen angezündet, und die Seeleute tanzten lustige Tänze auf Deck. Die kleine Seejungfrau musste an das erste Mal denken, als sie aus dem Meer auftauchte und dieselbe Pracht und Freude sah, und sie wirbelte mit im Tanze herum, schwebend wie die Schwalbe schwebt, wenn sie verfolgt wird, und alle jubelten ihr Bewunderung zu, nie hatte sie so schön getanzt; es schnitt wie mit scharfen Messern in die feinen Füße, aber sie fühlte es nicht; weit schmerzlicher schnitt es sie ins Herz. Sie wusste, dass es der letzte Abend war, an dem sie ihn sah, für den sie ihre Familie und ihr Heim verlassen, ihre schöne Stimme hingegeben und täglich unendliche Qualen erlitten hatte, ohne dass er es auch nur ahnte. Es war die letzte Nacht, in der sie dieselbe Luft einatmete wie er und das tiefe Meer und den sternenblauen Himmel sah; eine ewige Nacht ohne Denken und Träumen harrte ihrer, die keine Seele hatte und nie eine Seele gewinnen konnte. Und auf dem Schiff war alles Freude und Lustbarkeit bis weit über Mitternacht hinaus, sie lachte und tanzte, die Todesgedanken im Herzen. Der Prinz küsste seine schöne Braut, und sie spielte mit seinem schwarzen Haar, und Arm in Arm begaben sie sich zur Ruhe in das prächtige Zelt.

Es war still und lautlos auf dem Schiff, nur der Steuermann stand am Ruder, die kleine Seejungfrau legte ihre weißen Arme auf die Reling und sah gen Osten der Morgenröte entgegen, der erste Sonnenstrahl, das wusste sie, würde sie töten. Da sah sie ihre Schwestern aus dem Meere aufsteigen, sie waren bleich wie sie; ihr langes schönes Haar flatterte nicht mehr im Winde, es war abgeschnitten.

»Wir haben es der Hexe gegeben, damit sie dir Hilfe bringen soll, dass du über Nacht nicht stirbst! Sie hat uns ein Messer gegeben, hier ist es! Siehst du, wie scharf es ist? Ehe die Sonne aufgeht, musst du es in das Herz des Prinzen stoßen, und wenn dann sein warmes Blut auf deine Füße spritzt, da wachsen sie zu einem Fischschwanz zusammen, und du wirst wieder eine Seejungfrau, kannst zu uns in das Wasser hinabsteigen und deine dreihundert Jahre leben, ehe du zu dem toten, salzigen Meeresschaum wirst. Beeile dich, er oder du musst sterben, ehe die Sonne aufgeht. Unsere alte Großmutter trauert, sodass ihr weißes Haar ausgefallen ist, wie das unsere unter der Schere der Hexe fiel. Töte den Prinzen und kehre heim! Beeile dich; stehst du den roten Streifen am Himmel? In wenigen Minuten geht die Sonne auf, und dann musst du sterben!« Und sie stießen einen wunderlich tiefen Seufzer aus und versanken in den Wogen.

Die kleine Meerjungfrau zog den Purpurteppich vor dem Zelt zurück, und sie sah die schöne Braut mit ihrem Kopf an des Prinzen Brust schlafen; und sie beugte sich hinab und küsste ihn auf seine schöne Stirn, sah zum Himmel empor, wo die Morgenröte mehr und mehr leuchtete, sah das scharfe Messer an und richtete wieder die Augen auf den Prinzen, der im Traume seine Braut bei Namen nannte, nur sie lebte in seinen Gedanken; und das Messer zitterte in der Hand der Meerjungfrau – da aber warf sie es weit hinaus in die Wellen, die erglänzten rot, wo es hinfiel, es sah aus, als quöllen Bluttropfen aus dem Wasser auf. Noch einmal sah sie mit halbgebrochenem Blick den Prinzen an, stürzte dann vom Schiff ins Meer hinab, und sie fühlte, wie sich ihr Körper in Schaum auflöste.

Jetzt stieg die Sonne aus dem Meere auf, die Strahlen fielen so sanft und warm auf den kalten Meeresschaum, und die kleine Seejungfrau fühlte nichts vom Tode, sie sah die helle Sonne, und oben über ihr schwebten Hunderte von durchsichtigen, schönen Wesen; durch sie hindurch konnte sie die weißen Segel des Schiffes sehen und des Himmels rote Wolken, ihre Stimmen waren Melodie, aber so vergeistigt, dass keines Menschen Ohr sie hören wie auch kein irdisches Auge sie sehen konnte; ohne Flügel schwebten sie kraft ihrer eigenen Leichtigkeit durch die Luft.

Die kleine Seejungfrau sah, dass sie einen Körper gleich dem ihren hatten, er hob sich mehr und mehr aus dem Schaum empor.

»Wo komme ich hin?«, fragte sie, und ihre Stimme klang wie die der andern Wesen so vergeistigt, dass keine irdische Musik es wiederzugeben vermag.

»Zu den Töchtern der Luft!«, antworteten die andern. »Die Seejungfrau hat keine unsterbliche Seele, kann nie eine bekommen, es sei denn, dass sie die Liebe eines Menschen gewönne! Von einer fremden Macht hängt ihr ewiges Leben ab. Auch die Töchter der Luft haben keine ewige Seele, aber sie können sich durch gute Handlungen selbst eine schaffen. Wir fliegen nach den warmen Ländern, wo die schwüle Pestluft die Menschen tötet; dort fächeln wir Kühlung zu. Wir verbreiten den Duft der Blumen in der Luft und spenden Erquickung und Heilung. Wenn wir uns dreihundert Jahre hindurch bestrebt haben, das Gute zu tun, was in unsern Kräften steht, dann bekommen wir eine unsterbliche Seele und nehmen teil an dem Glück der Menschen. Du arme, kleine Seejungfrau hast mit deinem ganzen Herzen das gleiche erstrebt. Wie wir, so hast du gelitten und geduldet und hast dich zu der Welt der Luftgeister emporgeschwungen, nun kannst du dir selbst nach dreihundert Jahren durch gute Werke eine unsterbliche Seele schaffen.«

Und die kleine Seejungfrau hob ihre klaren Augen zu Gottes Sonne empor, und zum ersten Mal fühlte sie Tränen. – Auf dem Schiffe war nur Leben und Lärmen, sie sah den Prinzen mit seiner schönen Braut nach ihr suchen, wehmütig starrten sie in den perlenden Schaum hinab, als wüssten sie, dass sie sich in die Wellen gestürzt hatte. Unsichtbar küsste sie die Stirn der Braut, lächelte ihm zu und stieg mit den andern Kindern der Luft empor zu der rosenroten Wolke, die durch die Luft dahinzog.

»In dreihundert Jahren schweben wir so in Gottes Reich hinein!«

»Auch schon früher können wir dahin gelangen!«, flüsterte eine. »Unsichtbar schweben wir in die Häuser der Menschen, wo Kinder sind, und für jeden Tag, an dem wir ein gutes Kind finden, das seinen Eltern Freude macht und ihre Liebe verdient, verkürzt Gott unsere Prüfungszeit. Das Kind weiß nicht, wann wir durch das Zimmer fliegen; und wenn wir dann vor Freude über das Kind lächeln, so wird ein Jahr von den dreihundert abgerechnet; sehen wir aber ein unartiges und böses Kind, so müssen wir Tränen der Trauer weinen, und jede Träne legt unserer Prüfungszeit einen Tag zu!«

Der unartige Knabe

Es war einmal ein alter Dichter, so ein wirklich guter, alter Dichter. Eines Abends, als er zu Hause saß, zog draußen ein schreckliches Unwetter herauf; der Regen strömte herab, aber der alte Dichter saß warm und geborgen an seinem Ofen, wo das Feuer brannte und die Bratäpfel prasselten.

»Es bleibt doch sicher kein trockner Faden an den Ärmsten, die in diesem Wetter draußen sind!«, sagte er, denn er war ein so guter Dichter.

»Ach, mach mir auf, mich friert, und ich bin so nass!«, rief ein kleines Kind draußen. Es weinte und klopfte an die Tür, während der Regen herabströmte und der Wind an allen Fenstern rüttelte.

»Du armer Kleiner!«, sagte der alte Dichter und ging hin und machte die Tür auf. Da stand ein kleiner Knabe; er war ganz nackend, und das Wasser tropfte aus seinem langen, blonden Haar heraus. Er zitterte vor Kälte; wäre er nicht hereingekommen, so hätte er sicher in dem bösen Wetter sterben müssen.

»Du armes Kind!«, sagte der Dichter und nahm ihn bei der Hand. »Komm zu mir, ich will dich schon erwärmen: Wein und einen Apfel sollst du haben, denn du bist ein so schöner Knabe!«

Das war er auch wirklich. Seine Augen sahen aus wie zwei helle Sterne, und obwohl das Wasser aus seinem blonden Haar herabfloss, lockte es sich doch so hübsch. Er sah aus wie ein kleines Engelskind, war aber so bleich vor Kälte und zitterte am ganzen Körper. Er hatte einen wunderschönen Flitzbogen in der Hand, aber den hatte der Regen ganz verdorben, alle Farben an den schönen Pfeilen liefen infolge der Nässe ineinander.

Der alte Dichter setzte sich an den Ofen, nahm den kleinen Knaben auf seinen Schoß, rang ihm das Wasser aus den Haaren, erwärmte ihm die Hände in den seinen und kochte ihm süßen Wein; da erholte er sich, bekam rote Wangen, sprang im Zimmer umher und tanzte um den alten Dichter herum.

»Du bist ein lustiger Knabe!«, sagte der Alte. »Wie heißt du denn?«

»Ich heiße Amor«, antwortete er, »kennst du mich nicht? Da liegt mein Flitzbogen, damit schieße ich, das kannst du mir glauben! Sieh, jetzt wird das Wetter draußen wieder gut; der Mond scheint!«

»Aber dein Flitzbogen ist verdorben!«, sagte der alte Dichter.

»Das wäre schlimm!«, sagte der kleine Knabe, nahm ihn auf und betrachtete ihn. »O, der ist schon ganz trocken, er hat gar nicht gelitten! Die

Sehne sitzt ganz straff! Jetzt will ich ihn einmal probieren!« Und dann spannte er ihn, legte einen Pfeil darauf, zielte und schoss den guten, alten Dichter mitten ins Herz hinein. »Kannst du nun sehen, dass mein Flitzbogen nicht verdorben war?«, sagte er, lachte ganz laut und lief davon. Der unartige Knabe! So auf den alten Dichter zu schießen, der ihn in die warme Stube eingelassen hatte, der so gut gegen ihn gewesen war und ihm den schönen Wein und den besten Apfel gegeben hatte.

Der gute Dichter lag an der Erde und weinte; er war wirklich mitten ins Herz geschossen, und dann sagte er: »Pfui, was für ein abscheulicher Junge dieser Amor ist! Das werde ich allen guten Kindern erzählen, damit sie sich vor ihm in acht nehmen können und niemals mit ihm spielen, denn er tut ihnen was zuleide!«

All die guten Kinder, Knaben und Mädchen, denen er das erzählte, nahmen sich sehr vor dem bösen Amor in Acht, aber er führte sie doch an, denn er ist so durchtrieben! Wenn die Studenten aus den Vorlesungen kommen, so läuft er neben ihnen her mit einem Buch unterm Arm und in einem schwarzen Rock. Sie können ihn gar nicht erkennen, und dann fassen sie ihn unter den Arm und glauben, dass er auch ein Student sei, aber dann sticht er ihnen den Pfeil in die Brust. Wenn die kleinen Mädchen aus der Konfirmationsstunde kommen und wenn sie eingesegnet werden, so ist er auch hinter ihnen her. Ja, er ist immer hinter den Leuten her! Er sitzt in dem großen Kronleuchter im Theater und brennt lichterloh, sodass die Leute glauben, dass es eine Lampe ist, aber hinterher, dann merken sie es. Er läuft im Königsgarten und auf dem Wall umher; ja, er hat einmal deinen Vater und deine Mutter mitten ins Herz geschossen! Frage sie nur, da wirst du ja hören, was sie sagen. Ja, er ist ein schlimmer Junge, dieser Amor, mit dem musst du dich niemals einlassen! Er ist hinter allen Leuten her! Denk nur, er schoss auch einmal einen Pfeil auf die alte Großmutter ab, aber das ist lange her, das ist schon wieder geheilt; aber sie vergisst es doch niemals. Pfui, der böse Amor! Aber nun kennst du ihn und weißt, was für ein unartiger Knabe er ist!

Der Garten des Paradieses

Es war einmal ein Königsohn, niemand hatte so viele und so schöne Bücher wie er; alles, was in dieser Welt geschehen war, konnte er lesen und auf den herrlichen Bildern abgebildet sehen. Über jedes Volk und jedes Land konnte er Bescheid bekommen, aber wo der Garten des Paradieses zu finden war, darüber fand sich kein Wort; und gerade an den dachte er am meisten.

Seine Großmutter hatte ihm erzählt, als er noch ganz klein war, aber anfangen sollte, in die Schule zu gehen, dass jede Blume im Garten des Paradieses der schönste Kuchen sei und die Staubfäden der feinste Wein; auf der einen stünde Weltgeschichte, auf der andern Geografie oder das Einmaleins, man brauche nur Kuchen zu essen, dann könne man seine Schulaufgaben; je mehr man äße, um so mehr Geschichte, Geografie und Einmaleins lerne man.

Das glaubte er damals; aber als er ein größerer Knabe wurde, mehr lernte und viel klüger wurde, begriff er wohl, dass da etwas viel Schöneres im Garten des Paradieses sein müsse.

»Ach, warum pflückte doch Eva von dem Baume der Erkenntnis; warum aß Adam von der verbotenen Frucht! Das hätte ich nur sein sollen, dann wäre es nicht geschehen! Niemals wäre die Sünde in die Welt gekommen!«

Das sagte er damals, und das sagte er noch, als er siebzehn Jahre alt war; der Garten des Paradieses erfüllte sein ganzes Denken.

Eines Tages ging er in den Wald; er ging allein, denn das war sein größtes Vergnügen.

Der Abend senkte sich herab, die Wolken zogen sich zusammen, es wurde ein Regenwetter, als sei der ganze Himmel eine einzige Schleuse, aus der das Wasser herabstürzte; es war so dunkel, wie es sonst des Nachts in dem tiefsten Brunnen ist. Bald glitt er in dem nassen Grase aus, bald fiel er über die nackten Steine, die aus dem Felsengrund aufragten. Alles troff von Wasser, es war auch nicht ein trockner Faden an dem armen Prinzen. Er musste über große Steinblöcke klettern, wo das Wasser aus dem hohen Moos heraussickerte. Er war nahe daran, umzusinken; da hörte er ein wunderliches Sausen, und vor sich sah er eine große, erleuchtete Höhle. Mitten darin brannte ein Feuer, an dem man einen Hirsch braten konnte, und das geschah auch; der prächtigste Hirsch mit seinem hohen Geweih war an einen Spieß gesteckt und wurde langsam zwischen zwei abgehauenen Fichtenstämmen hin und her gedreht. Eine ältliche Frau, groß und stark, als sei sie eine verkleidete Mannsperson, saß am Feuer und warf ein Scheit Holz nach dem andern hinein.

»Komm du nur näher!«, sagte sie. »Setze dich ans Feuer, dass du dir die Kleider trocknen kannst.«

»Hier zieht es so arg!«, sagte der Prinz und setzte sich an die Erde.

»Das wird noch ärger, wenn meine Söhne nach Hause kommen!«, antwortete die Frau. »Du bist hier in der Höhle der Winde, meine Söhne sind die vier Winde der Welt. Kannst du das verstehen?«

»Wo sind deine Söhne?«, fragte der Prinz.

»Ja, es ist nicht gut antworten, wenn jemand dumm fragt«, sagte die Frau. »Meine Söhne sind auf eigene Hand ausgezogen, sie spielen Schlagball mit den Wolken da oben in der guten Stube«; und dabei zeigte sie in die Höhe.

»Ach so!«, sagte der Prinz, »Ihr sprecht übrigens recht barsch und seid nicht so mild wie die Frauenzimmer, die ich sonst um mich sehe!«

»Ja, die haben wohl nichts weiter zu tun! Ich muss hart sein, wenn ich meine Jungen im Zaum halten will! Aber das kann ich, obwohl sie steife Nacken haben! Siehst du die vier Säcke, die da an der Wand hängen? Vor denen ist ihnen ebenso bange, wie du es vor der Rute hinterm Spiegel gewesen bist. Ich kann die Knaben zusammenbiegen, will ich dir nur sagen, und dann kommen sie in den Sack hinein; wir machen keine Umstände! Da sitzen sie und kommen nicht eher wieder heraus, als bis ich es für gut befinde. Aber da haben wir den einen!«

Es war der Nordwind, der mit eisiger Kälte eintrat, große Hagelkörner hüpften über den Fußboden hin, und die Schneeflocken stoben ringsumher. Er trug seine Beinkleider und Jacke aus Bärenfell, eine Mütze aus Seehundfell reichte ihm bis über die Ohren; lange Eiszapfen hingen ihm am Bart herab, und ein Hagelkorn nach dem andern glitt aus dem Kragen seiner Jacke heraus.

»Gehen Sie nicht gleich an das Feuer!«, sagte der Prinz. »Sie könnten leicht Frost in Gesicht und Händen bekommen!«

»Frost!«, sagte der Nordwind und lachte laut. »Frost! Das ist ja gerade mein größtes Vergnügen! Was für ein Spirrfix bist du denn aber! Wie kommst du in die Höhle der Winde?«

»Er ist mein Gast!«, sagte die Alte. »Und wenn du mit der Erklärung nicht zufrieden bist, so kannst du in den Sack kommen! – Hast du mich verstanden?«

Sieh, das half, und der Nordwind erzählte, woher er kam und wo er nun fast einen ganzen Monat gewesen war.

»Vom Polarmeer komme ich«, sagte er, »ich bin mit den russischen Walrossjägern auf dem Bäreneiland gewesen. Ich saß am Steuer und schlief, als sie vom Nordkap wegsegelten; wenn ich hin und wieder einmal erwachte, flog der Sturmvogel mir um die Beine; das ist ein drolliger Vogel, er macht einen kräftigen Schlag mit den Flügeln, und dann hält er sie unbeweglich ausgestreckt und hat dann Fahrt genug.«

»Mach es nur nicht so weitschweifig!«, sagte die Mutter der Winde. »Und dann kamst du also nach dem Bäreneiland?«

»Da ist es herrlich! Das ist ein Fußboden zum Tanzen, flach wie ein Teller! Halbaufgetauter Schnee und Moos, scharfe Steine und Gerippe von Walrossen und Eisbären lagen da umher, sie sahen aus wie Arme und Beine von Riesen mit verschimmeltem Grün. Man sollte glauben, dass die Sonne sie nie beschienen hätte. Ich blies ein wenig in den Nebel hinein, damit man den Schuppen sehen konnte; das war ein aus Wrackholz erbautes und mit Walrosshaut überzogenes Haus; die Fleischseite war nach außen gekehrt, sie war voll von Rot und Grün; auf dem Dach saß ein lebendiger Eisbär und brummte. Ich ging an den Strand, sah nach den Vogelnestern und sah die nackten Jungen an, die schrien und den Schnabel aufsperrten; da blies ich in die Tausende von Kehlen hinein, und sie lernten den Schnabel schließen. Ganz unten wälzten sich die Walrosse wie lebende Eingeweide oder Riesenmaden mit Schweineköpfen und ellenlangen Zähnen!«

»Du erzählst gut, mein Junge!«, sagte die Mutter. »Mir läuft das Wasser im Munde zusammen, wenn ich dich anhöre!«

»Dann ging ich auf den Fang! Die Harpune wurde in die Brust des Walrosses geschleudert, sodass der dampfende Blutstrahl wie ein Springbrunnen über dem Eis aufstieg. Da dachte ich auch an mein Spiel, ich blies auf, ließ meine Segler, die klippenhohen Eisberge, die Boote einklemmen; hui, wie man pfiff und wie man schrie, aber ich pfiff lauter! Tote Walrossleiber, Kisten und Tauwerk mussten sie auf das Eis auswerfen! Ich schüttelte die Schneeflocken über sie aus und ließ sie in den eingeklemmten Fahrzeugen mit ihrem Fang gen Süden treiben, um Salzwasser zu kosten. Die kommen nie wieder nach dem Bäreneiland!«

»Dann hast du ja Böses getan!«, sagte die Mutter der Winde.

»Was ich Gutes getan habe, mögen die andern erzählen!«, sagte er, »aber da haben wir meinen Bruder aus Westen, den habe ich am liebsten von ihnen allen, er schmeckt nach See und führt eine herrliche Kälte mit sich!«

»Ist das der kleine Zephir?«, fragte der Prinz.

»Freilich ist es der Zephir!«, sagte die Alte. »Aber so klein ist er gerade nicht. In alten Zeiten war er ein schöner Knabe, aber das ist nun vorbei!«

Er sah aus wie ein Wilder, aber er hatte einen Fallhut auf, um nicht zu Schaden zu kommen. In der Hand hielt er eine Mahagonikeule, die in den amerikanischen Mahagoniwäldern gehauen war. Unter dem tat er es nicht!

»Woher kommst du?«, fragte die Mutter.

»Aus den Waldwüsten«, sagte er, »wo die dornigen Lianen eine Hecke zwischen jedem Baum bilden und die Wasserschlange in dem nassen Grase liegt und die Menschen überflüssig sind!«

»Was hast du da getrieben?«

»Ich sah mir den tiefsten Fluss an, sah, wie er von dem Felsen herabstürzte, zu Staub wurde und zu den Wolken hinausflog, um den Regenbogen zu tragen. Ich sah den wilden Büffel im Fluss schwimmen, aber der Strom riss ihn mit sich fort; er trieb mit dem Schwarm der Wildenten, die aufflogen, wo das Wasser herabstürzte; der Büffel musste hinunter, das gefiel mir, und ich blies einen Sturm, sodass die uralten Bäume zu segeln begannen und zu Spänen zersplitterten.«

»Und weiter hast du nichts getan?«, fragte die Alte.

»Ich habe in den Savannen Purzelbäume geschossen, ich habe die wilden Pferde gestreichelt und Kokosnüsse geschüttelt! Ja, ja, ich habe Geschichten zu erzählen! Aber man soll nicht alles sagen, was man weiß. Das weißt du auch, Alte!« Und dann küsste er seine Mutter, sodass sie nahe daran war, hinten über zu fallen; er war ein schrecklich wilder Junge!

Nun kam der Südwind mit einem Turban und einem fliegenden Beduinenmantel.

»Es ist gehörig kalt hier drinnen!«, sagte er und warf Holz auf das Feuer. »Man kann merken, dass der Nordwind zuerst gekommen ist!«

»Es ist so heiß hier, dass man einen Eisbären braten kann«, sagte der Nordwind.

»Du bist selbst ein Eisbär!«, sagte der Südwind.

»Wollt ihr in den Sack gesteckt werden?«, fragte die Alte. »Setze dich auf den Stein dort und erzähle, wo du gewesen bist!«

»In Afrika, meine Mutter«, antwortete er. »Ich war mit den Hottentotten auf der Löwenjagd im Lande der Kaffern! Was für Gras da auf der Ebene wächst, grün wie eine Olive! Da tanzte das Gnu, und der Strauß lief mit mir um die Wette, aber ich bin doch schneller zu Fuß. Ich kam nach der Wüste, nach dem gelben Sand, der aussieht wie der Boden des Meeres. Da traf ich eine Karawane; die schlachtete ihr letztes Kamel, um Wasser zum Trinken zu haben, aber es war nur wenig, was sie fanden. Die Sonne sengte von oben, und der Sand brannte von unten. Die ausgedehnte Wüste hatte keine Grenzen; da tummelte ich mich in dem feinen, losen Sand und wirbelte ihn zu großen Säulen auf, das war ein Tanz! Du hättest nur sehen sollen, wie mutlos das Dromedar dastand und wie der Kaufmann den Kaftan über den Kopf zog. Er warf sich vor mir nieder wie vor Allah, seinem Gott, Jetzt sind sie begraben, eine Pyramide aus Sand ragt über ihnen allen auf; wenn ich die einmal wegwehe, soll die Sonne die weißen Gebeine bleichen, dann können die Reisenden sehen, dass hier früher Menschen gewesen sind, sonst kann man das in der Wüste nicht glauben!«

»Du hast also nur Böses getan!«, sagte die Mutter. »Marsch in den Sack!« Und ehe er sich's versah, hatte sie den Südwind um den Leib gefasst und ihn in den Sack hineingesteckt. Er wälzte sich an der Erde herum, aber sie setzte sich darauf, und da musste er still liegen.

»Das sind ja muntere Jungen, die du hast!«, sagte der Prinz.

»Freilich!«, antwortete sie. »Und ich kann sie im Zaume halten! Da haben wir den vierten!«

Es war der Ostwind. Er war wie ein Chinese gekleidet.

»Nun, kommst du aus der Gegend?«, sagte die Mutter. »Ich glaubte, du seiest im Garten des Paradieses gewesen!«

»Dahin fliege ich erst morgen!«, sagte der Ostwind. »Morgen sind es hundert Jahre her, seit ich dort war! Ich komme jetzt aus China, wo ich um den Porzellanturm getanzt habe, sodass alle Glocken klingelten. Unten auf der Straße bekamen die Beamten Prügel; Bambusrohre wurden auf ihren Schultern zerschlagen, und es waren Leute vom ersten bis zum neunten Grade; sie schrien: »Vielen Dank, mein väterlicher Wohltäter!« Aber sie dachten sich gar nichts dabei, und ich klingelte mit den Glocken und sang: Tsing, tsang, tsu!«

»Du bist sehr ausgelassen!«, sagte die Alte. »Es ist Zeit, dass du morgen in den Garten des Paradieses kommst, das hilft deiner Bildung immer ein wenig nach! Trinke nur tüchtig aus der Weisheitsquelle und bringe mir eine kleine Flasche voll davon mit!«

»Das will ich tun!«, sagte der Ostwind. »Aber warum hast du denn meinen Bruder aus Süden in den Sack gesteckt, heraus mit ihm! Er soll mir vom Vogel Phönix erzählen; von dem Vogel will die Prinzessin im Garten des Paradieses immer hören, wenn ich jedes hundertste Jahr meine Aufwartung mache. Mach den Sack auf, dann bist du meine süße Mutter, und ich will dir zwei Taschen voll Tee schenken, so frisch und grün, wie ich ihn an Ort und Stelle gepflückt habe!«

»Nun, um des Tees willen und weil du mein Herzblatt bist, will ich den Sack öffnen!« Das tat sie, und der Südwind kroch heraus, aber er sah ganz beschämt aus, weil der fremde Prinz es gesehen hatte.

»Da hast du ein Palmenblatt für die Prinzessin«, sagte der Südwind. »Das Blatt hat der alte Vogel Phönix, der einzige, der in der Welt war, mir gegeben; er hat mit seinem Schnabel seine ganze Lebensgeschichte während der hundert Jahre, die er gelebt hat, hineingeritzt; nun kann sie es selbst lesen. Ich sah, wie der Vogel Phönix selbst sein Nest anzündete und darin saß und verbrannte wie die Frau eines Hindu. Wie die trockenen Zweige knisterten! Es war ein Rauch und ein Duft! Schließlich ging alles in Flammen auf, der alte Vogel Phönix ward zu Asche, aber sein Ei lag glühendrot im Feuer, es zerplatzte mit einem großen Knall, und das Junge flog heraus; jetzt ist es Herrscher über alle Vögel und der einzige Vogel Phönix in der Welt. Er hat ein Loch in das Palmenblatt gebissen, das ich dir gab, das ist sein Gruß an die Prinzessin!«

»Aber jetzt wollen wir ein wenig essen!«, sagte die Mutter der Winde, und dann setzten sie sich alle hin und aßen von dem gebratenen Hirsch, und der Prinz saß neben dem Ostwind, und daher wurden sie bald gute Freunde.

»Sag mir doch einmal«, fragte der Prinz, »was für eine Prinzessin ist das, von der hier so viel geredet wird, und wo liegt der Garten des Paradieses?«

»Ei, ei!«, sagte der Ostwind, »willst du dahin, ja dann musst du morgen mit mir fliegen! Aber das will ich dir nur sagen, da ist seit Adams und Evas Zeiten kein Mensch gewesen. Die kennst du ja doch aus deiner Biblischen Geschichte?«

»Ja, natürlich!«, sagte der Prinz.

»Damals, als die vertrieben wurden, versank der Garten des Paradieses in die Erde, aber er behielt seinen warmen Sonnenschein, seine milde Luft und all seine Herrlichkeit. Die Königin der Feen wohnt da drinnen; dort liegt die Insel der Glückseligkeit, wohin der Tod niemals kommt, wo es so schön zu leben ist! Setze dich morgen auf meinen Rücken, dann will ich dich mitnehmen; ich denke doch, dass es sich machen lassen wird! Aber nun musst du nicht mehr reden, denn ich will schlafen!«

Und dann schliefen sie alle zusammen.

In früher Morgenstunde erwachte der Prinz und war ganz erstaunt, als er sich schon hoch oben über den Wolken befand. Er saß auf dem Rücken des Ostwindes, der ihn gar getreulich festhielt; sie waren so hoch in der Luft, dass Wälder, Felder, Flüsse und Seen aussagen, als lägen sie alle auf einer großen, farbigen Landkarte.

»Guten Morgen!«, sagte der Ostwind. »Du könntest eigentlich schon noch ein wenig schlafen, denn an dem flachen Lande unter uns ist im Grunde nichts zu sehen. Es sei denn, dass du Lust hättest, die Kirchen zu zählen! Die stehen wie weiße Schachfiguren auf dem grünen Brett.« Die Felder und Wiesen nannte er das grüne Brett.

»Es war recht unhöflich, dass ich deiner Mutter und deinen Brüdern nicht Lebewohl gesagt habe«, sagte der Prinz.

»Wenn man schläft, ist man entschuldigt«, sagte der Ostwind, und dann flogen sie noch schneller von dannen; man konnte es an den Wipfeln der Bäume hören, wenn sie darüber hinsausten, raschelten alle Zweige und Blätter; man konnte es an dem Meere hören und an den Seen, denn wo sie flogen, türmten sich die Wellen höher auf, und die großen Schiffe neigten sich tief in das Wasser hinein wie schwimmende Schwäne.

Gegen Abend, als es dunkel wurde, sah es ergötzlich aus mit allen den großen Städten; die Lichter brannten da unten, bald hier, bald da, es war genau so, als wenn man ein Stück Papier verbrannt hat und nun alle die kleinen Feuerfunken sieht, die aussehen wie Kinder, die aus der Schule kommen. Und der Prinz klatschte in die Hände, und der Ostwind bat ihn, es nicht zu tun und sich lieber festzuhalten, denn sonst könnte er leicht herabfallen und an einer Kirchturmspitze hängen bleiben.

Der Adler in den schwarzen Wäldern flog zwar leicht, aber der Ostwind flog noch leichter. Der Kosak auf seinem kleinen Pferd jagte über die Steppen dahin, aber der Prinz jagte weit schneller.

»Jetzt kannst du den Himalaja sehen!«, sagte der Ostwind. »Das ist das höchste Gebirge in Asien; wir werden nun bald nach dem Garten des Paradieses kommen!« Dann wendeten sie sich mehr gen Süden, und bald duftete es nach Gewürzen und Blumen. Feigen und Granatäpfel wuchsen wild, und die wilde Weinrebe trug rote und blaue Trauben. Hier ließen sie sich beide nieder und streckten sich in dem weichen Grase, wo die Blumen dem Winde zunickten, als wollten sie sagen: »Willkommen wieder bei uns!«

»Sind wir nun im Garten des Paradieses?«, fragte der Prinz.

»Nein, bewahre!«, antwortete der Ostwind. »Aber nun werden wir bald hinkommen. Siehst du die Bergwand da und die große Höhle, vor der die Weinranken wie große, grüne Gardinen herabhängen? Da müssen wir hinein! Hülle dich in deinen Mantel, hier brennt die Sonne, aber einen Schritt weiter ist es eisig kalt. Der Vogel, der an der Höhle vorüberstreift, hat den einen Flügel hier draußen in der warmen Sonne und den andern da drinnen im kalten Winter!«

»Das also ist der Weg zum Garten des Paradieses?«, fragte der Prinz.

Nun gingen sie in die Höhle hinein! Huh! Wie eisig kalt es da war, aber es währte doch nicht lange. Der Ostwind breitete seine Flügel aus, und sie leuchteten wie das hellste Feuer. Nein, welch eine Höhle! Die großen Steinblöcke, von denen das Wasser herabtropfte, hingen in den wunderlichsten Gestalten über ihnen. Bald war es da so eng, dass sie auf Händen und Füßen kriechen mussten, bald so hoch und weit wie in der freien Luft. Es sah aus wie Grabkapellen mit stummen Orgelpfeifen und versteinerten Fahnen.

»Wir gehen wohl den Weg des Todes zum Garten des Paradieses!«, sagte der Prinz, aber der Ostwind erwiderte kein Wort, zeigte nur vorwärts, und das schönste blaue Licht strahlte ihnen entgegen. Die Steinblöcke über ihnen wurden mehr und mehr zu einem Nebel, der schließlich so hell ward wie eine weiße Wolke im Mondschein.

Jetzt waren sie in der herrlichsten milden Luft, so frisch wie auf den Bergen und so duftend wie die Rosen des Tales.

Da strömte ein Fluss so klar wie die Luft selbst, und die Fische waren wie Silber und Gold; purpurrote Aale, die bei jeder Bewegung blaue Feuerfunken sprühten, spielten da unten im Wasser, und die breiten Wasserrosenblätter hatten die Farben des Regenbogens, die Blüte selbst war eine rotgelbe, brennende Flamme, der das Wasser Nahrung gab, wie das Öl die Lampe beständig im Brennen erhält; eine feste Brücke aus Marmor, aber so fein und künstlich ausgehauen, als sei sie aus Spitzen und Glasperlen, führte über das Wasser an die Insel der Glückseligkeit, wo der Garten des Paradieses blühte.

Der Astwind nahm den Prinzen auf seine Arme und trug ihn hinüber. Da sangen die Blumen und Blätter die schönsten Lieder aus seiner Kindheit, aber so schwellend lieblich, wie keine menschliche Stimme zu singen vermag.

Waren es Palmenbäume oder riesengroße Wasserpflanzen, die hier wuchsen? So saftige und große Bäume hatte der Prinz noch niemals gesehen. In langen Kränzen hingen hier die wunderbarsten Schlingpflanzen, wie man sie nur am Rande der alten Heiligenbilder oder durch die Anfangsbuchstaben geschlungen, mit Gold und Farben abgebildet findet. Es waren die seltsamsten Zusammensetzungen von Vögeln, Blumen und Schnörkeln. Im Gras dicht daneben stand eine Schar Pfauen und breitete die strahlenden Schweife aus. Ja, es war wirklich so! Aber als der Prinz sie anrührte, merkte er, dass es gar keine Tiere waren, sondern Pflanzen: die großen Kletten strahlten hier wie der schöne Schweif des Pfaues. Der Löwe und der Tiger sprangen wie geschmeidige Katzen zwischen den grünen Hecken herum, die wie die Blüten des Ölbaumes dufteten, und der Löwe und der Tiger waren zahm; die wilde Waldtaube schimmerte wie die schönste Perle und schlug mit ihren Flügeln den Löwen auf die Mähne, und die Antilope, die sonst so scheu ist, stand da und nickte mit dem Kopf, als wenn sie auch mitspielen wollte.

Nun kam die Fee des Paradieses; ihre Kleider strahlten wie die Sonne, und ihr Antlitz war milde wie das einer frohen Mutter, wenn sie so recht glücklich über ihr Kind ist. Sie war jung und schön, und die lieblichsten Mädchen, jedes mit einem Stern im Haar, geleiteten sie.

Der Ostwind gab ihr das beschriebene Blatt vom Vogel Phönix, und ihre Augen strahlten vor Freude; sie nahm den Prinzen bei der Hand und führte ihn in ihr Schloss hinein, wo die Wände die Farben des prächtigsten Tulpenblattes hatten, wenn man es gegen die Sonne hält; die Decke selbst war eine große, leuchtende Blume, und je mehr man in sie hinaufsah, um so tiefer erschien ihr Kelch. Der Prinz trat an das Fenster und sah durch eine der Scheiben; da sah er den Baum der Erkenntnis mit der Schlange, und Adam und Eva standen dicht daneben. »Sind die nicht vertrieben?«, fragte er, und die Fee lächelte und erklärte ihm, dass die Zeit auf eine jede Fensterscheibe ihr Bild gebrannt hätte, aber nicht so, wie man es sonst zu sehen pflegt, nein, es war Leben darin, die Blätter der Bäume bewegten sich, die Menschen kamen und gingen wie in einem Spiegelbilde. Und er sah durch eine andere Fensterscheibe, und da war Jakobs Traum, wo die Leiter gerade in den Himmel hineinging und die Engel mit großen Flügeln auf und nieder schwebten. Ja alles, was in dieser Welt geschehen war, lebte und bewegte sich in den Glasscheiben; so künstliche Gemälde konnte nur die Zeit einbrennen.

Die Fee lächelte und führte ihn in einen großen, hohen Saal, dessen Wände Transparentgemälden glichen, ein Gesicht war immer noch schöner als das andere; es waren Millionen Glücklicher, die lächelten und sangen, sodass es zu einer Melodie zusammenfloss; die allerobersten waren so klein, dass sie kleiner erschienen als die kleinste Rosenknospe, wenn sie wie ein Punkt auf das Papier gezeichnet wird. Und mitten im Saal stand ein großer Baum mit hängenden, üppigen Zweigen; goldene Äpfel, große wie kleine, hingen wie Apfelsinen zwischen den grünen Blättern. Es war der Baum der Erkenntnis, von dessen Frucht Adam und Eva gegessen hatten. Von jedem Blatt tropfte ein schimmernd roter Tautropfen herab; es war, als wenn der Baum blutige Tränen weinte.

»Lass uns jetzt in das Boot steigen!«, sagte die Fee, »da draußen auf dem schwellenden Wasser wollen wir Erfrischungen genießen. Das Boot schaukelt und kommt doch nicht von der Stelle, aber alle Länder der Welt gleiten an unsern Augen vorüber.« Und es war wunderbar zu sehen, wie sich die ganze Küste bewegte: da kamen die hohen, schneebedeckten Alpen mit Wolken und schwarzen Tannen; das Horn erklang so tief wehmütig, und im Tal jodelte der Hirt so schön. Jetzt bogen die Bananenbäume ihre langen, hängenden Zweige über das Boot herab, kohlschwarze Schwäne schwammen auf dem Wasser, und die seltsamsten Tiere und Blumen zeigten sich am Ufer; das war Neu-Holland, der fünfte Weltteil, der mit einer Aussicht aus die blauen Berge vorüber glitt. Man hörte den Gesang der Priester und sah den Tanz der Wilden zu dem Schall von Trommeln und Knochentrompeten. Die Pyramiden Ägyptens, die in die Wolken hineinragten, eingestürzte Säulen und Sphinxe, halb im Sande begraben, segelten vorüber. Die Nordlichter brannten über den Gletschern des Nordens: das war ein Feuerwerk, das niemand nachmachen konnte. Der Prinz war so glücklich, ja, er sah noch hundertmal mehr, als was wir hier erzählen.

»Und ich kann immer hier bleiben?«, fragte er.

»Das hängt von dir selbst ab!«, sagte die Fee. »Wenn du dich nicht wie Adam verlocken lässt, das Verbotene zu tun, dann kannst du immer hier bleiben!«

»Ich werde die Äpfel am Baume der Erkenntnis nicht anrühren!«, sagte der Prinz. »Hier sind ja tausend Früchte, die ebenso schön sind wie die!«

»Prüfe dich selbst, und bist du nicht stark genug, so gehe mit dem Ostwind, der dich hierher brachte; er fliegt jetzt zurück und kehrt erst in hundert Jahren wieder, die Zeit wird dir an diesem Ort vergehen, als seien es hundert Stunden, aber es ist eine lange Zeit für die Versuchung und die Sünde. Jeden Abend, wenn ich von dir gehe, muss ich dir zurufen: ›Komm mit!‹ Ich muss dir mit der Hand winken. Bleibe aber zurück, gehe nicht mit, denn dann wird mit jedem Schritt deine Sehnsucht größer werden: du kommst in den Saal, wo der Baum der Erkenntnis wächst; ich schlafe unter seinen duftenden, hängenden Zweigen, du wirst dich über mich beugen, und ich muss lächeln, drückst du aber einen Kuss auf meinen Mund, so sinkt das Paradies tief in die Erde hinab und ist für dich verloren. Der scharfe Wind der Wüste wird dich umsausen, der kalte Regen aus deinem Haar tropfen. Kummer und Not wird dein Erbteil sein!«

»Ich bleibe hier!«, sagte der Prinz, und der Ostwind küsste ihn auf die Stirn und sagte: »Sei stark, dann werden wir hier nach hundert Jahren wieder vereint! Leb wohl! Leb wohl!« Und der Ostwind breitete seine großen Flügel aus; sie leuchteten wie Wetterleuchten im Herbst oder wie Nordlicht im kalten Winter. »Leb wohl! Leb wohl!«, ertönte es von Blumen und Bäumen, Störche und Pelikane flogen in Reihen wie flatternde Bänder und gaben ihm das Geleit bis an die Grenze des Gartens.

»Nun beginnen unsere Tänze!«, sagte die Fee, »zuletzt, wenn ich mit dir tanze, wirst du, indem die Sonne sinkt, sehen, dass ich dir zuwinke; du wirst hören, dass ich dir zurufe: ›Komm mit!‹, tue es aber nicht! Hundert Jahre lang muss ich es jeden Abend wiederholen; mit jedem Mal, dass diese Zeit um ist, gewinnst du mehr Kraft, schließlich denkst du gar nicht mehr daran. Heute Abend ist es das erste Mal; jetzt habe ich dich gewarnt!«

Und die Fee führte ihn in einen großen Saal von weißen, durchsichtigen Lilien; die goldenen Staubfäden in einer jeden waren eine kleine, goldene Harfe, die mit Saitenlaut und Flötentönen erklang. Die schönsten Mädchen, schwebend und schlank, in wallenden Flor gekleidet, sodass man die herrlichen Glieder sah, schwebten im Tanze und sangen davon, wie schön es sei zu leben, dass sie nie sterben würden und dass der Garten des Paradieses ewig blühen würde.

Und die Sonne ging unter, der ganze Himmel wurde ein Gold, das den Lilien den Schein der herrlichsten Rosen verlieh, und der Prinz trank von dem schäumenden Wein, den ihm die Mädchen reichten, und er fühlte eine Glückseligkeit wie nie zuvor; er sah, wie der Hintergrund des Saales sich auftat, und der Baum der Erkenntnis stand in einem Glanze, der seine Augen blendete; der Gesang, der von dorther erklang, war weich und lieblich wie die Stimme seiner Mutter, und es war, als sänge sie: »Mein Kind! Mein geliebtes Kind!«

Da winkte die Fee und rief so liebevoll: »Komm mit! Komm mit!«, und er stürzte auf sie zu, vergaß sein Versprechen, vergaß es schon am ersten Abend, und sie winkte und lächelte. Der Duft, der würzige Duft ringsumher wurde stärker, die Harfen ertönten weit lieblicher, es war, als wenn die

Millionen lächelnder Köpfe im Saal, wo der Baum wuchs, nickten und sangen: »Alles muss man kennen! Der Mensch ist der Herr der Erde.« Und es waren keine blutigen Tränen mehr, die von den Blättern des Baumes der Erkenntnis fielen, sondern wie rote, funkelnde Steine erschienen sie ihm. »Komm mit! Komm mit!«, klangen die bebenden Töne, und mit jedem Schritt brannten die Wangen des Prinzen heißer, bewegte sich sein Blut schneller. »Ich muss!«, sagte er, »es ist ja keine Sünde, kann es nicht sein! Warum nicht der Schönheit und Freude folgen! Ich will sie schlafen sehen! Es ist ja nichts verloren, wenn ich sie nur nicht küsse, und das tue ich nicht, ich bin stark, ich habe einen festen Willen!«

Und die Fee warf ihren strahlenden Anzug ab, bog die Zweige zurück, und einen Augenblick später war sie darinnen verschwunden.

»Ich habe noch nicht gesündigt«, sagte der Prinz, »und will es auch nicht tun«, und dann bog er die Zweige zur Seite; da schlief sie schön, schön, wie es nur die Fee im Garten des Paradieses sein kann; sie lächelte im Traum, er beugte sich über sie und sah die Tränen zwischen den Wimpern beben.

»Weinst du über mich?«, flüsterte er. »Weine nicht, du schöne Frau! Jetzt erst begreife ich das Glück des Paradieses, es strömt mir durch mein Blut und durch meine Gedanken, die Kraft des Cherubs und das ewige Leben fühle ich in meinem irdischen Körper – mag es ewige Nacht für mich werden, eine Minute wie diese ist Reichtum genug!« Und er küsste ihr die Träne aus dem Auge, sein Mund berührte den ihren.

Da erscholl ein Donnergetöse so tief und schrecklich, wie es noch niemand je zuvor gehört hatte, und alles stürzte zusammen: die schöne Fee, das blühende Paradies versank, es versank so tief, so tief, der Prinz sah es in die schwarze Nacht versinken; wie ein kleiner schimmernder Stern strahlte es in weiter Ferne. Todeskälte zuckte durch seine Glieder, er schloss die Augen und lag lange wie tot da.

Der kalte Regen fiel auf sein Gesicht, der scharfe Wind umblies seinen Kopf, da kehrten seine Gedanken zurück. »Was habe ich getan!«, seufzte er. »Ich habe gesündigt wie Adam! Gesündigt, sodass das Paradies in die Tiefe versunken ist!« Und er öffnete die Augen, den Stern in der Ferne, den Stern, der wie das versunkene Paradies funkelte, den sah er noch – es war der Morgenstern am Himmel.

Er erhob sich und war in dem großen Wald dicht neben der Höhle der Winde, und die Mutter der Winde saß an seiner Seite, sie sah zornig aus und hob den Arm in die Höhe:

»Schon am ersten Abend!«, sagte sie. »Das habe ich mir gleich gedacht! Ja wenn du mein Junge wärst, so müsstest du jetzt in den Sack!«

»Da soll er hinein!«, sagte der Tod. Das war ein starker alter Mann mit einer Sense in der Hand und mit großen, schwarzen Flügeln. »In den Sarg soll er gelegt werden, aber jetzt noch nicht; ich zeichne ihn nur, mag er dann noch eine Weile in der Welt herumwandern, seine Sünde sühnen, gut und besser werden! – Einmal aber komme ich. Wenn er es am allerwenigsten erwartet, stecke ich ihn in den schwarzen Sarg, nehme den auf meinen Kopf und fliege zu den Sternen empor; auch dort blüht der Garten des Paradieses, und ist er gut und fromm, so darf er dort eintreten, sind aber seine Gedanken böse und ist sein Herz voll von Sünde, so versinkt er mit dem Sarge tiefer, als das Paradies gesunken ist, und nur jedes tausendste Jahr hole ich ihn wieder, auf dass er noch tiefer sinkt oder auf dem Stern bleibt, auf dem funkelnden Stern dort oben.«

Das Gänseblümchen

Jetzt höre einmal!

Draußen auf dem Lande dicht am Wege lag ein Landhaus; du hast es sicher selbst einmal gesehen! Davor ist ein kleiner Graben mit Blumen und einem Gitter, das angestrichen ist; dicht dabei am Graben, mitten in dem schönsten, grünen Gras wuchs ein kleines Gänseblümchen; die Sonne beschien es ebenso warm und schön wie die großen, reichen Prachtblumen drinnen im Garten, und daher wuchs es Stunde für Stunde. Eines Morgens stand es ganz entfaltet da mit seinen kleinen, schimmernd weißen Blättern, die wie Strahlen rings um die kleine gelbe Sonne in der Mitte herumsitzen. Es dachte gar nicht daran, dass kein Mensch es dort im Grase sähe und dass es eine arme, verachtete Blume wäre; nein, es war sehr vergnügt, es wendete sich ganz nach der warmen Sonne um, sah in sie hinauf und hörte der Lerche zu, die in der Luft sang.

Das kleine Gänseblümchen war so glücklich, als wenn ein großer Festtag wäre, und dabei war es doch nur ein Montag; alle Kinder waren in der Schule; während sie auf ihren Bänken saßen und etwas lernten, saß das Blümchen auf seinem kleinen, grünen Stängel und lernte auch von der warmen Sonne und allem ringsumher, wie gut Gott ist, und es fand, dass die kleine Lerche alles, was es in der Stille fühlte, so deutlich und schön sang, und es blickte mit einer Art Ehrfurcht zu dem glücklichen Vogel hinauf, der singend fliegen konnte, war aber gar nicht betrübt, weil es selbst das nicht konnte. »Ich sehe und höre ja!«, dachte es, »die Sonne bescheint mich, und der Wind küsst mich! Ach, wie bin ich doch reich beschenkt worden!«

Hinter dem Gitter standen so viele steife, vornehme Blumen; je weniger Duft sie hatten, umso stolzer ragten sie empor. Die Päonien bliesen sich auf, um größer zu sein als eine Rose, aber die Größe macht es wirklich nicht! Die Tulpen hatten die allerschönsten Farben, und das wussten sie sehr wohl und hielten sich kerzengerade, damit man sie noch besser sehen könne. Sie beachteten das junge Gänseblümchen da draußen gar nicht, das aber sah sie um so mehr an und dachte: »Wie reich und schön die sind. Ja, zu denen fliegt sicher der prächtige Vogel herab und besucht sie! Gottlob, dass ich so nahe dabei stehe, da kann ich doch die Pracht zu sehen bekommen!«, und gerade, als es das dachte, »Quiwitt!«, da kam die Lerche geflogen, aber nicht zu den Päonien und Tulpen herab – nein, in das Gras hernieder zu dem armen Gänseblümchen; das erschrak vor lauter Freude so, dass es gar nicht mehr wusste, was es denken sollte.

Der kleine Vogel tanzte um das Gänseblümchen herum und sang: »Nein, wie ist doch das Gras so weich! Und sieh, welch liebliche kleine Blume mit Gold im Herzen und Silber im Kleid!« Der gelbe Punkt in der Gänseblume sah ja auch aus wie Gold, und die kleinen Blätter ringsumher schimmerten weiß.

Wie glücklich das Gänseblümchen war, nein, das kann niemand begreifen! Der Vogel küsste es mit seinem Schnabel, sang ihm vor und flog dann wieder in die blaue Luft hinauf. Es währte sicher eine ganze Viertelstunde, ehe sich das Gänseblümchen erholen konnte. Halb beschämt und doch herzlich erfreut sah es zu den Blumen im Garten hinüber; sie hatten ja die Ehre und das Glück gesehen, die ihm widerfahren waren, sie mussten ja begreifen, welche Freude das war; aber die Tulpen standen noch einmal so steif wie zuvor, und dann waren sie ganz spitz im Gesicht und ganz rot, denn sie hatten sich geärgert. Die Päonien waren ganz dickköpfig, puh! Es war nur gut, dass sie nicht sprechen konnten, sonst hätte das Gänseblümchen eine ordentliche Ermahnung bekommen. Die arme kleine Blume konnte wohl sehen, dass sie nicht in guter Laune waren, und das tat ihr so von Herzen leid. Da kam ein Mädchen mit einem großen, scharfen, blitzenden Messer in den Garten, das ging gerade auf die Tulpen zu und schnitt eine nach der andern ab. »Huh!«, seufzte das Gänseblümchen, »das ist ja schrecklich, nun ist es aus mit ihnen!« Dann ging das Mädchen mit den Tulpen fort; das Gänseblümchen war froh darüber, dass es draußen im Gras stand und eine arme kleine Blume war; es fühlte sich so voller Dank, und als die Sonne unterging, faltete es seine Blätter, schlief ein und träumte die ganze Nacht von der Sonne und dem kleinen Vogel.

Am nächsten Morgen, als die Blume wieder glückselig all die weißen Blätter so wie kleine Arme nach Luft und Licht ausstreckte, hörte sie die Stimme des Vogels, aber es klang so traurig, was er sang. Ja, die arme Lerche hatte auch guten Grund dazu; sie war gefangen worden und saß nun in einem Bauer dicht an dem geöffneten Fenster. Sie sang von dem Glück des freien Umherfliegens, sang von dem jungen, grünen Korn auf dem Felde und von der herrlichen Reise, die sie hoch in der Luft auf ihren Flügeln machen konnte. Der arme Vogel war gar nicht vergnügt, gefangen saß er da im Bauer.

Das kleine Gänseblümchen hätte ihm so gern geholfen, aber wie sollte es das nur anfangen; ja, das war schwer auszudenken. Es vergaß ganz, wie schön alles ringsumher war, wie warm die Sonne schien und wie herrlich weiß seine Blätter aussahen; ach, es konnte nur an den gefangenen Vogel denken, für den es so gar nichts zu tun vermochte.

Da kamen zwei kleine Knaben aus dem Garten heraus; der eine von ihnen hatte ein Messer in der Hand, groß und scharf wie das, mit dem das Mädchen die Tulpen abgeschnitten hatte. Sie gingen gerade auf das kleine Gänseblümchen zu, das gar nicht begreifen konnte, was sie wollten.

»Hier können wir ein herrliches Stück Rasen für die Lerche aufschneiden!«, sagte der eine Knabe und fing an, ein Viereck tief um das Gänseblümchen herauszuschneiden, sodass es mitten in dem Rasenstück stehen blieb.

»Reiß die Blume ab!«, sagte der andere Knabe, und das Gänseblümchen zitterte förmlich vor Angst, denn abgerissen zu werden, hieß ja das Leben verlieren, und jetzt wollte es so gern leben, da es mit dem Rasenstück zu der gefangenen Lerche in den Bauer hinein sollte.

»Nein, lass sie stehen!«, sagte der andere Knabe, »sie putzt so nett!«, und so blieb sie stehen und kam mit in das Bauer zu der Lerche hinein.

Aber der arme Vogel jammerte laut über die verlorene Freiheit und schlug mit den Flügeln gegen den Eisendraht des Bauers; das kleine Gänseblümchen konnte nicht sprechen, konnte kein tröstendes Wort sagen, wie gern es auch wollte. So verging der ganze Vormittag.

»Hier ist kein Wasser!«, sagte die gefangene Lerche, »sie sind alle ausgegangen und haben mir auch nicht einen Tropfen zu trinken gegeben! Meine Kehle ist so trocken, sie brennt! Es ist Feuer und Eis in mir, und die Luft ist so schwer! Ach, ich muss wegsterben von dem warmen Sonnenschein, von dem frischen Grün, von all der Schönheit, die Gott erschaffen hat!«, und dann bohrte sie ihren kleinen Schnabel in das kühle Rasenstück, um sich dadurch ein wenig zu erfrischen; da fielen ihre Augen auf das Gänseblümchen, und sie nickte ihm zu, küsste es mit dem Schnabel und sagte: »Du sollst nicht auch hier drinnen vertrocknen, du arme, kleine Blume! Dich und das kleine Fleckchen grünen Rasens hat man mir für die ganze Welt gegeben, die ich da draußen hatte! Jeder kleine Grashalm soll mir ein grüner Baum sein, jedes deiner weißen Blätter eine duftende Blume! Ach, ihr erzählt mir nur, wie viel ich verloren habe!«

»Wer doch die Lerche trösten könnte!«, dachte das Gänseblümchen, aber es konnte kein Blatt rühren; doch der Duft, der seinen Blättern entströmte, war weit stärker, als man ihn sonst bei dieser Blume findet; das merkte auch der Vogel, und obwohl er vor Durst verschmachtete und in seiner Qual die grünen Grashalme abriss, berührte er die Blume nicht.

Es wurde Abend, und noch kam niemand und brachte dem armen Vogel einen Tropfen Wasser, da streckte er seine schönen Flügel aus und schüttelte sie krampfhaft, sein Gesang war ein wehmütiges Piep, Piep, der kleine Kopf neigte sich zu der Blume nieder, und das Herz des Vogels brach vor Sehnsucht und Entbehrung; da konnte die Blume nicht wie am vorhergehenden Abend die Blätter falten und schlafen, sie hingen krank und trauernd zur Erde herab.

Erst am nächsten Morgen kamen die Knaben, und als sie den Vogel tot sahen, weinten sie viele Tränen und gruben ihm ein niedliches Grab, das mit Blumenblättern geschmückt wurde. Die Leiche des Vogels kam in eine rote Schachtel, in eine schöne Schachtel, königlich sollte er begraben werden, der arme Vogel! Als er lebte und sang, vergaßen sie ihn, ließen ihn im Bauer sitzen und Mangel leiden, jetzt bekam er schönen Schmuck und viele Tränen.

Aber das Rasenstück mit dem Gänseblümchen wurde in den Staub auf die Landstraße hinausgeworfen, niemand dachte an die Blume, die doch am meisten für den kleinen Vogel gefühlt hatte und die ihn so gern hatte trösten wollen!

Das hässliche junge Entlein

Es war so herrlich draußen auf dem Lande. Es war Sommer! Das Korn stand gelb, der Hafer grün, das Heu war unten auf der grünen Wiese in Haufen gesetzt, und da ging der Storch auf seinen langen, roten Beinen herum und plapperte Ägyptisch, denn diese Sprache hatte er von seiner Mutter gelernt. Ringsumher auf Ackern und Wiesen waren große Wälder und mitten in den Wäldern tiefe Seen; ja, es war wirklich wunderschön da draußen auf dem Lande! Mitten im Sonnenschein lag ein altes Rittergut von tiefen Kanälen umgeben, und von der Mauer bis an das Wasser hinunter wuchsen große Klettenblätter, die waren so hoch, dass kleine Kinder aufrecht unter den größten stehen konnten; es war ebenso wild da drinnen wie in dem dichtesten Wald, und hier saß eine Ente auf ihrem Nest; sie sollte ihre Jungen ausbrüten, aber sie hatte es jetzt fast satt, denn es währte so lange, und sie bekam nur selten Besuch; die andern Enten mochten lieber auf den Kanälen herumschwimmen als hinauszulaufen und sich unter ein Klettenblatt zu setzen, um mit ihr zu schwatzen.

Endlich platzte ein Ei nach dem andern. »Piep! Piep!«, sagte es; alle Eidotter waren lebendig geworden und steckten die Köpfe heraus.

»Park! Park!«, sagte sie, und dann rappelten sie sich alle, was sie nur konnten, und sahen sich nach allen Seiten unter den grünen Blättern um, und die Mutter ließ sie sehen, soviel sie wollten, denn das Grüne ist gut für die Augen.

»Wie die Welt doch groß ist!«, sagten all die Jungen, denn sie hatten jetzt freilich viel mehr Platz als früher, wo sie noch in dem Ei staken.

»Glaubt ihr, dass dies die ganze Welt ist?«, sagte die Mutter. »Die erstreckt sich noch weit über die andere Seite des Gartens hinaus bis in den Pfarracker; aber da bin ich niemals gewesen! Ihr seid nun doch wohl alle da?« Und dann stand sie auf: »Nein, ich habe noch nicht alle; das größte Ei liegt noch da; wie lange soll das nur dauern? Jetzt habe ich es bald satt!« Und dann setzte sie sich wieder.

»Nun, wie geht es?«, fragte eine alte Ente, die gekommen war, um Besuch zu machen.

»Es dauert so lange mit dem einen Ei!«, sagte die Ente, die brütete; »es will gar nicht platzen! Aber nun sollst du die andern sehen! Es sind die schönsten jungen Entlein, die ich je gesehen habe! Sie sehen alle zusammen aus wie ihr Vater, der Schurke! Er kommt gar nicht und besucht mich.«

»Lass mich einmal das Ei sehen, das nicht platzen will!«, sagte die Alte. »Du kannst mir glauben, das ist ein Truthennenei! So bin ich auch einmal angeführt worden, und ich hatte meine Not und Mühe mit den Jungen; denn ihnen ist bange vor dem Wasser, will ich dir sagen! Ich konnte sie nicht mit hinausbekommen! Ich rappte und schnappte, aber es half alles nichts! – Lass mich das Ei einmal sehen! Ja, das ist ein Truthennenei! Lass das nur liegen und lehre die andern Kinder schwimmen!«

»Ich will doch noch ein bisschen darauf sitzen«, sagte die Ente. »Habe ich nun so lange darauf gesessen, so kann ich auch noch ein paar Tage länger sitzen!«

»Meinetwegen!«, sagte die alte Ente, und dann ging sie wieder.

Endlich platzte das große Ei. »Piep! Piep!«, sagte das Junge und kroch heraus; es war sehr groß und hässlich. Die Ente sah es an: »Das ist doch ein schrecklich großes Entlein!«, sagte sie. »Keins von den andern sieht so aus! Es wird doch wohl nicht ein Truthühner-Kücklein sein! Nun, dahinter wollen wir bald kommen! Ins Wasser soll es, und wenn ich es selbst hineinstoßen sollte!«

Am nächsten Tag war herrliches, schönes Wetter; die Sonne schien auf alle die großen Kletten herab. Die Entenmutter mit ihrer ganzen Familie kam nach dem Kanal hinunter. Platsch! Sprang sie ins Wasser. »Park! Park!«, sagte sie, und ein Entlein nach dem andern plumpste ihr nach; das Wasser schlug ihnen über dem Kopfe zusammen, aber sie kamen gleich wieder in die Höhe und schwammen ganz prächtig; die Beine gingen von selbst, und alle waren sie drinnen, selbst das hässliche graue Junge schwamm mit.

»Nein, eine Truthenne ist das nicht«, sagte sie; »sieh nur, wie schön es die Beine gebraucht, wie gerade es sich hält! Es ist mein eigenes Kind! Im Grunde ist es doch ganz schön, wenn man es genau betrachtet! Park! Park! Kommt jetzt mit mir, dann will ich euch in die Welt einführen und euch im Entenhofe vorstellen, haltet euch aber immer in meiner Nähe, damit niemand euch tritt, und nehmt euch vor der Katze in acht!«

Und dann kamen sie in den Entenhof hinein. Es war ein schrecklicher Lärm da drinnen, denn dort waren zwei Familien, die sich um einen Aalkopf zankten, und schließlich bekam ihn doch die Katze.

»Seht, so geht es in der Welt zu!«, sagte die Entenmutter und leckte sich den Schnabel, denn sie wollte den Aalkopf auch haben. »Braucht nun die Beine!«, sagte sie. »Rappelt euch und verneigt euch vor der alten Ente dahinten; sie ist die vornehmste von ihnen allen hier! Sie ist aus spanischem

Geblüt, daher ist sie so dick, und wie ihr seht, hat sie einen roten Lappen um das Bein! Das ist etwas ganz außerordentlich Schönes und die größte Auszeichnung, die einer Ente zuteil werden kann, das bedeutet so viel, dass man sie nicht übersehen will und dass sie von Tieren und Menschen gekannt werden soll! – Rappelt euch! – Die Füße nicht einwärts setzen! Ein wohlerzogenes Entlein setzt die Füße weit auseinander, so wie Vater und Mutter! So, beugt nun euren Hals und sagt: Park!«

Und das taten sie auch, aber die andern Enten ringsumher sahen sie an und sagten ganz laut: »Ach herrje! Sollen wir die Gesellschaft auch noch haben, als ob wir nicht so schon genug wären; und pfui, wie das eine Entlein aussieht! Das wollen wir hier nicht dulden!« – Und sogleich flog eine Ente hin und biss es in den Nacken.

»Lasst es in Ruhe!«, sagte die Mutter. »Es tut ja niemand etwas!«

»Ja, aber es ist so groß und so sonderbar!«, sagte die Ente, die gebissen hatte. »Und darum muss es gepufft werden!«

»Die Mutter hat schöne Kinder!«, sagte die alte Ente mit dem Lappen um das Bein. »Alle sind sie schön bis auf das eine, das ist nicht geraten! Ich wollte, sie könnte es noch einmal machen!«

»Das geht nicht, Euer Gnaden!«, sagte die Entenmutter. »Es ist nicht schön, aber es hat ein herzensgutes Gemüt und schwimmt so vorzüglich, wie nur eins von den andern, ja ich möchte sagen, noch ein wenig besser! Ich denke, es wird sich hübsch herauswachsen oder mit der Zeit ein wenig kleiner werden! Es hat zu lange im Ei gelegen und daher nicht die rechte Gestalt bekommen!« Und dann zupfte sie es im Nacken und glättete sein Gefieder. »Es ist überdies ein Enterich«, sagte sie, »und daher macht es nicht so viel aus! Ich glaube, er wird gute Kräfte bekommen, er schlägt sich schon durch!«

»Die andern Entlein sind niedlich!«, sagte die Alte. »Tut nun, als wenn ihr zu Hause wäret, und wenn ihr einen Aalkopf findet, so könnt ihr ihn mir bringen!«

Und dann waren sie wie zu Hause.

Aber das arme Entlein, das zuletzt aus dem Ei gekrochen war und so hässlich aussah, wurde gebissen, gepufft und gefoppt und zwar von den Enten wie von den Hühnern. »Es ist zu groß!«, sagten sie alle, und der Truthahn, der mit Sporen geboren war und daher glaubte, dass er Kaiser sei, blies sich auf wie ein Fahrzeug mit vollen Segeln, ging gerade auf das Entlein los und kollerte dann und bekam einen ganz roten Kopf. Das arme Entlein wusste gar nicht, wo es stehen und gehen sollte; es war so traurig, weil es so hässlich aussah und zum Spott für den ganzen Entenhof wurde.

So ging es den ersten Tag, und später wurde es schlimmer und schlimmer. Das arme Entlein wurde von allen gehetzt, selbst die Geschwister waren so hässlich gegen den kleinen Bruder und sagten immer: »Wenn dich die Katze doch nur holen wollte, du gräuliches Tier!« Und die Mutter sagte: »Wenn du doch nur weit weg wärst!« Und die Enten bissen und die Hühner pickten nach ihm, und das Mädchen, das dem Geflügel Futter bringen sollte, stieß es mit den Füßen.

Da lief und flog das Entlein über den Zaun; die kleinen Vögel in den Büschen fuhren erschrocken in die Höhe: »Das ist nur, weil ich so hässlich bin!«, dachte es und schloss die Augen, lief aber trotzdem weiter; und dann kam es in das große Moor hinaus, wo die Wildenten wohnten. Hier saß es die ganze Nacht, es war so müde und betrübt.

Am Morgen flogen die Wildenten auf, und da sahen sie den neuen Kameraden an. »Was bist du für einer?«, fragten sie, und das Entlein drehte sich nach allen Seiten und grüßte, so gut es konnte.

»Du bist grundhässlich!«, sagten die Wildenten. »Aber das kann uns ja einerlei sein, wenn du nicht in unsere Familie hineinheiratest!« – Das arme Entlein! Es dachte wirklich nicht daran, sich zu verheiraten, wenn es nur Erlaubnis bekam, im Röhricht zu liegen und ein wenig Moorwasser zu trinken.

Da lag es zwei ganze Tage, dann kamen zwei wilde Gänse oder vielmehr Gänseriche dahin, denn es waren zwei Männchen; es war noch nicht lange her, seit sie aus dem Ei gekrochen waren, und deshalb gingen sie auch so frisch drauf los.

»Hör einmal, Kamerad!«, sagten sie, »du bist so hässlich, dass ich dich wohl leiden mag! Willst du mitkommen und Zugvogel werden? Ganz hier in der Nähe in einem andern Moor sind ein paar süße, reizende wilde Gänse, alles junge Damen, die ›park‹ sagen können, da kannst du am Ende dein Glück machen, so hässlich du bist!«

»Piff! Paff!«, ertönte es auf einmal über ihnen, und die beiden wilden Gänse lagen tot im Röhricht, und das Wasser wurde blutrot. »Piff! Paff!«, ertönte es abermals, und ganze Scharen von wilden Gänsen flogen aus dem Röhricht auf, und dann knallte es nochmals. Es war große Jagd; die Jäger lagen rings um das Moor herum, ja einige saßen oben in den Zweigen der Bäume, die sich weit über das Moor hinstreckten; der blaue Rauch zog wie Wolken zwischen die dunklen Bäume hinein und hing weit über dem Wasser, durch den Morast kamen die Jagdhunde: platsch! Platsch! Schilf und Röhricht neigte sich nach allen Seiten; es war eine Angst für das arme Entlein, es drehte den Kopf herum, um ihn unter den Flügeln zu bergen, und im selben Augenblick stand ein großer Hund dicht neben ihm, die Zunge hing ihm lang aus dem Halse, und die Augen funkelten ganz grässlich; er sperrte das Maul nach dem Entlein auf, zeigte die scharfen Zähne – und platsch! Ging er wieder davon, ohne es zu packen.

»Ach, Gott sei Dank!«, seufzte das Entlein, »ich bin so hässlich, dass selbst die Hunde mich nicht beißen mögen!«

Und dann lag es ganz still da, während die Hagelkörner durch das Röhricht sausten und Schuss auf Schuss knallte.

Erst spät am Tage wurde es still, aber das arme Junge wagte noch nicht, sich aufzurichten, es wartete noch mehrere Stunden, ehe es sich umsah, und dann eilte es aus dem Moor heraus, so schnell es nur konnte; es lief über Feld und Wiesen, es wehte ein so heftiger Sturm, dass es kaum von der Stelle kommen konnte.

Gegen Abend erreichte es eine armselige kleine Bauernhütte; die war so baufällig, dass sie selbst nicht wusste, nach welcher Seite sie fallen sollte, und deswegen blieb sie stehen. Der Sturm umbrauste das Entlein so, dass es sich auf den Schwanz setzen musste, um Widerstand leisten zu können; und es wurde immer schlimmer; da sah es, dass die Tür aus der einen Angel ausgehakt war und so schief hing, dass es durch die Spalte in die Stube hineinschlüpfen konnte, und das tat es.

Hier wohnte eine alte Frau mit ihrem Kater und ihrer Henne; der Kater, den sie ›Söhnchen‹ nannte, konnte einen Buckel machen und spinnen, er stob auch Funken, aber dann musste man ihn gegen die Haare streicheln. Die Henne hatte ganz kurze Beine, und daher wurde sie Kückleinkurzbein genannt; sie legte brav Eier, und die Frau liebte sie wie ihr eigenes Kind.

Am Morgen bemerkte man sogleich das fremde Entlein, und der Kater begann zu spinnen und die Henne zu glucksen.

»Was ist denn das?«, sagte die Frau und sah sich um, aber sie sah nicht gut, und da glaubte sie denn, dass das Entlein eine fette Ente sei, die sich verirrt hätte. »Das ist ja ein guter Fang!«, sagte sie. »Nun kann ich Enteneier bekommen, wenn es nur nicht ein Enterich ist! Das müssen wir ausprobieren!«

Und dann wurde das Entlein drei Wochen auf Probe angenommen, aber es kamen keine Eier. Und der Kater war Herr im Hause, und die

Henne war die Hausfrau, und fortwährend sagten sie: »Wir und die Welt!« Denn sie glaubten, dass sie die Hälfte seien, und zwar der allerbeste Teil. Das Entlein meinte, dass man auch eine andere Ansicht haben könnte, aber das litt die Henne nicht.

»Kannst du Eier legen?«, fragte sie.

»Nein!«

»Ja dann halte gefälligst deinen Mund!«

Und der Kater sagte: »Kannst du einen krummen Buckel machen, spinnen und Funken sprühen?«

»Nein!«

»Ja dann musst du deine Meinung für dich behalten, wenn vernünftige Leute reden!«

Und das Entlein saß in der Ecke und war schlechter Laune. Da musste es an die frische Luft und den Sonnenschein denken, es bekam eine so wunderliche Lust, auf dem Wasser zu schwimmen; schließlich konnte es sich nicht länger bezwingen und musste es der Henne sagen.

»Was fällt dir ein?«, sagte die. »Du hast nichts zu tun, darum fängst du Grillen! Leg Eier oder spinne, dann geht es vorüber!«

»Aber es ist ja so herrlich, auf dem Wasser zu schwimmen«, sagte das Entlein, »so herrlich, wenn es einem über dem Kopf zusammenschlägt, und dann auf den Grund hinabzutauchen!«

»Ja, das ist gewiss ein großes Vergnügen!«, sagte die Henne. »Du bist wohl verrückt geworden? Frage den Kater, er ist das klügste Geschöpf, das ich kenne, ob er auf dem Wasser schwimmen oder untertauchen mag! Von mir will ich gar nicht reden. – Frage unsere Herrschaft selbst, die alte Frau, klüger als die ist niemand in der Welt! Glaubst du, dass sie Lust hat, zu schwimmen und sich das Wasser über dem Kopfe zusammenschlagen zu lassen?«

»Ihr versteht mich nicht!«, sagte das Entlein.

»Ja wenn wir dich nicht verstehen, wer soll dich dann wohl verstehen? Du willst doch wohl nicht klüger sein als der Kater und die Frau, von mir gar nicht zu reden! Stell dich nicht so an, Kind, und danke du deinem Schöpfer für alles Gute, was man für dich getan hat! Bist du nicht in eine warme Stube gekommen, und hast du nicht einen Verkehr, von dem du etwas lernen kannst? Aber du bist ein Querkopf, und es ist kein Pläsier, mit dir zu verkehren! Mir kannst du glauben, ich meine es gut mit dir, ich sage dir Unannehmlichkeiten, und daran soll man seine wahren Freunde erkennen! Sieh jetzt nur zu, dass du Eier legst und spinnen und Funken sprühen lernst!«

»Ich glaube, ich möchte in die weite Welt hinausgehen!«, sagte das Entlein.

»Ja, tu du das!«, sagte die Henne.

Und dann ging das Entlein; es schwamm auf dem Wasser und tauchte unter, aber von allen Tieren wurde es wegen seiner Hässlichkeit übersehen.

Nun brach der Herbst an, die Blätter im Wald wurden gelb und braun, der Wind erfasste sie, sodass sie umhertanzten, und oben in der Luft sah es so kalt aus; die Wolken hingen schwer herab voll Hagel und Schneeflocken, und auf dem Zaun saß der Rabe und schrie »Au! Au!« vor lauter Kälte, ja man konnte förmlich frieren, wenn man nur daran dachte; das arme Entlein hatte es wirklich nicht gut.

Eines Abends, die Sonne ging so herrlich unter, kam ein ganzer Schwarm wunderschöner, großer Vögel aus dem Gebüsch heraus, das Entlein hatte nie so schöne gesehen; sie waren ganz blendendweiß mit langen, geschmeidigen Hälsen; es waren Schwäne. Sie gaben einen ganz sonderbaren Laut von sich, breiteten ihre prächtigen, langen Flügel aus und flogen fort aus den kalten Gegenden nach wärmern Ländern, nach offenen Seen; sie stiegen so hoch, so hoch, dass dem hässlichen kleinen Entlein gar sonderbar zumute ward; es drehte sich im Wasser herum wie ein Rad, streckte den Hals nach ihnen aus hoch in die Luft empor und stieß einen so lauten und wunderlichen Schrei aus, dass ihm selbst ganz bange dabei wurde. Ach, es konnte die schönen Vögel, die glücklichen Vögel gar nicht vergessen, und als es sie nicht mehr sehen konnte, tauchte es ganz auf den Grund hinab, und als es wieder heraufkam, war es förmlich außer sich. Es wusste nicht, wie die Vögel hießen, nicht, wohin sie flogen, und doch liebte es sie, wie es niemals jemand geliebt hatte; es beneidete sie durchaus nicht, wie konnte es ihm auch wohl einfallen, sich eine solche Schönheit zu wünschen, es wäre schon froh gewesen, wenn die Enten es nur unter sich geduldet hätten – das arme, hässliche Tier!

Und der Winter wurde so kalt, so kalt! Das Entlein musste im Wasser herumschwimmen, um zu verhindern, dass es ganz zufror; aber jede Nacht wurde das Loch, in dem es schwamm, enger und enger; es fror, sodass die Eisdecke knackte; das Entlein musste fortwährend die Beine gebrauchen, damit das Wasser sich nicht schloss; zuletzt wurde es matt, lag ganz still und fror dann im Eise fest.

Früh am Morgen kam ein Bauer, er sah es, ging hinaus, schlug mit seinem Holzschuh das Eis ein und trug das Entlein dann nach Hause zu seiner Frau. Da wurde es wieder ins Leben zurückgerufen.

Die Kinder wollten mit ihm spielen, aber das Entlein glaubte, dass sie ihm etwas zuleide tun wollten, und fuhr vor Angst gerade in die Milchschüssel hinein, sodass die Milch in die Stube platschte; die Frau schrie und schlug die Hände zusammen, und da flog es in den Backtrog, in dem die Butter lag, und dann in die Mehltonne hinein und wieder heraus; nein, wie es aussah! Die Frau schrie und schlug mit der Feuerzange nach ihm, und die Kinder rannten einander über den Haufen, um das Entlein zu fangen, und sie lachten und sie schrien; – ein Glück war es, dass die Tür offen stand und es zwischen das Gebüsch in den frisch gefallenen Schnee hinausflattern konnte; – da lag es fast besinnungslos.

Aber es würde zu betrüblich sein, all das Elend und die Not zu erzählen, die das Entlein in dem harten Winter erdulden musste – – es lag im Moor zwischen dem Röhricht, als die Sonne wieder warm zu scheinen begann; die Lerchen sangen, es war herrlicher Frühling.

Da erhob es auf einmal seine Schwingen, sie brausten stärker als zuvor und trugen es kräftig von dannen; und ehe es sich's versah, war es in einem großen Garten, wo die Apfelbäume in Blüte standen, wo die Syringen dufteten und an den langen, grünen Zweigen bis zu den gewundenen Kanälen hinunterhingen. Ach, hier war es so schön, so lenzfrisch! Und gerade vor ihm aus dem Dickicht heraus kamen drei herrliche, weiße Schwäne; ihre Federn brausten, und sie schwammen so leicht auf dem Wasser. Das Entlein kannte die prachtvollen Tiere, und eine wunderliche Traurigkeit befiel es.

»Ich will zu ihnen hinfliegen, zu den königlichen Vögeln! Und sie werden mich totschlagen, weil ich, der ich so hässlich bin, mich ihnen zu nahen wage; aber das ist einerlei! Besser, von ihnen getötet zu werden, als sich von den Enten zwicken, von den Hühnern picken, von dem Mädchen, das den Hühnerhof besorgt, mit Füßen treten zu lassen!« Und es flog in das Wasser hinaus und schwamm auf die prächtigen Schwäne zu; die sahen es und segelten ihm mit brausenden Flügeln entgegen. »Tötet mich nur!«, sagte das arme Tier und neigte den Kopf zur Wasserfläche hinab und erwartete den Tod – aber was sah es in dem klaren Wasser? Es sah sein eigenes Bild unter sich, aber es war kein plumper, schwarzer, hässlicher, garstiger Vogel mehr, es war selbst ein Schwan.

Es schadet nichts, in einem Entenhofe geboren zu sein, wenn man nur in einem Schwanenei gelegen hat!

Es fühlte sich ordentlich froh über all die Not und die Widerwärtigkeiten, die es erduldet hatte; jetzt wusste es erst recht sein Glück und all die

Schönheit zu schätzen, die es begrüßte. – Und die großen Schwäne umschwammen es und streichelten es mit dem Schnabel.

In den Garten kamen ein paar kleine Kinder, die warfen Brot und Korn in das Wasser, und das kleinste rief: »Da ist ein neuer!« Und die andern Kinder jubelten mit: »Ja, da ist ein neuer gekommen!« Und sie klatschten in die Hände und tanzten umher und liefen zu Vater und Mutter, und es wurde Brot und Kuchen in das Wasser geworfen, und alle sagten sie: »Der neue ist der schönste! So jung und so prächtig!« Und die alten Schwäne verneigten sich vor ihm.

Da fühlte er sich ganz beschämt, steckte den Kopf unter die Flügel und wusste selbst nicht, wie ihm war; er war zu glücklich, aber gar nicht stolz, denn ein gutes Herz wird niemals stolz; er dachte daran, wie er verfolgt und verhöhnt worden war, und hörte nun alle sagen, dass er der schönste von allen den schönen Vögeln sei. Und die Syringen bogen sich mit ihren Zweigen bis an das Wasser zu ihm hinab, und die Sonne schien so warm und so gut; da brausten seine Federn, der schlanke Hals hob sich und aus vollem Herzen jubelte er: »Von so viel Glück habe ich mir nicht träumen lassen, als ich das hässliche Entlein war!«

Die Störche

Auf dem letzten Hause in einem kleinen Dorf stand ein Storchennest. Die Storchenmutter saß im Nest bei ihren vier kleinen Jungen, die den Kopf mit dem kleinen schwarzen Schnabel, denn der war noch nicht rot geworden, heraussteckten. Ein kleines Stück davon entfernt, auf dem Dachrücken, stand der Storchenvater so stramm und steif, er hatte das eine Bein unter sich gezogen, um doch auch etwas Mühe zu haben, während er Schildwache stand. Man hätte glauben sollen, er sei aus Holz geschnitzt, so still stand er. »Es sieht gewiss sehr vornehm aus, dass meine Frau eine Schildwache bei dem Nest hat!«, dachte er. »Sie können ja nicht wissen, dass ich ihr Mann bin, sie glauben sicher, ich bin dazu kommandiert, hier auf einem Bein zu stehen.«

Unten auf der Straße spielte eine Schar Kinder, und als sie die Störche sahen, sang erst einer der mutigsten Knaben, und dann sangen sie alle zusammen, den alten Vers von den Störchen, aber sie sangen ihn so, wie sie ihn im Gedächtnis behalten hatten:

»Storch, Storch Langbein,
Flieg zu deinem Neste heim!
Hilf der Storchenmutter,
Bring den vier Jungen Futter.

Das eine wird gehängt,
Das andre wird versengt,
Das dritte wird erstickt,
Das vierte wird verschickt!«

»Hör doch nur, was die Knaben singen!«, sagten die kleinen Storchenkinder, »sie singen, dass wir gehängt und versengt werden sollen!«

»Daran müsst ihr euch nicht kehren!«, sagte die Storchenmutter; »hört nur nicht danach bin, dann macht es nichts!«

Aber die Knaben fuhren fort zu singen, und sie zeigten mit den Fingern nach den Störchen; nur ein Junge, er hieß Peter, sagte, es wäre unrecht, sich über die Tiere lustig zu machen, und wollte nicht mitsingen. Die Storchenmutter tröstete ihre Jungen auch: »Kehrt euch nicht daran«, sagte sie, »seht nur, wie ruhig euer Vater dasteht, und obendrein auf einem Bein!«

»Uns ist so bange!«, sagten die Jungen und zogen die Köpfe tief in das Nest zurück.

Am nächsten Tage, als die Kinder wieder zusammenkamen, um zu spielen, und sie die Störche sahen, begannen sie abermals ihr Lied:

»Das eine wird gehängt,
Das andre wird versengt! –«

»Sollen wir wohl gehängt und versengt werden?«, fragten die Storchenkinder.

»Nein, bewahre!«, sagte die Mutter. »Ihr sollt fliegen lernen, ich will euch schon exerzieren! Dann fliegen wir auf die Wiese hinaus und statten den Fröschen einen Besuch ab, die machen einen Knicks vor uns im Wasser und singen: ›Koax, koax‹ und dann essen wir sie auf, das wird ein Vergnügen werden!«

»Und was dann?«, fragten die jungen Störche.

»Dann versammeln sich alle Störche, die hier im Lande sind, und dann nehmen die Herbstmanöver ihren Anfang; da muss man gut fliegen, das ist von größter Wichtigkeit, denn wer nicht fliegen kann, den sticht der General mit seinem Schnabel tot; darum gebt gut acht, dass ihr etwas lernt, wenn das Exerzieren anfängt.«

»Dann werden wir ja doch totgemacht, wie die Knaben sagten, und hör nur, da sagen sie es schon wieder!«

»Hört, was ich sage, und nicht, was sie sagen«, entgegnete die Storchenmutter. »Nach den großen Manövern fliegen wir nach den warmen Ländern, o, so weit weg von hier, über Berge und Wälder. Nach Ägypten fliegen wir, wo dreieckige Steinhäuser sind, die in einer Spitze bis über die Wolken ragen, die heißen Pyramiden und sind älter, als irgendein Storch es sich denken kann. Da ist ein Fluss, der fließt über, sodass das Land zu Schlamm wird. Man spaziert im Schlamm umher und isst Frösche.«

»O!«, sagten alle Jungen.

»Ja, es ist herrlich da! Man tut den ganzen Tag nichts weiter als essen, und während wir es dort so gut haben, ist hier in diesem Lande auch nicht ein grünes Blatt an den Bäumen; es ist so kalt hier, dass die Wolken in Stücke zerfrieren und in kleinen, weißen Fetzen herunterfallen!« Damit meinte sie den Schnee, aber sie konnte es ja nicht deutlicher erklären.

»Frieren dann auch die unartigen Knaben in Stücke?«, fragten die jungen Störche.

»Nein, in Stücke frieren sie nicht! Aber sie sind nahe daran und müssen in der dunklen Stube sitzen und im Hause hocken. Ihr dahingegen könnt in dem fremden Lande herumfliegen, wo es Blumen und warmen Sonnenschein gibt!«

Es war nun schon einige Zeit verstrichen, und die Jungen waren so groß, dass sie aufrecht im Nest stehen und sich umsehen konnten, und der Storchenvater kam jeden Tag mit schönen Fröschen, Nattern und all den Storchleckereien, die er nur finden konnte, geflogen; es sah gar lustig aus, wenn er ihnen seine Kunststücke vormachte. Den Kopf legte er ganz nach hinten hinüber bis auf den Schwanz, mit dem Schnabel klapperte er, als wäre es eine kleine Klapper, und dann erzählte er ihnen Geschichten, allesamt aus dem Sumpf.

»So, jetzt müsst ihr aber fliegen lernen!«, sagte eines Tages die Storchenmutter, und dann mussten alle die vier Jungen auf den Dachrücken hinaus; o, wie sie schwankten, wie sie mit den Flügeln balancierten, und doch waren sie nahe daran, herunterzufallen.

»Seht mich einmal an!«, sagte die Mutter. »So müsst ihr den Kopf halten, so müsst ihr die Beine setzen! Eins, zwei! Eins, zwei! Das soll euch in der Welt vorwärts helfen!« Und dann flog sie ein kleines Stück, und die Jungen, die machten einen kleinen, unbeholfenen Sprung, plumps! Da lagen sie, denn sie waren schwerfälligen Leibes.

»Ich will nicht fliegen!«, sagte das eine Junge und kroch wieder in sein Nest. »Ich mache mir nichts daraus, nach den warmen Ländern zu kommen!«

»Willst du denn hier totfrieren, wenn es Winter wird? Sollen die Knaben kommen und dich hängen und sengen und ersticken? Jetzt will ich sie gleich rufen!«

»Ach nein!«, sagte der junge Storch und hüpfte wieder auf das Dach heraus, so wie die andern; am dritten Tage konnten sie ein bisschen schon ordentlich fliegen, und da glaubten sie, dass sie auch auf der Luft sitzen und ruhen könnten; das wollten sie tun, aber plumps! Da purzelten sie, und dann mussten sie schnell die Flügel wieder rühren. Nun kamen die Knaben unten auf der Straße und sangen ihr Lied:

»Storch, Storch Langbein!«

»Wollen wir hinunterfliegen und ihnen die Augen aushacken?«, fragten die Jungen.

»Nein, das lasst ihr hübsch bleiben!«, sagte die Mutter. »Hört mir nur zu, das ist viel richtiger! Eins, zwei, drei! Jetzt fliegen wir rechts herum! Eins, zwei, drei! Jetzt links um den Schornstein! – So, das war sehr gut! Der letzte Schlag mit den Flügeln war so niedlich und richtig, dass ihr zur Belohnung morgen mit mir in den Sumpf fliegen dürft! Dahin kommen mehrere nette Storchfamilien mit ihren Kindern; zeigt ihr nun, dass meine die niedlichsten sind; und dann haltet euch hübsch aufrecht, das sieht gut aus und schafft Ansehen!«

»Aber sollen wir denn nicht an den unartigen Buben Rache nehmen?«, fragten die jungen Störche.

»Lasst sie sagen, was sie wollen! Ihr fliegt doch zu den Wolken empor, kommt in das Land der Pyramiden, wenn sie frieren müssen und kein grünes Blatt und keinen süßen Apfel haben!«

»Ja, rächen wollen wir uns!«, flüsterten sie einander zu, und dann wurde wieder exerziert.

Von all den Knaben auf der Straße war keiner ärger darauf erpicht,

Spottlieder zu singen, als gerade der, der damit angefangen hatte, und es war noch dazu ein ganz kleiner Junge, er war sicher nicht älter als sechs Jahre; die jungen Störche glaubten freilich, dass er hundert Jahre alt sei, denn er war ja so viel größer als ihre Mutter und ihr Vater, und was wussten sie davon, wie alt Kinder und große Menschen sein konnten. Ihre ganze Rache wollten sie an dem Jungen auslassen, er hatte ja zuerst angefangen, und er hörte gar nicht wieder auf. Die jungen Störche waren ganz empört, und je größer sie wurden, um so weniger wollten sie es dulden; die Mutter musste ihnen schließlich versprechen, dass sie ihre Rache haben sollten, aber erst am letzten Tage, den sie hier im Lande waren, wollten sie sie zur Ausführung bringen.

»Wir müssen ja erst sehen, wie ihr euch bei den großen Manövern anstellt! Wenn ihr schlecht abschließt, sodass euch der General den Schnabel durch die Brust jagt, so haben die Knaben ja doch Recht, wenigstens auf eine Weise! Jetzt wollen wir einmal sehen!«

»Ja, das sollst du sehen!«, sagten die jungen Störche, und dann gaben sie sich erst recht viel Mühe! Sie übten sich jeden Tag und flogen so niedlich und so leicht, dass es eine wahre Lust war.

Nun kam der Herbst; alle Störche fingen an, sich zu versammeln, um nach den warmen Ländern zu fliegen, während wir Winter haben. Das war ein Manöver! Über Wälder und Städte mussten sie, nur um zu zeigen, wie gut sie fliegen konnten, es war ja eine große Reise, die ihnen bevorstand. Die jungen Störche machten ihre Sache so brav, dass sie »Ausgezeichnet mit Frosch und Schlange« bekamen. Das war das allerbeste Zeugnis, und den Frosch und die Schlange konnten sie essen, und das taten sie auch.

»Jetzt wollen wir uns rächen!«, sagten sie.

»Jawohl!«, sagte die Storchenmutter. »Was ich mir ausgedacht habe, ist gerade das richtige. Ich weiß, wo der Teich ist, in dem alle die kleinen Menschenkinder liegen, bis der Storch kommt und sie den Eltern bringt. Die niedlichen kleinen Kinder schlafen und träumen so wunderschön, wie sie später nie wieder träumen werden. Alle Eltern wollen gern so ein niedliches kleines Kind haben, und alle Kinder wollen einen Bruder oder eine Schwester haben. Jetzt wollen wir nach dem Teich hinfliegen und eins für jedes der Kinder holen, die das hässliche Lied nicht gesungen und sich nicht über die Störche lustig gemacht haben, aber die Kinder sollen keins haben!«

»Aber der, der zu singen angefangen hat, der schlimme, hässliche Knabe«, schrien die jungen Störche, »was machen wir mit dem?«

»Da liegt im Teich ein kleines, totes Kind, das hat sich tot geträumt, das wollen wir für ihn mitnehmen, dann muss er weinen, weil wir ihm einen kleinen toten Bruder gebracht haben; aber der gute Junge, den habt ihr doch nicht vergessen, der, der sagte: ›Es ist unrecht, sich über die Tiere lustig zu machen!‹ – dem wollen wir einen Bruder und eine Schwester bringen, und weil der Knabe Peter heißt, sollt ihr auch alle zusammen Peter heißen!«

Und es geschah so, wie sie es gesagt hatte, und dann hießen alle Störche Peter, und so werden sie noch heute genannt.

Der Engel

Jedes Mal, wenn ein gutes Kind stirbt, kommt ein Engel Gottes auf die Erde hernieder, nimmt das tote Kind in seine Arme, breitet die großen weißen Flügel aus und fliegt über all die Stätten hin, die das Kind lieb gehabt hat und pflückt eine ganze Handvoll Blumen, die er zum lieben Gott hinaufbringt, damit sie dort noch schöner als auf der Erde blühen. Der liebe Gott drückt alle Blumen an sein Herz, aber der Blume, die ihm die liebste ist, der gibt er einen Kuss, und dann bekommt sie eine Stimme und kann in der großen Glückseligkeit mitsingen.«

Sieh, dies alles erzählte ein Engel Gottes, indem er ein totes Kind zum Himmel fort trug, und das Kind hörte es wie im Traum, und sie flogen über die Stätten in der Heimat dahin, wo das Kind gespielt hatte, und sie kamen durch Gärten mit schönen Blumen.

»Welche wollen wir nun mitnehmen und in den Himmel pflanzen?«, fragte der Engel.

Und da stand ein schlanker, wunderschöner Rosenstock, aber eine böse Hand hatte den Stamm geknickt, sodass alle Zweige voll großer, halb aufgebrochener Knospen welk herabhingen.

»Der arme Baum!«, sagte das Kind. »Nimm den, damit er oben bei Gott zum Blühen kommen kann!«

Und der Engel nahm ihn und küsste das Kind dafür, und der Kleine öffnete seine Augen halb. Sie pflückten von den reichen Prachtblumen, nahmen aber auch die verachtete Goldblume und das wilde Stiefmütterchen mit.

»Nun haben wir Blumen!«, sagte das Kind, und der Engel nickte, aber sie flogen noch nicht zu Gott empor. Es war Nacht, es war ganz still, sie blieben in der großen Stadt, sie schwebten durch eine der engsten Gassen, wo ganze Haufen Stroh, Asche und Kehricht lagen; es war Umzugstag gewesen; es lagen Scherben von Tellern, Gipsfüße, Lumpen und alte Hüte da, das sah gar nicht schön aus.

Und der Engel zeigte in all diesem Durcheinander auch ein paar Scherben von einem Blumentopf und einen Klumpen Erde, der daraus herausgefallen war und von den Wurzeln einer großen verwelkten Herbstblume zusammengehalten wurde, die gar nichts mehr taugte und darum auf die Straße geworfen worden war.

»Die nehmen wir mit!«, sagte der Engel, »ich will dir von der Blume erzählen, während wir fliegen.«

Und dann flogen sie, und der Engel erzählte:

»Da unten in der engen Gasse in dem niedrigen Keller wohnte ein armer kranker Knabe; von ganz klein auf war er immer bettlägerig gewesen; wenn er am allergesündesten war, konnte er auf Krücken ein paar Mal in der kleinen Stube auf und nieder gehen, das war alles. An einigen Tagen im Sommer drangen die Sonnenstrahlen eine halbe Stunde lang bis auf den Flur des Kellers, und wenn der kleine Knabe dann dasaß und sich von der warmen Sonne bescheinen ließ und das rote Blut durch seine feinen Finger sah, die er vor das Gesicht hielt, dann hieß es: ›Ja, heute ist er draußen gewesen!‹ – Er kannte den Wald und sein schönes Frühlingsgrün nur dadurch, dass der Sohn des Nachbars ihm den ersten Buchenzweig brachte, und den hielt er über seinen Kopf und träumte dann, dass er unter Buchen sei, wo die Sonne scheine und die Vögel sängen. An einem Frühlingstage brachte der Sohn des Nachbars ihm auch Feldblumen, und zwischen diesen war zufällig eine mit Wurzeln, und darum wurde sie in einen Blumentopf gepflanzt und an das Fenster dicht am Bett gestellt. Und die Blume war von glücklicher Hand gepflanzt worden, sie wuchs, trieb neue Schösse und trug jedes Jahr ihre Blumen; sie wurde des kranken Knaben schönster Blumengarten, sein kleiner Schatz hier auf Erden; er begoss sie und pflegte sie und sorgte dafür, dass sie jeden Sonnenstrahl bekam bis zum allerletzten, der über das niedrige Fenster hinglitt; und die Blume selbst wuchs in seine Träume hinein, denn für ihn blühte sie, verbreitete ihren Duft und erfreute sein Auge, zu ihr wandte er sich im Tode, als der liebe Gott ihn rief. – Ein Jahr ist er nun bei Gott gewesen, ein Jahr hat die Blume vergessen am Fenster gestanden und ist verwelkt und daher beim Umzug in den Kehricht auf die Straße hinausgeworfen worden. Und das ist die Blume, die arme, vertrocknete Blume, die wir mit in unsern Blumenstrauß genommen haben, denn die Blume hat mehr Freude bereitet als die reichste Blume in dem Garten einer Königin!«

»Aber woher weißt du das alles?«, fragte das Kind, das der Engel zum Himmel hinauftrug.

»Ich weiß es!«, sagte der Engel. »Ich war ja selbst der kranke, kleine Knabe, der auf Krücken ging! Meine Blume sollte ich doch kennen!«

Und das Kind öffnete seine Augen ganz und sah in das schöne frohe Antlitz des Engels hinein, und im selben Augenblick waren sie in Gottes Himmel, wo Freude und Glückseligkeit herrschte. Und der liebe Gott drückte das tote Kind an sein Herz, und da bekam es Flügel so wie der andere Engel und flog Hand in Hand mit ihm; und Gott drückte alle Blumen an sein Herz, aber die arme, vertrocknete Feldblume küsste er, und sie bekam eine Stimme und sang mit allen Engeln, die Gott umschwebten, einige ganz nahe, andere um diese herum in großem Kreise immer weiter weg bis in das Unendliche, aber alle gleich glücklich. Und alle sangen sie, groß und klein, das gute, liebe Kind und die arme Feldblume, die vertrocknet, in den Kehricht geworfen, zwischen dem Gerümpel des Umzugstages in der engen, dunklen Gasse gelegen hatte.

Die Galoschen des Glücks

1. *Ein Anfang*

In Kopenhagen in einem Hause in der Osterstraße nicht weit vom Königsneumarkt war große Gesellschaft, denn so eine große Gesellschaft muss man hin und wieder einmal geben, dann ist das abgemacht, und dann kann man wieder eingeladen werden. Die eine Hälfte der Gesellschaft saß schon an den Spieltischen, und die andere Hälfte wartete darauf, was sich aus der Frage der Wirtin: »Ja was wollen wir denn nun anfangen?« entwickeln würde. So weit war man, und die Unterhaltung ging, so gut sie gehen konnte. Unter anderem kam auch die Rede auf das Mittelalter; einige hielten es für weit besser als unsere Zeit, ja Justizrat Knap verteidigte diese Ansicht so eifrig, dass die Frau des Hauses sogleich mit einstimmte, und beide eiferten dann gegen Örsteds Abhandlung im Almanach über alte und neue Zeiten, in der unser Zeitalter oben angestellt wird. Der Justizrat hielt König Hans'* Zeit für die schönste und glücklichste.

Während all dieses Hin- und Herredens, das nur einen Augenblick durch die gebrachte Zeitung unterbrochen wurde, in der aber nichts stand, was sich des Lesens verlohnte, wollen wir in das Vorzimmer hinausgehen, wo Mäntel, Stöcke, Regenschirme und Galoschen ihren Platz gefunden hatten. Hier saßen zwei Mädchen, ein junges und ein altes; man hätte glauben können, sie seien gekommen, um ihre Herrschaft, irgendein altes Fräulein oder eine Witwe, aus der Gesellschaft abzuholen; sah man sie aber ein wenig genauer an, so begriff man sofort, dass es keine gewöhnlichen Dienstmädchen waren, dazu waren ihre Hände zu fein, ihre Haltung und all ihre Bewegungen zu königlich, denn das waren sie, und ihre Kleider hatten auch einen ganz eigenartig kühnen Schnitt. Es waren zwei Feen, die jüngere war nicht das Glück selbst, aber eine von den Kammerjungfern ihrer Kammerfrauen, die die geringeren Gaben des Glücks umhertragen; die ältere sah so grundernsthaft aus, es war die Sorge, die erledigt ihre Geschäfte immer selbst in höchsteigner Person, dann weiß sie, dass sie gut ausgeführt werden.

Sie erzählten einander, wo sie an diesem Tage gewesen waren; die, die bei der Kammerfrau des Glücks Kammerjungfer war, hatte bisher nur einige unbedeutende Besorgungen gemacht, sie habe, sagte sie, einen neuen Hut vor einem Regenschauer bewahrt, einem ehrlichen Mann einen Gruß von einer vornehmen Null verschafft und dergleichen mehr, aber das, was sie noch vorhabe, sei etwas ganz Ungewöhnliches.

»Heute ist nämlich«, sagte sie, »mein Geburtstag, und dem zu Ehren sind mir ein Paar Galoschen anvertraut, die ich der Menschheit überbringen soll. Diese Galoschen haben die Eigenschaft, dass jeder, der sie anzieht, sich augenblicklich an dem Ort oder in der Zeit befindet, wo er am liebsten sein will, jeder Wunsch in Bezug auf Ort und Zeit wird sogleich erfüllt, und der Mensch wird dadurch endlich einmal glücklich hienieden!«

»Ja, glaube du das nur!«, sagte die Sorge, »er wird im Gegenteil höchst unglücklich und segnet den Augenblick, wo er wieder von den Galoschen befreit ist!«

* König Hans von Dänemark, vermählt mit Christine von Sachsen, † 1513.

»Wo denkst du hin!«, sagte die andere, »jetzt stelle ich die Galoschen hier an die Tür, einer verwechselt sie mit den seinen und wird der Glückliche!«

Sieh, so lautete die Unterhaltung.

2. Wie es dem Justizrat erging

Es war spät: Justizrat Knap, in König Hans' Zeit vertieft, wollte nach Hause gehen, und nun war es ihm beschieden, dass er statt seiner Galoschen die des Glücks anzog und damit in die Osterstraße hinaustrat. Aber er war durch die Zauberkraft der Galoschen in König Hans' Zeit zurückversetzt, und daher geriet sein Fuß auf der Straße mitten in Kot und Morast hinein, sintemal es zu jener Zeit noch kein Straßenpflaster gab.

»Es ist ja schrecklich, wie schmutzig es hier ist!«, sagte der Justizrat. »Der ganze Bürgersteig ist verschwunden, und alle Laternen sind ausgelöscht!«

Der Mond stand noch nicht hoch genug, die Luft war außerdem ziemlich dick, sodass alles ringsumher in Dunkelheit ineinander schwamm. An der nächsten Ecke hing indessen eine Laterne vor einem Madonnenbilde, aber der Schein, den sie gab, war so gut wie gar keiner; er bemerkte sie erst, als er gerade darunter stand und seine Augen auf das gemalte Bild mit der Mutter und dem Kinde fielen.

»Das ist vermutlich«, dachte er, »ein Kunstkabinett, wo man vergessen hat, das Schild hereinzunehmen.«

Ein paar Menschen in der Tracht des Zeitalters gingen an ihm vorüber.

»Wie sahen die doch nur aus! Die kamen gewiss von einer Maskerade!«

Auf einmal erschollen Trommeln und Pfeifen, helle Fackeln flammten auf; der Justizrat blieb stehen und sah nun einen sonderbaren Zug vorüberkommen. Zuerst kam ein ganzer Trupp Trommelschläger, die ihre Instrumente recht artig bearbeiteten; ihnen folgten Trabanten mit Bogen und Armbrüsten. Der Vornehmste im Zuge war ein geistlicher Mann. Erstaunt fragte der Justizrat, was dies zu bedeuten habe und wer dieser Mann sei.

»Das ist der Bischof von Seeland!«, antwortete man.

»Herrgott, was fällt dem Bischof ein?«, seufzte der Justizrat und schüttelte den Kopf; der Bischof konnte es unmöglich sein! Hierüber grübelnd und ohne nach rechts oder nach links zu sehen, ging der Justizrat durch die Osterstraße und über den Hohenbrückenplatz. Die Brücke, die nach dem Schlossplatz führt, war nicht zu finden; er kam an das Ufer eines seichten Flusses und stieß hier endlich auf zwei Burschen, die in einem Boot saßen.

»Will der Herr nach dem Holm übergesetzt werden?«, fragten sie.

»Nach dem Holm?«, sagte der Justizrat, der ja nicht wusste, in welchem Zeitalter er wanderte, »ich will nach Christianshafen hinaus in die kleine Marktstraße.«

Die Burschen sahen ihn an.

»Sagt mir nur, wo die Brücke ist!«, sagte er. »Es ist ein Skandal, dass hier keine Laternen angezündet sind, auch ist hier ein Schmutz, als ginge man in einem Sumpf!«

Je länger er mit den Bootsleuten sprach, umso unverständlicher wurden sie ihm.

»Ich verstehe euer Bornholmisch nicht!«, sagte er schließlich ärgerlich und wandte ihnen den Rücken zu. Die Brücke konnte er nicht finden; ein Geländer war auch nicht da. »Es ist eine Schande, wie es hier aussieht!«, sagte er. Noch nie hatte er sein Zeitalter elender gefunden als an diesem Abend. »Ich glaube, ich nehme eine Droschke!«, dachte er, aber wo waren die Droschken? Keine war zu sehen. »Ich muss wohl nach dem Königsneumarkt zurückgehen, da halten sicher Wagen, sonst komme ich anscheinend nie nach Christianshafen hinaus.«

So ging er denn nach der Osterstraße und war fast hindurch gekommen, als der Mond sich blicken ließ.

»Mein Gott, was für ein Gerüst haben sie denn da aufgestellt!«, sagte er, als er das Osttor erblickte, das zu jener Zeit am Ende der Osterstraße stand.

Endlich fand er eine Pforte, und durch die gelangte er nach dem Neumarkt hinaus, aber das war ein großer Wiesengrund; einzelne Büsche ragten auf, und quer durch die Wiese ging ein breiter Kanal oder ein Strom. Ein paar elende Holzbuden für die halländischen Schiffer, nach denen der Ort den Namen Hallandspitze erhalten hatte, lagen am jenseitigen Ufer.

»Entweder sehe ich eine Fata Morgana, wie man es nennt, oder ich bin betrunken!«, jammerte der Justizrat. »Was ist denn das nur! Was ist denn das nur!«

Er kehrte wieder um, fest überzeugt, dass er krank sei; als er wieder in die Straße einbog, sah er sich die Häuser ein wenig genauer an, die meisten waren aus Fachwerk, und viele hatten nur ein Strohdach.

»Nein, nein, mir ist gar nicht wohl!«, seufzte er, »und ich habe doch nur ein Glas Punsch getrunken; aber ich kann nun einmal nichts vertragen! Und es war auch ganz verkehrt, uns Punsch und warmen Lachs zu geben; das will ich der Frau Agentin auch sagen! Ob ich zurückgehe und ihnen sage, wie mir zumute ist? Aber das ist so fatal, und es ist auch die Frage, ob sie noch auf sind!«

Er suchte nach dem Hause, aber es war nicht zu finden.

»Es ist doch schrecklich, ich kann die Osterstraße nicht wieder erkennen! Auch nicht ein Laden ist da! Alte, elende Hütten sehe ich, als wäre ich in Roeskilde oder in Ringsted! Ach, ich bin krank! Es nützt nichts, sich zu genieren! Aber wo in aller Welt ist nur das Haus des Agenten? Es sieht sich gar nicht mehr ähnlich; aber es sind doch Leute da drinnen auf; ach! Ich bin ganz gewiss krank!«

Jetzt stieß er auf eine halbgeöffnete Tür, aus welcher das Licht durch eine Spalte fiel. Es war eine der Herbergstätten jener Zeit, eine Art Bierhaus. Die Stube sah aus wie eine holländische Diele; eine Anzahl Leute, aus Schiffern, Kopenhagener Bürgern und ein paar Gelehrten bestehend, saßen hier in tiefem Gespräch bei ihrem Krug und gaben nur wenig Acht auf den Eintretenden.

»Entschuldigen Sie«, sagte der Justizrat zur Wirtin, die ihm entgegenkam, »mir ist so sehr unwohl geworden! Wollen Sie mir eine Droschke nach Christianshafen holen lassen?«

Die Frau sah ihn an und schüttelte den Kopf; dann redete sie ihn in deutscher Sprache an. Der Justizrat nahm an, dass sie der dänischen Zunge nicht mächtig sei und brachte daher seinen Wunsch auf Deutsch vor; dies, im Verein mit seiner Kleidung, bestärkte die Frau in dem Glauben, dass er ein Ausländer sei; dass er sich unwohl fühlte, begriff sie bald und gab ihm daher einen Krug Wasser, ein wenig brackig war es freilich, es war draußen aus dem Brunnen geschöpft.

Der Justizrat stützte den Kopf in die Hand, atmete tief auf und grübelte nach über all das Seltsame um sich her.

»Ist das ›Der Tag‹ von heute Abend?«, fragte er, nur um etwas zu sagen, als er die Frau ein großes Stück Papier weglegen sah.

Sie verstand nicht, was er meinte, aber reichte ihm das Blatt, es war ein Holzschnitt, auf dem eine Lufterscheinung dargestellt war, die man in der Stadt Köln beobachtet hatte.

»Das ist sehr alt!«, sagte der Justizrat und wurde ganz aufgeräumt über diesen alten Fund. »Wie sind Sie denn zu diesem seltenen Blatt gelangt?

Es ist sehr interessant, obwohl das Ganze eine Fabel ist! Man glaubt, dass dergleichen Lufterscheinungen Nordlichter sind, die man gesehen hat; wahrscheinlich werden sie durch Elektrizität hervorgerufen!«

Die Zunächstsitzenden, die seine Rede hörten, sahen ihn verwundert an, und einer von ihnen erhob sich, nahm ehrerbietig den Hut ab und sagte mit der ernsthaftesten Miene: »Ihr seid gewiss ein sehr gelehrter Mann, Monsieur!«

»O nein!«, entgegnete der Justizrat; »ich kann nur von dem einen oder dem andern mitreden, wie man das ja können muss!«

»Modestia ist eine schöne Tugend!«, sagte der Mann, »im übrigen muss ich zu Eurer Rede sagen: mihi secus videtur, doch suspendiere ich hier gern mein Judicium!«

»Darf ich mir die Frage erlauben, mit wem ich das Vergnügen habe zu sprechen?«, fragte der Justizrat.

»Ich bin Bakkalaureus der Heiligen Schrift!«, antwortete der Mann.

Diese Antwort genügte dem Justizrat, der Titel entsprach der Kleidung. »Das ist gewiss ein alter Landschulmeister«, dachte er, »ein Sonderling, wie man ihn wohl noch oben in Jütland antreffen kann.«

»Hier ist zwar keine Locus docendi«, begann der Mann, »doch bitte ich, Ihr möchtet Euch bemühen zu sprechen, Ihr seid gewiss in der Lektüre der Alten sehr belesen!«

»O ja, allerdings!«, sagte der Justizrat; »ich lese gern alte, nützliche Schriften, aber ich habe auch die neueren recht gern, nur nicht die ›Alltagsgeschichten‹, davon haben wir im Leben genug!«

»Alltagsgeschichten?«, fragte unser Bakkalaureus.

»Ja, ich meine diese neuen Romane, die man jetzt hat.«

»O«, lächelte der Mann, »es ist doch viel Weisheit darin enthalten, und sie werden bei Hof gelesen; der König liebt besonders den Roman von Herrn Iffenv und Herrn Gaudian, der von König Arthur und seinen Rittern von der Tafelrunde handelt, er hat mit seinen hohen Herrn darüber gescherzt.«

»Den habe ich freilich noch nicht gelesen!«, sagte der Justizrat, »das muss ein ganz neuer sein, den Heiberg herausgegeben hat.«

»Nein«, antwortete der Mann, »den hat nicht Heiberg, sondern Godfred von Ghemen* herausgegeben!«

* Erster Buchdrucker und Verleger in Dänemark unter König Hans, selbst Niederländer, † um 1510.

»So, ist das der Verfasser?«, fragte der Justizrat, »das ist ja ein ganz alter Name! Das war ja der erste Buchdrucker, den es in Dänemark gegeben hat!«

»Ja, das ist unser erster Buchdrucker!«, sagte der Mann. So ging denn alles ganz gut; jetzt sprach einer der guten Bürgersleute von der heftig auftretenden Pestilenz, die vor ein paar Jahren gewütet hatte, und meinte die aus dem Jahre 1484; der Justizrat nahm an, dass von der Cholera die Rede sei, und auf die Weise ging die Unterhaltung ganz gut. Der Freibeuterkrieg von 1490 lag so nahe, dass er berührt werden musste. Die englischen Freibeuter hätten Schiffe auf der Reede genommen, sagten sie; und der Justizrat, der sich lebhaft in die Ereignisse von 1801 hineingelebt hatte, stimmte vortrefflich mit ein gegen die Engländer. Die weitere Unterhaltung dagegen verlief nicht so gut, jeden Augenblick verfiel man gegenseitig in den Leichenbitterstil; der gute Bakkalaureus war denn doch zu unwissend, und die einfachsten Äußerungen des Justizrats klangen ihm wiederum zu dreist und fantastisch. Sie sahen einander an, und wenn es gar zu arg wurde, dann sprach der Bakkalaureus Latein, da er glaubte, dann besser verstanden zu werden, aber es half alles nichts.

»Wie geht es Ihnen denn jetzt?«, fragte die Wirtin und zog den Justizrat am Ärmel; jetzt kehrte seine Besinnung zurück, denn während er sprach, hatte er alles, was vorausgegangen war, völlig vergessen.

»Großer Gott, wo kann ich nur sein?«, sagte er, und es schwindelte ihm, als er daran dachte.

»Claret wollen wir trinken, Met und Bremer Bier!«, rief einer der Gäste, »und Ihr müsst mittrinken!«

Zwei Mädchen kamen herein, die eine hatte eine zweifarbige Haube* auf. Sie schenkten ein und machten einen Knicks; dem Justizrat lief es eiskalt den Rücken hinab.

»Was ist das nur! Was kann das nur sein!«, sagte er, aber er musste mit ihnen trinken; sie bemächtigten sich ganz artig des guten Mannes, er war sehr verzweifelt, und als der eine von ihnen sagte, er sei betrunken, zweifelte er durchaus nicht an des Mannes Wort, sondern bat sie nur, ihm eine Droschke zu verschaffen; da glaubten sie, er rede Moskowitisch.

Niemals war er in so roher und gewöhnlicher Gesellschaft gewesen; man hätte glauben können, das Land sei zum Heidentum zurückgekehrt, meinte er, »dies sind die schrecklichsten Augenblicke meines Lebens!« Aber da kam

* König Hans verordnete in einem Gesetz, dass Frauenzimmer mit zweideutigem Ruf zweifarbige Hauben tragen sollten.

ihm der Gedanke, sich unter den Tisch zu ducken, bis an die Tür zu kriechen und dann zu sehen, wie er entkommen könnte; als er sich aber in der Nähe des Ausganges befand, merkten die andern, was er im Schilde führte; sie packten ihn bei den Beinen, und da zu seinem Glück gingen die Galoschen ab und – mit ihnen schwand die ganze Verzauberung.

Der Justizrat sah ganz deutlich eine helle Laterne vor sich brennen, und dahinter lag ein großes Haus; er kannte es, ebenso die Nachbarhäuser, es war in der Osterstraße, so wie wir sie alle kennen; er lag mit den Beinen einer Haustür zugekehrt, und ihm gerade gegenüber saß der Nachtwächter und schlief.

»Herr du meines Lebens, habe ich hier auf der Straße gelegen und geträumt!«, sagte er. »Ja, dies ist die Osterstraße, wie schön hell und bunt! Es ist doch schrecklich, was für eine Wirkung dies eine Glas Punsch auf mich gehabt haben muss!«

Zwei Minuten später saß er in einer Droschke, die mit ihm nach Christianshafen fuhr; er dachte an die Angst und Not, die er ausgestanden hatte, und pries von ganzem Herzen die glückliche Wirklichkeit, unsere Zeit, die mit all ihren Mängeln doch viel besser war als die, in der er sich eben aufgehalten hatte. Und sieh, das war vernünftig von dem Justizrat.

3. Das Abenteuer des Nachtwächters

Da liegen, weiß Gott, ein Paar Galoschen!«, sagte der Nachtwächter. »Die gehören gewiss dem Leutnant, der da oben wohnt. Sie liegen gerade vor der Haustür!«

Gern hätte der ehrliche Mann geklingelt und sie abgeliefert, denn es war noch Licht, aber er wollte die andern Leute im Hause nicht wecken, und deswegen unterließ er es.

»Es muss ganz warm sein, so ein Paar Dinger anzuhaben!«, sagte er. »Sie sind so weich im Leder!« Stramm umschlossen sie seine Füße. »Wie sonderbar es doch in der Welt ist! Der könnte sich nun doch in sein warmes Bett legen, aber das fällt ihm gar nicht ein! Er rennt im Zimmer auf und ab! Er ist ein glücklicher Mensch! Er hat weder eine Alte noch Gören! Jeden Abend ist er in Gesellschaft; wenn ich doch an seiner Stelle wäre! Ja, dann wäre ich ein glücklicher Mann!«

Während er seinen Wunsch aussprach, wirkten die Galoschen, die er angezogen hatte, der Wächter ging in das ganze Sein und Wesen des

Leutnants über. Da stand er oben im Zimmer und hielt ein kleines, rosarotes Papier zwischen den Fingern, darauf stand ein Gedicht, ein Gedicht von dem Herrn Leutnant selbst; denn wer ist wohl nicht einmal in seinem Leben in poetischer Stimmung gewesen, und schreibt man dann den Gedanken nieder, so hat man ein Gedicht. Hier stand geschrieben:

»Ach, wär ich reich!«, so wünscht ich mir schon oft.
Als ich kaum ellengroß, halt ich auf viel gehofft,
O, wär ich reich! So würd ich Offizier;
Mit Säbel, Uniform und Bandelier.
Die Zeit kam auch, und ich ward Offizier:
Doch nun und nimmer ward ich reich, ich Armer;
Hilf mir, Erbarmer!

Einst saß ich abends lebensfroh und jung,
Ein kleines Mädchen küsste meinen Mund,
Denn ich war reich an Märchenpoesie.
An Gold dagegen, ach! So arm wie nie –;
Das Kind nur wollte diese Poesie;
Da war ich reich, doch nicht an Gold, ich Armer:
Du weißt's, Erbarmer!

»O, wär ich reich!«, so tönt zu Gott mein Flehn,
Das Kind hab ich zur Jungfrau reifen sehn;
Sie ist so klug, so hübsch, so seelengut;
O, wüsste sie, was mir im Herzen ruht;
Das große Märchen – – wäre sie mir gut!
Doch bin zum Schweigen ich verdammt, ich Armer;
Du willst's, Erbarmer!

O, wär ich reich an Trost und Ruhe hier,
Dann käme all mein Leid nicht aufs Papier.
Verstehst du mich, du, der ich mich geweiht:
So lies dies Blatt aus meiner Jugendzeit,
Ein dunkles Märchen, dunkler Nacht geweiht.
Nur finstre Zukunft seh ich; ach, ich Armer!
Dich segne der Erbarmer!

Ja solche Verse schreibt man, wenn man verliebt ist, aber ein besonnener Mann lässt sie nicht drucken. Leutnant, Liebe und Armut, das ist ein Dreieck oder auch, es ist die Hälfte von dem zerbrochenen Würfel des Glücks. Das fühlte der Leutnant auch, und darum lehnte er den Kopf gegen den Fensterrahmen und seufzte ganz tief:

»Der arme Nachtwächter unten auf der Straße ist viel glücklicher als ich! Er kennt nicht, was ich Mangel nenne: er hat ein Heim, hat Frau und Kinder, die bei seinem Kummer weinen und sich über seine Freude freuen! Ach, ich wäre glücklicher, als ich jetzt bin, könnte ich unverzüglich in ihn übergehen, denn er ist glücklicher als ich!«

Im selben Augenblick war der Nachtwächter wieder Nachtwächter, denn durch die Galoschen des Glücks war er der Leutnant geworden, aber wie wir gesehen haben, fühlte er sich alsda noch weit weniger zufrieden und wollte doch am liebsten sein, was er eigentlich war. Also der Nachtwächter war wieder Nachtwächter.

»Das war ein hässlicher Traum!«, sagte er, »aber höchst sonderbar war er doch. Es war mir, als sei ich der Leutnant da oben, und das war gar kein Vergnügen. Ich sehnte mich nach Muttern und den Gören, die mich am liebsten totküssen möchten!«

Er saß wieder da und nickte, der Traum wollte ihm nicht recht aus den Gedanken, die Galoschen hatte er noch an den Füßen. Eine Sternschnuppe glitt gerade über den Himmel hin.

»Da ging sie hin!«, sagte er, »aber es sind immer noch genug von der Art da! Ich möchte mir die Dinger wohl mal etwas näher ansehen, namentlich den Mond, denn der kann einem doch nicht so zwischen den Händen weg gleiten. Wenn wir sterben, sagte der Student, für den meine Frau die grobe Wäsche wäscht, fliegen wir von dem einen zu dem andern. Das ist eine Lüge, ganz hübsch könnte es freilich sein. Wenn ich doch einen kleinen Sprung dahinauf machen dürfte, dann könnte mein Körper hier ruhig auf der Treppe liegen bleiben!«

Da sind nun gewisse Dinge in dieser Welt, die auszusprechen man sehr vorsichtig sein muss, noch vorsichtiger aber sollte man namentlich sein, wenn man die Galoschen des Glücks an den Füßen hat. Höre nur, wie es dem Nachtwächter erging!

Was uns Menschen betrifft, so kennen wir ja fast alle die Schnelligkeit der Beförderung durch Dampf, wir haben sie entweder mit der Eisenbahn oder mit Schiffen über das Meer hin erprobt; doch dieser Flug ist wie die Wanderung des Faultiers oder der Marsch der Schnecke im Vergleich zu der Schnelligkeit des Lichtes; das fliegt neunzehnmillionenmal schneller als der beste Wettrenner, und doch ist die Elektrizität noch schneller. Der Tod ist ein elektrischer Stoß, den wir ins Herz bekommen; auf den Flügeln der Elektrizität fliegt die befreite Seele! Acht Minuten und eine Sekunde braucht das Sonnenlicht zu einer Reise von über zwanzig Millionen Meilen; mit der Schnellpost der Elektrizität braucht die Seele weniger Minuten, um denselben Flug auszuführen. Der Raum zwischen den Weltkörpern ist für sie nicht größer, als er in derselben Stadt zwischen den Häusern unserer Freunde ist, selbst wenn sie ziemlich nahe beieinander liegen, indessen kostet dieser elektrische Herzensstoß uns den Gebrauch des Körpers hier auf Erden, falls wir nicht so wie der Nachtwächter die Galoschen des Glücks anhaben.

In wenigen Sekunden hatte der Nachtwächter die zweiundfünfzigtausend Meilen bis zum Mond zurückgelegt, der, wie man weiß, aus einem weit leichteren Stoff als unsere Erde geschaffen und, wie wir sagen würden, weich wie frisch gefallener Schnee ist. Er befand sich auf einem der unzählig vielen Ringgebirge, die wir aus Dr. Mädlers großer Karte vom Mond kennen. Nach innen zu fiel das Ringgebirge ganz steil in einen Kessel ab, ungefähr eine ganze Meile tief; da unten lag eine Stadt, die sah aus wie Eiweiß in einem Glas Wasser, ebenso weich und mit eben solchen Türmen und Kuppeln und segelförmigen Altanen, durchsichtig und in der dünnen Luft schwimmend; unsere Erde schwebte als große, feuerrote Kugel über seinem Kopf.

Es waren so viele Geschöpfe und wohl alles das da, was wir Menschen nennen würden, aber sie sahen ganz anders aus als wir; sie hatten auch eine Sprache, aber niemand kann ja verlangen, dass die Seele des Nachtwächters sie verstehe, und doch verstand sie sie.

Die Seele des Wächters verstand sehr gut die Sprache der Mondbewohner. Sie disputierten über unsere Erde und bezweifelten, dass sie bewohnt sein könnte, die Luft müsse dort zu dick sein, als dass irgendein vernünftiges Mondgeschöpf darin leben könne. Sie hielten den Mond allein für bewohnt, er sei der eigentliche Weltkörper, auf dem die alten Weltbewohner wohnten.

Aber wir begeben uns wieder in die Osterstraße hinab und sehen da, wie es dem Körper des Nachtwächters ergeht.

Leblos saß er auf der Treppe, der Morgenstern war ihm aus der Hand gefallen, und die Augen sahen zu dem Mond empor, sahen nach der braven Seele aus, die da oben herumwandelte.

»Wie viel Uhr ist es, Nachtwächter?«, fragte ein Vorübergehender. Aber wer nicht antwortete, war der Nachtwächter; da versetzte ihm der Mann einen ganz leisen Nasenstüber, und nun verlor er das Gleichgewicht; der Körper lag da, so lang er war, der Mensch war tot. Eine große Angst befiel den Mann, der ihm einen Nasenstüber versetzt hatte; der Nachtwächter war tot, und tot blieb er; es wurde gemeldet, und es wurde beredet, und gegen Morgen trug man den Körper nach dem Hospital hinaus.

Das konnte nun ein ganz hübscher Spaß für die Seele werden, wenn sie zurückkehrte und aller Wahrscheinlichkeit nach den Körper in der Osterstraße suchte, ihn aber nicht fand; wahrscheinlich würde sie wohl erst auf das Polizeiamt laufen und dann auf das Fundbureau, um zu sehen, ob er sich zwischen den »verloren gegangenen Sachen« befände, und schließlich nach dem Hospital hinaus; aber wir können uns damit trösten, dass die Seele am klügsten ist, wenn sie auf eigene Faust handelt, der Körper macht sie nur dumm.

Wie gesagt, der Körper des Nachtwächters kam ins Hospital, wurde dort in die Reinigungsstube gebracht, und das erste, was man hier tat, war natürlich, dass man ihm die Galoschen auszog, und da musste die Seele zurückkommen; sie nahm sogleich die Richtung auf den Körper zu, und auf einmal kam Leben in den Mann. Er versicherte, es sei die schrecklichste Nacht seines Lebens gewesen; nicht für zwei Mark wolle er solche Empfindungen wieder durchmachen, aber nun sei es ja überstanden.

Am selben Tage wurde er wieder entlassen, aber die Galoschen blieben im Hospital zurück.

4. Ein Hauptmoment. Eine Deklamationsnummer. Eine höchst ungewöhnliche Reise

Jeder Kopenhagener weiß jetzt, wie der Eingang zum Friedrichshospital in Kopenhagen aussieht, aber da wahrscheinlich auch einige Nicht-Kopenhagener diese Geschichte lesen, müssen wir eine kurze Beschreibung davon geben.

Das Hospital ist von der Straße durch ein ziemlich hohes Gitter getrennt, dessen dicke Eisenstäbe so weit voneinander stehen, dass, wie man erzählt, sehr dünne Assistenzärzte sich hindurchgeklemmt und so ihre kleinen Visiten in der Stadt gemacht haben. Am schwierigsten von allen Körperteilen war der Kopf hinauszupraktizieren; hier, wie so oft in der

Welt, waren also die kleinen Köpfe die glücklichsten. Dies mag als Einleitung genügen.

Einer der jungen Ärzte, von dem man nur in körperlicher Hinsicht sagen konnte, dass er einen großen Kopf hatte, sollte an diesem Abend die Wache haben; draußen strömte der Regen hernieder, doch trotz dieser beiden Hindernisse musste er hinaus, nur eine Viertelstunde. Es verlohne ja gar nicht, dies dem Pförtner mitzuteilen, meinte er, wenn man durch die Eisenstäbe hindurchschlüpfen konnte. Da lagen die Galoschen, die der Nachtwächter vergessen hatte; es kam ihm gar nicht in den Sinn, dass es die Galoschen des Glücks seien, sie konnten ihm aber in diesem Wetter gute Dienste leisten, und so zog er sie denn an. Nun kam es darauf an, ob er sich hindurchklemmen konnte, er hatte es bisher noch nie versucht. Da stand er nun.

»Gott gebe, dass ich den Kopf draußen hätte!«, sagte er, und sofort, obwohl er sehr groß und dick war, glitt er leicht und glücklich hindurch, das mussten die Galoschen verstehen; aber nun sollte der Körper mit hinaus, und der stand da.

»Hu, ich bin zu dick!«, sagte er, »der Kopf, dachte ich, sei das Schlimmste; ich komme nicht hindurch!«

Nun wollte er schnell den Kopf zurückziehen, aber das ging auch nicht. Den Hals konnte er bequem bewegen, aber das war auch alles. Die erste Folge davon war, dass er ärgerlich wurde, die zweite, dass die Laune unter Null sank. Die Galoschen des Glücks brachten ihn in die schrecklichste Stellung, und unglücklicherweise fiel es ihm nicht ein, sich frei zu wünschen, nein, er mühte sich ab und kam nicht von der Stelle. Der Regen strömte herab, kein Mensch war auf der Straße zu erblicken, die Klingel im Torweg konnte er nicht erreichen, wie sollte er nur loskommen. Er sah voraus, dass er hier bis in den hellen Morgen stehen würde, dann müsste man nach einem Schlosser schicken, damit die Eisenstangen durchgefeilt würden. Aber das ging nicht so geschwind, die ganze Armenschule gerade gegenüber würde auf die Beine kommen, und das ganze Matrosenviertel, um ihn am Pranger zu sehen, es würde eine Menschenmenge herbeiströmen, weit zahlreicher als im vergangenen Jahr, da man die Riesenagave hatte bewundern wollen. »Hu, das Blut steigt mir zu Kopf, dass ich verrückt werden muss! – Ja, ich werde verrückt! Ach, wäre ich doch wieder frei, dann ginge es wohl vorüber!«

Ja das hätte er ein wenig früher sagen sollen; in demselben Augenblick, als er den Gedanken ausgesprochen hatte, war sein Kopf wieder frei, und nun stürzte er hinein, ganz verwirrt durch die Angst, die ihm die Galoschen des Glücks eingejagt hatten.

Wir dürfen aber nicht glauben, dass das Ganze hiermit vorüber war, nein – es kommt noch viel schlimmer.

Die Nacht verging und auch der folgende Tag, nach den Galoschen wurde nicht geschickt.

Am Abend sollte eine Vorstellung in dem kleinen Theater in der Kanikkestraße gegeben werden, das Haus war gedrängt voll; unter den Zuschauern befand sich der Assistenzarzt aus dem Hospital, der sein Abenteuer von der vergangenen Nacht vergessen zu haben schien. Die Galoschen hatte er an, denn sie waren nicht abgeholt worden, und da es auf der Straße schmutzig war, konnten sie ihm ja gute Dienste leisten.

Ein neues Gedicht »Die Brille der Muhme« wurde deklamiert. Diese Brille besaß die Eigenschaft, dass, wer sie aufhatte und vor einer großen Versammlung von Menschen saß, sie diese wie Perlen erblickte und aus ihnen alles, was im kommenden Jahre geschehen würde, prophezeien konnte.

Das Gedicht gefiel dem Assistenzarzt.

Die Idee beschäftigte ihn lebhaft, er hätte gern eine solche Brille gehabt; wenn man sie richtig gebrauchte, konnte man den Leuten am Ende gerade ins Herz hineinsehen; das war eigentlich viel interessanter, fand er, als zu sehen, was im nächsten Jahr geschehen würde, denn das bekam man ja doch zu wissen, das andere hingegen erfuhr man niemals. »Ich denke mir nun die ganze Reihe von Herren und Damen da aus der ersten Bank – könnte man ihnen gerade in die Brust hineinsehen, ja da müsste dann eine Öffnung sein, eine Art Laden; – wie meine Augen da in die Läden gehen sollten! Bei der Dame dort würde ich gewiss eine große Modewarenhandlung finden! Bei dieser da ist der Laden leer, doch hat er es recht nötig, einmal gereinigt zu werden; aber da würden auch solide Läden sein! Ach ja!«, seufzte er, »ich kenne einen, in dem ist alles solid, aber da ist schon ein Ladendiener, das ist das einzige Schlechte im ganzen Laden! Aus dem einen oder andern würde es ertönen: ›Treten Sie gefälligst näher!‹ Ja, könnte ich nur wie ein niedlicher kleiner Gedanke eintreten und durch die Herzen schlüpfen!«

Das genügte für die Galoschen, der ganze Assistenzarzt schrumpfte zusammen, und dann begann eine höchst eigentümliche Reise mitten durch die Herzen der Zuschauer aus der ersten Reihe. Das erste Herz, durch das er kam, war das einer Dame; im ersten Augenblick aber glaubte er, im Orthopädischen Institut zu sein, und zwar in dem Zimmer, in dem die Gipsabgüsse von den verwachsenen Gliedern an den Wänden hängen, doch war der Unterschied der, dass die Abgüsse im Institut gemacht werden, wenn der Patient hereinkommt, während sie hier im Herzen angefertigt und aufbewahrt werden, nachdem die guten Leute hinausgegangen sind. Es waren Abgüsse der körperlichen und geistigen Fehler von Freundinnen, die hier aufbewahrt wurden.

Schnell war er in einem andern weiblichen Herzen, aber dies erschien ihm wie eine große, heilige Kirche; die weiße Taube der Unschuld flatterte über dem Hochaltar. Wie gern wäre er nicht auf die Knie gesunken; aber fort musste er, in das nächste Herz hinein, doch er hörte noch die Orgeltöne, und es war ihm, als sei er ein neuer und besserer Mensch geworden; er fühlte sich nicht unwürdig, das nächste Heiligtum zu betreten, das ihm eine ärmliche Dachkammer mit einer kranken Mutter zeigte. Aber durch das geöffnete Fenster strahlte Gottes warme Sonne, schöne Rosen nickten von dem kleinen Holzkasten auf dem Dach herein, und zwei himmelblaue Vögel sangen von kindlicher Freude, während die kranke Mutter Gottes Segen auf die Tochter herabflehte.

Nun kroch er auf Händen und Füßen durch einen überfüllten Metzgerladen. Auf Fleisch und nichts als Fleisch stieß er; das war das Herz in einem reichen, respektablen Mann, dessen Namen man sicher im Adressbuch finden wird.

Nun war er im Herzen von dessen Gemahlin, das war ein alter, verfallener Taubenschlag; das Bild des Mannes wurde als Wetterhahn benutzt, der stand mit den Türen in Verbindung, und so gingen diese auf und zu, sobald der Mann sich drehte.

Darauf kam er in ein Spiegelkabinett, wie wir es in dem Rosenburger Schloss haben, aber die Spiegel vergrößerten in einen unglaublichen Maßstabe. Mitten an der Erde saß wie ein Dalai-Lama das unbedeutende Ich der Person, erstaunt über die eigene Größe.

Hierauf glaubte er in eine enge Nadelbüchse voll spitzer Nadeln hineingeraten zu sein. »Das ist sicher das Herz einer alten, unverheirateten Jungfer!«, musste er denken, aber das war nicht der Fall, es war ein ganz junger Militär mit mehreren Orden, so recht ein Mann von Geist und Herz, wie man sagte.

Ganz betäubt kam der sündenvolle Assistenzarzt aus dem letzten Herzen in dieser Reihe heraus, er war nicht imstande, seine Gedanken zu ordnen, sondern meinte, dass seine allzu lebhafte Fantasie mit ihm durchgegangen sei.

»Großer Gott!«, seufzte er. »Ich habe gewiss Anlage zum Verrücktwerden! Es ist auch unverzeihlich heiß hier! Das Blut steigt mir zu Kopf!« Und dann erinnerte er sich des großen Ereignisses am vorhergehenden Abend, wie sein Kopf zwischen den Eisenstäben am Hospital festgesessen hatte. »Da habe ich es gewiss bekommen!«, meinte er. »Ich muss beizeiten etwas dagegen tun. Ein russisches Bad könnte ganz gut sein. Läge ich nur erst auf dem höchsten Brett!«

Und da lag er auf dem höchsten Brett im Dampfbade, aber er lag da mit allen Kleidern, mit Stiefeln und Galoschen; die heißen Wassertropfen von der Decke fielen ihm in das Gesicht.

»Hu!«, schrie er und sprang hinunter, um ein Brausebad zu nehmen. Der Diener stieß einen lauten Schrei aus, als er den angekleideten Mann da drinnen erblickte.

Der Assistenzarzt hatte indes so viel Geistesgegenwart, dass er ihm zuflüsterte: »Es gilt eine Wette!« Aber das erste, was er tat, als er in sein eigenes Zimmer kam, war, dass er sich ein großes spanisches Fliegenpflaster in den Nacken und eins auf den Rücken legte, damit die Verrücktheit hinausziehen könnte.

Am nächsten Morgen hatte er dann einen blutigen Rücken, das war alles, was er durch die Galoschen des Glücks gewonnen hatte.

5. *Die Verwandlung des Kopisten*

Der Nachtwächter, den wir gewiss noch nicht vergessen haben, erinnerte sich indessen der Galoschen, die er gefunden und mit nach dem Hospital gebracht hatte; er holte sie ab, da aber weder der Leutnant noch sonst jemand in der Straße sich dazu bekennen wollte, wurden sie auf dem Polizeiamt abgeliefert.

»Sie sehen so aus, als wenn es meine eigenen Galoschen wären«, sagte einer der Herren Kopisten, indem er das Findelgut betrachtete, und sie an die Seite der seinen stellte. »Es gehört mehr als ein Schuhmacherauge dazu, um sie voneinander unterscheiden zu können!«

»Herr Kopist!«, sagte ein Schutzmann, der mit einigen Papieren eintrat.

Der Kopist wandte sich um, sprach mit dem Mann, aber als er damit fertig war und wieder die Galoschen ansah, war er in großer Ungewissheit, ob die zur Linken oder die zur Rechten ihm gehörten.

»Es müssen die sein, die nass sind!«, dachte er, aber da war er gerade im Irrtum, denn das waren die Galoschen des Glücks, aber warum soll nicht auch ein Polizeibeamter irren können? Er zog sie an, steckte einige Papiere in die Tasche, nahm ein Bündel anderer unter den Arm, die sollten zu Hause durchgelesen und abgeschrieben werden; aber es war nun gerade Sonntag Vormittag, und das Wetter war schön. »Ein Spaziergang nach Friedrichsberg hinaus«, dachte er, »könnte mir gut tun!« Und so ging er denn dahinaus.

Es konnte keinen stillern und fleißigern Menschen geben als diesen jungen Mann; wir gönnen ihm den kleinen Spaziergang von ganzem Herzen, das wird nach dem vielen Stillsitzen sicher sehr wohltuend auf ihn wirken. Im Anfang ging er, ohne an irgendetwas zu denken, daher hatten die Galoschen keine Gelegenheit, ihre Zauberkraft zu betätigen.

In der Allee begegnete er einem bekannten, jüngeren Dichter, der erzählte ihm, dass er am nächsten Tage seine Sommerreise antreten wollte.

»Nun, wollen Sie schon wieder fort?«, sagte der Kopist. »Sie sind wirklich ein glücklicher, freier Mensch. Sie können fliegen, wohin Sie wollen, wir andern haben eine Kette am Bein!«

»Aber die ist am Brotbaum befestigt!«, erwiderte der Dichter. »Sie brauchen nicht für den morgenden Tag zu sorgen, und wenn Sie alt werden, so bekommen Sie Pension.«

»Sie haben es doch am besten!«, sagte der Kopist. »Dazusitzen und zu dichten ist ja das reine Vergnügen; alle Welt sagt Ihnen Angenehmes, und dann sind Sie Ihr eigner Herr! Ja Sie sollten es nur einmal probieren, tagaus, tagein bei diesen platten Gerichtsverhandlungen zu sitzen!«

Der Dichter schüttelte den Kopf, der Kopist schüttelte eben falls den Kopf, jeder verharrte bei seiner Meinung, und dann trennten sie sich.

»Es ist doch ein eigenes Volk, diese Poeten!«, dachte der Kopist. »Ich möchte es wohl mal probieren, in eine solche Natur hineinzugehen und selbst Poet zu werden, ich bin überzeugt, dass ich nicht solche Klagelieder schreiben würde wie die andern! – – Es ist so ein rechter Frühlingstag für einen Dichter! Die Luft ist so ungewöhnlich klar, die Wolken sind so schön, und über dem Grün liegt ein Duft! Ja, seit vielen Jahren habe ich das nicht so empfunden wie in diesem Augenblick.«

Wir merken schon, dass er ein Dichter geworden ist; etwas Auffallendes war das ja gerade nicht, denn es ist eine törichte Vorstellung, sich einen Dichter anders zu denken als andere Menschen; es können unter diesen weit poetischere Naturen sein, als es manche große, anerkannte Dichter sind; der Unterschied ist nur, dass der Dichter ein besseres geistiges Gedächtnis hat; er kann die Idee und das Gefühl festhalten, bis sie klar und deutlich im Wort erscheinen, das können die andern nicht. Aber der Übergang von einer Alltagsnatur zu einer begabten bleibt immer ein Übergang, und den hatte der Kopist jetzt durchgemacht.

»Der schöne Duft!«, sagte er. »Wie erinnert er mich doch an die Veilchen bei Tante Lone! Ja damals war ich noch ein kleiner Knabe! Mein Gott, daran habe ich seit langer Zeit nicht gedacht! Das gute, alte Mädchen! Sie wohnte dort hinter der Börse. Immer hatte sie einen Zweig oder ein paar grüne Schösslinge im Wasser, mochte der Winter auch noch so strenge sein. Die Veilchen dufteten, während ich die erwärmten Kupfermünzen gegen die gefrorene Fensterscheibe legte und Gucklöcher machte. Das war eine artige Aussicht! Draußen im Kanal lagen die Schiffe eingefroren, von der ganzen Mannschaft verlassen, eine krächzende Krähe bildete die ganze Besatzung; aber wenn dann die Lenzlüfte wehten, da wurde es lebendig; unter Gesang und Hurrarufen zersägte man das Eis, die Schiffe wurden geteert und aufgetakelt, und dann fuhren sie nach fremden Ländern. Ich bin hier geblieben und muss immer hier bleiben, immer auf dem Polizeiamt sitzen und sehen, wie die andern sich einen Pass ausfertigen lassen, um ins Ausland zu reisen; das ist mein Los! Ach ja!«, seufzte er tief, hielt aber im selben Augenblick inne. »Großer Gott! Was ist nur mit mir! So habe ich noch nie gedacht oder gefühlt! Das muss die Frühlingsluft sein! Die ist beängstigend und angenehm zugleich.« Er griff in die Tasche nach seinen Papieren. »Die bringen mich auf andere Gedanken!«, sagte er und ließ die Augen über das erste Blatt gleiten: »Iwan Sigbritt, Originaltragödie in fünf Akten!«, las er. »Was ist denn das! Und das ist ja meine eigene Handschrift. Habe ich eine Tragödie geschrieben? ›Die Intrige auf dem Wall oder Buß- und Bettag, Vaudeville –‹ Aber wo habe ich das nur herbekommen? Man muss es mir in die Tasche gesteckt haben, hier ist ein Brief!« Ja, der war von der Theaterdirektion; die Stücke waren abgelehnt worden, und der Brief selbst war keineswegs höflich abgefasst. »Hm, hm!«, sagte der Kopist und setzte sich auf eine Bank, seine Gedanken waren so lebhaft, sein Herz war so weich; unwillkürlich ergriff er eine der ihm zunächst stehenden Blumen, es war ein einfaches kleines Gänseblümchen; was uns der Botaniker erst durch viele Vorlesungen begreiflich macht, verkündete sie in einer Minute. Sie erzählte die Mythe von ihrer Geburt, sie erzählte von der Macht des Sonnenlichts, das die feinen Blätter ausbreitete und sie zwang, zu duften. Da dachte er an die Kämpfe des Lebens, die ebenso die Gefühle in unserer Brust wachrufen. Luft und Licht waren die Liebhaber der Blume, aber das Licht war der begünstigte, nach dem Licht wendete sie sich; verschwand es, dann rollte sie ihre Blätter zusammen und schlief ein in der Umarmung der Luft. »Das Licht schmückt mich!«, sagte die Blume, »aber die Luft lässt dich atmen!«, flüsterte die Dichterstimme.

Dicht daneben stand ein Knabe und schlug mit seinem Stock in einen sumpfigen Graben, die Wassertropfen spritzten zwischen den grünen Zweigen auf, und der Kopist dachte an die Millionen von unsichtbaren Tierchen, die in den Tropfen in eine Höhe empor geschleudert wurden, die für sie im Verhältnis zu ihrer Größe so war, als wenn wir hoch über die Wolken empor gewirbelt würden. Als der Kopist hieran dachte und an die ganze Veränderung, die mit ihm vorgegangen war, lächelte er: »Ich schlafe und träume, wunderbar ist es trotzdem! Wie natürlich man doch träumen und dabei selbst wissen kann, dass es nur ein Traum ist. Wenn ich mich doch morgen beim Erwachen noch an dies alles erinnern könnte; ich scheine ganz ungewöhnlich angeregt zu sein! Ich habe einen klaren Überblick über alles und fühle mich so belebt, aber ich bin überzeugt, dass, wenn ich mich morgen an etwas erinnere, so ist es alles dummes Zeug, das habe ich schon früher erfahren! Es geht mit all dem Schönen und Herrlichen, das man im Träumen hört und sagt, wie mit dem Gold der Unterirdischen: wenn man es bekommt, ist es reich und köstlich, aber bei Licht besehen, sind es nur Steine und welke Blätter. Ach«, seufzte er ganz wehmütig und sah zu den singenden Vögeln hinauf, die ganz vergnügt von Zweig zu Zweig hüpften, »die haben es doch viel besser als ich! Fliegen, das ist eine herrliche Kunst, glücklich, wer damit geboren ist! Ja wenn ich mich in etwas verwandeln könnte, so sollte es eine Lerche sein!«

Im selben Augenblick wuchsen Rockschöße und Ärmel zu Flügeln zusammen. Die Kleider wurden zu Federn und die Galoschen zu Krallen; er merkte es recht gut und lachte inwendig: »So, nun kann ich doch sehen, dass ich träume, aber so närrisch habe ich doch noch niemals geträumt.« Und er flog in die grünen Zweige hinauf und sang, aber es war keine Poesie im Gesang, denn die Dichternatur war entschwunden. Die Galoschen konnten so wie jeder, der etwas gründlich tut, nur eins zurzeit bewirken, er wollte Dichter sein, das wurde er, jetzt wollte er ein kleiner Vogel sein, aber indem er das wurde, hörte die frühere Eigentümlichkeit auf.

»Das ist allerliebst!«, sagte er. »Am Tage sitze ich auf dem Polizeiamt zwischen den solidesten Abhandlungen, des Nachts kann ich träumen, dass ich als Lerche im Friedrichsberger Garten herumfliege. Darüber könnte man eine ganze Volkskomödie schreiben!«

Jetzt flog er ins Gras hinab, drehte den Kopf nach allen Selten herum und schlug mit dem Schnabel gegen die geschmeidigen Grashalme, die im Verhältnis zu seiner jetzigen Größe gewaltig erschienen, wie die Palmenzweige Nordafrikas.

Es währte nur einen Augenblick, und es ward kohlschwarze Nacht um ihn; ein, wie es ihm vorkam, ungeheurer Gegenstand wurde über ihn geworfen, es war eine große Mütze, die ein Matrosenjunge über den Vogel warf; eine Hand schlüpfte unter die Mütze und packte den Kopisten um Rücken und Flügel, sodass er schrie. Im ersten Schreck rief er ganz laut: »Du unverschämter Bengel! Ich bin Kopist auf dem Polizeiamt!« Aber das klang in den Ohren des Knaben wie ein »Piep! Piep!« Er schlug den Vogel auf den Schnabel und wanderte davon.

In der Allee begegnete er zwei Schuljungen der gebildeten Klasse, das heißt als Menschen betrachtet, in Bezug auf den Geist waren sie in der untersten Klasse der Schule; die kauften den Vogel für acht Schillinge, und so kam der Kopist nach Kopenhagen zu einer Familie in der Gotenstraße.

»Es ist nur gut, dass ich träume«, sagte der Kopist, »sonst würde ich, weiß Gott, böse! Zuerst war ich ein Poet, jetzt bin ich eine Lerche! Ja, die Poetennatur veranlasste mich gewiss, in das kleine Tier überzugehen! Es ist doch eine erbärmliche Sache, namentlich wenn man Knaben in die Hände fällt. Ich möchte wohl wissen, wie die Geschichte abläuft!«

Die Knaben brachten ihn in eine sehr elegante Stube; eine dicke, lachende Frau nahm beide in Empfang, aber sie war gar nicht damit einverstanden, dass der gemeine Feldvogel, wie sie die Lerche nannte, mit hereinkam. Für heute wollte sie es nun hingehen lassen, und sie mussten den Vogel in das leere Bauer setzen, das am Fenster stand. »Vielleicht macht es dem Papchen Freude!«, fügte sie hinzu und lachte zu einem großen, grünen Papagei hinüber, der sich vornehm in seinem Ring in dem prachtvollen Messingbauer schaukelte. »Es ist Papchens Geburtstag«, sagte sie mit einfältiger Naivität, »deshalb will der kleine Feldvogel gratulieren!«

Papchen erwiderte kein Wort, sondern schaukelte vornehm hin und her, dagegen fing ein schöner Kanarienvogel, der im vorigen Sommer aus seinem warmen, duftenden Vaterland hierher gebracht worden war, laut zu singen an. »Schreihals!«, sagte die Dame und warf ein weißes Taschentuch über den Bauer.

»Piep! Piep!«, seufzte er. »Das ist ein schreckliches Schneewetter!«, und mit diesem Seufzer verstummte er.

Der Kopist oder, wie die Dame sagte, der Feldvogel kam in ein kleines Bauer dicht neben dem Kanarienvogel, nicht weit von dem Papagei. Die einzige menschliche Tirade, die Papchen plappern konnte und die oft recht komisch klang, war: »Nein, lasst uns doch Menschen sein!« Alles, was er sonst schrie, war ebenso unverständlich wie das Zwitschern des Kanarienvogels, nur nicht für den Kopisten, der nun selbst ein Vogel war; er verstand seine Kameraden ganz vorzüglich.

»Ich flog unter der grünen Palme und dem blühenden Mandelbaum!«, sang der Kanarienvogel. »Ich flog mit meinen Brüdern und Schwestern über die prächtigen Blumen und die glasklare See, auf deren Grunde die Pflanzen sich wiegten. Ich sah auch viele Papageien, die erzählten die amüsantesten Geschichten, viele und lange Geschichten!«

»Das waren wilde Vögel!«, sagte der Papagei. »Die hatten keine Bildung. Nein, lasst uns doch Menschen sein! Warum lachst du nicht? Wenn die Dame und alle Fremden darüber lachen können, dann kannst du es doch auch wohl; es ist ein großer Fehler, das Ergötzliche nicht goutieren zu können! Nein, lasst uns doch Menschen sein!«

»O, entsinnst du dich noch der hübschen Mädchen, die unter dem ausgespannten Zelt bei den blühenden Bäumen tanzten? Entsinnst du dich der süßen Früchte und des kühlenden Saftes in den wild wachsenden Kräutern?«

»O ja!«, sagte der Papagei. »Aber hier habe ich es weit besser! Ich habe gutes Essen und eine intime Behandlung; ich weiß, dass ich ein guter Kopf bin, und mehr verlange ich nicht. Lasst uns doch Menschen sein! Du bist eine Dichterseele, wie sie es nennen. Ich habe gründliche Kenntnisse und Witz; du hast Genie, aber keine Besonnenheit, gehst in diesen hohen Naturtönen auf, und daher werfen sie ein Tuch über dich. Das bieten sie mir nicht, nein, denn ich habe ihnen etwas mehr gekostet! Ich imponiere mit meinem Schnabel und kann mit ›Witz! Witz! Witz!‹ um mich werfen! Nein, lasst uns doch Menschen sein!«

»O, mein armes, blühendes Vaterland!«, sang der Kanarienvogel. »Ich will von deinen dunkelgrünen Bäumen singen, von deinen stillen Meeresbuchten, wo die Zweige die klare Wasserfläche küssen, will singen von dem Jubel all meiner schimmernden Brüder und Schwestern, wo ›der Wüste Pflanzenquellen‹* wachsen!«

* Kakteen.

»Lass doch diese Klagetöne endlich!«, sagte der Papagei. »Sage etwas, worüber man lachen kann! Das Lachen ist das Zeichen des höchsten geistigen Standpunktes. Sieh, ob ein Hund oder ein Pferd lachen kann! Nein, weinen können sie, aber lachen, das ist allein den Menschen gegeben. Ho, ho, ho!«, lachte das Papchen und fügte seinen Witz: »Lasst uns doch Menschen sein!«, hinzu.

»Du kleiner, grauer dänischer Vogel«, sagte der Kanarienvogel, »du bist auch ein Gefangener geworden, es ist zwar kalt in deinen Wäldern, aber da ist doch Freiheit, fliege hinaus! – Sie haben vergessen, deinen Bauer zu schließen, und das oberste Fenster steht offen. Fliege, fliege!«

Und das tat der Kopist. Wupp, war er aus dem Bauer heraus; im selben Augenblick knarrte die halbgeöffnete Tür zu dem nächsten Zimmer, und geschmeidig, mit grünen, funkelnden Augen schlich die Hauskatze herein und machte Jagd auf ihn. Der Kanarienvogel flatterte im Bauer, der Papagei schlug mit den Flügeln und rief: »Lasst uns doch Menschen sein!« Den Kopisten befiel eine Todesangst, er flog davon durch das Fenster über Häuser und Straßen hinweg; schließlich musste er ein wenig ausruhen.

Das gegenüberliegende Haus hatte etwas Anheimelndes; ein Fenster stand offen, er flog hinein. Es war sein eigenes Zimmer; er setzte sich auf den Tisch.

»Lasst uns doch Menschen sein!«, sagte er, ohne selbst zu wissen, was er sagte, er plapperte es dem Papagei nur nach, und im selben Augenblick war er Kopist, aber er saß auf dem Tisch.

»Gott bewahre mich!«, sagte er, »wie bin ich hier heraufgekommen und dann eingeschlafen? Das war doch ein unruhiger Traum, den ich hatte! Dummes Zeug war die ganze Geschichte!«

6. Das Beste, was die Galoschen brachten

Am Tage darauf in früher Morgenstunde, als der Kopist noch im Bett lag, wurde an seine Tür geklopft; es war der Nachbar in derselben Etage, ein Student, der auf den Pastor studierte; er trat ein.

»Leihe mir deine Galoschen«, sagte er. »Es ist so nass im Garten, aber die Sonne scheint so schön, ich möchte gern eine Pfeife da unten rauchen.«

Er zog die Galoschen an und war bald unten im Garten, in dem ein Pflaumen- und ein Apfelbaum stand. Selbst ein so kleiner Garten wie dieser gilt in Kopenhagen für eine große Herrlichkeit.

Der Student ging im Gang auf und nieder; die Uhr war erst sechs, von der Straße her ertönte ein Posthorn.

»Ach, reisen, reisen!«, rief er aus. »Das ist doch die größte Glückseligkeit auf Erden! Es ist das höchste Ziel meiner Wünsche! Da würde diese Unruhe, die ich empfinde, gestillt werden. Aber weit weg müsste es gehen! Ich möchte die herrliche Schweiz sehen, in Italien reisen und –«

Ja es war nur gut, dass die Galoschen sofort wirkten, sonst wäre er zu weit herumgekommen für sich selbst wie auch für uns andere. Er reiste. Er war mitten in der Schweiz, aber mit acht andern in das Innerste einer Diligence gepackt; Kopfschmerzen hatte er, müde im Nacken fühlte er sich, und das Blut hatte sich in den Füßen gestaut, die geschwollen waren und von den Stiefeln gedrückt wurden. Er schwebte in einem Zustand zwischen Schlummern und Wachen. In seiner Tasche rechts hatte er den Kreditbrief, in der Tasche links seinen Pass, und in einem kleinen Lederbeutel auf der Brust einige eingenähte Louisdors. Jeder Traum verkündete, dass er die eine oder die andere von diesen Kostbarkeiten verloren habe, und daher fuhr er fieberhaft in die Höhe, und die erste Bewegung, die die Hand machte, war ein Dreieck von rechts nach links und nach der Brust hinauf, um zu fühlen, ob er sie noch hatte oder nicht. Regenschirme, Stöcke und Hüte schaukelten im Netz über ihm und benahmen so ziemlich die Aussicht, die höchst imponierend war; er schielte danach, während das Herz sang, was wenigstens schon ein Dichter, den wir kennen, in der Schweiz gesungen, bisher aber nicht hat drucken lassen:

Wie wunderschön ist doch hier die Welt!
Den Montblanc seh ich in der Ferne.
Ach, hätt ich nur immer das nötige Geld,
Ich bliebe hier gar zu gerne!

Groß, ernst, finster war die ganze Natur ringsumher. Die Tannenwälder sahen aus wie Heidekraut auf den hohen Felsen, deren Gipfel im Wolkennebel verborgen waren; jetzt fing es an zu schneien; der kalte Wind wehte.

»Hu!«, seufzte er. »Wären wir doch jenseits der Alpen, dann wäre es Sommer, und dann hätte ich Geld auf meinen Kreditbrief erhoben; die Angst, die ich um das Geld habe, ist schuld daran, dass ich die Schweiz nicht genieße. Ach, wäre ich doch erst auf der andern Seite!«

Und dann war er auf der andern Seite; mitten in Italien zwischen Florenz und Rom. Der Trasimenische See lag in der Abendbeleuchtung wie flammendes Gold zwischen den dunkelblauen Bergen; hier, wo Hannibal den Flaminius schlug, hielten sich jetzt die Weinranken friedlich an den grünen Fingern; liebliche, halbnackte Kinder hüteten eine Herde kohlschwarzer Schweine unter einer Gruppe duftender Lorbeerbäume am Wege. Könnten wir dies Gemälde naturgetreu wiedergeben, so würden alle jubeln: »Herrliches Italien!« Aber das sagte der Theologe keineswegs, und auch nicht ein einziger von seinen Reisegenossen im Wagen des Vetturinos sagte es.

Zu Tausenden flogen giftige Fliegen und Mücken zu ihnen herein, vergebens schlugen sie mit einem Myrtenzweig um sich, die Fliegen stachen trotzdem; da war auch nicht ein Mensch im Wagen, dessen Gesicht nicht von den Stichen blutig und aufgeschwollen gewesen wäre. Die armen Pferde sahen aus wie Äser, die Fliegen saßen in großen Scharen auf ihnen, und es half nur für einen Augenblick, dass der Kutscher herunterstieg und die Tiere abschabte. Jetzt versank die Sonne, eine kurze, aber eisige Kälte durchschauerte die ganze Natur, das war gar nicht angenehm; aber ringsumher ergoss sich über Berge und Wolken die herrlichste grüne Farbe, so klar, so schimmernd – ja, geh selbst hin und sieh es dir an, das ist besser, als die Beschreibung zu lesen! Es war unvergleichlich schön! Das fanden die Reisenden auch, aber – der Magen war leer, der Körper müde, alle Sehnsucht des Herzens drehte sich um ein Nachtquartier; aber wie würde das sein? Man sah weit sehnsüchtiger danach aus als nach der schönen Natur.

Der Weg führte durch einen Olivenwald, es war, als fahre man daheim zwischen knorrigen Weiden; hier lag das einsame Wirtshaus. Ein Dutzend bettelnder Krüppel hatte sich davor gelagert, der gesündeste von ihnen sah, um einen Marryatschen Ausdruck zu gebrauchen, aus wie »des Hungers ältester Sohn, der das Alter seiner Volljährigkeit erreicht hat«, die andern waren entweder blind, hatten Schwund in den Beinen und krochen auf den Händen, oder verdorrte Arme mit fingerlosen Händen. Es war so recht das Elend, das aus seinen Lumpen hervorgeholt war. *»Eccelenza, miserabili!«,* seufzten sie und streckten die kranken Glieder aus. Die Wirtin selbst mit bloßen Füßen, ungekämmtem Haar und in einer schmutzigen Bluse nahm die Gäste in Empfang. Die Türen waren mit Bindfaden zusammengebunden; der Fußboden in den Zimmern bestand aus einem halbaufgewühlten Pflaster aus Mauersteinen, Fledermäuse flatterten unter der Decke hin, und der Gestank hier drinnen –

»Bitte, decken Sie nur unten im Stall!«, sagte einer der Reisenden. »Da unten weiß man doch wenigstens, was man einatmet!«

Die Fenster wurden geöffnet, damit ein wenig frische Luft hereinkommen konnte, aber schneller als die frische Luft kamen die verdorrten Arme und das ewige Jammern: »Miserabili, Eccellenza!«, herein. An den Wänden standen viele Inschriften, die Hälfte davon war gegen die Bella Italia!

Das Essen wurde aufgetragen; es war eine Suppe aus Wasser, die mit Pfeffer und ranzigem Öl gewürzt war, und dann kehrte dasselbe Öl noch einmal bei dem Salat wieder, verdorbene Eier und gebratene Hahnenkämme bildeten die Hauptgerichte; selbst der Wein hatte einen Beigeschmack, es war die reine Medizin.

Zur Nacht wurden die Koffer vor der Türe aufgestapelt; einer der Reisenden hielt Wache, während die andern schliefen; der Theologe war der Wachthabende. O, wie schwül war es hier drinnen! Die Hitze bedrückte, die Mücken summten und stachen, die Miserabili da draußen jammerten im Schlaf.

»Ja das Reisen ist ganz schön!«, sagte der Student. »Hätte man nur keinen Körper! Könnte der ruhen und der Geist fliegen! Wohin ich auch komme, finde ich einen Mangel, der das Herz bedrückt; etwas Besseres als das Augenblickliche möchte ich haben, doch wo und was ist das? Im Grunde weiß ich wohl, was ich will, ich sehne mich nach einem glücklichen Ziel, dem glücklichsten von allen!«

Und sobald er die Worte ausgesprochen hatte, befand er sich in der Heimat; die langen, weißen Gardinen hingen vom Fenster herab, und mitten im Zimmer stand der schwarze Sarg: darin lag er in seinem stillen Todesschlaf, sein Wunsch war erfüllt, der Körper ruhte, der Geist reiste. »Preise niemanden glücklich, bevor er in seinem Grabe ist!«, waren Solons Worte. Hier fanden sie von neuem Bestätigung.

Jede Leiche ist eine Sphinx der Unsterblichkeit; auch die Sphinx hier in dem schwarzen Sarge gab uns keine Antwort auf das, was der Lebende zwei Tage vorher niedergeschrieben hatte:

Du starker Tod, aus deinem Schweigen Grauen spricht!
Nur Friedhofsgräber wir als deine Spuren sehen,
Warum nur des Gedankens Jakobsleiter stets zerbricht?
Soll nur als Gras im Todesgarten ich erstehen?
Das größte Leiden sieht die Welt kaum je,
Der einsam stets du warst hienieden,

Dich drückt im Leben schwerer manch ein Weh
Als jetzt die Erde deines Sarges Frieden!

Zwei Gestalten bewegten sich im Zimmer; wir kennen sie beide: es war die Fee der Sorge und die Abgesandte des Glücks; sie beugten sich über den Toten.

»Siehst du nun«, sagte die Sorge, »welch Glück brachten wohl deine Galoschen der Menschheit?«

»Sie brachten wenigstens dem, der hier schläft, ein dauerndes Gut!«, antwortete die Freude.

»O nein!«, sagte die Sorge. »Er ist von selbst davongegangen, er wurde nicht gerufen. Seine geistige Kraft hienieden war nicht stark genug, um die Schätze zu heben, die er seiner Bestimmung nach heben musste. Ich will ihm eine Wohltat erweisen!«

Und sie zog die Galoschen von seinen Füßen; da war der Todesschlaf geendet, der ins Leben Zurückgerufene erhob sich. Die Sorge verschwand, aber auch die Galoschen waren mit ihr verschwunden. Sie hat sie wohl als ihr Eigentum betrachtet.

Die Hirtin und der Schornsteinfeger

Hast du wohl je so einen wirklich alten hölzernen Schrank gesehen, ganz schwarz vor Alter und mit geschnitzten Schnörkeln und Laubwerk? Just so einer stand in einer Wohnstube, er war von der Urgroßmutter ererbt und von oben bis unten mit geschnitzten Rosen und Tulpen bedeckt; es waren die wunderlichsten Schnörkel, und dazwischen steckten kleine Hirsche ihre Köpfe mit vielzackigen Geweihen hervor; aber mitten auf dem Schrank stand ein ganzer geschnitzter Mann, er war freilich wunderlich anzusehen, und er grinste, denn Lachen konnte man es nicht nennen, er hatte Ziegenbocksbeine, kleine Hörner an der Stirn und einen langen Bart. Die Kinder im Zimmer nannten ihn immer den Ziegenbocksbein-Oberunduntergeneralkriegskommandeursergeanten, der Name ist schwer auszusprechen, und es gibt nicht viele, die diesen Titel bekommen; aber ihn ausschnitzen zu lassen, das war auch etwas. Aber nun war er ja da! Immer sah er nach dem Tisch unter dem Spiegel hinüber, denn da stand eine reizende, kleine Hirtin aus Porzellan; die Schuhe waren vergoldet, das Kleid war zierlich mit einer roten Rose aufgerafft, und dann hatte sie einen goldnen Hut und einen Hirtenstab; sie war wunderschön! Dicht neben ihr stand ein kleiner Schornsteinfeger so schwarz wie eine Kohle, im übrigen aber auch aus Porzellan; er war so rein und fein wie nur irgendeiner; dass er Schornsteinfeger war, das war ja nur etwas, was er vorstellte; der Porzellanarbeiter hätte ebenso gut einen Prinzen aus ihm machen können, denn das wäre für ihn ganz einerlei gewesen.

Da stand er so zierlich mit seiner Leiter und mit einem Gesicht so weiß und rot wie ein Mädchen, und das war eigentlich ein Fehler, denn ein wenig schwarz hätte er immer sein können. Er stand ganz dicht neben der Hirtin; sie waren beide hingestellt, wo sie standen, und da sie nun einmal da hingestellt waren, so hatten sie sich verlobt, sie passten ja zueinander, sie waren junge Leute, sie waren aus demselben Porzellan, und sie waren beide gleich zerbrechlich.

Dicht neben ihnen stand noch eine Figur, die war dreimal so groß; das war ein alter Chinese, der nicken konnte. Er war auch aus Porzellan und sagte, er sei der Großvater der kleinen Hirtin, aber beweisen konnte er das freilich nicht; er behauptete, er hätte Macht über sie, und daher hatte er dem Ziegenbocksbein-Oberunduntergeneralkriegskommandeursergeanten zugenickt, als der um die kleine Hirtin freite.

»Da kriegst du einen Mann«, sagte der alte Chinese, »einen Mann, der, wie ich fest glaube, aus Mahagoniholz ist, er kann dich zur Ziegenbocksbein-Oberunduntergeneralkriegskommandeursergeantin machen, er hat den ganzen Schrank voll Silberzeug außer dem, was er in den geheimen Fächern aufbewahrt.«

»Ich will nicht in den dunklen Schrank hinein!«, sagte die kleine Hirtin. »Ich habe sagen hören, dass er elf Porzellanfrauen da drinnen hat!«

»Dann kannst du ja die zwölfte sein!«, sagte der Chinese. »Über Nacht, wenn es in dem alten Schrank knackt, sollt ihr Hochzeit feiern, so wahr ich ein Chinese bin!« Und dann nickte er mit dem Kopf und schlief ein.

Aber die kleine Hirtin weinte und sah ihren Herzallerliebsten, den Porzellan-Schornsteinfeger, an.

»Ich glaube«, sagte sie, »ich möchte dich bitten, dass du mit mir in die weite Welt hinausgehst, denn hier können wir nicht bleiben!«

»Ich will alles, was du willst!«, sagte der kleine Schornsteinfeger. »Lass uns gleich gehen, ich denke wohl, dass ich dich durch mein Handwerk ernähren kann!«

»Wenn wir nur erst glücklich vom Tisch herunter wären«, sagte sie, »ich werde nicht wieder froh, als bis wir in die weite Welt hinaus sind!«

Und er tröstete sie und zeigte ihr, wie sie ihren kleinen Fuß auf die geschnitzte Kante und das vergoldete Laubwerk um den Tischfuß hinabsetzen müsse; seine Leiter nahm er auch zur Hilfe, und dann waren sie unten auf dem Fußboden; aber als sie nach dem allen Schrank hinüber sahen, war dort so eine Unruhe; alle die geschnitzten Hirsche steckten die Köpfe weiter vor, erhoben die Geweihe und drehten die Hälse! Der Ziegenbocksbein-Oberunduntergeneralkriegskommandeursergeant sprang hoch in die Höhe und rief dem alten Chinesen zu: »Nun laufen sie weg! Nun laufen sie weg!«

Da erschraken sie ein wenig und sprangen schnell in den Schubkasten am Fenstertritt.

Hier lagen drei, vier Spiele Karten, die nicht vollständig waren, und ein kleines Puppentheater, das, soweit es sich machen ließ, aufgebaut war; es wurde Komödie gespielt, und alle die Damen, Careau wie Coeur, Trèfle wie Pique, saßen in der ersten Reihe und fächelten mit ihren Tulpen, und hinter ihnen standen alle Buben und zeigten, dass sie Kopf hatten, und zwar oben wie unten, so wie die Spielkarten es haben. Die Komödie handelte von zweien, die sich nicht haben sollten, und die Hirtin weinte darüber, denn es war so wie ihre eigene Geschichte.

»Das kann ich nicht aushalten!«, sagte sie. »Ich muss aus dem Schubkasten heraus!« Aber als sie wieder auf dem Fußboden standen und nach dem Tisch hinüber sahen, da war der alte Chinese aufgewacht und schüttelte den ganzen Körper, unten war er ja ein Klumpen.

»Jetzt kommt der alte Chinese!«, rief die kleine Hirtin, und dann fiel sie auf ihre Porzellanknie nieder, so betrübt war sie.

»Mir fällt was ein!«, sagte der Schornsteinfeger. »Wollen wir in die große Potpourritruhe hineinkriechen, die in der Ecke steht; da können wir auf Rosen und Lavendel liegen und ihm Salz in die Augen werfen, wenn er kommt.«

»Das verschlägt nicht!«, sagte sie. »Überdies weiß ich, dass der alte Chinese und die Potpourritruhe verlobt gewesen sind, und es bleibt immer ein wenig Wohlwollen zurück, wenn man so im Verhältnis zueinander gestanden hat; nein, es bleibt uns nichts weiter übrig, als in die weite Welt hinauszugehen!«

»Hast du wirklich Mut, mit mir in die weite Welt hinauszugehen?«, fragte der Schornsteinfeger. »Hast du bedacht, wie groß sie ist und dass wir nie wieder hierher zurückkehren können?«

»Ja, das habe ich bedacht!«, sagte sie.

Und der Schornsteinfeger sah sie ganz fest an, und dann sagte er: »Mein Weg geht durch den Schornstein! Hast du wirklich Mut, mit mir durch den Ofen zu kriechen, durch den eisernen Kasten, wie auch durch das Rohr? Dann kommen wir in den Schornstein hinaus, und da weiß ich mich zu bewegen! Wir steigen so hoch, dass sie uns nicht erreichen können, und ganz oben ist ein Loch in die weite Welt hinaus!«

Und er führte sie an die Ofentür.

»Es sieht so schwarz aus!«, sagte sie, aber sie ging doch mit ihm durch den eisernen Kasten und durch das Rohr, wo stockfinstere Nacht herrschte.

»Jetzt sind wir im Schornstein!«, sagte er, »und sieh, sieh nur, über uns scheinen die schönsten Sterne!«

Und es war ein wirklicher Stern am Himmel, der gerade zu ihnen herabschien, als wollte er ihnen den Weg zeigen. Und sie kletterten, und sie krochen, ein gräulicher Weg war es, so hoch, so hoch; aber er hob sie und half ihr, er hielt sie und zeigte ihr die besten Stellen, wohin sie ihre kleinen Porzellanfüße setzen sollte, und dann kamen sie bis an den Rand des Schornsteins hinauf, und darauf setzten sie sich nieder, denn sie waren gehörig müde, und dazu hatten sie auch allen Grund.

Der Himmel mit allen seinen Sternen war über ihnen, und alle Dächer der Stadt waren unter ihnen; sie sahen so weit um sich, so weit in die Welt hinein; die arme Hirtin hatte es sich nie so vorgestellt; sie lehnte ihren kleinen Kopf gegen ihren Schornsteinfeger, und dann weinte sie, sodass das Gold von ihrem Gürtel absprang.

»Das ist viel zu viel!«, sagte sie. »Das kann ich nicht aushalten! Die Welt ist zu groß! Wäre ich doch wieder auf dem kleinen Tisch unter dem Spiegel! Ich werde nie wieder froh, ehe ich nicht wieder da bin! Jetzt bin ich dir in die weite Welt hinaus gefolgt, nun kannst du mich aber wieder zurück begleiten, wenn du mich lieb hast!«

Und der Schornsteinfeger redete ihr Vernunft zu, er sprach von dem alten Chinesen und von dem Ziegenbocksbein-Oberunduntergeneralkriegskommandeursergeanten, aber sie schluchzte so schrecklich und küsste ihren kleinen Schornsteinfeger, sodass er nicht anders konnte, als sich ihr fügen, obgleich es töricht war.

Und dann kletterten sie wieder mit großer Mühe durch den Schornstein hinab, und sie krochen durch das Rohr und den eisernen Kasten, das war gar nicht angenehm, und dann standen sie in dem dunklen Ofen; da horchten sie hinter der Tür, um zu erfahren, wie es im Zimmer aussah. Dort war es ganz still; sie guckten hinaus – ach, da lag der alte Chinese mitten auf dem Fußboden; er war vom Tisch heruntergefallen, als er hinter ihnen her wollte, und lag nun in drei Stücke zerschlagen da; der ganze Rücken war in einem Stück abgegangen, und der Kopf war in eine Ecke gerollt; der Ziegenbocksbein-Oberunduntergeneralkriegskommandeursergeant stand, wo er immer gestanden hatte, und dachte nach.

»Das ist grässlich!«, sagte die kleine Hirtin. »Der alte Großvater ist in Stücke zersprungen, und wir sind schuld daran! Das überlebe ich niemals!« Und dann rang sie ihre winzig kleinen Hände.

»Er kann wieder genietet werden!«, sagte der Schornsteinfeger. »Er kann sehr gut wieder genietet werden! Rege dich nur nicht so auf; wenn sie ihn im Rücken leimen und ihm ein gutes Niet im Nacken geben, wird er wieder so gut wie neu sein und kann uns noch manches Unangenehme sagen.«

»Meinst du?«, sagte sie, und dann krochen sie wieder auf den Tisch, wo sie früher gestanden hatten.

»Sieh, so weit wären wir gekommen!«, sagte der Schornsteinfeger. »Die Mühe hätten wir uns sparen können!«

»Hätten wir nur erst den alten Großvater wieder genietet!«, sagte die Hirtin. »Ob das wohl sehr teuer wird?«

Und genietet wurde er; die Familie ließ ihn im Rücken leimen, er bekam ein gutes Niet durch den Hals, er war so gut wie neu, aber nicken konnte er nicht.

»Sie sind wohl hochmütig geworden, seitdem Sie in Stücke zerschlagen waren!«, sagte der Ziegenbocksbein-Oberunduntergeneralkriegskommandeursergeant. »Ich finde eigentlich nicht, dass das etwas ist, worauf Sie stolz zu sein brauchen! Kriege ich sie nun oder kriege ich sie nicht?«

Und der Schornsteinfeger und die kleine Hirtin sahen den alten Chinesen so rührend an, ihnen war so angst, dass er nicken würde, aber er konnte ja nicht, und es war ihm so unangenehm, einem Fremden zu erzählen, dass er beständig ein Niet im Nacken habe, und so blieben denn die Porzellanleutchen beisammen, und sie segneten des Großvaters Niet und hatten sich lieb, bis sie in Scherben zerbrachen.

Die Prinzessin auf der Erbse

Es war einmal ein Prinz, der wollte eine Prinzessin haben, aber es sollte eine wirkliche Prinzessin sein. Da reiste er denn in der ganzen Welt umher, um eine solche zu finden, aber überall war etwas im Wege, Prinzessinnen gab es genug, aber ob es wirkliche Prinzessinnen waren, dahinter konnte er nicht so recht kommen; immer war da irgendetwas, was nicht ganz in Ordnung war. Und da kam er denn wieder nach Hause und war sehr traurig, denn er wollte so gern eine wirkliche Prinzessin haben.

Eines Abends zog ein schreckliches Unwetter herauf, es blitzte und donnerte, der Regen strömte herab, es war ganz fürchterlich! Da klopfte es an das Stadttor, und der alte König ging hin, um aufzumachen.

Da draußen stand eine Prinzessin. Aber du großer Gott, wie hatten der Regen und das böse Wetter sie zugerichtet! Das Wasser lief ihr aus dem Haar und aus den Kleidern, und es lief in die Spitzen der Schuhe hinein und an den Hacken wieder heraus, und dabei sagte sie, dass sie eine wirkliche Prinzessin wäre.

»Nun, das wollen wir schon herausbringen!«, dachte die alte Königin, aber sie sagte nichts, ging in die Schlafstube hinein, nahm alle Betten ab und legte eine Erbse auf den Boden der Bettstelle, dann nahm sie zwanzig Matratzen, legte sie oben auf die Erbse und dann noch zwanzig Eiderdaunenbetten oben über die Matratzen.

Da sollte die Prinzessin nun in der Nacht liegen.

Am Morgen fragte sie sie, wie sie geschlafen habe.

»Ach, schrecklich schlecht!«, sagte die Prinzessin. »Ich habe fast die ganze Nacht kein Auge zugetan! Gott mag wissen, was da im Bett gewesen ist? Ich habe auf etwas Hartem gelegen, sodass ich am ganzen Körper braun und blau bin! Es ist ganz schrecklich!«

Da konnten sie denn sehen, dass sie eine wirkliche Prinzessin war, weil sie durch die zwanzig Matratzen und die zwanzig Eiderdaunenbetten hindurch die Erbse gespürt hatte.

So empfindlich kann nur eine wirkliche Prinzessin sein.

Da nahm sie der Prinz zur Frau, denn nun wusste er, dass er eine richtige Prinzessin hatte, und die Erbse kam in das Kunstkabinett, wo sie noch zu sehen ist, wenn niemand sie gestohlen hat.

Sieh, das ist eine wahre Geschichte!

Das Feuerzeug

Ein Soldat kam die Landstraße dahermarschiert: Eins, zwei! Eins, zwei! Er hatte seinen Tornister auf dem Rücken und einen Säbel an der Seite, denn er war im Krieg gewesen, und nun wollte er nach Hause. Da begegnete ihm eine alte Hexe auf der Landstraße; sie sah ganz abscheulich aus, ihre Unterlippe hing ihr bis auf die Brust herab. Sie sagte: »Guten Abend, Soldat! Was für einen schönen Säbel und was für einen großen Tornister du hast! Du bist ein richtiger Soldat! Jetzt sollst du so viel Geld bekommen, wie du nur haben willst!«

»Vielen Dank, du alte Hexe!«, sagte der Soldat.

»Kannst du den großen Baum sehen?«, sagte die Hexe und zeigte auf den Baum, der neben ihnen stand. »Der ist inwendig ganz hohl! Du musst in seinen Gipfel hinaufklettern, dann wirst du ein Loch sehen, durch das du dich hinablassen und tief in den Baum hineinkommen kannst! Ich will dir einen Strick um den Leib binden, damit ich dich wieder heraufziehen kann, wenn du mich rufst.«

»Was soll ich denn da unten im Baum?«, fragte der Soldat.

»Geld holen!«, sagte die Hexe. »Ich will dir nämlich sagen, wenn du auf den Boden des Baumes hinabkommst, dann bist du in einem großen Gange; da ist es ganz hell, denn da brennen über hundert Lampen. Dann siehst du drei Türen, du kannst sie aufmachen, der Schlüssel steckt darin. Wenn du in die erste Kammer gehst, so siehst du mitten auf dem Fußboden eine große Kiste, oben darauf sitzt ein Hund, der hat ein Paar Augen so groß wie ein Paar Teetassen, aber daran musst du dich nicht kehren! Ich gebe dir meine blau karierte Schürze mit, die kannst du auf den Fußboden ausbreiten; dann gehe schnell hin und nimm den Hund, setze ihn auf meine Schürze, mache die Kiste auf und nimm so viel Geldstücke wie du willst. Sie sind alle von Kupfer; doch willst du lieber Silber haben, so musst du in das nächste Zimmer gehen; da sitzt ein Hund, der hat ein Paar Augen so groß wie Mühlräder; aber daran musst du dich nicht kehren, setze ihn auf meine Schürze und nimm von dem Geld! Willst du aber Gold haben, so kannst du das auch bekommen, und zwar so viel, wie dir zu tragen möglich ist, wenn du in die dritte Kammer hineingehst. Aber der Hund, der hier auf der Geldkiste sitzt, hat zwei Augen, jedes so groß wie der »Runde Turm«. Es ist ein wirklicher Hund, das kannst du mir glauben! Aber daran musst du dich nicht kehren! Setze ihn nur auf meine Schürze, dann tut er dir nichts, und nimm dir so viel Geld aus der Kiste, wie du willst!«

»Das ist ja gar nicht so übel!«, sagte der Soldat. »Aber was soll ich dir geben, du alte Hexe? Denn etwas willst du doch auch wohl haben, vermute ich!«

»Nein«, sagte die Hexe, »nicht einen einzigen Schilling will ich haben! Du sollst mir nur ein altes Feuerzeug mitbringen, das meine Großmutter vergessen hat, als sie das letzte Mal da unten war.«

»Na, dann binde mir nur den Strick um den Leib!«, sagte der Soldat.

»Hier ist er!«, sagte die Hexe. »Und hier ist meine blau karierte Schürze.«

Und dann kroch der Soldat in den Baum hinauf, ließ sich durch das Loch hinunterfallen und stand nun, wie die Hexe gesagt hatte, unten in dem großen Gang, wo die vielen hundert Lampen brannten.

Nun machte er die erste Tür auf. Hu! Da saß der Hund mit den Augen so groß wie Teetassen und glotzte ihn an.

»Du bist mir ein netter Gesell!«, sagte der Soldat, setzte ihn auf die Schürze der Hexe und nahm so viel Kupfermünzen, wie er nur in seiner Tasche bergen konnte, schloss dann die Kiste, setzte den Hund wieder hinauf und ging in das andere Zimmer. Potzblitz! Da saß der Hund mit den Augen so groß wie Mühlräder.

»Du sollst mich nicht so scharf ansehen!«, sagte der Soldat. »Du könntest Augenschmerzen davon bekommen!«, und dann setzte er den Hund auf die Schürze der Hexe; aber als er das viele Silbergeld in der Kiste sah, warf er all das Kupfergeld, das er hatte, weg, und füllte die Tasche und seinen Tornister mit lauter Silber. Dann ging er in die dritte Kammer hinein! – Nein, das war ekelhaft! Der Hund da drinnen hatte wirklich zwei Augen so groß wie der »Runde Turm«, und die liefen ihm im Kopf herum wie Räder.

»Guten Abend!«, sagte der Soldat und griff an die Mütze, denn einen solchen Hund hatte er noch nie gesehen; als er ihn ein wenig genauer betrachtet hatte, dachte er: »Nun kann es genug sein!«, hob ihn auf den Fußboden herunter und machte die Kiste auf. Großer Gott, was war da für Gold! Dafür konnte er ganz Kopenhagen und die Zuckerferkel der Küchenfrauen, alle Zinnsoldaten, Peitschen und Schaukelpferde in der ganzen Welt kaufen. Ja wahrhaftig, das war Geld! – Nun warf der Soldat all das Silbergeld, womit er seine Taschen und seinen Tornister gefüllt hatte, weg und nahm stattdessen Gold, ja, alle Taschen, der Tornister, die Mütze und die Stieseln wurden gefüllt, sodass er kaum gehen konnte. Nun hatte er Geld! Den Hund setzte er auf die Kiste, schlug die Tür zu und rief dann durch den Baum hinauf:

»Zieh mich jetzt hinauf, du alte Hexe!«

»Hast du auch das Feuerzeug?«, fragte die Hexe.

»Das ist ja wahr!«, sagte der Soldat. »Das hatte ich ganz vergessen!«, und dann ging er hin und holte es. Die Hexe zog ihn hinauf, und dann stand er wieder auf der Landstraße, die Taschen, Stiefel, den Tornister und die Mütze voll Geld.

»Was willst du nun mit dem Feuerzeug?«, fragte der Soldat.

»Das geht dich gar nichts an!«, sagte die Hexe. »Nun hast du ja Geld bekommen! Gib mir jetzt nur das Feuerzeug!«

»Unsinn!«, sagte der Soldat, »willst du mir gleich sagen, was du damit willst, sonst ziehe ich meinen Säbel und haue dir den Kopf ab!«

»Nein!«, sagte die Hexe.

Dann hieb ihr der Soldat den Kopf ab. Da lag sie! Aber er band all sein Geld in ihre Schürze, nahm die wie ein Bündel auf den Rücken, steckte das Feuerzeug in die Tasche und ging geradeswegs nach der Stadt.

Es war eine wunderschöne Stadt, und in dem allerschönsten Wirtshaus kehrte er ein, ließ sich die allerbesten Zimmer und seine Lieblingsspeisen geben, denn nun war er reich, da er so viel Geld hatte.

Der Diener, der seine Stiefel putzen sollte, fand ja freilich, dass es wunderlich alte Stiefel für einen so reichen Herrn wären; aber er hatte sich ja noch keine neuen gekauft; am nächsten Tage bekam er ordentliche Stiefel und schöne Kleider. Nun war der Soldat ein vornehmer Herr geworden, und die Leute erzählten ihm von all der Pracht, die in ihrer Stadt war, und von ihrem König, und was für eine reizende Prinzessin seine Tochter sei.

»Wo kann man die zu sehen bekommen?«, fragte der Soldat.

»Die kann man gar nicht zu sehen bekommen!«, sagten alle. »Sie wohnt in einem großen Kupferschloss mit vielen Mauern und Türmen ringsumher! Niemand außer dem König darf bei ihr aus und ein gehen, denn ihr ist prophezeit, dass sie einen ganz gemeinen Soldaten heiraten würde, und das kann der König nicht leiden!«

»Die möchte ich wohl sehen!«, dachte der Soldat, aber dazu konnte er ja keine Erlaubnis bekommen.

Jetzt lebte er lustig und in Freuden, ging ins Theater, fuhr im Königsgarten und gab den Armen viel Geld, und das war hübsch von ihm; er wusste ja aus alten Zeiten, wie schlimm es ist, keinen Schilling zu besitzen! – Er war jetzt reich, hatte schöne Kleider und bekam daher viele Freunde, die alle sagten, dass er ein prächtiger Mensch und ein echter Kavalier sei, und das mochte der Soldat gern hören! Aber da er jeden Tag Geld ausgab und keins wieder einnahm, so hatte er schließlich nur noch zwei Schillinge übrig und musste aus den schönen Zimmern ausziehen, in denen er gewohnt hatte, und in einer winzig kleinen Kammer ganz unter dem Dach hausen, selbst seine Stiefel putzen und sie mit einer Stopfnadel zusammennähen, und keiner von seinen Freunden kam zu ihm, denn es waren gar zu viele Treppen hinaufzusteigen.

Es war ganz dunkler Abend, und er konnte sich nicht einmal ein Licht kaufen, aber da fiel ihm ein, dass ein kleiner Stummel in dem Feuerzeug lag, das er aus dem hohlen Baume, in den ihm die Hexe hinabgeholfen, mitgebracht hatte. Er holte das Feuerzeug und den Lichtstummel heraus, aber in demselben Augenblick, als er Feuer schlug und die Funken aus dem Feuerstein sprühten, sprang die Tür auf, und der Hund mit den Augen so groß wie ein Paar Teetassen, den er unten unter dem Baum gesehen hatte, stand vor ihm und sagte: »Was befiehlt mein Herr?«

»Na nu!«, sagte der Soldat, »das ist ja ein drolliges Feuerzeug. Kann ich denn bekommen, was ich will? Schaff mir etwas Geld!«, sagte er zu dem Hund, und wupp war der Hund weg, und wupp war er wieder da und hielt einen großen Beutel voll Schillinge in seinem Maul.

Nun wusste der Soldat, was für ein prächtiges Feuerzeug das war! Schlug er einmal, so kam der Hund, der auf der Kiste mit dem Kupfergeld saß; schlug er zweimal, so kam der, der das Silbergeld hatte; und schlug er dreimal, so kam der, der das Gold hatte. – Nun zog der Soldat wieder in die schönen Zimmer hinunter und trug wieder schöne Kleider, und da erkannten ihn gleich all seine Freunde wieder, und sie hielten alle große Stücke auf ihn.

Da dachte er einmal: »Es ist doch ganz sonderbar, dass man die Prinzessin nicht zu sehen bekommen kann! Sie soll so schön sein, sagen sie alle! Aber was kann das nützen, wenn sie immer in dem großen Kupferschloss mit den vielen Türmen sitzen muss – Kann ich sie denn gar nicht zu sehen bekommen?« Und dann machte er Feuer, und wupp kam der Hund mit Augen so groß wie Teetassen.

»Es ist ja freilich mitten in der Nacht«, sagte der Soldat, »aber ich möchte doch so schrecklich gern die Prinzessin sehen, nur einen kleinen Augenblick!«

Der Hund war gleich zur Tür hinaus, und ehe der Soldat sich's versah, kam er mit der Prinzessin zurück, sie saß auf dem Rücken des Hundes und schlief und war so schön, dass jeder sehen konnte, dass es eine wirkliche Prinzessin war. Der Soldat konnte es nicht lassen, er musste sie küssen, denn er war ein richtiger Soldat.

Der Hund lief dann mit der Prinzessin zurück, aber als es Morgen wurde, und der König und die Königin beim Tee saßen, sagte die Prinzessin, sie habe über Nacht einen so sonderbaren Traum geträumt von einem Hund und einem Soldaten. Sie habe auf dem Hund geritten, und der Soldat habe sie geküsst.

»Das ist ja eine nette Geschichte!«, sagte die Königin.

Nun sollte in der nächsten Nacht eine von den alten Hofdamen am Bett der Prinzessin wachen, um zu sehen, ob es ein wirklicher Traum wäre oder was es sonst sein möchte.

Der Soldat sehnte sich so schrecklich danach, die schöne Prinzessin wieder zu sehen, und so kam denn der Hund in der Nacht, nahm sie und lief, was er laufen konnte, aber die alte Hofdame zog Wasserstiefel an und lief ebenso schnell hinterher; als sie nun sah, dass sie in einem großen Haus verschwanden, dachte sie: »Jetzt weiß ich, wo es ist«, und machte mit einem Stück Kreide ein großes Kreuz an die Haustür. Dann ging sie nach Hause und legte sich schlafen, und der Hund kam auch mit der Prinzessin zurück; aber als er sah, dass ein Kreuz an die Tür des Hauses gemacht war, in dem der Soldat wohnte, nahm er auch ein Stück Kreide und machte Kreuze an alle Haustüren in der ganzen Stadt, und das war sehr klug von ihm, denn nun konnte ja die Hofdame die richtige Tür nicht finden, da Kreuze an ihnen allen waren.

Früh am Morgen kamen der König und die Königin und die alte Hofdame und alle Offiziere, um zu sehen, wo die Prinzessin gewesen war.

»Da ist es!«, sagte der König, als er die erste Haustür mit einem Kreuz darauf erblickte.

»Nein, es ist da, mein Herzensmann!«, sagte die Königin, als sie die zweite Tür mit einem Kreuz sah.

»Aber da ist eins und da noch eins!«, sagten sie alle zusammen; wohin sie sahen, waren Kreuze an den Türen. Da konnten sie denn sehen, dass ihnen alles Suchen nichts helfen würde.

Aber die Königin war eine sehr kluge Frau, die mehr konnte, als in einer Kutsche fahren. Sie nahm ihre große, goldene Schere, schnitt ein großes Stück Seidenzeug in Stücke und nähte dann einen allerliebsten kleinen Beutel; den füllte sie mit ganz feiner Buchweizengrütze, band ihn der Prinzessin auf den Rücken, und als das geschehen war, schnitt sie ein kleines Loch in den Beutel, sodass die Grütze auf dem ganzen Wege, den die Prinzessin zurücklegte, heraussickern konnte.

In der Nacht kam nun der Hund wieder, nahm die Prinzessin auf seinen Rücken und lief mit ihr zu dem Soldaten hin, der sie so lieb hatte und so gern ein Prinz gewesen wäre, um sie zur Frau zu bekommen.

Der Hund merkte es gar nicht, wie die Grütze heraussickerte von dem Schloss bis zu dem Fenster des Soldaten, wo er mit der Prinzessin an der Mauer in die Höhe lief. Am Morgen sahen dann der König und die Königin, wo ihre Tochter gewesen war, und da nahmen sie den Soldaten mit und setzten ihn in das Gefängnis.

Da saß er nun. Hu, wie dunkel und langweilig es da war; und dann sagten sie zu ihm: »Morgen sollst du gehängt werden!« Das war nicht erfreulich zu hören, und sein Feuerzeug hatte er im Wirtshaus liegen lassen. Am Morgen konnte er durch das Eisengitter vor dem kleinen Fenster sehen, wie sich die Leute beeilten, aus der Stadt zu kommen, um ihn hängen zu sehen. Er hörte die Trommeln und sah die Soldaten marschieren. Alle Menschen liefen hinaus; darunter war auch ein Schusterjunge mit Schurzfell und Pantoffeln, der lief so im Galopp, dass sein einer Pantoffel abflog und gerade gegen die Mauer, wo der Soldat saß und zwischen den eisernen Stangen hindurchguckte.

»Heda, du Schusterjunge! Du brauchst dich gar nicht so zu beeilen«, sagte der Soldat zu ihm, »es wird doch nichts daraus, ehe ich komme; aber willst du nicht hinlaufen, wo ich gewohnt habe, und mir mein Feuerzeug holen? Dann sollst du vier Schillinge haben! Aber du musst die Beine in die Hand nehmen!« Der Schusterjunge wollte gern die vier Schillinge haben und rannte davon, um das Feuerzeug zu holen, gab es dem Soldaten, und – ja, nun werden wir ja hören!

Draußen vor der Stadt war ein großer Galgen aufgemauert, ringsumher standen Soldaten und viele hunderttausend Menschen. Der König und die Königin saßen auf einem wunderschönen Thron, den Richtern und dem ganzen Rat gerade gegenüber.

Der Soldat stand schon auf der Leiter, aber als sie den Strick um seinen Hals schlingen wollten, sagte er, dass man einem Sünder, ehe er seine Strafe verbüße, ja immer die Erfüllung eines unschuldigen Wunsches gewähre. Er möchte so gern eine Pfeife Tabak rauchen, es sei ja die letzte Pfeife in dieser Welt.

Dazu wollte der König denn auch nicht nein sagen, und da nahm der Soldat sein Feuerzeug und schlug Feuer. Eins, zwei, drei! Und da standen alle Hunde, der mit Augen so groß wie Teetassen, der mit Augen wie Mühlenräder und der, der Augen so groß wie der »Runde Turm« hatte.

»Helft mir nun, dass ich nicht gehängt werde!«, sagte der Soldat; und da fuhren die Hunde auf die Richter und den ganzen Rat los, nahmen den einen bei den Beinen, den andern bei der Nase und warfen sie viele Klafter hoch in die Luft, sodass sie niederfielen und in lauter Stücke zerschlugen.

»Ich will nicht!«, sagte der König, aber der größte Hund nahm ihn und auch die Königin und warf sie beide hinter allen den andern drein. Da erschraken die Soldaten, und alle Leute riefen: »Lieber Soldat, du sollst unser König sein und die schöne Prinzessin haben!«

Dann setzten sie den Soldaten in die Kutsche des Königs, und alle drei Hunde tanzten vor ihm her und riefen »Hurra!« Und die Knaben pfiffen auf den Fingern, und die Soldaten präsentierten das Gewehr. Die Prinzessin kam aus dem Kupferschloss heraus und wurde Königin, und das gefiel ihr sehr! Die Hochzeit währte acht Tage, und die Hunde saßen mit bei Tisch und machten große Augen.

Die roten Schuhe

Es war einmal ein kleines Mädchen, das war so fein und niedlich, aber im Sommer musste es immer mit bloßen Füßen gehen, denn es war arm, und im Winter mit großen Holzschuhen, sodass der kleine Spann ganz abscheulich rot wurde.

Mitten im Dorf wohnte die alte Schusterfrau, die saß und nähte, so gut sie konnte, ein Paar kleine Schuhe aus alten, roten Tuchstreifen, ganz plump waren sie, aber es war gut gemeint, und die sollte das kleine Mädchen haben. Das kleine Mädchen hieß Karen.

Gerade an dem Tage, als Karens Mutter begraben wurde, bekam sie die roten Schuhe und zog sie zum ersten Mal an; trauern konnte sie ja nun freilich nicht damit, aber sie hatte keine andern, und so ging sie denn mit den bloßen Füßen in den roten Schuhen hinter dem ärmlichen Sarge her.

Da kam auf einmal ein großer, alter Wagen, und darin saß eine große, alte Frau, die sah das kleine Mädchen an und hatte Mitleid mit ihm, und dann sagte sie zu dem Pfarrer: »Geben Sie mir die Kleine mit, ich will gut gegen sie sein!«

Und Karen glaubte, das sei alles der roten Schuhe wegen, aber die alte Dame sagte, sie seien abscheulich; und dann wurden sie verbrannt, aber

Karen selbst wurde rein und nett angezogen; sie musste Lesen und Nähen lernen, und die Leute sagten, sie sei niedlich, der Spiegel aber sagte: »Du bist viel mehr als niedlich, du bist schön!«

Da reiste die Königin einmal durch das Land und hatte ihre kleine Tochter bei sich, das war eine Prinzessin; und die Leute strömten vor dem Schloss zusammen, und Karen war auch dabei, und die kleine Prinzessin stand in ihren feinen, weißen Kleidern in einem Fenster und ließ sich anstaunen; sie hatte weder eine Schleppe noch eine goldene Krone, aber wunderhübsche rote Saffianschuhe; die waren freilich viel schöner als die Schuhe, die die Schusterfrau für die kleine Karen genäht hatte. Nichts in der Welt ließ sich doch mit roten Schuhen vergleichen!

Jetzt war Karen so alt, dass sie konfirmiert werden sollte, neue Kleider bekam sie, und neue Schuhe sollte sie auch haben. Der reiche Schuster in der Stadt nahm das Maß von ihrem kleinen Fuß; das geschah in seiner eignen Wohnung, und dort standen große Glasschränke mit zierlichen Schuhen und blanken Stiefeln. Das sah allerliebst aus, aber die alte Dame konnte nicht gut sehen, und daher hatte sie kein Vergnügen daran. Mitten zwischen den Schuhen standen ein Paar rote, genau so, wie sie die Prinzessin getragen hatte; wie schön die waren! Der Schuster sagte auch, sie seien für ein Grafenkind gemacht, hätten aber nicht gepasst.

»Das ist wohl Glanzleder?«, fragte die alte Dame, »sie glänzen so?«

»Ja, sie glänzen!«, sagte Karen, und sie passten und wurden gekauft; aber die alte Dame wusste nicht, dass sie rot waren, denn sie würde Karen nie erlaubt haben, mit roten Schuhen zur Einsegnung zu gehen, aber das tat sie nun.

Alle Menschen sahen auf ihre Füße, und als sie durch die Kirche zur Chortür ging, war es ihr, als wenn selbst die alten Bilder auf den Grabmälern, diese Bildnisse von Pfarrern und Pfarrersfrauen, mit steifen Kragen und langen, schwarzen Gewändern, ihre Augen auf die roten Schuhe richteten, und nur an die dachte sie, als der Pfarrer ihr die Hand auf das Haupt legte und von der heiligen Taufe redete und von dem Bündnis mit Gott, und dass sie nun eine erwachsene Christin sei; und die Orgel spielte so feierlich, die lieblichen Kinderstimmen sangen, und der alte Kantor sang, aber Karen dachte nur an die roten Schuhe.

Am Nachmittag erfuhr die alte Dame von allen Menschen, dass es rote Schuhe gewesen waren; und sie sagte, das sei hässlich und es schicke sich nicht, und Karen sollte, wenn sie in Zukunft zur Kirche ginge, immer mit schwarzen Schuhen gehen, selbst wenn sie alt wären.

Am nächsten Sonntag war Abendmahl, und Karen sah die schwarzen Schuhe an, und sie sah die roten Schuhe an – und dann sah sie die roten wieder an und zog sie an.

Es war herrlicher Sonnenschein; Karen und die alte Dame gingen den Fußweg durch das Korn entlang; da stäubte es ein wenig.

An der Kirchentür stand ein alter Soldat mit einem Krückstock und einem wunderlich langen Bart, der war mehr rot als weiß; und er beugte sich tief auf die Erde nieder und fragte die alte Dame, ob er ihre Schuhe abwischen dürfte. Und Karen streckte auch ihren kleinen Fuß aus. »Nein, was für schöne Tanzschuhe!«, sagte der Soldat; »sitzt fest, wenn ihr tanzet!«, und dann schlug er mit der Hand unter die Sohlen.

Und die alte Dame gab ihm ein Geldstück, und dann ging sie mit Karen in die Kirche.

Und alle Menschen in der Kirche sahen Karens rote Schuhe an, und alle Bilder sahen sie an; und als Karen vor dem Altar kniete und den goldenen Kelch an ihren Mund setzte, dachte sie nur an die roten Schuhe, und es war, als schwömmen sie im Kelch herum; und sie vergaß, ihren Gesang zu singen, sie vergaß, ihr Vaterunser zu beten.

Nun gingen alle Leute aus der Kirche, und die alte Dame stieg in ihren Wagen. Karen erhob den Fuß, um hinterdrein zu steigen, als der alte Soldat, der dicht daneben stand, sagte: »Nein, was für schöne Tanzschuhe!« Und Karen konnte es nicht lassen, sie musste ein paar Tanzschritte machen, und als sie erst angefangen hatte, fuhren die Beine fort zu tanzen, es war, als hätten die Schuhe Macht über sie bekommen; sie tanzte um die Kirchenecke, sie konnte es nicht lassen, der Kutscher musste hinter ihr drein laufen und sie greifen, und er hob sie in den Wagen, aber die Füße fuhren fort zu tanzen, und sie stieß die gute alte Dame ganz scheußlich mit den Füßen. Endlich zogen sie ihr die Schuhe aus, und die Beine fanden Ruhe.

Zu Hause wurden die Schuhe in einen Schrank gestellt, aber Karen konnte es nicht lassen, sie anzusehen.

Nun lag die alte Dame krank danieder, es hieß, sie würde es nicht überleben; gepflegt und gewartet musste sie werden, und dazu war Karen die nächste. Aber in der Stadt war ein großer Ball, Karen war eingeladen – sie sah die alte Dame an, die ja doch nicht wieder gesund werden würde, sie sah die roten Schuhe an, und dann fand sie, dass es kein Unrecht sein könnte; – sie zog die roten Schuhe an, und das konnte sie ja auch; – aber dann ging sie auf den Ball, und dann fing sie an zu tanzen.

Aber als sie nach rechtsherum wollte, tanzten die Schuhe nach linksherum, und als sie den Saal hinauftanzen wollte, tanzten die Schuhe hinab, die Treppe hinunter, durch die Straße und zum Stadttor hinaus. Sie tanzte und sie musste tanzen, gerade in den finstern Wald hinaus.

Da schimmerte es oben zwischen den Bäumen, und sie glaubte, es sei der Mond, denn es war ein Gesicht, aber es war der alte Soldat mit dem roten Bart; er saß da und nickte und sagte: »Nein, was für schöne Tanzschuhe!«

Da erschrak sie und wollte die roten Schuhe abwerfen, aber sie hingen fest, und sie riss ihre Strümpfe ab, aber die Schuhe waren an ihren Füßen festgewachsen, und sie tanzte und musste tanzen über Feld und Wiese, in Regen und Sonnenschein, bei Nacht und bei Tag, des Nachts aber war es am schrecklichsten.

Sie tanzte auf den offnen Kirchhof hinauf, aber die Toten dort tanzten nicht, die hatten etwas viel Besseres zu tun als zu tanzen; sie wollte sich auf des Armen Grab setzen, wo das bittere Farnkraut wächst, aber für sie gab es nicht Rast noch Ruh, und als sie auf die geöffnete Kirchentür zu tanzte, sah sie dort einen Engel in langen, weißen Kleidern stehen mit Flügeln, die ihm von den Schultern bis an die Erde reichten, sein Antlitz war streng und ernsthaft, und in der Hand hielt er ein Schwert, das war breit und glänzend.

»Tanzen sollst du«, sagte er, »auf deinen roten Schuhen tanzen, bis du bleich und kalt wirst, bis deine Haut zusammenschrumpft wie bei einem Gerippe! Tanzen sollst du von Tür zu Tür, und wo stolze, eitle Kinder wohnen, da sollst du anklopfen, sodass sie dich hören und dich fürchten! Tanzen sollst du, tanzen – –«

»Gnade!«, rief Karen. Aber sie hörte nicht, was der Engel sagte, denn die Schuhe trugen sie durch die Friedhofspforte hinaus auf das Feld, über Weg und Steg, und immer musste sie tanzen.

Eines Morgens tanzte sie an einer Tür vorüber, die sie gut kannte; da drinnen ertönte der Gesang geistlicher Lieder, ein blumengeschmückter Sarg wurde herausgetragen; da wusste sie, dass die alte Dame gestorben war, und sie hatte ein Gefühl, als sei sie jetzt von allen verlassen und von Gottes Engel verflucht.

Sie tanzte, und sie musste tanzen, tanzen in der finstern Nacht. Die Schuhe trugen sie dahin über Dornen und Stoppeln, sie riss sich blutig, und sie tanzte über die Heide hin bis an ein einsames kleines Haus. Hier, wusste sie, wohnte der Scharfrichter, und sie pochte mit dem Finger an die Fensterscheibe und sagte:

»Komm heraus! – Komm heraus! – Ich kann nicht hineinkommen, denn ich muss tanzen!«

Und der Scharfrichter sagte: »Du weißt wohl nicht, wer ich bin? Ich schlage den bösen Menschen den Kopf ab, und ich kann fühlen, dass meine Axt klingt!«

»Schlage mir nicht den Kopf ab!«, sagte Karen, »denn dann kann ich meine Sünde nicht bereuen! Schlage mir aber meine Füße mit den roten Schuhen ab!«

Und dann beichtete sie ihre ganze Sünde, und der Scharfrichter schlug ihr die Füße mit den roten Schuhen ab; aber die Schuhe tanzten mit den kleinen Füßen über das Feld hin in den tiefen Wald hinein.

Und er schnitzte ihr hölzerne Füße und Krücken, lehrte sie einen Gesang, den die armen Sünder immer singen, und sie küsste die Hand, die die Axt geführt hatte, und ging über die Heide hin.

»Nun habe ich genug für die roten Schuhe gelitten!«, sagte sie. »Nun will ich in die Kirche gehen, damit sie mich sehen können!«, und sie ging unverzagt auf die Kirchentür zu, aber als sie dahin kam, tanzten die roten Schuhe vor ihr her, und sie erschrak und kehrte um.

Die ganze Woche hindurch war sie traurig und weinte viele Tränen, aber als es Sonntag wurde, sagte sie: »So, jetzt habe ich genug gelitten und gestritten! Ich sollte meinen, dass ich ebenso gut bin wie viele von denen, die da drinnen in der Kirche sitzen und sich brüsten!«, und dann ging sie unverzagt hin; aber sie kam nicht weiter als bis zur Kirchhofspforte, da sah sie die roten Schuhe vor sich her tanzen, und sie erschrak und kehrte um und bereute so recht von Herzen ihre Sünde.

Und sie ging nach dem Pfarrhause und bat, man möge sie dort in Dienst nehmen, sie wolle fleißig sein und alles tun, was sie könne; auf Lohn sähe sie nicht, nur dass sie ein Dach über dem Kopf habe und bei guten Menschen sei. Und die Pfarrersfrau hatte Mitleid mit ihr und nahm sie in ihren Dienst. Und sie war fleißig und sinnig. Still saß sie da und hörte zu, wenn der Pfarrer des Abends aus der Bibel vorlas. Alle Kinder hatten sie sehr lieb, aber wenn sie von Putz und Schmuck und von Schönsein sprachen, dann schüttelte sie den Kopf.

Am nächsten Sonntag gingen alle zur Kirche, und sie fragten, ob sie nicht mit wolle; aber sie sah betrübt mit Tränen in den Augen auf ihre Krücken nieder, und dann gingen die andern hin, um Gottes Wort zu hören, sie aber ging allein in ihre kleine Kammer; die war nicht größer, als dass ein Bett und ein Stuhl darin stehen konnten. Und hier setzte sie sich mit ihrem Gesangbuch hin, und während sie mit frommem Sinn darin las, trug der Wind die Orgeltöne aus der Kirche zu ihr herüber, und sie erhob ihr Antlitz unter Tränen und sagte: »Ach, Gott, hilf mir!«

Da schien die Sonne so klar, und gerade vor ihr stand der Engel Gottes in den weißen Kleidern, den sie in jener Nacht in der Kirchentür gesehen hatte, aber er trug nicht mehr das scharfe Schwert, sondern einen schönen, grünen Zweig, der war voller Rosen; und er berührte damit die Decke, und sie hob sich hoch empor, und wo er sie berührt hatte, schimmerte ein goldener Stern; und er berührte die Wände, und sie weiteten sich aus, und sie sah die Orgel, die spielte, sie sah die alten Bilder mit den Pfarrern und Pfarrersfrauen; die Gemeinde saß in den geputzten Stühlen und sang aus dem Gesangbuch, denn die Kirche selbst war zu dem armen Mädchen in die kleine, enge Kammer gekommen oder auch Karen war dahin gekommen; sie saß im Stuhl bei den andern Bewohnern des Pfarrhauses, und als sie den Gesang zu Ende gesungen hatten und aufsahen, nickten sie ihr zu und sagten: »Das war recht, dass du kamst, Karen!«

»Es war Gnade!«, sagte sie.

Und die Orgel ertönte, und die Kinderstimmen im Chor klangen so weich und lieblich. Der helle Sonnenschein strömte so warm durch die Fenster in den Kirchenstuhl hinein, wo Karen saß; ihr Herz ward so voll von Sonnenschein, von Frieden und Freude, dass es brach; ihre Seele flog auf den Sonnenstrahlen zu Gott empor, und da war niemand, der nach den roten Schuhen fragte.

Der Reisekamerad

Der arme Johannes war so traurig, denn sein Vater war sehr krank und konnte nicht wieder besser werden. Es war niemand außer den beiden in dem kleinen Stübchen. Die Lampe auf dem Tisch war kurz vor dem Erlöschen, und es war sehr spät am Abend. »Du bist ein guter Sohn gewesen, Johannes«, sagte der kranke Vater. »Der liebe Gott wird dir schon in der Welt weiterhelfen«, und er sah ihn mit ernsten, milden Augen an, holte ganz tief Atem und starb. Es war, als schliefe er. Aber Johannes weinte; jetzt hatte er niemand in der ganzen Welt, weder Vater noch Mutter, Bruder noch Schwester. Der arme Johannes! Er lag auf seinen Knien vor dem Bett und küsste die Hand des toten Vaters und weinte viele salzige Tränen. Aber schließlich schlossen sich seine Augen, und er schlief ein, den Kopf auf dem harten Bettpfosten.

So träumte er einen wunderlichen Traum. Er sah, wie Sonne und Mond sich vor ihm neigten, und er sah seinen Vater wieder frisch und gesund und hörte ihn lachen, wie er immer lachte, wenn er so recht fröhlich war. Ein schönes Mädchen mit einer goldenen Krone auf dem langen, dunklen Haar reichte Johannes die Hand, und sein Vater sagte: »Siehst du, was für eine Braut du bekommen hast! Sie ist die Schönste in der ganzen Welt!« Da erwachte er, und all die Herrlichkeit war verschwunden. Sein Vater lag tot und kalt im Bett; es war gar niemand bei ihnen; der arme Johannes!

In der folgenden Woche wurde der Tote begraben. Johannes ging dicht neben dem Sarge her; er konnte den guten Vater, der ihn so lieb gehabt hatte, jetzt nicht mehr zu sehen bekommen. Er hörte, wie sie Erde auf den Sarg warfen, sah nur noch die letzte Ecke davon, aber bei der nächsten Schaufel Erde, die hinabgeworfen wurde, war auch die verschwunden. Da war es, als ob sein Herz zerbrechen wollte, so betrübt war er. Ringsumher sangen sie ein geistliches Lied, das klang so schön, und die Tränen kamen Johannes in die Augen; er weinte, und das tat ihm wohl in seinem Schmerz. Die Sonne schien so schön auf die grünen Bäume herab, als wollte sie sagen: »Du musst nicht so traurig sein, Johannes! Sieh nur, wie schön blau der Himmel ist; da oben ist nun dein Vater und bittet den lieben Gott, dass es dir immer wohl ergehen möge!«

»Ich will immer gut sein!«, sagte Johannes, »dann komme ich auch in den Himmel hinauf zu meinem Vater, und was für eine Freude wird das sein, wenn wir uns wieder sehen! Wie viel werde ich ihm da erzählen können, und er wiederum wird mir so viele Dinge zeigen, wird mich so viel von all dem Schönen im Himmel lehren, so wie er mich hier auf Erden belehrte. O, welch eine Freude wird das werden!«

Johannes stellte sich das so deutlich vor, dass er dabei lächelte, während ihm die Tränen noch an den Wangen herabliefen. Die kleinen Vögel saßen oben in den Kastanienbäumen und zwitscherten: »Quiwitt! Quiwitt!«, sie waren so vergnügt, obgleich sie ja mit bei dem Begräbnis waren; aber sie wussten ja, dass der tote Mann jetzt oben im Himmel war, Flügel hatte, die weit schöner und größer waren als die ihren, und dass er nun glücklich war, weil er hier auf Erden gut gewesen, und darüber waren sie so vergnügt. Johannes sah, wie sie aus den grünen Bäumen weit in die Welt hinausflogen, und da bekam er auch solche Lust, mit zu fliegen. Erst aber schnitzte er ein großes Kreuz aus Holz, um es auf seines Vaters Grab zu setzen, und als er es am Abend dahin brachte, war das Grab mit Sand und Blumen geschmückt; das hatten fremde Leute getan, denn sie hatten den guten Vater, der nun gestorben war, so lieb gehabt.

Früh am nächsten Morgen packte Johannes sein kleines Bündel zusammen und barg sein ganzes Erbteil, das aus fünfzig Talern und ein paar Silbermünzen bestand, in seinem Gürtel, damit wollte er in die Welt hinauswandern. Zuvor aber ging er nach dem Kirchhof zu seines Vaters Grab, betete sein Vaterunser und sagte: »Lebewohl, du lieber Vater! Ich will immer ein guter Mensch sein, und dann wirst du den lieben Gott auch wohl bitten, dass es mir gut ergehen möge!«

Draußen auf dem Felde, wo Johannes ging, standen alle Blumen so frisch und schön in dem warmen Sonnenschein, und sie nickten im Winde, als wenn sie sagen wollten: »Willkommen im Grünen! Ist es hier nicht herrlich?« Aber Johannes wandte sich noch einmal zurück, um die alte Kirche zu sehen, in der er als kleines Kind getauft war, in die er jeden Sonntag mit seinem Vater zum Gottesdienst gegangen war und seinen Gesang gesungen hatte. Da sah er ganz hoch oben in einer der kleinen Öffnungen im Turm den Kirchenkobold mit seiner kleinen, roten, spitzen Mütze stehen; er beschattete sein Gesicht mit dem gebogenen Arm, weil ihm die Sonne sonst in die Augen schien. Johannes nickte ihm Lebewohl zu, und der kleine Kobold schwenkte die Mütze, legte die Hand aufs Herz und warf ihm viele Kusshände zu, um zu zeigen, wie gut er es mit ihm meine und dass er ihm eine glückliche Reise wünsche.

Johannes dachte daran, wie viel Schönes er nun in der großen, prächtigen Welt zu sehen bekommen würde, und ging weiter und weiter weg, so weit, wie er früher noch nie gegangen war. Er kannte die Dörfer gar nicht, durch die er kam, und auch die Menschen nicht, denen er begegnete. Jetzt war er weit draußen in der Fremde.

In der ersten Nacht musste er sich in einem Heuschober auf dem Felde zum Schlafen niederlegen, ein andres Bett hatte er nicht. Aber das sei gerade hübsch, meinte er, der König könnte es nicht besser haben. Das ganze Feld mit dem Bach, der Heuschober und dann der blaue Himmel darüber, das war für ihn gerade eine schöne Schlafstube. Das grüne Gras mit den kleinen roten und weißen Blümelein war der Teppich, die Fliederbüsche und die wilden Rosenhecken waren Blumensträuße, und als Waschbecken diente ihm der ganze Bach mit dem klaren, frischen Wasser, wo das Schilf sich neigte und ihm »Guten Abend« und »Guten Morgen« bot. Der Mond war eine prächtig große Nachtlampe hoch oben unter der blauen Decke, und er zündete die Gardinen nicht an; Johannes konnte ganz ruhig schlafen, und das tat er auch; er erwachte erst, als die Sonne schon hoch am Himmel stand und all die kleinen Vögel rings um ihn her sangen: »Guten Morgen! Guten Morgen! Bist du noch nicht auf?«

Die Glocken läuteten zur Kirche. Es war Sonntag. Die Leute gingen hin, um den Pfarrer zu hören, und Johannes schloss sich ihnen an, sang ein Lied und hörte Gottes Wort, und es war ihm, als wäre er in seiner eignen Kirche, wo er getauft worden war und geistliche Lieder mit seinem Vater gesungen hatte.

Draußen auf dem Kirchhof waren viele Gräber, und auf vielen wuchs hohes Gras. Da dachte Johannes an das Grab seines Vaters, das auch einmal so aussehen würde wie diese, jetzt, wo er es nicht mehr jäten und schmücken konnte. Da setzte er sich dann nieder und zupfte das Gras aus, richtete die hölzernen Kreuze wieder auf, die umgefallen waren, und legte die Kränze, die der Wind von den Gräbern herabgerissen hatte, wieder an Ort und Stelle, und dabei dachte er, vielleicht tut jemand dasselbe an meines Vaters Grabe, jetzt, wo ich es nicht mehr tun kann!

Draußen vor der Kirchhofspforte stand ein alter Bettler und stützte sich auf seine Krücke. Johannes gab ihm das Silbergeld, das er hatte, und ging dann froh und glücklich von dannen, in die weite Welt hinaus.

Gegen Abend zog ein schreckliches Unwetter herauf; Johannes beeilte sich, unter Dach zu kommen, aber es ward bald stockfinstere Nacht. Da kam er endlich an eine kleine Kirche, die ganz einsam oben auf einem Hügel lag; glücklicherweise war die Tür nur angelehnt, und er schlüpfte hinein; hier wollte er bleiben, bis das Unwetter sich gelegt hatte.

»Ich will mich hier in eine Ecke setzen!«, sagte er; »ich bin ganz müde und habe es wohl nötig, mich ein wenig auszuruhen!« Dann setzte er sich hin, faltete seine Hände und betete sein Abendgebet, und ehe er es sich versah, schlief er und träumte, während es draußen blitzte und donnerte.

Als er wieder erwachte, war es mitten in der Nacht, aber das Unwetter war vorüber gezogen, und der Mond schien durch die Fenster zu ihm herein. Mitten in der Kirche stand ein offener Sarg mit einem toten Mann darin, denn er war noch nicht begraben. Johannes war gar nicht bange, denn er hatte ein gutes Gewissen, und er wusste wohl, dass die Toten niemand etwas zuleide tun; nur böse, lebende Menschen richten Schaden an. Zwei solche lebende, böse Menschen standen dicht neben dem toten

Mann, der in die Kirche hineingesetzt war, ehe er ins Grab gelegt wurde. Sie wollten ihm Übles antun und ihn nicht im Sarg liegen lassen, sondern ihn vor die Kirchentür hinauswerfen, den armen, toten Mann.

»Warum wollt ihr das tun?«, fragte Johannes. »Das ist böse und schlecht. Lasst ihn in Jesu Namen schlafen!«

»Ach was!«, sagten die beiden bösen Menschen, »er hat uns betrogen! Er schuldet uns Geld, das konnte er nicht bezahlen, und nun ist er obendrein gestorben, und wir bekommen keinen Heller, darum wollen wir uns an ihm rächen; er soll wie ein Hund draußen vor der Kirchentür liegen!«

»Ich habe nicht mehr als fünfzig Taler«, sagte Johannes, »das ist mein ganzes Erbteil; aber das will ich euch gern geben, wenn ihr mir fest versprechen wollt, den armen, toten Mann in Ruhe zu lassen. Ich will schon ohne das Geld durchkommen. Ich habe starke, gesunde Glieder, und der liebe Gott wird mir immer helfen!«

»Ja«, sagten die bösen Menschen, »wenn du seine Schulden bezahlen willst, wollen wir ihm nichts zuleide tun, darauf kannst du dich verlassen!« Und dann nahmen sie das Geld, das Johannes ihnen gab, lachten ganz laut über seine Gutmütigkeit und gingen ihres Weges. Aber Johannes legte die Leiche wieder im Sarge zurecht, faltete ihr die Hände, sagte Lebewohl und ging zufriedenen Herzens von dannen, durch den großen Wald.

Ringsumher, wo der Mond zwischen die Bäume hereinscheinen konnte, sah er die lieblichsten kleinen Elfen lustig spielen; sie ließen sich nicht stören, sie wussten gewiss, dass er ein guter, unschuldiger Mensch war, und nur die bösen Leute dürfen die Elfen nicht sehen. Einige von ihnen waren nicht größer als ein Finger und hatten ihr langes, blondes Haar mit goldenen Kämmen aufgesteckt; je zwei und zwei schaukelten sich auf den großen Tautropfen, die auf den Blättern und dem hohen Gras lagen; manchmal rollten die Tropfen herunter, dann fielen sie zwischen die langen Grashalme, und dann entstand ein Lachen und Lärmen unter allen den andern kleinen Wichten. Das war sehr ergötzlich. Sie sangen, und Johannes erkannte ganz deutlich all die schönen Lieder, die er als kleiner Knabe gelernt hatte. Große bunte Spinnen mit silbernen Kronen auf dem Kopf mussten von einer Ecke zur andern lange Hängebrücken und Paläste spinnen, die, als der feine Tau darauf fiel, in dem hellen Mondschein aussahen wie schimmerndes Glas. So trieben sie es, bis die Sonne aufging. Da krochen die kleinen Elfen in die Blumenknospen, und der Wind nahm ihre Brücken und Schlösser, die dann wie große Spinnengewebe durch die Luft dahinflogen.

Johannes war eben aus dem Wald herausgekommen, als eine laute Männerstimme hinter ihm rief: »Hallo, Kamerad! Wohin geht die Reise?«

»In die weite Welt hinaus!«, sagte Johannes. »Ich habe weder Vater noch Mutter, bin ein armer Bursche; aber der liebe Gott wird mir schon helfen!«

»Ich will auch in die weite Welt hinaus!«, sagte der Mann. »Wollen wir uns zusammentun?«

»Jawohl!«, sagte Johannes, und dann gingen sie miteinander. Sie gewannen sich bald sehr lieb, denn sie waren beide gute Menschen. Aber Johannes merkte recht gut, dass der Fremde viel klüger war als er. Er war fast in der ganzen Welt umhergeschweift und wusste von allem möglichen, was es gibt, zu erzählen.

Die Sonne stand schon hoch am Himmel, als sie sich unter einen großen Baum setzten, um ihr Frühstück zu essen. Da kam eine alte Frau. Ach, sie war so alt und ging ganz krumm, stützte sich auf einen Krückstock und hatte ein Bündel Reisig, das sie sich im Wald gesammelt hatte, auf dem Rücken. Ihre Schürze war aufgesteckt, und Johannes sah, dass drei große Ruten aus Farnkraut und Weidenzweigen daraus hervorlugten. Als sie ganz nahe bei ihnen war, glitt ihr einer Fuß aus, sie fiel um und stieß einen lauten Schrei aus, denn sie hatte ihr Bein gebrochen, die arme, alte Frau!

Johannes wollte die Alte gleich nach Hause tragen, aber der Fremde machte seinen Ranzen auf und nahm eine Kruke daraus hervor und sagte, er habe hier eine Salbe, die ihr Bein sofort wieder heil und gesund machen würde, sodass sie selbst nach Hause gehen könnte, und zwar so sicher, als hätte sie nie ein Bein gebrochen; dafür verlange er aber, dass sie ihm die drei Ruten schenke, die sie da in ihrer Schürze habe.

»Das ist eine gute Bezahlung!«, sagte die Alte, und nickte ganz eigen mit dem Kopf; sie wollte ihre Ruten gar nicht gern hergeben, aber es war auch nicht gerade angenehm, mit dem gebrochenen Bein dazuliegen. So gab sie ihm denn die Ruten; und sobald er das Bein mit der Salbe eingerieben hatte, erhob sich auch das alte Mütterchen und ging viel flotter als zuvor. Das konnte die Salbe bewirken. Aber sie war auch nicht in der Apotheke zu haben.

»Was willst du mit den Ruten?«, fragte Johannes nun seinen Reisekameraden.

»Das sind drei schöne Sträuße«, sagte der, »die gefallen mir, denn ich bin ein närrischer Gesell!«

Dann gingen sie eine Strecke weiter.

»Sieh nur, wie dunkel es da heraufzieht!«, sagte Johannes und zeigte gerade aus. »Das sind ja schrecklich schwarze Wolken!«

»Nein«, sagte der Reisekamerad, »das sind keine Wolken, das sind Berge, die schönen, großen Berge. Wenn man dort oben ist, befindet man sich hoch über den Wolken in der frischen Luft! Da ist es herrlich, sage ich dir! Morgen sind wir gewiss so weit in die Welt hinausgelangt!«

Es war aber nicht so nahe, wie es aussah; sie mussten einen ganzen Tag wandern, bis sie an die Berge kamen, wo die schwarzen Wälder ganz bis an den Himmel hinauswuchsen und wo es Steine gab, die so groß waren wie eine ganze Stadt. Es würde eine anstrengende Wanderung werden, da ganz hinüber zu kommen, und darum gingen der Reisekamerad und Johannes auch in ein Wirtshaus, um gehörig auszuruhen und Kräfte zu dem Marsch am andern Morgen zu sammeln.

Unten in der großen Schenkstube im Wirtshaus waren viele Menschen versammelt, denn es war ein Mann da, der Puppenkomödie spielte. Er hatte gerade sein kleines Theater aufgestellt, und die Leute saßen ringsumher, um die Vorstellung zu sehen; aber ganz vorne hatte ein dicker Metzger Platz genommen, und zwar den allerbesten Platz. Sein großer Bullenbeißer – hu, wie bissig sah der aus – saß neben ihm und machte große Augen, geradeso wie der andere.

Jetzt fing das Puppenspiel an. Es war eine hübsche Komödie mit einem König und einer Königin. Die saßen auf einem Samtthron, hatten goldene Kronen auf dem Kopf und lange Schleppen an den Gewändern, denn ihre Mittel erlaubten ihnen das. Die niedlichsten hölzernen Puppen mit Glasaugen und großen Schnurrbärten standen an allen Türen und machten auf und zu, damit frische Luft in das Zimmer kommen konnte. Es war wirklich eine wunderschöne Komödie, und sie war gar nicht traurig; aber gerade, als die Königin aufstand und durch das Zimmer ging, da – ja Gott mag wissen, was sich der große Bullenbeißer dabei dachte, aber da der dicke Schlachter ihn nicht festhielt, machte er einen Sprung mitten in das Theater hinein, packte die Königin mitten um ihre schlanke Taille, sodass es »knack« sagte. Das war ganz schrecklich!

Der arme Mann, der die ganze Komödie aufführte, erschrak sehr und war furchtbar betrübt über seine Königin; denn sie war die allerniedlichste Puppe, die er hatte, und nun hatte der eklige Bullenbeißer ihr den Kopf abgebissen. Aber als die Leute später fort gingen, sagte der Fremde, der mit Johannes gekommen war, dass er sie schon wieder heil machen wolle, und dann holte er seine Kruke heraus und schmierte die Puppe mit der Salbe ein, mit der er der armen, alten Frau geholfen, als sie das Bein gebrochen hatte. Sobald die Puppe eingeschmiert war, wurde sie augenblicklich wieder ganz, ja sie konnte sogar selbst all ihre Glieder bewegen, man brauchte gar nicht mehr an der Schnur zu ziehen; die Puppe war wie ein lebendiger Mensch, nur dass sie nicht sprechen konnte. Der Mann, dem das kleine Puppentheater gehörte, war sehr erfreut; nun brauchte er diese Puppe gar nicht mehr zu halten, sie konnte ja von selbst tanzen; das konnte keine von den andern.

Als es dann Nacht wurde und alle Leute im Wirtshaus zu Bett gegangen waren, hörte man jemand so schrecklich tief und so ununterbrochen seufzen, dass alle aufstanden, um zu sehen, wer das sein könnte. Der Mann, der Komödie gespielt hatte, ging nach seinem kleinen Theater, denn da drinnen seufzte jemand. Alle Holzpuppen lagen bunt durcheinander, der König und alle Trabanten, und die hatten so jämmerlich geseufzt und starrten mit ihren großen Glasaugen vor sich hin, denn sie wollten so gern ein wenig geschmiert werden so wie die Königin, damit sie sich auch von selbst bewegen könnten. Die Königin legte sich auf die Knie nieder, hielt ihre schöne goldene Krone in die Höhe und flehte: »Nimm die, aber schmiere meinen Gemahl und meine Hofleute!« Da konnte der arme Mann, dem das Puppentheater und alle Puppen gehörten, sich des Weinens nicht enthalten, denn es tat ihm wirklich leid um sie; er versprach sogleich dem Reisekameraden, er wolle ihm alles Geld geben, was er am nächsten Abend für seine Komödie einnähme, wenn er nur vier, fünf von seinen schönsten Puppen schmieren wolle; aber der Reisekamerad sagte, er verlange gar nichts weiter als den großen Säbel, den er an seiner Seite trage; und als er den bekam, schmierte er sechs Puppen, die sofort zu tanzen anfingen, und zwar so allerliebst, dass alle Mädchen, die lebenden Menschenmädchen, die es sahen, mittanzten. Der Kutscher und die Köchin tanzten, der Diener und das Stubenmädchen, all die Fremden, und die Feuerschaufel und die Feuerzange, aber die beiden fielen um, gerade als sie den ersten Sprung machten – ja das war eine lustige Nacht!

Am nächsten Morgen gingen Johannes und sein Reisekamerad von ihnen allen fort, auf die hohen Berge hinauf und durch die großen Tannenwälder. Sie kamen so hoch hinauf, dass die Kirchtürme tief unter ihnen schließlich aussahen wie kleine rote Beeren, unten in all dem Grün, und sie konnten so weit, weit in die Ferne sehen, viele, viele Meilen, wo sie noch nie gewesen waren. – So viel Schönes von der herrlichen Welt hatte Johannes noch nie auf einmal gesehen, und die Sonne schien so warm aus der frischen, blauen Luft herab, er hörte auch die Jäger das Waldhorn so schön und lieblich zwischen den Bergen blasen, dass sich seine Augen mit Freudentränen füllten, und er sich nicht enthalten konnte, zu sagen: »Du guter, lieber Gott! Ich könnte dich küssen, weil du so gut gegen uns alle bist und uns all die Herrlichkeit, die hier in der Well ist, gegeben hast!«

Der Reisekamerad stand auch mit gefalteten Händen da und sah über den Wald und die Städte in den warmen Sonnenschein hinaus. Da klang es auf einmal wunderbar schön über ihren Häuptern, sie blickten in die Höhe: ein großer, weißer Schwan schwebte in der Luft, er war so schön und sang, wie sie nie zuvor einen Vogel hatten singen hören; aber der Gesang wurde schwächer und schwächer, er neigte den Kopf und sank ganz langsam zu ihren Füßen nieder, wo er tot liegen blieb, der schöne Vogel.

»Zwei so herrliche Flügel!«, sagte der Reisekamerad; »so weiße, große Flügel, wie sie der Schwan hat, sind Geldes wert, die will ich mitnehmen! Siehst du nun ein, wie gut es war, dass ich einen Säbel bekam?« Und dann hieb er dem Schwan mit einem Schlag beide Flügel ab, die wollte er behalten.

Sie reisten nun viele, viele Meilen weit über die Berge, bis sie schließlich eine große Stadt vor sich sahen mit über hundert Türmen, die wie Silber im Sonnenschein schimmerten; mitten in der Stadt stand ein prachtvolles Marmorschloss, mit purem roten Gold gedeckt, und dort wohnte der König.

Johannes und der Reisekamerad wollten nicht gleich in die Stadt gehen, sondern blieben im Wirtshaus außerhalb der Stadt, um sich ein wenig zu putzen, denn sie wollten fein aussehen, wenn sie auf die Straße kämen. Der Wirt erzählte ihnen, dass der König ein so guter Mann sei, der keinem Menschen etwas zuleid tue, weder dem einen noch dem andern, aber seine Tochter, Gott bewahre uns, das sei eine böse Prinzessin. An Schönheit fehle es ihr nicht, niemand könne so schön und anziehend sein wie sie, aber was hülfe das alles, sie sei eine böse Hexe, die schuld daran wäre, dass so viele herrliche Krieger ihr Leben hatten lassen müssen. Allen Menschen habe sie die Erlaubnis erteilt, um sie zu freien, Ein jeder könne kommen, er möchte Prinz oder Bettler sein, das sei ihr ganz einerlei; er müsse nur drei Dinge erraten, nach denen sie ihn frage; könne er das, so wolle sie sich mit ihm vermählen, und er solle, wenn ihr Vater stürbe, König über das ganze Land werden; könne er aber die drei Dinge nicht erraten, so ließe sie ihn aufhängen oder köpfen, so bös und arg sei die schöne Prinzessin. Ihr Vater, der alte König, sei so traurig darüber, aber er könne ihr nicht verbieten, so böse zu sein; denn er hätte einmal gesagt, er wolle nichts mit ihren Liebhabern zu tun haben, sie könne selbst tun, was sie wolle. Jedes Mal, wenn ein Prinz käme und raten sollte, um die Prinzessin zu bekommen, und es nicht könne, so würde er gehängt oder geköpft; er sei ja beizeiten gewarnt worden, er hätte das Freien ja unterlassen können. Der alte König sei so traurig über all den Kummer und das Elend, dass er einen ganzen Tag im Jahre mit allen seinen Soldaten auf den Knien liege und bete, die Prinzessin möge doch gut werden, aber das wolle sie gar nicht. Die alten Frauen, die Branntwein tränken, färbten ihn ganz schwarz, ehe sie ihn tränken, so trauerten sie, und mehr könnten sie auch nicht tun!

»Die abscheuliche Prinzessin!«, sagte Johannes. »Sie sollte wirklich die Rute bekommen, das würde ihr gut tun. Wäre ich nur der alte König, ich würde sie prügeln, dass sie rote Striemen bekäme.«

Auf einmal hörten sie die Leute draußen »Hurra« rufen. Die Prinzessin kam vorüber, und sie war wirklich so schön, dass alle Leute vergaßen, wie böse sie war, darum riefen sie »Hurra«. Zwölf schöne Jungfrauen, alle in weißen, seidenen Kleidern mit goldenen Tulpen in den Händen ritten auf kohlschwarzen Pferden ihr zur Seite. Die Prinzessin selbst hatte ein schneeweißes Pferd, das mit Diamanten und Rubinen geschmückt war; ihr Reitkleid war aus purem Golde, und die Peitsche, die sie in der Hand hielt, sah aus wie ein Sonnenstrahl; die goldene Krone, die sie auf dem Haupt trug, glich den kleinen Sternen oben am Himmel, und ihr Mantel war aus mehr als tausend Schmetterlingsflügeln genäht, und doch war sie noch viel schöner als all ihre Kleider.

Als Johannes sie erblickte, ward sein Antlitz so rot wie ein Blutstropfen, und er konnte kaum ein Wort hervorbringen. Die Prinzessin sah ja ganz so aus wie das schöne Mädchen mit der goldenen Krone, von dem er in der Nacht, als sein Vater starb, geträumt hatte. Er fand sie wunderschön und konnte nicht anders: er musste sie lieb haben. Es sei gewiss nicht wahr, sagte er, dass sie eine böse Hexe sei, die die Leute hängen oder köpfen ließe, wenn sie nicht erraten könnten, was sie von ihnen verlangte. »Jeder hat ja Erlaubnis, um sie zu werben, selbst der ärmste Bettler, ich will doch auf das Schloss gehen, ich kann wirklich nicht anders!«

Sie sagten alle, er solle es nicht tun, es würde ihm sicher so ergehen wie all den andern. Auch der Reisekamerad riet ihm davon ab, aber Johannes meinte, es würde schon gut gehen; er bürstete Schuhe und Rock, wusch Gesicht und Hände, kämmte sein schönes, blondes Haar, und ging dann ganz allein in die Stadt und auf das Schloss.

»Herein!«, sagte der alte König, als Johannes an die Tür pochte. – Johannes öffnete, und der alte König in Schlafrock und gestickten Pantoffeln kam ihm entgegen, die goldene Krone hatte er auf dem Haupt, das Zepter in der einen und den Reichsapfel in der andern Hand. »Warte einen Augenblick!«, sagte er und nahm den Apfel unter den Arm, um Johannes die Hand reichen zu können. Aber sobald er hörte, dass er ein Freier sei, fing er so an zu weinen, dass Zepter wie Reichsapfel an die Erde fielen und er die Augen an seinem Schlafrock trocknen musste. Der arme alte König!

»Unterlass das!«, sagte er; »es ergeht dir schlecht so wie all den andern. Sieh nur bloß einmal!« Und dann führte er Johannes in den Lustgarten der Prinzessin, da sah es schrecklich aus. Oben in jedem Baum hingen drei, vier Königssöhne, die um die Prinzessin gefreit hatten, aber die Dinge, die sie ihnen aufgegeben, nicht hatten erraten können. Jedes Mal, wenn es wehte, klapperten alle Gerippe, sodass die kleinen Vögel erschraken und nie in den Garten zu kommen wagten; alle Blumen waren an Menschenknochen aufgebunden, und in den Blumentöpfen standen die Totenköpfe und grinsten. Das war wahrlich ein Garten für eine Prinzessin.

»Hier kannst du es sehen!«, sagte der alte König; »es wird dir ebenso ergehen wie all den andern, die du hier siehst; unterlass es darum lieber! Du machst mich wirklich unglücklich, denn ich nehme es mir so zu Herzen!«

Johannes küsste dem guten alten König die Hand und sagte, es würde schon gut gehen, denn er liebe die schöne Prinzessin so sehr.

Da kam die Prinzessin mit all ihren Damen in den Schlosshof geritten; deswegen gingen sie zu ihr hinaus und sagten ihr guten Tag. Sie war wirklich ganz wunderschön, und sie reichte Johannes die Hand, und er liebte sie noch glühender als bisher; sie konnte sicher keine böse Hexe sein, wie es ihr alle Leute nachsagten. Sie gingen in den Saal hinauf, und die kleinen Pagen präsentierten ihnen Eingemachtes und Pfeffernüsse, aber der alte König war so traurig, er konnte gar nichts essen, und die Pfeffernüsse waren ihm auch zu hart.

Es wurde nun bestimmt, dass Johannes am nächsten Morgen wieder auf das Schloss kommen sollte, da würden die Richter und der ganze Rat versammelt sein und hören, wie er mit dem Raten fertig würde. Erging es ihm gut dabei, so sollte er noch zweimal wiederkommen, aber bisher hatte noch niemand das erste Mal richtig geraten, und deshalb hatten alle das Leben verlieren müssen.

Johannes war gar nicht bekümmert, wie es ihm ergehen würde, er war im Gegenteil vergnügt, dachte an die schöne Prinzessin und glaubte ganz fest, dass der liebe Gott ihm schon helfen würde, aber wie, das wusste er selbst nicht, und er wollte auch nicht daran denken. Er tanzte auf der Landstraße dahin, als er wieder in das Wirtshaus zurückkehrte, wo der Reisekamerad auf ihn wartete.

Johannes konnte gar nicht genug erzählen, wie reizend die Prinzessin gegen ihn gewesen war und wie schön sie sei; er sehnte sich schon sehr nach dem nächsten Tage, wo er auf das Schloss sollte, um sein Glück im Raten zu versuchen.

Aber der Reisekamerad schüttelte den Kopf und war ganz betrübt. »Ich habe dich so lieb!«, sagte er. »Wir hätten noch so lange beieinander sein können, und nun soll ich dich schon verlieren! Du armer, lieber Johannes! Ich könnte weinen, aber ich will dir deine Freude an dem letzten Abend, wo wir zusammen sind, nicht stören. Wir wollen lustig sein, wirklich lustig; morgen, wenn du fort bist, kann ich ungestört weinen!«

Alle Leute in der Stadt hatten sogleich erfahren, dass ein neuer Freier für die Prinzessin angekommen war, und deswegen herrschte große Betrübnis. Das Schauspielhaus wurde geschlossen, und die Kuchenfrauen banden ihren Zuckerferkeln schwarzen Flor um, der König und die Priester lagen in den Kirchen auf den Knien, es herrschte große Betrübnis, denn es konnte Johannes ja nicht besser ergehen, als es all den andern Freiern ergangen war.

Gegen Abend machte der Reisekamerad eine große Bowle Punsch und sagte zu Johannes, nun wollten sie einmal ordentlich lustig sein und auf das Wohl der Prinzessin trinken. Aber als Johannes zwei Gläser getrunken hatte, wurde er so müde, dass es ihm nicht mehr möglich war, die Augen aufzuhalten, er versank in einen tiefen Schlaf. Der Reisekamerad hob ihn ganz sacht vom Stuhl auf und legte ihn in das Bett, und als es dann dunkle Nacht geworden war, nahm er die beiden großen Flügel, die er dem Schwan abgehauen hatte, und band sie sich an den Schultern fest; die größte Rute, die er von der alten Frau bekommen hatte, die gefallen war und das Bein gebrochen hatte, steckte er in seine Tasche, öffnete das Fenster und flog dann über die Stadt hin bis an das Schloss, wo er sich in einen Winkel oben unter das Fenster setzte, das zu der Schlafstube der Prinzessin gehörte.

Es war ganz still in der Stadt; jetzt schlug die Uhr dreiviertel zwölf, das Fenster ging auf, und die Prinzessin flog in einem langen, weißen Mantel und mit schwarzen Flügeln über die Stadt dahin nach einem großen Berg hinaus; aber der Reisekamerad machte sich unsichtbar, sodass sie ihn gar nicht sehen konnte, flog hinter ihr her und peitschte die Prinzessin mit seiner Rute, sodass ordentlich Blut kam, wohin er schlug. Hu! das war eine Fahrt durch die Luft, der Wind zerrte an ihrem Mantel, der sich nach allen Seiten ausbreitete wie ein großes Schiffsegel, und der Mond schien durch ihn hindurch.

»Wie es hagelt! Wie es hagelt!«, sagte die Prinzessin bei jedem Schlag, den sie mit der Rute bekam, und das war ihr sehr gesund. Endlich kam sie nach dem Berg hinaus und klopfte an. Es rollte wie ein Donner, als der Berg sich öffnete, und die Prinzessin ging hinein. Der Reisekamerad folgte ihr, denn niemand konnte ihn sehen, er war unsichtbar. Sie gingen durch einen großen, langen Gang, wo die Wände ganz wunderlich glitzerten, es waren über tausend glühende Spinnen, die an der Mauer auf und nieder liefen und wie Feuer leuchteten. Nun kamen sie in einen großen, aus Gold und Silber gebauten Saal, Blumen so groß wie Sonnenblumen, rote und blaue, schimmerten an den Wänden, aber niemand konnte die Blumen pflücken, denn die Stängel waren hässliche, giftige Schlangen, und die Blumen waren Feuer, das ihnen aus dem Rachen herausbrannte. Die ganze Decke war mit leuchtenden Johanniswürmchen und himmelblauen Fledermäusen bedeckt, die mit den dünnen Flügeln schlugen; das sah ganz sonderbar aus. Mitten in dem Saal stand ein Thron, der von vier Pferdegerippen getragen wurde, deren Geschirr aus lauter roten Feuerspinnen zusammengesetzt war. Der Thron selbst war aus milchweißem Glas, und die Kissen, auf denen man saß, waren kleine schwarze Mäuse, die einander in den Schwanz bissen. Oben darüber wölbte sich ein Dach aus rosenroten Spinngeweben, mit den niedlichsten kleinen, grünen Fliegen besetzt, die wie Edelsteine glänzten. Mitten auf dem Thron saß ein alter Zauberer mit einer Krone auf dem hässlichen Kopf und einem Zepter in der Hand. Er küsste die Prinzessin auf die Stirn, hieß sie, sich an seine Seite auf den kostbaren Thron setzen, und dann begann die Musik. Große, schwarze Heuschrecken spielten auf der Mundharmonika, und die Eule schlug sich auf den Magen, denn sie hatte keine Trommel. Das war ein possierliches Konzert. Winzig kleine Kobolde mit einem Irrlicht an der Mütze tanzten im Saal herum. Niemand konnte den Reisekameraden sehen, er hatte sich dicht hinter den Thron gestellt und hörte und sah alles. Die Hofleute, die nun auch hereinkamen, waren so fein und vornehm, aber wer ordentlich sehen konnte, merkte bald, wie es mit ihnen beschaffen war. Sie waren nichts weiter als Besenstiele mit Kohlköpfen darauf, in die der Zauberer Leben gehext und denen er gestickte Kleider gegeben hatte. Aber das konnte ja auch einerlei sein; sie wurden doch nur zum Staat gebraucht.

Nachdem nun ein wenig getanzt worden war, erzählte die Prinzessin dem Zauberer, dass sie einen neuen Freier bekommen habe, und fragte dann, woran sie wohl am nächsten Morgen denken solle, wenn er auf das Schloss käme.

»Höre!«, sagte der Zauberer, »das will ich dir sagen! Du musst etwas sehr Leichtes denken, denn dann verfällt er sicher nicht darauf. Denke an deinen einen Schuh, Das rät er nicht. Und dann lass ihm den Kopf abhauen, vergiss aber nicht, wenn du morgen Nacht wieder zu mir herauskommst, mir seine Augen zu bringen, denn die will ich essen!«

Die Prinzessin machte einen ganz tiefen Knicks und sagte, sie würde die Augen nicht vergessen. Der Zauberer öffnete nun den Berg, und sie flog wieder nach Hause, der Reisekamerad aber flog mit und prügelte sie so stark mit der Rute, dass sie recht tief über das Hagelwetter seufzte und sich beeilte, so schnell sie konnte, wieder durch das Fenster in ihre Schlafstube hineinzukommen; der Reisekamerad aber flog wieder nach dem Krug zurück, wo Johannes noch schlief, band seine Flügel ab und legte sich auf das Bett, denn er hatte allen Grund, müde zu sein.

Ganz früh am nächsten Morgen erwachte Johannes; der Reisekamerad stand auch auf und erzählte, er habe über Nacht einen höchst wunderbaren Traum geträumt von der Prinzessin und ihrem einen Schuh, deswegen bat er ihn, doch einmal zu fragen, ob die Prinzessin wohl an ihren einen Schuh gedacht haben sollte. Denn das war es ja, was er von dem Zauberer im Berge gehört hatte, aber er wollte Johannes davon nichts erzählen.

»Ich kann ebenso gut danach wie nach was anderm fragen«, sagte Johannes, »vielleicht mag es ganz richtig sein, was du geträumt hast, denn ich glaube nun einmal, dass mir der liebe Gott helfen wird! Aber ich will dir doch Lebewohl sagen, denn wenn ich falsch rate, so bekomme ich dich nie wieder zu sehen!«

Und dann küssten sie sich, und Johannes ging in die Stadt und auf das Schloss.

Der ganze Saal war mit Menschen angefüllt, die Richter saßen in ihren Lehnstühlen und hatten Eiderdaunenkissen unter dem Kopf, denn sie hatten so viel zu denken. Der alte König stand auf und trocknete seine Augen mit einem weißen Taschentuch. Jetzt trat die Prinzessin ein. Sie war noch viel schöner als gestern und begrüßte alle so liebevoll, Johannes aber reichte sie die Hand und sagte: »Guten Morgen, du!«

Nun sollte Johannes raten, woran sie gedacht hätte. Du lieber Gott, wie freundlich sah sie ihn an; aber sowie sie ihn das eine Wort »Schuh« aussprechen hörte, wurde sie kreideweiß im Gesicht und zitterte am ganzen Körper; aber es half ihr alles nichts, denn er hatte richtig geraten.

Potztausend! Wie vergnügt der alte König wurde. Er schlug einen Purzelbaum, der sich sehen lassen konnte, und alle Leute klatschten in die Hände, ihm und Johannes zu Ehren, der nun das erste Mal richtig geraten hatte.

Der Reisekamerad strahlte vor Vergnügen, als er erfuhr, wie gut alles abgelaufen war; aber Johannes faltete seine Hände und dankte dem lieben Gott, der ihm sicher auch die andern beiden Male helfen würde. Am nächsten Tage sollte wieder geraten werden.

Der Abend verging ebenso wie gestern. Als Johannes schlief, flog der Reisekamerad hinter der Prinzessin her nach dem Berge hinaus und prügelte sie noch stärker als das erste Mal, denn nun hatte er zwei Ruten mitgenommen. Niemand erblickte ihn, und er hörte wieder alles. Die Prinzessin wollte an ihren Handschuh denken, und das erzählte er Johannes, als habe er es geträumt. Johannes konnte also wieder richtig raten, und es herrschte große Freude im Schloss. Der ganze Hof schoss Purzelbäume, wie sie es den König das erste Mal hatten tun sehen; aber die Prinzessin lag auf dem Sofa und wollte nicht ein einziges Wort sagen. Nun kam es darauf an, ob Johannes das dritte Mal richtig raten konnte. Ging es gut, so sollte er ja die schöne Prinzessin haben und das ganze Königreich erben; riet er falsch, so würde er sein Leben verlieren und der Zauberer würde seine schönen blauen Augen verzehren.

Am Abend vorher ging Johannes früh zu Bett, betete sein Abendgebet und schlief dann ganz ruhig. Aber der Reisekamerad band sich die Flügel an den Rücken, schnallte den Säbel an seine Seite, nahm alle drei Ruten mit und flog dann nach dem Schloss.

Es war ganz stockfinstere Nacht; es stürmte, sodass die Ziegelsteine von den Dächern prasselten und die Bäume im Garten, wo die Gerippe hingen, sich bogen wie Schilf im Sturmwind. Es blitzte jeden Augenblick, und der Donner rollte, als ob es ein einziger Schlag wäre, der die ganze Nacht währte. Nun flog das Fenster auf und die Prinzessin flog hinaus; sie war bleich wie eine Leiche, aber sie lachte über das schlechte Wetter und meinte, es sei noch lange nicht arg genug; ihr weißer Mantel wirbelte in der Luft herum wie ein großes Schiffsegel; aber der Reisekamerad peitschte sie so mit seinen drei Ruten, dass das Blut auf die Erde hinabtropfte und sie schließlich kaum mehr fliegen konnte. Endlich erreichte sie aber doch den Berg.

»Es stürmt und hagelt!«, sagte sie. »Nie bin ich in einem solchen Wetter draußen gewesen!«

»Man kann auch zuviel des Guten bekommen!«, sagte der Zauberer. Dann erzählte sie ihm, dass Johannes auch das zweite Mal richtig geraten hätte; gelang es ihm auch morgen, so hatte er gewonnen, und sie konnte nie mehr nach dem Berge hinauskommen, konnte nie mehr solche Zauberkünste machen wie früher; daher war sie ganz betrübt.

»Er soll es nicht raten können«, sagte der Zauberer, »ich will schon etwas ersinnen, woran er noch nie gedacht hat; es sei denn, dass er ein noch größerer Zauberer ist als ich. Aber jetzt wollen wir lustig sein!«, und dann fasste er die Prinzessin bei beiden Händen, und sie tanzten mit allen den kleinen Kobolden und Irrlichtern herum, die im Saal waren. Die roten Spinnen sprangen ebenso lustig an den Wänden auf und nieder, es sah so aus, als wenn die Feuerblumen Funken sprühten. Die Eule schlug die Trommel, die Heimchen pfiffen und die schwarzen Heuschrecken bliesen die Mundharmonika. Es war ein lustiger Ball.

Als sie nun lange genug getanzt hatten, musste die Prinzessin nach Hause, denn sonst möchte man sie im Schloss vermissen. Der Zauberer sagte, er wolle sie wohl begleiten, denn dann wären sie doch noch etwas länger zusammen.

So flogen sie denn in dem bösen Wetter dahin, und der Reisekamerad schlug seine drei Ruten auf ihrem Rücken entzwei; nie war der Zauberer in einem solchen Hagelwetter draußen gewesen. Vor dem Schloss sagte er der Prinzessin Lebewohl und flüsterte ihr zu: »Denke an meinen Kopf!« Aber der Reisekamerad hatte es wohl gehört, und in dem Augenblick, als die Prinzessin durch das Fenster in ihre Schlafstube hineinschlüpfte und der Zauberer umkehren wollte, packte er ihn bei seinem langen, schwarzen Bart und hieb mit dem Säbel seinen grässlichen Zaubererkopf gerade über den Schultern ab, sodass der Zauberer ihn nicht einmal selbst zu sehen bekam; den Körper warf er den Fischen in die See hinaus, den Kopf aber tauchte er nur in das Wasser und band ihn dann in sein seidenes Taschentuch, nahm ihn mit nach dem Wirtshaus und legte sich dann schlafen.

Am nächsten Morgen gab er Johannes das Taschentuch, sagte aber, er dürfe es nicht eher aufknüpfen, als bis ihn die Prinzessin frage, woran sie gedacht hätte.

Es waren so viele Menschen in dem großen Saal des Schlosses, dass sie so dicht nebeneinander standen wie Radieschen, die in ein Bund zusammengebunden sind. Der Rat saß auf seinen Stühlen mit den weichen Kopfkissen, und der alte König hatte neue Kleider an, die goldene Krone und das Zepter waren geputzt, es sah prächtig aus; aber die Prinzessin war ganz bleich, sie hatte ein kohlschwarzes Kleid an, als wollte sie zum Begräbnis.

»Woran habe ich gedacht?«, fragte sie Johannes, und sogleich löste er das Taschentuch auf und erschrak selbst, als er den hässlichen Zaubererkopf erblickte. Allen Menschen schauderte es, denn er war schrecklich anzusehen; aber die Prinzessin saß wie ein steinernes Bild da und konnte kein Wort sagen; schließlich stand sie auf und reichte Johannes die Hand, denn er hatte ja richtig geraten. Sie sah weder nach rechts noch nach links, sondern seufzte ganz tief: »Jetzt bist du mein Herr! Heute Abend wollen wir Hochzeit feiern!«

»Das gefällt mir!«, sagte der alte König, »so soll es sein!« Alle Leute riefen hurra, die Wachtparade machte Musik in den Straßen, die Glocken läuteten und die Küchenfrauen nahmen ihren Zuckerferkeln den schwarzen Flor ab, denn jetzt herrschte Freude. Drei ganze gebratene Ochsen, mit Enten und Hühnern gefüllt, wurden mitten auf den Markt gesetzt; jeder konnte sich ein Stück davon abschneiden. In den Springbrunnen sprudelte der schönste Wein, und kaufte man einen Schillings-Kringel beim Bäcker, so bekam man sechs große Wecken als Zugabe, und zwar Wecken mit Rosinen darin.

Am Abend war die ganze Stadt illuminiert, und die Soldaten schossen mit Kanonen und die Knaben mit Knallerbsen, und oben im Schloss wurde gegessen und getrunken und angestoßen und gesprungen; all die vornehmen Herren und Damen tanzten miteinander; man konnte in weiter Ferne hören, wie sie sangen:

»Hier sind so viele hübsche Mädchen,
Die tanzen gern herum;
Einen Tambourmarsch bestellen sie,
Schönes Mädchen, dreh dich um.
Tanzt und springt nur lustig zu,
Bis euch die Sohle fällt vom Schuh!«

Aber die Prinzessin war ja noch eine Hexe und mochte Johannes gar nicht leiden; daran dachte der Reisekamerad, und deswegen gab er Johannes drei Federn aus den Schwanenflügeln und eine kleine Flasche mit einigen Tropfen darin und sagte ihm dann, er sollte ein großes Gefäß mit Wasser vor das Brautbett stellen lassen, und wenn dann die Prinzessin in das Bett steigen wollte, sollte er ihr einen kleinen Stoß versetzen, sodass sie ins Wasser hineinfiele; dann sollte er sie dreimal untertauchen, nachdem er zuvor die Federn und die Tropfen hineingeschüttet hätte; alsbald würde sie von ihrer Verzauberung befreit sein und ihn sehr lieb gewinnen.

Johannes tat alles, was der Reisekamerad ihm geraten hatte. Die Prinzessin schrie ganz laut, als er sie unter das Wasser tauchte, und zappelte ihm unter den Händen als großer, kohlschwarzer Schwan mit funkelnden Augen; als sie zum zweiten Mal wieder aus dem Wasser austauchte, war der Schwan weiß bis auf einen einzigen schwarzen Ring um den Hals. Johannes betete fromm zum lieben Gott und ließ das Wasser zum dritten Mal über dem Vogel zusammenschlagen, und im selben Augenblick verwandelte er sich in die schönste Prinzessin. Sie war noch schöner als früher und dankte ihm mit Tränen in den süßen Augen, dass er sie von dem Zauber erlöst hatte.

Am nächsten Morgen kam der König mit seinem ganzen Hofstaat, und das war ein Gratulieren bis tief in den Tag hinein. Zuallerletzt kam der Reisekamerad. Er hatte seinen Stock in der Hand und seinen Ranzen auf dem Rücken. Johannes küsste ihn vielemal und sagte, er dürfe nicht wegreisen, er müsse bei ihm bleiben, denn ihm habe er ja sein ganzes Glück zu verdanken. Aber der Reisekamerad schüttelte den Kopf und sagte dann sanft und freundlich: »Nein, nun ist meine Zeit um! Ich habe nur meine Schulden bezahlt. Erinnerst du dich des toten Mannes, dem die bösen Menschen Übles antun wollten? Du gabst alles, was du hattest, damit er Ruhe in seinem Grabe finden konnte. Der Tote bin ich!«

Im selben Augenblick war er verschwunden.

Die Hochzeit währte nun einen ganzen Monat. Johannes und die Prinzessin hatten sich von Herzen lieb, und der alte König erlebte noch viele frohe Tage und ließ ihre kleinen Kinder auf seinen Knien reiten und mit seinem Zepter spielen. Johannes aber war König über das ganze Land.

Die Springgesellen

Der Floh, die Heuschrecke und der Springbock* wollten einmal sehen, wer von ihnen am höchsten springen könnte, und da luden sie denn die ganze Welt und wer sonst kommen wollte ein, die Pracht mit anzusehen, und es waren drei tüchtige Springgesellen, die in der Stube zusammenkamen.

»Ja, ich gebe dem, der am höchsten springt, meine Tochter«, sagte der König, »denn es ist so jämmerlich, dass die Personen um nichts springen sollen!«

Der Floh trat zuerst vor, er hatte so nette Manieren, und er grüßte nach allen Seiten, denn er hatte Fräuleinblut in den Adern und war gewöhnt, nur mit Menschen zu verkehren, und das macht so viel aus.

Dann kam die Heuschrecke, die war freilich bedeutend schwerfälliger, aber sie hatte doch eine ganz gute Figur und war in grüner Uniform, und die war ihr angeboren; auch sagte diese Person, sie sei aus sehr alter Familie im Lande Ägypten; und hier zu Lande werde sie hochgeschätzt, sie sei gerade auf dem Felde gefangen und in ein Kartenhaus gesetzt, das drei Stockwerke habe, alle aus Bilderkarten, die die bunte Seite nach innen kehrten; da seien Türen und Fenster, und zwar in dem Leibe der Coeurdame ausgeschnitten. »Ich singe so«, sagte sie, »dass sechzehn eingeborene Heimchen, die von klein auf gezirpt und doch kein Kartenhaus bekommen haben, sich, als sie mich hörten, noch dünner ärgerten, als sie schon waren!«

Alle beide, der Floh und die Heuschrecke, taten also gehörig kund, wer sie waren und dass sie glaubten, sie könnten schon eine Prinzessin heiraten.

Der Springbock sagte nichts, aber man sagte von ihm, er denke umso mehr, und der Hofhund, der ihn nur beschnüffelte, stand dafür ein, dass der Springbock von guter Familie sei. Der alte Ratsherr, der drei Orden für das Stillschweigen bekommen hatte, versicherte, er wisse, dass der Springbock mit Zauberkraft begabt sei; man könnte an seinem Rücken sehen, ob man einen milden oder einen strengen Winter bekäme, und das kann man nicht einmal dem Rücken des Mannes ansehen, der den Kalender schreibt!

»Ja, ich sage gar nichts«, sagte der König, »aber ich denke mir das meine!«

Nun handelte es sich um den Sprung.

* Ein Kinderspielzeug aus einem Gänseknochen, nach Art der Springfrösche gemacht.

Der Floh sprang so hoch, dass niemand es sehen konnte, und da behaupteten sie, dass er gar nicht gesprungen wäre, und das war gemein!

Die Heuschrecke sprang nur halb so hoch, aber sie sprang dem König gerade ins Gesicht, und da sagte der, das wäre hässlich.

Der Springbock stand lange still und besann sich, am Ende glaubte man, dass er gar nicht springen könnte.

»Wenn ihm nur nicht schlecht geworden ist!«, sagte der Hofhund, und dann beschnüffelte er ihn wieder. Rutsch! Sprang er mit einem kleinen, schiefen Sprung in den Schoß der Prinzessin, die ganz niedrig auf einem goldenen Schemel saß.

Da sagte der König: »Der höchste Sprung ist, zu meiner Tochter hinaufzuspringen, denn darin liegt das Feine, aber es gehört Kopf dazu, um darauf zu verfallen, und der Springbock hat gezeigt, dass er Kopf hat!«

Und dann bekam er die Prinzessin.

»Ich sprang doch am höchsten!«, sagte der Floh. »Aber es ist einerlei; mag sie den Gänseknochen mit dem hölzernen Knebel und dem Pech nehmen! Ich sprang doch am höchsten, aber in dieser Welt gehört ein Körper dazu, dass man gesehen werden kann!«

Und dann ging der Floh in fremde Kriegsdienste, wo er, wie man sagt, erschlagen worden sein soll.

Die Heuschrecke setzte sich draußen in den Graben und dachte darüber nach, wie es eigentlich in dieser Welt zugeht, und sie sagte auch: »Körper gehört dazu! Körper gehört dazu!« Und dann sang sie ihre eigene, trübselige Melodie, und daraus haben wir die Geschichte entlehnt, die sehr wohl eine Lüge sein kann, wenn sie auch gedruckt ist.

Die Nachtigall

In China, das weißt du doch, ist der Kaiser ein Chinese, und alle, die er um sich hat, sind auch Chinesen. Es sind nun viele Jahre her, aber gerade deswegen ist es gut, die Geschichte zu hören, ehe sie vergessen wird. Das Schloss des Kaisers war das prächtigste in der Welt, ganz und gar aus feinem Porzellan, so kostbar, aber so zerbrechlich, so gefährlich anzurühren, dass man sich ordentlich in Acht nehmen musste. Im Garten sah man die wunderlichsten Blumen, und an die allerprächtigsten waren silberne Glocken gebunden, die erklangen, damit man nicht daran vorbeigehen sollte, ohne die Blume zu beachten. Ja, alles in des Kaisers Garten war auf das höchste raffiniert, und der Garten erstreckte sich so weit, dass der Gärtner selbst das Ende nicht kannte. Ging man immer weiter, so kam man in den schönsten Wald mit hohen Bäumen und tiefen Seen. Der Wald reichte ganz bis an das Meer hinab, das blau und tief war; große Schiffe konnten bis dicht unter die Zweige segeln, und dort wohnte eine Nachtigall, die so wunderbar sang, dass selbst der arme Fischer, der so viel anderes zu tun hatte, still lag und lauschte, wenn er des Nachts ausgefahren war, um das Fischnetz aufzuziehen, und dann die Nachtigall hörte. »Ach Gott, wie schön das ist!«, sagte er, aber dann musste er seine Arbeit verrichten und vergaß den Vogel; doch in der nächsten Nacht, wenn er wieder sang und der Fischer da hinauskam, sagte er wieder dasselbe: »Ach Gott, wie schön ist das!«

Aus allen Ländern der Welt kamen Reisende nach des Kaisers Stadt, und sie bewunderten die Stadt und das Schloss und den Garten; wenn sie aber die Nachtigall zu hören bekamen, so sagten sie alle: »Das ist doch das Beste!«

Und die Reisenden erzählten davon, wenn sie nach Hause kamen, und die Gelehrten schrieben viele Bücher über die Stadt, das Schloss und den Garten, aber die Nachtigall vergaßen sie nicht, die wurde obenan gestellt; und diejenigen, die dichten konnten, schrieben die schönsten Gedichte, alle über die Nachtigall im Wald an dem tiefen Meer.

Die Bücher durchliefen die ganze Welt, und einige davon gelangten auch bis zu dem Kaiser. Er saß in seinem goldenen Stuhl und las, jeden Augenblick nickte er mit dem Kopf, denn es freute ihn, die prächtigen Beschreibungen der Stadt, des Schlosses und des Gartens zu hören. »Aber die Nachtigall ist doch das Allerbeste!«, stand da geschrieben.

»Was ist denn das?«, sagte der Kaiser, »die Nachtigall! Die kenne ich ja gar nicht! Ist hier so ein Vogel in meinem Kaiserreich, obendrein in meinem Garten! Das habe ich ja noch nie gehört! So etwas muss man sich erst aus Büchern herauslesen!«

Und dann rief er seinen Kavalier, der war so vornehm, dass, wenn jemand, der geringer war als er, es wagte, mit ihm zu reden oder ihn nach etwas zu fragen, er weiter nichts erwiderte als »P!«, und das hat gar nichts zu bedeuten.

»Hier soll ja ein höchst merkwürdiger Vogel sein, den sie Nachtigall nennen!«, sagte der Kaiser. »Man sagt, sie soll das Allerbeste in meinem großen Reich sein. Warum hat man mir denn nie etwas davon erzählt?«

»Ich habe den Vogel bisher noch niemals nennen hören!«, sagte der Kavalier. »Er ist nie bei Hofe vorgestellt worden!«

»Ich befehle, dass er heute Abend herkommen und mir vorsingen soll!«, sagte der Kaiser. »Die ganze Welt weiß, was ich habe, und ich weiß es nicht!«

»Ich habe den Vogel noch nie nennen hören!«, sagte der Kavalier. »Ich werde ihn suchen, ich werde ihn finden!«

Aber wo war der zu finden? Der Kavalier lief alle Treppen auf und nieder, er lief durch Säle und Gänge, niemand von allen, die er traf, hatte von der Nachtigall reden hören, und der Kavalier lief wieder zum Kaiser und sagte, dass es sicher eine Fabel von denen sein müsse, die Bücher schrieben. »Eure kaiserliche Majestät müssen nicht glauben, was geschrieben steht! Das sind Erdichtungen und etwas, so man die schwarze Kunst nennt!«

»Aber das Buch, in dem ich es gelesen habe«, sagte der Kaiser, »wurde mir von dem großmächtigen Kaiser von Japan übersandt, und es kann also keine Unwahrheit sein. Ich will die Nachtigall hören! Sie soll heute Abend hier sein! Sie hat meine höchste Gnade! Und kommt sie nicht, so soll der ganze Hof auf den Bauch geprügelt werden, sobald er zu Abend gegessen hat!«

»Tsing-pe!«, sagte der Kavalier und lief wieder alle Treppen auf und nieder und lief durch alle Säle und Gänge, und der halbe Hof lief mit, denn er wollte nicht gern auf den Magen geprügelt werden. Da war ein Fragen nach der merkwürdigen Nachtigall, die die ganze Welt kannte, nur niemand bei Hofe.

Endlich trafen sie ein kleines, armes Mädchen in der Küche. Das sagte: »Ach Gott, die Nachtigall! Die kenne ich sehr gut! Ja, wie kann die singen! Jeden Abend habe ich Erlaubnis, meiner armen, kranken Mutter einige Überbleibsel von Tische nach Hause zu bringen, sie wohnt unten am Strande; und wenn ich dann zurückgehe, müde bin und im Wald ausruhe, so höre ich die Nachtigall singen! Die Tränen kommen mir dabei in die Augen, es ist, als wenn meine Mutter mich küsste!«

»Kleines Küchenmädchen!«, sagte der Kavalier, »ich werde dir eine feste Anstellung in der Küche verschaffen und die Erlaubnis, den Kaiser essen zu sehen, wenn du uns zu der Nachtigall führen kannst, denn die ist zu heute Abend angesagt.«

Und da zogen sie denn alle zusammen in den Wald hinaus, wo die Nachtigall zu singen pflegte; der halbe Hof war mit dabei. Als sie im besten Zuge waren, fing eine Kuh an zu brüllen.

»O!«, sagten die Hofjunker, »nun haben wir sie; es ist doch eine erstaunliche Kraft in so einem kleinen Tier! Die habe ich sicher schon früher gehört!«

»Nein, das sind Kühe, die brüllen!«, sagte das kleine Küchenmädchen, »wir sind noch weit von dem Ort entfernt!«

Jetzt quakten die Frösche im Teich.

»Herrlich!«, sagte der chinesische Hofprediger, »jetzt höre ich sie; es ist ganz wie kleine Kirchenglocken!«

»Nein, das sind die Frösche!«, sagte das kleine Küchenmädchen. »Aber ich denke, nun werden wir sie bald hören!«

Und dann fing die Nachtigall an zu singen.

»Das ist sie!«, sagte das kleine Mädchen. »Hört! hört! und da sitzt sie!« Und dabei zeigte sie nach einem kleinen, grauen Vogel oben in den Zweigen hinauf.

»Ist es möglich!«, sagte der Kavalier. »So hätte ich sie mir nie und nimmer gedacht! Wie gewöhnlich sie doch aussieht! Sie hat gewiss bei dem Anblick so vieler vornehmer Personen ihre Farbe verloren!«

»Kleine Nachtigall!«, rief das kleine Küchenmädchen ganz laut, »unser gnädiger Herr Kaiser will so gern, dass du ihm etwas vorsingst!«

»Mit dem größten Vergnügen!«, sagte die Nachtigall und sang, sodass es eine Lust war.

»Es klingt geradeso wie Glasglocken!«, sagte der Kavalier, »und seht nur die kleine Kehle, wie sie arbeitet! Es ist erstaunlich, dass wir sie noch nie gehört haben! Sie wird großen Sukzess bei Hofe haben!«

»Soll ich dem Kaiser noch etwas vorsingen?«, fragte die Nachtigall, die glaubte, dass der Kaiser auch anwesend sei.

»Meine vortreffliche, kleine Nachtigall!«, sagte der Kavalier, »ich habe die große Freude, Sie zu einem Hoffest heute Abend einzuladen, Sie sollen dort Seine hohe kaiserliche Gnaden mit Ihrem scharmanten Gesang bezaubern!«

»Der klingt am besten im Grünen!«, sagte die Nachtigall, aber sie kam doch gern mit, als sie hörte, dass der Kaiser es wünschte.

Auf dem Schlosse herrschte große Pracht! Die Wände und der Fußboden, die aus Porzellan waren, erglänzten in dem Schein vieler goldener Lampen, die schönsten Blumen, die so recht klingeln konnten, waren in den Gängen aufgestellt; da war ein Gelaufe und ein Zugwind, aber dann ertönten alle Glocken, sodass man sein eignes Wort nicht hören konnte.

Mitten in dem großen Saal, wo der Kaiser saß, war ein goldener Stock aufgestellt, und auf dem sollte die Nachtigall sitzen. Der ganze Hof war da, und das kleine Küchenmädchen hatte Erlaubnis bekommen, hinter der Tür zu stehen, denn sie hatte nun den Titel einer wirklichen Hofköchin bekommen. Alle waren in ihrem schönsten Staat, und alle sahen nach dem kleinen grauen Vogel hin, dem der Kaiser zunickte.

Und die Nachtigall sang so wunderschön, dass dem Kaiser Tränen in die Augen traten, und die Tränen rollten ihm an den Wangen hinab, und da sang die Nachtigall noch schöner; das ging so recht zu Herzen, und der Kaiser war so froh und sagte, die Nachtigall solle seinen goldenen Pantoffel um den Hals zu tragen haben. Aber die Nachtigall dankte, sie hätte schon Belohnung genug erhalten.

»Ich habe Tränen in des Kaisers Augen gesehen, das ist mir der reichste Schatz! Eines Kaisers Tränen haben eine wunderbare Macht! Gott weiß, ich bin genug belohnt!« Und dann sang sie wieder mit ihrer süßen, lieblichen Stimme.

»Das ist die liebenswürdigste Koketterie, die ich kenne!«, sagten die Damen ringsumher, und dann nahmen sie Wasser in den Mund, um zu glucksen, wenn jemand mit ihnen sprach; sie glaubten, dass sie dann auch Nachtigallen wären; ja, die Lakaien und Kammerjungfern ließen melden, dass auch sie zufrieden seien, und das will viel sagen, denn denen kann man es am schwersten recht machen. Ja, die Nachtigall machte wirklich Glück.

Sie sollte nun bei Hofe bleiben, sollte ihr eignes Bauer und die Freiheit haben, zweimal am Tage und einmal des Nachts auszugehen. Sie bekam zwölf Diener mit, die ihr alle ein seidenes Band um das Bein geschlungen hatten, das sie gehörig festhielten. So ein Spaziergang war durchaus kein Vergnügen.

Die ganze Stadt sprach von dem merkwürdigen Vogel, und begegneten zwei einander, so sagte der eine nichts weiter als: »Nachti –!«, und der andere sagte: »gall!«, und dann seufzten sie und verstanden einander, ja elf Speckhökerkinder wurden nach ihr benannt, aber auch nicht eins von ihnen hatte einen Ton in der Kehle.

Eines Tages kam ein großes Paket für den Kaiser, oben darauf stand geschrieben: »Die Nachtigall.«

»Da haben wir ein neues Buch über unsern berühmten Vogel!«, sagte der Kaiser, aber es war kein Buch, es war ein kleines Kunstwerk, das in einer Schachtel lag, eine künstliche Nachtigall, die der lebenden gleichen sollte, aber überall mit Diamanten, Rubinen und Saphiren übersät war;

sobald man den künstlichen Vogel aufzog, konnte er eines der Stücke singen, die der wirkliche sang, und dann ging der Schwanz auf und nieder und schimmerte in der Sonne von Silber und Gold. Um den Hals hing ein kleines Band, und darauf stand geschrieben: »Des Kaisers von Japan Nachtigall ist arm gegen die des Kaisers von China.«

»Das ist herrlich!«, sagten sie alle, und der, der den köstlichen Vogel gebracht hatte, erhielt sogleich den Titel: Kaiserlicher Ober-Nachtigall-Überbringer.

»Nun müssen sie zusammen singen: was wird das für ein Duett werden!«

Und dann mussten sie zusammen singen; aber es wollte nicht so recht gehen, denn die wirkliche Nachtigall sang auf ihre Manier, und der künstliche Vogel ging auf Walzen. »Der hat keine Schuld«, sagte der Spielmeister, »er ist außerordentlich taktfest und singt ganz nach meiner Schule!« Dann sollte der künstliche Vogel allein singen. – Er machte ebensoviel Glück wie der wirkliche, und dann war er ja auch soviel niedlicher anzusehen; er schimmerte wie Armbänder und Busennadeln.

Dreiunddreißigmal sang er ein und dasselbe Stück und wurde doch nicht müde; die Leute hätten ihn gern wieder von vorne an gehört, aber nun, meinte der Kaiser, müsse auch die lebende Nachtigall ein wenig singen – – aber wo war die? Niemand hatte bemerkt, dass sie zum offnen Fenster hinausgeflogen war, fort nach ihren grünen Wäldern.

»Aber was ist denn das?«, sagte der Kaiser; und alle Hofleute schimpften und meinten, die Nachtigall sei ein höchst undankbares Tier. »Den besten Vogel haben wir doch!«, sagten sie, und dann musste der künstliche Vogel wieder singen, und es war das vierunddreißigste Mal, dass sie dasselbe Stück zu hören bekamen; aber sie kannten es noch nicht ganz, denn es war so schwer, und der Spielmeister lobte den Vogel ganz außerordentlich, ja er versicherte, dass er besser sei als die wirkliche Nachtigall, nicht nur was die Kleider und die vielen Diamanten betraf, sondern auch inwendig.

»Denn sehen Sie, meine Herrschaften – der Kaiser vor allen! – bei der wirklichen Nachtigall kann man nie berechnen, was kommen wird, aber bei dem künstlichen Vogel ist alles bestimmt! So kommt es und nicht anders! Man kann es sich erklären, man kann ihn aufmachen und dem menschlichen Verstande zeigen, wie die Walzen liegen, wie sie gehen, und wie das eine auf das andere folgt –!«

»Das sind ganz meine Gedanken!«, sagten sie alle zusammen, und der Spielmeister bekam Erlaubnis, den Vogel am nächsten Sonntag dem Volke zu zeigen; es sollte ihn auch singen hören, sagte der Kaiser; und sie hörten ihn und wurden so vergnügt, als wenn sie sich in Tee einen kleinen Rausch angetrunken hätten; denn es war ja so ganz chinesisch, und alle sagten: »O« und hielten den Zeigefinger in die Höhe, und dann nickten sie. Aber die armen Fischer, die die wirkliche Nachtigall gehört hatten, sagten: »Das klingt ja sehr schön, es hat auch Ähnlichkeit, aber da fehlt etwas, ich weiß nicht was!«

Die wirkliche Nachtigall war aus Land und Reich verwiesen. Der künstliche Vogel hatte seinen Platz auf einem seidenen Kissen dicht an des Kaisers Bett, und alle Geschenke, die er bekommen hatte, Gold und Edelsteine, lagen rings um ihn herum, und im Titel war er zu einem »Hochkaiserlichen Nachttisch-Sänger« aufgerückt, und im Rang zu Nummer eins zur linken Seite, denn der Kaiser rechnete die Seite als die vornehmste, an der das Herz saß, und das Herz sitzt links auch bei einem Kaiser. Und der Spielmeister schrieb fünfundzwanzig Bände über den künstlichen Vogel; das war sehr gelehrt und sehr lang, und mit den allerschwersten chinesischen Wörtern, sodass alle Leute sagten, sie hätten es gelesen und verstanden, denn sonst wären sie ja dumm gewesen, und dann wären sie auf den Bauch geprügelt worden.

So ging es ein ganzes Jahr; der Kaiser, der Hof und alle Chinesen kannten jeden kleinsten Gluck in des Kunstvogels Gesang auswendig; aber gerade deswegen gefiel er ihnen jetzt am allerbesten; sie konnten selbst mitsingen, und das taten sie auch. Die Gassenjungen sangen: »Zizizi! Gluckgluckgluck!«, und der Kaiser sang es auch –! Ja, es war gewiss wunderschön!

Aber eines Abends, als der künstliche Vogel am allerbesten sang und der Kaiser im Bett lag und ihn zuhörte, sagte es inwendig im Vogel: »Knacks!« Da sprang etwas. »Schnurrrr!« Alle Räder liefen herum, und dann stand die Musik still.

Der Kaiser sprang gleich aus dem Bett und ließ seinen Leibarzt rufen; aber was konnte der helfen! Dann ließen sie den Uhrmacher holen, und nach vielem Reden und vielem Besehen setzte er den Vogel wieder einigermaßen instand; aber er sagte, er müsste sehr geschont werden, denn die Zapfen seien ganz abgenutzt, und es wäre nicht möglich, neue so einzusetzen, dass die Musik sicher ginge. Das war ein großer Kummer! Nur einmal im Jahr durfte man den künstlichen Vogel singen lassen, und das war schon überreichlich; aber dann hielt der Spielmeister eine kleine Rede mit vielen schwierigen Wörtern und sagte, es wäre ebenso gut wie früher, und dann war es ebenso gut wie früher.

Jetzt waren fünf Jahre vergangen, und das Land bekam eine wirklich große Trauer, denn sie hatten ihren Kaiser im Grunde alle lieb, und nun war er krank und könnte nicht wieder besser werden, sagte man; ein neuer Kaiser war schon gewählt, und die Leute standen draußen auf der Straße und fragten den Kavalier, wie es mit ihrem Kaiser stünde.

»P!«, sagte der und schüttelte den Kopf.

Kalt und bleich lag der Kaiser in seinem großen, prächtigen Bett; der ganze Hof hielt ihn für tot, und alle liefen hin, um den neuen Kaiser zu begrüßen; die Kammerdiener liefen hinaus, um darüber zu schwatzen, und die Schlossmädchen hielten großen Kaffeeklatsch ab. Ringsumher in allen Sälen und auf allen Gängen war Tuch gelegt, damit man niemand gehen hören könne, und daher war es so still, so still. Aber der Kaiser war noch nicht tot; starr und bleich lag er in dem prächtigen Bett mit den langen Samtgardinen und den schweren goldenen Quasten. Hoch oben stand ein Fenster offen, und der Mond schien aus den Kaiser und den künstlichen Vogel herab.

Der arme Kaiser konnte kaum atmen, es war, als säße ihm etwas aus der Brust; er schlug die Augen auf, und da sah er, dass es der Tod war, der auf seiner Brust saß; er hatte seine goldene Krone aufgesetzt und hielt in der einen Hand des Kaisers goldenen Reichsapfel und in der andern seine prächtige Fahne; und ringsumher aus den Falten der großen samtnen Bettgardinen guckten wunderliche Köpfe hervor, einige ganz abscheulich, andere so lieblich sanft: das waren all die bösen und die guten Werke des Kaisers, die ihn ansahen, jetzt, wo der Tod ihm auf dem Herzen saß.

»Weißt du das noch?«, flüsterte der eine nach dem andern. »Weißt du das noch?« Und dann erzählten sie ihm so viel, dass ihm der Schweiß auf der Stirn hervorperlte.

»Das habe ich nie gewusst!«, sagte der Kaiser. »Musik, Musik! Die große chinesische Trommel!«, rief er, »damit ich doch nicht alles zu hören brauche, was sie sagen!«

Und sie redeten weiter, und der Tod nickte wie ein Chinese zu allem, was gesagt wurde.

»Musik, Musik!«, schrie der Kaiser. »Du kleiner, geliebter Goldvogel! Singe doch, Singe! Ich habe dir Gold und Kostbarkeiten geschenkt, ich habe dir selbst meinen goldenen Pantoffel um den Hals gehängt, singe doch, singe doch!«

Aber der Vogel stand still, es war niemand da, der ihn hätte aufziehen können; aber der Tod fuhr fort, den Kaiser mit seinen großen, leeren Augenhöhlen anzusehen, und es war so still, so schrecklich still.

Da ertönte auf einmal dicht am Fenster der lieblichste Gesang; es war die kleine lebendige Nachtigall, die draußen auf einem Zweig saß: sie hatte von ihres Kaisers Not gehört, und war nun gekommen, um ihm Trost und Hoffnung zuzusingen; und während sie sang, wurden die Gestalten bleicher und bleicher, das Blut strömte schneller und schneller durch den schwachen Körper des Kaisers, und der Tod selbst lauschte und sagte: »Fahre fort, kleine Nachtigall, fahre fort!«

»Ja, willst du mir den prächtigen goldenen Säbel geben! Ja, willst du mir die reiche Fahne geben! Willst du mir die Krone des Kaisers geben!«

Und der Tod gab jedes Kleinod für einen Gesang, und die Nachtigall fuhr noch fort zu singen, und sie sang von dem stillen Friedhof, wo die weißen Rosen blühen, wo der Fliederbaum duftet und wo das frische Gras von den Tränen der Hinterbliebenen genetzt wird; da bekam der Tod Sehnsucht nach seinem Garten und schwebte wie ein kalter, weißer Nebel zum Fenster hinaus.

»Hab Dank! Hab Dank!«, sagte der Kaiser, »du kleiner, himmlischer Vogel, ich kenne dich! Dich habe ich aus meinem Land und Reich vertrieben, und du hast doch die bösen Sünden von meinem Bett weg gesungen und hast den Tod von meinem Herzen verjagt! Wie soll ich dir das lohnen?«

»Du hast mich belohnt!«, sagte die Nachtigall; »ich habe deinen Augen Tränen entlockt, als ich das erste Mal sang, das werde ich dir niemals vergessen! Das sind die Juwelen, die ein Sängerherz beglücken –; aber schlafe jetzt und werde gesund und stark! Ich will dir etwas vorsingen!«

Und sie sang – und der Kaiser fiel in einen Schlummer, so mild und wohltuend war der Gesang.

Die Sonne schien zu ihm in die Fenster hinein, als er gestärkt und gesund erwachte; keiner von seinen Dienern war zurückgekehrt, aber die Nachtigall saß noch da und sang.

»Du musst immer bei mir bleiben!«, sagte der Kaiser; »du sollst nur singen, wenn du selbst willst, und den künstlichen Vogel zerschlage ich in tausend Stücke.«

»Tue das nicht!«, sagte die Nachtigall, »er hat ja das Gute getan, was er zu tun vermochte! Behalte ihn wie bisher! Ich kann nicht im Schlosse bauen und wohnen, lass mich aber kommen, wenn ich selber Lust habe, da will ich des Abends dort auf dem Zweig am Fenster sitzen und dir vorsingen, auf dass du froh wirst und gedankenvoll zugleich: ich will von den

Glücklichen singen und von denen, die leiden; ich will vom Bösen und vom Guten singen, das rings um dich her verborgen gehalten wird. Der kleine Singvogel fliegt weil umher, zu dem armen Fischer, zu des Bauern Dach, zu jedem, der weit von dir und deinem Hofe entfernt ist. Ich liebe dein Herz mehr als deine Krone, und doch umgibt die Krone der Duft von etwas Heiligem! – Ich werde kommen, ich werde dir vorsingen! – Aber eins musst du mir versprechen!«

»Alles!«, sagte der Kaiser und stand da in seinem kaiserlichen Gewand, das er selbst angelegt hatte, und presste den Säbel, der schwer von Gold war, gegen sein Herz.

»Um eines bitte ich dich: erzähle niemand, dass du einen kleinen Vogel hast, der dir alles sagt, dann wird es noch besser gehen!«

Und damit flog die Nachtigall von dannen.

Die Diener kamen herein, um nach ihrem toten Kaiser zu sehen; – – ja, da standen sie, und der Kaiser sagte: »Guten Morgen!«

Der Rosen-Elf

Mitten in einem Garten wuchs ein Rosenstock, der war ganz voll von den schönsten Rosen, und in einer davon, in der allerschönsten, wohnte ein Elf; er war so winzig klein, dass kein menschliches Auge ihn sehen konnte; hinter jedem Blatt in der Rose hatte er eine Schlafkammer; er war so wohl gebildet und schön, wie nur ein Kind sein kann, und hatte Flügel von den Schultern bis zu den Füßen hinab. O, was für ein Duft war da in seinem Zimmer, und wie klar und schön waren die Wände! Es waren ja die blassroten, feinen Rosenblätter.

Den ganzen Tag tummelte er sich in dem warmen Sonnenschein herum, flog von Blume zu Blume, tanzte auf den Flügeln der schwebenden Schmetterlinge und maß, wie viele Schritte er gehen müsse, um über all die Landstraßen und Wege zu gelangen, die auf einem einzigen Lindenblatt sind. Er hielt die Adern in dem Blatt für Landstraßen und Wege; ja, es waren auch ewige Wege für ihn! Ehe er damit fertig wurde, ging die Sonne unter; er hatte auch zu spät angefangen.

Es wurde sehr kalt, der Tau fiel hernieder, und der Wind wehte; nun war es wohl am besten, nach Hause zu kommen; er beeilte sich, so sehr er nur konnte, aber die Rose hatte sich geschlossen, er konnte nicht hineinkommen – auch nicht eine einzige Rose stand mehr offen; der arme kleine Elf erschrak sehr, er war noch nie die Nacht über draußen gewesen, hatte immer so süß hinter den warmen Rosenblättern geschlummert, o, das würde sicher sein Tod sein!

Am andern Ende des Gartens, das wusste er, befand sich eine Laube mit wunderschönem Jelängerjelieber, die Blüten sahen aus wie große, bemalte Hörner; in eine davon wollte er hinabsteigen und bis zum Morgen schlafen.

Er flog dahin. St! Es waren zwei Menschen darin: ein junger, hübscher Mann und das schönste Mädchen; sie saßen nebeneinander und wünschten, dass sie sich nie im Leben zu trennen brauchten; sie liebten sich so sehr, weit mehr, als das beste Kind seinen Vater oder seine Mutter lieben kann!

»Und doch müssen wir uns trennen!«, sagte der junge Mann. »Dein Bruder ist uns nicht wohlgesinnt, darum sendet er mich mit einem Auftrag weg, weit fort über Berge und Seen! Leb wohl, meine süße Braut, denn das bist du doch!«

Und dann küssten sie sich, und das junge Mädchen weinte und gab ihm eine Rose, aber ehe sie sie ihm reichte, drückte sie einen so heißen, innigen Kuss darauf, dass die Blume sich öffnete; da flog der kleine Elf hinein und legte sein Köpfchen gegen die feinen, duftenden Wände; er konnte ganz deutlich hören, wie Lebewohl! Lebewohl! gesagt wurde, und er fühlte, dass die Rose einen Platz an der Brust des jungen Mannes erhielt – o, wie doch das Herz da drinnen pochte! Der kleine Elf konnte gar nicht einschlafen, so pochte es.

Lange lag die Rose nicht ungestört an der Brust des jungen Mannes, und während er einsam durch den dunklen Wald ging, nahm und küsste er die Blume, o, so oft und so heftig, dass der kleine Elf nahe daran war, tot gedrückt zu werden; er konnte durch das Blatt fühlen, wie die Lippen des Mannes brannten, und die Rose selbst hatte sich geöffnet wie in der glühendsten Mittagssonne.

Da kam ein andrer Mann, finster und zornig, er war des schönen Mädchens böser Bruder; er zog ein scharfes, großes Messer hervor, und während der junge Mann die Rose küsste, stach er ihn tot, schnitt ihm den Kopf ab und begrub ihn mit dem Körper in der weichen Erde unter dem Lindenbaum.

»Nun ist er vergessen und verschwunden!«, dachte der böse Bruder. »Er kommt nie mehr zurück. Eine lange Reise sollte er machen über Berge und Seen, da kann man leicht das Leben verlieren, und das hat er verloren. Er kommt nie wieder, und meine Schwester wagt nicht, mich nach ihm zu fragen.«

Dann scharrte er mit dem Fuß dürre Blätter über die lockere Erde und kehrte in der dunklen Nacht wieder nach Hause zurück. Aber er ging nicht allein, wie er glaubte; der kleine Elf begleitete ihn, er saß in einem welken, zusammengerollten Lindenblatt, das dem bösen Mann ins Haar gefallen war, als er das Grab grub. Nun hatte er den Hut darüber gesetzt; es war so dunkel da drinnen, und der Elf zitterte vor Angst und vor Zorn über die schlimme Untat.

In der Morgenstunde kam der böse Mann nach Hause; er nahm seinen Hut ab und ging in die Schlafkammer der Schwester; da lag das schöne, blühende Mädchen und träumte von ihm, den sie so innig liebte und von dem sie nun glaubte, dass er über Berge und durch Wälder dahinwanderte; und der böse Bruder beugte sich über sie und lachte so hässlich, wie nur ein Teufel lachen kann; da fiel das welke Blatt aus seinem Haar auf die Bettdecke herab, aber er merkte es nicht, und er ging hinaus, um selbst noch ein wenig in der Morgenstunde zu schlafen. Aber der Elf schlüpfte aus dem welken Blatt heraus, in das Ohr des schlafenden Mädchens hinein und erzählte ihr wie im Traum von dem schrecklichen Mord; er beschrieb ihr die Stelle, wo der Bruder den Geliebten getötet und seine Leiche verscharrt hatte, erzählte von dem blühenden Lindenbaum dicht daneben und sagte: »Damit du nicht glauben sollst, dass es nur ein Traum ist, den ich dir erzählt habe, so wirst du auf deinem Bett ein welkes Blatt finden«; und das fand sie, als sie erwachte.

Ach, was für bittere Tränen weinte sie nicht! Und niemand konnte sie ihren Schmerz anvertrauen. Das Fenster stand den ganzen Tag offen, der kleine Elf konnte leicht in den Garten zu den Rosen und allen den andern Blumen hinauskommen, aber er brachte es nicht übers Herz, die Betrübte zu verlassen. Im Fenster stand eine blühende Monatsrose, in eine der Blüten setzte er sich und sah das arme Mädchen an. Ihr Bruder kam häufig in die Kammer, und er war so lustig und so schlecht, aber sie wagte nicht, auch nur ein Wort von ihrem Herzenskummer zu sagen.

Sobald es Nacht wurde, schlich sie aus dem Hause hinaus, ging in den Wald nach der Stelle, wo der Lindenbaum stand, harkte die Blätter von der Erde weg und grub, bis sie den Erschlagenen fand; o, wie weinte sie, wie flehte sie zum lieben Gott, dass auch sie bald sterben möge.

Gern hätte sie die Leiche mit nach Hause genommen, aber das konnte sie nicht, so nahm sie denn den bleichen Kopf mit den geschlossenen Augen, küsste den kalten Mund und schüttelte die Erde aus seinem schönen Haar. »Der gehört mir!«, sagte sie, und nachdem sie Erde und Blätter über den toten Körper aufgehäuft hatte, nahm sie den Kopf mit nach Hause; auch einen kleinen Zweig von dem Jasminstrauch, der im Wald blühte, wo er getötet worden war, nahm sie mit.

Sobald sie in ihrem Zimmer war, holte sie den größten Blumentopf, den sie finden konnte; dahinein legte sie den Kopf des Toten, schüttete Erde darüber und pflanzte dann den Jasminzweig in den Topf.

»Leb wohl! Leb wohl!«, flüsterte der kleine Elf; er konnte es nicht länger ertragen, all den Kummer mit anzusehen, und flog daher in den Garten hinaus zu seiner Rose; aber die war verblüht, es hingen nur noch einige bleiche Blätter an der grünen Hagebutte.

»Ach, wie bald ist es doch vorbei mit all dem Schönen und Guten!«, seufzte der Elf. Schließlich fand er wieder eine Rose, die ward sein Haus, hinter ihren feinen, duftenden Blättern konnte er wohnen und hausen.

Jeden Morgen flog er zu dem armen Mädchen, und dann stand sie immer vor dem Blumentopf und weinte; die salzigen Tränen fielen auf den Jasminzweig, und während sie mit jedem Tage bleicher und bleicher wurde, stand der Zweig immer frischer und grüner da, ein Schoss nach dem andern trieb hervor, es kamen kleine weiße Blütenknospen, und sie küsste sie, aber der böse Bruder schalt und fragte, ob sie verrückt geworden sei; er konnte es nicht leiden und konnte es auch nicht begreifen, warum sie immer über dem Blumentopf weinte. Er wusste ja nicht, welche Augen sich darin geschlossen hatten und welche Lippen da zu Erde geworden waren; und sie lehnte den Kopf gegen den Blumentopf, und der kleine Rosen-Elf fand sie dort eingeschlummert; da stieg er in ihr Ohr hinein, erzählte von dem Abend in der Laube, von dem Duft der Rose und der Liebe der Elfen; sie träumte so süß, und während sie träumte, entschwand ihr Leben; ein sanfter Tod hatte sie erlöst, sie war im Himmel bei ihm, den sie liebte.

Und die Jasminblume öffnete ihre großen, weißen Glocken, die dufteten so eigentümlich süß, anders konnten sie die Verstorbene nicht beweinen.

Aber der böse Bruder sah den schönen, blühenden Strauch an, nahm ihn als Erbteil zu sich und setzte ihn in seine Schlafkammer dicht neben sein Bett, denn er war schön anzusehen, und der Duft war so süß und lieblich. Der kleine Rosen-Elf flog mit, flog von Blume zu Blume, in einer jeden wohnte ja eine kleine Seele, und der erzählte er von dem ermordeten jungen Mann, dessen Kopf jetzt Erde unter der Erde lag, erzählte von dem bösen Bruder und der armen Schwester.

»Wir wissen es!«, sagte jede Seele in den Blumen, »wir wissen es! Sind wir nicht aus den Augen und den Lippen des Ermordeten entsprossen? Wir wissen es, wir wissen es!«, und dabei nickten sie so wunderlich mit dem Kopf.

Der Rosen-Elf konnte es nicht fassen, wie sie so ruhig sein konnten, und er flog zu den Bienen hinaus, die Honig sammelten, und erzählte ihnen die Geschichte von dem bösen Bruder; und die Bienen sagten es ihrer Königin, die befahl, dass sie alle am nächsten Morgen den Mörder töten sollten.

Aber in der Nacht zuvor, es war die erste Nacht nach dem Tode der Schwester, als der Bruder in seinem Bett dicht neben dem blühenden Jasminbusch schlief, öffnete jeder Blütenkelch sich, und unsichtbar, aber mit giftigem Spieß entstiegen ihnen die Blumenseelen und setzten sich erst vor sein Ohr und erzählten ihm böse Träume, dann flogen sie über seine Lippen und stachen seine Zunge mit den giftigen Spießen. »Jetzt haben wir den Toten gerächt!«, sagten sie und kehrten wieder in die weißen Glocken des Jasmins zurück.

Als es Morgen war und das Fenster zur Schlafkammer auf einmal aufgerissen wurde, stürzten der Rosen-Elf und die Bienenkönigin und der ganze Bienenschwarm herein, um ihn zu töten.

Aber er war schon tot. Rings um sein Bett standen Leute und sagten: »Der Jasminduft hat ihn getötet!«

Da verstand der Rosen-Elf der Blumen Rache, und er erzählte es der Bienenkönigin, und sie umsummte mit ihrem ganzen Schwarm den Blumentopf; die Bienen waren nicht zu vertreiben. Da nahm ein Mann den Blumentopf weg, und eine der Bienen stach ihn in die Hand, da ließ er den Blumentopf fallen, der aber zerbrach.

Und nun sahen sie den bleichen Totenschädel und wussten, dass der Tote im Bett ein Mörder war.

Und die Bienenkönigin summte in der Luft und sang von der Blumen Rache und von dem Rosen-Elf, und dass hinter dem winzigsten Blatt jemand wohnt, der das Böse erzählen und rächen kann!

Der fliegende Koffer

Es war einmal ein Kaufmann, der war so reich, dass er die ganze Straße und fast noch eine kleine Gasse dazu mit Silbergeld hätte pflastern können; aber das tat er nicht, er wusste sein Geld anders zu gebrauchen; gab er einen Schilling aus, so bekam er einen Taler dafür wieder; ein so guter Kaufmann war er – und dann starb er.

Der Sohn bekam nun all dies Geld, und er lebte lustig und in Freuden, ging jede Nacht auf die Maskerade, machte Papierdrachen aus Talerscheinen und ließ, statt Steine zu nehmen, Goldstücke auf der Wasserfläche tanzen, da konnte das Geld wohl alle werden, und das tat es auch; schließlich hatte er nicht mehr als vier Schillinge und keine andern Kleider als ein Paar Pantoffel und einen alten Schlafrock.

Jetzt machten seine Freunde sich nichts mehr aus ihm, da sie ja doch nicht auf der Straße zusammen gehen konnten, aber einer von ihnen, der gutmütig war, schickte ihm einen alten Koffer und sagte: »Packe ein!« Ja, das war nun ganz gut gesagt, aber er hatte nichts einzupacken, und da setzte er sich denn selbst in den Koffer.

Es war ein sonderbarer Koffer. Sobald man auf das Schloss drückte, konnte der Koffer fliegen; und das tat er auch, wupp flog er mit ihm durch den Schornstein hoch über die Wolken hinauf, weiter und weiter weg; wenn der Boden krachte, war ihm sehr bange, dass er zerbrechen könnte, denn dann hätte er einen tüchtigen Purzelbaum gemacht. Herr du meines Lebens! Schließlich kam er in das Land der Türken. Den Koffer verbarg er im Wald unter welken Blättern, und dann ging er in die Stadt; das konnte er dreist tun, denn bei den Türken gingen ja alle so wie er in Schlafrock und Pantoffeln. Da begegnete ihm eine Amme mit einem kleinen Kind. »Höre einmal, du Türkenamme«, sagte er, »was für ein großes Schloss ist das da dicht bei der Stadt? Die Fenster sitzen so hoch.«

»Da wohnt die Tochter des Königs!«, sagte sie. »Der ist gewahrsagt, dass sie sehr unglücklich über einen Geliebten werden würde, und darum darf niemand zu ihr kommen, wenn nicht der König und die Königin mit dabei sind.«

»Vielen Dank!«, sagte der Kaufmannssohn, und dann ging er in den Wald hinaus, setzte sich in seinen Koffer, flog auf das Dach hinauf und kroch durch das Fenster der Prinzessin.

Sie lag auf dem Sofa und schlief; sie war so schön, dass der Kaufmannssohn sie küssen musste; sie erwachte und erschrak sehr, er aber sagte, er wäre der Türkengott, der durch die Luft zu ihr herabgekommen sei, und das gefiel ihr sehr.

Und dann saßen sie nebeneinander, und er erzählte ihr Geschichten von ihren Augen: das seien die herrlichsten, dunklen Seen, und die Gedanken schwärmten da umher wie Seejungfrauen; und er erzählte von ihrer Stirn: die sei ein Schneeberg mit den prächtigsten Sälen und Bildern, und er erzählte von dem Storch, der die süßen, kleinen Kinder bringt.

Ja, das waren wunderschöne Geschichten! Und dann freite er um die Prinzessin und bekam gleich ihr Jawort.

»Aber Sie müssen am Sonnabend herkommen!«, sagte sie. »Dann sind der König und die Königin zum Tee bei mir! Sie werden sehr stolz sein, dass ich den Türkengott bekomme, aber sehen Sie zu, dass Sie ein recht schönes Märchen wissen, denn das mögen meine Eltern außerordentlich gern; meine Mutter will es moralisch und vornehm, und mein Vater lustig, sodass man lachen kann!«

»Ja, ich bringe keine andere Morgengabe als ein Märchen!«, sagte er, und dann trennten sie sich, aber die Prinzessin schenkte ihm einen Säbel, der war mit Goldstücken besetzt, und die konnte er sehr gut gebrauchen.

Nun flog er fort, kaufte sich einen neuen Schlafrock und saß dann draußen im Wald und dichtete an einem Märchen, das sollte bis zum Sonnabend fertig sein, und das ist gar nicht so leicht.

Und dann war er fertig, und dann war es Sonnabend.

Der König und die Königin und der ganze Hof warteten mit dem Tee bei der Prinzessin: er wurde sehr liebenswürdig empfangen.

»Wollen Sie nun ein Märchen erzählen!«, sagte die Königin, »eins, das tiefsinnig und belehrend ist!«

»Aber über das man doch lachen kann!«, sagte der König.

»Jawohl!«, sagte er und erzählte. Und nun muss man gut aufpassen.

»Es war einmal ein Bund Schwefelhölzer, die waren so außerordentlich stolz darauf, dass sie von hoher Herkunft waren! Ihr Stammbaum, das heißt die große Fichte, von der sie jedes ein kleines Hölzchen waren, war ein großer, alter Baum im Wald gewesen. Die Schwefelhölzer lagen nun auf dem Bord zwischen einem Feuerzeug und einem alten eisernen Kochtopf, und denen erzählten sie von ihrer Jugend. ›Ja, als wir noch auf dem grünen Zweig waren‹, sagten sie, ›da waren wir wirklich auf dem grünen Zweig; jeden Morgen und jeden Abend gab es Diamant-Tee, das war der Tau, den ganzen Tag hatten wir Sonnenschein, wenn die Sonne schien, und alle die kleinen Vögel mussten uns Geschichten erzählen. Wir konnten wohl merken, dass wir auch reich waren, denn die Laubbäume waren nur im Sommer bekleidet, aber unsere Familie hatte die Mittel zu grünen Kleidern im Sommer wie auch im Winter. Aber dann kamen die Holzhauer, das war die große Revolution, und unsere Familie ward zersplittert; der Stammherr bekam eine Stelle als Großmast auf einem prächtigen Schiff, das ganz nach Belieben um die Welt herum segeln konnte; die andern Zweige kamen anderswohin, und wir haben nun das Amt, der niedrigen Menge Licht anzuzünden; daher sind wir vornehmen Leute hierher in die Küche gekommen.‹

›Ja, mir ist es anders ergangen!‹, sagte der eiserne Kochtopf, neben dem die Schwefelhölzer lagen. ›Gleich von dem Tage an, als ich in die Welt kam, bin ich unzählige Male gescheuert und gekocht worden! Ich sorge für das Solide und bin im Grunde genommen der Erste hier im Hause. Meine einzige Freude ist, so nach Tische rein und nett auf dem Bord zu liegen und eine vernünftige Unterhaltung mit den Kameraden zu führen; aber mit Ausnahme des Wassereimers, der hin und wieder einmal nach dem Hof hinunter kommt, leben wir alle innerhalb unsrer vier Wände. Unser einziger Neuigkeitsbote ist der Marktkorb, aber der spricht so unruhig über die Regierung und das Volk; ja, neulich fiel ein alter Topf aus Schrecken darüber nieder und zerbrach; der ist liberal, sage ich euch!‹

›Jetzt schwatzest du zuviel‹, sagte das Feuerzeug, und der Stahl schlug gegen den Feuerstein, sodass er Funken sprühte. ›Wollen wir uns nun nicht einen vergnügten Abend machen?‹

›Ja, lasst uns davon sprechen, wer der Vornehmste ist!‹, sagten die Streichhölzer.

›Nein, ich liebe es nicht, von mir selbst zu reden!‹, sagte die tönerne Kruke, ›lasst uns eine Abendunterhaltung veranstalten! Ich will anfangen, ich will so etwas erzählen, was jeder erlebt hat; dahinein kann man sich so gut versetzen, und das ist so ergötzlich: An der Ostsee, wo die dänischen Buchen wachsen – ‹

›Das ist ein schöner Anfang!‹, sagten alle Teller, ›das wird sicher eine Geschichte, die wir leiden mögen!‹

›Ja, da verlebte ich meine Jugend bei einer stillen Familie; die Möbel wurden gebohnert, der Fußboden gescheuert, alle vierzehn Tage wurden reine Gardinen aufgehängt!‹

›Wie interessant Sie doch erzählen!‹, sagte die Handeule. ›Man kann gleich hören, dass Sie eine Frau sind, es geht ein so reinlicher Zug durch Ihre Erzählung!‹

›Ja, das fühlt man!‹, sagte der Wassereimer, und dann machte er vor Freuden einen kleinen Hopser, sodass es auf den Fußboden platschte.

Und die Kruke fuhr fort zu erzählen, und das Ende war ebenso gut wie der Anfang.

Alle Teller rasselten vor Freude, und die Handeule holte grüne Petersilie aus dem Sandloch und bekränzte die Kruke, denn sie wusste, dass es die andern ärgern würde, und sie dachte: ›Bekränze ich sie heute, so bekränzt sie mich morgen!‹

›Jetzt will ich tanzen‹, sagte die Feuerzange und tanzte. Großer Gott, wie hoch sie das eine Bein in die Höbe strecken konnte. Der alte Stuhlüberzug dort in der Ecke platzte, als er es sah. ›Werde ich nun auch bekränzt?‹, sagte die Feuerzange, und sie wurde bekränzt.

›Das ist doch nur Pöbel!‹, dachten die Schwefelhölzer.

Jetzt sollte die Teemaschine singen; aber sie sagte, sie sei erkältet, sie könne nur singen, wenn sie koche, aber das war die reine Vornehmtuerei; sie wollte nur singen, wenn sie im Zimmer bei der Herrschaft auf dem Tische stand.

Im Fenster steckte eine alte Schreibfeder, mit der das Mädchen zu schreiben pflegte; es war nichts Merkwürdiges daran zu sehen, außer dass sie zu tief in das Tintenfass getaucht war, aber darauf war sie nun gerade stolz. ›Wenn die Teemaschine nicht singen will‹, sagte sie, ›so muss sie es bleiben lassen! Draußen hängt eine Nachtigall in einem Bauer, die kann singen; sie hat freilich nichts gelernt, aber darüber wollen wir uns heute Abend nicht weiter aufhalten!‹

›Ich finde es höchst unpassend‹, sagte der Teekessel, der Küchensänger und ein Halbbruder der Teemaschine war, ›dass so ein fremder Vogel sich hier hören lassen soll! Ist das patriotisch? Ich verlange, dass der Marktkorb darüber entscheidet!‹

›Ich ärgere mich nur!‹, sagte der Marktkorb, ›ich ärgere mich so gründlich, wie man es sich nur denken kann! Ist das eine passende Art und Weise, den Abend zuzubringen? Würde es nicht weit richtiger sein, das Haus in Ordnung zu bringen? Ein jeder sollte da auf den rechten Platz kommen, und ich würde das Ganze leiten! Das würde etwas anderes werden!‹

›Ja, lasst uns Spektakel machen!‹, sagten sie alle zusammen. Im selben Augenblick ging die Tür auf. Es war das Mädchen. Und dann standen sie still, niemand muckste; aber da war nicht ein Topf, der nicht gewusst hätte, was er tun konnte und wie vornehm er war; ›ja, wenn ich nur gewollt hätte!‹, dachten sie, ›dann wäre es wahrlich ein munterer Abend geworden!‹

Das Dienstmädchen nahm die Schwefelhölzer und machte Feuer damit an – potztausend, wie die sprühten und lichterloh brannten!

›Jetzt‹, dachten sie, ›kann doch jeder sehen, dass wir die Ersten sind! Welch einen Glanz wir haben! Welch ein Licht!‹ – Und dann waren sie verbrannt. –«

»Das war ein schönes Märchen!«, sagte die Königin. »Ich fühlte mich so ganz in die Küche zu den Schwefelhölzern versetzt. Ja, nun sollst du unsere Tochter haben!«

»Ja natürlich!«, sagte der König, »am Montag sollst du unsere Tochter haben!«, denn jetzt, wo er zur Familie gehören würde, sagten sie du zu ihm.

So war denn die Hochzeit bestimmt, und am Abend vorher wurde die ganze Stadt illuminiert; Wecken und Brezeln wurden unter das Volk geworfen; die Gassenbuben standen auf den Zehenspitzen, riefen hurra! Und pfiffen auf den Fingern; es war außerordentlich prachtvoll.

»Ja, ich muss wohl auch etwas zum besten geben«, dachte der Kaufmannssohn, und dann kaufte er Raketen, Knallerbsen und all das Feuerwerk, was man sich nur denken kann, legte es in seinen Koffer und flog damit in die Luft auf.

Wutsch, wie das pufft e und sprühte!

Alle Türken hüpften vor Freude in die Höhe, sodass ihnen ihre Pantoffel um die Ohren flogen; so eine Lufterscheinung hatten sie noch niemals gesehen. Jetzt konnten sie begreifen, dass es der Türkengott selbst war, der ihre Prinzessin heimführen sollte.

Sobald der Kaufmannssohn wieder mit seinem Koffer in den Wald herunterkam, dachte er: »Ich will doch in die Stadt gehen, um zu sehen und zu hören, wie es sich ausgenommen hat!«, und es war ja ganz natürlich, dass er Lust dazu hatte.

Nein, wie doch die Leute erzählten! Ein jeder, den er danach fragte, hatte es auf seine Weise gesehen, aber schön war es ihnen allen erschienen.

»Ich habe den Türkengott selbst gesehen«, sagte der eine, »er hatte Augen wie schimmernde Sterne und einen Bart wie schäumende Wasser!«

»Er flog in einem Feuermantel«, sagte ein andrer, »die schönsten Engelskinder guckten aus den Falten heraus!«

Ja, es waren herrliche Sachen, die er hörte, und am folgenden Tage sollte er Hochzeit feiern.

Nun ging er in den Wald zurück, um sich in seinen Koffer zu setzen – aber wo war der? Der Koffer war verbrannt. Ein Funke vom Feuerwerk war darin zurückgeblieben, hatte den Koffer entzündet und zu Asche verbrannt. Er konnte nicht mehr fliegen, nicht mehr zu seiner Braut gelangen.

Sie stand den ganzen Tag auf dem Dach und wartete; sie wartet noch, er aber geht in der Welt umher und erzählt Märchen, aber sie sind nicht mehr so lustig wie das von den Streichhölzern.

Die alte Strassenlaterne

Hast du die Geschichte von der alten Straßenlaterne gehört? Sie ist gar nicht so schrecklich amüsant, aber man kann sie doch immer einmal hören.

Es war einmal eine brave, alte Straßenlaterne, die viele, viele Jahre lang ihren Dienst getan hatte, aber nun abgesetzt werden sollte. Es war der letzte Abend, an dem sie auf dem Pfahl saß und in die Straße hineinleuchtete; ihr war zumute wie einer alten Ballettfigurantin, die zum letzten Mal tanzt und weiß, dass sie morgen auf den Boden hinaufkommt. Die Laterne hatte eine solche Angst vor dem nächsten Tage, denn dann, das wusste sie, sollte sie zum ersten Mal aufs Rathaus und von Bürgermeister und Rat besichtigt werden, ob sie noch zu gebrauchen sei oder nicht. Da würde bestimmt werden, ob sie in eine der Vorstädte hinauskommen und dort leuchten sollte, oder auf das Land in eine Fabrik, vielleicht kam sie geradeswegs zu einem Eisengießer und würde umgeschmolzen; da konnte sie ja freilich zu allem möglichen werden, aber es quälte sie, dass sie nicht wusste, ob sie dann die Erinnerung daran behalten würde, dass sie einmal Straßenlaterne gewesen war. – Wie es ihr nun auch ergehen mochte, von dem Nachtwächter und seiner Frau würde sie getrennt werden, und die betrachtete sie ganz wie ihre Familie. Sie wurde Laterne, als er Nachtwächter wurde. Die Frau war damals ein wenig stolz; nur des Abends, wenn sie an ihr vorüberging, würdigte sie die Laterne eines Blicks, am Tage nie. Jetzt dagegen in den letzten Jahren, als sie alle drei alt geworden waren, der Nachtwächter, die Frau und die Laterne, hatte die Frau sie auch gepflegt, die Lampe geputzt und ihr Öl gegeben. Ehrlich war das Ehepaar, es hatte die Laterne auch nicht um einen Tropfen betrogen. Es war der letzte Abend in der Straße, und morgen sollte sie aufs Rathaus;

das waren zwei trübe Gedanken. Kein Wunder, dass sie da nicht hell brannte. Aber auch andere Gedanken zogen ihr durch die Flamme; da war so vieles, was sie gesehen, so vieles, wozu sie ihr Licht gespendet hatte. Vielleicht hatte sie ebensoviel gesehen wie Bürgermeister und Rat, aber das sagte sie nicht, denn sie war eine brave alte Laterne, sie wollte niemand beleidigen, am allerwenigsten ihre Obrigkeit. An gar vieles erinnerte sie sich, und zuweilen flackerte die Flamme in ihr hell auf, es war, als hätte sie ein Gefühl davon, dass man sich auch ihrer erinnerte. Da war zum Beispiel der schöne junge Mann – ja, das sind nun viele Jahre her! Er kam mit einem Brief auf rosarotem Papier, so fein, so fein und mit einem goldenen Rand. Er war so zierlich geschrieben von Damenhand. Und der junge Mann las ihn zweimal, und dann küsste er ihn und blickte mit seinen beiden Augen zu mir empor, und die sagten: »Ich bin der glücklichste Mensch!« – Ja, nur er und ich wussten, was in dem ersten Brief von der Geliebten stand. – Auch eines andern Augenpaares entsinne ich mich; es ist doch wunderbar, was für Sprünge die Gedanken machen können! Hier in der Straße war ein prunkvolles Leichenbegängnis, die schöne junge Frau lag in dem Sarge auf dem mit Samt ausgeschlagenen Leichenwagen, da gab es so viele Blumen und Kränze, so viele Fackeln leuchteten, dass mein Licht vor dem ihren erblasste. Der ganze Bürgersteig war gedrängt voll von Menschen, sie folgten alle dem Leichenzuge, als aber die Fackeln aus meinem Gesichtskreis entschwunden waren und ich mich umsah, da stand noch einer an meinen Pfahl gelehnt und weinte, nie vergesse ich die Augen voller Trauer, die zu mir aufsahen. – So zogen mancherlei Gedanken durch die alte Straßenlaterne, die heute Abend zum letzten Mal leuchtete. Die Schildwache, die abgelöst wird, kennt doch ihren Nachfolger und kann ihm ein paar Worte sagen, aber die Laterne kannte den ihren nicht, und sie hätte ihm doch einige nützliche Winke in Bezug auf Regen und Nebel geben und ihn darüber aufklären können, wie weit auf den Bürgersteig hinauf der Mondschein reichte und aus welcher Richtung der Wind wehte.

Auf dem Rinnsteinbrett standen drei, die sich der Laterne vorstellten in dem Glauben, dass sie selbst das Amt zu vergeben hätte; einer davon war ein Heringskopf, denn der leuchtet im Dunkeln, und er meinte, es sei eine beträchtliche Ölersparnis, wenn er auf den Laternenpfahl käme. Der zweite war ein Stück faules Holz, das ja auch schimmert, und zwar immer noch mehr als ein Fischkopf, das sagte es auch selbst; außerdem war es das letzte Stück eines Baums, der einst ein Schmuck des Waldes gewesen war.

Der dritte Bewerber war ein Johanniswürmchen; wo das hergekommen war, begriff die Laterne nicht, aber das Würmchen war da und leuchten konnte es auch, aber das faule Holz und der Heringskopf schwuren darauf, dass es nur zu gewissen Zeiten leuchtete und dass es daher nie in Betracht kommen könnte.

Die alte Laterne sagte, niemand von ihnen allen leuchte genügend, um Straßenlaterne werden zu können. Aber das glaubten sie nicht, und als sie hörten, dass die Laterne das Amt nicht selbst zu vergeben hätte, sagten sie, das sei sehr erfreulich, denn sie sei auch schon viel zu hinfällig, um eine Wahl treffen zu können.

Da kam der Wind von der Straßenecke dahergesaust, fuhr durch den Rauchfang der alten Laterne und sagte: »Was muss ich hören, du willst morgen weg? Ist dies der letzte Abend, dass ich dich hier treffe? Ja, dann will ich dir etwas schenken! Jetzt lüfte ich dir deinen Gehirnkasten aus, sodass du dich künftig nicht nur alles Gehörten und Gesehenen erinnern kannst, sondern so hell soll es in deinem Kopf werden, dass du auch alles sehen kannst, was in deiner Nähe erzählt und gelesen wird.«

»Ja, das ist schrecklich viel!«, sagte die alte Straßenlaterne. »Herzlichen Dank! Wenn ich nur nicht umgegossen werde!«

»Das geschieht vorläufig noch nicht!«, sagte der Wind. »Und nun blase ich dir durch dein Gedächtnis; bekommst du noch viele Geschenke wie dieses, so kannst du einem recht vergnüglichen Aller entgegengehn.«

»Wenn ich nur nicht umgegossen werde!«, sagte die Laterne. »Oder behalte ich auch dann mein Gedächtnis?«

»Alte Laterne, sei vernünftig!«, sagte der Wind, und dann blies er. Im selben Augenblick kam der Mond zum Vorschein. »Was schenken Sie?«, fragte der Wind.

»Ich schenke nichts!«, sagte er. »Ich bin ja im Abnehmen, und die Laternen haben mir niemals geleuchtet, aber ich habe den Laternen geleuchtet.« Und dann verkroch sich der Mond wieder hinter den Wolken, denn er wollte nicht geplagt werden.

Da fiel ein Wassertropfen gerade auf den Rauchfang herab, es war, als tropfte es von der Dachrinne, aber der Tropfen sagte, er käme aus den grauen Wolken und wäre auch ein Geschenk, vielleicht das allerschönste. »Ich dringe in dich hinein, sodass du die Fähigkeit erhältst, in einer einzigen Nacht, sobald du es wünschest, zu Rost zu werden, sodass du ganz zerfällst und zu Staub wirst.« Aber das schien der Laterne ein schlechtes Geschenk zu sein, und der Wind war derselben Ansicht. »Schenkt niemand etwas Besseres? Schenkt niemand etwas Besseres?«, blies er, so laut er konnte.

Da fiel eine schimmernde Sternschnuppe und leuchtete in einem langen Streifen.

»Was war das?«, rief der Heringskopf, »fiel da nicht ein Stern gerade herunter? Ich glaube, er fuhr in die Laterne hinein! – Nun, wenn sich auch so hochgestellte Personen um das Amt bemühen, dann können wir nur nach Hause gehn und uns ruhig schlafen legen.« Und das tat er und die andern auch, aber die alte Straßenlaterne leuchtete auf einmal so wunderbar hell. »Das war ein herrliches Geschenk!«, sagte sie. »Die hellen Sterne, über die ich mich immer so sehr gefreut habe und die so wunderschön leuchten, wie ich eigentlich nie habe leuchten können, obwohl mein ganzes Sinnen und Trachten darauf gerichtet war, haben mich arme, alte Laterne doch beachtet und mir ein Geschenk gesandt, das in der Fähigkeit besteht, dass alles, dessen ich selbst mich so recht deutlich erinnere und was ich ganz klar vor mir sehe, auch von denen gesehen werden kann, die ich lieb habe; und hierin liegt erst das wahre Vergnügen; denn die Freude, die man nicht mit anderen teilen kann, ist doch nur eine halbe Freude.«

»Das ist sehr ehrenwert gedacht!«, sagte der Wind. »Aber du weißt wohl nicht, dass Wachslichter dazu gehören. Wenn nicht ein Wachslicht in dir angezündet wird, sieht niemand von den andern etwas an dir. Daran haben die Sterne nicht gedacht, sie glauben, dass alles, was leuchtet, wenigstens ein Wachslicht in sich hat. Doch jetzt bin ich müde!«, sagte der Wind, »ich will mich legen!«, und dann legte er sich.

Am nächsten Tag – – ja, den nächsten Tag können wir überspringen; am nächsten Tag lag die Laterne im Lehnstuhl, und zwar wo –? Bei dem alten Nachtwächter. Er hatte es sich vom Bürgermeister und Rat ausgebeten, für seine langen, treuen Dienste die alte Laterne behalten zu dürfen; sie lachten ihn aus, als er darum bat, und dann schenkten sie sie ihm, und nun lag die Laterne im Lehnstuhl dicht neben dem warmen Ofen, und es war förmlich, als sei sie größer dadurch geworden, sie füllte den ganzen Stuhl aus. Und die alten Leute saßen beim Abendessen und warfen der alten Laterne, der sie gern einen Platz an ihrem Tisch gegönnt hätten, freundliche Blicke zu.

Sie wohnten ja freilich nur in einem Keller zwei Ellen tief in der Erde; man musste über eine gepflasterte Diele, um in die Stube zu gelangen, aber warm war es dort, denn man hatte Tuchleisten an die Tür genagelt.

Rein und nett sah es hier aus, um die Bettstelle und vor den kleinen Fenstern hingen Gardinen, und oben auf dem Fensterbrett standen zwei wunderliche Blumentöpfe. Der Matrose Christian hatte sie aus Ostindien oder aus Westindien mit nach Hause gebracht; es waren zwei Elefanten aus Ton, denen der Rücken fehlte, aber stattdessen blühte auf der Erde, mit der sie angefüllt waren, in dem einen der schönste Schnittlauch, das war der Gemüsegarten der alten Leute, und in dem andern ein großer, blühender Geranienbusch, das war ihr Blumengarten. An der Wand hing ein großes, bunt angemaltes Bild ›Der Kongress zu Wien‹, da hatten sie alle Könige und Kaiser auf einmal. – Eine Bornholmer Uhr mit schweren Bleigewichten ging »Tick! Tack!«, und immer zu schnell, aber das wäre besser, als wenn sie nachginge, sagten die alten Leute. Sie aßen ihr Abendbrot, und die Straßenlaterne lag, wie bereits gesagt, im Lehnstuhl dicht neben dem warmen Ofen. Es war der Laterne, als sei die ganze Welt auf den Kopf gestellt. Als aber der alte Nachtwächter sie ansah und davon sprach, was sie beide miteinander erlebt hatten in Regen und in Nebel, in den hellen, kurzen Sommernächten und wenn der Schnee stob, sodass es gut tat, wieder in das Kellerloch hineinzukommen, da fand sich die alte Laterne wieder zurecht; sie sah alles so deutlich, als sei es noch jetzt so, ja der Wind hatte tüchtig Klarheit da drinnen geschaffen.

Die alten Leute waren so tätig und so fleißig, keine Stunde wurde vertrödelt; am Sonntagnachmittag wurde irgendein Buch hervorgeholt, am liebsten eine Reisebeschreibung, und der alte Mann las vor von Afrika, von den großen Wäldern und den Elefanten, die da wild umherliefen, und die alte Frau hörte aufmerksam zu und sah dann verstohlen nach den tönernen Elefanten hinüber, die als Blumentöpfe dienten. – »Ich kann es mir beinahe vorstellen!«, sagte sie. Und die Laterne wünschte so brennend, dass ein Wachslicht da sei, das in sie hineingesteckt werden könnte, dann hätte die alte Frau alles so deutlich sehen können, wie es die Laterne sah: die hohen Bäume mit den dichten, ineinander verschlungenen Zweigen, die nackten, schwarzen Menschen zu Pferde und die ganze Schar von Elefanten, die mit ihren breiten Füßen Röhricht und Buschwerk zerstampften.

»Was können alle meine Fähigkeiten nützen, wenn kein Wachslicht da ist!«, seufzte die Laterne. »Sie haben nur Öl und Talgkerzen, und das genügt nicht!«

Eines Tages kam ein ganzer Haufen Wachelichtstummel in den Keller, die größten Stücke wurden verbrannt, und die kleineren benutzte die alte

Frau, um ihren Nähzwirn zu wachsen, wenn sie nähte; Wachslichte waren da, aber man verfiel nicht darauf, ein kleines Stück in die Laterne zu stecken.

»Hier stehe ich mit meinen seltenen Fähigkeiten«, sagte die Laterne, »ich habe alles in mir, aber ich kann sie nicht daran teilnehmen lassen! Sie wissen nicht, dass ich die weißen Wände in die herrlichsten Tapeten verwandeln kann, in reiche Wälder, in alles, was sie sich nur wünschen wollen! – Sie wissen es nicht!«

Die Laterne stand übrigens blank geputzt in einer Ecke, wo sie allen in die Augen fiel. Die Leute sagten freilich, sie sei ein Gerümpel, aber daran kehrten sich die alten Leute nicht, sie hatten die Laterne lieb.

Eines Tages, es war der Geburtstag des alten Nachtwächters, ging die alte Frau an die Laterne heran, lächelte vor sich hin und sagte: »Ich will ihm zu Ehren illuminieren!« Und in dem Rauchfang der Laterne krachte es, denn sie dachte: »Jetzt geht ihnen ein Licht auf!« Aber die Alte steckte kein Wachslicht hinein, sondern goss Öl auf die Lampe; sie brannte den ganzen Abend, wusste aber nun, dass das Geschenk, das ihr die Sterne gemacht hatten, für dieses Leben ein toter Schatz bleiben würde. Da träumte sie – und wenn man solche Fähigkeiten besitzt, kann man auch träumen –, dass die alten Leute gestorben wären und dass sie selbst zu einem Eisengießer gekommen sei und umgeschmolzen werden sollte; ihr ward dabei ebenso ängstlich zumute wie damals, als sie auf das Rathaus musste, um von Bürgermeister und Rat besichtigt zu werden, aber obwohl sie die Fähigkeit besaß, in Rost und Staub zusammenzufallen, sobald sie es wünschte, tat sie es doch nicht, und so kam sie in den Schmelzofen und ward in den schönsten eisernen Leuchter verwandelt, in den nur je ein Wachslicht gesteckt war. Er hatte die Form eines Engels, der einen großen Blumenstrauß trug, und mitten in den Strauß hinein wurde das Wachslicht gesteckt, und dann erhielt er seinen Platz auf einem grünen Schreibtisch, und das Zimmer war so gemütlich, da standen viele Bücher, da hingen wunderschöne Bilder, es war bei einem Dichter; und alles, was er dachte und schrieb, das entrollte sich ringsumher; die Stube ward zu tiefen, dunklen Wäldern, zu sonnenbeschienenen Wiesen, auf denen der Storch umherstolzierte, und zu dem Schiffsdeck hoch oben auf der rollenden See.

»Welche Fähigkeiten ich doch besitze!«, sagte die alte Laterne, als sie erwachte. »Fast könnte ich mich danach sehnen, umgeschmolzen zu werden – doch nein, das darf nicht geschehen, solange die alten Leute noch leben! Die haben mich um meiner selbst willen lieb! Ich bin an Kindes Statt bei ihnen, und sie haben mich blank geputzt und mir Öl gegeben; und ich habe es ebenso gut wie ›Der Kongress‹, der doch etwas so Vornehmes ist!«

Und seit dieser Zeit hatte die gute alte Straßenlaterne mehr innere Ruhe, und das hatte sie auch verdient.

Das kleine Mädchen mit den Schwefelhölzern

Es war so schrecklich kalt; es schneite, und es fing schon an, ganz dunkel zu werden; es war auch der letzte Abend im Jahr, der Silvesterabend. In dieser Kälte und in dieser Dunkelheit ging ein armes kleines Mädchen barhäuptig und mit bloßen Füßen auf der Straße; sie hatte ja freilich Pantoffel angehabt, als sie von Hause wegging, aber was konnte das nützen! Es waren sehr große Pantoffel, die Mutter hatte sie zuletzt benutzt, so groß waren sie, und die verlor die Kleine, als sie über die Straße eilte, weil zwei Wagen so furchtbar schnell vorüberrollten; der eine Pantoffel war nicht wieder zu finden, und mit dem andern lief ein Junge weg, er sagte, er könnte ihn als Wiege gebrauchen, wenn er selbst Kinder bekäme.

Da ging nun das kleine Mädchen auf den bloßen, kleinen Füßen, die rot und blau vor Kälte waren; in einer alten Schürze trug sie eine Menge Schwefelhölzer, und ein Bund hielt sie in der Hand; den ganzen Tag hindurch hatte ihr niemand etwas abgekauft! Niemand hatte ihr auch nur einen Schilling geschenkt! Hungrig und erfroren ging sie umher und sah so eingeschüchtert aus, die arme Kleine! Die Schneeflocken fielen in ihr langes, blondes Haar, das sich im Nacken so hübsch lockte, aber an den Schmuck dachte sie freilich nicht. Aus allen Fenstern strahlte der Lichterglanz, und dann roch es auf der Straße so herrlich nach Gänsebraten; es war ja Silvesterabend, ja daran dachte sie.

In einem Winkel zwischen zwei Häusern, von denen das eine ein wenig mehr vorsprang als das andere, setzte sie sich hin und kauerte sich ganz zusammen; die kleinen Beine hatte sie unter sich in die Höhe gezogen, aber es fror sie nur noch mehr, und nach Hause zu gehen, wagte sie nicht, sie hatte ja keine Schwefelhölzer verkauft, hatte nicht einen einzigen Schilling bekommen, ihr Vater würde sie schlagen, und kalt war es zu Hause auch, sie hatten nur das Dach gerade über sich, und dadurch pfiff der Wind hinein, obwohl die ärgsten Spalten mit Stroh und Lumpen zugestopft waren.

Ihre kleinen Hände waren fast ganz abgestorben vor Kälte. Ach, ein kleines Streichhölzchen würde gut tun! Wenn sie nur den Mut hätte, ein einziges aus dem Bunde herauszuziehen, es an der Wand anzustreichen und die Finger daran zu erwärmen! Ratsch! Wie es sprühte, wie es brannte! Es war eine warme, helle Flamme, ganz wie ein kleines Licht, als sie die Hände darüber hielt; es war ein wunderliches Licht, dem kleinen Mädchen war es, als säße es vor einem großen eisernen Ofen mit blanken Messingkugeln und Messingtrommeln; das Feuer brannte so herrlich und wärmte so gut; nein, was war denn das? – Die Kleine streckte schon die Füße aus, um auch die zu wärmen – da erlosch die Flamme. Der Ofen verschwand, sie saß mit einem kleinen Überrest des abgebrannten Schwefelholzes in der Hand da.

Ein zweites wurde angestrichen, es brannte, es leuchtete, und wo der Schein auf die Mauer fiel, ward sie durchsichtig wie Flor; sie sah gerade in das Zimmer hinein, wo der Tisch gedeckt stand. Ein schimmernd weißes Tischtuch war darüber ausgebreitet, darauf stand feines Porzellan, und herrlich dampfte die gebratene Gans, die mit Äpfeln und Zwetschgen gefüllt war; und was noch prächtiger war, die Gans sprang von der Schüssel herunter und watschelte, ein Messer und eine Gabel im Rücken, durch das Zimmer; direkt auf das arme Mädchen kam sie zu; da erlosch das Streichholz, und es war nur noch die dicke, kalte Mauer zu sehen.

Sie zündete ein neues Streichholz an. Da saß sie unter dem schönsten Christbaum, der war noch größer und noch reicher geschmückt, als wie sie ihn am letzten Weihnachtsfeste bei dem reichen Kaufmann durch die Glastür gesehen hatte; tausend Lichter brannten an den grünen Zweigen, und bunte Bilder, wie sie in den Schaufenstern ausgestellt waren, sahen zu ihr herab. Die Kleine streckte beide Hände aus – da erlosch das Streichholz; die vielen Weihnachtslichter stiegen höher und höher, sie sah, dass sie jetzt die hellen Sterne am Himmel waren, ein Stern fiel nieder und bildete einen langen Feuerstreifen am Himmel.

»Jetzt stirbt jemand!«, sagte das kleine Mädchen, denn die alte Großmutter, die einzige, die gut gegen sie gewesen, die jetzt aber gestorben war, hatte ihr erzählt: Wenn ein Stern vom Himmel fällt, fliegt eine Seele zu Gott empor.

Sie strich nochmals ein Hölzchen an der Wand an, es leuchtete ringsumher, und in dem Glanze stand die alte Großmutter so klar und schimmernd, so mild und liebevoll. »Großmutter«, rief die Kleine, »ach, nimm mich mit! Ich weiß, du bist wieder weg, sobald das Streichholz erlischt, weg wie der warme Ofen, der schöne Gänsebraten und der große, schöne Weihnachtsbaum!« – und schnell strich sie den ganzen Rest Streichhölzer an, die noch im Bund waren, sie wollte Großmutter so recht lange festhalten, und die Streichhölzer leuchteten mit einem solchen Glanz, dass es heller war als am hellen Tage. Die Großmutter war noch nie so schön und so groß gewesen. Sie nahm das kleine Mädchen auf ihre Arme, und sie flogen in Glanz und Freude so hoch, so hoch, und da oben war weder Kälte noch Hunger oder Angst – sie waren bei Gott.

Aber im Winkel am Hause saß in der kalten Morgenstunde das kleine Mädchen mit roten Wangen und mit einem Lächeln um den Mund – tot, erfroren am letzten Abend im alten Jahr. Die Neujahrssonne ging über der kleinen Leiche auf, sie saß mit den Streichhölzern da, von denen ein Bund fast abgebrannt war. »Sie hat sich erwärmen wollen«, sagte man; niemand wusste, was sie Schönes gesehen hatte, in welchen Glanz sie mit der Großmutter zur Neujahrsfreude eingegangen war.

Die wilden Schwäne

Weit fort von hier, da wo die Schwalben hinfliegen, wenn wir Winter haben, wohnte ein König, der elf Söhne und eine Tochter Elisa hatte. Die elf Brüder waren Prinzen und gingen mit dem Stern auf der Brust und dem Säbel an der Seite zur Schule; sie schrieben auf goldenen Tafeln mit Diamantgriffeln und lernten ebenso gut auswendig, wie sie lasen, man konnte gleich hören, dass sie Prinzen waren. Die Schwester Elisa saß auf einem kleinen Schemel aus Spiegelglas und hatte ein Bilderbuch, das das halbe Königreich gekostet hatte.

O, die Kinder hatten es sehr gut, aber so sollte es nicht immer bleiben.

Ihr Vater, der König über das ganze Land war, vermählte sich mit einer bösen Königin, die den armen Kindern gar nicht gut war; schon am ersten Tage konnten sie es sehr wohl merken; im ganzen Schlosse herrschte große Pracht, und da spielten die Kinder »Es kommt Besuch!«, aber statt dass sie sonst so viele Kuchen und Bratäpfel bekamen, wie sie nur essen konnten, gab sie ihnen nur Sand in einer Teetasse und sagte, sie sollten nur so tun, als ob das etwas wäre.

In der Woche darauf brachte sie die kleine Schwester Elisa auf dem Lande bei Bauersleuten unter, und es währte nicht lange, da hatte sie dem König so viel von den armen Prinzen vorgeredet, dass er sich gar nichts mehr aus ihnen machte.

»Fliegt in die Welt hinaus und sorgt selbst für euch!«, sagte die böse Königin. »Fliegt als große Vögel ohne Stimme!« Aber sie konnte es doch nicht ganz so schlimm machen, wie sie gern wollte, sie wurden alle elf wunderschöne, wilde Schwäne. Mit einem wunderlichen Schrei flogen sie zu den Schlossfenstern hinaus über den Park und den Wald.

Es war noch ganz früh am Morgen, als sie dort vorüber kamen, wo die Schwester Elisa in der Stube des Bauern lag und schlief; hier schwebten sie über dem Dach, drehten ihre langen Hälse und schlugen mit den Flügeln, aber niemand sah oder hörte es. Sie mussten wieder von dannen, hoch zu den Wolken empor und hinaus in die weite Welt; da flogen sie in einen großen, dunklen Wald hinaus, der sich bis an den Strand erstreckte.

Die arme kleine Elisa stand in der Stube des Bauern und spielte mit einem grünen Blatt, anderes Spielzeug hatte sie nicht; und sie stach ein Loch in das Blatt, sah dahin durch zu der Sonne empor, und da war es, als wenn sie ihrer Brüder klare Augen sähe; und jedes Mal, wenn die warmen Sonnenstrahlen auf ihre Wangen schienen, dachte sie an alle ihre Küsse.

Ein Tag verging wie der andere. Wehte der Wind durch die großen Rosenhecken vor dem Hause, da flüsterte er den Rosen zu: »Wer kann schöner sein als ihr?« Aber die Rosen schüttelten den Kopf und sagten: »Elisa ist schöner!« Und wenn die alte Frau am Sonntag in der Tür saß und in ihrem Gesangbuch las, dann wendete der Wind die Blätter um und sagte zu dem Buch: »Wer kann frömmer sein als du?« – »Elisa ist frömmer!«, sagte das Gesangbuch, und es war die reine Wahrheit, was die Rosen und das Gesangbuch sagten.

Als sie fünfzehn Jahre alt war, sollte sie nach Hause; und als die Königin sah, wie schön sie war, ward sie ihr gram und voll Hass; gern hätte sie sie in einen wilden Schwan verwandelt so wie die Brüder, aber sie wagte nicht, es gleich zu tun, da ja der König seine Tochter sehen wollte.

Am frühen Morgen ging die Königin in das Bad, das aus Marmor erbaut und mit weichen Kissen und den prächtigsten Decken geschmückt war, und sie nahm drei Kröten, küsste sie und sagte zu der einen: »Setze dich auf Elisas Kopf, wenn sie ins Bad kommt, damit sie dumm wird wie du! Setz dich auf ihre Stirn«, sagte sie zu der zweiten, »damit sie hässlich wird wie du, sodass ihr Vater sie nicht erkennt! Ruhe an ihrem Herzen!«, flüsterte sie der dritten zu, »lass sie einen bösen Sinn bekommen, damit sie Qualen dadurch leidet!« Dann setzte sie die Kröten in das klare Wasser, das sogleich eine grünliche Farbe bekam, rief Elisa, entkleidete sie und hieß sie in das Wasser steigen; und als sie untertauchte, setzte die eine Kröte sich ihr in das Haar, die zweite auf ihre Stirn und die dritte auf die Brust; aber Elisa schien es gar nicht zu merken, sobald sie sich aufrichtete, schwammen drei rote Mohnblumen auf dem Wasser; wären die Tiere nicht giftig gewesen und von der Hexe geküsst worden, so wären sie in rote Rosen verwandelt worden, aber Blumen wurden sie doch, weil sie auf ihrem Haupt und an ihrem Herzen geruht hatten; sie war zu fromm und unschuldig, als dass die Zauberin Macht über sie haben konnte.

Als die böse Königin das sah, rieb sie sie mit Walnusssaft ein, sodass sie ganz schwarzbraun wurde, bestrich ihr das hübsche Gesicht mit einer stinkenden Salbe und ließ das schöne Haar sich verfilzen; es war unmöglich, die schöne Elisa wieder zu erkennen.

Als daher ihr Vater sie sah, ward er ganz entsetzt und sagte, das sei seine Tochter nicht; niemand außer dem Kettenhund und den Schwalben wollte sie erkennen, aber das waren ja arme Tiere, die nichts zu sagen hatten.

Da weinte die arme Elisa und dachte an ihre elf Brüder, die alle fort waren. Traurig schlich sie aus dem Schloss hinaus, ging den ganzen Tag über Feld und Moor bis in den großen Wald hinein. Sie wusste gar nicht, wo sie hin wollte, aber sie fühlte sich so betrübt und sehnte sich nach ihren Brüdern, die waren sicher auch so wie sie in die Welt hinausgejagt worden, die wollte sie suchen und finden.

Nur kurze Zeit war sie im Wald gewesen, als die Nacht hereinbrach; sie war ganz von Weg und Steg abgekommen; da legte sie sich auf das weiche Moos nieder, betete ihr Abendgebet und lehnte ihren Kopf gegen einen Baumstumpf. Es war so still da, die Luft war so milde, und ringsumher im Gras und auf dem Moos schimmerten wie ein grünes Feuer Hunderte von Johanniswürmchen; als sie mit der Hand einen der Zweige berührte, fielen die leuchtenden Insekten wie Sternschnuppen zu ihr herab.

Die ganze Nacht träumte sie wieder von ihren Brüdern; sie spielten wieder als Kinder, schrieben mit dem Diamantgriffel auf goldenen Tafeln und besahen das herrliche Bilderbuch, das das halbe Reich gekostet hatte; aber auf die Tafel schrieben sie nicht so wie früher nur Nullen und Striche, sondern die kühnsten Taten, die sie ausgeführt, alles, was sie erlebt und gesehen hatten; und im Bilderbuch war alles lebendig, die Vögel sangen, und die Menschen traten aus dem Buch heraus und sprachen mit Elisa und ihren Brüdern, aber wenn sie das Blatt umwendete, sprangen sie gleich wieder hinein, damit keine Unordnung entstehen sollte.

Als sie erwachte, stand die Sonne schon hoch am Himmel; sie konnte sie freilich nicht sehen, aber die Strahlen spielten da draußen wie ein wehender Goldflor; da war ein Duft von Grün, und die Vögel waren nahe daran, sich ihr auf die Schultern zu setzen. Sie hörte das Wasser plätschern, da gab es viele große Quellen, die alle in einen See hineinliefen, in dem der herrlichste Sandboden war; freilich wuchsen dort dichte Büsche ringsumher, aber an einer Stelle hatten die Hirsche eine große Öffnung gemacht, und hier ging Elisa nach dem Wasser hin; das war so klar, dass sie, wenn der Wind nicht die Büsche und Zweige berührt hätte, sodass sie sich bewegten, hätte glauben müssen, sie wären auf dem Boden des Sees abgemalt gewesen, so deutlich spiegelte sich jedes Blatt ab, sowohl das, welches von der Sonne durchschienen wurde, als auch das, was ganz im Schatten war.

Sobald sie ihr eigenes Gesicht erblickte, erschrak sie, so braun und hässlich war es, aber als sie ihre kleine Hand nass machte und Augen und Stirn rieb, schimmerte die Haut wieder weiß hervor; da legte sie alle Kleider ab und ging in das frische Wasser hinaus; ein schöneres Königskind, als sie war, gab es nicht auf der Welt!

Als sie wieder angekleidet war und ihr langes Haar geflochten hatte, ging sie zur sprudelnden Quelle, trank aus ihrer hohlen Hand und wanderte tiefer in den Wald hinein, ohne selbst zu wissen, wohin. Sie dachte an ihre Brüder und dachte an den lieben Gott, der sie sicher nicht verlassen würde; er ließ die wilden Äpfel des Waldes wachsen, um den Hungrigen zu sättigen; er zeigte ihr einen solchen Baum, die Zweige bogen sich unter der Last der Früchte, hier hielt sie ihre Mittagsmahlzeit, setzte Stützen unter die Zweige und ging dann in den finstersten Teil des Waldes hinein. Da war es so still, dass sie ihre eigenen Fußtritte hören konnte, dass sie jedes kleine, dürre Blatt hörte, das sich unter ihrem Fuße bog; auch nicht ein Vogel war zu sehen, kein Sonnenstrahl konnte durch die großen, dichten Zweige der Bäume dringen; die hohen Stämme standen so nahe beieinander, dass es ihr, wenn sie geradeaus sah, erschien, als umschlösse sie ein Balkengitter dicht neben dem andern; oh, hier herrschte eine Einsamkeit, wie sie sie noch nie gekannt hatte.

Die Nacht wurde ganz dunkel; auch nicht ein einziges kleines Johanniswürmchen schimmerte aus dem Moose, betrübt legte sie sich hin, um zu schlafen; da war es ihr, als ob sich die Baumzweige über ihr zerteilten und der liebe Gott mit milden Augen auf sie herabblickte, als lugten über seinem Kopf und unter seinen Armen kleine Engel hervor.

Als sie am nächsten Morgen erwachte, wusste sie nicht, ob sie es geträumt hatte oder ob es wirklich so gewesen war.

Sie ging einige Schritte weiter, da begegnete ihr eine alte Frau, die Beeren in ihrem Korb hatte; die Alte gab ihr einige davon. Elisa fragte, ob sie nicht elf Prinzen durch den Wald habe reiten sehen.

»Nein«, sagte die Alte, »aber gestern sah ich elf Schwäne mit goldenen Kronen auf dem Kopf den Bach hier ganz in der Nähe hinabschwimmen!«

Und sie führte Elisa eine Strecke weiter an einen Abhang; unter ihnen schlängelte sich ein Bach; die Bäume an den Ufern streckten ihre langen, blätterreichen Zweige zueinander hinüber, und wo sie infolge ihres natürlichen Wuchses nicht zusammengelangen konnten, hatten sie die Wurzeln aus der Erde losgerissen und ließen sie, mit grünen Zweigen verflochten, über das Wasser hängen.

Elisa sagte der Alten Lebewohl und ging an dem Bach entlang, bis sich dieser in die große, offene See ergoss.

Das ganze, herrliche Meer lag vor dem jungen Mädchen, aber auch nicht ein Segelschiff ließ sich da draußen blicken. Nicht ein Boot war zu sehen, wie sollte sie denn nur weiterkommen! Sie betrachtete die unzähligen kleinen Steine am Ufer; das Wasser hatte sie alle rund geschliffen. Glas, Eisen, Steine, alles, was da angespült lag, hatte die Form von dem Wasser erhalten, das doch viel weicher war als ihre zarte Hand. »Es fährt unermüdlich fort zu rollen, und dann ebnet es alles Harte; ich will ebenso unermüdlich sein! Habt Dank für eure Lehre, ihr klaren, rollenden Wogen! Einmal, das sagt mir mein Herz, werdet ihr mich zu meinen lieben Brüdern tragen!«

Auf dem angespülten Seegras lagen elf weiße Schwanenfedern; sie sammelte sie zu einem Strauß, es lagen Wassertropfen darauf; ob es Tau war oder Tränen, konnte niemand sehen. Einsam war es dort am Strande, aber sie fühlte es nicht; denn das Meer bot eine ewige Abwechslung, ja in wenigen Stunden mehr, als die meisten Landseen in einem ganzen Jahr aufweisen können. Wenn eine große, dunkle Wolke kam, so war es, als ob die See sagen wollte: »Ich kann auch finster aussehen;« schienen aber die Wolken rot und schlief der Wind, so sah das Meer aus wie ein Rosenblatt; bald wurde es grün, bald weiß, aber wie still es auch ruhen mochte, am Ufer war doch stets eine leise Bewegung; das Wasser hob sich sanft wie die Brust eines schlafenden Kindes.

Als die Sonne im Begriff war unterzugehen, sah Elisa elf wilde Schwäne mit goldenen Kronen auf dem Kopf dem Lande zufliegen, sie schwebten einer hinter dem andern, es sah aus wie ein langes, weißes Band; da stieg Elisa auf den Abhang und verbarg sich hinter einem Busch; die Schwäne ließen sich ganz in ihrer Nähe nieder und schlugen mit ihren großen, weißen Flügeln.

In demselben Augenblick, als die Sonne unter das Wasser tauchte, fielen plötzlich die Schwanengefieder, und elf schöne Prinzen, Elisas Brüder, standen da. Sie stieß einen lauten Schrei aus, denn obwohl sie sich sehr verändert hatten, wusste sie doch, dass sie es waren; und sie sprang in ihre Arme, rief sie bei Namen, und sie waren so glückselig, als sie ihre kleine Schwester, die nun so groß geworden war, sahen und wiedererkannten. Sie lachten und sie weinten, und bald hatten sie einander mitgeteilt, wie schlecht ihre Stiefmutter gegen sie alle gewesen war.

»Wir Brüder«, sagte der älteste, »fliegen als wilde Schwäne, solange die Sonne am Himmel steht; sobald sie untergegangen ist, bekommen wir unsere menschliche Gestalt wieder; darum müssen wir immer Acht geben, dass wir bei Sonnenuntergang eine Ruhestatt für die Füße haben, denn wenn wir dann zu den Wolken empor fliegen würden, müssten wir als Menschen in die Tiefe hinabstürzen. Wir wohnen nicht hier; es liegt ein ebenso schönes Land wie dieses jenseits der See; aber der Weg dahin ist lang, wir müssen über das große Meer, und es gibt keine Insel auf unserem Wege, wo wir übernachten können, nur eine einsame Klippe ragt da draußen auf halbem Wege empor; sie ist so klein, dass wir dort nur Seite an Seite ruhen können; bei starkem Seegang spritzt das Wasser hoch über uns auf, aber doch danken wir Gott dafür; dort übernachten wir in unserer Menschengestalt, wenn wir die Klippe nicht hätten, würden wir niemals unsere liebe Heimat wiedersehen, denn zwei von den längsten Tagen des Jahres gebrauchen wir zu unserem Flug. Nur einmal im Jahre ist es uns vergönnt, unser Vaterland zu besuchen, elf Tage dürfen wir hier bleiben, über diesen großen Wald hinfliegen, von wo aus wir das Schloss sehen können, wo wir geboren wurden und wo unser Vater wohnt, und den hohen Turm der Kirche, in der unsere Mutter bestattet ist. – Hier haben wir das Gefühl, als seien Bäume und Büsche mit uns verwandt, hier laufen die wilden Pferde über die Ebenen dahin, so wie wir es in unserer Kindheit sahen; hier singen die Köhler die alten Lieder, nach denen wir als Kinder tanzten, hier ist unser Vaterland, hier zieht es uns hin, und hier haben wir dich gefunden, du liebe, kleine Schwester. Zwei Tage noch dürfen wir hier bleiben, dann müssen wir fort über das Meer nach einem schönen Lande, das aber nicht unser Vaterland ist. Wie bekommen wir dich nur mit? Wir haben weder Schiff noch Boot!«

»Wie kann ich euch nur erlösen?«, fragte die Schwester.

Und sie sprachen fast die ganze Nacht miteinander, es wurde nur einige Stunden geschlummert.

Elisa erwachte von dem Sausen der Schwanenflügel, die über sie hinbrausten. Die Brüder waren wieder verwandelt, und sie flogen in großen Kreisen und schließlich weit fort, aber einer von ihnen, der jüngste, blieb zurück; und der Schwan legte seinen Kopf in ihren Schoß, und sie streichelte seine weißen Flügel; den ganzen Tag waren sie zusammen. Gegen Abend kamen die andern zurück, und als die Sonne untergegangen war, standen sie in ihrer natürlichen Gestalt da.

»Morgen fliegen wir von hier fort, erst nach einem ganzen Jahr dürfen wir wiederkommen, aber dich können wir hier nicht so verlassen! Hast du Mut, mit uns zu kommen? Mein Arm ist stark genug, dich durch den Wald zu tragen, sollten wir alle da nicht so starke Flügel haben, dass wir mit dir über das Meer dahinfliegen könnten?«

»Ja, nehmt mich mit!«, sagte Elisa.

Die ganze Nacht brachten sie damit zu, ein Netz aus der geschmeidigen Weidenrinde und dem zähen Schilf zu flechten, und es wurde groß und stark; Elisa legte sich darauf, und als dann die Sonne aufging und die Brüder in wilde Schwäne verwandelt wurden, fassten sie mit ihren Schnäbeln in das Netz hinein und flogen mit der lieben Schwester, die noch schlief, hoch zu den Wolken empor. Die Sonnenstrahlen fielen gerade auf ihr Antlitz, darum flog einer der Schwäne über ihrem Kopf, dass seine breiten Flügel ihr Schatten spenden konnten.

Sie waren schon weit vom Lande entfernt, als Elisa erwachte; sie glaubte noch zu träumen, so wunderlich erschien es ihr, hoch durch die Luft über das Meer dahingetragen zu werden. Neben ihr lag ein Zweig mit schönen roten Beeren und ein Bündel wohlschmeckender Wurzeln: die hatte der jüngste der Brüder gesammelt und neben sie gelegt, und sie lächelte ihm dankbar zu, denn sie erkannte ihn, er flog gerade über ihrem Kopf und beschattete sie mit seinen Flügeln.

Sie waren so hoch oben in der Luft, dass das erste Schiff, das sie unter sich sahen, aussah wie eine weiße Möwe, die auf dem Wasser lag. Eine große Wolke stand hinter ihnen, es war ein ganzer Berg, und darauf sah Elisa ihren eignen Schatten und den aller der elf Schwäne, so riesengroß flogen sie da; es war ein Bild, wie sie es prächtiger noch nie gesehen hatte; aber als die Sonne höher stieg und die Wolke weiter hinter ihnen zurückblieb, verschwand das schwebende Schattenbild.

Den ganzen Tag flogen sie wie ein sausender Pfeil durch die Luft, aber es ging doch langsamer als sonst, jetzt wo sie die Schwester zu tragen hatten. Es zog ein Unwetter herauf, der Abend näherte sich; voll Angst sah Elisa die Sonne sinken, und noch war die einsame Klippe im Meer nicht zu erblicken; es schien ihr, als machten die Schwäne stärkere Schläge mit den Flügeln. Ach, sie war schuld daran, dass sie nicht schnell genug vorwärts kamen; wenn die Sonne untergegangen war, würden sie zu Menschen werden, ins Meer hinabstürzen und ertrinken. Da sandte sie aus dem Innersten ihres Herzens ein Gebet zu Gott empor, aber noch immer erblickte sie keine Klippe; die schwarze Wolke kam näher, die starken Windstöße verkündeten einen Sturm, die Wolken standen wie eine einzige große, drohende Welle da, die sich fast wie Blei vorwärts schob. Blitz auf Blitz flammte auf.

Jetzt war die Sonne gerade am Rande des Meeres angelangt. Elisas Herz bebte; da schossen die Schwäne so schnell hinab, dass sie zu fallen glaubte; aber nun schwebten sie wieder. Die Sonne war halb unter dem Wasser; da erst erblickte sie die kleine Klippe unter sich, sie sah nicht größer aus wie ein Seehund, der den Kopf aus dem Wasser steckt. Die Sonne sank sehr schnell, jetzt erschien sie nur noch wie ein Stern; da berührte ihr Fuß den festen Boden, die Sonne erlosch gleich dem letzten Funken eines brennenden Stückes Papier; Arm in Arm sah sie die Brüder um sich stehen, aber mehr Platz als gerade für sie und die Schwester war auch nicht da. Die See schlug gegen die Klippe und ging wie ein Platzregen über sie hin; der Himmel leuchtete in ununterbrochenem Feuer, und Schlag auf Schlag rollte der Donner; aber Schwester und Brüder hielten sich an den Händen und sangen ein geistliches Lied, aus dem sie Trost und Mut schöpften.

In der Morgendämmerung war die Luft rein und still; sobald die Sonne aufging, flogen die Schwäne mit Elisa von der Insel fort. Das Meer brauste noch wild; als sie hoch in der Luft waren, sah es so aus, als wenn der weiße Schaum auf der schwarzgrünen See Millionen Schwäne wären, die auf dem Wasser schwömmen.

Als die Sonne höher stieg, sah Elisa vor sich, halb in der Luft schwimmend, ein Gebirgsland mit schimmernden Eismassen auf den Berggipfeln, und mitten darauf erstreckte sich ein wohl meilenlanges Schloss mit einem kühlen Säulengang über dem andern; unten wiegten sich Palmenwälder und Prachtblumen so groß wie Mühlräder. Sie fragte, ob das das Land sei, wohin sie wollten, aber die Schwäne schüttelten den Kopf, denn das, was sie sah, war das schöne, ewig wechselnde Wolkenschloss der Fata Morgana, dahinein durften sie keinen Menschen bringen. Elisa starrte es an; da stürzten Berge, Wälder und Schloss zusammen, und zwanzig stolze Kirchen, alle einander gleich, mit hoben Türmen und spitzen Fenstern standen an ihrer Stelle da. Sie glaubte, die Orgel klingen zu hören; was sie hörte, war aber nur das Meer. Jetzt war sie den Kirchen ganz nahe, da verwandelten sie sich in eine große Flotte, die unter ihr hinsegelte: sie sah hinab, und es waren Seenebel, die über dem Wasser hinglitten. Ja, eine ewige Abwechslung hatte sie vor Augen, und nun sah sie das wirkliche Land, wohin sie wollten; dort erhoben sich die herrlichen, blauen Berge mit Zedernwäldern, Städte und Schlösser. Lange ehe die Sonne unterging, saß sie auf dem Felsen vor einer großen Höhle, die mit feinen, grünen Schlingpflanzen bewachsen war; es sah so aus, als seien es gestickte Teppiche.

»Nun wollen wir einmal sehen, was du diese Nacht hier träumst«, sagte der jüngste Bruder und zeigte ihr ihre Schlafkammer.

»Ach, wenn ich doch träumen möchte, wie ich euch erretten kann!«, sagte sie; und dieser Gedanke beschäftigte sie so lebhaft, sie flehte Gott so inbrünstig um Hilfe an, ja selbst im Schlaf fuhr sie fort zu beten; da war es ihr, als flöge sie hoch in der Luft nach dem Wolkenschloss der Fata Morgana, und die Fee kam ihr so schön und strahlend entgegen, und doch glich sie ganz der alten Frau, die ihr Beeren im Wald gegeben und ihr von den Schwänen mit den goldenen Kronen erzählt hatte.

»Deine Brüder können erlöst werden!«, sagte sie. »Hast du aber Mut und Ausdauer? Wohl ist das Meer weicher als deine feinen Hände, und doch formt es die harten Steine um, aber es fühlt den Schmerz nicht, den deine Finger fühlen werden, es hat kein Herz und leidet nicht die Angst und Qual, die du empfinden musst. Siehst du diese Brennnessel, die ich hier in der Hand halte? Von derselben Art wachsen viele rings um die

Höhle herum, in der du schläfst; nur die und auch die, die auf den Gräbern des Kirchhofs wachsen, sind tauglich, das merke dir; die musst du pflücken, wenn sie dir auch die Haut zu Blasen verbrennen; brich die Nesseln mit deinen Füßen, dann bekommst du Flachs, daraus musst du elf Panzerhemden mit langen Ärmeln flechten und stricken: die wirf den elf Schwänen über, dann ist der Zauber gelöst. Bedenke aber wohl, dass du von dem Augenblick an, wo du die Arbeit beginnst, bis sie vollendet ist, nicht sprechen darfst, und sollten auch Jahre darüber vergehen; das erste Wort, das du sagst, fährt wie ein tötender Dolch in deiner Brüder Herz; an deiner Zunge hängt ihr Leben. Merke dir dies alles wohl!«

Und im selben Augenblick berührte sie ihre Hand mit der Nessel; sie war wie brennendes Feuer, Elisa erwachte dadurch. Es war heller Tag, und dicht neben der Stelle, wo sie geschlafen hatte, lag eine Nessel, so wie sie sie im Traum gesehen hatte. Da fiel sie auf ihre Knie, dankte dem lieben Gott und ging aus der Höhle hinaus, um ihre Arbeit zu beginnen.

Mit den feinen Händen griff sie in die hässlichen Nesseln hinein, sie waren wie Feuer, große Blasen brannten sie ihr auf ihre Hände und Arme, aber gern wollte sie das erdulden, wenn sie nur die teuren Brüder erlösen konnte. Sie brach jede Nessel mit ihren nackten Füßen und flocht den grünen Flachs.

Als die Sonne untergegangen war, kamen die Brüder und erschraken, als sie sie so stumm fanden; sie glaubten, dass es ein neuer Zauber von der bösen Stiefmutter sei; aber als sie ihre Hände sahen, begriffen sie, was sie um ihretwillen tat, und der jüngste Bruder weinte, und wohin seine Tränen fielen, da fühlte sie keine Schmerzen, da verschwanden die brennenden Blasen.

Die Nacht verbrachte sie mit ihrer Arbeit, denn sie hatte keine Ruhe, ehe sie nicht die geliebten Brüder erlöst hätte; den ganzen folgenden Tag, während die Schwäne fort waren, saß sie in ihrer Einsamkeit, nie aber war ihr die Zeit so schnell entflohen. Ein Panzerhemd war bereits fertig, jetzt fing sie das zweite an.

Da erklang ein Jagdhorn in den Bergen; sie ward ganz erschreckt; der Klang kam immer näher; sie hörte Hunde bellen, angsterfüllt floh sie in die Höhle hinein, band die Nesseln, die sie gesammelt und gehechelt hatte, in ein Bündel und setzte sich darauf.

Plötzlich kam ein großer Hund aus dem Gestrüpp hervorgesprungen, und gleich darauf noch einer, und noch einer; sie bellten laut, liefen weg und kehrten zurück. Es währte nicht lange, da standen alle Jäger draußen vor der Höhle, und der schönste unter ihnen, der des Landes König war, trat vor Elisa hin, nie hatte er eine schönere Maid gesehen.

»Wie bist du nur hierher gekommen, du wunderschönes Kind!«, sagte er. Elisa schüttelte den Kopf, sie durfte ja nicht sprechen, es handelte sich um das Leben und die Erlösung ihrer Brüder; und sie barg ihre Hände unter der Schürze, damit der König nicht sehen sollte, was sie leiden musste.

»Komm mit mir!«, sagte er. »Hier darfst du nicht bleiben! Bist du so gut, wie du schön bist, so will ich dich in Samt und Seide kleiden und dir eine goldene Krone aus das Haupt setzen, und du sollst in meinem reichsten Schloss wohnen und hausen!« – und dann hob er sie auf sein Pferd; sie weinte und rang ihre Hände, aber der König sagte: »Ich will nur dein Glück! Einstmals wirst du mir dafür danken!« Und dann ritt er dahin in die Berge hinein und hielt sie vorn auf dem Pferd, und die Jäger jagten hinterdrein.

Als die Sonne unterging, lag die prachtvolle Königsstadt mit Kirchen und Kuppeln vor ihnen, und der König führte sie in das Schloss, wo große Springbrunnen in den hohen Marmorsälen plätscherten und an Wänden und Decken Gemälde prangten; aber sie hatte keine Augen dafür, sie weinte und trauerte: willenlos ließ sie sich von den Frauen in prächtige Gewänder kleiden, ließ sich Perlen in das Haar flechten und feine Handschuhe über die verbrannten Finger ziehen.

Als sie in all ihrer Pracht dastand, war sie so blendend schön, dass der Hof sich noch tiefer vor ihr verneigte und der König sie zu seiner Braut erkor, obwohl der Erzbischof den Kopf schüttelte und flüsterte, dass das schöne Waldmädchen sicher eine Hexe sei: sie blende aller Augen und betöre das Herz des Königs.

Aber der König hörte nicht darauf, er ließ die Musik ertönen, die köstlichsten Gerichte auftragen und die lieblichsten Mädchen sie umtanzen, und sie ward durch duftende Gärten in prächtige Säle geführt; aber auch nicht ein Lächeln glitt über ihre Lippen und erstrahlte in ihren Augen; der Kummer sprach aus ihnen als ewiges Erbe. Da öffnete der König eine kleine Kammer dicht neben dem Raum, wo sie schlafen sollte, die war mit köstlichen grünen Teppichen geschmückt und glich ganz der Höhle, in der sie gehaust hatte; am Boden lag das Bündel Flachs, das sie aus den Nesseln gesponnen hatte, und unter der Decke hing das Panzerhemd, das fertig gestrickt war; das alles hatte einer der Jäger als Kuriosität mitgenommen.

»Hier kannst du dich in dein ehemaliges Heim zurückträumen!«, sagte der König. »Hier ist die Arbeit, die dich dort beschäftigte; inmitten all deiner Pracht wird es dir ergötzlich sein, an jene Zeit zurückzudenken.«

Als Elisa erblickte, was ihrem Herzen so nahe lag, umspielte ein Lächeln ihren Mund, und das Blut kehrte in ihre Wangen zurück; sie dachte an die Erlösung ihrer Brüder, küsste die Hand des Königs, und er drückte sie an sein Herz und ließ alle Kirchenglocken das Hochzeitsfest verkünden. Das schöne, stumme Mädchen aus dem Wald ward des Landes Königin.

Da flüsterte der Erzbischof dem König böse Worte ins Ohr, aber sie drangen nicht bis in sein Herz hinein, die Hochzeit sollte stattfinden; der Erzbischof selbst musste ihr die Krone auf das Haupt setzen, und er drückte in böser Absicht den engen Ring fest in ihre Stirn hinein, sodass es schmerzte; aber ein noch schwererer Ring lag um ihr Herz: die Trauer um ihre Brüder; sie fühlte nicht die körperlichen Leiden. Ihr Mund war stumm, ein einziges Wort würde ja ihren Brüdern das Leben kosten; aber in ihren Augen lag eine tiefe Liebe zu dem guten, schönen König, der alles tat, um sie zu erfreuen. Von ganzem Herzen gewann sie ihn mit jedem Tage lieber; ach, hätte sie sich ihm nur anvertrauen, ihm ihre Leiden klagen dürfen, aber stumm musste sie sein, stumm musste sie ihr Werk vollführen. Deshalb schlich sie sich des Nachts von seiner Seite, ging in das kleine Kämmerlein, das geschmückt war wie die Höhle, und strickte ein Panzerhemd nach dem andern fertig; aber als sie mit dem siebenten begann, hatte sie keinen Flachs mehr.

Auf dem Kirchhof, das wusste sie, wuchsen die Nesseln, die sie nötig hatte, sie selber musste sie aber pflücken; wie sollte sie da hinauskommen?

»O, was ist der Schmerz in meinen Fingern gegen die Qual, die mein Herz erduldet!«, dachte sie. »Ich muss es wagen! Der liebe Gott wird mir seine Hand nicht entziehen!« Mit einer Herzensangst, als führe sie eine böse Tat im Schilde, schlich sie in der mondhellen Nacht in den Garten hinab, ging durch die langen Alleen auf die einsamen Straßen hinaus und nach dem Kirchhof. Da sah sie auf einem der breitesten Leichensteine einen Kreis Lamien sitzen, hässliche Hexen, die ihre Lumpen auszogen, als wollten sie sich baden, und dann gruben sie mit den langen, magern Fingern die frischen Gräber auf, nahmen die Leichen heraus und verzehrten ihr Fleisch. Elisa musste ganz dicht an ihnen vorbei, und sie richteten ihre bösen Augen auf sie, aber sie sprach ihr Gebet, sammelte ihre Nesseln und trug sie auf das Schloss.

Nur ein einziger Mensch hatte sie gesehen, der Erzbischof, er war wach, wenn die andern schliefen; nun hatte er doch recht in seiner Meinung, dass es mit der Königin nicht so war, wie es sein sollte; sie war eine Hexe, daher hatte sie den König und das ganze Volk betört.

Im Beichtstuhl sagte er dem König, was er gesehen hatte und was er fürchtete, und als die harten Worte seinen Lippen entströmten, schüttelten die geschnitzten Heiligenbilder die Köpfe, als wollten sie sagen: es ist nicht so, Elisa ist unschuldig; aber der Erzbischof legte es anders aus, er meinte, dass sie gegen sie zeugten, indem sie die Köpfe über ihre Sünde schüttelten. Da rollten zwei schwere Tränen über des Königs Wangen herab, er ging heim mit Zweifel im Herzen; und er stellte sich des Nachts, als schlafe er, aber es kam kein Schlaf in seine Augen, er merkte, wie Elisa aufstand, und jede Nacht wiederholte sich das, und er folgte ihr jedes Mal ganz leise und sah, dass sie in ihrem Kämmerlein verschwand.

Tag für Tag ward seine Miene finsterer, Elisa sah es, konnte es aber nicht begreifen, weshalb; doch es beängstigte sie, und wie litt sie nicht in ihrem Herzen um ihre Brüder; auf den königlichen Samt und Purpur flossen ihre heißen Tränen, sie lagen da wie glitzernde Diamanten; und alle, die die reiche Pracht sahen, wünschten, Königin zu sein. Bald hatte sie indessen ihre Arbeit beendet, nur ein Panzerhemd fehlte noch; aber sie hatte keinen Flachs mehr und auch nicht eine einzige Nessel. Einmal, nur dies allerletzte Mal musste sie daher noch auf den Kirchhof und einige Hände voll pflücken. Sie dachte mit Angst an die einsame Wanderung, an die schrecklichen Lamien, aber ihr Wille war fest wie ihr Vertrauen zum lieben Gott.

Elisa ging, aber der König und der Erzbischof folgten ihr, sie sahen sie durch die Gitterpforte auf den Kirchhof verschwinden, und als sie sich der Pforte näherten, sahen sie die Lamien auf dem Grabstein sitzen, so wie Elisa sie gesehen hatte, und der König wandte sich ab, denn unter ihnen vermutete er sie, deren Haupt noch diesen Abend an seiner Brust geruht hatte.

»Das Volk soll sie richten!«, sagte er; und das Volk richtete sie: »Sie soll in den roten Flammen verbrannt werden!«

Aus den prächtigen Königssälen wurde sie in ein dunkles, feuchtes Loch geführt, wo der Wind durch die vergitterten Fenster pfiff; statt Samt und Seide gaben sie ihr das Bund Nesseln, das sie gesammelt hatte, darauf konnte sie ihr Haupt legen; die harten, brennenden Panzerhemden, die sie gestrickt hatte, sollten ihr als Kissen und Decken dienen, aber nichts Lieberes hätte man ihr geben können, sie nahm ihre Arbeit wieder auf und betete zu ihrem Gott. Draußen sangen die Straßenjungen Spottlieder auf sie, keine Seele tröstete sie mit einem liebevollen Wort.

Da sauste gegen Abend ein Schwanenflügel dicht an dem Gitterfenster vorüber: es war der jüngste der Brüder, er hatte die Schwester gefunden, und sie schluchzte laut vor Freude, obwohl sie wusste, dass die Nacht, die kam, wahrscheinlich die letzte sein würde, die ihr zu leben vergönnt war; aber nun war die Arbeit ja auch beinahe vollendet, und ihre Brüder waren da.

Der Erzbischof kam, um die letzte Stunde bei ihr zu sein, das hatte er dem König versprochen, aber sie schüttelte den Kopf und bat ihn mit Blicken und Mienen, zu gehen; in dieser Nacht musste sie ja ihre Arbeit beenden, sonst war alles vergebens, alles – der Schmerz, die Tränen und die schlaflosen Nächte; der Erzbischof verließ sie mit zornigen Worten, aber die arme Elisa wusste, dass sie unschuldig war, und fuhr in ihrer Arbeit fort.

Die kleinen Mäuse liefen über den Fußboden, sie schleppten ihr die Nesseln zu, um doch ein wenig zu helfen, und die Drossel setzte sich vor das Gitter des Fensters und sang die ganze Nacht so lustig sie nur konnte, damit Elisa den Mut nicht verlieren sollte.

Es dämmerte noch, erst in einer Stunde würde die Sonne aufgehen, da standen alle elf Brüder vor dem Tor des Schlosses und verlangten, vor den König geführt zu werden, aber das könnte nicht geschehen, antwortete man ihnen, es sei ja noch Nacht, der König schlafe und dürfe nicht geweckt werden. Sie baten, sie drohten, die Wache kam, ja selbst der König trat heraus und fragte, was das zu bedeuten hätte; da ging die Sonne auf, und nun waren keine Brüder mein zu sehen, aber über das Schloss hin flogen elf wilde Schwäne.

Zu den Toren der Stadt strömte das ganze Volk hinaus, sie wollten alle die Hexe verbrennen sehen. Ein elender Gaul zog den Karren, auf dem sie saß; man hatte ihr einen Kittel von grober Sackleinwand angezogen, ihr schönes, langes Haar hing aufgelöst um das schöne Haupt, ihre Wangen waren totenbleich und ihre Lippen bewegten sich leise; aber die Finger flochten den grünen Flachs, selbst auf dem Wege zum Tode ließ sie die begonnene Arbeit nicht ruhen, die zehn Panzerhemden lagen zu ihren Füßen, an dem elften strickte sie; der Pöbel höhnte sie:

»Seht die Hexe, wie sie murmelt! Kein Gesangbuch hat sie in der Hand, nein mit ihrem hässlichen Zauberkram sitzt sie da, zerreißt es ihr in tausend Stücke!«

Und sie drangen alle auf sie ein und wollten es zerreißen; da kamen elf weiße Schwäne geflogen, die setzten sich rings um sie her auf den Karren und schlugen mit ihren großen Flügeln. Da wich der Haufen entsetzt zur Seite.

»Das ist ein Zeichen des Himmels! Sie ist gewiss unschuldig!«, flüsterten viele, aber sie wagten nicht, es laut zu sagen.

Jetzt ergriff der Henker sie bei der Hand, da warf sie hastig die elf Panzerhemden über die Schwäne, und nun standen elf schöne Prinzen da, der jüngste aber hatte einen Schwanenflügel statt des einen Armes, denn an seinem Panzerhemd fehlte ein Ärmel, den hatte sie nicht mehr vollenden können.

»Jetzt darf ich reden!«, sagte sie. »Ich bin unschuldig!«

Und das Volk sah, was geschehen war, und neigte sich vor ihr wie vor einer Heiligen, aber sie sank leblos in die Arme der Brüder, so hatten Spannung, Angst und Schmerz auf sie gewirkt.

»Ja, unschuldig ist sie!«, sagte der älteste Bruder, und dann erzählte er alles, was geschehen war, und während er sprach, verbreitete sich ein Duft wie von Millionen Rosen, denn jedes Stück Holz im Scheiterhaufen hatte Wurzeln geschlagen und Zweige geschossen; da stand nun eine duftende Hecke, hoch und groß, mit roten Rosen, ganz oben aber saß eine weiße, schimmernde Blume, die leuchtete wie ein Stern; die brach der König und steckte sie an Elisas Busen, da erwachte sie mit Freude und Glückseligkeit im Herzen.

Und alle Kirchenglocken läuteten von selbst, und die Vögel kamen in großen Scharen; es ward ein Hochzeitszug nach dem Schloss zurück, wie ihn noch kein König gesehen hatte.

Die Blumen der kleinen Ida

Meine Blumen sind ganz tot«, sagte die kleine Ida. »Sie waren gestern Abend noch so schön, und nun hängen alle Blätter verwelkt herunter. Warum tun sie das?«, fragte sie den Studenten, der auf dem Sofa saß; denn der mochte sie so gern leiden, er wusste die allerschönsten Geschichten und schnitt so drollige Bilder aus: Herzen mit kleinen Damen darin, die tanzten; Blumen und große Schlösser, deren Türen aufgemacht werden konnten; es war ein lustiger Student! »Warum sehen die Blumen heute so schlecht aus?«, fragte sie noch einmal und zeigte ihm einen Strauß, der ganz vertrocknet war.

»Ja weißt du, was ihnen fehlt?«, sagte der Student. »Die Blumen sind über Nacht zu Ball gewesen, und darum lassen sie die Köpfe hängen!«

»Aber die Blumen können doch nicht tanzen!«, sagte die kleine Ida.

»Freilich«, sagte der Student; »wenn es dunkel wird und wir andern schlafen, dann springen sie lustig umher; fast jede Nacht geben sie einen Ball.«

»Können Kinder nicht mit auf den Ball kommen?«

»Ja!«, sagte der Student, »ganz kleine Gänseblümchen und Maiglöckchen!«

»Wo tanzen die feinsten Blumen?«, fragte die kleine Ida.

»Bist du nicht oft draußen vor dem Tor bei dem großen Schloss gewesen, wo der König im Sommer wohnt und wo der schöne Garten mit den vielen Blumen ist? Du hast doch die Schwäne gesehen, die zu dir hin schwimmen, wenn du ihnen Brotkrumen geben willst. Da draußen ist großer Ball, das kannst du mir glauben!«

»Ich bin gestern mit meiner Mutter draußen im Garten gewesen«, sagte Ida, »aber alle Blätter waren von den Bäumen, und da gab es gar keine Blumen mehr. Wo sind die? Im Sommer habe ich da so viele gesehen!«

»Die sind drinnen im Schloss!«, sagte der Student. »Weißt du, sobald der König und alle Hofleute in die Stadt ziehen, laufen die Blumen gleich aus dem Garten in das Schloss und sind lustig. Das solltest du nur sehen! Die beiden allerschönsten Rosen setzen sich auf den Thron, und dann sind sie König und Königin. Alle die roten Hahnenkämme stellen sich zu beiden Seiten auf und stehen da und verneigen sich, das sind die Kammerjunker. Dann kommen alle die niedlichsten Blumen, und es ist großer Ball. Die blauen Veilchen stellen kleine Seekadetten vor, sie tanzen mit Hyazinthen und Krokus, die sie ›Gnädiges Fräulein‹ anreden. Die Tulpen und die großen Feuerlilien sind alte Damen, die geben acht, dass schön getanzt wird und dass es hübsch ordentlich zugeht.«

»Aber«, fragte die kleine Ida, »tut denn niemand den Blumen etwas, weil sie in des Königs Schloss tanzen?«

»Es weiß eigentlich niemand so recht darum!«, sagte der Student. »Zuweilen des Nachts kommt freilich der alte Schlossverwalter, der da draußen aufpassen soll, er hat ein großes Schlüsselbund bei sich, aber sobald die Blumen die Schlüssel rasseln hören, werden sie ganz still, verkriechen sich hinter den langen Gardinen und stecken den Kopf heraus. ›Ich kann riechen, dass hier Blumen sind!‹, sagt der alte Schlossverwalter; aber er kann sie nicht sehen!«

»Das ist lustig!«, sagte die kleine Ida und klatschte in die Hände. »Aber würde ich die Blumen auch nicht sehen können?«

»Ja«, sagte der Student, »denke mir daran ins Fenster hineinzugucken, wann du wieder hinauskommst, dann wirst du sie schon sehen. Das tat ich heute, da lag eine lange, gelbe Narzisse auf dem Sofa und streckte sich; sie bildete sich ein, dass sie eine Hofdame sei!«

»Können auch die Blumen aus dem Botanischen Garten da hinauskommen? Können sie den weiten Weg gehen?«

»Gewiss!«, sagte der Student, »denn wenn sie wollen, können sie fliegen. Hast du nicht die schönen Schmetterlinge gesehen, die roten, gelben und weißen? Sie sehen fast aus wie Blumen, das sind sie auch gewesen, sie sind vom Stängel herunter und hoch in die Luft hinausgeflogen und haben mit den Blättern geschlagen, als wenn es kleine Flügel wären, und da flogen sie; und weil sie sich gut aufführten, bekamen sie Erlaubnis, auch am Tage zu fliegen, brauchten nicht wieder nach Hause und still auf dem Stängel zu sitzen, und da wurden die Blätter schließlich zu wirklichen Flügeln. Das hast du ja selbst gesehen! Es ist übrigens leicht möglich, dass die Blumen im Botanischen Garten nie draußen im Schlosse des Königs gewesen sind, oder auch überhaupt nicht wissen, dass es da des Nachts so lustig hergeht. Darum will ich dir etwas sagen, dann wird er sehr erstaunt sein, der botanische Professor, der nebenan wohnt, du kennst ihn ja! Wenn du in seinen Garten kommst, musst du einer von den Blumen erzählen, dass da großer Ball draußen auf dem Schloss ist, dann sagt sie es allen den andern wieder, und dann fliegen sie fort; kommt nun der Professor in den Garten hinaus, so ist nicht eine einzige Blume da, und er kann gar nicht begreifen, wo sie geblieben sind.«

»Aber wie kann die Blume es den andern erzählen? Die Blumen können ja nicht sprechen!«

»Nein, das können sie freilich nicht!«, antwortete der Student; »aber dann machen sie Pantomime! Hast du nicht schon gesehen: wenn es ein wenig weht, dann nicken die Blumen und bewegen alle die grünen Blätter, das ist für sie ebenso deutlich, als wenn sie sprächen!«

»Kann denn der Professor die Pantomime verstehen?«, fragte Ida.

»Ja, natürlich kann er das! Er kam eines Morgens in seinen Garten hinunter und sah, wie eine große Brennnessel mit einer wunderschönen roten Nelke mittels Pantomime durch die Blätter sich verständigte. Sie sagte: ›Du bist ganz reizend, und ich liebe dich so sehr!‹ Aber so etwas kann der Professor durchaus nicht leiden, gleich schlug er die Brennnessel auf die Blätter, denn das sind ihre Finger, aber da verbrannte er sich, und seit der Zeit wagt er es nicht, eine Brennnessel anzurühren!«

»Das ist lustig!«, sagte die kleine Ida und lachte.

»Wie kann man einem Kinde so etwas weismachen!«, sagte der langweilige Kanzleirat, der zu Besuch gekommen war und auf dem Sofa saß; er konnte den Studenten gar nicht leiden und brummte immer, wenn er ihn die possierlichen, lustigen Bilder ausschneiden sah: bald einen Mann, der an einem Galgen hing und ein Herz in der Hand hielt, denn er war ein Herzensdieb; bald eine alte Hexe, die auf einem Besen ritt und ihren Mann auf der Nase sitzen hatte; das konnte der Kanzleirat nicht leiden, und dann sagte er geradeso wie jetzt: »Wie kann man nur dem Kinde so etwas weismachen! Das ist die dumme Fantasie!«

Aber die kleine Ida fand doch, dass es sehr ergötzlich war, was der Student von ihren Blumen erzählte, und sie dachte so viel daran. Die Blumen ließen die Köpfe hängen, denn sie waren müde, weil sie die ganze Nacht getanzt hatten; sie waren gewiss krank. Da ging sie mit ihnen zu ihrem andern Spielzeug hin, das auf einem hübschen, kleinen Tisch stand, dessen ganzes Schubfach voll schöner Sachen war. Im Puppenbett lag ihre Puppe Sophie und schlief, aber die kleine Ida sagte zu ihr: »Du musst wirklich aufstehen, Sophie, und dich über Nacht damit begnügen, im Schubfach zu liegen; die armen Blumen sind krank, und deshalb müssen sie im Bett liegen, vielleicht werden sie dann wieder gesund!« Und dann nahm sie die Puppe heraus, aber die sah so verdrießlich aus und sagte kein Wort, denn sie war ärgerlich, dass sie ihr Bett nicht behalten sollte.

Dann legte Ida die Blumen in das Puppenbett, zog die kleine Decke ganz über sie hinauf und sagte, jetzt sollten sie hübsch still liegen, sie wolle ihnen Tee kochen, damit sie wieder gesund würden und morgen aufstehen könnten, und sie zog die Gardinen dicht um das kleine Bett zusammen, dass ihnen die Sonne nicht in die Augen schien.

Den ganzen Abend hindurch musste sie an das denken, was der Student ihr erzählt hatte; und als sie dann selbst zu Bett sollte, musste sie erst hinter die Gardinen sehen, die vor den Fenstern herabhingen, wo die schönen Blumen ihrer Mutter standen, Hyazinthen und auch Tulpen; und dann flüsterte sie ganz leise: »Ich weiß recht gut, dass ihr über Nacht zu Ball wollt!«, doch die Blumen taten, als verständen sie nichts, und rührten kein Blatt, aber die kleine Ida wusste, was sie wusste.

Als sie ins Bett gekommen war, lag sie lange wach und dachte, wie hübsch es sein müsste, die schönen Blumen draußen in des Königs Schloss tanzen zu sehen. »Ob meine Blumen wohl wirklich mit dabei gewesen sind?« Aber dann schlief sie ein. In der Nacht erwachte sie wieder, sie hatte von den Blumen und dem Studenten geträumt, auf den der Kanzleirat so gescholten hatte, weil er ihr etwas weismachen wollte. Es war ganz still im Schlafzimmer, wo Ida lag; die Nachtlampe brannte auf dem Tisch, und ihr Vater und ihre Mutter schliefen.

»Ob meine Blumen jetzt wohl in Sophiens Bett liegen?«, fragte sie sich. »Wie gern ich das doch wissen möchte!« Sie richtete sich ein wenig auf und sah nach der Tür hinüber, die angelehnt stand, da drinnen lagen ihre Blumen und all ihr Spielzeug. Sie lauschte, und da war es ihr, als hörte sie, dass auf dem Klavier in der Stube gespielt würde, aber ganz leise und so undeutlich, wie sie es noch nie gehört hatte.

»Jetzt tanzen gewiss alle Blumen da drinnen!«, sagte sie. »Ach Gott, wie gern ich das doch sehen möchte!« Aber sie wagte nicht aufzustehen, denn dann würde sie ihren Vater und ihre Mütter geweckt haben. »Wenn sie doch hier hereinkommen wollten!«, sagte sie. Aber die Blumen kamen nicht, und die Musik fuhr fort, so hübsch zu spielen, da konnte sie es nicht länger aushalten, es war zu schön; sie kroch aus ihrem kleinen Bett und schlich ganz leise aus der Tür und guckte in die Stube hinein. Nein, wie amüsant es war, was sie da zu sehen bekam.

Es brannte gar keine Nachtlampe da drinnen, und doch war es ganz hell, der Mond schien durch das Fenster mitten auf den Fußboden; es war fast, als wenn es Tag gewesen wäre. Alle Hyazinthen und Tulpen standen in zwei langen Reihen an der Erde, es waren gar keine mehr vor dem Fenster, da standen die leeren Blumentöpfe; unten auf dem Fußboden tanzten alle Blumen so niedlich rings umeinander herum, bildeten ordentlich eine Kette und hielten einander an den langen, grünen Blättern, wenn sie sich herumdrehten. Aber am Klavier saß eine große, gelbe Lilie, die Ida im Sommer ganz bestimmt gesehen hatte, denn sie erinnerte sich noch ganz deutlich, dass der Student gesagt hatte: »Nein, wie die doch Fräulein Lina ähnlich sieht!« Aber da lachten sie ihn alle aus; jetzt fand Ida freilich auch, dass die lange, gelbe Blume Ähnlichkeit mit dem Fräulein hatte, und sie hatte auch ganz dieselben

Manieren beim Spielen, bald legte sie ihr längliches, gelbes Gesicht auf die eine, bald auf die andere Seite und nickte den Takt zu der schönen Musik. Niemand bemerkte die kleine Ida. Da sah sie eine große, blaue Krokusblume mitten auf den Tisch hinaufhüpfen, wo das Spielzeug stand, auf das Puppenbett zugehen und die Gardinen zurückziehen; da lagen die kranken Blumen, aber sie erhoben sich sogleich und nickten den andern zu, dass sie auch mittanzen wollten. Der alte Räuchermann, dem die Unterlippe abgebrochen war, stand auf und verneigte sich vor den schönen Blumen, die sahen gar nicht krank aus, sie sprangen zu den andern hinunter und waren äußerst vergnügt.

Es war, als fiele etwas vom Tisch herunter, Ida sah dahin, es war die Fastnachtsrute, die herunter sprang, sie fand, dass sie auch mit zu den Blumen gehörte. Sie war auch ganz allerliebst, und oben darauf saß eine kleine Wachspuppe, die gerade so einen breiten Hut auf dem Kopf hatte, wie ihn der Kanzleirat trug; die Fastnachtsrute hüpfte auf ihren drei roten hölzernen Beinen mitten unter die andern Blumen und stampfte ganz laut, denn sie tanzte Masurka, und den Tanz konnten die andern Blumen nicht, denn sie waren so leicht und konnten nicht stampfen.

Die Wachspuppe auf der Fastnachtsrute wurde auf einmal ganz groß und lang, drehte sich über den Papierblumen rundherum und rief ganz laut: »Wie kann man einem Kinde nur so etwas weismachen! Das ist die dumme Fantasie!« Und da glich die Wachspuppe aufs Haar dem Kanzleirat mit dem breiten Hut und sah ebenso gelb und mürrisch aus; die Papierblumen schlugen ihm aber um die dünnen Beine, und da kroch er zusammen und wurde wieder eine winzig kleine Wachspuppe. Das war lustig zu sehen, die kleine Ida konnte ein Lachen nicht unterdrücken. Die Fastnachtsrute fuhr fort zu tanzen, und der Kanzleirat musste mittanzen, es half ihm nichts, ob er sich groß und lang machte oder die kleine, gelbe Wachspuppe mit dem großen, schwarzen Hut wurde. Da legten die andern Blumen ein gutes Wort für ihn ein, namentlich die, die im Puppenbett gelegen hatten, und da unterließ es die Fastnachtsrute. Im selben Augenblick klopfte es ganz laut drinnen in dem Schubkasten, wo Idas Puppe Sophie mit so viel anderem Spielzeug lag; der Räuchermann lief an den Rand des Tisches, legte sich der Länge nach auf den Bauch, und es gelang ihm, den Schubkasten ein wenig herauszuziehen. Da richtete Sophie sich auf und sah sich ganz verwundert um. »Hier ist wohl Ball!«, sagte sie. »Warum hat mir niemand davon gesagt?«

»Willst du mit mir tanzen?«, fragte der Räuchermann.

»Ja du bist mir ein netter Tänzer!«, sagte sie und drehte ihm den Rücken zu. Dann setzte sie sich auf den Schubkasten und dachte, dass wohl eine der Blumen kommen würde, um sie zu engagieren, aber es kam keine; da hustete sie: »Ahem, ahem, ahem!«, aber es kam auch nicht eine einzige. Da tanzte der Räuchermann ganz allein, und zwar gar nicht so schlecht.

Als nun keine von den Blumen Sophie zu bemerken schien, ließ sie sich vom Schubkasten auf die Erde herabfallen, sodass es einen großen Lärm gab; alle Blumen kamen auch herbeigelaufen und fragten sie, ob sie sich auch weh getan hätte, und sie waren alle so reizend gegen sie, namentlich die Blumen, die in ihrem Bett gelegen hatten; aber sie hatte sich gar nicht weh getan, und alle Blumen Idas bedankten sich für das schöne Bett und waren so gut gegen sie und nahmen sie mitten in das Zimmer, wo der Mond schien, und tanzten mit ihr, und all die andern Blumen bildeten einen Kreis um sie; jetzt war Sophie vergnügt und sagte, sie könnten getrost ihr Bett behalten, sie hätte nichts dagegen, im Schubkasten zu liegen.

Aber die Blumen sagten: »Hab vielen Dank, aber wir können nicht so lange leben, morgen sind wir ganz tot! Sage aber doch der kleinen Ida, dass sie uns draußen im Garten begraben soll, wo der Kanarienvogel liegt, dann sprießen wir zum Sommer wieder empor und werden viel schöner.«

»Nein, ihr dürft nicht sterben!«, sagte Sophie, und dann küsste sie die Blumen; da ging die Saaltür auf und eine ganze Menge wunderschöner Blumen kam hereingetanzt; Ida konnte gar nicht begreifen, woher die gekommen waren, das waren gewiss alle die Blumen draußen aus dem Schloss des Königs. Voran schritten zwei herrliche Rosen, und die hatten kleine goldene Kronen auf: das waren ein König und eine Königin; dann kamen die niedlichsten Levkojen und Nelken, und die grüßten nach allen Seiten. Sie hatten Musik bei sich; große Mohnblumen und Päonien bliesen auf Erbsenschoten, sodass sie ganz rot im Gesicht wurden. Die blauen Glockenblumen und die kleinen, weißen Schneeglöckchen klingelten, als hätten sie Schellen. Es war eine lustige Musik. Dann kamen noch viele andere Blumen, und sie tanzten alle zusammen: die blauen Veilchen und die roten Tausendschönchen, die Gänseblümchen und die Maiglöckchen. Und alle Blumen küssten sich; es war reizend anzusehen.

Schließlich sagten die Blumen einander »Gute Nacht«, und dann schlich auch die kleine Ida wieder in ihr Bett, wo sie von allem träumte, was sie gesehen hatte.

Als sie am nächsten Morgen aufstand, ging sie gleich nach dem kleinen Tisch hin, um zu sehen, ob die Blumen noch da wären; sie zog die Gardine zurück, ja, da lagen sie alle zusammen, aber sie waren ganz verwelkt, noch viel mehr als gestern; Sophie lag im Schubkasten, wo sie sie hingelegt hatte, sie sah ganz müde aus.

»Weißt du noch, was du mir sagen solltest?«, fragte die kleine Ida. Aber Sophie sah ganz dumm aus und sagte kein Wort.

»Du bist gar nicht lieb«, sagte Ida, »und sie haben doch alle zusammen mit dir getanzt!« Dann nahm sie eine kleine Pappschachtel, auf der niedliche Vögel gezeichnet waren, machte sie auf und legte die toten Blumen hinein. »Das soll euer hübscher Sarg sein«, sagte sie, »und wenn später die norwegischen Vettern herkommen, dann sollen sie mir helfen, euch draußen im Garten zu begraben, damit ihr zum Sommer wieder empor sprießen und noch viel schöner werden könnt.«

Die norwegischen Vettern waren zwei muntere Knaben, sie hießen Jonas und Adolf, ihr Vater hatte ihnen zwei neue Armbrüste geschenkt, und die hatten sie mitgebracht, um sie Ida zu zeigen. Sie erzählte ihnen von den armen Blumen, die gestorben waren, und dann bekamen sie Erlaubnis, sie zu begraben. Beide Knaben gingen mit den Armbrüsten über der Schulter voran, und die kleine Ida ging hinterdrein mit den toten Blumen in der niedlichen Schachtel; draußen im Garten wurde ein kleines Grab gegraben; Ida küsste erst die Blumen und setzte sie dann mit der Schachtel in die Erde, und Adolf und Jonas schossen mit den Armbrüsten über das Grab, denn sie hatten keine Gewehre oder Kanonen.

Die Nachbarfamilien

Man hätte wirklich glauben sollen, dass im Dorfteich etwas Wichtiges vor sich gehe, aber es ging nichts vor sich. Alle Enten, mochten sie noch so friedlich auf dem Wasser liegen oder auf dem Kopf stehen, denn das konnten sie, schwammen auf einmal auf das Ufer zu; man konnte in dem nassen Lehmboden die Spuren ihrer Füße selben, und man konnte schon aus weiter Ferne hören, wie sie schrien. Das Wasser geriet ordentlich in Bewegung, und eben noch war es blank und glatt wie ein Spiegel gewesen; man konnte jeden Baum, jeden Busch in der Nähe des Ufers und das alte Bauernhaus mit den Löchern im Giebel und dem Schwalbennest, namentlich aber den großen Rosenbusch voller Blüten, die von der Mauer herab bis dicht über das Wasser herabhingen, sich in dem Teich widerspiegeln sehen; es war ganz wie ein Gemälde, nur dass alles auf dem Kopf stand; und als das Wasser in Unruhe geriet, da lief alles ineinander, das ganze Bild war verschwunden. Zwei Entenfedern, die den aufflatternden Enten ausgefallen waren, schaukelten ordentlich auf und nieder, auf einmal kam Fahrt in sie hinein, als wenn der Wind sie treibe, aber da war gar kein Wind, und dann lagen sie wieder still, und das Wasser wurde wieder spiegelglatt; man sah ganz deutlich den Giebel mit dem Schwalbennest, und den Rosenstrauch sah man; jede einzelne Rose spiegelte sich, sie waren so schön, aber sie wussten es selbst nicht, denn niemand hatte es ihnen gesagt. Die Sonne schien zwischen die zarten Blätter hinein, sie waren so mit Duft angefüllt, dass ihnen allen so zumute war wie uns, wenn wir in unsern Gedanken so recht glückselig sind.

»Wie schön ist es doch zu leben!«, sagte jede einzelne Rose, »das einzige, was ich mir wünsche, ist, dass ich die Sonne küssen könnte, weil sie so warm und so hell ist. – Ja, die Rosen da unten im Wasser möchte ich auch küssen; sie sehen geradeso aus wie wir; ich möchte die süßen kleinen Vögel da unten im Nest küssen; ja, auch über uns sind welche! Sie stecken die Köpfe heraus und piepsen ganz leise! Sie haben gar keine Federn so wie ihr Vater und ihre Mutter. Wir haben gute Nachbarn da oben wie da unten. Ach, wie schön ist es doch zu leben!«

Die jungen Vögel da oben und da unten – ja, die da unten waren nur der Widerschein im Wasser – waren Spatzen, Vater und Mutter waren Spatzen; sie hatten das leere Schwalbennest vom vergangenen Jahr in Besitz genommen, darin lagen sie und fühlten sich zu Hause.

»Sind das Entenkinder, die da schwimmen?«, fragten die jungen Spatzen, als sie die Entenfedern auf dem Wasser treiben sahen.

»Stellt wenigstens vernünftige Fragen, wenn ihr fragen wollt!«, sagte die Mutter. »Seht ihr denn nicht, dass es Federn sind, lebendiger Kleiderstoff, so wie ich ihn trage und so wie ihr ihn bekommen werdet, aber unserer ist feiner! Hätten wir sie nur hier oben im Nest, denn sie wärmen. Ich möchte wohl wissen, worüber die Enten so erschrocken sind; da muss etwas im Wasser gewesen sein; denn ich werde wohl nicht die Veranlassung sein, wenn ich auch ziemlich laut ›Piep‹ zu euch sagte. Die dickköpfigen Rosen sollten es eigentlich wissen, aber die wissen nichts, die betrachten sich nur selbst und riechen; ich bin dieser Nachbarn herzlich überdrüssig!«

»Hört die niedlichen kleinen Vögel da oben«, sagten die Rosen, »die wollen jetzt auch anfangen zu singen! – Sie können noch nicht, aber es wird schon kommen! – Was für ein großes Vergnügen das sein muss. Es ist doch recht ergötzlich, so muntere Nachbarn zu haben!«

Plötzlich kamen zwei Pferde im Galopp daher, sie sollten getränkt werden; ein Bauernbursche saß auf dem einen, und er hatte alle seine Kleider bis auf den großen, breiten, schwarzen Hut abgelegt. Der Junge pfiff, als sei er ein kleiner Vogel, und ritt dann in den Teich hinein, wo der am tiefsten war; und als er an dem Rosenstrauch vorüber kam, riss er eine der Rosen ab und steckte sie an den Hut; und dann kam er sich schön geputzt vor und ritt damit weiter. Die andern Rosen sahen ihrer Schwester nach und fragten sich gegenseitig: »Wo reist die wohl hin?« Aber das wusste keine von ihnen.

»Ich möchte wohl in die Welt hinauskommen!«, sagte die eine zu der andern, »aber hier zu Hause in unserm eignen Grün ist es auch schön! Am Tage scheint die Sonne so warm, und des Nachts glitzert der Himmel noch schöner! Das können wir durch die vielen kleinen Löcher sehen, die darin sind!«

Die Rosen hielten die Sterne für Löcher, denn sie wussten es nicht besser.

»Wir beleben die ganze Umgebung des Hauses!«, sagte die Spatzenmutter, »und Schwalbennester bringen Glück, sagen die Leute, daher ist man froh, eins zu haben! Aber die Nachbarn dort, so ein ganzer Rosenbusch an der Mauer, der bringt Feuchtigkeit; ich denke, der wird bald weggeschafft werden, dann kann da doch Korn wachsen! Die Rosen sind nur zum Besehen und zum Beriechen, oder höchstens, um sie an den Hut zu stecken. Jedes Jahr, das weiß ich von meiner Mutter, fallen sie ab. Die Bauernfrau legt sie mit Salz ein, sie bekommen einen französischen Namen, den ich nicht aussprechen kann und mag, und dann werden sie auf das Feuer gestreut, wenn es gut riechen soll. Sieh, das ist ihr Lebenslauf, sie sind nur für Augen und Nase. Nun wisst ihr es!«

Als es Abend wurde und die Mücken in der warmen Luft tanzten, wo die Wolken so rot waren, kam die Nachtigall und sang den Rosen vor, dass das Schöne wie der Sonnenschein in dieser Welt sei und dass das Schöne ewig lebe. Aber die Rosen glaubten, die Nachtigall singe von sich selbst, und das konnte man ja auch denken. Es kam ihnen gar nicht in den

Sinn, dass der Gesang ihnen gelten sollte, aber sie freuten sich darüber und dachten, ob nicht auch alle die kleinen Spatzenkinder Nachtigallen werden könnten.

»Ich habe recht gut verstanden, was der Vogel sang!«, sagten die jungen Sperlinge, »nur ein Wort war mir nicht klar: was ist das Schöne?«

»Das ist nichts!«, sagte die Spatzenmutter, »das ist nur so etwas Äußerliches. Oben auf dem Schloss, wo die Tauben ihr eigenes Haus haben und wo ihnen jeden Tag Erbsen und Korn auf den Hof gestreut wird – ich habe mit ihnen gegessen, und das werdet ihr mit der Zeit auch tun! ›Sage mir, mit wem du umgehst, und ich will dir sagen, wer du bist!‹ – da oben auf dem Schloss haben sie zwei Vögel mit grünen Hälsen und einem Büschel auf dem Kopf; die können den Schwanz ausbreiten, als wenn er ein großes Rad wäre, und er schillert in allen Farben, sodass einem der Anblick weh tut. Pfaue werden sie genannt, und sie sind das Schöne; sie sollten ein wenig gerupft werden, dann sähen sie auch nicht anders aus als wir. Ich würde sie gezwickt haben, wenn sie nicht so groß gewesen wären!«

»Ich will sie zwicken!«, sagte der kleinste Sperling, der noch gar keine Federn hatte.

Im Bauernhaus wohnten zwei junge Leute; sie hatten sich beide sehr lieb, sie waren fleißig und gesund, und es war alles so hübsch bei ihnen. Am Sonntagmorgen ging die junge Frau hinaus, pflückte eine ganze Handvoll von den schönsten Rosen, setzte sie in das Wasserglas und stellte es mitten auf die Truhe.

»Jetzt kann ich sehen, dass es Sonntag ist«, sagte der Mann, küsste seine süße kleine Frau, und sie setzten sich hin, lasen ein Gesangbuchslied und hielten sich bei den Händen, und die Sonne schien zum Fenster herein auf die frischen Rosen und auf das junge Ehepaar.

»Ich habe es wirklich satt, das mit anzusehen!«, sagte die Spatzenmutter, die vom Nest aus in die Stube hineinsah; und dann flog sie weg.

Dasselbe tat sie am nächsten Sonntag, denn jeden Sonntag wurden frische Rosen in das Glas gestellt, und der Rosenbusch blühte immer gleich schön. Die jungen Spatzen, die jetzt Federn hatten, wollten gern mitfliegen, aber die Mutter sagte: »Ihr bleibt!«, und dann blieben sie. – Sie flog, aber wie es nun zugegangen sein mochte, auf einmal saß sie in einer Vogelfalle aus Pferdehaaren fest, die einige Knaben an einen Zweig befestigt hatten. Die Pferdehaare zogen sich fest um das Bein zusammen, o so fest, als wenn es abgeschnitten werden sollte; das war eine

Pein, das war eine Angst! Die Knaben sprangen schnell hinzu und ergriffen den Vogel, und sie griffen so grässlich hart. »Ach, das ist bloß ein Spatz!«, sagten sie, aber sie ließen ihn doch nicht wieder fliegen, sie gingen mit ihm nach Hause, und jedes Mal, wenn er schrie, schlugen sie ihn auf den Schnabel.

Im Bauernhof stand ein alter Mann, der verstand es, Seife für den Bart und für die Hände zu machen, Seife in Kugeln und Seife in Stücken. Es war so ein umherziehender, spaßiger Alter, und als der den Spatz sah, mit dem die Knaben ankamen und aus dem sie sich, wie sie sagten, gar nichts machten, da sagte er: »Wollen wir ihn schön machen?« Die Sperlingsmutter überlief es eiskalt, als er das sagte. Und aus seinem Kasten, in dem die schönsten Farben lagen, nahm er eine Menge glänzenden Flittergoldes, und die Knaben mussten hinlaufen und ein Ei holen, davon nahm er das Weiße und bestrich den Spatz über und über damit, und dann klebte er das Flittergold darüber, und dann war die Spatzenmutter vergoldet; aber sie dachte nicht an die Pracht, sie zitterte an allen Gliedern. Und der Seifenmann riss einen Lappen von dem roten Futter seiner alten Jacke ab, schnitt einen zackigen Hahnenkamm daraus und kleisterte ihn dem Vogel auf den Kopf.

»Nun sollt ihr den Goldvogel fliegen sehen!«, sagte er und ließ den Spatz los, der in der schrecklichsten Angst bei dem strahlenden Sonnenschein davonflog. Nein, wie er glänzte! Alle Spatzen und sogar eine große Krähe, die durchaus nicht von gestern war, erschraken sehr über diesen Anblick, aber sie flogen doch hinterdrein, denn sie wollten gern wissen, was für ein fremder Vogel das sei.

»Woher? Woher?«, schrie die Krähe.

»Wart doch! Wart doch!«, riefen die Spatzen. Aber die Spatzenmutter wollte nicht warten; voll Angst und Schrecken flog sie heimwärts, sie war nahe daran, auf die Erde zu sinken, und immer mehr Vögel kamen herzu, große und kleine, und einige flogen ganz nahe an sie heran, um auf sie loszuhacken. »Sieh mal den! Sieh mal den!«, schrien sie alle.

»Sieh mal den! Sieh mal den!«, schrien die Jungen, als sie sich dem Neste näherte. »Das ist ganz gewiss ein junger Pfau, er schillert in allen Farben, es tut einem ordentlich in den Augen weh, wie die Mutter sagte. Piep! Das ist das Schöne!« Und dann hieben sie mit ihren kleinen Schnäbeln auf die Mutter ein, sodass es ihr nicht möglich war, in das Nest zu gelangen, und sie war so vom Schrecken gelähmt, dass sie nicht »Piep«, geschweige denn »Ich bin eure Mutter!«, sagen konnte. Die andern Vögel pickten nun alle an ihr herum, bis sie alle Federn ausgerupft hatten, und blutend sank die Spatzenmutter in den Rosenbusch hinein.

»Das arme Tier!«, sagten die Rosen, »Komm, wir wollen dich verbergen! Lehne dein Köpfchen nur an uns!«

Die Spatzenmutter breitete noch einmal die Flügel aus, presste sie dann wieder fest an sich und lag tot bei der Nachbarfamilie: bei den schönen, frischen Rosen.

»Piep!«, sagten die jungen Spatzen im Nest. »Wo Mutter nur einmal bleiben mag, das kann ich gar nicht begreifen! Es kann doch wohl nicht ein Kniff von ihr sein, dass wir jetzt für uns selber sorgen sollen? Das Haus hat sie uns als Erbteil hinterlassen, aber wer von uns soll es nun allein haben, wenn wir auch einmal Familie bekommen?«

»Ja, ich kann euch andern nicht hier dulden, wenn ich meinen Hausstand mit Frau und Kindern erweitere«, sagte der kleinste.

»Ich bekomme sicher mehr Frauen und Kinder als du!«, sagte der zweite.

»Aber ich bin der älteste!«, sagte ein dritter. Alle kamen nun in ein Gezänk hinein, sie schlugen mit den Flügeln, hackten mit den Schnäbeln, und pardauz! Wurde einer nach dem andern aus dem Nest hinausgepufft. Da lagen sie, und wütend waren sie; den Kopf legten sie ganz auf die Seite und blinzelten mit dem Auge, das nach oben gekehrt war; das war nun ihre Manier zu schmollen.

Ein wenig fliegen konnten sie, und dann übten sie sich noch ein wenig mehr, und schließlich einigten sie sich dahin, dass sie, um sich wieder zu erkennen, wenn sie einander später in der Welt begegnen sollten, »piep!«, sagen und dreimal mit dem linken Bein scharren wollten.

Das Junge, das im Neste zurückblieb, machte sich so breit, wie es nur konnte, es war ja nun Hausherr; aber lange sollte die Herrlichkeit nicht dauern – In der Nacht schimmerte rotes Feuer durch die Fensterscheiben, die Flammen schlugen unter dem Dach hervor, das trockene Stroh ging in Flammen auf, das ganze Haus verbrannte, und der junge Spatz verbrannte mit, dagegen kam das junge Ehepaar glücklich davon.

Als die Sonne am nächsten Morgen aufging und alles so erfrischt schien wie nach einem sanften nächtlichen Schlummer, waren von dem Bauernhaus nur noch einige schwarze, verkohlte Balken übrig, die sich an den Schornstein lehnten, der sein eigner Herr war; es rauchte noch stark aus dem Schutt, aber davor stand frisch und blühend der ganze Rosenbusch, der jeden Zweig und jede Blume in dem stillen Wasser spiegelte.

»Nein, wie wunderschön die Rosen dort vor dem niedergebrannten Hause blühen!«, sagte ein Mann, der vorüber kam. »Das ist das entzückendste Bild! Das muss ich haben!« Und der Mann zog ein kleines Buch mit weißen Blättern aus der Tasche, und er nahm seinen Bleistift, denn er war ein Maler, und zeichnete dann den rauchenden Schutt, die verkohlten Balken, die sich an den vornüber neigenden Schornstein lehnten, denn er neigte sich mehr und mehr; ganz im Vordergrund aber stand der große, blühende Rosenbusch, der war ja aber auch wirklich wunderschön und war einzig und allein schuld daran, dass das ganze Bild entstanden war.

Im Laufe des Tages kamen zwei von den Spatzen vorüber, die hier geboren waren. »Wo ist das Haus?«, sagten sie. »Wo ist das Nest? – Piep, alles ist verbrannt, und unser starker Bruder ist mit verbrannt; das hat er nun davon, dass er das Nest behalten bat. – Die Rosen sind gut davongekommen! Da stehen sie noch mit roten Wangen. Sie trauern nicht über das Unglück des Nachbars. Nun, ich spreche nicht mit ihnen, und hässlich ist es hier, das ist meine Ansicht!« Und dann flogen sie von dannen.

Es war an einem schönen, sonnigen Herbsttag, man hätte fast glauben können, dass man noch mitten im Sommer sei, so rein und trocken war es auf dem Hofe vor der großen Treppe, die zum Schloss hinaufführte; und dort gingen die Tauben umher, schwarze und weiße und violette, sie schimmerten im Sonnenschein, und die alten Taubenmütter kröpften sich und sagten zu den Jungen: »Steht in Gruppen! Steht in Gruppen!« – denn dann nahmen sie sich besser aus.

»Was ist das kleine Graue, das da zwischen uns herumläuft?«, fragte eine alte Taube mit Rot und Grün in den Augen. »So grau! So grau!«, sagte sie.

»Das sind Spatzen! Gute Tiere! Wir haben stets in dem Ruf gestanden, sanft zu sein, darum lassen wir sie picken! – Sie reden nicht mit und scharren so nett mit dem Bein.«

Ja, sie scharrten, dreimal scharrten sie mit dem linken Bein, aber sie sagten auch »piep«, und dann erkannten sie einander, es waren drei Spatzen von dem abgebrannten Hause.

»Hier ist sehr gut fressen!«, sagten die Spatzen.

Und die Tauben gingen umeinander herum, kröpften sich und hatten ihre inwendigen Ansichten.

»Siehst du die Kropftaube?«, sagte die eine zu der andern. »Siehst du, wie sie die Erbsen verschlingt? Sie kriegt zu viele! Sie kriegt die allerbesten! Gurr! Gurr! Wie kahl sie am Kamm ist! Siehst du das süße, das wütige Tier? Knurre! Knurre!« Und dann funkelten ihnen allen die Augen vor Wut. »Steht in Gruppen! Steht in Gruppen! So grau! So grau! Knurre, knurre, knurre!«, ging es unaufhörlich, und so wird es noch nach tausend Jahren gehen!

Die Spatzen fraßen gut, und sie hörten gut, ja sie stellten sich auch sogar mit auf, aber das kleidete sie nicht; satt waren sie; dann verließen sie die Tauben und tauschten gegenseitig ihre Ansichten über sie aus, worauf sie unter dem Gartengitter hindurchhüpften, und da die Tür zum Gartenzimmer offen stand, hüpfte der eine auf die Türschwelle, er war übersättigt und daher mutig. »Piep!«, sagte er, »das wage ich!« – »Piep!«, sagte der andere, »das wage ich auch und noch ein wenig mehr!«, und dann hüpfte er in das Zimmer hinein. Es war niemand da drinnen. Das sah der dritte, da flog er noch tiefer in das Zimmer hinein und sagte: »Ganz hinein oder gar nicht! Dies ist übrigens ein wunderliches Menschennest! Und was hier alles aufgestellt ist! Aber was ist denn das?«

Gerade vor den Spatzen blühten ja die Rosen, sie spiegelten sich im Wasser, und die verkohlten Balken lehnten sich an den einstürzenden Schornstein. – Nein, was konnte das nur sein? Und wie kam das hierher in das Zimmer des Schlosses?

Und alle drei Spatzen wollten über die Rosen und den Schornstein hinweg fliegen, aber sie flogen gegen eine flache Wand; das Ganze war ein Bild, ein großes, prächtiges Bild, das der Maler nach seiner kleinen Zeichnung ausgeführt hatte.

»Piep!«, sagten die Spatzen, »es ist gar nichts! Es sieht nur so aus! Piep! Das ist das Schöne! Kannst du es begreifen? Denn ich kann es nicht!« Und dann flogen sie davon, denn es kamen Menschen ins Zimmer hinein.

Nun vergingen Jahr und Tag, die Tauben hatten unzählige Male gegurrt, die boshaften Tiere! Die Spatzen hatten im Winter gefroren und im Sommer flott gelebt; sie waren alle zusammen verlobt oder verheiratet oder wie man es nun nennen will. Junge hatten sie, und ein jeder fand seine Jungen natürlich am klügsten und schönsten; einer flog hierhin und einer flog dahin, und wenn sie einander begegneten, so erkannten sie sich an ihrem »Piep!«, und dem dreimaligen Scharren mit dem linken Bein. Die älteste von ihnen war eine alte Jungfer geworden, die kein Nest und keine Jungen hatte; sie wollte so gern einmal nach einer großen Stadt, und da flog sie denn nach Kopenhagen.

Dort lag ein großes Haus mit vielen Farben; es lag ganz in der Nähe des Schlosses und dicht an dem Kanal, wo Schiffe, mit Äpfeln und Töpferwaren belastet, schwammen. Die Fenster waren unten breiter als oben, und wenn die Spatzen dahinein lugten, so kam ihnen jede Stube wie eine Tulpe vor mit allen möglichen Farben und Schnörkeln, und mitten in der Tulpe standen weiße Menschen; sie waren aus Marmor, einige waren auch aus Gips, aber für Spatzenaugen bleibt sich das gleich. Oben auf dem Hause stand ein Metallwagen mit Metallpferden bespannt, und die Siegesgöttin, ebenfalls aus Metall, lenkte sie. Es war Thorwaldsens Museum.

»Wie es schimmert! Wie es schimmert!«, sagte das Spatzenfräulein. »Das ist sicher das Schöne! Piep! Hier ist es freilich größer als ein Pfau!« Sie erinnerte sich noch aus ihrer Kindheit, was das größte Schöne gewesen war, das ihre Mutter gekannt hatte. Und sie flog in den Hof hinunter; auch da war es prächtig, da waren Palmen und Zweige an den Wänden gemalt, und mitten auf dem Hofe stand ein großer, blühender Rosenbusch; der neigte seine frischen Zweige mit den vielen Rosen über ein Grab, und sie flog dahin, denn da hüpften mehrere Spatzen. »Piep!«, und drei Kratzfüße mit dem linken Bein; so hatte sie manch liebes Mal im Laufe der Jahre gegrüßt, und niemand hatte sie verstanden, denn die einmal getrennt sind, treffen sich nicht alle Tage; der Gruß war ihr zur Gewohnheit geworden, aber heute waren da zwei alte Spatzen und ein junger, die mit »Piep!«, und einem dreimaligen Scharren des linken Beines antworteten.

»Ah, guten Tag! Guten Tag!« Es waren drei alte aus dem Nest und dann ein kleiner aus der Familie. »Treffen wir uns hier?«, sagten sie. »Dies ist ein vornehmer Ort, aber viel zu fressen gibt es hier nicht. Es ist das Schöne! Piep!«

Und es kamen viele Leute aus den Seitengemächern heraus, wo die prachtvollen Marmorgestalten standen, und sie traten an das Grab, das den großen Meister barg, der die Marmorstatuen geformt hatte; und alle, die kamen, umstanden mit leuchtenden Augen Thorwaldsens Grab, und einzelne sammelten die abgefallenen Rosenblätter auf und bewahrten sie. Sie waren weit hergekommen; sie kamen aus dem großen England, aus Deutschland und aus Frankreich; die schönste der Damen nahm eine der Rosen und barg sie an ihrem Busen. Da glaubten die Spatzen, dass die Rosen hier regierten, dass das ganze Haus ihnen zu Ehren gebaut sei, und sie fanden ja freilich, dass das ein wenig reichlich sei, aber da alle Menschen so viel Aufhebens von den Rosen machten, wollten sie auch nicht zurückstehen. »Piep!«, sagten sie, fegten den Boden mit ihren Schwänzen und blinzelten mit dem einen Auge zu den Rosen hinauf; sie hatten sie aber nicht lange angesehen, da waren sie schon fest überzeugt, dass es die alten Nachbarn wären, und das verhielt sich auch wirklich so. Der Maler, der den Rosenbusch neben dem abgebrannten Hause gezeichnet, hatte späterhin im Jahre die Erlaubnis erhalten, ihn auszugraben; und er hatte ihn dann dem Baumeister gegeben, denn es gab keine schöneren Rosen; und der Baumeister hatte sie auf Thorwaldsens Grab gepflanzt, wo er als Bild des Schönen blühte und seine roten, duftenden Blätter hergab, damit sie als Erinnerung nach fernen Ländern getragen würden.

»Habt ihr hier in der Stadt Anstellung erhalten?«, fragten die Spatzen. Und die Rosen nickten; sie kannten die grauen Nachbarn und freuten sich sehr, sie wieder zu sehen.

»Wie herrlich ist es, zu leben und zu blühen und alte Freunde wieder zu sehen und jeden Tag in freundliche Gesichter zu blicken! Es ist hier, als wäre jeder Tag ein großer Festtag!«

»Piep!«, sagten die Spatzen. »Ja, das sind die alten Nachbarn! Ihre Herkunft vom Dorfteich ist uns erinnerlich! Piep! Wie sie zu Ehren gelangt sind! Manche kommen doch auch im Schlaf dazu. Und was da eigentlich Schönes bei so einem roten Klecks ist, das weiß ich wirklich nicht! – Und da sitzt ein verwelktes Blatt, das kann ich ganz deutlich sehen!« Und sie pickten so lange daran, bis das Blatt abfiel, und noch frischer und grüner stand der Busch da, und die Rosen dufteten im Sonnenschein auf Thorwaldsens Grab, mit dessen unsterblichem Namen sich ihre Schönheit vereinte.

Die Glocke

In den engen Straßen der großen Stadt hörte man oft des Abends, wenn die Sonne unterging und die Wolken oben zwischen den Schornsteinen wie Gold schimmerten, hörte oft bald der eine, bald der andere einen sonderbaren Laut, ähnlich dem Klang einer Kirchenglocke, aber man hörte ihn nur einen Augenblick, denn dort herrschte ein beständiges Wagengerassel und Rufen, und das stört. »Jetzt läutet die Abendglocke!«, sagte man, »jetzt geht die Sonne unter!«

Draußen vor der Stadt, wo die Häuser weiter voneinander entfernt lagen, von Gärten und kleinen Feldern umgeben, sah man den Abendhimmel noch viel schöner und hörte den Klang der Glocke noch viel deutlicher; es war, als käme der Ton von einer Kirche tief drinnen in dem stillen, duftenden Wald: und die Leute sahen da hinüber, und es ward ihnen ganz andächtig zumute.

Eine lange Zeit verstrich, der eine sagte zum andern: »Ob da draußen im Wald wohl eine Kirche ist? Die Glocke hat doch einen ganz wunderbar schönen Klang; wollen wir nicht hinausgehen und sie uns ein wenig mehr aus der Nähe ansehen?« Und die reichen Leute fuhren und die armen gingen, aber der Weg wurde ihnen so merkwürdig lang; und als sie an eine Gruppe von Weidenbäumen kamen, die am Rande des Waldes wuchsen, da lagerten sie sich und sahen zu den langen Zweigen hinauf und glaubten, dass sie nun so recht im Grünen wären. Der Konditor aus der Stadt kam hinaus und schlug sein Zelt auf, und dann kam noch ein Konditor und hängte eine Glocke gerade über seinem Zelt auf, und zwar eine Glocke, die geteert war, damit sie den Regen vertragen könnte, und der der Klöppel fehlte. Wenn dann die Leute wieder nach Hause gingen, sagten sie, es sei so romantisch gewesen, und das bedeutet etwas ganz Besonderes. Drei Personen versicherten, sie wären in den Wald eingedrungen ganz bis dahin, wo er ende, und sie hätten fortwährend den sonderbaren Glockenklang gehört, aber es sei ihnen gewesen, als wenn er aus der Stadt käme. Der eine schrieb ein ganzes Lied darüber und sagte, die Glocke klinge, wie die Stimme einer Mutter einem lieben, klugen Kinde klinge, keine Melodie sei herrlicher als der Klang der Glocke.

Der Kaiser des Landes wurde auch darauf aufmerksam, und er versprach, dass derjenige, der wirklich ausfindig machen könnte, woher der Klang käme, den Titel eines »Weltglöckners« haben sollte, und zwar auch, wenn es keine Glocke wäre.

Nun gingen denn viele der guten Versorgung halber nach dem Wald, aber nur einer kam mit einer Art Erklärung zurück; niemand war tief genug eingedrungen, und auch er nicht, aber er sagte doch, der Glockenlaut rühre von einer sehr großen Eule in einem hohlen Baum her; es sei so eine Art Weisheitseule, die ihren Kopf fortwährend gegen den Baum stoße, aber ob der Laut von ihrem Kopf oder von dem hohlen Baum herrühre, das könne er noch nicht mit Bestimmtheit sagen; und dann wurde er als Weltglöckner angestellt und schrieb jedes Jahr eine kleine Abhandlung über die Eule; aber man war noch ebenso klug wie vorher.

Nun war gerade ein Konfirmationstag, der Pfarrer hatte so schön und zu Herzen gehend gesprochen; die Konfirmanden waren so bewegt gewesen, es war ein wichtiger Tag für sie, sie wurden aus Kindern auf einmal zu erwachsenen Menschen, die Kinderseele sollte nun gleichsam in eine verständigere Person hinüber fliegen. Es war der herrlichste Sonnenschein, die Konfirmanden gingen zur Stadt hinaus, und aus dem Wald ertönte wunderlich stark die große, unbekannte Glocke. Sie bekamen gleich die größte Lust, dahin zu gehen, und zwar alle bis auf drei; die eine von diesen wollte nach Hause, um ein Ballkleid anzuprobieren, denn gerade dies Kleid und dieser Ball waren die Veranlassung, dass sie diesmal schon konfirmiert war, sonst wäre sie noch nicht zugelassen worden; der zweite war ein armer Knabe, der seinen Konfirmationsfrack und die Stiefel von dem Sohn des Wirtes geliehen hatte und sie zu einer bestimmten Zeit wieder abliefern musste; der dritte sagte, dass er nie ohne seine Eltern an einen fremden Ort ginge und dass er immer ein artiges Kind gewesen wäre und es auch als Konfirmand bleiben wolle, und darüber sollten sie sich nicht lustig machen; – aber das taten sie doch.

Drei von ihnen gingen also nicht mit; die andern trabten von dannen; die Sonne schien, und die Vögel sangen, und die Konfirmanden sangen mit und hielten einander an den Händen, denn sie hatten ja noch keine Anstellungen erhalten und waren alle Konfirmanden vor dem lieben Gott.

Aber bald wurden zwei der kleinsten müde, sie kehrten um und gingen nach der Stadt zurück; zwei kleine Mädchen setzten sich hin und wanden Kränze, sie kamen auch nicht mit, und als die andern die Weidenbäume erreichten, wo der Konditor wohnte, da sagten sie: »So, jetzt sind wir hier draußen; die Glocke existiert ja doch eigentlich gar nicht, das ist nur so etwas, was man sich einbildet!«

Da ertönte auf einmal die Glocke tief drinnen im Wald so süß und feierlich, dass sich vier oder fünf dennoch entschlossen, tiefer in den Wald hineinzugehen. Der war so dicht und laubreich, dass es ganz beschwerlich war, vorzudringen. Waldmeister und Anemonen wuchsen fast zu hoch, blühende Winden und Brombeerranken hingen in langen Girlanden von Baum zu Baum, wo die Nachtigall sang und die Sonnenstrahlen spielten; das war ganz herrlich! Aber es war kein Weg für Mädchen zu gehen, sie würden sich die Kleider zerrissen haben. Große Felsblöcke lagen da, die mit Moos in allen Farben bewachsen waren, das frische Quellwasser sickerte hervor und klang so sonderbar, fast wie »Gluck, gluck!«

»Das kann doch wohl nicht die Glocke sein?«, sagte der eine von den Konfirmanden, und dann legte er sich hin und lauschte. »Das muss man ordentlich studieren!« Und so blieb er denn zurück und ließ die andern gehen.

Sie kamen an ein Haus aus Baumrinde und Zweigen, ein großer Baum mit wilden Äpfeln neigte sich darüber, als wollte er seinen ganzen Segen über das Dach ausschütten, auf dem blühende Rosen wuchsen; die langen Zweige zogen sich ganz um den Giebel herum, und daran hing eine kleine Glocke. Sollte es die sein, die man gehört hatte? Ja, darüber waren sich alle einig bis auf einen, der sagte, die Glocke sei viel zu fein und zu klein, um in weiter Entfernung gehört zu werden, wie sie sie gehört hatten, auch seien es ganz andere Töne, die ein Menschenherz rührten; der, welcher sprach, war ein Königssohn, und da sagten denn die andern: »So einer will ja immer klüger sein!«

So ließen sie ihn denn allein gehen, und je weiter er ging, um so mehr ward seine Brust erfüllt von der Waldeinsamkeit; aber noch immer hörte er die kleine Glocke, von der die andern so entzückt waren, und zuweilen, wenn der Wind die Töne vom Konditor herüber trug, konnte er auch hören, wie da zum Tee gesungen wurde; aber der tiefe Glockenklang tönte doch stärker, es war, als spielte eine Orgel dazu, der Schall kam von links her, von der Seite, wo das Herz sitzt.

Nun raschelte es im Buschwerk, und vor dem Königssohn stand ein kleiner Knabe, ein Knabe in Holzschuhen und mit einer so kurzen Jacke, dass man so recht sehen konnte, was für lange Handgelenke er hatte. Sie kannten einander beide, der Knabe war derjenige von den Konfirmanden, der nicht hatte mitkommen können, weil er nach Hause musste, um Frack und Stiefel an den Sohn des Wirtes abzuliefern. Das hatte er getan und war dann in Holzschuhen und den ärmlichen Kleidern allein hinausgegangen, denn die Glocke klang so stark und so tief, er musste hinaus.

»Dann können wir ja zusammen gehen!«, sagte der Königssohn. Aber der arme Konfirmand war ganz verschämt, er zupfte an den kurzen Ärmeln der Jacke und meinte, er könnte wohl nicht so schnell mitkommen, außerdem glaubte er, dass man die Glocke mehr nach rechts hin suchen müsste, denn nach der Seite hin läge ja alles Große und Herrliche.

»Ja, dann werden wir uns nicht wieder begegnen!«, sagte der Königssohn und nickte dem armen Jungen zu, der in den finstersten, dichtesten Teil des Waldes verschwand, wo die Dornen seine ärmlichen Kleider zerfetzten und Gesicht, Hände und Füße blutig rissen. Der Königssohn bekam auch ein paar tüchtige Risse, aber die Sonne beschien doch seinen Weg, und mit ihm wollen wir nun gehen, denn er war ein tüchtiger Bursche.

»Die Glocke will und muss ich finden«, sagte er, »und sollte ich bis ans Ende der Welt gehen!«

Die hässlichen Affen saßen oben in den Bäumen und fletschten alle ihre Zähne. »Wollen wir ihn prügeln!«, sagten sie. »Wollen wir ihn prügeln! Er ist ein Königssohn!«

Aber er ging unverdrossen tiefer und tiefer in den Wald hinein, wo die wunderbarsten Blumen wuchsen. Da standen weiße Steinlilien mit blutroten Staubfäden, himmelblaue Tulpen, die im Winde glitzerten, und Apfelbäume, deren Äpfel ganz und gar so aussahen wie große, schimmernde Seifenblasen; denkt nur, wie die Bäume im Sonnenschein strahlen mussten! Rings um die schönsten grünen Wiesen, auf denen Hirsch und Hindin im Grase spielten, wuchsen prächtige Eichen und Buchen, und war die Rinde eines Baumes geborsten, so wuchsen Gras und lange Ranken in den Spalten; auch große Waldstrecken mit stillen Seen waren da, auf denen wilde Schwäne schwammen und mit den Flügeln schlugen. Der Königssohn stand oft still und lauschte, zuweilen glaubte er, dass aus einem dieser tiefen Seen die Glocke zu ihm herauftönte, aber dann merkte er doch, dass der Klang nicht von daher kam, sondern dass die Glocke noch tiefer im Wald läutete.

Nun ging die Sonne unter, die Luft schimmerte rot wie Feuer, es wurde so still, so still im Wald, und er sank auf die Knie, sang ein Abendlied und sagte: »Niemals finde ich, was ich suche! Jetzt geht die Sonne unter, nun kommt die Nacht, die finstere Nacht! Doch einmal kann ich vielleicht noch die runde, rote Sonne sehen, ehe sie ganz hinter die Erde versinkt; ich will auf die Felsen hinaufsteigen, wo sie so hoch aufragen wie die größten Bäume.«

Und er hielt sich an Ranken und Wurzeln und kletterte an den nassen Steinen in die Höhe, wo ihn die Kröte förmlich anbellte; – aber hinauf kam er, ehe die Sonne, von dieser Höhe gesehen, ganz untergegangen war. Oh, welch eine Pracht! Das Meer, das große, herrliche Meer, das seine langen Wogen an den Strand trieb, breitete sich vor ihm aus, und die Sonne stand wie ein großer, glänzender Altar da draußen, wo sich Himmel und Meer begegneten, alles schmolz in glühenden Farben zusammen, der Wald sang, und das Meer sang, und sein Herz sang mit, die ganze

Natur war eine große, heilige Kirche, in der Bäume und schwebende Wolken die Pfeiler, Blumen und Gras die gewebte Sammetdecke und der Himmel selbst die große Kuppel bildeten. Da draußen erloschen die roten Farben, als die Sonne verschwand; aber Millionen Sterne wurden angezündet, Millionen Diamantlampen erstrahlten, und der Königssohn breitete seine Arme aus nach dem Himmel, nach dem Meer und dem Wald – und im selben Augenblick kam aus dem Seitenwege von rechts her der arme Konfirmand mit den kurzen Ärmeln und mit den Holzschuhen, er war auf seinem Wege ebenso schnell dahin gelangt, und sie liefen einander entgegen und fassten sich bei den Händen in der großen, heiligen Kirche der Natur und der Poesie. Und über ihnen ertönte die unsichtbare, heilige Glocke, selige Geister umschwebten sie im Tanz zu einem jubelnden Hallelujah!

Die Stopfnadel

Es war einmal eine Stopfnadel, die deuchte sich so fein, dass sie sich einbildete, sie wäre eine Nähnadel.

»Gebt nur gut acht, dass ihr mich festhaltet!«, sagte die Stopfnadel zu den Fingern, die sie herausnahmen. »Lasst mich nicht fallen! Wenn ich an die Erde falle, so könnte es sein, dass ihr mich nie wieder findet, so fein bin ich!«

»Mit Maßen!«, sagten die Finger, und dann fassten sie sie fest um den Leib.

»Seht ihr, ich komme mit Gefolge!«, sagte die Stopfnadel und zog einen langen Faden hinter sich her, aber der hatte keinen Knoten.

Die Finger richteten die Nadel gerade auf den Pantoffel der Köchin, an dem das Oberleder zerrissen war und nun wieder zusammengenäht werden sollte.

»Das ist eine gemeine Arbeit!«, sagte die Stopfnadel. »Ich komme nimmermehr hindurch, ich breche, ich breche!« – Und dann brach sie. »Habe ich es nicht gesagt?«, sagte die Stopfnadel. »Ich bin zu fein!«

»Jetzt taugt sie zu nichts mehr«, meinten die Finger, aber sie mussten doch festhalten; die Köchin tröpfelte Lack auf die Nadel und steckte sie vorne in ihr Tuch hinein.

»So, nun bin ich eine Busennadel!«, sagte die Stopfnadel; »ich wusste ja, dass ich zu Ehren kommen würde; wenn man etwas ist, so wird man auch was!«, Und dabei lachte sie inwendig, denn äußerlich kann man es einer Stopfnadel niemals ansehn, dass sie lacht; da saß sie nun so stolz, als führe sie in einer Kutsche, und sah nach allen Seiten.

»Darf ich mir die Ehre nehmen zu fragen, ob Sie von Gold sind?«, fragte sie die Stecknadel, die ihre Nachbarin war. »Sie haben ein hübsches Äußeres und Ihren eignen Kopf, freilich ist er ja nur klein! Sie müssen sich Mühe geben zu wachsen, denn nicht alle können hintenvor gelackt werden!« Und dann richtete sich die Stopfnadel so stolz auf, dass sie aus dem Tuch heraus und in den Abwaschtisch fiel, den die Köchin gerade ausspülte.

»Jetzt gehen wir auf Reisen!«, sagte die Stopfnadel. »Wenn ich nur nicht verloren gehe!« Aber sie ging wirklich verloren.

»Ich bin zu fein für diese Welt!«, sagte sie, als sie in der Gosse lag. »Ich habe mein gutes Selbstgefühl, und das ist immer ein kleines Vergnügen!« Und die Stopfnadel behielt ihre stolze Haltung und verlor ihre gute Laune nicht.

Und es segelte alles Mögliche über sie hin, Späne, Strohhalme, Stücke von Zeitungspapier. »Seht nur, wie sie segeln!«, sagte die Stopfnadel. »Sie wissen nicht, was unter ihnen steckt! Ich stocke, ich sitze hier! Da segelt nun so ein Span hin, der denkt an nichts in der Welt als an einen Span, und das ist er selbst; da schwimmt ein Strohhalm, seht, wie er schwänzelt und wie er sich dreht; denk doch nicht so viel an dich selbst, du könntest dich an den Pflastersteinen stoßen! – Da treibt eine Zeitung! – Vergessen ist, was darin steht, und doch bläht sie sich auf! – Ich sitze hier geduldig und still! Ich weiß, was ich bin, und das bleibe ich!«

Eines Tages funkelte ganz in ihrer Nähe etwas so herrlich, und da glaubte die Stopfnadel, dass es ein Diamant wäre, aber es war eine Flaschenscherbe, und weil sie funkelte, redete die Stopfnadel sie an und stellte sich als Busennadel vor. »Sie sind gewiss ein Diamant!«

»Ja, so etwas bin ich!«, und dann glaubte die eine von der andern, dass sie etwas recht Kostbares wäre, und dann sprachen sie davon, wie hochmütig die Welt sei.

»Ja, ich habe bei einer Mamsell in einer Schachtel gewohnt«, sagte die Stopfnadel, »und die Mamsell war Köchin; an jeder Hand hatte sie fünf Finger, aber etwas so Eingebildetes wie die fünf Finger habe ich niemals gekannt, und dabei waren sie doch nur dazu da, um mich zu halten, mich aus der Schachtel zu nehmen und wieder in die Schachtel hineinzulegen.«

»Hatten sie Glanz?«, fragte die Flaschenscherbe.

»Glanz«, sagte die Stopfnadel, »nein, nur Hochmut! Es waren fünf Brüder, alle geborene ›Finger‹. Sie hielten sich stolz nebeneinander, obwohl sie von verschiedener Länge waren. Der äußerste von ihnen, der Daumen, war kurz und dick, er ging außer Reih und Glied, und dann hatte er auch nur ein Gelenk im Rücken, er konnte nur eine Verbeugung machen, aber er sagte, wenn er einem Menschen abgehackt würde, so tauge der nicht mehr zum Kriegsdienst. Leckermaul, der zweite Finger, kam in Süßes wie in Saures, zeigte auf Sonne und Mond und drückte auf die Feder, wenn sie schrieben. Langermann sah den andern über den Kopf, Goldfinger ging mit einem goldenen Ring um den Leib, und der kleine Spielmann tat gar nichts, und darauf war er stolz. Prahlerei war es, und Prahlerei blieb es, und darum machte ich mich auf und davon!«

»Und nun sitzen wir hier und glitzern!«, sagte die Glasscherbe.

In demselben Augenblick kam mehr Wasser in den Rinnstein, es strömte über alle Ufer und riss die Glasscherbe mit fort.

»So, da wurde die befördert!«, sagte die Stopfnadel. »Ich bleibe sitzen, ich bin zu fein, aber das ist mein Stolz, und der ist achtungswert!« Und dann saß sie aufrecht da und hatte viele Gedanken.

»Ich möchte fast glauben, dass ich von einem Sonnenstrahl geboren bin, so fein bin ich; scheint es mir doch, als suchte mich die Sonne immer unter dem Wasser. Ach, ich bin so fein, dass meine Mutter mich nicht finden kann; hätte ich mein altes Auge noch, das abbrach, dann, glaube ich, könnte ich weinen! – Aber ich täte es nicht – weinen ist nicht fein.«

Eines Tages lagen ein paar Knaben da und wühlten im Rinnstein, wo sie alte Nägel, Geldstücke und dergleichen fanden. Er war eine rechte Schmutzerei, aber es war nun einmal ihr Vergnügen.

»Au!«, sagte der eine; er stach sich an der Stopfnadel. »Ist das ein Kerl!«

»Ich bin kein Kerl, ich bin ein Fräulein!«, sagte die Stopfnadel, aber niemand hörte es; der Lack war abgegangen, und schwarz war sie auch geworden, aber schwarz macht schlanker, und da glaubte sie, sie sei noch feiner als früher.

»Da kommt eine Eierschale gesegelt!«, sagten die Jungen, und dann steckten sie die Stopfnadel in der Eierschale fest.

»Weiße Wände und selbst schwarz«, sagte die Stopfnadel, »das kleidet! Da kann man mich doch sehen! – wenn ich nur nicht seekrank werde, denn dann breche ich!« Aber sie wurde nicht seekrank, und sie brach nicht.

»Es ist gut gegen Seekrankheit, wenn man einen Stahlmagen hat und immer daran denkt, dass man etwas mehr ist als ein Mensch! Meine Seekrankheit ist nun vorübergegangen! Je feiner man ist, um so mehr kann man aushalten!«

»Krach!«, sagte die Eierschale, ein Rollwagen ging über sie hin. »Huh, wie das drückt!«, sagte die Stopfnadel. »Jetzt werde ich doch noch seekrank! Ich breche! Ich breche!« Aber sie brach nicht, obwohl ein Lastwagen über sie hinging, sie lag der Länge nach, und so kann sie liegen bleiben!

Der kleine Tuk

Ja, das war der kleine Tuk, er hieß eigentlich gar nicht Tuk, aber als er noch nicht ordentlich sprechen konnte, nannte er sich selbst Tuk; das sollte Karl heißen, und es ist gut, dass man das weiß; er sollte acht auf seine Schwester Gustave geben, die viel kleiner war als er, und dann sollte er auch seine Schulaufgaben lernen, aber die beiden Dinge wollten sich nicht so recht vereinigen lassen. Der arme Junge saß da, das kleine Schwesterchen auf dem Schoß, und sang ihr alle Lieder vor, die er wusste, und dabei schielte er in das Geografiebuch hinein, das aufgeschlagen vor ihm lag; er sollte morgen alle Städte auf Seeland auswendig können und alles davon wissen, was davon zu wissen ist.

Dann kam die Mutter nach Hause, denn sie war fort gewesen, und nahm die kleine Gustave; Tuk lief ans Fenster und lernte, sodass er sich beinahe die Augen ausgelesen hätte, denn es war schon fast dunkel und wurde noch immer dunkler, aber die Mutter hatte kein Geld, um Licht zu kaufen.

»Da geht die alte Waschfrau aus der Nebengasse!«, sagte die Mutter, indem sie zum Fenster hinaussah. »Sie kann sich kaum selbst mehr schleppen, und dabei muss sie noch den Eimer von der Pumpe schleppen; lauf hinaus, Tukchen, sei ein guter Junge und hilf der alten Frau!«

Und Tuk lief gleich hinaus und half, aber als er dann nach Hause kam, war es ganz dunkel geworden, von Licht war keine Rede, er sollte nun zu

Bett gehen; das war eine alte Schlafbank; darin lag er und dachte an seine Geografieaufgabe, an Seeland und an alles, was der Lehrer erzählt hatte. Er hätte das freilich noch lernen müssen, aber das konnte er ja nun nicht. Er steckte das Geografiebuch unter sein Kopfkissen, denn er hatte gehört, dass das ungeheuer helfen sollte, wenn man seine Aufgaben wissen musste, aber so recht kann man sich darauf doch nicht verlassen.

Da lag er nun und dachte und dachte, und da war es auf einmal, als ob ihn jemand auf Mund und Augen küsste; er schlief und schlief doch nicht; es war geradeso, als sähe ihn die alte Waschfrau mit ihren guten Augen an und sagte: »Es wäre ein großer Jammer, wenn du deine Aufgaben morgen nicht wüsstest! Du hast mir geholfen, nun werde ich dir helfen, und der liebe Gott wird das auch immer tun!«

Und auf einmal kribbelte und krabbelte das Buch unter Tukchens Kopfkissen.

»Kikeriki! Put! Put!« Da kam eine Henne, und zwar aus der Stadt Kjöge*. »Ich bin ein Kjögehuhn!« Und dann sagte sie, wie viele Einwohner da wären, und erzählte von der Schlacht, die dort stattgefunden hatte, und davon sollte man eigentlich lieber gar nicht reden.

»Kribble, krabble, plumps!« Da fiel einer herunter, es war ein Vogel aus Holz, der Papagei von dem Vogelschießen in Prästö**. Er sagte, da wären ebenso viele Einwohner, wie er Nägel im Leibe hätte, und er war sehr stolz: »Thorwaldsen hat ganz dicht bei mir gewohnt. Plumps! Hier liege ich herrlich!«

Aber der kleine Tuk lag nicht, er saß auf einmal zu Pferd. Galopp, galopp! ging es. Ein prächtig gekleideter Ritter mit schimmerndem Helm und wehendem Federbusch hielt ihn vor sich auf dem Pferde, und sie ritten durch den Wald nach der alten Stadt Vordingborg***, das war eine große, belebte Stadt: hohe Türme ragten auf dem Königsschloss empor, und Lichterglanz strömte aus allen Fenstern; da drinnen war Gesang und

* Kjöge, eine Stadt an der Kjöger Bucht. »Kjögehühner« nennt man es, wenn man die Kinder durch Umfassen des Kopfes mit beiden Händen in die Höhe hebt. In der Schlacht bei Kjöge 1807 wurden die Dänen von den Engländern geschlagen.

** Prästö, ein kleines Städtchen, in dessen unmittelbarer Nähe das Schloss Nysde liegt, wo sich Thorwaldsen viel aufhielt und wo er viele seiner unsterblichen Werke schuf.

*** Vordingborg sieht man auf der Reise Warnemünde-Gjedser liegen. Es war unter König Waldemar eine ansehnliche Stadt; jetzt ist es nur ein unbedeutender Ort. Ein einsamer Turm und einige Mauerbrocken zeigen, wo einstmals das Schloss gestanden hat.

Tanz; König Waldemar und schöne junge Hoffräulein traten zum Tanz. – Es ward Morgen, und als die Sonne kam, sank die Stadt und das Königsschloss zusammen, ein Turm nach dem andern, zuletzt blieb nur noch ein einziger auf dem Hügel stehen, wo sich das Schloss erhoben hatte, und die Stadt war ganz klein und arm, und die Schuljungen kamen mit ihren Büchern unterm Arm und sagten: »2000 Einwohner«, aber das war nicht wahr, so viele waren gar nicht da.

Und der kleine Tuk lag in seinem Bett, es war ihm, als träumte er, und auch wieder, als träumte er nicht, aber es war jemand dicht bei ihm:

»Tukchen, Tukchen!«, sagte eine Stimme, es war ein Seemann, ein ganz kleines Männchen, so klein, als wenn es ein Kadett wäre, aber es war kein Kadett. »Ich soll vielmals von Korsör* grüßen; das ist eine Stadt, die im Aufblühen begriffen ist, es ist eine lebhafte Stadt mit Dampfschiffen und Postwagen, früher nannte man sie immer hässlich, aber das trifft nicht mehr zu.« »Ich liege am Meer«, sagt Korsör, »ich habe eine Landstraße, und ich habe ein Lustwäldchen, und ich habe dem Land einen Dichter geschenkt, der Witz hatte, und den haben sie nicht alle. Ich wollte eigentlich ein Schiff um die Welt senden, ich tat es nicht, aber ich hätte es tun können, und dann dufte ich so schön, dicht vor dem Tor blühen die herrlichsten Rosen!«

Der kleine Tuk sah sie, es ward ihm rot und grün vor den Augen, aber als sich das Farbengewirr erst ein wenig beruhigt hatte, da war es auf einmal ein ganz bewaldeter Abhang dicht an der klaren Bucht, und darüber lag eine wunderschöne alte Kirche mit zwei hohen, spitzen Kirchtürmen; aus dem Abhang heraus sprangen Quellen in dicken Wasserstrahlen, dass es nur so plätscherte, und dicht daneben saß ein alter König mit einer goldenen Krone auf dem langen Haar; das war König Hroar bei den Quellen, und es war dicht bei der Stadt Roeskilde**, wie man sie jetzt nennt. Und über den Abhang hin, in die alte Kirche hinein schritten alle Könige und Königinnen von Dänemark Hand in Hand, alle mit goldenen Kronen; und die Orgel spielte, und die Quellen rieselten. Der kleine Tuk sah und hörte alles. »Vergiss auch die Stände nicht!«, sagte König Hroar.

* Korsör, früher vor Einrichtung der Dampfschifffahrt, als die Reisenden oft tagelang auf günstigen Wind warten mussten, die langweiligste Stadt genannt, wurde durch ein witziges Vaudeville des Dichters Heiberg zu dem dänischen Schilda gestempelt. Hier ist der Dichter Baggesen geboren.

** Roeskilde (Roesquelle), einst Dänemarks Hauptstadt. Die Stadt hat ihren Namen von dem König Hroar und den vielen Quellen in der Umgegend. Im Dom zu Roeskilde liegen die meisten dänischen Könige und Königinnen begraben. In Roeskilde versammelten sich auch die dänischen Stände.

Und auf einmal war wieder alles weg; ja, wo war es nur geblieben! Es war, als wende man ein Blatt in einem Buche um, und nun stand da eine alte Frau, das war eine Frau, die auf Jäten ausging, sie kam aus Sorö*, wo das Gras auf dem Markt wächst; sie hatte ihre graue Leinwandschürze über dem Kopf und dem Rücken herabhängen; die war ganz nass, es musste geregnet haben. »Ja, es hat auch geregnet!«, sagte sie, und dann wusste sie viel Ergötzliches aus Holbergs Komödien zu erzählen und von Waldemar und Absalom; aber auf einmal schrumpfte sie zusammen und wackelte mit dem Kopf, als ob sie springen wollte. »Koax!«, sagte sie. »Es ist nass, es ist nass, in den Straßen von Sorö wächst Gras, wächst Gras!« Sie war auf einmal ein Frosch: »Koax!«, und dann war sie wieder die alte Frau. »Man muss sich nach dem Wetter kleiden!«, sagte sie. »Es ist nass, es ist nass! Meine Stadt ist wie eine Flasche; beim Pfropfen kommt man hinein, beim Pfropfen muss man wieder heraus! Früher hatte ich die schönsten Welse, und jetzt habe ich frische, rotwangige Jungen auf dem Boden der Flasche; da lernen sie Weisheit: Griechisch! Griechisch, Hebräisch, koax!« Es klang geradeso, als wenn die Frösche quakten oder als wenn man mit großen Stiefeln im Morast ginge. Es war immer derselbe Laut, so einförmig und ermüdend, dass klein Tukchen fest einschlief, und das war ihm sehr gesund.

Aber selbst in diesem Schlaf kam ein Traum, oder was es sonst sein mochte; seine kleine Schwester Gustave mit den blauen Augen und dem blonden, lockigen Haar war auf einmal ein erwachsenes, schönes Mädchen; und ohne Flügel zu haben, konnten sie fliegen, und sie flogen über Seeland dahin, über die grünen Wälder und die blauen Seen.

»Hörst du den Hahn krähen, Tukchen! Kikeriki! Die Hühner aus Kjöge fliegen auf! Du bekommst einen Hühnerhof, so groß, so groß, du wirst weder Hunger noch Not leiden! Du wirst den Vogel abschießen, wie man zu sagen pflegt, du wirst ein reicher und glücklicher Mann werden! Dein Haus wird sich erheben wie König Waldemars Turm, und reich geschmückt wird es sein mit marmornen Bildsäulen wie die aus Prästö. Du verstehst mich wohl. Dein Name soll mit Ruhm um die ganze Erde ziehen wie das Schiff, das von Korsör auslaufen sollte, und in der Stadt Roeskilde – – ›vergiss auch die Stände nicht!‹, sagt König Hroar; da sollst du gut und klug reden, kleiner Tuk, und wenn du dann einmal in deinem

* Sorö, ein stilles Städtchen in naturschöner Umgebung. Der Molière Dänemarks, Holberg, stiftete hier eine Ritterakademie. Die Dichter Hauck und Ingemann waren hier als Professoren angestellt.

Grabe liegst, sollst du so still schlafen – –«; »– als wenn ich in Sorö läge!«, sagte Tukchen, und dann erwachte er; es war heller Morgen, er konnte sich gar nicht mehr auf seinen Traum besinnen. Das war aber auch nicht nötig, denn man soll nicht wissen, was einmal kommen wird.

Und er sprang aus dem Bett heraus und las in seinem Buch, und dann konnte er seine ganze Aufgabe auf einmal. Und die alte Waschfrau steckte den Kopf zur Tür herein, nickte ihm zu und sagte:

»Hab Dank für deine Hilfe gestern Abend, du liebes Kind! Der liebe Gott lasse deinen schönsten Traum in Erfüllung gehen!«

Der kleine Tuk wusste gar nicht, was er geträumt hatte, aber – der liebe Gott, der wusste es!

Der Schatten

In den heißen Ländern, ja da kann die Sonne brennen! Die Leute werden ganz mahagonibraun, ja in den allerheißesten Ländern werden sie sogar zu Negern gebrannt, aber diesmal waren es nur die heißen Länder, zu denen ein Mann aus den kalten Gegenden gekommen war; er glaubte nun, dass er da ebenso herumlaufen könnte wie zu Hause, aber das sollte er sich bald abgewöhnen. Er sowie alle vernünftigen Leute mussten daheim bleiben, die Fensterladen und Türen blieben den ganzen Tag geschlossen; es sah so aus, als ob das ganze Haus schliefe oder als ob niemand daheim wäre. Die enge Straße mit den hohen Häusern, in der er wohnte, war nun auch freilich so gebaut, dass die Sonne vom Morgen bis zum Abend hineinscheinen musste, es war wirklich nicht zum Aushalten! Der gelehrte Mann aus den kalten Ländern – es war ein gescheiter Mann und ein junger Mann – hatte ein Gefühl, als säße er in einem glühenden Ofen; das griff ihn an, er wurde ganz mager, sogar sein Schatten schrumpfte zusammen: er war viel kleiner als zu Hause, auch an ihm zehrte die Sonne. – Erst am Abend, wenn die Sonne untergegangen war, lebten die beiden wieder auf.

Es war wirklich ein Vergnügen, das mit anzusehen; sobald das Licht in die Stube gebracht wurde, streckte sich der Schatten ganz an der Wand, ja sogar bis zur Decke hinauf, so lang machte er sich, er musste sich recken, um wieder zu Kräften zu kommen. Der Gelehrte ging auf den Altan hinaus, um sich da zu strecken, und wenn erst die Sterne an dem schönen, klaren Himmel glitzerten, war es ihm, als lebe er wieder auf. Auf allen Altanen in der Straße – und in den warmen Ländern hat jedes Fenster seinen Altan – kamen jetzt Leute zum Vorschein, denn frische Luft muss man haben, wenn man auch daran gewöhnt ist, mahagonibraun gebrannt zu werden! Dann ward es oben und unten lebhaft. Schuster und Schneider, alle Leute kamen auf die Straße hinaus, Tische und Stühle wurden hinausgesetzt, Lichter brannten, ja über tausend Lichter, und der eine redete, und der andere sang, und Leute gingen spazieren, und Wagen fuhren, Maulesel trabten: klingelingeling! Sie trugen Schellen. Leichen wurden mit Gesang begraben, Straßenjungen schossen mit Knallerbsen, und die Kirchenglocken läuteten, ja wahrlich, es ging lebhaft her da unten auf der Straße. Nur in dem einen Hause, gerade dem gegenüber, in dem der gelehrte Mann wohnte, war es ganz still; und doch wohnte dort jemand, denn es standen Blumen auf dem Altan; sie wuchsen so herrlich in der Sonnenglut, und das hätten sie doch nicht gekonnt, wenn sie nicht begossen worden wären; es musste jemand dort wohnen. Auch die Tür da drüben wurde gegen Abend geöffnet, aber es war dunkel da drinnen, wenigstens in dem vordern Zimmer, weiter aus dem Innern heraus ertönte Musik. Der fremde Gelehrte fand, dass sie ganz wunderschön war, aber es war leicht möglich, dass er sich das nur einbildete, denn er fand alles wunderschön da draußen in den warmen Ländern, wenn da nur keine Sonne gewesen wäre. Der Wirt des Fremden sagte, er wisse es nicht, wer das gegenüberliegende Haus gemietet habe, Menschen sehe man ja nicht, und was die Musik anbelange, so erscheine ihm die schrecklich langweilig. »Es ist geradeso, als säße da jemand und übte sich ein Stück ein, mit dem er nicht fertig werden kann, immer dasselbe Stück. ›Ich kriege es doch heraus!‹, sagt er zu sich, aber es wird nie und nimmer etwas, wie lange er auch spielen mag!«

Eines Nachts erwachte der Fremde, er schlief bei offener Balkontür, der Wind hob die Gardine, die davor hing, in die Höhe, und es war ihm, als strahlte ein wunderbarer Glanz von dem Altan des gegenüberliegenden Hauses zu ihm herein, alle Blumen leuchteten wie Flammen in den herrlichsten Farben, und mitten zwischen den Blumen stand eine wunderschöne, schlanke Jungfrau, es war, als leuchtete auch sie; es blendete ihn förmlich, er riss die Augen freilich sehr weit auf und kam ordentlich aus dem Schlaf. Mit einem Sprung war er aus dem Bett, ganz leise schlich er hinter die Gardine, aber die Jungfrau war verschwunden, der Glanz war erloschen; die Blumen leuchteten gar nicht, standen aber wunderschön so wie immer; die Tür war nur angelehnt, und von innen erklang Musik so weich und schön, man konnte dabei wirklich in süße Gedanken verfallen. Es war doch ganz wie eine Zauberei, und wer mochte wohl nur da wohnen? Wo war der eigentliche Eingang? Das ganze Erdgeschoss war Laden an Laden, und da konnten die Leute doch nicht immer durchlaufen!

Eines Abends saß der Fremde draußen auf seinem Altan – drinnen im Zimmer hinter ihm brannte das Licht, und da war es ja auch ganz natürlich, dass sein Schalten auf die Wand des gegenüberliegenden Hauses fiel; ja, da saß er gerade gegenüber zwischen den Blumen auf dem Altan, und wenn der Fremde sich bewegte, so bewegte sich der Schatten auch, denn das tut er.

»Ich glaube, mein Schatten ist das einzige Lebendige, was man da drüben sieht!«, sagte der gelehrte Mann. »Sieh, wie hübsch er da zwischen den Blumen sitzt, die Tür steht nur angelehnt, nun sollte der Schatten so schlau sein und hineingehen, sich dort umsehen und dann wiederkommen und mir erzählen, was er gesehen hat! Ja, du sollst dich nützlich machen!«, sagte er im Scherz. »Sei so gut und tritt ein! Nun? Wird es bald?«, und dann nickte er dem Schatten zu, und der Schatten nickte wieder. »Ja, dann geh nur, aber bleibe nicht ganz weg!«

Und der Fremde erhob sich, und der Schatten drüben auf dem Altan erhob sich ebenfalls, und der Fremde drehte sich um, und der Schatten drehte sich auch um; ja, wenn jemand genau acht darauf gegeben hätte, so würde er deutlich gesehen haben, wie der Schatten in die halbgeöffnete Altantür des gegenüberliegenden Hauses hineinging, als der Fremde in sein Zimmer trat und den langen Vorhang hinter sich herabfallen ließ.

Am nächsten Morgen ging der gelehrte Mann aus, um Kaffee zu trinken und Zeitungen zu lesen. »Was ist denn das?«, sagte er, als er in den Sonnenschein hinauskam, »ich habe ja keinen Schatten mehr! Dann ist er also wirklich gestern Abend weggegangen und nicht wiedergekommen; das ist eine dumme Geschichte!«

Und es ärgerte ihn; nicht so sehr, weil der Schatten weg war, als weil er wusste, dass es eine Geschichte von einem Manne ohne Schatten gab, die kannten ja alle Leute daheim in den kalten Ländern; und wenn nun der gelehrte Mann nach Hause käme und seine eigene Geschichte erzählte, so würden sie sagen, dass er nur den andern Mann ohne Schatten nachahmte, und das hatte er wahrhaftig nicht nötig. Er wollte daher gar nicht darüber reden, und das war vernünftig gedacht.

Am Abend ging er wieder auf seinen Altan hinaus, das Licht hatte er zwar hinter sich gesetzt, denn er wusste, dass der Schatten stets seinen Herrn zum Schirm haben will, aber er konnte ihn nicht herbeilocken; er machte sich ganz klein, er machte sich groß, aber da war kein Schatten, da kam keiner. Er sagte: »Hm! Hm!«, aber das half auch nichts.

Ärgerlich war es. Aber in den warmen Ländern, da wächst nun alles so schnell, und nach Verlauf von acht Tagen merkte er zu seiner großen Freude, dass ihm ein neuer Schatten aus den Beinen herauswuchs, wenn er in den Sonnenschein kam; die Wurzel musste sitzen geblieben sein. Nach drei Wochen hatte er einen ganz leidlichen Schatten, der, als er sich auf die Rückreise in die nördlichen Länder begab, mehr und mehr wuchs, bis er schließlich so lang war, dass die Hälfte ausreichend gewesen wäre.

Und dann kam der gelehrte Mann nach Hause und schrieb Bücher über das, was es Wahres in der Welt gab und was da gut ist und was schön ist; und es vergingen Tage, und es vergingen Jahre; es vergingen viele Jahre.

Da saß er eines Abends in seiner Stube, als ganz leise an seine Tür geklopft wurde.

»Herein!«, sagte er, aber es kam niemand; da machte er auf, und vor ihm stand ein ganz außerordentlich magerer Mensch, sodass ihm ganz wunderlich zumute wurde. Übrigens war der Mensch äußerst fein angezogen, es musste ein vornehmer Mann sein.

»Mit wem habe ich die Ehre –?«, fragte er.

»Ja, das dachte ich wohl, dass Sie mich nicht kennen würden«, sagte der feine Mann, »ich bin ein gut Teil Körper geworden, ich habe ordentlich Fleisch und Kleider bekommen. Sie hätten sicher nicht gedacht, mich in so guter Verfassung zu sehen. Kennen Sie denn Ihren alten Schatten nicht mehr? Ja Sie haben gewiss nicht geglaubt, dass ich je wiederkommen würde. Mir ist es außerordentlich gut gegangen, seit ich zuletzt bei Ihnen war, ich bin nach jeder Richtung hin sehr vermögend geworden! Wenn ich mich vom Dienst freikaufen muss, so kann ich das!« Und er rasselte mit einem ganzen Bündel kostbarer Berlocken, die an der Uhr hingen, und er schob seine Hand unter die dicke Kette, die er um den Hals trug; nein, wie alle seine Finger von Diamantringen blitzten! Und es war alles echt!

»Ja, etwas Gewöhnliches ist es nicht!«, sagte der Schatten, »aber Sie selbst gehören ja auch nicht zu den Gewöhnlichen, und ich, das wissen Sie ja, bin von Kindesbeinen an in Ihre Fußspuren getreten. Sobald Sie fanden, dass ich reif genug war, um allein in die Welt hinauszugehen, ging ich meiner Wege; ich bin in den allerglänzendsten Verhältnissen, aber mich überkam eine Art Sehnsucht, Sie noch einmal wieder zu sehen, ehe Sie sterben, denn Sie müssen ja sterben! Ich wollte auch diese Länder gern wiedersehen, denn man hängt doch immer an seinem Vaterlande! – Ich weiß, dass Sie einen andern Schatten bekommen haben; habe ich dem oder Ihnen etwas zu bezahlen? Wenn Sie nur die Güte haben wollen, es zu sagen!«

»Nein, bist du es wirklich!«, sagte der gelehrte Mann, »das ist doch höchst sonderbar! Nie hätte ich geglaubt, dass unser alter Schatten als Mensch wiederkehren könnte!«

»Sagen Sie mir, was ich zu bezahlen habe!«, sagte der Schatten, »denn ich möchte ungern in jemandes Schuld stehen!«

»Wie kannst du nur so etwas sagen!«, entgegnete der gelehrte Mann. »Von welcher Schuld könnte hier wohl die Rede sein? Du bist so frei wie nur einer! Ich freue mich außerordentlich über dein Glück! Setze dich, alter Freund, und erzähle mir doch, wie sich alles zugetragen hat und was du in dem gegenüberliegenden Hause dort in den warmen Ländern erlebt hast!«

»Ja, das will ich Ihnen erzählen!«, sagte der Schatten und setzte sich, »aber dann müssen Sie mir versprechen, dass Sie zu keinem Menschen hier in der Stadt, wo Sie mich auch treffen mögen, sagen werden, dass ich Ihr Schatten gewesen bin! Ich habe die Absicht, mich zu verloben; ich kann mehr als eine Familie ernähren!«

»Sei unbesorgt!«, sagte der gelehrte Mann, »ich werde niemand sagen, wer du eigentlich bist. Hier ist meine Hand! Ich verspreche es dir, und ein Mann, ein Wort!«

»Ein Wort, ein Schatten!«, sagte der Schatten, denn so musste er ja sprechen.

Es war übrigens höchst merkwürdig, wie sehr er Mensch geworden war. Er war ganz schwarz gekleidet, und zwar in das feinste Tuch, halte Lackstiefel an und trug einen Hut, den man zusammenklappen konnte, sodass er flach wie ein Deckel war, gar nicht zu reden von dem, was wir bereits wissen, von den Berlocken, der goldenen Halskette und den Diamantringen, ja der Schatten war außerordentlich gut gekleidet, und gerade das war es, was ihn zu einem ganzen Menschen machte.

»Nun will ich erzählen!«, sagte der Schatten, und dann setzte er seine Füße mit den Lackstiefeln, so fest er nur konnte, auf den Arm von des gelehrten Mannes neuem Schatten, der wie ein Pudelhund zu seinen Füßen lag, und das geschah nun entweder aus Hochmut, oder auch, damit der hängen bleiben sollte; und der liegende Schatten verhielt sich so still und ruhig, um recht zuhören zu können; er wollte auch gern wissen, wie man so loskommen und sich zu seinem eignen Herrn heraufdienen könnte.

»Wissen Sie, wer in dem uns gegenüberliegenden Hause wohnte?«, sagte der Schatten. »Das Herrlichste von allem: die Poesie! Ich war dort drei Wochen, und das war so wirksam, als wenn man dreitausend Jahre lebt und alles liest, was gedichtet und geschrieben ist, denn das sage ich, und das ist wahr. Ich habe alles gesehen, und ich weiß alles!«

»Die Poesie!«, rief der gelehrte Mann, »ja, ja – die lebt als Einsiedlerin in den großen Städten! Die Poesie! Ja, ich habe sie einen einzigen kurzen Augenblick gesehen, aber der Schlaf lag mir noch in den Augen! Sie stand auf dem Altan und leuchtete, wie das Nordlicht leuchtet; erzähle, erzähle! Du warst auf dem Altan, und du gingst zur Tür hinein, und dann – –!«

»Ja, dann war ich im Vorgemach!«, sagte der Schatten. »Sie saßen immer da und sahen nach dem Vorgemach hinüber; da war kein Licht, es herrschte eine Art Dämmerung, aber eine Tür hinter der andern in einer ganzen langen Reihe von Zimmern und Sälen stand offen, und es war alles erleuchtet, das Licht würde mich getötet haben, wenn ich ganz bis zur Jungfrau vorgedrungen wäre; aber ich war besonnen, ich ließ mir Zeit, und das soll man tun.«

»Und was sahest du denn?«, fragte der gelehrte Mann.

»Ich sah alles, und ich will es Ihnen erzählen, aber – es ist das wirklich kein Hochmut von meiner Seite – als freier Mann und bei den Kenntnissen, die ich besitze, gar nicht zu reden von meiner guten Stellung, meinen ausgezeichneten Verhältnissen – ich möchte doch sehr gern, dass Sie »Sie« zu mir sagten.«

»Entschuldigen Sie!«, sagte der gelehrte Mann, »es ist eine alte Gewohnheit, die festsitzt. – Sie haben vollkommen Recht, und ich will daran denken! Aber nun erzählen Sie mir alles, was Sie gesehen haben!«

»Alles!«, sagte der Schatten, »denn ich habe alles gesehen, und ich weiß alles.«

»Wie sah es in den innersten Sälen aus?«, fragte der gelehrte Mann. »War es wie im frischen Wald? War es wie in einer heiligen Kirche? Waren die Säle wie der sternenklare Himmel, wenn man auf den hohen Bergen steht?«

»Alles war da!«, sagte der Schatten. »Ich ging ja nicht ganz hinein, ich blieb in dem vordersten Zimmer im Halbdunkel, aber da stand ich außerordentlich gut. Ich sah alles, ich weiß alles! Ich bin am Hofe der Poesie im Vorgemach gewesen.«

»Aber was sahen Sie denn? Schritten durch die großen Säle alle Götter des Altertums? Kämpften dort die alten Helden? Spielten liebliche Kinder dort und erzählten ihre Träume?«

»Ich sage Ihnen, dass ich da gewesen bin, und Sie begreifen wohl, dass ich alles gesehen habe, was da zu sehen war! Wären Sie da hinüber gekommen, Sie wären kein Mensch geblieben, aber ich ward es! Und gleichzeitig lernte ich meine innerste Natur kennen, das, was mir angeboren ist, die Verwandtschaft, in der ich zur Poesie stehe. Ja damals, als ich bei Ihnen war, dachte ich nicht darüber nach, aber immer, das wissen Sie ja auch, wenn die Sonne aufging und wenn sie unterging, wurde ich so wunderbar groß; im Mondschein war ich beinahe noch deutlicher als Sie selbst, damals verstand ich meine Natur nicht, im Vorgemach ging sie mir auf! Ich ward Mensch! – Reif kam ich heraus, aber Sie waren nicht mehr in den warmen Ländern; ich schämte mich, als Mensch so zu gehen, wie ich ging; ich hatte Stiefel, ich hatte Kleider und hatte diesen ganzen Menschenfirnis nötig, der den Menschen erkennbar macht. Ich flüchtete mich – ja Ihnen kann ich es wohl sagen, Sie setzen es ja in kein Buch – ich flüchtete mich unter den Rock der Küchenfrau; unter den versteckte ich mich; die Frau ahnte gar nicht, wie viel sie beherbergte; erst am Abend ging ich aus; ich lief im Mondschein auf der Straße umher; ich machte mich ganz lang an der Mauer, das kitzelt so herrlich im Rücken! Ich lief hinauf, ich lief hinunter, guckte zu den höchsten Fenstern hinein, in den Saal und in die Mansarde, ich guckte hinein, wo niemand hineinsehen kann, und ich sah, was niemand sah, was niemand sehen sollte! – Es ist im Grunde eine niederträchtige Welt! Ich wollte kein Mensch sein, wenn es nun nicht einmal als etwas Besonderes gölte, einer zu sein. Ich sah das Allerunglaublichste bei Männern und Frauen, bei Eltern und bei den ›entzückenden, süßen Kindern‹! – Ich sah, was kein Mensch wissen darf, was sie aber alle so schrecklich gern wissen möchten: Übles bei den Nachbarn. Hätte ich eine Zeitung geschrieben, die wäre gelesen worden! Aber ich schrieb an die Betreffenden selbst, und es entstand eine Höllenangst in allen Städten, wohin ich kam. Ihnen wurde so bange vor mir, und sie liebten mich alle so sehr. Die Professoren machten mich zum Professor, die Schneider gaben mir neue Kleider, ich bin gut versorgt; der

Münzmeister schlug Münzen für mich, die Weiber sagten, ich sei schön! Und so wurde ich der Mann, der ich bin. Und nun empfehle ich mich; hier ist meine Karte, ich wohne auf der Sonnenseite, und bei Regenwetter bin ich immer zu Hause.« Und damit ging der Schatten.

»War das sonderbar!«, sagte der gelehrte Mann.

Jahre und Tage vergingen, da kam der Schatten wieder.

»Nun, wie geht es?«, fragte er.

»Ach«, sagte der gelehrte Mann, »ich schreibe über das Wahre, das Gute und das Schöne, aber niemand macht sich etwas daraus, dergleichen zu hören, ich bin ganz verzweifelt, denn ich nehme es mir so zu Herzen!«

»Das tue ich durchaus nicht!«, sagte der Schatten. »Ich werde dick und fett, und das zu werden, danach muss man trachten! Ja, Sie verstehen sich nicht auf die Welt. Sie werden elend dabei. Sie müssen reifen! Im Sommer will ich eine Reise machen, wollen Sie mitkommen? Ich hätte gern einen Reisegefährten! Wollen Sie als Schatten mitreisen? Es soll mir ein großes Vergnügen sein. Sie mitzunehmen; ich bezahle die Reise!«

»Das geht mir denn doch reichlich weit!«, sagte der gelehrte Mann.

»Ja, wie man es nehmen will!«, sagte der Schatten, »Es wird Ihnen sehr gut sein, ein wenig zu reisen! Wenn Sie mein Schatten sein wollen, sollen Sie alles auf der Reise frei haben.«

»Das ist wirklich zu toll!«, sagte der gelehrte Mann.

»Aber so ist nun einmal die Welt!«, sagte der Schatten, und so wird sie bleiben, und damit ging der Schatten.

Dem gelehrten Mann ging es gar nicht gut, und Kummer und Sorgen verfolgten ihn, und was er von dem Wahren und dem Guten und dem Schönen redete, das war für die meisten, was Rosen für die Kühe sind! – Schließlich wurde er ganz krank.

»Sie sehen wirklich aus wie ein Schatten!«, sagten die Leute zu ihm, und dem gelehrten Mann schauderte es, denn er hatte so seine Gedanken dabei.

»Sie sollten in ein Bad gehen!«, sagte der Schatten, der ihm einen Besuch machte, »es bleibt Ihnen nichts weiter übrig! Ich will Sie um unsrer alten Bekanntschaft willen mitnehmen; ich bezahle die Reise, und Sie schreiben darüber und erheitern mich unterwegs ein wenig; ich will in ein Bad; mein Bart will nicht so wachsen, wie er sollte, das ist auch eine Krankheit, und einen Bart muss man haben! Seien Sie nun vernünftig, und nehmen Sie mein Anerbieten an, wir reisen ja als Kameraden!«

Und dann reisten sie, und der Schatten war Herr, und der Herr war Schatten; sie fuhren miteinander, sie ritten und gingen zusammen Seite an Seite, voreinander und hintereinander, je nachdem die Sonne stand; der Schatten wusste sich immer auf dem Ehrenplatz zu halten; und darüber dachte der gelehrte Mann nun nicht weiter nach; er hatte ein sehr gutes Herz und war so sanft und freundlich, und da sagte er denn eines Tages zum Schatten: »Da wir nun auf diese Weise einmal Reisekameraden geworden und ja außerdem von Kindesbeinen zusammen aufgewachsen sind, so wollen wir doch Brüderschaft trinken, das ist doch viel vertraulicher!«

»Da sagen Sie etwas!«, sagte der Schatten, der ja nun der eigentliche Herr war. »Es klingt viel wohlwollender und natürlicher, so will ich denn auch ebenso wohlwollend und natürlich sein. Sie als gelehrter Mann wissen ja, wie wunderlich die Natur ist. Einige Menschen können es nicht ertragen, graues Papier anzurühren, dann wird ihnen elend; andern geht es durch Mark und Bein, wenn man mit einem Nagel auf einer Glasscheibe kratzt; ein ähnliches Gefühl durchzuckt mich, wenn ich Sie du zu mir sagen höre, ich fühle mich gleichsam zu Boden gedrückt, wie in meiner ersten Stellung bei Ihnen. Sie sehen, es ist eine Empfindung, es ist kein Stolz: ich kann Sie nicht du zu mir sagen lassen, aber ich will gern du zu Ihnen sagen, dann ist Ihr Wunsch doch halbwegs erfüllt.«

Und dann sagte der Schatten du zu seinem frühern Herrn.

»Das ist doch eigentlich zu arg, dass ich Sie sagen muss, während er du sagt«, dachte der bei sich. Aber nun musste er aushalten.

Dann kamen sie in ein Bad, wo viele Fremde waren, und unter diesen befand sich auch eine wunderschöne Königstochter, die die Krankheit hatte, dass sie alles zu scharf sah, und das war sehr beunruhigend.

Sie bemerkte sogleich, dass der Neuangekommene ein ganz andrer Mensch war als alle die andern; »man sagt, er sei hier, damit sein Bart wachsen soll, aber ich sehe den wahren Grund, er kann keinen Schatten werfen.«

Sie war neugierig geworden, und daher ließ sie sich gleich auf dem Spaziergang mit dem fremden Herrn in eine Unterhaltung ein. Als Königstochter brauchte sie nicht viele Umstände zu machen, und so sagte sie denn: »Ihre Krankheit besteht darin, dass Sie keinen Schatten werfen können.«

»Eure Königliche Hoheit müssen sehr auf dem Wege zur Genesung sein!«, sagte der Schatten, »ich weiß, Ihr Leiden besteht darin, dass Sie zu scharf sehen, aber das hat sich gebessert, Sie sind geheilt, ich habe gerade einen ganz ungewöhnlichen Schatten; sehen Sie nicht die Person, die immer mit mir geht? Andre Menschen haben einen gewöhnlichen Schatten, aber ich liebe das Gewöhnliche nicht. Man gibt seinem Diener feineres Tuch zur Livree, als man selbst trägt, und so habe ich meinen Schatten zu einem Menschen herausputzen lassen; ja Sie sehen, ich habe ihm sogar einen Schatten gegeben, das ist sehr kostbar, aber ich habe gern etwas ganz Apartes!«

»Ei«, dachte die Prinzessin, »sollte ich mich wirklich erholt haben? Dieses Bad ist das Beste von der Welt! Das Wasser hat heutzutage ganz wunderbare Kräfte, Aber ich gehe nicht fort, denn jetzt wird es hier amüsant; der Fremde gefällt mir ganz außerordentlich; wenn nur sein Bart nicht wächst, denn dann reist er ab!«

Am Abend auf dem großen Ball tanzten die Königstochter und der Schatten. Sie war leicht, aber er war noch leichter, einen solchen Tänzer hatte sie noch niemals gehabt. Sie sagte ihm, aus welchem Lande sie sei, und er kannte das Land, er war da gewesen, aber damals war sie nicht zu Hause; er hatte in die obern wie in die untern Fenster gelugt, er hatte das eine wie das andre gesehen und konnte daher der Königstochter antworten, und er machte Anspielungen, sodass sie ganz erstaunt war: er musste der klügste Mann auf der ganzen Welt sein. Sie bekam einen großen Respekt vor allem, was er wusste, und als sie dann wieder miteinander tanzten, war sie verliebt in ihn, und das konnte der Schatten recht gut merken, denn sie war nahe daran, ihn mit ihren Augen durch und durch zu sehen. Und dann tanzten sie noch einmal, und dann war sie nahe daran, es zu sagen, aber sie war besonnen, sie dachte an ihr Land und ihr Reich und an die vielen Menschen, über die sie regieren sollte. »Ein kluger Mann ist er«, sagte sie zu sich selbst, »das ist gut; und schön tanzen kann er auch, das ist auch gut; ob er aber wohl gründliche Kenntnisse hat? Das ist ebenso wichtig; darüber muss ich ihn examinieren!« Und dann fing sie an, die allerschwierigsten Fragen an ihn zu richten, sie hätte sie selbst nicht beantworten können; und der Schatten machte ein ganz sonderbares Gesicht.

»Darauf können Sie nicht antworten!«, sagte die Königstochter.

»Das gehört zu den Dingen, die ich schon in meiner Kindheit gelernt habe«, sagte der Schatten, »ich glaube sogar, dass mein Schatten dort an der Tür darauf antworten kann!«

»Ihr Schatten!«, sagte die Königstochter, »das wäre doch höchst erstaunlich!«

»Ja, ich will nicht mit Bestimmtheit sagen, dass er es kann«, sagte der Schatten, »aber ich sollte es doch glauben – er ist mir nun so viele Jahre gefolgt und hat zugehört – ich sollte es glauben! Aber Eure Königliche Hoheit müssen mir gestatten, Sie darauf aufmerksam zu machen, dass er den Stolz besitzt, als Mensch zu gelten, und wenn er recht guter Laune sein soll, und das muss er sein, um gut antworten zu können, so muss er ganz wie ein Mensch behandelt werden.«

»Das gefällt mir!«, sagte die Königstochter.

Und dann ging sie zu dem gelehrten Mann an der Tür und sprach mit ihm von Sonne und Mond und von den Menschen draußen und drinnen, und er antwortete so klug und so gut.

»Was muss das für ein Mann sein, der einen so klugen Schatten hat!«, dachte sie, »es würde ein wahrer Segen für mein Volk und mein Reich sein, wenn ich ihn zum Gemahl erwählte; – ja, ich tue es!«

Und sie waren sich bald einig, die Königstochter und der Schatten, aber niemand sollte etwas davon wissen, ehe sie wieder zu Hause in ihrem eignen Reich wäre.

»Nicht einmal mein Schatten!«, sagte der Schatten, und dabei hatte er nun so seine eignen Gedanken.

Und dann kamen sie nach dem Lande, wo die Königstochter regierte, wann sie zu Hause war.

»Höre einmal, mein guter Freund!«, sagte der Schatten zu dem gelehrten Mann, »jetzt bin ich so glücklich und mächtig geworden, wie nur jemand werden kann, nun will ich auch etwas ganz Außerordentliches für dich tun! Du sollst immer bei mir im Schlosse wohnen, mit mir in meinem königlichen Wagen fahren und jährlich hunderttausend Reichstaler haben; aber dann musst du dich von allen und jedem ›Schatten‹ nennen lassen; du darfst nicht sagen, dass du jemals Mensch gewesen bist, und einmal im Jahr, wenn ich im Sonnenschein auf dem Altan liege und mich sehen lasse, musst du zu meinen Füßen liegen, wie es einem Schatten geziemt; ich will dir nämlich sagen, ich heirate die Königstochter; heute Abend soll die Hochzeit sein!«

»Nein, das ist denn doch zu toll!«, sagte der gelehrte Mann, »das will ich nicht, das tue ich nicht! Das heißt das ganze Land betrügen und die Königstochter obendrein! Ich werde allen sagen, dass ich der Mensch bin und du der Schatten, du bist nur angekleidet!«

»Das glaubt dir doch niemand!«, sagte der Schatten. »Sei du jetzt vernünftig, sonst rufe ich die Wache!«

»Ich gehe geradeswegs zur Königstochter!«, sagte der gelehrte Mann. »Aber ich gehe zuerst«, sagte der Schatten, »und du gehst ins Gefängnis!« – und das musste er tun, denn die Schildwachen gehorchten dem, von dem sie wussten, dass ihn die Königstochter haben wollte.

»Du zitterst!«, sagte die Königstochter, als der Schatten zu ihr hereinkam, »ist etwas vorgefallen? Du darfst nicht krank werden heute Abend, wo doch unsre Hochzeit sein soll!«

»Ich habe das Entsetzlichste erlebt, was man erleben kann!«, sagte der Schatten, »denk dir – ja, so ein armes Schattengehirn kann nicht viel vertragen; – denk dir, mein Schatten ist verrückt geworden, er glaubt, dass er Mensch ist und dass ich – denk nur – dass ich sein Schatten bin!«

»Das ist schrecklich!«, sagte die Prinzessin, »er ist doch eingesperrt?«

»Ja natürlich! Ich fürchte, er wird sich nie wieder erholen!«

»Der arme Schatten!«, sagte die Prinzessin. »Er ist sehr zu beklagen; es wäre eine wahre Wohltat, ihn von dem bisschen Leben zu befreien, das er noch hat, und wenn ich es recht bedenke, glaube ich, dass es nötig sein wird, ihn in aller Stille beiseite zu schaffen!«

»Das ist allerdings hart!«, sagte der Schatten, »denn er war ein treuer Diener«, und dann tat er so, als seufzte er.

»Du bist ein edler Charakter!«, sagte die Königstochter.

Am Abend war die ganze Stadt illuminiert, und die Kanonen wurden abgefeuert: Bum! Und die Soldaten präsentierten das Gewehr. War das eine Hochzeit! Die Königstochter und der Schatten gingen auf den Altan hinaus, um sich sehen zu lassen und noch einmal ein Hurra in Empfang zu nehmen.

Der gelehrte Mann hörte nichts von alledem, denn dem hatten sie schon das Leben genommen.

Das alte Haus

Da unten in der Straße stand ein altes, altes Haus, es war fast dreihundert Jahre alt, das konnte man auf dem Balken lesen, in dem die Jahreszahl und außerdem noch Tulpen und Hopfenranken eingeschnitzt waren; da standen ganze Verse in der Schriftart der alten Zeit, und über jedem Fenster war ein Gesicht, das Grimassen schnitt, in den Balken hineingeschnitzt; das eine Stockwerk trat ein ganzes Ende über das andre vor, und dicht über dem Dach lief eine bleierne Rinne mit einem Drachenkopf; das Regenwasser sollte aus dem Schlund herauslaufen, aber es kam aus dem Bauch heraus, denn es war ein Loch in der Rinne.

Alle die andern Häuser in der Straße waren so neu und so hübsch, mit großen Fensterscheiben und glatten Wänden, man konnte recht gut sehen, dass sie nichts mit dem alten Haus zu tun haben wollten; sie dachten wohl: »Wie lange soll das alte Gerümpel noch zum Skandal hier in der Straße stehen. Und dann ragt der Erker so vor, dass niemand aus unsern Fenstern sehen kann, was auf der Seite geschieht. Die Treppe ist so breit wie vor einem Schloss und so hoch, als führe sie zu einem Kirchturm. Das eiserne Geländer sieht ja so aus wie die Tür zu einem alten Erbbegräbnis, und dann hat es Messingknöpfe. Das ist wirklich zum Genieren!«

Gerade gegenüber standen auch neue und nette Häuser, und die dachten wie die andern; aber hier saß ein kleiner Knabe mit frischen, roten Wangen und klaren, strahlenden Augen am Fenster, dem gefiel freilich das alte Haus am allerbesten, und zwar im Sonnenschein wie im Mondenschein. Und wenn er nach der Mauer hinüber sah, wo der Kalk abgefallen war, konnte er dasitzen und die wunderlichsten Bilder herausfinden, so wie die Straße früher ausgesehen hatte, mit Treppen, Erkern und spitzen Giebeln; er konnte Soldaten mit Hellebarden sehen, und Dachrinnen, die wie Drachen und Lindwürmer umherliefen. – Ja, das war so recht ein Haus zum Ansehen! Und da drüben wohnte ein alter Mann, der in Kniehosen ging, einen Frack mit großen Messingknöpfen trug und eine Perücke, der man es ansehen konnte, dass sie eine wirkliche Perücke war. Jeden Morgen kam ein alter Mann zu ihm, der rein machte und Gänge für ihn besorgte, sonst war der alte Mann in den Kniehosen ganz allein in dem alten Haus; zuweilen kam er an das Fenster und sah hinaus, und der kleine Knabe nickte ihm zu, und der alte Mann nickte wieder, und dann waren sie miteinander bekannt, und dann waren sie Freunde, obwohl sie nie miteinander gesprochen hatten, aber das war ja auch einerlei.

Der kleine Junge hörte seine Eltern sagen: »Der alte Mann da drüben hat es sehr gut, aber er ist so mutterseelenallein!«

Am nächsten Sonntag wickelte der kleine Junge etwas in ein Stück Papier, ging damit in die Haustür hinab, und als der Mann vorüber kam, der Gänge für den Alten besorgte, sagte er zu ihm: »Hör einmal, willst du dem alten Mann da drüben dies hier von mir bringen! Ich habe zwei Zinnsoldaten, dies ist der eine, den soll er haben; denn ich weiß, dass er so mutterseelenallein ist!«

Und der alte Diener sah ganz vergnügt aus, nickte und trug den Zinnsoldaten nach dem alten Hause hinüber. Nach einer Weile kam die Anfrage, ob der kleine Knabe nicht Lust hätte, selbst hinüberzukommen und seinen Besuch zu machen, und dazu erhielt er Erlaubnis von seinen Eltern, und so kam er in das alte Haus.

Und die Messingknöpfe auf dem Treppengeländer glänzten viel heller als sonst, man hätte glauben sollen, sie seien dem Besuch zu Ehren geputzt worden, und es war, als wenn die geschnitzten Trompeter – denn es waren Trompeter in die Tür hineingeschnitzt, die noch dazu in Tulpen standen – aus Leibeskräften bliesen, ihre Wangen sahen viel dicker aus als sonst. Ja, sie bliesen: »Trara, Trara, der kleine Knabe ist da! Trara, Trara!« – Und dann ging die Tür auf. Der ganze Hausflur war mit alten Gemälden behangen: Ritter in Harnischen und Damen in seidenen Kleidern, und die Harnische rasselten, und die seidenen Kleider rauschten. – Und dann kam da eine Treppe, die ging ein großes Stück hinauf und ein kleines Stück hinunter – und dann war man auf einem Altan, der freilich sehr gebrechlich war, mit großen Löchern und langen Spalten, aber es wuchsen Gras und Blätter aus ihnen allen heraus, denn der ganze Altan draußen an dem Hause und an der Mauer war mit so vielem Grün bewachsen, dass es aussah wie ein Garten, aber es war nur ein Altan. Hier standen alte Blumentöpfe, die Gesichter und Eselsohren hatten; die Blumen wuchsen jetzt ganz wild. In dem einen Topf wuchsen über und über Nelken, das heißt, das Grüne davon, ein Schoss neben dem andern, und es sagte ganz deutlich: »Die Luft hat mich gestreichelt, die Sonne hat mich geküsst und mir eine kleine Blume zum Sonntag versprochen, eine kleine Blume zum Sonntag!«

Und dann kamen sie in ein Zimmer, in dem die Wände mit Schweinsleder bezogen waren, und darauf waren goldne Blumen eingepresst:

»Vergoldung vergeht,
Aber Schweinsleder besteht!«

sagten die Wände.

Und da standen ganz hochlehnige, reichgeschnitzte Stühle mit Armen an den beiden Seiten. »Setz dich! Setz dich!«, sagten sie; »huh, wie es in mir knackt! Nun bekomme ich wohl auch Gicht so wie der alte Schrank! Gicht im Rücken, huh!«

Und dann kam der kleine Junge in die Stube hinein, wo der Erker war und wo der alte Mann saß.

»Vielen Dank für den Zinnsoldaten, mein kleiner Freund!«, sagte der alte Mann. »Und vielen Dank, dass du zu mir herübergekommen bist!«

»Dank, Dank!«, oder »Knack! Knack!«, sagten alle Möbel; es waren so viele, dass sie sich beinahe im Wege standen, denn sie wollten alle den kleinen Knaben sehen.

Und mitten an der Wand hing das Bild einer schönen Dame, die war so jung und so fröhlich, aber ganz so gekleidet wie in alten Zeiten: mit Puder im Haar und steif abstehenden Röcken; sie sagte weder »Danke« noch »Knack«, aber sie sah mit ihren sanften Augen auf den kleinen Knaben herab, und der fragte den alten Mann gleich: »Wo hast du die her?«

»Von dem Trödler da drüben!«, sagte der alte Mann. »Da hängen so viele Bilder; niemand kennt sie oder macht sich etwas aus ihnen. Denn die Menschen sind alle begraben, aber in alten Zeiten habe ich sie gekannt, und nun ist sie auch schon ein halbes Jahrhundert tot und begraben.«

Und unter dem Bilde hing hinter Glas ein Strauß vertrockneter Blumen, die waren gewiss auch ein halbes Jahrhundert alt, so sahen sie aus. Und der Perpendikel an der großen Uhr ging hin und her, und der Zeiger drehte sich, und alles in der Stube wurde noch älter, aber das merkten sie nicht.

»Sie sagen zu Hause«, sagte der kleine Junge, »dass du so mutterseelenallein bist!«

»O nein«, sagte er, »die alten Gedanken mit allem, was sie mit sich führen, kommen und besuchen mich; und nun kommst du ja auch! Es geht mir sehr gut!«

Und dann nahm er ein Buch mit Bildern von dem Wandbrett herab: da waren ganz lange Auszüge, die wunderlichsten Kutschen, wie man sie heutzutage gar nicht mehr sieht, Soldaten wie Treffbube und Bürger mit wehenden Fahnen; die Schneider hatten in ihrer Fahne eine Schere, die von zwei Löwen gehalten wurde; in der Fahne der Schuster war kein Stiefel, sondern ein Adler mit zwei Köpfen, denn die Schuster müssen bei allem, was sie haben, sagen können: das ist ein Paar! – Ja, das war ein Bilderbuch!

Und der alte Mann ging in die Nebenstube, um Eingemachtes zu holen und Äpfel und Nüsse. – Es war wirklich herrlich da drüben in dem alten Haus.

»Ich kann es nicht aushalten!«, sagte der Zinnsoldat, der auf der Truhe stand. »Es ist so einsam und traurig hier; nein, wenn man ein Familienleben kennen gelernt hat, kann man sich an dies hier nicht gewöhnen! – Ich kann es nicht aushalten! Der ganze Tag ist so lang, und der Abend ist noch länger! Es ist hier gar nicht so wie drüben bei dir, wo dein Vater und deine Mutter so vergnüglich sprachen, und wo du und alle ihr lieben Kinder einen so köstlichen Lärm machtet. Nein, wie einsam der alte Mann ist! Glaubst du, dass er Küsse bekommt? Glaubst du, dass er freundliche Blicke oder einen Weihnachtsbaum bekommt? Er bekommt nichts als ein Grab! – Ich kann es nicht aushalten!«

»Du musst es nicht so trübselig auffassen!«, sagte der kleine Junge, »ich finde, es ist hier so schön, und alle die alten Gedanken mit dem, was sie mit sich führen, kommen hier ja zu Besuch!«

»Ja, die sehe ich nicht, und die kenne ich nicht!«, sagte der Zinnsoldat, »ich kann es nicht aushalten!«

»Das musst du!«, sagte der kleine Knabe.

Und der alte Mann kam mit dem vergnügtesten Gesicht, dem schönsten Eingemachten, mit Äpfeln und Nüssen, und da dachte der kleine Junge nicht mehr an den Zinnsoldaten.

Glücklich und vergnügt kam der kleine Knabe nach Hause, und es vergingen Tage, und es vergingen Wochen, und es wurde zu dem alten Haus hin- und aus dem alten Haus hergenickt, und dann kam der kleine Knabe wieder hinüber.

Und die geschnitzten Trompeten bliesen: »Trara! Trara! Der kleine Knabe ist da! Trara! Trara!«, und Schwert und Rüstung auf den Ritterbildern rasselten, und die seidenen Kleider rauschten, das Schweinsleder sprach, und die alten Stühle hatten Gicht im Rücken: »Au!« – es war genau so wie das erste Mal, denn da drüben war ein Tag und eine Stunde ganz so wie die andre.

»Ich kann es nicht aushalten!«, sagte der Zinnsoldat, »ich habe Zinn geweint! Es ist zu trübselig hier! Lieber will ich in den Krieg ziehen und Arme und Beine verlieren! Das ist doch wenigstens eine Veränderung! – Ich kann es nicht aushalten! – Und nun weiß ich auch, was es ist, wenn die alten Gedanken mit allem, was sie mit sich führen, zu einem zu Besuch kommen! Ich habe die meinigen zu Besuch gehabt, und du kannst mir glauben, das ist kein Vergnügen auf die Dauer, ich war zuletzt nahe daran, von der Truhe herunterzuspringen. Euch alle da drüben im Hause sah ich so deutlich, als wenn ihr wirklich hier wäret; es war wieder der Sonntagmorgen, du weißt wohl! Ihr Kinder standet alle vor dem Tisch und sangt euer Lied, das ihr jeden Morgen singt; andächtig standet ihr da mit gefalteten Händen, und Vater und Mutter waren ebenso feierlich, und da ging die Tür auf, und die kleine Schwester Maria, die noch nicht zwei Jahre alt ist und die immer tanzt, wenn sie Gesang oder Musik hört, welcher Art es auch sein mag, wurde hereingesetzt – sie sollte eigentlich gar nicht kommen – und dann fing sie an zu tanzen, konnte aber nicht recht in Takt kommen, denn die Töne waren so lang gezogen, und da stand sie erst auf dem einen Bein und hielt den Kopf ganz vornüber, und dann auf dem andern Bein und hielt den Kopf ganz vornüber, aber sie konnte es nicht herausbekommen. Ihr standet alle ganz ernsthaft, obgleich es euch etwas schwer wurde, aber ich lachte innerlich, und darum fiel ich vom Tisch herunter und bekam eine Beule, mit der ich noch herumgehe, denn es war nicht recht von mir, zu lachen. Aber dies alles zieht nun wieder in mir vorüber, das und alles, was ich sonst noch erlebt habe; und das sind gewiss die alten Gedanken mit allem, was sie mit sich führen – Sage mir, ob ihr noch des Sonntags singt? Erzähle mir etwas von der kleinen Maria, und was macht mein Kamerad – der andre Zinnsoldat? Ja, der ist glücklich! – Ich kann es nicht aushalten!«

»Du bist verschenkt worden!«, sagte der kleine Knabe; »du musst bleiben; kannst du das denn nicht einsehen?«

Und der alte Mann kam mit einem Schubkasten, in dem vielerlei zu sehen war, eine »Kreidedose« und eine »Balsambüchse«, alte Karten, so groß und vergoldet, wie man sie nie mehr sieht. Und es wurden große Schubladen herausgezogen, und das Klavier wurde aufgemacht, da war eine Landschaft inwendig auf dem Deckel, und es war ganz heiser, als der alte Mann darauf spielte; und dann summte er eine Melodie.

»Ja, die konnte sie singen!«, sagte er, und dann nickte er zu dem Bilde hinauf, das er bei dem Trödler gekauft hatte, und die Augen des alten Mannes leuchteten ganz hell.

»Ich will in den Krieg! Ich will in den Krieg!«, rief der Zinnsoldat, so laut er konnte, und stürzte sich auf den Fußboden hinab.

Ja, wo war er nur wohl geblieben? Der alte Mann suchte, der kleine Junge suchte, weg war er und weg blieb er. »Ich werde ihn schon finden!«, sagte der Alte, aber er fand ihn nie wieder, der Fußboden war zu offen und durchlöchert. – Der Zinnsoldat war durch eine Spalte gefallen, und da lag er im offnen Begräbnis.

Und der Tag verging, und der kleine Junge kam nach Hause, und die Woche verging, und es vergingen mehrere Wochen. Die Fenster waren ganz zugefroren, und der kleine Junge musste dasitzen und sie anhauchen, um ein Guckloch nach dem alten Haus hinüber zu bekommen, und da war der Schnee in alle Schnörkel und Inschriften hineingeweht, er lag ganz bis auf die Treppe hinauf, als wenn niemand zu Hause wäre. Und es war auch niemand zu Hause: der alte Mann war gestorben.

Am Abend hielt ein Wagen vor der Tür, und dahinein setzte man ihn in seinem Sarge; er sollte draußen auf dem Lande in seinem Erbbegräbnis ruhen. Dahin fuhr er nun, aber niemand folgte, alle seine Freunde waren ja tot. Und der kleine Knabe warf dem Sarge Kusshände nach, als er so dahinfuhr.

Einige Tage später ward Auktion in dem alten Hause abgehalten, und der kleine Junge sah von seinem Fenster aus, wie man alles wegtrug: die alten Ritter und die alten Damen, die Blumentöpfe mit den langen Ohren, die alten Stühle und die alten Schränke, einiges kam dahin, andres dorthin; das Bild von ihr, das beim Trödler gefunden worden war, kam wieder zu dem Trödler, und da blieb es hängen, denn niemand kannte sie mehr, und niemand machte sich etwas aus dem alten Bilde.

Im Frühling wurde das Haus selbst niedergerissen, denn es sei ein Gerümpel, sagten die Leute. Von der Straße aus konnte man gerade in die Stube mit den schweinsledernen Tapeten hineinsehen, die wurden zerfetzt und abgerissen; und das Grün auf dem Altan hing ganz verwildert um die einstürzenden Balken. – Und dann wurde da aufgeräumt.

»Das hat geholfen!«, sagten die Nachbarhäuser.

Und es wurde ein prachtvolles Haus aufgebaut mit großen Fenstern und glatten, weißen Mauern; vor dem neuen Hause aber da, wo früher das alte gestanden hatte, ward ein kleiner Garten angelegt, und an der Mauer des Nachbars wuchsen wilde Weinranken empor; vor den Garten kam ein großes eisernes Gitter mit einer eisernen Tür, das sah stattlich aus, und die Leute standen still und guckten in den Garten hinein. Und die Spatzen setzten sich zu Dutzenden auf die Weinranken, redeten alle durcheinander, so laut sie konnten, aber nicht von dem alten Hause, denn dessen konnten sie sich nicht erinnern; es waren so viele Jahre vergangen, dass der kleine Knabe zu einem ganzen Mann herangewachsen war, ja zu einem tüchtigen Mann, an dem seine Eltern Freude hatten; und er hatte sich eben verheiratet und war mit seiner jungen Frau in das Haus gezogen, vor dem sich der Garten befand; und er stand neben ihr, während sie eine Feldblume pflanzte, die sie so entzückend fand. Sie pflanzte sie mit ihrer kleinen Hand und klopfte die Erde mit den Fingern fest. – Au! Was war denn das? Sie hatte sich gestochen. Da guckte etwas Spitzes aus der weichen Erde hervor.

Es war – ja denkt nur! Es war der Zinnsoldat, der bei dem alten Mann verschwunden, der zwischen Bauholz und Schutt herumgetummelt und gerummelt war und schließlich viele Jahre in der Erde gelegen hatte.

Und die junge Frau trocknete den Soldaten erst mit einem grünen Blatt und dann mit ihrem feinen Taschentuch ab – das hatte einen so wunderschönen Duft! Und es war dem Zinnsoldaten, als erwachte er aus einer langen Ohnmacht.

»Lass ihn mich einmal sehen!«, sagte der junge Mann, lachte und schüttelte den Kopf. »Ja, der kann es wohl nicht sein, aber er erinnert mich an eine Geschichte mit einem Zinnsoldaten, die ich als kleiner Knabe erlebte.« Und dann erzählte er seiner Frau von dem alten Haus und dem alten Mann und von dem Zinnsoldaten, den er ihm hinübergeschickt hatte, weil er so mutterseelenallein war, und er erzählte es genau so, wie es gewesen war, sodass der jungen Frau die Tränen in die Augen traten über das alte Haus und den alten Mann.

»Es ist doch möglich, dass dies derselbe Zinnsoldat ist!«, sagte sie, »ich will ihn aufbewahren und an alles denken, was du mir erzählt hast; aber das Grab des alten Mannes musst du mir zeigen!«

»Ja, das kenne ich nicht«, sagte er, »und niemand kennt es! Alle seine Freunde waren tot, niemand hat es gepflegt, und ich war ja ein kleiner Knabe!«

»Ach, wie mutterseelenallein er wohl gewesen sein mag!«, sagte sie.

»Mutterseelenallein!«, sagte der Zinnsoldat, »aber herrlich ist es, wenn man nicht vergessen wird!«

»Herrlich!«, rief eine Stimme ganz in der Nähe, aber niemand außer dem Zinnsoldaten sah, dass sie von einem Fetzen der Schweinsledertapete herrührte; der war ohne jegliche Vergoldung, er sah aus wie nasse Erde, aber eine Ansicht hatte er, und die sprach er aus:

»Vergoldung vergeht,
Aber Schweinsleder besteht!«

Der Zinnsoldat freilich glaubte das nicht.

Der Flachs

Der Flachs stand in Blüte. Er hatte so niedliche blaue Blumen, so weich wie die Flügel einer Motte und noch viel feiner. – Die Sonne beschien den Flachs, und die Regenschauer begossen ihn, und das war für ihn geradeso gut, wie es für kleine Kinder ist, wenn sie gewaschen werden und einen Kuss von ihrer Mutter bekommen; sie werden davon viel schöner; und das wurde der Flachs auch.

»Die Leute sagen, dass ich so ausgezeichnet stehe«, sagte der Flachs, »und dass ich so schön lang werde; es wird ein prächtiges Stück Leinwand aus mir werden! Nein, wie glücklich ich bin! Ich bin sicher am glücklichsten von euch allen! Es geht mir so gut, und es wird etwas aus mir werden! Wie der Sonnenschein doch erheitert, und wie der Regen schmeckt und erfrischt! Ich bin unsagbar glücklich, ich bin am allerglücklichsten!«

»Ja, ja, ja«, sagten die Zaunpfähle, »du kennst die Welt nicht, aber das tun wir, wir haben Knorren in uns!«, und dann knarrte es so jämmerlich:

»Schnipp, schnapp, schnurre,
Basselurre!
Aus ist das Lied!«

»Nein, es ist nicht aus!«, sagte der Flachs. »Morgen scheint die Sonne, und der Regen tut so gut, ich kann hören, wie ich wachse, ich kann fühlen, dass ich Blüten trage; ich bin am allerglücklichsten!«

Aber eines Tages kamen Leute und nahmen den Flachs beim Schopf und rissen ihn mit der Wurzel heraus, das tat weh; und er wurde in Wasser gelegt, als sollte er ersäuft werden, und dann kam er über das Feuer, als wolle man ihn braten, das war grässlich.

»Es kann einem nicht immer gut gehen«, sagte der Flachs, »man muss etwas durchmachen, dann weiß man etwas!«

Aber es wurde freilich schlimm. Der Flachs wurde geknickt und gebrochen, geschwungen und gehechelt, ja, was wusste er, wie das alles hieß; er kam auf die Spindel: schnurr, schnurr! Es war nicht möglich, die Gedanken zusammenzuhalten.

»Ich bin außerordentlich glücklich gewesen«, dachte er bei all seiner Pein. »Man muss sich über all das Gute freuen, das man genossen hat! Sich freuen! Oh!« – und das sagte er noch, als er schon auf den Webstuhl kam – und dann ward er zu einem wunderschönen Stück Leinwand. All der Flachs, jede kleinste Pflanze ward zu dem einen Stück.

»Aber das ist doch prächtig! Das hätte ich nie geglaubt! Nein, wie mir das Glück doch hold ist! Ja, die Zaunpfähle wussten wirklich nicht übel Bescheid mit ihrem:

›Schnipp, schnapp, schnurre.
Basselurre!‹

Das Lied ist gar nicht aus! Jetzt fängt es erst recht an! Das ist herrlich! Ja, wenn ich gelitten habe, so ist jetzt doch auch etwas aus mir geworden; ich bin am allerglücklichsten! – Ich bin so stark und so weich, so weiß und so lang! Das ist etwas anderes, als nur Pflanzen zu sein, wenn man auch Blumen trägt! Man wird nicht gepflegt, und Wasser bekommt man nur, wenn es regnet. Jetzt habe ich Bedienung! Das Mädchen wendet mich jeden Morgen, und aus der Gießkanne bekomme ich jeden Abend ein Regenbad; ja die Pfarrersfrau hat selbst eine Rede über mich gehalten und gesagt, ich sei das beste Stück im ganzen Kirchspiel. Glücklicher kann ich nicht werden!«

Nun kam die Leinwand ins Haus, und dann kam sie unter die Schere. Wie man schnitt und riss, wie man mit Nähnadeln stach, denn das tat man! Ein Vergnügen war das nicht. Aber die Leinwand ward zu zwölf Stück Wäsche von der Sorte, die man nicht gern nennt, aber die alle Menschen haben müssen; ein ganzes Dutzend ward daraus!

»Nein, seht doch, jetzt bin ich erst zu etwas geworden! Das also war meine Bestimmung! Ja, das ist aber doch herrlich! Jetzt schaffe ich Nutzen in der Welt, und das soll man tun, das ist das wahre Vergnügen. Wir sind zwölf Stück geworden, aber wir sind doch alle ein und dasselbe, wir sind ein Dutzend! Welch ein unbeschreibliches Glück!«

Und Jahre gingen dahin – und dann konnten sie nicht mehr halten.

»Einmal muss es ja vorbei sein!«, sagte jedes Stück, »Ich möchte ja gern noch ein wenig länger halten, aber man muss auch nichts Unmögliches verlangen!« Und dann wurden sie in kleine Stücke und Fetzen zerrissen; sie glaubten, dass es nun ganz vorbei sei, denn sie wurden zerhackt und gestampft und gekocht, ja sie wussten selbst nicht, was alles mit ihnen vorging – und dann wurden sie schönes, feines, weißes Papier.

»Nein, ist das eine Überraschung! Eine herrliche Überraschung!«, sagte das Papier. »Jetzt bin ich feiner als früher, und nun soll auf mir geschrieben werden! Das ist doch ein unsagbares Glück!«

Und es wurde darauf geschrieben, die allerschönsten Geschichten, und die Leute hörten, was da stand, und es war so richtig und so gut, es machte die Menschen viel klüger und viel besser; es war ein großer Segen, der dem Papier durch die Worte zuteil geworden war.

»Das ist mehr, als ich mir träumen ließ damals, als ich noch eine kleine blaue Blume auf dem Felde war; wie konnte ich mir denken, dass ich noch einmal Freude und Kenntnisse unter die Menschen tragen würde! Ich kann es selbst noch nicht verstehen! Aber es ist nun doch wirklich so! Der liebe Gott weiß, dass ich selbst nichts getan habe, als was ich nach schwachen Kräften tun musste, um zu leben! Und dann führt er mich, oh, von einer Freude und Ehre zur andern; jedes Mal wenn ich denke: ›Aus ist das Lied!‹, so geht es gerade wieder zu etwas Höherem und Besserem über; nun soll ich gewiss auf Reisen und soll in der Welt herumgeschickt werden, damit alle Menschen mich lesen können. Das ist das wahrscheinlichste! Früher hatte ich blaue Blumen, jetzt habe ich für jede Blume die schönsten Gedanken!«

Aber das Papier kam nicht auf Reisen, es kam zum Buchdrucker, und da wurde alles, was darauf geschrieben stand, zum Druck für ein Buch, ja für viele hundert Bücher gesetzt, denn dann konnten noch unendlich viel mehr Leute Freude und Nutzen daran haben, als wenn das einzige Papier, auf dem es geschrieben stand, um die Welt herumgelaufen und schließlich auf halbem Wege verschlissen wäre.

»Ja, das ist das allervernünftigste!«, dachte das beschriebene Papier. »Das fiel mir freilich nicht ein! Ich bleibe zu Hause und werde in Ehren gehalten wie ein alter Großvater! Auf mir wurde alles niedergeschrieben, jedes Wort flugs geradeswegs aus der Feder in mich hinein! Ich bin am allerglücklichsten!«

Dann wurde das Papier in ein Bündel gebunden und auf ein Bord gelegt. »Nach vollbrachter Arbeit ist gut ruhen!«, sagte das Papier. »Es ist sehr richtig, dass man sich sammelt und zum Nachdenken über das kommt, was in einem wohnt. Erst jetzt weiß ich so recht, was auf mir steht! Und sich selbst erkennen, das ist der wahre Fortschritt! Was jetzt wohl kommen wird? Vorwärts geht es, es geht immer vorwärts!«

Eines Tages wurde alles Papier auf den Herd gelegt, es sollte verbrannt werden, denn es durfte nicht an den Höker verkauft und zum Einwickeln von Butter und Zucker benutzt werden. Und alle Kinder im Hause standen ringsherum, sie wollten es brennen sehen, sie wollten die Asche sehen und die vielen roten Feuerfunken, die dahinliefen und erloschen einer nach dem andern, gar schnell! – Das sind die Kinder, die aus der Schule kommen, und der allerletzte Funke ist der Schulmeister; oft glaubt man, dass er schon weggegangen ist, aber dann kommt er ein wenig später als alle die andern.

Und alles Papier lag in einem Bündel auf dem Feuer. »Huh!«, sagte es, und im selben Augenblick ward es zu einer hellen Flamme; die stieg so hoch in die Höhe, wie der Flachs seine kleine blaue Blume niemals hätte heben können, und leuchtete, wie die weiße Leinwand niemals hätte leuchten können; alle die geschriebenen Buchstaben wurden einen Augenblick ganz rot, und alle Worte und Gedanken gingen in Flammen auf.

»Nun steige ich geradeswegs zur Sonne empor!«, sagte es in der Flamme, und es war, als wenn tausend Stimmen das einstimmig sagten, und die Flamme schlug oben zum Schornstein hinaus; – – und feiner als die Flamme, dem menschlichen Auge ganz unsichtbar, schwebten winzig kleine Wesen, ebenso viele, wie Blumen in dem Flachs gewesen waren. Sie waren noch leichter als die Flamme, die sie geboren hatte; und als die erlosch und von dem Papier nur noch die schwarze Asche übrig war, tanzten sie noch einmal darüber hin, und wo sie sie berührten, sah man ihre Fußspuren, das waren die roten Funken:

»Die Kinder kamen aus der Schule, und der Schulmeister war der letzte«, das war eine Lust zu sehen, und die Kinder des Hauses standen da und sangen bei der toten Asche:

»Schnipp, schnapp, schnurre.
Basselurre!
Aus ist das Lied!«

Aber ein jedes der kleinen Wesen sagte: »Das Lied ist nie aus! Das ist das Schönste von dem Ganzen! Ich weiß es, und darum bin ich am allerglücklichsten!«

Aber das konnten die Kinder weder hören noch verstehen, und das sollten sie auch gar nicht, denn Kinder müssen nicht alles wissen.

Der Wassertropfen

Du kennst doch sicher ein Vergrößerungsglas, so ein rundes Brillenglas, das alles hundertmal größer macht, als es ist? Wenn man es vor das Auge hält und einen Wassertropfen draußen aus dem Teich betrachtet, so sieht man über tausend wunderliche Tiere, die man sonst nie im Wasser sieht, aber sie sind da und zwar wirklich. Es sieht fast so aus, wie ein ganzer Teller voll Krabben, die durcheinander springen, und sie sind so gierig, sie reißen einander Arme und Beine, Hinter- und Vorderteile aus, und doch sind sie auf ihre Weise fröhlich und vergnügt.

Nun war da einmal ein alter Mann, den alle Leute Kribbel-Krabbel nannten, denn so hieß er. Er wollte stets aus allem das Beste machen, und wenn es gar nicht gehen wollte, so nahm er seine Zuflucht zur Zauberei.

Nun saß er eines Tages da und hielt sein Vergrößerungsglas vor das Auge und betrachtete einen Wassertropfen, der aus einer Wasserpfütze im Graben genommen war. Nein, wie es da kribbelte und krabbelte! All die Tausende von kleinen Tierchen hüpften und sprangen, zerrten aneinander und fraßen einander.

»Ja, aber das ist doch abscheulich!«, sagte der alte Kribbel-Krabbel, »kann man sie denn nicht dazu bringen, dass sie in Ruhe und Frieden leben und dass jeder sich nur um sich selbst kümmert!« Und er sann und sann, aber es wollte alles nicht gehen, und da musste er denn zaubern. »Ich muss ihnen Farbe geben, damit sie deutlicher zu sehen sind!«, sagte er, und dann goss er etwas wie ein Tröpfchen roten Weines in den Wassertropfen, aber das war Hexenblut, das allerfeinste zu zwei Schilling; und da wurden all die wunderlichen Tierchen rosenrot über den ganzen Leib, es sah aus wie eine ganze Stadt voll nackter Wilder.

»Was hast du denn da?«, fragte ein andrer alter Zauberer, der keinen Namen hatte, und das war gerade das Feine an ihm.

»Ja kannst du erraten, was das ist«, sagte Kribbel-Krabbel, »dann will ich es dir schenken; aber es ist gar nicht leicht, es ausfindig zu machen, wenn man es nicht weiß.«

Und der Zauberer, der keinen Namen hatte, sah durch das Vergrößerungsglas. Es sah wirklich aus wie eine ganze Stadt, in der alle Menschen ohne Kleider umherliefen! Es war schauerlich; noch schauerlicher zu sehen war es aber, wie der eine den andern puffte und stieß, wie sie aneinander zogen und zerrten, sich bissen und schnappten. Was unten war, wollte nach oben, und was oben war, wollte nach unten! – »Sieh, sieh!

Sein Bein ist länger als meins! Steh! Weg damit! Da ist einer, der hat eine kleine Beule hinterm Ohr, eine unschuldige kleine Beule, aber sie quält ihn, und darum soll sie ihn noch mehr quälen!« Und dann hackten sie alle drauflos und zerrten an ihm herum, fraßen ihn auf um der kleinen Beule willen. Da saß eins so still wie eine kleine Jungfrau und wünschte sich nichts als Frieden und Ruhe, aber dann musste die Jungfrau gerade hervor, und sie zerrten und rissen an ihr und verschlangen sie.

»Das ist äußerst spaßhaft!«, sagte der Zauberer.

»Ja, aber was glaubst du, was es ist?«, fragte Kribbel-Krabbel. »Kannst du das ausfindig machen?«

»Nun, das kann man doch sehen!«, sagte der andre. »Das ist Kopenhagen oder irgendeine andre große Stadt, sie sind sich ja alle ähnlich. Ja, eine große Stadt ist es!«

»Es ist Grabenwasser!«, sagte Kribbel-Krabbel.

Die glückliche Familie

Das größte grüne Blatt hierzulande ist doch ohne Frage das Klettenblatt; hält man es vor seinen kleinen Leib, so ist es geradeso wie eine Schürze, und legt man es auf seinen Kopf, so ist es bei Regenwetter beinahe so gut wie ein Regenschirm, denn es ist ganz furchtbar groß. Nie wächst eine Klette allein, nein, wo eine wächst, da wachsen mehr, das ist eine große Pracht, und all die Pracht ist Schneckenkost. Die großen, weißen Schnecken, die vornehme Leute in alten Tagen als Frikassee zubereiten ließen, die sie verzehrten und von denen sie sagten: »Hm, wie das schmeckt!«, denn sie glaubten wirklich, dass es wunderschön schmeckte – die lebten von Klettenblättern, und darum wurden die Kletten gesät.

Nun war da ein altes Schloss, in dem man keine Schnecken mehr aß. Sie waren ganz ausgestorben, aber die Kletten waren nicht ausgestorben, sie wuchsen und wucherten in allen Gängen und auf allen Beeten, man konnte ihnen nicht mehr Einhalt gebieten, es war ein wahrer Klettenwald; hier und da stand ein Apfel- oder ein Pflaumenbaum, sonst wäre man nie und nimmer auf den Gedanken gekommen, dass es ein Garten sei, da war nichts als Kletten – und darin wohnten die beiden letzten, uralten Schnecken.

Sie wussten selbst nicht, wie alt sie waren, aber sie konnten sich sehr wohl erinnern, dass ihrer viel mehr gewesen waren, dass sie von einer Familie aus fremden Landen abstammten und dass für sie und ihresgleichen der ganze Wald gepflanzt war. Sie waren noch niemals draußen gewesen, aber sie wussten, dass es noch etwas in der Welt gab, was das Schloss hieß, und da oben wurde man gekocht, und dann wurde man schwarz, und dann wurde man auf eine silberne Schüssel gelegt, aber was dann geschah, das wussten sie nicht. Wie das übrigens war, wenn man gekocht und auf eine silberne Schüssel gelegt wurde, das konnten sie sich nicht recht vorstellen, aber schön sollte es sein, und namentlich sehr vornehm! Weder der Maikäfer noch die Kröte oder der Regenwurm, die sie fragten, konnten ihnen Bescheid darüber geben, denn von ihnen war niemals jemand gekocht oder auf eine silberne Schüssel gelegt worden.

Die alten, weißen Schnecken waren die Vornehmsten in der Welt, das wussten sie, der Wald war ihretwegen da, und das Schloss war da, damit sie gekocht und auf eine silberne Schüssel gelegt werden konnten.

Sie lebten sehr zurückgezogen und glücklich, und da sie selbst keine Kinder hatten, so hatten sie eine kleine, gewöhnliche Schnecke zu sich genommen, die sie wie ihr eigenes Kind erzogen. Aber der Kleine wollte gar nicht wachsen, denn er war nur eine gewöhnliche Schnecke; doch meinten die Alten, namentlich die Schneckenmutter, dass sie merken könnte, wie er zunähme, und sie bat den Vater, wenn er es nicht sehen könnte, doch nur das kleine Schneckenhaus zu befühlen; und dann befühlte er es und fand, dass Mutter recht hatte.

Eines Tages regnete es sehr stark.

»Hör nur, wie es auf den Klettenblättern trommelt; Rumdumdum! Rumdumdum!«, sagte der Schneckenvater.

»Es kommen auch Tropfen!«, sagte die Schneckenmutter. »Es läuft ja gerade am Stängel herunter! Du sollst sehen, es wird hier ganz nass werden! Ich freue mich nur, dass wir unser gutes Haus haben und dass der Kleine auch seins hat! Es ist wirklich mehr für uns getan als für alle andern Geschöpfe; man kann doch sehen, dass wir die Herrschaften in der Welt sind! Wir haben unser Haus von Geburt an, und der Klettenwald ist unsertwegen gesät –! Ich möchte wohl wissen, wie weit er sich erstreckt und was außerhalb desselben liegt!«

»Außerhalb ist nichts!«, sagte der Schneckenvater. »Besser als bei uns kann es nirgends sein, ich habe nichts zu wünschen!«

»Ja«, sagte die Mutter, »ich möchte wohl auf das Schloss kommen, gekocht und auf eine silberne Schüssel gelegt werden, das ist mit allen unsern Vorfahren geschehen, und du kannst mir glauben, es ist was ganz Apartes dabei!«

»Das Schloss ist vielleicht schon eingestürzt!«, sagte der Schneckenvater, »oder der Klettenwald ist darüber hinweg gewachsen, sodass die Menschen nicht herauskommen können. Das hat ja auch gar keine Eile, aber du eilst immer so schrecklich, und der Kleine fängt das nun auch schon an. Kriecht er nun nicht schon drei Tage an dem Stängel hinauf! Ich bekomme wirklich Kopfweh, wenn ich zu ihm nur empor sehe!«

»Du musst nicht so auf ihn schelten!«, sagte die Schneckenmutter, »der kriecht so besonnen; wir werden schon Freude an ihm erleben, und wir Alten haben ja nichts weiter, wofür wir leben! Hast du aber wohl schon darüber nachgedacht, wo wir eine Frau für ihn herbekommen? Glaubst du nicht, dass da weit hinten im Klettenwald noch welche von unsrer Art sein sollten?«

»Schwarze Schnecken, denke ich, werden wohl genug da sein«, sagte der Alte, »schwarze Schnecken ohne Haus, aber das ist so ordinär, und doch bilden sie sich etwas ein. Aber wir könnten die Ameisen damit beauftragen, die laufen hin und her, als wenn sie was zu tun hätten, die wissen gewiss eine für unsern Kleinen!«

»Ich wüsste wohl die Allerschönste!«, sagten die Ameisen, »aber mir ist bange, dass es nicht geht: sie ist nämlich eine Königin!«

»Das schadet nichts!«, sagte der Alte. »Hat sie ein Haus?«

»Sie hat ein Schloss!«, sagten die Ameisen, »das prächtigste Ameisenschloss mit siebenhundert Gängen!«

»Danke bestens!«, sagte die Schneckenmutter. »Unser Sohn soll nicht in einen Ameisenhaufen! Wenn ihr nichts Besseres wisst, so geben wir den weißen Mücken den Auftrag, die fliegen weit umher in Regen und Sonnenschein, die kennen den Klettenwald inwendig und auswendig.«

»Wir haben eine Frau für ihn!«, sagten die Mücken, »hundert Menschenschritte von hier sitzt auf einem Stachelbeerbusch eine kleine Schnecke mit Haus, die ist ganz allein und alt genug, um sich zu verheiraten. Es sind nur hundert Menschenschritte von hier.«

»Ja, lasst sie zu ihm herkommen!«, sagten die Alten, »er hat einen Klettenwald, sie hat nur einen Busch!«

Und dann holten sie das kleine Schneckenfräulein.

Es währte acht Tage, bis sie kam, aber das war ja gerade das Gute dabei, denn da konnte man sehen, dass sie von der rechten Art war.

Und dann machten sie Hochzeit. Sechs Johanniswürmchen leuchteten, so gut sie konnten; sonst ging es ganz still zu, denn die alten Schneckenleute konnten Zechgelage und Lustbarkeiten nicht mehr vertragen; aber eine herrliche Rede wurde von der Schneckenmutter gehalten, Vater konnte nicht, er war so bewegt; und dann übergaben sie ihnen den ganzen Klettenwald als Erbschaft und sagten, was sie stets gesagt hatten, dass er das Beste auf der ganzen Welt sei, und wenn sie rechtschaffen und ehrbar lebten und sich vermehrten, würden dereinst sie und ihre Kinder auf das Schloss kommen, gekocht und auf silberne Schüsseln gelegt werden.

Und nachdem die Rede gehalten worden war, krochen die Alten in ihre Häuser und kamen nie wieder heraus; sie schliefen. Das junge Schneckenpaar regierte nun im Wald und bekam eine große Nachkommenschaft, aber sie wurden nie gekocht, und sie kamen nie auf silberne Schüsseln; und daraus schlossen sie dann, dass das Schloss eingestürzt und alle Menschen in der Welt ausgestorben seien, und da ihnen niemand widersprach, so musste es ja wahr sein; und der Regen schlug auf die Klettenblätter, um ihnen zu Ehren Trommelmusik zu machen, und die Sonne schien, um dem Klettenwald ihretwegen Farbe zu verleihen, und sie waren sehr glücklich, und die ganze Familie war glücklich, denn sie war glücklich.

DIE GESCHICHTE VON EINER MUTTER

Eine Mutter saß bei ihrem kleinen Kinde, sie war so betrübt, so besorgt, dass es sterben möchte. Es war so bleich, die kleinen Augen hatten sich geschlossen, es atmete so leise und zuweilen so tief, als seufze es; und die Mutter sah das kleine Wesen noch trauriger an.

Da klopfte es an die Tür, und ein armer, alter Mann trat ein! Es sah so aus, als sei er in eine große Pferdedecke gehüllt, denn die hält warm, und das hatte er nötig, denn es war ja kalter Winter. Draußen war alles mit Eis und Schnee bedeckt, und der Wind wehte so scharf, dass er einem ins Gesicht schnitt.

Und weil der alte Mann vor Kälte zitterte und das Kind gerade einen Augenblick schlief, ging die Mutter hin und setzte Bier in einem kleinen Topf in den Ofen, damit es für ihn warm werden sollte, und der alte Mann saß da und wiegte, und die Mutter setzte sich auf einen Stuhl dicht neben ihn, sah ihr krankes Kind, das so tief atmete, und hob die kleine Hand in die Höhe.

»Glaubst du nicht auch, dass ich es behalten werde?«, sagte sie, »der liebe Gott wird es mir nicht nehmen!«

Und der alte Mann, der der Tod selbst war, nickte so sonderbar, es konnte ebenso gut ja bedeuten wie nein. Und die Mutter sah in ihren Schoß nieder, und die Tränen rannen ihr von den Wangen herab; – ihr Kopf wurde so schwer, drei Tage und Nächte hatte sie kein Auge geschlossen, und jetzt schlief sie, aber nur eine Minute, dann fuhr sie in die Höhe und zitterte vor Kälte. »Was ist das?«, sagte sie und sah sich nach allen Seiten um; aber der alte Mann war weg, und ihr kleines Kind war auch weg, er hatte es mitgenommen; und dort in der Ecke schnurrte und schnurrte die alte Uhr, das große Bleilot lief bis auf den Fußboden herunter, bums! Und dann stand auch die Uhr still.

Aber die arme Mutter lief zum Hause hinaus und rief nach ihrem Kinde.

Draußen mitten im Schnee saß eine Frau in langen, schwarzen Kleidern, und die sagte: »Der Tod ist bei dir in deiner Stube gewesen, ich sah ihn mit deinem kleinen Kinde davoneilen; er schreitet schneller als der Wind, er bringt nie zurück, was er genommen hat!«

»Sage mir nur, welchen Weg er gegangen ist!«, sagte die Mutter, »sage mir den Weg, und ich werde ihn finden!«

»Ich kenne ihn!«, sagte die Frau in den schwarzen Kleidern, »aber bevor ich ihn dir sage, musst du mir erst alle die Lieder Vorsingen, die du deinem Kinde vorgesungen hast; ich liebe sie, ich habe sie früher gehört: ich bin die Nacht, und ich sah deine Tränen, während du sie sangest.«

»Ich will sie alle, alle singen!«, sagte die Mutter, »aber halte mich nicht auf, damit ich ihn einholen kann und damit ich mein Kind wieder finde!«

Aber die Nacht saß still und stumm da. Da rang die Mutter die Hände, sang und weinte, und da gab es viele Lieder, aber noch mehr Tränen; und dann sagte die Nacht: »Gehe rechts in den dunkeln Fichtenwald hinein; dahin sah ich den Tod den Weg mit deinem kleinen Kinde einschlagen.«

Tief drinnen im Wald kreuzten sich die Wege, und sie wusste nicht mehr, wohin sie gehen sollte; da stand ein Dornbusch, an dem war weder

Blatt noch Blüte, es war ja auch zur kalten Winterszeit, und an den Zweigen hingen Eiszapfen.

»Hast du nicht den Tod mit meinem kleinen Kinde vorübergehen sehen?«

»Freilich!«, sagte der Dornbusch, »aber ich sage dir nicht, welchen Weg er genommen hat, wenn du mich nicht zuvor an deinem Herzen erwärmen willst; ich erfriere und werde zu lauter Eis!«

Und sie drückte den Dornbusch an ihre Brust so fest, dass er sich recht erwärmen konnte, und die Dornen drangen tief in ihr Fleisch hinein, und ihr Blut floss in großen Tropfen, der Dornbusch aber trieb frische, grüne Blätter, und er bekam Blüten in der kalten Winternacht, so warm war es an dem Herzen einer betrübten Mutter; und der Dornbusch sagte ihr den Weg, den sie gehen sollte.

Da kam sie an einen großen See, wo weder Schiff noch Boot war. Der See war nicht fest genug zugefroren, um sie tragen zu können, und auch nicht offen und flach genug, als dass sie hätte hindurchwaten können, und hinüber musste sie, wenn sie ihr Kind finden wollte; so legte sie sich denn nieder, um den See auszutrinken, und das war ja unmöglich für einen Menschen, aber die betrübte Mutter dachte, dass vielleicht ein Wunder geschehen könnte.

»Nein, das geht nimmer!«, sagte der See, »lass uns beide lieber sehen, dass wir einig werden! Ich sammle so gern Perlen, und deine Augen sind die beiden klarsten Perlen, die ich gesehen habe; willst du sie in mich ausweinen, dann will ich dich nach dem großen Treibhaus hinübertragen, wo der Tod wohnt und Bäume und Blumen pflegt; sie alle sind Menschenleben!«

»Ach, was gäbe ich nicht, um zu meinem Kinde zu kommen!«, sagte die verweinte Mutter, und sie weinte noch mehr, und ihre Augen sanken auf den Grund des Meeres und wurden zu zwei kostbaren Perlen; aber sie selbst hob der See empor, als säße sie in einer Schaukel, und sie flog in einer Schwingung bis an das gegenüberliegende Ufer, wo ein meilenweites, wunderliches Haus stand; man wusste nicht, ob es ein Berg mit Wäldern und Höhlen war, oder ob es aufgebaut war, aber die arme Mutter konnte es nicht sehen, sie hatte ja ihre Augen ausgeweint.

»Wo werde ich den Tod finden, der mit meinem kleinen Kinde davonging?«, fragte sie.

»Hierher ist er noch nicht gekommen«, sagte die alte Totengräberfrau, die das große Treibhaus des Todes besorgen musste. »Wie hast du dich nur hierher finden können, und wer hat dir geholfen?«

»Der liebe Gott hat mir geholfen!«, sagte sie, »er ist barmherzig, und das wirst du auch sein! Wo werde ich mein kleines Kind finden?«

»Ja, ich kenne es nicht«, sagte die Frau, »und du kannst nicht sehen! – Viele Blumen und Bäume sind über Nacht verwelkt, der Tod wird bald kommen und sie umpflanzen! Du weißt doch, dass jeder Mensch seinen Lebensbaum oder seine Lebensblume hat, je nachdem nun ein jeder eingerichtet ist; sie sehen aus wie andre Gewächse, aber ihre Herzen schlagen; das Kinderherz kann auch schlagen! Richte dich danach, vielleicht kannst du den Herzschlag deines Kindes erkennen; aber was gibst du nun, wenn ich dir sage, was du noch weiter tun sollst?«

»Ich habe nichts zu geben«, sagte die betrübte Mutter, »aber ich will für dich bis ans Ende der Welt gehen.«

»Ja, da habe ich nichts zu schaffen«, sagte die Alte, »aber du kannst mir dein langes, schwarzes Haar geben, das ist schön, das mag ich leiden! Du sollst mein weißes dafür wiederhaben, das ist doch immerhin etwas!«

»Verlangst du nichts weiter!«, sagte sie, »das gebe ich dir mit Freuden!« Und sie gab ihr ihr schönes schwarzes Haar und bekam dafür das schneeweiße der Alten.

Und dann gingen sie in das große Treibhaus des Todes, wo Blumen und Bäume gar wunderlich durcheinander wuchsen. Da standen feine Hyazinthen unter Glasglocken; und da standen große, baumstarke Päonien; da wuchsen Wasserpflanzen, einige ganz frisch, andre halb krank; Wasserschlangen ringelten sich um sie und schwarze Krebse klemmten sich an dem Stängel fest. Da standen herrliche Palmen, Eichen und Platanen, da stand Petersilie und blühender Thymian; jeder Baum und jede Blume hatte einen Namen, sie waren alle ein Menschenleben; die Menschen lebten noch, der eine in China, der andre in Grönland, ringsumher auf der Welt. Da waren große Bäume in kleinen Töpfen, sodass sie ganz eingeengt dastanden und den Topf zu zersprengen drohten; da wurden auch an einigen Stellen kleine, langweilige Blumen in fetter Erde mit Moos ringsumher gehegt und gepflegt. Aber die betrübte Mutter beugte sich über alle die kleinsten Pflanzen und hörte, wie inwendig in ihnen das Menschenherz pochte, und unter Millionen erkannte sie den Herzschlag ihres Kindes.

»Das ist es!«, rief sie und streckte die Hand über eine kleine Krokusblüte aus, die ganz krank nach der einen Seite herabhing.

»Rühre die Blume nicht an!«, sagte die alte Frau, »aber stelle dich hierher, und wenn dann der Tod kommt – ich erwarte ihn jeden Augenblick – dann lass ihn die Pflanze nicht ausreißen und drohe ihm, dass du es mit den andern Blumen ebenso machen wirst, dann wird ihm bange; er ist dem lieben Gott verantwortlich für sie, keine darf herausgerissen werden, ehe er die Erlaubnis dazu gibt!«

Auf einmal sauste es eiskalt durch den Raum, und die blinde Mutter konnte merken, dass der Tod jetzt kam.

»Wie hast du nur den Weg hierher finden können?«, fragte er, »wie konntest du schneller kommen als ich?«

»Ich bin eine Mutter!«, sagte sie.

Und der Tod streckte seine lange Hand nach der kleinen, feinen Blume aus, aber sie hielt sie fest mit ihren Händen umklammert, so fest und doch von Angst erfüllt, dass sie eins der Blätter berühren könnte. Da blies der Tod ihre Hände an, und sie fühlte, dass sein Hauch kälter war als der kälteste Wind, und ihre Hände sanken schlaff herab.

»Gegen mich kannst du nichts tun!«, sagte der Tod.

»Aber der liebe Gott kann es!«, sagte sie.

»Ich tue nur, was er will«, sagte der Tod. »Ich bin sein Gärtner! Ich nehme alle seine Blumen und Bäume und pflanze sie in den großen Paradiesgarten in das unbekannte Land, aber wie sie da wachsen und wie es dort ist, das darf ich dir nicht sagen!«

»Gib mir mein Kind wieder!«, sagte die Mutter und weinte und flehte; auf einmal packte sie mit beiden Händen zwei schöne Blumen ganz in ihrer Nähe und rief dem Tod zu: »Ich reiße alle deine Blumen ab, denn ich bin in Verzweiflung!«

»Rühre sie nicht an!«, sagte der Tod. »Du sagst, dass du unglücklich bist, und nun willst du eine andre Mutter ebenso unglücklich machen –!«

»Eine andre Mutter!«, sagte die arme Frau und ließ sofort beide Blumen los.

»Da hast du deine Augen!«, sagte der Tod, »ich habe sie aus dem See herausgefischt, sie glänzten so stark, aber ich wusste nicht, dass es die deinen waren; nimm sie wieder, sie sind noch klarer als zuvor; sieh dann in den tiefen Brunnen dort hinab, ich werde die Namen der beiden Blumen nennen, die du abreißen wolltest, und du wirst ihre ganze Zukunft sehen und ihr ganzes Menschenleben, das du zerstören und vernichten wolltest!«

Und sie sah in den Brunnen hinab, und es war eine Glückseligkeit zu sehen, wie die eine ein Segen für die Welt ward, zu sehen, wie viel Glück und Freude sich um sie ausbreitete. Und sie sah das Leben der andern, und es war Sorge und Not, Entsetzen und Elend.

»Beides ist Gottes Wille!«, sagte der Tod.

»Welche von ihnen ist die Blume des Unglücks und welche die glückliche?«, fragte sie.

»Das sage ich dir nicht«, sagte der Tod, »aber das sollst du wissen, die eine von den Blumen war die deines eignen Kindes: es war deines Kindes Schicksal, das du sahest, die Zukunft deines eignen Kindes!«

Da schrie die Mutter vor Schrecken auf. »Welche von beiden war mein Kind? Sage es mir! Erlöse das unschuldige Kind! Errette mein Kind von all dem Elend! Trage es lieber fort! Trage es hinüber in Gottes Reich! Vergiss meine Tränen, vergiss mein Flehen und alles, was ich gesagt und getan habe!«

»Ich verstehe dich nicht!«, sagte der Tod. »Willst du dein Kind wiederhaben, oder soll ich mit ihm an den Ort gehen, den du nicht kennst?«

Da rang die Mutter ihre Hände, fiel auf die Knie nieder und betete zum lieben Gott: »Erhöre mich nicht, wenn ich gegen deinen Willen bitte, der allzeit der beste ist! Erhöre mich nicht! Erhöre mich nicht!«

Und sie beugte ihr Haupt tief in ihren Schoß nieder.

Und der Tod ging mit ihrem Kind in das unbekannte Land.

Der Halskragen

Es war einmal ein feiner Kavalier, dessen ganzer Hausrat aus einem Stiefelknecht und einem Kamm bestand, aber er hatte den schönsten Halskragen von der Welt, und von diesem Kragen sollen wir eine Geschichte hören. – Er war jetzt so alt, dass er daran dachte, sich zu verheiraten, und da geschah es, dass er mit einem Strumpfband zusammen in die Wäsche kam.

»Nein«, sagte der Kragen, »nie im Leben habe ich doch etwas so Schlankes und Feines, so Weiches und Niedliches gesehen! Dürfte ich wohl nach Ihrem Namen fragen?«

»Den sage ich nicht!«, antwortete das Strumpfband.

»Wo sind Sie denn beheimatet?«, fragte der Kragen.

Aber das Strumpfband war etwas verschämt von Natur und fand, dass es sonderbar sei, darauf zu antworten.

»Sie sind sicher ein Gürtel!«, sagte der Kragen, »so ein inwendiger Gürtel! Ich sehe recht wohl, dass Sie zum Nutzen wie auch zum Schmuck dienen, kleines Fräulein!«

»Sie müssen nicht mit mir sprechen«, sagte das Strumpfband, »ich finde wirklich nicht, dass ich Ihnen Veranlassung dazu gegeben habe!«

»Ja, wenn man so schön ist wie Sie«, sagte der Kragen, »so ist das Veranlassung genug!«

»Kommen Sie mir, bitte, nicht zu nahe«, sagte das Strumpfband, »Sie sehen mir so männlich aus!«

»Ich bin auch ein feiner Kavalier!«, sagte der Halskragen, »ich habe einen Stiefelknecht und einen Kamm!« Und das war gar nicht wahr, diese Sachen gehörten ja seinem Herrn, er prahlte nur!

»Kommen Sie mir, bitte, nicht zu nahe«, sagte das Strumpfband, »ich bin das nicht gewöhnt.«

»Zierpuppe!«, sagte der Kragen, und dann wurden sie aus der Wäsche genommen, gestärkt, über einen Stuhl im Sonnenschein aufgehängt und dann auf das Plättbrett gelegt; und nun kam das glühende Eisen.

»Gnädige Frau«, sagte der Kragen, »verehrte Frau Witwe! Mir wird ganz warm! Ich werde ein ganz andrer! Ich komme ganz aus den Falten! Sie brennen ein Loch in mich hinein! Huh! – Ich trage Ihnen Herz und Hand an!«

»Sie Lump!«, sagte das Plätteisen und glitt stolz über den Kragen hin; denn es bildete sich ein, dass es ein Dampfkessel wäre, der für die Eisenbahn bestimmt sei, um Wagen zu ziehen.

»Lump!«, sagte es.

Der Kragen war an den Rändern ein wenig ausgefasert, deshalb kam die Papierschere und wollte die Fasern abschneiden.

»Ach!«, sagte der Kragen, »Sie sind gewiss die erste Tänzerin! Wie Sie die Beine strecken können! Das ist das Entzückendste, was ich je gesehen habe! Das kann Ihnen kein Mensch nachmachen!«

»Das weiß ich selbst!«, sagte die Schere.

»Sie verdienten, eine Gräfin zu sein!«, sagte der Kragen. »Mein ganzes Hab und Gut besteht aus einem feinen Kavalier, einem Stiefelknecht und einem Kamm –! Hätte ich doch nur eine Grafschaft!«

»Will er um mich freien!«, sagte die Schere und wurde sehr zornig, und dann machte sie einen gehörigen Schnitt, sodass der Kragen außer Dienst gestellt werden musste.

»Ich muss mich wohl um den Kamm bewerben!«, sagte der Kragen.

»Wunderbar, dass Sie noch alle Ihre Zähne haben, mein kleines Fräulein! Haben Sie nie daran gedacht, sich zu verloben?«

»Ja, das können Sie sich doch wohl denken!«, sagte der Kamm, »ich bin doch mit dem Stiefelknecht verlobt!«

»Verlobt!«, sagte der Kragen; jetzt war niemand mehr da, um den er freien konnte, und daher verachtete er die Freierei.

Eine lange Zeit verging, da kam der Kragen in den Sack des Papiermüllers; da war große Lumpengesellschaft, die feinen für sich, die groben für sich, so wie es sich gehört. Sie hatten alle viel zu erzählen, aber der Kragen am meisten; das war ein rechter Prahlhans.

»Ich habe so schrecklich viele Liebschaften gehabt!«, sagte der Kragen. »Man ließ mir keine Ruhe; aber ich war nun freilich auch ein feiner Kavalier, und ich besaß Stärke! Ich hatte einen Stiefelknecht und einen Kamm, die ich freilich nie benutzte! – Sie hätten mich damals sehen sollen, hätten mich sehen sollen, wenn ich auf der Seite lag! – Niemals vergesse ich meine – erste Liebe, sie war ein Gürtel, so fein, so weich und so niedlich, sie stürzte sich meinetwegen in einen Waschkübel! – Da war auch eine Witwe, die für mich glühte, aber ich ließ sie sitzen und schwarz werden! Dann war da die erste Tänzerin, sie brachte mir die Wunde bei, mit der ich jetzt umhergehe, sie war so begehrlich! Mein eigener Kamm war in mich verliebt, er verlor alle seine Zähne vor Liebeskummer. Ja, ich habe viel dergleichen erlebt; aber am meisten tut es mir Leid um das Strumpfband – den Gürtel meine ich, der sich in den Waschkübel stürzte. Ich habe viel auf meinem Gewissen, es tut Not, dass ich weißes Papier werde!«

Und das wurde er, alle Lumpen wurden weißes Papier, aber der Halskragen wurde gerade das Stück Papier, das wir hier sehen und auf das diese Geschichte gedruckt ist; und das geschah aus dem Grunde, weil er so schrecklich mit Dingen geprahlt hatte, die es niemals gegeben hatte; und daran sollen wir denken, damit wir es nicht ebenso machen, denn wir können wirklich nicht wissen, ob wir nicht auch einmal in den Lumpensack kommen und zu weißem Papier gemacht werden, worauf unsere ganze Geschichte abgedruckt wird, selbst die allergeheimste, sodass wir selbst umherlaufen und sie erzählen müssen so wie der Halskragen.

Die Geschichte des Jahres

Es war zu Ende Januar, und ein fürchterlicher Schneesturm tobte; der Schnee wirbelte als dichtes Gestöber durch Straßen und Gassen; die Fensterscheiben waren von außen wie mit Schnee überklebt, haufenweise stürzte er von den Dächern, und ein großes Hasten war in die Leute gefahren, sie liefen, sie flogen, sie fuhren einander in die Arme, hielten sich einen Augenblick aneinander fest und hatten wenigstens so lange einen sichern Halt. Wagen und Pferde waren wie überzuckert, die Diener standen mit dem Rücken gegen die Kutschen gelehnt und fuhren rücklings gegen den Wind, die Fußgänger hielten sich immer im Schutz des Wagens, der in dem tiefen Schnee nur langsam dahinglitt; und als sich der Sturm endlich legte und ein schmaler Fußweg an den Häusern entlang geschaufelt wurde, standen die Leute doch still, wenn sie sich begegneten; keiner hatte Lust, den ersten Schritt zu tun und in den hohen Schnee zu treten, damit der andre vorbeischlüpfen könnte. Stumm standen sie da, bis endlich gleichsam auf schweigende Übereinkunft jeder ein Bein preisgab, mit dem er in den Schneehaufen trat.

Gegen Abend trat Windstille ein, der Himmel sah aus, als wäre er gefegt und höher und durchsichtiger gemacht, die Sterne schienen funkelnagelneu zu sein, und einige waren ganz blau und klar – und es fror, dass es nur so knisterte – da konnte die oberste Schneeschicht wohl so stark werden, dass sie in der Morgenstunde die Spatzen trug; die hüpften umher bald oben, bald unten, wo geschaufelt war, aber viel Futter war nicht zu finden, und es fror sie tüchtig.

»Piep!«, sagte der eine zu dem andern, »das nennt man das neue Jahr! – Das ist ja schlimmer als das alte! Dann hätten wir das ja nur behalten können. Ich bin unzufrieden, und dazu habe ich allen Grund.«

»Ja, und dabei liefen die Menschen noch herum und schossen das neue Jahr ein!«, sagte ein kleiner, verfrorener Spatz. »Sie warfen Scherben gegen die Haustüren und waren ganz außer sich vor Freude, dass das alte Jahr jetzt verschwand; ich freute mich ja auch darüber, denn ich erwartete, dass wir warme Tage bekommen würden, aber daraus ist nichts geworden, es friert viel schärfer als vorher; die Menschen haben sich in der Zeitrechnung geirrt!«

»Ja, das haben sie getan!«, sagte ein dritter, der alt war und weiß am Schopf; »sie haben etwas, das sie Kalender nennen, das ist so ihre eigene Erfindung, und danach soll sich dann alles richten; aber das geht nicht so!

Wenn der Frühling kommt, beginnt das Jahr, das ist der Gang der Natur, und danach rechne ich!«

»Aber wann kommt der Frühling?«, fragten die andern.

»Der kommt, wann der Storch kommt, aber mit dem ist es sehr unbestimmt, und hier drinnen in der Stadt ist niemand, der etwas davon weiß, draußen auf dem Lande, da wissen sie es besser; wollen wir hinausfliegen und dort warten? Da ist man dem Frühling näher.«

»Ja, das mag alles ganz gut sein!«, sagte einer von denen, die lange umhergetrippelt waren und gepiepst hatten, ohne eigentlich etwas zu reden, »ich habe hier in der Stadt so allerlei Bequemlichkeiten, die ich da draußen wohl entbehren müsste. Hier in der Nähe in einem Hause wohnt eine Menschenfamilie, die auf den sehr vernünftigen Einfall gekommen ist, drei bis vier Blumentöpfe mit der weiten Öffnung nach innen und dem Boden nach außen an die Wand zu befestigen, und in den Boden haben sie ein Loch geschnitten, das ist gerade so groß, dass ich ein und aus fliegen kann; da haben mein Mann und ich unser Nest, und von da sind alle unsre Jungen ausgeflogen. Die Menschenfamilie hat es natürlich so eingerichtet, um das Vergnügen zu haben, uns zu sehen, sonst würden sie es wohl nicht getan haben. Sie streuen Brotkrumen zu ihrem Vergnügen aus, und wir haben dann unser Futter; es ist förmlich für einen gesorgt; – deshalb glaube ich, werde ich hier bleiben und mein Mann auch, obgleich wir sehr unzufrieden sind – aber wir bleiben.«

»Und wir fliegen auf das Land hinaus, um zu sehen, ob der Frühling nicht kommt!« Und dann flogen sie.

Und es war kalter Winter draußen aus dem Lande, es fror dort ein paar Grad stärker als in der Stadt. Der scharfe Wind strich über die schneebedeckten Felder hin. Der Bauer saß mit großen Fausthandschuhen auf seinem Schlitten und schlug sich mit den gekreuzten Armen, um die Kälte auszutreiben; die Peitsche lag auf seinem Schoß, die magern Gäule liefen, dass sie dampften; der Schnee knirschte, und die Spatzen hüpften in den Räderspuren und froren. »Piep; wann kommt der Frühling? Es dauert ja so lange!«

»So lange!«, schallte es von dem nächsten schneebedeckten Hügel über die Felder hin; und es konnte ein Echo sein, das man hörte, es konnten auch die Worte des wunderbaren alten Mannes sein, der hoch oben auf der Schneewehe in Wind und Wetter saß; er war ganz weiß und sah aus wie ein Bauer in weißem Flauschrock, mit langem, weißem Haar und weißem Bart, ganz bleich und mit großen, klaren Augen.

»Wer ist der Alte dort?«, fragten die Spatzen.

»Das weiß ich!«, sagte ein alter Rabe, der auf dem Zaunpfahl saß und so herablassend war anzuerkennen, dass wir alle kleine Vögel vor dem Herrn sind, und der sich daher auch mit den Spatzen einließ und ihnen Aufklärung gab. »Ich weiß, wer der Alte ist. Es ist der Winter, der alte Mann vom vorhergehenden Jahr, er ist nicht tot, wie der Kalender sagt, nein, er ist im Gegenteil Vormund des kleinen Prinzen Frühling, der kommt. Ja, der Winter führt das Regiment. Hu, ihr bebt ja ordentlich vor Kälte, ihr Kleinen!«

»Ja, hab ich's nicht gesagt!«, sagte der Kleinste. »Der Kalender, das ist nur eine menschliche Erfindung, der ist nicht der Natur angepasst. Das hätten sie uns überlassen sollen, die wir feiner eingerichtet sind!«

Und es verging eine Woche, und es vergingen fast zwei; der Wald war schwarz, der zugefrorene See lag schwer da und sah aus wie geronnenes Blei. Die Wolken, ja es waren gar keine Wolken: es waren feuchte, eiskalte Nebel, die über dem Lande hingen; die großen, schwarzen Krähen flogen in Scharen ohne Geschrei, es war, als schliefe alles. – Da glitt ein Sonnenstrahl über den See, und der schimmerte wie geschmolzenes Zinn. Die Schneeschicht über dem Felde und auf dem Hügel glitzerte nicht mehr so wie bisher, aber die weiße Gestalt, der Winter selbst, saß noch immer da, den Blick beständig gen Süden gerichtet; er bemerkte es gar nicht, dass die Schneedecke gleichsam in die Erde versank, dass hier und da ein kleiner, grasgrüner Fleck zum Vorschein kam und dass es dann dort von Spatzen wimmelte.

»Quiwitt! Quiwitt! Kommt jetzt der Frühling?«

»Der Frühling!«, klang es über Feld und Flur und durch die schwarzbraunen Wälder, wo das Moos so frischgrün an den Baumstämmen schimmerte; und von Süden her kamen die beiden ersten Störche durch die Luft geflogen: auf dem Rücken eines jeden saß ein liebliches kleines Kind, ein Knabe oder ein Mädchen; und sie küssten die Erde zum Gruß; und wohin sie ihre Füße setzten, da sprossen weiße Blumen unter dem Schnee hervor; Hand in Hand gingen sie zu dem alten Eismann, dem Winter hinaus, legten sich zu neuem Gruß an seine Brust, und im selben Augenblick waren sie alle drei und die ganze Landschaft verborgen, ein dicker, feuchter Nebel, ganz dicht und schwer, hüllte alles ein. – Nach und nach lichtete sich der Nebel – der Wind sauste dahin, er kam mit starken Stößen und verjagte den Nebel, die Sonne schien so warm; – der Winter selbst war verschwunden, die lieblichen Kinder des Frühlings saßen auf dem Thron des Jahres.

»Das nenne ich Neujahr!«, sagten die Spatzen. »Nun bekommen wir wohl unsre Rechte wieder und Vergütung für den strengen Winter.«

Wohin sich die beiden Kinder wandten, da sprossen grüne Knospen an Büschen und Bäumen hervor, da ward das Gras höher, und das Saatfeld kleidete sich in lebhafteres Grün. Und ringsumher streute das kleine Mädchen Blumen aus; sie hatte im Überfluss davon in ihrem Kleidchen, sie schienen dort hervorzuwimmeln, immer mehr quollen hervor, wie viele sie auch ausstreute – in ihrem Eifer schüttete sie einen ganzen Blütenschnee über Apfel- und Pfirsichbäume aus, sodass sie in voller Pracht dastanden, ehe sie noch eigentlich grüne Blätter hatten.

Und sie klatschte in die Hände, und der Knabe klatschte in die Hände, und da kamen Vögel herbei, man wusste nicht, woher sie kamen, und alle zwitscherten und sangen: »Der Frühling ist da!«

Das war herrlich zu sehen! Und manch ein altes Mütterchen kam vor ihre Türe hinaus in den Sonnenschein, schüttelte sich ein wenig und sah die gelben Blumen an, die geradeso wie in ihren jungen Tagen überall auf der ganzen Wiese prangten; die Welt wurde wieder jung. »Es ist heute wunderschön hier draußen«, sagte sie.

Und der Wald war noch blaugrün, Knospe an Knospe, aber der Waldmeister war schon da so frisch und so duftend, die Veilchen standen in Fülle, und da gab es Anemonen, Kuhblumen und Schlüsselblumen, ja in jedem Grashalm war Saft und Kraft; es war ein wahrer Prachtteppich zum Sitzen; und da saß das junge Frühlingspaar Hand in Hand und sang und lächelte und wuchs mehr und mehr.

Ein milder Regen fiel vom Himmel auf sie herab, sie merkten es nicht, die Regentropfen und die Freudentränen verschwammen ineinander. Braut und Bräutigam küssten sich, und in einem Nu schlug der Wald aus. – Als die Sonne aufging, waren alle Wälder grün.

Und Hand in Hand wandelte das Brautpaar unter dem frischen, hängenden Laubdach, wo nur die Strahlen des Sonnenlichts und die Schlagschatten einen Farbenwechsel in dem Grünen erzeugten. Eine jungfräuliche Reinheit und ein erfrischender Duft lag über den feinen Blättern; klar und lebendig rieselten Bach und Fluss zwischen dem sammetgrünen Schilf und über die bunten Steine dahin. »Immer und ewig ist und bleibt es vollauf!«, sagte die ganze Natur. Und der Kuckuck sang, und die Lerche schmetterte, es war herrlicher Frühling, aber die Weidenbäume hatten ihren Blüten wollene Fausthandschuhe angezogen, sie waren so schrecklich vorsichtig, und das ist langweilig.

Und es vergingen Tage, und es vergingen Wochen; die Wärme wälzte sich förmlich herab; heiße Luftwellen gingen durch das Korn, das immer gelber und gelber wurde. Des Nordens weiße Lotusblume breitete ihre großen, grünen Blätter über den Wasserspiegel der Waldseen aus, und die Fische suchten Schatten darunter; und im Schutze des Waldes, wo die Sonne auf die Wand des Bauernhauses nieder sengte und die frisch erblühten Rosen ordentlich durchwärmte und die Kirschbäume voll saftiger, schwarzer, fast sonnenheißer Beeren hingen, saß das liebliche Weib des Sommers, dasselbe, das wir als Kind und Braut gesehen haben; und es sah zu den steigenden, dunklen Wolken empor, die sich in Wellenform gleich Bergen schwarzblau und schwer höher und höher auftürmten; von drei Seiten kamen sie; immer mehr, wie ein versteinertes, umgekehrtes Meer senkten sie sich auf den Wald hernieder, in dem alles wie auf einen Zauberschlag verstummt war; jeder Windhauch hatte sich gelegt, jeder Vogel schwieg, es lag ein Ernst, eine Erwartung in der ganzen Natur; aber auf Wegen und Stegen eilten Fußgänger und Leute zu Wagen und zu Pferd dahin, um unter Dach zu kommen. – Da leuchtete es auf einmal auf, als ob die Sonne hervorbräche, flammend, blendend, alles verzehrend, und es ward wieder tiefe Finsternis bei rollendem Getöse. Das Wasser stürzte in Strömen hernieder; es ward Nacht, und es ward wieder hell; bald herrschte tiefes Schweigen, bald lautes Gekrach. Das junge, braun befiederte Röhricht im Moor bewegte sich in langen Wogen; die Zweige der Bäume verschwanden in Wassernebeln; Finsternis kam, und es kam Licht; Stille und Getöse wechselten miteinander ab. – Gras und Korn lagen wie niedergemäht, wie hingeschwemmt da, als sollte es sich nie wieder erheben. – Plötzlich wurde der Regen zu einzelnen Tropfen, die Sonne schien wieder, und an Halm und Blatt glänzten Wassertropfen wie Perlen; die Vögel sangen, die Fische schnellten aus dem Wasser empor, die Mücken tanzten, und draußen auf dem Stein in dem salzigen, aufgepeitschten Meerwasser saß der Sommer selbst, ein kräftiger Mann mit schwellenden Gliedern und mit klatschnassem Haar – verjüngt von dem frischen Bad saß er im warmen Sonnenschein. Die ganze Natur rings um ihn her war verjüngt, alles stand üppig, kräftig und schön; es war Sommer, warmer, herrlicher Sommer!

Und süß und lieblich war der Duft, der dem fruchtbaren Kleefelde entströmte, die Bienen summten dort um die alte Thingstätte; die Brombeerranken umschlangen den Altarstein, der vom Regen gewaschen im Sonnenschein schimmerte; und dorthin flog die Bienenkönigin mit ihrem

Schwarm und lagerte Wachs und Honig ab. Das sah niemand außer dem Sommer und seinem kräftigen Weibe; für sie stand der Altartisch gedeckt mit den Opfergaben der Natur.

Und der Abendhimmel erstrahlte wie Gold, keine Kirchenkuppel schimmert so reich, und der Mond schien zwischen Abendröte und Morgenröte. Es war Sommerszeit.

Und es vergingen Tage, und es vergingen Wochen. – Die blanken Sensen der Schnitter blitzten in den Kornfeldern; die Zweige des Apfelbaums beugten sich schwer unter roten und gelben Früchten; der Hopfen duftete lieblich und hing in großen Büscheln, und unter den Haselsträuchern, wo die Nüsse in schweren Trauben saßen, ruhten Mann und Weib, der Sommer mit seinem ernsten Weibe.

»Welcher Reichtum!«, sagte das Weib, »ringsumher Segen, heimatlich und gut, und doch, ich weiß es selbst nicht, aber ich sehne mich nach – Ruhe – Stille! Ich weiß das Wort dafür nicht! – Nun pflügen sie schon wieder auf dem Felde! Mehr und immer mehr will der Mensch gewinnen! – Sieh, die Störche kommen in Scharen und gehen in der Entfernung hinter dem Pfluge her; der Vogel Ägyptens, der uns durch die Luft getragen hat! Weißt du noch, wie wir beide als Kinder hierher kamen in die Länder des Nordens? – Blumen brachten wir, herrlichen Sonnenschein und grüne Wälder, mit denen hat der Wind jetzt arg gehaust, sie werden braun und dunkel wie die Bäume des Südens, tragen aber nicht so wie diese goldne Früchte!«

»Willst du die sehen?«, sagte der Sommer, »dann freue dich!« Und er erhob seinen Arm, und die Blätter des Waldes färbten sich rot und golden, es ergoss sich eine Farbenpracht über alle Wälder; die Rosenhecke erglänzte von roten Hagebutten; die Holunderzweige hingen voll großer, schwerer, schwarzbrauner Beeren; die wilden Kastanien fielen reif aus den schwarzgrünen Schalen; und drinnen im Wald blühten die Veilchen zum zweiten Mal.

Aber die Königin des Jahres wurde stiller und stiller, wurde bleicher und bleicher. »Es weht kalt!«, sagte sie. »Die Nacht bringt feuchte Nebel – ich sehne mich nach dem – Lande der Kindheit!«

Und sie sah die Störche von dannen fliegen, einen nach dem andern, und sie streckte die Hände nach ihnen aus. – Sie sah zu den Nestern empor, die leer standen, und in einem derselben wuchs die langstänglige Kornblume, in einem andern Rübsamen, als ob das Nest nur zu ihrem Schutz und ihrer Umzäunung da sei; und die Spatzen flogen da hinauf.

»Piep! Wo sind die Herrschaften geblieben! Sie können es wohl nicht vertragen, dass es zu ihnen hineinweht, und da sind sie außer Landes gegangen; Glück auf die Reise!«

Und immer gelber ward das Laub des Waldes, und ein Blatt nach dem andern fiel herab, die Herbststürme sausten, der Herbst war weit vorgerückt. Und auf dem gelben Laub lag die Königin des Jahres und sah mit milden Augen zu den blitzenden Sternen empor, und ihr Gatte stand neben ihr. Ein Windstoß wirbelte die welken Blätter auf – sie legten sich wieder, und da war sie verschwunden, aber ein Schmetterling, der letzte des Jahres, flog durch die kalte Luft.

Und die feuchten Nebel kamen, der eisige Sturm und die finstern, langen Nächte. Der Herrscher des Jahres hatte weißes Haar, aber er selbst wusste es nicht, er glaubte, es seien die Schneeflocken, die aus der Wolke fielen. Eine dünne Schneeschicht lag über dem grünen Felde.

Und die Kirchenglocken läuteten die Weihnachtszeit ein.

»Die Glocken der Geburt läuten!«, sagte der Herrscher des Jahres, »bald wird das neue Herrscherpaar geboren, und ich finde Ruhe wie sie, Ruhe in dem glitzernden Stern!«

Und in dem frischen, grünen Tannenwalde, wo der Schnee lag, stand der Weihnachtsengel und weihte die jungen Bäume, die zu seinem Fest kommen sollten.

»Freude im Zimmer und unter den grünen Zweigen!«, sagte der alte Herrscher des Jahres, wenige Wochen hatten ihn zu einem schneeweißen Greis gealtert; »meine Ruhezeit naht, das junge Paar des Jahres erhält nun Krone und Zepter!«

»Und die Macht ist doch dein«, sagte der Weihnachtsengel, »die Macht und nicht die Ruhe! Lass den Schnee erwärmend über der jungen Saat liegen! Lerne es ertragen, dass man einem andern huldigt, wo doch du der Herrscher bist; lerne, vergessen zu sein und doch zu leben! Die Stunde deiner Freiheit kommt, wenn der Frühling kommt!«

»Wann kommt der Frühling?«, fragte der Winter.

»Der kommt, wann der Storch kommt!«

Und mit weißen Locken und schneeweißem Bart saß der Winter eiskalt, alt und gebeugt, aber stark wie die Winterstürme und die Macht des Eises hoch oben auf der Schneewebe des Hügels und sah gen Süden, wo der Winter ehedem gesessen und hinausgeblickt hatte – Das Eis krachte, der Schnee knirschte, die Schlittschuhläufer glitten über die blanken Seen dahin, und Raben und Krähen nahmen sich gut aus auf dem weißen

Grund, kein Windhauch rührte sich. Und in der stillen Luft ballte der Winter die Fäuste, und das Eis ward klafterdick zwischen den Ländern.

Da kamen die Spatzen wieder aus der Stadt und fragten: »Wer ist der alte Mann dort?« Und der Rabe saß wieder da oder ein Sohn von ihm, was ganz dasselbe ist, und der sagte ihnen: »Das ist der Winter, der alte Mann vom vorigen Jahr. Er ist nicht tot, wie der Kalender sagt, sondern Vormund des Frühlings, der kommt!«

»Wann kommt der Frühling?«, fragten die Spatzen, »dann bekommen wir gute Zeiten und ein besseres Regiment, das alte taugte nichts!«

Und in stillen Gedanken nickte der Winter dem blattlosen schwarzen Wald zu, wo jeder Baum die schöne Form und Biegung der Zweige zeigte, und während des Winterschlafs senkten sich die eiskalten Nebel der Wolken – der Herrscher träumte von seiner Jugendzeit und seinem Mannesalter, und als es Tag ward, prangte der ganze Wald im Schmuck des Reifes, das war der Sommertraum des Winters; der Sonnenschein streute Reif von den Zweigen.

»Wann kommt der Frühling?«, fragten die Spatzen.

»Der Frühling!«, ertönte es als Echo von den Hügeln, auf denen der Schnee lag. Und die Sonne schien immer wärmer, der Schnee schmolz, und die Vögel zwitscherten: »Der Frühling kommt!«

Und hoch durch die Luft kam der erste Storch, der zweite folgte; ein liebliches Kind saß auf dem Rücken eines jeden, und sie ließen sich auf dem freien Felde nieder und küssten die Erde, und die Erde küsste sie, und sie küssten den alten, stillen Mann, und wie Moses auf dem Berge entschwand er, von dem Wolkennebel getragen.

Die Geschichte des Jahres ist aus.

»Das ist sehr richtig«, sagten die Spatzen, und es ist auch sehr schön, aber es ist nicht nach dem Kalender, und darum ist es verkehrt!

Am Jüngsten Tage

Der heiligste Tag unter allen Tagen des Lebens ist der, an dem wir sterben; das ist der Jüngste Tag, der heilige, große Verwandlungstag. Hast du wohl so recht ernsthaft über diese mächtige, sichere, letzte Stunde hier auf Erden nachgedacht?

Es war einmal ein Mann, ein Strenggläubiger, wie er genannt wurde, ein Kämpfer für das Wort, das ihm Gesetz war, ein eifriger Diener eines eifrigen Gottes. – Der Tod stand an seinem Bett, der Tod mit dem strengen, himmlischen Antlitz.

»Die Stunde ist gekommen, du musst mir folgen!«, sagte der Tod und berührte mit seinen eiskalten Fingern seine Füße, und sie erstarrten; der Tod berührte seine Stirn, dann sein Herz, und es brach; und die Seele folgte dem Todesengel.

Aber in den wenigen Sekunden, die vorausgingen, zwischen der Einweihung vom Fuß bis zur Stirn und zum Herzen, ging gleich den schweren, hohen Wogen des Meeres alles über den Sterbenden hin, was das Leben gebracht und geweckt hatte. So sieht man mit einem Blick in die schwindelnde Tiefe hinab und umfasst mit einem Gedankenblitz den unermesslichen Weg; so sieht man mit einem Blick, in einer Summe das zahllose Sternengewimmel, erkennt Erdkugel und Welten in dem weiten Raum.

In einem solchen Augenblick schaudert der bange Sünder und hat nichts, woran er sich halten kann, es ist, als sänke er in eine unendliche Leere hinab. – Aber der Fromme lehnt sein Haupt an Gott an und gibt sich wie ein Kind hin in »dein Wille geschehe mit mir!«

Aber dieser Sterbende hatte nicht den kindlichen Sinn, er fühlte, dass er ein Mann war; ihm schauderte nicht wie dem Sünder, er wusste, dass er der Rechtgläubige war. Er hatte sich an die Formen der Religion in all ihrer Strenge gehalten: Millionen, das wusste er, mussten den breiten Weg zur Verdammnis gehen. Mit Feuer und Schwert hätte er hier ihre Leiber vernichten können, wie ihre Seele bereits vernichtet war und es immer sein würde –; sein Weg ging jetzt zum Himmel empor, wo ihm die Gnade die Pforte öffnete, die verheißene Gnade.

Und die Seele ging mit dem Engel des Todes, aber noch einmal sah sie nach dem Lager hin, wo das Bild des Staubes in dem weißen Leichenhemd lag, ein fremder Abdruck ihres eignen Ichs. – Und sie flogen und sie gingen – es war wie in einer mächtigen Halle und doch wie in einem Wald; die Natur war beschnitten, ausgespannt, aufgebunden und in Reihen gesetzt, künstlich behandelt wie die alten französischen Gärten; hier war Maskerade.

»Das ist das Menschenleben?«, sagte der Engel des Todes.

Alle Gestalten sah man mehr oder weniger vermummt; nicht alle, die in Sammet und Gold gingen, waren die Mächtigsten; nicht alle, die das

Kleid der Armut trugen, waren die Niedrigsten und Geringsten. Es war eine wunderliche Maskerade, und namentlich war es ganz eigentümlich zu sehen, wie sie alle unter ihrer Kleidung sorgfältig etwas voreinander verbargen; aber der eine zerrte an dem andern, damit es sichtbar werden möge, und da sah man den Kopf eines Tieres hervorgucken: bei dem einen war es ein grinsender Affe, bei dem andern ein hässlicher Ziegenbock, eine nasskalte Schlange oder ein matter Fisch.

Es war das Tier, das wir alle miteinander herumtragen, das Tier, das im Menschen festgewachsen ist; und es hüpfte und sprang und wollte heraus, und jeder hielt die Kleider fest um das Tier zusammen, aber die andern zerrten sie zur Seite und riefen: »Siehst du! Sieh! Das ist er! Das ist sie!« Und der eine entblößte das Elend des andern.

»Und was war das Tier in mir?«, fragte die wandernde Seele; und der Todesengel zeigte auf eine stolze Gestalt vor sich, und um ihren Kopf ward ein bunter Glorienschein mit schimmernden Farben sichtbar, aber an dem Herzen des Mannes verbargen sich die Füße des Tieres, die Füße des Pfaus; der Glorienschein war nur des Vogels bunter Schweif.

Und als sie weiterwanderten, schrien große Vögel widerlich von den Zweigen der Bäume herab; mit deutlichen Menschenstimmen schrien sie: »Du Todeswanderer, erinnerst du dich meiner?« – Das waren alle die bösen Gedanken und Begierden aus den Tagen seines Lebens, die ihm zuriefen: »Erinnerst du dich meiner?«

Und einen Augenblick schauderte es der Seele, denn sie kannte die Stimmen, die bösen Gedanken und Begierden, die als Gerichtszeugen auftraten.

»In unserm Fleisch, in unsrer bösen Natur wohnt nichts Gutes!«, sagte die Seele, »aber die Gedanken bei mir wurden nicht zu Taten, die Welt hat die bösen Früchte nicht gesehen!«, und er beeilte sich noch mehr, um dem hässlichen Geschrei schnell zu entgehen, aber die großen, schwarzen Vögel umkreisten ihn und schrien und schrien, als sollte es über die ganze Welt erschallen; und er lief wie die gejagte Hündin, und bei jedem Schritt stieß er den Fuß gegen scharfe Kieselsteine, und sie zerschnitten seine Füße, und es schmerzte ihn. »Woher kommen diese scharfen Steine? Wie welkes Laub liegen sie auf der Erde.«

»Das ist jedes unvorsichtige Wort, das du fallen ließest und das das Herz deines Nächsten weit tiefer verletzte, als jetzt die Steine deinen Fuß verwunden!«

»Daran habe ich nicht gedacht!«, sagte die Seele.

»Richtet nicht, auf dass ihr nicht gerichtet werdet!«, ertönte es durch die Luft.

»Alle haben wir gesündigt!«, sagte die Seele und erhob sich wieder. »Ich habe das Gesetz und das Evangelium gehalten; ich habe gegeben, was ich konnte; ich bin nicht wie die andern!«

Und sie standen an der Pforte des Himmels, und der Engel, der Wächter des Eingangs, fragte: »Wer bist du? Nenne mir deinen Glauben und zeige ihn mir aus deinen Taten!«

»Ich habe strenge alle Gebote erfüllt; ich habe mich vor den Augen der Welt gedemütigt; ich habe das Böse und die Bösen gehasst und verfolgt, alle, die den breiten Weg zur ewigen Verdammnis gehen, und ich will es noch, wenn ich es vermag, mit Feuer und Schwert tun!«

»Du bist also einer von den Bekennern Mohammeds?«, sagte der Engel.

»Ich? – Nein, niemals!«

»Wer zum Schwert greift, soll durchs Schwert umkommen, sagt der Sohn. Seinen Glauben hast du nicht. Bist du vielleicht ein Sohn Israels, der mit Moses spricht: Auge um Auge, Zahn um Zahn! Ein Sohn Israels, dessen eifriger Gott nur der Gott deines Volkes ist?«

»Ich bin Christ!«

»Das erkenne ich nicht an deinem Glauben und an deinen Werken. Christi Lehre ist Versöhnung, Liebe und Gnade!«

»Gnade!«, tönte es durch den unendlichen Raum, und des Himmels Pforte tat sich auf, und die Seele schwebte der offnen Herrlichkeit entgegen.

Aber das Licht, das auf sie herabströmte, war so blendend, so durchdringend, dass die Seele zurückwich wie vor einem gezückten Schwert; und die Töne erklangen so weich, so ergreifend, dass keine nordische Zunge es schildern kann; und die Seele erbebte und beugte sich tiefer und immer tiefer; aber die himmlische Klarheit drang in sie hinein, und da fühlte und empfand sie, was sie noch nie zuvor so empfunden hatte: die Last ihres Hochmuts, ihrer Härte und Sünde. – Denn es wurde hell in ihr.

»Was ich Gutes in der Welt tat, das tat ich, weil ich nicht anders konnte; aber das Böse – – das kam aus mir selbst.«

Und die Seele fühlte sich geblendet von dem reinen, himmlischen Licht; ohnmächtig, so schien es, sank sie tief hinab, in sich zusammengerollt; niedergedrückt, unreif für das himmlische Reich und in Gedanken an den gerechten Gott wagte sie nicht, »Gnade!«, zu stammeln.

– Und da war die Gnade da, die nicht erwartete Gnade.

Gottes Himmel war in dem ganzen unendlichen Raum, Gottes Liebe durchströmte ihn in unerschöpflicher Fülle.

»Heilig, herrlich, liebreich und ewig werde du, Menschenseele!«, so klang es und sang es. Und alle, alle werden wir am letzten Tage unsers Erdenlebens so wie die Seele hier vor dem Glanz und der Herrlichkeit des Himmels zurückbeben, wir werden uns tief beugen, demütig niedersinken und doch von seiner Liebe, von seiner Gnade getragen und aufrecht gehalten, in neuen Bahnen schwebend, geläutert, edler und besser, uns mehr und mehr der Herrlichkeit des Lichtes nähern und gestärkt durch ihn emporsteigen zur ewigen Klarheit.

Sie taugte nichts

Der Bürgermeister stand am offnen Fenster; er war im Manschettenhemd mit einer Busennadel im Busenstreif, außerordentlich glatt rasiert, eigenhändige Arbeit; und doch hatte er sich einen kleinen Schnitt beigebracht, aber darüber saß ein Stückchen Zeitungspapier.

»Hör einmal, Kleiner!«, rief er.

Und der Kleine war niemand anders als der Sohn der Waschfrau, der gerade vorüberging und ehrerbietig die Mütze abnahm; deren Schirm war mitten durchgebrochen, sie war so eingerichtet, dass sie in die Tasche gesteckt werden konnte. In seinen ärmlichen, aber reinen und auffallend gut geflickten Kleidern und mit den schweren Holzschuhen stand der Junge ehrfurchtsvoll da, als stände er vor dem König.

»Du bist ein guter Junge!«, sagte der Bürgermeister, »du bist ein höflicher Junge! Deine Mutter spült wohl Wäsche unten am Bach, da sollst du das hinbringen, was du in der Tasche hast. Das ist eine schlimme Sache mit deiner Mutter! Wie viel hast du denn da?«

»Einen halben Pegel!«, sagte der Knabe mit ängstlicher, halblauter Stimme.

»Und heute morgen hat sie ebensoviel bekommen?«, fuhr der Mann fort.

»Nein, das war gestern!«, sagte der Junge.

»Zwei Halbe machen ein Ganzes! – Sie taugt nichts! Es ist traurig mit dieser Art von Leuten! Sage deiner Mutter, sie sollte sich schämen! Und werde du selbst nicht auch ein Trunkenbold, aber das wirst du ja natürlich! Armes Kind! – Und nun geh!«

Und der Knabe ging, die Mütze behielt er in der Hand, und der Wind fuhr durch sein blondes Haar, sodass es in langen Büscheln in die Höhe stand. Er ging um die Straßenecke herum in die kleine Gasse hinein und an den Bach hinab, wo die Mutter an der Waschbank im Wasser stand und mit dem Schlegel auf die schwere Wäsche schlug. Es war eine starke Strömung im Wasser, denn die Schleusen der Wassermühle waren aufgezogen. Das Betttuch trieb mit dem Strom und war nahe daran, die Waschbank umzureißen; die Waschfrau musste sich dagegen stemmen.

»Ich bin nahe daran, wegzusegeln!«, sagte sie, »es ist nur gut, dass du kommst, denn ich habe es nötig, den Kräften ein wenig nachzuhelfen! Es ist kalt hier draußen im Wasser; sechs Stunden habe ich nun hier gestanden. Hast du mir etwas mitgebracht?«

Der Knabe holte die Flasche heraus, und die Mutter setzte sie an den Mund und trank einen Schluck.

»Oh, wie gut das tut! Wie das wärmt! Das ist ebenso gut wie warmes Essen und nicht so teuer! Trink, mein Junge! Du siehst so blass aus, dich friert in den dünnen Kleidern! Es ist ja auch Herbst. Hu! Das Wasser ist so kalt! Wenn ich nur nicht krank werde! Aber das werd ich wohl nicht! Gib mir noch einen Schluck, und trinke du auch, aber nur einen ganz kleinen Tropfen, du darfst dich nicht daran gewöhnen, mein armes, bedauernswertes Kind!«

Und sie ging um die Brücke herum, auf der der Knabe stand, und trat ans Land. Das Wasser trieb aus der Binsenmatte, die sie um den Leib gebunden hatte, das Wasser floss aus ihrem Rock.

»Ich quäle und mühe mich ab, dass mir das Blut beinah unter den Nägeln hervorspritzt; aber es schadet nichts, wenn ich dich nur rechtschaffen durchbringe, mein lieber Junge!«

Da kam eine etwas ältere Frau vorüber, ärmlich in Kleidern und Erscheinung, lahm auf dem einen Bein und mit einer mächtig großen, falschen Locke über dem einen blinden Auge, das sie ganz verdeckte, was aber den Fehler nur noch auffallender machte. Sie war eine Freundin der Waschfrau, »die lahme Maren mit der Locke« nannten die Nachbarn sie.

»Du Ärmste, wie du dich abmühst und abrackerst und in dem kalten Wasser stehst! Du hast es wohl nötig, dich ein bisschen zu erwärmen, und doch gönnen sie dir den Tropfen nicht, den du trinkst!« – und es währte nicht lange, da wurde des Bürgermeisters ganze Rede der Waschfrau hinterbracht; denn Maren hatte alles mit angehört, und es hatte sie geärgert, dass er so zu dem Kinde über dessen eigne Mutter und über den Tropfen gesprochen hatte, den sie zu sich nahm, und zwar gerade heute, wo der Bürgermeister einen großen Mittagsschmaus mit vielen Flaschen Wein gab; »feine Weine und starke Weine, bei vielen ein bisschen über den Durst! Aber das nennt man nicht trinken! Sie taugen, aber du taugst nichts!«

»Er hat also mit dir geredet, Kind!«, sagte die Waschfrau, und ihre Lippen bewegten sich zitternd. »Du hast eine Mutter, die nichts taugt! Vielleicht hat er Recht! Aber zu dem Kinde sollte er es nicht sagen! Doch von dem Hause ist schon vieles über mich gekommen!«

»Du hast ja da im Hause gedient, als die Eltern von dem Bürgermeister noch lebten und da wohnten; das sind viele Jahre her! Seitdem sind viele Scheffel Salz gegessen worden, sodass man wohl Durst haben kann!« Und Maren lachte. »Es ist heute große Mittagsgesellschaft beim Bürgermeister, sie sollte eigentlich wieder abgesagt werden, aber es war schon zu spät, und das Essen war fertig. Ich hab es von dem Knecht gehört. Vor einer Stunde ist ein Brief gekommen, dass der jüngere Bruder in Kopenhagen gestorben ist!«

»Ist der gestorben!«, rief die Waschfrau aus und wurde leichenblass.

»Herrjemine!«, sagte die Frau, »nimmst du dir das so zu Herzen? Na, du hast ihn ja auch gekannt von damals her, als du da im Hause dientest!«

»Ist er tot! Er war der beste, der prächtigste Mensch! Der liebe Gott bekommt nicht viele, die so sind wie er!« Und die Tränen liefen ihr an den Wangen herab. »Mein Gott, es dreht sich alles um mich herum! Das kommt, weil ich die Flasche ausgetrunken habe! Das hab ich nicht vertragen können! Mir ist so schlecht!« – und sie hielt sich an der Planke fest.

»Herrgott, du wirst doch nicht krank!«, sagte Maren. »Sieh doch zu, dass es vorübergeht! – Nein, du bist wirklich krank! Es ist wohl am besten, wenn ich dich nach Hause bringe!«

»Aber die Wäsche da?«

»Die will ich schon besorgen! Komm, gib mir deinen Arm! Der Junge kann hier bleiben und so lange aufpassen, dann komme ich nachher wieder und wasche den Rest aus; es ist ja nur noch ein kleiner Haufen.«

Und die Waschfrau konnte sich kaum auf den Füßen halten.

»Ich habe zu lange in dem kalten Wasser gestanden; seit heute morgen hab ich kein Essen und kein Trinken gesehen! Das Fieber sitzt mir im Leibe! Ach, Herr Jesus! hilf mir nach Hause! – Mein armes Kind!« Und sie weinte.

Auch der Junge weinte, er saß bald allein am Bach bei der nassen Wäsche. Die beiden Frauen gingen ganz langsam, die Waschfrau schwankte die Gasse hinaus um die Straßenecke, an dem Hause des Bürgermeisters vorbei, und gerade davor sank sie auf das Straßenpflaster nieder. Die Leute liefen herbei.

Die lahme Maren eilte ins Haus, um Hilfe zu holen. Der Bürgermeister und seine Gäste sahen zum Fenster heraus.

»Das ist die Waschfrau!«, sagte er, »sie hat ein bisschen über den Durst getrunken; sie taugt nichts! Es ist ein Jammer um den hübschen Jungen, den sie hat. Ich habe wirklich Interesse für den Jungen. Die Mutter taugt nichts!«

Und sie kam wieder zu sich und wurde in ihre ärmliche Wohnung geschafft, wo man sie zu Bett brachte. Die gute Maren kochte eine Kanne voll Warmbier mit Butter und Zucker, diese Medizin hielt sie für die beste; und dann ging sie an den Bach, spülte sehr schlecht, meinte es aber gut, zog eigentlich nur die nasse Wäsche ans Land und legte sie in einen Korb.

Gegen Abend saß sie in der ärmlichen Stube bei der Waschfrau. Ein paar Bratkartoffeln und ein schönes, fettes Stück Schinken hatte ihr die Köchin des Bürgermeisters für die Kranke gegeben, das ließen Maren und der Junge sich schmecken; die Kranke freute sich an dem Geruch, der sei so nahrhaft, meinte sie.

Und der Junge ging zu Bett; er lag in demselben Bett, in dem die Mutter lag, aber quer am Fußende, mit einer alten, aus blauen und roten Streifen genähten Fußdecke zugedeckt.

Und der Waschfrau ging es ein wenig besser, das warme Bier hatte sie gestärkt, und der Geruch des feinen Essens hatte ihr gut getan.

»Hab Dank, du gute Seele!«, sagte sie zu Maren, »ich will dir auch alles erzählen, wenn der Junge schläft, ich glaube, er schläft schon! Wie gut und lieb er aussieht mit den geschlossenen Augen! Er weiß nicht, was seine Mutter alles durchgemacht hat; Gott gebe, dass er es niemals erfährt! – Ich diente bei Kammerrats, bei den Eltern des Bürgermeisters, da geschah es, dass der jüngste von den Söhnen, der Student, nach Hause kam; damals war ich jung, wild und toll, aber ehrbar, das kann ich vor Gottes Angesicht sagen!«, sagte die Waschfrau. »Der Student war so lustig und fröhlich und gut! Einen bessern Menschen hat es nicht auf der Welt gegeben! Er war der Sohn des Hauses, ich war nur ein Dienstmädchen, aber wir wurden ein Liebespaar in Zucht und Ehren! Ein Kuss ist doch keine Sünde, wenn man sich wirklich lieb hat. Und er sagte es zu seiner Mutter, die war ihm der liebe Herrgott hier auf Erden; und sie war so klug, so liebevoll und gut. – Er reiste ab, und seinen goldnen Ring steckte er mir an den Finger. Als er fort war, rief meine Herrin mich zu sich herein; ernst und doch so sanft stand sie da und sprach zu mir, als wäre es der liebe Gott selbst; sie machte mir den Abstand zwischen ihm und mir klar, im Geist und in der Wahrheit.

›Jetzt sieht er, wie hübsch du aussiehst, aber das Aussehen, das vergeht bald! Du bist nicht so erzogen wie er, ihr steht nicht auf gleicher Stufe im Reiche des Geistes, und darin liegt das Unglück. Ich achte den Armen‹, sagte sie, ›bei Gott kann er vielleicht einen höhern Platz bekommen als manch ein Reicher, aber hier auf Erden muss man nicht in eine verkehrte Spur hineingeraten, denn dann schlägt der Wagen um, und ihr beide würdet umschlagen! Ich weiß, dass ein braver Mann, ein Handwerker, um dich geworben hat, der Handschuhmacher Erich; er ist Witwer, hat keine Kinder und steht sich gut; überlege dir die Sache!‹

Jedes Wort, das sie sagte, ging mir wie ein Messer durch das Herz, aber die Frau hatte Recht, und das bedrückte mich schwer! Ich küsste ihr die Hand und weinte meine bittern Tränen, und das wurde immer schlimmer, als ich in meine Kammer kam und mich auf mein Bett warf. Es war eine schwere Nacht, die folgte. Der liebe Gott weiß, wie ich gelitten und gestritten habe. Und dann ging ich am Sonntag zum Tisch des Herrn, um Erleuchtung zu bekommen. Da war es wie eine Schickung: als ich aus der Kirche trat, begegnete ich dem Handschuhmacher Erich. Nun war kein Zweifel mehr in meiner Seele, wir passten in Stand und Verhältnissen zueinander, ja, er war sogar ein wohlhabender Mann, und ich trat denn auch auf ihn zu, nahm seine Hand und sagte: ›Bist du mir noch gut?‹ – ›Ja, immer und ewig!‹, sagte er. – ›Willst du ein Mädchen haben, das dich achtet und ehrt, aber dich nicht liebt – doch, das kann wohl noch kommen!‹ – ›Das wird kommen‹, sagte er, und dann gaben wir uns die Hand. Ich ging nach Hause zu meiner Herrin; den goldnen Ring, den mir der Sohn gegeben hatte, trug ich auf der bloßen Brust, denn am Tage konnte ich ihn nicht an meinen Finger stecken, nur jeden Abend, wenn ich mich in mein Bett legte. Ich küsste den Ring, dass mir die Lippen bluteten, und dann gab ich ihn meiner Herrin zurück und sagte, dass ich nächsten Sonntag mit dem Handschuhmacher in der Kirche aufgeboten wurde. Da nahm meine Herrin mich in die Arme und küsste mich – sie sagte nicht, dass ich nichts taugte; aber damals war ich vielleicht auch besser, obwohl ich die Widerwärtigkeiten der Welt noch nicht so ausprobiert hatte. Und zur Lichtmesse war die Hochzeit; und das erste Jahr ging alles gut, und wir hielten einen Gesellen und einen Lehrjungen, und du dientest bei uns, Maren.«

»Ach, du warst eine prächtige Hausmutter!«, sagte Maren. »Nie vergesse ich, wie gut du und dein Mann wart.«

»Ja, das waren die guten Jahre, als du bei uns warst! – Kinder hatten wir damals nicht. – Den Studenten sah ich nie! – Doch einmal sah ich ihn, aber er sah mich nicht! Er kam zu seiner Mutter Beerdigung hierher. Ich sah ihn am Grabe stehen, er war ganz leichenblass und sah so traurig aus, aber das war um die Mutter. Als später der Vater starb, war er in fremden Ländern und kam nicht her und ist auch seither nie wieder hier gewesen. Verheiratet hat er sich nie; ich glaube, er war Rechtsanwalt! – Mich hatte er vergessen, und wenn er mich gesehen hätte, würde er mich doch wohl nicht wieder erkannt haben, so garstig wie ich aussehe. Und das ist ja auch sehr gut!«

Und sie sprach von den schweren Tagen der Prüfung, wie das Unglück gleichsam über sie hereinstürzte. Sie hatten fünfhundert Reichstaler, und in ihrer Straße war ein Haus für zweihundert zu kaufen, und es würde sich verlohnen, es niederzureißen und ein neues aufzubauen, das sie dann verkaufen konnten. Maurer und Zimmerleute machten einen Voranschlag, und das Ganze sollte zehnhundertundzwanzig kosten. Kredit hatte Erich, das Geld lieh er sich in Kopenhagen, aber der Schiffer, der es mitbringen sollte, scheiterte, und das Geld ging unter.

»Da gebar ich meinen prächtigen Jungen, der da schläft. – Mein Mann verfiel in eine schwere, langwierige Krankheit; drei Vierteljahre musste ich ihn an- und ausziehen. Es ging ganz mit uns zurück, wir borgten und borgten, all unser Hab und Gut ging drauf, und mein Mann starb. – Ich habe gearbeitet und mich abgemüht, gelitten und gestritten um des Kindes willen, habe Treppen gescheuert, Wäsche besorgt, grobe und feine, aber ich soll es nicht besser bekommen, der liebe Gott will es nicht, aber er wird mich schon erlösen, und er wird auch für meinen Jungen sorgen.«

Und dann schlief sie ein.

Gegen Morgen fühlte sie sich gestärkt und, wie sie glaubte, kräftig genug, um wieder an die Arbeit zu gehen. Sie war aber kaum in das kalte Wasser hinausgekommen, als sie ein Schüttelfrost und eine Ohnmacht befiel; krampfhaft griff sie mit der Hand vor sich hin, tat einen Schritt vorwärts und fiel um. Der Kopf lag auf dem trocknen Land, aber die Füße hingen im Bach; ihre Holzschuhe, die sie angehabt hatte – in einem jeden steckte ein Strohwisch – trieben mit dem Strom; so fand Maren sie, die mit dem Kaffee herauskam.

Währenddessen hatte der Bürgermeister einen Boten zu ihr geschickt, sie müsse sogleich zu ihm kommen, er habe ihr etwas zu sagen. Es war zu spät. Ein Barbier wurde geholt, um sie zur Ader zu lassen; die Waschfrau war tot.

»Sie hat sich tot getrunken!«, sagte der Bürgermeister.

In dem Brief, der die Nachricht von dem Tode des Bruders brachte, war der Inhalt des Testaments angegeben, und darin stand, dass der Handschuhmacherwitwe, die einstmals seinen Eltern gedient hatte, sechshundert Reichstaler vermacht seien. Nach bestem Ermessen sollte das Geld in größern und kleinern Summen ihr und ihrem Kinde zukommen.

»Da ist so etwas zwischen ihr und meinem Bruder gewesen!«, sagte der Bürgermeister. »Ein Glück, dass sie tot ist; der Junge bekommt nun das Ganze, und ich werde ihn bei braven Leuten unterbringen, es kann ein tüchtiger Handwerker aus ihm werden!« – Und zu den Worten gab der liebe Gott seinen Segen.

Und der Bürgermeister ließ den Knaben kommen, versprach, dass er für ihn sorgen wollte, und sagte ihm, wie gut es sei, dass seine Mutter gestorben wäre, sie hätte nichts getaugt!

Man trug sie auf den Kirchhof, auf den Kirchhof der Armen. Maren pflanzte einen kleinen Rosenstock auf das Grab, der Knabe stand daneben.

»Meine süße Mutter!«, sagte er, und die Tränen flossen ihm von den Wangen herab; »ist es wahr – hat sie nichts getaugt?«

»Doch, sie hat etwas getaugt«, sagte die alte Magd und sah zum Himmel auf. »Ich weiß es seit vielen Jahren und aus der letzten Nacht. Ich sage dir, sie hat etwas getaugt! Und der liebe Gott im hohen Himmelreich sagt es auch, lass die Welt nur sagen: Sie taugte nichts!«

Die schönste Rose der Welt

Es war einmal eine mächtige Königin, in deren Garten die schönsten Blumen aller Jahreszeiten und aus allen Ländern der Welt wuchsen, namentlich aber liebte sie die Rosen, und daher hatte sie die verschiedensten Arten davon, von der wilden Hecke mit den apfelduftenden, grünen Blättern bis zu der schönsten Rose der Provence; sie wuchsen an der Mauer des Schlosses empor, schlangen sich um die Säulen und Fensterrahmen, in die Gänge und an die Decken aller Säle; und die Rosen waren alle verschieden an Duft, Form und Farbe.

Aber Kummer und Betrübnis wohnten drinnen im Schloss, denn die Königin lag auf ihrem Krankenbett, und die Ärzte verkündeten, dass sie sterben müsse.

»Es gibt jedoch eine Rettung für sie«, sagte der weiseste unter ihnen. »Bringt ihr die schönste Rose der Welt, die der Ausdruck der höchsten und reinsten Liebe ist; kommt ihr die vor Augen, ehe sie brechen, so wird sie nicht sterben.«

Und jung und alt kamen von weither mit Rosen, mit den schönsten, aber das waren nicht die rechten Rosen; aus dem Garten der Liebe mussten die Rosen geholt werden; aber welche Rose dort war der Ausdruck der höchsten und reinsten Liebe?

Und die Dichter sangen von der schönsten Rose der Welt, ein jeder nannte die seine. Und es erging die Botschaft weit im Lande umher an jedes Herz, das in Liebe schlug, es erging Botschaft an jeden Stand und an jedes Alter.

»Bisher hat noch niemand die Blume genannt«, sagte der Weise. »Keiner hat auf den Ort hingedeutet, wo sie in ihrer Herrlichkeit erspross. Es sind nicht die Rosen von Romeo und Julias Sarg oder von Walburgs Grabe, wenn auch diese Rosen stets in Sagen und Liedern duften werden; es sind nicht die Rosen, die aus Winkelrieds blutigen Lanzen empor sprießen, aus dem Blute, das heilig aus der Brust des Helden quillt im Tode für das Vaterland, obwohl kein Tod süßer und keine Rose röter ist als das Blut, das also fließt. Es ist auch nicht jene Wunderblume, für deren Pflege der Mann Jahre und Tage lang in langen, schlaflosen Nächten im einsamen Studierzimmer sein frisches Leben hingibt, die magische Rose der Wissenschaft!«

»Ich weiß, wo sie blüht!«, sagte eine glückliche Mutter, die mit ihrem kleinen Kinde an das Lager der Königin kam. »Ich weiß, wo die schönste

Rose der Welt zu finden ist! Die Rose, die der Ausdruck der höchsten und reinsten Liebe ist. Sie blüht auf den rosigen Wangen meines süßen Kindes, wenn es vom Schlaf gefärbt, die Augen aufschlägt und mir mit seiner ganzen Liebe entgegenlacht.«

»Die Rose ist schön, aber es gibt noch schönere!«, sagte der Weise.

»Ja, eine weit schönere!«, sagte eine der Frauen. »Ich habe sie gesehen; eine erhabenere, heilige Rose blüht nicht, aber sie war bleich wie die Blätter der Teerose, auf den Wangen der Königin sah ich sie; sie hatte ihre königliche Krone abgelegt und ging selbst in der langen, bangen Nacht mit ihrem kranken Kinde umher, weinte über das Kind, küsste es und schickte ein Gebet zu Gott, wie es nur eine Mutter in der Stunde der Angst betet!«

»Heilig und wunderbar in ihrer Macht ist die weiße Rose der Trauer, und doch ist sie es nicht!«

»Nein, die schönste Rose der Welt sah ich vor dem Altar des Herrn!«, sagte der fromme, alte Bischof. »Ich sah sie leuchten, wie eines Engels Antlitz erschien sie. Die jungen Mädchen gingen zum Tisch des Herrn, erneuten den Bund der Taufe, und es glühten Rosen, und es erblassten Rosen auf den frischen Wangen; ein junges Mädchen stand da; sie sah mit der vollen Reinheit und Liebe der Seele zu ihrem Gott empor; das war der Ausdruck der reinsten und höchsten Liebe.«

»Gesegnet sei sie!«, sagte der Weise, »doch bisher hat noch niemand von euch die schönste Rose der Welt genannt!«

Da trat ein Kind in das Zimmer, der kleine Sohn der Königin; Tränen standen in seinen Augen und auf seinen Wangen; er trug ein großes, aufgeschlagenes Buch mit einem Einband aus Sammet und großen silbernen Spangen.

»Mutter!«, sagte der Kleine, »o höre doch, was ich gelesen habe!« Und das Kind setzte sich an das Bett und las von Ihm, der sich selbst dem Tode am Kreuze hingab, um die Menschen, ja selbst die ungeborenen zu erlösen. »Größere Liebe gibt es nicht!«

Und es huschte ein Rosenschimmer über die Wangen der Königin, ihre Augen wurden so groß und so klar, denn sie sah, wie sich aus dem Buche die schönste Rose der Welt erhob, das Bild der Rose, die aus Christi Blut am Stamm des Kreuzes entsprang.

»Ich sehe sie!«, sagte sie. »Niemals stirbt, wer diese Rose sieht, die schönste auf Erden!«

Eine gute Laune

Von meinem Vater habe ich das beste Erbteil erhalten, nämlich die gute Laune. Und was war mein Vater? Ja, das hat nun eigentlich nichts mit der guten Laune zu schaffen! Er war lebhaft und gedeihlich, dick und rundlich, sein Äußeres und sein Inneres standen in gänzlichem Widerspruch mit seinem Amt. Und was war sein Amt, seine Stellung in der bürgerlichen Gesellschaft? Ja, wenn das gleich zu Anfang eines Buches niedergeschrieben und gedruckt würde, so ist es sehr wahrscheinlich, dass mehr als einer, wenn er es liest, das Buch beiseite legen und sagen würde: das sieht mir zu unheimlich aus, so etwas mag ich nicht. Und doch war mein Vater weder Schinder noch Scharfrichter, im Gegenteil, sein Amt stellte ihn an die Spitze der Stadt, und er war da ganz in seinem Recht, ganz an seinem Platz; er musste der vorderste sein, vor dem Bischof, vor dem Prinzen von Geblüt – und er war der vorderste – er war Leichenwagen-Kutscher!

Nun ist es gesagt! Und das kann ich dreist sagen: wenn man meinen Vater da hoch oben vor dem Omnibus des Todes sitzen sah, in seinen langen, weiten, schwarzen Mantel gehüllt und mit dem schwarzbefransten, dreieckigen Hut auf dem Kopf, und wenn man dazu sein Gesicht sah, das leibhaftig so aussah, wie man die Sonne abbildet, rund und lachend, so konnte man nicht an Trauer und Grab denken; das Gesicht sagte: »Es macht gar nichts, es wird viel besser, als man glaubt!«

Seht, von ihm habe ich meine gute Laune und die Gewohnheit, häufig auf den Friedhof zu gehen; und das ist sehr vergnüglich, wenn man nur mit guter Laune dahin kommt – und dann halte ich das Intelligenzblatt, so wie er es auch tat.

Ich bin nicht mehr ganz jung – ich habe weder Weib noch Kind oder eine Bibliothek, aber ich halte, wie gesagt, das Intelligenzblatt, das genügt mir, es ist mir das liebste Blatt, und das war es meinem Vater auch, es erfüllt seinen Zweck und enthält alles, was ein Mensch zu wissen braucht: wer in den Kirchen predigt, und wer in den neuen Büchern predigt, wo man Häuser, Dienstboten, Kleider und Essen und Trinken bekommt, wer ausverkauft und wer selbst ausrangiert wird, und dann sieht man so viel Wohltätigkeit, und so viele unschuldige Verse, die keinem etwas schaden, Heiratsgesuche, Stelldichein, auf die man sich einlässt und auf die man sich nicht einlässt! Alles so einfach und natürlich! Man kann wirklich sehr gut und glücklich leben und sich begraben lassen, wenn man das Intelligenzblatt hält – und dann hat man am Ende seines Lebens so schön viel Papier, dass man weich darauf liegen kann, wenn man nicht auf Hobelspänen ruhen mag.

Das Intelligenzblatt und der Friedhof, das sind und waren stets meine beiden geistesanregendsten Spazierfahrten, meine erquicklichsten Badeanstalten für die gute Laune.

Eine Wanderung durch das Intelligenzblatt kann jeder machen; aber auf den Friedhof musst du mit mir kommen, lass uns dahin gehen, wenn die Sonne scheint und die Bäume grün sind! Lass uns zwischen den Gräbern wandeln! Ein jedes ist ein geschlossenes Buch mit dem Rücken nach oben, man kann den Titel lesen, der besagt, was das Buch enthält, und der doch nichts sagt; aber ich weiß Bescheid damit, von meinem Vater her und von mir selber. Ich habe es alles in meinem Grabbuch, und das ist ein Buch, das ich selbst zum Nutzen und zum Vergnügen gemacht habe; da liegen sie alle zusammen und noch einige mehr!

Jetzt sind wir auf dem Friedhof.

Hier hinter dem weißgemalten Stabgitter, wo einst ein Rosenstrauch stand – jetzt ist er weg, aber ein bisschen Immergrün von des Nachbars Grab steckt seine grünen Finger da hinein, um doch ein wenig Staat zu machen – ruht ein sehr unglücklicher Mann, und doch, als er noch lebte, stand er sich gut, wie man zu sagen pflegt, hatte sein gutes Auskommen und ein wenig mehr, aber er nahm sich die Welt zu sehr zu Herzen, das heißt die Kunst. Wenn er eines Abends im Theater saß, um mit ganzer Seele zu genießen, so geriet er ganz außer sich, wenn nur der Maschinenmeister ein zu starkes Licht in eine der Kinnbacken des Mondes setzte oder wenn die Luft-Soffitten, die hinter den Kulissen hängen sollten, hervor hingen, oder wenn sich ein Palmenbaum nach Amager oder ein Kaktus nach Tirol und Buchen hoch oben nach Norwegen hinauf verirrten. Kann das nicht ganz einerlei sein? Wer denkt wohl über so etwas nach! Es ist ja doch nur eine Komödie, und über die soll man sich freuen. – Bald klatschte das Publikum zuviel, bald klatschte es zuwenig. »Es ist nasses Holz!«, sagte er, »es will heute Abend nicht Feuer fangen!« Und dann wandte er sich um und untersuchte, was für Leute es waren, und wenn er sah, dass sie zur unrechten Zeit lachten, an Stellen lachten, wo sie nicht lachen sollten, so ärgerte er sich darüber und litt darunter und war ein unglücklicher Mensch – und nun ruht er im Grabe.

Hier ruht ein sehr glücklicher Mann, das heißt, ein sehr vornehmer Mann von hoher Geburt, und das war sein Glück, denn sonst würde nie etwas aus ihm geworden sein, aber alles ist nun einmal so weise von der Natur eingerichtet, dass es ein Glück ist, daran zu denken. Er ging vorn und hinten gestickt umher und war in der besten Stube angebracht, sowie man den kostbaren, perlengeschmückten Klingelzug anbringt, hinter dem immer eine gute, dicke Schnur hängt, die den Dienst verrichtet; er hatte auch eine gute Schnur hinter sich, einen Substituten, der den Dienst verrichtete; und ihn sogar noch hinter einem neuen, gestickten Klingelzug verrichtet. Alles ist nun einmal so weise eingerichtet, dass man wohl bei guter Laune sein kann.

Hier ruht, ja das ist nun freilich sehr traurig –! Hier ruht ein Mann, der siebenundsechzig Jahre lang darüber nachgedacht hatte, einen guten Witz zu sagen; er lebte allein dafür, einen guten Witz auszuhecken; und da fiel ihm wirklich einer ein, wenigstens glaubte er selbst das, und er freute sich so darüber, dass er vor lauter Freude starb, den Witz ausgeheckt zu haben, und keiner hatte den Nutzen davon, denn niemand hörte den guten Witz. Ich kann mir nun denken, dass er wegen des guten Witzes nicht einmal Ruhe in seinem Grabe finden kann; denn gesetzt, es wäre ein Witz, der nur beim Frühstück gemacht werden kann, wenn er wirken soll, und dass der Tote der allgemeinen Ansicht nach ja nur um Mitternacht aus dem Grabe aufstehen kann, so passt der Witz nicht zu der Zeit, niemand lacht, und er kann mit seinem guten Witz wieder ins Grab steigen. Das ist ein trauriges Grab.

Hier ruht eine sehr geizige Madam; während sie lebte, stand sie oft des Nachts auf und miaute, damit die Nachbarn glauben sollten, dass sie eine Katze hielte; so geizig war sie!

Hier ruht ein Fräulein aus guter Familie. In Gesellschaften musste sie immer ihre Stimme hören lassen, und dann sang sie: *»Mi manca la voce!«* Das war die einzige Wahrheit in ihrem Leben.

Hier ruht eine Jungfrau von ganz anderm Schlag! Wenn der Kanarienvogel des Herzens zu schmettern anfängt, steckt die Vernunft die Finger in die Ohren. Schön Jungfrau stand in des Ehestands Glorie –! Das ist eine alltägliche Geschichte – aber es ist hübsch gesagt. Lasst die Toten ruhen!

Hier ruht eine Wittib, die Schwanengesang im Munde und Eulengalle im Herzen hatte. Sie ging in den Familien auf Raub aus nach den Fehlern ihres Nächsten, so wie in alten Zeiten das »Reibeisen« umherging, um ein Rinnsteinbrett zu suchen, das gar nicht da war.

Hier ist ein Familienbegräbnis; jedes Glied dieses Geschlechts hielt so im Glauben zusammen, dass wenn die ganze Welt und die Zeitung sagte:

so ist es, und dann der kleine Sohn aus der Schule kam und sagte: »Ich habe es auf die Weise gehört«, so war seine Weise die einzig richtige, denn er gehörte zur Familie. Und das ist gewiss, wenn es sich so traf, dass der Hofhahn der Familie um Mitternacht krähte, so war es Morgen, und wenn auch der Nachtwächter und alle Uhren verkündeten, dass es Mitternacht sei.

Der große Goethe schließt seinen Faust mit den Worten: »Kann fortgesetzt werden!« Das kann unsere Wanderung draußen auf dem Friedhof auch; ich komme oft hierher! Macht einer oder der andere von meinen Freunden oder Nichtfreunden es mir zu bunt, so geh ich hier hinaus, suche mir einen Rasenplatz aus und weihe ihn ihr oder ihm, wen ich nun gerade begraben haben will, und dann begrabe ich die Betreffenden sofort; dann liegen sie tot und machtlos da, bis sie als neue, bessere Menschen zurückkehren. Ihr Leben und Treiben, mit meinen Augen gesehen, schreibe ich in mein Grabbuch ein, und so sollten alle Menschen es machen und sich nicht ärgern, wenn jemand es ihnen zu toll macht, sondern sie sofort begraben, seine gute Laune bewahren und das Intelligenzblatt halten, diese vom Volke selbst, oft mit »geführter« Feder geschriebene Zeitung.

Kommt einmal die Zeit, dass ich selbst mitsamt meiner Lebensgeschichte in das Grab eingebunden werden soll, dann setze man mir die Inschrift:

»Eine gute Laune!«

Das ist meine Geschichte.

»Es ist ganz gewiss«

Es ist eine schreckliche Geschichte!«, sagte eine Henne, und zwar am andern Ende der Stadt, als wo die Geschichte passiert war. »Es ist eine schreckliche Geschichte im Hühnerhaus! Ich möchte über Nacht nicht allein schlafen! Es ist nur gut, dass wir hier so viele auf der Stiege sind!« Und dann erzählte sie, sodass den andern Hühnern die Federn zu Berge standen und der Hahn den Kamm sinken ließ. Es ist ganz gewiss! Aber wir wollen mit dem Anfang anfangen, und der trug sich in einem Hühnerhaus am andern Ende der Stadt zu. Die Sonne ging unter, und die Hühner flogen auf ihre Stiege; eins von ihnen, es war eine weißgefiederte und kurzbeinige Henne, legte ihre vorschriftsmäßigen Eier und war als Henne in jeder Beziehung respektabel; als sie auf die Stiege kam, zupfte sie sich mit dem Schnabel, und dabei fiel ihr eine kleine Feder aus.

»Da geht sie hin!«, sagte sie, »je mehr ich mich zupfe, um so schöner werde ich.« Und das wurde nur aus lauter Heiterkeit gesagt, denn sie war das heitere Element unter den Hühnern und im übrigen, wie bereits gesagt, äußerst respektabel; und dann schlief sie ein.

Dunkel war es ringsumher, ein Huhn fast neben dem andern, und das Huhn, das der Henne zunächst saß, schlief nicht; es hörte und hörte auch nicht, wie es ja in dieser Welt sein soll, wenn man in Ruhe leben will; aber zu ihrer andern Nachbarin musste sie es doch sagen: »Hast du gehört, was oben gesagt wurde? Ich will niemand nennen, aber hier ist eine Henne, die will sich rupfen, um gut auszusehen; wenn ich ein Hahn wäre, ich würde sie verachten!«

Und gerade über den Hühnern saß die Eule mit dem Eulenvater und den Eulenkindern; man hatte scharfe Ohren in der Familie, sie hörten jedes Wort, was die Nachbarhenne sagte, und sie rollten mit den Augen, und die Eulenmutter schlug mit den Flügeln und sprach: »Hört nur nicht danach hin! Aber ihr habt wohl schon gehört, was da gesagt wurde? Ich hab es mit meinen eignen Ohren gehört, und man muss viel hören, ehe die einem abfallen! Da ist eine von den Hennen, die in dem Maße vergessen hat, was sich für ein Huhn geziemt, dass sie sich alle Federn ausrupft und den Hahn zusehen lässt.«

»*Prenez garde aux enfants*!«, sagte der Eulenvater, »das ist nichts für die Kinder!«

»Ich will es doch der Eule da drüben erzählen! Das ist so eine achtbare Eule im Umgang!«, und damit flog die Mutter davon.

»Hu-hu! Uhuh!«, heulten die beiden, und zwar gerade in den Taubenschlag des Nachbars zu allen Tauben hinein. »Habt ihr es gehört, habt ihr es gehört! Uhuh! Da ist eine Henne, die hat sich dem Hahn zu Ehren alle Federn ausgerupft! Sie erfriert, wenn sie nicht schon tot ist! Uhuh!«

»Wo? Wo?«, girrten die Tauben.

»Im Hofe des Nachbarn! Ich hab es so gut wie selbst gesehen! Die Geschichte streift ans Unpassende! Aber es ist ganz gewiss!«

»Glaub, glaub jedes Wort!«, sagten die Tauben und gurrten in den Hühnerhof hinunter: »Da ist eine Henne, ja einige sagen sogar, da sind zwei, die sich alle Federn ausgerupft haben, um nicht so auszusehen wie die andern und um dadurch die Aufmerksamkeit des Hahnes zu erregen. Das ist ein gewagtes Spiel, man kann sich erkälten und am Fieber sterben, und sie sind alle beide gestorben!«

»Wacht auf! Wacht auf!«, krähte der Hahn und flog auf die Planken. Der Schlaf lag ihm noch in den Augen, aber er krähte trotzdem: »Da sind drei Hühner an unglücklicher Liebe zu einem Hahn gestorben; sie haben sich alle Federn ausgerupft; das ist eine hässliche Geschichte, ich will sie nicht behalten, lasst sie weitergeben!«

»Lasst sie weitergehen!«, pfiffen die Fledermäuse, und die Hühner gluckten, und die Hähne krähten: »Lasst sie weitergehen! Lasst sie weitergehen!«, und dann ging die Geschichte von Hühnerhaus zu Hühnerhaus und kam schließlich wieder an die Stelle zurück, von der sie eigentlich ausgegangen war.

»Da sind fünf Hühner«, hieß es, »die sich alle Federn ausgerupft haben, um zu zeigen, welches von ihnen aus Liebeskummer um den Hahn am magersten geworden ist, und dann hackten sie sich gegenseitig blutig und fielen tot hin zum Spott und zur Schande für ihre Familie und zum großen Verlust für den Besitzer.«

Und die Henne, die die kleine lose Feder verloren hatte, kannte natürlich ihre eigene Geschichte gar nicht wieder, und da sie eine respektable Henne war, so sagte sie: »Ich verachte die Hühner! Aber es gibt mehr von der Art! So etwas soll man nicht verschweigen, und ich will mein Teil dazu beitragen, dass die Geschichte in die Zeitung kommt, dann geht sie durch das ganze Land; das haben die Hübner verdient und ihre Familie auch!«

Und es kam in die Zeitung, und es wurde gedruckt, und es ist ganz gewiss: Eine kleine Feder kann sehr wohl zu fünf Hühnern werden.

Es gibt keinen Unterschied

Es war im Monat Mai, der Wind wehte freilich noch kalt, aber der Frühling war da, das sagten Büsche und Bäume, Feld und Wiese; es wimmelte von Blumen und zwar bis an die grünenden Hecken hinauf, und gerade da führte der Frühling selbst seine Sache, er redete von einem kleinen Apfelbaum herunter; an dem war ein einziger

Zweig so frisch und blühend über und über mit den feinen, rosenroten Knospen übersät, die kurz davor waren, sich zu erschließen. Er wusste selbst recht gut, wie schön er war, denn das liegt im Blatt wie im Blut, und deshalb war er auch gar nicht überrascht, als ein herrschaftlicher Wagen auf dem Wege vor ihm hielt, und die junge Gräfin sagte, der Apfelzweig sei das entzückendste, was man sehen könnte, er sei der Frühling selbst in seiner schönsten Offenbarung. Und der Zweig wurde abgebrochen, und sie hielt ihn in ihrer feinen Hand und beschattete ihn mit ihrem seidnen Sonnenschirm – und dann fuhren sie nach dem Schloss, wo hohe Säle und prächtige, geschmückte Zimmer waren; klare, weiße Gardinen flatterten vor den geöffneten Fenstern, und schöne Blumen standen in schimmernden, durchsichtigen Vasen, und in eine von diesen – sie sah aus, als sei sie aus frisch gefallnem Schnee geschnitten – wurde der Apfelzweig zwischen frische, lichte Buchenzweige gesteckt; es war eine Lust, ihn anzusehen.

Und da wurde der Zweig stolz, und das war ja ganz menschlich.

Es kamen vielerlei Arten von Leuten durch die Zimmer, und je nachdem sie etwas galten, wagten sie es, ihrer Bewunderung Ausdruck zu verleihen, und einige sagten gar nichts, und einige sagten viel zu viel, und der Apfelzweig begriff, dass es einen Unterschied zwischen den Menschen wie zwischen den Gewächsen gab. »Einige sind zum Schmuck da und einige zur Ernährung, es gibt auch solche, die ganz entbehrt werden könnten«, meinte der Apfelbaum; und da er gerade vor das geöffnete Fenster gestellt worden war, von wo aus er in den Garten und auch auf das Feld hinaussehen konnte, so fehlte es ihm nicht an Blumen und Gewächsen, die er betrachten und über die er nachdenken konnte; da standen reiche und arme, einige gar zu ärmliche.

»Arme verstoßene Kräuter!«, sagte der Apfelzweig, »es gibt wirklich einen Unterschied, aber den muss man auch machen, sonst wären sich ja alle gleich!«

Und der Apfelzweig sah mit einem gewissen Mitleid namentlich auf eine Art Blumen herab, die in großen Mengen auf den Feldern und an den Gräbenrändern wuchsen; niemand band sie zu einem Strauß, sie waren viel zu gewöhnlich, ja man konnte sie sogar zwischen den Pflastersteinen finden, sie schossen als das ärgste Unkraut hervor und hatten den unpoetischen Namen: Butterblumen.

»Armes, verachtetes Gewächs!«, sagte der Apfelzweig, »du kannst nichts dafür, dass du wurdest, was du geworden bist, und dass du so gewöhnlich bist und einen so unpoetischen Namen bekommen hast! Aber es geht mit den Pflanzen wie mit den Menschen, ein Unterschied muss sein!«

»Ein Unterschied!«, sagte der Sonnenstrahl und küsste den blühenden Apfelzweig, küsste aber auch die gelben Butterblumen draußen auf dem Felde, alle Brüder des Sonnenstrahls küssten sie, die armen Blumen wie die reichen.

Der Apfelbaum hatte niemals nachgedacht über Gottes unendliche Liebe gegen alles, was da lebt und sich in ihm bewegt, er hatte niemals darüber nachgedacht, wie viel Gutes und Schönes verborgen, aber nicht vergessen daliegen kann – aber auch das war ja ganz menschlich.

Der Sonnenstrahl, der Strahl des Lichts wusste es besser: »Du siehst nicht weit, du siehst nicht klar! – Was ist das für ein verachtetes Kraut, das du so bitter beklagst?«

»Die Butterblumen!«, sagte der Apfelzweig. »Nie werden sie zum Strauß gebunden, man tritt sie mit Füßen; es gibt zu viele davon, und wenn sie in Samen schießen, so fliegen sie wie klein geschnittene Wolle über den Weg und hängen sich den Leuten an die Kleider. Unkraut ist es! Aber das muss es ja auch geben! – ich bin wirklich sehr dankbar, dass ich nicht eine von den Blumen geworden bin.«

Und über das Feld kam eine ganze Schar Kinder; das jüngste von ihnen war noch so winzig klein, dass es von den andern getragen wurde, und als es in das Gras zwischen die gelben Blumen gesetzt ward, jauchzte es laut auf vor Freude, zappelte mit den kleinen Beinen, wälzte sich umher, pflückte lauter gelbe Blumen und küsste sie in süßer Unschuld. Die etwas größern Kinder brachen die Blumen von den hohlen Stängeln, die sie rund in sich selbst zusammen bogen, Glied für Glied, sodass es eine ganze Kette wurde; erst eine für den Hals, dann eine, um sie über die Schultern und um den Leib zu hängen, um sie auf der Brust und dem Kopf zu tragen. Es war eine ganze Pracht von grünen Fesseln und Ketten; aber die größern Kinder nahmen vorsichtig die abgeblühte Blume, den Stängel, der die flockenartige zusammengesetzte Samenkrone trug, diese lose, luftige Wollblume, die ein ganzes kleines Kunstwerk ist wie aus den feinsten Federn, Flocken und Daunen; sie hielten sie vor den Mund, um sie mit einem Male ganz abzublasen; wer das konnte, bekam neue Kleider, ehe das Jahr um war, das hatte die Großmutter gesagt.

Die verachtete Blume war ein ganzer Prophet bei dieser Gelegenheit.

»Siehst du?«, sagte der Sonnenstrahl, »siehst du ihre Schönheit, und siehst du ihre Macht?«

»Ja, für Kinder!«, antwortete der Apfelzweig.

Und eine alte Frau kam auf das Feld und grub mit ihrem stumpfen, schaftlosen Messer die Wurzel der Blume frei und zog sie heraus; aus einigen von den Wurzeln wollte sie sich Kaffee kochen, für andere würde sie Geld bekommen, wenn sie sie dem Apotheker brächte.

»Schönheit ist doch etwas Höheres!«, sagte der Apfelzweig. »Nur die Auserwählten kommen in das Reich der Schönheit! Es gibt einen Unterschied zwischen den Pflanzen, wie es einen Unterschied zwischen den Menschen gibt.«

Und der Sonnenstrahl sprach von der unendlichen Liebe Gottes, die sich durch alles Erschaffene offenbart und die sich auf alles Lebende erstreckt, und von der gerechten Verteilung aller Dinge in Zeit und Ewigkeit.

»Ja, das ist nun Ihre Ansicht!«, sagte der Apfelzweig.

Und es kamen Leute ins Zimmer, und die junge Gräfin kam, die den Apfelbaum so hübsch in die durchsichtige Vase gestellt hatte, da, wo das Sonnenlicht strahlte; und sie brachte eine Blume oder was es nun sein mochte, die von drei, vier großen Blättern verborgen wurde, die sie wie eine Tüte umschlossen, damit kein Zug oder Windstoß Schaden anrichten sollte, und das Ganze wurde so vorsichtig getragen, wie es dem Apfelzweig niemals zuteil geworden war. Ganz behutsam wurden nun die großen Blätter entfernt, und man sah die feine, gefiederte Samenkrone der gelben, verachteten Butterblume. Sie war es, die sie so vorsichtig gepflückt und so sorgfältig getragen hatte, damit nicht einer der feinen Federpfeile, die ihre Nebelgestalt bilden und so lose sitzen, fortwehen sollte. Ganz und unversehrt hielt sie sie in der Hand; und sie bewunderte ihre schöne Form, ihre luftige Klarheit, ihre eigenartige Zusammensetzung und ihre Schönheit, die im Winde verwehen sollte.

»Seht doch nur, wie wunderbar schön der liebe Gott sie gemacht hat!«, sagte sie. »Ich will sie mit dem Apfelzweig zusammen malen; den finden alle so unendlich schön, aber diese arme Blume hat auf andre Weise ebensoviel vom lieben Gott erhalten; so verschieden sind sie, und doch sind sie beide Kinder im Reiche der Schönheit.«

Und der Sonnenstrahl küsste die ärmliche Blume, und er küsste den Apfelzweig, dessen Blätter dabei zu erröten schienen.

Fünf aus einer Erbsenschote

Es waren einmal fünf Erbsen in einer Schote, sie waren grün, und die Schote war grün, und da glaubten sie, dass die ganze Welt grün sei, und das war ganz richtig! Die Schote wuchs, und die Erbsen wuchsen, sie richteten sich nach der Wohnung ein; ganz gerade in einer Reihe saßen sie da. – Draußen schien die Sonne und erwärmte die Schote, der Regen machte sie klar; es war warm und gut, hell am Tage und dunkel in der Nacht, so wie es sein soll, und die Erbsen wurden größer und immer nachdenklicher, wie sie so dasaßen, denn etwas mussten sie ja zu tun haben.

»Soll ich immer hier sitzen bleiben?«, sagten sie, »wenn ich nur nicht hart werde von dem langen Sitzen. Es ist mir doch, als wenn es da draußen irgend etwas gäbe; ich habe so ein Gefühl davon!«

Und Wochen vergingen. Die Erbsen wurden gelb, und die Schote wurde gelb. »Die ganze Welt wird gelb!«, sagten sie, und das konnten sie wohl sagen.

Da spürten sie einen Ruck an der Schote; sie wurde abgerissen, geriet in Menschenhände und kam zusammen mit mehreren gefüllten Schoten in eine Jackentasche hinab. – »Jetzt wird bald aufgemacht werden«, sagten sie, und darauf warteten sie.

»Jetzt möcht ich wohl wissen, wer von uns es am weitesten bringen wird«, sagte die kleinste Erbse. »Ja, nun wird es sich bald zeigen.«

»Geschehe, was geschehen soll!«, sagte die größte.

»Knack!« Die Schote zerplatzte und alle fünf Erbsen rollten hinaus in den hellen Sonnenschein; sie lagen in einer Kinderhand, ein kleiner Knabe hielt sie und sagte, es seien feine Erbsen für seine Knallbüchse; und sogleich kam die eine Erbse in die Büchse und wurde weggeschossen.

»Jetzt fliege ich in die weite Welt hinaus, greife mich, wenn du kannst!«, und damit war sie weg.

»Ich«, sagte die zweite, »fliege geradeswegs in die Sonne hinein, das ist eine famose Schote, ganz so, wie es sich für mich passt!« Weg war sie.

»Wir wollen schlafen, wohin wir kommen«, sagten die beiden nächsten, »aber wir werden schon vorwärts rollen«, und dann rollten sie über den Fußboden, ehe sie in die Büchse kamen, aber sie kamen doch dahinein. »Wir bringen es am weitesten!«

»Geschehe, was geschehen muss!«, sagte die letzte und wurde in die Luft geschossen, und sie flog zu dem alten Brett unter dem Dachkammerfenster hinauf gerade in eine Ritze hinein, in der Moos und weiche Erde war, und das Moos schloss sich um sie zusammen; da lag sie verborgen, aber nicht von Gott vergessen.

»Geschehe, was geschehen muss!«, sagte sie.

In der kleinen Dachkammer wohnte eine arme Frau, die am Tage ausging und Öfen putzte, ja auch Holz zersägte und schwere Arbeit verrichtete, denn sie hatte Kräfte und fleißig war sie auch, aber sie blieb doch immer arm; und zu Hause in der kleinen Kammer lag ihre halberwachsene einzige Tochter, die war so fein und zart; ein ganzes Jahr hatte sie nun zu Bett gelegen, es schien, als könnte sie nicht leben und nicht sterben.

»Sie geht zu ihrer kleinen Schwester!«, sagte die Frau. »Ich hatte die zwei Kinder, und es war schwer genug, für sie zu sorgen, aber dann teilte der liebe Gott mit mir und nahm das eine zu sich, jetzt möchte ich aber doch gern das andre, das ich noch habe, behalten; aber er will wohl nicht gern, dass sie getrennt sein sollen, und nun geht mein krankes Kind zu der kleinen Schwester dort oben!«

Allein das kranke Mädchen blieb auf der Erde; geduldig und still lag es den ganzen Tag da, während die Mutter außer dem Hause dem Verdienste nachging.

Es war Frühling und zur frühen Morgenstunde; gerade als die Mutter auf Arbeit gehen wollte, schien die Sonne so schön durch das kleine Fenster auf den Fußboden, und das kranke Mädchen sah nach der untersten Fensterscheibe hinüber.

»Was ist doch nur das Grüne, das dort durch das Fenster lugt? Es rührt sich im Winde!«

Und die Mutter trat an das Fenster und öffnete es halb. »Ach!«, sagte sie, »das ist wahrhaftig eine kleine Erbse, die hier ihre grünen Blätter treibt. Wie ist die nur einmal hier in die Ritze hineingekommen? Da hast du einen kleinen Garten, in den du hinaussehen kannst!«

Und das Bett der Kranken wurde näher an das Fenster gerückt, damit sie die sprießende Erbse sehen konnte, und die Mutter ging auf Arbeit.

»Mutter, ich glaube, ich werde wieder besser!«, sagte am Abend das kleine Mädchen. »Die Sonne hat heute so warm zu mir hereingeschienen. Die kleine Erbse gedeiht so gut, und ich werde auch gewiss gedeihen und aufstehen und in den Sonnenschein hinauskommen.«

»Das gebe Gott!«, sagte die Mutter, aber sie glaubte nicht, dass es geschehen würde; doch das sprießende Grün, das dem Kinde die frohen Lebensgedanken gegeben hatte, stützte sie mit einem kleinen Stock, damit es nicht vom Winde geknickt werden sollte; sie befestigte einen Bindfaden an das Brett und an den obern Teil des Fensterrahmens, damit die Erbsenranke etwas habe, woran sie sich anlehnen und um das sie sich winden könnte, wenn sie in die Höhe schösse, und das tat sie; man konnte sehen, wie sie von Tag zu Tag wuchs.

»Nein, sie setzt ja eine Blüte an!«, sagte die Frau eines Morgens, und nun regten sich auch bei ihr die Hoffnung und der Glaube, dass das kleine kranke Mädchen genesen würde; es fiel ihr ein, dass das Kind in der letzten Zeit viel lebhafter gesprochen hatte, die letzten Morgen hatte es sich selbst im Bett aufgerichtet und dagesessen und mit strahlenden Augen ihren kleinen Erbsengarten betrachtet, der aus einer einzigen Erbse bestand. In der Woche darauf war die Kranke zum ersten Mal eine Stunde außer Bett. Glückselig saß sie im warmen Sonnenschein; das Fenster war geöffnet, und draußen stand in voller Blüte eine weißrote Erbsenblume. Das kleine Mädchen beugte sich herab und küsste ganz leise die feinen Blätter. Dieser Tag war wie ein Festtag.

»Der liebe Gott hat sie selbst gepflanzt und sie gedeihen lassen, um dir Hoffnung und Freude zu schenken, mein geliebtes Kind, und mir auch!«, sagte die glückliche Mutter und lächelte der Blume zu, als sei sie ein guter Enge! Gottes.

Aber nun die andern Erbsen! – Ja die, die in die weite Welt hinausflog: »Greife mich, wenn du kannst!« fiel in die Dachrinne und kam in einen Taubenmagen, und da lag sie wie Jonas im Walfisch. Die beiden Tragen brachten es ebenso weit, auch sie wurden von den Tauben gefressen, und das heißt reellen Nutzen schaffen; aber die vierte, die in die Sonne hinauf wollte – die fiel in den Rinnstein und lag Tage und Wochen dort in dem stinkenden Wasser und schwoll gehörig auf.

»Ich werde so schön dick!«, sagte die Erbse. »Ich platze, und weiter, glaube ich, hat es noch keine Erbse gebracht und wird es auch nie weiter bringen. Ich bin die merkwürdigste von den fünfen aus der Erbsenschote!«

Und der Rinnstein stimmte ihr bei.

Aber am Dachfenster stand das junge Mädchen mit strahlenden Augen, den Schimmer der Gesundheit auf den Wangen, und sie faltete ihre feinen Hände über der Erbsenblüte und dankte dem lieben Gott für sie.

»Ich halte es mit meiner Erbse!«, sagte der Rinnstein.

Ein Blatt vom Himmel

Hoch oben in der dünnen, klaren Luft flog ein Engel mit einer Blume aus dem Garten des Himmels, und als er einen Kuss auf die Blume drückte, fiel ein ganz kleines Blättchen ab, und es fiel auf den aufgeweichten Boden mitten im Wald nieder und schlug gleich Wurzeln und trieb Schösse mitten zwischen den andern Pflanzen.

»Das ist ein sonderbarer Schössling!«, sagten die, und niemand wollte ihn anerkennen, weder Disteln noch Brennnesseln.

»Es ist gewiss so eine Art Gartengewächs!«, sagten sie und greinten, und dann ward die Pflanze als Gartengewächs zum Gespött; aber sie wuchs und wuchs wie keine andre und breitete ihre Zweige in langen Ranken weit um sich aus.

»Wo willst du hin?«, sagten die langen Disteln, die einen Dorn an jedem Blatt haben. »Du ringelst dich so herum, das ist feine Manier! Wir können hier nicht stehen und dich tragen!«

Der Winter kam, der Schnee bedeckte die Pflanze, aber sie verlieh der Schneeschicht einen Glanz, als würde er von unten auf von Sonnenlicht durchströmt. Im Frühling stand da ein blühendes Gewächs, schöner als alle andern im Wald.

Dann kam der botanische Professor, in dessen Zeugnisbuch schwarz auf weiß stand, dass er war, was er war; er sah die Pflanze und biss hinein, aber sie stand nicht in seiner Pflanzenlehre; es war ihm nicht möglich, ausfindig zu machen, zu welcher Klasse sie gehörte.

»Das ist eine Abart!«, sagte er, »ich kenne sie nicht, sie ist nicht in das System aufgenommen.«

»Nicht in das System aufgenommen!«, sagten die Disteln und Nesseln.

Die großen Bäume ringsumher hörten, was gesagt wurde, und auch sie sahen, dass es kein Baum von ihrer Art war, aber sie sagten nichts, weder Gutes noch Schlechtes, und das ist immer das Sicherste, wenn man dumm ist.

Da kam ein armes, unschuldiges Mädchen durch den Wald; ihr Herz war rein, ihr Verstand war groß durch den Glauben, ihr ganzes Erbteil war eine alte Bibel, aber aus deren Blättern redete Gottes Stimme zu ihr: »Wenn die Menschen dir übel wollen, so denke an die Geschichte von Joseph: ›Sie gedachten es böse mit ihm zu machen, aber Gott gedachte es gut zu machen.‹ Leidest du unrecht, wirst du verkannt und verhöhnt, so denke an ihn, den Reinsten, Besten, an ihn, den sie verspotteten und an den Stamm des Kreuzes nagelten, wo er betete: ›Vater, vergib ihnen, denn sie wissen nicht, was sie tun!‹«

Sie hemmte ihre Schritte vor der wunderbaren Pflanze, deren grüne Blätter so süß und erquickend dufteten und deren Blumen in dem hellen Sonnenschein wie ein Farbenfeuerwerk erstrahlten, und aus einer jeden tönte es, als bärge sie in sich den tiefen Born der Melodien, der in Jahrtausenden nicht erschöpft sein wird. Mit frommer Andacht betrachtete sie all die Herrlichkeit Gottes; sie beugte einen der Zweige herab, um die Blume so recht genau zu sehen und ihren Duft einzuatmen, und die leuchtete in ihren Sinn hinein, sie machte ihr Herz so froh; gern hätte sie eine Blume besessen, aber sie wagte nicht, sie zu brechen, denn sie würde ja bei ihr bald verwelken; und sie nahm nur ein einziges von den grünen Blättern, trug es nach Hause, legte es in ihre Bibel, und da lag es frisch, immer frisch und unverwelklich.

Zwischen den Blättern der Bibel lag es aufbewahrt, mit der Bibel wurde es unter den Kopf des jungen Mädchens gelegt, als es einige Wochen darauf in seinem Sarge lag, den heiligen Ernst des Todes auf dem frommen Gesicht, als könnte man es dem irdischen Staub ansehen, dass die Jungfrau jetzt vor ihrem Gotte stehe.

Aber draußen im Wald blühte die wunderbare Pflanze, sie war bald wie ein Baum zu sehen, und alle Zugvögel kamen und beugten sich vor ihr, namentlich die Schwalbe und der Storch.

»So eine ausländische Anstellerei!«, sagten die Disteln und Kletten, »so würden wir hier zu Hause uns doch nie anstellen!«

Und die schwarzen Waldschnecken bespien den Baum.

Dann kam der Schweinehirt, er riss Disteln und Ranken aus, um Asche aus dem Grünen zu brennen; der ganze wunderbare Baum mit allen seinen Wurzeln kam mit in das Bündel hinein. »Der soll auch Nutzen schaffen!«, sagte er, und dann war es geschehen.

Doch seit Jahr und Tag litt der König des Landes an der tiefsten Schwermut; er war fleißig und arbeitsam, es half ihm nichts; man las ihm tiefsinnige Schriften vor, und man las ihm die allerleichtesten vor, die zu finden waren, es half alles nichts; da sandte einer der weisesten Männer der Welt, an den man sich gewendet hatte, Bescheid. Er ließ sagen, es gäbe ein sicheres Mittel, dem Leidenden Linderung zu verschaffen und ihn zu heilen. »Im eignen Lande des Königs wächst im Wald eine Pflanze von himmlischem Ursprung, so und so sieht sie aus, irren kann man nicht«, und dann lag eine Zeichnung von der Pflanze dabei, die war leicht zu erkennen. – »Sie grünt im Winter und im Sommer, nehmt daher jeden Abend ein frisches Blatt davon und legt es dem König auf die Stirn, dann werden seine Gedanken wieder leicht, und ein schöner Traum in der Nacht wird ihn für den kommenden Tag stärken!«

Das war nun sehr deutlich, und alle Doktoren und der botanische Professor gingen in den Wald hinaus. – Ja, aber wo war die Pflanze?

»Sie habe ich wohl mit in mein Bündel hineinbekommen!«, sagte der Schweinehirt. »Sie ist längst zu Asche geworden, aber ich wusste es nicht besser!«

»Wusste es nicht besser!«, sagten sie alle zusammen. »Unwissenheit, bodenlose Unwissenheit!« Und diese Worte konnte sich der Schweinehirt zu Herzen nehmen, denn ihn und keinen andern meinten sie.

Auch nicht ein Blatt war zu finden, das einzige lag in dem Sarge der Toten, und davon wussten sie nichts.

Und der König selbst kam in seinem Missmut in den Wald hinaus an die Stelle. »Hier hat der Baum gestanden!«, sagte er, »es ist eine heilige Stätte!«

Und der Platz wurde mit einem goldenen Gitter umfriedigt, und eine Schildwache wurde dort aufgestellt bei Tag und bei Nacht.

Der botanische Professor schrieb eine Abhandlung über die himmlische Pflanze, und dafür wurde er vergoldet, und das war ihm eine große Freude; und die Vergoldung kleidete ihn und seine Familie gut, und das ist das Erfreulichste bei der ganzen Geschichte, denn die Pflanze war weg, und der König war missmutig und trübselig! – Aber das war er auch schon vorher, sagte die Schildwache.

Das Schwanennest

Zwischen der Ostsee und der Nordsee liegt ein altes Schwanennest, und das heißt Dänemark; dort sind und werden Schwäne geboren, deren Namen niemals sterben sollen.

Im Altertum flog eine Schar von Schwänen von hier über die Alpen dahin nach den grünen Ebenen Mailands, wo es herrlich zu wohnen war; dieser Schwanenzug ward Langobarden genannt.

Eine andere Schar mit glänzendem Gefieder und treuen Augen schwang sich nach Byzanz hinab, setzte sich dort um des Kaisers Thron und breitete seine großen, weißen Schwingen als Schilde aus, um ihn zu beschirmen. Sie erhielt den Namen Wäringer.

Von Frankreichs Küste her ertönte ein Schrei der Angst vor den blutigen Schwänen, die mit Feuer unter den Flügeln von Norden kamen, und das Volk flehte: »Gott erlöse uns von den wilden Normannen!«

Auf Englands wiesenfrischem Rasen an dem offnen Strand stand der dänische Schwan mit der dreidoppelten Königskrone auf dem Haupt, sein goldenes Zepter streckte er über das Land aus.

Die Heiden an der Küste Pommerns beugten das Knie, und die dänischen Schwäne kamen mit der Flagge des Kreuzes und mit gezücktem Schwert.

Das war in uralten Zeiten, sagst du.

Auch in unlängst entschwundenen Zeiten hat man mächtige Schwäne aus dem Nest ausfliegen sehen.

Es leuchtete durch die Luft, es leuchtete weithin über die Lande der Welt, der Schwan zerstreute mit seinem starken Flügelschlag den dämmernden Nebel, und der Sternenhimmel ward sichtbarer; es war, als rückte er der Erde näher; das war der Schwan Tycho Brahe.

»Ja damals«, sagst du, »aber nun heutzutage!«

Da sahen wir Schwan neben Schwan fliegen in herrlichem Fluge. Einer ließ seine Schwinge über die Saiten der goldenen Harfe hingleiten, und es klang durch den Norden, Norwegens Berge erhoben sich höher im Sonnenlicht des Altertums. Es ging ein Brausen durch Tannen und Birken; die Götter des Nordens, Helden und edle Frauen tauchten auf dem tiefen, dunklen Waldgrund auf.

Wir sahen einen Schwan mit den Flügeln gegen den Marmorfelsen schlagen, sodass er barst und die in Stein gebundenen Schönheitsgestalten in den sonnenhellen Tag hinausschritten; und die Menschen ringsumher in den Ländern erhoben die Köpfe, um diese mächtigen Gestalten zu sehen.

Wir sahen einen dritten Schwan den Gedankenfaden spinnen, der nun von Land zu Land rings um die Erde geknüpft wird, sodass das Wort mit Blitzeseile durch die Länder fährt.

Der liebe Gott hat das alte Schwanennest zwischen der Ostsee und der Nordsee lieb. Mögen die mächtigen Vögel durch die Luft kommen, um es zu zerreißen: das wird nicht geschehen! Selbst die federlosen Jungen stellen sich im Kreise um den Rand des Nestes, das haben wir schon erlebt, sie lassen sich die junge Brust zerhauen, sodass ihr Blut fließt, sie schlagen mit Schnabel und Krallen.

Jahrhunderte werden noch vergehen, Schwäne werden aus dem Nest ausfliegen, man wird sie rings in der Welt sehen und hören, bis die Zeit kommt, wo man im Geist und in der Wahrheit sagen kann: »Das ist der letzte Schwan, der letzte Gesang aus dem Schwanennest!«

Alles am rechten Platz

Es ist über hundert Jahre her.

Da lag hinter dem Wald an dem großen See ein altes Schloss, und ringsumher zogen sich tiefe Gräben, in denen Rohrkolben, Schilf und Röhricht wuchsen. Dicht an der Brücke, die zum Einfahrtstor führte, stand ein alter Weidenbaum, dessen Zweige über das Röhricht herabhingen.

Vom Hohlweg her ertönte Hörnerklang und Pferdegetrappel, und deshalb beeilte das kleine Gänsemädchen sich, die Gänse von der Brücke herunter zu treiben, ehe die Jagdgesellschaft herangaloppiert kam; sie kam in solcher Hast dahergesprengt, dass das kleine Mädchen schnell auf einen der hohen Steine springen musste, um nicht umgeritten zu werden. Ein halbes Kind war es noch, fein und zart, aber mit einem lieben Ausdruck im Gesicht und mit zwei schönen, klaren Augen; aber dafür hatte der Edelmann kein Auge; während er in fliegender Hast an dem Mädchen vorübersprengte, kehrte er die Peitsche in der Hand um und stieß es in roher Lustigkeit so hart mit dem Stiel vor die Brust, dass es hintenüberfiel.

»Alles am rechten Platz!«, rief er, »in den Dreck mit dir!« Und dabei lachte er – es sollte nämlich ein Witz sein – und die andern lachten mit; die ganze Gesellschaft schrie und lärmte, und die Jagdhunde bellten. Ja, es war, wie es im Liede heißt:

Reiche Vögel sausen daher!

– Gott weiß, wie reich er eigentlich war.

Die arme Kleine griff im Fallen um sich und erwischte einen der herabhängenden Weidenzweige; daran hielt sie sich über dem Sumpf, und sobald die Herrschaften und die Hunde glücklich zum Tor hinein waren, versuchte sie, sich empor zu richten, aber der Zweig brach an der Krone ab, und das Mädchen fiel schwer in das Röhricht zurück, als im selben Augenblick eine kräftige Hand es von oben her ergriff. Es war die Hand eines Hausierers, der aus einiger Entfernung alles mit angesehen hatte und sich nun beeilte, ihr zu Hilfe zu kommen.

»Alles am rechten Platz!«, sagte er, dem Edelmann im Scherz; nachsprechend, indem er die Kleine aufs Trockne zog; den abgebrochenen Zweig wollte er an der Stelle wieder anfügen, wo er abgebrochen war, aber »alles am rechten Platz« – das geht doch nicht immer! Und deswegen steckte er den Zweig in die weiche Erde. »Wachse, wenn du kannst, und treibe denen da oben auf dem Schloss eine tüchtige Flöte!« Er gönnte dem Edelmann und seiner Sippe einen gehörigen Spießrutenmarsch; und dann ging er auf das Schloss, freilich nicht in den Herrensaal, dazu war er zu gering! Sondern zu den Knechten und Mägden in die Gesindestube. Die besahen seine Waren und feilschten, aber von oben her, von der Festtafel schallte Schreien und Lärmen, das sollte Singen sein, sie verstanden es nicht besser. Gelächter und Hundegeheul ertönten, es war ein Prassen und Schwelgen; Wein und altes Bier schäumte in Gläsern und Humpen, und die Leibhunde fraßen mit; hin und wieder wurde eine dieser Bestien von den Junkern geküsst, nachdem man ihr zuvor mit dem langen Behang die Schnauze abgetrocknet hatte. Der Hausierer wurde mit seinen Waren heraufgerufen, aber nur damit sie ihren Spaß mit ihm treiben konnten. Der Wein war ihnen in die Köpfe gestiegen, der Verstand war hinausgeflogen. Sie gossen ihm Wein in einen Strumpf, dass er mittrinken könnte, aber schnell! Das war ein guter Witz und rief allgemeines Gelächter hervor. Ganze Viehherden, Bauern und Bauernhöfe wurden auf eine Karte gesetzt und verspielt.

»Alles am rechten Platz!«, sagte der Hausierer, als er endlich wieder wohlbehalten aus diesem Sodom und Gomorra, wie er es nannte, heraus war. »Die offene Landstraße, das ist mein rechter Platz, da oben fühlte ich mich gar nicht in meinem Element!« Und das kleine Gänsemädchen nickte ihm vom Feldrain zu.

Und es vergingen Tage, und es vergingen Wochen, und es stellte sich heraus, dass der abgebrochene Weidenzweig, den der Hausierer in den Schlossgraben gesteckt hatte, sich beständig frisch und grün hielt, ja, dass er sogar neue Schösse trieb; das kleine Gänsemädchen sah, dass er Wurzeln geschlagen haben musste, und darüber freute sie sich von Herzen; es sei ihr Baum, meinte sie.

Ja, mit dem Baum ging es vorwärts, aber mit allem andern auf dem Gute ging es arg zurück infolge von Spiel und Prasserei; das sind zwei Rollen, auf denen nicht gut stehen ist.

Es waren noch keine sechs Jahre vergangen, da musste der Edelmann am Bettelstäbe als armer Mann von Haus und Hof wandern, und das Schloss kaufte ein reicher Krämer, und das war derselbe, der da oben zu Spott und Gelächter gedient und dem man Bier in einen Strumpf gegossen hatte; aber Ehrlichkeit und Betriebsamkeit, die geben einen günstigen Wind, und nun war der Hausierer Herr im Schloss, aber von Stund an ward dort kein Kartenspiel mehr geduldet. »Das ist eine arge Lektüre«, sagte er; »als der Teufel zum ersten Mal die Bibel sah, wollte er ein Zerrbild schaffen, das ihr ähnlich wäre, und da erfand er das Kartenspiel!«

Der neue Schlossbesitzer nahm sich ein Weib, und das war niemand anders als das kleine Gänsemädchen, das immer sittsam, fromm und gut gewesen war; und in den neuen Kleidern sah sie so fein und schön aus, als wäre sie als vornehme Jungfrau geboren. Wie trug sich das nur zu? Ja, das ist eine zu lange Geschichte in unsrer hastigen Zeit, aber es trug sich wirklich zu, und das Wichtigste kommt noch.

Herrlich und schön war es auf dem alten Schloss; die Mutter stand selbst dem innern Haushalt vor und der Vater dem äußern; es war, als strömte der Segen herbei, und wo Wohlstand ist, da kehrt Wohlstand ein. Das alte Schloss ward abgeputzt und angestrichen, die Gräben wurden gereinigt und Fruchtbäume angepflanzt; alles sah freundlich und gut aus, und die Fußböden waren so blank wie ein Spickbrett. In dem großen Saal saß an den Winterabenden die Herrin mit ihren Mägden am Spinnrad und spann Wolle und Flachs; und jeden Sonntagabend wurde laut aus der Bibel vorgelesen, und zwar vom Justizrat selbst, denn der Hausierer war zum Justizrat ernannt worden, aber erst in seinen alten Tagen. Die Kinder wuchsen heran – denn es kamen Kinder, und alle wurden sie gut unterrichtet, aber sie hatten nicht alle gleich gute Köpfe, so wie das in jeder Familie der Fall ist.

Der Weidenzweig draußen aber war zu einem ganz prächtigen Baum herangewachsen, der frei und unbeschnitten dastand. »Das ist unser Stammbaum!«, sagten die alten Leute, und der Baum sollte in Achtung und in Ehren gehalten werden, sagten sie zu den Kindern, auch zu denen, die keine guten Köpfe hatten.

Und dann waren hundert Jahre vergangen.

Es war in unserer Zeit; der See war zu einem Moor geworden, und das alte Schloss war gleichsam verwischt, da stand ein länglicher Wassertümpel mit einigen Mauerresten daneben, das waren die Überbleibsel der tiefen Gräben, und hier stand noch ein prächtiger alter Baum mit herabhängenden Zweigen, das war der Stammbaum; er stand da und zeigte, wie schön eine Weide sein kann, wenn sie sich selbst entfallen darf. – Der Stamm war ja freilich mittendurch geborsten von der Wurzel bis zur Krone hinauf, der Sturm hatte ihn ein wenig gebeugt, aber er stand noch da, und aus allen Ritzen und Spalten, in die Wind und Wetter Erde hineingetragen hatten, sprossen Gras und Blumen; namentlich ganz oben, wo die großen Zweige sich teilten, hatte sich ein ganzer hängender Garten mit Himbeeren und Wegerich gebildet, ja sogar eine ganz kleine Eberesche hatte Wurzeln geschlagen und stand so schlank und fein oben in der Mitte des alten Weidenbaums, der sich in dem schwarzen Wasser spiegelte, wenn der Wind das Entengrün in eine Ecke des Wassertümpels getrieben hatte. – Ein kleiner Feldweg führte dicht an dem Baum vorüber.

Hoch oben auf einem Hügel am Wald mit einer herrlichen Aussicht lag das neue Schloss, groß und prächtig, mit so klaren Glasscheiben, dass man hätte glauben können, es seien gar keine da. Die große Treppe vor dem Portal sah so aus, als stände eine Laube aus Rosen und großblättrigen Pflanzen oben darauf. Der Rasen war von so reinem Grün, als würde jeder Grashalm am Morgen und am Abend gereinigt. Drinnen im Saal hingen kostbare Gemälde, und da standen mit Sammet und Seide bezogene Stühle und Sofas, die fast auf ihren eigenen Beinen gehen konnten. Tische mit blanken Mahagoniplatten und Bücher in Saffian gebunden und mit Goldschnitt … ja, es waren wirklich reiche Leute, die hier wohnten, es waren vornehme Leute, ein Baron mit seiner Familie wohnte hier. Eins entsprach dem andern. »Alles am rechten Platz!«, hieß es auch dort, und daher waren alle die Bilder, die einstmals zum Schmuck und zu Ehren auf dem alten Schlosse gehangen hatten, nun in dem Gange aufgehängt, der zur Gesindestube führte; richtiges Gerümpel war es, namentlich zwei alte Porträts, das eine ein Mann in rosenrotem Rock mit Perücke, das andre eine Dame mit gepudertem, hochfrisiertem Haar und einer roten Rose in der Hand, beide aber von einem großen Kranz von Weidenzweigen umgeben. Da waren so viele runde Löcher in den beiden Bildern, und das kam daher, weil die kleinen Barone immer ihre Flitzbogen auf die beiden alten Leute abgeschossen hatten. Es waren der Justizrat und die Justizrätin, von der die ganze Familie abstammte.

»Aber sie gehören nicht so richtig zu unsrer Familie«, sagte einer von den kleinen Baronen. »Er war Krämer und sie ein Gänsemädchen. Sie waren nicht wie Papa und Mama!«

Die Bilder seien altes Gerümpel und »Alles am rechten Platz!«, sagte man, und so kamen denn der Urgroßvater und die Urgroßmutter auf den Gang, der zur Gesindestube führte.

Der Pfarrerssohn war Hauslehrer auf dem Schloss; er ging eines Tages mit den kleinen Baronen und ihrer Schwester, die kürzlich eingesegnet war, spazieren, und sie kamen über den Feldweg an den alten Weidenbaum hinab, und während sie gingen, band sie einen Strauß aus Feldblumen; »Alles am rechten Platz!«, und es ward ein schöner Strauß. Dabei hörte sie doch recht gut alles, was gesprochen wurde, und es erfreute sie sehr, den Pfarrerssohn von den Kräften der Natur und von den großen Männern und Frauen der Geschichte erzählen zu hören; sie war eine gesunde, prächtige Natur mit adliger Seele und Gedanken und mit einem Herzen, das alles, was Gott erschaffen hatte, mit Liebe umfing.

Sie machten Halt an dem alten Weidenbaum, der kleinste der Barone wollte durchaus eine Flöte davon haben, man hatte ihm früher eine aus andern Weidenbäumen geschnitten, und der Pfarrerssohn brach einen Zweig davon ab.

»Ach, tun Sie es nicht!«, sagte die junge Baronesse, aber dann war es schon geschehen. »Das ist ja unser alter, berühmter Baum! Den habe ich so lieb! Ja zu Hause lachen sie mich deswegen aus, aber das tut nichts. Da ist eine Sage von diesem Baum –«

Und dann erzählte sie alles, was sie von dem Baum gehört hatte und von dem alten Schloss und dem Gänsemädchen und dem Hausierer, die sich hier zum ersten Mal begegnet waren und die Stammeltern der vornehmen Familie und der jungen Baronesse wurden.

»Sie wollten sich nicht adeln lassen, die guten alten Leute!«, sagte sie. »Sie hatten den Wahlspruch: ›Alles am rechten Platz!‹, und sie meinten, das sei nicht der Fall, wenn sie sich für Geld erhöhen ließen. Ihr Sohn, mein Großvater, wurde Baron, er soll sehr gelehrt gewesen sein und sehr angesehen und beliebt bei Prinzen und Prinzessinnen und soll bei allen ihren Festen zugegen gewesen sein. Zu Hause lieben sie den am meisten, aber, ich weiß selbst nicht, ich finde, da ist etwas bei dem alten Paar, was mein Herz zu ihnen zieht; es muss so gemütlich, so patriarchalisch auf dem alten Schloss gewesen sein, wo die Hausmutter mit allen ihren Mägden saß und spann und der alte Herr selbst aus der Bibel vorlas.«

»Das sind prächtige Leute gewesen, vernünftige Leute!«, sagte der Pfarrerssohn, und dann waren sie mitten in einer Unterhaltung über Adel und Bürgerliche, und es war fast, als gehörte der Pfarrerssohn nicht dem Bürgerstande an, so sprach er von der Bedeutung des Adels.

»Es ist ein Glück, einer Familie anzugehören, die sich ausgezeichnet hat, dadurch gleichsam einen Antrieb des Blutes in sich zu haben, fortzuschreiten in allem, was tüchtig ist. Herrlich ist es, einen Familiennamen zu haben, der als Zutrittskarte zu den höchsten Kreisen gilt. Adel bedeutet edel, es ist die Goldmünze, die den Stempel ihres Wertes erhalten hat. – Es ist der Ton der Zeit, und viele Poeten schlagen natürlich diesen Ton an, dass alles, was adelig ist, schlecht und dumm sein müsste, dass aber bei den Armen, je tiefer man herabstiege, alles mehr und mehr glänzte. Aber das ist nicht meine Ansicht, denn das ist ganz verkehrt, ganz falsch. In den höheren Ständen findet man viele ergreifend schöne Züge; meine Mutter hat mir einen solchen erzählt, und ich könnte mehrere erzählen: sie war zu Besuch in einem vornehmen Hause in der Stadt, meine Großmutter, glaube ich, war die Amme der gnädigen Frau gewesen. Meine Mutter und der alte, hochadlige Herr befanden sich allein im Zimmer; da sah er, dass eine alte Frau aus Krücken unten in den Hof hineinkam; jeden Sonntag kam sie, um sich ein kleines Geldgeschenk zu holen. ›Da ist die arme Alte‹, sagte der Herr, ›das Gehen wird ihr so sauer!‹, und ehe meine Mutter sich's versah, war er zur Tür hinaus und die Treppe hinunter, er, die siebzigjährige alte Exzellenz, war selbst zu der alten Frau hinuntergegangen, um ihr den beschwerlichen Weg nach der Unterstützung, die sie zu holen kam, zu ersparen. Es ist das ja nur ein kleiner Zug, aber ebenso wie ›das Scherflein der Witwe‹ hat er einen Klang, der dem Grunde des Herzens, der menschlichen Natur entstammt; und darauf soll der Dichter hinzeigen, gerade in unserer Zeit soll er von dem singen, was gut tut, mildert und versöhnt. Wo aber ein Stückchen Mensch, weil er von Geblüt ist und eine Stammtafel hat wie die arabischen Pferde, sich auf die Hinterbeine stellt und auf der Straße wiehert und in der Stube sagt: ›Hier sind Leute von der Straße gewesen!‹, wenn ein Bürgerlicher da war – da ist der Adel in Fäulnis übergegangen und zur Maske geworden, wie sie Thespis sich schuf, und man lacht über die Person, und die Satire fällt über sie her.«

Das war die Rede des Pfarrerssohnes, sie war ein wenig lang, aber dann war auch die Flöte geschnitten.

Aus dem Schloss war große Gesellschaft, viele Gäste aus der Umgegend und der Hauptstadt, Damen, mit Geschmack gekleidet und ohne Geschmack gekleidet. Der große Saal war ganz mit Menschen angefüllt. Die Geistlichen der Umgegend standen ehrfurchtsvoll in einem gedrängten Haufen in der Ecke, es sah aus, als fände ein Begräbnis statt, und doch war es ein Vergnügen, aber es war noch nicht im Gange.

Ein großes Konzert sollte stattfinden, und daher hatte der kleine Baron seine Weidenflöte mitgebracht, aber er konnte keinen Ton herausbringen, und der Papa konnte es auch nicht, und darum taugte sie nichts.

Da war Musik und Gesang von der Art, die am meisten diejenigen erfreut, die sie ausüben; im Übrigen allerliebst.

»Sie sind auch Virtuose?«, sagte ein Kavalier, der seiner Eltern Kind war. »Sie blasen die Flöte, und sie schneiden sie sich selbst; das Genie regiert – ihm gebührt der Ehrenplatz – natürlich, ich schreite immer mit der Zeit fort, das muss man ja. Nicht wahr, sie werden uns alle mit diesem kleinen Instrument entzücken!« Und mit diesen Worten reichte er dem Predigersohn die Flöte, die aus dem Weidenbaum unten am Wassertümpel geschnitten war, und verkündete laut, der Hauslehrer werde ein Solo aus der Flöte vortragen.

Man wollte sich lustig über ihn machen, das war leicht zu verstehen, und darum wollte der Hauslehrer auch nicht blasen, wenngleich er es auch wohl konnte, aber sie drangen in ihn, und dann nahm er die Flöte und setzte sie an den Mund.

Es war eine wunderbare Flöte! Es erklang ein Ton, so anhaltend wie von einer Dampflokomotive, ja noch viel stärker, es schallte über den ganzen Hof, den Garten, den Wald, meilenweit ins Land hinaus, und mit dem Ton kam ein Sturmwind, der brauste: »Alles am rechten Platz!« – und dann flog der Papa, wie vom Winde getragen, aus dem Schlosse heraus und geradeswegs in das Haus des Kuhhirten hinein, und der Kuhhirte flog – nicht in den Saal hinein, denn dahin konnte er nicht kommen – sondern in das Zimmer der Diener, unter die feinere Dienerschaft, die in seidenen Strümpfen einhergingen, und die stolzen Burschen waren wie gelähmt, wie konnte nur so eine Person es wagen, sich zwischen ihnen zu Tische zu setzen!

Aber im Speisesaal flog die junge Baronesse an das oberste Ende der Tafel, wo zu sitzen sie würdig war, und der Pfarrerssohn erhielt seinen

Platz neben ihr, und da saßen sie beide, als wenn sie ein Brautpaar wären. Ein alter Graf aus einer der ältesten Familien des Landes blieb unverändert auf seinem Ehrenplatz, denn die Flöte war gerecht, und das soll man sein. Der witzige Kavalier, der schuld war an dem Flötenspiel und der seiner Eltern Kind war, flog kopfüber zwischen die Hühner, aber nicht allein.

Eine ganze Meile ins Land hinaus ertönte die Flöte, und man hörte von großen Ereignissen. Eine reiche Großhändlerfamilie, die mit vieren fuhr, wurde vollständig aus dem Wagen herausgeweht und bekam nicht einmal einen Platz hintenauf; zwei reiche Bauern, die in unserer Zeit über ihr eignes Kornfeld emporgeschossen waren, wurden in den Graben geweht; es war eine gefährliche Flöte! Glücklicherweise zersprang sie bei dem ersten Ton, und das war gut, dann kam sie wieder in die Tasche hinein: »Alles an seinem Platz!«

Tags darauf sprach kein Mensch von dem Ereignis, daher stammt die Redensart »die Pfeife in den Sack stecken.« Alles war auch wieder in der alten Ordnung, nur die beiden alten Bilder: der Hausierer und das Gänsemädchen, hingen oben im Saal, da waren sie an die Wand hinaufgeblasen; und da einer von den wirklichen Kunstkennern sagte, sie seien von Meisterhand gemalt, so blieben sie hängen und wurden restauriert, man hatte ja früher nicht gewusst, dass sie einen Wert hatten, und woher sollte man das auch wohl wissen! Jetzt hingen sie an dem Ehrenplatz. »Alles am rechten Platz!«, und dahin kommt es auch einmal. Die Ewigkeit ist lang, länger als diese Geschichte.

Ein Herzeleid

Es ist eigentlich eine Geschichte in zwei Teilen, die wir hier erzählen, der erste Teil könnte eigentlich wegfallen – aber er verschafft uns Vorkenntnisse, und die sind nützlich.

Wir halten uns auf dem Lande in einem Schloss auf, dessen Herrschaft zufälligerweise auf einen Tag abwesend war. Da kam aus dem nächsten Städtchen eine Madam, sie hatte ihren Mops bei sich und kam, wie sie sagte, damit man »Aktien« auf ihre Gerberei nehmen möge. Ihre Papiere hatte sie mitgebracht, und wir gaben ihr den guten Rat, einen Umschlag darum zu machen und die Adresse des Gutsbesitzers: »Herrn Generalkriegskommissar, Ritter p. p.« darauf zu schreiben.

Sie hörte aufmerksam zu, ergriff die Feder, hielt dann inne und bat uns, die Adresse zu wiederholen, aber langsam. Wir taten es, und sie schrieb; aber mitten in »Generalkriegs« stockte sie, seufzte und sagte: »Ich bin ja nur ein Frauenzimmer!« Den Mops hatte sie an die Erde gesetzt, während sie schrieb, und der knurrte; er war ja auch seines Vergnügens und seiner Gesundheit halber mitgenommen worden, und dann darf man nicht an die Erde gesetzt werden. Stumpfnase und Speckbuckel waren sein Äußeres.

»Er beißt nicht!«, sagte die Madam, »er hat keine Zähne mehr. Er ist gleichsam ein Mitglied der Familie, treu und wütend, aber das kommt nur, weil meine Enkel ihn so gereizt haben; sie spielen Hochzeit, und dann soll er Brautjungfer sein, und das ist so anstrengend für ihn, den armen Kerl!«

Und sie gab ihre Papiere ab und nahm den Mops auf den Arm. Das ist der erste Teil, der ja immerhin entbehrt werden könnte.

»Der Mops starb!« Das ist der zweite Teil.

Es war eine Woche später; wir kamen in die Stadt und kehrten im Gasthof ein. Unsere Fenster lagen nach dem Hof hinaus, der durch einen Bretterzaun in zwei Teile geteilt war; auf dem einen hingen Felle und Häute, rohe und gegerbte; hier standen alle zu einer Gerberei gehörigen Gerätschaften, und die gehörten der Witwe. – Der Mops war an diesem Morgen gestorben und hier auf dem Hofe begraben; die Enkel der Witwe, das heißt der Gerberswitwe, denn der Mops war nicht verheiratet gewesen, schütteten das Grab zu, und es war ein schönes Grab, es musste ein Vergnügen sein, da zu liegen.

Das Grab war mit Topfscherben eingefasst und mit Sand bestreut; oben darauf hatten sie eine halbe Bierflasche gepflanzt mit dem Hals nach oben, aber das war durchaus nicht sinnbildlich.

Die Kinder umtanzten das Grab, und der älteste der Knaben, ein praktischer Jüngling von sieben Jahren schlug vor, dass man eine Ausstellung von Moppelchens Grabstätte arrangieren wollte, und zwar für alle aus der Gasse; der Zutritt sollte mit einem Hosenknopf entrichtet werden, den hätte jeder Junge und könnte auch den kleinen Mädchen noch einen abgeben, und dieser Vorschlag wurde einstimmig angenommen.

Und alle Kinder aus der Gasse und auch die aus der Nebengasse kamen und entrichteten ihren Knopf, gar viele gingen an diesem Nachmittag nur mit einem Hosenträger herum, aber dafür hatte man auch Moppelchens Grabstätte gesehen, und das war viel wert.

Aber draußen vor dem Gerberhof dicht neben der Pforte stand ein kleines zerlumptes Mädchen, entzückend anzusehen, mit dem schönsten, lockigen Haar und Augen, so blau und klar, dass es eine Lust war; die Kleine sagte kein Wort, sie weinte auch nicht, aber jedes Mal, wenn die Pforte sich auftat, warf sie einen langen, langen Blick hinein. Sie hatte keinen Knopf, das wusste sie, und darum blieb sie traurig draußen stehen und stand da, bis alle die andern das Grab gesehen hatten und wieder weggegangen waren, und dann setzte sie sich hin, hielt die kleinen, braunen Hände vor die Augen und brach in Tränen aus; sie allein hatte Moppelchens Grab nicht gesehen. Das war ein Herzeleid so groß, wie es der Erwachsene oft empfinden kann.

Wir sahen das von oben – und von oben gesehen – das wie so vieles von unserm eignen und andrer Herzeleid, ja dann können wir darüber lachen! Das ist die Geschichte, und wer sie nicht verstehen kann, der kann sich ja eine Aktie auf die Gerberei der Witwe kaufen!

Der Kobold und der Höker

Es war einmal ein richtiger Student, der wohnte in einer Dachkammer und hatte gar nichts; – es war aber auch einmal ein richtiger Höker, der wohnte im Erdgeschoss, und dem gehörte das ganze Haus, und zu ihm hielt sich der Kobold, denn hier bekam er jeden Weihnachtsabend eine Schüssel mit Grütze und mit einem großen Klumpen Butter darin; das konnte der Höker sich leisten; und der Kobold blieb im Laden, und das war sehr lehrreich.

Eines Abends kam der Student zur Hintertür herein, um selbst Licht und Käse zu kaufen; er hatte niemand zu schicken, und da ging er selbst; er bekam, was er forderte, und bezahlte es, und der Speckhöker und die Madam nickten ihm »Guten Abend« zu, und die Madam war eine Frau, die sich auf mehr als auf das bloße Nicken verstand, sie besaß eine Redegabe! – Und der Student nickte wieder und blieb stehen und las, was auf dem Stück Papier stand, in das der Käse eingewickelt war. Es war ein aus einem alten Buch herausgerissenes Blatt, und das Buch hätte nicht zerrissen werden dürfen, denn es war voll Poesie.

»Da liegt noch mehr davon«, sagte der alte Höker, »ich hab einer alten Frau ein paar Kaffeebohnen dafür gegeben; wollen Sie mir acht Schilling dafür geben, so sollen Sie den Rest haben!«

»Danke!«, sagte der Student, »geben Sie mir das Buch lieber an Stelle des Käses! Ich kann mein Butterbrot ohne Belag essen; es wäre ein Jammer, wenn das ganze Buch in Fetzen zerrissen werden sollte. Sie sind ein prächtiger Mann, ein praktischer Mann, aber auf Poesie verstehen Sie sich nicht mehr als das Fass da!«

Und das war unhöflich gesagt, namentlich gegen das Fass, aber der Höker lachte, und der Student lachte, es war ja nur so aus Spaß gesagt. Aber der Kobold ärgerte sich, dass man es wagte, so etwas zu einem Höker zu sagen, der Hauswirt war und die beste Butter verkaufte.

Als es Nacht wurde, der Laden längst geschlossen war und alle außer dem Studenten zu Bett waren, ging der Kobold hinein und nahm das Mundwerk der Madam, das brauchte sie nicht, wenn sie schlief; und wenn er es irgendeinem Gegenstand in der Stube aufsetzte, da bekam der Sprache und Stimme, konnte seinen Gedanken und Gefühlen ebenso gut Ausdruck verleihen wie die Madam; aber nur einer nach dem andern konnte es benutzen, und das war eine Wohltat, denn sonst hätten sie ja alle durcheinander gesprochen.

Und der Kobold setzte es dem Fass an, in dem die alten Zeitungen lagen: »Ist es wirklich wahr«, fragte er, »dass Sie nicht wissen, was Poesie ist?«

»Freilich weiß ich das!«, sagte das Fass, »das ist so was, was in den Zeitungen unterm Strich steht und ausgeschnitten wird; ich sollte meinen, dass ich mehr davon in mir habe als der Student, und bin doch nur ein armseliges Fass im Vergleich zu dem Höker!«

Und der Kobold setzte der Kaffeemühle das Mundwerk an, nein, wie die ging! Und er setzte es dem Butterfass und der Geldschublade an; – alle waren sie derselben Ansicht wie das Fass, und das, worüber die Mehrzahl sich einig ist, muss man respektieren.

»Jetzt soll der Student es aber zu hören bekommen!« – Und damit ging der Kobold ganz leise die Küchentreppe hinauf nach der Dachkammer, wo der Student wohnte. Es war noch Licht da drinnen, und der Kobold guckte durch das Schlüsselloch und sah, dass der Student in dem zerlumpten Buch von unten las. Aber wie hell es da drinnen war!

Aus dem Buche heraus drang ein heller Strahl, der ward zu einem Stamm, zu einem mächtigen Baum, der sich hoch erhob und seine Zweige weit über den Studenten ausbreitete. Jedes Blatt war so frisch, und jede Blume war ein wunderschöner Mädchenkopf, einige mit dunklen, strahlenden Augen, andre mit blauen, wunderlich klaren. Jede Frucht war ein schimmernder Stern, und dann sang und klang es gar wunderbar schön!

Nein, an eine solche Herrlichkeit hatte der kleine Kobold niemals gedacht, geschweige denn so etwas gesehen oder gehört. Und dann blieb er auf den Zehenspitzen stehen, lugte und lugte, bis das Licht da drinnen erlosch; der Student blies wohl seine Lampe aus und ging zu Bett, aber der kleine Kobold stand trotzdem da, denn der Gesang klang noch so weich, so schön, ein liebliches Wiegenlied für den Studenten, der sich zur Ruhe begab.

»Hier ist es herrlich!«, sagte der kleine Kobold, »das hätte ich nicht erwartet! Ich will bei dem Studenten bleiben –!« Und er dachte darüber nach, und er dachte vernünftig, und dann seufzte er: »Der Student hat keine Grütze!« – Und dann ging er wieder zum Höker hinab; – und es war gut, dass er kam, denn das Fass hatte das Mundwerk der Madam fast ganz verbraucht, indem es alles, was es in sich barg, von einer Seite verkündet hatte, und nun stand es gerade im Begriff, sich umzudrehen und dasselbe von der andern Seite zu verkünden, als der Kobold kam und das Mundwerk der Madam wieder abholte; aber der ganze Laden, von der Geldschublade bis zum Holzbrett, richtete sich seit der Zeit mit seinen Ansichten nach dem Fass, sie trauten ihm so viel zu, dass, wenn der Höker später am Abend Kunst- und Theaterkritiken aus seiner Zeitung vorlas, sie alle glaubten, es käme aus dem Fasse.

Aber der kleine Kobold saß nicht mehr ruhig da und lauschte all dem Verstand und der Weisheit da unten, nein, sobald das Licht aus der Dachkammer schimmerte, war es ihm, als seien die Strahlen starke Ankertaue, die ihn da hinaufzogen, und er musste fort und durch das Schlüsselloch lugen, und da umbrauste ihn dann eine Größe, wie wir sie beim Anblick des ewig rollenden Meeres empfinden, wenn Gott im Sturm darüber hingeht; und er brach in Tränen aus, er wusste selbst nicht, warum er weinte, aber es lag etwas so Wohltuendes in diesen Tränen. – Wie wunderbar schön müsste es doch sein, mit dem Studenten unter dem Baum zu sitzen, aber das konnte nicht geschehen – so begnügte er sich denn mit dem Schlüsselloch.

Dort stand er noch in dem kalten Gang, als der Herbstwind durch die Bodenluke herab blies, und es war so kalt, so kalt, aber das fühlte der Kleine erst, wenn das Licht in der Dachkammer erlosch und die Töne im Wind erstarben. Huh, dann fror ihn, und er kroch wieder in seine warme Ecke; da war es gemütlich und traulich! – Und als Weihnachten kam und die Grütze mit dem großen Klumpen Butter – ja, da war der Höker Nummer eins!

Aber mitten in der Nacht erwachte der Kobold von einem fürchterlichen Pochen und Lärmen gegen die Fensterladen, von außen donnerten die Leute dagegen; der Nachtwächter tutete: es war Feuer! Die ganze Straße stand in hellen Flammen. War es im Hause selbst oder bei dem Nachbar? Wo? Es war eine furchtbare Angst! Die Höker-Madam war so kopflos, dass sie ihre goldenen Ohrringe aus den Ohren nahm und sie in die Tasche steckte, um doch etwas zu retten, der Höker lief nach seinen Papieren und das Dienstmädchen nach ihrer seidenen Mantille, ihre Mittel erlaubten ihr, eine seidene Mantille zu tragen! Jeder wollte das Beste retten, und das wollte auch der kleine Kobold, und in ein paar Sprüngen war er die Treppe hinauf und bei dem Studenten, der ganz ruhig am geöffneten Fenster stand und in das Feuer hineinsah, das im gegenüberliegenden Hause wütete. Der kleine Kobold nahm das wunderbare Buch vom Tisch, steckte es in seine rote Mütze und hielt es mit beiden Händen fest; – der beste Schatz des Hauses war gerettet; und dann stürzte er davon, sprang auf das Dach hinauf bis oben auf den Schornstein, und da saß er, von dem brennenden Haus gegenüber beleuchtet; mit beiden Händen umklammerte er die rote Mütze, in der der Schatz lag. Jetzt kannte er seine wahre Neigung, er wusste, wem sein Herz eigentlich gehörte; aber als dann das Feuer gelöscht war und er wieder zur Besinnung kam – ja: »Ich will mich zwischen ihnen teilen«, sagte er, »ich kann den Höker nicht ganz aufgeben, der Grütze wegen!«

Und das war ganz menschlich! – »Wir andern gehen auch zum Höker – der Grütze wegen!«

Unter dem Weidenbaum

Die Umgegend um das kleine dänische Städtchen Kjöge ist sehr kahl. Die Stadt liegt ja freilich am Meere, und das ist immer schön, aber es könnte doch schöner sein, als es dort ist; ringsumher flache Felder und der Wald in ziemlich weiter Entfernung; aber wenn man sich irgendwo recht heimisch fühlt, so findet man doch immer etwas Schönes, etwas, wonach man später an dem entzückendsten Ort der Welt Sehnsucht empfinden kann. Und das muss man freilich zugeben, am äußersten Weichbild von Kjöge, dort, wo sich ein paar erbärmliche Gärten bis zu dem kleinen Bach hinab erstrecken, der sich in das Meer ergießt, da kann es zur Sommerszeit wirklich wunderhübsch sein, und das fanden besonders die beiden Nachbarkinder, Knud und Johanne, die hier spielten und unter den Stachelbeerbüschen hindurch zueinander krochen. In dem einen Garten stand ein Fliederbusch, in dem andern ein alter Weidenbaum, und namentlich unter dem spielten die Kinder so gern, und das durften sie auch, obwohl der Baum dicht am Bach stand, wo sie gar leicht ins Wasser fallen konnten, aber des lieben Gottes Auge wacht über den Kindern, sonst würde es schlimm aussehen. Sie waren auch sehr vorsichtig, ja, der Knabe hatte eine solche Angst vor dem Wasser, dass es nicht möglich war, ihn im Sommer an den Strand hinunterzubekommen, wo doch die andern Kinder immer so gern herumliefen und plätscherten. Er wurde deswegen ausgescholten, und das musste er sich gefallen lassen; aber dann träumte Nachbars kleine Johanne, dass sie in einem Boot auf der Kjöger Bucht führe und dass Knud ganz bis zu ihr hinauswatete, das Wasser ginge ihm erst bis an den Hals, und dann ginge es ihm ganz über den Kopf; und von dem Augenblick an, wo Knud von diesem Traum hörte, litt er es nicht länger, dass man ihn mit seiner Wasserscheu neckte, er verwies nur auf Johannens Traum; der war sein Stolz, aber ins Wasser ging er nicht.

Die armen Eltern kamen oft zusammen, und Knud und Johanne spielten in den Gärten und auf der Landstraße, an deren Gräben eine ganze Reihe Weiden standen, und die waren nicht schön, denn ihre Kronen waren ganz verhauen, aber sie standen ja auch nicht zum Schmuck da, sondern um Nutzen zu schaffen; weit schöner war die alte Weide im Garten, und darunter saßen sie manch liebes Mal, wie man zu sagen pflegt.

Mitten in Kjöge liegt ein großer Marktplatz, und zuzeiten des Jahrmarkts standen dort ganze Straßen aus Buden mit Seidenband, Stiefeln und allem möglichen. Es war ein großes Gedränge und gewöhnlich war Regenwetter, und dann spürte man den Dunst der Bauernröcke, aber auch den lieblichen Duft der Honigkuchen. Davon war eine ganze Bude voll da, und was das herrlichste war, der Mann, der sie verkaufte, nahm während des Jahrmarkts immer Wohnung bei den Eltern des kleinen Knud, und dann gab es hin und wieder auch einmal einen kleinen Honigkuchen, von dem natürlich auch Johanne ihren Anteil erhielt. Aber was beinahe noch schöner war, der Honigkuchenhändler wusste Geschichten zu erzählen, und zwar von fast allen Dingen, selbst von seinen Honigkuchen; ja von denen erzählte er eines Abends eine Geschichte, die einen so tiefen Eindruck auf die beiden Kinder machte, dass sie sie nie wieder vergaßen, und daher ist es wohl am besten, wenn wir sie auch hören, namentlich da sie nur kurz ist.

»Auf dem Ladentisch«, so erzählte er, »lagen zwei Honigkuchen, der eine hatte die Gestalt eines Mannes mit Hut, der andre die einer Jungfrau ohne Hut, aber mit einem Klecks Flittergold auf dem Kopf; ihre Gesichter waren auf der Seite, die nach oben gekehrt war, und da musste man sie besehen und nicht auf der Kehrseite, denn da soll man nie einen Menschen betrachten. Der Mann hatte an der linken Seite eine bittere Mandel, das war sein Herz, die Jungfrau dahingegen war lauter Honigkuchen. Sie lagen als Proben auf dem Ladentisch, sie lagen lange da, und dann liebten sie sich, aber keiner sagte es dem andern, und das muss man tun, wenn etwas draus werden soll.

›Er ist ein Mann, er muss das erste Wort sagen‹, dachte sie, sie hätte sich aber doch gefreut, wenn sie gewusst hätte, dass ihre Liebe erwidert würde.

Seine Gedanken waren nun freilich weit gieriger, denn so sind die Männer nun einmal; er träumte, dass er ein lebendiger Straßenjunge sei und vier Schilling besäße und die Jungfrau kaufte und sie verzehrte.

Und sie lagen Tage und Wochen auf dem Ladentisch, und ihre Gedanken wurden immer feiner und weiblicher: ›Es genügt mir, dass ich auf demselben Tisch mit ihm gelegen habe!‹, dachte sie, und dann brach sie mittendurch.

›Hätte sie meine Liebe geahnt, so hätte sie sicher etwas länger gehalten!‹, dachte er.

Und das ist die Geschichte, und hier sind sie alle beide«, sagte der Kuchenhändler. »Sie sind merkwürdig durch ihren Lebenslauf und durch die stumme Liebe, die nie zu etwas führt. Seht, da habt ihr sie!«, und damit gab er Johanne den Honigkuchenmann, der heil war, und Knud bekam die durchgebrochene Jungfrau, aber sie waren so ergriffen von der Geschichte, dass sie es nicht übers Herz bringen konnten, das Liebespaar zu essen.

Am nächsten Tage gingen sie mit ihnen auf den Friedhof, da, wo die Kirchenmauer mit dem schönsten, grünen Efeu überwuchert ist, der im Winter und im Sommer wie ein üppiger Teppich herabhängt. Und sie stellten die Honigkuchen zwischen die grünen Ranken in den Sonnenschein und erzählten einer Schar andrer Kinder die Geschichte von der stummen Liebe, die nichts wert ist, das heißt die Liebe, denn die Geschichte war wunderhübsch, das fanden sie alle zusammen; und als sie dann wieder nach dem Honigpaar hinüber sahen, ja da hatte ein großer Junge – und zwar aus reiner Bosheit – die durchgebrochene Jungfrau aufgegessen! Die Kinder weinten darüber, und dann – ja das geschah sicher nur, damit der arme Mann nicht allein in der Welt zurückbleiben sollte – da aßen sie ihn auch auf, aber die Geschichte vergaßen sie niemals.

Immer waren die Kinder beisammen am Fliederbusch oder unter dem Weidenbaum, und das kleine Mädchen sang mit silberheller Stimme die lieblichsten Lieder; Knud hatte keinen Ton in sich, aber er kannte den Text, und das ist schon immer etwas. Die Leute in Kjöge, selbst die Frau des Eisenkrämers, blieben stehen und hörten zu, wenn Johanne sang. »Was für eine süße Stimme die Kleine hat!«, sagten sie.

Das waren schöne Tage, aber sie währen nicht immer. Die Nachbarn wurden getrennt; die Mutter des kleinen Mädchens war gestorben. Der Vater wollte sich in Kopenhagen wieder verheiraten, da konnte er eine gute Anstellung bekommen, er sollte irgendwo Bote werden, und das sollte ein sehr einträgliches Amt sein. Und die Nachbarn trennten sich unter Tränen, und namentlich die Kinder weinten, aber sie versprachen, sich wenigstens einmal im Jahr zu schreiben. Und Knud kam in die Lehre zu einem Schuster, man konnte den großen Jungen doch nicht länger herumlaufen lassen. Und dann wurde er eingesegnet.

Ach, wie gern wäre er an diesem Ehrentage nach Kopenhagen gefahren, um die kleine Johanne zu sehen, aber das ging nicht an, und er war noch nie in der Hauptstadt gewesen, obwohl sie nur fünf Meilen von Kjöge entfernt liegt; aber die Türme hatte Knud bei klarem Wetter jenseits der Bucht gesehen, und am Konfirmationstage sah er ganz deutlich das goldene Kreuz auf der Frauenkirche blitzen.

Ach, wie sehnsüchtig dachte er an Johanne! Ob sie seiner wohl noch gedachte? Ja! – Um die Weihnachtszeit kam ein Brief von ihrem Vater an Knuds Eltern, es gehe ihnen sehr gut in Kopenhagen, und Johanne sei durch ihre schöne Stimme ein großes Glück beschieden, sie sei bei der Komödie, bei der, wo gesungen würde, angestellt, etwas Geld verdiene sie schon jetzt dabei, und davon schicke sie den lieben Nachbarsleuten in Kjöge einen Taler, davon sollten sie sich einen vergnügten Weihnachtsabend machen; sie sollten auf ihre Gesundheit trinken, das hatte sie selbst eigenhändig in einer Nachschrift hinzugefügt, und darin stand: »Freundlicher Gruß an Knud!«

Sie weinten alle zusammen, und dabei war das Ganze ja doch so erfreulich, aber sie weinten auch vor Freude. Jeden Tag war Johanne in Knuds Gedanken gewesen, und nun sah er, dass auch sie an ihn dachte, und je mehr die Zeit heranrückte, dass er Geselle werden sollte, um so klarer ward es ihm, dass er Johanne lieb habe und dass sie seine kleine Frau werden müsse, und dann umspielte ein Lächeln seinen Mund, und er zog den Draht noch einmal so schnell, während er das Bein gegen den Knieriemen stemmte; er stach sich den Pfriem tief in den einen Finger hinein, aber das machte nichts! Er wollte wahrlich nicht stumm sein wie die beiden Honigkuchen; die Geschichte war ihm eine gute Lehre gewesen.

Und dann wurde er Gesell, und der Ranzen war geschnürt. Endlich zum ersten Mal in seinem Leben sollte er nach Kopenhagen, und er hatte dort bereits einen Meister. Wie überrascht und erfreut würde Johanne sein! Sie war jetzt siebzehn Jahre alt, und er war neunzehn.

Schon in Kjöge wollte er einen goldenen Ring kaufen, aber dann besann er sich, man konnte gewiss einen viel schöneren in Kopenhagen bekommen; und dann wurde Abschied von den Alten genommen, und an einem Herbsttage in Regen und Wind machte er sich zu Fuß auf die Wanderung; die Blätter fielen von den Bäumen. Bis auf die Haut durchnässt, langte er in dem großen Kopenhagen und bei seinem neuen Meister an.

Am nächsten Sonntag wollte er einen Besuch bei Johannens Vater machen. Die neuen Gesellenkleider wurden angezogen und der neue Hut aus Kjöge aufgesetzt, er kleidete Knud sehr gut, bisher war er immer nur mit einer Mütze gegangen. – Und er fand das Haus, das er suchte, und kam die vielen Treppen hinauf; man konnte ganz schwindelig davon werden, wie die Menschen hier in der großen Stadt so übereinander gestellt waren.

Ganz wohlhabend sah es in der Stube aus, und freundlich nahm Johannens Vater ihn auf; der Madam war er ja freilich ein Fremder, aber sie bot ihm die Hand und Kaffee.

»Es wird Johanne freuen, dich zu sehen«, sagte der Vater, »du bist ja ein sehr netter junger Mensch geworden! – Ja, nun sollst du sie sehen! Ja, das ist ein Mädchen, von der ich Freude habe und mit Gottes Beistand noch mehr haben werde! Sie hat ihre eigene Stube, und dafür bezahlt sie uns!« Und der Vater selbst klopfte ganz höflich an ihre Tür, als sei er ein fremder Mann, und dann traten sie ein. – Nein, wie hübsch es hier war! Eine solche Stube fand man sicher nicht in der ganzen Stadt Kjöge, die Königin selbst konnte es nicht schöner haben! Da war ein Teppich, da waren Gardinen, die bis zur Erde herabhingen, ein wirklicher Sammetstuhl, und ringsumher Blumen und Bilder, und ein Spiegel, in den man fast hätte hineinlaufen können, denn er war so groß wie eine Tür. Knud sah das alles auf einmal, und doch sah er nur Johanne. Sie war ein erwachsenes Mädchen, ganz anders, als wie Knud sie sich gedacht hatte, aber viel schöner. In ganz Kjöge gab es nicht eine Jungfrau wie sie, und wie war sie fein! Aber wie sonderbar fremd sah sie Knud an, aber doch nur einen Augenblick, dann stürzte sie auf ihn zu, als wollte sie ihn küssen, sie tat es nicht, aber sie war nahe daran, es zu tun. Ja, sie war wirklich erfreut, den Freund ihrer Kindheit wieder zu sehen! Standen ihr doch die Tränen in den Augen. Und dann hatte sie so viel zu fragen und zu sagen, von Knuds Eltern bis hinab zu dem Fliederbusch und dem Weidenbaum, und die nannte sie Fliedermutter und Weidenvater, als ob auch sie Menschen wären, und dafür konnten sie auch wirklich sehr gut gelten, ebenso gut wie die Honigkuchen; von denen sprach sie auch und von ihrer stummen Liebe, wie sie auf dem Ladentisch lagen und entzweigingen, und dabei lachte sie so herzlich – aber das Blut brannte Knud in den Wangen, und sein Herz pochte schneller wie sonst. – Nein, sie war gar nicht stolz geworden! – Sie war auch schuld daran – das merkte er wohl –, dass ihre Eltern ihn einluden, den ganzen Abend dazubleiben. Und sie schenkte den Tee ein und reichte ihm selbst eine Tasse, und dann nahm sie ein Buch und las ihnen vor, und es war Knud, als ob gerade das, was sie las, von seiner Liebe handelte; es passte so ganz zu allen seinen Gedanken. Und dann sang sie ein einfaches Lied, aber es wurde durch sie zu einer ganzen Geschichte, es war, als wenn ihr eigenes Herz davon überströmte. Ja, sie hatte Knud ganz gewiss lieb. Die Tränen strömten ihm über die Wangen herab, er konnte nichts dafür, und er konnte kein Wort sagen, er kam sich selbst sehr dumm vor, und doch drückte sie ihm die Hand und sagte: »Du hast ein gutes Herz, Knud! Bleibe immer so, wie du bist!«

Das war ein unvergleichlich schöner Abend, aber danach zu schlafen, war nicht möglich, und Knud schlief auch nicht.

Beim Abschied hatte Johannens Vater gesagt: »Nun wirst du uns doch nicht ganz vergessen! Du wirst hoffentlich nicht den ganzen Winter verstreichen lassen, ehe wir uns wieder sehen!« – Und da konnte er denn ja sehr gut am nächsten Sonntag wieder hingehen, und das wollte er auch tun. Aber jeden Abend, wenn die Arbeit beendet war, und sie arbeiteten bei Licht, ging Knud in die Stadt hinaus; er ging durch die Straße, in der Johanne wohnte, sah zu ihren Fenstern hinauf, da war fast immer Licht, und eines Abends sah er ganz deutlich den Schatten ihres Gesichts auf dem Vorhang. – Das war ein herrlicher Abend! Der Frau des Meisters gefiel es gar nicht, dass er immer des Abends »auf den Bummel ging«, wie sie es nannte, und sie schüttelte den Kopf, aber der Meister lachte. »Er ist ein junger Mensch!«, sagte er.

»Sonntag sehen wir uns, und ich sage ihr, wie sie in meinen Gedanken lebt und dass sie meine kleine Frau werden muss. Ich bin ja freilich nur ein armer Schustergesell, aber ich kann Meister werden, ich werde arbeiten und streben –! Ja, ich sage es ihr. Bei der stummen Liebe kommt nichts heraus, das habe ich von den Honigkuchen gelernt.«

Und der Sonntag kam, und Knud kam, aber wie schade! Sie wollten alle fort und mussten es ihm sagen, Johanne drückte ihn, die Hand und fragte: »Bist du schon im Theater gewesen? Dahin musst du einmal gehen! Ich singe am Mittwoch, und wenn du dann Zeit hast, werde ich dir ein Billett schicken; mein Vater weiß, wo dein Meister wohnt.«

Wie lieb das von ihr war! Und am Mittwochmittag kam auch ein versiegeltes Papier ohne Worte, aber das Billett lag darin, und am Abend ging Knud zum ersten Mal in seinem Leben ins Theater, und was sah er – ja, er sah Johanne, so schön, so lieblich. Sie heiratete freilich einen fremden Mann, aber das war alles Komödie, etwas, was sie nur vorstellten, das wusste Knud, sonst hätte sie es auch nicht übers Herz gebracht, ihm ein Billett zu schicken, um es mit anzusehen; und alle Leute klatschten und riefen laut, und Knud rief hurra!

Selbst der König lächelte Johanne zu, als wenn auch er sich über sie freue. Ach Gott, wie winzig klein sich Knud fühlte, aber er liebte sie so von Herzen, und sie hatte ihn auch gern, und der Mann muss das erste

Wort sagen, so dachte ja die Honigkuchenjungfrau. Es lag sehr viel in der Geschichte.

Sobald es wieder Sonntag war, ging Knud zu ihr hin. Seine Gedanken waren so feierlich gestimmt, als wollte er zum Tisch des Herrn gehen. Johanne war allein und empfing ihn, es konnte nicht besser sein.

»Es ist gut, dass du kommst!«, sagte sie. »Ich hatte eigentlich schon die Absicht, Vater zu dir zu senden, aber dann sagte mir eine Ahnung, dass du wohl heute Abend kommen würdest; denn ich muss dir sagen, dass ich am Freitag nach Frankreich reise, ich muss dahin, damit etwas Tüchtiges aus mir werden kann.«

Und Kund war es, als drehe sich die Stube mit ihm herum, als wolle ihm das Herz zerspringen, aber es traten keine Tränen in seine Augen, und doch war es deutlich zu sehen, wie traurig er war. Johanne sah es, und sie war nahe daran zu weinen. »Du ehrliche, treue Seele!«, sagte sie. – Und damit war Knuds Zunge gelöst, und er sagte ihr, wie innig er sie liebe und dass sie seine kleine Frau werden müsse; und als er das sagte, sah er, dass Johanne leichenblass wurde. Sie ließ seine Hand sinken und sagte ernsthaft und traurig: »Mache nicht dich selbst und mich unglücklich, Knud! Ich werde dir stets eine gute Schwester sein, auf die du bauen kannst –; aber auch nicht mehr!« Und sie strich ihm mit der weichen Hand über die brennende Stirn. »Gott schenkt uns Kraft zu vielem, wenn wir nur selbst wollen!«

Da trat die Stiefmutter in das Zimmer.

»Knud ist ganz außer sich, weil ich reise!«, sagte Johanne.

»Sei doch ein Mann!« Und dabei klopfte sie ihn auf die Schulter, es war, als hätten sie nur über die Reise und über nichts weiter geredet. »Du großes Kind!«, sagte sie. »Aber nun musst du gut und vernünftig sein wie unter dem Weidenbaum, als wir beide noch Kinder waren!«

Und es war Knud, als sei die Welt aus den Fugen gegangen, sein Gedanke glich einem losen Faden, den der Wind willenlos vor sich hintreibt. Er blieb, er wusste nicht, ob sie ihn gebeten hatten zu bleiben, aber freundlich und gut waren sie, und Johanne schenkte ihm Tee ein, und sie sang, es war nicht der alte Klang, aber doch so unsagbar schön, es war, als sollte ihm das Herz zerspringen, und dann trennten sie sich. Knud reichte ihr nicht die Hand, aber sie ergriff die seine und sagte: »Du wirst doch deiner Schwester die Hand zum Abschied geben, mein alter Spielkamerad!« Und sie lächelte unter Tränen; sie liefen ihr an den Wangen herab, und sie wiederholte: »Mein Bruder!« Ja, das war ein schöner Trost! – Das war der Abschied.

Sie fuhr nach Frankreich. Knud ging auf den schmutzigen Kopenhagener Straßen umher. – Die andern Gesellen in der Werkstatt fragten ihn, worüber er so grübele, er solle mit ihnen zusammen auf Kurzweil ausgehen, er sei ja doch ein junges Blut!

Und sie gingen zusammen auf einen Tanzboden; und da waren viele hübsche Mädchen, aber freilich keines wie Johanne; und hier, wo er glaubte, sie zu vergessen, gerade hier stand sie ihm leibhaftig vor der Seele. »Gott gibt Kraft zu vielem, wenn man nur selbst will!«, hatte sie gesagt. Und es kam eine Andacht in sein Gemüt, und er faltete die Hände. – Und die Violinen spielten, und die Mädchen tanzten ringsum. Da erschrak er auf einmal, er hatte ein Gefühl, als wenn er irgendwo wäre, wo er Johanne nicht mit hinnehmen könnte; und sie war bei ihm in seinem Herzen. – Und dann ging er hinaus. Er lief durch die Straßen und ging an dem Hause vorbei, wo sie gewohnt hatte. Es war dunkel dort, überall war es dunkel, leer und einsam. Die Welt ging ihren Gang, und Knud ging den seinen.

Und es ward Winter, und das Wasser fror zu, es war, als richtete sich alles auf das Begräbnis ein.

Aber als der Frühling kam und das erste Dampfschiff ging, da erfasste ihn eine solche Sehnsucht, fort zu kommen in die weite Welt hinaus, nur nicht Frankreich zu nahe.

Und da schnürte er denn seinen Ranzen und wanderte weit in Deutschland hinein, von Stadt zu Stadt, ohne Ruh und Rast. Erst als er in die prächtige alte Stadt Nürnberg kam, war es, als wenn seine Füße Ruhe fänden. Er vermochte es über sich, zu bleiben.

Nürnberg ist eine wunderliche alte Stadt, wie aus einer Bilderchronik herausgeschnitten. Die Straßen liegen, wie sie selbst Lust haben. Die Häuser mögen nicht gern in Reih und Glied stehen. Erker mit kleinen Türmchen, Schnörkeln und Bildsäulen springen über den Bürgersteig hinaus, und hoch oben von den sonderbar gebauten Dächern laufen Dachrinnen bis über die Mitte der Straße hinaus, und sie sind wie Drachen und langleibige Hunde geformt.

Hier stand Knud auf dem Marktplatz mit dem Ranzen auf dem Rücken. Er stand neben einem der alten Springbrunnen mit seinen herrlichen Erzfiguren, den biblischen und historischen, die zwischen den springenden Wasserstrahlen stehen. – Ein hübsches Dienstmädchen holte gerade Wasser. Sie reichte Knud einen Labetrunk; und da sie die ganze Hand voll Rosen hatte, gab sie ihm auch eine Rose; und das schien ihm eine gute Vorbedeutung zu sein.

Von der nahen Kirche brausten Orgeltöne zu ihm heraus, das klang so heimatlich, als kämen sie aus der Kjöger Kirche. Und er trat in den großen Dom ein. Die Sonne schien durch die gemalten Fensterscheiben zwischen die hohen, schlanken Säulen hinein. Da war Andacht in seinen Gedanken, und Friede kehrte in sein Gemüt ein.

Und er suchte und fand einen guten Meister in Nürnberg, und bei dem blieb er und erlernte die Sprache.

Die alten Stadtgräben sind in kleine Küchengärten verwandelt; aber die hohen Mauern stehen noch da mit ihren dicken Türmen. Der Seiler dreht sein Seil auf der aus Balken ausgeführten Galerie längs der Innenseite der Stadtmauer, und hier ringsumher aus allen Spalten und Rissen wachsen Fliederbüsche, die ihre Zweige über die kleinen niedrigen Häuser darunter erstrecken; und in einem davon wohnte der Meister, bei dem Knud arbeitete. Über dem kleinen Dachfenster, wo er saß, hingen die Fliederzweige herab.

Hier wohnte er einen Sommer und einen Winter, aber als der Frühling kam, war er nicht mehr zu halten, der Flieder stand in Blüten, und die dufteten so heimatlich, es war, als sei er wieder in dem Garten in Kjöge – und so zog denn Knud von seinem Meister fort zu einem andern, der weiter in die Stadt hinein wohnte, wo keine Fliederbäume wuchsen.

Ganz in der Nähe seiner Werkstatt lag eine von den alten, gemauerten Brücken, einer alten, immer brausenden, niedrigen Wassermühle gerade gegenüber; draußen floss nur der reißende Fluss, eingezwängt von den Häusern, die alle mit alten, gebrechlichen Altanen behängt waren, es sah so aus, als wollten sie sie ins Wasser hinabschütteln.

Hier wuchs kein Flieder, hier stand nicht einmal ein Blumentopf mit ein wenig Grün darin, aber gerade gegenüber stand eine große, alte Weide, die sich gleichsam an das Haus dort anklammerte, um nicht vom Fluss mit weggerissen zu werden, genau so wie die Weide daheim im Garten am Kjöger Bach.

Ja, er war wirklich von der Fliedermutter zum Weidenvater gekommen; der Baum hier, namentlich an Mondscheinabenden, erfüllte seinen Sinn mit sehnenden Gedanken an die Heimat, aber das tat nicht der Mondschein, sondern die alte Weide selbst.

Er konnte es nicht aushalten. Und warum nicht? Frage den Weidenbaum, frage den blühenden Flieder! – Und so sagte er denn dem Meister und Nürnberg Lebewohl und zog weiter in die Ferne.

Zu niemand sprach er von Johanne, tief in seinem Innern barg er seinen Kummer – und eine besondere Bedeutung legte er der Geschichte von den Honigkuchen bei; jetzt begriff er, warum der Honigkuchenmann eine bittere Mandel an der linken Seite hatte, er selbst hatte einen bittern Geschmack davon, und Johanne, die stets so sanft und freundlich war, die war lauter Honigkuchen. Es war, als drücke der Riemen seines Ranzens ihn so, dass er nicht zu atmen vermochte, er löste ihn, aber es half nichts. Die Welt um ihn her war nur halb, die andere Hälfte trug er inwendig in sich, ja so war es!

Erst als er die hohen Berge erblickte, ward die Welt ihm größer, seine Gedanken wandten sich nach außen, Tränen traten ihm in die Augen.

Die Alpen erschienen ihm wie die zusammengefalteten Flügel der Erde; wenn sie sie nun entfaltete? Wenn sie die großen Schwingen mit den bunten Bildern von schwarzen Wäldern, brausenden Wassern, Wolken und Schneemassen ausbreitete? Am Jüngsten Tage erhebt die Erde ihre großen Schwingen, fliegt zu Gott empor und zerplatzt als Schaumblase in dem Strahlenglanz. »Ach, wäre doch der Jüngste Tag da!«, seufzte er.

Schweigsam wanderte er durch das Land, das ihm wie ein rasenbedeckter Fruchtgarten erschien. Von den hölzernen Altanen der Häuser nickten die spitzenklöppelnden Mädchen zu ihm hinab, die Berggipfel glühten in der roten Abendsonne, und als er die grünen Seen zwischen den dunklen Bäumen erblickte – da dachte er an den Strand an der Kjöger Bucht; und Wehmut, nicht aber Schmerz erfüllten seine Brust.

Dort, wo der Rhein wie eine lange Woge dahinrollt, herabstürzt, zerstiebt und in schneeweiße, klare Wolkenmassen verwandelt wird, als ginge hier die Erschaffung der Wolken vor sich – der Regenbogen flatterte wie ein loses Band darüber – dort dachte er an die Wassermühle bei Kjöge, wo das Wasser brauste und zerstob.

Gern wäre er in der stillen Rheinstadt geblieben, aber hier waren so viele Fliederbüsche und so viele Weidenbäume – und so zog er denn weiter über die hohen, mächtigen Berge durch zersprengte Felswände und auf Wegen, die gleich Schwalbennestern an die Steinwand angeklebt waren. Die Wasser brausten in der Tiefe, die Wolken lagen unter ihm; über blanke Disteln, Alpenrosen und Schnee wanderte er in der warmen Sommersonne dahin – und dann nahm er Abschied von den Ländern des Nordens und kam unter Kastanienbäume, zwischen Weingärten und

Maisfelder. Die Berge bildeten eine Mauer zwischen ihm und allen Erinnerungen, und so sollte es sein.

Vor ihm lag eine große, prächtige Stadt, sie nannten sie Milano, und hier fand er einen deutschen Meister, der ihm Arbeit gab; es war ein altes, braves Ehepaar, zu dem er in die Werkstatt gekommen war. Und sie gewannen den stillen Gesellen lieb, der so wenig redete, umso mehr arbeitete und fromm und christlich war. Es war auch, als habe der liebe Gott die schwere Bürde von seinem Herzen genommen.

Seine schönste Freude war es, auf die mächtige Marmorkirche hinaufzusteigen, die ihm wie aus dem Schnee der Heimat erschaffen zu sein schien, der zu Bildern, spitzen Türmen, blumengeschmückten offnen Hallen geformt war; aus jedem Winkel, von jeder Spitze, von jedem Bogen lächelten die weißen Bildsäulen ihm zu. – Oben über sich hatte er den blauen Himmel, unter sich die Stadt und die weit gedehnte, grüne Lombardische Ebene, und gen Norden die hohen Berge mit dem ewigen Schnee – und dann dachte er an die Kjöger Kirche mit den Efeuranken um die roten Mauern, aber er sehnte sich nicht nach der Heimat, hier hinter den Bergen wollte er begraben werden.

Ein Jahr hatte er hier gelebt, nun waren drei Jahre vergangen, seit er aus der Heimat fortgezogen war; da nahm ihn sein Meister eines Tages mit in die Stadt, nicht nach der Arena, um die Kunstreiter zu sehen, nein, nach der großen Oper, und da war ein Saal, der sich zu beschauen verlohnte. – In sieben Stockwerken hingen dort seidene Gardinen, und vom Fußboden bis schwindelnd hoch zur Decke hinaus saßen die feinsten Damen mit Blumensträußen in den Händen, als gingen sie zu Ball, und die Herren waren in vollem Schmuck, viele mit Gold und Silber. Es war so hell dort wie im klarsten Sonnenschein, und dann brauste die Musik so stark und schön, es war weit prächtiger als die Komödie in Kopenhagen, aber da war Johanne, und hier – ja es war wie ein Zauber, der Vorhang ging auf, und auch hier stand Johanne in Gold und Seide, eine goldene Krone auf dem Haupt; sie sang, wie nur ein Engel Gottes singen kann; sie trat so weit vor, wie sie nur treten konnte, sie lächelte, wie nur Johanne lächeln konnte; sie sah Knud gerade an.

Der arme Knud ergriff die Hand des Meisters und rief laut: »Johanne!« Aber kein andrer konnte es hören, die Musik übertönte alles, und der Meister nickte dazu: »Ja, sie heißt Johanne!«, und dann zog er ein gedrucktes Blatt hervor und zeigte, dass ihr Name dastand, ihr ganzer Name.

Nein, es war kein Traum! Und alle Menschen jubelten und warfen ihr Blumen und Kränze zu, und jedes Mal, wenn sie ging, riefen sie sie wieder hervor, sie ging und kam und kam wieder.

Draußen auf der Straße scharten sich die Leute um ihren Wagen, und sie zogen ihn, und Knud war einer der ersten und der allerfröhlichste, und als sie an ihrem prächtig erleuchteten Hause anlangten, stand Knud dicht an der Wagentür, die sich auftat, und sie trat heraus, und das Licht schien ihr gerade in das liebe Antlitz, und sie lächelte und dankte so freundlich, und sie war so gerührt; und Knud sah ihr gerade in das Gesicht, aber sie erkannte ihn nicht. Ein Herr mit einem Stern auf der Brust reichte ihr den Arm – sie seien verlobt, sagte man.

Und dann ging Knud nach Hause und schnürte seinen Ranzen; er wollte, er musste in die Heimat zurück nach dem Fliederbusch, nach dem Weidenbaum – ach, nach dem Weidenbaum!

Das alte Ehepaar bat ihn zu bleiben; Worte vermochten ihn nicht zurückzuhalten, man sagte ihm, es sei Winter, der Schnee falle schon in den Bergen; – in der Spur des langsam fahrenden Wagens, dem man ja doch einen Weg bahnen müsse, könne er mit dem Ranzen auf dem Rücken, auf seinen Stab gestützt, seine Wanderung antreten.

Und er ging auf die Berge zu, ging bergan und bergab; seine Kräfte verließen ihn, aber er sah weder Stadt noch Haus; beständig wanderte er gen Norden. Über ihm blitzten die Sterne, seine Füße schwankten, es schwindelte ihm; auch tief unten im Tal blitzten Sterne, es war, als erstrecke sich der Himmel auch unter ihm. Er fühlte sich krank. Die Sterne da unten nahmen zu an Zahl, wurden immer klarer, bewegten sich hin und her. Es war ein Städtchen, in dem die Lichter flimmerten, und als er das erkannt hatte, strengte er seine letzten Kräfte an und gelangte an eine armselige Herberge.

Eine Nacht und einen ganzen Tag blieb er dort, denn sein Körper bedurfte der Ruhe und der Pflege. Im Tal war Tauwetter und Regen. Und noch eine Nacht verging. Am Morgen aber kam ein Leierkastenmann und spielte eine Melodie von daheim aus Dänemark, da konnte Knud es nicht länger aushalten – er wanderte Tage, viele Tage lang mit einer Hast, als gölte es, heim zu gelangen, ehe sie dort alle gestorben seien; – aber zu niemand sprach er von seiner Sehnsucht, niemand hätte geglaubt, dass er ein Herzeleid mit sich herumtrage; der tiefste Schmerz, den man empfinden kann, ist nicht für die Welt, der ist nicht ergötzlich, er ist nicht einmal für Freunde, und er hatte keine Freunde. Fremd wanderte er im fremden

Lande heimwärts gen Norden. In dem einzigen Brief von zu Hause, den die Eltern vor Jahr und Tag geschrieben hatten, stand: »Du bist kein richtiger Däne wie wir andern hierzulande; wir lieben unser Vaterland so ungeheuer! Du gefällst dich nur im fremden Lande!« So konnten die Eltern ihm schreiben – ja, die kannten ihn freilich auch!

Es war Abend, er ging auf der offnen Landstraße; es fing an zu frieren. Das Land selbst wurde immer flacher, da waren Felder und Wiesen. Am Wege stand ein großer Weidenbaum. Alles sah so heimatlich und so dänisch aus. Er setzte sich unter die Weide, er fühlte sich so müde, sein Kopf sank herab, und sein Auge schloss sich zur Ruhe, aber er fühlte ganz deutlich, wie die Weide ihre Zweige zu ihm herabsenkte, der Baum ward ihm zu einem mächtigen, alten Manne – es war der Weidenvater selbst, der hob ihn auf seine Arme und trug ihn, den müden Sohn, heim nach dem dänischen Lande, an den offnen, bleichen Strand nach Kjöge in den Garten seiner Kindheit. Ja, es war der Weidenbaum aus Kjöge selbst, der in die Welt hinausgegangen war, um ihn zu suchen und zu finden; und jetzt war er gefunden und in den kleinen Garten am Bach zurückgetragen worden, und da stand Johanne in all ihrer Pracht, die goldne Krone auf dem Haupt, so wie er sie zuletzt gesehen hatte, und rief: »Willkommen!« Und gerade vor ihm standen zwei wunderliche Gestalten, aber sie sahen viel menschlicher aus als in den Tagen seiner Kindheit, auch sie hatten sich verändert; es waren die beiden Honigkuchen, der Mann und die Frau, sie wandten ihm die rechte Seite zu und sahen gut aus.

»Hab Dank!«, sagten sie beide zu Knud; »du hast uns die Zunge gelöst! Du hast uns gelehrt, dass man seine Gedanken offen aussprechen soll, denn sonst kommt nichts dabei heraus, und nun ist etwas dabei herausgekommen: – wir haben uns verlobt!«

Und dann gingen sie Hand in Hand durch die Straßen von Kjöge, und sie sahen auch auf der Kehrseite sehr anständig aus, es war nichts an ihnen auszusetzen! Und sie gingen geradeswegs auf die Kjöger Kirche zu, und Knud und Johanne folgten ihnen. Auch sie gingen Hand in Hand, und die Kirche stand noch ganz so da wie immer, mit roten Mauern und herrlich grünendem Efeu, und die große Tür der Kirche öffnete sich nach beiden Seiten, und die Orgel brauste, und der Honigkuchenmann mit seiner Braut schritten beide den Hauptgang der Kirche entlang. »Die Herrschaften zuerst!«, sagten die Honigkuchenbrautleute, und dann machten die beiden Knud und Johanne Platz, und die knieten am Altar nieder, und sie beugte ihr Haupt über sein Antlitz, und eiskalte Tränen fielen aus ihren Augen, das war das Eis, das seine starke Liebe von ihrem Herzen weg schmolz; und die Tränen fielen auf seine brennenden Wangen, und – da erwachte er und saß unter dem alten Weidenbaum im fremden Lande an dem winterkalten Abend; aus den Wolken fiel eisiger Hagel herab und peitschte sein Gesicht.

»Das war die schönste Stunde in meinem Leben!«, sagte er, »und sie war nur ein Traum. – Lieber Gott, lass mich ihn noch einmal träumen!« Und er schloss seine Augen, er schlief, und er träumte.

Gegen Morgen fiel Schnee, der Wind häufte ihn über seinen Füßen an. Dorfleute gingen zur Kirche; da saß ein Handwerksbursche, er war tot, erfroren – unter dem Weidenbaum!

Ib und Christinchen

In der Nähe des Flusses Gudenau im Silkeburger Walde erhebt sich ein Landrücken gleich einem großen Wall, und darunter nach Westen zu lag, ja liegt noch heute ein kleines Bauernhaus mit magerem Ackerland; der Sand schimmert durch die spärlichen Roggen- und Gerstenhalme hindurch. Es ist jetzt eine ganze Reihe von Jahren her. Die Leute, die dort wohnten, bestellten ihre kleine Landwirtschaft, hatten dazu drei Schafe, ein Schwein und zwei Ochsen; kurz, sie hatten ganz gut zu leben, wenn man es so nimmt, wie es kommt, ja sie hätten es auch wohl dahin bringen können, zwei Pferde zu halten, aber sie sagten so wie die andern Bauern dort in der Gegend: »Das Pferd frisst sich selbst auf!« – es zehrt, soviel es nährt. Jeppe-Jäns bestellte sein Feld im Sommer und war im Winter ein geschickter Holzschuhmacher. Er hatte auch gute Hilfe an einem Knecht, der sich darauf verstand, Holzschuhe zu schneiden, die stark, aber leicht waren und Fasson hatten; Schuhe und hölzerne Kellen schnitzten sie, das brachte Geld, man konnte Jeppe-Jänsens nicht arm nennen.

Der kleine Ib, der siebenjährige Knabe und das einzige Kind des Hauses, saß dabei und sah zu, schnitzelte an einem Stück Holz, schnitt sich auch in die Finger, aber eines Tages hatte er zwei Stückchen Holz so weit zurechtgeschnitzelt, dass sie aussahen wie kleine Holzschuhe, die wollte er, wie er sagte, Christinchen schenken, das war des Bootsmanns kleine Tochter, und sie war so fein und niedlich wie ein Herrschaftskind; hätte sie Kleider gehabt, wie sie ihrem ganzen Persönchen entsprachen, so würde niemand geglaubt haben, dass sie aus der Heidehütte sei. Dort wohnte ihr Vater, der Witwer war und sich dadurch ernährte, dass er mit seinem Boot Brennholz nach dem nahen Silkeburger Aalwehr, ja oft von dort weiter bis nach Randers fuhr. Er hatte niemand, der acht auf Christinchen hätte geben können, die ein Jahr jünger war als Ib, und deshalb war sie denn auch fast immer bei ihm im Boot oder zwischen Heidekraut und Preiselbeerbüschen; musste er aber ganz bis nach Randers hinauf, ja dann kam Christlichen zu Jeppe-Jänsens hinüber.

Ib und die kleine Christine vertrugen sich gut beim Spiel und beim Essen; sie wühlten und sie gruben, sie krochen und sie gingen, und eines Tages wagten sie sich beide ganz allein sogar den Landrücken hinauf und eine Strecke in den Wald hinein; einmal fanden sie dort Schnepfeneier, und das war ein großes Ereignis.

Ib war noch nie auf der Heide gewesen und war auch noch nie auf dem Fluss gefahren, aber nun sollte das geschehen; er war von Christinchens Vater eingeladen worden, und am Abend vorher ging er mit ihm nach dem Heidehaus.

Auf dem hoch aufgestapelten Brennholz im Boot saßen am nächsten Morgen die beiden Kinder und aßen Brot und Himbeeren, der Schiffer und sein Gehilfe stängelten das Boot vorwärts, es ging mit dem Strom in schneller Fahrt flussabwärts durch die Seen hindurch, die oft durch Wald und Röhricht verschlossen schienen, wo aber doch stets eine Durchfahrt vorhanden war, wenn auch die alten Bäume sich ganz herabneigten und die Eichen ihre abgeschälten Zweige vorstreckten, als hätten sie ihre Ärmel aufgestreift und wollten ihre knorrigen, nackten Arme zeigen. Alte Erlen, die der Strom vom Ufer losgeschwemmt hatte, hielten sich mit den Wurzeln am Uferboden fest und sahen aus wie kleine Waldinseln; die Wasserrosen wiegten sich auf dem Strom, es war eine herrliche Fahrt! – Und dann kam man an das Aalwehr, wo das Wasser durch die Schleusen brauste; das fanden Ib und Christinchen wunderschön!

Zu jener Zeit gab es dort weder eine Fabrik noch eine Stadt, es war nur das alte Gehöft da, das nicht sehr bevölkert war; das Brausen des Wassers durch die Schleuse und der Schrei der Wildenten bildeten damals das hauptsächliche Leben. – Als nun das Brennholz ausgeschifft war, kaufte

Christinchens Vater sich ein großes Bündel Aale und ein kleines geschlachtetes Ferkel; das wurde alles in einen Korb gelegt und hinten in das Boot gestellt. Nun ging es gegen den Strom an nach Hause, aber der Wind war günstig, und als sie die Segel gehisst hatten, war es geradeso, als hätten sie zwei Pferde vorgespannt.

Als sie mit dem Boot so weit gekommen waren, wo der Mann, der dem Schiffer bei der Handhabung des Bootes half, nicht weit vom Ufer entfernt wohnte, gingen er und Christinchens Vater ans Land, schärften aber den Kindern ein, sich ruhig und vorsichtig zu verhalten. Das währte jedoch nicht lange, die Kinder mussten in den Korb hineingucken, wo die Aale und das Ferkel lagen, das Ferkel musste herausgenommen und auf dem Arm gehalten werden, und da sie es beide haben wollten, ließen sie es fallen und zwar ins Wasser hinein; da trieb es auf dem Strom, das war eine schreckliche Begebenheit.

Ib sprang ans Land und lief eine kleine Strecke, Christinchen sprang ihm nach und rief: »Ach nimm mich doch mit!« Und dann waren sie bald tief im Gebüsch, sie konnten weder das Boot noch den Fluss mehr sehen; sie liefen eine kleine Strecke, dann fiel Christinchen und fing an zu weinen; Ib hob sie auf.

»Komm nur mit mir!«, sagte er, »da drüben liegt das Haus!« Aber es lag nicht da drüben. Sie gingen und gingen über welkes Laub und dürre abgebrochene Zweige, die unter ihren kleinen Füßen knackten; da hörten sie lautes Rufen – sie standen still und lauschten; jetzt schrie ein Adler, es war ein hässlicher Schrei, sie erschraken sehr, aber vor ihnen im Wald wuchsen die schönsten Heidelbeeren, eine unglaubliche Menge; das war zu einladend! So blieben sie denn, und sie aßen und bekamen ganz blaue Münder und Wangen. Da hörten sie von neuem das Rufen.

»Wir bekommen Prügel für das Ferkel!«, sagte Christinchen.

»Lass uns nach Hause gehen!«, sagte Ib, »wir wohnen ja hier im Wald!« Und sie gingen und kamen an einen Fahrweg, aber nach Hause führte der nicht; es wurde dunkel, und sie ängstigten sich. Die eigentümliche Stille ringsumher wurde durch das garstige Geschrei der großen Horneule oder durch andre Vogellaute, die sie nicht kannten, unterbrochen; endlich hatten sie sich in einem Gestrüpp festgelaufen, Christinchen weinte, und Ib weinte, und als sie eine Stunde geweint hatten, legten sie sich ins Laub und schliefen ein.

Die Sonne stand schon hoch am Himmel, als sie erwachten; es fror sie, aber ganz in der Nähe, hoch oben auf einem Hügel schien die Sonne zwischen den Bäumen hindurch, da konnten sie sich wärmen, und von dort aus, meinte Ib, müssten sie das Haus seiner Eltern sehen können; aber sie waren weit davon entfernt, in einem ganz andern Teil des Waldes. Sie kletterten ganz auf den Hügel hinauf und standen an einem Abhang über einem klaren, durchsichtigen See. Die Fische darin standen in Scharen, von den Sonnenstrahlen beleuchtet; was sie hier sahen, kam ihnen ganz unerwartet, und dicht neben ihnen stand ein großer Haselstrauch voll der schönsten Nüsse, ja oft waren da gar sieben in einem Büschel; und sie pflückten, und sie knackten und aßen die feinen Kerne, die noch ganz jung waren – und dann kam noch eine Überraschung, ein Schrecken. Aus dem Gebüsch trat eine große, alte Frau heraus, deren Gesicht ganz braun und deren Haar glänzend schwarz war; das Weiße in ihren Augen leuchtete wie bei einem Mohren; sie hatte ein Bündel auf dem Nacken und einen Knotenstock in der Hand; sie war eine Zigeunerin. Die Kinder verstanden nicht gleich, was sie sagte; und sie nahm drei große Nüsse aus der Tasche, darin, so erzählte sie, lägen die schönsten Dinge verborgen, es seien Wünschelnüsse.

Ib sah sie an, sie war so freundlich, und da nahm er sich zusammen und fragte, ob er die Nüsse haben solle, und die Frau gab sie ihm und pflückte sich eine ganze Tasche voll von den Nüssen, am Haselstrauch.

Und Ib und Christinchen sahen mit großen Augen die drei Wünschelnüsse an.

»Ist in dieser Nuss wohl ein Wagen mit zwei Pferden?«, fragte Ib.

»Es ist eine goldene Kutsche mit goldenen Pferden darin!«, sagte die Frau.

»Dann gib sie mir«, sagte Christinchen, und Ib gab sie ihr, und die Frau knüpfte ihr die Nuss in ihr Halstuch ein.

»Ist in dieser Nuss wohl so ein kleines hübsches Tuch, wie es Christinchen um den Hals trägt?«, fragte Ib.

»Es sind zehn Halstücher darin!«, sagte die Frau, »es sind feine Kleider darin und Strümpfe und ein Hut.«

»Dann gib mir die auch!«, sagte Christinchen, und der kleine Ib gab ihr auch die zweite Nuss, die dritte war ein kleines, schwarzes Ding.

»Die musst du behalten«, sagte Christinchen, »und die ist auch schön!«

»Und was ist denn darin?«, fragte Ib.

»Das Allerbeste für dich!«, sagte die Zigeunerin.

Und Ib hielt die Nuss fest. Die Frau versprach, sie auf den rechten Weg zu bringen, der nach Hause führte, und sie machten sich auf die Wanderung, freilich in einer ganz andern Richtung, als sie sie hätten einschlagen müssen, aber deswegen darf man sie nicht beschuldigen, dass sie die Kinder hätte stehlen wollen.

Auf dem verworrenen Waldweg begegneten sie dem Holzwärter Chrän, der kannte Ib, und mit seiner Hilfe kamen Ib und Christinchen nach Hause, wo man ihretwegen sehr besorgt war, und man verzieh ihnen, obwohl sie es beide verdient hätten, eine tüchtige Züchtigung mit der Rute zu bekommen, erstens weil sie das Ferkel hatten ins Wasser fallen lassen, und dann weil sie weggelaufen waren.

Christine wurde zu ihrem Vater nach der Heide zurückgebracht, und Ib blieb in dem kleinen Waldhäuschen. Das erste, was er am Abend tat, war, dass er die Nuss hervorholte, die das »Allerbeste« in sich barg; – er legte sie zwischen die Tür und den Türrahmen und klemmte die Tür zu, die Nuss knackte, aber es war keine Spur von einem Kern zu sehen, sie war gleichsam mit Staub oder Erde angefüllt; sie war taub oder wurmstichig, wie man es nennt.

»Ja, das hab ich mir gleich gedacht!«, sagte Ib, »wie sollte auch wohl in der kleinen Nuss Platz sein für das Allerbeste! Christinchen wird auch weder ihre Kleider, noch ihre goldene Kutsche aus den beiden Nüssen herausbekommen!«

Und der Winter kam, und das neue Jahr kam.

Und es verstrichen mehrere Jahre. Jetzt sollte Ib eingesegnet werden und zum Unterricht zum Pfarrer gehen, und der wohnte weit von dem Waldhäuschen entfernt. Um diese Zeit kam der Bootsmann eines Tages zu Ibs Eltern und erzählte, dass Christinchen nun von Hause sollte, um ihr Brot zu verdienen, und es wäre ein großes Glück für sie, dass sie gleich in so gute Hände käme und einen Dienst bei so braven Leuten erhielte; sie sollte zu den reichen Wirtsleuten im Hernieger Kruge, weit weg nach Westen zu; da sollte sie der Frau des Hauses zur Hand gehen und später, wenn sie sich gut anschickte und konfirmiert wäre, wollten die Leute sie bei sich behalten.

Und Ib und Christinchen nahmen Abschied voneinander, »die Brautleute« wurden sie genannt; und sie zeigte ihm beim Abschied, dass sie die beiden Nüsse noch hatte, die sie von ihm bekommen hatte, als sie sich im Wald verirrt hatten, und sie sagte ihm auch, dass sie in ihrer Truhe die kleinen Holzschuhe aufbewahre, die er ihr als Knabe geschnitzt und geschenkt hatte. Und dann trennten sie sich.

Ib ward eingesegnet, aber er blieb im Hause seiner Mutter, denn er war ein tüchtiger Holzschuhmacher geworden, und im Sommer bestellte er das Feld gewissenhaft, seine Mutter hatte dazu niemand als ihn, denn Ibs Vater war gestorben.

Nur selten, und zwar durch einen Postillion oder einen Aalbauern, hörte er von Christinchen: es ging ihr gut bei den reichen Wirtsleuten, und als sie eingesegnet war, schrieb sie dem Vater einen Brief und darin stand auch ein Gruß an Ib und an seine Mutter. Christinchen schrieb von sechs neuen Hemden und einem schönen Kleid, das hatte sie alles von ihrer Herrschaft bekommen. Ja, das waren gute Nachrichten.

Im Frühling darauf klopfte es einen schönen Tages an Ibs und seiner Mutter Tür; es waren der Bootsmann und Christinchen. Sie war auf einen Tag zu Besuch gekommen; es war eine Fahrgelegenheit gewesen, und die hatte sie benutzt. Schön war sie wie ein feines Fräulein, und hübsche Kleider hatte sie an, sie waren gut gearbeitet, und sie passten ihr. Im vollen Putz stand sie da, und Ib war in seinen alten Werktagkleidern. Er konnte kein Wort hervorbringen; wohl nahm er ihre Hand und hielt sie fest und war so von Herzen froh, aber der Mund war ihm wie verstummt. Christinchen hingegen konnte reden, sie sprach und erzählte, und sie küsste Ib gerade auf den Mund.

»Kennst du mich denn gar nicht mehr?«, fragte sie, aber selbst als die beiden allein waren, und er noch immer ihre Hand in der seinen hielt, vermochte er nichts zu sagen als: »Du bist ganz wie eine feine Dame geworden, und ich sehe so struppig aus! Ach, wie oft habe ich an dich gedacht, Christinchen, und an die alten Zeiten!«

Und sie gingen Arm in Arm den Landrücken hinan, und sahen über den Fluss hinweg nach der Heide hinüber, nach den großen Heidehügeln; Ib sagte nichts, aber als sie sich trennten, war es ihm klar, dass Christinchen seine Frau werden müsse, sie waren ja von Kindheit an die Brautleute genannt, sie waren, so meinte er, ein verlobtes Paar, obwohl niemand von ihnen es gesagt hatte.

Nur noch wenige Stunden konnten sie zusammen sein, denn Christinchen musste wieder in das nächste Dorf zurück, von wo der Wagen sie in der Frühe des nächsten Morgens abholen sollte. Der Vater und Ib gaben ihr das Geleite, es war heller Mondschein, und als sie an das Dorf kamen, hielt Ib Christinchens Hand noch immer in der seinen und konnte sie gar nicht wieder lassen, seine Augen leuchteten, doch die Worte kamen nur spärlich, aber jedes, das er sagte, kam ihm aus dem Herzen: »Wenn du es nicht zu fein gewöhnt bist«, sagte er, »und wenn du dich darein finden kannst, im Hause meiner Mutter mit mir zusammen als mein Weib zu leben, dann wollen wir beide einmal Mann und Frau werden! – – Aber wir können ja noch ein wenig warten!«

»Ja, sehen wir es noch eine Zeitlang an, Ib!«, sagte sie, und dann drückte sie ihm die Hand, und er küsste sie auf den Mund. »Ich verlasse mich auf dich, Ib!«, sagte Christinchen, »und ich glaube, dass ich dich lieb habe; ich will es mir aber noch beschlafen!«

Und dann trennten sie sich, und Ib sagte zu dem Bootsmann, dass er und Christinchen nun so gut wie verlobt seien, und der Bootsmann meinte, das habe er sich ja immer gedacht, und er ging mit Ib nach Hause und schlief dort mit ihm im selben Bett, und dann wurde nicht weiter über die Verlobung gesprochen.

Ein Jahr war vergangen; zwei Briefe waren zwischen Ib und Christinchen gewechselt; »Treu bis in den Tod!«, lautete die Unterschrift. Eines Tages trat der Bootsmann bei Ib ein, er hatte ihm einen Gruß von Christinchen zu bringen; was er sonst noch zu sagen hatte, damit ging es freilich ein wenig langsam, aber es gehe Christinchen gut, mehr als gut, sie sei ja auch ein hübsches Mädchen, geachtet und beliebt. Der Sohn der Wirtsleute sei auf Besuch zu Hause gewesen, er habe eine große Anstellung auf einem Kontor in Kopenhagen, und Christinchen gefalle ihm, auch sie fand ihn nach ihrem Sinn, seine Eltern hätten auch nichts dagegen, aber nun läge es Christinchen doch sehr am Herzen, dass Ib so viel an sie denke, und deswegen habe sie beschlossen, das Glück von sich zu stoßen, sagte der Bootsmann.

Ib sagte anfangs kein Wort, aber er wurde leichenblass, schüttelte den Kopf ein wenig und sagte dann: »Christinchen soll ihr Glück nicht von sich stoßen!«

»Schreibe ihr ein paar Worte«, sagte der Bootsmann.

Und Ib schrieb auch, aber konnte die Worte nicht zusammenfügen wie er wollte, und er strich es wieder aus und zerriss den Brief – aber am nächsten Morgen lag ein Brief an Christinchen fertig da und darin hieß es:

»– Den Brief, den Du an Deinen Vater geschrieben hast, habe ich gelesen und daraus ersehen, dass es Dir in jeder Beziehung gut geht, und dass Du es noch besser bekommen kannst. Frage Dein Herz, Christinchen, und denke darüber nach, auf was Du Dich einlässt, wenn Du mich nimmst, es ist nur wenig, was ich habe. Denke nicht an mich oder wie es mit mir bestellt ist, sondern denke an Dein eignes Glück! Du bist durch kein Versprechen an mich gebunden, und wenn Du mir in Deinem Herzen eins gegeben hast, so entbinde ich Dich davon. Die Freude der ganzen Welt sei Dir beschert, Christinchen! Der liebe Gott wird wohl einen Trost für mein Herz haben.

Stets Dein treuer Freund Ib.«

Und der Brief wurde abgesandt, und Christinchen bekam ihn.

Im November wurde sie in der Kirche auf der Heide und in Kopenhagen, wo der Bräutigam wohnte, aufgeboten, und dorthin reiste sie mit ihrer Schwiegermutter, weil der Bräutigam seiner vielen Geschäfte wegen nicht die weite Reise durch Jütland machen konnte. Christinchen war unterwegs mit ihrem Vater zusammengetroffen, um von ihm Abschied zu nehmen.

Hierüber wurden gelegentlich ein paar Worte gesprochen, aber Ib sagte kein Wort. Er sei so nachdenklich geworden, sagte seine alte Mutter. Ja, nachdenklich war er, und daher fielen ihm auch die drei Nüsse ein, die er als Kind von der Zigeunerin bekommen, und von denen er zwei an Christinchen abgegeben hatte. Es waren Wünschelnüsse, und in einer von den ihren lag ja eine goldene Kutsche mit Pferden davor, und in der andern die schönsten Kleider; und das war ganz richtig eingetroffen! All die Herrlichkeit bekam sie nun ja drüben in Kopenhagen; für sie ging es in Erfüllung! Für Ib lag in der Nuss nur die schwarze Erde. »Das Allerbeste für ihn!«, hatte die Zigeunerin gesagt – ja, auch das ging in Erfüllung, die schwarze Erde war das Beste für ihn. Jetzt verstand er ganz deutlich, was die Frau gemeint hatte. In der schwarzen Erde, in dem Frieden des Grabes, da war ihm am wohlsten.

Und Jahre vergingen – nicht viele, aber lange Jahre, so schien es Ib; die alten Wirtsleute waren kurz nacheinander gestorben, all ihr Hab und Gut, viele tausend Taler erbte der Sohn. Ja, jetzt konnte Christinchen eine goldene Kutsche und schöne Kleider bekommen!

In den zwei langen Jahren, die nun folgten, kam kein Brief von Christinchen, und als dann der Vater endlich einen bekam, war der durchaus nicht in Wohlstand und Freuden geschrieben. Armes Christinchen! Weder sie noch ihr Mann hatten es verstanden, mit dem Reichtum hauszuhalten, der ging, wie er kam, es war kein Segen dabei – weil sie es selbst nicht wollten.

Und die Heide stand in Blüte, und die Heide verblühte. Der Schnee war schon viele Winter über den Landrücken und das Waldhäuschen hin gestrichen, wo Ib wohnte, die Frühlingssonne schien, und Ib ließ den Erdboden von dem Pflug aufwühlen, da schurrte er, wie Ib meinte, über einen Feuerstein hin, ein großer, schwarzer Hobelspahn kam aus der Erde zum Vorschein, und als Ib danach fasste, war es ein Stück Metall, und da, wo der Pflug hineingeschnitten hatte, schimmerte es blank. Es war eine große, schwere Armspange aus der Heidenzeit; das Hünengrab war hier geschleift und nun war der kostbare Schmuck gefunden: Ib zeigte ihn dem Pfarrer, der ihm erklärte, wie wertvoll er war, und dann begab sich Ib zum Landesvogt, der einen Bericht über den Fund nach Kopenhagen einsandte und Ib den Rat gab, das kostbare Kleinod selbst zu überbringen.

»Du hast in der Erde das Beste gefunden, was du finden konntest!«, sagte der Landesvogt.

»Das Beste!«, dachte Ib. »Das Allerbeste für mich – und in der Erde! Dann hatte die Zigeunerin doch auch in Bezug auf mich recht, wenn es das Beste war!«

Und Ib fuhr mit einem Segelschiff von Aarhus nach Kopenhagen, es war für ihn, der nur den Fluss daheim kannte, eine Reise über das Weltmeer. Und Ib langte in Kopenhagen an.

Der Wert des gefundenen Goldes wurde ihm ausgezahlt, es war eine große Summe: sechshundert Taler. Und Ib aus dem Waldhäuschen ging in der großen Stadt umher.

An dem Abend vor seiner Rückreise verirrte er sich in den Straßen und kam in eine ganz andere Gegend, als er beabsichtigte, er hatte sich in einer ärmlichen Gasse in dem entlegenen Stadtteil Christianshafen verirrt. Kein Mensch war in der ganzen Straße zu sehen. Da kam ein kleines Mädchen aus einem der armseligen Häuser heraus; Ib fragte es nach dem Wege, den er suchte; die Kleine stutzte, sah ihn an und brach in heftiges Weinen aus. Nun fragte er sie, was ihr fehle, sie sagte etwas, was er nicht verstand; sie befanden sich aber gerade unter einer Laterne, deren Schein dem Mädchen hell ins Gesicht fiel, da ward ihm ganz wunderlich zu Mute, denn es war leibhaftig Christinchen, die vor ihm stand, genau so wie er sich ihrer aus der Zeit erinnerte, als sie beide noch Kinder waren.

Und er ging mit dem kleinen Mädchen in das ärmliche Haus, die schmale, ausgetretene Treppe hinauf, bis zu einer kleinen, schrägen Kammer hoch oben unter dem Dach. Eine schwere, erstickende Luft herrschte da drinnen, kein Licht brannte, in einem Winkel seufzte und atmete es schwer. Ib zündete ein Streichholz an. Es war die Mutter des Kindes, die auf dem ärmlichen Lager ruhte.

»Kann ich Ihnen in irgendeiner Weise helfen?«, fragte Ib. »Die Kleine hat mich heraufgeführt, aber ich selbst bin fremd in der Stadt. Sind hier keine Nachbarn oder jemand, den ich rufen könnte?« – Und er richtete den Kopf der Kranken auf.

Es war Christinchen von der Heide.

Seit Jahren war daheim in Jütland ihr Name nicht genannt worden, das würde Ibs stillen Gedankengang aufgewühlt haben, und es war auch nichts Gutes, was das Gerücht und die Wahrheit erzählten: das viele Geld, das Christinchens Mann von seinen Eltern geerbt, hatte ihn übermütig und leichtsinnig gemacht; er hatte seine feste Stellung aufgegeben, war ein halbes Jahr in fremden Ländern gereist, war zurückgekehrt, hatte Schulden gemacht und doch in Saus und Braus gelebt; der Wagen neigte sich immer mehr auf die Seite und schlug zuletzt ganz um. Die vielen lustigen Freunde und Tischgenossen sagten von ihm, er habe es nicht besser verdient, er habe ja wie ein Verrückter gelebt. – Eines Morgens hatte man seine Leiche aus dem Kanal gezogen.

Christinchen trug den Tod im Herzen; ihr jüngstes Kindchen, nur wenige Wochen alt, in Wohlstand getragen, in Elend geboren, lag bereits im Grabe und nun lag sie todkrank, verlassen, in einer elenden Kammer, so dürftig, wie sie es in ihren jungen Jahren wohl hätte ertragen können, während sie jetzt, wo sie es besser gewohnt war, das Elend schmerzlich empfand. Und ihr ältestes Kind, auch ein kleines Christinchen, litt Not und Hunger mit ihr, und hatte nun Ib zu ihr hinaufgeführt.

»Ich ängstige mich, dass ich sterbe und das arme Kind allein zurücklasse«, seufzte sie. »Wo in aller Welt soll sie nur hin!«

Mehr vermochte sie nicht zu sagen.

Und Ib zündete noch ein Streichholz an und fand einen Lichtstummel, der brannte und erleuchtete die elende Kammer.

Und Ib sah das kleine Mädchen an und dachte an Christinchen, als sie noch jung war; um Christinchens willen konnte er gut gegen dies Kind sein, das er nicht kannte. Die Sterbende sah ihn an, ihre Augen wurden immer größer – erkannte sie ihn? Er wusste es nicht, kein Wort kam über ihre Lippen.

Und es war im Wald an dem Fluss Gudenau in der Heide; die Luft war grau, das Heidekraut hatte abgeblüht, herbstliche Stürme von Westen her trieben das gelbe Laub aus dem Wald in den Fluss hinein und über die Heide, wo des Bootsmanns Hütte stand, in der jetzt fremde Leute wohnten; aber unter dem Landrücken, geschützt und hinter hohen Bäumen stand das Bauernhäuschen, geweißt und angestrichen; in der Stube brannte der Heidetorf im Ofen, hier schien die Sonne, sie strahlte aus zwei Kinderaugen, des Frühlings Lerchenschlag klang von des Kindes roten, lachenden Lippen, sobald es sprach; da war Leben und Lustigkeit, das kleine Christinchen war da; sie saß auf Ibs Knie; er war ihr Vater und Mutter, denn die waren entschwunden, wie das Traumbild dem Kinde und dem Erwachsenen entschwindet. Ib saß in dem hübschen, zierlichen Haus, ein wohlhabender Mann; die Mutter des kleinen Mädchens lag auf dem Armenfriedhof bei Kopenhagen.

Ib hatte Geld auf die hohe Kante gelegt, sagten die Leute, Geld aus der schwarzen Erde. Und er hatte ja auch das kleine Christinchen.

Das Judenmädchen

In der Armenschule zwischen den andern Kindern saß auch ein kleines Judenmädchen, ein aufgewecktes, gutes Kind, das tüchtigste in der ganzen Schule, aber an einer der Unterrichtsstunden konnte es nicht teilnehmen; es war ja in einer christlichen Schule.

Das Geografiebuch durfte die Kleine aufschlagen und darin lesen, oder auch ihr Rechenexempel fertig schreiben, aber das war bald getan, und die Aufgabe war schnell gelernt; wohl lag ein Buch vor ihr aufgeschlagen, aber sie las nicht darin, sie saß da und hörte zu, und bald merkte der Lehrer, dass sie aufmerksamer lauschte als irgendeins der andern Kinder.

»Lies du in deinem Buch«, sagte er mild und ernsthaft, aber sie sah ihn mit ihren schwarzen, strahlenden Augen an, und als er auch sie fragte, wusste sie besser Bescheid als alle die andern. Sie hatte gehört, verstanden und alles in ihrem Herzen aufbewahrt.

Ihr Vater war ein armer, braver Mann; er hatte beim Eintritt der Tochter in die Schule die Bedingung gestellt, dass sie nicht in dem christlichen Glauben unterrichtet werde. Aber es hätte vielleicht Ärgernis erregt oder Gedanken und Stimmungen bei den andern Kindern der Schule wachgerufen, wenn sie sich aus der Unterrichtsstunde entfernt hätte, und so blieb sie denn, aber jetzt durfte es nicht länger geschehen.

Der Lehrer ging zu dem Vater und sagte ihm, er müsse entweder seine Tochter aus der Schule nehmen oder sie Christin werden lassen. »Ich kann es nicht ertragen, diese brennenden Augen des Kindes, die Innigkeit und den Seelendurst nach dem Worte des Evangeliums mit anzusehen!«, sagte der Lehrer.

Und der Vater brach in Tränen aus: »Ich selbst weiß nur wenig von unsrer eignen Religion, aber ihre Mutter war eine Tochter Israels und stark im Glauben, auf ihrem Sterbebett habe ich ihr das Gelöbnis gegeben, dass unser Kind niemals getauft werden solle; ich muss mein Gelübde halten, es erscheint mir wie ein Bund mit Gott.«

Und das kleine Mädchen wurde aus der Schule der Christen genommen.

Jahre waren vergangen.

In einer der kleinsten Provinzstädte Jütlands diente in einem geringen, bürgerlichen Hause ein armes Mädchen mosaischen Glaubens; es war Sarah; ihr Haar war schwarz wie Ebenholz, ihre Augen waren so dunkel und doch voll Glanz und Licht, wie sie nur den Töchtern des Orients eigen sind; der Ausdruck des erwachsenen Mädchens war noch derselbe wie bei dem Kinde, das auf der Schulbank saß und mit sinnendem Blick lauschte.

Jeden Sonntag tönte von der Kirche her die Orgel und der Gesang der Gemeinde schallte über die Straße in das Haus hinein, wo das Judenmädchen fleißig und treu bei seiner Arbeit stand. »Du sollst den Sabbath heilig halten!«, so lautete ihr Gesetz, aber ihr Sabbath war der Arbeitstag der Christen, und sie konnte ihn nur in ihrem Herzen heilig halten, und das, glaubte sie, sei nicht genug. Aber was ist Tag und Stunde vor Gott? Der Gedanke war in ihrer Seele erwacht, und am Sonntag der Christen war die Andachtsstunde ungestörter: drang dann der Orgelklang und der Gesang der Gemeinde zu ihr in die Küche, wo sie bei ihrer Arbeit stand, herüber, da ward es selbst an diesem Ort heilig und still. Dann las sie das alte Testament, ihres Volkes Schatz und Eigentum, aber nur das, denn was ihr der Vater und der Lehrer gesagt hatten, als sie aus der Schule genommen wurde, das Gelübde, das der Vater ihrer sterbenden Mutter gegeben, dass Sarah nie getauft werden, nie den Glauben ihrer Väter verleugnen solle, bewahrte sie treu in ihrem Herzen. Das neue Testament war ein verschlossenes Buch für sie und sollte es bleiben, und doch wusste sie soviel davon; es durchstrahlte ihre Kindheitserinnerungen.

Eines Abends, als sie in einem Winkel des Wohnzimmers saß, hörte sie ihren Dienstherrn vorlesen, ihm durfte sie wohl lauschen, er las ja nicht aus dem Evangelium, sondern aus einem alten Geschichtenbuch, da durfte sie bleiben. Und er las von einem ungarischen Ritter, der von einem türkischen Pascha gefangen genommen wurde; der ließ ihn mit den Ochsen vor den Pflug spannen, ihn mit Peitschenhieben antreiben und verhöhnen und schmachten.

Das treue Weib des Ritters verkaufte all ihr Geschmeide, verpfändete Burg und Land, seine Freunde brachten große Summen auf, denn fast unglaublich war das Lösegeld, das verlangt wurde, aber es wurde beschafft, und er wurde aus der Schmach und der Knechtschaft befreit; krank und leidend erreichte er die Heimat. Bald aber erscholl ein allgemeiner Aufruf gegen die Feinde des Christentums; der Kranke hörte davon und hatte nicht Ruh noch Rast, er ließ sich auf sein Streitross heben, das Blut strömte ihm wieder in die Wangen, seine Kräfte schienen wiederzukehren, und er zog aus zu Kampf und Sieg. Und derselbe Pascha, der ihn hatte vor den Pflug spannen lassen, der ihn verhöhnt und gepeinigt hatte, ward nun sein Gefangener, und ward in das Burgverlies in der Heimat gebracht, aber schon in der ersten Stunde kam der Ritter zu dem Gefangenen und fragte:

»Was meinst du wohl, das deiner jetzt harrt?«

»Ich weiß es!«, antwortete der Türke. »Vergeltung!«

»Ja, die Vergeltung eines Christen!«, sagte der Ritter. »Das Christentum gebeut uns, unserm Feinde zu vergeben, unsern Nächsten zu lieben, Gott ist die Liebe! Ziehe hin in Frieden in deine Heimat, zu deinen Lieben, sei fortan milde und liebreich gegen die, so da leiden!«

Da brach der Gefangene in Tränen aus. »Wie konnte ich das für möglich halten! Qualen und Leiden schienen meiner zu harren, da nahm ich ein Gift, das mich in wenigen Stunden töten wird. Ich muss sterben, es gibt keine Hilfe für mich! Doch bevor ich sterbe, verkündige mir die Lehre, die eine solche Liebe und Gnade umschließt, denn sie ist groß und göttlich! Lass mich in dieser Lehre sterben, als Christen sterben!« Und seine Bitte ward erfüllt.

Das war die Legende, die der Dienstherr vorlas; alle hörten sie und lauschten aufmerksam; am brennendsten aber erfüllte und durchbebte sie das Mädchen, das in der Ecke saß, die Jüdin Sarah; große, schwere Tränen traten ihr in die leuchtenden, kohlschwarzen Augen; mit kindlich frommem Gemüt saß sie da, wie sie einstmals auf der Schulbank gesessen hatte, und fühlte die Größe des Evangeliums. Tränen rollten ihr über die Wangen hinab.

»Lass mein Kind keine Christin werden!«, waren der Mutter letzte Worte auf dem Totenbett gewesen, das klang ihr durch Herz und Seele mit den Worten des Gesetzes: »Du sollst deinen Vater und deine Mutter ehren!«

»Ich bin ja nicht getauft, sie nennen mich das Judenmädchen! Das haben die Knaben des Nachbars mir noch am letzten Sonntag zugerufen, als ich vor der offenen Kirchentür stehen blieb und hineinsah, wie die Altarlichter brannten, und die Gemeinde sang. Seit der Schulzeit und bis auf diesen Tag habe ich die Macht des Christentums empfunden, das wie Sonnenschein ist, selbst wenn ich ihm meine Augen verschließe, scheint es mir ins Herz hinein; aber ich will dich nicht in deinem Grabe betrüben, Mutter! Ich will dem Gelübde nicht untreu werden, das der Vater dir gab; ich will nicht in der christlichen Bibel lesen, ich habe ja den Gott meiner Väter, an den ich mein Haupt anlehnen kann!«

Und es vergingen Jahre.

Der Dienstherr starb, die Witwe blieb in bedrängten Verhältnissen zurück, sie konnte kein Dienstmädchen mehr halten; aber Sarah ging nicht fort, sie war die Hilfe in der Not, sie hielt das Ganze zusammen; sie arbeitete bis tief in die Nacht hinein, schaffte das tägliche Brot durch ihrer Hände Arbeit; da war kein Verwandter, der sich der Familie annahm, und die Frau wurde von Tag zu Tag schwächer und lag monatelang auf dem Krankenbett. Sarah wachte, pflegte, arbeitete, sanft und fromm, ein Segen in dem armen Haus.

»Dort liegt die Bibel«, sagte die Kranke, »lies mir etwas vor, der Abend ist so lang, ich habe ein solches Bedürfnis, das Wort Gottes zu hören.«

Und Sarah beugte ihr Haupt, die Hände falteten sich um die Bibel, die sie öffnete, und aus der sie der Kranken vorlas; oft traten ihr die Tränen in die Augen, aber ihr Blick ward strahlender, in ihrer Seele war es heller: »Mutter, dein Kind soll nicht die Taufe der Christen empfangen, soll nicht in ihre Gemeinschaft aufgenommen werden, das hast du so gewollt, das werde ich halten, darüber sind wir uns einig hier auf Erden, aber über dieser Erde, da ist die Einigkeit größer in Gott. ›Er geleitet uns über den Tod hinaus! – Er steigt hinab auf die Erde und wenn er sie hat schmachten lassen, dann macht er sie reich!‹ Das verstehe ich. Wie es gekommen ist, weiß ich selbst nicht –! Es geschah durch ihn, in ihm, in Christus!«

Und sie zitterte, als sie seinen heiligen Namen nannte, eine Taufe von Feuerflammen durchströmte sie mächtiger, als ihr Körper es zu ertragen vermochte. Sie brach zusammen, kraftloser als die Kranke, bei der sie wachte.

»Die arme Sarah!«, sagten die Leute. »Sie hat sich mit Arbeit und Nachtwachen überanstrengt!«

Sie brachten sie in das Armenkrankenhaus, und dort starb sie, von dort aus wurde sie begraben, aber nicht auf dem Friedhof der Christen, da war kein Platz für das Judenmädchen, nein, draußen an der Mauer grub man ihr das Grab.

Und Gottes Sonne, die auf die Gräber der Christen herabschien, die beschien auch das Grab des Judenmädchens da draußen, und der Gesang, der auf dem Friedhof der Christen ertönte, klang auch über ihre einsame Gruft hin; auch bis zu ihr drang die Verheißung: »Es gibt eine Auferstehung in Christo, in ihm, dem Herrn, der zu der Jungfrau sagte: Johannes hat mit Wasser getauft, ihr aber werdet mit dem heiligen Geist taufen!«

Zwei Jungfern

Hast du wohl jemals eine Jungfer gesehen? Ich meine das, was der Steindämmer eine Jungfer nennt, ein Ding, um das Straßenpflaster festzustampfen. Sie ist ganz aus Holz, unten breit, mit eisernen Ringen rundherum, oben aber schmal mit einem Stock, der ihre Arme bildet.

Auf dem Bauhof standen zwei solche Jungfern, sie standen zwischen Schaufeln, Messapparaten, Schubkarren, und bis hierher war das Gerücht gedrungen, dass »die Jungfern« nicht länger Jungfern genannt werden sollten, sondern »Handrammen«, und das ist die neueste und einzig richtige Bezeichnung in der Steindämmersprache für das Ding, das wir alle in alten Zeiten eine Jungfer nannten.

Nun gibt es unter uns Menschen etwas, was man »emanzipierte Frauenzimmer« nennt, als da sind Institutsvorsteherinnen, Hebammen, Tänzerinnen, die von Amts wegen auf einem Bein stehen können, Modehändlerinnen und Krankenwärterinnen, und an diese Reihe »Emanzipierter«

schlossen sich auch die beiden Jungfern an; sie waren Jungfern beim Wegebau, und sie wollten unter keiner Bedingung ihren guten, alten Namen aufgeben und sich »Handrammen« benamsen lassen.

»›Jungfer‹ ist ein Menschenname«, sagten sie, »aber ›Handramme‹ ist ein Ding, und wir lassen uns nicht ein Ding nennen, das heißt uns beschimpfen!«

»Mein Verlobter ist imstande, die Verlobung aufzuheben«, sagte die Jüngste, die mit einem Rammklotz verlobt war; »das ist so eine große Maschine, die Pfähle in die Erde treibt, also im groben tut, was eine Jungfer im feinen tut. Er will mich als Jungfer heiraten, aber wahrscheinlich nicht als Handramme, und folglich kann ich mich nicht umtaufen lassen.«

»Ja, eher lasse ich mir die beiden Arme abbrechen!«, sagte die Ältere.

Die Schubkarre war jedoch andrer Ansicht, und die Schubkarre war etwas; sie betrachtete sich als eine Viertel-Kutsche, da sie auf einem Rad lief.

»Ich will Ihnen aber nur sagen, dass eine Jungfer etwas ziemlich Allgemeines ist und bei weitem nicht so fein wie eine Handramme, denn wenn man den Namen führt, kommt man in die Rangklasse der Petschafte, und denken Sie doch nur an das Staatspetschaft, das dem Siegel des Gesetzes doch erst den Nachdruck verleiht. An Ihrer Stelle würde ich ›die Jungfer‹ aufgeben!«

»Nie im Leben! Dazu bin ich zu alt!«, sagte die Ältere.

»Sie haben wohl noch niemals von etwas reden hören, was man die Europäische Notwendigkeit nennt?«, sagte das ehrliche, alte Klaftermaß. »Man muss sich beschränken, sich unterordnen, sich in Zeit und Umstände fügen, und wenn es ein Gesetz gibt, das die Benennung ›Handramme‹ für die Jungfer vorschreibt, so muss sie sich Handramme nennen lassen. Jedes Ding hat sein Klaftermaß.«

»Dann will ich mich doch lieber, wenn es doch einmal sein soll, ›Fräulein‹ nennen lassen«, sagte die Jüngere. »Fräulein schmeckt doch immer ein wenig nach Jungfer.«

»Ich lasse mich aber lieber zu Brennholz zerschlagen!«, sagte die alte Jungfer.

Jetzt ging es an die Arbeit; die Jungfern fuhren, sie wurden auf die Schubkarre gelegt, und das war doch wenigstens eine feine Behandlung, aber »Handramme« wurden sie genannt.

»Jung –!«, sagten sie, während sie auf das Steinpflaster herabstampften; »Jung –!«, und sie waren kurz davor, das Wort auszusprechen, aber sie besannen sich, sie waren der Ansicht, dass es unter ihrer Würde sei, überhaupt zu antworten. Gegenseitig nannten sie sich aber immer »Jungfer« und priesen die guten alten Zeiten, wo jedes Ding bei seinem rechten Namen genannt wurde, und wo man Jungfer genannt wurde, wenn man eine Jungfer war. Und Jungfern blieben sie alle beide, denn der Rammklotz, die große Maschine, hob in der Tat die Verlobung mit der Jüngeren auf; er wollte nun einmal eine Jungfer haben.

Tölpel-Hans

Draußen auf dem Lande lag ein altes Gut, und darauf wohnte ein alter Gutsbesitzer, der zwei Söhne hatte, die waren so witzig, dass die Hälfte davon genügt haben würde; sie wollten um des Königs Tochter freien, und dazu hatten sie ein gutes Recht, denn sie hatte bekanntmachen lassen, dass sie den zum Mann nehmen wollte, der sein Mundwerk am besten zu gebrauchen wisse.

Die Beiden bereiteten sich nun acht Tage vor, das war die längste Zeit, die sie dazu hatten, aber es genügte auch, denn sie besaßen Vorkenntnisse und die sind sehr nützlich. Der eine wusste das ganze lateinische Lexikon und drei Jahrgänge von dem Tageblatt des Städtchens auswendig; der andre hatte sich mit allen Innungsgesetzen bekannt gemacht und wusste, was jeder Zunftmeister wissen muss, und deswegen meinte er auch, dass er von Staatsangelegenheiten mitreden könne, außerdem verstand er sich auch darauf, Hosenträger zu sticken, denn er war zierlich und geschickt.

»Ich bekomme die Königstochter!«, riefen sie beide, und dann gab der Vater einem jeden ein schönes Pferd. Der, der das Wörterbuch und die Zeitungen auswendig wusste, bekam einen kohlschwarzen Rappen, und der Innungskluge einen milchweißen Schimmel, und dann schmierten sie sich die Mundwinkel mit Lebertran ein, damit sie recht geschmeidig würden. Alles Gesinde stand unten auf dem Hof, um sie zu Pferd steigen zu sehen. Da kam der dritte Bruder, denn es waren drei Söhne auf dem Gut, aber den rechnete niemand mit, denn er war nicht so gelehrt wie die beiden andern, und man nannte ihn allgemein Tölpel-Hans.

»Wo wollt ihr hin, ihr habt euch ja so fein gemacht?«, fragte er.

»Zu Hofe, um uns die Königstochter zu erschwatzen. Hast du nicht gehört, was im ganzen Lande ausgetrommelt ist?« Und dann erzählten sie es ihm.

»Ei der Teufel, da bin ich mit dabei!«, sagte Tölpel-Hans, und die Brüder lachten ihn aus und ritten von dannen.

»Vater! Ich will auch ein Pferd haben!«, schrie Tölpel-Hans. »Ich kriege solche Lust, mich zu verheiraten! Nimmt sie mich, so nimmt sie mich! Und nimmt sie mich nicht, so nehme ich sie – kriegen tu ich sie!«

»Ach was, Unsinn!«, sagte der Vater. »Dir gebe ich kein Pferd. Du kannst ja nicht reden. Nein, deine Brüder, das sind ein paar Prachtkerle!«

»Wenn ich kein Pferd haben soll«, sagte Tölpel-Hans, »dann nehm ich den Ziegenbock, der gehört mir, und der kann mich gut tragen!« Und damit setzte er sich rittlings über den Ziegenbock, presste ihm die Hacken in die Weichen, und dahin ging es, die Landstraße entlang, wie ein Sturmwind. »Hier komm ich!«, schrie Tölpel-Hans und sang, dass es nur so gellte.

Aber die Brüder ritten ganz schweigsam voraus; sie sprachen kein Wort, sie mussten über alle die guten Einfälle nachdenken, die sie von sich geben wollten, denn es sollte sehr gewitzt sein.

»Hallo!«, schrie Tölpel-Hans. »Hier komm ich! Seht nur, was ich auf der Landstraße gefunden habe!« Und er zeigte ihnen eine tote Krähe.

»Tölpel!«, sagten die Brüder. »Was willst du damit?«

»Mit der Krähe? – Die will ich der Königstochter schenken!«

»Ja, das tu du nur«, sagten sie, lachten und ritten weiter.

»Hallo! Hier komm ich! Seht, was ich jetzt gefunden habe! So was findet man nicht alle Tage auf der Landstraße!«

Und die Brüder kehrten um, denn sie wollten sehen, was es war. »Tölpel!«, sagten sie, »das ist ja ein alter Holzschuh, von dem das Oberteil abgegangen ist! Soll die Königstochter den auch haben?«

»Natürlich soll sie ihn haben!«, sagte Tölpel-Hans, und die Brüder lachten und ritten weiter und gewannen einen großen Vorsprung.

»Hallo! Da bin ich!«, rief Tölpel-Hans. »Nein, jetzt wird es besser und besser! Hurra! Das ist ganz famos!«

»Was hast du denn jetzt gefunden?«, fragten die Brüder.

»O«, sagte Tölpel-Hans, »davon kann man gar nicht sprechen! Wie sich die Königstochter freuen wird!«

»Pfui!«, sagten die Brüder, »das ist ja der reine Schlamm, direkt aus dem Graben!«

»Freilich ist es Schlamm!«, sagte Tölpel-Hans, »und zwar von der feinsten Sorte, man kann ihn gar nicht mal festhalten!«, und damit füllte er die Tasche.

Aber die Brüder ritten, was das Zeug halten wollte, und so kamen sie denn eine ganze Stunde vor dem Tölpel an das Stadttor, und dort bekamen die Freier Nummern, nacheinander, so wie sie ankamen, und wurden in Reih und Glied geordnet, sechs in jeder Reihe, und so eng standen sie, dass sie die Arme nicht rühren konnten, und das war recht gut, denn sonst hätten sie einander sicher den Rücken aufgeschlitzt, nur weil der eine vor dem andern stand.

Alle Einwohner des Landes standen rings um das Schloss herum, bis an die Fenster hinauf, um zu sehen, wie die Königstochter die Freier empfing, aber sobald einer von diesen den Saal betrat, versagte ihm sein Mundwerk vollkommen.

»Taugt nicht!«, sagte die Königstochter. »Weg damit!«

Nun kam der von den Brüdern, der das Lexikon auswendig wusste, aber das hatte er ganz und gar vergessen, als er in Reih und Glied dastand, und der Fußboden knarrte und die Decke war aus Spiegelglas, sodass er sich selbst auf dem Kopf stehen sah, und an jedem Fenster standen drei Schreiber und ein Zunftmeister, die schrieben alles auf, was gesagt wurde, damit es gleich in die Zeitung kommen und für einen Groschen an der Ecke verkauft werden konnte. Das war schrecklich. Und dabei hatten sie dermaßen eingeheizt, dass der Ofen glühend rot war.

»Hier ist eine ganz entsetzliche Hitze!«, sagte der Freier.

»Das kommt, weil mein Vater heut junge Hähne brät!«, sagte die Königstochter.

Bäh! Da stand er, auf die Rede war er nicht gefasst gewesen, auch nicht ein Wort wusste er zu sagen, denn etwas Witziges musste es durchaus sein. Bäh!

»Taugt nicht!«, sagte die Königstochter. »Weg damit!« Und dann musste er hinaus.

Nun kam der andere Bruder.

»Hier ist eine entsetzliche Hitze!«, sagte er.

»Ja, wir braten heute junge Hähne!«, sagte die Königstochter.

»Wie be–, wie?«, sagte er, und alle Schreiber schrieben: »Wie be–, wie?«

»Taugt nicht!«, sagte die Königstochter. »Weg damit!«

Nun kam Tölpel-Hans. Er ritt auf dem Ziegenbock gerade in den Saal hinein. »Ist das eine Mordshitze!«, sagte er.

»Jawohl, ich brate auch junge Hähne!«, sagte die Königstochter.

»Das ist ja herrlich!«, sagte Tölpel-Hans. »Dann kann ich mir wohl eine Krähe mit braten?«

»Das können Sie gern tun!«, sagte die Königstochter. »Haben Sie aber auch etwas, worin Sie sie braten können, denn ich habe weder Topf noch Tiegel.«

»Ja, das hab ich!«, sagte Tölpel-Hans. »Hier ist ein Kochgeschirr mit zinnernem Bügel!«, und damit zog er den alten Holzschuh aus der Tasche und legte die Krähe hinein.

»Das ist ja eine ganze Mahlzeit!«, sagte die Königstochter, »aber wo nehmen wir die Tunke her?«

»Die hab ich in der Tasche!«, sagte Tölpel-Hans. »Ich hab so viel, dass es nicht drauf ankommt, wenn etwas verschüttet wird!«, und dann goss er etwas Schlamm aus der Tasche heraus.

»Das gefällt mir!«, sagte die Königstochter, »du kannst doch antworten! Und du kannst reden, dich will ich zum Mann haben! Aber weißt du, dass jedes Wort, was wir sagen und gesagt haben, aufgeschrieben wird und morgen in die Zeitung kommt? An jedem Fenster stehen, wie du siehst, drei Schreiber und ein alter Zunftältester, und der ist der allerschlimmste, denn er kann nichts begreifen!« Aber das sagte sie nur, um ihn bange zu machen. Und alle Schreiber wieherten, und dabei spritzte jeder einen Tintenklecks auf den Fußboden.

»Das ist also die Herrschaft!«, sagte Tölpel-Hans. »Nun, dann will ich dem Zunftältesten das Beste geben!« Und dann kehrte er seine Tasche um und warf ihm den Schlamm ins Gesicht.

»Das war fein!«, sagte die Königstochter, »das hätte ich nicht tun können, aber ich werde es schon lernen!«

Und dann wurde Tölpel-Hans König und bekam eine Frau und eine Krone und saß auf einem Thron, und das Ganze haben wir in der Zeitung des Zunftältesten gelesen – und auf die kann man sich gar nicht verlassen.

Der alte Grabstein

In einem kleinen Städtchen, bei einem Mann, der sein eigenes Haus hatte, saß die ganze Familie an einem Abend in der Jahreszeit, wo man sagt: »Die Abende werden länger!«, im Kreise beieinander; es war noch warm und mild. Die Lampe war angezündet, die langen Gardinen hingen von den Fenstern herab, vor denen Blumentöpfe standen, und draußen war der herrlichste Mondschein; aber davon sprachen sie nicht, sie sprachen von einem alten, großen Stein, der unten auf dem Hofe lag, dicht neben der Küchentür, dort wo die Mädchen oft ihr Kupfergeschirr aufstellten, damit es in der Sonne trocknen sollte, und wo die Kinder zu spielen pflegten – es war eigentlich ein alter Grabstein.

»Ja«, sagte der Herr des Hauses, »ich glaube, er stammt aus der alten, abgebrochenen Klosterkirche; dort wurden sowohl die Kanzel als auch die Epitaphien und die Grabsteine verkauft. Mein seliger Vater kaufte mehrere davon; sie wurden zu Pflastersteinen zerschlagen, aber dieser Stein blieb übrig und ist seither im Hofe liegen geblieben.«

»Man kann ganz gut sehen, dass es ein Grabstein ist«, sagte das älteste von den Kindern, »man kann noch eine Sanduhr und ein Stück von einem Engel darauf erkennen, aber die Inschrift, die da stand, ist fast ausgelöscht, nur der Name Preben und ein großes S stehen dicht hintereinander, und ein wenig weiter nach unten ›Marthe‹; aber mehr kann man nicht entziffern, und auch nur, wenn es geregnet hat, oder wenn wir den Stein abgewaschen haben, kann man es deutlich sehen.«

»Herr Gott, das ist der Grabstein von Preben Svane und seiner Frau!«, sagte ein alter Mann, der seinem Alter nach sehr wohl der Großvater von ihnen allen dort im Zimmer hätte sein können. »Ja, das Ehepaar war eins der letzten, das dort auf dem alten Klosterkirchhof beerdigt wurde; es war ein altes, würdiges Paar aus meiner Knabenzeit. Alle kannten sie, und alle schätzten sie; sie waren das älteste Paar hier in der Stadt. Man sagte von ihnen, sie hätten mehr als eine Tonne Gold, und doch gingen sie einfach gekleidet, in den gröbsten Kleidern, aber ihr Leinenzeug war schimmernd weiß. Sie waren ein schönes, altes Paar, Preben und Marthe! – Wenn sie auf der Bank saßen, die oben auf der steinernen Treppe des Hauses stand, über die die alte Linde ihre Zweige ausstreckte, und sie so freundlich und mild nickten, wurde man ordentlich vergnügt darüber. Sie waren so außerordentlich gut gegen die Armen, sie speisten sie, sie kleideten sie, und es war Vernunft und wahres Christentum in all ihrer Wohltätigkeit. Zuerst starb die Frau! Ich entsinne mich noch so deutlich des Tages; ich war ein kleiner Junge und war mit meinem Vater bei dem alten Preben, gerade als sie entschlafen war; der alte Mann war sehr bewegt und weinte wie ein Kind. – Die Leiche lag noch im Schlafzimmer, neben der Stube, in der wir saßen – er sprach mit meinem Vater und ein paar Nachbarn darüber, wie einsam es nun werden würde, wie prächtig sie gewesen war, wie viele Jahre sie zusammen gelebt hatten, und wie es zugegangen war, dass sie einander kennen lernten und sich lieb gewannen; ich war, wie gesagt, noch klein und stand da und hörte zu, aber es erfüllte mich sehr, dem alten Mann zuzuhören und zu sehen, wie er nach und nach lebhafter wurde und rote Wangen bekam, als er von der Verlobungszeit sprach, wie entzückend sie gewesen, wie viele kleine, unschuldige Umwege er gemacht habe, um mit ihr zusammenzutreffen, und er sprach von dem Hochzeitstag; seine Augen leuchteten, er durchlebte die Freudenzeit gleichsam noch einmal wieder, und dabei lag sie jetzt in der Kammer nebenan, tot, eine alte Frau, und er war ein alter Mann und sprach von der Zeit der Hoffnung – – ja, ja, so geht es! Damals war ich noch ein Kind, und nun bin ich so alt, so alt wie Preben Svane. Die Zeit vergeht, und alles wechselt! – Ich entsinne mich noch so deutlich ihres Begräbnistages, der alte Preben ging dicht hinter dem Sarge her. Ein paar Jahre zuvor hatte das Ehepaar den Grabstein mit Inschriften und Namen bis auf das Todesjahr meißeln lassen; der Stein wurde am Abend hinausgefahren und auf das Grab gelegt, und ein Jahr darauf ward er wieder herausgehoben, und der alte Preben kam wieder zu seiner Frau hinab. – Sie hinterließen nicht den Reichtum, von dem sich die Leute erzählt hatten; was da war, fiel den Verwandten in der Ferne zu, von denen man früher nie etwas gewusst hatte. Das Fachwerkhaus mit der Bank auf der hohen steinernen Treppe unter dem Lindenbaum wurde vom Magistrat niedergerissen, denn es war zu baufällig, um es stehen zu lassen. Später, als es mit der Klosterkirche ebenso ging, und der Kirchhof ausgehoben wurde, da kam Prebens und Marthes Grabstein mit allem von dort an den, der es kaufen wollte, und nun hat es der Zufall gewollt, dass er nicht in Stücke zerschlagen und verbraucht ist, sondern noch auf dem Hofe liegt, als Spielplatz für die Kleinen und als Unterlage für das blank gescheuerte Kupfergeschirr der Mädchen. – Die gepflasterte Straße führt nun über die Ruhestätte des alten Preben und seiner Frau hinweg; niemand denkt mehr an sie!«

Und der alte Mann, der dies alles erzählte, schüttelte wehmütig den Kopf. »Vergessen! – Alles soll vergessen werden!«, sagte er.

Und dann sprachen sie im Zimmer von andern Dingen; aber der jüngste Knabe, ein Kind mit großen, ernsthaften Augen, kroch auf den Stuhl hinter die Gardinen und sah auf den Hof hinaus, wo der Mond hell auf den alten Stein hinabschien, der ihm bisher immer so leer und flach erschienen war, der jetzt aber wie ein ganzes, großes Blatt aus einem Geschichtenbuch dalag. Alles, was der Kleine von Preben und seiner Frau gehört hatte, wusste der Stein, und er sah ihn an, und er sah empor zu dem hellen, klaren Mond in der reinen, hohen Luft, und es war ihm, als scheine ein Antlitz Gottes auf die Erde hinab.

»Vergessen! – Alles soll vergessen werden!«, ertönte es drinnen im Zimmer, und in dem Augenblick küsste ein unsichtbarer Engel die Brust und die Stirn des Knaben und flüsterte leise: »Bewahre das geschenkte Samenkorn gut auf, bis zur Zeit der Reife! – Durch dich, du Kind, soll die ausgelöschte Inschrift, soll der zerbröckelnde Grabstein für die kommenden Generationen mit hellen, goldenen Zügen dastehen! Das alte Ehepaar soll wieder, Arm in Arm, die alten Straßen hinabwandern und lächelnd, mit frischen, roten Wangen, auf der steinernen Treppe unter dem Lindenbaum sitzen und Arm und Reich zunicken. Das Samenkorn aus dieser Zeit wird durch Jahrhunderte zu einem blühenden Dichterwerk heranwachsen. Das Gute und Schöne wird nie vergessen werden, es lebt in der Sage und in den Gesängen.«

Suppe von einem Wursthölzchen

1. *Suppe von einem Wursthölzchen*

»Das war gestern ein ausgezeichnetes Mittagessen!«, sagte eine alte Maus zu einer andern, die nicht mit auf dem Festschmaus gewesen war. »Ich saß nur einundzwanzig Plätze von dem alten Mäusekönig entfernt; das war kein schlechter Platz! Soll ich Ihnen jetzt die Speisefolge erzählen? Es war eine sehr gute Zusammensetzung! Schimmeliges Brot, Speckschwarte, Talglicht und Wurst – und dann dasselbe wieder von vorne an; es war so gut, als wenn wir zwei Mahlzeiten bekommen hätten. Es herrschte eine angenehme Stimmung, und es wurde gemütlicher Unsinn geredet, wie im Familienkreise; nicht das allergeringste blieb übrig außer den Wursthölzchen, über die sprachen wir dann, und dann kam die Rede auf Suppe von einem Wursthölzchen; davon gehört hatten ja alle, aber niemand hatte die Suppe gekostet, geschweige denn wusste sie zu bereiten. Auf den Erfinder dieser Suppe wurde eine launige Tischrede gehalten, er verdiente Armenvorsteher zu werden! Das war doch witzig? Und der alte Mäusekönig erhob sich und versprach, dass diejenige von den jungen Mäusen, die besagte Suppe am wohlschmeckendsten bereiten könne, Königin werden solle. Er gäbe ihr Jahr und Tag Frist, sich zu bedenken.«

»Das ist wirklich nicht übel!«, sagte die andere Maus, »aber wie macht man denn die Suppe?«

»Ja, wie macht man sie?«, das fragten auch alle die andern jungen und alten Mäusefräulein. Alle wollten sie so gern Königin werden, aber sie wollten sich doch nur ungern die Mühe machen, in die weite Welt hinauszugehen, um die Bereitung der Suppe zu erlernen, und das war natürlich erforderlich! Aber auch nicht eine jede kann es übers Herz bringen, die Familie und die alten Ecken und Winkel zu verlassen. Da draußen wandert man nicht alle Tage auf Käserinden und riecht Speckschwarten, nein, es kann sein, dass man hungern muss, ja, dass man gar lebendig von einer Katze aufgefressen wird!

Diese Gedanken waren es auch wohl, durch die sich die meisten abschrecken ließen, auf Erwerbung von Kenntnissen auszuziehen. Nur vier Mäuse meldeten sich zur Abreise bereit, sie waren jung und flink, aber arm; jede von ihnen wollte in eine der vier Weltgegenden ausziehen, dann kam es darauf an, wem das Glück hold war; eine jede nahm ein Wursthölzchen mit, um daran zu denken, weshalb sie reiste; es sollte ihr Wanderstab sein.

Anfang Mai zogen sie von dannen, und Anfang Mai im nächsten Jahre kehrten sie heim, jedoch nur drei von ihnen kamen zurück, die vierte meldete sich nicht, ließ nichts von sich hören, und doch war der Tag der Entscheidung da.

»Unsere schönsten Freuden müssen uns doch immer ein wenig getrübt werden!«, sagte der Mäusekönig, erteilte aber Befehl, alle Mäuse in meilenweitem Umkreis einzuladen; sie sollten sich in der Küche versammeln; die drei Reisemäuse standen in einer Reihe für sich, an Stelle der vierten, die fehlte, war ein Wursthölzchen, mit einem schwarzen Trauerflor behangen, aufgestellt. Niemand durfte seine Ansicht äußern, ehe die drei geredet hatten, und der Mäusekönig gesagt hatte, was weiter gesagt werden sollte.

Nun werden wir es ja hören.

2. *Was die erste kleine Maus auf der Reise gesehen und gelernt hatte*

Als ich in die weite Welt hinauszog«, sagte die kleine Maus, »glaubte ich, wie so viele in meinem Alter, ich hätte schon alle Weisheit der Welt verschlungen, aber das war nicht der Fall, es vergehen Jahr und Tag bis man so weit ist. Ich ging gleich zur See; ich ging mit einem Schiff, das gen Norden segelte; ich hatte gehört, auf dem Meere müsse der Koch sich zu behelfen wissen, aber es ist keine Kunst, sich zu behelfen, wenn man Speckseiten, Tonnen mit Salzfleisch und milbigem Mehl in Überfluss hat; man lebt delikat! Aber man lernt nicht, wie man Suppe von einem Wursthölzchen kochen kann. Wir fuhren viele Tage und Nächte, das Schiff schlingerte, und auch an Nässe fehlte es nicht. Als wir dann dorthin gelangten, wohin wir wollten, verließ ich das Schiff; das war hoch oben im Norden.

Es ist wunderlich, aus seinem eignen Mauseloch herauszukommen, mit einem Schiff zu fahren, das auch eine Art Mauseloch ist, und dann plötzlich über hundert Meilen weit von der Heimat entfernt zu sein und in einem fremden Lande dazustehen. Da waren große, unwegsame Wälder mit Tannen und Birken, die dufteten so stark! Den Geruch mochte ich nicht! Die wilden Kräuter rochen so würzig, ich musste niesen, ich dachte an Wurst. Da waren große Waldseen, das Wasser sah in der Nähe ganz klar aus, von weitem gesehen aber wie Tinte; da schwammen weiße Schwäne; ich hielt sie für Schaum, so still lagen sie da, aber ich sah sie fliegen, ich sah sie gehen, und dann erkannte ich sie; sie gehören zu der Familie der Gänse! Ich hielt mich an meinesgleichen, an die Wald- und Feldmäuse, die übrigens erstaunlich wenig wissen, besonders was das Traktament anbelangt, und deswegen war ich ja ins Ausland gegangen. Dass es denkbar sei, Suppe von einem Wursthölzchen zu kochen, war ihnen ein so ungeheuerlicher Gedanke, dass die Mär sofort durch den ganzen Wald, von Maus zu Maus ging, aber dass die Aufgabe zu lösen sei, hielten sie alle für eine Unmöglichkeit. Ich hatte es mir nicht träumen lassen, dass ich dort und zwar noch in der ersten Nacht, in die Zubereitung eingeweiht werden sollte. Es war Hochsommer, und deshalb, sagten die Mäuse, dufte auch der Wald so stark, seien die Kräuter so würzig, die Seen so klar und doch so dunkel mit den weißen, schimmernden Schwänen daraus.

Am Saum des Waldes, zwischen drei, vier Häusern, war eine Stange errichtet, so hoch wie ein Großmast, und oben an der Spitze hingen Kränze und flatternde Bänder – es war der Maibaum. Knechte und Mägde umtanzten den Baum und sangen dazu um die Wette mit der Fiedel des Spielmanns. Es ging lustig her bei Sonnenuntergang und im Mondschein, aber ich nahm nicht Teil daran, was soll wohl eine kleine Maus beim Maientanz! Ich saß in dem weichen Moos und hielt mein Wursthölzchen fest. Der Mond schien namentlich auf einen Fleck herab, wo ein Baum stand, der mit ganz feinem Moos bedeckt war, so fein wie das Fell des Mäusekönigs, möcht ich sagen, nur dass es von grüner Farbe war, und das ist ja eine Wohltat für die Augen.

Da kamen auf einmal die entzückendsten kleinen Leutchen aufmarschiert, so klein, dass sie mir nur bis ans Knie reichten, sie sahen aus wie Menschen, aber sie waren besser proportioniert; sie nannten sich Elfen und hatten feine Kleider aus Blumenblättern mit Fliegen- und Mückenbesatz, das sah gar nicht übel aus. Es war mir gleich, als suchten sie etwas, ich wusste nicht was, aber endlich kamen einige auf mich zu, der Vornehmste deutete auf mein Wursthölzchen und sagte: ›Gerade so einen Stock brauchen wir, er ist zugespitzt, er ist ausgezeichnet!‹, und er wurde immer entzückter, je länger er meinen Wanderstab ansah.

›Gern leihen, aber nicht behalten!‹, sagte ich.

›Nicht behalten!‹, riefen sie alle, erfassten das Wursthölzchen, das ich los ließ und tanzten damit auf den Fleck zu, wo das feine Moos wuchs, und dort, mitten im Grünen, richteten sie das Wursthölzchen auf. Sie wollten auch einen Maibaum haben, und der, den sie jetzt hatten, war ja auch wie für sie gemacht. Und dann wurde er geschmückt; ja jetzt bekam er erst Ansehen.

Kleine Spinnen umspannen ihn mit Golddraht, behingen ihn mit flatternden Schleiern und Fahnen, so fein gewebt, so schneeweiß im Mondschein gebleicht, dass es mich blendete; sie nahmen Farben von den Flügeln des Schmetterlings und streuten sie über das weiße Linnen, und Blumen und Diamanten flimmerten darauf, ich kannte mein Wursthölzchen gar nicht wieder; einen solchen Maibaum, wie der geworden war, gab es sicher in der ganzen Welt nicht mehr. Und jetzt erst kam die richtige, große Elfengesellschaft, die war ganz ohne Kleider, feiner konnte es nicht sein, und ich wurde eingeladen, das Fest mit anzusehen, doch nur aus der Entfernung, denn ich war ihnen zu groß.

Nun begann eine Musik zu ertönen! Es war, als klängen tausend Glasglocken, so voll und stark; ich glaubte, es seien die Schwäne, die sangen, ja, es war mir, als könne ich auch Kuckuck und Drossel hören, es war schließlich, als klinge der ganze Wald mit; da waren Kinderstimmen, Glockenklang und Vogelsang, die lieblichsten Melodien, und all die Schönheit klang aus dem Maibaum der Elfen, es war ein ganzes Glockenspiel, und das alles kam aus meinem Wursthölzchen! Nie hätte ich geglaubt, dass soviel da herauskommen könnte, aber es kommt wohl darauf an, in welche Hände es kommt. Ich war ganz gerührt, ich weinte, wie nur eine kleine Maus weinen kann, aus lauter Vergnügen.

Die Nacht war gar zu kurz, aber sie ist nun einmal um die Zeit da oben nicht länger. Als der Morgen dämmerte, wehte ein leiser Wind, der Wasserspiegel des Waldsees kräuselte sich, alle die feinen, schwebenden Schleier und Fahnen flogen durch die Luft dahin; die schwankenden Zelte aus Spinnengeweben, die Hängebrücken und Balustraden, und wie sie nun alle heißen, diese Bauwerke, die sich von Blatt zu Blatt hinzogen, zerflatterten in nichts; sechs Elfen kamen und brachten mir mein Wursthölzchen wieder und fragten, ob ich irgendeinen Wunsch habe, den sie mir erfüllen konnten. Da bat ich sie, mir zu sagen, wie man eine Suppe von einem Wursthölzchen koche.

›Wie wir es machen!‹, sagte der vornehmste unter den Elfen und lachte, ›ja, das hast du doch eben gesehen! Du hast dein Wursthölzchen doch sicher kaum wieder erkannt?‹

›Ach, so meinen Sie es!‹, sagte ich und erzählte ihnen dann ganz offen, warum ich auf die Reise gegangen war, und was man sich in der Heimat davon versprach. ›Welch Nutzen‹, fragte ich, ›erwächst dem Mäusekönig und unserm ganzen mächtigen Reich daraus, dass ich all diese Herrlichkeit mit angesehen habe? Ich kann sie doch nicht aus dem Wursthölzchen herausschütteln und sagen: ›Seht, hier ist das Wursthölzchen, jetzt kommt die Suppe!‹ Es wäre doch immerhin nur eine Art Anrichtung, wenn man satt ist!‹

Da tauchte der Elf seinen kleinen Finger in ein blaues Veilchen und sagte zu mir: ›Gib acht! Ich bestreiche deinen Wanderstab, und wenn du nun in das Schloss des Mäusekönigs zurückkehrst, so berühre mit dem Stäbchen die warme Brust deines Königs, und es werden Veilchen um den ganzen Stab hervor sprießen, selbst zur kältesten Winterszeit. Sieh, da hast du etwas, was du mit nach Hause bringen kannst, und noch ein wenig mehr!« Aber ehe die kleine Maus sagte, was dies »ein wenig mehr« war, richtete sie ihren Stab auf die Brust des Königs, und wirklich, der schönste Blumenstrauß sprosste hervor, er duftete so stark, dass der Mäusekönig den Mäusen, die dem Schornstein am nächsten standen, befahl, ihre Schwänze schnell ins Feuer zu stecken, damit man ein bisschen brenzligen Geruch verspüre, der Veilchengeruch sei nicht zum Aushalten, das sei nicht die Sorte, die man liebe.

»Aber was war das ›ein wenig mehr‹, wovon du sprachst?«, sagte der Mäusekönig.

»Ja«, sagte die kleine Maus, »das ist das, was man, glaube ich, den Effekt nennt!« Und dann kehrte sie das Wursthölzchen um, und nun war nicht eine einzige Blume mehr da, sie hielt nur das nackte Hölzchen in der Hand und erhob es wie einen Taktstock.

»Veilchen!«, sagte mir der Elf, »sind für das Auge, für den Geruch und das Gefühl, es bleibt noch das Gehör und der Geschmack nach!«, und dann schlug sie den Takt; das war eine Musik, nicht wie sie sie im Wald bei dem Fest der Elfen gehört hatte, nein, wie sie in der Küche ertönt. Das war eine Geschäftigkeit! Es kam auf einmal, als wenn der Wind durch alle Schornsteinröhren saust; Kessel und Töpfe kochten über, die Feuerschaufel donnerte auf den Messingkessel nieder, und dann – ganz auf einmal ward es wieder still; man hörte das gedämpfte Summen des Teekessels, ganz wunderlich, man wusste nicht, ob er aufhörte oder anfing; und der kleine Topf brodelte und der große Topf brodelte, einer kümmerte sich nicht um den andern, es war, als sei gar keine Vernunft im Topf. Und die kleine Maus schwang ihren Taktstock immer wilder – die Töpfe schäumten, warfen Blasen, kochten über, der Wind sauste, die Schornsteine pfiffen – hui! Es war so fürchterlich, dass die kleine Maus selbst den Stock fallen ließ.

»Das war eine schwere Suppe!«, sagte der alte Mäusekönig, »kommt denn die Anrichtung noch nicht?«

»Das ist das Ganze!«, antwortete die kleine Maus und machte einen tiefen Knicks.

»Das Ganze! Ja, dann wollen wir einmal hören, was die nächste zu sagen hat!«, meinte der Mäusekönig.

3. Was die zweite kleine Maus zu erzählen wusste

Ich bin in der Schlossbibliothek geboren«, sagte die zweite kleine Maus, »ich und mehrere von meinen Angehörigen dort haben nie das Glück gekannt, in die Essstube zu kommen, geschweige denn in die Speisekammer zu gelangen. Erst auf meiner Reise und nun heute hier sehe ich eine Küche. Wir litten wirklich oft Hunger da oben in der Bibliothek, aber wir sammelten viele Kenntnisse. Bis da oben hinauf drang das Gerücht zu uns von dem königlichen Preis, der für die beste Bereitung einer Suppe von einem Wursthölzchen ausgesetzt war, und da suchte meine alte Großmutter ein Manuskript hervor; sie konnte es zwar nicht lesen, aber sie hatte es vorlesen hören, darin stand: ›Wenn man ein Dichter ist, kann man Suppe von einem Wursthölzchen kochen.‹ Sie fragte mich, ob ich ein Dichter sei. Ich fühlte mich schuldlos, und da sagte sie, dann müsse ich versuchen, einer zu werden; aber was denn dazu erforderlich sei, fragte ich, denn das ausfindig zu machen, war für mich ebenso schwer, als die Suppe zu bereiten; aber die Großmutter hatte das Manuskript vorlesen hören, und sie sagte, dazu sei dreierlei notwendig: ›Verstand, Fantasie und Gefühl! Kannst du die drei Teile in dich hineinpfropfen, so bist du ein Dichter, und dann wirst du auch schon mit dem Wursthölzchen fertig werden.‹

Und dann ging ich gen Westen in die weite Welt hinaus, um ein Dichter zu werden.

Verstand ist bei jeder Sache das wichtigste, das wusste ich, die beiden andern Teile werden geringer geachtet! So ging ich denn also zuerst auf die Suche nach dem Verstand; ja, wo mag der wohl wohnen? ›Geh zur Ameise und lerne Weisheit!‹, hat ein großer König im Lande der Juden gesagt, das wusste ich aus der Bibliothek, und so rastete ich nicht, bis ich an den ersten Ameisenhaufen kam, dort legte ich mich auf die Lauer, um weise zu werden.

Die Ameisen sind ein sehr respektables Völkchen, sie sind lauter Verstand. Alles bei ihnen ist wie ein richtiges Rechenexempel, das aufgeht. Arbeiten und Eier legen, sagen sie, heißt in der Zeit leben und für die Nachwelt sorgen, und das tun sie denn auch. Sie teilen sich in die reinen Ameisen und in die schmutzigen; der Rang besteht in einer Nummer; die Ameisenkönigin ist Nummer eins, und ihre Ansicht ist die einzig richtige, sie hat alle Weisheit verschluckt, und das zu wissen, war für mich von Wichtigkeit. Sie sagte so viel, was so klug war, dass es mir dumm vorkam. Sie sagte, ihr Ameisenhaufen sei das Höchste in der Welt, aber dicht neben dem Haufen stand ein Baum, der war höher, viel höher, das ließ sich nicht bestreiten, und deswegen sprach man nicht davon; eines Abends hatte eine Ameise sich dahin verirrt, war an dem Stamm hinaufgekrochen, nicht einmal bis zur Krone, aber doch höher, als je eine Ameise bisher gekommen war, und als sie umkehrte und wieder nach Hause gelangte, erzählte sie im Ameisenhaufen von etwas weit Höherem, was sie draußen gefunden hatte, aber das fanden alle Ameisen beleidigend gegen die ganze Gesellschaft, und die Ameise wurde daher zu Maulkorb und ewiger Einsamkeit verbannt; aber bald darauf kam eine andre Ameise an den Baum und machte dieselbe Reise und Entdeckung, und sie sprach davon mit Bedachtsamkeit und Undeutlichkeit, wie man zu sagen pflegt, und da sie eine angesehene Ameise war und obendrein eine von den Reinen, so glaubte man ihr, und als sie starb, setzten sie ihr eine Eierschale als Denkmal, denn sie achteten die Wissenschaften. Ich sah«, sagte die kleine Maus, »dass die Ameisen beständig mit ihren Eiern auf dem Rücken herumliefen; eine von ihnen verlor einmal ihr Ei, es kostete sie viele Anstrengungen, es wieder aufzuheben, aber es wollte ihr nicht gelingen, da kamen die beiden andern und halfen ihr aus Leibeskräften, sodass sie beinahe ihre eignen Eier verloren hätten, aber dann ließen sie ihre Bemühungen augenblicklich nach, denn ein jeder ist sich selbst der nächste; und die Ameisenkönigin äußerte hierüber, man habe bei dieser Gelegenheit Herz und Verstand bewiesen. ›Diese beiden Eigenschaften stellen uns Ameisen auf die höchste Stufe unter allen Vernunftwesen. Der Verstand soll und muss stets überwiegen, und ich habe den größten Verstand!‹ Und dann richtete sie sich auf den beiden Hinterfüßen auf, sie war deutlich zu erkennen, ich konnte nicht irren – und dann verschlang ich sie. Gehe zur Ameise und lerne Weisheit! Ich hatte jetzt die Königin.

Ich ging nun näher an den erwähnten großen Baum heran, es war eine Eiche, sie hatte einen hohen Stamm, eine mächtige Krone und war sehr alt; ich wusste, dass hier ein lebendes Geschöpf, ein Weib wohnte; man nennt es Dryade, es wird mit dem Baum geboren und stirbt mit ihm. Ich hatte in der Bibliothek davon gehört, jetzt sah ich so einen Baum, so ein Eichenmädchen. Es stieß einen Angstschrei aus, als es mich so in der Nähe sah, es hatte, wie alle Frauenzimmer, eine große Furcht vor Mäusen, aber die Dryade hatte ja auch mehr Ursache, sich vor mir zu ängstigen, als die andern, denn ich konnte ihren Baum durchnagen, und daran hing ja ihr Leben. Ich redete ihr freundlich und herzlich zu, ich machte ihr Mut, und sie nahm mich in ihre feine Hand, und als sie hörte, weshalb ich in die weite Welt gegangen war, versprach sie mir, dass ich vielleicht noch am nämlichen Abend einen der beiden Schätze heben sollte, nach denen ich noch suchte. Sie erzählte mir, Phantasus sei ihr sehr guter Freund, und er wäre so schön wie der Liebesgott, manch liebes Mal ruhe er hier unter den laubreichen Zweigen des Baumes aus, die dann noch kräftiger über beiden rauschten; er nenne sie seine Dryade und den Baum seinen Baum, die knorrige, große, schöne Eiche sei so recht nach seinem Sinn, die Wurzeln breiteten sich tief und fest in der Erde aus, der Stamm und die Krone ragten hoch in die frische Luft empor und kannten den treibenden Schnee, die scharfen Winde und den warmen Sonnenschein, wie sie gekannt sein sollten. ›Ja‹, sagte die Dryade, ›die Vögel da oben singen und erzählen von den fremden Ländern, und auf dem einzigen dürren Zweig hat der Storch sein Nest gebaut, das ist eine hübsche Zier, und man bekommt etwas von dem Lande der Pyramiden zu hören. Das alles gefällt dem Phantasus sehr, aber es ist ihm noch nicht genug, ich selbst muss ihm von dem Leben im Wald erzählen, als ich noch klein und als der Baum noch ganz winzig war, sodass eine Brennnessel ihn überschatten konnte, bis auf den heutigen Tag, wo ich so groß und mächtig geworden bin. Setz du dich nun dort unter den Waldmeister und gib wohl acht, ich werde, wenn Phantasus kommt, schon Gelegenheit finden, ihn in den Flügel zu kneifen und ihm eine kleine Feder auszureißen; die musst du aufsammeln, eine bessere hat noch kein Dichter besessen; dann hast du genug.‹

Und Phantasus kam, die Feder wurde ausgerissen, und ich sammelte sie auf«, sagte die kleine Maus, »ich hielt sie ins Wasser, bis sie ganz weich war! – Sie war trotzdem noch schwer zu verdauen, aber es gelang mir doch, sie zu zernagen. Es ist gar nicht leicht, sich zum Dichten heranzunagen, da ist soviel, was man in sich aufnehmen muss. Die zwei hatte ich nun also, den Verstand und die Fantasie, und durch sie wusste ich nun, dass das dritte in der Bibliothek zu finden war, denn ein großer Mann hat gesagt und geschrieben, dass es Romane gibt, die nur allein dazu da sind, um uns Menschen von den überflüssigen Tränen zu befreien, dass sie also gleichsam eine Art Schwamm sind, von denen man die Gefühle aufsaugen lässt. Ich erinnerte mich einiger dieser Bücher, sie hatten immer ganz besonders appetitlich ausgesehen, sie waren ganz zerlesen, ganz faltig, die mussten eine unendliche Menge in sich aufgenommen haben.

Ich begab mich in die Bibliothek zurück; fraß sofort fast einen ganzen Roman, das heißt das Weiche, das Eigentliche, die Kruste hingegen, den Einband, ließ ich liegen. Als ich dann den und noch einen dazu verdaut hatte, spürte ich schon, wie es sich in mir regte, ich fraß noch ein wenig von dem dritten, und dann war ich Dichter, das sagte ich mir selbst, und ich sagte es auch den andern; ich litt an Kopfschmerzen, an Eingeweideschmerzen und an Gott weiß was für Schmerzen; ich dachte nun darüber nach, welche Geschichten wohl mit einem Wursthölzchen in Verbindung gebracht werden könnten, und da fielen mir gar viele Hölzchen, Speiler, Stecken und Stäbe ein, die Ameisenkönigin hatte einen ungewöhnlichen Verstand gehabt; ich dachte an den Mann, der einen weißen Stecken in den Mund nahm, wodurch er wie auch der Stecken unsichtbar wurden; ich dachte daran, dass die Bibel ein Stab und Stecken genannt wird, ich dachte an Steckenpferde, an Stabreime, an ›den Stab über einem brechen‹, an ›seinen Stab weiter setzen‹. Alle meine Gedanken gingen in Hölzchen, Speilern, Stecken und Stäben auf! Und darüber musste man dichten können, wenn man ein Dichter war, und ich war einer, das hatte ich mir mühsam errungen! So werde ich Ihnen denn auch an jedem Tage der Woche mit einem Hölzchen, einer Geschichte, aufwarten können – ja, das ist meine Suppe!«

»Dann wollen wir die dritte hören!«, sagte der Mäusekönig.

»Piep, piep!«, sagte es in der Küchentür, und eine kleine Maus, die vierte, die man tot geglaubt hatte, schoss herein; sie rannte das Wursthölzchen, das mit dem Trauerflor umwunden war, um, sie war Tag und Nacht gelaufen, war auf der Eisenbahn im Güterzug gefahren, hatte jede Gelegenheit benützt, und wäre doch fast zu spät gekommen; sie drängte sich vor, sah ganz zerzaust aus, hatte ihr Wursthölzchen verloren, aber nicht die Sprache; sie redete sofort drauf los, als habe man nur auf sie gewartet, wolle nur sie hören, als ob alles andre die Welt gar nichts angehe; sie sprach sofort, sprach sich aus; sie kam so unerwartet, dass niemand Zeit hatte, sich über sie und ihre Rede aufzuhalten, während sie sprach. Nun werden wir es hören.

4. *Was die vierte Maus, die vor der dritten sprach, zu erzählen wusste*

Ich begab mich gleich nach der größten Stadt«, sagte sie, »den Namen weiß ich nicht mehr, ich habe ein schlechtes Namengedächtnis. Ich kam von der Eisenbahn mit konfiszierten Gütern auf das Rathaus, und dort lief ich in die Wohnung des Schließers; der sprach von seinen Gefangenen, namentlich von einem, der unbesonnene Worte gesprochen hatte, und über die sei wieder und wieder gesprochen, gelesen und geschrieben worden; ›das Ganze sei Suppe von einem Wursthölzchen‹, sagte er, ›aber die Suppe kann ihm seinen Kopf kosten!‹ Das flößte mir Interesse für den Gefangenen ein«, sagte die kleine Maus, »und ich benutzte die Gelegenheit und schlüpfte zu ihm hinein: hinter verschlossenen Türen findet sich immer ein Mauseloch! Er sah blass aus, halte einen großen Bart und große, glänzende Augen. Die Lampe qualmte, und die Wände waren daran gewöhnt, sie wurden nicht schwärzer davon. Der Gefangene ritzte Bilder und Verse mit Weiß auf Schwarz, ich las sie nicht. Ich glaube, er langweilte sich, ich war ihm ein willkommener Gast. Er lockte mich mit Brosamen, mit Pfeifen und freundlichen Worten; er freute sich so über mich! Ich fasste Vertrauen zu ihm, und dann wurden wir gute Freunde. Er teilte Brot und Wasser mit mir, gab mir Käse und Wurst, ich lebte flott, aber was mich hielt, war doch namentlich der gute Umgang, das muss ich sagen. Er ließ mich auf seiner Hand und seinem Arm laufen, ganz in den Ärmel hinauf, er ließ mich in seinem Bart herumkriechen, nannte mich seine kleine Freundin; ich gewann ihn förmlich lieb, so etwas beruht in der Regel auf Gegenseitigkeit! Ich vergaß, was mich in die weite Welt hinausgetrieben hatte, vergaß mein Wursthölzchen in einer Ritze des Fußbodens, da liegt es noch. Ich wollte bleiben, wo ich war; wenn ich wegging, dann hatte der arme Gefangene ja niemand, und das ist zu wenig in dieser Welt! Ich blieb, er blieb nicht! Er sprach das letzte Mal so traurig mit mir, gab mir doppelt soviel Brot und Käsekruste und warf mir dann einen Handkuss zu; er ging und kam nie wieder. Ich kenne seine Geschichte nicht. ›Suppe von einem Wursthölzchen!‹, sagte der Schließer, und zu dem ging ich, aber dem hätte ich nicht trauen sollen; er nahm mich freilich auch in die Hand, aber er setzte mich in einen Käfig, in eine Tretmühle; das ist schrecklich! Man läuft und läuft und kommt doch nicht weiter, dient nur zum Gelächter.

Die Enkelin des Schließers war eine allerliebste Kleine, mit goldblondem, lockigem Haar, mit fröhlichen Augen und einem lachenden Mund. ›Arme kleine Maus!‹, sagte sie, guckte in meinen hässlichen Käfig hinein, zog den eisernen Stecken heraus – und ich sprang auf das Fensterbrett hinunter und in die Dachrinne hinaus. Frei, frei! Nur daran dachte ich und nicht an das Ziel der Reise!

Es war dunkel, es wurde Nacht, ich nahm Herberge in einem alten Turme; dort wohnten ein Wächter und eine Eule; ich traute keinem von beiden, am wenigsten der Eule; sie gleicht einer Katze und hat den großen Fehler, dass sie Mäuse frisst; aber man kann sich irren, und das tat ich; sie war eine ehrbare, außerordentlich gebildete alte Eule, sie wusste mehr als der Wächter und ebensoviel wie ich; die jungen Eulen machten Aufhebens von allem! ›Kocht nur keine Suppe von einem Wursthölzchen!‹, sagte die Alte, das war das härteste, was sie über die Lippen bringen konnte, sie hatte soviel Liebe zu ihrer Familie. Ich bekam ein solches Vertrauen zu ihr, dass ich ihr aus der Ritze, in der ich saß, ein ›Piep‹ zurief; das Vertrauen gefiel ihr, und sie versicherte mich, dass ich unter ihrem Schutz stehen solle; kein Tier dürfe mir etwas zuleide tun, das wolle sie sich selbst für den Winter vorbehalten, wenn Schmalhans regierte.

Sie war in allem eine kluge Frau; sie bewies mir, dass der Wächter nur durch das Horn tuten könne, das lose an seiner Seite herabhing. ›Er bildet sich schrecklich viel darauf ein, glaubt, dass er eine Eule im Turm ist. Es soll was Großes sein, ist aber nur wenig! Suppe von einem Wursthölzchen!‹ Ich bat sie, mir das Rezept zu der Suppe zu geben, und dann erklärte sie es mir: ›Suppe von einem Wursthölzchen sei nur eine menschliche Redensart und sei auf verschiedene Weise zu verstehen, jeder aber glaubt, dass seine Erklärung die richtige ist; das Ganze aber sei eigentlich nichts!‹

›Nichts!‹, sagte ich. Das leuchtete mir ein. Die Wahrheit ist nicht immer angenehm, aber die Wahrheit ist das höchste! Das sagte auch die alte Eule. Ich dachte darüber nach und sah ein, dass ich, wenn ich das Höchste brachte, viel mehr brachte als Suppe von einem Wursthölzchen. Und dann eilte ich von dannen, um noch rechtzeitig nach Hause zu kommen und das Höchste: die Wahrheit, mitzubringen. Die Mäuse sind ein aufgeklärtes Völkchen, und der Mäusekönig steht hoch über ihnen allen. Er ist imstande, mich um der Wahrheit willen zur Königin zu machen!«

»Deine Wahrheit ist eine Lüge!«, sagte die Maus, die noch nicht hatte reden dürfen. »Ich kann die Suppe zubereiten, und das werde ich tun.«

5. *Wie die Suppe zubereitet wurde*

Ich bin nicht gereist«, sagte die vierte Maus, »ich blieb im Lande, und das ist das richtige! Man braucht nicht zu reisen, man kann hier alles ebenso gut bekommen. Ich blieb! ich habe nichts von übernatürlichen Wesen gelernt, habe es mir nicht erfressen oder es mir mit Eulen erredet. Ich habe meine Weisheit durch eigenes Denken. Wollen Sie mir jetzt den Kessel auf den Herd setzen, Wasser hineinfüllen, bis oben an den Rand, und Feuer anmachen! Lassen Sie es brennen, bis das Wasser kocht, es muss ganz unsinnig kochen! Werfen Sie jetzt das Hölzchen hinein! Wollen der Mäusekönig nun geruhen, den Schwanz in das brodelnde kochende Wasser zu tauchen und umzurühren! Je länger man rührt, umso kräftiger wird die Suppe; es kostet gar nichts! Zutaten sind nicht erforderlich – nur umrühren!«

»Kann das nicht ein andrer tun?«, fragte der Mäusekönig.

»Nein«, sagte die Maus, »die Kraft ist nur im Schwanz des Mäusekönigs enthalten!«

Und das Wasser brodelte und siedete, und der Mäusekönig stellte sich dicht daneben, es war fast gefährlich, und er streckte den Schwanz aus, so wie es die Mäuse im Milchkeller zu machen pflegen, wenn sie die Sahne von der Schüssel abrahmen und sich dann den Schwanz ablecken, aber er kam mit dem seinen nur bis in den warmen Dampf, dann sprang er schnell vom Herd herunter:

»Das versteht sich!«, sagte er, »du bist meine Königin! Mit der Suppe wollen wir es bis zu unserer goldenen Hochzeit bewenden lassen, dann haben die Armen in meinem Reiche etwas, worauf sie sich freuen können, und zwar ist es eine Freude, die lange vorhält!«

Und dann machten sie Hochzeit; aber mehrere von den Mäusen sagten, als sie nach Hause kamen: »Man kann das doch eigentlich nicht Suppe von einem Wursthölzchen nennen, das ist doch vielmehr Suppe von einem Mäuseschwanz!«

Dies und jenes von dem, was erzählt war, fanden sie, sei ganz gut geschildert, das Ganze hätte aber anders sein können, »ich, zum Beispiel, würde so und so erzählt haben!«

Das war die Kritik, und die ist immer so klug – hinterher!

Und die Geschichte machte die Runde durch die ganze Welt, die Ansichten darüber waren geteilt, aber die Geschichte selbst blieb ganz; und das ist das richtigste, im Großen wie im Kleinen, auch in Bezug auf die Suppe von einem Wursthölzchen; man muss nur keinen Dank dafür erwarten!

Des Hagestolzen Nachtmütze

Es gibt in Kopenhagen eine Straße, die den wunderlichen Namen »Hyskensträde« trägt. Aber warum heißt sie so, und was hat das zu bedeuten? Es soll Deutsch sein, aber da hat man der deutschen Sprache Unrecht getan: »Häuschen« müsste man sagen, und das bedeutet kleine Häuser, denn ehemals und während einer langen Reihe von Jahren standen hier ganz kleine Häuser, die eigentlich nichts weiter als Holzbuden waren, so wie wir sie auf den Jahrmärkten aufgestellt sehen. Ein klein wenig größer waren sie wohl doch, und Fenster hatten sie auch, aber sie waren aus Horn oder Schweinsblase, denn zu jener Zeit war es zu teuer, in allen Häusern Glasfenster zu haben, aber die Zeit liegt nun freilich so weit zurück, dass des Urgroßvaters Urgroßvater, der sie erzählte, auch schon »in alten Zeiten« sagte. Ja, es sind mehrere hundert Jahre her.

Die reichen Kaufleute in Bremen und Lübeck trieben Handel in Kopenhagen; selbst kamen sie nicht dorthin, sie schickten ihre Handlungsgehilfen, und die wohnten in den hölzernen Buden in der »Häuschenstraße« und verkauften Bier und Spezereien. Das deutsche Bier war vorzüglich, und es gab gar vielerlei Sorten: Bremer Bier und Prüssinger Bier und Einser Bier, Rostocker Mumme – ja sogar Braunschweiger Mumme, und dann alle die Spezereien, wie Safran, Anis, Ingwer und namentlich Pfeffer; der Pfeffer war der bedeutendste Artikel hier, und daher erhielten die deutschen Handlungsgehilfen in Dänemark den Namen Pfeffergesellen. Und ehe sie die Heimat verließen, mussten sie eine Verpflichtung übernehmen, nämlich, dass sie sich in Kopenhagen nicht verheiraten wollten; und viele von ihnen wurden sehr alt, und sie mussten für sich selbst sorgen, alles allein verrichten, ihr Feuer selbst auslöschen, wenn sie überhaupt eins hatten; einige wurden schließlich ganz alte, einsame Knaben mit sonderlichen Gedanken und sonderlichen Gewohnheiten. Nach ihnen nennt man nun heutzutage in Dänemark jeden unverheirateten Mann in gesetzten Jahren einen »Pfeffergesellen«. Das alles muss man wissen, um die Geschichte verstehen zu können.

Man treibt Kurzweil mit dem Pfeffergesellen oder, wie wir in Deutschland sagen, mit dem Hagestolzen, man ermahnt ihn, die Nachtmütze aufzusetzen, sie über die Ohren zu ziehen und sich schlafen zu legen:

Schneide, schneide Holz,
Du armer Hagestolz –
'ne Nachtmütz hüllt ein dein Gesicht,
Du selbst musst zünden an dein Licht! –

Ja, so singt man von dem Pfeffergesellen, verspottet ihn und seine Nachtmütze – und zwar weil man so wenig von ihm und von seiner Nachtmütze weiß – ach, die Nachtmütze soll man sich nie im Leben wünschen! Und warum denn nicht? Das werden wir jetzt hören.

In alten Zeiten war die Häuschengasse nicht gepflastert, die Leute stolperten aus einem Loch in das andere wie in einem ausgefahrenen Hohlweg, und eng war sie auch: die Buden standen dicht nebeneinander und sich so nahe gegenüber, dass im Sommer oft ein Segel von einer Bude nach der andern über die Straße gespannt wurde, und darunter duftete es dann gar würzig nach Pfeffer, Safran und Ingwer. Hinter den Ladentischen standen nicht viele Jünglinge, nein, es waren in der Regel lauter alte Knaben, und sie waren gar nicht, so wie wir uns das vorstellen, mit Perücke oder Nachtmütze, mit Kniebeinkleidern, Weste und einem bis an den Hals hinauf zugeknöpften Rock bekleidet, nein, so sah freilich des Urgroßvaters Urgroßvater aus und so ist er auch abkonterfeit, aber die Pfeffergesellen hatten nicht die Mittel, sich malen zu lassen, und es wäre doch von Interesse gewesen, jetzt ein Bild von einem von ihnen zu besitzen, so wie er hinter dem Ladentisch stand oder an Sonn- und Festtagen zur Kirche wanderte. Der Hut war breitkrempig und mit hohem Kopf, und oft steckte einer der jüngsten Pfeffergesellen eine Feder an den seinen; ein umgeklappter, leinener Kragen verbarg das wollene Hemd, die Jacke war eng anschließend und zugeknöpft, der Mantel hing lose darüber und die Beinkleider reichten gerade bis an die breitschnabeligen Schuhe hinab, denn Strümpfe trugen sie nicht. Im Gürtel steckten das Tischmesser und der Löffel, ja, da steckte noch ein anderes großes Messer zur Verteidigung, und das tat sehr Not in jenen Zeiten. Genau so ging an Festtagen der alte Anton, einer der ältesten

Pfeffergesellen der Häuschen, gekleidet, nur dass er keinen Hut mit hohem Kopf trug, sondern eine Kapuze, und darunter eine gestrickte Mütze, eine richtige Nachtmütze, an die hatte er sich so ganz gewöhnt, dass sie immer auf seinem Kopf sitzen blieb, und er besaß ihrer sogar zwei. Er war zum Malen, so knochenhager, mit Runzeln um Mund und Augen, hatte lange, knochige Finger und graue, buschige Augenbrauen; über dem linken Auge hing ein ganzer Haarbüschel herab; schön machte ihn das zwar nicht, aber er war leicht daran zu erkennen. Man wusste von ihm, dass er aus Bremen war, aber daher war er eigentlich doch nicht, dort wohnte nur sein Herr; er selbst war aus Thüringen, aus der Stadt Eisenach, dicht unter der Wartburg. Davon sprach der alte Anton nicht viel, aber er dachte desto mehr daran.

Die alten Handlungsdiener in der Gasse kamen nicht viel zusammen, jeder blieb in seiner Bude, die früh am Abend geschlossen wurde, und dann lag die Gasse finster da; nur ein matter Lichtschimmer drang durch das kleine Hornfenster im Dach, und da drinnen saß, gewöhnlich auf seinem Bett, der alte Knabe mit einem dickleibigen Gesangbuch und summte seinen Abendgesang, oder er ging noch bis tief in die Nacht hinein und machte sich mit allerlei zu schaffen; amüsant war das nun freilich nicht; fremd in einem fremden Land, das ist ein harter Stand! Man geht keinen etwas an, es sei denn, dass man ihm im Wege stünde.

Oft wenn es draußen ganz finstere Nacht war, wenn es regnete und stürmte, konnte es hier recht öde und trübselig sein; Laternen sah man nicht, außer der einen, sehr kleinen, die gerade an dem Ende der Gasse hing, vor dem Bilde der heiligen Jungfrau, das auf die Mauer gemalt war. Man hörte das Wasser förmlich gegen das nahe gelegene Bollwerk am Schlossholm plätschern und schlagen. Solche Abende wurden lang und einsam, wenn man nicht irgendetwas anfing. Aus- und Einpacken, Tüten drehen und Wagschalen putzen ist nicht alle Tage nötig, aber dann unternimmt man etwas anderes, und das tat der alte Anton auch, er nähte selbst an seinen Kleidern und flickte seine Schuhe; wenn er dann endlich ins Bett kam, ja, dann behielt er seiner Gewohnheit gemäß die Nachtmütze auf, zog sie noch ein wenig tiefer über die Ohren, doch bald schob er sie wieder höher, um zu sehen, ob das Licht auch richtig ausgelöscht sei, er befühlte es, klemmte den Docht zusammen, und dann legte er sich wieder hin, auf die andere Seite, und zog die Nachtmütze wieder herunter; aber häufig kam ihm dann auch einmal der Gedanke, ob wohl in dem kleinen Feuerbecken jede Kohle ganz ausgebrannt, genügend erstickt sei, jeder kleinste Funke, der noch zurückgeblieben war, konnte zünden und Schaden anrichten; und dann stand er aus seinem Bett auf, kroch die Leiter – eine Treppe konnte man es nicht nennen – hinab, und wenn er dann bei dem Kohlenbecken anlangte, war da kein Funke zu sehen, und er konnte wieder umkehren; aber oft kehrte er schon auf halbem Wege wieder um, er war nicht sicher, ob die eiserne Stange vor die Tür gelegt, ob die Krampe vor dem Fensterladen befestigt war; ja, da musste er hinunter auf den dünnen Beinen; es fror ihn, die Zähne klapperten, als er wieder ins Bett kroch, denn die Kälte meldet sich eigentlich immer erst dann, wenn sie weiß, dass sie weg soll. Er zog das Deckbett in die Höhe, zog die Nachtmütze herunter und wendete nun die Gedanken ab von dem Handel und den Mühen des Tages; aber das diente gerade nicht zur angenehmen Unterhaltung, denn nun kamen die alten Erinnerungen und hängten ihre Gardinen auf, und darin sind oft Stecknadeln, an denen man sich sticht; »au!«, sagt man, und wenn sie in das blutige Fleisch hineinstechen, so können einem die Tränen in die Augen treten, und das war auch bei dem alten Anton häufig der Fall, es kamen heiße Tränen, die klarsten Perlen; sie fielen auf das Deckbett oder an die Erde, und dann klangen sie, als zerspringe eine Saite des Schmerzes, so aus vollem Herzen; sie verdunsteten wohl, loderten in Flammen auf, aber sie beleuchteten ihm dann ein Lebensbild, ein Bild, das nie aus seinem Herzen entschwand; trocknete er darauf die Augen mit der Nachtmütze, ja, dann ward zwar die Träne zerdrückt und das Bild vernichtet, aber die Quelle, aus der es empor gequollen, die war und blieb, sie lag in seinem Herzen. Die Bilder kamen nicht in der Reihenfolge, die sie in Wirklichkeit hatten, am häufigsten kamen die schmerzlichsten, auch die freudig-wehmütigsten hoben sich leuchtend hervor, aber gerade sie warfen auch die stärksten Schatten.

»Schön sind die Buchenwälder Dänemarks!«, sagte man, aber schöner noch stand in Antons Augen der Buchenwald um die Wartburg herum da; mächtiger und ehrwürdiger erschienen ihm die alten Eichen, die dort oben die stolze Ritterburg umkränzten, wo die Schlingpflanzen über die Steinblöcke des Felsens herabhingen; süßer dufteten die Blüten des Apfelbaumes dort als im dänischen Lande; ganz deutlich spürte und empfand er es noch, eine Träne rollte herab, klang und leuchtete: und in dieser Träne sah er zwei Kinder, einen Knaben und ein Mädchen, spielen; der Knabe hatte rote Wangen, blondes, lockiges Haar, ehrliche, blaue Augen, es war der Sohn des reichen Kaufmanns, Anton, er selber; das kleine Mädchen hatte braune Augen und schwarzes Haar, keck und klug schaute es drein, es war des Bürgermeisters Töchterlein, Molly. Die beiden spielten mit einem Apfel, sie schüttelten ihn und hörten die Kerne da drinnen rasseln; sie schnitten den Apfel durch und jeder von ihnen bekam eine Hälfte; sie teilten die Kerne unter sich und aßen sie bis auf einen auf, der sollte in die Erde gelegt werden, meinte das kleine Mädchen.

»Dann sollst du einmal sehen, was daraus kommt, etwas, was du dir gar nicht denkst, es kommt ein ganzer Apfelbaum heraus, aber nicht gleich.«

Und den Kern pflanzten sie in einen Blumentopf; sie waren beide eifrig damit beschäftigt; der Knabe grub mit den Fingern ein Loch in die Erde, das kleine Mädchen legte den Kern hinein, und beide deckten sie Erde darüber.

»Du musst ihn nun aber auch morgen nicht wieder herausnehmen, um zu sehen, ob er Wurzel geschlagen hat«, sagte sie, »das musst du nicht tun; das tat ich bei meinen Blumen nur zweimal, ich wollte sehen, ob sie wuchsen, damals verstand ich es nicht besser, und die Blumen starben.«

Der Blumentopf blieb bei Anton, und jeden Morgen, den ganzen Winter hindurch, besah er ihn, aber da war nichts zu sehen als die schwarze Erde; dann kam der Frühling, die Sonne schien so warm, da guckten zwei kleine grüne Blätter aus dem Blumentopf hervor.

»Das bin ich und Molly!«, sagte Anton, »das ist reizend, das ist wunderhübsch!«

Bald kam ein drittes Blatt; wer soll das sein? Ja, es kam noch eins und noch eins! Jeden Tag und jede Woche wurden sie größer und größer, die Pflanze ward ein ganzer Baum. Und das alles spiegelte sich nun in einer einzigen Träne ab, die zerdrückt wurde und verschwand; aber sie konnte wiederkehren, aus dem Quell, aus des alten Antons Herzen.

In der Nähe von Eisenach zieht sich eine Reihe steiniger Berge hin, einer davon hebt sich kuppelförmig empor, da wachsen weder Bäume noch Sträucher oder Gras; er heißt der Venusberg; da drinnen wohnt Frau Venus, ein Götzenweib aus heidnischer Zeit, Frau Holle nennt man sie, das wusste und weiß noch jedes Kind in Eisenach; sie hatte den edlen Ritter Tannhäuser, den Minnesänger aus dem Wartburger Sängerkreis, zu früh in den Berg gelockt.

Die kleine Molly und Anton standen oft an diesem Berge, und einmal sagte sie: »Hast du den Mut, anzuklopfen und zu rufen: ›Frau Holle! Frau Holle! Mach auf, hier ist Tannhäuser!‹« Aber den Mut hatte Anton nicht,

Molly aber hatte ihn. Doch nur die Worte: »Frau Holle! Frau Holle!«, sprach sie laut und deutlich, das übrige murmelte sie undeutlich in die Luft hinein, so undeutlich, dass Anton überzeugt war, sie habe eigentlich nichts gesagt. So keck sah sie dabei aus, keck, wie zuweilen, wenn sie in Begleitung anderer kleiner Mädchen im Garten mit ihm zusammentraf und die ihn dann alle küssen wollten, gerade weil er sich nicht küssen lassen wollte und um sich schlug; sie allein hatte dann den Mut.

»Ich kann ihn küssen!«, sagte sie stolz, und schlang die Arme um seinen Hals; das war ihre Eitelkeit, und Anton fand sich darein und dachte nicht weiter darüber nach. Wie war sie entzückend, wie war sie keck! Frau Holle im Berge sollte auch wunderschön sein, aber die Schönheit, so sagte man, sei die Schönheit des verführerischen Bösen; die höchste Schönheit dahingegen sei so eine, wie sie die heilige Elisabeth, die Schutzheilige des Landes, besaß, die fromme thüringische Fürstin, deren gute Taten dort an so manchen Orten durch Sagen und Legenden verherrlicht seien; in der Kapelle hing ihr Bild, umgeben von silbernen Lampen; – aber sie sah Molly gar nicht ähnlich.

Der Apfelbaum, den die Kinder gepflanzt hatten, wuchs von Jahr zu Jahr; er wurde so groß, dass er in den Garten gepflanzt werden musste, in die frische Luft, wo der Tau fiel, wo die Sonne warm schien, und er Kräfte sammelte, um dem Winter trotzen zu können, und nach dem harten Druck des Winters war es, als treibe er vor lauter Freude im Frühling Blüten; im Herbst hatte er zwei Äpfel, einen für Molly, einen für Anton, weniger konnte er nicht tun.

Der Baum hatte sich mit dem Wachsen beeilt, Molly wuchs wie der Baum, sie war frisch wie eine Apfelblüte; aber lange sollte Anton diese Blüte nicht mehr sehen. Alles ändert sich, alles wechselt! Mollys Vater verließ die alte Heimat, und Molly ging mit ihm, weit weg; – ja, heutzutage ist es durch den Dampf nur eine Reise von wenigen Stunden; aber damals brauchte man mehr als einen Tag und eine Nacht, um so weit gen Osten von Eisenach aus zu kommen, ganz bis an das äußerste Ende von Thüringen, bis an die Stadt, die noch heute Weimar heißt.

Und Molly weinte, und Anton weinte; – alle die Tränen, ja, sie flossen nun in eine einzige Träne zusammen, und die hatte das herrliche, rote Licht der Freude. Molly hatte ihm gesagt, sie liebe ihn mehr als alle Herrlichkeiten Weimars.

Es verging ein Jahr, es vergingen zwei, drei Jahre, und während der ganzen Zeit kamen zwei Briefe, den einen brachte der Frachtmann, den andern brachte ein Reisender mit; es war ein langer, beschwerlicher Weg, der in vielen Windungen an Dörfern und Städten vorüberführte.

Wie oft hatten nicht Anton und Molly zusammen die Geschichte von Tristan und Isolde gehört; – aber ebenso oft hatte er dabei an sich selbst und an Molly gedacht, obwohl der Name Tristan die Bedeutung hatte, dass »er ihnen in Kummer geboren sei«, und das passte nicht auf Anton, er würde auch nie so wie Tristan denken, »sie hat mich vergessen!«, aber auch Isolde vergaß ja nicht den Freund ihres Herzens, und als sie beide gestorben und jedes auf einer Seite des Kirchhofes begraben waren, da wuchsen die Lindenbäume aus den Gräbern über das Dach der Kirche hinaus und begegneten sich dort blühend; das war so schön, fand Anton, und doch so traurig – aber mit ihm und Molly konnte es ja nicht traurig werden, und er pfiff ein Lied des alten Minnesängers Walter von der Vogelweide:

»Unter den Linden,
An der Heide –«

Und namentlich klang ihm die Stelle schön:

»Vor dem Wald mit süßem Schall,
Tandaradei!
Sang im Tal die Nachtigall. –«

Dies Lied lag ihm beständig auf der Zunge, er sang und pfiff es in der mondklaren Nacht, als er zu Pferd in dem tiefen Hohlweg dahinritt, um nach Weimar zu kommen und Molly zu besuchen; er wollte unerwartet kommen, und er kam unerwartet.

Bewillkommnet wurde er, den Becher voll Wein bis an den Rand, muntere Gesellschaft, vornehme Gesellschaft, ein trauliches Zimmer und ein gutes Bett, das alles bekam er, und doch war es da gar nicht so, wie er es geträumt und gedacht hatte; er begriff sich selbst nicht, er begriff die andern nicht, aber wir begreifen es! Man kann in einem Hause, in einer Familie sein, und wächst doch nicht fest, man unterhält sich, wie man sich in einem Postwagen unterhält; man kennt sich, wie man einander in einem Postwagen kennt, geniert einander, wünscht, dass man weit weg wäre, oder dass der gute Nachbar weit weg wäre. Ja, ähnliche Empfindungen hatte Anton.

»Ich bin ein ehrliches Mädchen!«, sagte Molly zu ihm, »ich will es dir selbst sagen. Vieles hat sich verändert, seit wir als Kinder zusammenspielten, äußerlich wie innerlich; Gewohnheit und Wille haben keine Macht mehr über unser Herz! Anton, ich möchte nicht im Unfrieden mit dir auseinander gehen, jetzt, wo ich bald weit von hier sein werde – glaube mir, ich bin dir von Herzen gut, allein so, wie ich jetzt weiß, dass man einen andern Menschen lieben kann, habe ich dich nie geliebt; – darein musst du dich finden! – Leb wohl, Anton!«

Und auch Anton sagte Lebewohl; keine Träne trat ihm in die Augen, aber er fühlte, dass er Mollys Freund nicht mehr war. Die glühende Eisenstange und die gefrorene Eisenstange beißen uns die Haut von den Lippen und wir haben die gleiche Empfindung dabei, wenn wir sie küssen, und Anton küsste gleich heftig in die Liebe wie in den Hass hinein.

Nach kaum einundzwanzig Stunden war Anton wieder daheim in Eisenach, aber das Pferd, das er geritten hatte, war auch zuschanden geritten.

»Was hat das zu bedeuten!«, sagte er, »ich bin zuschanden geworden, und ich will alles ausrotten, was mich an sie, an Frau Holle, an Frau Venus erinnern kann. O, du heidnisches Weib! – Den Apfelbaum will ich zerbrechen und zerknicken, mit der Wurzel ausrotten; nie mehr soll er blühen und Früchte ansetzen!«

Aber der Baum ward nicht zerknickt, er selber war geknickt und vernichtet und lag fiebernd auf seinem Lager. Was würde ihm wohl wieder aufhelfen? Er erhielt eine Medizin, die das vermochte, die bitterste, die es gibt, die den kranken Körper und die leidende Seele wohl aufzurütteln vermag: Antons Vater war nicht mehr der reiche Kaufmann. Schwere Tage, Tage der Prüfung standen vor der Tür; das Unglück brach herein; gleich großen Sturzwellen überflutete es das einst so reiche Haus. Der Vater wurde ein armer Mann; Kummer und Unglück lähmten ihn; so hatte Anton an anderes zu denken als an seinen Liebesschmerz und seinen Zorn auf Molly; er musste jetzt Vater und Mutter im Hause sein, er musste ordnen helfen, fleißig zugreifen, musste selbst in die weite Welt hinaus, um sein Brot zu verdienen.

Er kam nach Bremen, erlitt dort Not und lernte schwere Tage kennen, und die machen das Gemüt hart oder weich, häufig nur allzu weich. Wie ganz anders waren doch die Welt und die Menschen, als er sie sich in seiner Kindheit vorgestellt hatte! Was waren ihm jetzt die Lieder der Minnesänger: ein Klingklang! Lose Worte, ja, so dachte er zuweilen, aber zu andern Zeiten erklangen ihm die Lieder in der Seele und er ward frommen Sinnes.

»Gottes Wille ist der beste«, sagte er dann, »es war gut, dass der Herr Mollys Herz nicht an mir hängen ließ, wozu sollte das wohl geführt haben, jetzt, wo sich das Glück so gewendet hat. Sie gab mich auf, ehe sie von diesem Wechsel des Wohlstandes wusste. Das war eine Gnade des Herrn gegen mich; alles geschieht so, wie es für mich am besten ist: alles ist weise geschehen! Sie konnte nichts dafür, und ich bin ihr so bitter feindlich gesonnen gewesen!«

Und Jahre vergingen; Antons Vater war gestorben, fremde Menschen wohnten im Elternhaus. Anton sollte es aber dennoch wieder sehen. Sein reicher Herr sandte ihn auf Geschäftsreisen, und so kam er auch durch seine Geburtsstadt Eisenach. Die alte Wartburg stand unverändert dort oben auf dem Berge, und die Steinblöcke »Mönch« und »Nonne« ragten noch immer empor; die mächtigen Eichen verliehen dem Ganzen denselben Umriss wie in den Zeiten seiner Kindheit. Der Venusberg schimmerte nackt und grau in das Tal hinab. Gern hätte er gerufen: »Frau Holle, Frau Holle! Mach den Berg auf! Dann bleibe ich doch hier auf heimatlichem Boden!«

Das war ein sündiger Gedanke, und er machte das Zeichen des Kreuzes; da sang ein kleiner Vogel im Gebüsch, und das alte Minnelied kam ihm in den Sinn:

»Vor dem Wald mit süßem Schall,
Tandaradei.
Sang im Tal die Nachtigall!«

So viele Erinnerungen tauchten hier in der Stadt seiner Kindheit, die er durch Tränen sah, wieder in ihm auf. Das Elternhaus stand noch so wie sonst da, nur der Garten war verändert, ein Feldweg führte über eine Ecke des alten Grundstücks hin, und der Apfelbaum, den er nicht geknickt hatte, stand jetzt außerhalb des Gartens, jenseits des Wegs, aber die Sonne beschien ihn wie ehedem, der Tau fiel auf ihn herab wie einstmals, er trug einen reichen Fruchtsegen, schwer hingen die Zweige zur Erde herab.

»Der gedeiht!«, sagte er. »Der kann es!«

Aber einer der großen Zweige des Baumes war doch gebrochen, mutwillige Leute hatten das getan, der Baum stand ja an der offenen Landstraße!

»Man bricht seine Blüten, ohne Dank zu sagen, man stiehlt seine Früchte und reißt die Zweige ab; hier könnte man, wenn man vom Baume sprechen wollte, wie vom Menschen, sagen: Das ist ihm nicht an seiner Wiege gesungen! Wie schön hat er nicht seine Laufbahn begonnen, und was wurde daraus? Verlassen und vergessen, ein Gartenbaum am Grabenrand, am Felde, auf der Landstraße! Ohne Schutz steht er da, zerzaust, zerbrochen! Er welkte zwar nicht hin, aber im Laufe der Jahre wurde die Zahl der Früchte geringer, und schließlich – ja, dann ist die Geschichte aus!«

Das waren Antons Gedanken unter dem Baum, und das waren seine Gedanken gar manche Nacht in der einsamen, kleinen Kammer in dem hölzernen Hause im fremden Lande in der Häuschengasse in Kopenhagen, wohin sein reicher Herr, der Kaufmann in Bremen, ihn gesandt hatte, mit der ausdrücklichen Bedingung, dass er nicht heiraten dürfe.

»Heiraten! Ha, ha!«, lachte er tief und wunderlich.

Der Winter hatte sich zeitig eingestellt, es fror scharf; draußen raste ein Schneesturm, sodass jeder, der es konnte, sich im Hause hielt; daher kam es auch, dass Antons Nachbarn nicht bemerkten, dass sein Laden zwei ganze Tage nicht geöffnet wurde, dass er sich selbst nicht sehen ließ; wer ging auch wohl in solchem Wetter aus, wenn er es vermeiden konnte?

Das waren graue, finstere Tage, und in dem kleinen Häuschen, in dem die Fenster ja nicht aus Glas waren, ward die Dämmerung zur stockfinstern Nacht. Der alte Anton hatte zwei Tage lang sein Bett nicht verlassen, er hatte nicht mehr die Kraft dazu; er hatte die barsche Witterung da draußen schon lange in seinen Gliedern gespürt. Verlassen lag der Pfeffergesell da und vermochte sich nicht zu helfen, kaum dass er den Wasserkrug erreichen konnte, den er vor das Bett gestellt hatte, und nun war auch der letzte Tropfen getrunken. Nicht das Fieber, nicht die Krankheit lähmten ihn; es war das Alter. Dort oben, wo er lag, umgab ihn fast beständige Nacht. Eine kleine Spinne, die er nicht sehen konnte, spann fröhlich und geschäftig ihr Gespinst über ihm, als solle doch wenigstens ein bisschen neuer, frischer Trauerflor wehen, wenn der Alte seine Augen schloss.

So lang und schläfrig leer war die Zeit; Tränen hatte er nicht mehr, auch Schmerzen nicht. Seine Gedanken beschäftigten sich gar nicht mehr mit Molly; er hatte eine Empfindung, als gehe ihn die Welt und ihr Getriebe nichts mehr an, als liege er ganz außerhalb des Irdischen, es dachte ja niemand mehr an ihn. Einen Augenblick schien er Hunger und Durst zu spüren – ja, er empfand wirklich beides! Aber es kam niemand, um ihn zu erquicken, es würde niemand kommen. Er dachte an die Verschmachtenden, er erinnerte sich, wie die heilige Elisabeth, als sie noch hier auf Erden lebte, sie, die Schutzheilige seiner Heimat und seiner Kindheit, die edle Herzogin von Thüringen, die hochvornehme Frau, selbst in die ärmsten Hütten hinabstieg und den Kranken Hoffnung und Erquickung brachte. Ihre frommen Werke erhellten seinen Sinn, er dachte daran, wie sie gekommen war, um den Leidenden Worte des Trostes zu spenden, wie sie die Wunden der Kranken badete und den Hungrigen Nahrung brachte, obwohl ihr gestrenger Gemahl ihr deswegen zürnte. Er gedachte der Sage, wie sie mit dem Korb voll Wein und Speisen des Weges kam und der Herzog, der ihre Schritte bewachte, zornerfüllt vor sie trat und sie fragte, was sie dort trüge, worauf sie angsterfüllt antwortete: Es sind Rosen, die ich im Garten gepflückt habe. Und als er dann das weiße Tuch von dem Korb riss, war das Wunder geschehen, der Wein und das Brot, alles, was der Korb enthielt, hatte sich in Rosen verwandelt.

So lebte die Heilige in Antons Gedanken, so stand sie leibhaftig vor seinem matten Blick an seinem Lager in der ärmlichen, hölzernen Bude im dänischen Lande. Er entblößte sein Haupt, sah ihr in die milden Augen, und alles ringsumher war Glanz und Rosen. Ja, die Rosen breiteten sich duftend aus, ein eigentümlich lieblicher Apfelduft umwogte ihn, er sah einen blühenden Apfelbaum, der streckte seine Zweige über ihn aus, es war der Baum, den er als kleinen Kern mit Molly gepflanzt hatte.

Und der Baum streute seine duftenden Blüten auf seine heiße Stirn herab und sie kühlten sie; sie fielen auf seine verschmachtenden Lippen, und es war wie labender Wein und Brot; sie fielen auf seine Brust, und er fühlte sich so leicht, so sicher und ruhig, als könne er schlafen.

»Jetzt will ich schlafen!«, flüsterte er leise. »Der Schlaf tut gut! Morgen bin ich wieder gesund und guter Dinge! Wie wunderschön! Den Baum, der einst in Liebe gepflanzt ward, erschau ich jetzt in Herrlichkeit!«

Und dann schlief er ein.

Am nächsten Tage – es war der dritte Tag, dass sein Laden geschlossen blieb – legte sich das Schneegestöber, da begab sich der Nachbar aus dem gegenüberliegenden Häuschen zu Anton hinüber, der sich gar nicht blicken ließ. Ausgestreckt, tot lag er dort auf seinem Lager, die alle Nachtmütze zwischen seine Hände gedrückt. Die bekam er im Sarge nicht auf, er hatte ja eine reine, weiße!

Wo waren nun die Tränen, die er geweint hatte? Wo waren die Perlen? – In der Nachtmütze blieben sie – die echten gehen in der Wäsche nicht aus – aber die Mütze hatten sie weggelegt und vergessen – die alten Gedanken, die alten Träume, ja, die blieben noch in der Nachtmütze des Hagestolzen. Wünsche sie dir nicht, sie wird dir deine Stirn viel zu heiß machen, deine Pulse in Wallung bringen, dir Träume senden, von denen du meinst, dass es Wirklichkeit sei. Das hat gleich der erste erfahren, der sie aufsetzte und das war doch ein halbes Jahrhundert später, und doch war es der Bürgermeister selbst, der mit Frau und elf Kindern wohl geborgen in seinen vier Wänden saß; er träumte sofort von unglücklicher Liebe, von Bankrott und magern Zeiten.

»Hu! Wie die Nachtmütze warm macht!«, sagte er und riss sie ab, und da rollte eine Perle und noch eine Perle heraus, und es klang und leuchtete. »Das ist die Gicht!«, sagte der Bürgermeister. »Es flimmert mir vor den Augen!«

Aber es waren die Tränen, die vor einem halben Jahrhundert der alte Anton aus Eisenach geweint hatte.

Und ein jeder, der später diese Nachtmütze aufsetzte, hatte Gesichte und Träume, seine eigne Geschichte ward zu der des alten Anton, es war ein ganzes Märchen, ja, es wurden viele Märchen, aber die können die andern erzählen, wir haben nur das erste erzählt, und unser letztes Wort lautet: Wünsche dir niemals die Nachtmütze des Hagestolzen!

Etwas

Ich will etwas werden!«, sagte der älteste von fünf Brüdern, »ich will mich in der Welt nützlich machen; mag die Stellung noch so gering sein, wenn nur das, was ich ausrichte, gut ist, so ist es immerhin etwas. Ich will Mauersteine machen, die kann man nicht entbehren, dann habe ich doch etwas getan!«

»Aber etwas gar wenig!«, sagte der zweite Bruder, »das, was du tun willst, ist so gut wie gar nichts; das ist Handlangerarbeit, kann mit der Maschine gemacht werden. Nein, dann doch lieber Maurer werden! Das ist etwas, was ich sein will. Das ist ein Stand, durch den man einer Zunft angehört, Bürger wird, seine eigne Fahne und seine eigne Herberge hat; ja, wenn es gut geht, kann ich Gesellen halten, werde Meister genannt, und meine Frau wird Frau Meisterin; das ist doch etwas!«

»Das ist gar nichts!«, sagte der dritte! »Das ist gar keine Rangklasse, und in einer Stadt gibt es viele Klassen, die alle hoch über einem Meister stehen. Du kannst ein braver Mann sein, aber als Meister bist du doch immer nur, was man einen gewöhnlichen Mann nennt! Nein, da weiß ich etwas Besseres! Ich will Baumeister werden, will mich zu der Kunst aufschwingen, zu dem Gebiet der Gedanken, will zu den Höherstehenden im Reiche des Geistes gehören; freilich muss ich von unten anfangen, ja, ich kann es gerade heraussagen: ich muss als Zimmerlehrling anfangen, muss mit einer Mütze gehen, obwohl ich daran gewöhnt bin, einen Zylinder zu tragen, muss für die einfachen Gesellen Bier und Schnaps holen und mich du von ihnen nennen lassen, das ist unangenehm, aber ich werde mir einbilden, dass das Ganze eine Maskerade ist, dass es Maskenfreiheit ist! Morgen, das heißt, sobald ich Geselle bin, gehe ich meinen Weg, die andern gehen mich nichts mehr an, ich besuche die Akademie, lerne Zeichnen, werde Architekt genannt – das ist etwas, das ist viel! Ich kann Wohl-, ja Hochwohlgeboren werden, ja, kann vorn und hinten noch ein wenig mehr bekommen, und ich baue und baue, so wie die andern vor mir! Das ist eben etwas, worauf man bauen kann! Das Ganze ist etwas!«

»Aber aus dem Etwas mache ich mir gar nichts!«, sagte der Vierte. »Ich will nicht in dem Kielwasser anderer segeln, will keine Kopie sein, ich will Genie sein, will tüchtiger sein, als ihr alle zusammen, ich schaffe einen neuen Stil, gebe die Idee zu einem Gebäude, das zu dem Klima und dem Material des Landes, zu der Nationalität und der Entwicklung unsers Zeitalters passt, und dann gebe ich noch ein Stockwerk für mein eignes Genie zu!«

»Aber wenn nun Klima und Material nicht taugen!«, sagte der fünfte, »das würde eine arge Sache sein, denn das hat Einfluss! Die Nationalität kann auch leicht so erweitert werden, dass sie affektiert wird, die Entwicklung des Zeitalters kann über die Stränge schlagen, wie es die Jugend häufig tut. Ich sehe es schon kommen, dass keiner von euch es zu etwas bringen wird, wie sehr ihr selber es auch glaubt! Tut aber, wie ihr wollt, ich will euch nicht gleichen, ich stelle mich außerhalb der Sache, ich werde über das räsonieren, was ihr ausrichtet! An jedem Dinge ist etwas Verkehrtes, das werd ich austüfteln und besprechen, das ist etwas!«

Und das tat er, und die Leute sagten von dem fünften: »An dem ist sicher etwas dran! Er ist ein guter Kopf! Aber er tut nichts!« – Aber gerade dadurch war er etwas.

Seht, das ist nur eine kleine Geschichte, aber doch nimmt sie kein Ende, solange die Welt steht!

Aber wurde denn gar nichts aus den fünf Brüdern? Das war doch gar nichts!

Hört nun weiter, es ist ein ganzes Märchen!

Der älteste der Brüder, der Mauersteine machte, gewahrte, dass aus jedem Stein, wenn er fertig war, eine kleine Münze herausrollte, freilich nur aus Kupfer, aber viele kleine Kupfermünzen werden, wenn man sie aufeinander legt, zu einem blanken Taler, und wo man damit anklopft, beim Bäcker, Metzger, Schneider, ja bei allen, da fliegt die Tür auf, und man erhält, was man nötig hat; seht, das werfen die Mauersteine ab; einige zerbröckelten freilich oder brachen mitten durch, aber auch sie fanden Verwendung.

Oben auf dem Deich am Meere wollte Margarete, die arme Frau, sich so gern ein Häuschen bauen; sie bekam alle die zerbröckelten Steine und dann ein paar ganz heile dazu, denn ein gutes Herz hatte der älteste Bruder, wenn er es auch in seinem Beruf nicht weiter brachte, als dass er Mauersteine machte. Die arme Frau mauerte ihr Häuschen selbst auf, schmal war es nur, das eine Fenster saß schief, die Tür war zu niedrig, und das Strohdach hätte besser gelegt sein können, aber Schutz und Wärme verlieh es, und man konnte es weit übers Meer hinaus sehen, das sich mit ganzer Macht an dem Deich brach; die salzigen Tropfen spritzten über das ganze Haus, das noch da stand, als der, der die Mauersteine gemacht hatte, schon tot und begraben war.

Der zweite Bruder, ja, der konnte etwas anderes ausmauern, aber der hatte es ja auch gelernt! Als das Gesellenstück gemacht war, schnürte er seinen Ranzen und stimmte das Handwerkerlied an:

Ich reise, weil ich jung noch bin,
Will draußen Häuser bauen.
Im Beutel ist kein Geld darin,
Muss auf mein Handwerk trauen.
Und kehr ich heim ins Vaterland,
Wo's Liebchen mein harrt traut,
Ein Hurra auf den Handwerkstand!
Ein eigen Haus gebaut!

Und das tat er denn auch. Als er in die Stadt zurückkehrte und Meister wurde, mauerte er ein Haus neben dem andern auf, eine ganze Straße, und als die stand, gut aussah und der Stadt zur Zierde gereichte, bauten ihm die Häuser ein Häuschen, das sein eigenes sein sollte; wie aber können denn Häuser bauen? Ja, frage sie nur, sie werden dir die Antwort schuldig bleiben, aber die Leute werden dir antworten und sagen: »Freilich hat ihm die Straße sein Haus gebaut!« Klein war es nur und mit einem Lehmfußboden, aber als er mit seiner Braut über den Lehmboden hintanzte, erschien er ihm so blank, als seien die Dielen gebohnert, und aus jedem Stein an der Wand sprosste eine Blume hervor, das war so schön wie die kostbarste Tapete. Es war ein hübsches Haus und ein glückliches Ehepaar. Die Innungsfahne flatterte draußen, und Gesellen und Lehrlinge riefen »Hurra!« Ja, das war etwas! Und dann starb er, und das war auch etwas!

Nun kam der Architekt, der dritte Bruder, der zuerst Zimmerlehrling gewesen, mit der Mütze gegangen war und Laufburschendienste verrichtet hatte, aber von der Akademie bis zum Baumeister gestiegen war, »Hoch- und wohlgeborener Herr!« Ja, hatten die Häuser in der Straße dem Bruder, der Maurermeister war, ein Häuschen gebaut, so erhielt nun eine ganze Straße ihren Namen nach dem Architekten, und das schönste Haus in der Straße gehörte ihm, das war etwas, und er war etwas – und obendrein mit einem langen Titel vorne und hinten; seine Kinder wurden vornehme Kinder genannt, und als er starb, war seine Witwe eine Witwe von Stand – und das ist etwas! Und sein Name stand für alle Zeiten an der Straßenecke und war in der Leute Munde, als Straßenname – ja, das ist etwas!

Dann kam das Genie, der vierte Bruder, der etwas Neues erfinden wollte, etwas Apartes und noch ein Stockwerk darüber, aber das fiel herunter und er fiel mit und brach sich den Hals, aber er erhielt ein herrliches Begräbnis mit Innungsfahnen und Musik, Blumen in der Zeitung und auf der Straße über das Pflaster gestreut, und ihm wurden drei Leichenreden gehalten, die eine immer länger als die andere, und das würde ihn erfreut haben, denn er liebte es sehr, wenn von ihm geredet wurde; auch ein Denkmal ward ihm auf seinem Grab errichtet, zwar nur ein Stockwerk hoch, aber das ist immer etwas!

Nun war er tot wie die drei andern Brüder, aber der letzte, der Räsoneur, überlebte sie alle, und das war ja so, wie es sein sollte, denn nun hatte er das letzte Wort, und für ihn war es von großer Wichtigkeit, das letzte

Wort zu haben. Er war ja der gute Kopf, sagten die Leute. Nun schlug aber auch seine Stunde, er starb und kam an die Himmelspforte. Hierher kommt man immer zu zweien! So stand denn auch er hier mit einer andern Seele, die ebenfalls gern hinein wollte, und das war gerade die alte Mutter Margarete aus dem Hause am Deich.

»Es geschieht wohl des Kontrastes halber, dass ich und diese elende Seele hier gleichzeitig anlangen!«, sagte der Räsoneur. »Nun, wer seid Ihr denn, Mutterchen? Wollt Ihr auch hier herein?«, fragte er.

Und die alte Frau knickste, so gut sie konnte, sie glaubte, es sei Sankt Peter selbst, der mit ihr redete. »Ich bin eine elende alte Frau, ohne allen Anhang! Die alte Margarete aus dem Haus auf dem Deich.«

»Nun, was habt Ihr denn da unten getan und ausgerichtet?«

»Ich habe wirklich gar nichts ausgerichtet in dieser Welt, nichts, was mir hier die Pforte aufschließen könnte! Wenn ich Erlaubnis bekomme, zur Tür hereinzutreten, so kann das nur aus lauter Gnade geschehen.«

»Auf welche Weise habt Ihr denn die Welt verlassen?«, fragte er, nur um etwas zu sagen, weil es ihn langweilte, dort zu stehen und zu warten.

»Ja, wie ich sie verlassen habe, das weiß ich wirklich nicht! Krank und elend bin ich ja die letzten Jahre gewesen, und dann hab ich es wohl nicht vertragen können, aus dem Bett zu kriechen und so auf einmal in Frost und Kälte hinauszukommen. Es war ja ein harter Winter, aber nun hab ich es wieder verwunden. Ein paar Tage war es ganz windstill, aber bitter kalt, wie Ew. Hochwohlgeboren sich wohl noch erinnern werden; das Eis bedeckte das Meer, soweit man sehen konnte; alle Leute aus der Stadt gingen auf das Eis hinaus. Da war Tanz und Schlittschuhlaufen, so nennen sie es, glaube ich, da war Musik und Bewirtung, ich konnte es bis in meine ärmliche Stube hinein hören, wo ich lag. Und dann war es so gegen Abend, der Mond war aufgegangen, aber er war noch nicht recht zu Kräften gekommen, ich konnte von meinem Bett den ganzen Strand durch das Fenster sehen, und da kam auf einmal ganz am Rande zwischen Himmel und Meer eine sonderbare, weiße Wolke; ich lag da und sah sie an, sah den schwarzen Punkt in der Mitte, der größer und größer wurde, und dann wusst ich, was das zu bedeuten hatte; ich bin alt und erfahren, aber das Zeichen sieht man nicht oft! Ich kannte es und ein Grausen kam über mich, zweimal in meinen Lebzeiten hab ich das Ding kommen sehen, ich wusste, dass es einen schrecklichen Sturm mit Springflut bedeutete, die würden über die armen

Menschen da draußen kommen, die da jetzt tranken und herumsprangen und jubilierten; alt und jung, die ganze Stadt war ja da draußen, wer sollte sie wohl warnen, wenn niemand dort das sah und zu deuten wusste, was ich nur zu gut kannte! Mir wurde so angst, ich wurde so lebendig, wie es seit langer Zeit nicht gewesen war. Aus dem Bett heraus kam ich, und nach dem Fenster schleppt' ich mich hin, weiter konnte ich nicht. Das Fenster bekam ich auch auf, ich konnte die Menschen da draußen auf dem Eis laufen und springen sehen, konnte die bunten Flaggen sehen, konnte hören, wie die Jungen Hurra riefen und die Mädchen und die jungen Burschen sangen; es ging lustig zu, aber höher und höher stieg die weiße Wolke mit dem schwarzen Sack darin; ich rief, so laut ich konnte, aber niemand hörte mich, ich war zu weit von den Leuten ab. Bald würde das Unwetter losbrechen, das Eis würde bersten und alle da draußen würden rettungslos versinken. Hören konnten sie mich nicht, ich konnte nicht zu ihnen hinauskommen, wenn ich sie doch nur an Land locken könnte! Da gab mir der liebe Gott den Gedanken ein, mein Bett anzustecken, lieber das Haus aufbrennen zu lassen, als dass die vielen so jammervoll ertrinken sollten. Ich zündete das Licht an, sah die rote Flamme – ja, ich kam noch zur Tür hinaus, aber da blieb ich liegen, ich konnte nicht weiter; die Flamme leckte durch das Fenster nach mir hinaus, loderte bis zum Dach auf; sie sahen sie da draußen und liefen alle, so schnell sie konnten, um mir Ärmsten zur Hilfe zu eilen, denn sie glaubten, dass ich lebendig verbrennen müsste; da war auch nicht einer, der nicht herbeieilte; ich hörte, dass sie kamen, aber ich hörte auch, wie es auf einmal in der Luft sauste; ich hörte es dröhnen wie schwere Kanonenschüsse, die Springflut hob das Eis in die Höhe, es zerborst; aber bis an den Deich kamen sie alle, und da lag ich, und die Funken flogen über mich hin; ich habe sie alle gerettet; aber ich hab wohl die Kälte und den Schrecken nicht vertragen können, und so bin ich denn hier hinauf, an die Himmelspforte gekommen; sie sagen ja, dass sie auch für so ein armes Menschenkind, wie ich es bin, aufgetan wird! Und jetzt hab ich ja auch kein Haus mehr da unten auf dem Deich, aber das gibt mir wohl kein Eintrittsrecht hier.«

Da öffnete sich die Himmelspforte, und der Engel führte die alte Frau hinein; sie verlor einen Strohhalm draußen, einen von den Strohhalmen, die in ihrem Bett gelegen hatten, das sie anzündete, um die vielen zu erretten, und er wurde zu Gold, zu purem Golde, aber zu einem Gold, das wuchs und sich in den schönsten Verzierungen empor rankte.

»Sieh, das hat die arme Frau mitgebracht!«, sagte der Engel. »Was bringst denn du? Ja, ich weiß sehr wohl, dass du nichts ausgerichtet hast, nicht einmal einen Mauerstein hast du gemacht; könntest du nur zurückgehen und wenigstens so viel bringen; er würde wohl kaum zu gebrauchen sein, wenn du ihn gemacht hättest, aber mit gutem Willen gemacht, wäre es doch immerhin etwas; aber du kannst nicht zurückgehen, und ich kann nichts für dich tun!«

Da bat die arme Seele, die Frau aus dem Haus auf dem Deich, für ihn: »Sein Bruder hat alle die Steine und Ziegelbrocken gemacht, aus denen ich mein elendes Haus aufgebaut habe, er hat sie mir auch geschenkt, und das war sehr viel für mich Ärmste! Können nun nicht alle die Stücken und Brocken als Mauerstein für ihn gelten? Das ist ein Werk der Gnade! Er bedarf jetzt dessen, und hier ist ja die Heimat der Gnade!«

»Dein Bruder, den du den Allergeringsten nanntest«, sagte der Engel, »der, dessen ehrliche Arbeit dir zu niedrig erschien, gibt dir sein Scherflein des Himmelreichs. Du sollst nicht abgewiesen werden, es soll dir erlaubt sein, hier draußen zu stehen und nachzudenken und dein Leben dort unten zu verbessern, aber hinein kannst du nicht eher, als bis du an guten Taten – etwas ausgerichtet hast!«

»Das hätte ich besser ausdrücken können!«, dachte der Räsoneur, aber er sagte es nicht laut, und das war wenigstens schon »etwas«!

Schlammkönigs Tochter

Die Störche erzählen ihren Kleinen so viele Märchen, alle aus dem Sumpf und dem Moor, sie sind in der Regel dem Alter und dem Fassungsvermögen angepasst; die kleinsten Jungen sind zufrieden, wenn man »kribbel, krabbel, plurremurre!«, sagt, das finden sie herrlich, aber die älteren wollen einen tieferen Sinn haben, oder doch wenigstens etwas von der Familie hören. Von den beiden ältesten und längsten Märchen, die sich bei den Störchen gehalten haben, kennen wir alle das eine, das von Moses, der von seiner Mutter in die Wasser des Nils ausgesetzt und von der Königstochter gefunden wurde, der eine gute Erziehung erhielt und schließlich ein großer Mann war, von dem man aber nicht weiß, wo er eigentlich begraben liegt. Das ist etwas ganz Gewöhnliches.

Das zweite Märchen ist noch unbekannt, vielleicht weil es fast ausländisch ist. Das Märchen ist durch Jahrtausende hindurch von einer Storchenmutter auf die andere übergegangen, und eine jede von ihnen hat es besser und besser weitererzählt, und wir erzählen es nun am allerbesten.

Das erste Storchenpaar, das das Märchen brachte und mit darin gelebt hat, wohnte im Sommer auf dem Balkenhaus des Wikings in Vendsyssel, welches hoch oben in Jütland, östlich von Skagen, liegt. Dort ist noch ein ungeheuer großes Moor, man kann darüber in der Kreisamt-Beschreibung lesen: Ehemals ist hier Meeresgrund gewesen, steht da, aber der hat sich gehoben; er erstreckt sich meilenweit nach allen Seiten, umgeben von feuchten Wiesen und schwankendem Moorland mit Torfmooren, Multebeeren und verkrüppelten Bäumen; fast beständig schweben Nebel darüber hin, und noch vor siebzig Jahren gab es hier Wölfe, man kann es mit Fug und Recht das Wildmoor nennen, und man kann sich denken, wie öde und unwirtsam, wie voller Sümpfe und Seen es hier vor tausend Jahren gewesen ist! Ja, man sah hier damals, was man noch heute sieht, und das Röhricht hat dieselbe Höhe, dieselben langen Blätter und violetten Federblumen, wie es sie noch heute trägt; die Birke stand gerade so wie jetzt mit weißer Rinde und feinen, lose herabhängenden Blättern da, und was die lebenden Wesen, die hier verkehren, anbetrifft – ja, die Fliege trug ihr Florkleid nach demselben Schnitt wie jetzt, die Leibfarbe des Storches war weiß mit Schwarz und mit roten Strümpfen, wohingegen die Menschen zu seinen Zeiten einen andern Rockschnitt hatten als heutzutage, aber einem jeden, wer es auch sei, Leibeigener oder Jäger, der das schwankende Moorland betrat, erging es vor tausend Jahren, wie es noch heute denen ergeht, die hierher kommen – er versinkt und fällt zu dem Schlammkönig hinab, wie sie ihn nannten, der unten in dem großen Moorreich regiert. Gungelkönig könnte man ihn auch nennen, aber uns gefällt Schlammkönig besser; und so nannten ihn die Störche auch. Sehr wenig weiß man von seiner Regierung, aber das ist vielleicht recht gut.

Nahe am Moor, hart am Limfjord, lag das Balkenhaus des Wikings mit seinem aus Steinen ausgemauerten Keller, einem Turm und drei Stockwerken; ganz oben auf dem Dach hatte der Storch sein Nest gebaut; die Storchenmutter saß auf den Eiern und war ihrer Sache sicher, es würde schon glücken.

Eines Abends blieb der Storchenvater ein wenig lange aus, und als er nach Hause kam, sah er ganz zerzaust und abgehetzt aus.

»Ich habe dir etwas ganz Schreckliches zu erzählen!«, sagte er zur Storchenmutter.

»Ach, tu es lieber nicht!«, sagte sie, »bedenke, dass ich auf Eiern sitze, es könnte mir schaden und dann Einfluss auf die Kleinen haben!«

»Du musst es aber wissen!«, sagte er. »Sie ist hierher gekommen, die Tochter unseres Wirts in Ägypten! Sie hat die Reise gewagt und – weg ist sie!«

»Sie, die dem Geschlecht der Feen angehört! Erzähle! Du weißt, ich vertrage es nicht gut, lange zu warten, wenn ich brüte!«

»Siehst du, Mutter, sie hat doch geglaubt, was der Doktor sagte und was du mir erzählt hast; sie hat geglaubt, dass die Moorblume, die hier oben wächst, ihrem kranken Vater helfen könnte, und sie ist im Schwanengefieder hierher geflogen, zusammen mit den beiden andern Schwanengefieder-Prinzessinnen, die jedes Jahr hierher nach dem Norden kommen, um sich zu verjüngen. Sie ist gekommen, und nun ist sie weg!«

»Du erzählst so weitschweifig!«, sagte die Storchenmutter, »die Eier könnten kalt werden! Ich kann es nicht vertragen, mich in solcher Spannung zu befinden!«

»Ich habe aufgepasst«, fuhr der Storchenvater fort, »und als ich heute Abend im Röhricht spazierte, wo der sumpfige Boden mich tragen kann, da kamen drei Schwäne; in ihrem Flug war etwas, das mir sagte: ›Gib acht, das sind keine wirklichen Schwäne, es ist nur Schwanengefieder!‹ Du hast es ebenso wie ich im Gefühl, Alte! Du weißt, was echt ist und was nicht!«

»Natürlich!«, sagte sie, »aber erzähle von der Prinzessin! Ich hab es satt, vom Schwanengefieder zu hören!«

»Hier mitten im Moor liegt, wie du weißt, ein See; du kannst ein Stück davon sehen, wenn du dich ein wenig aufrichtest; dort am Röhricht und am Rande des grünen Schlammes lag ein alter Erlenstumpf. Darauf setzten sich die drei Schwäne, schlugen mit den Flügeln und sahen sich um; einer von ihnen warf das Schwanengefieder ab, und nun erkannte ich unsere Hausprinzessin aus Ägypten; sie saß da ohne jede andere Umhüllung als ihr langes schwarzes Haar; ich hörte, wie sie die beiden andern bat, gut acht auf ihr Schwanengefieder zu geben, während sie unter das Wasser tauchte, um die Blume zu pflücken, die sie sehen zu können meinte. Sie nickten und flogen auf, indem sie das lose Federkleid emporhoben; was sie wohl damit wollen, dachte ich, und sie fragte sie offenbar nach demselben, und sie erhielt eine Antwort, indem sie sah, was geschah: sie flogen mit ihrem Federkleid in die Höhe! ›Tauche du nur unter!‹, riefen sie, ›nie wieder wirst du im Schwanengefieder fliegen, nie wirst du Ägypten wieder sehen! Bleib du nur im Wildmoor sitzen!‹ Und dann zerrissen sie ihr Federkleid in tausend Stücke, sodass die Federn rings umher flogen, als sei es ein Schneegestöber, und davon flogen die beiden boshaften Prinzessinnen!«

»Das ist ja schrecklich!«, sagte die Storchenmutter, »ich kann nicht ertragen, es zu hören! – Aber so sag mir doch, was dann geschah!«

»Die Prinzessin jammerte und weinte! Die Tränen rollten auf den Erlenstumpf nieder, und da fing der an, sich zu bewegen, denn es war der Schlammkönig selbst, der hier im Moor wohnt. Ich sah, wie sich der Baumstumpf herumwälzte, und dann war es kein Baumstumpf mehr, lange, schlammige Zweige ragten aus ihm hervor wie Arme; da erschrak das arme Kind und lief davon, auf den schaukelnden Moorboden hinaus, aber der vermag nicht einmal mich zu tragen, geschweige denn sie; sie sank gleich hinab, und der Erlenstumpf tauchte ebenfalls unter – er zog sie hinab. Große, schwarze Blasen stiegen auf, und dann war nichts mehr zu sehen. Jetzt ist sie im Wildmoor begraben, nie mehr kommt sie mit ihrer Blume nach Ägypten. Du hättest es nicht aushalten können, das mit anzusehen. Alte!«

»So etwas solltest du mir in dieser Zeit gar nicht erzählen, es kann den Eiern schlecht bekommen! – Die Prinzessin wird sich schon zu helfen wissen, der leistet sicher jemand Beistand! Wärst du es gewesen oder ich, oder jemand von den unseren, dann wäre es gewiss aus gewesen!«

»Ich will doch jeden Tag nachsehen!«, sagte der Storchenvater, und das tat er.

Nun verstrich eine lange Zeit.

Da sah er eines Tages, dass aus dem tiefen Moorgrund ein grüner Stängel emporschoss, und als der den Wasserspiegel erreichte, wuchs ein Blatt daraus hervor und ward breiter und breiter; dicht daneben setzte eine Knospe an, und als der Storch eines Morgens darüber hinflog, öffnete sich die Blütenknospe durch die Macht der starken Sonnenstrahlen, und mitten in ihrem Kelch lag ein wunderschönes Kind, ein kleines Mädchen, ganz, als sei es eben aus dem Bad gekommen; die Kleine glich der Prinzessin aus Ägypten so auffallend, dass der Storch zuerst glaubte, sie sei wieder klein geworden, aber als er darüber nachdachte, hielt er es für wahrscheinlicher, das sei ihr und des Schlammkönigs Töchterchen; deshalb lag sie in einer Wasserrosenblüte.

»Aber da kann sie doch nicht liegen bleiben!«, dachte der Storchenvater, »in meinem Nest sind mir schon zu viele, aber – da fällt mir etwas ein! Des Wikings Gemahlin hat keine Kinder, sie hat sich schon oft ein Kindchen gewünscht, es heißt ja, dass ich die Kinder bringen soll, dann will ich doch auch einmal Ernst daraus machen! Ich fliege mit dem Kind zu der Wikingfrau; das wird ein Jubel werden!«

Und der Storch nahm die Kleine, flog mit ihr nach dem Balkenhaus, schlug mit dem Schnabel ein Loch in das Fenster aus Schweinsblase, legte das Kind an die Brust der Wikingfrau, und flog dann zu der Storchenmutter und erzählte. Und die Jungen hörten alles mit an; sie waren jetzt groß genug dazu.

»Siehst du, die Prinzessin ist nicht tot, sie hat die Kleine hier heraufgeschickt, und nun ist sie angebracht!«

»Das habe ich ja gleich von Anfang an gesagt!«, entgegnete die Storchenmutter. »Denke jetzt aber ein wenig an deine eignen Kinder! Die Reisezeit rückt heran; es kribbelt mir schon manchmal unter den Flügeln! Der Kuckuck und die Nachtigall sind schon fort, und ich höre die Wachteln davon reden, dass wir bald günstigen Reisewind bekommen! Unsere Jungen werden das Manöver sicher gut bestehen, daran zweifle ich keinen Augenblick!«

Nein, wie sich die Wikingfrau freute, als sie am Morgen erwachte und das kleine, wunderhübsche Kind fand. Sie küsste und streichelte es, aber das Kind schrie fürchterlich, strampelte mit Händen und Füßen, es schien gar nicht erfreut; schließlich weinte es sich in den Schlaf, und als es nun so still dalag, konnte man sich wirklich nichts entzückenderes denken. Die Wikingfrau war überglücklich, sie fühlte sich so froh, so leicht, so gesund, eine Ahnung sagte ihr, dass ihr Gemahl und seine Mannen jetzt auch bald ebenso unerwartet heimkehren würden, wie die Kleine gekommen war, und da hatte sie und das ganze Haus vollauf zu tun, um alles instand zu setzen.

Die langen farbigen Tapeten, die sie und ihre Mägde selbst gewebt hatten mit den Bildern ihrer Götter Odin, Thor und Freya, wurden aufgehängt; die Leibeigenen mussten die alten Schilder putzen, mit denen sie die Wände der Halle schmückten, Kissen wurden auf die Bänke gelegt, und die Feuerstelle in der Mitte der Halle wurde mit trocknen Holzscheiten gefüllt, damit das Feuer gleich angezündet werden könne. Die Wikingfrau legte selbst Hand an, so war sie dann am Abend sehr müde und schlief gut.

Als sie gegen Morgen erwachte, erschrak sie sehr, denn das kleine Kind war ganz verschwunden; sie sprang auf, zündete einen Kienspan an und leuchtete ringsumher, und da lag am Fußende des Bettes nicht das kleine Kind, sondern eine große, hässliche Kröte; ihr ward ganz übel bei diesem Anblick, sie nahm eine schwere Stange und wollte den Frosch totschlagen, da sah sie der aber mit so wunderlichen, traurigen Augen an, dass sie die Stange sinken ließ. Noch einmal sah sie sich überall um, der Frosch ließ ein feines schmerzliches Quaken hören, sie fuhr bei dem Ton zusammen und sprang aus dem Bett, lief nach der Luke hin und riss sie schleunigst auf. Im selben Augenblick ging die Sonne auf und warf ihre Strahlen in das Bett und auf die große Kröte, und auf einmal war es, als ob sich das große Maul des Tieres zusammenziehe und klein und rot werde. Die Glieder streckten sich und nahmen die liebreizendste Gestalt an, und dann lag ihr eignes, wunderschönes Kind wieder da, und der hässliche Frosch war verschwunden.

»Was ist dies nur einmal!«, sagte sie, »habe ich einen hässlichen Traum geträumt! Da liegt ja mein eignes, liebliches Elfenkind!«, und sie herzte und küsste es, aber das Kind schlug um sich und biss wie ein wildes Kätzchen.

Nicht an diesem Tage und auch nicht an dem nächsten kehrte der Wiking zurück, obwohl er sich auf dem Heimwege befand, der Wind war ihm entgegen, er wehte den Störchen günstig nach Süden. Mitwind für den einen, widriger Wind für den andern.

Nach Verlauf von ein paar Tagen und Nächten war sich die Wikingfrau klar darüber, wie es mit ihrem kleinen Kind stand, es war ja ein schrecklicher Zauber, der es gebannt hielt. Am Tage war es liebreizend wie eine Lichtelfe, hatte aber eine böse wilde Natur, des Nachts hingegen war es eine hässliche Kröte, still und klagend mit wehmutsvollen Augen; hier waren zwei Naturen, die miteinander abwechselten, nach innen wie nach außen; das kam daher, weil das kleine Mädchen, das der Storch gebracht hatte, am Tage das Äußere seiner wirklichen Mutter, aber des Vaters Gesinnung besaß, in der Nacht dahingegen trat die Abstammung vom Vater sichtbar in der Leibesgestalt hervor, dann aber strahlten in ihm das Gemüt und das Herz der Mutter. Wer vermochte diesen durch bösen Zauber bewirkten Bann zu lösen?

Die Wikingfrau war von Angst und Kummer darüber erfüllt, und doch hing ihr Herz an dem kleinen Geschöpf, sie würde sich jedoch nicht getrauen, ihrem Gemahl bei seiner Heimkehr von dem Zustand des Kindes zu erzählen, denn dann würde er sicher, so wie die Sitte es erheischte, die arme Kleine auf die Heerstraße legen, damit sie nehmen könne, wer da wollte. Das konnte die Wikingfrau aber nicht übers Herz bringen, ihr Gemahl sollte das Kind nur bei hellem Tageslicht sehen.

Eines Morgens sausten Storchenflügel über das Dach hin; während der Nacht hatten sich dort mehr denn hundert Storchenpaare nach dem großen Manöver ausgeruht, jetzt flogen sie auf, um gen Süden zu ziehen.

»Alle Mann parat!«, hieß es, »Frau und Kinder auch!«

»Mir ist so leicht!«, sagten die Storchenkinder, »es kribbelt und krabbelt mir in den Beinen, als sei ich mit lebenden Fröschen angefüllt! Wie herrlich ist es, ins Ausland zu reisen!«

»Haltet euch hübsch im Zuge!«, sagten der Vater und die Mutter, »und lasst den Schnabel nicht zu viel klappern, das greift die Brust an!«

Und die Störche flogen davon.

Zur selben Zeit schallte das Kriegshorn über die Heide hin, der Wiking war mit allen seinen Mannen gelandet, sie kehrten mit reicher Beute von der gallischen Küste heim, wo das Volk, ebenso wie im Britenlande, voller Schrecken sang:

»Errett uns von der Normannen wilder Schar!«

War das ein Leben und eine Lust in der Wikingburg und im Wildmoor! Das Metfass kam in die Halle, das Feuer wurde angezündet, Pferde wurden geschlachtet, es wurde gesotten und gebraten. Der Opferpriester besprengte weihend die Leibeigenen mit dem warmen Blut. Das Feuer knisterte, der Rauch zog unter der Decke hin, der Ruß stockte von den Balken herab, aber daran war man gewöhnt, Gäste waren eingeladen, und sie bekamen gute Geschenke, vergessen waren Ränke und Falschheit; man trank und warf einander die abgenagten Knochen ins Gesicht, das war ein Zeichen von guter Laune. Der Skalde – das war so eine Art Spielmann, der aber auch zugleich Krieger war und der den Kriegszug mitgemacht hatte und wusste, wovon er sang – der Skalde gab ein Lied zum besten, in dem sie von all ihren Kriegstaten und besonderen Erlebnissen singen hörten, und jede Strophe endete mit dem Refrain: »Gut und Geld sterben, Freunde sterben, man selbst stirbt auch einmal, doch nimmer stirbt ein ruhmreicher Name!«, und dann schlugen sie alle auf die Schilde und hämmerten mit Messern und mit Knochen auf den Tisch, sodass es weithin schallte.

Die Wikingfrau saß auf der Querbank in der offenen Gildehalle, sie trug ein seidenes Kleid, goldene Armringe und große Bernsteinperlen; sie hatte ihren schönsten Schmuck angelegt, und der Skalde erwähnte auch sie in seinem Liede, er sprach von dem goldenen Schatz, den sie ihrem reichen Gemahl gebracht hatte, und der war auch sehr froh über das wunderschöne Kind, er hatte es nur bei Tage in seinem ganzen Liebreiz gesehen. Die Wildheit, die der Kleinen eigen war, gefiel ihm, sie könne, sagte er, eine tüchtige Schildjungfrau werden, die ihren Mann stehe, sie werde nicht mit den Augen zwinkern, wenn eine geübte Hand ihr im Scherz die Augenbrauen mit scharfem Schwert abschlüge.

Das Metfass wurde geleert und ein neues herbeigeschafft, ja, es ward gehörig gezecht, es waren Leute, die viel vertragen konnten. Man kannte zwar das alte Sprichwort: »Das Vieh weiß, wann es die Weide verlassen muss, aber ein unkluger Mann kennt das Maß seines Magens nicht«, ja, das wusste man, aber man weiß das eine und tut das andere; man wusste auch, dass »der Freund langweilig wird, wenn er lange in des andern Mannes Hause sitzt«, aber man blieb trotzdem, Fleisch und Met sind gar gute Dinge! Es ging lustig her, und des Nachts schliefen die Leibeigenen in der warmen Asche, tauchten die Finger in den fetten Ruß und leckten sie ab. Es war eine schöne Zeit!

Noch einmal im Jahr zog der Wiking aus, wenn auch die herbstlichen Stürme bereits zu toben begannen; er ging mit seinen Mannen nach der Küste des Britenlandes, das sei ja nur »eben über 16 Wasser hinüber«, sagte er, und seine Gemahlin blieb mit ihrem Töchterchen zurück, und das steht fest, die Pflegemutter hatte bald die arme Kröte mit den frommen Augen und den tiefen Seufzern fast lieber als das schöne Kind, das biss und um sich schlug.

Der raue, feuchte Herbstnebel, der an den Blättern nagt, lag über Wald und Heide, »Vogel Federlos«, wie sie den Schnee nannten, flog in dichten Scharen, der Winter war im Anzug; die Spatzen legten Beschlag auf das Storchennest und räsonierten auf ihre Weise über die abwesende Herrschaft, die aber, das Storchenpaar mit allen den Jungen, ja, wo waren denn die geblieben?

Die Störche waren nun im Lande Ägypten, wo die Sonne so warm schien wie bei uns an einem schönen Sommertag. Tamarinden und Akazien blühten ringsumher; Mohammeds Mond strahlte blank von den Tempelkuppeln herab; auf den schlanken Türmen saß manch ein Storchenpaar und ruhte aus von der langen Reise. Große Scharen hatten ihre Nester eins dicht neben dem andern auf den mächtigen Säulen und den zertrümmerten Tempelbogen an längst vergessenen Stätten gebaut. Die Dattelpalme hob ihr Schirmdach hoch empor, als wolle sie Sonnenschirm sein. Die weißgrauen Pyramiden hoben sich wie Schattenrisse von der klaren Luft nach den Wüsten zu ab, und der Löwe saß mit großen, klugen Augen da und betrachtete die Marmorsphinx, die im Sande begraben lag. Die Wasser des Nils waren zurückgetreten, das ganze Flussbett wimmelte von Fröschen, und das war für alle die Storchenfamilien der schönste Anblick in diesem Lande. Die Jungen meinten, es sei eine Augenverblendung, so unvergleichlich schön fanden sie das Ganze.

»So ist es hier, und so leben wir immer in unserm warmen Lande«, sagte die Storchenmutter, und den Kleinen kribbelte es im Magen.

»Bekommen wir noch mehr zu sehen?«, fragten sie. »Wollen wir noch tiefer ins Land hinein?«

»Da ist nichts weiter zu sehen«, sagte die Storchenmutter; »die üppige Gegend besteht nur aus dichten Wäldern, wo die Bäume mit ihren Zweigen ineinander wachsen und stachelige Schlingpflanzen Weg und Steg versperren, nur der Elefant mit seinen plumpen Füßen vermag sich einen Weg zu bahnen; die Schlangen dort sind zu groß für uns und die Eidechsen zu lebhaft. Und wollt ihr nach der Wüste gehen, so bekommt ihr Sand in die Augen, solange es fein hergeht, und wenn es grob zugeht, so geratet ihr in eine Sandhose hinein; nein, hier ist es am besten! Hier sind Frösche und Heuschrecken. Hier werde ich bleiben, und ihr bleibt auch hier!«

Und sie blieben. Die Alten saßen in ihrem Nest auf dem schlanken Minarett, ruhten aus und hatten genug damit zu tun, die Federn zu glätten und den Schnabel an den roten Strümpfen zu streichen; dann reckten sie die Hälse, grüßten gravitätisch und erhoben den Kopf mit der hohen Stirn und den feinen, glatten Federn, ihre braunen Augen strahlten so klug. Die kleinen Storchenfräulein stolzierten gravitätisch in dem saftigen Röhricht umher, schielten nach den andern jungen Störchen hinüber, machten Bekanntschaften und verschlangen bei jedem dritten Schritt einen Frosch, oder schlenkerten eine kleine Schlange im Schnabel hin und her, sie glaubten, dass sich das gut ausnehme, und gut schmecken tat es. Die Storchenjünglinge fingen Streit an, schlugen einander mit den Flügeln, hauten mit den Schnäbeln drein, ja, stachen sich, dass Blut floss, und dann verlobte sich bald dieser, bald jener, das war es ja, wofür sie lebten, die Storchenjünglinge und Storchenfräulein. Sie bauten Nester und gerieten dann von neuem in Streit, denn in den heißen Ländern sind ja nun einmal alle so leicht erregbar, aber vergnüglich war es, und namentlich für die Alten war es eine große Freude: alles kleidet ja die Jungen! Jeden Tag war hier Sonnenschein, jeden Tag gab es vollauf zu fressen, man konnte nur an Vergnügen denken. –

Aber drinnen in dem reichen Schloss, bei dem ägyptischen Hauswirt, wie ihn die Störche nannten, da war die Freude nicht zu Hause.

Der reiche, mächtige Herr lag auf seinem Lager, steif an allen Gliedern, ausgestreckt wie eine Mumie, mitten in dem großen Saal mit den buntbemalten Wänden; es war, als liege er in einer Tulpe. Seine Familie und Dienerschaft umstanden ihn, tot war er nicht, aber dass er lebte, konnte man eigentlich auch nicht sagen. Die rettende Moorblume aus den nordischen Landen, die von der, die ihn am innigsten liebte, gesucht und gepflückt werden sollte, ward niemals gebracht. Seine junge, schöne Tochter, die im Schwanengefieder über Meer und Land hoch hinauf gen Norden geflogen war, sollte nimmer heimkehren: »Sie ist tot und begraben!«, hatten die beiden heimkehrenden Schwanenjungfrauen gemeldet, und sie hatten eine ganze Geschichte darüber zusammengebraut, und die erzählten sie:

»Wir flogen alle drei hoch oben in der Luft, da erspähte uns ein Jäger und schoss einen Pfeil auf uns ab; der traf unsere junge Freundin, und langsam, ihr Lebwohl singend, sank sie hinab als sterbender Schwan, mitten in den Waldsee hinein; dort am Ufer, unter einer duftenden Hängebirke begruben wir sie; aber wir haben Rache geübt; wir banden Feuer unter die Flügel der Schwalbe, die unter dem Strohdach des Jägers nistete, es geriet in Brand, das Haus ging in Flammen auf, er verbrannte mit seinem Haus, und das Feuer leuchtete über den See hinüber bis an die Hängebirke, wo sie jetzt Erde in der Erde ist. Nimmer kehrt sie in das ägyptische Land zurück.«

Und dann weinten sie beide, und der Storchenvater klapperte, als er die Geschichte hörte, mit dem Schnabel, dass es weithin schallte:

»Lug und Trug!«, sagte er. »Ich habe die größte Lust, ihnen den Schnabel durch die Brust zu rennen!«

»Und ihn abzubrechen!«, sagte die Storchenmutter. »Dann würdest du hübsch aussehen! Denke zuerst an dich und dann an deine Familie; alles andre geht uns nichts an!«

»Ich will mich doch morgen auf den Rand der offnen Kuppel setzen, wenn sich alle die Gelehrten und Weisen versammeln und über den Kranken beraten; vielleicht kommen sie der Wahrheit ein wenig näher!«

Und die Gelehrten und die Weisen kamen zusammen und sprachen vieles, lang und breit, von dem der Storch nichts verstehen konnte – und es kam denn auch nichts dabei heraus, weder für den Kranken noch für die Tochter im Wildmoor; aber deswegen können wir es gern ein wenig mit anhören, man muss ja so vieles mit anhören.

Aber nun wird es auch wohl am richtigsten sein, zu hören und zu wissen, was vorausgegangen war, dann verstehen wir die Geschichte besser, zum mindesten so gut wie der Storchenvater.

»Liebe zeugt Leben! Die höchste Liebe zeugt das höchste Leben! Nur durch Liebe kann ihm das Leben gerettet werden!«, so war gesagt worden, und das sei außerordentlich klug und gut gesagt, versicherten die Gelehrten.

»Das ist ein schöner Gedanke!«, hatte der Storchenvater sofort gesagt.

»Ich verstehe es nicht so recht!«, sagte die Storchenmutter, »und das ist nicht meine Schuld, sondern die Schuld des Gedankens! Aber das kann ja einerlei sein, ich habe an andres zu denken!«

Und dann hatten die Gelehrten von der Liebe zwischen diesem und jenem geredet, und von dem Unterschied, der da sei, von der Liebe, die Verliebte empfinden, und von der Liebe zwischen Eltern und Kindern, zwischen dem Licht und den Pflanzen, wie die Sonnenstrahlen den Nilschlamm küssen, und wie der Keim dadurch hervorgerufen wird – es wurde alles so weitschweifig und gelehrt auseinandergesetzt, dass es dem Storchenvater unmöglich war zu folgen, geschweige denn es wiederzugeben; er ward ganz nachdenklich dabei, schloss die Augen halb und stand noch den ganzen nächsten Tag sinnend auf einem Bein; die Gelehrsamkeit war ihm zu schwer zu verdauen.

Doch eins begriff der Storchenvater, er hatte sowohl kleine Leute als auch die allervornehmsten aus ihrem innersten Herzen heraus sagen hören, es sei ein großes Unglück für viele Tausende und für das ganze Land, dass der Mann krank daniederliege und sich nicht wieder erholen könne; eine Freude und ein Segen würde es sein, wenn er seine Gesundheit wiedererlangte. »Aber wo wächst die Genesungsblume für ihn?« Danach hatten sie alle gefragt, hatten in gelehrten Schriften geforscht und in den schimmernden Sternen und im Wind und Wetter, hatten auf allen Umwegen geforscht, die zu finden waren, und schließlich waren die Gelehrten und Weisen, wie gesagt, zu der Schlussfolgerung gelangt: »Die Liebe zeugt Leben, das Leben für den Vater!« Und da sagten sie mehr, als sie selbst verstanden; sie wiederholten es und schrieben es als Rezept auf: »Liebe zeugt Leben«, aber wie das Ding nach dem Rezept zuzubereiten sei – ja, dabei blieb man stehen. Schließlich wurden sie sich darüber einig, dass die Hilfe durch die Prinzessin kommen müsse, durch sie, die diesen Vater mit ganzer Seele und von ganzem Herzen liebte. Man ersann auch endlich, wie dies zu bewerkstelligen sei. Ja, jetzt war es schon Jahr und Tag her, als sie sich zu nächtlicher Stunde, wenn des Neumondes Schein wieder im Sinken begriffen war, zu der Marmorsphinx in der Wüste hinausbegeben, den Sand von dem Sockel befreien und durch den langen Gang gehen sollte, der mitten in eine der großen Pyramiden hineinführte, wo einer der mächtigsten Könige des Altertums, von Pracht und Herrlichkeit umgeben, in der Mumienhülle lag; hier sollte sie ihren Kopf zu dem Toten hinabneigen, alsdann würde ihr offenbart werden, wo Leben und Erlösung für ihren Vater zu finden sei.

Das alles hatte sie ausgeführt und im Traum erfahren, dass sie aus dem tiefen Moor da oben im dänischen Lande, der Ort war ihr ganz genau bezeichnet worden, die Lotosblüte heimbringen müsse, die in der Tiefe des Wassers ihre eigne Brust berührt hatte – alsdann würde der Vater genesen.

Und deshalb flog sie im Schwanengefieder aus dem Lande Ägypten hinauf nach dem Wildmoor. Ja, das alles wussten der Storchenvater und die Storchenmutter, und jetzt wissen wir es auch genauer, als wir es bisher gewusst haben. Wir wissen, dass der Schlammkönig sie zu sich hinabzog, wissen, dass sie für ihre Lieben in der Heimat tot und verschwunden war, nur der Weiseste von allen den Weisen sagte noch immer, wie es einst die Storchenmutter gesagt hatte: »Sie wird sich schon zu helfen wissen!«, und darauf wollten sie es vorläufig ankommen lassen, denn sie wussten nichts Besseres.

»Ich glaube, ich nehme den beiden boshaften Prinzessinnen ihr Schwanengefieder weg«, sagte der Storchenvater, »dann können sie nicht nach dem Wildmoor kommen und Unheil anstiften; die beiden Schwanengefieder verwahre ich da oben, bis jemand Verwendung dafür hat!«

»Hier oben willst du sie verwahren?«, fragte die Storchenmutter.

»Nein, in unserm Nest im Wildmoor!«, sagte er. »Ich und unsere jüngsten Jungen können sie gemeinsam da hinausbefördern, und werden sie uns zu beschwerlich, so gibt es unterwegs Stellen genug, wo wir sie bis zu unserm nächsten Flug verstecken können. Ein Schwanengefieder ist ja genug für sie, aber zwei sind besser, in den nördlichen Ländern kann man nicht genug Reiseeffekten haben!«

»Dank wirst du nicht davon ernten!«, sagte die Storchenmutter, »aber du bist ja Herr im Hause. Außer in der Brutzeit habe ich ja nichts zu sagen!«

In der Wikingburg am Wildmoor, wohin die Störche zum Frühling flogen, hatte man dem kleinen Mädchen den Namen Helga gegeben, aber der Name war viel zu weich für ein Gemüt wie das ihre, das hier die schönste Gestalt erhalten hatte. Mit jedem Monat trat das schärfer hervor, und im Laufe der Jahre, während die Störche immer dieselbe Reise machten, im Herbst nach dem Nil und im Frühling nach dem Wildmoor hinauf, wuchs das Kind zu einem großen Mädchen heran, und ehe man sich's versah, war sie die schönste Jungfrau in dem blühenden Alter von sechzehn Jahren; schön war die Schale, aber hart und bitter der Kern, wilder war sie als die meisten in jener harten und finstern Zeit.

Es war ihr eine Lust, mit ihren weißen Händen das dampfende Blut des geschlachteten Opferpferdes umherzusprengen; in ihrer Wildheit biss sie dem schwarzen Hahn, den der Oberpriester schlachten sollte, den Hals ab, und zu ihrem Pflegevater sagte sie in vollem Ernst:

»Käme dein Feind und legte ein Tau um die Balkenköpfe des Daches und höbe das Dach von der Kammer ab, in der du schliefest, ich würde dich nicht wecken, wenn es auch in meiner Macht stünde! Ich würde es nicht einmal hören, so saust mir das Blut noch in dem Ohr von der Ohrfeige, die du mir vor Jahr und Tag gegeben hast, du! Die vergesse ich dir nie!«

Aber der Wiking hielt ihre Worte für Scherz, er war wie alle andern von ihrer Schönheit betört, er wusste ja auch nicht, wie Gemüt und Gestalt bei Helga wechselten. Ohne Sattel saß sie, wie mit dem Pferd verwachsen, das in vollem Lauf dahinjagte, und sie sprang nicht herunter, wenn es sich auch mit den andern wilden Pferden biss. Mit allen Kleidern warf sie sich oft von dem Abhang in die starke Strömung des Fjordes hinab und schwamm dem Wiking entgegen, wenn sein Boot dem Ufer zusteuerte. Von ihrem schönen, langen Haar schnitt sie die längste Locke ab und flocht sich daraus eine Sehne für ihren Bogen.

»Selbst getan ist wohl getan!«, sagte sie.

Wohl war die Wikingfrau nach damaliger Zeit und Sitte von starkem Willen und Gemüt, aber gegen die Tochter war sie ein weiches, ängstliches Weib, sie wusste ja auch, dass ein böser Zauber auf dem beklagenswerten Kinde lastete.

Oft wenn die Mutter auf dem Söller stand oder in den Hof hinaustrat, machte es Helga eine förmlich boshafte Freude, sich auf den Rand des Brunnens zu setzen, mit Armen und Beinen um sich zu schlagen und sich dann in das enge, tiefe Loch hineinplumpsen zu lassen, wo sie, mit ihrer Froschnatur, hinabtauchte und wieder an die Oberfläche kam, in die Höhe kletterte wie eine Katze und, von Wasser triefend, in die Halle trat, sodass die grünen Blätter, die dort auf den Fußboden gestreut waren, sich in dem Strom des herabrieselnden Wassers umdrehten.

Doch ein Band gab es, das Helga im Zaume hielt, das war die Abenddämmerung; sobald sich die herabsenkte, ward sie still und sinnend, ließ sich raten und lenken; da zog sie gleichsam ein inneres Gefühl zur Mutter hin, und wenn die Sonne sank, und die innere wie äußere Verwandlung vor sich ging, saß sie still und traurig da, zu der Froschgestalt zusammengeschrumpft; der Körper war jetzt freilich weit größer als der des Tieres, aber deswegen nur um so grässlicher; sie sah aus wie ein armer Zwerg mit einem Froschkopf und Schwimmhäuten zwischen den Fingern. Ihre Augen hatten dann einen so tieftraurigen Ausdruck, eine Stimme hatte sie nicht, nur ein hohles Quaken brachte sie hervor, fast wie das Schluchzen eines träumenden Kindes, dann nahm die Wikingfrau sie auf den Schoß, sie vergaß die hässliche Gestalt, sah nur die traurigen Augen und sagte wieder und wieder:

»Fast möchte ich wünschen, dass du immer mein süßes Froschkind wärst! Du bist mir viel schrecklicher, wenn sich die Schönheit nach außen kehrt!«

Und sie schrieb Runen gegen Zauber und Krankheit und warf sie über die Ärmste, aber eine Besserung war nicht zu spüren.

»Man sollte kaum glauben, dass sie einmal so klein gewesen ist, dass sie in einem Wasserrosenkelch hat liegen können!«, sagte der Storchenvater; »jetzt ist sie ein ausgewachsener Mensch und ihrer ägyptischen Mutter wie aus den Augen geschnitten, ja die haben wir nie wieder gesehen! Sie hat sich doch nicht zu helfen gewusst, wie du und der Weiseste von den Weisen meinten. Ich bin nun jahraus, jahrein, die Kreuz und die Quer über das Wildmoor hingeflogen, aber sie hat nie ein Lebenszeichen von sich gegeben! Ja, das kann ich dir sagen, in den Jahren, wo ich ein paar Tage vor dir hierher gekommen bin, um das Nest auszubessern und allerlei in Ordnung zu bringen, bin ich eine Nacht unaufhörlich über dem offenen Wasser hin und her geflogen, als sei ich eine Fledermaus oder eine Eule, aber es half mir alles nichts! Auch für die beiden Schwanengefieder, die ich mit den Jungen aus dem Lande des Nils hierher geschleppt habe, fand ich keine Verwendung; es war mühsam genug, sie hier herauszuschaffen, drei Reisen haben wir uns damit abgeplagt, und nun haben sie hier schon manch liebes Jahr unten auf dem Boden des Nestes gelegen, und wenn einmal Feuer ausbricht, und das Balkenhaus abbrennt, dann sind sie verloren!«

»Und unser gutes Nest auch!«, sagte die Storchenmutter, »daran denkst du weniger als an dein Federzeug und deine Moorprinzess! Du solltest einmal zu ihr hinabsteigen und gleich unten im Schlamm bleiben! Du bist ein schlechter Familienvater, das habe ich dir schon gesagt, als ich zum ersten Mal Eier ausbrütete. Wenn das tolle Mädchen uns oder unsere Jungen nur nicht einmal einen Pfeil in die Flügel schießt! Sie weiß ja gar nicht, was sie tut. Wir sind hier doch länger im Hause als sie, das sollte sie nur bedenken! Wir vergessen unsre Schuldigkeit nie, wir entrichten alljährlich unsre Abgaben, eine Feder, ein Ei oder ein Junges, wie es sich gehört. Glaubst du, dass ich, wie in alten Zeiten, ruhig da unten umhergehen mag, wenn sie sich blicken lässt, so wie ich es noch heute in Ägypten zu tun pflege, wo ich fast mit allen Leuten auf kameradschaftlichem Fuße stehe und ihnen in die Töpfe und die Kessel gucke! Nein, ich sitze hier oben und ärgere mich über sie – die hergelaufene Dirne! – Und auch über dich ärgere ich mich! Du hättest sie nur ruhig in der Wasserrose liegen lassen sollen, dann wäre es längst mit ihr aus gewesen!«

»Du bist viel besser als deine Rede!«, sagte der Storchenvater – »ich kenne dich besser, als du dich selbst kennst!«

Und dann hüpfte er in die Höhe, schlug zweimal stark mit den Flügeln, streckte die Beine aus und flog davon, segelte von dannen, ohne die Flügel zu bewegen, erst als er eine ganze Strecke entfernt war, tat er einen kräftigen Schlag, die Sonne schien auf die weißen Federn, stolz streckte er den Hals und den Kopf! Das war Fahrt und Schwung!

»Er ist doch noch immer der schönste von allen!«, sagte die Storchenmutter, »aber ich sage es ihm nicht!«

In diesem Jahr kehrte der Wiking früh heim mit Beute und Gefangenen; unter diesen befand sich auch ein junger christlicher Priester, einer von denen, die die Götter der nordischen Länder verfolgen. Oft war in letzter Zeit in der Halle wie in dem Frauengemach von dem neuen Glauben geredet, der sich weit und breit in allen Ländern des Südens ausbreitete, ja, durch den heiligen Ansgarius bis nach Hedeby an der Schlei gelangt war. Selbst Helga hatte von dem Glauben an den weißen Christus vernommen, der aus Liebe zu den Menschen sein Leben hingegeben hatte, um sie zu erlösen; aber es war bei ihr zu dem einen Ohr hinein- und aus dem andern wieder herausgegangen, für das Wort Liebe schien sie nur dann ein Verständnis zu haben, wenn sie in der elenden Froschgestalt in der verschlossenen Kammer kauerte; aber die Wikingfrau hatte den Erzählungen gelauscht und sich wunderbar ergriffen gefühlt von den Sagen, die über den einzigen wahren Gott berichteten.

Die Männer erzählten, wenn sie von ihren Fahrten heimkehrten, von den prächtigen Tempeln aus köstlichen, behauenen Steinen, die für ihn errichtet waren, dessen einziges Gebot die Liebe war. Ein paar schwere goldene Gefäße, künstlich aus purem Golde geschmiedet, hatten sie mit heimgebracht, ein eigenartig würziger Duft haftete ihnen an, es waren Räuchergefäße, die die christlichen Brüder vor dem Altar schwenkten, auf dem kein Blut floss, aber der Wein und das geweihte Brot verwandelte sich in das Blut dessen, der sich für die noch ungebornen Geschlechter hingegeben hatte.

In den tiefen ausgemauerten, steinernen Keller des Balkenhauses hatte man den jungen christlichen Priester hinuntergeschafft und ihm die Hände und Füße mit Bastfesseln gebunden. Schön wie Baldur sei er anzuschauen, sagte die Wikingfrau, und seine Not rührte ihr Herz, aber Helga meinte, man müsste ihm Stricke durch die Sehnen am Arme ziehen und ihn an den Schwanz der wilden Ochsen binden.

»Und dann wollt ich die Hunde auf ihn loslassen, hallo! Über Moore und Sümpfe sollte es dahingehen, nach der Heide hinüber! Das müsste lustig zu sehen sein, lustiger noch wäre es, könnte man ihm auf den Fersen folgen!«

Doch der Wiking wollte nicht, dass er diesen Tod erleiden sollte, als Verleugner und Verfolger der hohen Götter sollte er am folgenden Tage auf dem Blutstein im Hain geopfert werden, es war das erste Mal, dass hier ein Menschenopfer dargebracht wurde.

Helga erbat sich das Vorrecht, die Götterbilder und das Volk mit seinem Blut besprengen zu dürfen. Sie schliff das große, blanke Messer, und als einer der großen, bissigen Hunde, von denen es auf dem Hofe genug gab, ihr zwischen die Füße lief, stieß sie ihm das Messer in die Flanke: »Nur um es zu probieren!«, sagte sie, und die Wikingfrau sah das wilde, boshafte Mädchen betrübt an, und als die Nacht kam und die Schönheit in Gestalt und Gemüt bei der Tochter wechselte, da redete sie mit Helga warme Worte des Kummers aus einer betrübten Seele.

Die hässliche Kröte mit dem Körper eines Kobolds stand vor ihr und richtete die braunen, traurigen Augen auf sie, lauschte, und schien mit den Gedanken eines Menschen zu verstehen.

»Nie, selbst nicht zu meinem Gemahl ist auch nur ein Wort davon über meine Lippen gekommen, was ich in doppelter Weise durch dich leiden muss!«, sagte die Wikingfrau. »Mein Herz trauert mehr um dich, als ich selbst ahnte! Groß ist die Liebe einer Mutter, nie aber ist Liebe in dein Gemüt eingezogen! Dein Herz ist kalt, als sei es aus nassem Schlamm! Woher bist du nur einmal in mein Haus gekommen?«

Da ging ein wunderliches Zittern durch die jammervolle Gestalt, es war, als berührten die Worte ein unsichtbares Band zwischen Körper und Seele, große Tränen traten ihr in die Augen.

»Deine harte Zeit wird einstmals kommen!«, sagte die Wikingfrau, »fürchterlich wird sie auch für mich werden! – Weit besser wäre es für dich gewesen, man hätte dich als Kind auf die offene Heerstraße ausgesetzt, und die Nachtkälte hätte dich in Schlaf gelullt.« Und die Wikingfrau weinte bittere Tränen und entfernte sich traurig und voller Zorn, sie trat hinter die lose Felldecke, die vom Balken herunterhing und die Kammer teilte.

Da saß nun die zusammengeschrumpfte Kröte allein im Winkel, ringsumher war alles still, aber in kurzen Zwischenräumen rang sich ein halberstickter Seufzer aus ihrem Innern; es war, als werde durch Schmerz ein Leben in ihrem Herzensgrunde geboren. Sie tat einen Schritt vor, lauschte, ging wieder einen Schritt und erfasste mit den unbeholfenen Händen die schwere Stange, die vor die Tür gelegt war; leise schob sie sie zurück, lautlos zog sie den Bolzen heraus, der durch die Türklinke gesteckt war; sie ergriff die brennende Lampe, die in der Kammer vor der ihren stand; es war, als verleihe ein starker Wille ihr Kräfte. Sie zog den eisernen Bolzen aus der verschlossenen Luke und schlich zu dem Gefangenen hinab; er schlief. Sie berührte ihn mit ihrer feuchten, kalten Hand, und als er erwachte und die hässliche Gestalt erblickte, schauderte er, als sähe er eine hässliche Erscheinung. Sie zog ein Messer heraus, zerschnitt seine Fesseln und winkte ihm, dass er ihr folgen solle.

Er nannte die Namen von Heiligen und machte das Zeichen des Kreuzes, und als die Erscheinung unverändert dastand, sprach er die Worte der Bibel:

»Wohl dem, der sich des Dürftigen annimmt, den wird der Herr erretten zu böser Zeit! … Wer bist du? Woher diese tierische Gestalt, da du doch voll bist von den Werken der Barmherzigkeit?«

Die Froschgestalt winkte ihm und führte ihn hinter bergenden Vorhängen durch einen einsamen Gang in den Stall, sie zeigte auf ein Pferd, er schwang sich hinauf, aber auch sie sprang auf das Ross, setzte sich vor ihn hin und hielt sich an der Mähne des Tieres fest. Der Gefangene verstand sie und in schnellem Trab ritten sie einen Weg entlang, den er sonst niemals gefunden haben würde, und auf die offene Heide hinaus.

Er vergaß ihre hässliche Gestalt, des Herrn Gnade und Barmherzigkeit, das fühlte er, wirkte durch dies Ungetüm. Er betete fromme Gebete und stimmte heilige Lieder an; da erzitterte sie, war es die Macht des Gebets und Gesanges, die hier wirkte, oder war es das Erschauern in der kalten Morgendämmerung, die heraufzog? Welche Empfindungen durchzuckten sie? Sie hob sich hoch empor, wollte das Pferd anhalten und herunter springen; aber der christliche Geistliche hielt sie mit aller Macht fest, sang laut ein geistliches Lied, als vermöge dies den Zauber zu lösen, der sie in die hässliche Froschgestalt bannte. Und wieder jagte das Pferd dahin, der Himmel rötete sich, der erste Sonnenstrahl drang durch die Wolke, und mit dem klaren Lichtquell trat die Verwandlung ein, sie war wieder die junge Schöne mit dem dämonisch bösen Sinn; er hielt das schönste junge Weib in den Armen und entsetzte sich darob; er sprang vom Pferde herab und hielt es an, er glaubte, dass sich ein neuer Zauber offenbaren werde; aber auch Helga war im selben Augenblick vom Pferde herunter, das kurze Kinderkleid reichte ihr nur bis zum Knie; sie riss das scharfe Messer aus dem Gürtel und stürzte auf den Überraschten ein.

»Ich will dich schon kriegen!«, rief sie, »ich will dich schon kriegen und dir das Messer in den Leib stoßen! Du bist ja blass wie Heu! Du bartloser Sklave!«

Sie drang auf ihn ein, sie rangen in hartem Kampf, aber es war, als verleihe eine unsichtbare Kraft dem christlichen Mann Stärke; er hielt sie fest, und der alte Eichbaum, der in der Nähe stand, kam ihm zu Hilfe, indem er mit seinen halb aus der Erde losgelösten Wurzeln ihre Füße fesselte, die sich darunter verstrickt hatten. Dicht neben ihnen sprudelte ein Quell, er besprengte Helga Brust und Antlitz mit dem frischen Nass, hieß den unreinen Geist ausfahren und segnete sie nach christlicher Sitte. Aber das Wasser der Taufe hat keine Macht, wo der Quell des Glaubens nicht auch von innen strömt.

Und doch war er auch hierin der Stärkere; ja, mehr als Manneskraft gegen die ringende böse Macht lag in seinem ganzen Kämpfen, sie fühlte sich bezwungen und ließ die Arme sinken. Mit staunenden Blicken und erbleichenden Wangen sah sie diesen Mann an, der ihr ein mächtiger Zauberer schien, stark in geheimen Künsten. Es waren dunkle Runen, die er murmelte, Geheimzeichen, die er in die Luft ritzte! Nicht vor der blinkenden Axt oder dem scharfen Messer, wenn er sie vor ihren Augen geschwungen hätte, würde sie auch nur mit der Wimper gezuckt haben, allein das tat sie jetzt, und als er ihr das Zeichen des Kreuzes auf Stirn und Brust schrieb; wie ein zahmer Vogel saß sie da, den Kopf auf die Brust gesenkt.

Mit milden Worten sprach er zu ihr von dem Werk der Liebe, das sie in dieser Nacht an ihm getan, als sie in der hässlichen Gestalt des Frosches gekommen war, seine Bande gelöst und ihn zu Licht und Leben hinausgeführt hatte; auch sie sei gebunden, sagte er, mit engeren Banden gebunden als er, aber auch sie solle, und zwar durch ihn, zu Licht und Leben gelangen. Nach Hedeby*, zu dem heiligen Ansgarius wolle er sie bringen, dort in der Stadt der Christen werde der Zauber gehoben werden; doch nicht vor sich auf dem Pferde, selbst wenn sie aus freien Stücken dort sitzen wolle, dürfe er sie führen.

»Hinter mir auf dem Pferde musst du sitzen, nicht vor mir! Die Schönheit deines Zaubers hat eine Macht, die dem Bösen entstammt, ich fürchte sie und doch ist mir der Sieg gewiss in Christo!«

Er beugte die Knie und betete fromm und innig! Es war, als werde die stille Waldnatur dadurch zu einer heiligen Kirche geweiht; die Vögel fingen an zu singen, als gehörten sie mit zu der neuen Gemeinde, die wilde Krauseminze duftete, als wolle sie Ambra und Räucherwerk ersetzen; laut verkündete er die Worte der Schrift:

»Auf dass Er erscheine denen, die da sitzen in der Finsternis und im Schatten des Todes, und richte unsere Füße auf den Weg des Friedens.«

Und er redete von dem tiefen Sehnen der ganzen Natur, und während er sprach, stand das Pferd, das sie in wildem Lauf getragen hatte, still da und zupfte an den großen Brombeerranken, sodass die reifen, saftigen Beeren auf Helgas Hand herabfielen, sich selbst zur Labung anbietend.

Sie ließ sich geduldig auf den Rücken des Pferdes heben, saß dort wie eine Nachtwandlerin, die nicht wacht und doch nicht wandelt. Der

* Der ursprüngliche Name der Stadt Schleswig.

christliche Mann band zwei Äste mit Bast zusammen, sodass sie ein Kreuz bildeten, das hielt er hoch in der Hand, und dann ritten sie durch den Wald, der immer dichter wurde, der Weg wurde enger und enger, zuletzt war gar kein Weg mehr da. Das Schlehdorngestrüpp versperrte den Weg, man musste darum herumreiten. Der Quell ward nicht zum rinnenden Bach, sondern zum stehenden Moor, um das man ebenfalls herumreiten musste. Es lag Kraft und Labung in der frischen Waldluft, es lag eine nicht geringere Kraft in den milden Worten, die von Glauben und christlicher Liebe redeten, in dem brennenden Verlangen, die Verzauberte dem Leben und dem Licht zuzuführen.

Der Tropfen, so sagt man, höhlt den harten Stein, die Wellen des Meeres machen im Laufe der Zeit das zerrissene, eckige Klippengestein rund und glatt, der Tau der Gnade, die Helga offenbart ward, höhlte das Harte, rundete das Scharfe in ihr ab; zwar war es nicht zu bemerken, sie wusste es selbst nicht – was weiß wohl der Keim in der Erde davon, dass die labende Feuchtigkeit, der warme Sonnenstrahl Wachstum und Blüte in sich birgt?

Wie der Gesang der Mutter unmerklich im Gemüt des Kindes haftet, dass es die einzelnen Worte nachlallt, ohne sie zu verstehen, während sie sich dann später in Gedanken aneinanderreihen und im Laufe der Zeit immer klarer werden, so wirkte auch hier das Wort, das zu schaffen vermag.

Sie ritten zum Walde hinaus und auf die Heide, und kamen wieder durch unwegsame Wälder; da stießen sie gegen Abend auf eine Räuberbande.

»Wo hast du die wunderschöne Maid gestohlen!«, riefen sie, hielten das Pferd an und rissen die beiden Reiter herunter, denen sie an Stärke überlegen waren. Der Priester hatte keine andere Waffe als das Messer, das er Helga abgenommen hatte, damit stieß er um sich; einer der Räuber schwang seine Streitaxt, aber der junge Geistliche tat einen Sprung zur Seite, sonst wäre er getroffen worden, so fuhr das Beil tief in den Hals des Pferdes, es stürzte zu Boden und das Blut strömte aus der klaffenden Wunde. Da warf sich Helga, die auf einmal aus ihrem langen, tiefen Gedankenschlummer erwachte, über das stöhnende Tier; der Geistliche stellte sich zum Schutz und Schirm vor die beiden, aber einer der Räuber schwang seinen schweren eisernen Hammer gegen seine Stirn, sodass sie zerschmettert wurde, und Blut und Gehirn weit umher spritzten, tot fiel er zu Boden.

Die Räuber erfassten Helga bei den weißen Armen, da ging die Sonne unter, und als ihre letzten Strahlen erloschen, war sie in eine hässliche Kröte verwandelt; der weißlichgrüne Mund zog sich über das halbe Gesicht, die Arme wurden dünn und schleimig, eine breite Hand mit Schwimmhäuten zwischen den Fingern breitete sich fächerförmig aus; – da gaben die Räuber sie entsetzt frei; sie stand als hässliches Ungeheuer mitten zwischen ihnen, und der Natur der Frösche entsprechend, hüpfte sie in die Höhe, höher als ihre eigene Gestalt, und verschwand im Dickicht. Nun wurden die Räuber inne, dass dies Lokes böse List oder geheime Zauberkünste seien, und entsetzt eilten sie von dannen.

Der Vollmond stand schon am Himmel, bald verbreitete er Glanz und Licht, und aus dem Dickicht heraus kroch, in Gestalt des hässlichen Frosches, die arme Helga; an der Leiche des christlichen Priesters und neben ihrem erschlagenen Ross blieb sie stehen, sie sah sie mit Augen an, die zu weinen schienen; der Froschkopf stieß ein Gequake aus, als wenn ein Kind in Tränen ausbricht. Sie warf sich bald über den Priester, bald über das Pferd, schöpfte Wasser mit der Hand, die durch die Schwimmhäute größer und hohler ward, und besprengte sie damit. Aber tot waren sie, und tot würden sie bleiben, das begriff sie. Bald würden die wilden Tiere kommen und ihre Körper auffressen; nein, das durfte nicht geschehen! Deshalb grub sie die Erde auf, so tief es ihr gelingen wollte, ein Grab wollte sie ihnen graben, aber sie hatte dazu nur einen dicken Baumast und ihre beiden Hände, und zwischen den Fingern spannte sich die Schwimmhaut aus; die zerriss und es floss Blut. Sie sah ein, dass die Arbeit ihr nicht gelingen würde; da holte sie Wasser herbei und wusch das Gesicht des Toten, bedeckte es mit frischen, grünen Blättern, schleppte große Zweige heran, die sie über ihn legte, und streute Laub dazwischen; dann nahm sie die schwersten Steine, die sie zu tragen vermochte, legte sie über die toten Körper und verstopfte die Lücken mit Moos – so wähnte sie den Grabhügel stark und geschützt. Aber während dieser harten Arbeit war die Nacht vorgeschritten, die Sonne brach hervor und Helga stand in ihrer ganzen Schönheit da, mit blutenden Händen und zum ersten Mal mit Tränen auf den errötenden, jungfräulichen Wangen.

Und während sie sich so verwandelte, war es, als rängen zwei Naturen in ihr; sie zitterte, sah sich um, als erwache sie aus einem beängstigenden Traum, dann stürzte sie nach der schlanken Buche hin, hielt sich daran fest, um doch eine Stütze zu haben, und kletterte dann schnell, wie eine

Katze, in den Gipfel des Baumes hinauf, wo sie sich festhielt; wie ein banges Eichhörnchen saß sie dort den ganzen Tag in der tiefen Waldeinsamkeit, wo alles so still und so tot ist! Tot? – Ein paar Schmetterlinge umflatterten einander im Spiel oder im Streit; ganz in ihrer Nähe sah Helga mehrere Ameisenhaufen, deren jeder Hunderte von geschäftigen kleinen Wesen barg, die hin und her wimmelten; in der Luft tanzten unzählige Mücken, Schwarm an Schwarm; Scharen von surrenden Fliegen, Marienkäferchen, Libellen und andre beflügelte Tierchen jagten vorüber, aus dem nassen Boden kroch der Regenwurm hervor, der Maulwurf lugte aus seinem Bau – sonst aber war es still und tot rings um sie her, tot, wie man zu sagen pflegt, weil man es nicht besser versteht. Niemand bemerkte Helga außer den Waldelstern, die schreiend den Wipfel des Baumes umkreisten, in dem sie saß; in dreister Neugier hüpften sie auf den Ästen entlang bis zu ihr hin, ein Blick aus ihren Augen verscheuchte sie wieder, aber sie wurden nicht klug aus ihr, wie auch sie selbst nicht klug aus sich wurde.

Als der Abend herannahte und die Sonne zu sinken begann, rief die Verwandlung sie zu neuer Bewegung; sie ließ sich von dem Baum hinabgleiten, und als die letzten Sonnenstrahlen erloschen, saß sie da in der zusammengeschrumpften Gestalt des Frosches, mit den zerrissenen Schwimmhäuten zwischen den Händen, aber ihre Augen strahlten jetzt mit einem Schönheitsglanz, wie sie ihn bisher selbst in der Schönheitsgestalt kaum besessen hatten; es waren die sanftesten, frömmsten Mädchenaugen, die hinter der Froschlarve hervorstrahlten, sie zeugten von dem tiefen Gemüt, von dem menschlichen Herzen. Die Augen der Schönheit brachen in Tränen aus, weinten die schweren Tränen der Herzenserleichterung.

Neben dem frisch errichteten Grabhügel lag noch das Kreuz aus Zweigen, die mit Bast zusammengebunden waren, die letzte Arbeit dessen, der jetzt tot und begraben war; Helga nahm das Kreuz, der Gedanke kam ihr ganz von selber, und pflanzte es zwischen die Steine, über ihm und dem toten Pferd. In der Wehmut der Erinnerung brachen die Tränen von neuem hervor, und in dieser Stimmung des Herzens ritzte sie dasselbe Zeichen rings um das Grab in die Erde, er bildete eine so zierliche Umfriedigung – und während sie so mit beiden Händen das Zeichen schrieb, fiel die Schwimmhaut ab wie ein zerrissener Handschuh, und als sie sich in dem Wasser des Quelles wusch, und staunend die feinen, weißen Hände ansah, machte sie abermals das Zeichen des Kreuzes in der

Luft zwischen sich und dem Toten, da erbebte auf einmal ihre Zunge, und der Name, den sie am häufigsten während des Rittes durch den Wald hatte aussprechen und singen hören, kam deutlich über ihre Lippen, sie sprach ihn aus: »Jesus Christus!«

Da fiel die Froschhaut von ihr ab, sie war die junge Schönheit; – allein ermüdet neigte sich das Haupt, die Glieder bedurften der Ruhe – sie entschlummerte.

Der Schlaf war jedoch nur kurz; gegen Mitternacht erwachte sie; vor ihr stand das tote Pferd, so strotzend, voll Leben, das ihm aus den Augen und dem verwundeten Hals strahlte; und dicht daneben stand der getötete christliche Priester. »Schöner als Baldur!«, würde die Wikingfrau gesagt haben, und doch kam er gleichsam in Feuerflammen.

Es lag ein Ernst in den großen, sanften Augen, ein gerechtes Urteil, ein so durchdringender Blick, dass er jeden verborgenen Winkel des Herzens durchstrahlte. Helga erzitterte, und ihr Gedächtnis erwachte mit einer Kraft wie am Jüngsten Tage. Alles Gute, was man ihr getan, jedes liebevolle Wort, das man zu ihr gesagt hatte, ward gleichsam lebendig; sie begriff, dass die Liebe sie in diesen Tagen der Prüfung aufrecht gehalten hatte, in denen die Abstammung von Seele und Schlamm gärte und rang, sie erkannte, dass sie nur den Eingebungen einer Stimmung gehorcht und aus eigenem Antrieb nichts getan hatte; alles war ihr gegeben, alles war ihr zugeführt; elend, demütig, schamerfüllt beugte sie sich vor dem, der jede Falte des Herzens zu lesen vermag, und in diesem Augenblick spürte sie, wie einen Blitz von der Flamme der Läuterung, die Glut des heiligen Geistes.

»Du Tochter des Schlammes!«, sagte der Priester der Christen, »aus Schlamm, aus Erde bist du gekommen – aus Erde sollst du wieder auferstehen! Der Sonnenstrahl in dir kehrt, körperbewusst, wieder zu seinem Ursprung zurück, nicht der Strahl vom Sonnenkörper, sondern der Strahl von Gott! Keine Seele soll verloren gehen, aber eine lange Bahn hat das Zeitliche zurückzulegen, der Flug des Lebens im Ewigen. – Ich komme aus dem Reiche der Toten; auch du wirst einstmals durch die tiefen Täler in das sonnenüberflutete Gebirgsland reisen, wo die Gnade und die Vollendung wohnen. Ich führe dich nicht nach Hedeby zur christlichen Taufe, vorerst musst du den Wasserspiegel über dem tiefen Moorgrund zertrümmern, die lebende Wurzel deines Lebens und deiner Wiege heraufziehen, deine Lebensarbeit vollführen, ehe die Weihe bis zu dir gelangen kann.«

Und er hob sie auf das Pferd hinauf, reichte ihr ein goldenes Räuchergefäß, wie sie es früher in der Wikingburg gesehen hatte; ein süßer und starker Duft stieg daraus empor. Die offene Wunde an der Stirn des Getöteten leuchtete wie ein strahlendes Diadem; er nahm das Kreuz vom Grabe, hob es hoch in die Höhe, und dann fuhren sie dahin durch die Luft, hin über den sausenden Wald, über die Hügel, wo die Hünen bestattet sind, auf ihren getöteten Streitrossen sitzend; und die mächtigen Gestalten richteten sich auf, ritten hervor und hielten hoch oben auf den Hügeln; der breite goldene Ring mit dem goldenen Knoten erstrahlte im Mondschein an ihrer Stirn, der Mantel flatterte im Winde. Der Lindwurm, der auf Schätzen brütete, erhob den Kopf und sah ihnen nach. Aus Hügeln und frisch gepflügten Furchen lugte das Zwergenvolk hervor, es wimmelte von roten, blauen und grünen Lichtern, gleich den Funken beim Verglimmen von brennendem Papier.

Über Wald und Heide, Bäche und Sümpfe flogen sie dahin, nach dem Wildmoor hinauf; in großen Kreisen schwebten sie darüber. Der Priester hob das Kreuz hoch in die Höhe, es schimmerte wie Gold, und von seinen Lippen tönte Messgesang; Helga sang mit, wie das Kind in den Gesang der Mutter einstimmt, sie schwang das Räuchergefäß, ein Altarduft, so stark, so wundertätig strömte daraus hervor, dass das Schilf und Röhricht des Moores zu blühen begann; alle Keime sprossten von dem tiefen Grunde auf, alles, was Leben hatte, drängte empor, ein Flor von Wasserrosen breitete sich aus wie ein gewirkter Blumenteppich, und darauf lag ein schlummerndes Weib gebettet, jung und wunderschön. Helga glaubte sich selbst, glaubte ihr Spiegelbild in dem stillen Wasser zu sehen. Aber sie sah ihre Mutter, die Gemahlin des Schlammkönigs, die Prinzessin aus den Wassern des Nils.

Der tote Christenpriester gebot, dass die Schlummernde auf das Pferd gehoben werde, das aber sank unter der Last zusammen, als sei sein Leib nur ein Leichentuch, das im Winde flattert, doch das Zeichen des Kreuzes verlieh dem Luftphantom Kraft, und alle drei ritten sie hinüber auf den festen Boden.

Da krähte der Hahn in der Wikingburg und die Traumgestalten lösten sich in Nebel auf, der im Wind dahinflattert, aber einander gegenüber standen Mutter und Tochter.

»Bin ich es selbst, die ich mich in dem tiefen Wasser erblicke?«, sagte die Mutter.

»Sehe ich mich selbst in dem blanken Schild!«, rief die Tochter aus, und sie näherten sich einander, Brust an Brust hielten sie sich eng umschlungen. Am stärksten schlug das Herz der Mutter, und sie verstand es.

»Mein Kind! Blume meines eigenen Herzens, meine Lotusblüte aus den tiefen Wassern!«

Und sie umarmte ihr Kind und weinte, die Tränen waren eine neue Taufe des Lebens, der Liebe für Helga.

»Im Schwanengefieder kam ich hierher und warf es ab!«, sagte die Mutter, »ich sank durch den schwankenden Schlamm tief auf den Moorgrund hinab, der sich wie eine Mauer um mich schloss; bald aber spürte ich eine frischere Strömung; eine Kraft zog mich tiefer, immer tiefer, der Schlaf legte sich mir bleiern auf die Augenlider, ich entschlummerte, mir träumte – es war mir, als liege ich wieder in der Pyramide Ägyptens, doch vor mir stand noch immer der schwankende Erlenstamm, der mich auf der Moorfläche so erschreckt hatte; ich betrachtete die Risse in der Rinde, und sie erstrahlten in Farben, wurden zu Hieroglyphen, es war die Hülle der Mumie, die ich ansah; sie borst und heraus trat der tausendjährige König, die Mumiengestalt, schwarz wie Pech, schwarz glänzend wie die Waldschnecke oder der fette, schwarze Schlamm, der Schlammkönig oder die Mumie aus der Pyramide, ich wusste es nicht. Er schlang seine Arme um mich, und es war mir, als müsse ich sterben. Das Leben spürte ich erst wieder, als ich fühlte, dass mein Busen warm wurde und ein kleiner Vogel darauf saß und mit den Flügeln schlug und zwitscherte und sang. Er flog von meiner Brust hoch hinauf bis an die dunkle, schwere Decke, aber ein langes, grünes Band verknüpfte ihn noch mit mir; ich hörte und verstand die Töne seiner Sehnsucht: Freiheit! Sonnenschein! Zum Vater! – Da dachte ich an meinen Vater in der Heimat sonnenbestrahltem Lande, an mein Leben, meine Liebe! Und ich löste das Band, ließ es wegflattern, heim zum Vater. Seit jener Stunde habe ich nicht geträumt; ich schlief einen schweren, langen Schlaf, bis mich zu dieser Stunde Töne und Duft emporhoben und erlösten!«

Das grüne Band vom Herzen der Mutter bis zu den Flügeln des Vogels, wo flatterte das jetzt, wo war es hingeweht? Nur der Storch hatte es gesehen; das Band war der grüne Stängel, die Schleife die schimmernde Blüte, die Wiege für das Kind, das jetzt in Schönheit herangewachsen war und wieder am Herzen der Mutter ruhte.

Und während sie dort Arm in Arm standen, umkreiste der Storchenvater sie, flog dann schleunigst nach seinem Nest, holte die dort seit Jahren aufbewahrten Schwanengefieder, warf sie ihnen hinab, sodass sie sich um sie schlossen, und dann hoben sie sich empor von der Erde, zwei weiße Schwäne.

»Und jetzt lasst uns miteinander reden!«, sagte der Storchenvater, »jetzt reden wir eine Sprache, wenn auch der Schnabel dem einen anders gewachsen ist als dem andern! Es trifft sich so günstig wie nur möglich, dass ihr gerade in dieser Nacht kommt, morgen wären wir auf und davon gewesen, Mutter und ich und die Jungen! Wir fliegen gen Süden! Ja, seht mich nur an! Ich bin ja ein alter Freund aus dem Nillande und Mutter auch, sie hat es nur mehr im Herzen als im Schnabel. Sie glaubte immer, die Prinzessin würde schon allein fertig werden! Ich und die Jungen haben das Schwanengefieder hier herausgetragen –! Nein, wie ich mich freue, und was für ein Glück ist es doch, dass ich noch hier bin; wenn der Morgen graut, ziehen wir davon! Eine große Storchengesellschaft! Wir fliegen voran, fliegt ihr nur immer hinterdrein, dann könnt ihr den Weg nicht verfehlen; die Jungen und ich werden auch schon ein Auge hinwerfen!«

»Und die Lotusblume, die ich bringen sollte«, sagte die ägyptische Prinzessin, »die fliegt im Schwanengefieder mir zur Seite! Meine Herzblüte bringe ich mit, so hat sich alles gelöst! Heimwärts! Heimwärts!«

Aber Helga sagte, sie könne das dänische Land nicht verlassen, bevor sie nicht ihre Pflegemutter noch einmal wieder gesehen habe, die liebevolle Wikingfrau. In Helgas Seele ward noch einmal jede schöne Erinnerung, jedes liebevolle Wort, jede Träne wach, die die Pflegemutter geweint hatte, und in diesem Augenblick war es ihr fast, als liebe sie diese Mutter am meisten.

»Ja, wir müssen nach dem Wikinghaus!«, sagte der Storchenvater, »dort warten ja Mutter und die Jungen! Was werden die für Augen machen, wie wird denen der Schnabel gehen! Freilich, Mutter pflegt nicht viel zu sagen! Kurz und bündig ist sie, und dabei meint sie es doch am allerbesten. Ich will gleich eins klappern, damit sie hören, dass wir kommen!«

Und dann klapperte der Storchenvater mit dem Schnabel, und er und die Schwäne flogen nach der Wikingburg.

Dort lagen noch alle in tiefem Schlaf; erst spät in der Nacht hatte die Wikingfrau Ruhe gefunden; sie war in Sorge um Helga, die nun schon seit drei Tagen verschwunden war, zusammen mit dem christlichen Priester; sie musste ihn befreit haben, denn ihr Pferd fehlte im Stall; durch welche Macht war dies alles nur geschehen? Die Wikingfrau dachte an die Wunder, die durch den weißen Christus geschehen sollten und durch die, so an ihn glaubten und ihm folgten. Die wechselnden Gedanken nahmen im Leben des Traumes Gestalt an, es war ihr, als sitze sie noch wach auf ihrem Lager, sinnend und grübelnd, während draußen die Finsternis brütete. Der Sturm zog heran, sie hörte das Rollen des Meeres im Westen und im Osten, von der Nordsee und den Wassern des Kattegatts her; die ungeheure Schlange, die die Erde in der Meerestiefe umspannte, zitterte in krampfhaften Zuckungen. Es nahte die Nacht der Götter, Ragnarok, wie die Heiden die letzte Stunde nannten, in der alles vergehen würde, selbst die hohen Götter. Das Kriegshorn ertönte, und über den Regenbogen hin ritten die Götter, in Stahl gekleidet, um den letzten Kampf zu kämpfen; vor ihnen her flogen die beflügelten Schildjungfrauen, und den Zug beschlossen die Gestalten der gefallenen Krieger; die ganze Luft um sie her leuchtete, wie von Nordlichtern erhellt, aber die Finsternis war siegreich. Es war eine Stunde des Schreckens.

Und dicht neben der geängstigten Wikingfrau saß Klein-Helga in der hässlichen Gestalt des Frosches an der Erde, auch sie zitterte und schmiegte sich an die Pflegemutter, die sie auf den Schoß nahm und sie in Liebe an sich presste, wie hässlich auch die Froschhaut ihr erschien. Die Luft ertönte von Schwerter- und Keulenschlägen, von sausenden Pfeilen, als gehe ein stürmischer Hagelschauer über sie dahin. Die Stunde war da, wo Himmel und Erde bersten, die Sterne herabfallen, alles im Feuer des Saturn zugrunde gehen würde, aber eine neue Erde und ein neuer Himmel, das wusste sie, würden erstehen, dort, wo jetzt das Meer über den gelben Sandboden dahinrollte, würde Korn wogen, der unnennbare Gott würde herrschen, und zu ihm stieg Baldur empor, der Sanfte, der Liebevolle, losgelöst von dem Reiche des Todes – er kam – die Wikingfrau sah ihn, sie kannte sein Antlitz – es war der gefangene Priester der Christen.

»Weißer Christ!«, rief sie laut, und bei der Nennung des Namens presste sie ihrem hässlichen Froschkind einen Kuss auf die Stirn; da fiel die Froschhülle und Klein-Helga stand in ihrer ganzen Schönheit vor ihr, liebevoll und sanft wie noch nie und mit strahlenden Augen; sie küsste die Hände der Pflegemutter, segnete sie für alle die Pflege und Liebe, die sie ihr in den Tagen der Prüfung hatte angedeihen lassen; dankte ihr für alle die Gedanken, die sie in sie hineingelegt und in ihr wachgerufen hatte, dankte für die Nennung des Namens, den sie wiederholte: »Weißer Christ!« Und Helga schwang sich empor als mächtiger Schwan, die Flügel breiten sich mächtig aus mit einem Sausen, als wenn die Schar der Zugvögel entflieht.

Die Wikingfrau erwachte davon, und draußen erscholl noch dasselbe starke Flügelbrausen durch die Luft – es war, wie sie wusste, die Zeit, in der die Störche von hier nach dem Süden ziehen, die hatte sie gehört; sie wollte sie gern noch einmal vor ihrer Abreise sehen und ihnen Lebewohl sagen! Sie erhob sich, trat auf den Söller hinaus, und da sah sie auf dem Dachrücken des Seitenflügels Storch neben Storch, und rings um dic Burg, über die hohen Bäume dahin, flogen Scharen in großen Kreisen, aber gerade vor ihr, auf dem Brunnenrande, wo Helga so oft gesessen und sie durch ihre Wildheit in Angst versetzt hatte, saßen jetzt zwei Schwäne und sahen sie mit klugen Augen an. Und sie dachte an ihren Traum, der sie noch ganz erfüllte, als sei er Wirklichkeit; sie dachte an Helga im Schwanengefieder, dachte an den christlichen Priester, und auf einmal ward's ihr so wunderlich froh ums Herz.

Die Schwäne schlugen mit den Flügeln, bogen die Hälse, als wollten auch sie ihren Gruß entrichten, und die Wikingfrau breitete die Arme nach ihnen aus, als verstünde sie sie, lächelte unter Tränen und versank in tiefe Gedanken.

Da erhoben sich mit Flügelgebrause und mit Schnabelgeklapper alle Störche zu der Reise gen Süden.

»Wir warten nicht auf die Schwalben«, sagte die Storchenmutter, »wollen sie mit, so müssen sie kommen! Wir können nicht hier bleiben, bis die Brachvögel reisen! Es ist doch schön, so familienweise zu reisen, nicht wie die Buchfinken und Braushühner, bei denen die Hähne für sich und die Hühner für sich fliegen, das ist bei Lichte besehen gar nicht einmal anständig! – Aber was für einen Flügelschlag die Schwäne doch haben!«

»Ein jeder fliegt auf seine Manier!«, sagte der Storchenvater, »die Schwäne fliegen schräg, die Kraniche im Zickzack und die Brachvögel in Schlangenlinien!«

»Sprich nicht von Schlangen, wenn wir hier oben fliegen!«, sagte die Storchenmutter, »das ruft Gelüste in den Jungen wach, die nicht befriedigt werden können!«

»Sind das die großen Berge, von denen ich hörte?«, fragte Helga im Schwanengefieder.

»Das sind Gewitterwolken, die unter uns treiben!«, antwortete die Mutter.

»Was für weiße Wolken sind denn das, die so hoch aufragen?«, fragte Helga.

»Das sind die mit ewigem Schnee bedeckten Berge, die du da siehst!«, sagte die Mutter, und sie flogen über die Alpen dahin, zu dem blauen Mittelländischen Meer hinab.

»Afrikas Land! Ägyptens Strand!«, jubelte in Schwanengestalt die Tochter des Nils, als sie hoch oben aus der Luft ihre Heimat als weißlichgelben, wellenförmigen Streifen gewahrte.

Und auch alle die Vögel sahen ihn und beschleunigten ihren Flug.

»Ich wittere Nilschlamm und nasse Frösche!«, sagte die Storchenmutter, »es kribbelt in mir! – Ja, nun sollt ihr was zu kosten bekommen! Und ihr werdet den Marabu, den Ibis und die Kraniche sehen! Die gehören alle mit zur Familie, sind aber nicht annähernd so schön wie wir. Sie stellen sich so vornehm an, namentlich der Ibis; er ist ja so von den Ägyptern verwöhnt worden, sie machen ihn zur Mumie, stopfen ihn mit wohlriechenden Kräutern aus. Ich will lieber mit lebenden Fröschen ausgestopft werden, das wollt ihr wohl auch, und das sollt ihr auch werden! Besser etwas im Magen, solange man noch lebt, als zum Staat dienen, wenn man tot ist, das ist meine Ansicht, und die ist immer die richtige!«

»Jetzt sind die Störche gekommen!«, sagte man in dem reichen Haus am Ufer des Nils, wo in der offenen Halle, auf weichen Polstern, mit Leopardenfellen zugedeckt, der königliche Herr ausgestreckt lag, nicht lebendig und auch nicht tot, auf die Lotusblume aus dem tiefen Moor im Norden hoffend. Verwandte und Diener umstanden sein Lager.

Und in die Halle hinein flogen zwei prächtige, weiße Schwäne, sie waren mit den Störchen gekommen; sie warfen das blendende Federkleid ab und zwei liebliche Frauengestalten standen da, einander so ähnlich wie zwei Tautropfen; sie beugten sich über den alten, siechen Mann, sie warfen ihr langes Haar zurück, und als Schön-Helga sich über den Großvater neigte, röteten sich seine Wangen, seine Augen bekamen Glanz, es kam Leben in seine erstarrten Glieder. Gesund und verjüngt erhob sich der Alte; Tochter und Enkelin umschlangen ihn mit den Armen wie zum Morgengruß in Freude nach einem langen, schweren Traum.

Und es herrschte Freude im ganzen Hause und auch im Storchennest, dort aber freilich hauptsächlich über das gute Futter, die vielen, wimmelnden Frösche; und während die Gelehrten in aller Eile flüchtig die Geschichte von den beiden Prinzessinnen und der Genesungsblume aufzeichneten, die ein großes Ereignis und ein Segen für Haus und Land war, erzählten die Storcheneltern sie auf ihre Weise und für ihre Familie, aber erst nachdem sie alle satt waren, denn sonst hatten sie etwas andres zu tun, als Geschichten anzuhören.

»Jetzt wirst du doch etwas werden!«, flüsterte die Storchenmutter, »es ist doch gar nicht anders möglich!«

»Was sollte ich wohl werden?«, sagte der Storchen Vater. »Und was habe ich denn getan? Gar nichts!«

»Du hast mehr getan als alle die andern! Ohne dich und die Jungen hätten die Prinzessinnen Ägypten niemals wieder gesehen, wäre der Alte nicht wieder genesen. Du wirst etwas. Du bekommst ganz sicher den Doktortitel, und unsre Jungen werden später gleich damit geboren und ihre Jungen wieder, und so weiter! Du siehst auch schon ganz aus wie ein ägyptischer Doktor – wenigstens in meinen Augen!«

Die Gelehrten und Weisen entwickelten den Grundgedanken, wie sie es nannten, der sich durch das ganze Ereignis hindurch zog: »Liebe zeugt Leben!« Den erklärten sie auf verschiedene Weise: »der warme Sonnenstrahl sei die Prinzessin von Ägypten, sie steige zu dem Schlammkönig hinab und aus ihrer Umarmung entspringe die Blüte –«

»Ich kann die Worte nicht so ganz genau wiederholen!«, sagte der Storchenvater, der vom Dach aus zugehört hatte und nun im Nest darüber berichten sollte. »Es war so verwickelt, was sie sagten, es war so klug, dass sie sogleich Rang und Geschenke bekamen, selbst der Mundkoch erhielt ein großes Auszeichnungszeichen – das war wohl für die Suppe!«

»Und was hast du bekommen?«, fragte die Storchenmutter. »Sie werden doch den Wichtigsten nicht vergessen, und der bist du! Die Gelehrten haben nichts getan als geredet! Aber du wirst dein Teil schon bekommen!«

In später Nacht, als der Friede des Schlafes über dem neuen glücklichen Hause ruhte, wachte dennoch einer, und das war nicht der Storchenpapa, obwohl er auf einem Bein im Nest stand und Schildwach schlief, nein, Helga wachte, sie beugte sich über den Altan hinaus und sah hinauf zu der Luft mit den großen, leuchtenden Sternen, die größer waren und reiner an Glanz, als sie sie im Norden gesehen hatte, die aber doch dieselben waren. Sie dachte an die Wikingfrau im Wildmoor, an der Pflegemutter milde Augen, an die Tränen, die sie über das arme Froschkind geweint hatte, das jetzt in Glanz und Sternenpracht in herrlicher Frühlingsluft hier unten an den Wassern des Nils stand. Sie dachte an die Liebe, die in dem Busen des heidnischen Weibes wohnte, an die Liebe, die sie einem elenden Geschöpf erzeigt hatte, das in Menschengestalt ein böses Tier und in Tiergestalt hässlich war und widerlich anzurühren. Sie sah zu den schimmernden Sternen empor und gedachte des Glanzes auf der Stirn des Toten, als sie über Wälder und Moore dahinflogen; es erklangen Töne in ihrer Erinnerung, Worte, die sie hatte aussprechen hören, als sie dahinritten und sie wie verzaubert dasaß und Worte hörte von dem großen Ursprung der Liebe, von der höchsten Liebe, die alle Geschlechter umfasst.

Ja, was war nicht gegeben, gewonnen, erreicht! Helgas Gedanken drehten sich bei Tag und bei Nacht um ihr unfassbares Glück, sie verlor sich ganz in Betrachtung desselben, so wie das Kind, das sich eiligst von dem Geber der Gabe zuwendet, all den herrlichen Gaben; sie ging gleichsam auf in der sich steigernden Glückseligkeit, die kommen konnte, die kommen würde. Durch Wunder war sie ja zu immer höherer Freude, immer höherem Glück getragen, und hierin verlor sie sich eines Tages so völlig, dass sie nicht mehr an den Geber dachte. Der jugendliche Übermut regte die Schwingen! Ihre Augen strahlten! Da riss sie plötzlich lauter Lärm unten im Hofe aus ihren Gedanken. Sie sah zwei mächtige Strauße eilig in ganz engen Kreisen umherlaufen; noch nie hatte sie dies Tier gesehen – diesen großen Vogel, plump und schwerfällig, die Flügel sahen aus, als seien sie gestutzt, der Vogel selbst sah so aus, als sei ihm Gewalt angetan; sie fragte, was mit ihm geschehen sei, und zum ersten Mal hörte sie die Sage, die sich die Ägypter von dem Vogel Strauß erzählen.

Einst sei das Geschlecht der Strauße schön und herrlich gewesen, die Flügel groß und stark; da sagten eines Abends die mächtigen Vögel des Waldes zum Strauß: »Bruder, wollen wir morgen, so Gott will, nach dem Flusse fliegen und trinken?« Und der Strauß antwortete: »Ich will es!« Als der Morgen dämmerte, flogen sie von dannen, zuerst hoch empor zur Sonne, zu Gottes Auge, immer höher und höher, der Strauß allen den andern weit voraus; er flog voll Stolz zu dem Licht hinauf, er trotzte auf seine Kraft, er dachte nicht an den Geber, er sagte nicht: »So Gott will!« Da zog der strafende Engel den Schleier von der flammenstrahlenden Sonne hinweg, und im selben Augenblick versengten die Flügel des Straußes, er sank elend zur Erde. Er und sein Geschlecht vermögen nie mehr, sich zu erheben; er flieht angsterfüllt, stürmt im Kreise umher in dem engen Raum – eine Mahnung für uns Menschen, bei all unserm Tun und Denken zu sagen: »So Gott will!«

Und Helga senkte gedankenvoll den Kopf, sah den jagenden Strauß an, sah seine Angst, seine einfältige Freude beim Anblick seines eignen, großen Schattens an der weißen, sonnenbeschienenen Wand. Und in Gemüt und Gedanken schlug der Ernst seine tiefen Wurzeln. Ein Leben so reich an Glück war gegeben, war gewonnen – was würde geschehen, was würde noch kommen –? Das Beste: »So Gott will!«

Im frühen Lenz, als die Störche wieder nach Norden zogen, nahm Helga ihr goldnes Armband, ritzte ihren Namen hinein, winkte dem Storchenvater, legte ihm den goldnen Reif um den Hals und bat ihn, er möge ihn der Wikingfrau bringen, die daraus ersehen würde, dass ihre Pflegetochter lebe, glücklich sei und ihrer gedenke.

»Der ist schwer zu tragen!«, dachte der Storchenvater, als er den Reif um den Hals bekam; »aber Gold und Ehre soll man nicht auf die Landstraße werfen! Der Storch bringt Glück! Das werden die da oben wohl einsehen!«

»Du legst Gold, und ich lege Eier!«, sagte die Storchmutter, »aber du legst nur einmal, ich hingegen lege alle Jahre! Aber Anerkennung findet keiner von uns. Das kränkt!«

»Man hat das gute Bewusstsein, Alte!«, sagte der Storchenvater.

»Das kannst du dir nicht umhängen!«, sagte die Storchenmutter, »das verschafft weder günstigen Wind noch eine Mahlzeit!«

Und dann flogen sie der nordischen Heimat zu.

Die kleine Nachtigall, die im Tamarindenbusch sang, wollte auch bald gen Norden ziehen; da oben am Wildmoor hatte Helga sie gar oft gehört; sie wollte ihr eine Botschaft mitgeben, seit sie mit dem Schwanengefieder geflogen war, kannte sie die Sprache der Vögel, sie hatte sie seither oft mit Storch und Schwalbe geredet, die Nachtigall würde sie verstehen; und sie bat die Nachtigall, nach dem Buchenwald auf der jütischen Halbinsel zu fliegen, wo das Grab aus Stein und Zweigen errichtet war, sie bat sie, alle kleinen Vögel zu bewegen, dass sie das Grab schützen und dort ein Lied und noch ein Lied singen möchten.

Und die Nachtigall flog von dannen – und die Zeit flog von dannen!

Im Herbst stand der Adler auf der Pyramide und sah einen stattlichen Zug reich beladener Kamele mit köstlich gekleideten, bewaffneten Männern auf schnaubenden, silberweißen arabischen Rossen mit roten zitternden Nüstern und großen, dicken Mähnen, die um die feinen Beine hingen. Reiche Gaste, ein königlicher Prinz aus dem Lande Arabien, schön wie ein Prinz sein soll, zogen in das stolze Haus ein, auf dessen Dache das

Storchennest jetzt leer stand; die Bewohner weilten ja noch im hohen Norden, würden aber bald zurückkehren. – Und gerade an dem Tage, als die Freude und Lust ihren Höhepunkt erreicht hatten, kamen sie. Es ward Hochzeit gefeiert, und Schön-Helga war die Braut, in Seide und Juwelen gekleidet; der Bräutigam war der junge Prinz aus dem Lande Arabien; und das junge Paar saß am oberen Ende der Tafel zwischen Mutter und Großvater.

Aber sie sah nicht den Bräutigam an mit den braunen männlichen Wangen, um die sich ein schwarzer Bart kräuselte, sie sah nicht in seine feurigen, dunklen Augen, die sich auf sie richteten, sondern sie schaute hinaus zu dem blitzenden, funkelnden Stern, der vom Himmel herabstrahlte.

Da brausten mächtige Flügelschläge draußen durch die Luft, die Störche kehrten zurück, und das alte Storchenpaar, wie ermüdet es auch von der Reise war, wie sehr es auch der Ruhe bedurfte, flog doch sogleich auf das Geländer des Altans herab, sie wussten, was für ein Fest hier gefeiert wurde. Sie hatten schon an der Landesgrenze gehört, dass Helga sie an der Mauer hatte abmalen lassen, sie gehörten ja mit zu ihrer Geschichte.

»Das ist sehr hübsch ersonnen!«, sagte der Storchenvater.

»Das ist sehr wenig!«, sagte die Storchenmutter, »weniger konnte es doch nicht gut sein!«

Und als Helga sie sah, erhob sie sich und ging auf den Altan hinaus, um ihnen den Rücken zu streicheln. Das alte Storchenpaar neigte die Hälse, und die jüngsten Jungen sahen es mit an und fühlten sich sehr geehrt.

Und Helga sah empor zu dem leuchtenden Stern, der immer klarer erstrahlte; und zwischen dem Stern und ihr bewegte sich eine Gestalt, reiner noch als die Luft und daher sichtbar, sie schwebte ganz nahe zu ihr heran, es war der verstorbene Priester der Christen, auch er kam zu ihrem Ehrentage, kam herab aus dem Himmelreich.

»Der Glanz und die Herrlichkeit dort oben überstrahlt alles, was die Erde kennt!«, sagte er.

Und Helga bat so weich, so flehend, wie sie noch nie gebeten hatte, dass sie nur eine einzige Minute da hineinschauen, nur einen einzigen Blick in das Himmelreich zum Vater hineinwerfen dürfe.

Und er trug sie in Glanz und Herrlichkeit, in einem Strom von Tönen und Gedanken hinauf. Nicht nur um sie, sondern in ihr klang und leuchtete es. Worte vermögen es nicht zu beschreiben.

»Jetzt müssen wir zurück, man vermisst dich!«, sagte er.

»Nur noch einen Blick!«, flehte sie; »nur noch eine einzige kurze Minute!«

»Wir müssen zur Erde hinab, alle Gäste entfernen sich!«

»Nur noch einen Blick, den letzten! –«

Und Helga stand wieder auf dem Altan – aber alle Hochzeitsflammen da draußen waren verschwunden, die Lichter im Festsaale waren erloschen, die Störche waren fort, kein Bräutigam war zu sehen. Alles war wie weggeweht in drei kurzen Minuten.

Da überkam sie eine Angst, sie schritt durch die leere, große Halle in die nächste Kammer; dort schliefen fremde Krieger. Sie öffnete die Seitentür, die in ihre Gemächer führte, und als sie dort zu stehen wähnte, stand sie plötzlich draußen im Garten – so sah es hier doch sonst nicht aus; rötlich schimmerte der Himmel, es tagte.

Drei Minuten nur im Himmel, und eine ganze Erdennacht war verstrichen.

Da sah sie die Störche; sie rief sie an, redete ihre Sprache, und der Storchenvater wendete den Kopf, lauschte und näherte sich.

»Du redest unsere Sprache!«, sagte er, »was willst du? Wie kommst du hierher, du fremde Frau?«

»Ich bin es ja, ich bin Helga, kennst du mich denn nicht? Noch vor drei Minuten haben wir ja dort auf dem Altan miteinander geredet!«

»Das ist ein Irrtum!«, sagte der Storch, »das hast du alles geträumt!«

»Nein, nein«, sagte sie und erinnerte ihn an die Wikingburg und an das Wildmoor und an die Reise hierher –!

Da blinzelte der Storchenvater mit den Augen: »Das ist ja eine ganz alte Geschichte, die habe ich aus meiner Ur-Ur-Urgroßmutter Zeit erzählen hören! Freilich war hier in Ägypten eine solche Prinzessin aus dem dänischen Lande, aber sie verschwand an ihrem Hochzeitstage vor vielen hundert Jahren und kam nie wieder! Das kannst du selbst auf dem Denkmal hier im Garten lesen; dort sind Schwäne und Störche eingehauen und ganz oben stehst du selbst in weißem Marmor.«

Und so war es. Helga sah es, begriff es und sank auf die Knie nieder.

Die Sonne ging strahlend auf, und wie in alten Zeiten bei ihren Strahlen die Froschhülle fiel und die schöne Gestalt zum Vorschein kam, so erhob sich auch jetzt aus der Lichttaufe eine Schönheitsgestalt, klarer, reiner als die Luft, ein Lichtstrahl – empor zum Vater.

Der Körper zerfiel in Staub: wo sie gestanden hatte, lag eine welke Lotusblüte.

»Das ist ja ein ganz neuer Schluss der Geschichte!«, sagte der Storchenvater; »den hatte ich wirklich gar nicht erwartet; aber er hat mir ganz gut gefallen!«

»Was wohl die Jungen dazu sagen werden?«, fragte die Storchenmutter.

»Ja, das ist freilich das Allerwichtigste!«, meinte der Storchenvater.

Am äussersten Meer

Ein paar große Schiffe waren bis zum Nordpol hinauf gesandt, um die Grenzen des Landes nach dem Meere zu aufzufinden und zu versuchen, wie weit die Menschen dort oben vorzudringen vermöchten. Schon seit Jahr und Tag waren sie durch Nebel und Eis hindurchgesteuert und hatten große Mühseligkeiten ausgestanden; jetzt war der Winter gekommen, die Sonne war untergegangen; viele, viele Wochen hindurch würde hier eine lange Nacht herrschen; alles ringsumher war ein einziges Stück Eis, an das die Schiffe fest vertäut lagen. Hoch türmte sich der Schnee auf, und aus Schnee hatte man bienenkorbähnliche Häuser errichtet, einige so groß wie die alten Hünengräber, andere so bescheiden, dass sie nur zwei oder vier Männer beherbergen konnten, aber dunkel war es nicht, die Nordlichter flammten rot und blau, es war ein ewiges großartiges Feuerwerk, und der Schnee leuchtete, die Nacht hier oben war eine einzige lange, flammende Dämmerung; zur hellsten Zeit kamen Scharen von Eingeborenen herbei, wunderlich zu sehen in ihren zottigen Fellkleidern und auf ihren aus Eisstücken gezimmerten Schlitten; sie brachten Felle in großen Bündeln, und dadurch bekamen die Schneehäuser warme Teppiche. Die Felle wurden zu Teppichen und Decken verwendet, aus denen die Matrosen ihre Betten unter der Schneekuppel herrichteten, während es draußen fror, dass es knisterte, so wie wir es selbst im strengsten Winter nicht kennen. Bei uns war noch Herbst, und daran dachten die dort oben; sie dachten an die Sonnenstrahlen daheim und an das rotgelbe Laub, das an den Bäumen hing. Die Uhr zeigte, dass es Abend und Schlafenszeit war, und in einem der Schneehäuser streckten sich bereits zweie aus, um zu ruhen; der Jüngste hatte seinen besten, teuersten Schatz von daheim mitgenommen, die Bibel, die ihm die Großmutter bei der Abreise geschenkt hatte. Jede Nacht lag sie unter seinem Kopfkissen, er wusste von Kindheit an, was darin stand; jeden Tag las er ein Stück daraus, und wenn er aus seinem Lager ausgestreckt lag, kamen ihm oft gar tröstlich die heiligen Worte in den Sinn: »Und nähme ich Flügel der Morgenröte und bliebe am äußersten Meer, so würde mich doch deine Hand daselbst führen und deine Rechte mich halten!« – Und unter den Worten der Wahrheit und im Glauben schloss er die Augen, der Schlaf kam, und der Traum kam und die Offenbarung des Geistes in Gott. Die Seele lebte, während der Körper ruhte; er spürte das, es war ihm, als klängen alte, liebe, bekannte Melodien, als umgaukelten ihn milde, sommerwarme Lüfte, und von seinem Lager aus sah er es um sich her schimmern, als werde die Schneekuppel von außen her durchstrahlt; er richtete den Kopf auf, das strahlende Weiß waren aber nicht die Wände und auch nicht die Decke, es waren die großen Fittiche an der Schulter eines Engels und er schaute auf in sein mildes, strahlendes Antlitz. Aus den Blättern der Bibel stieg der Engel auf wie aus dem Kelch einer Lilie, breitete seine Arme weit aus, und die Wände der Schneehütte versanken ringsumher wie ein luftiger, leichter Nebelflor; die grünen Felder und Hügel der Heimat mit den rotbraunen Wäldern lagen ringsumher in dem stillen Sonnenschein eines schönen Herbsttages; das Storchennest stand leer, aber noch hingen Äpfel an dem wilden Apfelbaum, obwohl die Blätter bereits abgefallen waren, die roten Hagebutten schimmerten, und der Star pfiff in dem kleinen, grünen Käfig über dem Fenster des Bauernhäuschens, das sein Heim war; der Star pfiff, als habe er die Melodie gelernt, und die Großmutter behängte den Käfig mit grüner Vogelmiere, wie es der Enkel immer getan hatte; und die Tochter des Schmiedes stand, jung und schön, am Dorfbrunnen und schöpfte Wasser und nickte der Großmutter zu, und die Großmutter winkte und zeigte ihr einen Brief aus weiter Ferne; heute morgen war er aus den kalten Ländern, hoch oben vom Nordpol hergekommen, wo der Enkel war – in Gottes Hut. – Und sie lachten und sie weinten, und er dort oben unter Eis und Schnee, der in der Welt des Geistes, unter den Fittichen des Engels das alles sah und hörte, lachte mit ihnen und weinte mit ihnen. Und es wurde laut aus dem Briefe vorgelesen, selbst die Worte der Bibel: »Am äußersten Meer wird seine Hand mich führen und seine Rechte mich halten!« Wie schöner Gesang geistlicher Lieder klang es um ihn, und der Engel ließ seine Fittiche gleich einem Schleier über den Schlafenden herab – der Traum war aus – es war dunkel in der Schneehütte, aber die Bibel lag unter seinem Kopf, der Glaube und die Hoffnung lagen in seinem Herzen. Gott war bei ihm und die Heimat war bei ihm – »am äußersten Meer!«

Der Flaschenhals

Draußen in der engen, winkeligen Gasse, zwischen andern ärmlichen Häusern, stand ein ganz schmales, ganz hohes Haus aus Fachwerk, das an allen Ecken und Enden aus den Fugen gegangen war; arme Leute wohnten darin, und am ärmlichsten sah es in der Dachkammer aus, wo vor dem kleinen Fenster im Sonnenschein ein altes, verbogenes Vogelbauer hing, das nicht einmal ein ordentliches Wassernäpfchen hatte, sondern nur einen umgekehrten Flaschenhals voll Wasser mit einem Pfropfen unten darin. Eine alte Jungfer stand am offnen Fenster, sie hatte eben das Bauer mit Vogelkraut behangen, und ein kleiner Hänfling hüpfte von einer Sprosse zur andern und sang, dass es nur so klang.

»Ja, du kannst wohl singen!«, sagte der Flaschenhals, er sagte es freilich nicht so, wie wir es sagen können, denn ein Flaschenhals kann nicht sprechen, aber er dachte es so in seinem stillen Sinn, als wenn wir Menschen mit uns selbst reden. »Ja, du kannst wohl singen, du der du alle deine heilen Glieder hast! Du solltest mal versuchen, was es heißt, wenn man sein Unterteil verloren hat und nur noch Hals und Mund ist, und zwar mit einem Kork darin, so wie ich, dann würdest du auch nicht singen. Aber es ist nur gut, dass wenigstens noch jemand vergnügt ist! Ich habe keinen Grund zu singen, und ich kann es auch gar nicht! Ja, als ich noch eine ganze Flasche war, da konnte ich es, wenn man mich mit einem Korken rieb, und sie nannten mich die richtige Lerche, die große Lerche; – und als ich eine Waldpartie mit der Kürschnerfamilie machte, und die Tochter sich verlobte – ja, das weiß ich noch, als sei es gestern gewesen! Ich habe viel erlebt, wenn ich darüber nachdenke; ich bin im Feuer und im Wasser gewesen, ich war unten in der schwarzen Erde und ich bin höher in der Luft gewesen als die meisten, und nun schwebe ich draußen an dem Vogelbauer in Luft und Sonnenschein; es könnte sich wohl verlohnen, meine Geschichte anzuhören, aber ich rede nicht laut davon, denn das kann ich nicht.«

Und dann erzählte er seine Geschichte in sich selbst hinein oder dachte sie so für sich, sie war höchst merkwürdig, und der kleine Vogel sang vergnügt sein Lied, und unten auf der Straße fuhr man und ging man; jeder dachte an seine eignen Angelegenheiten oder dachte an gar nichts, aber das tat der Flaschenhals.

Er dachte an den flammenden Schmelzofen in der Fabrik, wo ihm Leben eingeblasen war. Er erinnerte sich noch, dass er ganz warm gewesen war, dass er in den glühenden Ofen, seine Ursprungsheimat, hineingesehen und gleich so große Lust gehabt hatte, sofort wieder da hineinzuspringen, wie er dann aber, nach und nach, als er immer mehr abkühlte, sich sehr wohl dort gefühlt hatte, wohin er gekommen war; er stand in einer Reihe mit einem ganzen Regiment von Brüdern und Schwestern, alle aus demselben Ofen, einige waren allerdings zu Champagnerflaschen, andre zu Bierflaschen geblasen, und das macht einen Unterschied! Späterhin, draußen in der Welt, kann freilich eine Bierflasche den köstlichsten Lacrimae Christi umschließen und eine Champagnerflasche mit Stiefelwichse gefüllt sein, aber wozu man geboren ist, kann man doch immer an der Schablone sehen, Adel bleibt Adel, selbst mit Stiefelwichse im Leibe.

Sämtliche Flaschen wurden verpackt, auch unsre Flasche. Damals dachte sie nicht daran, dass sie ihre Laufbahn als Flaschenhals beenden und sich zum Vogelnapf hinaufarbeiten würde, was ja freilich immerhin ein ehrenwertes Dasein ist, man ist dann doch etwas! Sie erblickte das Tageslicht erst wieder, als sie mit den andern Kameraden im Keller des Weinhändlers ausgepackt wurde und zum ersten Mal gespült werden sollte; das war ein drolliges Gefühl! Dann lag sie leer und ohne Kork, ihr war so sonderbar flau zumute, sie entbehrte etwas, wusste aber selbst nicht, was sie entbehrte. Jetzt wurde sie mit einem guten köstlichen Wein gefüllt, bekam einen Korken und wurde zugekorkt. »Prima Sorte!«, wurde darauf geklebt, es war als habe sie ihr erstes Examenszeugnis bekommen, aber der Wein war auch gut, und die Flasche war gut. Wenn man jung ist, so ist man Lyriker! Es sang und klang in ihr von Dingen, die sie gar nicht kannte, von den grünen, sonnenbeschienenen Bergen, wo der Wein wächst, wo die muntern Mädchen und lustigen Burschen singen und küssen; ja, es ist schön zu leben! Von alledem sang und klang es in der Flasche wie in den jungen Poeten, die auch oft gar nichts von dem kennen, was sie besingen.

Eines Morgens wurde sie gekauft. Der Kürschnerlehrling sollte eine Flasche Wein »vom besten« bringen; und der kam mit in den Esskorb zu Schinken, Käse und Wurst; da war die schönste Butter, das feinste Brot; des Kürschners Tochter packte selbst alles ein; sie war so jung und so schön; die braunen Augen lachten, ein Lächeln umspielte den Mund, der ebensoviel sagte wie die Augen; sie hatte feine, weiche Hände, die waren ganz weiß, und doch waren ihr Hals und ihr Busen noch weißer, man sah gleich, dass sie eins der schönsten Mädchen in der Stadt war – und doch war sie noch nicht verlobt.

Und der Vorratskorb stand auf ihrem Schoß, als die Familie in den Wald hinausfuhr; der Flaschenhals lugte zwischen den Zipfeln der weißen Serviette hervor; da war roter Lack an dem Kork, und er sah dem jungen Mädchen gerade ins Gesicht; er sah auch den jungen Steuermann an, der neben ihr saß; er war ein Freund aus der Kindheit, der Sohn eines Porträtmalers; er hatte ganz kürzlich sein Steuermannsexamen so gut und ehrenhaft bestanden und sollte morgen mit einem Schiff weit weg fahren, nach fremden Ländern; hiervon war während des Einpackens viel geredet worden, und während davon geredet war, hatte man gerade nicht viel Frohsinn in den Augen und um den Mund der schönen Kürschnerstochter sehen können.

Die beiden jungen Leute gingen im grünen Walde, sie sprachen miteinander – wovon sprachen sie? Ja, das hörte die Flasche nicht, sie stand im Vorratskorb. Es dauerte merkwürdig lange, bis sie herausgeholt wurde, aber als das dann endlich geschah, hatten sich freilich auch fröhliche Dinge ereignet, alle Augen lachten, auch die Tochter des Kürschners lachte, aber sie sprach nicht viel, und ihre Wangen glühten wie zwei rote Rosen.

Der Vater nahm die volle Flasche und den Korkzieher – ja, es ist ein sonderbares Gefühl, so zum ersten Mal aufgezogen zu werden! Der Flaschenhals hatte nie wieder diesen feierlichen Augenblick vergessen können, es hatte ordentlich Schwupp inwendig in ihm gesagt, als der Kork herausfuhr, und dann gluckste es, als der Wein in die Gläser floss.

»Das Brautpaar soll leben!«, sagte der Vater, und jedes Glas wurde bis auf den Grund geleert, und der junge Steuermann küsste seine schöne Braut.

»Glück und Segen!«, sagten die beiden Alten. Und der junge Mann füllte die Gläser noch einmal: »Heimkehr und Hochzeit heute übers Jahr!«, rief er, und als die Gläser geleert waren, nahm er die Flasche, hob sie in die Höhe und sagte: »Du bist an dem schönsten Tage meines Lebens mit dabei gewesen, du sollst nie mehr einem andern dienen!«

Und er warf sie hoch in die Luft. Da dachte die Kürschnerstochter nicht daran, dass sie die Flasche noch häufiger fliegen sehen sollte, aber das sollte dennoch der Fall sein; jetzt fiel sie zwischen das dichte Röhricht am Ufer des kleinen Waldsees nieder; der Flaschenhals erinnerte sich noch so deutlich, wie er dagelegen und nachgedacht hatte. »Ich gab ihnen Wein, und sie gaben mir Sumpfwasser, aber es war gut gemeint!« Er konnte die Verlobten und auch die vergnügten Alten nicht mehr sehen, aber er hörte sie noch lange jubeln und singen. Dann kamen zwei kleine Bauernjungen, lugten in das Röhricht hinein, sahen die Flasche und nahmen sie, nun war sie versorgt.

Daheim im Waldhause, wo die beiden Jungen wohnten, war der älteste Bruder, der Seemann war und eine längere Reise antreten sollte, gestern gewesen, um Abschied zu nehmen; die Mutter stand gerade da und packte allerlei ein, damit wollte der Vater am Abend zur Stadt, um den Sohn vor der Abreise noch einmal zu sehen und ihm den Gruß seiner Mutter zu überbringen. Eine kleine Flasche mit Kräuterbranntwein war schon eingepackt, nun kamen die Brüder mit der größeren, stärkeren Flasche, die sie gefunden hatten; dahinein ging mehr als in die kleine, und es war ja so ein guter Schnaps, wenn man einen schlechten Magen hatte; es war Hyperikum darin. Es war nicht der rote Wein von früher, den die Flasche jetzt bekam, es waren bittere Tropfen, aber die sind auch gut – für den Magen. Die neue Flasche und nicht die kleine sollte mit; und so kam denn die Flasche wieder auf die Wanderschaft, sie kam an Bord zu Peter Jensen, und zwar gerade an Bord desselben Schiffes, an dem sich der junge Steuermann befand, aber er sah die Flasche nicht und hätte sie wohl auch nicht wieder erkannt oder gar gedacht: das ist die, aus der wir bei unserer Verlobung getrunken und ein Hoch auf die Heimkehr ausgebracht haben.

Es war freilich kein Wein mehr in der Flasche, aber es war etwas ebenso Gutes darin; sie wurde auch immer, wenn Peter sie herausholte, von den Kameraden »der Apotheker« genannt; sie spendete die beste Medizin, die den Magen kurierte, und sie half, solange noch ein Tropfen darin war. Es war eine fröhliche Zeit, und die Flasche sang, wenn man sie mit dem Kork streichelte, daher bekam sie denn auch den Namen »die große Lerche«, »Peter Jensens Lerche«.

Eine lange Zeit war verstrichen, sie stand leer in einem Winkel, da geschah es – ja, ob es auf der Ausfahrt oder auf der Heimreise war, das wusste die Flasche nicht so genau, an Land war sie nicht gewesen – da erhob sich ein Sturm; große Wellen wälzten sich schwarz und schwer heran, sie hoben und warfen das Schiff; der Mast brach durch, eine Sturzsee schlug eine von den Schiffsplanken ein; die Pumpen konnten nichts mehr ausrichten; es war stockfinstere Nacht; das Schiff sank, aber in der letzten Minute schrieb der junge Steuermann auf ein Blatt Papier: »In Jesu Namen! Wir gehen unter!« Er schrieb den Namen seiner Braut, schrieb seinen eignen Namen und den des Schiffes, steckte den Zettel in eine leere Flasche, die gerade dastand, presste den Kork fest hinein und warf die Flasche in das stürmische Meer; er wusste nicht, dass es die Flasche war, aus der ihm und ihr der Becher der Freude und der Hoffnung eingeschenkt war; sie schaukelte jetzt auf den Wogen mit Gruß und Todesbotschaft.

Das Schiff sank, die Mannschaft sank, die Flasche flog dahin wie ein Vogel, sie hatte ja ein Herz, sie trug einen Liebesbrief in sich! Und die Sonne ging auf, und die Sonne ging unter, es war der Flasche, als sehe sie wie im Anfang der Zeiten in den roten, glühenden Ofen, sie empfand eine Sehnsucht, wieder da hineinzufliegen.

Sie erlebte Windstille und neue Stürme; sie stieß aber gegen keine Klippe, wurde auch nicht von einem Haifisch verschlungen. Jahr und Tag trieb sie sich umher, bald gen Norden, bald gen Süden, sowie die Strömungen sie führten. Im Übrigen war sie ihr eigner Herr, aber dessen kann man auch überdrüssig werden.

Das beschriebene Blatt, das letzte Lebewohl von dem Bräutigam an die Braut, würde nur Trauer bringen, wenn es einmal in die rechten Hände gelangte, aber wo waren die Hände, die so weich und weiß schimmerten, als sie das Tischtuch über das frische Gras im grünen Walde breiteten, damals, am Tage der Verlobung? Wo war des Kürschners Tochter? Ja, wo war das Land, und welches Land lag wohl am nächsten? Die Flasche wusste es nicht, sie trieb und sie trieb und war schließlich auch des Treibens überdrüssig; es war nicht ihre Bestimmung, aber sie trieb trotzdem, bis sie endlich Land erreichte, ein fremdes Land. Sie verstand kein Wort von dem, was hier gesprochen wurde, es war nicht die Sprache, die sie früher hatte reden hören, und es geht einem viel verloren, wenn man die Sprache nicht versteht.

Die Flasche wurde herausgefischt und betrachtet, der Zettel darin wurde gesehen, gedreht und gewendet, aber niemand verstand, was darauf geschrieben war, man begriff wohl, dass die Flasche über Bord geworfen war, und dass etwas darüber auf dem Papier stand, aber was stand da? Das war das Wunderbare – und der Zettel wurde wieder in die Flasche gesteckt, und die Flasche wurde in einem großen Schrank in einer großen Stube in einem großen Hause aufbewahrt.

Jedes Mal, wenn Fremde kamen, wurde der Zettel hervorgeholt, gedreht und gewendet, sodass die Schrift, die nur mit Bleistift geschrieben war, immer unleserlicher wurde; schließlich konnte man nicht mehr sehen, dass Buchstaben da waren. Und noch ein ganzes Jahr blieb die Flasche in dem Schrank stehen, dann kam sie auf den Boden, wo Staub und Spinnengewebe sie bedeckten. Da dachte sie an die gute alte Zeit, als sie im frischen, grünen Walde den roten Wein geschenkt und als sie sich auf den Wellen wiegte und ein Geheimnis in sich trug, einen Brief, einen Abschiedsseufzer.

Und nun stand sie zwanzig Jahre auf dem Boden; sie hätte noch viel länger dastehen können, wenn das Haus nicht hätte umgebaut werden sollen. Das Dach wurde abgebrochen, man fand die Flasche und sprach von ihr, aber sie verstand ja die Sprache nicht; die lernt man nicht davon, dass man auf dem Boden steht, selbst in zwanzig Jahren nicht. »Wäre ich nur unten in der Stube gewesen«, meinte sie freilich, »dann hätte ich es sicher gelernt!«

Nun wurde sie gewaschen und gespült, das hatte sie auch sehr nötig; sie kam sich ganz klar und durchsichtig vor, sie war in ihren alten Tagen wieder jung geworden, aber der Zettel, den sie in sich getragen, der war dabei weggespült.

Die Flasche wurde nun mit Samenkörnern gefüllt, was für eine Art es war, ahnte sie nicht; dann wurde sie zugekorkt und gut eingewickelt, sie sah weder Laterne noch Licht, geschweige denn Sonne oder Mond, und etwas muss man doch sehen, wenn man auf Reisen geht, meinte sie, aber sie sah nichts, doch das Wichtigste tat sie – sie reiste und kam dahin, wohin sie kommen sollte, und dort wurde sie ausgepackt.

»Was für Mühe sie sich im Ausland mit der Flasche gemacht haben!«, hörte sie sagen, »und dabei wird sie doch wohl zerbrochen sein!« Aber sie war nicht zerbrochen. Sie verstand jedes Wort, das gesagt wurde, es war die Sprache, die sie beim Schmelzofen und beim Weinhändler und im Walde und auf dem Schiffe gehört hatte, die einzig richtige, gute, alte Sprache, die man verstehen kann; sie war in ihre Heimat zurückgekehrt, die Sprache war ihr ein Willkommsgruß! Vor lauter Freude wäre sie den Leuten beinahe aus den Händen gesprungen; sie bemerkte es kaum, dass der Kork herausgezogen wurde, dass sie selbst leergeschüttelt und in den Keller hinuntergestellt wurde, um dort aufbewahrt und vergessen zu werden; die Heimat ist doch am besten, selbst im Keller! Es kam ihr nie in den Sinn, darüber nachzudenken, wie lange sie dort lag, sie lag schon seit Jahren da, und dann kamen eines Tages Leute hinunter, trugen alle Flaschen weg, und auch die weit gereiste kam wieder ans Tageslicht.

Draußen im Garten war großes Fest; brennende Lampions hingen in Girlanden, Papierlaternen strahlten wie große Tulpen im Transparent; es war auch ein wunderschöner Abend, das Wetter war still und klar; die Sterne flimmerten so hell, und es war Neumond, eigentlich sah man den ganzen runden Mond als blaugraue Kugel mit goldenem Halbrund, das sah gut aus – wenn man gute Augen hatte.

Bis in die entlegensten Gänge erstreckte sich die Illumination, wenigstens so viel, dass man bei ihrem Schein genug sehen konnte, um den Weg zu finden; zwischen den Hecken waren Flaschen aufgestellt, und in einer jeden brannte ein Licht, hier stand auch die Flasche, die wir kennen, die einstmals als Flaschenhals, als Vogelnapf enden sollte; ihr erschien hier alles wunderschön, sie war wieder im Grünen, nahm teil an Freude und Fest, hörte Gesang und Musik, Murmeln und Summen von vielen Menschen, namentlich aus dem Teil des Gartens, wo die Lampions brannten und die Papierlaternen in bunten Farben leuchteten. Sie selbst stand ja freilich in einem entlegenen Gang, aber gerade das hatte etwas so Beschauliches, die Flasche stand da und trug ihr Licht, stand hier zu Nutzen und Freude, und so soll es sein; in einer solchen Stunde vergisst man zwanzig Jahre auf dem Boden – und es ist gut, wenn man vergessen kann!

Dicht an ihr vorüber schritt ein einzelnes Paar, Arm in Arm, so wie das Brautpaar draußen im Walde: der Steuermann und die Kürschnerstochter; es war der Flasche, als erlebe sie das alles noch einmal wieder. Im Garten gingen Gäste und da gingen auch Leute, die sich diese und das festliche Treiben ansehen durften, und unter den letzteren befand sich auch eine alte Jungfer, ohne Anhang, aber nicht ohne Freunde; die dachte gerade an dasselbe wie die Flasche, an den grünen Wald und an ein junges Brautpaar, das sie sehr nahe anging, an dem sie teilhatte, ja, dessen einer Teil sie war; das war die glücklichste Stunde ihres Lebens gewesen, und die vergisst man nie und nimmer, und wenn man eine noch so alte Jungfer wird. Aber sie kannte die Flasche nicht, und die Flasche erkannte auch sie nicht, so geht man in der Welt aneinander vorüber – bis man sich wieder begegnet, und das taten die beiden, sie waren ja jetzt beide wieder in derselben Stadt.

Die Flasche kam vom Garten zum Weinhändler, wurde wieder mit Wein gefüllt und an den Luftschiffer verkauft, der am nächsten Sonntag mit dem Ballon aufsteigen sollte. Da war eine große Menschenmenge, um zuzusehen, da war Regimentsmusik, da waren viele Vorbereitungen. Die Flasche sah das alles von einem Korb aus, in dem sie neben einem lebendigen Kaninchen lag, das ganz krank vor Angst war, denn es wusste, dass es mit aufsteigen sollte, um dann in einem Fallschirm herabgelassen zu werden; die Flasche ahnte nichts von hinauf und hinunter, sie sah, dass der Ballon so dick, so dick aufgeblasen wurde, und als er nicht dicker werden konnte, fing er an, sich höher und höher emporzuheben, er wurde immer unruhiger, bis man die Taue, die ihn hielten, zerschnitt, und dann schwebte er mit dem Luftschiffer, dem Korb, der Flasche und dem Kaninchen hinauf; die Musik ertönte, und alle Menschen riefen »Hurra!«

»Es ist sonderbar, so in die Luft aufzusteigen!«, dachte die Flasche. »Das ist eine neue Art zu segeln; da oben kann man wenigstens nicht auf Grund geraten!«

Und viele Tausende von Menschen sahen dem Ballon nach, und die alte Jungfer sah ihm auch nach; sie stand an ihrem offenen Mansardenfenster, wo das Vogelbauer mit dem kleinen Hänfling hing, der damals kein Wassernäpfchen hatte, sondern sich mit einer Tasse begnügen musste. Im Fenster stand ein Myrtenbaum, der war ein wenig zur Seite gerückt, um nicht hinausgestoßen zu werden, während die alte Jungfer sich vorbeugte, um den Ballon zu sehen. Und sie sah auch ganz deutlich, wie der Luftschiffer im Ballon das Kaninchen mit dem Fallschirm hinabließ und dann auf das Wohl aller Menschen trank und die Flasche hoch in die Luft empor warf; sie dachte nicht daran, dass sie gerade dieselbe Flasche an dem schönsten Tage ihres Lebens zu ihren und ihres Freundes Ehren draußen im grünen Walde, in den Tagen ihrer Jugend, hatte durch die Luft fliegen sehen.

Die Flasche hatte keine Zeit, zu denken, es kam ihr doch zu unerwartet, so auf einmal auf dem Höhepunkt ihres Lebens angelangt zu sein. Türme und Dächer lagen tief unter ihr, die Menschen waren so winzig klein, von hier oben gesehen.

Nun sank sie, aber mit einer ganz andern Fahrt als das Kaninchen; sie schlug Purzelbäume in der Luft, sie fühlte sich so jung, so ausgelassen, sie war halb voll von Wein, jedoch nicht lange. Welch eine Reise! Die Sonne beschien die Flasche, alle Menschen lugten nach ihr aus, der Ballon war schon lange verschwunden, und bald war auch die Flasche verschwunden, sie fiel auf eins der Dächer, und dann war sie zerbrochen, aber es war noch eine solche Fahrt in den Scherben, dass sie nicht liegen bleiben konnten, sie hüpften und sie tändelten, bis sie auf den Hof hinabkamen und in noch kleinere Scherben zersprangen, nur der Flaschenhals hielt, und der war wie mit einem Diamant abgeschnitten.

»Den könnte man gut als Vogelnapf gebrauchen«, sagte der Kellermann, aber er hatte weder einen Vogel noch ein Bauer, und es war doch nicht wert, sich die anzuschaffen, weil er jetzt einen Flaschenhals hatte, der als Napf zu gebrauchen war. Die alte Jungfer oben im Dachstübchen hatte vielleicht Verwendung dafür, und so kam der Flaschenhals da hinauf, ein Kork wurde in ihn hineingesteckt, und was bisher oben gewesen war, wurde jetzt nach unten gekehrt, so wie das bei Veränderungen gar oft der Fall ist; es wurde frisches Wasser hineingegossen, und dann wurde er vor das Bauer des kleinen Vogels gehängt, der sang, dass es eine Lust war.

»Ja, du kannst wohl singen!«, sagte der Flaschenhals, und der war ja merkwürdig, denn er war im Ballon gewesen – weiter wusste man nichts von seiner Geschichte. Nun hing er als Vogelnapf da, konnte die Leute unten auf der Straße rummeln und tummeln hören, konnte die alte Jungfer drinnen im Kämmerlein reden hören: sie hatte gerade Besuch von einer Jugendfreundin und sie sprachen zusammen – nicht von der Flasche, aber von dem Myrtenbäumchen, das im Fenster stand.

»Du brauchst wirklich keine zwei Taler für einen Brautkranz für deine Tochter auszugeben!«, sagte die alte Jungfer. »Du sollst von mir einen wunderhübschen voller Blüten bekommen. Sieh nur, wie schön der Baum steht! Ja, das ist ein Ableger von dem Myrtenbaum, den du mir am Tage nach meiner Verlobung brachtest, aus dem mein Brautkranz gebunden werden sollte, wenn das Jahr um war. Aber der Tag kam nicht! Die Augen, die mir in diesem Leben zur Freude und zum Segen hatten strahlen sollen, waren für immer geschlossen. Auf dem Meeresgrunde schlummert er süß, der Geliebte! – Der Baum ward ein alter Baum, aber ich wurde noch älter, und als der Baum schließlich hinstarb, nahm ich den letzten frischen Zweig und pflanzte ihn in die Erde, und nun ist der Zweig ein großer Baum geworden und kommt doch am Ende noch zum Hochzeitsfest, als Brautkranz für deine Tochter!«

Und es standen Tränen in den Augen der alten Jungfer; sie dachte an so vieles, dachte aber gar nicht daran, dass sich ganz in ihrer Nähe, vor ihrem

Fenster, noch eine Erinnerung an jene Zeit befand, der Hals der Flasche, der Schwupp gesagt hatte, indem der Pfropfen herausknallte, als man auf das Wohl des Brautpaars anstoßen wollte.

Aber der Flaschenhals erkannte sie auch nicht wieder, denn er hörte nicht auf das, was sie erzählte – sintemal er nur an sich selbst dachte.

Die letzte Perle

Es war ein reiches Haus, ein glückliches Haus; alles da drinnen, Herrschaft und Dienstboten, und auch die Freunde, waren froh und glücklich, denn heute war ein Erbe geboren, ein Sohn; und Mutter und Kind befanden sich wohl.

Die Lampe in dem traulichen Schlafzimmer war halb verhangen, schwere seidne Gardinen aus kostbaren Stoffen hingen dicht zugezogen vor den Fenstern. Der Teppich war dicht und weich wie Moos, alles lud zum Schlummern ein, zum Schlafen, zum Ausruhen, und das tat denn auch die Wärterin, sie schlief, und das konnte sie gern tun, alles war so gut und in bester Ordnung, des Hauses Schutzgeist stand am Kopfende des Bettes; über das Kind an der Mutter Brust breitete sich gleichsam ein Netz von funkelnden Sternen aus, so reich, und jeder war eine Glücksperle. Die guten Feen des Lebens hatten alle dem Neugebornen ihre Gaben gebracht; hier funkelten Gesundheit, Reichtum, Glück, Liebe, kurz alles, was sich die Menschen auf Erden nur wünschen können.

»Alles ist hier dargebracht und geschenkt!«, sagte der Schutzgeist.

»Nein!«, ertönte eine Stimme ganz in der Nähe, das war des Kindes guter Engel. »Eine Fee hat ihre Gabe noch nicht gebracht, aber sie bringt sie, sie wird sie einstmals bringen, wenn auch Jahre darüber hingehen. Die letzte Perle fehlt!«

»Fehlt! Hier darf nichts fehlen, und wenn es sich wirklich so verhält, da wollen wir sie suchen, die mächtige Fee, gehen wir zu ihr hin!«

»Sie kommt, sie wird einstmals kommen! Ihre Perle muss mit dabei sein, damit die Kette zusammengebunden werden kann!«

»Wo wohnt sie? Wo ist ihre Heimat? Sage es mir, ich will hingehen und die Perle holen!«

»Wie du willst!«, sagte der gute Engel des Kindes, »ich führe dich zu ihr, wo wir sie auch suchen müssen! Sie hat keine bleibende Stätte, sie sucht das Schloss des Kaisers auf und den ärmsten Bauern, an keinem Menschen geht sie spurlos vorüber, ihnen allen bringt sie ihre Gabe dar, sei es eine Welt oder ein Spielzeug! Auch zu diesem Kinde muss sie kommen. Du denkst, die Zeit ist lang, aber nicht gleich nutzbringend, wohlan, wir wollen hingehen und die Perle holen, die letzte Perle dieses Reichtums!«

Und Hand in Hand schwebten sie an den Ort, der zu dieser Stunde die Heimat der Fee war.

Es war ein großes Haus mit finstern Gängen, leeren Stuben, und sonderbar still; eine Reihe Fenster stand offen, sodass die raue Luft so recht hineinbringen konnte; die langen weißen, herabhängenden Gardinen bewegten sich im Luftzug.

Mitten im Zimmer stand ein offner Sarg und darin ruhte die Leiche eines Weibes im blühenden Alter; die schönsten frischen Rosen waren über sie ausgestreut, sodass nur die feinen, gefalteten Hände und das im Tode verklärte, edle Antlitz mit dem hohen, edlen Ernst der von Gott empfangenen Weihe sichtbar waren.

Am Sarge standen der Mann und die Kinder, eine ganze Schar: das jüngste Kind saß auf dem Arm des Vaters, sie brachten das letzte Lebewohl; der Mann küsste die Hand, die jetzt war wie welkes Laub und die noch bis vor kurzem mit Kraft und Liebe sie alle umsorgt hatte. Schwere, bittere Tränen fielen in großen Tropfen auf die Erde nieder, aber kein Wort wurde gesprochen, das Schweigen umschloss eine Welt von Schmerz. Und leise schluchzend entfernten sie sich.

Ein brennendes Licht stand im Zimmer, flatterte im Zugwind und schoss einen langen, roten Docht in die Höhe. Fremde Leute traten ein, sie legten den Sargdeckel über die Tote, sie schlugen die Nägel fest hinein, laut schallten die Hammerschläge durch die Zimmer und Gänge des Hauses, schallten in die blutenden Herzen hinein.

»Wohin führst du mich?«, fragte der Schutzgeist, »hier wohnt keine Fee, deren Perle zu den besten Gaben des Lebens gehört!«

»An dieser Stätte weilt sie, in dieser heiligen Stunde«, sagte der Schutzengel, und zeigte auf eine Ecke des Zimmers, und dort, wo die Mutter zu ihren Lebzeiten zwischen Blumen und Bildern gesessen, wo sie, die segnende Fee des Hauses, Mann, Kindern und Freunden liebevoll zugenickt hatte, wo sie als Sonnenstrahl des Hauses Freude und Frohsinn verbreitete und der Mittelpunkt und das Herz des Ganzen gewesen war, dort saß jetzt ein fremdes Weib in langen, hängenden Gewändern – es war der Kummer, hier jetzt die Herrin, die Mutter an der Stelle der Toten. Eine brennende Träne rollte in ihren Schoß hinab, sie ward zur Perle; sie funkelte in allen Regenbogenfarben, und der Engel nahm sie, und der Engel strahlte wie ein Stern mit siebenfarbigem Glanz.

»Die Perle des Kummers, die letzte, die nicht fehlen darf! Durch sie wird der Glanz und die Kraft der andern Perlen erhöht. Siehst du den Schimmer des Regenbogens, der die Erde mit dem Himmel verbindet? Für einen jeden von unsern Lieben, der uns hier auf Erden genommen wird, erhalten wir einen Freund mehr im Himmel, nach dem wir uns sehnen. In der Nacht der Erde schauen wir zu den Sternen empor, schauen wir nach der Vollendung aus! Blick auf die Perle des Kummers; sie trägt in sich die Psycheflügel, die uns von hinnen tragen!«

Der letzte Traum der alten Eiche
(Ein Weihnachtsmärchen)

Im Walde, hoch oben an dem steilen Abhang am Meeresufer, stand eine ganz alte Eiche, sie war gerade dreihundertundfünfundsechzig Jahre alt, aber die lange Zeit ist für einen Baum nicht mehr als ebenso viele Tage für die Menschen; wir wachen am Tage, schlafen des Nachts und haben dann unsre Träume; mit dem Baum ist es anders, der Baum durchwacht die drei Jahreszeiten, erst wenn der Winter naht, kommt sein Schlaf. Der Winter ist seine Ruhezeit, er ist seine Nacht nach dem langen Tag, der Frühling, Sommer und Herbst heißt.

An manch einem warmen Sommertag hatte die Eintagsfliege um seine Krone getanzt, gelebt, geschwebt und sich glücklich gefühlt, und wenn dann das kleine Geschöpf einen Augenblick in stiller Glückseligkeit auf den großen, frischen Eichenblättern ausruhte, so sagte der Baum immer: »Arme Kleine! Nur einen einzigen Tag währt dein ganzes Leben! Wie kurz das ist! Wie traurig?«

»Traurig?«, erwiderte dann stets die Eintagsfliege, »was meinst du damit? Alles ist ja so herrlich licht, so warm und schön, und ich selbst bin so glücklich!«

»Aber nur einen Tag, und dann ist alles vorbei!«

»Vorbei!«, sagte die Eintagsfliege, »was ist vorbei? Bist du auch vorbei?«

»Nein, ich lebe vielleicht Tausende von deinen Tagen, und mein Tag sind ganze Jahreszeiten! Das ist etwas so Langes, dass du es gar nicht ausrechnen kannst!«

»Nein, denn ich verstehe dich nicht! Du hast Tausende von meinen Tagen, aber ich habe Tausende von Augenblicken, in denen ich froh und glücklich sein kann! Hört denn alle Herrlichkeit dieser Welt auf, wenn du einmal stirbst?«

»Nein«, sagte der Baum, »die währt gewiss viel länger, unendlich viel länger, als ich denken kann!«

»Aber dann haben wir ja gleich viel, nur dass wir verschieden rechnen!«

Und die Eintagsfliege tanzte und schwang sich in die Luft empor, freute sich ihrer feinen, künstlichen Flügel aus Flor und Samt, freute sich der warmen Luft, die so würzig war von dem Duft des Kleefeldes und der wilden Rosen am Zaun, des Flieders und Geißblatts, des Waldmeisters, der Kuhblume und der Krauseminze; es war ein so starker Duft, dass die Eintagsfliege meinte, sie sei berauscht davon. Der Tag war lang und schön, voll Freude und süßen Gefühls, und wenn dann die Sonne sank, fühlte die kleine Fliege sich immer so angenehm ermüdet von all der Lustbarkeit. Die Flügel wollten sie nicht mehr tragen, und ganz leise glitt sie hinab auf den weichen, schwankenden Grashalm, nickte mit dem Kopf, so gut sie nicken konnte, und schlief so fröhlich ein; das war der Tod.

»Arme kleine Eintagsfliege!«, sagte die Eiche, »das war doch ein gar zu kurzes Leben!«

Und an jedem Sommertag wiederholte sich derselbe Tanz, dieselbe Rede, Antwort und dasselbe Entschlafen; es wiederholte sich durch ganze Geschlechter von Eintagsfliegen, und alle waren sie gleich glücklich, gleich fröhlich.

Die Eiche stand wachend da an ihrem Frühlingsmorgen, Sommermittag und Herbstabend; jetzt nahte die Schlafenszeit, ihre Nacht, der Winter würde kommen.

Schon sangen die Stürme: »Gute Nacht, gute Nacht! Hier fiel ein Blatt, dort fiel ein Blatt! Wir rütteln, wir schütteln! Sieh zu, dass du einschläfst! Wir singen dich in Schlaf, wir wiegen dich in Schlaf, aber nicht wahr, das tut den alten Zweigen gut! Sie krachen vor lauter Wonne darüber. Schlaf süß! Schlaf süß! Es ist deine dreihundertundfünfundsechzigste Nacht, eigentlich bist du mir ein Guckindiewelt! Schlaf süß! Die Wolke streut

Schnee herab, das gibt eine ganze Decke, ein warmes Deckbett für deine Füße! Schlaf süß und träume schön!«

Und die Eiche stand all ihres Laubes entkleidet da, um für den ganzen, langen Winter zur Ruhe zu gehen und manchen Traum zu träumen, beständig etwas Erlebtes wie in den Träumen der Menschen.

Sie war auch einmal klein gewesen, ja, eine Eichel war ihre Wiege gewesen. Nach Zeitrechnung der Menschen lebte sie nun im vierten Jahrhundert; sie war der schönste und herrlichste Baum des Waldes, mit ihrer Krone überragte sie weithin alle andern Bäume des Waldes, und ward weither von der See aus gesehen, diente als Seezeichen; sie dachte gar nicht daran, wie viele Augen sie suchten. Hoch oben in ihrer grünen Krone nisteten die Waldtauben, und der Kuckuck rief dort, und im Herbst, wenn die Blätter aussahen wie gehämmerte Kupferplatten, kamen die Zugvögel und rasteten dort, ehe sie über die See dahinflogen; aber jetzt war Winter, der Baum stand entblättert da, man konnte so recht sehen, wie krumm und winkelig die Zweige sich ausstreckten; Krähen und Dohlen kamen und setzten sich abwechselnd in das Geäst und sprachen von den harten Zeiten, die begannen, und wie schwer es sei, im Winter Nahrung zu finden.

Es war gerade um die heilige Weihnachtszeit, da träumte der Baum seinen schönsten Traum; den wollen wir hören.

Der Baum hatte ein ganz deutliches Gefühl davon, dass es eine festliche Zeit war, es war ihm, als höre er die Glocken von allen Kirchen ringsumher läuten, und dabei war es wie an einem schönen Sommerabend, mild und warm; er breitete seine mächtige Krone so frisch und grün aus, die Sonnenstrahlen spielten zwischen Blättern und Zweigen, die Luft war erfüllt von dem Duft der Kräuter und Sträucher; bunte Schmetterlinge spielten Haschen und die Eintagsfliegen tanzten, als sei das ganze Leben nichts als Tanz und Freude. Alles, was der Baum seit Jahren erlebt und um sich her gesehen hatte, zog wie in einem festlichen Aufzug vorüber. Er sah aus alten Zeiten Ritter und Damen hoch zu Ross, mit wallenden Federn auf den Hüten, den Falken auf der Hand, durch den Wald reiten; das Jagdhorn ertönte, und die Meute kläffte; er sah feindliche Soldaten, in blanken Waffen und bunten Kleidern mit Spießen und Hellebarden, ihre Zelte aufschlagen und wieder abbrechen; das Wachtfeuer flammte, und unter den ausgestreckten Zweigen des Baumes sang und tanzte man; er sah Liebende in stillem Glück hier im Mondschein sich begegnen und die Anfangsbuchstaben ihrer Namen in die graugrüne Rinde einschneiden. Einstmals, ja es waren viele Jahre seither vergangen, hatten fröhliche reisende Gesellen Zither und Äolsharfe in den Zweigen der Eiche aufgehangen; jetzt hingen sie wieder da, klangen wieder so wunderlieblich. Die Waldtauben gurrten, als wollten sie erzählen, was der Baum dabei empfand, und der Kuckuck rief ihm zu, wie viele Sommertage er noch zu leben habe.

Da war es, als riesele ihm ein neuer Lebensstrom bis tief hinab in die kleinsten Wurzeln und hinauf in die höchsten Zweige, bis in die Blätter hinein; der Baum fühlte, wie er sich reckte und streckte, ja mit den Wurzeln spürte er, wie auch unten in der Erde Leben und Wärme war; er fühlte seine Kraft zunehmen, er wuchs höher und höher, der Stamm schoss empor, da war kein Stillstehen, er wuchs immer mehr und mehr, die Krone wurde voller, breitete sich aus, erhob sich – und je mehr der Baum wuchs, um so mehr steigerte sich auch sein Wohlsein, seine beseligende Sehnsucht, immer höher und höher zu gelangen, bis hinauf zu der leuchtenden, warmen Sonne.

Schon war er hoch über die Wolken empor gewachsen, die gleich dunklen Zugvögelscharen oder großen, weißen Schwanenschwärmen unter ihm dahinzogen.

Und jedes Blatt des Baumes konnte sehen, als habe es Augen zu sehen; die Sterne wurden am hellen Tage sichtbar, so groß waren sie und so blank; jeder einzelne funkelte wie ein Augenpaar, mild und klar; sie erinnerten den Baum an liebe Augen, die er einst gekannt, an die Augen von Kindern, von Liebenden, wenn sie sich unter dem Baum begegneten.

Es war ein glückseliger Augenblick, voll Wonne! Und doch, in all seinem Glück empfand er eine brennende Sehnsucht, dass alle die andern Bäume des Waldes da unten, alle Büsche, Kräuter und Blumen sich auch mit ihm erheben, dass auch sie all diesen Glanz und diese Freude empfinden möchten. Der mächtige Eichbaum in all seiner Herrlichkeit war nicht ganz glücklich, wenn nicht alle teil daran haben konnten, groß wie klein, und dies Gefühl durchbebte die Zweige und Blätter so innig, so stark, wie es nur eine Menschenbrust zu empfinden vermag.

Die Krone des Baumes wiegte sich hin und her, als suche, als entbehre er etwas; er schaute zurück. Da spürte er den Duft von Waldmeister und bald noch einen stärkeren Duft von Geißblatt und Veilchen, er glaubte zu hören, wie ihm der Kuckuck antwortete.

Ja, durch die Wolken guckten die grünen Wipfel des Waldes hervor, er sah unter sich die andern Bäume wachsen und sich erheben; Büsche und Kräuter schossen hoch in die Luft empor; einzelne rissen sich mit der

Wurzel los, um noch schneller zu fliegen. Die Birke war am schnellsten; gleich einem weißen Blitzstrahl schoss ihr schlanker Stamm in die Höhe, die Zweige wogten wie grüner Flor und Fahnen; die ganze Waldnatur, selbst das braun gefiederte Röhricht wuchs mit, und die Vögel flogen mit empor und sangen, und auf dem Grashalm, der wie ein langes, grünes, seidenes Band in der Luft flatterte und flog, saß die Heuschrecke und spielte mit dem Flügel auf dem Schienbein; die Maikäfer brummten, und die Bienen summten, jeder Vogel sang, wie ihm der Schnabel gewachsen war, alles war Gesang und Klang bis in den Himmel hinein.

»Aber die kleine rote Blume da unten am Wasser, die soll auch mit!«, sagte die Eiche; »und die blaue Glockenblume! Und das kleine Gänseblümchen!« – Ja, die Eiche wollte sie alle zusammen mitnehmen.

»Wir kommen mit! Wir kommen mit!«, sang und klang es.

Aber die niedlichen Waldmeisterblüten vom vorhergehenden Sommer – und im Jahr vorher stand hier doch ein ganzer Flor von Maiglöckchen! – Und der wilde Apfelbaum, wie schön blühte der doch! – Und all die Waldespracht jahraus, jahrein! – lebte sie doch noch, hätte sie doch bis jetzt gelebt, dann hätte auch sie mit dabei sein können!

»Wir kommen mit! Wir kommen mit!«, sang und klang es noch höher, es war, als seien sie voran geflogen.

»Nein, das ist zu schön, unglaublich schön!«, jubelte die alte Eiche. »Ich habe sie alle, klein und groß! Auch nicht eins ist vergessen! Wie ist doch nur all diese Glückseligkeit möglich und denkbar!«

»In Gottes Himmel ist sie möglich und denkbar«, klang es zurück.

Und der Baum, der unaufhaltsam wuchs, fühlte, wie seine Wurzeln sich von der Erde loslösten.

»Das ist aber das allerbeste!«, sagte der Baum, »jetzt hält mich kein Band mehr! Ich kann zu dem Allerhöchsten hinauffliegen in Luft und Glanz! Und alle Lieben sind mit dabei! Klein wie groß! Alle!«

»Alle!«

Das war der Traum der alten Eiche, und während sie so träumte, ging ein gewaltiger Sturm über Meer und Land dahin in der heiligen Christnacht; die See trieb schwere Wogen an den Strand, der Baum krachte und knackte, ward mit den Wurzeln ausgerissen, gerade als er davon träumte, dass seine Wurzeln sich loslösten. Er fiel. Seine dreihundertundfünfundsechzig Jahre waren jetzt wie ein Tag der Eintagsfliege.

Am Weihnachtsmorgen, als die Sonne aufging, hatte sich der Sturm gelegt; alle Kirchenglocken läuteten festlich, und aus jedem Schornstein, selbst aus dem kleinsten auf der ärmlichsten Hütte, hob sich der Rauch in blauen Wolken, wie der Rauch des Dankopfers, der beim Feste der Druiden von dem heidnischen Altar aufgestiegen war. Die See beruhigte sich allmählich, und auf einem großen Schiff da draußen, das das stürmische Wetter dieser Nacht glücklich überstanden hatte, wurden jetzt alle Flaggen, weihnachtsfeierlich, gehisst.

»Der Baum ist verschwunden! Die alte Eiche, unser Wahrzeichen am Ufer!«, sagten die Seeleute. »Sie ist in dieser Sturmnacht gefallen! Wer wird sie ersetzen können – das kann niemand!«

Eine solche Leichenrede, kurz aber wohlgemeint, bekam der Baum, der auf der Schneedecke am Strande ausgestreckt lag; und über ihn hin klang der Gesang geistlicher Lieder vom Schiffe her, ein Lied von der Weihnachtsfreude und der Erlösung der Menschenseele in Christo und dem ewigen Leben:

»Sing laut zum Himmel, Christenheit,
Halleluja! Denn unsre Freud
Ist groß und ohnegleichen!
Halleluja, Halleluja!«

So tönte das alte Lied und jedermann draußen an Bord des Schiffes fühlte sich durch den Gesang und das Gebet erhoben, ganz so wie der alte Baum sich in seinem letzten und schönsten Traum in der Christnacht über die Erde emporgehoben hatte.

Die Schnellläufer

Es war ein Preis ausgesetzt, ja, es waren ihrer zwei ausgesetzt, ein großer und ein kleiner, für die größte Schnelligkeit, nicht in einem Lauf, sondern für das Laufen während eines ganzen Jahres.

»Ich habe den ersten Preis bekommen!«, sagte der Hase; »Gerechtigkeit muss doch sein, wenn die eigne Familie und gute Freunde mit in der Preisverteilungskommission sitzen; aber dass die Schnecke den zweiten Preis bekommen hat, das ist doch beinahe eine Beleidigung gegen mich!«

»Nein«, entgegnete der Zaunpfahl, der Zeuge bei der Preisverteilung gewesen war, »man muss auch Rücksicht auf Fleiß und guten Willen nehmen; das sagten mehrere achtbare Leute, und das kann ich auch sehr gut einsehen. Die Schnecke hat ja freilich ein halbes Jahr gebraucht, um über die Türschwelle zu gelangen, aber sie hat sich den Schenkelknochen gebrochen bei der Eile, denn für sie war es ja doch eine Eile. Sie hat ganz und gar für ihren Lauf gelebt, und sie lief mit ihrem Haus! Das alles ist sehr ehrenwert! – Und daher erhielt sie den zweiten Preis!«

»Ich hätte doch wohl auch in Betracht kommen können!«, sagte die Schwalbe; »schneller als ich in Flug und Schwung, glaube ich, ist niemand, und wie weit bin ich nicht umher gewesen, weit, weit, weit!«

»Ja, das ist eben Ihr Unglück!«, sagte der Zaunpfahl; »Sie treiben sich zuviel herum! Immer müssen Sie auf und davon, aus dem Lande hinaus, sobald es hier zu frieren beginnt; Sie haben keine Vaterlandsliebe! Sie können gar nicht in Betracht kommen!«

»Aber wenn ich nun den ganzen Winter drüben im Moor läge?«, erwiderte die Schwalbe, »wenn ich die ganze Zeit schliefe, würde ich dann in Betracht kommen?«

»Verschaffen Sie sich eine Bescheinigung von der Moorfrau, dass Sie die halbe Zeit im Vaterland verschlafen haben, dann sollen Sie berücksichtigt werden!«

»Ich hätte wohl den ersten Preis verdient und nicht den zweiten!«, meinte die Schnecke. »So viel weiß ich wenigstens, der Hase ist nur aus Feigheit gelaufen, immer wenn er glaubte, dass Gefahr im Anzuge sei; ich dahingegen habe mein Laufen zur Lebensaufgabe gemacht und bin im Dienst zum Krüppel geworden! Wenn überhaupt jemand den ersten Preis haben sollte, so hätte er mir gebührt! – Aber ich verstehe mich nicht aufs Klappern, das verachte ich!«

Und dabei spie sie aus.

»Ich bin imstande, mit Wort und Rede zu verantworten, dass jeder Preis, oder doch wenigstens meine Stimme dazu, mit gerechter Berücksichtigung gegeben ist!«, sagte das alte Landmesserzeichen im Walde, das Mitglied des beschließenden Richterkollegiums war. »Ich gehe immer in gehöriger Ordnung mit Überlegung und Berechnung vor. Schon siebenmal habe ich die Ehre gehabt, bei der Preisverteilung zugegen zu sein und mit zu stimmen, aber heute habe ich zum ersten Mal meinen Willen durchgesetzt. Ich bin bei jeder Verteilung von etwas Bestimmtem ausgegangen. Bei dem ersten Preis bin ich von vorne im Alphabet vorgegangen, und bei dem zweiten von hinten. Beachten Sie jetzt gefälligst einmal, wenn man von vorne ausgeht: der achte Buchstabe von A gerechnet ist H, da haben wir den Hasen, und deswegen erteile ich dem Hasen den ersten Preis zu. Der achte Buchstabe von hinten im Alphabet ist S, und darum erhielt die Schnecke den zweiten Preis. Das nächste Mal wird I den ersten und R den zweiten Preis erhalten. Es muss Ordnung in allen Dingen sein! Man muss etwas haben, woran man sich halten kann!«

»Ich würde für mich selbst gestimmt haben, wenn ich nicht zu den Richtern gehört hätte«, sagte der Maulesel, der auch Preisrichter war. »Man muss nicht nur die Schnelligkeit berücksichtigen, mit der man vorwärts kommt, sondern auch andre, etwa vorhandene Eigenschaften, wie zum Beispiel den Umstand, wie viel man zu ziehen vermag, doch das wollte ich diesmal nicht hervorheben, auch nicht die Klugheit des Hasen auf seiner Flucht, die Schlauigkeit, mit der er plötzlich einen Sprung seitwärts macht, um die Leute in Bezug auf sein Versteck auf falsche Fährte zu leiten; nein, aber da ist noch etwas, auf das viele ein großes Gewicht legen und das man auch nicht außer acht lassen darf, nämlich das, was man das Schöne nennt; namentlich auf das habe ich mein Augenmerk gerichtet, ich sah die schönen, wohlgebildeten Ohren des Hasen an, es ist ein Vergnügen zu sehen, wie lang die sind! Es war mir, als sähe ich mich selbst, als ich noch klein war, und daher stimmte ich dann für den Hasen!«

»Pst!«, sagte die Fliege, »ich will nicht reden, ich will nur etwas sagen! Eins weiß ich, ich habe mehr als einen Hasen eingeholt. Neulich zermalmte ich einem von den allerjüngsten die Hinterbeine; ich saß auf der Lokomotive vor dem Eisenbahnzug, das tue ich oft, dann beobachtet man am besten die eigne Geschwindigkeit. Ein junger Hase lief lange vor uns her, er ahnte nicht, dass ich da war; schließlich musste er ausbiegen, aber da zerschmetterte ihm die Lokomotive die Hinterbeine, denn ich saß darauf. Der Hase blieb liegen, ich fuhr weiter. Das heißt doch, ihn überwinden? Aber ich habe den Preis nicht nötig!«

»Ich sollte meinen«, dachte die wilde Rose, aber sie sagte es nicht, denn es ist nicht ihre Natur, sich zu äußern, obwohl es ganz gut gewesen wäre, wenn sie es getan hätte – »ich sollte meinen, dass der Sonnenstrahl den ersten Ehrenpreis verdient hätte und den zweiten ebenfalls! Er fliegt in einem Augenblick den unendlichen Weg von der Sonne bis zu uns hinab und langt mit einer Kraft an, dass die ganze Natur davon erwacht; er ist von einer Schönheit, dass wir Rosen alle darüber erröten und duften! Das scheint die hohe richterliche Obrigkeit gar nicht bemerkt zu haben! Wäre ich der Sonnenstrahl, ich gäbe einem jeden von ihnen einen Sonnenstich – allein das würde sie nur toll machen, und das werden sie ohnehin schon! Ich sage nichts!«, dachte die wilde Rose. »Friede im Walde! Herrlich ist es zu blühen, zu duften und zu leben, in Sang und Sage zu leben! Der Sonnenstrahl überlebt uns alle doch!«

»Worin besteht der erste Preis?«, fragte der Regenwurm, der die Zeit verschlafen hatte und erst jetzt zum Vorschein kam.

»In freiem Zutritt zu einem Kohlgarten!«, sagte der Maulesel; »ich habe den Vorschlag gemacht. Der Hase sollte und musste ihn haben, und da nahm ich als denkendes und tätiges Mitglied vernünftige Rücksicht auf den Nutzen dessen, der ihn haben sollte; jetzt ist der Hase versorgt. Die Schnecke darf auf dem Zaun sitzen und in Moos und Sonnenschein schlemmen und ist hinfort als einer der ersten Preisrichter beim Schnelllauf angestellt. Es ist so gut, wenn man in dem Ding, das die Menschen ein Komitee nennen, jemand vom Fach hat! Ich muss sagen, ich erwarte viel von der Zukunft, wir haben schon einen so guten Anfang gemacht!«

Die Glockentiefe

Kling-klang! Kling-klang!«, tönt es aus der Glockentiefe im Odenser Bach herauf. Jedes Kind in der Stadt Odense kennt den Bach, der unten an den Gärten entlang läuft, sich von der Schleuse bis zur Wassermühle unter den hölzernen Brücken hindurch schlängelt. Im Bach wachsen gelbe Wasserrosen, braun gefiedertes Röhricht und der schwarze, sammetartige Rohrkolben, der so hoch und dick wird; alte geborstene Weiden hängen, gereckt und gestreckt, auf der Mönchmoorseite und der Bleicherwiese weit über das Wasser hinaus, aber gerade gegenüber liegt Garten an Garten, der eine anders als der andere, bald mit schönen Blumen und Lauben, glatt und zierlich wie Puppenspielzeug, bald nur mit Kohl bebaut; oder es ist auch gar kein Garten zu sehen, denn die großen Fliederbäume breiten sich am Ufer aus und hängen weit über das rinnende Wasser hinaus, das hier und da so tief ist, dass man mit der Ruderstange den Grund nicht erreichen kann. Dem alten Fräuleinkloster gegenüber ist die tiefste Stelle, die Glockentiefe genannt, und dort war der Wassermann; er schläft am Tage, wenn die Sonne durch das Wasser hinabscheint, kommt aber in sternenklaren Nächten und bei Mondschein an die Oberfläche. Er ist sehr alt; die Großmutter sagt, sie hat schon ihre Großmutter von ihm erzählen hören, er lebt ein einsames Leben, hat niemand, mit dem er reden kann, außer der großen, alten Kirchenglocke. Einstmals hat sie im Kirchturm gehangen, ja – jetzt ist da keine Spur mehr, weder von einem Turm noch von der Kirche, die Sankt Albani hieß.

»Kling-klang! Kling-klang!«, tönte die Glocke, als der Turm noch stand, und eines Abends, als die Sonne unterging, und die Glocke sich gerade in ihrem stärksten Schwung befand, riss sie sich los und flog durch die Luft; das blanke Erz blitzte glühend auf in den roten Strahlen.

»Kling-klang! Kling-klang! Nun geh ich zu Bett!«, sang die Glocke und flog in den Odenser Bach hinein, wo er am tiefsten war, und daher heißt die Stelle jetzt die Glockentiefe. Aber die Glocke fand dort weder Ruhe noch Schlaf; bei dem Wassermann da unten singt und klingt sie, sodass man es oft durch das Wasser hindurch hören kann, und viele Leute sagen, es bedeute, dass nun jemand sterben müsse, aber das ist nicht der Fall, deswegen klingt sie nicht, nein, sie singt und schwatzt mit dem Wassermann, der nun nicht mehr allein ist.

Und was erzählt ihm denn die Glocke? Sie ist alt, sehr alt, sie war, wie gesagt, schon lange da, ehe die Großmutter der Großmutter geboren wurde, und doch ist sie in Bezug auf ihr Alter nur ein Kind gegen den Wassermann, der ein alter, stiller Mann, ein Sonderling ist, mit Hosen aus Aalhaut, einer Jacke aus Fischschuppen mit gelben Wasserrosenknospen anstatt der Knöpfe, mit Schilf im Haar und Entengrün im Bart, und das ist nicht gerade schön!

Was die Glocke erzählt, das wiederzugeben würde Jahre und Tage erfordern, sie erzählt ununterbrochen, oft dasselbe, bald kurz, bald lang, wie es ihr in den Sinn kommt, sie erzählt von alten Zeiten, von harten, finstern Zeiten.

»In die Sankt Albani-Kirche, in den Turm hinauf, dort wo die Glocke hing, kam der Mönch, er war jung und schön, aber gedankenvoll wie kein anderer, er sah durch die Luke über den Bach hinaus, dessen Bett damals breit war, und über das Moor, das einen See bildete, und er sah auch über den grünen Wall hinaus, nach dem ›Nonnenhügel‹ da drüben, wo das Kloster lag, und wo das Licht aus der Zelle der Nonne bis zu ihm hinüber schien; er hatte die Nonne einst gekannt – und er dachte daran, und sein Herz klopfte lauter – ›Ding-dang! Ding-dang!‹«

Ja, so erzählte die Glocke. – –

»In den Turm hinauf kam des Bischofs närrischer Diener, und wenn ich, die Glocke, die ich aus Erz hart und schwer gegossen bin, mich wiegte und schwang, so hätte ich seine Stirn zertrümmern können; er setzte sich dicht unter mich und spielte mit zwei Holzstäben, als seien sie ein Saitenspiel und dazu sang er: ›Jetzt darf ich laut singen, was ich sonst nicht zu flüstern wage, darf von allem singen, was hinter Schloss und Riegel versteckt gefallen wird! Da ist es kalt und nass! Die Ratten fressen sie bei lebendigem Leibe auf! Niemand weiß davon, niemand hört davon! Auch jetzt nicht, denn die Glocke singt so laut: Kling-klang! Kling-klang!‹«

»Es war einmal ein König, der hieß Knud, er verneigte sich vor Bischof und Mönch, aber als er den Wendelbauern zu nahe trat mit schweren Steuern und harten Worten, nahmen sie Waffen und Stangen und jagten ihn vor sich her, als sei er ein Wild; er floh in die Kirche, verschloss Tor und Tür; die gewalttätige Schar lag draußen, ich hörte davon: Elstern und Krähen und Dohlen fuhren vor Schrecken auf bei dem Geschrei und Gebrüll; sie flogen in den Turm hinein und wieder hinaus, sie sahen die Menge dort unten, und sie sahen auch hinein zu den Fenstern der Kirche und schrien laut über das, was sie da sahen. König Knud lag vor dem Altar und betete, seine Brüder, Erich und Benedikt, hielten mit gezückten Schwertern Wache, aber des Königs Diener, der falsche Blake, verriet seinen Herrn; sie wussten da unten, wo er zu treffen sei, und einer warf einen Stein durch das Fenster, und der König lag tot da! – Da war ein Schreien und Rufen der wilden Schar und all der Vögel, und ich stimmte mit ein, ich sang und ich klang: Ding-dang! Ding-dang!«

Die Kirchenglocke hängt hoch, sieht weit umher, die Vögel besuchen sie und sie versteht ihre Sprache, der Wind saust zu ihr herein durch Luken und Schalllöcher, durch jede Ritze, und der Wind weiß alles, er erfährt es von der Luft, und die umschließt alles, was Leben in sich trägt, sie dringt in die Lungen der Menschen ein, sie weiß alles, was dort lautbar wird, jedes Wort und jeden Seufzer –! Die Luft weiß es, der Wind erzählt es, die Kirchenglocke versteht ihre Sprache und läutet es in die ganze Welt hinaus: Kling-klang! Kling-klang!

»Aber es ward mir zuviel zu hören und zu wissen, ich vermochte nicht, es hinauszuläuten! und ich ward so müde, so schwer, dass der Balken zerbrach und ich in die schimmernde Luft hinausflog, dort hinab, wo der Bach am tiefsten ist, wo der Wassermann wohnt, einsam und allein, und dort erzähle ich, jahraus, jahrein, was ich gehört habe, und was ich weiß: Kling-klang! Kling-klang!«

So klingt es aus der Glockentiefe im Odenser Bach, das hat die Großmutter erzählt.

Aber unser Schulmeister sagt: »Es gibt keine Glocke, die da unten läuten kann, denn das kann sie nicht! – Es gibt auch keinen Wassermann da unten, denn es gibt keinen Wassermann!« Und wenn alle Kirchenglocken so lustig klingen, sagt er, es seien gar nicht die Glocken, es sei eigentlich die Luft, die klingt; die Luft gebe den Laut – und Großmutter sagte auch, dass die Glocke das gesagt habe – darin sind sie sich einig, und dann ist es so! »Sei achtsam, sei wachsam, stets achte auf dich!«, so sagen sie alle beide.

Die Luft weiß alles! Sie ist um uns, sie ist in uns, sie spricht unsere Gedanken und Taten aus, sie spricht länger davon als die Glocke in der Tiefe im Odenser Bach, wo der Wassermann wohnt, sie tönt es hinaus in die große Himmelstiefe, so weit, so weit hinaus, immer und ewig, bis die Glocken des Himmelreichs erschallen: »Kling-klang! Kling-klang!«

Anne Lisbeth

Anne Lisbeth war wie Milch und Blut, jung und fröhlich, wunderhübsch anzusehen; die Zähne schimmerten so weiß, die Augen glänzten so hell, der Fuß war leicht im Tanz und ihr Sinn war noch leichter: und was kam dabei heraus? – Der grässliche Junge! – Ja, schön war er gerade nicht, er wurde bei der Frau des Totengräbers in Kost gegeben, Anne Lisbeth kam auf das gräfliche Schloss, saß im feinen Zimmer in Kleidern aus Samt und Seide, kein Wind durfte sie anwehen, niemand durfte ihr ein hartes Wort sagen, denn das konnte ihr schaden, und das brauchte sie sich nicht gefallen zu lassen; sie stillte das Grafenkind, das war fein wie ein Prinz, schön wie ein Engel; wie liebte sie dies Kind! – Ihr eigenes, ja, das war im Hause des Totengräbers untergebracht, wo nicht der Topf, wohl aber der Mund überkochte, und wo in der Regel niemand zu Hause war; der Junge weinte, aber was niemand hört, das niemand rührt, er weinte sich in Schlaf, und im Schlaf spürt man weder Hunger noch Durst, der Schlaf ist eine sehr gute Erfindung. Mit den Jahren – ja, mit der Zeit schießt auch das Unkraut empor, wie man zu sagen pflegt – wuchs Anne Lisbeths Junge heran, und doch sei er im Wachstum zurück, sagten die Leute; aber in die Familie war er ganz und gar hineingewachsen, sie hatten Geld dafür bekommen; Anne Lisbeth war ihn ganz und gar los, sie war eine Stadtdame geworden, hatte es gut und gemütlich zu Hause, und wenn sie ausging, trug sie einen Hut; aber sie ging nie zu dem Totengräber hinaus, das war viel zu weit von der Stadt entfernt, und sie hatte da auch nichts zu tun, der Junge gehörte den Leuten dort, und wenn er essen wolle, müsse er auch was für sein Futter tun, und darum führte er Mads Jensens rote Kuh, Vieh hüten und sich nützlich machen, das konnte er. –

Der Kettenhund auf dem Bleichplatz des Herrenhofes sitzt stolz im Sonnenschein oben auf seiner Hütte und bellt einen jeden an, der vorüberkommt, bei Regenwetter kriecht er in die Hütte hinein und liegt dort trocken und warm. Anne Lisbeths Junge saß im Sonnenschein am Grabenrande und schnitzte an einem Spannpflock; im Frühling hatte er die Erdbeerpflanzen gesehen, die Blüten trugen, die würden sicher Früchte ansetzen, das war sein fröhlichster Gedanke, aber es kamen keine Erdbeeren. Er saß in Regen und Unwetter hier draußen, durchnässt bis auf die Haut, der scharfe Wind trocknete ihm dann die Kleider wieder am Leibe; kam er einmal auf den Hof, so wurde er gepufft und gestoßen, er sei hässlich und garstig, sagten die Mägde und Knechte, daran war er gewöhnt – niemand liebte ihn!

Wie erging es Anne Lisbeths Jungen späterhin im Leben? Wie sollte es ihm wohl ergehen? Es war nun einmal sein Los, »von niemand geliebt zu werden!«

Das Land warf ihn über Bord, auf einer elenden Schute ging er zur See, saß am Steuer, während der Schiffer Schnaps trank; schmutzig und garstig war er, verfroren und gierig, man hätte glauben sollen, dass er niemals satt geworden sei, und das war er auch nicht.

Es war Spätherbst, raues, nasses, stürmisches Wetter; der Wind schnitt kalt durch die dicken Kleider; namentlich zur See, und die elende Schute ward dahingetrieben mit einem Segel und nur zwei Mann an Bord, ja, mit nur anderthalb, konnte man wohl sagen, mit dem Schiffer und seinem Schiffsjungen. Den ganzen Tag hatte Dämmerung geherrscht, jetzt wurde es dunkler, es war eine beißende Kälte, der Schiffer trank einen Schnaps, das wärmte inwendig; die Flasche stand da, das Glas auch, oben war es heil, aber der Fuß war abgebrochen und an seiner Stelle hatte es einen geschnitzten, blau angestrichenen Holzklotz bekommen, auf dem es stand. Ein Schnaps tat gut, zwei täten noch besser, meinte der Schiffer. Der Junge fass am Ruder, das er mit seinen harten, teerigen Händen festhielt; garstig war er, das Haar war struppig, verkümmert und verkrüppelt war er, es war der Sohn des Totengräbers, im Kirchenbuch stand er als Anne Lisbeths Sohn eingetragen.

Der Wind schnitt auf seine Weise, die Schute auf die ihre! Das Segel blähte sich, der Wind blies hinein, es war eine fliegende Fahrt – rau, nass ringsumher, aber es konnte noch viel ärger kommen. – Halt! Was war das! Was stieß, was zersprang, was packte die Schute? Sie drehte sich herum! Kam da ein Wolkenbruch? Erhob sich eine Sturzsee? – Der Knabe am Ruder schrie laut auf: »In Jesu Namen!« Das Schiff war auf einen großen Stein am Meeresboden gestoßen und sank wie ein alter Schuh im Dorfteich, sank mit Mann und Maus, wie man zu sagen pflegt; und es waren Mäuse an Bord, aber nur anderthalb Mann: der Schiffer und der Junge des Totengräbers. Niemand sah es außer den schreienden Möwen und den Fischen da unten; ja, und die sahen es auch nicht einmal so recht, sie fuhren erschreckt zurück, als das Wasser in das sinkende Schiff hineinstürzte; kaum einen Faden unter dem Wasserspiegel stand es; wohl Verwahrt waren die beiden, verwahrt und vergessen! Nur das Glas mit dem blau angestrichenen hölzernen Fuß sank nicht, der Holzklotz hielt es oben. Das Glas trieb dahin, um zerbrochen an den Strand gespült zu werden – wo und wann? Das hatte ja freilich nichts weiter zu sagen! Jetzt hatte es ausgedient, und es war geliebt worden; das war Anne Lisbeths Junge nicht! Doch im Himmel wird keine Seele mehr sagen können: »Nie geliebt!«

Anne Lisbeth wohnte in der Stadt, und zwar schon seit vielen Jahren, sie wurde Madame genannt und fühlte sich namentlich sehr, wenn von alten Erinnerungen die Rede war, von der »gräflichen« Zeit, wo sie in der Kutsche fuhr und mit Gräfinnen und Baroninnen sprechen konnte. Ihr süßes Grafenkind war der lieblichste Engel Gottes, die liebevollste Seele, der Kleine hatte sie geliebt und sie ihn. Sie hatten sich geherzt und geküsst, er war ihre Freude, ihr halbes Leben. Jetzt war er groß, war vierzehn Jahre alt, besaß Schönheit und Gelehrsamkeit; sie hatte ihn nicht gesehen, seit sie ihn aus den Armen trug, in allen den Jahren war sie nicht im Grafenschloss gewesen; es war eine ganze Reise bis dahin.

»Ich will einmal kurzen Prozess machen!«, sagte Anne Lisbeth, »ich muss zu meiner Herrlichkeit, zu meinem süßen Grafenkinde! Ja, er sehnt sich sicher auch nach mir, mein süßer junger Graf, denkt an mich, hat mich lieb wie damals, als er seine Engelsarme um meinen Hals schlang und ›Ann-Lis!‹ zu mir sagte, das klang wie eine Violine! Ja, ich will kurzen Prozess machen, ich will ihn wieder sehen!«

Sie fuhr mit einem Kälberwagen, sie ging zu Fuß, sie kam nach dem Grafenschloss. Es war groß und stattlich, wie es immer gewesen war, der Garten lag, wie früher, davor, aber die Leute im Hause waren alle fremd, nicht einer von ihnen kannte Anne Lisbeth, sie wussten nicht, was sie hier einstmals zu bedeuten gehabt hatte; aber das würde ihnen die Gräfin schon sagen und ihr Herzensjunge; o, wie sie sich nach ihm sehnte!

Nun war Anne Lisbeth da. Lange musste sie warten, und Wartezeit ist lang! Ehe die Herrschaft zu Tisch ging, wurde sie zur Gräfin beschieden und sehr freundlich angeredet. Ihren süßen Jungen sollte sie nach Tische sehen. Da wurde sie wieder hineingerufen.

Wie groß und lang und dünn er geworden war! Aber die wunderschönen Augen hatte er noch und den Engelsmund! Er sah sie an, aber er sagte kein Wort. Er kannte sie gewiss nicht. Er wandte sich um, wollte wieder gehen, da ergriff sie aber seine Hand und presste sie an ihren Mund. »Es ist gut, es ist gut!«, sagte er, und dann ging er zur Tür hinaus, er, der Gedanke ihrer Liebe, er, den sie geliebt hatte, den sie am innigsten liebte, er, ihr ganzer Erdenstolz.

Anne Lisbeth ging draußen vor dem Schlosse auf der offnen Landstraße, ihr war traurig zumute; er war so fremd gegen sie gewesen, nicht einen Gedanken, nicht ein Wort hatte er für sie gehabt, er, den sie einstmals bei Tag und Nacht getragen hatte, den sie noch immer in Gedanken trug.

Ein großer schwarzer Rabe flog vor ihr auf die Landstraße nieder, schrie und schrie. »Herr Jemine!«, sagte sie, »was für ein Unglücksvogel bist denn du?«

Sie kam an der Hütte des Totengräbers vorüber, die Frau stand in der Tür, sie sprachen miteinander.

»Na, dir geht es gut!«, sagte die Frau, »das kann man sehen, du bist dick und fett!«

»Ach ja!«, antwortete Anne Lisbeth.

»Das Schiff ist untergegangen!«, sagte die Frau. »Der Schiffer Lars und der Junge sind alle beide ertrunken. Mit denen ist es aus. Und ich hatte doch recht gehofft, dass mir der Junge mal mit einem Notschilling aushelfen sollt! Dir hat er ja nichts mehr gekostet, Anne Lisbeth!«

»Sind sie ertrunken!«, sagte Anne Lisbeth, und dann sprachen sie nicht mehr von der Sache. Anne Lisbeth war sehr betrübt, weil ihr Grafenkind nicht mit ihr hatte sprechen wollen, mit ihr, die es doch so geliebt und die den weiten Weg gemacht hatte, um hierher zu kommen; das hatte auch Geld gekostet. Das Vergnügen, das sie gehabt, war nicht groß gewesen, aber davon sagte sie kein Wort, sie wollte ihr Herz nicht erleichtern, indem sie mit der Frau des Totengräbers davon sprach, die könnte ja glauben, dass sie bei der Grafenfamilie nicht mehr in Ansehen stand.

Da schrie der Rabe wieder über ihr.

»Das schwarze Untier«, sagte Anne Lisbeth, »macht mich heute ganz bange!«

Sie hatte Kaffeebohnen und Zichorie mitgenommen, das wollte sie der Frau des Totengräbers als Geschenk geben, davon sollte die Kaffee kochen und Anne Lisbeth konnte auch eine Tasse mittrinken. Die Frau ging hin, um den Kaffee zu kochen, und Anne Lisbeth setzte sich auf einen Stuhl und schlief ein. Da träumte sie von dem, von dem sie noch nie zuvor geträumt hatte; sonderbar: sie träumte von ihrem eigenen Kinde, das hier im Hause gehungert und geschrien, um das sich niemand gekümmert hatte, und das nun auf dem tiefen Meeresgrunde lag, Gott mochte wissen wo. Ihr träumte, sie säße, wo sie wirklich saß, und die Frau sei hinausgegangen, um Kaffee zu kochen, sie konnte die Bohnen riechen, und da stünde in der Tür ein wunderschönes Wesen, ebenso schön wie das Grafenkind, und die Gestalt sagte zu ihr:

»Jetzt geht die Welt unter! Halte dich fest an mir, denn du bist ja doch meine Mutter! Du hast einen Engel im Himmelreich! Halte dich fest an mir!«

Und der Engel griff nach ihr, aber da ertönte ein furchtbares Krachen, das war gewiss die Welt, die aus den Fugen ging, und der Engel hob sie empor und hielt sie an ihren Hemdärmeln fest, so fest, dass sie, wie es ihr schien, von der Erde emporgehoben wurde, aber es hängte sich etwas Schweres an ihre Beine, es lag so schwer über ihrem Rücken, es war, als klammerten sich Hunderte von Weibern an sie fest, und sie sagten: »Wenn du gerettet wirst, müssen wir auch gerettet werden! Häng dich fest! Häng dich fest!« Und dann klammerten sie sich alle an sie fest. Das war zu viel! »Ritsch – Ratsch!«, sagte es, der Ärmel zerriss, und Anne Lisbeth fiel ganz schrecklich, sodass sie davon erwachte – sie war kurz davor, mit dem Stuhl, auf dem sie saß, umzufallen. Ihr war so wirr im Kopf, dass sie sich nicht mehr erinnern konnte, was sie geträumt hatte, aber etwas Schlimmes war es gewesen.

Und dann wurde der Kaffee getrunken, und dann wurde geplaudert; und dann ging Anne Lisbeth nach dem nächsten Städtchen, wo sie den

Fuhrmann treffen und noch in derselben Nacht mit ihm nach ihrem Heimatort fahren wollte. Aber als sie zu dem Fuhrmann kam, sagte der, dass sie erst am nächsten Abend fahren könnten; sie überlegte, was es ihr kosten würde, wenn sie blieb; sie dachte über die Länge des Weges nach und berechnete, dass, wenn sie am Strande entlang ging, statt auf dem Fahrwege zu bleiben, sie den Weg um fast zwei Meilen abkürzen könne; es war ja klares Wetter und gewiss auch Mondschein, und so entschloss sich Anne Lisbeth denn zu gehen; am nächsten Tage würde sie wieder zu Hause sein.

Die Sonne war untergegangen, die Abendglocken läuteten noch – nein, es waren nicht die Abendglocken, es waren die Frösche, die im Moor quakten. Jetzt schwiegen sie; alles war still, auch nicht einen Vogel hörte man, sie waren sämtlich zur Ruhe gegangen, und die Eule war wohl nicht zu Hause. Am Strand wie am Waldessaum war kein Laut zu vernehmen. Sie hörte ihre eigenen Fußtritte im Sande des Ufers, das Meer trieb keine Wellen ans Land, alles da draußen in dem tiefen Wasser war verstummt; stumm waren sie alle da unten, die Lebenden wie die Toten.

Anne Lisbeth ging ihres Weges und dachte an nichts, wie man zu sagen pflegt, sie weilte nicht bei ihren Gedanken, aber ihre Gedanken weilten bei ihr, sie verlassen uns niemals, sie liegen nur in einem Schlummer, sowohl die in Tätigkeit getretenen Gedanken, die sich gelegt haben, wie auch die, die sich noch nicht regten. Aber die Gedanken brechen sich stets Bahn, sie rühren sich in unserm Herzen, sie rühren sich in unserm Kopfe, oder sie fallen über uns her.

»Eine gute Tat trägt ihre Frucht des Segens!«, steht geschrieben. »In der Sünde ist der Tod!«, steht auch geschrieben. Vieles steht geschrieben, vieles ist gesagt, man weiß es nicht, man denkt nicht daran, so erging es auch Anne Lisbeth, allein es kann einem plötzlich klar werden, es kann kommen!

Alle Laster, alle Tugenden liegen in unserm Herzen, in dem deinen, in dem meinen. Sie liegen als kleine, unsichtbare Samenkörnchen da; dann kommt von außen her ein Sonnenstrahl, die Berührung einer bösen Hand, du biegst um die Ecke, nach rechts oder nach links, ja, das kann entscheidend sein, und das kleine Samenkorn wird gerüttelt, es schwillt an, es zerspringt und es gießt seine Säfte in all dein Blut, und dann geht es mit dir durch. Die beängstigenden Gedanken hat man nicht, wenn man wie im Traum dahinwandelt, aber sie sind da, sie regen sich. Anne Lisbeth ging wie im Traum einher, die Gedanken regten sich in ihr. Von einer Lichtmess zur andern hat das Herz gar vieles auf dem Brett, es hält alljährlich Abrechnung ab, gar mancherlei ist vergessen, Sünden in Worten und Gedanken gegen Gott, unsre Nächsten und gegen unser eignes Gewissen; wir denken nicht darüber nach, auch Anne Lisbeth tat das nicht, sie hatte sich nicht gegen das Gesetz und Recht des Landes versündigt, sie war sehr angesehen, war ehrenwert und rechtschaffen, das wusste sie. Und wie sie jetzt so am Strande dahinschritt – was lag denn da? Sie blieb stehen; was war da angeschwemmt? – Ein alter Männerhut lag da. Wo der wohl über Bord gespült sein mochte? Sie ging näher heran, blieb stehen und sah ihn an – großer Gott, was lag denn da! Sie war ganz erschrocken; aber es war nichts, worüber sie zu erschrecken brauchte, es war Seetang und Schilf, das sich über einen großen, länglichen Stein gelegt hatte, es sah ganz aus wie ein Mensch! Es war nur Seetang und Schilf, aber erschrocken hatte sie sich doch, und während sie weiterging, kam ihr so vieles in den Sinn, was sie als Kind gehört hatte, all der Aberglaube an Gespenster, an die Geister von Ertrunkenen, die unbegraben an den öden Strand angespült lagen. Die Leiche des Gestrandeten, die tut niemand etwas zuleide, aber sein Gespenst, das verfolgt den einsamen Wanderer, hängt sich an ihn fest und fordert, dass man die Leiche nach dem Friedhof schafft, wo sie in geweihter Erde begraben werden kann. »Häng fest! Häng fest!«, sagte das Gespenst; und als Anne Lisbeth diese Worte leise vor sich hin sprach, stand ihr plötzlich ihr ganzer Traum leibhaftig wieder vor Augen, wie sich die Mütter an sie geklammert hatten mit dem Ruf: »Häng fest! Häng fest!«, wie die Welt versunken war, wie ihre Hemdärmel zerrissen und sie ihrem Kinde entglitten war, das sie am Jüngsten Tage hatte emporheben wollen. Ihr Kind, ihr eignes, leibliches Kind, das sie nie geliebt, ja, an das sie nicht einmal gedacht hatte, dies Kind lag jetzt auf dem Grunde des Meeres, es konnte als Gespenst kommen und ihr zu rufen: »Häng fest! Häng fest! Bring mich in geweihte Erde!«, und als sie daran dachte, prickelte ihr die Angst in den Fersen, sodass sie schneller ging. Die Furcht kam als kalte, nasse Hand und legte sich ihr in die Herzgrube, sodass sie nahe daran war, ohnmächtig zu werden, und als sie nun über das Meer hinaussah, ward es dort auf einmal so dick und dicht; ein schwerer Nebel stieg auf, legte sich auf Büsche und Bäume und verlieh ihnen ein wunderliches Aussehen. Sie wandte sich um, sie wollte nach dem Mond sehen, der hinter ihr stand; der sah aus wie eine blasse Scheibe ohne Strahlen, es war, als habe sich etwas schwer auf alle ihre Glieder gelegt. »Halt fest! Halt fest!«, dachte sie, und als sie sich wieder umwandte und nach dem Mond sah, war es ihr, als sei sein bleiches Gesicht jetzt ganz dicht neben ihr, als hinge der Nebel ihr wie ein weißes Tuch von den Schultern herab. »Häng fest! Trag mich in geweihte Erde!«, vermeinte sie zu hören, und sie hörte auch einen Laut, so hohl, so sonderbar, er kam nicht von den Fröschen im Moor, nicht von den Raben oder Krähen, denn die sah sie ja nicht. »Begrab mich! Begrab mich!«, klang es ganz deutlich. Ja, das war das Seegespenst, das war ihr Kind, das auf dem Meeresgrunde lag, das fand keinen Frieden, ehe es nicht auf den Kirchhof getragen, ehe ihm nicht ein Grab in geweihter Erde gegraben war. Dahin wollte sie gehen, das wollte sie graben! Sie schlug die Richtung ein, in der die Kirche lag, und da war es ihr, als werde die Last leichter, als verschwinde sie, und nun wollte sie wieder umkehren und auf dem kürzesten Wege nach Hause gehen. Aber da packte es sie wieder: »Häng fest! Häng fest!« – Es klang wie das Quaken der Frösche, es klang wie das Klagen eines Vogels, sie hörte es so deutlich: »Begrab mich! Begrab mich!«

Der Nebel war kalt und nass, ihre Hand und ihr Gesicht waren kalt und nass vor Angst; außen hatte sie ein Gefühl, als klemme sie etwas, inwendig in ihr war ein unendlicher Raum für Gedanken, wie sie ihr früher niemals gekommen waren.

Hier im Norden kann der Buchenwald oft in einer einzigen Nacht ausschlagen, und wenn dann am Tage die Sonne scheint, in seiner ganzen Pracht dastehen; in einer einzigen Sekunde kann in unserm Innern die Saat der Sünde, die das Leben, das wir geführt haben, in uns niederlegte, keimen und sich in Gedanken, Worten und Taten entfalten. Sie sprießt empor und entfaltet sich in einer einzigen Sekunde, sobald das Gewissen erwacht; und der liebe Gott ruft das Gewissen wach, wenn wir es am wenigsten denken. Alsdann ist nichts zu entschuldigen, unsre Taten stehen da und zeugen wider uns, die Gedanken erhalten Worte, und die Worte klingen laut in die Welt hinaus. Wir entsetzen uns über das, was wir in uns getragen und nicht erstickt haben, entsetzen uns über das, was wir in Übermut und Gedankenlosigkeit ausgesät haben. Das Herz birgt in sich alle Tugenden, aber auch alle Laster, und die können selbst auf dem unfruchtbarsten Boden gedeihen.

Anne Lisbeth barg in ihren Gedanken alles, was wir hier in Worten gesagt haben, sie war davon überwältigt, sie sank zu Boden, kroch eine Strecke weiter: »Begrab mich! Begrab mich!«, tönte es wieder, und am liebsten hätte sie sich selbst begraben, wenn das Grab ein ewiges Vergessen von allem gewesen wäre. – Es war die ernste Stunde der Erweckung in Zittern und Grauen. Der Aberglaube machte ihr Blut bald heiß, bald kalt. Gar vieles, wovon sie nie hätte reden mögen, kam ihr in den Sinn. Lautlos wie der Schatten der Wolke im hellen Mondschein huschte eine gespensterhafte Erscheinung, von der sie einst gehört hatte, an ihr vorüber. Dicht an ihr vorüber jagten vier schnaubende Rosse, das Feuer sprühte ihnen aus Augen und Nüstern, sie zogen einen glühenden Wagen, darin saß der böse Gutsherr, der vor mehr als hundert Jahren hier in dieser Gegend gehaust hatte. Um Mitternacht, hieß es, fahre er stets in seinen Hof ein und kehre sofort wieder um. Aber er war nicht bleich, wie man von den Toten sagt, nein, er war schwarz wie Kohle, wie ausgebrannte Kohle. Er nickte Anne Lisbeth zu und winkte: »Häng fest! Häng fest! Dann kannst du wieder in gräflicher Kutsche fahren und dein Kind vergessen!«

Wie gehetzt eilte sie von dannen und erreichte den Kirchhof, aber die schwarzen Grabkreuze und die schwarzen Raben tanzten vor ihren Augen, die Raben schrien, so wie der Rabe heute am Tage geschrien hatte, aber nun verstand sie, was sie sagten: »Ich bin die Rabenmutter! Die Rabenmutter!«, schrie jeder Rabe, und Anne Lisbeth wusste, dass der Name auch ihr galt; sie würde vielleicht in einen solchen schwarzen Vogel verwandelt werden und musste schreien, was er schrie, wenn es ihr nicht gelang, das Grab zu graben.

Und sie warf sich an die Erde nieder, sie grub mit ihren Händen ein Grab in den harten Boden, sodass ihr das Blut aus den Fingern sprang.

»Begrab mich! Begrab mich!«, tönte es unaufhörlich, sie fürchtete sich vor dem Hahnenschrei und dem ersten roten Streif im Osten, denn wenn die kamen, ehe ihre Arbeit beendet war, dann war sie verloren. Und der Hahn krähte, und im Osten leuchtete es hell auf – – das Grab war nur zur Hälfte gegraben, eine eisige Hand glitt über ihr Haupt und ihr Antlitz dahin bis in die Herzgrube. »Nur ein halbes Grab!«, seufzte es und entschwebte, hinab auf den Meeresgrund. Ja, das war das Seegespenst! Überwältigt, machtlos sank Anne Lisbeth nieder, sie hatte keine Gedanken, kein Gefühl mehr.

Es war heller Tag, als sie wieder zu sich kam, zwei Männer hoben sie auf; sie lag nicht auf dem Kirchhof, sondern unten am Strande, da hatte sie vor sich ein tiefes Loch in den Sand gegraben und ihre Finger blutig geschnitten an einem zerbrochenen Glas, dessen scharfer Fuß in einem blau angestrichenen Holzklotz steckte. Anne Lisbeth war krank; das Gewissen hatte die Karten des Aberglaubens gemischt, hatte sie aufgelegt und daraus ersehen, dass sie nur mehr eine halbe Seele habe, die andere Hälfte hatte ihr Kind mit sich auf den Grund des Meeres genommen; nie würde sie zu der Gnade des Himmelreichs empor fliegen können, ehe sie die andere Hälfte wieder erlangt hatte, die in dem tiefen Wasser festgehalten wurde. Anne Lisbeth kam wieder nach Hause zurück, sie war nicht mehr die, die sie früher gewesen; ihre Gedanken waren verwirrt, wie sich das Garn verwirrt, nur einen Faden hatten sie daraus entwirrt, den Gedanken, dass sie ihr Kind nach dem Kirchhof tragen, ihm dort ein Grab graben und dadurch ihre Seele zurückgewinnen wolle.

Manch eine Nacht ward sie in ihrer Wohnung vermisst, und immer fand man sie dann am Strande, wo sie auf das Seegespenst wartete; so verging ein ganzes Jahr, da verschwand sie wieder eines Nachts, war aber nicht zu finden; den ganzen folgenden Tag suchte man vergeblich nach ihr.

Gegen Abend, als der Küster in die Kirche kam, um die Vesperglocke zu läuten, sah er Anne Lisbeth vor dem Altar liegen; hier hatte sie sich seit dem frühen Morgen aufgehalten, ihre Kräfte waren fast erschöpft, aber ihre Augen strahlten, ihr Antlitz hatte einen rosigen Glanz; die letzten Sonnenstrahlen beschienen sie, fielen auf den Altar und blitzten in den blanken Spangen der Bibel, die dort aufgeschlagen lag. Es waren die Worte des Propheten Joel: »Zerreißet eure Herzen und nicht eure Kleider, kehret um zum Herrn!« –

»Das war ja nur ein Zufall!«, sagten die Leute, »wie ja so vieles ein Zufall ist!«

In Anne Lisbeths Antlitz, das die Sonne bestrahlte, war von Frieden und Gnade zu lesen. Ihr sei so wohl, sagte sie. Nun habe sie alles überwunden. Über Nacht war das Seegespenst, ihr eignes Kind, bei ihr gewesen und habe gesagt: »Du hast nur ein halbes Grab für mich gegraben – aber du hast mich nun seit Jahr und Tag ganz in deinem Herzen begraben, und dort ist der beste Platz, den eine Mutter ihrem Kinde geben kann!« Und dann habe es ihr ihre verlorene Seele wiedergegeben und sie hierher in die Kirche geführt.

»Nun bin ich in Gottes Haus!«, sagte sie, »und da ist man selig!«

Als die Sonne ganz untergegangen war, da war Anne Lisbeths Seele ganz oben, wo sie keine Furcht empfindet, wenn sie hier ausgestritten hat. Und Anne Lisbeth hatte ausgestritten.

Wunderschön!

Der Bildhauer Alfred – ja, du kennst ihn doch? Wir kennen ihn alle – bekam die große goldene Medaille, reiste nach Italien und kehrte wieder in die Heimat zurück; damals war er noch jung, das ist er freilich auch jetzt noch, aber doch immerhin zehn Jahre älter als zu jener Zeit.

Er kehrte heim und hielt sich besuchsweise in einer der kleinen Provinzstädte Seelands auf; das ganze Städtchen wusste von dem Fremden, wusste, wer er war. Ihm zu Ehren gab eine der reichsten Familien eine Gesellschaft, alles was etwas war oder etwas hatte, wurde eingeladen, es war ein Ereignis, die Stadt wusste davon, ohne dass es ausgetrommelt zu werden brauchte. Handwerkslehrlinge und Kinder kleiner Leute, ja, auch wohl ein paar von den Eltern standen draußen und sahen die herabgelassenen, hell beleuchteten Vorhänge an, der Nachtwächter konnte sich einbilden, dass er eine Gesellschaft gebe, so viele Leute standen da auf der Straße herum; das schmeckte doch wenigstens nach Vergnügen, und drinnen im Hause, da war wirklich Vergnügen, da war Herr Alfred, der Bildhauer. Er redete, er erzählte, und alle lauschten ihm mit Freude, mit Salbung; am aufmerksamsten war eine Beamtenwitwe, und sie war in Bezug auf alles, was Herr Alfred sagte, ein unbeschriebenes Stück Löschpapier, das alles einsog und um mehr bat, höchst empfänglich, unglaublich unwissend, ein weiblicher Kaspar Hauser.

»Rom möchte ich wohl sehen!«, sagte sie, »das muss eine reizende Stadt sein mit all den vielen Fremden, die dahin kommen; beschreiben Sie uns doch einmal Rom! Wie sieht es da aus, wenn man zum Tor hineinkommt?«

»Das ist nicht leicht zu beschreiben«, sagte der junge Bildhauer. »Da ist ein großer Platz, mitten darauf steht ein Obelisk, der viertausend Jahre alt ist.«

»Ein Organist!«, rief die Witwe aus, sie hatte das Wort Obelisk noch niemals gehört; einige waren nahe daran zu lachen, auch der Bildhauer, aber das Lächeln, das seine Lippen umzuckte, verlor sich in Beschauung, denn dicht neben der Witwe sah er ein paar große, meerblaue Augen, die gehörten der Tochter der Wissbegierigen, und wenn man eine solche Tochter hat, kann man nicht einfältig sein. Die Mutter war ein unerschöpflicher Fragequell, die Tochter die schöne Najade dieses Quells, sie gehörte mit dazu. Wie wunderschön sie war! So recht zum Ansehen für einen Bildhauer, aber nicht zum Sprechen, und sie sprach auch nicht, wenigstens nur sehr wenig.

»Hat der Papst eine große Familie?«, fragte die Witwe.

Und der junge Mann antwortete, als sei die Frage besser gestellt worden: »Nein, er ist nicht aus großer Familie!«

»Das meine ich nicht!«, sagte die Witwe; »ich meine, ob er Frau und Kinder hat?«

»Der Papst darf nicht heiraten!«, antwortete er.

»Das gefällt mir nicht!«, sagte die Frau.

Sie hatte wohl klüger fragen und reden können, aber wenn sie nicht so geredet und gefragt hätte, wie sie es tat, ob sich dann wohl die Tochter so an ihre Schulter gelehnt und sie mit diesem rührenden Lächeln angesehen hätte?

Und Herr Alfred sprach, sprach von Italiens Farbenpracht, von den blauenden Bergen, dem blauen Mittelländischen Meer, dem Blau des Südens – eine Schönheit, die man im Norden nur von dem blauen Auge der nordischen Jungfrau übertroffen findet. Und das wurde mit einer Andeutung gesagt, aber die, die es verstehen sollte, ließ nicht merken, dass sie es verstanden hatte, und das war dann ja auch wunderschön!

»Italien!«, seufzten einige, »reisen!«, seufzten andere. »Wunderschön! Wunderschön!«

»Ja, wenn ich fünfzigtausend Taler in der Lotterie gewinne«, sagte die Witwe, »dann reisen wir! Ich und meine Tochter, Sie, Herr Alfred, sollen uns führen! Wir reisen alle drei! Und noch ein paar andere gute Freunde!«, und dann nickte sie ihnen allen vergnüglich zu, jeder durfte denken, mich will sie mitnehmen. »Nach Italien wollen wir, aber wir wollen nicht dahin, wo Räuber sind, wir bleiben in Rom und auf den großen Landstraßen, wo man sicher ist.«

Und die Tochter seufzte ganz leise; wie viel kann nicht in einem kleinen Seufzer liegen oder hineingelegt werden; der junge Mann legte viel hinein; die beiden blauen Augen, die ihm diesen Abend erhellten, bargen Schätze, Schätze des Geistes und des Herzens, so reich wie alle Herrlichkeiten Roms, und als er die Gesellschaft verließ – ja, da war er ganz weg – weg in das Fräulein.

Das Haus der Witwe ward von allen Häusern das, was Herr Alfred, der Bildhauer, am meisten besuchte; man war sich klar darüber, dass das nicht der Mutter gelten könne, obwohl er und sie stets das Wort führten, es konnte nur der Tochter wegen sein. Kala wurde sie genannt, sie hieß Karen Malena, diese beiden Namen waren in den einen Namen Kala zusammengezogen. Wunderschön war sie, »aber ein wenig stumpfsinnig!«, meinten einige, sie lag des Morgens gern ein wenig lange im Bett.

»Daran ist sie von Kindheit an gewöhnt!«, sagte die Mutter, »sie ist immer ein Venuskind gewesen, und die werden so leicht müde. Sie liegt ein wenig lange im Bett, aber davon hat sie ihre klaren Augen!«

Welche Macht lag nicht in diesen klaren Augen, diesen tiefblauen Wassern, dem stillen Wasser mit dem tiefen Grund; das spürte der junge Mann; er saß fest auf dem tiefen Grunde. – Er redete und erzählte, und Mama fragte stets gleich lebhaft, gleich flott, gleich ungeniert, wie bei der ersten Begegnung.

Es war ein Vergnügen, Herrn Alfred erzählen zu hören. Er erzählte von Neapel, von den Wanderungen auf den Vesuv, und veranschaulichte durch farbige Bilder mehrere Eruptionen. Die Witwe hatte noch nie davon gehört oder sich damit beschäftigt.

»Gott bewahre!«, sagte sie, »das ist also ein Feuer speiender Berg! Kann denn niemand dabei zu Schaden kommen?«

»Ganze Städte sind zugrunde gegangen!«, antwortete er, »Pompeji und Herculanum!«

»Aber die unglücklichen Menschen! Und das alles haben Sie selbst gesehen?«

»Nein, von den Ausbrüchen, die ich hier auf den Bildern habe, sah ich keinen, aber ich will Ihnen eine Zeichnung zeigen, die ich selbst gemacht habe, und die den Ausbruch darstellt, den ich gesehen habe!«

Und er legte eine mit Bleifeder gezeichnete Skizze vor, und Mama, die noch ganz erfüllt war von der Betrachtung der stark kolorierten Bilder, sah die blasse Bleifederskizze an und rief voll Überraschung aus:

»Sie haben ihn weiß speien sehen?«

Herrn Alfreds Hochachtung vor Mama verdunkelte sich einen Augenblick, aber in Kalas Beleuchtung begriff er bald, dass die Mutter keinen Farbensinn habe, das war das Ganze, aber sie hatte das Beste, das Schönste, sie hatte Kala.

Und mit Kala verlobte sich Alfred, das war ganz natürlich, und die Verlobung stand in der Zeitung des Städtchens. Mama ließ sich dreißig Exemplare von der Nummer holen, um die Anzeige auszuschneiden und sie in Briefe an Freunde und Verwandte einzulegen. Und die Verlobten waren glücklich und die Schwiegermama auch, sie sei jetzt gleichsam mit Thorwaldsen verwandt, sagte sie.

»Denn Sie sind doch seine Fortsetzung!«, sagte sie zu Alfred.

Und Alfred fand, dass sie etwas Geistreiches sagte. Kala sagte nichts, aber ihre Augen strahlten, ihre Lippen lächelten, jede ihrer Bewegungen war wunderschön, und wunderschön war sie, das kann gar nicht oft genug gesagt werden.

Alfred machte Büsten von Kala und von der Schwiegermama; sie saßen ihm und sahen, wie er den weichen Ton mit den Fingern modelte und glättete.

»Diese gemeine Arbeit machen Sie natürlich nur unsertwegen selbst, statt Ihrem Diener das Zusammenklecksen zu überlassen!«

»Es ist durchaus notwendig, dass ich den Ton selbst forme!«, sagte er.

»Ja, Sie sind immer so außerordentlich galant«, sagte Mama, und Kala drückte ihm schweigend die Hand, an der der Ton noch saß.

Und er entwickelte ihnen beiden die Herrlichkeit der Natur in der Schöpfung, wie das Lebende über dem Toten stehe, die Pflanze über dem Mineral, das Tier über der Pflanze, der Mensch über dem Tier; wie sich Geist und Schönheit durch die Form offenbarten, und wie der Bildhauer die irdische Gestalt des Herrlichsten in ihrer Offenbarung wiedergebe.

Kala stand schweigend da, seine in Worte gekleideten Gedanken in sich wiegend, Schwiegermama gestand:

»Es ist schwer, Ihnen zu folgen! Aber ich gehe langsam mit den Gedanken hinterdrein, sie schwirren und surren, aber ich halte fest!«

Und die Schönheit hielt Alfred fest, sie erfüllte, bezauberte, beherrschte ihn. Die Schönheit leuchtete aus Kalas ganzer Erscheinung, aus ihrem Blick, ihren Mundwinkeln, selbst aus der Bewegung ihrer Finger; Alfred sprach das aus, und er, der Bildhauer, verstand sich darauf, er sprach nur von ihr, dachte nur an sie, die beiden wurden eins, und so sprach auch sie viel, denn er sprach sehr viel.

Das war die Brautzeit; nun kam die Hochzeit mit Brautjungfern und Hochzeitsgeschenken, und deren geschah in der Hochzeitsrede Erwähnung.

Schwiegermama hatte im Brauthause am Ende der Tafel Thorwaldsens Büste im Schlafrock aufgestellt, er sollte Hochzeitsgast sein, das war ihre Idee; es wurden Lieder gesungen, und es wurden Reden gehalten, es war eine fröhliche Hochzeit, ein schönes Paar. »Pygmalion bekam seine Galathea!«, hieß es in einem der Lieder. »Das ist nun so Mythologie!«, sagte Schwiegermama.

Am Tage darauf reiste das junge Paar nach Kopenhagen, um dort zu wohnen, Schwiegermama reiste mit, um das Grobe zu übernehmen, wie sie sagte, das heißt, um die Wirtschaft zu führen. Kala sollte im Puppenschrank sitzen! Alles war neu, blank und schön! Da saßen sie nun alle drei – und Alfred, ja, um ein Sprichwort zu gebrauchen, das beleuchtet, wie er saß – der saß wie der Bischof im Gänsenest.

Der Zauber der Form hatte ihn betört, er hatte auf das Futteral gesehen und nicht auf das, was im Futteral steckte, und das ist ein Unglück, ein großes Unglück im Ehestand! Geht das Futteral aus dem Leim und fällt das Flittergold ab, so bereut man den Kauf. In einer großen Gesellschaft ist es höchst unangenehm zu bemerken, dass man die beiden Knöpfe an seinem Hosenträger verloren hat, und zu wissen, dass man sich nicht auf seine Schnalle verlassen kann, weil man keine Schnalle hat, aber noch schlimmer ist es, in großer Gesellschaft zu fühlen, dass Gattin und Schwiegermama dummes Zeug reden, und sich dann nicht darauf verlassen zu können, dass man selbst einen witzigen Einfall hat, der die Dummheit wegblasen kann.

Gar oft saß das junge Ehepaar Hand in Hand da, und er sprach, und sie tröpfelte ein Wort hinein, dieselbe Melodie, dieselben zwei, drei Glockentöne. Ein frischer Geisteshauch wehte, wenn Sophie, eine von Kalas Freundinnen, zu Besuch kam.

Sophie war sehr wenig schön, ohne Körperfehler war sie freilich; ein wenig schief sei sie ja, sagte Kala, aber das war nur gerade so viel, dass es eine Freundin so eben sehen konnte; sie war ein sehr verständiges Mädchen, doch kam es ihr gar nicht in den Sinn, dass sie hier gefährlich werden könne. Sie war ein erfrischender Lufthauch im Puppenschrank, und einen frischen Lufthauch hatte man nötig, das sahen sie alle zusammen ein; gelüftet musste werden, und so kamen sie denn in die Luft hinaus – die Schwiegermama und das junge Paar reisten nach Italien.

»Gottlob, dass wir wieder zu Hause sind, in unsern eignen vier Wänden!«, sagten Mutter und Tochter, als sie im Jahr darauf mit Alfred, alle drei, zurückgekehrt waren.

»Es ist kein Vergnügen zu reisen!«, sagte Schwiegermama. »Eigentlich ist es langweilig! Entschuldige, dass ich es sage. Ich langweilte mich, obwohl ich meine Kinder bei mir hatte, und es ist teuer zu reisen, sehr teuer! Alle die Galerien, die man sehen muss! Alles, wonach man laufen muss! Man kann ja gar nicht anders, denn wenn man nach Hause kommt, wird man doch gefragt, und dann muss man doch noch hören, dass man das Allerschönste zu sehen vergessen hat. Mich langweilten auf die Dauer diese ewigen Madonnas, man wird selbst ganz Madonna dabei!«

»Und das Essen, das man bekommt!«, sagte Kala.

»Ja, nicht eine ehrliche Fleischbrühe!«, sagte Mama. »Es ist ein Jammer mit ihrem Kochen!«

Und Kala war von der Reise fatiguiert, anhaltend fatiguiert, und das war das Schlimmste. Sophie kam ins Haus, um sich nützlich zu machen.

Das müsste man anerkennen, sagte die Schwiegermutter, dass sich Sophie auf das Hauswesen und auf das Kunstwesen wie auf alles verstehe, worauf sie sich ihren Mitteln nach nicht zu verstehen brauche; und dabei war sie ein sehr ehrenwertes, treues Mädchen; das bewies sie so recht, als Kala krank lag und hinsiechte.

Wo das Futteral das Ganze ist, da muss das Futteral aushalten, sonst ist es mit dem Futteral vorbei – und es war vorbei mit dem Futteral – Kala starb.

»Sie war wunderschön!«, sagte die Mutter, »sie war was ganz andres als die Antiken, die sind so ramponiert. Kala war ganz, und eine Schönheit muss ganz sein!«

Alfred weinte, und die Mutter weinte, und sie gingen beide in Schwarz, namentlich Mama kleidete Schwarz, und sie ging am längsten in Schwarz, trug am längsten Trauer, und sie erlebte obendrein die Trauer, dass Alfred sich wieder verheiratete, und zwar mit Sophie, die kein Äußeres hatte.

»Er ist zum Extremen übergegangen!«, sagte Schwiegermama, »vom Schönsten zum Hässlichsten! Er hat seine erste Frau vergessen können. Ausdauer kennen die Männer nicht! Mein Mann war anders; er starb auch vor mir!«

»Pygmalion bekam seine Galathea!«, sagte Alfred, »ja, das stand im Hochzeitslied; ich hatte mich auch wirklich in die wunderschöne Statue verliebt, die in meinen Armen Leben bekam; aber die verwandte Seele, die uns der Himmel sendet, einen seiner Engel, der mit uns fühlen, mit uns denken, uns aufrichten kann, wo wir gebeugt sind, den habe ich erst jetzt gefunden und gewonnen. Du kamst, Sophie! Nicht in Formenschönheit, in Strahlenglanz – aber gut genug, schöner als es nötig ist! Die Hauptsache ist die Hauptsache! Du kamst und lehrtest den Bildhauer, dass sein Werk nur Ton und Staub ist, nur ein Abdruck des innern Kerns darin; den müssen wir suchen. Arme Kala! Unser Erdenleben war ein Reiseleben! Dort oben, wo man sich in Sympathie vereint, sind wir einander vielleicht halb entfremdet!«

»Das war nicht liebevoll gesprochen!«, sagte Sophie, »nicht christlich! Dort oben, wo nicht geheiratet wird, sondern wo, wie du sagst, die Seelen einander durch Sympathie anziehen, dort, wo alles sich herrlich entfaltet und erhebt, wird ihre Seele vielleicht in vollendeter Kraft erklingen, sodass sie die meine übertönt, und aus deinem Munde wird dann wieder dein erster Liebesausruf schallen: »Schön! Wunderschön!«

Der Wind erzählt von Waldemar Daa und seinen Töchtern

Wenn der Wind über das Gras dahinstreicht, kräuselt es sich wie ein Gewässer, läuft er über das Korn hin, so wogt es wie ein See, das ist der Tanz des Windes; aber höre ihn erzählen: er singt es hinaus, und es klingt anders in den Bäumen des Waldes als durch die Schalllöcher und Ritzen und Spalten der Mauer. Siehst du, wie der Wind da oben die Wolken vor sich hertreibt, als seien sie eine Schafherde! Hörst du, wie der Wind hier unten durch das offne Tor tutet, als sei er ein Wächter, der in sein Horn bläst! Wunderlich saust er durch den Schornstein hinab und in den Kamin hinein; das Feuer flammt und sprüht Funken, leuchtet weit ins Zimmer hinein, und da ist es so gemütlich zu sitzen und zu lauschen. Lass nur den Wind erzählen! Der weiß Märchen und Geschichten, mehr als wir alle miteinander. Hör nur, wie er erzählt:

»Huh-uh-usch! Fahre hin!« – Das ist der Refrain des Liedes.

»Am Großen Belt liegt ein altes Schloss mit dicken, roten Mauern«, sagt der Wind, »ich kenne jeden Stein, ich sah ihn schon, als er noch zu Marschall Stigs Burg auf der Landzunge gehörte; die musste niedergerissen werden! Der Stein aber kam wieder in die Höhe und ward zu einer neuen Mauer, einem neuen Schloss an einem andern Ort, zu Schloss Borreby, so wie es jetzt noch steht.

Ich habe sie gekannt, die hochadeligen Herren und Frauen, die wechselnden Geschlechter, die da drinnen wohnten, und jetzt will ich von Waldemar Daa und seinen Töchtern erzählen!

Er trug die Stirn so stolz, er war von königlichem Geblüt! Er konnte mehr, als einen Hirsch jagen und einen Humpen leeren; – ›Das wird sich schon machen!‹, pflegte er zu sagen.

Aufrecht schritt seine Gemahlin in goldgewirktem Gewande über den blanken, getäfelten Fußboden hin; die Tapeten waren prächtig, die Möbel für schweres Geld gekauft, sie waren kunstvoll geschnitzt. Gold- und Silberzeug hatte sie dem Hause zugebracht; deutsches Bier lag im Keller, solange noch Bier dort lagerte; schwarze, mutige Pferde wieherten im Stall. Reich sah es aus im Schlosse zu Borreby, solange noch Reichtum dort herrschte.

Und Kinder waren da; drei feine Jungfrauen, Ide, Johanna und Anna Dorothea; ich entsinne mich der Namen noch.

Es waren reiche Leute, es waren vornehme Leute, in Herrlichkeit geboren und darin aufgewachsen! Huh-uh-usch! Fahre hin!«, sang der Wind, und dann erzählte er weiter.

»Hier sah ich nicht wie in andern Schlössern die hochgeborene Frau mit ihren Mägden im Saale sitzen und die Spindel drehen, sie spielte auf der klingenden Laute und sang dazu, doch nicht immer die alten dänischen Weisen, sondern auch Lieder in fremden Zungen. Hier war Leben und Leben lassen, fremde Gäste aus Nah und Fern kamen hierher, die Musik ertönte, die Becher klangen, ich vermochte die Töne nicht zu übertäuben!«, sagte der Wind. »Hier war Hochmut mit Prunk und Pracht, Herrschaft war da, aber nicht der Herrgott!

Und es war gerade am Abend des Maientages!«, sagte der Wind, »ich kam von Westen, hatte an der Küste von Westjütland Schiffe zu Wracks zertrümmern sehen, war über die Heide und die waldgrüne Küste dahingejagt, über das Land Fühnen dahin und kam ächzend und stöhnend über den Großen Belt daher geblasen.

Da legte ich mich an der Küste von Seeland zur Ruhe, in der Nähe des Borrebyer Schlosses, wo noch ein herrlicher Eichenwald prangte.

Die jungen Burschen der Umgegend kamen heraus und sammelten Reisig und Zweige, die größten und dürrsten, die sie finden konnten. Damit kehrten sie in das Dorf zurück, schichteten sie zu einem Haufen auf und zündeten ihn an, und Burschen und Mägde umtanzten singend das Feuer.

Ich lag ganz still«, sagte der Wind, »aber leise rührte ich an einen Zweig, der von dem schönsten jungen Burschen herbeigetragen war, sein Holz flammte auf, flammte am hellsten; er war der Auserkorene, erhielt den Namen ›Straßenbock‹, wählte sich zuerst unter den Mädchen sein kleines ›Straßenlamm‹; das war eine Freude, ein Jubel, größer als da drinnen in dem reichen Borrebyer Schlosse.«

»Und aus dem Schlosse kamen in goldener Kutsche mit sechs Rossen bespannt die hohe Frau und ihre drei Töchter gefahren, so zart und jung, drei liebliche Blumen: Rose, Lilie und die blasse Hyazinthe. Die Mutter selbst war eine prangende Tulpe, sie dankte nicht einem einzigen aus der ganzen Schar, die mit dem Spiele innehielt und knickste und sich neigte, man hätte glauben können, die Gnädige sei spröde im Stängel.

Rose, Lilie und die blasse Hyazinthe, ja, ich sah sie alle drei! Wessen Straßenlamm werden die wohl einstmals werden? dachte ich bei mir; ihr Straßenbock wird ein stolzer Ritter, wohl gar ein Prinz!

Huh-uh-usch! – Fahre hin! Fahre hin!

Ja, der Wagen fuhr mit ihnen dahin, und die Dorfleute fuhren fort zu tanzen. Sie ritten rings umher in allen Dörfern den Sommer ein.

Allein in der Nacht, als ich mich erhob«, sagte der Wind, »legte sich die hochvornehme Frau nieder, um sich nimmermehr zu erheben; es überkam sie so, wie es alle Menschen überkommt, das ist nichts Neues.

Waldemar Daa stand eine Weile ernst und gedankenvoll da; der stolzeste Baum kann gebeugt, aber nicht geknickt werden, sagte er in seinem Innern; die Töchter weinten, und im Schlosse trockneten sich alle die Augen, aber Frau Daa war hingefahren – und ich fuhr auch dahin! Huh-uh-usch!«, sagte der Wind.

»Ich kehrte wieder, ich kehrte oft wieder über das Land Fühnen und die Wasser des Belts, setzte mich an den Strand von Borreby am Rande des prächtigen Eichenwaldes; dort nisteten der Fischreiher, die Waldtauben, die blauen Raben und selbst der schwarze Storch. Es war noch früh im Jahr, einige hatten noch Eier, und andere hatten schon Junge. Nein, wie sie flogen, wie sie schrien! Die Axt erklang, Schlag auf Schlag, der Wald sollte gefällt werden, Waldemar Daa wollte ein prächtiges Schiff bauen, ein Kriegsschiff, einen Dreidecker, den der König schon ankaufen würde, und deshalb fiel der Wald, das Wahrzeichen der Seefahrer, das Obdach der Vögel.

Der Neuntöter flog erschreckt davon, sein Nest war zerstört; der Fischreiher und alle Vögel des Waldes wurden heimatlos, sie flogen verwirrt umher und schrien vor Angst und Zorn, ich verstand sie sehr wohl, Krähen und Dohlen schrien laut spottend: ›Krach, Krach! Das Nest kracht! Krach, Krach!‹

Und mitten im Walde zwischen der Schar der Arbeiter standen Waldemar Daa und seine drei Töchter, und sie lachten alle über das wilde Geschrei der Vögel, nur die jüngste Tochter, Anna Dorothea, hatte Mitleid in ihrem Herzen, und als man auch einen schon halb eingegangenen Baum fällen wollte, auf dessen fahlem Zweig der schwarze Storch nistete und die kleinen jungen Vögel die Köpfe hervorstreckten, da bat sie um Schonung für den Baum, bat mit Tränen in den Augen darum, und da blieb denn der Baum mit dem Nest des schwarzen Storches stehen. Er hatte ja auch keinen Wert.

Es wurde gehauen und gesägt – es wurde ein Schiff mit drei Verdecken gebaut. Der Baumeister war aus schlechtem Holz, aber von großem Stolz; Augen und Stirn sprachen davon, wie klug er war, und Waldemar Daa hörte ihn gern erzählen, ebenso die kleine Ide, die älteste, fünfzehnjährige Tochter; und während er ein Schiff für den Vater baute, baute er sich selbst ein Luftschloss, in das Klein-Ide und er als Mann und Frau einziehen wollten, und das wäre auch geschehen, wenn das Schloss aus steinernen Mauern mit Wällen und Gräben, Wäldern und Gärten bestanden hätte. Aber bei all seiner Klugheit war der Meister doch nur ein armer Vogel, und was will wohl ein Spatz im Kranichzug? Huh-uh-usch! – Ich flog davon und er flog auch davon, denn er durfte nicht bleiben, und Klein-Ide verschmerzte es, weil sie es verschmerzen musste.«

»Im Stall wieherten die schwarzen Pferde; sie waren des Beschauens wert, und sie wurden beschaut. – Der Admiral, den der König selbst gesandt hatte, damit er das neue Kriegsschiff besichtigen und über den Ankauf verhandeln sollte, äußerte laut seine Bewunderung über die stolzen Rappen; ich hörte es sehr wohl!«, sagte der Wind; »ich begleitete die Herren durch die offne Tür und streute Strohhalme gleich Goldbarren vor ihre Füße. Gold wollte Waldemar Daa haben, deswegen rühmte er sie so, aber das wurde nicht verstanden, und darum wurde auch das Schiff nicht gekauft; es blieb am Strande stehen, mit Brettern überdeckt, eine Arche Noah, die nie ins Wasser kam. Huh-uh-usch! Fahre hin! Fahre hin! Und das war ein Jammer.

Zur Winterszeit, wenn der Schnee die Wälder bedeckt und die See mit Treibeis angefüllt war, das ich auf die Küste hinausschob«, sagte der Wind, »da kamen Krähen und Raben, einer schwärzer als der andre, große Scharen; die setzten sich auf das öde, das tote, das einsame Schiff am Strande und schrien mit heiserem Geschrei über den Wald, der dahin war, über die vielen köstlichen Vogelnester, die zerstört waren, über die heimatlosen alten und die heimatlosen jungen Vögel, die alle dem großen Gerümpel da draußen zum Opfer fallen mussten, dem stolzen Schiff, das doch niemals hinaussegeln sollte.

Ich wirbelte das Schneegestöber auf; wie große Wellen lag der Schnee rings um das Schiff herum, türmte sich darüber auf! Ich ließ es meine Stimme vernehmen, ließ es hören, was ein Sturm zu sagen hat; ich weiß, dass ich mein Teil dazu tat, dass es Schiffskenntnis erlangte. Huh-uh-usch! Fahre hin!

Und der Winter fuhr dahin, Winter und Sommer fuhren dahin und fahren dahin, wie ich fahre, wie der Schnee dahintreibt, wie die Apfelblüten herabfallen und das Laub von den Bäumen fällt. Fahre hin! Fahre hin! Fahre hin! Auch die Menschen fahren dahin!

Noch aber waren die Töchter jung, Klein-Ide, eine Rose, schön zu schauen wie damals, als der Schiffsbaumeister sie sah. Oft fasste ich in ihr langes, braunes Haar, wenn sie im Garten unterm Apfelbaum stand, sinnend, nicht darauf achtend, dass ich ihr die Blüten ins Haar streute, das sich auflöste, während sie durch das dunkle Gesträuch und die Bäume des Gartens in die rote Sonne hineinsah und hinauf zu dem goldenen Himmelsgrund.

Ihre Schwester war wie die Lilie, glänzend und steif. Johanna hatte Haltung und Stolz, sie war wie die Mutter ein wenig spröde im Stängel. Gern ging sie in den großen Saal, wo die Ahnenbilder hingen; die Damen waren in Samt und Seide abkonterfeit, ein kleines, perlengesticktes Häubchen auf die Haarflechten gedrückt; es waren schöne Frauen! Ihre Herren und Gebieter sah man in Stahl oder in kostbaren Mänteln mit Eichhörnchenfell gefüttert und blauen Halskrausen; das Schwert trugen sie um die Hüfte, nicht um die Lende geschnallt. Wo würde wohl einstmals Johannens Bild an der Wand hängen, und wie sah er aus, ihr adeliger Herr und Gemahl?

Ja, daran dachte sie, davon sprach sie leise mit sich, ich hörte es, wenn ich durch den langen Gang in den Saal hineinfuhr und da drinnen wieder umkehrte.

Anna Dorothea, die bleiche Hyazinthe, ein vierzehnjähriges Kind, war still und sinnend; die großen, wasserblauen Augen sahen gedankenschwer drein, aber das Kindeslächeln umspielte noch den Mund, ich vermochte es nicht wegzublasen, und ich wollte es auch gar nicht.

Ich traf sie im Garten, im Hohlwege und auf dem Felde; sie sammelte Kräuter und Blumen, von denen sie wusste, dass ihr Vater sie zu den Tränken und Tropfen gebrauchte, die er zu destillieren verstand. Waldemar Daa war hochmütig und stolz, aber auch kenntnisreich, er wusste gar vieles; das merkte man wohl, davon ward viel gemunkelt; das Feuer brannte selbst zur Sommerzeit in seinem Kamin; die Kammertür war verschlossen, oft Tage und Nächte, aber er sprach nicht viel davon; die Naturkräfte muss man schweigend bannen, bald würde er das Beste ausfindig machen – das rote Gold.

Deshalb rauchte es aus dem Kamin, deshalb knisterte und flammte es; ja, ich war mit dabei!«, erzählte der Wind. »›Lass fahren! lass fahren!‹, sang ich durch den Schornstein. Es wird Rauch, Schmauch, Kohlen und Asche! Du brennst dich selbst auf! Huh-uh-usch! Fahre hin! Fahre hin! Aber Waldemar Daa ließ es nicht fahren!

Die prächtigen Rappen im Stall – wo blieben die? Das alte Gold- und Silberzeug in Schränken und Kisten, die Kühe auf dem Felde, Haus und Hof? – Ja, die können schmelzen, können im Goldtiegel schmelzen, und es kommt doch kein Gold heraus.

Es ward leer in Scheune und Vorratskammer und auf dem Boden. Die Leute nehmen ab, die Mäuse nehmen zu. Eine Fensterscheibe zersprang, eine andre zerbrach, ich brauchte nicht mehr zur Tür hineinzugehen«, sagte der Wind; »ich drehte den Wetterhahn auf dem Turm, er schnarrte, als wenn der Turmwächter schnarchte, aber da war kein Wächter, da waren Ratten und Mäuse. Armut deckte den Tisch, Armut saß im Kleiderschrank und im Speiseschrank, die Tür ging aus der Angel, es kamen Risse und Spalten, ich ging ein, ich ging aus«, sagte der Wind, »daher weiß ich so gut Bescheid.

In Rauch und in Asche, in Kummer und schlaflosen Nächten ergraute das Haar im Bart und um die Schläfen, die Haut ward fahl und gelb, die Augen spähten gierig nach Gold, nach dem ersehnten Gold.

Ich blies ihm Rauch und Asche in Gesicht und Bart; es kamen Schulden statt Gold. Ich sang durch die gesprungenen Fensterscheiben und die offnen Risse, ich blies hinein in die Truhen der Töchter, in denen die Kleider verblichen und verschlissen lagen, denn sie mussten beständig vorhalten. Dies Lied war den Kindern nicht an der Wiege gesungen worden! Aus dem Herrenleben ward Kummerleben! Ich allein sang noch laut im Schlosse!«, sagte der Wind. »Ich schneite sie ein, das wärmt, sagt man; Holz hatten sie nicht, der Wald war gefällt, aus dem sie es holen sollten. Es war schneidender Frost, ich schwang mich durch Schalllöcher und Gänge, über Giebel und Mauern, um mich geschmeidig zu erhalten; da drinnen lagen sie im Bett, der Kälte wegen, die adeligen Töchter; der Vater kroch unter die Felldecke. Nichts zu beißen, nichts zu brechen! Ist das ein Herrenleben! Huh-uh-usch! Lass fahren! Aber das konnte Herr Daa nicht.

›Auf den Winter folgt der Frühling!‹, sagte er. ›Auf die Not folgen gute Zeiten; – aber die lassen auf sich warten, auf sich warten! – Jetzt ist das Schloss verpfändet, jetzt ist die höchste Zeit – und dann kommt das Geld! Zu Ostern!‹

Ich hörte ihn in das Gewebe der Spinne hineinmurmeln: ›Du flinke kleine Weberin! Du lehrst mich ausharren! Zerreißt man dir dein Gespinst, so beginnst du wieder von neuem und vollendest es! Wieder wird es zerrissen – und unverdrossen gehst du von neuem an die Arbeit – von neuem – von neuem! Das muss man tun, das lohnt sich!‹

Es war Ostermorgen, die Glocken klangen, die Sonne glänzte am Himmel. In Fieberhitze hatte er die Nacht durchwacht, hatte gekocht und gekühlt, gemischt und destilliert. Ich hörte ihn seufzen wie eine verzweifelte Seele, ich hörte ihn beten, ich spülte, wie er seinen Atem anhielt. Die Lampe war ausgebrannt, er bemerkte es nicht; ich blies in die glühenden Kohlen hinein, sie beschienen sein kreidebleiches Gesicht, es bekam einen rosigen Schimmer, die Augen lagen zusammengekniffen in den tiefen Höhlen – aber nun wurden sie größer, größer – als wollten sie zerspringen.

›Seht das alchimistische Glas! Es glänzt darin! Es ist glühend klar und schwer!‹ Er hob es mit zitternder Hand empor, er rief mit zitternder Zunge: ›Gold! Gold!‹

Ihn schwindelte, ich hätte ihn umwehen können«, sagte der Wind, »aber ich blies nur in die glühenden Kohlen, begleitete ihn durch die Tür in das Zimmer, wo die Töchter saßen und froren. Sein Wams war mit Asche bestreut, Asche hing in seinem Bart und in seinem wirren Haar. Er richtete sich hoch auf, hob seinen reichen Schatz in dem zerbrechlichen Glas empor: ›Gefunden! Gewonnen! – Gold!‹, rief er und streckte ihnen das Glas entgegen, es blitzte in den Sonnenstrahlen; – und die Hand zitterte, und das alchimistische Glas fiel klirrend zu Boden und zersprang in tausend Stücke; zerplatzt war die letzte Blase seines Glücks. Huh-uh-usch! Fahre hin! – Und ich fuhr hinaus aus dem Hause des Goldmachers. – –

Im Spätherbst, wenn die Tage hier oben kurz sind, wenn der Nebel mit seinem Wischtuch kommt und nasse Tropfen auf die roten Beeren und die entblätterten Zweige auswringt, kehrte ich in munterer Laune zurück, lüftete aus, fegte den Himmel rein und brach die dürren Zweige ab, das ist zwar keine große Arbeit, aber sie muss doch getan werden. Auch in andrer Weise wurde reingefegt auf dem Borrebyer Schlosse bei Waldemar Daa. Sein Feind, Ove Rammel aus Basnäs, war dort mit dem für schweres Geld gekauften Schuldschein über Schloss und Inventar. Ich trommelte gegen die gesprungenen Fensterscheiben, schlug mit den verfallenen Türen, pfiff durch Spalten und Risse. Hu-i! – Herr Ove sollte keine Lust verspüren, dazubleiben. Ide und Anna Dorothea weinten bittere Tränen; Johanna stand aufrecht und bleich da und biss sich in den Daumen, sodass das Blut floss – das sollte wohl helfen! Ove Rammel vergönnte Herrn Daa, bis an sein Lebensende in dem Schloss zu bleiben, aber er bekam keinen Dank dafür; ich lauschte aufmerksam: ich sah den obdachlosen Herrn seinen Kopf stolzer erheben, ihn in den Nacken werfen, und ich stürzte mich mit aller Macht gegen die Mauern und gegen die alten Lindenbäume, sodass der dickste Zweig brach, und der war nicht morsch gewesen; er lag vor der Einfahrt wie ein Besen, falls jemand auskehren wollte, und es wurde ausgekehrt, das hatte ich mir wohl gedacht.

Es war ein harter Tag, eine böse Stunde, aber der Sinn war hart, der Nacken war steif.

Nichts war ihnen geblieben als die Kleider, die sie am Leibe trugen; doch, das alchimistische Glas hatten sie noch, das erst kürzlich gekauft und mit dem angefüllt war, was von dem Verschütteten wieder vom Boden aufgelesen war, der Schatz, der viel versprach, aber nichts hielt! Waldemar Daa barg das Glas an seiner Brust, nahm dann seinen Stock in die Hand, und der einst so reiche Herr wanderte mit seinen drei Töchtern aus dem Borrebyer Schlosse hinaus. Ich blies seine heißen Wangen kalt an, ich streichelte seinen grauen Bart und sein langes, weißes Haar, ich sang, so gut ich konnte: Huh-uh-husch! Fahre hin! Fahre hin! – Das war das Ende der Pracht und Herrlichkeit.

Ide und Anna Dorothea gingen zu beiden Seiten des Vaters; Johanna wandte sich in der Einfahrt um, wozu nur? Das Glück würde sich doch nicht wenden. Sie sah die Mauer an, die aus den roten Steinen von Marschall Stigs Burg aufgebaut war, dachte sie an seine Töchter?

›Die Älteste reichte der Jüngsten die Hand,
Und sie wanderten weit in das fremde Land!‹

Dachte sie an dies alte Lied? – Hier waren sie ihrer drei – und der Vater war auch noch dabei! – Sie gingen den Weg entlang, den sie früher in der Kutsche gefahren waren, sie gingen den Bettelgang mit dem Vater auf das Smidstruper Feld hinaus, nach der Lehmhütte, die sie für zehn Mark jährlich gemietet hatten, das neue Schloss mit leeren Wänden und leeren Gefäßen. Krähen und Dohlen flogen über ihnen hin und schrien wie zum Spott: ›Krach aus dem Nest! Kräh! Kräh!‹, so wie sie im Walde von Borreby geschrien hatten, als die Bäume gefällt wurden.

Herr Daa und seine Töchter hörten es wohl; ich blies ihnen um die Ohren, es hatte keinen Zweck, danach hinzuhorchen.

Und dann zogen sie ein in die Lehmhütte auf dem Smidstruper Felde – und ich fuhr dahin über Moor und Feld, durch kahle Hecken und entblätterte Wälder nach den offnen Gewässern in andern Ländern. – Huh-uh-usch! Fahre hin! Fahre hin! Jahr aus, Jahr ein!«

Wie erging es Waldemar Daa? Wie erging es seinen Töchtern? Der Wind erzählt es.

»Die letzte von ihnen, die ich sah, ja, zum letzten Mal, das war Anna Dorothea, die blasse Hyazinthe – jetzt war sie alt und gebeugt, es war ein halbes Jahrhundert später. Sie lebte am längsten, sie wusste alles.

Drüben auf der Heide bei der Stadt Viborg lag das neue stattliche Haus des Dompropstes aus roten Steinen mit gezacktem Giebel; dick quoll der Rauch aus dem Schornstein heraus. Die sanfte Pröpstin und die holden Töchter saßen im Erker und schauten hinaus aus das hängende Hagedorn-Gebüsch des Gartens bis hinüber zu der braunen Heide –; wonach sahen sie denn nur? Sie sahen nach dem Storchennest da draußen auf dem baufälligen Haus. Das Dach, soweit da überhaupt noch ein Dach war, überwucherten Moos und Hauswurz, die größten Lücken bedeckte das Nest des Storches und das war das einzige, was instand gehalten wurde, denn das hielt der Storch selbst instand.

Es war ein Haus zum Ansehen, nicht zum Anfassen; ich musste leise verfahren!«, sagte der Wind. »Um des Storchennestes willen ließ man das Haus noch stehen, es war ja sonst eine Verunzierung für die Heide. Den Storch wollten Propstens nicht wegjagen, so konnte die Hütte auch stehen bleiben, und die arme Frau, die da drinnen wohnte, konnte auch wohnen bleiben; das hatte sie dem ägyptischen Vogel zu verdanken – oder war es sein Dank dafür, das sie einst für seines schwarzen, wilden Bruders Nest im Borrebyer Walde Fürbitte getan hatte? Damals war sie, die Arme, ein junges Kind, eine feine, blasse Hyazinthe in dem adeligen Garten. Sie erinnerte sich alles dessen, Anna Dorothea.

»O, o!« – Ja, die Menschen können seufzen, wie der Wind in Schilf und Röhricht seufzt. »O! – Es läuteten keine Glocken über deinem Grabe,

Waldemar Daa! Die armen Schulknaben sangen nicht, als der ehemalige Herr von Borreby in die Erde gebettet wurde! – O! Alles hat ein End, auch das Elend! – Schwester Ide wurde das Weib eines Bauern; das war für unsern Vater die härteste Prüfung. Der Mann der Tochter ein elender Leibeigner, der vom Gutsherrn aufs hölzerne Pferd gesetzt werden konnte. – Jetzt ist er wohl unter der Erde! Und du auch, Ide? – ›Ach ja, ach ja! Mit mir ist es noch nicht zu Ende! Ich Ärmste! Ich Ärmste! Erlöse mich, lass mich sterben, du allmächtiger Christus!‹

Das war Anna Dorotheas Gebet in der jammervollen Hütte, die man des Storches halber stehen ließ.

Der schneidigsten von den Schwestern habe ich mich angenommen«, sagte der Wind. »So wie ihr Sinn, so waren ihre Kleider! Als armer Knecht kam sie zu dem Schiffer und ließ sich anheuern; sie war karg von Worten und finster von Gesicht, aber willig bei der Arbeit; doch klettern konnte sie nicht; – da wehte ich sie über Bord, ehe jemand wusste, dass sie ein Weib war, und das war gut von mir getan«, sagte der Wind.

»An einem Ostermorgen, wie damals, als Waldemar Daa glaubte, dass er das rote Gold gefunden habe, hörte ich unter dem Storchnest, zwischen den morschen Wänden ein geistliches Lied singen. Es war Anna Dorotheas letzter Gesang.

Es war kein Fenster in der Wand, nur ein Loch. Die Sonne kam wie ein Goldklumpen und setzte sich dahinein; war das ein Glanz! Ihre Augen brachen, ihr Herz brach! Das hätten sie auch getan, wenn die Sonne sie an diesem Morgen nicht so beschienen hätte.

Der Storch sorgte für ein Dach über ihr bis an ihren Tod! Ich habe an ihrem Grabe gesungen!«, sagte der Wind, »ich sang an ihres Vaters Grabe, ich weiß, wo das ist und wo ihr Grab ist, sonst weiß es niemand.

Neue Zeiten, andre Zeiten! Aus der alten Heerstraße wurden Felder und Acker, umfriedigte Gräber wurden zur Landstraße – und bald kommt der Dampf mit seiner Wagenreihe und braust über die Gräber dahin, die vergessen sind wie die Namen. Huh-uh-usch! Fahre hin.

Das ist die Geschichte von Waldemar Daa und seinen Töchtern. Erzählt sie besser, ihr andern, wenn ihr es könnt!«, sagte der Wind und wendete sich.

Und dahin war er.

Eine Geschichte

Im Garten blühten alle Apfelbäume, sie hatten sich beeilt, Blüten zu bekommen, ehe sie grüne Blätter trieben, und auf dem Hofe watschelten alle die jungen Enten, und auch die Katze lag da, sie sonnte sich, leckte den Sonnenschein von den eigenen Pfoten; und wenn man über das Feld hinaussah, da stand das Korn so herrlich grün, und da war ein Zwitschern und Quirilieren von allen den kleinen Vögeln, als sei da ein großes Fest, und man konnte auch wirklich sagen, dass es ein Festtag war, denn es war Sonntag. Die Glocken läuteten und alle Menschen gingen in ihren besten Kleidern zur Kirche und sahen so vergnügt aus; ja, es lag eine so vergnügte Stimmung über allem; es war ein so warmer, schöner Tag, dass man wahrlich sagen konnte: Der liebe Gott ist doch unendlich gut gegen uns Menschen!

Aber drinnen in der Kirche stand der Pfarrer auf der Kanzel und redete so laut und so zornig; er sagte, die Menschen seien gottlos, und der liebe Gott würde sie dafür strafen, und wenn sie stürben, kämen die Bösen in die Hölle, wo sie ewig brennen müssten, und er sagte, ihr Wurm stürbe nicht, und ihr Feuer erlösche niemals; nimmer würden sie Rast noch Ruhe finden. Es war grässlich anzuhören, und er sagte es so bestimmt; er beschrieb die Hölle wie einen stinkenden Pfuhl, in dem aller Unrat der Welt zusammenfloss, da war kein Lufthauch außer der heißen Schwefelflamme, da war kein Grund, sie sanken und sanken in ewigem Schweigen. Es war schon schrecklich, nur davon zu hören, aber der Pfarrer sprach aus der Tiefe seines Herzens heraus, und alle Leute in der Kirche waren ganz entsetzt.

Aber draußen sangen alle die kleinen Vögel so vergnügt, und die Sonne schien so warm, es war, als sagte jede kleine Blume: Gott ist so unendlich gut gegen uns alle. Ja, da draußen war es gar nicht so, wie der Pfarrer predigte.

Am Abend zur Schlafenszeit sah der Pfarrer seine Frau still und sinnend da sitzen.

»Was fehlt dir?«, fragte er sie.

»Ja, was fehlt mir?«, sagte sie! »Mir fehlt, dass ich meine Gedanken nicht recht sammeln kann, dass ich das, was du sagtest, nicht recht fassen kann – nämlich, dass da so viele Gottlose sind, und dass sie ewig brennen müssen, ewig, ach, wie lange! – Ich bin nur ein sündiger Mensch, aber ich könnte es nicht übers Herz bringen, selbst den größten Sünder ewig brennen zu lassen, wie sollte der liebe Gott es da können, er, der so unendlich gut ist und weiß, wie das Böse von außen und von innen kommt. Nein, ich kann es mir nicht denken, wenn du es auch sagst.« – –

Es war Herbst, das Laub fiel von den Bäumen, der ernste, strenge Propst saß am Bette eines Sterbenden; eine fromme, gläubige Frau schloss die Augen: es war die Pfarrersfrau.

»Wenn jemand Frieden im Grabe und Gnade vor Gott findet, so bist du es!«, sagte der Pfarrer, und er faltete die Hände und sprach ein Gebet über der Toten.

Und sie ward zu Grabe getragen; zwei schwere Tränen rollten über die Wangen des ernsten Mannes herab, und im Pfarrhause war es still und leer, der Sonnenschein da drinnen war erloschen, sie war heimgegangen.

Es war Nacht, ein kalter Wind wehte über den Kopf des Pfarrers hin; er schlug die Augen auf, und es war, als scheine der Mond in sein Zimmer hinein, aber der Mond schien gar nicht; es war eine Gestalt, die vor seinem Bett stand; er sah den Geist seiner verstorbenen Frau, sie sah ihn so wunderlich traurig an, es war, als wolle sie etwas sagen.

Und der Mann richtete sich halb auf und streckte die Arme nach ihr aus: »Hast auch du die ewige Ruhe nicht gefunden? Musst du leiden? Du, die Beste, die Frömmste?«

Und die Tote neigte das Haupt zu einem Ja und legte die Hand auf die Brust.

»Und kann ich dir Ruhe im Grabe schaffen?«

»Ja!«, lautete es zurück.

»Und wie?«

»Gib mir ein Haar, nur ein einziges Haar von dem Haupte des Sünders, dessen Feuer niemals erlöschen wird, des Sünders, den Gott zur ewigen Pein in die Hölle hinabstoßen will.«

»Ja, so leicht wirst du zu erlösen sein, du Reine, du Fromme!«, sagt er.

»Dann folge mir«, sagte die Tote. »Das ist uns vergönnt. An meiner Seite schwebst du, wohin deine Gedanken wollen; den Menschen unsichtbar, stehen wir in ihrem geheimsten Winkel, aber mit sicherer Hand musst du den bezeichnen, der zur ewigen Qual verdammt ist, und vor dem ersten Hahnenschrei muss er gefunden sein.«

Und schnell, wie von Gedanken getragen, waren sie in der großen Stadt; und an den Wänden des großen Hauses leuchteten mit Feuerbuchstaben die Namen der Todsünden: Hochmut, Geiz, Trunksucht, Wollust, kurz der ganze siebenfarbige Bogen der Sünde.

»Ja, da drinnen«, sagte der Pfarrer, »das glaubte ich, das wusste ich ja, hausen die dem ewigen Feuer Geweihten!« Und sie standen vor dem prächtig erleuchteten Portal, wo die breite Treppe mit Teppichen und Blumen geschmückt war, während Ballmusik in den festlichen Sälen ertönte. Der Schweizer stand in Sammet und Seide da, den silberbeschlagenen Stock in der Hand.

»Unser Ball kann sich mit dem des Königs messen«, sagte er und wandte sich nach dem Straßengewimmel um; vom Scheitel bis zur Sohle strahlte der Gedanke aus ihm heraus: Bettelgesindel, das zur Tür hereinlugt, ihr seid alle Kanaillen im Vergleich zu mir!

»Der Hochmut!«, sagte die Tote, »siehst du ihn?«

»Ja«, entgegnete der Pfarrer. »Aber er ist nur ein Tor, ein Narr, er wird nicht zu ewigem Feuer, zu ewiger Verdammnis verurteilt werden.«

»Nur ein Narr!«, schallte es durch das ganze Haus des Hochmuts, das waren sie dort alle!

Und sie flogen in die vier kahlen Wände des Geizigen hinein, wie knochenmager, klappernd vor Kälte, hungrig und durstig! Der Greis klammerte sich mit all seinem Denken an sein Gold; sie sahen, wie er, gleichsam im Fieber, von dem elenden Lager sprang und einen losen Stein aus der Mauer nahm, da lagen Goldstücke in einem Strumpfschaft, er befühlte seinen zerlumpten Kittel, in den die Goldstücke eingenäht waren, und die feuchten Finger zitterten.

»Er ist krank, es ist Wahnsinn, freudloser Wahnsinn, von Angst und bösen Träumen umsponnen!«

Und sie entfernten sich schnell und standen an den Pritschen der Verbrecher, die in einer langen Reihe Seite an Seite schliefen. Wie ein wildes Tier flog einer aus dem Schlafe auf, stieß einen hässlichen Schrei aus; mit seinen spitzen Ellenbogen puffte er den Kameraden, und der wandte sich verschlafen um:

»Halts Maul, du Vieh, und schlafe! Jede Nacht –!«

»Ja, jede Nacht!«, wiederholte der andre, »jede Nacht kommt er, heult und erwürgt mich. In Heftigkeit habe ich allerlei getan, mit einem zornigen Sinn kam ich zur Welt, das hat mich zum zweiten Mal hierher gebracht; aber wenn ich Unrecht tat, so habe ich ja meine Strafe dafür bekommen. Nur eins habe ich nicht gestanden. Als ich das letzte Mal hier heraus und an meines Herrn Gehöft vorüber kam, da kochte so allerlei in mir auf – ich strich mit einem Streichholz an der Mauer entlang, es lief bis unter das Strohdach, alles brannte, der heftige Sinn kam darüber, geradeso, wie er über mich kommt. Ich half, Vieh und Inventar retten. Nichts Lebendes verbrannte, außer einer Schar Tauben, die flogen ins Feuer hinein, und dann der Kettenhund. An den hatte ich nicht gedacht. Man konnte ihn heulen hören – und dies Heulen höre ich noch immer, wenn ich schlafen will, und wenn ich einschlafe, dann kommt der Hund auch, so groß und zottig; er legt sich über mich, erdrückt mich, würgt mich. – So höre doch, was ich erzähle, du kannst schnarchen, kannst die ganze Nacht schnarchen, und ich schlafe kaum eine Viertelstunde.« Und das Blut schien dem Zornigen aus den Augen heraus, er warf sich über den Kameraden und schlug ihn mit der geballten Faust ins Gesicht.

»Der zornige Mads ist wieder toll geworden!«, hieß es ringsumher, und die andern Schurken packten ihn, rangen mit ihm und bogen ihn krumm, sodass ihm der Kopf zwischen den Beinen saß; da banden sie ihn fest, das Blut war nahe daran, ihm aus den Augen, aus allen Poren zu springen.

»Ihr tötet ihn!«, schrie der Pfarrer, »der Unglückliche!«, und als er schützend die Hand über dem Sünder ausstreckte, über ihm, der schon hier zu schwer litt, wechselte die Umgebung, und sie flogen durch reiche Säle, durch armselige Stuben; an Wollust und Neid, an allen Todsünden schritten sie vorüber, ein Engel des Gerichts verlas ihre Sünden, ihre Verteidigung; die war wohl gering vor Gott, aber Gott liest in den Herzen, er kennt alles aus dem Grunde, das Böse, das von innen und von außen kommt, er, die Gnade, die Allliebe. Die Hand des Pfarrers zitterte, er wagte nicht, sie auszustrecken, ein Haar von des Sünders Haupt zu reißen. Und Tränen strömten aus seinen Augen, wie die Wasser der Gnade und der Liebe, die das ewige Feuer der Hölle auslöschen.

Da krähte der Hahn.

»Gott, du Erbarmer! Du wirst ihr die Ruhe im Grabe schenken, die ich ihr nicht habe erwirken können.«

»Die habe ich jetzt!«, sagte die Tote, »dein herbes Wort, dein finsterer Menschenglaube an Gott und seine Geschöpfe trieb mich zu dir! Lerne die Menschen kennen, selbst in den Bösen ist ein Teil von Gott, der siegen und das Feuer auslöschen wird!«

Und ein Kuss ward auf den Mund des Pfarrers gedrückt, es leuchtete hell um ihn her: Gottes helle Sonne schien in seine Kammer, und seine Gattin lebte, sanft und liebevoll, sie erweckte ihn von einem Traum, der ihm von Gott gesandt war.

Das Mädchen, das auf das Brot trat

Du hast wohl von dem Mädchen gehört, das auf das Brot trat, um sich die Schuhe nicht zu beschmutzen, und wie übel es ihr dann ergangen ist. Das ist schon oft geschrieben und gedruckt.

Sie war ein armes Kind, stolz und hochmütig, es war schlechter Grund in ihr, wie man zu sagen pflegt. Als ganz kleines Kind war es ihr ein Vergnügen, Fliegen zu fangen, ihnen die Flügel auszureißen und sie zu kriechenden Tieren zu machen. Sie nahm den Maikäfer und den Mistkäfer, steckte sie auf Nadeln, legte dann ein grünes Blatt oder ein kleines Stück Papier vor ihre Füße, und das arme Tier hielt sich daran fest, drehte und wendete sich, um von der Nadel loszukommen.

»Jetzt liest der Maikäfer!«, sagte die kleine Inge, »sieh nur, wie er das Blatt umwendet!«

Und als sie heranwuchs, wurde sie eher schlechter als besser, aber schön war sie, und das war ihr Unglück, sonst wäre sie wohl anders zurechtgestutzt, als es nun der Fall war.

»Zu dem Kopf gehört eine scharfe Lauge!«, sagte ihre eigne Mutter. »Du hast mich als Kind oft auf die Schürze getreten, ich fürchte, wenn du älter bist, dann wirst du mich aufs Herz treten.«

Und das tat sie auch wirklich.

Sie kam aufs Land, in Dienst bei vornehmen Leuten, die hielten sie wie ihr eignes Kind, und so ging sie auch gekleidet; gut sah sie aus, und der Hochmut nahm zu.

Als sie ein Jahr da gewesen war, sagte ihre Herrschaft zu ihr: »Du solltest doch einmal deine Eltern besuchen, kleine Inge!«

Sie machte sich auch auf den Weg, aber nur um zu zeigen, wie fein sie geworden war; aber als sie an das Dorf kam, sah sie die Mägde und jungen Bursche am Dorfteich stehen und schwatzen, und dicht dabei, auf einem Stein, saß ihre alte Mutter und ruhte sich aus, sie war im Walde gewesen und hatte ein Bündel Reisig gesammelt. Da kehrte Inge um, sie schämte sich, dass sie, die so fein gekleidet war, so eine zerlumpte Frau, die Reisig sammelte, zur Mutter hatte; sie machte sich gar keine Gewissensbisse daraus, dass sie umkehrte, sie war nur ärgerlich.

Dann verging wieder ein halbes Jahr.

»Du solltest doch einmal nach Hause gehen und dich nach deinen alten Eltern umsehen, liebe Inge!«, sagte ihre Herrin. »Da hast du ein großes Weizenbrot, das kannst du ihnen mitnehmen, sie werden sich freuen, dich zu sehen.«

Und Inge zog ihre besten Kleider an und ihre neuen Schuhe, und sie hob ihre Kleider in die Höhe und ging ganz vorsichtig, um rein und zierlich auf den Füßen zu bleiben, und das konnte ihr auch niemand verargen; aber als sie an die Stelle kam, wo der Fußweg durch das Moor führte, und dort eine ganze Strecke lang Schmutz und Wasserlachen waren, da warf sie das Brot in den Schmutz, um darauf zu treten und trocknen Fußes hinüber zu gelangen, aber als sie mit dem einen Fuß aus das Brot trat und den andern in die Höhe hob, sank das Brot mit ihr tiefer und tiefer, sie verschwand gänzlich, und da war nur noch eine große, Blasen werfende Lache zu sehen.

Ja, das ist die Geschichte.

Wo kam sie aber hin?

Sie kam zu der Moorfrau hinab, die da unten braut. Die Moorfrau ist die Muhme der Elfen, die ja sehr bekannt sind, es sind Lieder über sie geschrieben, und sie sind abgemalt, aber von der Moorfrau wissen die Leute nur, dass, wenn im Sommer die Wiesen dampfen, die Moorfrau da unten braut. In ihre Brauerei hinab sank Inge, und dort kann man es nicht lange aushalten. Die Schlammkiste ist ein helles Prunkgemach gegen die Brauerei der Moorfrau! Jedes Gefäß da unten stinkt, sodass die Menschen ohnmächtig werden müssen, und dabei stehen die Gefäße eng aneinandergedrängt, und wenn da irgendwo eine kleine Öffnung zwischen ihnen ist, durch die man sich hätte hindurchdrängen können, so kann man es doch nicht wegen all der fetten Schlangen und nassen Kröten, die sich hier zusammenknäulen; hier hinab sank nun Inge; all das ekelhafte, lebende Gewürm war so eiskalt, dass sie an allen Gliedern erzitterte, ja, sie erstarrte förmlich. An dem Brot hing sie fest, und das zog sie, so wie ein Bernsteinknopf einen Strohhalm anzieht.

Die Moorfrau war zu Hause, die Brauerei wurde an dem Tage von dem Teufel und seiner Großmutter besichtigt, und die war ein altes, giftiges Frauenzimmer, das nie müßig ist; sie geht nie aus, ohne ihre Handarbeit mitzunehmen, und die hatte sie auch hier bei sich. Sie nähte den Leuten Unruhe in die Schuhe, sodass sie ein Vagabundierleben führen mussten; sie stickte Lügen und häkelte unbesonnene Worte, die an die Erde gefallen waren, alles zum Schaden und Verderben. Ja, sie konnte nähen, sticken und häkeln, die alte Großmutter!

Sie sah Inge, hielt dann ihr Brillenglas vors Auge und sah sie noch einmal an: »Das ist ein viel versprechendes Mädchen!«, sagte sie. »Die Kleine bitte ich mir als Erinnerung an den Besuch hier aus! Sie kann ein passendes Postament in dem Vorgemach meines Enkels abgeben.«

Und sie bekam sie. So kam Inge in die Hölle. Dahinein fahren die Leute nicht immer auf direktem Wege, aber sie können auf Umwegen hineingelangen, wenn sie Fähigkeiten besitzen.

Es war ein Vorgemach ohne Ende; es schwindelte einen, wenn man vorwärts sah, und es schwindelte einen, wenn man zurücksah; und dann stand hier eine Schar von Verschmachtenden, die darauf warteten, dass ihnen das Tor der Gnade aufgetan werde; sie konnten lange warten; große, fette, watschelnde Spinnen spannen tausendjährige Gewebe über ihre Füße hin, und dies Gewebe schnitt wie Fußangeln und hielt fest wie kupferne Ketten; und dann gärte dort obendrein eine ewige Unruhe in jeder Seele, eine qualvolle Unruhe. Der Geizige stand da und hatte den Schlüssel zu seinem Geldschrank vergessen, und der Schlüssel steckte darin, das wusste er. Ja, es würde zu weit führen, alle Arten von Foltern und Qualen aufzuzählen, die hier empfunden wurden. Inge empfand es als schreckliche Folter, als Postament stehen zu müssen; sie war gleichsam von unten an das Brot geknebelt.

»Das hat man dafür, dass man rein an den Füßen sein will«, sagte sie zu sich selbst. »Seht nur, wie sie mich anglotzen!« Ja, sie sahen sie alle an; ihre bösen Lüste leuchteten ihnen allen aus den Augen, sprachen ohne Laute aus ihren Mundwinkeln, sie waren entsetzlich anzusehen.

»Mich anzusehen muss ein Vergnügen sein«, dachte Inge, »ich habe ein hübsches Gesicht und schöne Kleider!«, und nun drehte sie die Augen, der Nacken war zu steif, um ihn zu drehen. Nein, wie war sie im Brauhaus der Moorfrau beschmutzt, daran hatte sie nicht gedacht. Die Kleider waren wie mit Schleim überzogen, eine Schlange hatte sich in ihr Haar gehängt und baumelte ihr am Rücken herab, und aus jeder Falte ihres Kleides guckte eine Kröte hervor, die wie ein engbrüstiger Mops bellte, das war sehr unangenehm. »Aber die andern hier unten sehen ja auch schrecklich aus!«, tröstete sie sich selbst.

Das schlimmste von allem war freilich der grässliche Hunger, den sie verspürte; konnte sie sich denn nicht hinabbeugen und ein Stück von dem Brot abbrechen, auf dem sie stand? Nein, der Rücken war steif, Arme und Hände waren steif, ihr ganzer Körper war wie eine Steinsäule, nur die Augen konnte sie im Kopfe drehen, sie konnte sie ganz herumdrehen, sodass sie auch nach rückwärts sahen, und das war ein abscheulicher Anblick. Und dann kamen die Fliegen, sie krochen ihr über die Augen, hin und her, sie blinzelte mit den Augen, aber die Fliegen flogen nicht davon, denn sie konnten es nicht; die Flügel waren ihnen ausgezupft, sie waren zu kriechenden Tieren geworden; das war eine Qual, und dann der Hunger, ja, schließlich hatte sie ein Gefühl, als wenn ihre Eingeweide sich selbst auffräßen, und sie wurde inwendig ganz leer, so entsetzlich leer.

»Wenn das lange währt, so halte ich es nicht aus!«, sagte sie, aber sie musste aushalten und es währte endlos.

Da fiel eine brennende Träne auf ihren Kopf herab, rollte über ihr Gesicht und ihre Brust bis hinab auf das Brot, und es fiel noch eine Träne, und es fielen noch viele. Wer weinte denn über Inge? – Hatte sie doch noch eine Mutter auf Erden. Tränen des Kummers, die eine Mutter über ihr Kind weint, gelangen stets bis zu diesem, doch sie erlösen nicht, sie brennen, sie machen die Pein nur größer. Und dabei dieser unleidliche Hunger, und nicht an das Brot hinabreichen zu können, auf das sie mit ihrem Fuß trat! Sie hatte schließlich ein Gefühl, als habe sich alles in ihrem Innern selbst verzehrt, sie war wie ein dünnes, hohles Rohr, das jeden Laut in sich einsaugt; sie hörte ganz deutlich alles, was sie oben auf der Erde betraf, und was sie hörte, war hart und böse. Ihre Mutter weinte freilich schmerzlich und betrübt, allein sie sagte auch: »Hochmut kommt vor dem Fall! Das war dein Unglück, Inge! Wie traurig hast du doch deine Mutter gemacht!«

Ihre Mutter und alle oben ans der Erde wussten von ihrer Sünde, wussten, dass sie auf das Brot getreten hatte, versunken und verschwunden war. Der Kuhhirte hatte es erzählt, er hatte es selbst vom Abhang aus gesehen.

»Wie hast du doch deine Mutter betrübt, Inge!«, sagte die Mutter. »Ja, ich habe es mir ja immer gedacht!«

»Wäre ich doch nie geboren!«, dachte Inge, »das wäre weit besser für mich gewesen! Jetzt nützt es nichts, dass meine Mutter weint!«

Sie hörte, wie ihre Herrschaft, die guten Leute, die sie wie Eltern gehalten hatten, sagten: »Sie war ein sündhaftes Kind, sie hat die Gaben Gottes nicht geachtet, sondern sie mit Füßen getreten. Die Tür der Gnade wird sich ihr schwer erschließen.«

»Sie hätten mich besser in Zucht halten, mir die Mucken austreiben sollen, wenn ich welche hatte!«, dachte Inge.

Sie hörte, dass ein ganzes Lied über sie zusammengereimt wurde: »Das hochmütige Mädchen, das auf das Brot trat, damit ihre Schuhe rein blieben!« Und das wurde im ganzen Lande gesungen.

»Dass man so viel darüber hören und so viel deswegen leiden muss!«, dachte Inge. »Die andern sollten wirklich auch für ihre Sünden bestraft werden! Ja, dann wäre da freilich viel zu strafen! – Ach, welche Pein ich leide!«

Und ihr Sinn verhärtete sich noch mehr als ihr Äußeres.

»Hier unten in dieser Gesellschaft wird man aber wirklich nicht besser! Und ich will auch nicht besser sein! Nein, wie sie mich alle anglotzen!«

Und ihr Sinn war voll Zorn und Bosheit gegen alle Menschen.

»Jetzt haben sie da oben doch was zu reden! – Hu, welche Pein ich leide!«

Und sie hörte, wie man den Kindern ihre Geschichte erzählte, und die Kleinen nannten sie die gottlose Inge – sie war so abscheulich, sagten sie, so garstig, sie muss ordentlich gepeinigt werden!

Nur harte Worte kamen über sie aus Kindesmunde.

Doch eines Tages, als Gram und Hunger in ihrer hohlen Schale nagten und sie hörte, wie ihr Name genannt und ihre Geschichte einem unschuldigen Kinde, einem kleinen Mädchen erzählt wurde, da vernahm sie, wie die Kleine bei der Geschichte von der hoffärtigen, putzsüchtigen Inge in Tränen ausbrach.

»Aber kommt sie denn nie wieder herauf?«, fragte das kleine Mädchen. Und die Antwort lautete: »Nein, sie kommt nie wieder herauf!«

»Aber wenn sie nun um Verzeihung bittet und es nie wieder tun will?«

»Sie will ja aber nicht um Verzeihung bitten«, lautete die Entgegnung.

»Ich will so gern, dass sie es tut!«, sagte die Kleine und war ganz untröstlich. »Ich will meine Puppenstube hergeben, wenn sie wieder heraufkommen darf! Es ist so schrecklich für die arme Inge!«

Und die Worte trafen Inge bis ins tiefste Herz, sie taten ihr gleichsam wohl. Es war das erste Mal, dass jemand »die arme Inge« gesagt und nichts von ihren Fehlern hinzugefügt hatte; ein kleines, unschuldiges Kind weinte und bat für sie; ihr ward so sonderbar zumute, sie hätte selbst gern geweint, aber sie konnte nicht weinen, und das war auch eine Qual.

Während die Jahre dort oben verstrichen – hier unten gab es keine Veränderung – vernahm sie immer seltener Laute von da oben, man sprach weniger von ihr; da vernahm sie plötzlich einen Seufzer: »Inge! Inge! Wie hast du mich betrübt! Ich habe es ja immer gesagt!« Es war der letzte Seufzer ihrer sterbenden Mutter.

Zuweilen hörte sie ihren Namen von ihrer früheren Herrschaft nennen, und die mildesten Worte, die ihre Herrin sagte, waren: »Ob ich dich wohl jemals wieder sehen werde, Inge! Man weiß ja nicht, wohin man kommt!«

Aber Inge begriff sehr wohl, dass ihre gute Herrin niemals dahin kommen konnte, wo sie war.

So verstrich wiederum eine lange, bittere Zeit.

Da hörte Inge wieder ihren Namen nennen und sah über sich gleichsam zwei klare Sterne leuchten. Es waren so viele Jahre verstrichen seit damals, als das kleine Mädchen untröstlich über die »arme Inge« geweint hatte, dass aus dem Kinde eine alte Frau geworden war, die der liebe Gott jetzt zu sich rufen wollte, und gerade in der Stunde, in der sich die Gedanken aus der ganzen Summe des Lebens loslösen, erinnerte sie sich auch, wie sie als kleines Kind bitterlich hatte weinen müssen, als sie die Geschichte von Inge hörte. Jene Zeit und jener Eindruck standen der alten Frau in ihrer Todesstunde so deutlich vor der Seele, dass sie laut ausrief: »Herr, mein Gott, ob ich nicht auch, so wie Inge, oft deine Segensgaben mit Füßen getreten habe, ohne mir Böses dabei zu denken, ob ich nicht auch mit Hochmut im Sinn umhergegangen bin? Du aber hast mich in deiner Gnade nicht sinken lassen, du hast mich gehalten! Lass auch jetzt in meiner letzten Stunde deine Hand nicht von mir!«

Und die Augen der Alten schlossen sich, und die Augen der Seele wurden aufgetan für das Verborgene, und da sie sich in ihren letzten Gedanken so lebhaft mit Inge beschäftigt hatte, sah sie sie, sah sie, wie tief sie hinabgezogen war, und bei diesem Anblick brach die Fromme in Tränen aus. Im Himmelreich stand sie wie einst das Kind und weinte um die arme Inge; die Tränen und die Gebete klangen wie ein Echo hinab in die hohle, leere Schale, die die gefesselte, arme Seele umschloss; die aber war überwältigt von der nie geahnten Liebe: ein Engel Gottes weinte über sie! Warum war ihr das vergönnt? Die gepeinigte Seele sammelte gleichsam in Gedanken jede Erdenhandlung, die sie getan, und erbebte in Tränen, wie sie Inge niemals geweint hatte. Kummer über sich selbst erfüllte sie; es war ihr, als könne sich ihr die Gnadenpforte niemals auftun, und als sie das voll Zerknirschung erkannte, da leuchtete ein Strahl in den tiefen Abgrund zu ihr hinab. Der Strahl hatte eine Kraft, die weit stärker war als der Sonnenstrahl, der den Schneemann auftaut, den die Knaben auf dem Hof errichtet hatten, und weit schneller als die Schneeflocke, die auf den weichen Mund des Kindes fällt, schmilzt und zum Tropfen wird, löste sich Inges versteinerte Gestalt in Nebel auf, ein kleiner Vogel schwang sich im Zickzack des Blitzes in die Menschenwelt hinauf. Ängstlich und scheu war er zwar, er schämte sich seiner selbst, schämte sich vor allen lebenden Geschöpfen und suchte hastig einen Schlupfwinkel in einem dunklen Loch in einer verfallenen Mauer. Hier saß er zusammengekrochen, am ganzen Leibe zitternd, er konnte keinen Ton von sich geben, denn er hatte keine Stimme; eine ganze Weile saß er da, ehe er alle die Herrlichkeit ringsumher sehen und vernehmen konnte; ja, herrlich war es! Die Luft war so frisch und weich, der Mond schien so hell, Bäume und Sträucher dufteten; und dann war es so traulich, wo er saß, und sein Federkleid war so rein und so fein. Nein, welch ein Gepräge der Liebe und der Schönheit lag doch über allem Erschaffenen. Alle Gedanken, die sich in der Brust des Vogels regten, drängten hinaus, aber er vermochte ihnen keinen Ausdruck zu verleihen, gern hätte er gesungen wie der Kuckuck und die Nachtigall im Frühling. Aber der liebe Gott, der den lautlosen Lobgesang des Vogels hört, vernahm auch hier den Lobgesang, der sich in Gedankenakkorden emporschwang, so wie der Psalm in Davids Innern erklang, ehe er Worte und Melodie annahm.

Wochenlang wuchsen, schwollen diese lautlosen Lieder, sie mussten zum Ausbruch gelangen bei dem ersten Flügelschlag einer guten Tat, und eine gute Tat musste getan werden!

Das heilige Weihnachtsfest nahte heran. Der Bauer pflanzte in der Nähe der Mauer eine Stange auf und band eine ungedroschene Hafergarbe daran, damit auch die Vögel des Himmels ein fröhliches Weihnachtsfest und eine gute Mahlzeit haben sollten in dieser Festzeit des Erlösers.

Und die Sonne ging am Weihnachtsmorgen auf und beschien die Garbe, und alle die zwitschernden Vögel umflatterten die Stange – da tönte es auch aus dem Mauerloch heraus: »Piep! Piep!« Der schwellende Gedanke ward Laut, das schwache Piepsen ward zu einer ganzen Freudenhymne, der Gedanke einer guten Tat war erwacht, und der Vogel flog aus seinem Versteck heraus; im Himmel wussten sie wohl, was für ein Vogel es war!

Der Winter brach mit aller Strenge herein, die Gewässer waren zugefroren, die Vögel und die Tiere des Waldes hatten knappe Futterzeit. Der kleine Vogel flog hinaus auf die Landstraße, und dort in dem Schlittengeleis suchte und fand er auch hier und da ein Korn, an den Raststellen sammelte er auch einige Brosamen auf; er selbst fraß nur wenig, rief aber alle die andern verhungerten Spatzen herbei, damit sie hier etwas Futter finden konnten. Er flog in die Städte, spähte ringsumher, und wo eine liebevolle Hand vor den Fenstern Brot für die Vögel ausgestreut hatte, da fraß er selbst nur ein Krümchen, gab aber den andern Vögeln alles.

Im Laufe des Winters hatte der kleine Vogel so viele Brotkrumen gesammelt und weggegeben, dass sie zusammen das ganze Brot aufwogen, auf das die kleine Inge getreten hatte, um ihre Schuhe nicht zu beschmutzen, und als das letzte Brosämlein gefunden und weggegeben war, da wurden die grauen Flügel des Vogels weiß und breiteten sich weit aus.

»Da fliegt eine Möwe über das Wasser hin!«, sagten die Kinder, die den weißen Vogel sahen; jetzt tauchte er in die See hinab, jetzt erhob er sich im klaren Sonnenschein empor, er erglänzte, er schimmerte, es war nicht möglich zu sehen, wo er blieb – die Kinder sagten, er sei gerade in die Sonne hineingeflogen.

Der Stein der Weisen

Weit von hier im Lande Indien, gen Osten, am Ende der Welt, stand der Baum der Sonne, ein prächtiger Baum, wie wir nie einen gesehen haben und auch nie einen sehen werden; die Krone streckte sich mehrere Meilen in die Runde, sie war eigentlich ein ganzer Wald, jeder ihrer kleinsten Zweige war wieder ein ganzer Baum; da waren Palmen, Buchen, Pinien, Platanen, ja, alle die Arten Bäume, die es ringsumher in der ganzen Welt gibt, sprossten hier als kleine Zweige aus den großen Zweigen hervor, und diese selbst, mit ihren Windungen und Knorren, bildeten gleichsam Täler und Hügel, sie waren mit einem samtweichen Grün bekleidet, in dem es von Blumen wimmelte; jeder Zweig war gleichsam eine weite, blühende Wiese oder der entzückendste Garten; die Sonne sandte hier ihre schönsten Strahlen herab; dies war ja der Baum der Sonne, und die Vögel aus allen Weltgegenden sammelten sich hier, die Vögel aus den Urwäldern des fernen Amerika, aus den Rosengärten von Damaskus, aus den Wüsten Afrikas, wo der Elefant und der Löwe sich einbildeten, Alleinherrscher zu sein; die Polarvögel kamen, und der Storch und die Schwalbe kamen natürlich auch; aber die Vögel waren nicht die einzigen lebenden Wesen, die hierher kamen. Der Hirsch, das Eichhörnchen, die Antilope und Hunderte von andern Tieren, die Schönheit und Leichtfüßigkeit besaßen, waren hier zu Hause; die Krone des Baumes war ja ein großer, duftender Garten, und mitten darin, wo sich die allergrößten Zweige gleich grünen Hügeln wölbten, lag ein Schloss aus Kristall, mit Aussicht nach allen Weltgegenden. Jeder Turm ragte in Form einer Lilie empor, man konnte durch den Stängel hinaufgehen, denn im Innern befand sich eine Treppe, man konnte auf die Blätter hinaustreten, das waren Balkons, und ganz oben in der Blume selbst breitete sich der schönste, strahlende Rundsaal aus, über den sich kein andres Dach wölbte als der blaue Himmel mit Sonne oder Sternen.

Ebenso prächtig, wenn auch auf andre Weise, war es unten in den weiten Sälen des Schlosses; hier in den Wänden spiegelte sich ringsum die ganze Welt ab, man konnte alles sehen, was da geschah, sodass man nicht nötig hatte, Zeitungen zu lesen, und die gab es hier auch gar nicht. Alles war in lebenden Bildern zu sehen, wenn man es nur sehen wollte oder sehen mochte, denn was zuviel ist, ist zuviel, selbst für den weisesten Mann, und der wohnte hier. Sein Name ist so schwer auszusprechen, du kannst ihn doch nicht aussprechen, und darum wollen wir ihn lieber ungenannt sein lassen. Er wusste alles, was ein Mensch wissen kann und hier auf dieser Erde jemals wissen wird; er kannte jede Erfindung, die gemacht war oder gemacht werden würde, aber mehr auch nicht, denn alles auf der Welt hat seine Grenzen. Der weise König Salomo war nur halb so klug, und der war doch sehr klug; er herrschte über die Naturkräfte, über mächtige Geister, ja, der Tod selbst musste ihm jeden Morgen Bericht erstatten und ihm eine Liste über alle bringen, die an dem Tage sterben sollten; aber König Salomo selbst musste auch sterben, und dieser Gedanke erfüllte den Forscher, den mächtigen Herrn in dem Schloss im Baume der Sonne so beunruhigend lebhaft. Auch er, wie hoch er auch an Weisheit über den Menschen stand, musste einmal sterben, das wusste er, seine Kinder mussten sterben; wie das Laub des Waldes würden sie hinwelken und zu Staub werden. Er sah das Menschengeschlecht hinwelken wie die Blätter des Baumes, sah neue Blätter an die Stelle der alten treten, aber die, die einmal abgefallen waren, sprossten nie wieder hervor, sie zerfielen in Staub, gingen in andre Pflanzenteile über. Was geschah mit den Menschen, wenn der Engel des Todes kam? Was heißt überhaupt sterben? Der Körper ging in Auflösung über, und die Seele – ja, was war die? Was würde aus ihr? Wohin ging sie? »Zum ewigen Leben!«, sagte der Trost der Religion; wie aber war der Übergang? Wo lebte man und wie? »Dort oben im Himmel!«, sagten die Frommen, »da hinauf gehen wir!« – »Da hinauf!«, wiederholte der Weise und sah zu der Sonne und den Sternen empor. »Da hinauf!«, und er sah von der runden Erdkugel aus, dass oben und unten ein und dasselbe bleibt, je nachdem man hier oder da auf der schwebenden Kugel steht; und stieg er hinauf, so hoch wie die höchsten Berge ihre Gipfel erheben, da war die Luft, die wir hier unten klar und durchsichtig nennen, »der reine Himmel«, eine kohlschwarze Finsternis, straff ausgespannt wie ein Tuch, und die Sonne erschien wie ein glühender Ball ohne Strahlen, unsre Erde lag in einen orangefarbenen Nebel getaucht. Wie begrenzt war das körperliche Auge, wie wenig vermochte das Auge der Seele zu sehen, wie gering war unser Wissen, selbst der Weiseste wusste nur wenig von dem, was für uns das Wichtigste ist.

In der Geheimkammer des Schlosses lag der größte Schatz der Erde, »das Buch der Wahrheit«. Blatt für Blatt las der Weise. Es war ein Buch, in dem jeder Mensch lesen kann, jedoch nur stückweise, die Schrift zittert vor manchem Auge, sodass es die Worte nicht zu entziffern vermag; auf einzelnen Blättern wird die Schrift oft so blass, dass man nur ein leeres Blatt sieht; je weiser man ist, um so mehr kann man lesen, und der Weiseste liest das allermeiste; er wusste das Sonnenlicht, das Sternenlicht, das Licht verborgener Kräfte und das Licht des Geistes zu vereinigen. Bei diesem verstärkten Licht, das auf die Blätter fiel, trat für ihn noch mehr von der Schrift hervor, aber bei dem Abschnitt im Buche, dessen Überschrift lautet: »Das Leben nach dem Tode«, war nicht mehr ein Titelchen zu sehen. Das betrübte ihn sehr; – sollte er es nicht fertig bringen, hier auf dieser Erde ein Licht zu finden, wodurch ihm alles sichtbar wurde, was in dem Buche der Wahrheit stand?

Wie der weise König Salomo verstand er die Sprache der Tiere, vernahm er ihren Gesang, ihre Rede, aber dadurch wurde er nicht klüger; er fand die in den Pflanzen und Metallen schlummernden Kräfte heraus, die Krankheiten fernhalten, die den Tod fernhalten, ihn aber nicht zu vernichten vermögen. In allem Erschaffenen, was ihm erreichbar war, suchte er das Licht, das die Vergewisserung eines ewigen Lebens hätte bestrahlen können, fand es aber nicht, das Buch der Wahrheit lag für ihn wie mit unbeschriebenen Blättern da. Das Christentum zeigte ihm in der Bibel die Worte der Verheißung von einem ewigen Leben, aber er wollte das in seinem Buche lesen, und darin sah er nichts.

Er hatte fünf Kinder, vier Söhne, unterrichtet, wie der weiseste Vater seine Kinder unterrichten kann, und eine Tochter, schön, sanft und klug, aber blind, was ihr jedoch keine Entbehrung zu sein schien; der Vater und die Brüder waren ihre Augen, und die eigne Gemütstiefe verklärte ihren Blick.

Niemals hatten sich die Söhne weiter vom Schlosse entfernt, als sich die Zweige des Baumes erstreckten, die Schwester war nicht einmal so weit hinausgelangt, sie waren glückliche Kinder im Reiche der Kindheit, im Lande der Kindheit, in dem schönen, duftenden Baum der Sonne. Wie alle Kinder liebten sie es sehr, erzählen zu hören, und der Vater erzählte ihnen viel, was andre Kinder nicht verstanden haben würden, aber sie waren nun auch so klug wie bei uns die meisten erwachsenen Menschen; er erklärte ihnen, was sie in den lebenden Bildern an den Wänden des Schlosses erblickten, der Menschen Tun und den Gang der Ereignisse in allen Ländern der Welt, und oft wünschten die Söhne, da draußen zu sein und teilzunehmen an allen den großen Taten, und der Vater sagte ihnen dann, es sei draußen in der Welt schwer und mühselig, sie sei nicht ganz so, wie sie sie von ihrer schönen Heimat aus erblickten. Er sprach mit ihnen über das Schöne, das Wahre und das Gute, sagte, die drei Dinge hielten die Welt zusammen, und unter ihrem Druck würde sie zu einem Edelstein, klarer als das Wasser des Diamanten; sein Glanz habe Wert vor Gott, er überstrahle alles und sei eigentlich das, was man »den Stein der Weisen« nenne.

Er sagte ihnen, dass, wie man durch das Erschaffene zu der Überzeugung vom Vorhandensein Gottes gelange, so gelange man durch die Menschen selbst zu der Gewissheit, dass ein solcher Edelstein vorhanden sei; mehr könne er darüber nicht sagen, denn mehr wisse er auch nicht. Diese Erzählung würde nun für andre Kinder schwer verständlich gewesen sein, diese aber begriffen sie, und allmählich wird es auch den andern klar werden.

Sie fragten den Vater nach dem Schönen, Wahren und Guten, und er erklärte es ihnen, sagte ihnen so viel, sagte auch, dass Gott, als er die Menschen aus Erde schuf, seinem Geschöpf fünf Küsse gab, den Feuerkuss, den Herzenskuss, den innigen Gotteskuss, das, was wir jetzt die fünf Sinne nennen, durch sie werde das Schöne, das Wahre, das Gute empfunden und verstanden, durch sie werde es gewürdigt, beschirmt und gefördert; fünf Sinnenfähigkeiten seien nach innen und nach außen gegeben, Wurzel und Spitze, Körper und Seele.

Hierüber sannen die Kinder nun viel nach, es lag ihnen Tag und Nacht im Sinn; da träumte der älteste von den Brüdern einen schönen Traum, und wunderbarerweise träumte ihn der zweite Bruder auch, und der dritte träumte ihn und der vierte, ein jeder träumte genau dasselbe; wie er hinauszog in die Welt und den Stein der Weisen fand; wie ein leuchtender Stern strahlte er an seiner Stirn, als er im Morgendämmerschein auf seinem pfeilschnellen Ross über die samtgrünen Wiesen im Garten der Heimat einritt in das Schloss des Vaters, und der Edelstein warf ein so himmlisches Licht und einen solchen Schein auf die Blätter des Buches, dass sichtbar ward, was dort über das Leben jenseits des Grabes geschrieben stand. Die Schwester träumte nicht davon, in die weite Welt hinauszukommen, es kam ihr gar nicht in den Sinn; ihre Welt war das Haus ihres Vaters.

»Ich reite in die weite Welt hinaus!«, sagte der Älteste; »ich muss doch ihr Leben ergraben und mich unter den Menschen bewegen; nur das Gute und das Wahre will ich, damit schirme ich das Schöne. Vieles wird anders werden, wenn ich erst mit dabei bin!« Ja, er dachte kühn und stolz, wie wir alle es daheim in der Ofenecke tun, ehe wir in die Welt hinauskommen und Regen und Wind und Sommer und Distel kennen lernen.

Die fünf Sinne waren bei ihm wie bei den andern Brüdern nach innen wie nach außen ungewöhnlich ausgebildet, aber jeder von ihnen hatte namentlich einen Sinn, der in Bezug auf Kraft und Entwicklung alle die andern übertraf; bei dem Ältesten war es das Gesicht, das ihm namentlich zustatten kommen sollte. Er habe Augen für alle Zeiten, sagte er, Augen für alle Völker, Augen, die bis in die Erde hineinsehen konnten, wo die Schätze lagen, und tief in die Brust der Menschen hinein, als sei nur eine Glasscheibe davor – das heißt, er sah mehr, als wir zu sehen vermögen, auf der Wange, die errötet und erbleicht, in dem Auge, das weint oder lacht.

Hirsch und Antilope gaben ihm das Geleite bis an die Grenze gen Westen, und dort kamen die wilden Schwäne und flogen nach Nordwesten, denen folgte er, und dann war er weit hinaus: in die weite Welt, weit vom Lande des Vaters, das sich von Osten bis an das Ende der Welt erstreckte.

Nun, machte der aber große Augen! Da war vieles zu sehen, und es ist etwas ganz andres, den Ort und die Sache selbst zu sehen, als sie aus Bildern kennen zu lernen, wenn sie auch noch so gut sind, und die Bilder daheim in des Vaters Schloss waren außerordentlich gut. Im ersten Augenblick war er nahe daran, beide Augen zu verlieren vor Erstaunen über all das Gerümpel, all den Fastnachtsputz, der das Schöne vorstellen sollte, aber er verlor sie nicht, sie hatten eine andre Bestimmung.

Gründlich und ehrlich wollte er zu Werk gehen in der Erkenntnis des Schönen, des Wahren und des Guten, aber wie stand es damit? Er sah, dass in der Regel das Hässliche den Preis erhielt, der dem Schönen gebührte, dass das Gute gar nicht bemerkt wurde, während man die Mittelmäßigkeit beklatschte, nicht aber ausklatschte. Die Leute fragten nach dem Namen und nicht nach dem Verdienst, sahen den Rock anstatt den Mann, gaben mehr auf den Beruf als auf den Ruf. Das war nun einmal so.

»Ja, ich muss die Sache wohl einmal ordentlich in die Hand nehmen!«, dachte er, und er nahm sie in die Hand; aber als er die Wahrheit suchte, kam der Teufel, der Vater der Lüge, die Lüge selbst; gern hätte er dem Seher gleich beide Augen ausgeschlagen, aber das war denn doch zu grob; der Teufel geht feiner zu Werke. Er ließ ihn das Wahre suchen und auch das Gute sehen, aber während er sah, blies ihm der Teufel einen Splitter ins Auge, in beide Augen, den einen Splitter nach dem andern, und das kann das Gesicht, selbst das beste Gesicht nicht vertragen. Der Teufel blies dann den Splitter auf, bis ein Balken daraus wurde, und dann war es aus mit den Augen, und der Seher stand als blinder Mann mitten in der weiten Welt, und er traute ihr nicht; er gab seine gute Meinung von ihr und von sich selbst auf, und wenn man erst die Welt und sich selbst aufgibt, ja, dann ist es mit einem aus – vorbei!

»Vorbei!«, sangen die wilden Schwäne, die über das Meer dahinflogen, gen Osten; »vorbei!«, sangen die Schwalben, die gen Osten nach dem Baum der Sonne flogen, und es waren keine guten Nachrichten für die daheim.

»Es ist dem ›Seher‹ offenbar schlecht ergangen!«, sagte der andre Bruder, »aber dem ›Hörer‹ wird es wohl besser gehen!« Bei diesem war nämlich der Sinn des Hörens besonders scharf, er konnte das Gras wachsen hören, so weit hatte er es gebracht.

Er nahm herzlichen Abschied und ritt davon, mit guten Fähigkeiten und guten Vorsätzen ausgerüstet. Die Schwalben begleiteten ihn, und er folgte den Schwänen, und dann war er weit von der Heimat entfernt, draußen in der weiten Welt.

Man kann nun auch des Guten zuviel haben, das sollte er erfahren; das Gehör war bei ihm zu scharf, er konnte ja das Gras wachsen hören, aber dann hörte er auch jedes Menschenherz in Freude und in Schmerz schlagen, und es war ihm, als sei die ganze Welt eine große Uhrmacherwerkstatt, wo alle Uhren »tick tick tick!«, machten, und alle Turmuhren »bim bam!«, schlugen. Nein, es war nicht zum Aushalten! Aber er hielt die Ohren steif, solange er konnte; schließlich wurde aber doch all dieser Lärm und all dies Geschrei für einen einzigen Menschen zuviel; da kamen Gassenbuben von sechzig Jahren – das Alter allein macht es nicht, die erhoben ein Geschrei, das war freilich zum Lachen, aber dann kam das Geklatsch, das zuschelte und tuschelte durch alle Häuser und Gassen und Straßen, die Landstraße gerade entlang; die Lüge hatte eine laute Stimme und spielte die Herrschaft, die Narrenschelle läutete und sagte, sie sei die Kirchenglocke; da ward es dem Hörer zu bunt, er steckte die Finger in beide Ohren – aber noch immer hörte er falschen Klang und Gesang, Klatsch und Tratsch, da war ein Lastern und Lästern, ein Dröhnen und Stöhnen nach außen und nach innen, dass sich Gott erbarme! Es war nicht zum Aushalten, es war zu arg! Er steckte den Finger tiefer in beide Ohren, immer tiefer, und da platzte das Trommelfell. Nun hörte er gar nichts mehr, auch nicht mehr das Schöne, das Wahre und das Gute da, wo das Gehör ihm eine Brücke für den Gedanken sein sollte, und er ward still und misstrauisch, traute niemandem mehr, traute schließlich sich selbst nicht mehr, und das ist ein großes Unglück; er würde ja doch den allmächtigen Edelstein nicht finden und heimbringen; und so gab er es denn auf und gab sich selbst auch auf, und das war nun das Allerschlimmste. Die Vögel, die gen Osten flogen, brachten Botschaft hiervon mit, und die Botschaft erreichte auch das Schloss des Vaters im Baume der Sonne; Briefe kamen nicht dahin, es ging ja auch keine Post.

»Nun will ich es einmal versuchen!«, sagte der Dritte, »ich habe eine feine Nase!« Das war nun gerade nicht sehr fein gesagt, aber so sprach er nun einmal, und man muss ihn so nehmen wie er war, er war stets guter Laune, und er war Poet, ein wirklicher Poet, er konnte das heraussingen, was er nicht sagen konnte; vieles ging ihm weit früher durch den Sinn als den andern. »Ich rieche Lunte!«, sagte er, und dem Geruchsinn, der bei ihm in hohem Maße entwickelt war, maß er auch ein weites Gebiet im Reiche des Schönen zu. »Der eine liebt Apfelduft, und der andre Stallgeruch!«, sagte er, »jede Luftregion im Reiche des Schönen hat sein Publikum. Einige fühlen sich heimisch in Kneipenluft bei dem qualmenden Docht des Talglichts, wo sich der Schnapsgeruch mit dem schlechten Tabaksrauch vermischt, andre sitzen lieber in betäubendem Jasminduft oder reiben sich mit starkem Nelkenöl ein, das man schon von weitem riecht. Einige suchen die frische Seebrise auf, andre steigen auf den hohen Bergesgipfel und sehen über das kleinliche Leben und Treiben hinaus!« Ja, so sprach er. Es war, als sei er schon früher da draußen in der Welt gewesen und habe mit den Menschen gelebt und sie gekannt, aber die Klugheit lag in ihm selbst; es war der Poet in ihm, das, was der liebe Gott ihm als Wiegengabe geschenkt hatte.

Er sagte dem väterlichen Heim im Baume der Sonne Lebewohl, er durchwanderte die Schönheit seiner Heimat. Draußen angelangt, setzte er sich aber auf den Rücken des Straußes, der geschwinder läuft als das schnellste Pferd, und als er später die wilden Schwäne sah, schwang er sich auf den Rücken des stärksten; er liebte die Veränderung. Und dann flog er über das Meer nach fremden Landen mit großen Wäldern, tiefen Seen, mächtigen Bergen und stolzen Städten, und wohin er kam, war es, als husche ein Sonnenschein über die Gegend hin; jede Blume, jeder Busch dufteten stärker in dem Gefühl, dass ein Freund, ein Beschützer da war, der sie zu schätzen wusste und sie verstand, ja, die verkrüppelte Rosenhecke breitete ihre Zweige aus, entfaltete ihre Blätter und trug die schönste Rose; ein jeder konnte sie sehen, selbst die schwarze, feuchte Waldschnecke bemerkte ihre Schönheit.

»Ich will der Blume mein Zeichen aufdrücken!«, sagte die Schnecke; »jetzt habe ich sie bespuckt, weiter kann ich nichts tun!«

»Ja, so geht es wohl mit dem Schönen auf Erden!«, sagte der Poet, und er sang ein Lied davon, sang es auf seine Weise, aber niemand hörte ihm zu. Deswegen gab er dem Trommelschläger zwei Schilling und eine Straußenfeder, und dann richtete er die Melodie für die Trommel ein und trommelte sie in der Stadt, in allen Straßen und Gassen; da hörten die Leute sie und sagten, sie verstünden sie, sie sei so tief; und nun konnte der Poet mehrere Lieder singen, und er sang von dem Schönen, dem Wahren und dem Guten, und sie lauschten in der Schenke, wo das Talglicht schwelte, sie hörten den Gesang im frischen Kleefelde, im Walde und auf hoher See; es schien fast, als solle dieser Bruder mehr Glück haben als die beiden andern; aber das konnte der Teufel nicht leiden, und dann kam er gleich mit Königsräucherpulver und Kirchenweihrauch und all dem Weihrauch, den es sonst noch gibt und den der Teufel zu destillieren weiß; und es war ein so starker Weihrauch, dass er alle die andern Gerüche erstickte und selbst einen Engel konfus machen konnte, geschweige denn einen armen Poeten. Der Teufel weiß wohl, wie er die Leute zu nehmen hat! Er hüllte den Poeten derartig in Weihrauch ein, dass er ganz den Kopf verlor, den Zweck seiner Reise und das Vaterhaus vergaß – ja, alles vergaß er, auch sich selbst; er ging in Rauch und Weihrauch auf.

Alle die kleinen Vögel, die das hörten, trauerten und sangen drei Tage lang nicht. Die schwarze Waldschnecke wurde noch schwärzer, nicht vor Gram, sondern vor Neid. »Mir«, sagte sie, »hätte der Weihrauch gebührt, denn ich gab ihm die Idee zu seinem berühmtesten Lied, dem Trommellied vom Laufe der Welt; ich habe die Rose angespuckt, dafür habe ich Zeugen!«

Aber daheim in Indien verlautete keine Nachricht von dem allem; die kleinen Vögel trauerten ja und schwiegen drei Tage lang, und als die Trauerzeit um war, ja, da war die Trauer so tief gewesen, dass sie vergessen hatten, wen sie betrauerten. Ja, so geht es.

»Nun muss ich wohl auch in die Welt hinaus und nicht wiederkehren, so wie die andern«, sagte der vierte Bruder. Er halte eine ebenso köstliche Laune, wie der dritte, aber er war kein Poet, und daher hatte er allen Grund, guter Laune zu sein. Diese beiden hatten für den Frohsinn auf dem Schlosse gesorgt, jetzt verschwand der letzte Rest von Frohsinn. Das Gesicht und das Gehör sind von den Menschen stets für die beiden bedeutendsten Sinne gehalten worden, die man in erster Linie geschärft wünscht, die drei andern Sinne werden für weniger wesentlich gehalten, allein der Ansicht war nun dieser Sohn keineswegs, er hatte namentlich den Geschmack in seiner ganzen Bedeutung ausgebildet, und der Geschmack hat eine große Bedeutung und führt ein mächtiges Regiment. Er regiert über das, was durch den Mund, wie auch über alles, was durch den Geist geht, und deshalb kostete er, was sich in Töpfen und Tiegeln, in Flaschen und Schüsseln befand; das sei die grobe Arbeit im Amt, sagte er; jeder Mensch war ihm ein Tiegel, in dem es kochte, jedes Land eine ungeheure Küche, in geistigem Verstand, das sei das Feuer, sagte er, und nun wollte er hinaus und das Feine kosten.

»Vielleicht ist mir das Glück holder, als es meinen Brüdern war!«, sagte er. »Ich gehe von dannen! Aber welcher Beförderung soll ich mich bedienen? Sind die Luftballons schon erfunden?«, fragte er seinen Vater, der ja alle Erfindungen kannte, die gemacht waren und die gemacht werden würden. Aber die Luftballons waren noch nicht erfunden, auch die Dampfschiffe und die Eisenbahnen nicht. »Ja, dann nehme ich einen Luftballon!«, sagte er, »mein Vater weiß, wie sie gebaut und gelenkt werden, das werde ich schon lernen! Niemand kennt die Erfindung, und da werden sie glauben, dass es eine Luftspiegelung ist. Wenn ich den Ballon gebraucht habe, verbrenne ich ihn, dazu musst du mir ein Paar von der künftigen Erfindung geben, die man chemische Schwefelhölzer nennt!«

Das alles bekam er, und dann flog er davon, und die Vögel begleiteten ihn weiter als die andern Brüder, sie wollten gern sehen, wie der Flug verlaufen würde, und es kamen immer mehr herzu, denn sie waren neugierig, sie glaubten, dass es ein neuer Vogel sei, der da flog; ja, er bekam ein ansehnliches Geleite, die Luft ward schwarz von Vögeln, sie kamen wie eine schwarze Wolke, wie ein Heuschreckenschwarm über das Land Ägypten, und dann war er draußen in der weiten Welt.

»Ich habe einen guten Freund und Helfer in dem Ostwind gehabt«, sagte er.

»Den Ostwind und den Südwind meinst Du?«, sagten die Winde, »wir beide haben abwechselnd geblasen, sonst wärest Du nicht nach Nordwesten hinauf gelangt!«

Aber er hörte nicht danach hin, was die Winde sagten, und das konnte auch einerlei sein. Die Vögel gaben ihm jetzt auch nicht mehr das Geleite; als die Schar am allergrößten gewesen, waren ein paar von ihnen des Fluges überdrüssig geworden. Es sei zuviel aus der Sache gemacht, sagten sie, er müsste sich ja etwas einbilden! »Es verlohnt sich gar nicht, dahinterher zu fliegen«, sagten sie, »es ist ja nichts! Man muss sich wirklich schämen!«, und dann blieben sie zurück, sie blieben alle zusammen zurück; das Ganze war ja nichts!

Und der Ballon senkte sich über eine der größten Städte hinab, dort setzte sich der Luftschiffer auf den höchsten Punkt, den Kirchturm. Der Ballon stieg wieder auf, das sollte er nicht; wo er aber blieb, ist nicht leicht zu sagen, aber das ist einerlei, er war ja noch gar nicht erfunden.

Dort saß er nun oben auf dem Kirchturm, die Vögel flogen nicht zu ihm heran, sie waren seiner überdrüssig, und er war ihrer überdrüssig. Alle Schornsteine in der Stadt rauchten und dufteten.

»Das sind Altäre, die für dich errichtet sind!«, sagte der Wind; er wollte ihm gern etwas Angenehmes sagen. Gar übermütig saß er da oben und sah auf die Leute in den Straßen hinab. Dort schritt einer umher, stolz auf seinen Geldbeutel, ein anderer stolz auf seinen Schlüssel hinten, obwohl er nichts aufzuschließen hatte; einer war stolz auf seinen mottenzerfressenen Rock, ein anderer aus seinen von Würmern angefressenen Leib.

»Eitelkeit! – Ja, ich muss wohl sehen, dass ich bald hinabkomme und den Topf umrühre und koste!«, sagte er, »aber ich will hier doch noch ein wenig sitzen bleiben, der Wind kitzelt mir den Rücken so angenehm, das ist gar zu schön. Ich bleibe hier sitzen, solange der Wind weht. Ich möchte gern ein wenig Ruhe haben; es ist gut, des Morgens lange zu schlafen, wenn man viel zu tun hat, sagt der Faule; aber Faulheit ist die Wurzel allen Übels, und in unsrer Familie ist nichts vom Übel, das sage ich, und das sagt jeder Junge auf der Straße! Ich bleibe hier sitzen, solange dieser Wind weht, der schmeckt mir!«

Und er blieb sitzen, aber er saß auf dem Wetterhahn des Turmes, der drehte und drehte sich mit ihm, sodass er glaubte, es sei immer noch derselbe Wind; er blieb sitzen, und da konnte er lange sitzen bleiben und kosten.

Aber in Indien, im Schlosse, auf dem Baum der Sonne war es leer und still geworden, als die Brüder so, einer nach dem andern, von dannen gezogen waren.

»Es ergeht ihnen nicht gut«, sagte der Vater, »nimmer werden sie den leuchtenden Edelstein heimbringen, der ist für mich nicht da; sie sind fort, sie sind tot!« – Und er beugte sich über das Buch der Wahrheit, starrte auf das Blatt, auf dem er von dem Leben nach dem Tode lesen sollte, aber da war für ihn nichts zu sehen und zu erfahren.

Die blinde Tochter war sein Trost und seine Freude; sie schloss sich ihm in inniger Liebe an; um seiner Freude und seines Glückes willen wünschte sie, dass das köstliche Juwel gefunden und heimgebracht werden möge. In Kummer und Sehnsucht gedachte sie der Brüder; wo waren die jetzt? Wo lebten sie? So herzlich wünschte sie, von ihnen zu träumen, aber sonderbar, selbst der Traum führte sie nicht mit ihnen zusammen. Endlich eines Nachts träumte sie, dass ihre Stimmen zu ihr herüber klängen, sie riefen, sie flehten aus der weiten Welt bis zu ihr, und sie konnte nicht anders, sie musste zu ihnen hinaus, weit, weit hinaus, und doch war es ihr, als sei sie noch in ihres Vaters Hause; die Brüder fand sie nicht, aber in ihrer Hand fühlte sie gleichsam ein Feuer, das aber nicht schmerzte, sie hielt den leuchtenden Edelstein in der Hand und brachte ihn dem Vater. Als sie erwachte, glaubte sie anfänglich, dass sie ihn noch halte; aber es war ihre Spindel, die sie krampfhaft in der Hand hielt. In den langen Nächten hatte sie unablässig gesponnen, um die Spindel wand sich ein Faden, feiner als das Gewebe der Spinnen; Menschenaugen konnten den einzelnen Faden nicht entdecken, sie hatte ihn mit ihren Tränen genetzt, und er war stark wie ein Ankertau. Sie erhob sich, ihr Entschluss war gefasst, der Traum musste verwirklicht werden. Es war Nacht, ihr Vater schlief, sie küsste seine Hand, nahm dann ihre Spindel und knüpfte das Ende des Fadens an das Haus des Vaters, sonst würde ja sie, die Blinde, sich nie wieder heimfinden können; an dem Faden konnte sie sich halten, auf ihn verließ sie sich, und nicht auf sich selbst oder auf andere. Sie brach vier Blätter von dem Baum der Sonne, die wollte sie Wind und Wetter übergeben, sie sollten als Brief und Gruß zu ihren Brüdern gelangen, falls sie sie draußen in der weiten Welt nicht antreffen sollte. Wie würde es ihr dort wohl ergehen, dem armen, blinden Kinde; aber sie hatte ja den unsichtbaren Faden, an dem sie sich halten konnte; vor allen andern besaß sie eine Gabe: die Innigkeit, und die verlieh ihr gleichsam Augen bis in die Fingerspitzen und Ohren bis ins Herz hinein.

Und dann ging sie hinaus in die lärmende, tobende, wunderliche Welt, und wohin sie kam, ward der Himmel sonnenhell, sie konnte den warmen Strahl fassen; der Regenbogen spannte sich von der schwarzen Wolke aus über die blaue Luft, sie hörte den Gesang der Vögel, sie spürte den Duft der Orangenhaine und Apfelgärten so stark, dass sie sie schmecken zu können glaubte. Weiche Töne und lieblicher Gesang drangen an ihr Ohr, aber auch Heuleu und Schreien; sonderbar im Streit miteinander klangen Gedanken und Meinungen.

In die tiefsten Winkel ihres Herzens hinein tönte der Herzensklang und der Gedankengang der Menschen; es brauste im Chor:

»Das Leben ist nur Wind und Rauch,
Eine Nacht, in der wir weinen!«

Aber es ertönte auch das Lied:

»Das Leben ist ein Rosenstrauch,
Dran Freud und Sonne scheinen!«

Und schmerzlich erklang es:

»Der Mensch geht nur dem Eignen nach,
Die Wahrheit jeder kennet!«

Und die Antwort darauf lautete:

»Ein silberklarer Liebesbach
Durchs Erdenleben rennet!«

Sie hörte zwar die Worte:

»Wie ist die Welt so klein und eng,
Einen Dorn hat jede Rose!« –

Aber sie hörte auch:

»Gar manch ein segensreich Geschenk
Ward deinem Erdenlose!«

Und sang es ringsumher im brausenden Chor:

»Lach nur und treib mit allem Spott,
Zerstöre Freud und Frieden!« –

So tönte es im Herzen des blinden Mädchens:

»Vertrau dir selbst, vertrau auf Gott!
Sein Will' gescheh hienieden!«

Und wo sie eintrat in den Kreis von Männern und Frauen, von alt und jung, da strahlte in die Seele hinein die Erkenntnis des Wahren, des Guten und des Schönen; überall, wohin sie kam, in die Werkstatt des Künstlers, in den reichen, festlichen Salon, und in die Fabrik zwischen die surrenden Räder, da war es, als komme der Sonnenstrahl, als ertöne Saitenklang, als dufteten Blumen, als falle ein belebender Tautropfen herab auf das verschmachtende Blatt.

Aber darin konnte der Teufel sich nicht finden, er hat nun einmal mehr Verstand als zehntausend Menschen zusammen, und da wusste er sich denn auch zu helfen. Er ging an den Sumpf, nahm die Blasen des stinkenden Wassers, ließ ein siebenfaches Echo von den Worten der Lüge über sie hinbrausen, denn das mache kräftiger; er zerstieß bezahlte Ruhmesgedichte und lügenhafte Leichenreden zu Pulver, so viele er nur finden konnte, kochte sie in Tränen, die der Neid geweint hatte, streute Schminke darüber, die er von einer fahlen Frauenwange geschabt hatte, und schuf hieraus ein Mädchen, in Gestalt und Erscheinung wie das blinde, segensreiche Mädchen; »der milde Engel der Innigkeit« nannten die Menschen sie, und dann war des Teufels Spiel im Gange. Die Welt wusste nicht, welche von den beiden die richtige war, und woher sollte die Welt das wohl auch wissen?

»Vertrau dir selbst, vertrau auf Gott,
Sein Will' gescheh hienieden!« –

sang das blinde Mädchen in vollem Vertrauen. Die vier grünen Blätter von dem Baum der Sonne übergab sie Wind und Wetter als Gruß und Botschaft an ihre Brüder, und sie war fest überzeugt, dass ihr Wunsch in Erfüllung gehen würde, ja, auch dass sie das Juwel finden würde, das alle irdische Herrlichkeit überstrahlte; von der Stirn der Menschheit würde es hinüber bis in das Haus ihres Vaters leuchten.

»Bis in das Haus meines Vaters!«, wiederholte sie, »ja, auf Erden ist die Stätte des Edelsteins, und mehr als die Gewissheit bringe ich mit; ich fühle seine Glut, sie schwillt größer und größer hier in meiner geschlossenen Hand! Jedes kleine Wahrheitskörnchen, und sei es auch noch so fein, das der scharfe Wind davon trug, das ich auffing und aufbewahrte, ich ließ es von dem Duft alles des Schönen durchdringen, in der Welt gibt es so viel davon, selbst für einen Blinden; ich nahm den Klang des Herzschlags der Menschen im Guten und legte es dahinein; Staubkörnchen – das ist alles, was ich bringe, und doch ist es der Staub des gesuchten Edelsteins in reicher Fülle; die ganze Hand habe ich voll davon!«

Und sie streckte die Hand aus – dem Vater entgegen. Sie war daheim; mit dem Flug der Gedanken war sie dahingelangt, weil sie den unsichtbaren Faden, der zu dem Hause des Vaters führte, nicht losgelassen hatte.

Die bösen Mächte sausten mit dem Donner des Vulkans über den Baum dahin, drängten mit einem Windstoß gegen das offene Tor, drangen in die geheimste Kammer ein.

»Es zerstiebt!«, rief der Vater und umfasste ihre Hand, die sie geöffnet halte.

»Nein!«, rief sie in sicherem Bewusstsein, »es kann nicht zerstieben! Ich fühle, wie der Strahl meine Seele wärmt!«

Und der Vater sah eine leuchtende Flamme, als der funkelnde Staub aus ihrer Hand über die weißen Blätter des Buches hinstob, die von der Gewissheit eines ewigen Lebens erzählen sollten; in blendendem Glanz stand dort eine Schrift, nur ein einziges sichtbares Wort, das eine Wort:

Glaube.

Und die vier Brüder waren wieder bei ihnen. Die Sehnsucht nach der Heimat hatte sie ergriffen und sie geleitet, als das grüne Blatt auf ihre Brust fiel, sie waren heimgekehrt; die Zugvögel gaben ihnen das Geleite und der Hirsch und die Antilope und alle Tiere des Waldes; auch sie wollten teilhaben an der Freude, und warum sollen die Tiere sich nicht auch freuen, wenn sie es können?

Wir haben zu oft gesehen, wenn die Sonne durch eine Ritze in der Tür in das stauberfüllte Zimmer scheint, dass sich eine flimmernde Staubsäule herumwirbelt – ebenso, aber nicht so plump und armselig, denn selbst der Regenbogen ist schwerfällig und nicht kräftig genug in seinen Farben im Vergleich zu dem Anblick, der sich hier darbot – ebenso erhob sich von dem Blatt des Buches, von dem leuchtenden Wort ›Glaube‹ jedes Wahrheitskörnchen mit dem Glanz des Schönen und mit dem Klang des Guten, heller strahlend als die nächtliche Feuersäule, die Moses und dem Volke Israel den Weg durch das Rote Meer zeigte. Von dem Worte ›Glaube‹ wölbte sich die Brücke der Hoffnung bis zu der unermesslichen Liebe in Unendlichkeit.

Hofhahn und Wetterhahn

Da waren zwei Hähne, einer auf dem Düngerhaufen und einer auf dem Dach; hoffähig waren sie beide; wer von ihnen richtete aber am meisten aus? Sage du uns deine Ansicht – wir behalten die unsere trotzdem bei.

Der Hühnerhof war durch einen Bretterzaun von einem andern Hof getrennt, in dem ein Düngerhaufen lag, und darauf wuchs eine große Gurke, sie war sich bewusst, ein Mistbeetgewächs zu sein.

»Dazu wird man geboren!«, sagte es in ihrem Innern; »nicht alle können als Gurken geboren werden, es muss auch andre lebende Arten geben! Die Hühner, die Enten und all das Vieh auf dem Nachbarhofe sind auch Geschöpfe. Zu dem Hofhahn auf dem Bretterzaun sehe ich empor, er ist freilich von ganz andrer Bedeutung als der Wetterhahn, der so hoch gestellt ist und nicht einmal knarren, geschweige denn krähen kann! Er hat weder Hühner noch Kücklein, er denkt nur an sich und schwitzt Grünspan! Nein, der Hofhahn, das ist ein Hahn! Sein Schritt ist Tanz!

Sein Krähen ist Musik! Wo er hinkommt, erfährt man sofort, was für ein Trompeter er ist! Wenn er hier hereinkäme, wenn er mich mit Blatt und Stängel auffräße, wenn ich in seinen Körper aufginge – es wäre ein seliger Tod!«, sagte die Gurke.

In der Nacht brach ein furchtbares Unwetter herein; Hühner, Kücklein und auch der Hahn suchten Schutz. Der Bretterzaun zwischen den beiden Höfen wurde vom Wind niedergerissen, es gab ein heftiges Gepolter; die Dachsteine fielen herab, aber der Wetterhahn saß fest, er drehte sich nicht einmal, das konnte er nicht, und doch war er jung, frisch gegossen, aber besonnen und gesetzt; er war alt geboren, glich nicht den flatternden Vögeln des Himmels, den Spatzen und Schwalben, die verachtete er, »Piepvögel von geringer Größe und ordinär!« Die Tauben wären groß, blank und schimmernd wie Perlmutter, sie sähen schön aus wie eine Art Wetterhahn, aber sie wären dick und dumm, all ihr Sinnen und Trachten ginge darauf hinaus, den Bauch zu füllen, sagte der Wetterhahn, sie seien ein höchst langweiliger Verkehr!

Auch die Zugvögel hatten dem Wetterhahn ihre Visite gemacht, sie hatten von fremden Ländern erzählt, von Luftkarawanen, hatten haarsträubende Räubergeschichten aufgetischt, in denen Raubvögel vorkamen; das erste Mal war das neu und interessant, aber später wusste der Wetterhahn ja, dass sie sich wiederholten, dass es immer dasselbe war, und das ist langweilig, mit niemand konnte man verkehren, sie waren alle ohne Ausnahme fade und beschränkt.

»Die Welt taugt nichts!«, sagte er. »Das Ganze ist dummes Zeug!«

Der Wetterhahn war, was man blasiert nennt, und das würde ihn in den Augen der Gurke gewiss interessant gemacht haben, wenn sie es gewusst hätte, aber sie sah nur zu dem Hofhahn hinauf, und der war jetzt im Hofe bei ihr.

Der Bretterzaun war umgeweht, aber Blitz und Donner waren vorüber.

»Was sagt ihr zu dem Hahnengekräh?«, sagte der Hofhahn zu den Hühnern und Kücklein. »Das war doch ein wenig roh, die Eleganz fehlte.«

Und Hühner und Kücklein traten auf den Düngerhaufen, und auch der Hahn nahte mit Reiterschritten.

»Gartengewächs!«, sagte er zu der Gurke, und an diesem einen Wort erkannte sie seine ganze, weitgehende Bildung, und vergaß, dass er in sie hineinhackte und sie auffraß.

»Seliger Tod!«

Und die Hühner kamen, und die Kücklein kamen, und wenn das eine läuft, so laufen die andern hinterdrein, und sie glucksten und piepsten, und sie sahen den Hahn an und waren stolz auf ihn, er war von ihrer Art.

»Kückerüküh!«, krähte er, »die Kücklein werden gleich zu großen Hühnern, wenn ich es im Hühnerhofe der Welt ausschreie!« Und die Hühner und Kücklein glucksten und piepsten hinterdrein. Und der Hahn verkündete eine große Neuigkeit:

»Ein Hahn kann ein Ei legen! Und wisst ihr, was in dem Ei liegt? Es liegt ein Basilisk darin! Den Anblick dieses Tieres kann kein Mensch ertragen! Das wissen die Menschen, und nun wisst ihr es auch, wisst, was in mir wohnt! Wisst, was ich für ein Allerhühnerhofskerl bin!«

Und dann schlug der Hofhahn mit den Flügeln, blähte den Kamm und krähte wieder. Und es durchschauerte sie alle, die Hühner und die kleinen Kücklein, aber sie waren doch schrecklich stolz darauf, dass einer von den Ihren so ein Allerhühnerhofskerl war; sie glucksten und sie piepsten, sodass der Wetterhahn es hören musste, und er hörte es, aber er rührte sich nicht dabei.

»Es ist alles dummes Zeug!«, sagte es inwendig in dem Wetterhahn. »Der Hofhahn legt niemals ein Ei, und ich mag nicht! Wenn ich es wollte, könnte ich recht gut ein Windei legen! Aber die Welt ist kein Windei wert! Das Ganze ist dummes Zeug! – Jetzt mag ich nicht einmal mehr sitzen!«

Und dann brach der Wetterhahn ab, aber er schlug den Hofhahn nicht tot, »obwohl es darauf berechnet war!«, sagten die Hühner. – Und was sagt die Moral?

»Es ist doch immerhin besser zu krähen, als blasiert zu sein und abzubrechen!«

FEDER UND TINTENFASS

In der Stube eines Dichters, wo sein Tintenfass auf dem Tische stand, wurde gesagt: »Es ist doch sonderbar, was alles aus einem Tintenfass herauskommen kann! Was nun wohl das nächste werden wird? Ja, es ist höchst merkwürdig!«

»Freilich ist es das!«, sagte das Tintenfass. »Es ist unbegreiflich! Das habe ich ja immer gesagt!«, wandte es sich an die Feder und an alle die andern Dinge auf dem Tische, die es hören konnten. »Es ist merkwürdig, was alles aus mir herauskommen kann! Ja, es ist fast unglaublich! Und ich weiß wirklich selbst nicht, was das nächste werden wird, wenn der Mensch anfängt, aus mir zu schöpfen. Ein Tropfen aus mir genügt für eine halbe Seite Papier, und was kann darauf nicht stehen! Ich bin etwas ganz Merkwürdiges! Von mir gehen alle Werke des Dichters aus! Diese lebenden Menschen, die die Leute zu kennen meinen, diese innigen Gefühle, diese gute Laune, diese lieblichen Naturschilderungen. Ich begreife es selbst nicht, denn ich kenne die Natur nicht; aber es steckt nun einmal in mir! Von mir ging oder geht diese Heerschar schwebender, niedlicher Mädchen, kecker Ritter und schnaubender Rosse aus, ja, ich weiß selbst nicht, was alles; ich versichere Sie, ich denke nichts dabei!«

»Daran tun Sie recht!«, sagte die Feder. »Sie denken gar nicht! Denn wenn Sie dächten, würden Sie verstehen, dass Sie nur die Flüssigkeit hergeben! Sie geben die Flüssigkeit her, damit ich das, was ich in mir habe, niederschreiben, auf dem Papier zum Ausdruck bringen kann. Die Feder schreibt, daran zweifelt kein Mensch, und die meisten Menschen haben doch ebensoviel Verständnis von Poesie wie ein altes Tintenfass.«

»Sie haben nur wenig Erfahrung!«, sagte das Tintenfass. »Sie sind ja kaum eine Woche im Dienst und schon halb verschlissen. Bilden Sie sich nur ja nicht ein, dass Sie der Dichter sind! Sie sind nur ein Dienstbote, und von der Art habe ich viele gehabt, ehe Sie kamen, und zwar aus der Gänsefamilie wie aus der englischen Fabrik! Ich kenne den Gänsekiel und die Stahlfedern! Ich habe schon viele in meinem Dienst gehabt, und ich werde ihrer noch viele haben, wenn der Mensch, der für mich die Bewegung macht, kommt und niederschreibt, was er aus meinem Innern herausbekommt. Ich möchte nun wohl wissen, was er zuerst aus mir herausheben wird!«

»Tintenkopf!«, sagte die Feder.

Spät am Abend kam der Dichter nach Hause, er war im Konzert gewesen, hatte einen ausgezeichneten Violinspieler gehört und war ganz erfüllt und entzückt von dem herrlichen Spiel. Es war ein erstaunlicher Schwall von Tönen gewesen, den der dem Instrument entlockt hatte: bald klang es wie klingende Wassertropfen, Perle an Perle, bald wie ein Chor zwitschernder Vögel, dann wieder brauste der Wind durch einen Tannenwald; er glaubte, sein eigenes Herz weinen zu hören, aber in Melodien, wie nur die schöne Stimme einer Frau sie wiederzugeben vermag. Es war gewesen, als wenn nicht nur die Saiten der Violine ertönten, sondern auch der Steg, ja selbst die Schrauben und der Resonanzboden; es war ganz außerordentlich! Und schwer war es gewesen, hatte aber den Eindruck eines Spiels gemacht, als laufe der Bogen nur auf den Saiten hin und her, man hätte glauben können, jeder sei imstande, das nachzumachen. Die Violine ertönte von selbst, der Bogen spielte von selbst, die beiden taten das Ganze, man vergaß den Meister, der sie führte, ihnen Leben und Seele verlieh; den Meister vergaß man, aber an ihn dachte der Dichter, er nannte ihn und schrieb seine Gedanken dabei nieder:

»Wie töricht, wenn sich Violine und Bogen ihres Tuns rühmen wollten! Und das tun wir Menschen so oft, der Dichter, der Künstler, der Erfinder auf dem Gebiete der Wissenschaft, der Feldherr – wir rühmen uns – und alle sind wir doch nur die Instrumente, auf denen Gott spielt; ihm allein gebührt die Ehre! Wir haben nichts, dessen wir uns rühmen können!«

Ja, das schrieb der Dichter nieder, schrieb es als Parabel und nannte sie: »Der Meister und die Instrumente«.

»Da haben Sie Ihr Teil bekommen, Madame!«, sagte die Feder zu dem Tintenfass, als die beiden wieder allein waren. »Sie hörten ihn doch vorlesen, was ich niedergeschrieben hatte?«

»Ja, was ich Ihnen zu schreiben gab«, sagte das Tintenfass. »Es war ja ein Hieb für Sie, zur Strafe für Ihren Hochmut! Können Sie denn nicht einmal verstehen, dass man sich lustig über Sie macht! Ich versetzte Ihnen einen Hieb aus meinem innersten Innern heraus! Ich werde doch wohl meine eigene Malice kennen!«

»Tintenhälterin!«, sagte die Feder.

»Schreibstecken!«, entgegnete das Tintenfass.

Und jedes von ihnen hatte das Bewusstsein, dass sie gut geantwortet hatten, und das ist ein angenehmes Bewusstsein, darauf kann man ruhig schlafen, und darauf schliefen sie auch ruhig.

Aber der Dichter schlief nicht; die Gedanken quollen hervor wie die Töne aus der Violine, rollten wie Perlen, brausten wie der Sturm durch den Wald, er fühlte sein eigenes Herz darin, er spürte den Funken von dem ewigen Meister.

Ihm allein gebührt die Ehre!

Das Kind im Grabe

Im Hause war Trauer, und in den Herzen war Trauer, das jüngste Kind, ein Knabe von vier Jahren, der einzige Sohn, die Freude und die Zukunftshoffnung der Eltern, war gestorben. Sie hatten freilich zwei Töchter, von denen die älteste gerade in dem Jahr eingesegnet werden sollte, liebe, gute Mädchen alle beide, aber das Kind, das man verloren hat, ist immer das liebste, und hier war es das jüngste und ein Sohn. Es war eine harte Prüfung. Die Schwestern trauerten, wie junge Herzen trauern, namentlich von dem Schmerz der Eltern ergriffen; der Vater war tief gebeugt, die Mutter aber war von dem großen Kummer überwältigt. Tag und Nacht war sie um das kranke Kind gewesen, hatte es gepflegt, gehoben, getragen; es war ein Teil ihrer selbst, das hatte sie gefühlt und vernommen; sie konnte sich nicht denken, dass es tot war, dass es in den Sarg gelegt und in das Grab versenkt werden sollte: Gott könne ihr doch dies Kind nicht nehmen, meinte sie, und als es dennoch geschah und zur Gewissheit geworden war, sagte sie in ihrem krankhaften Schmerz:

»Gott hat es gar nicht gewusst! Er hat herzlose Diener hier auf Erden, die handeln, wie es ihnen beliebt, sie hören nicht auf das Flehen einer Mutter.«

In ihrem Schmerz ließ sie ab von Gott, und da kamen finstere Gedanken, Gedanken des Todes, des ewigen Todes: der Mensch sei Erde in der Erde, alsdann sei alles aus. Wenn solche Gedanken sie überwältigten, hatte sie keinen Halt, nichts, an das sie sich hätte anklammern können, sie versank in das bodenlose Nichts der Verzweiflung.

In den schwersten Stunden konnte sie nicht mehr weinen. Sie dachte nicht an die jungen Töchter, die ihr geblieben; die Tränen des Gatten fielen auf ihre Stirn, sie sah nicht zu ihm auf; ihre Gedanken weilten bei dem toten Kinde, all ihr Sinnen und Sein war nur darauf gerichtet, jede Minute aus dem Leben des Kindes, jedes seiner unschuldigen Kinderworte wieder in sich wachzurufen.

Der Beerdigungstag kam; schon mehrere Nächte hatte sie nicht geschlafen; gegen Morgen überwältigte die Müdigkeit sie, und sie fand ein wenig Ruhe; währenddessen wurde der Sarg in ein entlegenes Zimmer getragen und dort geschlossen, damit sie die Hammerschläge nicht hören sollte.

Als sie erwachte, aufstand und das Kind sehen wollte, sagte der Mann unter Tränen zu ihr: »Wir haben den Deckel geschlossen; es musste geschehen!«

»Wenn Gott hart gegen mich ist«, rief sie aus, »wie sollten da die Menschen besser sein!«, und sie schluchzte laut.

Der Sarg wurde zu Grabe getragen, die trostlose Mutter saß bei ihren jungen Töchtern, sie sah sie an, ohne sie zu sehen, ihre Gedanken hatten nichts mehr in ihrem Heim zu schaffen, sie gab sich dem Schmerz hin, und der warf sie hin und her, wie die See ein Schiff ohne Ruder und Führer umher wirft. So verstrich der Tag des Begräbnisses, und es folgten mehrere Tage mit demselben einförmigen, drückenden Schmerz. Mit nassen Augen und trüben Blicken sahen die Trauernden daheim sie an, sie hörte ihren Trost nicht, was konnten sie ihr auch wohl sagen, sie waren selbst viel zu betrübt dazu.

Es war, als kenne sie den Schlaf nicht mehr, und er allein würde doch ihr bester Freund sein, ihren Körper stärken und Ruhe in ihre Seele gießen. Man überredete sie, das Lager aufzusuchen, sie lag auch still da wie eine Schlummernde. Eines Nachts lauschte der Mann ihren Atemzügen, und weil er zuversichtlich glaubte, dass sie Ruhe und Erleichterung gefunden, faltete er die Hände, betete und schlief bald selbst gesund und fest ein. Er merkte es nicht, dass sie sich erhob, die Kleider überwarf und sich dann geräuschlos aus dem Hause entfernte, um dahin zu gelangen, wohin ihre Gedanken sie bei Tag und bei Nacht zogen, nach dem Grabe, das ihr Kind barg. Sie ging durch den Garten auf das Feld hinaus, von wo der Fußpfad um die Stadt herum nach dem Friedhof führte. Niemand sah sie, sie sah niemanden.

Es war zu Anfang September und eine schöne, sternenklare Nacht, die Luft war noch ganz mild. Sie kam auf den Friedhof und stand an dem kleinen Grabe, das einem einzigen großen, duftenden Blumenstrauß glich. Sie setzte sich hin und beugte ihr Haupt tief über das Grab, als könne sie durch diese dicke Erdschicht ihren kleinen Jungen sehen, dessen Lächeln ihr so lebhaft vorschwebte, dessen liebevoller Ausdruck der Augen, selbst auf dem Krankenbette, sie niemals vergessen würde; wie bereit war nicht sein Blick gewesen, wenn sie sich über ihn beugte und seine feine Hand ergriff, die er selbst nicht mehr zu heben vermochte. Wie sie an seinem Lager gesessen, so saß sie jetzt an seinem Grabe, aber hier hatten die Tränen freien Lauf, sie fielen auf das Grab.

»Du möchtest zu deinem Kind hinab!«, sprach eine Stimme dicht neben ihr, sie tönte so klar, so tief, sie klang in ihr Herz hinein, sie sah auf, und neben ihr stand ein Mann, in einen großen, schwarzen Mantel gehüllt, die Kapuze tief über den Kopf gezogen, aber sie sah sein Gesicht darunter, das war strenge, aber doch so Zutrauen erweckend, seine Augen strahlten mit dem Glanz der Jugend.

»Zu meinem Kind hinab!«, wiederholte sie, und ein Flehen der Verzweiflung lag in ihren Worten.

»Hast du den Mut, mir zu folgen?«, fragte die Gestalt. »Ich bin der Tod!«

Und sie neigte bejahend das Haupt. Da war es auf einmal, als strahlten alle Sterne dort oben mit dem Glanz des Vollmondes, sie sah die bunte Farbenpracht der Blumen auf dem Grabe, die Erddecke gab weich und leise nach wie ein schwebendes Tuch, sie sank, und die Gestalt breitete ihren schwarzen Mantel um sie, es ward Nacht, die Nacht des Todes; sie sank tiefer als das Grabscheit zu dringen vermag, der Friedhof lag wie ein Dach über ihrem Haupte.

Der Zipfel des Mantels glitt zur Seite, sie stand in einer ungeheuren Halle, die sich groß und heiter ausdehnte; ringsumher herrschte Dämmerung, aber vor ihr stand ihr Kind, und im selben Augenblick lag es auch schon an ihrem Herzen, es lächelte ihr zu mit einer Schönheit, die größer war denn je zuvor. Sie stieß einen Schrei aus, doch er ward übertäubt, denn ganz nahe, dann wieder wie aus weiter Ferne, und abermals ganz nahe, ertönte eine schwellende, wunderschöne Musik; nie zuvor waren so beseligende Töne an ihr Ohr gedrungen, sie erklangen jenseits des nachtschwarzen, dichten Vorhangs, der die Halle von dem großen Land der Ewigkeit trennte.

»Meine süße Mutter! Meine Herzensmutter!«, hörte sie ihr Kind sagen. Es war die bekannte, geliebte Stimme, und Kuss folgte auf Kuss in unendlicher Glückseligkeit.

Und das Kind zeigte auf den dunklen Vorhang.

»So schön ist es doch nicht auf Erden! Siehst du, Mutter! Siehst du sie alle zusammen? Das ist Glückseligkeit!«

Aber die Mutter sah nichts dort, wohin das Kind zeigte, nichts als die schwarze Nacht; sie sah mit irdischen Augen, sah nicht so wie das Kind, das Gott zu sich gerufen hatte, sie hörte den Klang, den Ton, aber sie vernahm das Wort nicht, an das sie glauben konnte.

»Jetzt kann ich fliegen, Mutter«, sagte das Kind, »kann mit allen den andern fröhlichen Kindern ganz hinein zu Gott fliegen; ich mach es so gern, aber wenn du so weinst, wie du jetzt weinst, kann ich nicht von dir gehen, und ich möchte doch so gern! Darf ich nicht? Du kommst ja auch bald dahinein zu mir, liebste Mutter!«

»Ach, bleibe, bleibe!«, sagte sie, »nur noch einen Augenblick! Nur noch ein einziges Mal muss ich dich sehen, dich küssen, dich fest in meinen Armen halten!«

Und sie küsste das Kind und hielt es fest an sich gepresst.

Da ertönte ihr Name von oben her, so klagend klang es; was war das nur einmal?

»Hörst du?«, sagte das Kind, »der Vater ruft dich!«

Und wieder, nach wenigen Sekunden, ertönten tiefe Seufzer wie von Kindern, die weinen.

»Das sind meine Schwestern«, sagte das Kind, »Mutter, du hast sie doch nicht vergessen!«

Und sie erinnerte sich der Zurückgebliebenen, eine furchtbare Angst befiel sie, sie sah vor sich hin, und beständig schwebten Gestalten vorüber, sie glaubte einige davon zu erkennen, und alle schwebten sie durch die Halle des Todes auf den großen Vorhang zu und verschwanden dort. Ob wohl ihr Mann, ihre Töchter auch vorüberschweben würden? Nein, ihre Rufe, ihre Seufzer ertönten noch von dort oben; fast hätte sie sie ganz über das tote Kind vergessen!

»Mutter, jetzt lauten die Glocken des Himmelreichs!«, sagte das Kind, »Mutter, jetzt geht die Sonne auf!«

Und ein überwältigendes Licht strömte ihr entgegen; – das Kind war verschwunden, und sie fühlte sich empor getragen – es ward kalt rings um sie her, sie hob den Kopf in die Höhe und sah, dass sie auf dem Friedhof lag, auf dem Grab ihres Kindes. – Aber Gott war im Traum eine Stütze für ihren Fuß geworden, ein Licht für ihren Verstand, sie beugte die Knie und betete:

»Vergib mir, mein Herr und Gott, dass ich eine ewige Seele in ihrem Fluge hemmen wollte, dass ich die Pflichten gegen die Lebenden, die du mir hier gabst, vergessen konnte!« Und bei diesen Worten war es, als fände ihr Herz eine Erleichterung.

Da brach die Sonne hervor, ein kleiner Vogel sang über ihrem Haupte, und die Kirchenglocken läuteten zum Frühgottesdienst. Alles ward heilig ringsumher, heilig wie in ihrem Herzen! Sie kannte ihren Gott, sie kannte ihre Pflichten, und voll Sehnsucht eilte sie nach Hause. Sie beugte sich über ihren Gatten, ihr warmer, inniger Kuss erweckte ihn, und sie sprachen Worte des Herzens und der Innigkeit, und sie war stark und sanft, wie es die Gattin sein kann; von ihr kam der Quell des Trostes: »Was Gott tut, das ist wohlgetan!«

Und der Mann fragte sie: »Woher kam dir auf einmal diese Kraft, dieser tröstende Sinn?«

Und sie küsste ihn und küsste ihre Kinder; »Sie kam mir von Gott, durch das Kind im Grabe!«

Kinderschnack

Drinnen bei Kommerzienrats war große Kindergesellschaft, reicher Leute Kinder und vornehmer Leute Kinder; der Kommerziellrat war wohlhabend, er war ein Mann mit Bildung; er hatte einst das Abiturientenexamen gemacht, dazu hatte ihn sein braver Vater angehalten, der von Hause aus nur Viehhändler gewesen war, aber redlich und betriebsam; der Handel hatte Geld gebracht, und das hatte dann später der Kommerzienrat zu mehren gewusst; Verstand hatte er und auch Herz, aber davon wurde weniger geredet als von seinem vielen Geld.

Es gingen vornehme Leute bei ihm aus und ein, Leute von Geblüt, wie man es nennt, und Leute von Geist, auch Leute, die beides besaßen, und Leute, die keines von beiden hatten.

Und jetzt war da Kindergesellschaft und Kindergeplauder, und Kinder sprechen frisch von der Leber weg. Da war ein allerliebstes kleines Mädchen, nur so entsetzlich stolz war die Kleine, das hatten die Dienstboten in sie hineingeküsst, nicht die Eltern, denn die waren viel zu vernünftig dazu; ihr Vater war Kammerjunker, und das ist schrecklich viel, das wusste sie.

»Ich bin ein Kammerkind!«, sagte sie. Sie hätte nun ebenso gut ein Kellerkind sein können, dazu kann niemand etwas tun; und dann erzählte sie den andern Kindern, sie sei »geboren«, und sagte, wenn man nicht geboren sei, so könne man nichts werden; da helfe kein Lernen und Fleißigsein; wenn man nicht geboren sei, könne man nichts werden.

»Und diejenigen, deren Namen auf ›sen‹ endigen«, sagte sie, »aus denen kann nie im Leben was werden; man muss die Arme in die Seite stemmen und sie recht weit von sich abhalten, diese -sens! -sens!« – Und dabei stemmte sie ihre wunderschönen kleinen Arme in die Seite und machte die Ellenbogen ganz spitz, um zu zeigen, wie man das machen müsse; und die kleinen Ärmchen waren ganz allerliebst. Entzückend war sie.

Aber des Kommerzienrats kleine Tochter wurde sehr zornig; ihr Vater hieß Madsen, und der Name endete auf »sen«, das wusste sie, und dann sagte sie, so stolz sie nur konnte:

»Mein Vater kann für hundert Taler Bonbons kaufen und sie unter die Kinder werfen! Kann dein Vater das auch?«

»Ja, aber mein Vater«, sagte das Töchterlein eines Schriftstellers, »der kann deinen Vater, und deinen Vater und alle Väter in die Zeitung setzen! Alle Menschen sind bange vor ihm, sagt meine Mutter, denn mein Vater regiert in der Zeitung!«

Und das kleine Mädchen warf den Kopf in den Nacken, als wäre es eine wirkliche Prinzessin, denn die muss den Kopf im Nacken tragen.

Aber draußen vor der Tür, die nur angelehnt war, stand ein armer Junge und lugte durch die Spalte. Der Kleine konnte nicht einmal mit in die Stube hineinkommen, so gering war er. Er hatte der Köchin den Bratspieß gedreht und dafür jetzt die Erlaubnis erhalten, zu den feinen Kindern hineinzulugen, die hier fröhlich beieinander waren. Und das war sehr viel für ihn.

»Wer doch auch mit dazu gehörte!«, dachte er, und dann hörte er, was gesagt wurde, das war nun freilich ganz danach angetan, um missmutig zu werden. Auch nicht einen roten Heller hatten die Eltern, um ihn zurückzulegen, und ihre Mittel erlaubten ihnen nicht, eine Zeitung zu halten, geschweige denn darin zu schreiben, und dann kam noch das Allerschlimmste: seines Vaters Name, und also auch sein eigener Name, endete ganz und gar auf »sen«! Aus ihm konnte folglich nie im Leben was werden. Das war sehr traurig. Aber geboren war er, das wusste er, richtig geboren, das konnte doch unmöglich anders sein.

Das war nun an diesem Abend.

Und dann vergingen viele Jahre, und währenddessen werden Kinder zu erwachsenen Menschen.

In der Stadt stand ein prächtiges Haus, es war mit Herrlichkeiten angefüllt, alle Leute wollten es sehen, selbst Leute, die außerhalb der Stadt wohnten, kamen herein, um es zu sehen. Welches von den Kindern, von denen wir erzählt haben, konnte dies Haus wohl das seine nennen? Ja, das ist doch leicht zu wissen! Nein, es ist gar nicht so leicht, das zu wissen! Das Haus gehörte dem kleinen armen Knaben; aus ihm war doch was geworden, obwohl sein Name auf »sen« endete – – Thorwaldsen.

Und die drei andern Kinder? Das Kind von Geblüt, das Kind des Geldeshochmuts und das des Geisteshochmuts – ja, das eine hatte dem andern nichts vorzuwerfen, sie waren alle nur Kinder! Aus ihnen allen wurde etwas Gutes, es war ein guter Grund in ihnen; was sie damals gedacht und geredet hatten, war nur Kinderschnack.

Eine Geschichte aus den Dünen

Es ist eine Geschichte aus den jütländischen Dünen, aber sie fängt nicht da oben an, sondern weit davon entfernt, im Süden, in Spanien. Das Meer bildet die Fahrstraße zwischen den Ländern; versetze dich in Gedanken dahin, nach Spanien! Dort ist es warm, und dort ist es schön; dort wachsen die feuerroten Granatblüten zwischen den dunklen Lorbeerbäumen; von den Bergen weht ein erfrischender Wind hinab auf die Orangengärten und die prächtigen maurischen Hallen mit den goldenen Kuppeln und den farbenreichen Wänden; in den Straßen ziehen Kinder in Prozessionen mit Lichtern und flatternden Fahnen umher, und über ihnen wölbt sich der Himmel so hoch und klar mit seinen funkelnden Sternen! Gesang und Kastagnetten erklingen, Burschen und Mädchen schwingen sich im Tanz unter den blühenden Akazien, während der Bettler auf den behauenen Marmorsteinen sitzt, sich an der saftigen Wassermelone erfrischt und das Leben verträumt; das Ganze ist wie ein herrlicher Traum! Und sich dem Traum hingeben – ja, das taten so recht ein paar ganz junge Neuvermählte, und ihnen waren auch alle Güter dieser Erde gegeben: Gesundheit, Frohsinn, Reichtum und Ansehen.

»Wir sind so glücklich, wie es nur irgend jemand sein kann«, sagten sie aus vollster Herzensüberzeugung; doch noch eine Stufe des Glücks konnten sie höher hinaufgetragen werden, und zwar, wenn ihnen Gott ein Kind, einen Sohn, schenken wollte, der ihnen an Leib und Seele glich.

Das glückliche Kind würde mit Jubel begrüßt werden, würde die größte Sorgfalt und Liebe finden, all des Wohlseins, das Reichtum und eine einflussreiche Familie zu gewähren vermögen, würde es teilhaftig werden.

Wie ein Fest glitten ihnen die Tage dahin.

»Das Leben ist ein Gnadengeschenk der Liebe, eine fast unbegreiflich große Gabe!«, sagte die junge Frau, »und die Fülle dieser Glückseligkeit soll im jenseitigen Leben noch wachsen, und zwar bis in alle Ewigkeit! – Ich fasse den Gedanken nicht!«

»Und der Gedanke ist auch wohl dem Übermut der Menschen entsprungen«, meinte der Mann. »Es ist im Grunde eine ungeheure Anmaßung, zu glauben, dass man ewig leben soll – werden soll wie Gott! Das waren ja auch die Worte der Schlange, und sie war die Meisterin der Lüge!«

»Du zweifelst doch nicht an dem Leben nach dem Tode?«, fragte die junge Frau, und es war, als wenn zum ersten Mal ein Schatten durch ihr sonnenbeschienenes Gedankenreich husche.

»Der Glaube verheißt es, die Geistlichen sagen es«, entgegnete der junge Mann, »aber gerade inmitten all meines Glückes fühle und erkenne ich, dass es eine Vermessenheit ist, ein übermütiger Gedanke, noch ein Leben nach diesem Dasein zu verlangen, eine fortgesetzte Glückseligkeit! – Ist uns nicht hier in diesem Erdenleben so viel gegeben, dass wir zufrieden sein können und müssen?«

»Ja, uns ward es gegeben«, sagte die junge Frau, »aber wie vielen Tausenden ward nicht dies Leben eine schwere Prüfung, wie viele sind nicht gleichsam zu Armut, Schande, Krankheit und Unglück in diese Welt hineingeschleudert! Nein, wenn es kein Leben nach diesem gäbe, dann wäre alles auf Erden zu ungleich verteilt, dann wäre Gott nicht die Gerechtigkeit.«

»Der Bettler da unten auf der Straße hat Freuden, die für ihn ebenso groß sind, wie sie der König in seinem reichen Schlosse genießt!«, sagte der junge Mann, »und glaubst du nicht, dass das Lasttier, das geprügelt wird, das hungert und sich zu Tode schleppt, eine Empfindung für die schweren Tage seines Lebens hat? Das könnte dann ja auch Anspruch auf ein zweites Leben erheben, könnte es ein Unrecht nennen, dass es nicht in eine höhere Rangordnung der Geschöpfe gestellt wurde!«

»In meines Vaters Haus sind viele Wohnungen, hat Christus gesagt«, entgegnete die junge Frau. »Das Himmelreich ist das Unendliche, wie Gottes Liebe unendlich ist! – Auch das Tier ist ein Geschöpf Gottes, und, daran glaube ich fest, kein Leben wird verloren gehen, es wird all die Glückseligkeit genießen, die es empfangen kann, und die ihm genügt.«

»Aber mir genügt nun diese Welt!«, rief der Mann aus, umschlang sein schönes, liebliches Weib und rauchte seine Zigarette auf dem offenen Altan, wo die linde Luft mit dem Duft von Orangen und Nelken erfüllt war; Musik und Kastagnetten klangen von der Straße herauf, die Steine blickten von oben herab, und zwei Augen voller Liebe, die Augen seiner Gattin, sahen ihn an mit dem ewigen Leben der Liebe.

»Für eine solche Minute«, sagte er, »verlohnt es sich wohl, geboren zu werden, zu fühlen und zu verschwinden!« Er lächelte. Die junge Frau erhob die Hand in mildem Vorwurf – und die Wolke war wieder entschwunden, sie waren gar zu glücklich.

Und alles schien sich ihnen zu fügen; ihr Dasein glitt dahin in Ansehen, Freude und Wohlsein; es fand ein Wechsel statt, aber nur in Bezug auf den Ort, die Freude und der Genuss und die Lebenslust blieben unberührt davon. Der junge Mann wurde von seinem König als Gesandter nach Russland an den kaiserlichen Hof geschickt, das war ein Ehrenposten, zu dem ihn seine Geburt und seine Kenntnisse berechtigten; er selbst besaß ein großes Vermögen, seine junge Frau hatte ihm ein nicht weniger großes mit in die Ehe gebracht, sie war die Tochter des reichsten, angesehensten Handelsherrn. Eins der größten, besten Schiffe dieses Handelshauses sollte in diesem Jahr gerade nach Stockholm gehen, es sollte die lieben Kinder, die Tochter und den Schwiegersohn, nach Petersburg bringen, und an Bord ward alles königlich eingerichtet, weiche Teppiche für die Füße, Seide und Hermelin ringsumher.

In einem alten Heldenlied »Des Königs Sohn aus Engelland« heißt es, dass auch er auf einem so köstlichen Schiffe aussegelte, der Anker war mit rotem Golde ausgelegt, und jedes Tau war mit Seide umwunden, an dieses Schiff musste man unwillkürlich denken, wenn man das Schiff aus Spanien sah, denn hier war dieselbe Pracht, derselbe Abschiedsgedanke:

»Gott lass uns alle mit Freuden
Einst wieder beisammen sein.«

Und der Wind trieb das Schiff schnell von der spanischen Küste fort, der Abschied war nur kurz. In wenigen Wochen würden sie das Ziel ihrer Reise erreichen können; aber als sie auf hoher See waren, legte sich der Wind, das Meer ward blank und still, das Wasser schimmerte, die Sterne des Himmels schimmerten, es waren Festabende in der reichen Kajüte.

Schließlich wünschte man sich doch etwas mehr Wind, eine günstige Brise, aber alles Wünschen blieb vergeblich, nahm sich der Wind einmal etwas auf, so war er immer widrig. So vergingen Wochen, ja, zwei ganze Monate – erst da ward der Wind günstig, es wehte aus Südwest. Man befand sich auf hoher See, zwischen Schottland und Jütland, und der Wind nahm zu, ganz so wie es in dem alten Lied von »Des Königs Sohn aus Engelland« heißt:

»Eine Wolke zog auf, es blies ein Sturm,
Da war kein Ufer zum Landen,
Und sie warfen ihre Anker aus,
Doch der Wind ließ sie in Dänemark stranden!«

Das ist jetzt lange, lange her. König Christian der Siebente saß auf dem dänischen Thron und war zu jener Zeit noch ein junger Mann; viel ist seither geschehen, vieles hat gewechselt, vieles hat sich verändert; Seen und Sümpfe sind zu fruchtbaren Wiesen geworden, Heide ist zu Ackerland geworden, und im Schutz der Hütten wachsen in Westjütland Apfelbäume und Rosen, aber man muss sie suchen, denn sie verkriechen sich vor den scharfen Westwinden. Man kann sich da drüben so recht in die Zeit zurückdenken, noch weiter zurück als in die Regierungszeit Christians des Siebenten. So wie damals erstreckt sich auch heute noch meilenweit die braune Heide mit ihren Hünengräbern, ihren Luftspiegelungen, ihren sich kreuzenden, holperigen und sandigen Wegen; gen Westen, wo große Bäche in die Fjorde münden, breiten sich Wiesen und Moore aus; sie sind begrenzt von hohen Dünen, die sich wie eine Alpenreihe mit zackigen Gipfeln nach dem Meere zu erheben, nur unterbrochen von hohen Lehmufern, von denen die See Jahr für Jahr Riesenbissen abbeißt, sodass Hügel und Abhänge, wie vom Erdbeben erschüttert, einstürzen. So sieht es noch heutigentags aus, so sah es dort auch vor vielen Jahren aus, damals, als das glückliche Paar da draußen auf dem reichen Schiffe segelte.

Es war in den letzten Tagen des Dezember, es war Sonntag und sonniges Wetter, die Klänge der Kirchenglocken am Meerbusen von Nissum begegneten sich; die Kirchen dort stehen wie ausgehauene Granitfelsen, eine jede von ihnen gleicht einem Stück Felsen! Die Nordsee könnte über sie dahinrollen, und sie würden dennoch stehen bleiben; an den meisten fehlt der Turm, die Glocken hängen dann frei zwischen zwei Balken. Der Gottesdienst war beendet, die Gemeinde strömte aus dem Gotteshaus auf den Kirchhof hinaus, wo damals, ebenso wie heute, weder ein Baum noch ein Strauch stand; nicht eine Blume wurde dort gepflanzt, nicht ein Kranz schmückte die Gräber. Holperige Hügel bekunden, wo die Toten bestattet liegen; scharfes Gras, vom Winde gepeitscht, überwuchert den ganzen Kirchhof. Ein einzelnes Grab hat vielleicht einmal ein Monument aufzuweisen, das heißt einen fast verwitterten Holzblock, der in Form eines Sarges zugehauen ist; das Stück Holz ist aus dem westjütischen Walde geholt: aus dem wilden Meer; dort wachsen dem Küstenbewohner die behauenen Balken, Planken und Hölzer, die die Brandung an Land führt; der Wind und der Seenebel verwittern bald das Holz. So ein Holzblock lag hier auf einem Kindergrab, und eine der Frauen, die aus der Kirche kam, schritt auf das Grab zu. Sie blieb stehen, sah das halbzerfallene Stück Holz an. Nach einer Weile trat auch ihr Mann hinzu. Sie sprachen kein Wort, er nahm sie bei der Hand, und sie wanderten von dem Grabe fort, hinaus auf die braune Heide, über das Moorland hin, auf die Dünen zu. Lange schritten sie schweigend dahin.

»Es war eine gute Predigt heute«, sagte der Mann, »wenn man den lieben Gott nicht hätte, so hätte man nichts!«

»Ja«, sagte die Frau, »er schenkt Freude und Leid! Er hat das Recht dazu! – Morgen würde unser kleiner Junge fünf Jahre alt gewesen sein, wenn wir ihn hätten behalten dürfen!«

»Es kommt nichts dabei heraus, dass du trauerst«, sagte der Mann. »Ihm ist wohl! Er ist ja da, wohin zu kommen wir erflehen.«

Und dann sprachen sie nicht mehr, sondern schritten ihrem Hause zwischen den Dünen zu. Plötzlich erhob sich von einer der Dünen, an denen das Riedgras den Sand nicht festhielt, gleichsam eine mächtige Rauchwolke; es war ein Windstoß, der sich in die Dünen hineinbohrte und die feinen Sandkörnchen in die Höhe wirbelte; es kam noch ein Wirbelwind, und alle die auf Schnüren zum Trocknen aufgehängten Fische schlugen gegen die Wand des Häuschens; dann war alles wieder still; die Sonne brannte warm.

Mann und Frau gingen ins Haus hinein und bald waren die Sonntagskleider abgelegt, sie eilten dann über die Dünen hinüber, die wie ungeheure, in ihrer Bewegung plötzlich gesammelte Sandwellen dastanden; der Strandhafer und die scharfen, blaugrünen Halme des Riedgrases verliehen dem weißen Sand einigen Farbenwechsel.

Ein paar Nachbarn kamen herzu, sie waren einander behilflich, die Boote höher auf den Strand hinaufzuziehen. Der Wind nahm zu, er war schneidend kalt, und als sie über die Dünen zurückgingen, stoben ihnen Sand und kleine Steine ins Gesicht. Die Wellen türmten sich mit weißen Schaumkämmen hoch auf, und der Wind schnitt die obersten Spitzen ab, sodass der Gischt weit umherspritzte.

Es ward Abend, ein schwellendes Sausen erfüllte die Luft, heulend, klagend, gleich einer Heerschar verzweifelter Geister, es übertäubte das Rollen des Meeres, obwohl das Fischerhaus so nahe am Strande lag. Der Sand stob gegen die Fensterscheiben, und hin und wider kam ein Windstoß, der das Häuschen in seinem Grund erbeben machte. Es war dunkel, doch gegen Mitternacht würde der Mond aufgehen.

Die Luft klärte sich auf, aber der Sturm brauste in seiner ganzen Macht dahin über das tiefe, finstere Meer. Die Fischersleute hatten sich schon lange zur Ruhe begeben, aber in diesem Unwetter war nicht daran zu denken, ein Auge zu schließen. Da wurde an das Fenster geklopft, die Tür tat sich auf, und eine Stimme rief hinein:

»Ein großes Schiff steht auf der äußersten Sandbank fest!« Mit einem Sprung waren Mann und Frau aus dem Bett und in den Kleidern.

Der Mond war aufgegangen; es war hell genug, um zu sehen, hätte man nur die Augen vor dem Sandgestöber offen halten können; es war ein Wind, gegen den man sich hätte anlehnen können, und nur mit größter Mühe zwischen den Windstößen dahinkriechend, gelangte man über die Dünen, und hier flog durch die Luft gleich Schwanendaunen der salzige Gischt und Schaum vom Meere herauf, das sich wie ein rollender, kochender Wasserfall gegen die Küste wälzte. Man musste wirklich ein scharfes Auge haben, um das Schiff da draußen gleich zu erblicken; ein prächtiger Zweimaster war es; er wurde jetzt gerade über die Sandbank emporgehoben, drei oder vier Kabellängen hinter der gewöhnlichen Ufergrenze, er trieb dem Lande zu, stieß gegen die zweite Sandbank und stand fest. Hilfe zu bringen war unmöglich, die See war zu erregt, sie schlug gegen das Schiff und rollte darüber hinweg. Man glaubte das Notgeschrei, die Rufe der Todesangst zu hören, man sah die geschäftige, nutzlose Tätigkeit an Bord. Nun kam eine Welle, die gleich einem zertrümmernden Felsblock auf das Bugspriet niederfiel und es verschlang. Das Achterende hob sich hoch über dem Wasser empor. Zwei Menschen sprangen zusammen in die See, sie verschwanden einen Augenblick – und eine der größten Wellen, die nach den Dünen hinüberrollte, warf einen Körper an den Strand – es war eine Frau, eine Leiche, meinten die Fischer; ein paar von den Frauen beschäftigten sich mit ihr, sie glaubten noch Leben zu spüren und brachten die Fremde über die Dünen hinüber nach dem Fischerhäuschen. Wie schön war sie und wie fein, gewiss eine vornehme Dame.

Sie legten sie in das ärmliche Bett; es war kein Fetzen Leinwand darin, nur eine wollene Decke zum Einhüllen war da, und die war schön warm.

Das Leben kehrte wieder, aber die Fremde lag in wildem Fieber, sie wusste nicht, was geschehen war oder wo sie sich befand, und das war ja auch gut, denn alles, was ihr teuer war, lag auf dem Grunde des Meeres, es erging dem Schiff und der Mannschaft da draußen, wie das Heldenlied von »Des Königs Sohn aus Engelland« singt:

»Es war ein großes Jammern und Klagen,
Das Schiff war in tausend Stücke zerschlagen!«

Wrackstücke und Späne trieben an Land, sie war die einzige Überlebende von allen an Bord. Noch immer fuhr der Wind heulend über den Strand dahin. Einige Augenblicke schien sie zu ruhen, dann traten Schmerzen ein und laute Schreie drangen über ihre Lippen; sie schlug die schönen Augen auf und sagte einige Worte, die niemand hier verstehen konnte.

Und dann, als Lohn des Kampfes und der Schmerzen, hielt sie ein neugeborenes Kind in den Armen – ein Kind, das in dem reichen Hause auf einem Prunkbett mit seidenen Vorhängen hatte liegen sollen! Mit Jubel hatte es begrüßt werden sollen am Eingang in ein Leben, das reich war an irdischen Gütern, und nun hatte es Gott in diesem armseligen Winkel geboren werden lassen; nicht einmal einen Kuss bekam es von seiner Mutter!

Die Fischerfrau legte das Kind an die Brust der Mutter, und es lag an einem Herzen, das nicht mehr schlug, sie war tot. Das Kind, das Reichtum und Glück hatten groß saugen sollen, war in die Welt hineingeschleudert, von der See in die Dünen hineingespült, um das Los und die schweren Tage des Armen zu kosten.

Ein wenig südlich vom Nissumfjord war das Schiff gestrandet. Die harten, unmenschlichen Zeiten, in denen die Bewohner der Westküste den Schiffbrüchigen Böses widerfahren ließen, waren längst vorüber; Liebe und Mitgefühl, Aufopferung für die Schiffbrüchigen bekundeten sich dort, so wie sie in unserer Zeit zu finden sind und sich in den edelsten Zügen offenbaren; die sterbende Mutter und das elende Kind würden überall, wohin sie der Wind geweht hätte, sorgfältige Pflege gefunden haben, nirgends aber eine so herzliche wie bei der armen Fischerfrau, die noch gestern schweren Herzens an dem Grabe ihres Kindes stand, das heute fünf Jahre alt gewesen wäre, wenn ihm Gott vergönnt hätte zu leben.

Niemand wusste, wer die sterbende, fremde Frau war, oder woher sie kam. Die Splitter und Späne des Schiffes erzählten nicht davon.

In Spanien, in dem reichen Hause, traf niemals ein Brief oder eine Nachricht von der Tochter oder dem Schwiegersohn ein, sie waren nicht an ihrem Bestimmungsort angelangt; schwere Stürme hatten während der letzten Wochen gerast; man wartete Monate. – »Total verloren; alle untergegangen!«, das wussten sie.

Aber in den Dünen bei Huusby, im Hause des Fischers, hatten sie jetzt einen kleinen Jungen.

Wo Gott Zweien Nahrung beschert, wird wohl auch der Dritte satt, und in der Nähe des Meeres gibt es schon ein Gericht Fische für einen hungrigen Magen. Jörgen nannten sie den Knaben.

»Es ist gewiss ein Judenkind«, hieß es, »er sieht so schwarz aus!« – »Es kann auch ein Italiener oder ein Spanier sein!«, sagte der Pfarrer. Alle diese drei Völkerstämme, meinte die Fischerfrau, kämen ganz auf eins heraus, und sie tröstete sich damit, dass das Kind christlich getauft war. Der Junge gedieh, das adelige Blut hielt sich warm und sog Kräfte aus der ärmlichen Kost, wuchs heran in dem geringen Haus; die dänische Sprache, so wie sie der Westjüte spricht, wurde seine Sprache. Der Granatkern aus dem spanischen Erdboden ward eine Riedgraspflanze an der Westküste von Jütland, so kann es einem Menschen ergehen! An dies Heim klammerte er sich an mit den jahrelangen Wurzeln seines Lebens. Hunger und Kälte, Drangsal und Not der Armen sollte er kennen lernen, aber auch die Freude der Armut!

Das Kindesalter hat für jeden seine Lichthöhen, die dann später das ganze Leben durchstrahlen. Welch eine Fülle von Lust und Spiel hatte er nicht! Der ganze Strand lag meilenweit voll von Spielzeug: ein Mosaik von rund geschliffenen Steinen, rote wie Korallen, gelbe wie Bernstein, und weiße, länglich geformte, als seien es Vogeleier; sie lagen in allen Farben da, und alle vom Meere geglättet und geschliffen. Selbst das gebleichte Fischskelett, die im Winde getrockneten Wasserpflanzen, der Seetang, schimmernd weiß, lang und schmal wie leinene Bänder, der zwischen den Steinen flatterte, alles war Spiel und Lust für das Auge und für den Gedanken; und der Knabe war ein aufgewecktes Kind, viele und große Fähigkeiten lagen in ihm verborgen. Wie leicht konnte er nicht Geschichten und Lieder behalten, die er hörte, und dabei war er von großer Fingerfertigkeit: aus Steinen und Muscheln setzte er ganze Schiffe zusammen und Bilder, mit denen man die Stube schmücken konnte. Er könne seine Gedanken erstaunlich aus einem Stück Holz herausschnitzen, sagte die Pflegemutter, und der Knabe war doch noch so klein; schön klang seine Stimme, die Melodien flossen ihm sogleich von der Zunge. Viele Saiten waren in seiner Brust gespannt, sie hätten in die Welt hinaus klingen können, wäre er anderswohin gestellt worden als in das Fischerhäuschen an der Nordsee.

Eines Tages strandete wieder ein Schiff; eine Kiste mit seltenen Blumenzwiebeln trieb an Land; einige nahm man und tat sie in einen Kochtopf, man glaubte, sie seien genießbar, andere lagen im Sande und verfaulten, sie gelangten nicht zu ihrer Bestimmung, die Farbenpracht und die Herrlichkeit zu entfalten, die in ihnen lag – würde es Jörgen besser ergehen? Mit den Blumenzwiebeln war es gar bald vorbei, er hatte noch lange Jahre vor sich.

Weder ihm noch irgendeinem andern da drüben kam es jemals in den Sinn, wie einsam und einförmig der Tag verstrich, da war vollauf zu tun, zu hören und zu sehen.

Das Meer selbst war ein großes Lehrbuch, jeden Tag bot es ein neues Blatt dar, Meeresstille, Dünung, frische Brise und Sturm; Strandungen waren die Glanzpunkte, der Kirchgang war ein Festbesuch, doch war im Fischerhause von Besuchen namentlich einer willkommen, der sich alljährlich zweimal wiederholte, das war der Besuch von der Mutter Bruder, dem Aalbauer auf Fjaltring oben in der Nähe des Bowberges; er kam mit einem rot angestrichenen Wagen voller Aale, der Wagen war verschlossen wie ein Sarg und mit blauen und weißen Tulpen bemalt, er wurde von zwei falben Ochsen gezogen und Jörgen erhielt Erlaubnis, sie zu lenken.

Der Aalbauer war der gute Kopf, der muntere Gast, er führte ein Fässchen voll Branntwein bei sich, jeder bekam einen Schnaps daraus oder eine Kaffeetasse voll, wenn es an einem Glas fehlte, selbst Jörgen, so klein er war, bekam einen guten Fingerhut voll, das sei, um den fetten Aal festzuhalten, sagte der Aalbauer, und dann erzählte er immer dieselbe Geschichte, und wenn man darüber lachte, erzählte er sie denselben Zuhörern gleich noch einmal; das tun alle redseligen Leute! Und da Jörgen während seines ganzen Heranwachsens und auch später noch Nutzanwendung und Redensarten aus dieser Geschichte entnahm, so müssen wir sie wohl hören.

»Den Bach hinauf gingen die Aale, und die Aalmutter sagte zu ihren Töchtern, die sie baten, ob sie nicht allein ein wenig den Bach hinauslaufen dürften: ›Geht nicht zu weit, sonst kommt der böse Aalfänger und steckt euch alle in einen Sack!‹ – Aber sie gingen zu weit, und von den acht Töchtern kamen nur drei wieder zu der Aalmutter zurück, und die jammerten: ›Wir waren nur ein ganz klein wenig vor die Tür gegangen, gleich kam der böse Aalfänger und stach unsere fünf Schwestern tot!‹ – ›Die werden schon wiederkommen!‹, sagte die Aalmutter. ›Nein‹, sagten die Töchter, ›denn er hat ihnen die Haut abgezogen, sie in Stücke zerschnitten und sie gebraten.‹ – ›Sie werden schon wiederkommen!‹, sagte die Aalmutter. ›Ja, aber er hat sie aufgegessen!‹ – ›Die kommen schon wieder!‹, sagte die Aalmutter. ›Aber dann hat er Branntwein hinterher getrunken!‹, sagten die Töchter. – ›Au, au! Dann kommen sie nie wieder!‹, heulte die Aalmutter, ›der Branntwein begräbt den Aal!‹ Und darum soll man immer sein Glas Branntwein zu dem Gericht trinken!«, sagte der Aalbauer.

Und diese Geschichte wurde der Flittergoldfaden, der Faden des Humors in Jörgens Leben. Auch er wollte gern zur Tür hinaus, ein wenig »den Bach aufwärts«, das heißt mit einem Schiff in die Welt hinaus, und die Mutter sagte, so wie die Aalmutter: »Da sind viele böse Menschen, Aalfänger!« Aber ein wenig über die Dünen hinaus, nur ein wenig in die Heide hinein dürfe er doch; und die Erlaubnis ward ihm. Vier fröhliche Tage, die lichtesten in seiner ganzen Kindheit, brachen für ihn an; die ganze Schönheit Jütlands, die Freude und der Sonnenschein der Heimat lagen in dieser Spanne Zeit; er sollte zu einem Festschmaus, ein Leichenschmaus war es freilich.

Ein wohlhabender Verwandter der Fischerfamilie war gestorben; das Gehöft lag landeinwärts, »nach Osten zu, einen Strich gegen Norden«, wie es hieß. Vater und Mutter wollten dorthin, und Jörgen sollte mit. Von den Dünen über Heide und Moorland kamen sie an die grüne Wiese, wo sich der Skjärumbach Bahn bricht, der Bach mit den vielen Aalen, in dem die Aalmutter mit ihren Töchtern wohnte, die von bösen Menschen gefangen und in Stücke geschnitten wurden; doch besser hatten selbst die Menschen oft nicht gegen ihre Mitmenschen gehandelt. Auch der Ritter, Herr Bugge, von dem das alte Lied erzählt, wurde von bösen Menschen ermordet, und obwohl man ihn »den Guten« zu nennen pflegte, wollte er ja doch den Baumeister totschlagen, der ihm das Schloss mit dem Turm und den dicken Mauern erbaut hatte, dort wo Jörgen mit seinen Pflegeeltern stand, wo der Skjärumbach sich in den Nissumfjord ergießt. Der Schlosshügel war noch zu sehen, und rote Mauerbrocken lagen rings herum. Hier hatte Ritter Bugge, als der Baumeister abgereist war, zu seinem Knappen gesagt: »Geh ihm nach und sage: ›Meister, der Turm wackelt!‹ Und wenn er sich umwendet, so schlägst du ihn tot und nimmst ihm das Geld ab, das er von mir bekommen hat, wendet er sich aber nicht um, so lass ihn in Frieden ziehen!« Und der Bursche gehorchte, und der Baumeister sagte: »Der Turm wackelt nicht, es wird aber einstmals von Westen her ein Mann in einem blauen Mantel kommen, der wird ihn zum Wanken bringen!« Und das geschah hundert Jahre später, da brach die Nordsee herein, und der Turm stürzte zusammen, aber der Besitzer des Schlosses, Predbjörn Gyldenstjerne, baute sich höher hinauf, wo die Wiese aufhört, ein neues Schloss, und das steht noch heute, es heißt Nörre-Vosborg.

Die Wanderung führte Jörgen und seine Pflegeeltern dort vorüber; man hatte ihm während der langen Winterabende von allen diesen Stätten erzählt, und nun sah er das Schloss mit seinen doppelten Gräben, mit seinen Bäumen und Büschen; der von Farnkräutern überwucherte Wall erhob sich da drinnen. Am schönsten aber waren die hohen Linden, die bis an den Dachfirst hinausragten und die Luft mit dem süßesten Duft erfüllten. Nach Nordwesten zu, in der Ecke des Gartens, stand ein großer Strauch mit Blüten, die in all dem Sommergrün aussahen wie Winterschnee; das war ein Holunderbusch, der erste, den Jörgen hatte blühen sehen. Der und die Linden wurden im Laufe der Jahre in seiner Erinnerung die Verkörperung von Dänemarks Duft und Schönheit, die die Kinderseele für den alten Mann aufbewahrte.

Von Nörre-Vosborg, wo der Holunder blühte, gestaltete sich die Reise bequemer, denn sie trafen andere Gäste, die auch zur Leichenfeier wollten, und mit denen fuhren sie weiter, freilich mussten sie alle drei hinten auf einer kleinen eisenbeschlagenen Kiste sitzen, aber es sei doch besser als zu gehen, meinten sie. Die Fahrt ging über die holperige Heide dahin; die Ochsen, die den Wagen zogen, blieben hin und wieder stehen, wenn ein frischer Grasfleck zwischen dem Heidekraut hervorlugte. Die Sonne schien warm, und wunderlich war es, in der Ferne einen wallenden Rauch zu sehen, der klarer war als die Luft, man konnte dadurch hindurch sehen, es war, als rollten und tanzten die Lichtstrahlen über die Heide hin.

»Das ist der Lokemann, der seine Schafherde treibt«, hieß es, und das genügte Jörgen, es war ihm, als fahre er in das Land der Märchen hinein, und doch befand er sich in der Wirklichkeit.

Wie still es hier war! Weit und groß dehnte sich die Heide aus wie ein köstlicher Teppich. Das Heidekraut blühte, die zypressengrünen Wacholdersträucher und die frischen Eichenschösslinge kamen wie Sträuße aus dem Heidekraut hervor. Wie einladend war es, sich hier zu tummeln! Wenn nur nicht die vielen, giftigen Nattern gewesen wären! Von denen sprach man und von den vielen Wölfen, die hier gehaust hatten, weshalb auch der Kreis noch Wolfburg-Harde hieß. Der Alte, der fuhr, erzählte aus seines Vaters Lebzeilen, wie die Pferde hier draußen oft einen harten Kampf mit den jetzt ausgerotteten wilden Tieren gekämpft hatten, und wie er eines Morgens, als er hier herkam, eines seiner Pferde auf einem Wolfe stehend fand, den es totgetreten hatte, aber das Fleisch von den Beinen des Pferdes war ganz abgenagt.

Nur zu schnell ging der Weg über die Heide durch den tiefen Sand. Sie hielten vor dem Trauerhause, wo es von Gästen wimmelte, drinnen wie draußen; ein Wagen stand neben dem andern, Pferde und Ochsen gingen auf der mageren Weide; große Sanddünen wie daheim an der Nordsee erhoben sich hinter dem Hofe, dehnten sich weit und breit aus. Wie waren die hier heraufgekommen, drei Meilen ins Land hinein, und ebenso hoch und gewaltig wie am Strande? Der Wind hatte sie in die Höhe gehoben und hierher getragen, sie hatten auch ihre Geschichte.

Es wurden geistliche Lieder gesungen, und von ein paar alten Leuten wurde auch geweint, sonst war alles höchst heiter und vergnügt, fand Jörgen; hier war Essen und Trinken in Hülle und Fülle, die schönsten fetten Aale, und auf die muss man einen Schnaps Branntwein trinken; »das hält den Aal!«, hatte der Aalbauer gesagt, und die Worte wurden hier allerdings zur Tat.

Jörgen war drinnen und Jörgen war draußen; am dritten Tage fühlte er sich hier so heimisch wie im Fischerhänschen und in den Dünen, wo er alle seine bisherigen Tage verlebt hatte. Hier auf der Heide herrschte freilich ein ganz andrer Reichtum, da wimmelte es von Heideblüten und von Preiselbeeren, sie quollen so groß und so süß hervor, dass man sie ordentlich mit dem Fuß zerquetschte, sodass die Heide von dem roten Saft troff.

Hier lag ein Hünengrab, dort noch eins, Rauchsäulen stiegen in die stille Luft auf, das sei der Heidebrand, sagte man, der leuchtete schön am späten Abend.

Und dann kam der vierte Tag, und dann hatte der Leichenschmaus ein Ende – nun ging es wieder von den Landdünen nach den Stranddünen.

»Unsere sind doch die richtigen«, sagte der Vater, »diese hier haben keine Macht!«

Und es wurde darüber geredet, wie sie hierher gekommen waren, und das war alles sehr begreiflich: Am Strande war eine Leiche gefunden, die Bauern hatten sie auf dem Kirchhof begraben, und von da an begann der Sandflug, das Meer wälzte sich mit aller Macht gegen das Ufer; ein kluger Mann im Kirchspiel riet, das Grab zu öffnen und nachzusehen, ob der Begrabene nicht daliege und auf seinem Daumen lutsche, denn dann sei der, den sie begraben hatten, ein Meermann, und das Meer würde nicht eher ruhen, als bis es ihn zurückgeholt habe. Man öffnete das Grab, und er lag wirklich da und lutschte auf seinem Daumen, und da luden sie ihn schnell auf eine Karre, spannten zwei Ochsen davor, und wie von einer Tarantel gestochen, sausten die über die Heide und das Moor dahin, ins Meer hinaus, und von Stund an hielt der Flugsand inne, aber die Dünen stehen noch heute.

Das alles hörte Jörgen und behielt es im Gedächtnis aus den glücklichsten Tagen seiner Kindheit, den Tagen des Leichenschmauses.

Herrlich war es, hinauszukommen, neue Gegenden und neue Menschen zu sehen, und er sollte noch viel weiter hinauskommen. Er war noch nicht vierzehn Jahre alt, noch ein Kind, da fuhr er mit einem Schiff hinaus, um kennen zu lernen, was die Welt geben kann: böses Wetter, harte See, bösen Sinn und harte Menschen! Er war Schiffsjunge! Schmale Kost, kalte Nächte, Prügel mit dem Tauende und Faustschläge setzte es, da wallte etwas in seinem hochadeligen spanischen Blut auf, und bittere, böse Worte schäumten ihm um die Lippen, aber es war wohl das klügste, sie wieder herunterzuschlucken, und das war für ihn dasselbe Gefühl wie für den Aal, wenn ihm die Haut abgezogen, und er in Stücke zerschnitten und in die Pfanne gelegt wird.

»Mir wird schon Vergeltung werden!«, sprach es in seinem Innern. Er sah die spanische Küste, das Vaterland seiner Eltern, die Stadt selbst, in der sie in Glück und Wohlstand gelebt hatten, aber er wusste nichts von Heimat und Verwandtschaft, seine Familie wusste noch weniger von ihm.

Der arme Schiffsjunge durfte auch nicht an Land gehen – nur am letzten Tage, als das Schiff hier lag, kam er an Land; es sollten allerlei Einkäufe gemacht werden, und er sollte die Waren an Bord tragen.

Da stand nun Jörgen in seinen schlechten Kleidern, die aussahen, als seien sie im Graben gewaschen und im Schornstein getrocknet. Zum ersten Mal sah er, das Kind der Dünen, eine große Stadt. Wie hoch waren doch die Häuser, wie eng die Straßen, wie wimmelte es überall von Menschen! Einige drängten hier, andere dort, es war ein förmlicher Wirbelstrom von Städtern und Bauern, Mönchen und Soldaten; da war ein Rufen und Schreien, ein Glockengeläute von Eseln und Mauleseln, auch die Kirchenglocken klangen mit drein; da ertönte Gesang und Klang und Klopfen, denn jeder Stand hatte seine Werkstatt auf dem Hausflur oder auf dem Bürgerstieg, und dabei brannte die Sonne so heiß, die Luft war so drückend, es war, als sei man in einen Backofen hineingeraten, in dem es von Mistkäfern und Maikäfern, Bienen und Fliegen summte und surrte; Jörgen wusste nicht mehr, wo er ging oder stand. Da sah er gerade vor sich das mächtige Portal des Domes, die Lichter strahlten aus den dämmerigen Wölbungen heraus, und ein Räucherduft quoll ihm entgegen. Selbst der ärmlichste Bettler in Lumpen wagte sich die Treppe hinan und in den Dom hinein. Der Matrose, dem Jörgen beigegeben war, legte den Weg durch die Kirche, und Jörgen stand im Heiligtum. Bunte Bilder strahlten auf goldenem Grund. Die Gottesmutter und das Jesuskind standen am Altar zwischen Blumen und Lichtern, Priester in Hochmesskleidern sangen, und schöne, geputzte Chorknaben schwangen die silbernen Räuchergefäße, es war eine Herrlichkeit und Pracht; es durchströmte Jörgens Seele, es überwältigte ihn; die Kirche und der Glaube seiner Eltern umfingen ihn und schlugen einen Akkord in seiner Seele an, sodass ihm die Tränen in die Augen traten.

Von der Kirche ging es auf den Marktplatz, hier bekam er eine Menge Küchengerätschaften und Esswaren zu tragen; der Weg war nicht kurz, er wurde müde, und dann ruhte er vor einem großen, prächtigen Hause mit Marmorsäulen, Statuen und breiten Treppen aus, er lehnte seine Last gegen die Mauer; da kam ein galonierter Portier, erhob seinen silberbeschlagenen Stock und jagte ihn weg, ihn – den Enkel des Hauses! Aber das wusste niemand dort, und er am allerwenigsten.

Und dann kam er wieder an Bord, bekam Püffe und harte Worte, wenig Schlaf und viel Arbeit – und dann hatte er auch das versucht! Und es soll ja gut sein, in der Jugend Böses zu erleiden, heißt es – ja, wenn das Alter dann nachher gut wird!

Seine Heuerzeit war abgelaufen, das Schiff lag wieder in Jütland, im Ringköbinger Fjord, er kam an Land und nach Hause in die Hütte zwischen den Dünen, aber die Mutter war gestorben, während er auf der Reise gewesen war.

Ein strenger Winter zog ins Land; Schneestürme jagten über Meer und Land dahin, man konnte sich nur mit Mühe seinen Weg bahnen. Wie verschieden war hier auf Erden nicht alles verteilt! Hier eine so eisige Kälte und stiebender Schnee, während in Spanien brennende, ja nur allzu brennende Sonnenglut herrschte, und doch, wenn es hier in der Heimat nur einmal einen Tag so recht frostklar war, und Jörgen die Schwäne vom Meer landeinwärts über den Nissumfjord und nach Nörre-Vosborg hinüberziehen sah, so meinte er, dass man hier am leichtesten atme, und dass auch hier der Sommer gar herrlich sei. In Gedanken sah er dann die Heide blühen und mit reifen, saftigen Beeren prangen; die Linden und der Holunderstrauch bei Vosborg sah er in Blüte stehen; ja, dahin musste er doch noch einmal.

Der Frühling kam heran, die Fischerei begann, Jörgen war dabei behilflich. Er war in dem letzten Jahr gewachsen und war flink bei der Arbeit. Es war Leben in ihm, er konnte schwimmen, Wassertreten, sich herumdrehen und tummeln; oft wurde er gewarnt, sich vor den Makrelenschwärmen zu hüten; die packen den besten Schwimmer, ziehen ihn unters Wasser und fressen ihn auf. Aber das sollte Jörgens Los nicht sein.

Beim Nachbar in den Dünen war ein Knabe namens Martin, mit dem konnte sich Jörgen gut vertragen, und sie ließen sich beide auf demselben Schiffe nach Norwegen anheuern, gingen auch nach Holland, und sie gerieten nie in Uneinigkeit miteinander, aber das kann ja gar leicht kommen, und wenn man von Natur ein wenig heftig ist, so macht man leicht zu starke Gebärden, und das tat Jörgen auch einmal, als sie an Bord über nichts in Streit gerieten. Sie saßen gerade hinter der Kajüte und aßen aus einer tönernen Schüssel, die sie zwischen sich hatten, Jörgen hielt sein Taschenmesser in der Hand, er erhob es gegen Martin und wurde dabei kreideweiß und sah böse aus den Augen. Und Martin sagte nur:

»Ach so, du bist von der Art, die das Messer gebrauchen!«

Kaum war das gesagt, so fiel auch Jörgens Hand wieder herab, er sprach kein Wort, aß seine Schüssel leer und ging dann an seine Arbeit. Als die beendet war, trat er an Martin heran und sagte: »Schlag mich nur gerade ins Gesicht! Ich hab es verdient! Mir ist, als hätte ich einen Topf in mir, der überkocht!«

»Lass es nur gut sein«, sagte Martin, und dann waren sie fast noch einmal so gute Freunde; ja, als sie dann nach Jütland in die Dünen heimkehrten und von allem sprachen, was sie erlebt hatten, wurde auch das erwähnt; Jörgen könne überkochen, aber er sei trotzdem ein braver Kochtopf!

Jung und gesund waren sie beide, gut gewachsen und mit starken Gliedern, aber Jörgen war der geschmeidigste.

In Norwegen ziehen die Bauern auf die Sennhütten und führen das Vieh auf den Bergen auf die Weide, an der Westküste von Jütland hat man in den Dünen Hütten errichtet, die aus Wrackholz gebaut und mit Heidetorf und Heidekraut gedeckt sind, Schlafstellen ziehen sich rings an den Wänden entlang, und hier schlafen, wohnen und hausen im Frühlenz die Fischer. Jeder hat sein Mädchen, und ihr Amt besteht darin, den Köder an den Angelhaken zu stecken, die Fischer am Landungssteg mit Warmbier zu empfangen, und ihnen Essen zu bereiten, wenn sie müde in die Hütte heimkehren. Die Mädchen schleppen die Fische aus den Booten, nehmen sie aus und haben viel zu tun.

Jörgen, sein Vater, ein paar andre Fischer und ihre Mädchen hatten eine Hütte zusammen; Martin wohnte in der zunächst gelegenen.

Eins von den Mädchen, namens Else, hatte Jörgen von Kindheit an gekannt; die beiden vertrugen sich gut und hatten in vielen Stücken denselben Sinn, waren aber in ihrem Äußeren die krassesten Gegensätze; er war braun von Hautfarbe, und sie war weiß, sie hatte flachsblondes Haar und ihre Augen waren so blau wie das Meer bei Sonnenschein.

Eines Tages, als sie zusammen gingen und Jörgen ihre Hand so recht innig und fest in der seinen hielt, sagte sie zu ihm: »Jörgen, ich hab was auf dem Herzen! Lass mich dein Mädchen sein, denn du bist mir wie ein Bruder, aber Martin, der mich gedungen hat, der ist mein Liebster – aber den andern brauchst du das nicht zu erzählen!«

Und Jörgen war es, als gerate der Flugsand unter ihm in Bewegung, aber er sagte kein Wort, sondern nickte nur, und das bedeutet dasselbe wie Ja; mehr tat nicht nötig, aber er fühlte auf einmal in seinem Herzen, dass er Martin nicht ausstehen konnte – und je länger er darüber nachdachte – früher hatte er noch nie so an Else gedacht – desto klarer wurde es ihm, dass ihm Martin das einzige gestohlen hatte, was er liebte, und das war Else – jetzt war ihm das klar geworden.

Bei einigermaßen bewegter See, wenn die Fischer heimkehren, muss man sie mit ihrem Boot über die Sandbänke setzen sehen: einer der Leute steht aufrecht im Vordersteven, die andern beobachten ihn, sie sitzen, die Ruder in den Händen, da und rudern in der Nähe der Sandbank rückwärts, bis er ihnen ein Zeichen gibt, dass jetzt die große Welle kommt, die das Boot hinüberträgt, und die es so hoch hebt, dass man vom Ufer aus den Kiel sehen kann, im nächsten Augenblick ist das ganze Fahrzeug von den sich davor aufbäumenden Wellen verdeckt, man sieht weder Boot noch Leute oder Mast, und man könnte glauben, dass das Meer sie alle verschlungen habe, im nächsten Augenblick tauchen sie dann empor, als krabbele ein mächtiges Säugetier aus den Wellen heraus, die Ruder bewegen sich wie bewegliche Beine; bei der zweiten und dritten Sandbank geht es ganz so wie bei der ersten, und dann springen die Fischer ins Wasser, ziehen das Boot an Land, jeder Wellenschlag hilft ihnen und bringt sie einen guten Ruck vorwärts, bis sie es aus dem Bereich der Brandung gerettet haben.

Ein falsches Kommando vor der Sandbank, ein Zaudern, und sie leiden Schiffbruch.

»Dann wäre es mit mir vorbei und mit Martin auch!« Der Gedanke packte Jörgen draußen auf der See, wo gerade sein Pflegevater schwer erkrankt war. Das Fieber schüttelte ihn. Das Boot befand sich kurz vor der ersten Sandbank. Da sprang Jörgen im Vordersteven in die Höhe.

»Vater, lass mich!«, sagte er, und sein Blick glitt über Martin und über die Wellen hin, aber als sich jedes Ruder unter den kräftigen Schlägen bewegte und die große Welle kam, sah er in das blasse Gesicht seines Vaters und – vermochte nicht, seiner bösen Eingebung zu gehorchen. Das Boot gelangte glücklich über die Sandbänke und ans Ufer, aber der böse Gedanke lag ihm im Blut und kochte wieder und wieder jede kleine Faser der Bitterkeit auf, die aus der Zeit der Kameradschaft in seinem Innern zurückgeblieben war, doch konnte er kein Tau daraus winden, und so unterließ er es. Martin hatte ihn um sein Glück betrogen, das fühlte er, und das war genug, um ihn zu hassen. Ein paar von den Fischern bemerkten es, Martin freilich nicht, er war, so wie immer, hilfreich und redselig, vielleicht ein wenig zuviel von dem letztern.

Jörgens Pflegevater musste das Bett hüten, es ward sein Totenbett, in der Woche darauf starb er – und dann erbte Jörgen das Haus in den Dünen, ein kleines Haus zwar nur, aber doch immerhin etwas, so viel hatte Martin nicht.

»Jetzt nimmst du wohl keine Heuer mehr an, Jörgen«, meinte einer der alten Fischer, »du bleibst nun wohl bei uns?«

Aber daran dachte Jörgen nicht; er dachte gerade daran, sich ein wenig in der Welt umzusehen. Der Aalbauer aus Fjaltring hatte einen Oheim in Alt-Skagen, der war Fischer, aber zugleich ein wohlhabender Kaufmann, der Schiffe auf See hatte. Es sollte so ein prächtiger alter Mann sein, in dessen Dienst man es wohl gut haben konnte. Alt-Skagen liegt im höchsten Norden von Jütland so weit von den Huusbyer Dünen entfernt, wie man hier im Lande nur kommen kann, und das war es wohl, was Jörgen bei der Sache am besten gefiel, er wollte nicht einmal zu Elses und Martins Hochzeit bleiben, die in einigen Wochen stattfinden sollte.

Es sei ein Unsinn, jetzt wegzugehen, meinte der alte Fischer, Jörgen habe ja jetzt ein Haus; Else würde ihn sicher lieber nehmen als Martin.

Jörgen antwortete so ausweichend hierauf, es war nicht leicht, aus seiner Rede klug zu werden; aber der Alte führte ihm Else zu; sie sagte nicht viel, das aber sagte sie:

»Jetzt hast du ein Haus! Das muss man wohl erwägen.«

Und Jörgen erwog vielerlei.

Das Meer hat schwere Wogen, im Menschenherzen wogt es noch heftiger; es gingen vielerlei Gedanken, starke wie schwache, durch Jörgens Kopf und Sinn, und er fragte Else:

»Wenn nun Martin ein Haus hätte, so wie ich, wen von uns beiden nähmst du dann am liebsten?«

»Aber Martin hat kein Haus und wird auch keins kriegen!«

»Aber denken wir uns, dass er eins kriegte!«

»Ja, dann nähme ich wohl Martin, denn so ist mir nun einmal ums Herz! Aber davon kann man nicht leben!«

Und Jörgen dachte die ganze Nacht darüber nach. Da war etwas in ihm, worüber er sich nicht klar werden konnte, aber er hatte einen Gedanken, der stärker war als seine Liebe zu Else; – und dann ging er zu Martin, und was er zu ihm sagte und dort tat, hatte er wohl überlegt, er überließ Martin das Haus zu den billigsten Bedingungen, er selbst wolle wieder zu See gehen, danach stünde ihm der Sinn. Und Else küsste ihn mitten auf den Mund, als sie das hörte, denn sie liebte ja Martin am meisten.

In früher Morgenstunde wollte Jörgen fort. Am Abend vorher, es war sehr spät, überkam ihn die Lust, Martin noch einmal zu besuchen; er ging, und in den Dünen begegnete er dem alten Fischer, dem seine Abreise gar nicht in den Sinn wollte. Martin habe sich gewiss einen Entenschnabel in die Hose genäht, meinte er, denn die Mädchen wären ja alle ganz weg in ihn. Jörgen hörte nicht auf die Rede des Alten, nahm Abschied von ihm und ging nach dem Hause, wo Martin wohnte. Er hörte lautes Reden da drinnen, Martin war nicht allein; Jörgen schwankte, mit Else mochte er am wenigsten zusammentreffen, und wenn er es sich recht überlegte, wollte er auch nicht, dass Martin sich noch einmal bei ihm bedanken sollte, und so kehrte er denn um.

Am andern Morgen, vor Tagesanbruch, schnürte er sein Bündel, nahm seinen Vorratskasten und ging durch die Dünen hinab, dem Strande zu; es war dort leichter zu gehen als in dem schweren Sand; auch war der Weg kürzer, denn er wollte erst nach Fjaltring, wo der Aalbauer wohnte, dem er einen Besuch versprochen hatte.

Das Meer lag blank und blau, Muscheln und Steinchen lagen da, sein Kinderspielzeug, sie knirschten ihm unter den Füßen. Während er so dahinging, fing seine Nase an zu bluten, es war nur etwas Geringfügiges, aber auch das kann seine Bedeutung haben; ein paar große Blutstropfen fielen auf seinen Ärmel, er wusch sie ab, brachte das Blut zum Stehen, und es war ihm, als habe ihm der Blutverlust Kopf und Sinn ordentlich erleichtert. – Im Sande blühte Meerkohl; er brach einen Zweig ab und steckte ihn an seinen Hut; fröhlich und unverzagt wollte er sein, ging es doch in die weite Welt hinaus, »ein wenig vor die Tür, den Bach hinauf«, so wie es die Aalkinder gewollt hatten. »Nehmt euch vor den bösen Menschen in acht, sie fangen euch, schneiden euch in Stücke und legen euch in die Pfanne!«, wiederholte er im stillen und lächelte dazu; er würde schon mit heiler Haut durch die Welt kommen! Guter Mut ist eine gute Wehr!

Die Sonne stand schon hoch am Himmel, als er sich der schmalen Einfahrt in die Nissumer Bucht näherte; er sah zurück und gewahrte in einiger Entfernung zwei zu Pferd, andre folgten, sie schienen große Eile zu haben, aber ihn ging das gar nichts an.

Das Fährboot lag auf der andern Seite der Einfahrt; Jörgen rief, bis es kam, und stieg dann hinein; aber ehe noch der Schiffer den halben Weg zurückgelegt halte, kamen die Männer, die so schnell hinter ihm drein geritten waren; sie liefen, sie drohten und nannten den Namen der Obrigkeit. Jörgen begriff nicht, was das bedeuten sollte, hielt es aber für das richtigste, umzukehren; er griff selbst nach dem einen Ruder und ruderte zurück; im selben Augenblick sprangen die Leute in das Boot, und ehe er sich's versah, schlangen sie einen Strick um seine Hände.

»Deine böse Tat wird dir das Leben kosten«, sagten sie; »gut, dass wir dich erwischten!«

Er sollte einen Mord begangen haben – das war es, was man ihm zur Last legte. Martin war tot mit einem Messerstich durch den Hals gefunden; einer von den Fischern war gestern Abend in später Stunde Jörgen begegnet, der zu Martin gegangen war; es war nicht das erste Mal, dass Jörgen das Messer gegen ihn erhoben hatte, das wusste man; er musste der

Mörder sein, es handelte sich jetzt nur darum, ihn in sicheres Gewahrsam zu bringen. Der Weg bis zur Stadt Ringköbing war weit, der Wind wehte aus Westen, man brauchte keine halbe Stunde, um über die Bucht zu gelangen, und von dort war es nur eine Viertelmeile bis nach Nörre-Vosborg, dem starken Schloss mit Wällen und Gräben. Im Boot saß ein Bruder des Großknechts dort, der meinte, dass man ohne Schwierigkeiten Jörgen dort ins Loch stecken würde, wo auch die Lange-Margrethe, die Zigeunerin, vor ihrer Hinrichtung gesessen hatte.

Niemand hörte Jörgens Verteidigung an, ein paar Blutstropfen an seinem Hemd sprachen schwer gegen ihn. Er war sich seiner Unschuld bewusst, und da er hier keine Rechtfertigung erlangen konnte, so ergab er sich in sein Schicksal.

Gerade an der Stelle, wo Ritter Bugges Schloss gestanden hatte, und wo Jörgen mit seinen Eltern auf der Wanderung zu einer Begräbnisfeier umhergegangen war, während jener vier seligen, lichten Tage der Kindheit, gingen sie an Land. Man führte ihn denselben Weg über die Wiese nach Vosborg, und dort stand der Holunderbaum in voller Blüte, die hohen Linden dufteten, es war ihm, als sei er erst gestern hier gewesen.

Im linken Flügel führt eine Treppe unter den hohen Turm in einen niedrigen, gewölbten Keller, und von hier aus hatte sich Lange-Margrethe zur Richtstätte begeben; sie hatte fünf Kinderherzen gegessen und war in dem Wahn gewesen, dass sie hätte fliegen und sich unsichtbar machen können, wenn sie nur noch zweie dazu bekommen hätte. In der Mauer befand sich ein kleines, enges, fensterloses Luftloch; die duftenden Linden da draußen vermochten nicht, einen Hauch der Erfrischung hier hinein zu senden, alles war nasskalt und modrig hier drinnen; nur eine Pritsche stand da, aber ein gutes Gewissen ist ein gutes Ruhekissen, ja, daher konnte denn Jörgen auch sanft liegen.

Die Tür aus dicken Bohlen war geschlossen, eine eiserne Stange war davor geschoben, aber der Alpdruck des Aberglaubens schleicht durch ein Schlüsselloch, im Schloss wie in der Hütte, warum denn nicht auch hier, wo Jörgen jetzt saß und an Lange-Margrethe und ihre Untaten dachte; ihre letzten Gedanken hatten den Raum erfüllt in der Nacht vor ihrer Hinrichtung. Er dachte an all die Zauberei, die hier in alten Zeiten geübt ward, als Herr Schwanwedel noch hier wohnte, und es war ja ganz bekannt, dass man den Kettenhund, der auf der Brücke stand, jeden Morgen an der Kette über das Geländer hinabhängend gefunden hatte. Alles erfüllte und durchschauerte Jörgen, doch ein Sonnenstrahl drang von außen her in die Finsternis hinein, die Erinnerung an den blühenden Holunderstrauch und die hohen Linden.

Lange saß er dort nicht, er wurde nach Ringköbing geführt, wo sein Gefängnis ebenso strenge war.

Es waren damals andre Zeiten wie jetzt; der gemeine Mann hatte ein hartes Los; es war noch nicht lange her, seit Bauernhöfe und Bauerndörfer in neue Rittergüter umgeschmolzen wurden, und unter diesem Regiment wurden oft Kutscher und Diener zu Amtsrichtern, die um eines kleinen Versehens willen den Geringen zu Verlust von Hab und Gut und zu Staupenschlag verurteilen konnten; noch fanden sich hier und da Richter dieser Art, und im jütischen Lande, fern von Kopenhagen und den aufgeklärten, wohlgesinnten Lenkern, ward das Gesetz oft noch recht willkürlich gehandhabt, und das geringste Ungemach, das Jörgen treffen konnte, war, dass man seine Sache in die Länge zog.

Bitterlich kalt war es, wo er saß; wann würde seine Haft ein Ende nehmen? Unverschuldet war er in Ungemach und Elend geraten, das war nun einmal sein Los! Er hatte jetzt Zeit, darüber nachzudenken, warum ihm gerade so etwas beschieden war. Ja, das würde sich erst im jenseitigen Leben aufklären, das sicherlich unser harrt; der Glaube hatte in der ärmlichen Fischerhütte feste Wurzeln in ihm geschlagen; was im Überfluss und im Sonnenschein Spaniens nicht in den Sinn seines Vaters hineinleuchtete, ward ihm in der Kälte und Finsternis ein Licht des Trostes, eine Gnadengabe Gottes, und die ist niemals eine Enttäuschung.

Jetzt stellten sich die Frühlingsstürme ein. Das Rollen der Nordsee kann man meilenweit ins Land hinein hören, aber erst wenn sich der Sturm gelegt hat; es klingt, als wenn schwere Wagen zu Hunderten über einen harten, untergrabenen Weg dahinfahren; Jörgen hörte es in seinem Gefängnis, und es war ihm eine Abwechslung; keine alte Melodie konnte ihm mehr zu Herzen gehen als diese Töne, das rollende Meer, das freie Meer, auf dem man durch die Welt getragen würde, mit den Winden dahinflog und, wohin man auch kam, sein eignes Haus mit sich führte, wie die Schnecke das ihre; man stand immer auf eignem, auf heimischem Grund und Boden, selbst im fremden Lande.

Wie lauschte er nicht dem tiefen Rollen, wie rollten nicht in Gedanken alle Erinnerungen auf! »Frei, frei! Glückselig, frei zu sein, selbst ohne Sohlen in den Schuhen und im zerlumpten Hemd!« Hin und wieder wallte es bei solchen Gedanken in ihm auf, und dann schlug er mit der geballten Faust gegen die Mauer des Gefängnisses.

Wochen, Monate, ein ganzes Jahr waren vergangen, da ergriff man einen Strolch, den Dieb Niels, oder den Pferdehändler, wie er auch genannt ward, und dann kamen bessere Zeiten, es kam ans Tageslicht, welches Unrecht Jörgen erduldet hatte.

In der Nähe von Ringköbing, bei einem Hufner, der eine Schenke hatte, waren am Nachmittag vor Jörgens Abreise aus der Heimat und vor dem Morde der Dieb Niels und Martin zusammengetroffen; es wurden ein paar Gläser getrunken, die zwar keinem Mann zu Kopf steigen konnten, die aber doch genügten, um Martin die Zunge ein wenig reichlich zu lösen. Er prahlte und erzählte, er habe ein Haus bekommen und wolle nun heiraten, und als Niels fragte, wo er denn das nötige Geld habe, schlug sich Martin stolz auf die Tasche und sagte:

»Das Geld ist da, wo es sein soll!«

Diese Prahlerei kostete ihn das Leben; als er gegangen war, ging ihm Niels nach und jagte ihm ein Messer durch die Kehle, um das Geld zu nehmen, das gar nicht vorhanden war.

Die Sache wurde nach allen Richtungen hin untersucht, und das Ende vom Liede war, dass man Jörgen wieder auf freien Fuß setzte. Aber was ward ihm als Ersatz dafür, dass er Jahr und Tag Kälte und Gefangenschaft erduldet hatte und von den Menschen ausgestoßen gewesen war? Ja, man sagte ihm, es sei ein Glück, dass er unschuldig sei, jetzt könne er gehen. Der Bürgermeister gab ihm zwei Taler Reisegeld, und mehrere von den Bürgern des Städtchens bewirteten ihn mit Bier und guten Speisen; es gab auch noch gute Menschen! Nicht alle »fangen, ziehen die Haut ab und legen in die Pfanne«, aber das beste bei der ganzen Sache war, dass Kaufmann Brönne aus Skagen, bei dem Jörgen sich vor einem Jahr hatte verdingen wollen, gerade in den Tagen in Geschäften in Ringköbing anwesend war; er hörte die ganze Geschichte, und da er das Herz auf dem rechten Fleck hatte, begriff und fühlte er, was Jörgen gelitten haben musste. Er nahm sich vor, es wieder gut zu machen, Jörgen sollte erfahren, dass es auch noch gute Menschen gab.

Aus dem Gefängnis ging es nun zu Freiheit und Liebe, zu Himmelreich und Herzensgüte – ja, auch das sollte er kosten; kein Becher des Lebens enthält nur Wermut, kein guter Mensch kann einem andern einen solchen einschenken, wie sollte es da Gott tun, der doch die Liebe selbst ist!

»Lass das nun alles begraben und vergessen sein!«, sagte Kaufmann Brönne, »wir machen einen ganz dicken Strich durch das letzte Jahr. Wir verbrennen den Kalender und reisen in zwei Tagen nach dem friedlichen, schönen und fröhlichen Skagen. Ein entlegener Winkel, sagt man, ist Skagen; ein köstlicher Ofenwinkel ist es, mit offenen Fenstern nach der weiten Welt hinaus.«

War das eine Reise! War das ein Atemholen! Aus der kalten Gefängnisluft in den warmen Sonnenschein hinaus! Die Heide stand in vollem Flor, der Hirtenjunge saß auf dem Hünengrab und blies auf seiner Flöte, die er aus einem Schafknochen geschnitzt hatte. Die Fata Morgana, die betörende Luftspiegelung der Wüste mit hängenden Gärten und schwimmenden Wäldern, zeigte sich, und auch die wunderlich leichten Luftnebel, der Höhenrauch, den man hier den Lokemann nennt, der seine Herde vor sich hertreibt.

Nach dem Limfjord hinauf ging die Reise, durch das Land der Wendelbauern bis hinauf nach Skagen, von wo die Männer mit dem langen Bart, die Longobarden, auswanderten, damals, als unter König Snio alle Kinder und alten Leute getötet werden sollten; dann aber hatte das edle Weib Gambaruck, die hier oben Grund und Boden besaß, den Vorschlag gemacht, dass doch lieber die jungen Leute auswandern sollten. Das alles wusste Jörgen, so gelehrt war er, und wenn er auch nicht das Land der Longobarden hinter den hohen Alpen kannte, so wusste er doch, wie es aussehen musste, war er doch als Knabe selbst im Süden im Lande Spanien gewesen; er erinnerte sich der dort aufgetürmten Haufen von Früchten, der roten Granatblüten, des Summens und Brummens, des Glockenklangs in dem großen Bienenkorb der Stadt, am schönsten aber ist es doch in der Heimat, und Jörgens Heimatland war Dänemark.

Endlich gelangten sie nach »Wendilskaga«, wie Skagen in alten norwegischen und isländischen Schriften genannt wird. Schon damals dehnte sich Alt-Skagen mit der West- und Oststadt, von Dünen und Ackerland unterbrochen, bis zu dem Leuchtturm in der Nähe des Skagenszweiges aus. Häuser und Gehöfte lagen, ganz so wie heute, zwischen den aufgewehten, wechselnden Sandhügeln, ein Wüstenland, wo der Wind sich in dem losen Sande tummelt, wo Möwen, Seeschwalben und wilde Schwäne schreien, sodass einem die Ohren weh davon tun. Eine Meile südwestlich vom Skagenszweig liegt Alt-Skagen, und hier wohnte Kaufmann Brönne, hier sollte Jörgen fortan leben. Das Wohnhaus war mit Teer angestrichen, die kleinen Wirtschaftsgebäude hatten je ein umgestülptes Boot als Dach, aus Wrackstücken war der Schweinekoben gezimmert: eine Umfriedigung gab es hier nicht, da war ja nichts zu umfriedigen, aber an

Schnüren, in langen Reihen, eine über der andern, hingen aufgeschnittene Fische, um im Winde zu trocknen. Der ganze Strand war mit verfaulten Heringen bedeckt; kaum kam das Netz ins Wasser, als auch der Hering schon fuderweise an Land gezogen wurde, es gab hier zu viele von der Art, man warf sie wieder ins Meer oder ließ sie am Strand liegen und verfaulen.

Die Frau und die Tochter des Kaufmanns, ja auch sämtliches Gesinde, kamen dem zurückkehrenden Hausherrn jubelnd entgegen gezogen. Da war ein Händedrücken, ein Rufen und Reden, und was für ein liebes Gesicht, und was für ein Paar prächtige Augen die Tochter doch hatte!

Drinnen im Hause war es gemütlich und geräumig. Schüsseln mit Fischen wurden auf den Tisch gesetzt, Schollen, die selbst für einen König ein herrlicher Schmaus gewesen wären, Wein aus den Weinbergen Skagens, dem großen Meer: die Trauben rollten gekeltert an Land und zwar in Fässern wie in Flaschen.

Als Mutter und Tochter dann später erfuhren, wer Jörgen war, und wie hart er gelitten halte, sahen sie ihn noch freundlicher an, und am freundlichsten leuchteten die Augen der holden Jungfrau Clara.

Jörgen fand eine liebe Heimat in Alt-Skagen, das tat dem Herzen wohl, und Jörgens Herz hatte ja schon viel kennen gelernt, auch die raue See der Liebe, die härtet ab oder macht weich, und Jörgens Herz war noch so weich, es war noch so jung, es war ein freier Platz darin. Daher war es gewiss recht gut, dass es sich so traf, dass Jungfer Clara in drei Wochen mit des Vaters Schiff nach Christiansand in Norwegen hinaufgehen sollte, um eine Tante zu besuchen und dort den ganzen Winter zu bleiben.

Am Sonntag vor der Abreise waren alle in der Kirche zum heiligen Abendmahl. Groß und stattlich war die Kirche, Schotten und Holländer hatten sie vor mehreren Jahrhunderten gebaut, eine kleine Strecke von der jetzigen Stadt entfernt; etwas beschädigt war sie, und der Weg durch den tiefen Sand war sehr beschwerlich, doch die Mühe machte man sich gern, um in Gottes Haus zu kommen, geistliche Lieder zu singen und eine Predigt zu hören. Der Sand lag bis über die Burgmauer des Kirchhofs hin, aber die Gräber hielt man noch immer frei vom Flugsande.

Es war dies die größte Kirche nördlich vom Limfjord. Die Jungfrau Maria mit der goldenen Krone auf dem Haupte, das Jesuskind im Arm, stand wie lebend auf dem Altare, die Apostel waren im Chor ausgemeißelt, und an den Mauern hingen die Porträts der alten Bürgermeister und Ratsherren mitsamt ihren Hauszeichen. Die Kanzel war reich geschnitzt.

Die Sonne schien belebend in die Kirche hinein und fiel auf die blanke Messingkrone und auf das kleine Schiff, das von der Decke herabhing.

Jörgen war ganz überwältigt von einem heiligen, kindlich reinen Gefühl wie damals, wo er als Knabe in dem reichen Dom in Spanien stand, aber hier war er sich bewusst, dass er mit zu der Gemeinde gehörte.

Nach der Predigt ward das heilige Abendmahl ausgeteilt, mit den andern genoss er das Brot und den Wein, und es fügte sich so, dass er gerade an Jungfer Claras Seite kniete. Doch sein Gedanke war so ganz auf Gott und die heilige Handlung gerichtet, dass er, erst als sie sich erhoben, bemerkte, wer seine Nachbarin gewesen war; er sah große Tränen über ihre Wangen rollen.

Zwei Tage später reiste sie nach Norwegen hinauf, und Jörgen machte sich im Geschäft und in der Fischerei nützlich, und damals waren dort weit mehr Fische zu fangen als heutzutage. Die Makrelenschwärme leuchteten in den dunklen Nächten und zeigten selbst an, wo sie zogen, der Knurrhahn knurrte und die Kolkrabbe stieß ein jämmerliches Geheul aus, wenn sie gejagt wurde; die Fische sind nicht so stumm, wie man zu sagen pflegt, Jörgen war weit stummer in Bezug auf das, was er im Herzen trug, aber einstmals würde es auch wohl ans Tageslicht kommen.

Jeden Sonntag, wenn er in der Kirche saß und seine Augen sich auf das Bildnis der Mutter Maria über dem Altare richteten, verweilten sie auch einen Augenblick auf der Stelle, wo Jungfer Clara an seiner Seite gekniet hatte, und er dachte an sie, und wie herzensgut sie gegen ihn gewesen war.

Der Herbst kam mit Regen und Tauschnee, das Wasser stand in großen Lachen auf den Wegen, der Sand konnte nicht all das Wasser aufsaugen, man musste waten oder gar mit einem Boot fahren; die Stürme warfen ein Schiff nach dem andern auf die todbringenden Sandbänke, da waren Schneestürme und Sandstürme, der Sand stob um die Häuser zusammen, sodass die Leute oben zum Schornstein hinauskriechen mussten, aber das war hier in Skagen gar nichts Ungewöhnliches. Traulich und warm war es im Zimmer, Heidetorf und Wrackstücke prasselten und knisterten, und Kaufmann Brönne las aus einer alten Chronik vor, las von Prinz Amlek von Dänemark, der von England aus hier bei Borberg an Land ging und eine Schlacht schlug; bei Ramme war sein Grab, nur wenige Meilen von hier entfernt, dort wo der Aalbauer wohnte; Hünengräber zu Hunderten erhoben sich dort auf der Heide, ein großer Friedhof, Kaufmann Brönne war selbst dort gewesen am Grabe Amleks. Und man sprach von alten

Zeiten, von den Nachbarn, den Engländern und den Schotten, und Jörgen sang das Lied von »Des Königs Sohn aus Engelland« und von dem prächtigen Schiff.

»Vergüldet war es von Bord zu Bord,
Und darauf geschrieben stand Gottes Wort.
Und am Vordersteven, da tät man sehn,
Die holde Braut mit dem Königssohn stehn.«

Namentlich diesen letzten Vers sang Jörgen mit großer Innigkeit, seine Augen leuchteten dabei, sie waren ja ohnehin von Geburt an so schwarz und strahlend.

Da wurde gesungen und gelesen, da war Wohlstand und ein Familienleben bis hinab zu den Haustieren, und alles war gut gehalten; das Bord blitzte von blank gescheuerten Zinntellern, und unter der Decke hingen Würste und Schinken, Wintervorrat in Fülle; ja das alles kann man noch heute drüben in den vielen reichen Bauernhäusern an der Westküste sehen, auch dort gibt es noch vollauf Essen und Trinken, zierliche Stuben, kluge Köpfe und fröhliche Laune; die Gastfreundschaft ist dort zu Hause wie im Zelt des Arabers.

Noch nie, seitdem er als Kind die vier Tage zur Begräbnisfeier gewesen war, hatte Jörgen eine so fröhliche Zeit verlebt, und doch war Jungfer Clara fern, nur nicht den Gedanken und Worten.

Im April sollte ein Schiff nach Norwegen gehen, Jörgen sollte mitfahren. Es war jetzt Leben und gute Laune in ihm, und herausgemacht hatte er sich, wie Madame Brönne sagte, dass es eine Lust zu sehen war.

»Und dich anzusehen, ist auch eine Lust, Mutter!«, sagte der alte Kaufmann. »Jörgen hat Leben in die Winterabende gebracht und auch in dich, Mutter! Du bist im letzten Jahr jünger geworden, du siehst gut und liebreizend aus! Du warst aber auch das schönste Mädchen in Wiborg, und das ist viel gesagt, denn dort habe ich die Mädchen immer am schönsten gefunden.«

Jörgen sagte nichts dazu, das schickte sich nicht, allein er dachte an das Mädchen aus Skagen, und zu dieser Jungfrau segelte er hinauf, das Schiff landete in Christiansand, es kam mit günstigem Wind in einem halben Tag da hinauf.

Eines Morgens ging Kaufmann Brönne nach dem Leuchtturm hinaus, der weit von Alt-Skagen, in der Nähe des Skagenszweiges liegt. Die Kohlen auf der Wipppfanne dort oben waren schon längst erloschen, die Sonne stand bereits hoch, als er in den Turm hinaufkam. Eine ganze Meile von der äußersten Spitze des Landes ziehen sich Sandbänke unter dem Wasser dahin; vor diesen waren heute viele Schiffe zu sehen und zwischen ihnen glaubte er mit den Fernrohr die »Karen Brönne«, so hieß das Schiff, zu erkennen. Und ganz recht, es war im Aufsegeln begriffen; Clara und Jörgen waren an Bord. Der Leuchtturm und die Kirche von Skagen erschienen ihnen auf dem blauen Wasser wie ein Reiher und ein Schwan. Clara saß an der Reling und sah nach und nach die Dünen aufsteigen; ja, wenn der Wind sich hielt, konnten sie in kaum einer Stunde die Heimat erreichen; so nahe waren sie ihr und der Freude – so nahe waren sie dem Tode und seiner Angst.

Eine Planke im Schiff zersprang, das Wasser drang herein, es ward gedichtet und gepumpt, alle Segel wurden beigesetzt, die Notflagge wurde gehisst; sie waren aber noch eine ganze Meile vom Lande entfernt, Fischerboote waren zu sehen, aber weit weg, der Wind trieb das Schiff dem Ufer zu, auch die Strömung war ihnen günstig, aber das half alles nichts, das Schiff sank. Jörgen schlang seinen Arm fest um Clara.

Mit welchem Blick sah sie ihm nicht in die Augen, als er sich in Gottes Namen mit ihr in die See stürzte; sie stieß einen Schrei aus, aber sie war ganz sicher, er würde sie nicht sinken lassen.

Und wie es in dem alten Liede heißt:

»Und am Vordersteven, da tät man sehn,
Die holde Braut mit dem Königssohn stehn –.«

So handelte Jörgen in der Stunde der Gefahr und der Angst; jetzt kam es ihm zunutze, dass er ein so tüchtiger Schwimmer war, mit den Füßen und einer Hand arbeitete er sich vorwärts, die andere hielt das junge Mädchen fest umschlungen! Er ruhte auf dem Wasser aus, er trat Wasser, er führte alle die Bewegungen aus, die er kannte, um mit den Kräften hauszuhalten, bis er das Land erreicht hatte. Er hörte, wie sie einen Seufzer ausstieß, er fühlte, wie ein Krampf sie durchschauerte, und er presste sie fester an sich; hin und wieder rollte eine Welle über sie hin, bald hob eine Strömung sie hoch empor, das Wasser war tief und klar, einen Augenblick war es ihm, als sähe er den blitzenden Makrelenschwarm da unten, oder war es Leviathan selbst, der sie zu verschlingen drohte? Die Wolken warfen Schatten auf das Wasser, und wieder kamen glitzernde Sonnenstrahlen. Schreiende

Vögel flogen in großen Schwärmen über ihn dahin, und die Wildenten, die sich träge und schwer auf dem Wasser treiben ließen, flatterten erschreckt auf beim Anblick des Schwimmers; aber seine Kräfte ermatteten, das fühlte er – noch ein paar Kabellängen war er vom Lande entfernt, doch die Hilfe kam, es näherte sich ein Boot – unter dem Wasser aber, er sah es ganz deutlich, stand eine weiße, starrende Gestalt – eine Welle hob ihn empor, die Gestalt kam näher – er fühlte einen Stoß, es ward Nacht, alles entschwand seinen Sinnen.

Auf der Sandbank stand das Wrack eines Schiffes, die See ging darüber hin, die weiße Galionsfigur stützte sich auf einen Anker, das scharfe Eisen ragte gerade bis an den Wasserspiegel; Jörgen war dagegen gestoßen, die Strömung hatte ihn mit verdoppelter Kraft getrieben; ohnmächtig versank er mit seiner Last, aber die nächste Welle hob ihn und das junge Mädchen wieder empor.

Die Fischer fischten sie auf und hoben sie in das Boot hinein, das Blut strömte über Jörgens Antlitz herab, er war wie tot, aber das Mädchen hielt er so fest in den Armen, dass man es ihm mit Gewalt aus Arm und Hand entwinden musste; totenbleich, leblos und ausgestreckt lag sie dort in dem Boot, das nun dem Ufer zusteuerte.

Alle Mittel wurden angewendet, um Clara ins Leben zurückzurufen, sie war tot; lange war er da draußen mit einer Leiche im Arm geschwommen, hatte sich um einer Toten willen angestrengt und ermattet.

Jörgen atmete noch. Die Fischer trugen ihn in das nächste Haus in den Dünen; eine Art Chirurg, der dort wohnte, und übrigens zugleich Schmied und Landhändler war, verband Jörgen vorläufig, am nächsten Tage holte man den Arzt aus der Stadt.

Das Gehirn des Kranken war angegriffen, er raste, er schrie wild und laut, aber am dritten Tage versank er in einen schlafähnlichen Zustand, das Leben schien nur noch an einem Faden zu hängen, und wenn dieser Faden zerrisse, so sei das das beste, sagte der Arzt.

»Beten wir zu Gott, dass er ihn zu sich nimmt! Er wird nie wieder ein Mensch werden!«

Aber das Leben ließ ihn nicht fahren, der Faden wollte nicht zerreißen, nur die Erinnerung riss, der Faden, der alle Geisteskräfte hielt, war durchschnitten, das war das entsetzlichste, ein lebendiger Körper blieb zurück, ein Körper, der seine Gesundheit wiedergewinnen, der wieder aufrecht einhergehen würde.

Jörgen blieb in Kaufmann Brönnes Haus.

»Er hat sich ja seine Krankheit geholt, als er unser Kind retten wollte«, sagte der alte Mann. »Er ist fortan unser Sohn!«

Verrückt nannten die Leute Jörgen, aber das war nicht der rechte Ausdruck; er war wie ein Instrument, an dem die Saiten sich gelöst haben und nicht mehr klingen können – nur auf Augenblicke, während weniger Minuten, erhielten sie Spannkraft, und dann klangen sie – alte Melodien erklangen, einzelne Takte. Bilder rollten sich auf und schwanden im Nebel dahin – und dann saß er wieder vor sich hinstarrend da, gedankenlos, offenbar litt er nicht; die dunklen Augen verloren dann ihren Glanz, sie glichen einem schwarzen, betauten Glas.

»Armer verrückter Jörgen!«, sagten die Leute.

Das war er, der unter dem Herzen seiner Mutter einem Erdenleben so reich und glücklich entgegen getragen war, dass es »eine Vermessenheit, ein übermütiger Gedanke« gewesen sein würde, an ein Leben nach diesem zu glauben, geschweige denn es zu erwünschen. Waren denn alle die großen Geistesgaben verloren? Nur harte Tage, Schmerz und Enttäuschungen waren ihm beschieden; eine Prachtzwiebel war er, aus seinem reichen Erdboden gerissen und in den Sand geworfen, um zu verfaulen! Das in Gott erschaffene Bild hatte keinen größeren Wert? Nur ein Spiel des Zufalls war und ist das Ganze? Nein! Der Gott, der die Liebe ist, musste, würde ihm für das, was er hier litt und entbehrte, ein anderes Leben schenken. »Der Herr ist allen gut, und seine Barmherzigkeit ist über alle seine Taten.« Diese Worte aus Davids Psalm sprach in Glauben und Hoffnung die Frau des frommen alten Kaufmanns aus, und das Flehen ihres Herzens war, der liebe Gott wolle Jörgen bald abrufen, damit er eingehen könne zu Gottes Gnadengabe, dem ewigen Leben.

Auf dem Friedhof, wo der Sand über die Mauer hinweg stob, lag Clara begraben, es war, als wenn Jörgen kein Bewusstsein davon habe, das gehörte nicht zu seiner Gedankensumme, die bestand nur aus Wrackstücken der Vergangenheit. Jeden Sonntag begleitete er die Familie zur Kirche und saß still mit gedankenlosem Blick da. Eines Tages, während des Gesanges, stieß er einen Seufzer aus, seine Augen leuchteten und waren auf den Altar gerichtet, auf die Stelle, wo er vor Jahr und Tag mit seiner verstorbenen Freundin gekniet hatte; er nannte ihren Namen und wurde leichenblass, Tränen rollten über seine Wangen herab.

Man führte ihn zur Kirche hinaus, und er sagte den Leuten, er fühle sich wohl, er glaube nicht, dass ihm etwas gefehlt habe, er habe keine Erinnerung davon, er, der Ausgestoßene, von Gott Geprüfte!

Und Gott, unser Schöpfer ist weise und voller Liebe, wer kann daran zweifeln? Unser Herz und unser Verstand erkennen das, die Bibel bestätigt es: »Seine Barmherzigkeit ist über alle Taten!«

In Spanien, wo zwischen Orangen- und Lorbeerbäumen warme Luftwellen die maurischen Kuppeln umwallen, wo Gesang und Kastagnetten erklingen, saß in dem prächtigen Hause ein kinderloser Greis, der reichste Handelsherr; durch die Straßen zogen Kinder in einer Prozession mit Lichtern und flatternden Fahnen. Wie viel von seinem Reichtum würde er nicht gegeben haben, wenn er seine Kinder wiedergehabt hätte, seine Tochter und ihr Kind, das vielleicht niemals das Licht der Welt erblickt hatte, geschweige denn das Paradies der Ewigkeit! »Armes Kind!«

Ja, armes Kind! Ein Kind noch und doch dreißig Jahre alt – denn so alt war Jörgen hier oben in Alt-Skagen geworden.

Der Flugsand hatte sich über die Gräber des Kirchhofs gelegt, hatte sich an der Mauer des Kirchhofs aufgetürmt, allein hier bei den Vorangegangenen, bei den Verwandten und Lieben wollten und mussten die Toten dennoch bestattet werden. Kaufmann Brönne und seine Frau ruhen hier bei ihren Kindern unter dem weißen Sand.

Es war Frühjahr, die Zeit der Stürme, die Sanddünen rauchten, das Meer warf hohe Wellen auf, Vögel in großen Scharen jagten wie Wolken im Sturm schreiend über die Dünen dahin; Strandung folgte auf Strandung auf den Sandbänken vom Skagenszweig bis hinab zu den Huusbyer Dünen.

Eines Nachmittags, als Jörgen allein im Zimmer saß, erhellten sich seine Sinne; ein Gefühl der Unruhe, wie er es oft in seinen jüngeren Jahren empfunden hatte, trieb ihn in die Dünen und auf die Heide hinaus.

»Heim! Heim!«, sagte er; niemand hörte ihn, er ging aus dem Hause hinaus, in die Dünen hinein. Sand und kleine Steine stoben ihm ins Gesicht, wirbelten um ihn her auf. Er ging auf die Kirche zu. Der Sand lag an den Mauern aufgetürmt, bis halb über die Fenster hinauf, aber vor dem Eingang war der Weg freigeschaufelt, die Kirchentür war nicht verschlossen und leicht zu öffnen; Jörgen ging hinein.

Der Wind fuhr heulend über Skagen hin; es war ein Orkan, wie er seit Menschengedenken nicht getost hatte, ein fürchterliches Unwetter. Aber Jörgen war im Gotteshause, und während sich draußen die finstre Nacht herabsenkte, leuchtete es in seinem Innern; es war das Licht der Seele, das nie erlöschen kann; er fühlte, wie der schwere Stein, der in seinem Kopfe lag, mit einem Knall zersprang. Er glaubte die Orgel klingen zu hören, aber das war der Stein und das rollende Meer; er setzte sich in einen der Kirchstühle nieder, und die Lichter wurden angezündet, eins nach dem andern, ein Reichtum an Licht, wie er ihn nur in Spanien gesehen hatte, und alle die Bilder von den alten Ratsherren und Bürgermeistern wurden lebendig, sie traten aus der Wand heraus, wo sie seit Jahren gehangen hatten, sie setzten sich unter das Chor; die Tore und Türen der Kirche flogen auf, und herein traten alle die Toten, festlich gekleidet wie zu ihren Lebzeiten, unter den Klängen einer schönen Musik schritten sie dahin und nahmen in den Stühlen Platz; da brauste der Gesang durch die Kirche gleich einem dröhnenden Meer, und seine alten Pflegeeltern aus den Huusbyer Dünen waren hier, und der alte Kaufmann Brönne und seine Frau, und neben ihnen, ganz dicht neben Jörgen, saß ihre sanfte, liebliche Tochter; sie reichte Jörgen die Hand, und sie traten an den Altar, wo sie einstmals gekniet hatten, und der Pfarrer legte ihre Hände ineinander, weihte sie zu einem Leben in Liebe. – Da brauste Posaunenschall, wunderbar wie eine Kinderstimme voll Sehnsucht und Lust, schwoll zu Orgelklang, zu einem Orkan aus vollen, erhebenden Tönen, lieblich anzuhören, und doch mächtig genug, um den Stein des Grabes zu zersprengen.

Und das Schiff, das im Chor herabhing, ließ sich vor den beiden nieder, es ward so groß, so prachtvoll, mit seidenen Segeln und vergoldeten Raaen, die Anker waren aus rotem Golde, und jedes Tau war mit Seide umwunden, wie es in dem alten Liede hieß. Und das Brautpaar stieg an Bord, und die ganze Gemeinde folgte ihnen aus der Kirche, und da war Raum und Herrlichkeit für sie alle. Und die Wände und die Wölbungen der Kirche blühten wie der Holunderstrauch und die duftenden Linden, leise wehten die Zweige und die Blätter; sie neigten sich, sie trennten sich, und das Schiff ward emporgehoben und segelte mit ihnen durch das Meer, durch die Luft. Jede Kirchenkerze war ein kleiner Stern, und die Winde stimmten ein geistliches Lied an, und alle fielen ein:

»In Lieb und Herrlichkeit zur ewigen Freud! – Kein Leben ist verloren! Selig, selig, selig, Hallelujah!«

Und diese Worte waren auch die letzten, die Jörgen auf dieser Welt sprach. Das Band, das die unsterbliche Seele zurückhielt, zerriss – nur ein toter Körper lag in der dunklen Kirche, über die der Sturm dahinbrauste, über die er den Flugsand aufwirbelte.

Am folgenden Morgen war Sonntag, die Gemeinde und der Pfarrer kamen zum Gottesdienste. Der Weg bis zur Kirche war beschwerlich gewesen, schier unüberwindlich war der Sand, und jetzt, wo sie endlich da waren, lag ein hoher Sandhügel vor der Kirchentür aufgetürmt.

Der Pfarrer sprach ein kurzes Gebet und sagte, Gott habe die Tür zu diesem seinem Hause verschlossen, sie müssten jetzt hingehen und ihm anderswo ein neues errichten.

Und dann sangen sie ein Lied und wanderten heimwärts.

Jörgen war weder in der Stadt Skagen noch in den Dünen zu finden, soviel sie auch suchten; die Wellen, die auf den Strand hinaufgerollt waren, hatten ihn gewiss in die Fluten hinabgezogen, meinte man.

Sein Körper lag in dem größten Sarkophag, in der Kirche selbst, bestattet. Gott hatte im Sturm Erde auf seinen Sarg geworfen, die schwere Sandschicht lag darauf und liegt noch heute da.

Der Flugsand hat die mächtigen Wölbungen bedeckt, Dünendorn und wilde Rosen wachsen über die Kirche hin; der Wanderer schreitet bis an den Turm heran, der aus dem Sande aufragt, ein mächtiger Leichenstein aus dem Grabe, der meilenweit zu sehen ist; kein König hat so einen herrlichen Stein gehabt! Und niemand stört die Ruhe des Toten, niemand wusste davon oder weiß es, bis es mir der Sturm zwischen den Dünen zu sang.

Im Entenhof

Es kam eine Ente aus Portugal; einige sagten, aus Spanien, das ist einerlei, sie wurde die Portugiesin genannt, sie legte Eier, wurde geschlachtet und angerichtet; das war ihr Lebenslauf. Alle, die aus ihren Eiern auskrochen, wurden auch Portugiesen genannt, und das bedeutete etwas. Nun war von dieser ganzen Familie nur noch eine auf dem Entenhofe. Zu diesem Hofe hatten aber auch die Hühner Zutritt, und der Hahn trat dort mit großem Hochmut auf.

»Er verletzt mich durch sein lautes Krähen!«, sagte die Portugiesin. »Aber schön ist er, das lässt sich nicht leugnen, wenn er auch kein Enterich ist. Er sollte sich mäßigen, aber das ist eine Kunst, die von höherer Bildung zeugt, die kleinen Singvögel in der Linde drüben im Nachbargarten verstehen diese Kunst; wie entzückend sie singen! Es liegt etwas so Rührendes in ihrem Gesang, ich nenne es Portugal! Hätte ich so einen kleinen Singvogel, ich würde ihm eine Mutter sein, lieb und gut, das liegt mir im Blut, in meinem portugiesischen Blut.«

Und während sie noch so sprach, kam ein kleiner Singvogel kopfüber vom Dach herunter. Die Katze war hinter ihm her, aber der kleine Vogel kam mit einem gebrochenen Flügel davon und fiel in den Entenhof hinab.

»Das sieht der Katze ähnlich, diesem Scheusal!«, sagte die Portugiesin; »ich kenne sie von damals her, als ich noch selbst Kinder hatte! Dass so ein Wesen Erlaubnis hat, zu leben und auf den Dächern spazieren zu gehen! Ich glaube nicht, dass das in Portugal stattfinden darf.«

Und sie bemitleidete den kleinen Singvogel, und die andern Enten, die keine Portugiesen waren, bemitleideten ihn auch.

»Das kleine Tierchen!«, sagten sie, und dann kamen sie eine nach der andern herbei. »Freilich können wir selbst nicht singen«, sagten sie, »aber wir haben einen inwendigen Klangboden oder so etwas Ähnliches; das fühlen wir, wenn wir auch nicht darüber reden.«

»Dann werde ich darüber reden«, sagte die Portugiesin, »und ich will etwas für das Kleinchen tun, denn das ist Pflicht!«, und dann flog sie in den Wassertrog und schlug mit den Flügeln, sodass sie den kleinen Singvogel fast in der Sturzwelle, die über ihn hinging, ersäuft hätte; aber es war gut gemeint. »Das ist ein gutes Werk«, sagte sie, »daran können sich die andern ein Beispiel nehmen.«

»Piep!«, sagte der kleine Vogel, sein einer Flügel war gebrochen; es ward ihm schwer, sich zu schütteln, aber er verstand sehr wohl, wie gut sie es mit dem Plätschern gemeint hatte. »Sie sind herzensgut, Madame«, sagte er, aber er hatte kein Verlangen nach mehr.

»Ich habe nie über meine Gesinnung nachgedacht«, sagte die Portugiesin, »aber eins weiß ich: ich liebe alle meine Mitgeschöpfe, ausgenommen die Katze, aber das kann doch niemand von mir verlangen! Sie hat zwei von meinen Kindern aufgefressen. Tun Sie nun aber ganz, als wären Sie hier zu Hause, das kann man wahrhaftig! Ich bin selbst aus einer fremden Gegend, wie Sie wohl an meiner Haltung und meinem Federkleide sehen können; mein Enterich ist ein Eingeborener, er hat nicht mein Blut, aber ich überhebe mich deswegen nicht! – Wenn irgend jemand hier im Hofe Sie versteht, so darf ich wohl sagen, dass ich es bin.«

»Sie hat Portulak im Magen!«, sagte ein kleines gewöhnliches Entlein, das witzig war, und die andern gewöhnlichen Enten fanden das mit »Portulak« so ausgezeichnet, es klang wie »Portugal«, und sie stießen sich an und sagten: »Park!« Es war zu witzig! Und dann beschäftigten sie sich mit dem kleinen Singvogel.

»Die Portugiesin, die hat die Sprache in ihrer Gewalt!«, sagten sie. »Wir haben es nicht so mit großen Worten, aber wir haben ebensoviel Teilnahme; Sie meinen wohl, wir tun nichts für Sie, aber wir tun es im stillen, und das finden wir am schönsten.«

»Sie haben eine wunderschöne Stimme«, sagte eine von den ältesten. »Es muss ein herrliches Bewusstsein sein, so vielen Freude machen zu können, so wie Sie es tun; ich verstehe freilich nichts davon, darum halte ich meinen Mund, und das ist immer besser, als was Dummes zu sagen, wie das so viele andere tun.«

»Quält den Kleinen nicht so!«, sagte die Portugiesin, »er hat Ruhe und Pflege nötig – Kleiner Singvogel, soll ich Sie wieder ein bisschen nassplätschern?«

»Ach nein, ich möchte lieber trocken bleiben!«, sagte er.

»Die Wasserkur ist die einzige, die mir hilft!«, sagte die Portugiesin. »Zerstreuung ist auch etwas Gutes! Jetzt werden bald die Nachbarhühner kommen und Visite machen; darunter sind auch zwei Chinesinnen, die tragen Höschen und haben viel Bildung, und sie sind importiert, das hebt sie in meiner Achtung.«

Und die Hühner kamen, und der Hahn kam, er war heute so höflich, dass er gar nicht grob war.

»Sie sind ein wirklicher Singvogel!«, sagte er, »und Sie machen aus ihrer kleinen Stimme alles, was aus so einer kleinen Stimme zu machen ist. Aber etwas mehr Lokomotive muss man haben, damit die Leute hören können, dass man männlichen Geschlechts ist.«

Die beiden Chinesinnen standen ganz entzückt da beim Anblick des Singvogels, er sah so struppig aus von dem Sturzbad, das er bekommen hatte, dass sie fanden, er sähe fast aus wie ein chinesisches Kücklein. »Er ist reizend!«, sagten sie, und dann ließen sie sich mit ihm in eine Unterhaltung ein; sie sprachen nur in flüsterndem Ton und mit p-Lauten, was das vornehme Chinesisch ist.

»Wir sind von Ihrer Art. Die Enten, selbst die Portugiesin, gehören zu den Schwimmvögeln, wie Sie wohl bemerkt haben werden. Uns kennen Sie noch nicht, aber wer kennt uns überhaupt oder gibt sich die Mühe, uns kennen zu lernen! Niemand, selbst unter den Hühnern nicht! Obwohl wir dazu geboren sind, auf einer höheren Sprosse zu sitzen, als die meisten andern. – Aber das ist uns ganz einerlei, wir gehen still unsern Weg zwischen den andern, deren Grundsätze nicht die unsern sind, aber wir sehen nur auf die guten Seiten und reden nur von dem Guten, obwohl das schwer zu finden ist, wo nichts ist. Außer uns beiden und dem Hahn gibt es im Hühnerhause niemand, der begabt ist, aber honett, das sind sie; dies kann man jedoch nicht von den Bewohnern des Entenhofes sagen. Wir warnen Sie, kleiner Singvogel! Trauen Sie der da mit den stumpfen Schwanzfedern nicht, sie ist hinterlistig! Die Buntscheckige da mit dem schiefen Spiegel auf den Flügeln ist streitsüchtig und lässt niemand das letzte Wort, und dabei hat sie immer Unrecht! – Die fette Ente spricht schlecht von allen, und das ist unsrer Natur zuwider; kann man nichts Gutes sagen, so soll man den Schnabel halten. Die Portugiesin ist die einzige, die ein wenig Bildung hat und mit der man verkehren kann, aber sie ist leidenschaftlich und redet zu viel von Portugal.«

»Was doch die beiden Chinesinnen alles zu flüstern haben!«, sagten ein paar von den Enten; »mich langweilen sie; ich habe nie mit ihnen gesprochen.«

Jetzt kam der Enterich. Er glaubte, der Singvogel sei ein Spatz. »Ja, ich kann keinen Unterschied sehen«, sagte er, »und das ist auch ganz Wurst! Er gehört zu den Spielwerken, und wenn man die hat, so hat man sie!«

»Kehren Sie sich nie daran, was er sagt!«, flüsterte die Portugiesin. »Er ist reell in Geschäftsangelegenheiten, und Geschäfte gehen allem voran. Aber nun will ich mich zur Ruhe begeben; das ist man sich selbst schuldig, damit man schön fett ist, wenn man mit Äpfeln und Zwetschgen balsamiert werden soll.«

Und dann legte sie sich in die Sonne und blinzelte mit dem einen Auge; sie lag so gut, sie war so gut, und sie schlief auch so gut.

Der kleine Singvogel zupfte an seinem gebrochenen Flügel, legte sich dicht an seine Beschützerin geschmiegt, die Sonne schien warm und schön, hier war wirklich gut sein.

Die Nachbarhühner gingen umher und scharrten, sie waren im Grunde nur des Futters wegen hierher gekommen; die Chinesinnen gingen zuerst fort und dann die andern; das witzige Entlein sagte von der Portugiesin, die Alte werde nun bald »entenkindisch«, und dann lachten die andern Enten: »Entenkindisch, nein, wie witzig!« Und sie wiederholten auch den früheren Witz: »Portulak!« Das sei zu amüsant, und dann legten sie sich nieder.

Sie hatten eine Weile so gelegen, da wurde auf einmal etwas zum Schnabulieren in den Entenhof geworfen, es klatschte derartig, dass die ganze Bevölkerung auffuhr und mit den Flügeln schlug; auch die Portugiesin erwachte, wälzte sich auf die andre Seite und drückte dabei den kleinen Singvogel ganz schrecklich.

»Piep!«, sagte der, »Sie treten so hart, Madame!«

»Warum liegen Sie mir auch im Wege«, sagte sie, »Sie müssen nicht so empfindlich sein! Ich habe auch Nerven, aber ich habe noch nie Piep gesagt.«

»Seien Sie nur nicht böse!«, sagte der kleine Vogel, »das Piep entfuhr meinem Schnabel so unwillkürlich!«

Die Portugiesin hörte gar nicht zu, sondern fuhr auf das Fressen ein und hielt eine gute Mahlzeit; als sie damit fertig war und sich wieder hingelegt hatte, kam der kleine Singvogel und wollte liebenswürdig sein:

»Tirililein!
Vom Herzen dein,
Will ich singen fein,
Fliegen weit, weit in die Welt hinein!
Tirilein!
Tirilein!«

»Jetzt nach dem Essen wünsche ich zu ruhen!«, sagte die Portugiesin, »Sie müssen sich nach den Sitten des Hauses richten! Jetzt will ich schlafen!«

Der kleine Singvogel war ganz verdutzt, denn er hatte es so gut gemeint. Als die Madame dann später erwachte, stand er mit einem Körnchen, das er gefunden hatte, da und legte es vor sie hin; aber sie hatte nicht gut geschlafen, und da war sie natürlich schlechter Laune.

»Geben Sie das einem Kücklein!«, sagte sie. »Werden Sie mir überhaupt nicht so lästig!«

»Aber Sie sind böse auf mich! Was habe ich denn gemacht?«

»Gemacht?«, entgegnete die Portugiesin. »Der Ausdruck ist nicht gerade fein, darauf möchte ich Sie aufmerksam machen.«

»Gestern war hier Sonnenschein!«, sagte der kleine Vogel, »heute ist es hier dunkel und trübe! Ich bin so schrecklich traurig!«

»Sie haben offenbar gar keinen Begriff von Zeitrechnung«, sagte die Portugiesin, »der Tag ist noch nicht zu Ende gegangen, stehen Sie doch nicht so dumm da!«

»Sie sehen mich gerade so böse an, wie die beiden Augen mich ansahen, als ich gestern hier in den Hof hinunterfiel!«

»Unverschämter!«, sagte die Portugiesin. »Vergleichen Sie mich mit der Katze, mit diesem Raubtier! Nicht ein böser Blutstropfen ist in mir; ich habe mich Ihrer angenommen und werde Ihnen gute Manieren beibringen.«

Und dann biss sie dem Singvogel den Kopf ab, tot lag er da.

»Was ist nun das wieder!«, sagte sie; »konnte er das nicht vertragen? Ja, dann war er freilich auch nicht für diese Welt! Ich bin wie eine Mutter gegen ihn gewesen, das weiß ich! Denn Herz habe ich!«

Und des Nachbars Hahn steckte den Kopf in den Hof hinein und krähte mit Lokomotivkraft.

»Sie bringen mich noch um mit Ihrem Gekrähe!«, rief sie; »Sie sind an dem Ganzen schuld; er hat den Kopf verloren, und ich bin nahe daran, den meinen zu verlieren!«

»Er nimmt nicht viel Platz weg, wo er liegt«, sagte der Hahn.

»Sprechen Sie mit Achtung von ihm!«, sagte die Portugiesin, »er hatte Ton, Gesang und hohe Bildung! Liebevoll und sanft war er, und das ziemt sich für die Tiere ebenso wie für die so genannten Menschen!«

Und alle Enten drängten sich um den kleinen toten Singvogel; die Enten haben starke Passionen, entweder sind sie neidisch oder sie empfinden Mitleid, und da es hier nichts zu beneiden gab, so waren sie voll Mitleid, das waren auch die beiden Chinesinnen.

»So einen Singvogel bekommen wir nie wieder! Er war fast ein Chinese!«, flüsterten sie, und sie weinten, dass es nur so gluckste, und alle Hühner glucksten, aber die Enten gingen mit ganz roten Augen umher.

»Herz haben wir«, sagten sie, »das kann uns doch niemand absprechen!«

»Herz!«, sagte die Portugiesin, »ja, das haben wir – beinahe ebensoviel wie in Portugal!«

»Denken wir jetzt daran, etwas in den Magen zu bekommen!«, sagte der Enterich, »das ist weit wichtiger! Geht auch eins von den Spielwerken entzwei, wir haben ja doch genug davon!«

Zwölf mit der Post

Es war schneidende Kälte, sternklarer Himmel, völlige Windstille. »Bums!«, da wurde ein Topf gegen die Tür geworfen. »Piff, paff!«, da schossen sie dem neuen Jahr einen Salut: es war Sylvesterabend; jetzt schlug die Uhr zwölf. »Trateratra!«, da kam die Post. Die große Postkutsche hielt draußen vor dem Stadttor, sie brachte zwölf Personen, mehr gingen nicht hinein, alle Plätze waren besetzt.

»Hurra! Hurra!«, wurde drinnen in den Häusern gesungen, wo man Sylvesterabend feierte und sich eben mit dem gefüllten Glase erhoben hatte, um auf ein glückliches neues Jahr zu trinken.

»Prost Neujahr!«, hieß es, »Glück und Gesundheit, eine liebe kleine Frau! Viel Geld! Allem Verdruss ein Ende!«

Ja, das wünschte man einander, und man stieß an, und – die Post hielt vor dem Stadttor mit den fremden Gästen, den zwölf Reisenden.

Was für Personen waren denn das? Sie hatten Pass und Gepäck bei sich, ja, Geschenke für dich und mich und für alle Menschen in der Stadt. Wer waren die Fremden? Was wollten sie, und was brachten sie mit?

»Guten Morgen!«, sagten sie zu der Schildwache am Tor.

»Guten Morgen!«, sagte die Schildwache, denn die Uhr hatte ja zwölf geschlagen.

»Ihr Name? Ihr Stand?«, fragte die Schildwache denjenigen von ihnen, der zuerst aus dem Wagen stieg.

»Sehen Sie im Pass nach!«, sagte der Mann. »Ich bin ich!« Es war aber auch ein ganzer Kerl, im Bärenpelz und mit Pelzstiefeln. »Ich bin der Mann, in den sehr viele ihre Hoffnungen setzen. Wenn du morgen kommst, sollst du ein Neujahrsgeschenk haben! Ich werfe Schillinge und Taler unter die Leute, mache Geschenke, ja, ich gebe auch Bälle, volle einunddreißig Bälle, mehr Nächte habe ich nicht zur Verfügung. Meine Schiffe sind eingefroren, aber in meinem Kontor ist es warm. Ich bin Kaufmann und heiße Januar. Ich führe nur Rechnungen bei mir!«

Dann kam der nächste; er war ein Spaßmacher, er war Theaterdirektor, Arrangeur aller Maskenbälle und aller erdenklichen Vergnügungen. Sein Gepäck bestand aus einer großen Tonne.

»Aus der Tonne wollen wir zur Fastnachtszeit die Katze und noch viel andres herausschlagen«, sagte er. »Ich will andern und mir selbst Vergnügen bereiten, denn ich habe die kürzeste Lebensdauer von der ganzen Familie; ich werde nur achtundzwanzig! Ja, vielleicht wird noch ein Tag eingeschaltet; aber das ist einerlei, hurra!«

»Sie dürfen nicht so laut schreien!«, sagte die Schildwache.

»Freilich darf ich schreien!«, sagte der Mann, »ich bin Prinz Karneval und reise unter dem Namen Februarius.«

Nun kam der dritte; er sah aus wie das leibhaftige Fasten, trug aber den Kopf im Nacken, denn er war mit den »vierzig Rittern« verwandt und war Wetterprophet; aber das ist keine fette Pfründe, deswegen pries er auch die Fasten. Als einzigen Schmuck trug er einen Strauß Veilchen im Knopfloch, die waren freilich nur sehr klein.

»März! Marsch!«, rief ihm der vierte zu und versetzte ihm einen Puff. »März! Marsch mit dir auf die Wache, da ist Punsch! Ich kann es riechen!« Aber das war gar nicht wahr, er wollte ihn in den April schicken, damit begann der vierte seine Laufbahn. Er sah sehr schneidig aus, er tat nicht viel, feierte aber umso mehr Festtage. »Mit der Laune geht es auf und ab!«, sagte er, »Regen und Sonnenschein, Einziehen und Ausziehen! Ich bin auch Wohnungsvermietungsagent, und ich bin Leichenbitter, ich kann lachen und weinen. Ich habe Sommergarderobe in meinem Koffer, aber es würde sehr töricht sein, sie anzuziehen. Ja, das bin ich! Wenn ich mich fein mache, gehe ich in seidenen Strümpfen und mit einem Muff.«

Jetzt stieg eine Dame aus dem Wagen.

»Fräulein Mai!«, sagte sie. In Sommerkleidern mit Galoschen. Sie trug ein buchenblattgrünes seidenes Kleid und hatte Anemonen im Haar, und dabei duftete sie dermaßen nach Waldmeister, dass die Schildwache niesen musste. »Gesundheit!«, sagte sie, das war ihr Gruß. Sie war ganz allerliebst! Und eine Sängerin war sie; nicht an einem Theater, sondern im Walde; auch keine Bänkelsängerin, nein, im frischen, grünen Wald ging sie umher und sang zu ihrem eigenen Vergnügen.

»Jetzt kommt die junge Frau!«, riefen sie drinnen im Wagen, und dann stieg die junge Frau aus, jung und fein, stolz und niedlich. Sie war als »Siebenschläferin« geboren, das konnte man gleich sehen. Am längsten Tage des Jahres gab sie eine große Gesellschaft, damit die Gäste Zeit haben möchten, die vielen Gerichte zu essen. Ihre Mittel erlaubten es ihr, in der eigenen Equipage zu fahren, aber sie kam trotzdem mit der Post wie die andern, sie wollte zeigen, dass sie nicht hochmütig war; aber sie reiste auch nicht allein, ihr junger Bruder Julius begleitete sie.

Er war gut bei Sache, sommerlich gekleidet und mit einem Panamahut. Er führte nur wenig Gepäck mit sich, das war ihm zu beschwerlich bei der großen Hitze. Er hatte nur eine Bademütze und Schwimmhose mitgenommen, und das ist nicht viel.

Nun kam Muttern, Madame August, Obsthändlerin *en gros*, Besitzerin unzähliger Fischkasten, Landwirtin in großer Krinoline; sie war dick und heiß, fasste überall selbst an, trug den Arbeitern auf dem Felde eigenhändig den Bierkrug hinaus. »Im Schweiße deines Angesichts sollst du dein Brot essen!«, sagte sie, »das steht in der Bibel; hinterdrein kann man tanzen und Erntefest feiern!« Sie war in erster Linie Hausfrau.

Dann kam wieder ein Mann, Maler von Profession, der Koloriermeister September, das sollte der Wald erfahren, die Blätter mussten ihre Farbe wechseln, wenn er es wollte; bald schillerte der Wald in Rot und Gelb und Braun. Der Meister pfiff wie der schwarze Star, er war ein flinker Arbeiter und wand die braungrüne Hopfenranke um seinen Bierkrug, das schmückte, und für Schmuck hatte er Sinn. Da stand er nun mit seinem Farbentopf, das war sein ganzes Gepäck.

Ihm folgte der Gutsbesitzer, der an den Saatmonat, an das Pflügen und Bestellen des Feldes dachte, aber auch ein wenig an die Vergnügungen der Jagd; er hatte einen Hund und eine Flinte bei sich, hatte Nüsse in der Tasche: knick knack! Schrecklich viel Gepäck führte er mit sich, auch einen englischen Pflug; er sprach über Landwirtschaft, aber man hörte nicht viel davon vor Husten und Schnauben – denn jetzt kam der November. Der hatte einen Schimpfen, einen schrecklichen Schnupfen, sodass er ein Betttuch an Stelle eines Taschentuches benutzte, und doch müsse er die Dienstmädchen in ihre neuen Stellungen einführen, wie er sagte, aber die Erkältung würde sich schon geben, wenn er nur erst beim Holzhauen wäre, und das müsse er tun, denn er sei Holzsägemeister der Innung. Die Abende verbrachte er mit dem Schnitzen von Schneeschuhen, denn das wisse er, in ein paar Wochen würde hinreichend Nachfrage nach diesem vergnüglichen Schuhzeug sein.

Endlich kam der letzte Passagier, ein kleines Mütterchen mit einer Feuerkieke; es fror sie, aber die Augen strahlten wie zwei klare Sterne. Sie trug einen Blumentopf mit einem kleinen Tannenbaum. »Den will ich hegen und pflegen, damit er zum Weihnachtsabend groß wird, vom Fußboden bis an die Decke reicht und mit brennenden Lichtern, vergoldeten Äpfeln und ausgeschnittenen Netzen und Körben dasteht. Die Feuerkieke wärmt wie ein Ofen, ich hole das Märchenbuch aus der Tasche hervor und lese vor, sodass alle Kinder in der Stube still werden, aber in die Figuren am Baum Leben kommt, und der kleine Engel oben an der Spitze des Baumes die Flittergoldflügel ausbreitet, von der grünen Spitze herunterfliegt und groß und klein im Zimmer küsst, ja, auch die armen Kinder, die draußen stehen und das Weihnachtslied von dem Stern über Bethlehem singen.«

»So, jetzt kann die Kutsche abfahren«, sagte die Schildwache, »das Dutzend ist voll! Der Beiwagen soll vorfahren!«

»Lassen Sie erst die Zwölf zu mir herein«, sagte der wachhabende Hauptmann. »Einer nach dem andern! Die Pässe behalte ich; sie gelten für jeden einen Monat; wenn der um ist, werde ich das Verhalten eines jeden auf dem Pass bescheinigen. Bitte, Herr Januar, treten Sie gefälligst näher!«

Und dann ging der Januar hinein.

– – Wenn ein Jahr verstrichen ist, will ich dir sagen, was die Zwölf gebracht haben, dir und mir und uns allen. Jetzt weiß ich es noch nicht, aber sie wissen es selber auch noch nicht – denn es ist eine wunderliche Zeit, in der wir leben!

Der Mistkäfer

Das Leibross des Kaisers bekam goldene Hufeisen. Ein Hufeisen an jeden Fuß.

Weshalb bekam es Hufeisen?

Es war ein wunderschönes Tier, hatte feine Beine, kluge Augen und eine Mähne, die ihm wie ein Schleier über den Hals herabwallte. Es hatte seinen Herrn in Pulverdampf und Kugelregen getragen, hatte die Kugeln singen und pfeifen hören, es hatte um sich gebissen, um sich geschlagen, mitgekämpft; als die Feinde eindrangen, war es mit seinem Kaiser in einem Sprung über das Pferd des gestürzten Feindes gesetzt und hatte seinem Kaiser das Leben gerettet, das mehr wert war als das rote Gold, und darum bekam des Kaisers Pferd goldene Hufeisen, ein Hufeisen an jeden Fuß, Und ein Mistkäfer kroch hervor.

»Erst die Großen, dann die Kleinen«, sagte er, »aber die Größe allein macht's nicht.« Und dann streckte er seine dünnen Beine aus.

»Was willst denn du?«, fragte der Schmied.

»Goldene Hufeisen haben!«, antwortete der Mistkäfer.

»Du bist wohl nicht recht gescheit«, meinte der Schmied. »Willst du auch goldene Hufeisen haben?«

»Goldene Hufeisen, freilich!«, entgegnete der Mistkäfer. »Bin ich nicht etwa ebenso gut wie das große Tier da, das Aufwartung verlangt, das gestriegelt werden und mit Futter und Wasser versorgt werden muss? Gehöre ich denn nicht auch in den kaiserlichen Stall?«

»Aber warum hat denn das Pferd goldene Hufeisen bekommen?«, fragte der Schmied, »begreifst du das denn nicht?«

»Ob ich das begreife? Ich begreife, dass das eine Geringschätzung meiner Person ist«, sagte der Mistkäfer, »es ist eine Kränkung – und deswegen gehe ich jetzt auch in die weite Welt hinaus!«

»Scher dich zum Kuckuck!«, sagte der Schmied.

»Grober Kerl!«, sagte der Mistkäfer, und dann verließ er den Stall, flog eine kleine Strecke und befand sich dann in einem schönen Blumengarten, wo es nach Rosen und Lavendel duftete.

»Ist es hier nicht herrlich?«, fragte eines der kleinen Marienwürmchen, die mit schwarzen Punkten auf den roten, schildstarken Flügeln umher flogen. »Wie süß es hier duftet, und wie schön es hier ist!«

»Ich bin es besser gewöhnt!«, sagte der Mistkäfer, »nennt ihr das schön? Hier ist ja nicht einmal ein Dunghaufen.«

Und dann kroch er weiter in den Schatten einer großen Levkoje; da kroch eine Kohlraupe.

»Wie schön doch die Welt ist!«, sagte die Kohlraupe. »Die Sonne ist so warm! Alles ist so vergnüglich! Und wenn ich einstmals einschlafe und sterbe, wie man es nennt, so erwache ich wieder als Schmetterling!«

»Bilde dir nur ja nichts ein!«, sagte der Mistkäfer. »Du und als Schmetterling umherfliegen! Ich komme aus des Kaisers Stall, aber niemand dort, selbst nicht des Kaisers Leibross, das doch meine abgelegten goldenen Schuhe trägt, leidet an solchen Einbildungen! Flügel bekommen! Fliegen! Ja, jetzt fliegen wir!« Und damit flog der Mistkäfer davon. »Ich will mich nicht ärgern, aber ich ärgere mich doch!«

Und dann fiel er auf einen großen Rasenplatz nieder; hier lag er eine Weile und schlief dann ein.

Aber nein, welch ein Platzregen stürzte da herab! Der Mistkäfer erwachte von dem Lärm und wollte sofort in die Erde hineinkriechen, konnte es aber nicht; er wälzte sich herum, er schwamm auf dem Bauch und auf dem Rücken, an Fliegen war gar nicht zu denken, er würde wohl nie mehr lebendig von diesem Ort wegkommen; er lag, wo er lag, und blieb liegen.

Als das Unwetter ein wenig nachgelassen, und der Mistkäfer sich das Wasser aus den Augen geblinzelt hatte, sah er etwas Weißes, es war Leinen, das auf der Bleiche lag, er gelangte dahin und kroch zwischen eine Falte der nassen Leinwand; das war nun freilich etwas anderes als in dem warmen Haufen im Stall zu liegen; aber hier gab es nun einmal nichts Besseres, und so blieb er denn einen ganzen Tag und eine ganze Nacht da, und auch der Regen blieb. Gegen Morgen kroch er hervor, er war sehr ärgerlich über das Klima.

Auf der Leinwand saßen zwei Frösche; ihre klaren Augen strahlten vor lauter Vergnügen. »Welch herrliches Wetter!«, sagte der eine, »wie erfrischend! Und die Leinwand hält das Wasser so schön zusammen, es krabbelt mir in den Hinterbeinen, als wenn ich schwimmen könnte.«

»Ich möchte wohl wissen«, sagte der andere, »ob die Schwalbe, die so weit umherfliegt, auf ihren weiten Reisen ins Ausland ein besseres Klima angetroffen hat als das unsere; so ein Regen, so eine Nässe! Es ist, als läge man in einem nassen Graben! Wer sich nicht darüber freut, der liebt wahrhaftig sein Vaterland nicht!«

»Ihr seid wohl nie im Stalle des Kaisers gewesen?«, fragte der Mistkäfer. »Dort ist das Nasse warm und würzig! Daran bin ich gewohnt, das ist mein Klima! Aber das kann man nicht mit auf Reisen nehmen. Ist hier denn kein Mistbeet im Garten, wo Standespersonen wie ich einkehren und sich heimisch fühlen können?«

Aber die Frösche verstanden ihn nicht oder wollten ihn nicht verstehen.

»Ich frage nie zum zweiten Mal«, sagte der Mistkäfer, als er dreimal gefragt hatte, ohne Antwort zu erhalten.

Dann ging er eine Strecke weiter und stieß auf eine Topfscherbe; die hätte dort freilich nicht liegen sollen, aber so, wie sie dalag, gewährte sie Schutz. Hier wohnten mehrere Ohrwürmerfamilien; sie beanspruchten nicht viel Raum, nur Geselligkeit; die Weibchen sind namentlich mit der zärtlichsten Mutterliebe begabt, deswegen war auch das Kind einer jeden Mutter das schönste und das klügste.

»Unser Sohn hat sich verlobt«, sagte eine Mutter. »Die süße Unschuld! Sein höchstes Streben geht dahin, einstmals einem Geistlichen ins Ohr kriechen zu können. Er ist so entzückend kindlich, und die Verlobung bewahrt ihn vor Ausschweifungen; das ist so erfreulich für eine Mutter.«

»Unser Sohn«, sagte eine andere Mutter, »war kaum aus dem Ei gekrochen, als er auch schon auf der Fahrt war; er ist ganz Feuer und Flamme, er läuft sich die Hörner ab. Das ist eine ungeheure Freude für eine Mutter! Nicht wahr, Herr Mistkäfer?« Sie erkannten den Fremden an der Gestalt.

»Sie haben alle beide recht«, sagte der Mistkäfer, und dann wurde er aufgefordert, in das Zimmer zu treten, soweit er nämlich unter die Topfscherbe kommen konnte.

»Jetzt sollen Sie auch mein kleines Ohrwürmchen sehen!«, sagte eine dritte und eine vierte Mutter, »es sind die entzückendsten Kinder und so amüsant dabei! Sie sind niemals unartig, außer wenn sie Magenweh haben, aber das bekommt man leider gar zu leicht in ihrem Alter.«

Und dann redete jede Mutter über ihre Kleinen, und die Kleinen redeten mit und gebrauchten die kleine Schere, die sie am Schwanz haben, um den Mistkäfer an seinem Bart zu zupfen.

»Worauf sie auch immer verfallen, die kleinen Schelme!«, sagten die Mütter und dampften förmlich vor Mutterliebe, aber das langweilte den Mistkäfer, und so fragte er denn, ob es noch weit sei bis zum Mistbeet.

»Das ist weit draußen in der Welt, an der andern Seite des Grabens.«, sagte der Ohrwurm, »so weit wird hoffentlich nie eins von meinen Kindern kommen, denn das würde mein Tod sein!«

»So weit will ich mich doch wagen«, sagte der Mistkäfer und entfernte sich ohne Abschied, das ist das galanteste.

Am Graben traf er mehrere seinesgleichen, alles Mistkäfer.

»Hier wohnen wir!«, sagten sie. »Wir leben hier recht gemütlich! Dürfen wir Sie wohl in den fetten Schlamm einladen? Die Reise hat Sie sicher ermüdet!«

»Ja, ich bin ein wenig ermüdet!«, sagte der Mistkäfer. »Ich lag während des Regens auf der Leinwand, und Reinlichkeit greift mich so ganz besonders an; ich habe auch Rheumatismus in den einen Flügel bekommen, weil ich im Zug unter einer Topfscherbe gestanden habe. Es ist eine wahre Erquickung, einmal wieder unter seinesgleichen zu sein!«

»Sie kommen vielleicht von dem Mistbeet?«, fragte der Älteste.

»Höher hinauf!«, sagte der Mistkäfer. »Ich komme aus dem Stall des Kaisers, wo ich mit goldenen Schuhen geboren wurde; ich reise in einer geheimen Mission, aber darüber dürfen Sie mich nicht ausfragen, denn ich sage doch nichts.«

Und dann stieg der Mistkäfer in den fetten Schlamm hinab; da saßen drei junge Mistkäferfräulein, die kicherten, denn sie wussten nicht, was sie sagen sollten.

»Sie sind alle noch unverlobt«, sagte die Mutter, und dann kicherten sie wieder, aber diesmal aus Verlegenheit.

»Ich habe keine schöneren Damen in den kaiserlichen Marställen gesehen«, sagte der fremde Mistkäfer.

»Verderben Sie mir doch meine kleinen Mädchen nicht! Und sprechen Sie nur mit ihnen, wenn Sie wirklich reelle Absichten haben; – aber die haben Sie ja, und ich gebe Ihnen meinen Segen!«

»Hurra!«, sagten alle die andern, und dann war der Mistkäfer verlobt. Erst Verlobung, dann Hochzeit, ein Grund zu warten war ja nicht vorhanden.

Der folgende Tag verstrich sehr angenehm, der nächstfolgende flaute schon ein wenig ab, aber am dritten Tag musste man schon auf Nahrung für Frau und vielleicht gar für Kinder bedacht sein.

»Ich habe mich überrumpeln lassen«, sagte er, »da muss ich sie wohl wieder überrumpeln –«

Und das tat er. Weg war er. Er war den ganzen Tag weg und war die ganze Nacht weg – und die junge Frau saß als Witwe da.

Die andern Mistkäfer sagten, sie hätten da einen richtigen Landstreicher in die Familie aufgenommen, nun falle ihnen die Frau zur Last.

»Dann kann sie wieder als Jungfrau weiterleben«, sagte die Mutter, »als mein Kind. Pfui über den abscheulichen Bösewicht, der sie hat sitzen lassen!«

Der hatte indessen seine Reise fortgesetzt, auf einem Kohlblatt war er über den Graben gesegelt. Gegen Morgen kamen zwei Menschen, die sahen den Mistkäfer, nahmen ihn auf, drehten und wendeten ihn, und sie waren alle beide sehr gelehrt, namentlich der eine von ihnen – ein Knabe. »›Allah sieht den schwarzen Mistkäfer in dem schwarzen Stein, in dem schwarzen Felsen!‹, steht nicht so im Koran geschrieben?«, fragte er; dann übersetzte er den Namen des Mistkäfers ins Lateinische und verbreitete sich über sein Geschlecht und seine Natur. Der ältere von den beiden, ein Gelehrter, stimmte dagegen, ihn mit nach Hause zu nehmen, sie hätten da, sagte er, ebenso gute Exemplare, und das, fand der Mistkäfer, war nicht höflich gesagt, deswegen flog er ihm aus der Hand, flog eine tüchtige Strecke, denn seine Flügel waren jetzt trocken geworden, und erreichte das Mistbeet, wo er mit der größten Bequemlichkeit durch ein geöffnetes Fenster schlüpfen und sich in dem frischen Mist vergraben konnte.

»Hier ist es wonnig!«, sagte er.

Bald schlief er ein und träumte, das Leibross des Kaisers sei gestürzt und Herr Mistkäfer habe feine goldenen Hufeisen erhalten und das Versprechen, noch zwei dazu zu bekommen. Das war sehr angenehm, und als der Mistkäfer erwachte, kroch er hervor und sah sich um. Welch eine Pracht war hier in dem Treibhaus! Große Fächerpalmen breiteten hoch oben ihre Blätter aus, die Sonne ließ sie durchsichtig erscheinen, und unter ihnen sprosste eine Fülle von Grün, schimmerten Blumen, rot wie Feuer, gelb wie Bernstein und weiß wie frisch gefallener Schnee.

»Das ist eine wunderbare Pflanzenpracht!«, sagte der Mistkäfer. »Wie wird die schmecken, wenn sie erst in Fäulnis übergegangen ist! Eine gute Speisekammer! Hier wohnen sicher Verwandte; ich will einmal auf Untersuchungsreisen ausgehen, sehen, ob ich niemand finden kann, mit dem sich verkehren lässt. Stolz bin ich; das ist mein Stolz!« Und dann machte er sich auf die Suche und dachte an seinen Traum von dem toten Pferd und den ererbten goldenen Hufeisen.

Da ergriff plötzlich eine Hand den Mistkäfer, drückte ihn, drehte und wendete ihn.

Der kleine Sohn des Gärtners war mit einem Kameraden in das Treibhaus gegangen, sie hatten den Mistkäfer gesehen und wollten nun ihren Spaß daran haben; in ein Weinblatt gewickelt, ward er in eine warme Hosentasche gesteckt, er kribbelte und krabbelte, bekam aber dafür einen Druck von der Hand des Knaben, der raschen Schrittes auf den großen See am Ende des Gartens zuging; hier wurde der Mistkäfer in einen alten zerbrochenen Holzschuh gesetzt, ein Stock wurde als Mast befestigt, und daran wurde der Mistkäfer mit einem wollenen Faden festgebunden; jetzt war er Schiffer und sollte hinaussegeln.

Es war ein sehr großer See, dem Mistkäfer erschien es ein Weltmeer, er war so erstaunt, dass er auf den Rücken fiel und mit den Beinen zappelte.

Der Holzschuh segelte ab, im Wasser war Strömung, wenn aber das Schifflein sich ein wenig zu weit vom Ufer entfernte, streifte der eine Junge schnell seine Hosen aus, watete ins Wasser und holte es wieder. Als es aber gerade wieder einmal in rechter Fahrt begriffen war, wurden die Knaben gerufen, und sie eilten davon und ließen Holzschuh Holzschuh sein; der trieb denn auch immer mehr vom Ufer ab, immer weiter hinaus, es war schrecklich für den Mistkäser! Fliegen konnte er nicht, er war an den Mast festgebunden.

Da bekam er Besuch von einer Fliege.

»Was für schönes Wetter wir haben!«, sagte die Fliege. »Hier kann ich mich ausruhen! Hier kann ich mich sonnen! Sie haben es hier sehr angenehm!«

»Sie reden, wie Sie es verstehen! Sehen Sie denn nicht, dass ich festgebunden bin!«

»Ich bin nicht festgebunden!«, sagte die Fliege, und dann flog sie von dannen.

»Jetzt kenne ich die Welt!«, sagte der Mistkäfer. »Es ist eine niederträchtige Welt! Ich bin der einzig Anständige auf der Welt! Zuerst verweigert man mir die goldenen Schuhe, dann muss ich auf nasser Leinwand liegen und im Zug stehen, und schließlich schnacken sie mir noch eine Frau an. Unternehme ich nun einen forschen Schritt in die Welt hinaus, um zu sehen, wie es einem dort ergehen kann und es mir ergehen könnte, da kommt so ein Menschenjunge, bindet mich fest und übergibt mich dem wilden Meer. Und indes stolziert des Kaisers Leibross in goldenen Schuhen einher! Das ärgert mich am allermeisten! Aber Teilnahme kann man hier in dieser Welt nicht erwarten! Mein Lebenslauf ist sehr interessant, aber was kann das nützen, wenn niemand ihn kennt? Die Welt verdient auch gar nicht, ihn zu kennen, sonst hätte sie mir goldene Schuhe in des Kaisers Stall gegeben, als das Leibross die Beine ausstreckte und beschlagen wurde. Hätte ich goldene Schuhe bekommen, so wäre ich eine Zierde des Stalles geworden, nun hat mich der Stall verloren, die Welt hat mich verloren, alles ist aus!«

Aber es war noch nicht alles aus. Ein Boot mit ein paar jungen Mädchen kam herangerudert.

»Da segelt ein Holzschuh!«, sagte die eine.

»Ein kleines Tier ist darin festgebunden!«, sagte die andre.

Sie waren dicht neben dem Holzschuh, fischten ihn auf, und eins der jungen Mädchen holte eine Schere heraus, schnitt den wollenen Faden durch, ohne dem Mistkäfer ein Leid zuzufügen, und als sie wieder an Land kamen, setzte sie ihn ins Gras.

»Krieche, krieche! Fliege, fliege, wenn du kannst«, sagte sie. »Freiheit ist ein herrlich Ding!«

Und der Mistkäfer flog gerade durch ein offenes Fenster in einem großen Gebäude, und da sank er ermattet nieder in die feine, weiche, lange

Mähne von des Kaisers Leibross, das in dem Stall stand, in dem das Pferd und auch der Mistkäfer zu Hause waren. Er klammerte sich an der Mähne fest und saß eine Weile still da und besann sich. »Hier sitze ich auf des Kaisers Leibross, sitze als Reiter darauf! Was sage ich doch! Ja, jetzt wird es mir klar! Es ist ein guter Gedanke und ein sehr richtiger. Warum hat das Pferd die goldenen Hufeisen bekommen? Danach hat auch der Schmied mich gefragt. Jetzt sehe ich es ein! Um meinetwillen bekam das Ross die goldenen Hufeisen.«

Und dann wurde der Mistkäfer guter Laune.

»Man bekommt einen hellen Kopf auf Reisen!«, sagte er.

Die Sonne schien zu ihm herein, sie schien sehr schön. »Die Welt ist doch nicht so elend!«, sagte der Mistkäfer, »man muss es nur verstehen, sie zu nehmen. Das Leibross hat die goldenen Hufeisen bekommen, weil der Mistkäfer sein Reiter sein sollte!

»Jetzt will ich zu den andern Käfern hinabsteigen und ihnen erzählen, was man alles für mich getan hat; ich will von allen den Annehmlichkeiten erzählen, die ich auf meiner Reise ins Ausland genossen habe, und ich will ihnen sagen, dass ich nun so lange daheim bleiben werde, bis das Ross seine goldenen Hufeisen abgetreten haben wird.«

Wie's der Alte macht, ist's immer recht

Jetzt will ich dir eine Geschichte erzählen, die ich gehört habe, als ich noch klein war, und jedes Mal, wenn ich seither daran gedacht habe, kam es mir vor, als werde sie immer schöner, denn mit Geschichten geht es wie mit vielen Menschen, sie werden mit zunehmendem Alter schöner und schöner, und das ist sehr erfreulich.

Du bist doch gewiss schon draußen auf dem Lande gewesen und hast so ein ganz altes Bauernhaus mit Strohdach gesehen! Moos und Kräuter wachsen dort von selbst, auf dem Dachfirst befindet sich ein Storchennest; ohne Storch geht es nun einmal nicht. Die Wände sind schief, die Fenster sind niedrig, ja nur ein einziges lässt sich öffnen; der Backofen steht vor wie ein kleines, dickes Bäuchlein, und der Holunderstrauch hängt über den Zaun hinab, und dicht unter dem knorrigen Weidenbaum erstreckt sich ein kleiner Wassertümpel, auf dem die Enten mit ihren Jungen schwimmen. Ja, und dann ist da noch ein Kettenhund, der alle und jeden anbellt.

Gerade so ein Bauernhaus stand draußen auf dem Lande, und darin wohnten ein paar alte Leute, der Bauer und seine Frau. Wie wenig sie auch hatten, konnten sie doch ein Stück entbehren, nämlich ein Pferd, das draußen auf der Landstraße am Graben weidete. Der Bauer ritt darauf zur Stadt, die Nachbarn liehen es und erwiesen ihm dafür andere Gefälligkeiten, aber trotzdem war es vorteilhafter für sie, das Pferd zu verkaufen oder sich irgendetwas anderes dafür einzutauschen, was ihnen noch nützlicher sein konnte. Aber was sollte das nur sein?

»Das weißt du doch am besten, Alter!«, sagte die Frau, »jetzt ist ja Markt in der Stadt, reite nur hinein, lass dir Geld für das Pferd geben oder mach einen guten Tauschhandel! Was du tust, ist immer das Rechte. Reite nur zum Markt!«

Und dann knüpfte sie ihm sein Halstuch um, denn das verstand sie doch besser als er; sie band ihm eine doppelte Schleife, denn das sah flott aus, und dann bürstete sie seinen Hut mit der flachen Hand und küsste ihn auf den warmen Mund, und dann ritt er fort auf dem Pferd, das verkauft oder vertauscht werden sollte. Ja, der Alte, der verstand es!

Die Sonne brannte, kein Wölkchen war am Himmel zu sehen. Der Weg war staubig von all den Leuten zu Wagen, zu Pferd und auf Schusters Rappen, die zu Markte wollten. Es war ein wahrer Sonnenbrand, und auf dem ganzen Wege gab es nicht den geringsten Schatten.

Da ging einer und trieb eine Kuh vor sich her, die war so schön, wie eine Kuh nur sein kann. »Die gibt gewiss auch schöne Milch«, dachte der Bauer. »Das wäre am Ende ein ganz guter Tausch!«

»Heda, du da mit der Kuh!«, sagte er. »Wollen wir beide nicht ein Wort miteinander reden? Ein Pferd, weißt du, das kostet, glaub ich, mehr als ne Kuh, aber das ist mir einerlei, ich habe mehr Verwendung für eine Kuh. Wollen wir nicht tauschen?«

»Ja, gern!«, sagte der Mann mit der Kuh, und dann tauschten sie.

Jetzt war der Handel abgeschlossen, und da hätte der Bauer ja umkehren können, er hatte ja ausgerichtet, was er wollte, da er nun aber einmal beschlossen hatte, zu Markt zu gehen, so wollte er auch zu Markt, nur um sich die Sache mal anzusehen; und so ging er denn weiter mit seiner Kuh. Er schritt rasch zu, und auch die Kuh schritt rasch zu, und da kamen sie denn bald an die Seite eines Mannes, der ein Schaf führte. Es war ein gutes Schaf, in gutem Futterzustande und mit guter Wolle.

»Das möcht ich wohl haben!«, dachte der Bauer. »Es würde ihm an unserm Grabenrande an Gras nicht fehlen, und im Winter könnte man es in die Stube hineinnehmen. Im Grunde wäre es wohl richtiger für uns, ein Schaf zu halten, statt einer Kuh. Wollen wir tauschen?«

Ja, das wollte der Mann, der das Schaf hatte, gern, und dann wurde der Tauschhandel abgeschlossen, und der Bauer ging mit seinem Schaf die Landstraße entlang. Dort am Übersteig sah er einen Mann, der eine große Gans unterm Arm trug.

»Das ist ja eine schwere Gans, die du da hast!«, sagte der Bauer, »die hat Federn und Fett! Die würd sich gut machen, wenn sie zu Hause bei uns am Tümpel festgepflöckt würde! Das wär was für Mutter, wenn sie für die Abfall sammeln könnt! Sie hat so oft gesagt, wenn wir doch ne Gans hätten! Nun kann sie eine kriegen – und nun soll sie sie auch haben! Willst du mit mir tauschen? Ich geb dir das Schaf für die Gans und einen schönen Dank obendrein!«

Ja, das wollte der andere gern, und so tauschten sie denn; der Bauer bekam die Gans.

Jetzt befand er sich ganz in der Nähe der Stadt, das Gedränge auf der Landstraße nahm zu, da war ein Gewimmel von Volk und Vieh; sie gingen auf dem Wege und jenseits des Grabens, ja, bis in den Kartoffelacker des Chaussee-Einnehmers hinein, wo sein Huhn angepflockt stand, damit es nicht aus lauter Angst kullerig werden und weglaufen sollte. Das Huhn hatte kurze Schwanzfedern, blinzelte mit dem einen Auge und sah sehr nett aus. »Gluck, Gluck!«, sagte es; was es sich dabei dachte, kann ich nicht sagen, aber als der Bauer es sah, dachte er: ›Das ist das schönste Huhn, das ich je gesehen habe, es ist schöner als die Glucke des Pfarrers, das möcht ich gern haben! Ein Huhn findet immer ein Korn, das kann beinah für sich selbst sorgen! Ich glaube, es wäre ein guter Tausch, wenn ich es für die Gans kriegen könnte.‹ »Wollen wir tauschen?«, fragte er.

»Tauschen!«, sagte der andere, »ja das wäre gar nicht so übel!« Und dann tauschten sie. Der Chaussee-Einnehmer bekam die Gans, der Bauer kriegte das Huhn.

Gar vielerlei hatte er auf der Reise nach der Stadt ausgerichtet, und warm war es, und müde war er auch. Er hatte wohl einen Schnaps und ein Butterbrot verdient; jetzt kam er an die Schenke, und da hinein wollte er, aber der Hausknecht wollte zur Tür hinaus, er begegnete ihm mit einem gefüllten Sack.

»Was hast du da?«, fragte der Bauer.

»Verfaulte Äpfel!«, sagte der Knecht. »Einen ganzen Sack voll für die Schweine.«

»Ist das eine schreckliche Menge! Den Anblick möcht ich Mutter wohl gönnen! Wir hatten vergangenes Jahr nur einen einzigen Apfel aus dem alten Baum beim Torfschuppen! Der Apfel sollte aufbewahrt werden, und er blieb auf der Truhe liegen, bis er platzte. ›Es ist doch immer Wohlstand!‹, sagte Mutter. Hier sollt sie mal Wohlstand sehen! Ja, das möcht ich ihr wohl gönnen!«

»Was wollt Ihr mir dafür geben?«, fragte der Hausknecht.

»Was ich Euch geben will? Ich gebe Euch mein Huhn dafür!« Und dann gab er ihm das Huhn, bekam die Äpfel und ging in die Schenkstube. Seinen Sack mit Äpfeln stellte er an den Ofen, der geheizt war, aber das bedachte er nicht.

Es waren viele Gäste anwesend, Pferdehändler, Ochsentreiber und auch zwei Engländer, und die waren so reich, dass ihre Taschen von Goldstücken strotzten. Die machten Wetten, das sollst du jetzt hören!

»Suss! Suss!« Was für ein Geräusch war denn das da am Ofen? Die Äpfel fingen an zu braten.

»Was ist das?« Ja, das sollten sie bald erfahren! Die ganze Geschichte bekamen sie zu wissen von dem Pferd, das für die Kuh vertauscht war, bis hinab zu den verfaulten Äpfeln.

»Na, das wird was geben, wenn du nach Haus kommst!«, sagten die Engländer. »Mutter wird dir eine gute Tracht Prügel verabreichen!«

»Ich kriege Küsse und keine Prügel!«, sagte der Bauer; »Mutter sagt immer: ›Was der Alte macht, ist immer recht!‹«

»Wollen wir wetten!«, sagten sie; »Goldstücke tonnenweise! Hundert Pfund ein Schiffspfund!«

»Dann wird der Scheffel voll!«, sagte der Bauer, »ich kann bloß den Scheffel mit Äpfeln dagegensetzen und mich selbst und meine Alte dazu; aber das ist mehr als ein gerüttelt und geschüttelt Maß, das ist gehäuft voll!«

»Topp! Topp!«, sagten die beiden, und dann war die Wette angenommen.

Der Wagen des Wirts fuhr vor, die Engländer stiegen ein, der Bauer stieg ein, die verfaulten Äpfel wurden aufgeladen, und dann fuhren sie bis an das Haus des Bauers.

»Guten Abend, Mutter!«

»Guten Abend, Alter!«

»Ja, das Pferd hab ich vertauscht!«

»Ja, du verstehst deine Sache!«, sagte die Frau, umarmte ihn und dachte weder an den Sack noch an die Fremden.

»Ich habe das Pferd gegen eine Kuh vertauscht!«

»Gott sei Dank für die Milch, die wir nun kriegen! Nun können wir Milchsuppe essen und Käse und Butter aus den Tisch stellen. Das ist ein guter Tausch!«

»Ja, aber die Kuh habe ich dann wieder gegen ein Schaf vertauscht!«

»Das ist gewiss auch besser!«, sagte die Frau. »Du bist immer so bedachtsam; für ein Schaf haben wir reichlich Weide. Nun können wir Schafmilch bekommen und Schafkäse und wollene Strümpfe, ja, auch eine wollene Nachtjacke! Das alles gibt uns die Kuh nicht! Die verliert ja die Haare! Wie bedachtsam du doch bist!«

»Aber das Schaf habe ich gegen eine Gans vertauscht!«

»Wollen wir wirklich dies Jahr eine Martinsgans essen, Alter? Du denkst auch immer daran, wie du mir ein Vergnügen machen kannst. Das ist prächtig von dir! Die Gans können wir festpflöcken, dann wird sie noch fetter bis zum Martinstag!«

»Aber die Gans habe ich gegen ein Huhu vertauscht!«, sagte der Mann.

»Gegen ein Huhn! Das ist ein guter Tausch«, sagte die Frau. »Das Huhn legt Eier und brütet sie aus, wir bekommen kleine Kücklein, wir kriegen einen ganzen Hühnerhof! Das habe ich mir ja immer so sehr gewünscht!«

»Ja, aber das Huhn habe ich gegen einen Sack voll verfaulter Äpfel vertauscht!«

»Dafür sollst du einen Kuss haben!«, sagte die Frau. »Dafür muss ich mich wirklich bei dir bedanken! Nun will ich dir was erzählen. Als du weg warst, wollt ich dir etwas recht Schönes kochen. Eierkuchen mit Schnittlauch, dacht ich. Die Eier hatt ich, der Schnittlauch fehlte mir. Da ging ich zu Schulmeisters hinüber; da haben sie Schnittlauch, das weiß ich; aber die Frau ist geizig, die alte Person! Ich bat, sie möcht mir den Schnittlauch leihen –! ›Leihen?‹, sagt sie. ›In unserm Garten wächst gar nichts, nicht mal ein verfaulter Apfel! Nicht mal einen Apfel kann ich Euch leihen!‹, sagt sie. Aber nun kann ich ihr zehn Äpfel, ja, einen ganzen Sack voll leihen! Das ist zu lustig, Alter!« Und dann küsste sie ihn mitten auf den Mund.

»Das lasse ich mir gefallen!«, sagten die Engländer. »Immer bergab und immer lustig! Das ist das Geld schon wert!« Und dann bezahlten sie ein Schiffspfund Goldstücke an den Bauer, der Küsse bekam und keine Prügel.

Ja, es lohnt sich immer, wenn die Frau einsieht und es auch andern erklärt, dass der Mann der Klügste ist und das, was er tut, stets das Rechte ist.

Seht, das ist nun so eine Geschichte! Die habe ich gehört, als ich noch klein war, und nun hast du sie auch gehört und weißt, »wie's der Alte macht, ist's immer recht!«

Der Bischof von Börglum und seine Mannen

Wir befinden uns hoch oben in Jütland, nördlich vom Wildmoor, wir können die Brandung der Nordsee hören, die sich am Ufer bricht; vor uns aber erhebt sich ein großer Sandhügel, wir haben ihn schon lange gesehen, und immer fahren wir darauf zu, langsam durch den tiefen Sand hindurch. Oben auf dem Hügel liegt ein altes Gebäude, das Kloster Börglum, in dessen geräumigstem Flügel sich heute noch die Kirche befindet; da hinauf gelangen wir nun in später Abendstunde, aber das Wetter ist klar, es ist eine der hellen Juninächte; man sieht so weit, so weit ringsumher, über Felder und Sümpfe bis nach dem Aalborger Fjord hinab, über Heiden und Wiesen bis hinaus auf das dunkelblaue Meer.

Jetzt sind wir dort oben, jetzt rollen wir zwischen Ställen und Scheunen dahin und biegen durch das Tor in den alten Burghof ein, wo die Linden in einer geraden Reihe an der Mauer entlang stehen; dort stehen sie im Schutz vor Wind und Wetter, und daher wachsen sie auch so üppig, dass die Zweige fast die Fenster verdecken.

Wir steigen die steinerne Wendeltreppe hinauf, wir gehen durch die langen Gänge, unter den Deckenbalken entlang, der Wind saust hier so wunderlich, drinnen wie draußen, man weiß nicht recht wo, und da erzählt man – ja, man erzählt so vielerlei, man sieht so vielerlei, wenn es einem graust, oder wenn man andere grausen machen will. Die alten, verstorbenen Mönche, sagt man, gleiten still an uns vorüber in die Kirche hinein, wo die Messe gesungen wird, man kann es aus dem Sausen des Windes heraushören; es wird einem so wunderlich dabei zumute, man gedenkt alter Zeiten – man denkt so lange, bis man sich in die alten Zeiten zurückversetzt glaubt.

Am Ufer war ein Schiff gestrandet, die Mannen des Bischofs sind dort unten, sie schonen die nicht, die das Meer verschonte. Die See spült das rote Blut weg, das aus zerschmetterten Hirnschädeln floss. Das Strandgut gehört dem Bischof und hier ist viel gestrandetes Gut. Die See rollt Anker und Tonnen mit köstlichem Wein für die Keller des Klosters herbei, und im Kloster ist schon vollauf Bier und Met; die Küche ist angefüllt mit erlegtem Wildbret, mit Würsten und Schinken; in den Teichen da draußen schwimmt der fette Brachsen und die leckere Karausche. Der Bischof auf Börglum ist ein mächtiger Mann, er besitzt große Ländereien und will noch mehr erwerben; alles muss sich Oluf Glob beugen. In Thy ist sein reicher Anverwandter gestorben. »Gott beschütze mich vor meiner Sippe!« Das muss die Witwe da unten erfahren. Ihr Gemahl gebot dort über das ganze Land, nur die Kirchengüter waren ihm nicht Untertan; der Sohn weilt in fremden Landen; schon als Knabe ward er dahin geschickt, um fremde Sitten zu lernen, weil ihm der Sinn danach stand; seit Jahren hörte man nicht von ihm, vielleicht ist er schon lange in sein Grab gelegt, und wird nie in die Heimat zurückkehren, um da zu gebieten, wo jetzt seine Mutter gebietet.

»Was hat ein Weib zu gebieten?«, sagt der Bischof. Er lässt sie vor das Thing bescheiden; allein was hilft ihm das? Sie ist nie vom Buchstaben des Gesetzes abgewichen, und sie hat Macht durch ihre gerechte Sache.

Bischof Oluf von Börglum, was sinnst du? Was schreibst du auf das blanke Pergament nieder? Was birgt es da unter Siegel und Band, das Pergament, das du dem Reiter und seinem Knappen übergibst, die damit zum Lande hinausreiten, in die weite Ferne, nach der Stadt des Papstes?

Es ist Laubfallzeit, Strandungszeit, jetzt kommt der eisige Winter.

Zween Male kam er, als er aber zum letzten Mal kam, da hieß er den Reiter und den Knappen willkommen in der Heimat; mit einem päpstlichen Schreiben kehrten sie aus Rom heim, mit der Bannbulle über die Witwe, die den frommen Bischof zu kränken wagte. »Fluch über sie und alles, was ihr gehört! Ausgestoßen sei sie aus Kirche und Gemeinde! Niemand biete ihr hilfreiche Hand; Freunde und Anverwandte sollen sie meiden wie Pest und Aussatz!«

»Was sich nicht biegen will, muss brechen!«, sagte der Bischof von Börglum.

Sie fallen alle von der Witwe ab, allein sie fällt nicht ab von ihrem Gott, er ist ihr Schirm und Schutz.

Eine einzige Dienerin, eine alte Magd, bleibt ihr treu; mit ihr geht sie hinter dem Pflug her, das Korn wächst, obwohl der Boden vom Papst und Bischof verflucht ist.

»Du Kind der Hölle! Ich werde doch meinen Willen durchsetzen!«, sagt der Bischof von Börglum, »nun bescheide ich dich mit der Hand des Papstes zu Gericht und Urteil!«

Da spannt sie die beiden letzten Ochsen, die ihr geblieben sind, vor den Wagen, setzt sich mit ihrer Magd darauf und fährt über die Heide, hinaus aus dem dänischen Lande. Als Fremde kommt sie zu fremden Leuten, wo fremde Sprache geredet wird, wo fremde Sitten herrschen; weit weg, wo sich die grünen Hügel zu Bergen erheben, und wo der Wein wächst. Reisende Kaufleute kommen an ihnen vorüber, ängstlich spähen sie von ihren warenbeladenen Wagen herab, sie fürchten einen Überfall von den Knappen der Raubritter. Die beiden armen Frauen auf dem elenden Fuhrwerk, das von zwei schwarzen Ochsen gezogen wird, fahren ruhig durch den unsicheren Hohlweg und die dichten Wälder. Sie sind in Franken. Hier begegnen sie einem stattlichen Ritter mit einem Gefolge von zwölf streitbaren Knappen; er hält sein Ross an und betrachtet den sonderbaren Aufzug, er fragt die beiden Frauen nach dem Ziel ihrer Reise und aus welchem Lande sie gekommen sind; da nennt die jüngste Thy in Dänemark, erzählt von ihrem Kummer und ihrem Elend. Doch das Elend hat gar bald ein Ende, der liebe Gott hat es so gefügt. Der fremde Ritter ist ihr Sohn. Er reicht ihr die Hand, er schließt sie in seine Arme; und die Mutter weint – seit Jahren hat sie nicht weinen können, nur in die Lippe hat sie sich gebissen, sodass die warmen Blutstropfen hervorgequollen sind.

Es ist Laubfallzeit, Strandungszeit, jetzt kommt der eisige Winter. Das Meer rollt Weinfässer an Land für des Bischofs Keller und Küche; dort brät das Wildbret an dem Spieß über den Flammen, es ist warm dort oben in den Zimmern, während draußen der Winter herrscht. Da verlautet eine Neuigkeit: Jens Glob aus Thy ist mit seiner Mutter heimgekehrt; Jens Glob klagt wider den Bischof, er bescheidet ihn vor das geistliche und das weltliche Recht und Gericht.

»Das wird ihm wenig helfen!«, sagt der Bischof. »Lass den Streit fahren, Ritter Jens!«

Und wieder ist es Laubfallzeit, Strandungszeit, jetzt kommt der eisige Winter; die weißen Bienen schwärmen, sie stechen ins Gesicht, bis sie zerschmelzen.

»Frisches Wetter heute!«, sagen die Leute, die von draußen hereinkommen. Jens Glob steht in Gedanken versunken da, sodass er seinen langen Rock versengt, ja ein Loch hineinbrennt.

»Du, Bischof von Börglum, ich zwinge dich doch! Unter des Papstes Mantel kann dich das Gesetz nicht erreichen, aber Jens Glob wird dich schon fassen!«

Und dann schreibt er einen Brief an seinen Schwager, Herrn Oluf Hase in Salling, und bittet ihn, sich am Weihnachtsabend zur Messe in der Widberger Kirche einzufinden; da drüben wird der Bischof die Messe lesen, deshalb reist er von Börglum nach Thyland, das weiß Jens Glob.

Wiese und Moor sind mit Eis und Schnee bedeckt, sie tragen Pferd und Reiter, tragen den ganzen Zug, den Bischof und die Pfaffen und die Knappen; sie reiten den kürzesten Weg zwischen dem spröden Röhricht, in dem der Wind so kläglich heult.

»Blase in deine Messingtrompete, du in Fuchsfell gekleideter Spielmann! Das klingt gut in der klaren Luft.« Und dann reiten sie über die Heide und Moor, den Riesengarten der Fata Morgana in den warmen Sommertagen; gen Süden reiten sie, auf die Widberger Kirche zu.

Der Wind bläst stärker in seine Trompete, er bläst einen Sturm, ein wahres Unwetter, das zu gewaltiger Macht anwächst. Nach Gottes Haus geht es in diesem Unwetter. Gottes Haus steht fest, aber das Unwetter fährt über Fels und Moor, über Fjord und Meer. Der Bischof von Börglum erreicht die Kirche; Herr Oluf Hase wird sein Ziel nicht erreichen, wie scharf er auch reitet. Er kommt mit seinen Mannen jenseits des Fjordes daher, Jens Glob zu Hilfe, jetzt, wo der Bischof vor den Richterstuhl des Höchsten geladen werden soll.

Gottes Haus ist der Gerichtssaal, der Altar der Gerichtstisch; die Lichter sind schon angezündet in den schweren Messingleuchtern. Der Sturm verliest Anklage und Urteil. Es saust in der Luft über Moor und Heide, über den rollenden Wassern. Keine Fähre setzt über den Meerbusen in einem solchen Unwetter.

Oluf Hase steht am Ottesund; dort verabschiedet er seine Mannen, schenkt ihnen Pferd und Harnisch, gibt ihnen Urlaub, nach Hause zu ziehen mit einem Gruß an sein Weib; allein will er sein Leben in dem brausenden Wasser wagen; aber sie sollen seine Zeugen sein, dass es nicht seine Schuld ist, wenn Jens Glob ohne Entsatz in der Widberger Kirche steht. Die treuen Knappen verlassen ihn nicht, sie folgen ihm in das tiefe Wasser hinaus. Zehn von ihnen werden hinweggespült; Oluf Hase selbst und zwei von seinen jüngsten Knappen erreichen das jenseitige Ufer; noch haben sie vier Meilen zu reiten.

Mitternacht ist vorüber; es ist Weihnacht. Der Wind hat sich gelegt; die Kirche ist erleuchtet; der strahlende Lichtschein dringt durch die Fenster und über Wiese und Heide. Die Messe ist längst beendet; in Gottes Haus ist es still, man kann das Wachs von den Lichtern auf den steinernen Fußboden tropfen hören. Jetzt kommt Oluf Hase.

Im Waffenhause bietet ihm Jens Glob »Guten Tag! Jetzt hab ich mich mit dem Bischof verglichen!«

»Das hast du getan?«, ruft Oluf aus, »dann sollst weder du noch der Bischof lebendig aus der Kirche gelangen!«

Und das Schwert fährt aus der Scheide, und Oluf schlägt zu, sodass die Bohlen der Kirchtür zersplittern, die Jens Glob zwischen sich und ihm zuschlägt.

»Halte ein, lieber Schwager! Sieh dir erst den Vergleich an! Ich habe den Bischof und alle seine Mannen erschlagen. Sie sagen kein Wort mehr in der Sache, und auch ich sage kein Wort mehr von all dem Unrecht, das meiner Mutter widerfahren ist.«

Die langen Dochte an den Altarlichtern scheinen so rot, röter aber noch schimmert es am Fußboden; dort liegt der Bischof mit gespaltener Stirn in seinem Blut und um ihn her alle seine Mannen; es ist still und lautlos in der heiligen Christnacht.

Aber am Abend des dritten Weihnachtstages läuten im Börglumer Kloster die Glocken zum Leichenbegängnis; der ermordete Bischof und die erschlagenen Mannen sind zur Schau ausgestellt unter einem schwarzen Baldachin mit florumwundenen Kandelabern. Im Mantel aus Silbermoiré, den Krummstab in der machtlosen Hand, liegt der Tote da, der einst ein mächtiger Herr war. Das Räucherwerk duftet, die Mönche singen; es klingt wie Klagen, es klingt wie ein Urteil des Zorns und der Verdammnis, das weit über das Land dahinschallt, vom Winde getragen, vom Winde mitgesungen. Wohl schweigt der Wind zuweilen, doch nimmer stirbt er, immer erhebt er sich wieder und singt seine Lieder, singt sie hinein in unsere Zeit, singt sie von dem Bischof auf Börglum und seinem harten Anverwandten. Und man hört das Singen des Windes in der finstern Nacht, der geängstigte Bauer hört es, wenn er auf dem schweren Sandwege am Kloster Börglum vorüber fährt; es hört der schlaflos Lauschende in den Zimmern auf Börglum mit seinen dicken

Mauern, und deshalb seufzt und huscht es in den langen, schallenden Gängen, die zu der Klosterkirche führen, deren vermauerter Eingang längst verschlossen ist, nur nicht dem Auge des Aberglaubens. Das sieht noch die Tür dort, sieht wie sie sich öffnet, sieht die Lichter von den messingenen Kronleuchtern herabstammen, während das Räucherwerk duftet und die Kirche in ihrer ehemaligen Pracht erstrahlt und die Mönche die Messe über den erschlagenen Bischof singen, der in seinem Mantel aus Silbermoiré, den Krummstab in der machtlosen Hand, da liegt mit der bleichen, stolzen Stirn, von der die blutige Wunde leuchtet, wie Feuer leuchtet; es sind der weltliche Sinn und die bösen Lüste, die da heraus brennen.

Versinkt ins Grab! Versinkt in Nacht und Vergessenheit, ihr unheimlichen Erinnerungen aus alten Zeiten!

Hört die Stöße des Windes, sie übertäuben das rollende Meer! Es ist ein Sturm da draußen, der Menschenleben kosten wird! Das Meer hat seinen Sinn nicht geändert mit der neuen Zeit. Diese Nacht ist es nur ein Maul, das verschlingt, und morgen vielleicht ein klares Auge, in dem man sich spiegeln kann, wie in jener alten Zeit, die wir jetzt begraben haben. Schlaf süß, wenn du's vermagst!

Jetzt ist es Morgen.

Die neue Zeit scheint mit der Sonne ins Zimmer hinein! Der Wind hält noch an. Eine Strandung wird gemeldet, wie in alter Zeit.

Über Nacht ist dort unten bei Lökken, dem kleinen Fischerdorf mit den roten Dächern, die wir von hier oben aus den Fenstern sehen, ein Schiff gestrandet. Es lief da draußen auf Grund, aber die Rettungsrakete warf eine Brücke zwischen dem Wrack und dem festen Lande; alle, die an Bord waren, sind gerettet, sie kamen an Land und zu Bett; heute sind sie nach Kloster Börglum eingeladen. In den traulichen Stuben werden ihnen Gastfreundschaft und freundliche Augen begegnen, man wird sie in der Sprache ihres eigenen Landes begrüßen. Vom Klavier her erklingen die Melodien ihrer Heimat, und noch ehe sie verhallt sind, braust eine andre Saite, lautlos und doch so klangvoll und sicher: der Gedankendraht reicht bis in die Heimat der Schiffbrüchigen, bis in das fremde Land hinein und meldet ihre Rettung. Da fühlt der Sinn sich leicht, da kann man sich am Abend beim Festmahl in der Halle von Börglum im Tanz schwingen. Walzer und Mazurka wechseln ab, und dänische Volksweisen klingen um die Wette mit fremden Melodien.

Sei gesegnet, du neue Zeit! Reite du auf gereinigtem Luftstrom den Sommer ein! Lasse deine Sonnenstrahlen in die Herzen und Gedanken hineinleuchten! Auf deinem strahlenden Grund schweben die finstern Sagen aus den harten, den strengen Zeiten an uns vorüber!

Der Schmetterling

Der Schmetterling wollte gern eine Braut haben, und zwar am liebsten eine von den niedlichen kleinen Blumen. Er sah sie an; sie saßen alle so still und ehrbar auf ihrem Stängel, wie eine Jungfrau sitzen muss, wenn sie nicht verlobt ist; aber es waren so viele da, zwischen denen er wählen konnte, dass es eine Mühe für ihn wurde. Mühe mochte sich der Schmetterling aber nicht geben, und so flog er denn zu dem Gänseblümchen hin. Die Franzosen nennen diese Blume Margarethe, sie wissen, dass sie wahrsagen kann, und das tut sie, wenn Liebende ein Blättchen nach dem andern abpflücken, und bei einem jeden eine Frage über den Geliebten stellen: »Von Herzen? – Mit Schmerzen? – Über alle Maßen? – Ein klein wenig?« oder dergleichen. Jeder fragt in seiner Sprache. Auch der Schmetterling kam, um zu fragen; er zupfte aber die Blättchen nicht ab, sondern küsste jedes einzelne, in der Meinung, dass man mit dem Guten am weitesten kommt.

»Süße Margarethe Gänseblümchen!«, sagte er. »Sie sind die klügste Frau unter allen Blumen! Sie verstehen sich auf das Wahrsagen! Sagen Sie mir, bitte, kriege ich die oder die? Welche wird meine Braut werden? Wenn ich das nur weiß, kann ich geradeswegs hinfliegen und um sie anhalten!«

Allein Margarethe antwortete gar nicht, es ärgerte sie, dass er sie »Frau« genannt hatte, denn sie war ja eine Jungfrau, und dann ist man keine Frau. Er fragte zum zweiten Mal, und er fragte zum dritten Mal, und als er nicht ein einziges Wort aus ihr herausbekam, da mochte er nicht mehr fragen, sondern flog ohne weiteres auf die Brautwerbung aus.

Es war in den ersten Tagen des Frühlings, ringsum blühten Schneeglöckchen und Krokus. »Sie sind allerliebst!«, dachte der Schmetterling, »niedliche kleine Konfirmandinnen! Aber noch ein wenig zu sehr Backfisch!« Wie alle jungen Herren war er mehr für die älteren Mädchen.

Darauf flog er auf die Anemonen zu; die waren ihm ein wenig zu herbe, die Veilchen waren ein wenig zu schwärmerisch und die Tulpen zu prangend, die Narzissen zu bürgerlich. Die Lindenblüten waren ihm zu klein, und sie hatten einen zu großen Familienkreis; die Apfelblüten waren ja freilich wie Rosen anzusehen, aber sie blühten heute und fielen morgen ab, je nachdem der Wind wehte, das war eine gar zu kurze Ehe, meinte er. Die Erbsenblüte gefiel ihm eigentlich am besten, sie war rot und weiß und zart und fein, gehörte zu den häuslichen jungen Mädchen, die gut aussehen und doch für die Küche taugen; er war schon im Begriff, um sie anzuhalten, aber in demselben Augenblick sah er neben ihr eine Schote, an deren Spitze eine welke Blüte hing. »Wer ist das?«, fragte er. »Das ist meine Schwester!«, sagte die Erbsenblüte.

»So werden also auch Sie später aussehen?« Das schreckte den Schmetterling ab, und er flog davon.

Das Geißblatt hing über den Zaun. Da waren Fräuleins die Hülle und Fülle mit langen Gesichtern und gelbem Teint, die Art liebte er nicht. Ja, aber was mochte er denn eigentlich?

Der Frühling verging, der Sommer ging dahin, und dann ward es Herbst; er war noch immer nicht weiter gekommen.

Und die Blumen legten jetzt die prachtvollsten Kleider an, aber was konnte das helfen – der frische, duftende Jugendsinn fehlte. Gerade nach Duft hat das Herz im Alter Verlangen, und von Duft ist gerade bitter wenig bei den Georginen und Stockrosen zu finden. So wandte sich denn der Schmetterling der Krauseminze zu.

»Die hat nun gar keine Blüten, aber sie ist ganz Blüte, sie duftet von der Wurzel bis in die äußerste Spitze, sie hat Blütenduft in jedem Blatt. Die nehme ich!«

Und dann hielt er wirklich um sie an.

Aber die Krauseminze stand steif und still da, und zuletzt sagte sie: »Freundschaft, ja! Aber nichts weiter! Ich bin alt, und Sie sind alt! Wir können sehr gut füreinander leben, aber uns heiraten – nein! Machen wir uns doch nicht zum Narren in unserm hohen Alter!«

Und so kam es, dass der Schmetterling gar keine Frau bekam. Er hatte zu lange gesucht, und das soll man nicht tun. Der Schmetterling wurde Hagestolz, wie man es nennt.

Es war Spätherbst mit Regen und Nebel; der Wind blies den alten Weiden kalt in den Rücken hinab, sodass es in ihnen knackte. Es war kein Wetter, um in Sommerkleidern umher zu fliegen, aber der Schmetterling flog auch gar nicht draußen herum, er war zufälligerweise unter Dach und Fach gekommen, wo Feuer im Ofen war; ja, ganz sonnenwarm war es dort, er konnte hier leben. »Aber leben ist nicht genug!«, sagte er, »Sonnenschein, Freiheit und ein kleines Blümchen muss man haben!«

Und er flog gegen die Fensterscheibe. Man sah ihn, bewunderte ihn und spießte ihn auf eine Nadel. Dann wurde er im Raritätenkasten ausgestellt; mehr konnte man nicht für ihn tun.

»Nun sitze ich auch auf einem Stängel, so wie die Blumen!«, sagte der Schmetterling; »eigentlich angenehm ist das freilich nicht! So ist es gewiss, wenn man verheiratet ist – man sitzt fest!« Und damit tröstete er sich dann.

»Das ist ein schlechter Trost!«, sagten die Topfgewächse im Zimmer.

»Aber diesen Topfgewächsen ist nicht so recht zu trauen!«, meinte der Schmetterling, »sie verkehren zu viel mit den Menschen!«

Der Schneemann

Es knackt förmlich in mir, so herrlich kalt ist es!«, sagte der Schneemann. »Der Wind kann einem wirklich Leben eintreiben! Und wie die Glühende da oben glotzt!« Damit meinte er die Sonne; sie war gerade im Begriff unterzugehen. »Sie soll mich nicht zum Blinzeln bringen, ich werde meine Krumen schon festhalten!«

Er hatte nämlich statt der Augen zwei große, dreieckige Dachsteinblocken; der Mund bestand aus einem Stück von einem alten Rechen, folglich hatte er auch Zähne.

Er war geboren unter den Jubelrufen der Knaben, war begrüßt von dem Schellengeläute und dem Peitschengeknall der Schlitten.

Die Sonne ging unter, der Vollmond ging auf, rund und groß, klar und schön in der blauen Luft.

»Da ist sie schon wieder von einer andern Seite!«, sagte der Schneemann. Er glaubte, es sei die Sonne, die sich wieder blicken ließ. »Ich habe ihr das Glotzen abgewöhnt! Nun kann sie da hängen und leuchten, sodass ich mich selbst sehen kann. Wenn ich nur wüsste, wie man es anfängt, dass man sich von der Stelle bewegt! Ich würde mich so gern bewegen! Wenn ich das könnte, würde ich jetzt da unten auf dem Eise gleiten, wie ich es die Knaben habe tun sehen; aber ich verstehe mich nicht aufs Laufen.«

»Weg! Weg!«, kläffte der alte Kettenhund; er war ein wenig heiser, das hatte er sich geholt, als er noch Stubenhund war und unterm Ofen lag. »Die Sonne wird dich das Laufen schon lehren! Das habe ich im vergangenen Jahr an deinem Vorgänger und an dessen Vorgänger gesehen; weg! Weg! Weg sind sie alle!«

»Ich verstehe dich nicht, Kamerad!«, sagte der Schneemann, »die da oben soll mich laufen lehren?« Er meinte den Mond; »ja, sie selbst lief freilich vorhin, als ich sie fest ansah; jetzt schleicht sie von einer andern Seite herbei!«

»Du weißt gar nichts!«, sagte der Kettenhund, »du bist aber auch eben erst zusammengekleckst! Der, den du jetzt siehst, heißt der Mond; die, die vorhin wegging, war die Sonne, sie kommt morgen wieder, sie wird dich schon lehren, in den Wallgraben hinabzulaufen. Wir kriegen bald anderes Wetter, das kann ich an meinem linken Hinterbein merken, darin reißt es. Das Wetter schlägt um.«

»Ich verstehe ihn nicht!«, sagte der Schneemann, »aber ich habe ein Gefühl, als wenn er mir etwas Unangenehmes sagt. Die, die glotzte und sich dann davon machte, und die er die Sonne nennt, ist auch nicht meine Freundin, das hab ich im Gefühl.«

»Weg! Weg!«, kläffte der Kettenhund, ging dreimal um sich selbst herum, und legte sich dann in seine Hütte, um zu schlafen.

Das Wetter schlug wirklich um. Ein dichter, nasskalter Nebel legte sich gegen Morgen über die ganze Gegend; als es dämmerte, kam ein eisiger Wind auf, der Frost packte einen ordentlich, aber welch ein Anblick war es, als die Sonne aufging! Alle Bäume und Büsche standen im Reifschmuck da; es sah aus wie ein ganzer Wald aus weißen Korallen, alle Zweige waren gleichsam mit schimmernd weißen Blüten übersät. Die unendlich vielen und feinen Verzweigungen, die man im Sommer vor allen den Blättern gar nicht sehen kann, kamen nun sämtlich zum Vorschein; es war ein so glänzend weißes Spitzengewebe, dass jeder Zweig förmlich einen weißen Glanz ausströmte. Die Hängebirken bewegten sich im Winde, es war Leben darin wie zur Sommerzeit; es war eine unvergleichliche Pracht! Und als dann die Sonne schien, nein, wie funkelte dann das Ganze, als sei es mit Diamantstaub überzuckert, und aus dem Schneeteppich, der über die Erde ausgebreitet war, glitzerten die großen Diamanten, oder man konnte sich auch vorstellen, dass da unzählige, winzig kleine Lichter brannten, die noch weißer waren als der weiße Schnee.

»Das ist wunderbar schön!«, sagte ein junges Mädchen, das mit einem jungen Mann in den Garten hinaustrat. Sie blieben dicht neben dem Schneemann stehen und betrachteten von hier aus die flimmernden Bäume. »Einen schönern Anblick kann man selbst im Sommer nicht haben!«, sagte sie, und ihre Augen strahlten.

»Und so einen Burschen, wie den da, hat man im Sommer überhaupt nicht!«, sagte der junge Mann und zeigte auf den Schneemann. »Der ist ganz famos!«

Das junge Mädchen lachte, nickte dem Schneemann zu und tanzte dann mit ihrem Freund über den Schnee hin, der unter ihnen knirschte, als gingen sie auf Stärkemehl.

»Wer waren die beiden?«, fragte der Schneemann den Kettenhund; »du bist hier länger am Hause, als ich, kennst du sie?«

»Freilich kenne ich sie!«, sagte der Kettenhund. »Sie hat mich gestreichelt, und er hat mir einen Knochen geschenkt; die beiße ich nicht!«

»Aber was stellen sie hier vor?«, fragte der Schneemann.

»Ein Liebespaar!«, sagte der Kettenhund. »Sie werden in eine Hütte ziehen und zusammen an einem Knochen nagen! Weg! Weg!«

»Haben die beiden ebensoviel zu bedeuten wie du und ich?«, fragte der Schneemann.

»Sie gehören ja zur Herrschaft!«, sagte der Kettenhund; »man weiß ja freilich nur sehr wenig, wenn man gestern erst geboren ist, das merke ich an dir! Ich habe Alter und Kenntnisse, ich kenne alle hier im Hause, und ich habe eine Zeit gekannt, wo ich hier nicht in Kälte und an der Kette stand. Weg! Weg!«

»Die Kälte ist herrlich!«, sagte der Schneemann. »Erzähle, erzähle! Aber du musst nicht mit der Kette rasseln, denn dann knackt es in mir!«

»Weg! Weg!«, kläffte der Kettenhund. »Ein junger Hund bin ich gewesen, klein und niedlich, sagten sie; damals lag ich auf einem Plüschstuhl, drinnen im Hause, lag auf dem Schoß der obersten Herrschaft, ward auf die Schnauze geküsst, und die Pfoten wurden mir mit einem gestickten Taschentuch abgewischt. Ich hieß Cheri, Cherissemäuße, aber dann wurde ich ihnen zu groß, sie verschenkten mich an die Haushälterin; ich kam in die Kelleretage! Du kannst von dort, wo du stehst, da hineinsehen; du kannst in die Kammer hineinsehen, wo ich Herrschaft gewesen bin; denn das war ich bei der Haushälterin. Es war zwar ein geringerer Ort als oben, aber es war hier gemütlicher; ich wurde nicht von den Kindern herumgeschleppt und gezerrt wie oben. Ich hatte ebenso gutes Futter wie früher und noch viel mehr! Ich hatte mein eignes Kissen, und dann war da ein Ofen, und das ist um diese Zeit das Schönste auf der Welt! Ich kroch ganz unter den Ofen, und dann war ich verschwunden. Ach, von dem Ofen träume ich noch oft! Weg! Weg!«

»Sieht denn ein Ofen so schön aus?«, fragte der Schneemann; »hat er Ähnlichkeit mit mir?«

»Er ist gerade das Gegenteil von dir! Kohlschwarz ist er, er hat einen langen Hals und eine Messingtrommel. Er frisst Brennholz, dass ihm das Feuer aus dem Mund heraussteht. Man muss sich an seiner Seite halten, dicht neben ihm, ganz unter ihm, das ist eine unendliche Annehmlichkeit! Durch das Fenster musst du ihn sehen können, von dort aus, wo du stehst!«

Und der Schneemann lugte in das Kellerfenster hinein und gewahrte wirklich einen schwarzen, blankpolierten Gegenstand mit einer Messingtrommel; das Feuer leuchtete unten daraus hervor. Dem Schneemann wurde ganz wunderlich zumute, er hatte ein Gefühl, über das er sich selbst nicht recht klar war; es kam etwas über ihn, was er nicht kannte, das aber alle Menschen kennen, wenn sie keine Schneemänner sind.

»Und warum hast du sie verlassen?«, fragte der Schneemann. Er hatte eine Empfindung, dass der Ofen ein weibliches Wesen sein müsse. »Wie konntest du nur einen solchen Ort verlassen!«

»Das musste ich wohl!«, sagte der Kettenhund, »sie warfen mich hinaus und legten mich hier an die Kette. Ich hatte den jüngsten Junker ins Bein gebissen, weil er mir den Knochen wegstieß, an dem ich nagte; und Knochen um Knochen, dachte ich. Aber das nahmen sie übel, und seit der Zeit habe ich an der Kette gelegen, und habe meine klare Stimme verloren, höre nur, wie heiser ich bin: Weg! Weg! Das war das Ende vom Liede!«

Der Schneemann hörte nicht mehr zu, er sah beständig in die Kelleretage der Haushälterin, in ihre Stube hinunter, wo der Ofen auf seinen vier eisernen Beinen stand und sich in derselben Größe präsentierte, wie der Schneemann selbst.

»Es knackt so sonderbar in mir!«, sagte er. »Werde ich nie da hineinkommen? Das ist doch ein unschuldiger Wunsch, und unsere unschuldigen Wünsche werden doch sicher in Erfüllung gehen. Es ist mein innigster Wunsch, mein einziger Wunsch, und es würde doch fast ungerecht sein, wenn der nicht erfüllt würde. Ich muss dahinein, ich muss mich an sie anschmiegen, und wenn ich auch ein Fenster einschlagen sollte!«

»Da hinein kommst du niemals!«, sagte der Kettenhund. »Und wenn du an den Ofen herankommst, so bist du weg! Weg!«

»Ich bin so gut wie weg!«, sagte der Schneemann. »Ich glaube, ich breche durch.«

Den ganzen Tag stand der Schneemann da und sah zum Fenster hinein; in der Dämmerung erschien die Stube noch einladender; aus dem Ofen leuchtete es so mild, wie weder der Mond noch die Sonne leuchten können, ja, wie nur ein Ofen leuchten kann, wenn etwas darin ist; es flammte ordentlich rot auf in dem weißen Gesicht des Schneemanns, es leuchtete förmlich rot aus seiner Brust heraus.

»Ich halte es nicht aus!«, sagte er. »Wie es ihr steht, wenn sie so die Zunge heraussteckt!«

Die Nacht war sehr lang, aber dem Schneemann wurde sie nicht lang, er stand da in seine eignen, schönen Gedanken versunken, und die froren, sodass es knackte.

Am Morgen waren die Fenster der Kellerwohnung zugefroren, sie trugen die schönsten Eisblumen, die nur ein Schneemann verlangen kann, aber sie entzogen den Ofen seinen Blicken. Die Fensterscheiben wollten nicht auftauen, er konnte »sie« nicht sehen. Es knackte und krachte in ihm und um ihn, es war ein Frostwetter, wie es sich ein Schneemann nur wünschen kann, aber er war nicht zufrieden; er hätte so glücklich sein können und müssen, aber er war nicht glücklich, er hatte Ofensehnsucht.

»Das ist eine schlimme Krankheit für einen Schneemann«, sagte der Kettenhund; »ich habe auch an der Krankheit gelitten, aber ich habe sie überstanden. Weg! Weg! – Jetzt schlägt das Wetter um!«

Und das Wetter schlug um; es wurde Tauwetter.

Das Tauwetter nahm zu, der Schneemann nahm ab. Er sagte nichts, er klagte nicht, und das ist das sicherste Anzeichen.

Eines Morgens brach er zusammen. Etwas wie ein Besenstiel ragte empor, wo er gestanden hatte, um den herum hatten die Knaben ihn auch gebaut.

»Jetzt kann ich seine Sehnsucht verstehen!«, sagte der Kettenhund. »Der Schneemann hat einen Ofenhaken im Leibe gehabt; der hat sich in ihm geregt! Jetzt ist das überstanden; weg! Weg!«

Und bald war auch der Winter überstanden.

»Weg! Weg!«, kläffte der Kettenhund; aber die kleinen Mädchen auf der Straße sangen:

»Waldmeister grün! Hervor aus dem Haus!
Weide, hänge die wollenen Fausthandschuh heraus!
Kommt, Kuckuck und Lerche! Singt hell und klar.
Der Lenz ist da! Ade Februar!
Ich singe mit euch: Kuckuck! Tirili!
Komm liebe Sonne, scheine so warm, wie noch nie!«

Und dann denkt niemand mehr an den Schneemann.

Die Psyche

In der roten Luft der Morgendämmerung schimmert ein großer Stern, der hellste Stern des Morgens; seine Strahlen zittern auf der weißen Wand, als wolle er dort niederschreiben, was er zu erzählen weiß, was er seit Jahrtausenden hier und dort auf unsrer kreisenden Erde gesehen hat. Hören wir eine seiner Geschichten!

Ganz kürzlich – das »Kürzlich« des Sterns sind für uns Menschen Jahrhunderte – begleiteten meine Strahlen einen jungen Künstler; es war im Kirchenstaat, in der Weltstadt Rom, viel hat sich dort im Laufe der Zeiten verändert, jedoch nicht so schnell, wie die menschliche Gestalt vom Kinde zum Greise übergeht. Die Kaiserburg lag, wie auch heute noch, in Ruinen; der Feigenbaum und der Lorbeerbaum wuchsen zwischen den umgestürzten Marmorsäulen und über die zerstörten Badezimmer, deren Wände mit Gold eingelegt waren. Das Kolosseum war eine Ruine; die Kirchenglocken läuteten, das Räucherwerk duftete, Prozessionen schritten mit Kerzen und strahlenden Baldachinen durch die Straßen. Es war kirchenheilig, und die Kunst war hoch und heilig. In Rom lebte der größte Maler der Welt, Raffael, dort lebte auch der erste Bildhauer des Zeitalters, Michelangelo; selbst der Papst huldigte den beiden, beehrte sie mit Besuchen, die Kunst war anerkannt, geehrt, und wurde auch gelehrt. Aber deswegen wird doch nicht alles Große und Tüchtige gesehen und bekannt.

In einer kleinen, engen Gasse stand ein altes Haus, es war einstmals ein Tempel gewesen; hier wohnte ein junger Künstler; er war arm, und er war unbekannt; er hatte ja freilich junge Freunde genug, Künstler wie er, jung von Gemüt, jung im Hoffen und Denken; sie sagten ihm, er sei reich an Talent und Tüchtigkeit, aber er sei ein Narr, dass er nicht selbst daran glauben könne. Er zerbrach ja alles, was er in Ton geformt hatte, war niemals zufrieden, vollendete niemals etwas, und das muss man tun, damit es gesehen und anerkannt wird und Geld bringt.

»Du bist ein Träumer«, sagten sie, »das ist dein Unglück! Aber das kommt daher, weil du noch nicht gelebt, weil du das Leben noch nicht gekostet hast, du hast es nicht in großen, gesunden Zügen genossen, so wie es genossen werden muss. Gerade in der Jugend kann und muss man sein Leben und sich selbst verschmelzen, dass sie eins werden! Schau den großen Meister Raffael an, den der Papst ehrt und die Welt bewundert, der ist kein Verächter von Wein und Brot!«

»Er verspeist die Bäckersfrau noch obendrein, die reizende Fornarina!«, sagte Angelo, einer der lustigen jungen Freunde.

Ja, sie sagten alle soviel, je nach ihrem Verstand und ihrer Jugend. Sie wollten den jungen Künstler bewegen, an dem lustigen Leben, an dem wilden Leben, man kann wohl sagen, an dem tollen Leben teilzunehmen; und dazu verspürte er auch einen Augenblick Lust; sein Blut war warm, seine Fantasie war stark, er konnte auf den lustigen Ton eingehen, konnte laut lachen mit den andern; und doch, das, was sie »Raffaels munteres Leben« nannten, verflog für ihn wie der Morgennebel, sodass er nur den Gottesglanz sah, der aus den Bildern des großen Meisters leuchtete; und stand er im Vatikan vor den Schönheitsgestalten, die vor Jahrtausenden die Meister aus Marmorblöcken geformt hatten, da schwoll ihm die Brust, er fühlte etwas so Hohes, so Heiliges, so Erhebendes, Großes und Gutes in sich, und er wünschte, auch solche Gestalten aus dem Marmorblock zu schaffen und zu meißeln. Er wollte ein Bild geben von dem, was sich aus seinem Herzen zu dem Unendlichen emporschwang, aber wie und in welcher Gestalt! Der weiche Ton fügte sich in seinen Fingern zu Schönheitsformen, aber am Tage darauf zerbrach er, wie immer, was er geschaffen hatte.

Eines Tages kam er an einem der reichen Paläste vorüber, von denen Rom so viele hat; er blieb vor dem großen geöffneten Eingangsportal stehen und sah in einen kleinen Garten hinein, den mit Bildern geschmückte Bogengänge umschlossen. Dort blühte ein wahrer Reichtum von den schönsten Rosen, große weiße Kallas schossen mit grünen, saftigen Blättern aus dem Marmorbecken empor, in dem das klare Wasser plätscherte; und eine Gestalt schwebt vorüber, ein junges Mädchen, die Tochter des fürstlichen Hauses; so fein, so leicht, so schön! Eine solche Frauengestalt hatte er noch niemals gesehen. Ja, er hatte sie gesehen, von Raffael gemalt, als Psyche in einem der Paläste von Rom. Dort war sie gemalt, hier schritt sie lebend einher.

In seinen Gedanken, in seinem Herzen lebte sie, und er ging heim in sein ärmliches Stübchen und formte die Psyche in Ton; es war die reiche, junge Römerin, die adelige Jungfrau; und zum ersten Mal sah er sein Werk zufrieden an. Es hatte Bedeutung, sie war es. Und die Freunde, die es sahen, jubelten laut vor Freude; diese Arbeit war eine Offenbarung seiner Künstlergröße, die sie schon lange erkannt hatten, jetzt sollte auch die Welt sie erkennen.

Wohl ist der Ton fleischig und lebendig, doch hat er nicht die Weiße und Haltbarkeit des Marmors; in Marmor sollte diese Psyche Leben erlangen, und das kostbare Stück Marmor besaß er, es lag schon seit mehreren Jahren als Eigentum der Eltern auf dem Hofe; Flaschenscherben, Finochibüschel, Artischockenabfälle häuften sich darüber auf, beschmutzten es, inwendig aber war es wie der Schnee der Berge. Und hieraus sollte sich die Psyche erheben.

Eines Tages geschah es – ja, der helle Stern erzählt nichts hiervon, er sah es nicht, aber wir wissen es –, dass eine vornehme römische Gesellschaft in das enge, kleine Gässchen kam. Der Wagen hielt in einiger Entfernung, die Gesellschaft aber kam, um die Arbeit des jungen Künstlers zu sehen, durch einen Zufall hatten sie davon gehört. Und wer waren die vornehmen Gäste? Armer junger Mann! Zu glücklicher junger Mann könnte man ihn auch wohl nennen! Das junge Mädchen selber stand hier im Zimmer, und mit welch einem Lächeln sah sie auf, als der Vater sagte: »Aber das bist du ja, wie du leibst und lebst!« Das Lächeln lässt sich nicht formen, der Blick kann nicht wiedergegeben werden, der wunderbare Blick, mit dem sie den jungen Künstler ansah, es war ein Blick, der erhob und adelte und – zermalmte.

»Die Psyche muss in Marmor ausgeführt werden!«, sagte der reiche Herr. Und das waren Worte des Lebens für den toten Ton und den schweren Marmorblock, wie es Worte des Lebens für den tief ergriffenen jungen Mann waren. »Wenn die Arbeit vollendet ist, kaufe ich sie!«, sagte der fürstliche Herr.

Es war, als rolle eine neue Zeit herauf in dieser armseligen Werkstatt; Leben und Frohsinn strahlten dort, emsiger Fleiß schaffte. Der leuchtende Morgenstern sah, wie die Arbeit vorwärts schritt. Der Ton selbst war gleichsam durchgeistigt, seit sie hier gewesen, er fügte sich in erhöhter Schönheit zu den bekannten Zügen.

»Jetzt weiß ich, was das Leben ist!«, jubelte er. »Es ist die Liebe! Es ist der Aufschwung zu dem herrlichen Entzücken durch das Schöne! Was die Freunde Leben und Genuss nennen, ist vergängliches Wesen, es sind Blasen in der gärenden Hefe, nicht der reine, himmlische Altarwein, die Weihe zum Leben!«

Der Marmorblock wurde aufgestellt, der Meißel schlug große Stücke weg; es ward gemessen, Punkte und Zeichen wurden gemacht, bis nach und nach der Stein sich in einen Körper wandelte, in die Schönheitsgestalt, die Psyche, herrlich wie das Bild Gottes in der Jungfrau. Der schwere Stein begann zu schweben, zu tanzen, ward luftig leicht, eine liebliche Psyche mit dem himmlisch unschuldigen Lächeln, wie es sich in dem Herzen des jungen Bildhauers abgespiegelt hatte.

Der Stern in der rosenfarbenen Morgenröte sah es und verstand, was sich in dem jungen Manne regte, verstand die wechselnde Farbe auf seinen Wangen, den Blitz aus seinem Auge, wählend er schaffte und wiedergab, was Gott gegeben hatte.

»Du bist ein Meister wie zur Zeit der alten Griechen!«, sagten die entzückten Freunde. »Bald wird die ganze Welt deine Psyche bewundern!«

»Meine Psyche!«, wiederholte er. »Mein! Ja, das muss sie werden! Auch ich bin Künstler, wie jene großen Heimgegangenen es waren! Gott hat mir die Gnadengabe vergönnt, er hat mich hoch emporgehoben wie die Adeliggeborenen.«

Und er sank auf die Knie und weinte vor Dankbarkeit gegen Gott – und vergaß ihn wieder über sie, über ihr Bild in Marmor, die Psychegestalt, die wie aus Schnee gemeißelt dastand und in der Morgensonne errötete.

Und er sollte sie wirklich sehen, die Lebende, Schwebende, deren Worte wie Musik klangen. Er konnte in den reichen Palast die Nachricht bringen, dass die Marmorpsyche vollendet war. Er kam hinein durch den offenen Hof, wo das Wasser aus den Delphinen im Marmorbecken sprudelte, wo die Kallas blühten und die Rosen dufteten. Er trat in die große, hohe Vorhalle, deren Wände und Decke in Farben prangten, mit Wappenzeichen und Bildern, Diener in bunter Livree, stolz, den Kopf in den Nacken wie Schlittenpferde mit Schellen, gingen auf und nieder, einige streckten sich auch gemächlich, übermütig auf den geschnitzten Holzbänken, als seien sie die Herren des Hauses. Er meldete sein Begehren und wurde nun die mit weichen Teppichen belegten Treppen hinangeführt. Zu beiden Seiten standen Statuen; er schritt durch reiche Zimmer mit Gemälden und glänzenden Mosaikfußböden. Die Pracht und der Glanz machten ihm das Atmen schwer, bald aber gewann er seine Ruhe wieder. Der alte fürstliche Herr empfing ihn so freundlich, fast herzlich, und nachdem sie miteinander geredet hatten, bat er ihn, bei der jungen Signora einzutreten, auch sie wünsche ihn zu sehen. Der Diener führte ihn durch kostbare Zimmer und Säle an ihr Gemach, wo sie selbst die Pracht und Herrlichkeit war.

Sie sprach mit ihm; kein Miserere, kein Kirchengesang hätte sein Herz schmelzen, seine Seele erheben können wie ihre Stimme. Er ergriff ihre Hand und presste sie an seine Lippen; keine Rose war so weich, aber es ging ein Feuer von dieser Rose aus, ein Feuer durchströmte ihn, hob ihn empor; es flossen Worte von seiner Zunge, von denen er selbst nicht wusste; weiß der Krater, dass er glühende Lava ausspeit? Er gestand ihr seine Liebe. Sie stand überrascht da, beleidigt, stolz und mit einem Hohn, ja, mit einem Ausdruck, als habe sie plötzlich den nassen, kalten Frosch berührt; ihre Wangen röteten sich, ihre Lippen wurden bleich, ihre Augen sprühten Feuer und waren doch schwarz wie die Finsternis der Nacht.

»Wahnsinniger!«, sagte sie. »Fort! Hinab!«, und sie wandte ihm den Rücken; das schöne Antlitz hatte einen Ausdruck ähnlich dem versteinerten Gesicht mit den Schlangenhaaren.

Einem sinkenden, leblosen Gegenstand gleich wankte er auf die Straße, wie ein Nachtwandler erreichte er seine Wohnung und erwachte dort in Raserei und Schmerz. Er griff nach seinem Hammer, schwang ihn hoch empor und wollte das schöne Marmorbild zertrümmern; allein in seinem Zustand hatte er nicht bemerkt, dass sein Freund Angelo dicht neben ihm stand; der packte ihn mit kräftigem Griff beim Arm.

»Bist du von Sinnen? Was tust du da?«

Sie rangen miteinander; Angelo war stärker, und mit tiefem Seufzer warf sich der junge Künstler auf einen Stuhl.

»Was ist geschehen?«, fragte Angelo. »So nimm dich doch zusammen! Rede!«

Doch was konnte er sagen? Und da Angelo den Haken in seiner Rede nicht zu finden vermochte, gab er es auf.

»Du bekommst dickes Blut von dieser ewigen Träumerei! So sei doch ein Mensch wie wir andern, und lebe nicht beständig in Idealen, dann schnappt man über. Trink dir einen kleinen Rausch an, und du wirst herrlich schlafen! Lass ein schönes Mädchen dein Arzt sein! Die Mädchen der Campagna sind schön wie die Prinzessin im Marmorschloss. Beide sind Evatöchter und werden im Paradiese nicht voneinander zu unterscheiden sein! Folge du deinem Angelo! Ich bin dein Engel, ein Engel des Lebens! Es kommt eine Zeit, wo du alt wirst, der Körper fällt zusammen und an einem schönen, sonnigen Tag, wenn alles lacht und jubelt, liegst du da, ein welker Halm, der nicht mehr wächst. Ich glaube nicht, was die Priester sagen, dass es ein Leben nach dem Tode gibt; das ist eine schöne Einbildung, ein Märchen für Kinder, ganz erfreulich, wenn man es sich einbilden kann; ich lebe nicht in Einbildungen, sondern in der Wirklichkeit; komm mit! Sei Mensch!«

Und er zog ihn mit sich, er vermochte es in diesem Augenblicke, da war ein Feuer in dem Blut des jungen Künstlers, eine Veränderung in seiner Seele, ein Bedürfnis, sich loszureißen von all dem alten, an das er gewohnt war, sich herauszureißen aus seinem eignen alten Ich, und er folgte Angelo.

In einer Vorstadt Roms lag eine von Künstlern besuchte Osteria, die in die Ruinen einer alten Badekammer hineingebaut war; die großen, gelben Zitronen hingen zwischen dem dunklen, glänzenden Laub und bedeckten einen Teil der alten, rotgelben Mauern. Die Osteria war eine tiefe Wölbung, fast eine Höhle, in die Ruine hinein; da drinnen flammte eine Lampe vor dem Madonnenbilde, ein großes Feuer flackerte auf dem Herd, hier wurde gekocht und gebraten, draußen unter den Zitronen- und Lorbeerbäumen standen ein paar gedeckte Tische.

Lustig und jubelnd wurden die beiden von den Freunden empfangen, man aß wenig und trank viel, das machte lustig; es wurde gesungen und Gitarre gespielt, der Saltarello ertönte und der lustige Tanz begann. Ein Paar junge Römerinnen, Modelle der jungen Künstler, nahmen teil am Tanz und an der Lustbarkeit; zwei entzückende Bacchantinnen! Ja, eine Psychegestalt hatten sie nicht, sie waren keine feinen, schönen Rosen, wohl aber frische, kräftig glühende Nelken.

Wie war es heiß an diesem Tage, heiß selbst noch nach Sonnenuntergang! Feuer im Blut, Feuer in der Luft, Feuer in jedem Blick! Die Luft schwamm in Gold und Rosen, das Leben war Gold und Rosen!

»Endlich bist du einmal mit dabei! Lass dich nur vom Strome um dich her und in dir treiben!«

»Noch nie im Leben war ich so gesund und so fröhlich!«, sagte der junge Künstler. »Du hast Recht! Ihr habt alle recht, ich war ein Narr, ein Träumer, der Mensch gehört in die Wirklichkeit hinein und nicht in die Fantasie!«

Mit Gesang und klingenden Gitarren zogen die jungen Leute an jenem hellen, sternklaren Abend von der Osteria durch die kleinen Gassen; die beiden blühenden Nelken, die Töchter der Campagna, waren mit im Zuge.

In Angelos Stube, zwischen umhergestreuten Skizzen, hingeworfenen Foglietten und glühenden, üppigen Bildern, klangen die Stimmen gedämpfter, aber nicht weniger feurig; an der Erde lag gar manche Zeichnung, den Töchtern der Campagna in wechselnder, kraftvoller Schönheit ähnlich, und doch waren diese selbst weit schöner. Die sechsarmige Lampe ließ alle ihre Lichter brennen und leuchten; und von innen brannte und leuchtete die Menschengestalt als Gottheit hervor.

»Apollo! Jupiter! In euren Himmel, in eure Herrlichkeit werde ich emporgehoben! Mir ist, als entfalte sich die Blüte des Lebens in diesem Augenblick in meinem Herzen!«

Ja, sie entfaltete sich – sie knickte zusammen und sank nieder – ein betäubender, hässlicher Duft wirbelte auf, blendete den Blick, umschleierte die Gedanken; das Feuerwerk der Sinne erlosch, und es ward finster.

Er erreichte seine Wohnung, setzte sich auf sein Bett und besann sich. »Pfui!«, klang es aus seinem eignen Munde, aus dem Grunde seines Herzens. »Elender! Fort! Hinab –!« Und ein schmerzlicher Seufzer entrang sich seiner Brust.

»Fort – hinab!« Diese ihre Worte, die Worte der lebendigen Psyche, klangen in seinem Innern, tönten von seinen Lippen. Er presste den Kopf in die Kissen, die Gedanken verwirrten sich, er schlief ein.

In der Morgendämmerung fuhr er auf, besann sich abermals. Was war das? Hatte er das alles geträumt? Hatte er ihre Worte, den Besuch in der Osteria, den Abend mit den roten Nelken der Campagna geträumt? Nein, alles war Wirklichkeit, eine Wirklichkeit, die er bisher nicht gekannt hatte.

In der purpurfarbenen Luft schimmerte der klare Stern, sein Strahl fiel auf ihn und auf die Marmorpsyche. Er zitterte, als er dies Bild der Unvergänglichkeit betrachtete, unrein erschien ihm sein Blick. Er warf ein Tuch über die Statue, noch einmal berührte er es, um die Gestalt zu entschleiern; allein er konnte es nicht über sich gewinnen, sein Werk zu betrachten.

Still, finster, in sich selbst versunken, blieb er den langen Tag sitzen; er vernahm nichts von dem, was sich draußen bewegte, niemand wusste, was sich da drinnen in diesem Menschenherzen regte.

Es vergingen Tage, es vergingen Wochen; die Nächte waren am längsten. Der flimmernde Stern sah ihn sich eines Morgens bleich, vom Fieber geschüttelt, von seinem Lager erheben, zu dem Marmorbilde hintreten, sah ihn die Hülle zurückschlagen und einen langen, schmerzlichen Blick auf sein Werk werfen, und dann, fast unter der Last erliegend, die Statue in den Garten hinausschleppen. Dort befand sich ein verfallener, ausgetrockneter Brunnen, jetzt nur noch ein Loch; da hinein senkte er die Psyche, warf Erde darüber, deckte Reisig und Nesseln über das frische Grab.

»Fort! Hinab!«, lautete die Grabrede.

Der Stern sah es aus der rosenroten Luft herab, und sein Strahl zitterte in zwei großen Tränen auf den todblassen Wangen des jungen Mannes, des Fieberkranken – des Todkranken, sagten sie, als er auf dem Siechbett lag.

Der Klosterbruder Ignatius besuchte ihn als Freund und Arzt, brachte ihm Trostworte der Religion, sprach von dem Frieden und dem Glück der Kirche, von der Sünde der Menschen, von der Gnade und dem Frieden in Gott.

Und die Worte fielen gleich wärmenden Sonnenstrahlen auf den feuchten, gärenden Boden; er dampfte und ließ Nebelwolken aufsteigen, Gedankenbilder, Bilder, die ihre Wirklichkeit hatten; und von diesen schwimmenden Inseln aus sah er hinab auf das Menschenleben: Fehltritte und Enttäuschungen waren es, waren es auch für ihn gewesen. Die Kunst war eine Hexe, die uns in Eitelkeit, in irdische Lüste hineinführte. Falsch waren wir gegen uns selbst, falsch gegen unsre Freunde, falsch gegen Gott. Die Schlange sprach immer in uns: »Iss und du sollst werden wie Gott!«

Jetzt erst glaubte er, sich selbst verstanden zu haben, jetzt erst meinte er, den Weg zur Wahrheit und zum Frieden gefunden zu haben. In der Kirche war Gottes Licht und Klarheit, in der Mönchszelle die Ruhe, in der der Menschenbaum in die Ewigkeit hineinwachsen konnte.

Bruder Ignatius stärkte seinen Gedanken, und der Entschluss stand fest in ihm. Ein Weltkind ward ein Diener der Kirche; der junge Künstler verzichtete auf die Welt und ging ins Kloster.

Wie liebevoll, wie freudig kamen ihm die Brüder entgegen! Wie sonntagsfestlich war die Einweihung! Gott, so schien es ihm, war in dem Sonnenschein in der Kirche, strahlte von den heiligen Bildern und dem schimmernden Kreuz herab. Und als er nun zur Abendstunde, bei Sonnenuntergang, in seiner kleinen Zelle stand und das Fenster öffnete, da sah er über das alte Rom hinaus, über die zerstörten Tempel, das mächtige, aber tote Kolosseum, sah es zur Frühlingszeit, wo die Akazien blühten, wo das Immergrün frisch war, die Rosen überall hervor sprossten, Zitronen und Orangen prangten, die Palmen fächelten – und er fühlte sich ergriffen, erfüllt wie nie zuvor. Die offne, stille Campagna erstreckte sich bis an die blauenden, schneebedeckten Berge, die in die Luft hineingemalt schienen. Alles schmolz ineinander, atmete Frieden und Schönheit, so schwimmend, so träumend – ein Traum das Ganze.

Ja, ein Traum war die Welt hier, und der Traum beherrscht uns stundenlang, kann auf Stunden wiederkehren, aber das Klosterleben ist ein Leben von Jahren, von langen, vielen Jahren!

Von innen kommt vieles, was den Menschen unrein macht, das musste er empfinden! Was für Flammen waren das, die ihn zuweilen durchloderten? Was für ein Quell des Bösen, das er gar nicht wollte, sprudelte beständig in ihm empor? Er strafte seinen Leib, aber von innen kam das Böse. Welcher Teil des Geistes in ihm war es, der sich so geschmeidig wie die Schlange um sich selbst wand und mit seinem Gewissen unter den Mantel der Allliebe kroch und tröstete: Die Heiligen bitten für uns, die Mutter bittet für uns, Jesus selbst hat sein Blut für uns hingegeben. War es Kindersinn oder der Jugend leichter Sinn, der bewirkte, dass er sich der Gnade hingab und sich durch sie gehoben fühlte, über viele emporgehoben? Er hatte ja die Eitelkeit der Welt von sich gestoßen, er war ja ein Sohn der Kirche!

Eines Tages, nach vielen Jahren, begegnete er Angelo, der ihn erkannte.

»Mensch!«, rief er aus, »ja, du bist es! Bist du jetzt glücklich? – Du hast dich gegen Gott versündigt, hast seine Gnadengabe von dir geworfen, hast deine Mission in dieser Welt verscherzt! Lies das Gleichnis von dem anvertrauten Pfunde! Der Meister, der uns das erzählte, sprach die Wahrheit! Was hast du gewonnen und gefunden? Schaffst du dir nicht ein Traumleben? Machst du dir nicht eine Religion nach deinem Kopf, so wie es ja alle tun? Wenn nun alles ein Traum war, eine Fantasie, nichts als schöne Gedanken!«

»Weiche von mir!«, sagte der Mönch und wandte sich von Angelo ab.

»Es gibt einen Teufel, einen persönlichen Teufel! Ich habe ihn heute gesehen!«, murmelte der Mönch. »Einmal reichte ich ihm einen Finger, da nahm er meine ganze Hand –! Nein!«, seufzte er, »in mir selbst liegt das Böse, und in diesem Menschen liegt das Böse, aber er fühlt sich nicht erdrückt davon – mit erhobener Stirn geht er umher, genießt sein Wohlsein; – und ich greife nach meinem Wohlsein im Trost der Religion –! Und wenn die nur ein Trost wäre! – Wenn sie nichts wäre als ein Trost! Wenn alles hier, ebenso wie die Welt, die ich verließ, nur schöne Gedanken wären! Täuschung, wie die Schönheit der roten Abendwolken, wie das wallende Blau der fernen Berge! In der Nähe sind sie anders! Ewigkeit, du bist wie der große, unendliche, regungslose Ozean, der winkt und ruft und uns mit Ahnungen erfüllt; steigen wir aber hinaus auf ihn, dann sinken wir, verschwinden – sterben – hören auf zu sein! – Täuschung! Fort! Hinab!«

Und ohne Tränen, in sich selbst versunken, saß er auf seinem harten Lager, kniete – vor wem? Vor dem steinernen Kreuz dort an der Mauer? Nein, die Gewohnheit ließ den Körper in diese Stellung sinken.

Je tiefer er in sich selbst hineinblickte, umso finsterer erschien ihm sein Inneres. »Nichts drinnen, nichts draußen! Ich habe dies Leben vergeudet!« Und dieser Gedankenschneeball rollte, wuchs, zermalmte ihn – löschte ihn aus.

»Niemand darf ich anvertrauen, welch ein Wurm hier drinnen nagt! Mein Geheimnis ist mein Gefangener, lasse ich ihn hinaus, so bin ich der seine!«

Und die Gotteskraft in ihm litt und stritt.

»Herr, mein Herr!«, rief er in seiner Verzweiflung, »sei barmherzig, schenke mir den Glauben! – Deine Gnadengabe warf ich von mir, meine Mission in dieser Welt! Mir fehlte die Kraft, du hattest sie mir nicht gegeben! Die Unsterblichkeit, die Psyche in meiner Brust – fort! Hinab! – Begraben werden soll sie wie jene Psyche, mein bester Lebensstrahl! – Nie wieder wird sie aus dem Grabe erstehen!« Der Stern in der rosenroten Luft leuchtete, der Stern, der ganz sicher erlöschen und vergehen wird, während die Seelen leben und leuchten; der zitternde Strahl fiel auf die weiße Wand, aber er hinterließ dort keine Schrift, die von der Herrlichkeit in Gott, von der Gnade, von der Allliebe handelte, wie sie in der Brust des Gläubigen klingt.

»Die Psyche hier drinnen soll niemals sterben! – Sie wird im Bewusstsein leben? – Kann das Unfassliche geschehen? – Ja! Ja! Unfasslich ist mein Ich. Unfasslich bist du, o Herr, deine ganze Welt ist unfasslich; – ein Wunderwerk an Macht, Herrlichkeit – Liebe!«

Seine Augen leuchteten, seine Augen brachen. Der Klang der Kirchenglocken war der letzte Laut, der über ihm, dem Toten, schwebte; und man legte ihn in Erde, die aus Jerusalem geholt und mit dem Staub frommer Verstorbener vermischt war.

Nach Jahren nahm man das Gerippe heraus, wie man es mit den Gerippen der vor ihm verstorbenen Mönche getan hatte, es ward in die braune Kutte gekleidet, bekam eine Perlenschnur in die Hand und ward in einer Nische aus Menschengebeinen aufgestellt, wie man sie in den Grabgewölben des Klosters vorgefunden hat. Und die Sonne schien da draußen, und der Weihrauch duftete da drinnen, es wurden Messen gelesen.

Und Jahre vergingen.

Knochen und Gebeine fielen auseinander, fielen durcheinander; Totenköpfe wurden aufgestellt, sie bildeten die äußere Mauer einer ganzen Kirche; auch sein Kopf stand dort in dem brennenden Sonnenschein, da waren so viele, viele Tote, niemand kannte jetzt ihre Namen mehr, auch den seinen kannte niemand. Und siehe! Im Sonnenschein regte sich etwas Lebendiges in den beiden Augenhöhlen, was war das nur! Eine bunte Eidechse sprang da drinnen in dem hohlen Schädel, schlüpfte aus und ein durch die großen, leeren Augenhöhlen. Sie war jetzt das Leben da drinnen in dem Kopf, in dem sich einstmals große Gedanken, lichte Träume, Liebe zur Kunst und allem Schönen getummelt hatten, und wo die Hoffnung auf eine Unsterblichkeit lebte. Die Eidechse sprang, verschwand; der Schädel zerbröckelte, ward Staub zu Staub.

Jahrhunderte waren vergangen. Die hellen Sterne schimmerten unverändert, klar und groß, wie seit Jahrtausenden, die Luft leuchtete rot, frisch wie Rosen, flammend wie Blut.

Wo einstmals eine enge Gasse gestanden, mit den Überresten eines alten Tempels, da lag nun ein Nonnenkloster an einem offenen Platz; und dort im Garten wurde ein Grab gegraben, eine junge Nonne war gestorben und sollte in dieser Morgenstunde in die Erde gesenkt werden. Der Spaten stieß gegen einen Stein; blendend weiß schimmerte er; der weiße Marmor ward sichtbar, rundete sich zu einer Schulter, trat immer mehr hervor; man führte den Spaten vorsichtiger; ein Frauenkopf kam ans Tageslicht – Schmetterlingsschwingen. Aus dem Grabe, in das die junge Nonne hinabgelegt werden sollte, hob man an dem rosenroten, strahlenden Morgen eine wunderschöne Psychegestalt hervor, aus weißem Marmor gemeißelt. »Wie schön sie ist! Vollendet! Ein Kunstwerk aus der besten Zeit.« Wer mochte der Meister sein? Niemand wusste es, niemand kannte ihn außer dem hellen, seit Jahrtausenden leuchtenden Stern; der kannte den Gang seines Erdenlebens, seine Prüfung, sein Erliegen, sein: »Nur ein Mensch!« – Aber das Menschliche von ihm war gestorben, verwittert, wie es die Bestimmung des Staubes ist, das Ergebnis seines besten Strebens aber, das herrlichste, in dem sich das Göttliche in ihm offenbarte, die Psyche, die niemals stirbt, die den Nachruhm überstrahlt, ihr Aufblitzen hier auf Erden – das war hienieden verblieben, es ward gesehen, erkannt, bewundert und geliebt.

Der helle Morgenstern in der rosenfarbenen Luft sandte seinen blitzenden Strahl hinab auf die Psyche und auf das glückselige Lächeln, das den Mund und die Augen der Bewundernden umspielte, als sie die aus dem Marmorblock gemeißelte Seele erblickten.

Was irdisch ist, vergeht, wird vergessen, nur der Stern in der Unendlichkeit weiß davon. Was himmlisch ist, strahlt selbst im Nachruhm, und wenn der Nachruhm erlischt – alsdann lebt noch die Psyche.

Die alte Turmglocke

Für das Schilleralbum geschrieben

Im deutschen Lande Württemberg, wo die Akazien so herrlich an der Landstraße blühen und die Zweige der Apfel- und Birnbäume im Herbst tief herabhängen unter dem reichen Segen, liegt das Städtchen Marbach; es gehört nur zu den ganz kleinen Städten, liegt aber gar lieblich am Neckar, der an Dörfern, alten Ritterburgen und grünen Weinbergen vorübereilt, um sein Wasser mit dem stolzen Rhein zu vermischen.

Es war Spätherbst; rot hingen die Blätter des Weinlaubs an der Rebe, Regenschauer ergossen sich, und der kalte Wind nahm an Schärfe zu; es war keine vergnügliche Zeit für die armen Leute.

Es kamen dunkle Tage, und noch dunkler war es in den kleinen, alten Häusern. Eines von diesen Häusern lag mit dem Giebel nach der Straße hinaus, es hatte niedrige Fenster, war ärmlich und gering anzusehen, und arm war auch die Familie, die dort wohnte, aber brav und fleißig, die Schatzkammer des Herzens voll Gottesfurcht. Noch ein Kind wollte der liebe Gott ihnen dennoch schenken; die Stunde war gekommen, in der die Mutter in Schmerzen und Nöten da lag. Da schallte vom Kirchturm der Glockenklang so tief, so festlich zu ihr herüber, es war eine feierliche Stunde, und die Töne der Glocke erfüllten die Betende mit Andacht und Glauben. Die Gedanken schwangen sich so innig zu Gott empor, und in derselben Stunde gebar sie ihr Söhnchen und war von so unendlicher Freude erfüllt. Die Glocke im Turm läutete gleichsam ihre Freude über Stadt und Land hinaus. Zwei klare Kinderaugen sahen sie an, und das Haar des Kleinen schimmerte wie Gold. Das Kind ward an diesem finstern Novembertag mit Glockenklang auf Erden empfangen. Mutter und Vater küssten es, und in ihre Bibel schrieben sie: »Am zehnten November 1759 schenkte uns Gott einen Sohn«, und später fügten sie hinzu, dass er in der Taufe die Namen »Johann Christoph Friedrich« erhielt.

Und was wurde nun aus dem kleinen Burschen, dem armen Knaben aus dem Städtchen Marbach? Ja, das wusste damals niemand, selbst die alte Turmglocke wusste es nicht, wie hoch sie auch hing, und doch hatte sie zuerst über ihn gesungen und geklungen, der später das schöne »Lied von der Glocke« dichten sollte.

Und der Knabe wuchs heran, und die Welt wuchs mit ihm; die Eltern siedelten später in eine andre Stadt über, aber liebe Freunde blieben ihnen in dem kleinen Marbach, und daher kamen Mutter und Sohn auch eines Tags wieder zu Besuch dorthin. Der Knabe war damals erst sechs Jahre alt, aber er wusste schon mancherlei aus der Bibel und den frommen Psalmen, er hatte schon an manch einem Abend von einem kleinen Rohrstuhl aus den Vater Gellerts Fabeln oder Klopstocks »Messias« vorlesen hören; heiße Tränen hatten er und die zwei Jahre ältere Schwester über den vergossen, der zu unsrer Erlösung den Tod am Kreuze starb.

Bei diesem ersten Besuch in Marbach hatte sich das Städtchen nicht sehr verändert, es war ja auch noch nicht lange her, seit sie weggezogen waren; die Häuser standen wie einst mit spitzen Giebeln, schiefen Mauern und niedrigen Fenstern da; auf dem Kirchhof waren neue Gräber hinzugekommen, und dort unten im Gras, hart an der Mauer, stand jetzt die alte Glocke, sie war aus ihrer Höhe herabgestürzt, hatte einen Sprung bekommen und konnte nicht mehr läuten; eine neue Glocke war an ihrer Stelle aufgehängt.

Mutter und Sohn traten auf den Kirchhof ein, sie standen vor der alten Glocke, und die Mutter erzählte ihrem kleinen Jungen, wie die Glocke viele Jahrhunderte lang eine sehr nützliche Glocke gewesen war, wie sie zur Kindtaufe, zur Hochzeitsfreude und zum Begräbnis geläutet hatte; sie habe von Festfreude und von den Schrecken des Feuers geredet, ja ganze Menschenleben habe die Glocke hinausgesungen. Und niemals vergaß das Kind, was die Mutter erzählt hatte, es klang in seiner Brust, bis er es als Mann in die Welt hinaussingen musste. Und die Mutter erzählte ihm auch, dass die alte Glocke ihr Trost und Freude in ihren Nöten gesungen, dass sie gesungen und geklungen hatte, als ihr kleiner Sohn ihr geschenkt ward. Und das Kind betrachtete fast mit Andacht die große, alte Glocke, es beugte sich herab und küsste sie, wie alt, zersprungen und verworfen sie hier auch zwischen Gras und Nesseln stand.

Und die Glocke blieb in gutem Andenken bei dem Knaben, der in Armut heranwuchs, lang aufgeschossen und mager, mit rötlichem Haar und einem Gesicht voller Sommersprossen; ja, so sah er aus, aber zwei Augen, so klar und tief wie das tiefste Wasser, die hatte er. Und wie erging es ihm wohl? – Gut erging es ihm, beneidenswert gut! Er war in höchsten Gnaden in die Militärschule aufgenommen, sogar in die Abteilung, wo die Söhne der feineren Leute saßen, und das war eine Ehre, ein Glück! Gamaschen trug er und eine steife Halsbinde und eine gepuderte Perücke. Kenntnisse erlangte er, und sie wurden ihm unter dem Kommando von »Marsch! Halt! Front!« beigebracht. Dabei konnte schon etwas herauskommen.

Die alte Turmglocke würde wohl einmal in den Schmelzofen kommen, was kam dann wohl dabei heraus? Ja, das war unmöglich zu sagen, und es war auch nicht gut möglich zu sagen, was aus der Glocke in der jungen Brust herausklingen würde, aus tönendem Erz war sie, und sie klang, sodass es in die weite Welt hinaus klingen musste, und je enger es hinter den Schulmauern wurde, und je betäubender das »Marsch! Halt! Front!« ertönte, um so stärker klang es in der Brust des Jünglings, und er sang es hinaus im Kreise der Kameraden, und der Klang schallte über die Grenzen des Landes hinaus; aber dazu hatte er nicht den Freiplatz in der Schule und Kleider und Nahrung bekommen; er hatte die Nummer bekommen zu dem Stift, der er sein sollte in dem großen Uhrwerk, in das wir alle hineingehören zu handgreiflichem Nutzen. – Wie wenig verstehen wir uns selbst, wie sollen da die andern, selbst die besten, uns immer verstehen! Aber gerade durch den Druck wird der Edelstein geschaffen. Der Druck war vorhanden – ob dereinst wohl die Welt den Edelstein erkennen würde?

In der Hauptstadt des Landesherrn fand eine große Festlichkeit statt. Tausende von Lampen erstrahlten, Raketen stiegen feuersprühend auf. Der Glanz lebt noch in der Erinnerung, und zwar durch ihn, der damals in Tränen und Schmerzen, unerkannt den Versuch machte, fremden Grund und Boden zu erreichen; Vaterland, Mutter, alle Lieben musste er verlassen oder untergehen im Strom der Allgemeinheit.

Die alte Turmglocke hatte es gut, sie stand im Schutz an der Kirchenmauer zu Marbach! Der Wind fuhr über sie hin und hätte von ihm erzählen können, bei dessen Geburt die Glocke geläutet hatte, hätte erzählen können, wie kalt er über ihn dahingeweht war, als er erschöpft vor Müdigkeit im Walde des Nachbarstaates niedergesunken war, mit seinem ganzen Reichtum, seiner Zukunftshoffnung, die aus geschriebenen Blättern über »Fiesco« bestanden. Der Wind hätte erzählen können, wie seine einzigen Beschützer, Künstler allesamt, sich beim Vorlesen jener Blätter davonschlichen, um Kegel zu spielen. Der Wind hatte von dem bleichen Flüchtling berichten können, der Wochen, ja Monate in dem elenden Wirtshaus lebte, wo der Wirt tobte und trank, wo rohe Lustigkeit herrschte, während er von Idealen sang. Schwere Tage, finstere Tage! Das Herz muss selbst leiden und erproben, was es hinaussingen soll!

Finstere Tage, kalte Nächte zogen auch über die alte Glocke hin; sie spürte es nicht, aber die Glocke in des Menschen Brust empfindet ihre schwere Zeit. Wie erging es dem jungen Mann? Wie erging es der alten Glocke? – Die Glocke kam weit weg, weiter, als man sie von ihrer Höhe im Turm jemals hatte vernehmen können; und der junge Mann? Ja, die Glocke in seiner Brust tönte weiter, als je sein Fuß wandern, sein Auge schauen sollte, sie klingt und singt noch heute über das Weltmeer hinaus, über das ganze Erdenrund. Hören wir nun zunächst, wie es der Kirchenglocke erging. Sie kam von Marbach fort, wurde als altes Kupfer verkauft und sollte in den Schmelzofen im Bayernlande. Wie kam sie dahin und wann? Ja, das muss die Glocke selber erzählen, wenn sie es kann, es ist nicht von großer Wichtigkeit, das aber ist gewiss, dass sie in die bayrische Königsstadt kam; viele Jahre waren vergangen, seit sie vom Turm herabstürzte, und nun sollte sie eingeschmolzen werden, sollte zum Guss eines großen Ehrendenkmals verwendet werden, das die Gestalt eines der Größten des deutschen Volkes und deutschen Landes darstellt. Und wie sich das alles fügte, wunderbar und herrlich geht es doch zu in dieser Welt! Oben in Dänemark, auf einer der grünen Inseln, wo die Buche wächst und wo sich so viele Hünengräber erheben, lebte ein ganz armer Knabe*; er war in Holzschuhen einhergegangen und hatte seinem Vater, der auf der Marinewerft Holzschnitzereien machte, Essen in einem alten Tuch hingetragen; das arme Kind ward der Stolz seines Landes, er haute Herrlichkeiten aus Marmor aus, über die die Welt staunte, und ihm ward der Ehrenauftrag, in Ton eine Gestalt der Erhabenheit und Schönheit für den Guss in Erz zu formen, das Standbild des Mannes, dessen Namen der Vater einst in seine Bibel eingeschrieben hatte: Johann Christoph Friedrich.

Und das Erz floss glühend in die Form, die alte Turmglocke – ja an ihre Heimat und an ihr Läuten dachte niemand mehr – floss mit in die Form hinein und bildete den Kopf und die Brust der Statue, so wie sie jetzt in Stuttgart vor dem alten Schloss steht, auf dem Platz, wo der, den sie vorstellt, einst zu Lebzeiten einherging im Kampf und Streben, gedrückt durch die Welt um ihn her, der Knabe aus Marbach, der Zögling der Karlsschule, der Flüchtling, Deutschlands großer, unsterblicher Dichter, der von dem Befreier der Schweiz und von der gottbegeisterten Jungfrau von Frankreich gesungen hat.

Es war ein schöner, sonniger Tag. Fahnen wehten von den Türmen und Dächern im königlichen Stuttgart; die Glocken läuteten zur Festlichkeit und Freude, nur eine Glocke schwieg, aber sie leuchtete im hellen Sonnenschein, leuchtete aus dem Antlitz und der Brust der Ruhmesgestalt; gerade hundert Jahre waren verstrichen seit dem Tage, als die Glocke in Marbach der leidenden Mutter Trost und Freude geläutet, als sie ihr armes Kind gebar, arm in dem armseligen Hause – einstmals aber der reiche Mann, dessen Schätze ein Segen für die Welt wurden, des edlen Frauenherzens Dichter, der Sänger des Großen und Schönen: Johann Christoph Friedlich Schiller.

* Bertel Thorwaldsen, dänischer Bildhauer (1770–1844).

Die Schnecke und die Rosenhecke

Rings um den Garten zog sich eine Hecke aus Haselsträuchern und dahinter lagen Feld und Wiesen mit Kühen und Schafen, mitten im Garten aber stand eine blühende Rosenhecke, und darunter saß eine Schnecke, die hatte vieles in sich, sie hatte sich selbst.

»Warte nur, bis meine Zeit kommt«, sagte sie, »ich werde mehr ausrichten als Rosen ansetzen, als Nüsse tragen – oder Milch geben, wie die Kühe und Schafe.«

»Ich erwarte sehr viel von Ihnen«, sagte die Rosenhecke. »Darf ich mir die Frage erlauben, wann es kommen wird?«

»Ich lasse mir Zeit«, sagte die Schnecke. »Sie haben ja nun einmal solche Eile! Das spannt die Erwartungen nicht!«

Im nächsten Jahr lag die Schnecke ungefähr auf derselben Stelle im Sonnenschein unter dem Rosenbaum, der Knospen ansetzte und Rosen entfaltete, immer frische, immer neue. Und die Schnecke kroch halb hervor, streckte die Fühlhörner aus und zog sie wieder ein.

»Alles sieht so aus wie im vorigen Jahr! Auch nicht der geringste Fortschritt; der Rosenbaum bleibt bei den Rosen, weiter kommt er nicht!«

Der Sommer verging, der Herbst kam, der Rosenbaum hatte noch immer Blüten und Knospen, bis der Schnee fiel und das Wetter kalt und nass wurde; der Rosenbaum beugte sich zur Erde, die Schnecke kroch in die Erde.

Und dann begann ein neues Jahr, und die Rosen kamen zum Vorschein, und die Schnecke kam auch zum Vorschein.

»Jetzt sind Sie ein alter Rosenstock«, sagte sie. »Sie müssen bald sehen, dass Sie ausgehen. Sie haben der Welt alles gegeben, was Sie in sich gehabt haben; ob es etwas zu bedeuten hatte, ist eine Frage, über die nachzudenken es mir an Zeit fehlt; aber das eine ist ganz klar, Sie haben nicht das geringste für Ihre innere Entwicklung getan, sonst wäre wohl etwas anderes aus Ihnen herausgekommen. Können Sie das verantworten? Sie werden nun bald ganz und gar Stock sein! Können Sie verstehen, was ich sage?«

»Sie erschrecken mich!«, sagte die Rosenhecke. »Darüber habe ich noch niemals nachgedacht.«

»Nein, mit dem Denken haben Sie sich wohl niemals viel abgegeben. Haben Sie es sich jemals klargemacht, warum Sie blühen; und wie es beim Blühen hergeht? Warum so und nicht anders?«

»Nein!«, sagte die Rosenhecke. »Ich blühte in Freude, weil ich nicht anders konnte. Die Sonne schien so warm, die Luft war so erfrischend, ich trank den klaren Tau und den starken Regen; ich atmete, ich lebte! Aus der Erde stieg eine Kraft in mich hinauf, von oben her kam eine Kraft, ich empfand ein Glück, ein immer neues, wachsendes Glück, und darum musste ich immer blühen; das war mein Leben, ich konnte nicht anders!«

»Sie haben ein sehr gemächliches Leben geführt!«, sagte die Schnecke.

»Freilich! Alles wurde mir gegeben!«, sagte die Rosenhecke. »Aber Ihnen wurde noch mehr gegeben! Sie sind eine von diesen denkenden, tiefsinnigen Naturen, eine von den Hochbegabten, die die Welt in Erstaunen setzen werden.«

»Das beabsichtige ich ganz und gar nicht!«, sagte die Schnecke. »Die Welt geht mich nichts an! Was habe ich mit der Welt zu schaffen? Ich habe genug an mir selbst und genug in mir selbst!«

»Aber müssen wir nicht alle hier auf Erden unser bestes Teil den andern geben, das darbringen, was wir vermögen! Ja, ich habe nur Rosen gegeben – aber Sie? Sie, dem so viel gegeben ward, was schenkten Sie der Welt? Was werden Sie ihr geben?«

»Was ich ihr schenke? Was ich ihr geben werde? Ich spucke darauf! Sie taugt nichts, sie geht mich nichts an. Setzen Sie Rosen an, Sie können es ja nicht weiter bringen! Mag der Haselbusch Nüsse tragen! Mögen die Kühe und Schafe Milch geben; sie haben jedes sein Publikum, ich habe das meine in mir selbst! Ich gehe in mich hinein, und dort bleibe ich. Die Welt geht mich nichts an!«

Und dann ging die Schnecke in ihr Haus hinein und kittete es zu.

»Es ist so traurig!«, sagte der Rosenstock. »Ich kann mit dem besten Willen nicht in mich hineinkriechen, ich muss mich immer nach außen entfalten, muss immer Rosen treiben. Die Blätter fallen ab, sie verwehen im Winde! Doch ich sah, wie eine der Rosen in das Gesangbuch der Hausfrau gelegt wurde, und eine meiner Rosen bekam einen Platz an dem Busen eines schönen jungen Mädchens, und eine ward in glückseliger Freude von einem Kindermund geküsst. Das tat mir so wohl, das war ein wahrer Segen. Das ist meine Erinnerung, mein Leben!«

Und der Rosenbaum blühte in Unschuld, und die Schnecke faulenzte in ihrem Haus. Die Welt ging sie nichts an.

Und Jahre gingen dahin.

Die Schnecke war Erde in der Erde, der Rosenbaum war Erde in der Erde; auch die Erinnerungsrose im Gesangbuch war in Staub zerfallen – –

aber im Garten blühten neue Rosenstöcke, im Garten wuchsen neue Schnecken; sie krochen in ihre Häuser hinein, sie spuckten – die Welt ging sie nichts an.

Wollen wir die Geschichte wieder von vorne anfangen? – Anders wird sie darum doch nicht.

Der silberne Schilling

Es war einmal ein silberner Schilling, der kam blank aus der Münze, sprang und klang: »Hurra! Jetzt geht es in die weite Welt hinaus!« Und in die weite Welt kam er hinaus.

Das Kind hielt ihn mit warmen Händen fest und der Geizige hielt ihn mit kalten, feuchten Händen; der Ältere drehte und wendete ihn viele Male, während die Jugend ihn gleich weiterrollen ließ. Der Schilling war aus Silber, hatte sehr wenig Kupfer in sich und war schon ein ganzes Jahr draußen in der Welt, das heißt, er war in dem Lande umhergewandert, in dem er gemünzt war; dann ging er auf Reisen ins Ausland; er war die letzte Landesmünze, die in dem Geldbeutel stecken blieb, den sein reisender Herr bei sich führte, er wusste selbst gar nicht, dass er ihn hatte, bis er ihm zwischen die Finger geriet.

»Da habe ich ja noch einen Schilling von zu Hause!«, sagte er, »der kann die Reise mitmachen!« Und der Schilling klang und sprang vor Freude, als er ihn wieder in den Beutel steckte. Hier lag er bei fremden Kameraden, die kamen und gingen; einer machte dem andern Platz, aber der Schilling aus der Heimat blieb immer zurück; das war eine Auszeichnung.

Nun waren schon mehrere Wochen verstrichen, und der Schilling war weit in die Welt hinausgekommen, ohne eigentlich zu wissen, wo er sich befand; er hörte von den andern Münzen, dass sie französisch und italienisch seien; eine sagte, jetzt wären sie in dieser Stadt, eine andre sagte, jetzt wären sie in jener, aber der Schilling konnte sich keine Vorstellung davon machen, man sieht die Welt nicht, wenn man immer in einem Beutel steckt, und das tat er; aber als er eines Tages dort lag, merkte er, dass der Geldbeutel nicht zugemacht war, und da schlich er sich an die Öffnung, um ein wenig herauszugucken; das hätte er lieber nicht tun sollen, aber er war nun einmal neugierig, und das rächt sich; er glitt in die Hosentasche, und als der Geldbeutel am Abend herausgenommen wurde, lag der Schilling noch da, wohin er gerutscht war und kam mit den Kleidern auf den Vorplatz hinaus; dort fiel er gleich an die Erde; niemand hörte es, niemand sah es.

Am nächsten Morgen wurden die Kleider wieder in das Zimmer gebracht, der Herr zog sie an, reiste ab, und der Schilling blieb zurück; man fand ihn, er sollte wieder Dienste tun, ging mit drei andern Münzen aus.

»Es ist doch angenehm, sich in der Welt umzusehen«, dachte der Schilling, »andre Menschen, andre Sitten kennen zu lernen!«

»Was für ein Schilling ist das nur einmal«, hieß es im selben Augenblick. »Das ist keine Landesmünze! Der ist falsch, er taugt nichts!«

Ja, nun beginnt die Geschichte des Schillings, wie er sie später erzählt hat.

»Falsch! Taugt nichts! Das durchzuckte mich«, sagte der Schilling. »Ich wusste, dass ich von gutem Silber war, einen guten Klang und echtes Gepräge hatte. Die Leute mussten sich ja irren, mich konnten sie nicht meinen! Und doch meinten sie mich, mich nannten sie falsch, ich taugte nichts! ›Den muss ich im Dunkeln ausgeben‹, sagte der Mann, der mich gefunden hatte, und ich wurde im Dunkeln ausgegeben und dann am hellen Tage wieder ausgeschimpft – ›falsch, taugt nichts! Wir müssen sehen, dass wir den wieder loswerden!‹«

Und der Schilling zitterte jedes Mal zwischen den Fingern, wenn er heimlich weggegeben und für Landesmünze gelten sollte.

»Ich elender Schilling! Was hilft mir mein Silber, mein Wert, mein Gepräge, wenn das alles keine Geltung hat! In den Augen der Welt ist man nur das, was die Welt von einem glaubt! Es muss doch schrecklich sein, ein schlechtes Gewissen zu haben, auf bösen Wegen umher zu schleichen, wenn mir, der ich doch ganz unschuldig bin, schon so zumute ist, weil ich nur den Schein gegen mich habe! – Jedes Mal, wenn ich herausgeholt wurde, graute mir vor den Augen, die mich ansehen würden; ich wusste, dass ich weggestoßen, auf den Tisch hingeworfen werden würde, als sei ich Lug und Betrug.

Einmal kam ich zu einer armen, elenden Frau, sie erhielt mich als Tagelohn für ihre Mühe und Arbeit, aber sie konnte mich gar nicht wieder loswerden, niemand wollte mich annehmen, ich war ein wahres Unglück für die Frau.

›Es hilft nichts, ich muss jemand damit anführen‹, sagte sie. ›Ich habe nicht die Mittel, dass ich einen falschen Schilling aufheben kann, der reiche Bäcker soll ihn haben, dem schadet es am wenigsten, aber ein Unrecht ist es darum doch, was ich tue.‹

Nun soll ich obendrein noch das Gewissen der Frau belasten«, sagte der Schilling. »Habe ich mich denn wirklich in meinen alten Tagen so verändert?

Und die Frau ging zu dem reichen Bäcker, aber der kannte die gangbaren Schillinge nur zu gut, ich durfte nicht bei ihm liegen bleiben, er warf mich der Frau ins Gesicht, sie bekam kein Brot für mich, und ich fühlte mich so tief betrübt, dass ich so zum Verdruss anderer gemünzt war, ich, der ich in meinen jungen Tagen so zuversichtlich und meines Wertes und echten Gepräges so sicher und bewusst gewesen war. Ich wurde so melancholisch, wie ein armseliger Schilling es nur werden kann, wenn ihn niemand haben will. Die Frau nahm mich aber wieder mit nach Hause, betrachtete mich so recht innig, milde und freundlich. ›Nein, ich will niemand mit dir anführen!‹, sagte sie. ›Ich will ein Loch durch dich schlagen, damit jedermann sehen kann, dass du ein falsches Ding bist – und doch – du bist vielleicht ein Glücksschilling, ja, das will ich glauben, denn der Gedanke kommt mir so plötzlich. Ich schlage ein Loch durch den Schilling, ziehe eine Schnur durch das Loch und hänge dem kleinen Kinde der Nachbarsfrau den Schilling als Glücksschilling um den Hals.‹

Und sie schlug ein Loch durch mich; es ist nie angenehm, wenn ein Loch durch einen geschlagen wird, aber wenn nur die Absicht gut ist, kann man vieles aushalten, eine Schnur wurde durch mich gezogen. Ich wurde eine Art Medaillon zum Tragen, man hängte mich dem kleinen Kinde um den Hals, und das Kind lächelte mich an und küsste mich und ich ruhte eine ganze Nacht an der warmen, unschuldigen Brust des Kindes.

Am Morgen nahm mich die Mutter zwischen ihre Finger, sah mich an und hatte ihre eignen Gedanken dabei, das merkte ich bald. Sie holte eine Schere und schnitt die Schnur durch.

›Glücksschilling!‹, sagte sie. ›Ja, das werden wir bald sehen!‹ Und sie legte mich in Essig, sodass ich ganz grün wurde; dann kittete sie das Loch zu, rieb mich ein wenig und ging darauf in der Dämmerstunde zu dem Lotteriekollekteur, um ein Los zu kaufen, das Glück bringen sollte.

Wie übel war mir zumute, ich hatte ein Gefühl, als müsste ich mitten durchbrechen; ich wusste, dass ich falsch genannt und hingeworfen werden würde, und zwar gerade vor all der Menge von Schillingen und Münzen, die mit Inschrift und Gesicht da lagen, worauf sie stolz sein konnten. Aber die Schande blieb mir erspart; es waren so viele Menschen beim Kollekteur, er war sehr beschäftigt, ich fuhr klingend in den Schubkasten unter die andern Münzen; ob das Los später gewonnen hat, weiß ich nicht, das aber weiß ich, dass ich schon am andern Tage als falscher Schilling erkannt, beiseite gelegt und ausgesandt wurde, um zu betrügen und immer zu betrügen. Das ist aber nicht zum Aushalten, wenn man einen reellen Charakter hat, den kann ich mir selbst nicht absprechen.

Jahr und Tag ging ich so von Hand zu Hand, von Haus zu Haus, immer ausgeschimpft, immer ungern gesehen; niemand traute mir und ich traute mir selbst, traute der Welt nicht, das war eine schwere Zeit.

Da kam eines Tages ein Reisender, dem wurde ich natürlich aufgesackt, und er war treuherzig genug, mich für gangbare Münze zu nehmen; aber als er mich dann ausgeben wollte, hörte ich wieder die Rufe: ›Taugt nichts, falsch!‹

›Ich habe ihn für gut erhalten‹, sagte der Mann, und dann betrachtete er mich recht genau; da lächelte plötzlich sein ganzes Gesicht, das pflegte sonst kein Gesicht zu tun, wenn es mich genau betrachtete. ›Nein, was ist dies denn nur!‹, sagte er. ›Das ist ja eine von den Münzen unsres eignen Landes, ein guter, ehrlicher Schilling von daheim, durch den man ein Loch geschlagen hat, und den man falsch nennt. Das ist wirklich amüsant! Dich will ich aufbewahren und mit nach Hause nehmen!‹

Mich durchrieselte eine Freude, ich wurde ein guter, ehrlicher Schilling genannt, und ich sollte in die Heimat zurückkehren, wo mich alle Welt kennen und wissen würde, dass ich aus gutem Silber und von echtem Gepräge sei. Ich hätte vor Freude Funken sprühen mögen, aber es liegt nun einmal nicht in meiner Natur zu sprühen, das kann der Stahl, nicht aber das Silber.

Ich wurde in feines, weißes Papier eingewickelt, um nicht mit den andern Münzen verwechselt zu werden und abhanden zu kommen; und nur bei festlichen Gelegenheiten, wenn Landsleute zusammentrafen, wurde ich vorgezeigt und es wurde außerordentlich gut von mir gesprochen; sie sagten, ich sei interessant; es ist ja freilich sonderbar, dass man interessant sein kann, ohne auch nur ein einziges Wort zu sagen.

Und dann kam ich wieder in die Heimat. Alle meine Not hatte ein Ende, meine Freude begann, ich war ja aus gutem Silber, ich hatte das echte Gepräge, und es gereichte mir keineswegs zum Nachteil, dass man ein Loch durch mich geschlagen hatte, um mich als falsch zu bezeichnen; das macht gar nichts, wenn man es nur nicht ist! Man muss nur ausharren; mit der Zeit kommt alles zu seinem Recht! Das ist nun einmal mein Glaube!«, sagte der Schilling.

Die Eisjungfrau

1. *Der kleine Rudi*

Besuchen wir die Schweiz, sehen wir uns in dem herrlichen Gebirgslande um, wo die Wälder an den steilen Felswänden emporwachsen; steigen wir hinauf zu den blendenden Schneefeldern und wieder hinab zu den grünen Matten, wo Flüsse und Bäche dahinbrausen, als fürchteten sie, nicht rechtzeitig das Meer erreichen und verschwinden zu können. Die Sonne sengt in dem tiefen Tal, sie sengt auch oben auf den schweren Schneemassen, sodass sie im Laufe der Jahre zu schimmernden Eisblöcken zusammenschmelzen und sich in rollende Lawinen, in aufgetürmte Gletscher verwandeln. Zwei solcher Gletscher liegen in den breiten Felsschluchten unterhalb des Schreckhorns und des Wetterhorns bei dem Bergstädtchen Grindelwald; wunderlich sind sie anzusehen, und daher kommen zur Sommerszeit viele Fremde aus allen Ländern der Welt hierher; sie kommen über die hohen, schneebedeckten Berge, sie kommen aus den tiefen Tälern heraus, und da müssen sie mehrere Stunden steigen, und je höher sie steigen, um so tiefer senkt sich das Tal, sie sehen darin hinab, als sähen sie aus einem Luftballon herunter. Über ihnen hängen oft die Wolken wie dicke, schwere Rauchgardinen um die Bergspitzen, während unten im Tal, wo die vielen braunen hölzernen Häuser zerstreut liegen, noch die Sonnenstrahlen leuchten und ein Fleckchen in strahlendem Grün hervorbeben, als sei es transparent. Das Wasser braust und summt und saust da unten, das Wasser rieselt und klingt da oben, es sieht dort aus, als flatterten silberne Bänder über den Felsen hinab.

Zu beiden Seiten des Weges, der hier hinaufführt, liegen Balkenhäuser, jedes Haus hat seinen kleinen Kartoffelgarten, und das ist etwas Unentbehrliches, denn in einer jeden Hütte gibt's gar viele Münder, Kinder sind hier die Hülle und Fülle, und sie können ihr Futter wohl verzehren; aus allen Häusern wimmeln sie hervor, umringen den Reisenden, mag er zu Fuß oder zu Wagen kommen. Die ganze Kinderschar treibt Handel, die kleinen bieten niedlich geschnitzte hölzerne Häuschen feil, wie man sie hier im Gebirge baut. Es mag Regen oder Sonnenschein sein, die Kinderschar kommt mit ihren Waren herbei.

Vor einigen zwanzig Jahren stand hier zuweilen, stets aber ein wenig abgesondert von den andern Kindern, ein kleiner Knabe, der auch Handel treiben wollte; er stand mit einem gar ernsten Gesicht da und hielt seine Spanschachtel mit beiden Händen so fest umklammert, als wolle er sie gar nicht von sich geben; aber gerade dieser Ernst und der Umstand, dass der Knabe so klein war, bewirkten, dass gerade er beachtet wurde, er ward herbeigerufen und schloss oft den besten Handel ab, warum, das wusste er selber nicht. Ein wenig höher bergaufwärts wohnte sein Großvater, der die feinen niedlichen Häuser schnitzte, und dort oben in der Stube stand ein alter Schrank voll von dergleichen geschnitzten Sachen; da waren Nussknacker, Messer, Gabeln und Schachteln mit wunderschönem Laubwerk und springenden Gämsen; da war alles, was Kinderaugen erfreuen konnte, aber der kleine Rudi, so hieß der Knabe, sah mit größerer Lust und Sehnsucht nach dem alten Gewehr unter dem Deckenbalken hinüber, das sollte er später einmal haben, hatte der Großvater gesagt, aber er müsse erst groß und stark genug werden, um es handhaben zu können.

So klein der Knabe war, musste er doch die Ziegen hüten, und wenn es darauf ankommt, mit ihnen um die Wette klettern zu können, so war Rudi ein guter Wächter, er kletterte sogar noch ein wenig höher, er nahm gar zu gern die Vogelnester hoch oben auf den Bäumen aus, verwegen und keck war er, aber lächeln sah man ihn nur, wenn er an dem brausenden Wasserfall stand oder wenn er eine Lawine rollen hörte. Niemals spielte er mit den andern Kindern; er kam nur mit ihnen zusammen, wenn sein Großvater ihn hinabschickte, um einen Handel abzuschließen, und das tat Rudi nicht gern, weit lieber kletterte er allein in den Bergen umher oder saß beim Großvater und hörte ihn von alten Zeiten und von der Bevölkerung in dem nahen Meiringen, seinem Geburtsort, erzählen; die jetzige Bevölkerung sei dort nicht von alters her gewesen, sagte er, sie sei eingewandert; von hoch oben her, aus dem Norden sei sie gekommen, und dort wohnten die Stammverwandten, die Schweden hießen. Und Rudi tat sich viel darauf zugute, dass er das wusste, aber er lernte noch mancherlei durch andern guten Umgang, nämlich durch die Hausgenossen, die zur Tiergattung gehörten. Da war ein großer Hund, der Ajola hieß, ein Erbstück von Rudis Vater, und da war auch ein Kater, und namentlich diesem Kater hatte Rudi viel zu verdanken, er hatte ihn klettern gelehrt.

»Komm mit aufs Dach hinaus«, hatte der Kater gesagt, und zwar ganz deutlich und verständlich, denn solange man ein Kind ist und noch nicht sprechen kann, versteht man gar gut die Hühner und Enten, Katzen und Hunde, sie sprechen für uns ebenso verständlich wie Vater und Mutter sprechen, man muss nur ganz klein sein; selbst Großvaters Stock kann alsdann wiehern, er wird zum Pferd mit Kopf und Beinen und Schwanz. Bei einigen Kindern hört dieses Verstehen später auf als bei andern, und von diesen sagt man, dass sie weit zurück sind, dass sie spät entwickelte Kinder sind. Man sagt ja so vielerlei!

»Komm mit auf das Dach hinauf, kleiner Rudi!«, war so ungefähr das erste, was der Kater sagte und was Rudi verstand. »Das mit dem Herunterfallen ist nur Einbildung; man fällt gar nicht, wenn man nur nicht bange davor ist. Komm, setze deine eine Pfote so und deine andre so hin. Mit den Vorderpfoten musst du vor dich hin tasten! Du musst Augen im Kopf haben und geschmeidige Glieder! Wenn eine Kluft kommt, so springe hinüber und halte dich fest, das tue ich auch!«

Und das tat Rudi; darum saß er so oft auf dem Dachfirst neben dem Kater, er saß mit ihm im Baumwipfel, ja, hoch oben auf dem Felsenrande saß er, wohin der Kater nicht kam.

»Höher, immer höher!«, sagten Bäume und Sträucher. »Siehst du, wie wir hinaufklettern! Wie hoch wir kommen, wie wir uns selbst an der äußersten, schmalen Felsspitze festhalten!«

Und Rudi kletterte auf den Berg hinauf, oft noch ehe die Sonne da hinaufgelangte, und dort schlürfte er seinen Morgentrank, die frische, stärkende Bergluft, den Trank, den nur der liebe Gott zu bereiten weiß, und von dem die Menschen nur das Rezept zu entziffern vermögen, in dem geschrieben steht: der frische Duft von den Kräutern des Berges und von der Krauseminze und dem Thymian des Tales. – Alles, was schwer ist, saugen die hängenden Wolken ein, und dann fächelt sie der Wind, der über die Tannenwälder hinfährt, der Geist des Duftes wird Luft, leicht und frisch, immer frischer. Und das war Rudis Morgentrank.

Die Sonnenstrahlen, die Segen bringenden Töchter der Sonne, küssten seine Wangen, und der Schwindel stand auf der Lauer, wagte aber nicht, sich zu nähern, und die Schwalben von da unten vom Hause des Großvaters, an dem nicht weniger als sieben Nester waren, flogen zu ihm und zu den Ziegen herauf und sangen: »Wir und ihr! Ihr und wir!« Sie brachten Grüße von daheim, selbst von den beiden Hühnern, den einzigen Vögeln im Hause, mit denen Rudi sich niemals einließ.

So klein er war, war er doch gereist, und zwar war es gar nicht eine so kurze Reise für einen so kleinen Burschen; geboren war er drüben im Kanton Wallis und war hierher über die Berge getragen; kürzlich hatte er zu Fuß den nahen Staubbach besucht, der wie ein Silberflor vor dem schneebedeckten, blendend weißen Berg, die Jungfrau, in der Luft flattert. Und in Grindelwald bei dem großen Gletscher war er gewesen, aber das war eine traurige Geschichte, dort fand seine Mutter den Tod. »Da ist dem kleinen Rudi die Kinderfröhlichkeit abhanden gekommen«, sagte der Großvater. Als der Knabe noch kein Jahr alt war, lachte er mehr, als er weinte, hatte die Mutter geschrieben, aber seit er in der Eiskluft gesessen, war ein anderer Sinn über ihn gekommen. Der Großvater sprach nicht viel darüber, aber auf dem ganzen Berge wusste man Bescheid davon.

Rudis Vater war Postknecht gewesen, der große Hund in der Stube beim Großvater hatte ihn stets auf der Fahrt über den Simplon nach dem Genfersee hinab begleitet. Im Rhonetal, im Kanton Wallis, wohnten noch Rudis Verwandte väterlicher Seite, der Oheim war ein tüchtiger Gämsjäger und ein wohlbekannter Führer; Rudi war erst ein Jahr alt, als er seinen Vater verlor, und die Mutter sehnte sich mit ihrem kleinen Kinde heim zu ihren Angehörigen im Berner Oberland; ihr Vater wohnte einige Stunden von Grindelwald entfernt, er war Holzschnitzer und verdiente damit so viel, dass er sich ernähren konnte. So ging sie denn im Juni, ihr kleines Kind auf den Armen tragend, in Begleitung von zwei Gämsjägern heimwärts über den Gemmi, um nach Grindelwald zu gelangen. Sie hatten bereits die längste Strecke Wegs zurückgelegt, waren über den Hochrücken bis an das Schneefeld gelangt, sahen bereits ihr Heimattal mit allen seinen bekannten, zerstreut liegenden Holzhäusern, sie hatten nur noch den einen großen Gletscher zu überschreiten. Der Schnee war frisch gefallen und verbarg eine Kluft, die zwar nicht gerade bis auf den tiefen Grund reichte, wo das Wasser braust, aber doch tiefer als Menschenhöhe war; die junge Frau, die ihr Kind trug, glitt aus, versank und war verschwunden, man hörte keinen Schrei, keinen Seufzer, man hörte nur ein kleines Kind weinen. Es verging mehr als eine Stunde, ehe ihre beiden Begleiter aus dem zunächst gelegenen Hause Stricke und Stangen herbeischafften, um möglicherweise noch Hilfe zu bringen. Und nach vielen Anstrengungen schaffte man zwei Leichen, wie es schien, aus der Eisschlucht herauf. Alle Mittel wurden angewendet, und es gelang, das Kind ins Leben zurückzurufen, nicht aber die Mutter; und so bekam der alte Großvater einen Enkel ins Haus statt der Tochter, den Kleinen, der mehr lachte als weinte, aber das schien er sich jetzt abgewöhnt zu haben, die Veränderung war offenbar in der Gletscherspalte mit ihm vor sich gegangen, in der kalten, wunderlichen Eiswelt, wo die Seelen der Verdammten bis zum jüngsten Tage eingekerkert sind, wie der Schweizer Bauer glaubt.

Gleich einem brausenden Wasser, das zu Eis geworden und zu grünen Glasblöcken zusammen gepresst ist, liegt der Gletscher da, ein großes Stück Eis auf das andre gewälzt, unten in der Tiefe braust der reißende Strom aus geschmolzenem Schnee und Eis; tiefe Höhlen, mächtige Schluchten dehnen sich dort unten aus, es ist ein wunderbarer Glaspalast, und da drinnen wohnt die Eisjungfrau, die Gletscherkönigin. Sie, die tötet, die zermalmt, ist halb ein Kind der Luft, halb die mächtige Beherrscherin des Flusses, daher vermag sie sich auch mit der Schnelligkeit der Gämse auf die oberste Zinne des Schneeberges zu erheben, wo die kühnsten Bergsteiger sich erst Stufen in das Eis hauen müssen; auf dem dünnen Tannenreis segelt sie den reißenden Strom hinab, springt von einem Felsblock auf den andern, umflattert von ihrem langen, schneeweißen Haar und ihrem blaugrünen Gewand, das wie das Wasser der tiefen Schweizerseen schimmert.

»Zermalmen! Festhalten! Mein ist die Macht!«, ruft sie. »Einen wunderschönen Knaben hat man mir gestohlen, einen Knaben, den ich geküsst, aber nicht tot geküsst hatte. Er weilt wieder unter den Menschen, er hütet die Ziegen auf dem Berge, klettert aufwärts, immer höher hinauf, fort von den andern, nicht von mir! Mein ist er, ich hole ihn mir!«

Und sie gab dem Schwindel den Auftrag, für sie zu handeln; zur Sommerzeit war es der Eisjungfrau zu schwül im Grünen, wo die Krauseminze gedeiht; und der Schwindel reckte sich und krümmte sich zusammen, und es kam ein Schwindel und noch einer, denn es sind ihrer viele Geschwister, eine ganze Schar; und die Eisjungfrau erwählte sich den stärksten von den vielen, die draußen und drinnen ihr Wesen treiben. Sie sitzen auf dem Treppengeländer und auf den Turmgalerien, sie laufen wie ein Eichhörnchen an dem Felsrand entlang, sie springen darüber hinweg und treten Luft, wie der Schwimmer Wasser tritt, und locken ihre Opfer hinaus und in den Abgrund hinab. Der Schwindel und die Eisjungfrau greifen beide nach Menschen, wie der Polyp nach allem greift, was sich in seiner Nähe regt. Der Schwindel sollte Rudi ergreifen.

»Ja, den greifen!«, sagte der Schwindel, »ich kann es nicht! Die Katze, das Scheusal, hat ihn ihre Künste gelehrt! Dies Menschenkind besitzt eine Macht, die mich abstößt, ich kann nicht an den kleinen Burschen herankommen, wenn er an dem Zweig über dem Abgrund hängt, und ich ihn unter die Fußsohlen kitzeln oder ihm einen Stoß geben möchte, dass er in die Luft hinabfliegt. Nein, ich kann es nicht!«

»Wir können es«, sagte die Eisjungfrau, »du und ich! Ich, ich!«

»Nein, nein«, klang es zurück, als gebe das Echo der Berge das Geläute der Kirchenglocken zurück, aber es war Gesang, es waren Worte, es war ein zusammenschmelzender Chor andrer Naturgeister, guter, liebevoller Geister – es waren die Töchter der Sonnenstrahlen, die sich jeden Abend in einem Kranz um die Berggipfel lagerten und ihre rosenfarbenen Schwingen ausbreiteten, die mit der sinkenden Sonne in immer tieferem Rot erstrahlen, sodass die hohen Alpen rosig übergossen da liegen. Die Menschen nennen es Alpenglühen. Wenn dann die Sonne untergegangen ist, ziehen sich die Töchter der Sonnenstrahlen in die Berggipfel zurück, in den weißen Schnee, und schlafen dort, bis die Sonne aufgeht, dann kommen sie wieder zum Vorschein. Sie lieben die Blumen, die Schmetterlinge und die Menschen, und unter denen hatten sie sich namentlich den kleinen Rudi erkoren.

»Ihr fangt ihn nicht! Ihr fangt ihn nicht!«, sagten sie.

»Ich habe Größere und Stärkere gefangen!«, sagte die Eisjungfrau.

Da sangen die Töchter der Sonne einen Gesang von dem Wandersmann, dem der Wirbelwind den Mantel abriss und in brausender Flucht entführte. »Die Hülle nahm der Wind, nicht aber den Mann; ihr Kinder der Kraft könnt ihn ergreifen, nicht aber festhalten; er ist stärker, er ist geistiger als selbst wir! Er steigt höher als die Sonne, unsere Mutter! Er kennt das Zauberwort, das Wind und Wasser bindet, sodass sie ihm dienen und gehorchen müssen. Ihr löst das schwere, drückende Gewicht, und er schwingt sich höher empor!«

So herrlich klang der glockenklingende Chor.

Und jeden Morgen schienen die Sonnenstrahlen in das einzige kleine Fenster in Großvaters Haus hinein, hinein zu dem stillen Kind; die Töchter der Sonnenstrahlen küssten es, sie wollten die Eisküsse auftauen, schmelzen, hinwegscheuchen, die ihm die königliche Maid der Gletscher gegeben hatte, als er in seiner toten Mutter Armen in der tiefen Eiskluft lag und wie durch ein Wunder errettet wurde.

2. Die Reise in die neue Heimat

Jetzt war Rudi acht Jahre alt; sein Großvater im Rhonetal, jenseits der Berge, wollte den Knaben zu sich nehmen; dort konnte er mehr lernen und besser vorwärts kommen; das sah auch der Großvater ein, und darum ließ er ihn ziehen.

Rudi sollte seine Reise antreten. Da waren noch andere als der Großvater, denen er Lebewohl sagen musste, vor allem war da Ajola, der alte Hund.

»Dein Vater war Postknecht, und ich war Posthund«, sagte Ajola. »Wir sind bergauf und bergab gefahren, ich kenne die Hunde und auch die Menschen jenseits der Berge. Viel reden war nie meine Sache, aber jetzt, wo wir wohl nicht mehr lange miteinander zu reden haben werden, will ich dir eine Geschichte erzählen, die ich lange mit mir herumgetragen habe; ich kann sie nicht verstehen, und du kannst es auch nicht, aber das ist auch einerlei; eins aber habe ich herausgekriegt, nämlich, dass es in der Welt nicht ganz richtig verteilt ist, weder für Hunde noch für Menschen; nicht alle sind geschaffen, auf dem Schoß zu liegen und Milch zu schlabbern; ich bin nicht daran gewöhnt worden; aber ich habe ein Hündchen im Postwagen fahren sehen, und zwar hatten sie einen Menschenplatz für ihn genommen; die Dame, die seine Herrschaft war, oder deren Herrschaft der Hund war, hatte eine Milchflasche mitgenommen, aus der sie ihm zu trinken gab; er bekam Zuckerbrot, mochte es aber nicht einmal fressen, sondern beschnoberte es nur, und dann aß sie es auf; ich lief im Schmutz neben dem Wagen her, hungrig, wie es ein Hund nur sein kann, ich kaute auf meinen eigenen Gedanken, das war nicht in Ordnung – aber es gibt ja so vielerlei, was nicht in Ordnung ist! Möchtest du auf den Schoß kommen und in der Kutsche fahren, aber selbst kann man sich das nicht einrichten, ich habe es nicht gekonnt, weder durch Bellen noch durch Heulen!«

So lautete Ajolas Rede, und Rudi umarmte ihn und küsste ihn mitten auf die nasse Schnauze, und dann nahm er die Katze in die Arme, aber die sträubte sich.

»Du wirst mir zu stark, und gegen dich will ich die Krallen nicht gebrauchen! Klettere du nur über die Berge, ich habe dich ja das Klettern gelehrt! Glaube nie, dass du hinabfällst, dann wirst du dich schon halten!«

Und damit lief die Katze davon, denn sie wollte Rudi nicht sehen lassen, dass ihr die Trauer aus den Augen sah.

Die Hühner liefen in der Stube umher, eins hatte den Schwanz verloren; ein Reifender, der Jäger sein wollte, hatte ihm den Schwanz abgeschossen; der Mensch hatte das Huhn für einen Raubvogel gehalten.

»Rudi will über die Berge«, sagte das eine Huhn.

»Er hat immer Eile!«, sagte das andere, und dann trippelten sie beide von dannen.

Auch den Ziegen sagte er Lebewohl, und die riefen: »Meck meck meck!«, und das war so traurig.

Zwei tüchtige Führer der Gegend, die gerade über die Berge wollten, nach der andern Seite hinüber, in die Nähe von Gemmi, die nahmen Rudi auf die Wanderung mit. Es war ein strenger Marsch für so einen kleinen Knaben, aber er hatte Kräfte und einen Mut, der nicht ermüdete.

Die Schwalben gaben ihm eine Strecke das Geleite. »Wir und ihr! Wir und ihr!«, sangen sie. Der Weg führte über die reißende Lütschine, die in vielen kleinen Strömen aus der schwarzen Schlucht des Grindelwaldgletschers hervorstürzt; lose Baumstämme und Steinblöcke dienen hier als Brücken. Nun waren sie drüben beim Erlenbruch angelangt und fingen an, den Berg zu erklimmen, dort, wo sich der Gletscher von der Felswand losgelöst hat, und dann gingen sie auf den Gletscher hinaus, über Eisblöcke hinweg und um Eisblöcke herum; bald musste Rudi kriechen, bald gehen, seine Augen strahlten vor lauter Vergnügen, und er trat mit seinen eisenbeschlagenen Bergschuhen so fest auf, als müsse er bei jedem Schritt eine Spur hinterlassen. Die schwarze Erdschicht, die der Bergstrom auf dem Gletscher abgesetzt hatte, verlieh diesem ein verkalktes Aussehen, aber das bläulichgrüne, glasartige Eis schimmerte doch hervor; um die kleinen, von aufgeschrobenen Eisblöcken aufgestauten Gletscherseen musste man herumgehen, und auf dieser Wanderung gelangte man an einen großen Stein, der schaukelnd am Rande einer Eisspalte lag; der Stein geriet aus dem Gleichgewicht, fiel, rollte hinab und sandte ein tönendes Echo aus den hohlen, tiefen Gängen des Gletschers herauf.

Aufwärts, immer aufwärts ging es; der Gletscher selbst erstreckte sich bergan gleich einem Fluss von wild aufgetürmten Eismassen, die zwischen steile Felsklippen eingeklemmt sind. Rudi dachte einen Augenblick daran, dass er, wie man ihm erzählt hatte, mit seiner Mutter unten in einer dieser kälteatmenden Klüfte gelegen hatte; bald aber waren solche Gedanken verscheucht, sie waren für ihn nichts weiter als alle die andern Geschichten, die er hatte erzählen hören. Hin und wieder, wenn die Männer glaubten, dass der Weg doch wohl zu schwierig für den kleinen Burschen sei, reichten sie ihm die Hand, aber er war nicht ermüdet, und auf dem Glatteis stand er so fest wie eine Gämse. Jetzt kamen sie auf den Felsengrund und wanderten bald zwischen mooslosem Gestein, bald zwischen niedrigen Tannen dahin und gelangten wieder hinaus auf die grünen Matten; stets gab es Abwechslung, gab es etwas Neues zu sehen, ringsumher ragten Schneeberge auf, deren Namen ihm wie jedem Kinde hier bekannt waren: die Jungfrau, der Mönch, der Eiger. Rudi war noch niemals so hoch hinaufgekommen, nie zuvor hatte er das ausgedehnte Schneemeer betreten; nun lag es vor ihm mit den unbeweglichen Schneewellen, von denen der Wind hin und wieder eine Flocke hinweg blies, wie er den Schaum von den Meereswogen bläst. Die Gletscher stehen hier, sozusagen, Hand in Hand, jeder einzelne ist ein Glaspalast für die Eisjungfrau, deren Macht und Wille darauf hinausgeht, zu fangen, zu begraben. Die Sonne brannte so heiß, der Schnee blendete und war wie übersät mit weißblauen, funkelnden Diamantsplittern. Unzählige Insekten, namentlich Schmetterlinge und Bienen, lagen haufenweise tot auf dem Schnee, sie hatten sich zu hoch hinaufgewagt, oder der Wind hatte sie so hoch getragen, bis sie in der Kälte sterben mussten. Um das Wetterhorn hing, gleich einem feinen, schwarzen Wollbüschel, eine drohende Wolke; sie senkte sich herab, aufgebläht von dem, was sie enthielt: einen Föhn, gewalttätig, wenn er losbrach. Der Eindruck der ganzen Wanderung, das Nachtlager hier oben und die Fortsetzung des Weges, die tiefen Felsenschlüchte, wo das Wasser in einem gedankenschwindelnden Zeitraum die Steinblöcke durchsägt hatte, prägte sich unvergesslich in Rudis Gedächtnis ein.

Ein verlassenes steinernes Gebäude, jenseits des Schneemeeres, gewährte Schutz und Unterkunft zum Übernachten; hier fanden sie Holzkohlen und Tannenreiser; das Feuer war bald angezündet, das Nachtlager bereitet, so gut es eben ging; die Männer setzten sich an das Feuer, rauchten ihren Tabak und tranken das warme, würzige Getränk, das sie selbst zubereitet hatten; auch Rudi bekam sein Teil und man redete von den geheimnisvollen Wesen des Alpenlandes, von den sonderbaren Riesenschlangen in den tiefen Seen, von nächtlichen Geistern und von dem Gespensterheer, das den Schlafenden durch die Lüfte nach der wunderbaren schwimmenden Stadt Venedig trug; von dem wilden Hirten, der seine schwarzen Schafe über die Weide trieb; hatte man sie auch nicht gesehen, so hatte man doch den Klang ihrer Glocken vernommen, hatte das unheimliche Blöken der Herde gehört. Rudi lauschte voll Neugier, aber ohne jegliche Furcht, die kannte er nicht, und während er lauschte, glaubte er das gespensterhafte, hohle Brüllen zu hören; ja! Es wurde immer deutlicher, auch die Männer hörten es; sie hielten in ihrem Gespräch inne, horchten und sagten zu Rudi, er dürfe nicht einschlafen.

Es wehte ein Föhn, dieser gewaltige Sturmwind, der sich von den Bergen ins Tal hinabwirft und in seiner Gewaltsamkeit Bäume knickt, als seien sie schwankende Rohrhalme, der Balkenhäuser von dem einen Flussufer nach dem andern hinüberträgt, wie wir eine Schachfigur versetzen.

Eine Stunde war vergangen, da sagten sie zu Rudi, jetzt sei es überstanden, nun könne er schlafen, und ermüdet vom Marsche schlief er ein wie auf Kommando.

Früh am Morgen brachen sie auf. Die Sonne beleuchtete an diesem Tage für Rudi neue Berge, neue Gletscher und Schneefelder. Sie waren in den Kanton Wallis eingetreten und befanden sich jenseits des Bergrückens, den man von Grindelwald aus sah, waren aber noch weit von der neuen Heimat entfernt. Andre Bergschluchten, andre Matten, Wälder und Gebirgspfade breiteten sich aus, andre Häuser, andre Menschen wurden sichtbar, aber was für Menschen sah er! Missgeburten waren es, mit fetten, unheimlichen, weißlichgelben Gesichtern, deren Hals aus schweren hässlichen, sackartig herabhängenden Fleischklumpen bestand. Es waren Kretins; krankhaft schleppten sie sich vorwärts und glotzten den Fremden mit dummen Augen an; die Frauen sahen am schrecklichsten aus. Waren das die Menschen in der neuen Heimat?

3. Der Oheim

In des Oheims Haus, wohin Rudi jetzt kam, sahen die Menschen gottlob so aus, wie Rudi sie zu sehen gewohnt war; nur ein einziger Kretin war hier, ein armer, geistesschwacher Bursche, eins von diesen beklagenswerten Geschöpfen, die in ihrer Armut und Verlassenheit im Kanton Wallis von Haus zu Haus gehen und in jeder Familie ein paar Monate bleiben; der arme Saperli war gerade hier, als Rudi anlangte.

Der Ohm war ein noch kräftiger Jäger und verstand außerdem das Fassbinderhandwerk; seine Frau war eine kleine, lebhafte Person mit einem Vogelgesicht, mit Augen wie ein Adler und einem langen, ganz flaumigen Hals.

Rudi war hier alles neu, die Kleidung, die Sitten und Gebräuche, selbst die Sprache, aber die würde das Kinderohr bald verstehen lernen. Wohlhabend sah es hier aus im Vergleich zu der Heimat beim Großvater. Das Zimmer, in dem sie wohnten, war größer, an den Wänden prangten Gämsgeweihe und blank geputzte Büchsen, über der Tür hing ein Bild von der Mutter Gottes; frische Alpenrosen und eine brennende Lampe standen davor.

Der Oheim war einer der tüchtigsten Gämsjäger der ganzen Gegend und auch einer der geübtesten und besten Führer. Hier im Hause sollte nun Rudi der verhätschelte Liebling sein; ein solcher war hier freilich schon, nämlich ein alter, blinder, tauber Jagdhund, der keinen Nutzen mehr tun konnte, der das aber früher getan hatte; man gedachte seiner guten Eigenschaften in früheren Jahren, und daher gehörte er nun mit zur Familie und sollte seine guten Tage haben. Rudi streichelte den Hund, aber der ließ sich nicht mehr mit Fremden ein, und ein Fremder war ja Rudi noch für ihn, jedoch nicht lange, er schlug bald Wurzel in Haus und Herzen.

»Es ist gar nicht so übel hier im Kanton Wallis«, sagte der Oheim, »wir haben hier Gämsen, die sterben nicht so bald aus wie der Steinbock; es ist hier viel besser als in alten Zeiten, wie viel Rühmens auch davon gemacht wird, unsere Zeit ist doch besser, es ist ein Loch in den Sack gekommen, durch unser eingeschlossenes Tal geht ein Luftzug. Etwas Besseres kommt immer zum Vorschein, wenn das alte Abgenutzte fällt!«, sagte er; und wenn der Oheim so recht redselig wurde, dann erzählte er von seiner Kindheit und weiter hinaus bis in die kräftigste Zeit seines Vaters, als Wallis noch, wie er sich ausdrückte, ein geschlossener Sack war, voll von kranken Leuten und jämmerlichen Kretins; »aber die französischen Soldaten kamen ins Land, die schlugen gleich die Krankheit tot und die Menschen ebenfalls. Schlagen konnten die Franzosen, auf mehr als eine Weise, und die Mädchen verstanden sich auch darauf!«, und dabei nickte der Ohm seiner Frau zu, die eine geborene Französin war, und lachte. »Die Franzosen haben in die Steine hineingeschlagen, sodass sie stöhnten; die Simplonstraße haben sie in die Felsen geschlagen, haben dort einen Weg gebahnt, sodass ich jetzt zu einem dreijährigen Kinde sagen kann, geh mal nach Italien hinab! Du musst dich nur auf der Landstraße halten! Und das Kind findet sich richtig nach Italien hinein, wenn es sich nur auf der Landstraße hält!« Und dann sang der Oheim ein französisches Lied und rief hurra für Napoleon Bonaparte.

Da hörte Rudi zum ersten Mal von Frankreich, von Lyon, der großen Stadt an der Rhone; dort war der Oheim gewesen.

In einigen Jahren sollte Rudi ein flinker Gämsjäger sein, Anlage dazu habe er, sagte der Oheim; er lehrte ihn eine Büchse halten, zielen und schießen; in der Jagdzeit nahm er ihn mit in die Berge und ließ ihn von dem warmen Gämsenblut trinken, das dem Jäger den Schwindel benimmt; er lehrte ihn die Zeit kennen, wenn an den verschiedenen Bergwänden die Lawinen herabrollen, zur Mittagszeit oder am Abend, je nachdem die Sonne mit ihren Strahlen darauf einwirkt; er lehrte ihn auf die Gämsen und ihren Sprung acht geben, von ihnen sollte er lernen, wie man immer auf den Füßen zu stehen kommt und feststand, und war da in der Felsschlucht kein Stützpunkt für den Fuß, so müsse man sich mit den Ellenbogen und den Muskeln in Waden und Schenkeln festklammern, selbst mit dem Nacken könne man sich festbeißen, wenn es sein müsse. Die Gämsen waren klug, sie stellten Vorposten aus, aber der Jäger muss noch klüger sein, er muss ihnen aus der Witterung gehen; er konnte sie anführen, konnte sein Wams und seinen Hut auf den Alpenstock aufhängen, dann hielt die Gämse die Kleider für den Mann. Diesen Scherz führte der Oheim eines Tages aus, als er mit Rudi auf Jagd war.

Der Felspfad war schmal, ja, es war fast kein Pfad, nur ein schmales Gesims längs des gähnenden Abgrundes. Der Schnee, der hier lag, war halb aufgetaut, das Gestein zerbröckelte, wenn man es betrat, deswegen legte sich der Oheim hin, so lang er war, und kroch vorwärts. Jeder Stein, der abbröckelte, fiel, prallte gegen die Felswand, sprang weiter und rollte nieder, er machte viele Sprünge von einer Felswand zur andern, ehe er in der schwarzen Tiefe Ruhe fand. Ungefähr hundert Schritte hinter dem Oheim stand Rudi auf dem äußersten vorspringenden, festen Felsblock, da sah er einen großen Lämmergeier durch die Luft kreisen und über dem Oheim stehen bleiben; mit seinem Flügelschlag würde er den kriechenden Wurm in den Abgrund werfen, um ihn in ein Aas zu verwandeln. Der Oheim hatte nur Augen für die Gämse, die mit ihrem Jungen jenseits der Felsschlucht zum Vorschein gekommen war; Rudi richtete den Blick auf den Vogel, er wusste, was er wollte, deswegen hatte er die

Hand auf die Büchse gelegt, um loszudrücken; da lief die Gämse mit einem Sprung bergan, der Oheim schoss, und das Tier war von der tötenden Kugel getroffen, aber das Junge eilte davon, als sei es ein ganzes Leben lang in Flucht und Gefahr geübt. Der große Vogel schlug, erschreckt durch den Knall, eine andre Richtung ein; der Oheim ahnte nichts von der Gefahr, in der er geschwebt hatte; erst durch Rudi erfuhr er davon.

Während sie sich nun in bester Laune auf dem Heimweg befanden und der Oheim eine Melodie aus seiner Knabenzeit pfiff, vernahmen sie plötzlich, in nicht weiter Entfernung, ein eigentümliches Geräusch; sie sahen sich um, sie sahen hinauf, und dort in der Höhe, an der schräge abfallenden Felswand, hob sich die Schneedecke, sie wogte wie ein Stück Leinwand, unter das der Wind fasst. Die Schneewellen barsten, als seien es Marmorplatten, die zersprengt wurden, und lösten sich in schäumende, stürzende Gewässer auf, es dröhnte wie gedämpftes Donnergemurmel; es war eine Lawine, die herabstürzte, nicht über Rudi und den Oheim hinweg, aber in ihrer Nähe, nur allzu nahe.

»Halte dich fest, Rudi!«, rief der Oheim. »Halte dich mit deiner ganzen Kraft!«

Und Rudi umklammerte den nächsten Baumstamm; der Oheim kletterte in die Zweige des Baumes hinauf und hielt sich dort fest, während die Lawine, viele Klafter von ihnen entfernt, dahinrollte. Aber der Luftdruck, die Sturmesflügel der Lawine, zerknickten und zerbrachen ringsumher Bäume und Büsche, als sei es nur dürres Rohr, und warfen sie weit umher. Rudi lag an der Erde gekauert, der Baumstamm, an dem er sich festgehalten hatte, war wie abgesägt, und die Krone lag eine ganze Strecke davon fortgeschleudert; zwischen den geknickten Zweigen lag der Oheim mit zerschmettertem Kopf, seine Hand war noch warm, aber das Gesicht war nicht zu erkennen. Bleich und zitternd stand Rudi da; es war der erste Schauder in seinem Leben, der erste Augenblick des Grauens, den er empfand.

Am späten Abend kehrte er mit der Todesbotschaft in die Heimat zurück, die nun ein Haus der Trauer war. Wortlos, ohne Tränen stand die Frau da, und erst als man die Leiche brachte, kam der Schmerz zum Ausbruch. Der arme Kretin verkroch sich in sein Bett, man sah ihn den ganzen Tag nicht, erst gegen Abend kam er zu Rudi.

»Schreib einen Brief für mich«, sagte er. »Saperli kann nicht schreiben! Saperli kann den Brief auf die Post tragen!«

»Einen Brief von dir?«, fragte Rudi. »Und an wen?«

»An den Herrn Christ!«

»Wen meinst du damit?«

Und der Dämlige, wie sie den Kretin nannten, sah Rudi mit rührendem Blick an, faltete seine Hände und sagte dann feierlich und fromm: »Jesus Christus! Saperli will ihm einen Brief schicken, ihn bitten, dass Saperli tot liegen muss und nicht Mann im Haus hier!«

Und Rudi drückte ihm die Hand. »Der Brief kommt nicht hin, er gibt ihn uns nicht zurück.«

Es ward Rudi schwer, ihm die Unmöglichkeit zu erklären.

»Jetzt bist du die Stütze des Hauses!«, sagte die Pflegemutter. Und das wurde Rudi.

4. *Babette*

Wer ist der beste Schütze im Kanton Wallis? Ja, das wussten die Gämsen. »Nimm dich vor Rudi in acht!«, sagten sie. Wer ist der hübscheste Schütze? »Ja, das ist der Rudi!«, sagten die Mädchen, aber sie sagten nicht: »Nimm dich vor Rudi in acht!« Das sagten nicht einmal die ernsthaften Mütter, denn er nickte ihnen ebenso freundlich zu wie den jungen Mädchen; er war so frisch und fröhlich, seine Wangen waren braun, seine Zähne glänzend weiß, und die Augen blitzten kohlschwarz; ein schöner Bursche war er und erst zwanzig Jahre alt. Das Eiswasser konnte ihm nichts anhaben, wenn er schwamm, er konnte sich im Wasser drehen und wenden wie ein Fisch, klettern konnte er wie kein zweiter, sich festkleben an die Felswand wie eine Schnecke, es waren gute Muskeln und Sehnen in ihm, das zeigte er auch im Sprunge, den er erst von der Katze und später von den Gämsen gelernt hatte. Rudi war der beste Führer, dem man sich anvertrauen konnte, er würde sich ein ganzes Vermögen als Führer sammeln können; für die Fassbinderei, die ihn der Oheim auch gelehrt hatte, besaß er keinen Sinn, seine Lust und sein Sehnen war die Gämsjagd, die brachte ebenfalls Geld ein. Rudi war eine gute Partie, so sagte man, wenn er nur nicht über seinen Stand hinaussehen wollte. Und ein Tänzer war er, von dem die Mädchen träumten, und den gar manche auch wachend in ihren Gedanken trug.

»Mich hat er im Tanz geküsst!«, sagte Schulmeisters Annette zu ihrer besten Freundin, aber das hätte sie nicht sagen sollen, selbst nicht zu ihrer besten Freundin. So etwas ist nicht leicht zu halten, es ist wie Sand in einem zerlöcherten Sack, es läuft heraus; und so brav und gut Rudi auch war, wusste man doch bald, dass er beim Tanzen küsste, und doch hatte er diejenige, die er am liebsten hätte küssen mögen, noch niemals geküsst.

»So ein Schlingel!«, sagte ein alter Jäger, »er hat Annette geküsst, mit A hat er angefangen, er wird bald das ganze Alphabet durchküssen!«

Ein Kuss beim Tanz war alles, was die Klatschbasen von Rudi zu sagen wussten, aber er hatte Annette geküsst, und sie war gar nicht die Blume seines Herzens.

Unten im Tal bei Bex, zwischen den großen Walnussbäumen, an einem kleinen reißenden Bergstrom, wohnte der reiche Müller; das Wohnhaus war ein großes, dreistöckiges Gebäude mit kleinen Türmen; es war mit Schindeln gedeckt und mit Blechplatten belegt, die im Sonnen- und Mondenschein glänzten; der größte Turm hatte als Wetterfahne einen blitzenden Pfeil, der sich durch einen Apfel bohrte, das sollte an Tells Schuss erinnern. Die Mühle sah wohlhabend und hübsch aus, ließ sich abzeichnen und beschreiben, aber des Müllers Tochter ließ sich nicht abzeichnen und beschreiben, wenigstens würde Rudi das sagen, und doch stand sie in seinem Herzen abgezeichnet; ihre Augen strahlten da drinnen so, dass es eine ganze Feuersbrunst war, die war ganz auf einmal gekommen, so wie andre Feuersbrünste auch kommen, und das wunderbarste dabei war, dass des Müllers Tochter, die schöne Babette, keine Ahnung davon hatte, sie und Rudi hatten noch nicht zwei Worte miteinander geredet.

Der Müller war reich, und der Reichtum machte, dass Babette so hoch saß, dass man schwer zu ihr hinaufgelangen konnte; aber nichts sitzt so hoch, dass man nicht hinaufgelangen könnte, sagte sich Rudi; man muss nur klettern, und man fällt nicht, wenn man es nur selber nicht glaubt. Die Lehre hatte er von daheim mitgebracht.

Nun traf es sich so, dass Rudi etwas in Bex auszurichten hatte; es war eine ganze Reise bis dahin, die Eisenbahn war damals noch nicht zustande gekommen. Vom Rhonegletscher, am Fuße des Simplon entlang, zwischen vielen wechselnden Berghöhen, erstreckt sich das breite Wallistal mit seinem mächtigen Fluss, der Rhone, die oft anschwillt, Felder und Wege überflutet und alles zerstört. Zwischen den Städten Sion und St. Maurice macht das Tal eine Krümmung, biegt sich wie ein Ellbogen und wird unterhalb Maurice so eng, dass es nur Platz für das Flussbett und die schmale Fahrstraße hat. Ein alter Turm steht hier als Schildwache vor dem Kanton Wallis, das hier aufhört, steht auf der Bergseite und sieht über die gemauerte Brücke nach dem Zollhaus auf der andern Seite hinüber; dort beginnt der Kanton Waadt, und die nächste nicht weit entfernte Stadt ist Bex. Hier drüben schwillt bei jedem Schritt alles in Fülle und Fruchtbarkeit, man befindet sich wie in einem Garten aus Kastanien- und Walnussbäumen, hier und da lugen Zypressen und Granatblüten hervor; südlich warm ist es hier, als sei man nach Italien gekommen.

Rudi langte in Bex an, verrichtete seine Besorgung und sah sich in der Stadt um, aber nicht einen Mühlburschen, geschweige denn Babette, bekam er zu Gesicht. Das war nicht, wie es sein sollte.

Es war Abend, die Luft war angefüllt mit dem Duft des wilden Thymian und der blühenden Linden, um die waldesgrünen Berge lag gleichsam ein schimmernder, luftblauer Schleier; eine Stille herrschte in dem ganzen Tal, nicht das Schweigen des Schlafes oder des Todes, nein, es war, als halte die ganze Natur ihren Atem an, als fühle sie sich so still, weil ihr Bild auf dem blauen Himmelsgrund fotografiert werden sollte. Hier und da zwischen den Bäumen, auf dem grünen Felde standen Stangen, die den Telegrafendraht stützten, der durch das stille Tal geführt ist. An einer dieser Stangen lehnte ein Gegenstand so unbeweglich, dass man ihn für einen ausgegangenen Baumstamm hätte halten können, aber es war Rudi, der hier ebenso still stand, wie in diesem Augenblick die ganze Umgebung da lag; er schlief nicht, war noch viel weniger tot, aber wie durch den Telegrafendraht oft große Weltbegebenheiten stiegen, Lebensmomente von Bedeutung für den einzelnen, ohne dass der Draht durch ein Zittern oder durch einen Laut darauf hindeutet, so durchzitterten Rudi mächtige, überwältigende Gedanken, das Glück seines Lebens, sein von nun an ständiger Gedanke. Seine Augen waren auf einen Punkt zwischen dem Laub gerichtet, auf ein Licht in des Müllers Wohnstube, wo Babette weilte. So still wie Rudi hier stand, hätte man glauben sollen, er ziele auf eine Gämse, aber er selbst war in diesem Augenblick einer Gämse gleich, die minutenlang, wie aus dem Felsen gehauen, dastehen kann, bis sie plötzlich, wenn ein Stein hinabrollt, einen Sprung macht und von dannen jagt. Und dasselbe tat Rudi; da rollte ein Gedanke in ihm.

»Niemals verzagen!«, sagte er. »Ein Besuch in der Mühle! Guten Abend dem Müller, guten Tag Babette. Man fällt nicht, wenn man es nicht glaubt! Babette muss mich doch einmal sehen, wenn ich ihr Mann werden soll.«

Und Rudi lachte, war guten Mutes und ging nach der Mühle; er wusste, was er wollte, er wollte Babette haben.

Der Fluss mit dem weißgelben Wasser brauste dahin, Weiden und Linden hingen über die eilenden Gewässer; Rudi ging den Pfad entlang, wie es in dem alten Kinderreim heißt:

»– – – nach des Müllers Haus,
Aber es war niemand daheim,
Nur die Katze kam heraus!«

Die Hauskatze stand auf der Treppe, krümmte den Rücken und sagte: »Miau!« Aber Rudi hatte keinen Sinn für diese Rede, er klopfte an, niemand hörte ihn, niemand machte auf. »Miau!«, sagte die Katze. Wäre Rudi noch klein gewesen, so hätte er die Sprache der Tiere verstanden und gehört, dass die Katze sagte: »Hier ist niemand zu Haus!« Nun musste er nach der Mühle hinüber und sich erkundigen, und da erhielt er dann Bescheid. Der Müller sei verreist, weit weg, nach der Stadt Interlaken, und Babette sei mit ihm; dort sei großes Schützenfest, es beginne morgen und währe ganze acht Tage. Schweizer aus allen deutschen Kantonen strömten dort zusammen.

›Der arme Rudi!‹ konnte man wohl sagen; er hatte keinen glücklichen Tag zu seinem Besuch in Bex gewählt, er konnte jetzt wieder umkehren, und das tat er auch, er schlug den Weg über St. Maurice und Sion nach seinem Heimattal, nach seinen Heimatbergen ein, aber verzagt war er nicht. Als die Sonne am nächsten Morgen aufging, war seine gute Laune schon längst auf, sie war noch nie untergegangen.

»Babette ist in Interlaken, viele Tagesreisen von hier«, sagte er sich. »Es ist ein langer Weg dorthin, wenn man die breite Landstraße geht, aber es ist nicht so weit, wenn man über die Berge steigt, und das ist gerade der rechte Weg für einen Gämsjäger; den Weg bin ich schon einmal gegangen, da drüben ist meine Heimat, wo ich als Kind beim Großvater war; und in Interlaken ist Schützenfest! Da will ich der Erste sein, und das will ich auch bei Babette sein, wenn ich nur erst ihre Bekanntschaft gemacht habe!«

Mit seinem leichten Ranzen, worin der Sonntagsstaat war, mit Flinte und Jagdtasche, stieg Rudi den Berg hinan, den kurzen Weg, der doch ziemlich lang war, aber das Schützenfest hatte ja erst heute begonnen und währte die ganze Woche und darüber hinaus; während dieser ganzen Zeit blieben, wie man ihm gesagt hatte, der Müller und Babette bei ihren Verwandten in Interlaken. Rudi ging über den Pennin, bei Grindelwald wollte er hinabsteigen.

Frisch und fröhlich schritt er dahin, bergan in der frischen, leichten, stärkenden Bergluft. Das Tal senkte sich tiefer, der Gesichtskreis erweiterte sich; hier war ein Schneegipfel, dort war wieder einer, und bald lag die schimmernd weiße Alpenkette vor ihm. Rudi kannte jeden Berg, er lenkte die Schritte auf das Schreckhorn zu, das seinen weißgezuckerten, steinernen Finger hoch in die blaue Luft empor streckte.

Endlich war er über den Hochrücken hinaus. Die Matten fielen sanft ab, streckten sich seinem heimatlichen Tal entgegen; die Luft war leicht, der Sinn war leicht; Berg und Tal standen in einer Fülle von Blumen und Grün, das Herz war voll von Jugendgefühlen; man wird niemals alt, man stirbt niemals; leben, herrschen, genießen! Frei wie ein Vogel, leicht wie ein Vogel war er. Und die Schwalben huschten an ihm vorüber und sangen, wie sie in seiner Kindheit gesungen hatten: »Wir und ihr! Wir und ihr!« Alles war Flug und Freude.

Dort unten lag die sammetgrüne, mit braunen hölzernen Häusern übersäte Wiese, die Lütschine summte und brauste. Er sah den Gletscher mit seiner grasgrünen Kante in dem schmutzigen Schnee, sah die tiefen Spalten und auch den obersten und den untersten Gletscher. Die Glocken der Kirche klangen zu ihm herüber, als wollten sie ihm ein Willkommen in der Heimat zurufen; sein Herz pochte stärker, ward so weit, dass Babette einen Augenblick darin verschwand, so groß ward es, so voll von Erinnerungen.

Er schritt wieder den Weg entlang, auf dem er als kleiner Bursche mit den andern Kindern am Grabenrande gestanden und geschnitzte hölzerne Häuschen verkauft hatte. Da droben hinter den Tannen lag noch das Haus seines Großvaters, fremde Leute wohnten darin. Kinder kamen ihm auf dem Wege entgegengelaufen, sie wollten mit ihm handeln, eins von ihnen reichte ihm eine Alpenrose, Rudi nahm die Rose als ein gutes Zeichen und dachte dabei an Babette. Bald war er über die Brücke hinweg, wo sich die beiden Lütschinen vereinen, das Laubholz ward dichter, die Walnussbäume spendeten Schatten. Jetzt sah er wehende Flaggen, das weiße Kreuz auf dem roten Grund, wie es der Schweizer und der Däne führen, und vor ihm lag Interlaken.

Das war freilich eine Prachtstadt wie keine andre, meinte Rudi. Eine Schweizerstadt im Sonntagskleide; sie sah nicht aus wie die andern Städte, ein Haufen schwerer Steinhäuser, schwerfällig, fremd und vornehm, nein! Nein, hier sah es aus, als seien die hölzernen Häuser vor den Bergen oben in das grüne Tal hinabgelaufen und hätten sich an dem klaren, pfeilgeschwinden Fluss in Reih und Glied aufgestellt, ein wenig unregelmäßig, aber doch immer eine Straße bildend; und die prächtigste von allen Straßen, ja, die war erst emporgewachsen, seit Rudi als Knabe zuletzt hier gewesen war; sie schien aus allen den niedlichen hölzernen Häuschen entstanden zu sein, die der Großvater geschnitzt hatte, und mit denen der Schrank daheim angefüllt war; sie hatten sich hier aufgestellt und waren mächtig emporgewachsen wie die großen, ältesten Kastanienbäume. Jedes Haus war ein Hotel, wie man es nannte, mit geschnitztem Holzwerk um Fenster und Altane, mit zierlichen, vorspringenden Dächern, und vor jedem Hause lag ein Blumengarten nach der breiten asphaltierten Landstraße hinaus; längs der Straße standen die Häuser, aber nur an der einen Seite, sie würden sonst die frische, grüne Wiese verdeckt haben, auf der die Kühe umhergingen, mit Glocken, die wie auf den höchsten Alpenmatten klangen. Die Wiese war von hohen Bergen eingeschlossen, die gerade in der Mitte zur Seite traten, sodass man den schimmernden, schneebedeckten Berg, »die Jungfrau«, den am schönsten geformten von allen Schweizer Bergen, deutlich sehen konnte.

Welch eine Menge von geputzten Herren und Damen aus allen Ländern, welch ein Gewimmel von Landleuten aus den verschiedenen Kantonen! Die Schützen trugen ihre Schießnummern in einem Kranz um den Hut. Da war Musik und Gesang, Leierkasten, Blasinstrumente, Rufen und Schreien, Häuser und Brücken mit Versen und Emblemen geschmückt; Flaggen und Fahnen wehten, die Büchsen knallten Schuss auf Schuss, das war in Rudis Ohren die beste Musik, und er vergaß über das alles Babette ganz, um derentwillen er doch hierher gekommen war.

Die Schützen drängten sich zum Scheibenschießen, Rudi stand bald unter ihnen, der Tüchtigste, der Glücklichste; stets traf sein Schuss mitten ins Schwarze.

»Wer mag nur der fremde, ganz junge Jäger sein?«, fragte man. »Er spricht französisch, wie sie im Kanton Wallis sprechen! Er macht sich auch gut verständlich in unserm Deutsch!«, sagten einige. »Als Kind soll er hier in der Gegend von Grindelwald gelebt haben!«, wusste einer zu berichten.

Es war Leben in dem Burschen, seine Augen strahlten, sein Blick und sein Arm waren sicher, daher traf er. Das Glück verleiht Mut, und Mut hatte Rudi ja immer; bald hatte er einen ganzen Kreis von Freunden um sich gesammelt, man ehrte ihn, man huldigte ihm, Babette war fast ganz aus seinen Gedanken entschwunden. Da schlug ihn eine schwere Hand auf die Schultern, und eine grobe Stimme redete ihn in französischer Sprache an.

»Ihr seid aus dem Kanton Wallis?«

Rudi wandte sich um und sah ein rotes, vergnügtes Gesicht, eine wohlbeleibte Gestalt, es war der reiche Müller aus Bex; er verdeckte mit seinem breiten Körper die feine, niedliche Babette, die jedoch bald mit ihren strahlenden, dunklen Augen hervorlugte. Der reiche Müller fühlte sich geschmeichelt, dass ein Jäger aus seinem Kanton die besten Schüsse tat und so geehrt wurde. Rudi war wirklich ein Glückskind; das, weshalb er hierher gewandert war, was er aber jetzt an Ort und Stelle fast vergessen hätte, das suchte ihn hier auf.

Wenn sich Landsleute weit von der Heimat entfernt treffen, so kennen sie einander und reden miteinander. Rudi war durch seine Schüsse der Erste beim Schützenfest geworden, so wie der Müller daheim in Bex durch sein Geld der Erste war. Und so drückten die beiden Männer sich die Hand, was sie früher nie getan hatten, auch Babette reichte Rudi treuherzig die Hand, und er drückte die Hand, und sah Babette an, sodass sie vor seinem Blick errötete.

Der Müller erzählte von dem langen Wege, den sie hierher gereist waren, von den vielen großen Städten, die sie gesehen hatten; das war eine ordentliche Reise gewesen, sie waren mit dem Dampfschiff gefahren, und mit der Eisenbahn und dem Postwagen.

»Ich bin den kürzeren Weg gezogen«, sagte Rudi. »Ich bin über die Berge gekommen; kein Weg ist so hoch, dass man ihn nicht zurücklegen könnte.«

»Und den Hals dabei brechen!«, sagte der Müller. »Und Ihr seht mir gerade so aus, als wenn Ihr einmal den Hals brechen würdet, so verwegen seht Ihr aus!«

»Man fällt nicht, wenn man es nur selber nicht glaubt«, sagte Rudi.

Und die Verwandten des Müllers in Interlaken, bei denen der Müller und Babette zu Besuch waren, baten Rudi, bei ihnen vorzusprechen, er sei ja aus demselben Kanton wie ihre Angehörigen. Das war ein gutes Anerbieten für Rudi, das Glück war ihm hold, wie es demjenigen stets hold ist, der auf sich selbst vertraut und daran denkt, dass uns Gott die Nüsse gibt, sie aber nicht für uns aufknackt.

Und Rudi saß wie zur Familie gehörig unter den Verwandten des Müllers, und man brachte ein Hoch auf den besten Schützen aus, und Babette stieß mit an, und Rudi dankte für den Trinkspruch.

Am Abend gingen sie alle den schönen Weg an den stattlichen Hotels unter den allen Walnussbäumen, und da war eine solche Volksmenge und ein solches Gedränge, dass Rudi Babette den Arm geben musste. Es freue ihn so sehr, dass er Leute aus Waadt angetroffen habe, sagte er. Waadt und Wallis seien gute Nachbarkantone. Er gab seiner Freude einen so herzlichen Ausdruck, dass Babette meinte, sie müsse ihm die Hand dafür drücken. Sie gingen nebeneinander her, als seien sie alte Bekannte, und ergötzlich war sie, das kleine, niedliche Mädchen; es kleidete sie so allerliebst, fand Rudi, das Lächerliche und Übertriebene an der Kleidung der fremden Damen und der Art und Weise, wie sie sich suhlten, hervorzuheben, und sie tat es gar nicht, um sich über sie lustig zu machen, denn es konnten sehr rechtschaffene Menschen sein, ja, liebe, gute Menschen, das wusste Babette; sie hatte eine Patin, die so eine vornehme, englische Dame war. Vor achtzehn Jahren, als Babette getauft wurde, war sie in Bex, und sie hatte Babette die kostbare Nadel geschenkt, die sie an ihrer Brust trug. Zweimal hatte die Patin ihr geschrieben, und hier in Interlaken hatte sie mit ihr und ihren Töchtern zusammentreffen sollen. Das seien ein paar alte Mädchen, sagte Babette, so an die Dreißig – sie selber war ja erst achtzehn!

Der kleine süße Mund stand auch nicht einen Augenblick still, und alles, was Babette sagte, klang in Rudis Ohren wie Dinge von der allergrößten Wichtigkeit, und er erzählte wieder, was er zu erzählen hatte, erzählte, wie oft er in Bex gewesen war, wie gut er die Mühle kannte, und wie oft er Babette gesehen hatte, während sie ihn wahrscheinlich nie bemerkt habe, und nun das letzte Mal, als er nach der Mühle kam, und zwar mit vielen Gedanken, die er gar nicht aussprechen könne, da waren sie und der Vater weg gewesen, weit weg, aber doch nicht so weit, dass man nicht über die Mauer hätte klettern können, die den Weg lang machte.

Ja, das sagte er, und er sagte noch gar vieles; er sagte, wie gern er sie habe – – und dass er ihretwegen und nicht des Schützenfestes halber gekommen sei.

Babette wurde ganz still; es war fast zuviel, was er ihr zu tragen zumutete.

Und während sie so gingen, sank die Sonne hinter die hohe Felswand hinab. Die Jungfrau stand da in Pracht und Glanz, umgeben von dem waldgrünen Kranz der nahen Berge. Alle die Menschen blieben stehen und sahen da hinüber; auch Rudi und Babette sahen das große Schauspiel an.

»Nirgends ist es schöner als hier!«, sagte Babette.

»Nirgends!«, sagte Rudi und sah Babette an.

»Morgen muss ich fort!«, sagte er nach einer Weile.

»Besuche uns in Bex!«, flüsterte Babette, »es wird meinen Vater freuen.«

5. *Auf dem Heimwege*

O, wie viel hatte Rudi zu tragen, als er Tags darauf über die hohen Berge der Heimat zuschritt. Er hatte drei silberne Becher, zwei wertvolle Büchsen und eine silberne Kaffeekanne gewonnen, die konnte man gebrauchen, wenn man sich häuslich einrichtete; aber das war nicht das gewichtigste; etwas weit Gewichtigeres, Mächtigeres trug er, oder trug ihn, heimwärts über die hohen Berge. Aber das Wetter war rau, grau, regnerisch und schwer; die Wolken senkten sich wie ein Trauerflor über die Berghöhen und hüllten die schimmernden Gipfel ein. Aus dem Waldesgrunde klang der letzte Axtschlag herauf, und an den Bergwänden rollten Baumstämme hinab, die von der Höhe aus gesehen wie dünne Stöcke erschienen, und doch stark wie dicke Schiffsmaste waren. Die Lütschine brauste ihren einförmigen Akkord, der Wind sauste, die Wolken segelten. Da ging plötzlich dicht neben Rudi ein junges Mädchen einher, er hatte es nicht bemerkt, ehe es dicht neben ihm war; es wollte gleichfalls über den Berg hinabsteigen. Des Mädchens Augen besaßen eine Macht, man war gezwungen, hineinzusehen, sie waren so seltsam glasklar, so tief und bodenlos.

»Hast du einen Liebsten?«, fragte Rudi. Alle seine Gedanken waren von der Geliebten erfüllt.

»Ich habe keinen!«, sagte das Mädchen und lachte, aber es war, als rede es kein wahres Wort. »Lass uns doch keinen Umweg machen!«, sagte es nach einer Weile. »Wir müssen uns mehr links halten, da ist der Weg kürzer.«

»Ja, damit wir in deine Eiskluft stürzen!«, sagte Rudi. »Kennst du den Weg nicht besser und willst den Führer spielen?«

»Ich kenne den Weg sehr wohl!«, sagte das Mädchen, »und ich habe meine Gedanken zusammen. Die deinen sind wohl unten im Tal; hier oben muss man an die Eisjungfrau denken, sie meint es nicht gut mit den Menschen, sagen die Menschen.«

»Ich fürchte sie nicht«, sagte Rudi, »sie musste mich herausgeben als ich noch ein Kind war, ich werde ihr schon entrinnen, jetzt wo ich älter bin.«

Und die Dunkelheit nahm zu, der Regen fiel herab, der Schnee kam, er leuchtete und blendete.

»Reiche mir deine Hand«, sagte das Mädchen, »ich werde dir beim Steigen behilflich sein«, und sie berührte ihn mit eiskalten Fingern.

»Du und mir helfen!«, sagte Rudi. »Bis jetzt brauche ich die Hilfe eines Weibes noch nicht, um zu klettern!« Und er schritt schneller dahin, fort von ihr; das Schneegestöber hüllte ihn wie in einen Schleier, der Wind sauste, und hinter sich hörte er das Mädchen lachen und singen; das klang gar wunderlich. Es war sicher eine Geistererscheinung, die im Dienste der Eisjungfrau stand. Rudi hatte davon gehört, als er damals als Knabe auf der Wanderung über die Berge hier übernachtete.

Der Schnee fiel dünner, die Wolke lag unter ihm; er sah zurück, es war niemand mehr zu sehen, aber er hörte Lachen und Jodeln, und es klang nicht, als komme es von einem Menschen.

Als Rudi endlich den obersten Teil des Berges erreichte, dort wo der Bergpfad in das Rhonetal hinabführte, sah er, in dem klaren, blauen Luftstreif in der Richtung nach Chamonix zu, zwei helle Sterne, die leuchteten und funkelten, und er musste an Babette denken, an sich selbst und an sein Glück, und ihm wurde warm bei dem Gedanken.

6. Der Besuch in der Mühle

»Herrschaftliche Sachen bringst du ins Haus!«, sagte die alte Pflegemutter, und ihre seltsamen Adleraugen blitzten, sie bewegte den magern Hals noch hastiger als sonst in wunderlichen Windungen.

»Das Glück ist dir hold, Rudi! Ich muss dich küssen, mein süßer Junge!«

Und Rudi ließ sich küssen, aber es war seinem Gesicht anzusehen, dass er sich nur in die Umstände fand, in die kleinen häuslichen Unannehmlichkeiten.

»Wie schön du bist, Rudi!«, sagte die alte Frau.

»Bilde mir doch nichts ein!«, sagte Rudi und lachte, aber es machte ihm doch Vergnügen.

»Ich sage es noch einmal!«, fuhr die alte Frau fort, »das Glück ist dir hold!«

»Ja, darin magst du recht haben!«, sagte er und dachte an Babette.

Noch niemals hatte er eine solche Sehnsucht nach dem tiefen Tal empfunden wie jetzt.

»Jetzt müssen sie zu Hause angelangt sein«, sagte er zu sich selbst. »Es ist schon zwei Tage über die Zeit, wo sie zurück sein wollten. Ich muss nach Bex!«

Und Rudi kam nach Bex, und die Müllersleute waren zu Hause.

Er wurde gut aufgenommen, und man hatte ihm Grüße von der Familie in Interlaken mitgebracht. Babette sprach nicht viel, sie war ganz stumm geworden, aber die Augen redeten, und das genügte Rudi. Der Müller, der sonst gern das Wort führte – er war daran gewöhnt, dass man immer über seine Einfälle und Wortspiele lachte, war er doch der reiche Müller! – schien es vorzuziehen, Rudi von seinen Jagdabenteuern, von den Schwierigkeiten und Gefahren erzählen zu hören, die der Gämsjäger auf den hohen Felszinnen zu bestehen hat, wie er auf den unsichern Schneegesimsen entlang klettern muss, die der Wind gleichsam an den Felsrand festkittet, wie er über die kühnen Brücken kriechen muss, die das Schneegestöber über die tiefen Abgründe geworfen hat. Rudi sah so kühn aus, seine Augen leuchteten, während er von dem Jägerleben erzählte, von der Klugheit der Gämse und ihren dreisten Sprüngen, von dem starken Föhn und den rollenden Lawinen; er merkte sehr wohl, dass er den Müller mit jeder neuen Beschreibung mehr gewann, und namentlich fühlte sich dieser angezogen durch die Erzählungen von dem Lämmergeier und dem kühnen Königsadler.

Nicht weit von hier, im Kanton Wallis, war ein Adlernest sehr geschickt unter den vorspringenden Felsrand gebaut; dort oben im Nest lag ein Junges, das konnte man nicht ausnehmen! Ein Engländer hatte Rudi vor wenigen Tagen eine ganze Handvoll Geld geboten, wenn er ihm das Junge lebendig schaffen wolle, »aber alles hat eine Grenze«, sagte Rudi, »der junge Adler ist nicht zu nehmen, es würde eine Torheit sein, sich darauf einzulassen!«

Und der Wein floss, und die Rede floss, aber es schien Rudi, als sei der Abend viel zu kurz, und doch war es über Mitternacht, als er die Mühle nach diesem ersten Besuch verließ.

Die Lichter blitzten noch eine kleine Weile durch das Fenster der Mühle und durch die grünen Baumzweige hindurch; aus der offenen Dachluke kam die Hauskatze heraus, und längs der Dachrinne schlich die Küchenkatze.

»Weißt du was Neues aus der Mühle?«, sagte die Hauskatze. »Hier ist heimliche Verlobung im Hause! Vater weiß noch nichts davon, Rudi und

Babette haben sich den ganzen Abend unterm Tisch auf die Pfoten getreten; mich haben sie zweimal auf die Pfoten getreten, aber ich habe doch nicht miaut, das hätte Aufmerksamkeit erregt!«

»Das hätte ich doch getan!«, sagte die Küchenkatze.

»Was sich in der Küche schickt, schickt sich nicht in der Stube«, sagte die Hauskatze. »Ich bin nur neugierig, was der Müller sagen wird, wenn er die Verlobung erfährt!«

Ja, was würde der Müller sagen – das hätte Rudi auch gern gewusst, und er konnte es nicht aushalten lange zu warten, er musste es wissen. Und daher saß denn Rudi wenige Tage später, als der Omnibus über die Rhonebrücke zwischen Wallis und Waadt dahinrollte, wie immer guten Mutes darin, voll schöner Gedanken in Erwartung des Jaworts, das er sich noch diesen Abend holen wollte.

Und als es Abend wurde und der Omnibus denselben Weg zurückfuhr, ja, da saß Rudi wieder darin, denselben Weg zurücklegend, aber in der Mühle lief die Hauskatze mit Neuigkeiten umher.

»Weiß du es, du aus der Küche? – Der Müller weiß jetzt alles. Das hat ein schönes Ende genommen! Rudi kam gegen Abend hierher, und er und Babette hatten viel zu flüstern und heimlich miteinander zu bereden. Sie standen auf dem Gang gerade vor des Müllers Kammer. Ich lag zu ihren Füßen, aber sie hatten weder Augen noch Gedanken für mich. ›Ich gehe gleich zu deinem Vater hinein!‹, sagte Rudi, ›es ist eine ehrliche Sache!‹ – ›Soll ich mitkommen?‹ fragte Babette, ›das wird dir Mut machen!‹ – ›Ich habe Mut genug‹, sagte Rudi, ›aber wenn du mitkommst, muss er freundlich sein, er mag wollen oder nicht.‹ Und dann gingen sie hinein. Rudi trat mich fürchterlich auf den Schwanz! Rudi ist grässlich tölpelhaft! Ich miaute, aber weder er noch Babette hatten Ohren zu hören. Sie öffneten die Tür und gingen beide hinein, ich ging voran, aber ich sprang auf eine Stuhllehne, ich konnte nicht wissen, wie Rudi mit den Füßen stoßen würde. Aber der Müller besorgte das! Es war ein gehöriger Fußtritt! Zur Tür hinaus und auf den Berg hinauf zu den Gämsen! Auf die mag Rudi jetzt zielen und nicht auf unsre kleine Babette.«

»Aber was sagten sie denn?«, fragte die Küchenkatze.

»Was sie sagten? – Sie sagten alles, was man so sagt, wenn man auf Freiersfüßen geht. ›Ich liebe sie, und sie liebt mich! Und wenn da Milch für einen in der Schüssel ist, so ist da auch Milch für zwei!‹ – ›Aber sie sitzt zu hoch für dich!‹, sagte der Müller, ›sie sitzt auf Gries, auf Goldgries, das weißt du ja! Da kommst du nie hinauf!‹ – ›Nichts sitzt so hoch, als dass man nicht hinaufkommen könnte, wenn man nur will!‹, sagte Rudi, denn er ist ein kecker Bursche. ›Aber den jungen Adler kannst du ja doch nicht kriegen, das hast du selbst gesagt! Und Babette sitzt noch höher.‹ – ›Ich hole sie mir beide‹, sagte Rudi. ›Ja, ich will sie dir geben, wenn du mir den jungen Adler lebendig bringst!‹, sagte der Müller und lachte dabei, dass ihm die Tränen über die Wangen flossen. ›Aber nun danke ich für deinen Besuch, Rudi, sprich morgen einmal wieder vor, dann ist niemand zu Hause! Adieu, Rudi!‹ Und Babette sagte auch Adieu, aber so kläglich wie ein junges Kätzchen, das seine Mutter nicht finden kann. ›Ein Mann – ein Wort!‹, sagte Rudi. ›Weine nicht, Babette, ich bringe den jungen Adler!‹ – ›Ich hoffe, du wirst den Hals brechen!‹, sagte der Müller, ›und dann sind wir von deiner Lauferei befreit!‹ – Das nenne ich einen Fußtritt! Und nun ist Rudi fort, und Babette sitzt da und weint, aber der Müller singt deutsch, das hat er auf der Reise letzthin gelernt. Ich will mich nicht weiter über die Sache aufregen, das nützt doch nichts!«

»Aber es ist doch noch immer eine Aussicht da!«, sagte die Küchenkatze.

7. *Das Adlernest*

Vom Felspfad her ertönte fröhliches, kräftiges Jodeln, es zeugte von guter Laune und frohem Mut. Rudi war es, der seinen Freund Bersinand aufsuchen ging.

»Du musst mir helfen! Wir nehmen Ragli mit, ich will den jungen Adler oben am Felsenrand ausnehmen!«

»Willst du nicht erst das Schwarze vom Mond herunterholen, das ist ein ebenso leichtes Stück Arbeit!«, sagte Bersinand. »Du scheinst mir guter Laune zu sein!«

»Freilich, denn ich denke daran, Hochzeit zu machen! Aber, Scherz beiseite, du sollst wissen, wie es um mich steht!«

Und bald wussten Bersinand und Ragli, was Rudi wollte.

»Du bist ein verwegener Bursch!«, sagten sie. »Es geht nicht an! Du wirst den Hals brechen!«

»Man fällt nicht, wenn man es nicht selbst glaubt!«, sagte Rudi.

Um Mitternacht zogen sie mit Stangen, Leitern und Stricken davon; der Weg führte durch Gestrüpp und Buschwerk, über rollende Steine, immer aufwärts, aufwärts durch die dunkle Nacht. Das Wasser brauste unten, das Wasser rieselte oben, feuchte Wolken trieben in der Luft. Die Jäger erreichten den steilen Felsenrand, hier ward es dunkler, die Felswände berührten sich fast, und nur hoch oben in den schmalen Spalt hinein leuchtete die Luft; zu ihrer Seite, unter ihnen, lag der tiefe Abgrund mit einem brausenden Gewässer. Schweigend saßen sie alle drei da, sie wollten das Tagesgrauen abwarten, dann flog der Adler aus, der musste erst erschossen werden, ehe die Rede davon sein konnte, das Junge zu fangen. Rudi saß kauernd da, so regungslos, als sei er selber ein Stück von dem Stein, auf dem er saß, die Büchse hatte er vor sich schussfertig aufgestellt, die Augen waren unverwandt auf die oberste Schlucht gerichtet, wo das Adlernest unter dem vorspringenden Felsen verborgen saß.

Die drei Jäger mussten lange warten.

Jetzt vernahmen sie hoch über ihren Häuptern einen sausenden, krachenden Laut; ein großer, schwebender Gegenstand verdunkelte die Luft. Zwei Büchsenläufe zielten, als die schwarze Adlergestalt aus dem Nest aufflog; es fiel ein Schuss. Einen Augenblick bewegten sich die ausgebreiteten Flügel, dann senkte der Vogel sich langsam herab, es schien, als müsse er mit seinem Umfang und seinen ausgespannten Flügeln die ganze Schlucht ausfüllen und die Jäger im Fall mit sich reißen. Der Adler sank in die Tiefe; es krachte in den Baumzweigen und Büschen, die der Vogel im Fall knickte.

Und nun begann ein geschäftiges Treiben; drei von den längsten Leitern wurden zusammengebunden, die würden schon hinaufreichen; sie wurden auf den äußersten, letzten festen Punkt am Rande des Abgrunds aufgestellt, aber sie reichten nicht hinauf, und die Felswand war höher hinauf, da, wo das Nest im Schutz des vorspringenden Felsens lag, so glatt wie eine Mauer. Nach längerem Beraten einigte man sich dahin, dass es besser sei, zwei zusammengebundene Leitern von oben in die Schlucht hinabzulassen und sie dann mit den dreien, die unten bereits ausgestellt waren, in Verbindung zu setzen. Mit großer Mühe gelang es, die beiden Leitern hinaufzuschleppen und die Taue dort zu befestigen; die Leitern wurden über den vorspringenden Felsen hinausgeschoben und hingen dort, frei schwebend, mitten über dem Abgrund; Rudi hockte schon auf der untersten Sprosse. Es war ein eiskalter Morgen, die Wolkennebel stiegen aus dem finstern Abgrund herauf. Rudi saß da draußen, wie eine Fliege auf dem schwankenden Strohhalm sitzt, den ein nistender Vogel am Rande des hohen Fabrikschornsteins verloren hat, aber eine Fliege kann davonfliegen, wenn der Strohhalm sich loslöst, Rudi konnte nur den Hals brechen. Der Wind umsauste ihn, und unten im Abgrund brauste das eilende Wasser von dem tauenden Gletscher, dem Gletscher der Eisjungfrau.

Nun setzte er die Leiter in eine schaukelnde Bewegung, wie es die Spinne macht, wenn sie von ihrem langen, schwebenden Faden aus etwas ergreifen will, und als Rudi zum vierten Mal die Spitze der von unten aufgestellten, zusammengebundenen Leitern berührte, gelang es ihm, sie zu erfassen, mit sicherer, kräftiger Hand wurden sie zusammengefügt, jedoch schlingernd, als hätten sie ausgeleierte Angeln.

Ein schwankendes Rohr schienen die fünf Leitern zu sein, die bis zum Neste hinaufreichten und sich lotrecht an die Felswand lehnten; jetzt aber kam das Gefährlichste; es musste geklettert werden, wie die Katze klettern kann; das konnte Rudi ja auch, die Katze selbst hatte es ihn gelehrt; er spürte den Schwindel nicht, der hinter ihm die Luft trat und seine Polypenarme nach ihm ausstreckte. Jetzt stand er auf der obersten Sprosse der Leiter und entdeckte, dass er auch hier noch nicht hoch genug stand, um ins Nest hineinsehen zu können, nur mit der Hand konnte er es erreichen; er versuchte tastend, wie fest die untersten dicken, ineinander geflochtenen Zweige saßen, die den unteren Teil des Nestes bildeten, und als er sich einen dicken und sicheren Zweig ausersehen hatte, schwang er sich von der Leiter da hinauf und hatte nun Brust und Kopf über dem Nest. Aber hier strömte ihm ein erstickender Gestank von Aas entgegen, in Fäulnis übergegangene Lämmer, Gämsen und Vögel lagen hier in Stücke zerrissen. Der Schwindel, der ihm nichts anzuhaben vermochte, blies ihm die giftigen Dünste ins Gesicht, um ihn verwirrt zu machen, und unten in der schwarzen, gähnenden Tiefe, auf den dahineilenden Gewässern, saß die Eisjungfrau selbst mit ihrem langen, weißgrünen Haar und starrte ihn mit Todesaugen wie mit zwei Büchsenläufen an.

»Jetzt fange ich dich!«

In einer Ecke des Adlernestes sah er, groß und mächtig, den jungen Adler sitzen, der noch nicht fliegen konnte. Rudi richtete seine Augen auf den Vogel, hielt sich mit der ganzen Kraft der einen Hand fest und warf mit der andern die Schlinge um den jungen Adler; gefangen war er, lebendig! Seine Beine saßen in der schneidenden Schnur, und Rudi warf die Schlinge mit dem Vogel über seine Schulter, sodass das Tier ein gutes Stück unter ihm hing, während er sich an einem von oben herabhängenden Tau festhielt, bis die Fußspitzen wieder die oberste Sprosse der Leiter erreicht hatten.

Halte dich fest! Glaube nur nicht, dass du herabfallen kannst, dann fällst du auch nicht! Das war die alte Lehre, und die befolgte er, er hielt fest, kletterte, war überzeugt, dass er nicht fallen würde, und er fiel auch nicht.

Jetzt ertönte ein kräftiges, fröhliches Jodeln. Rudi stand mit seinem jungen Adler auf festem Felsengrund.

8. Was die Hauskatze zu erzählen wusste

Hier ist das Gewünschte!«, sagte Rudi, indem er bei dem Müller in Bex eintrat; er setzte einen großen Korb aus den Fußboden und hob das Tuch, das ihn bedeckte, ab. Ein paar gelbe, schwarzumränderte Augen, Funken sprühend und wild, als wollten sie sich festbrennen und -beißen, wohin sie blickten; der kurze, starke Schnabel war zum Biss aufgesperrt, der Hals war rot und mit Flaum bedeckt.

»Der junge Adler!«, rief der Müller. Babette stieß einen Schrei aus und sprang zurück, konnte aber die Augen weder von Rudi noch von dem jungen Adler wenden.

»Du lässt dich nicht verblüffen!«, sagte der Müller.

»Und Ihr haltet stets Wort!«, sagte Rudi. »Jeder hat sein Kennzeichen!«

»Aber warum hast du nicht den Hals gebrochen?«, fragte der Müller.

»Weil ich festgehalten habe!«, antwortete Rudi, »und das tue ich auch jetzt noch! Ich halte Babette fest!«

»Erst sieh mal zu, dass du sie hast!«, sagte der Müller und lachte; und das war ein gutes Zeichen, das wusste Babette.

»Wir müssen ihn aus dem Korb herausnehmen, es ist ja schrecklich, wie er glotzt! Wie hast du ihn nur gekriegt?«

Und Rudi musste erzählen, und der Müller machte immer größere Augen.

»Mit deinem Mut und deinem Glück kannst du drei Frauen ernähren!«, sagte der Müller.

»Vielen Dank!«, rief Rudi.

»Ja, Babette hast du darum noch nicht!«, sagte der Müller und schlug im Scherz den jungen Alpenjäger auf die Schulter.

»Weißt du das Neueste in der Mühle?«, sagte die Hauskatze zur Küchenkatze. »Rudi hat uns den jungen Adler gebracht und nimmt Babette in Tausch. Sie haben sich geküsst und haben es den Alten sehen lassen!

Das ist doch so gut wie Verlobung! Der Alte stieß gar nicht mit den Füßen, er zog die Krallen ein, machte sein Mittagsschläfchen und ließ die beiden sitzen und sich schnäbeln; sie haben sich so viel zu erzählen, sie werden bis Weihnachten nicht fertig!«

Und sie wurden auch bis Weihnachten nicht fertig. Der Wind wirbelte das braune Laub vor sich her, der Schnee stob im Tal wie auf den hohen Bergen; die Eisjungfrau saß in ihrem stolzen Schloss, das zur Winterszeit größer wird; die Felswände waren mit Glatteis bedeckt, und klafterbreite, elefantenschwere Eiszapfen hingen da herab, wo im Sommer der Gießbach seinen Wasserschleier wallen lässt; Eisgirlanden aus fantastischen Eiskristallen schimmelten auf den schneegepuderten Tannen. Die Eisjungfrau ritt auf dem sausenden Wind über die tiefsten Täler hin. Der Schneeteppich war ganz bis nach Bex hinab ausgebreitet, sie konnte dahin kommen und Rudi in der Mühle sitzen sehen; er saß diesen Winter mehr im Hause, als es sonst seine Gewohnheit war, er saß bei Babette. Im Sommer sollte Hochzeit sein, ihnen klangen gar oft die Ohren, so viel sprachen die Freunde davon. In der Mühle war Sonnenschein, die schönste Alpenrose glühte, die muntere, lachende Babette, schön wie der kommende Frühling, der Frühling, der alle Vögel von Sommerzeit, von Hochzeit singen ließ.

»Wie doch die beiden immer dasitzen und beieinander hocken mögen!«, sagte die Hauskatze. »Jetzt hab ich das Miauen wirklich satt!«

9. *Die Eisjungfrau*

Der Frühling hatte seine saftiggrüne Girlande von Walnuss- und Kastanienbäumen entfaltet, schwellend zog sie sich namentlich von der Brücke bei St. Maurice bis an das Ufer des Genfersees hin längs der Rhone, die mit gewaltiger Fahrt dahinstürzt, von ihrem Ausfluss unter dem grünen Gletscher, dem Eispalast, wo die Eisjungfrau wohnt, wo sie sich von dem schärfsten Wind auf das oberste Schneefeld hinauftragen lässt, und sich in dem starken Sonnenlicht auf den schneeigen Pfuhlen streckt; da saß sie und sah mit weit aussehendem Blick hinab in die tiefen Täler, wo sich die Menschen emsig rührten, wie Ameisen auf dem sonnenbeschienenen Gestein.

»Geisteskräfte, wie euch die Kinder der Sonne nennen!«, sagte die Eisjungfrau. »Gewürm seid ihr! Ein rollender Schneeball, und ihr und eure Häuser und Städte seid zermalmt und ausgewischt!« Und sie hob das stolze Haupt höher und sah mit todblitzenden Augen weit und breit um sich. Aber aus dem Tal herauf tönte ein Rollen, ein Sprengen am Felsen, Menschenwerk; Wege und Tunnel für Eisenbahnen wurden angelegt.

»Sie spielen Maulwurf!«, sagte sie; »sie graben Gänge unter der Erde, daher diese Töne wie von Flintenschüssen. Wenn ich meine Schlösser versetze, da braust es stärker als das Getöse des Donners!«

Aus dem Tal stieg ein Rauch auf, er bewegte sich vorwärts wie ein flatternder Schleier, ein wehender Federbusch der Lokomotive, die auf der kürzlich eröffneten Eisenbahn den Zug entlang zog, diese schlängelnde Schlange, deren Glieder Wagen an Wagen sind; pfeilschnell schoss sie dahin.

»Sie spielen Herren da unten, die Geisteskräfte!«, sagte die Eisjungfrau. »Die Kräfte der Naturmächte sind doch die herrschenden!« Und sie lachte, sie sang, und es dröhnte im Tal.

»Da rollt eine Lawine herab!«, sagten die Menschen.

Aber die Kinder der Sonne sangen noch lauter von dem Menschengedanken, der da herrscht, der das Meer in das Joch spannt, der Berge versetzt und Täler ausfüllt, von dem Menschengedanken, der der Herr der Naturkräfte ist.

Zur selben Stunde kam über das Schneefeld, wo die Eisjungfrau saß, eine Gesellschaft von Reisenden; sie hatten sich mit Tauen fest aneinander gebunden, um gleichsam ein größerer Körper zu sein auf der glatten Eisfläche an den tiefen Abgründen.

»Gewürm!«, sagte die Eisjungfrau. »Ihr wollt die Herren der Naturmächte sein?« Und sie wandte sich von ihnen ab und sah spottend hinab in das tiefe Tal, wo der Eisenbahnzug vorüberbrauste.

»Da sitzen sie, diese Gedanken! Sie sitzen in der Gewalt der Naturkräfte! Ich sehe sie alle, jeden einzelnen! – Der eine sitzt stolz wie ein König, allein! Da sitzen sie in Haufen zusammengedrängt. Die eine Hälfte schläft. Und wenn der Dampfdrache still hält, steigen sie aus, gehen ihrer Wege. Die Gedanken wandern in die Welt hinaus!« Und sie lachte.

»Da rollt wieder eine Lawine herab!«, sagten sie unten im Tal.

»Uns erreicht sie nicht!«, sagten zwei, die auf dem Rücken des Dampfdrachens saßen, »zwei Seelen und ein Gedanke«, wie es heißt. Das waren Rudi und Babette; auch der Müller war dabei.

»Als Bagage!«, sagte er. »Ich reise mit als das nötige Anhängsel!«

»Da sitzen die beiden!«, sagte die Eisjungfrau. »Manch eine Gämse habe ich zermalmt, Millionen Alpenrosen habe ich geknickt und gebrochen, selbst die Wurzel habe ich vernichtet! Ich lösche sie aus, die Gedanken, die Geisteskräfte!« Und sie lachte.

»Da rollte wieder eine Lawine!«, sagten sie unten im Tal.

10. Die Patin

In Montreux, einer der nächsten Städte, die mit Clarens, Verney und Erin eine Girlande um den nordöstlichen Teil des Genfer Sees bildet, wohnte Babettens Patin, die vornehme Engländerin, mit ihren Töchtern und einem jungen Verwandten; sie waren erst kürzlich eingetroffen, doch hatte ihnen der Müller schon seine Aufwartung gemacht, Babettens Verlobung mitgeteilt und von Rudi und dem jungen Adler, von dem Besuch in Interlaken, kurz die ganze Geschichte erzählt, und das alles hatte die Patin in höchstem Grade erfreut und sie sehr für Rudi und Babette und auch für den Müller eingenommen. Und nun sollte Babette ihre Patin und die Patin sollte Babette sehen.

Bei dem Städtchen Villeneuve, am Ende des Genfer Sees, lag der Dampfer, der in halbstündiger Fahrt von dort nach Verney gerade unterhalb Montreux anlegt. Es ist dies ein von Dichtern besungenes Ufer. Hier unter den Walnussbäumen, an dem tiefen, blaugrünen See, saß Byron und schrieb seine melodischen Verse von dem Gefangenen in dem düstern Felsenschloss Chillon. Dort, wo sich Clarens mit seinen Trauerweiden im Wasser spiegelt, wanderte Rousseau, von Heloise träumend. Die Rhone strömt unter den hohen, schneebedeckten Bergen Savoyens dahin; hier, nicht weit von ihrem Ausfluss in den See, liegt eine kleine Insel, ja, sie ist so klein, dass sie, vom Ufer gesehen, wie ein Fahrzeug erscheint. Es ist ein Felsengrund, den vor etwa hundert Jahren eine Dame mit Steinen eindämmen, mit Erde beschütten ließ, und auf den sie drei Akazien pflanzte, die jetzt die ganze Insel überschatten. Babette war ganz entzückt von dem kleinen Fleck, er schien ihr das Schönste auf der ganzen Fahrt zu sein; dort müsse man hinüber, es müsse da ganz wunderschön sein, meinte sie. Aber der Dampfer fuhr vorüber und legte, vorschriftsmäßig, in Verney an.

Die kleine Gesellschaft wanderte von hier bergan zwischen den weißen, sonnenbestrahlten Mauern, die die Weingärten vor dem Gebirgsstädtchen Montreux umgeben, wo die Feigenbäume das Haus des Bauern beschatten und Lorbeeren und Zypressen in den Gärten wachsen. Auf halbem Wege aufwärts lag die Pension, in der die Patin wohnte.

Der Empfang war sehr herzlich. Die Patin war eine große, freundliche Frau mit einem runden, lächelnden Gesicht. Als Kind musste sie ein wahrer raffaelischer Engelskopf gewesen sein; jetzt war sie ein alter Engelskopf, den das silberweiße Haar reich umlockte. Die Töchter waren hübsche, feine, lange und schlanke Mädchen. Der junge Vetter, der bei ihnen wohnte, war von Kopf zu Fuß in Weiß gekleidet, hatte vergoldetes Haar und einen vergoldeten Bart, so groß, dass er auf drei Gentlemen hätte verteilt werden können. Er erwies Babette sogleich die allergrößte Aufmerksamkeit.

Reich eingebundene Bücher, Noten und Zeichnungen lagen auf dem großen Tisch ausgebreitet; die Balkontür stand offen nach dem schönen, weitgedehnten See, der so blank und still war, dass die Berge Savoyens mit ihren kleinen Städten, Wäldern und Schneegipfeln sich darin, auf dem Kopfe stehend, abspiegelten.

Rudi, der sonst stets dreist, lebensfrisch und fröhlich war, fühlte sich hier gar nicht in seinem Element; er bewegte sich hier, als gehe er auf Erbsen über einen glatten Fußboden. Wie langsam und langweilig die Zeit verstrich. Er hatte ein Gefühl, als befinde er sich in einer Tretmühle! Und jetzt wollte man gar spazieren gehen! Das ging so langsam; Rudi konnte zwei Schritte vorwärts und einen rückwärts machen, um im Tritt mit den andern zu bleiben. Sie gingen nach Chillon, dem alten düstern Schloss auf der Felseninsel, hinab, um Marterpfähle, Totengefängnisse, verrostete Ketten in der Felsenmauer, steinerne Pritschen für die zum Tode Verurteilten und Falltüren zu sehen, durch die die Unglücklichen hinabgestürzt und auf eiserne spitzige Pfähle in der Brandung aufgespießt waren. Und das alles zu sehen, nannten sie ein Vergnügen! Eine Richtstätte war es, die durch Byrons Dichtung in die Welt der Poesie emporgehoben war. Rudi hatte nur das Gefühl der Richtstätte; er lehnte sich aus dem großen, steinernen Fensterrahmen hinaus und sah hinab in das tiefe, blaugrüne Wasser und hinüber nach der kleinen, einsamen Insel mit den drei Akazien; dorthin wünschte er sich, befreit von dieser ganzen plaudernden Gesellschaft. Aber Babette war in fröhlichster Stimmung. Sie habe sich herrlich amüsiert, sagte sie; den Vetter finde sie ganz komplett.

»Ja, ein kompletter Narr!«, sagte Rudi, und das war das erste Mal, dass Rudi etwas sagte, was ihr nicht gefiel. Der Engländer hatte ihr ein kleines

Buch zur Erinnerung an Chillon geschenkt, Byrons Dichtung »Der Gefangene von Chillon«, ins Französische übersetzt, sodass Babette es lesen konnte.

»Das Buch mag ganz gut sein«, sagte Rudi, »aber der fein frisierte Bursche, der es dir gegeben hat, ist nicht nach meinem Geschmack.«

»Er sah aus wie ein Mehlsack ohne Mehl!«, sagte der Müller und belachte seinen eigenen Witz. Rudi stimmte in das Lachen ein und sagte, das sei gut und richtig gesagt.

11. *Der Vetter*

Als Rudi einige Tage später zum Besuch in die Mühle kam, fand er dort den jungen Engländer; Babette setzte ihm gerade gekochte Forellen vor, die sie augenscheinlich selbst mit Petersilie aufgeputzt hatte, um sie recht ansehnlich zu machen. Das war ganz überflüssig! Was wollte der Engländer hier! Was hatte er hier zu suchen? Wozu brauchte Babette ihn zu traktieren und ihm zu kredenzen? Rudi war eifersüchtig, und das belustigte Babette; es machte ihr Vergnügen, alle Seiten seines Herzens kennen zu lernen, die starken und die schwachen. Die Liebe war ihr noch ein Spiel, und sie spielte mit Rudis ganzem Herzen, und doch war er ihr Glück, ihres Lebens Gedanke, das Beste und Herrlichste für sie auf der Welt. Aber je finsterer er drein schaute, um so mehr lachten ihre Augen, sie hätte den blonden Engländer mit dem vergoldeten Backenbart küssen können, wenn sie dadurch erreicht hätte, Rudi so rasend zu machen, dass er davonlief; das gerade würde ihr zeigen, wie sehr er sie liebte. Aber das war nicht recht, es war nicht klug von Babette; sie war ja freilich erst neunzehn Jahre alt. Sie dachte nicht daran, dachte noch weniger daran, dass ihr Benehmen von dem jungen Engländer leicht anders gedeutet werden könne, als es sich für die ehrbare, jungverlobte Tochter des Müllers schicke.

Dort, wo die Landstraße von Bex unter der schneebedeckten Felsenhöhe hinführt, die in der Landessprache Diablerets heißt, lag die Mühle nicht weit von einem reißenden Gebirgsstrom, der weißgrau war wie gepeitschtes Seifenwasser; der Strom trieb jedoch die Mühle nicht, das besorgte ein kleinerer Gießbach, der auf der andern Seite des Flusses von dem Felsen herabstürzte und durch einen steinernen Damm lief, um sich dann durch seine Kraft und Fahrt emporzuschwingen und in einem geschlossenen Balkenbassin, einer breiten Rinne, über den reißenden Fluss zu strömen und das große Mühlrad zu drehen. Die Rinne war so reich an Wasser, dass sie überströmte und somit einen nassen, schlüpfrigen Weg für denjenigen bildete, der es sich einfallen ließ, auf diese Weise schneller zu der Mühle hinüberzugelangen. Diesen Einfall hatte ein junger Mann, der Engländer; weißgekleidet wie ein Müllergesell, kletterte er in der Abendstunde hinüber, von dem Licht geleitet, das aus Babettens Kammer schimmerte. Klettern hatte er nicht gelernt, und er wäre beinahe kopfüber in den Strom gestürzt, kam aber mit durchnässten Ärmeln und bespritztem Beinkleid davon; klatschnass und beschmutzt langte er unter Babettens Fenster an, wo er in die alte Linde hinaufkletterte und eine Eule nachahmte, eine andere Vogelstimme konnte er nicht nachmachen. Babette hörte es und sah durch die dünnen Fenstervorhänge hinaus, als sie aber den weißen Mann erblickte und sich klar darüber ward, wer es war, schlug ihr kleines Herz vor Schrecken, aber auch vor Zorn. Eilig löschte sie das Licht aus, versicherte sich, dass alle Fensterriegel vorgeschoben waren, und ließ ihn dann heulen und schreien.

Es wäre schrecklich, wenn Rudi jetzt hier in der Mühle wäre. Aber es war viel schlimmer, Rudi war nicht in der Mühle, sondern da draußen unter der Linde. Es wurde laut gesprochen, zornige Worte; es würde zur Schlägerei kommen, ja vielleicht zu Totschlag.

Babette öffnete voller Angst das Fenster, rief Rudis Namen, bat ihn zu gehen, sie leide es nicht, dass er bleibe, sagte sie.

»Du leidest es nicht, dass ich bleibe!«, rief er aus. »Es ist also eine Verabredung! Du erwartest gute Freunde, bessere als ich! Pfui, schäme dich, Babette!«

»Du bist abscheulich!«, sagte Babette. »Ich hasse dich!« Und nun weinte sie. »Geh! Geh!«

»Das habe ich nicht verdient!«, sagte er, und er ging; seine Wangen glühten wie Feuer, sein Herz brannte wie Feuer.

Babette warf sich auf das Bett und weinte.

»Ach, Rudi! Ich liebe dich so innig! Und du kannst Schlechtes von mir denken!«

Sie war zornig, sehr zornig, und das war gut für sie, denn sonst wäre sie sehr betrübt gewesen; jetzt konnte sie einschlafen und den stärkenden Schlaf der Jugend schlafen.

12. *Böse Mächte*

Rudi verließ Bex, trat den Heimweg an, floh auf die Berge hinauf, in die frische, kühlende Luft, wo der Schnee lag, wo die Eisjungfrau herrschte. Die Laubbäume lagen so tief unter ihm, als seien sie nur Kartoffelkraut, Tannen und Gestrüpp ward kleiner, die Alpenrosen blühten am Schnee, der in vereinzelten Flecken lag, wie Leinen auf der Bleiche. Da stand eine blaue Enzianblüte, er zermalmte sie mit dem Büchsenkolben.

Höher hinaus zeigten sich zwei Gämsen, Rudis Augen bekamen Glanz, seine Gedanken neuen Flug; aber er war nicht nahe genug, um einen sichern Schuss abzugeben; er stieg höher hinauf, wo nur hartes Gras zwischen den Steinblöcken wuchs; die Gämsen gingen ruhig auf dem Schneefelde; er beschleunigte seine Schritte; die Wolkennebel senkten sich rings um ihn her, und plötzlich stand er vor der steilen Felswand; der Regen begann herabzuströmen.

Er empfand einen brennenden Durst, Hitze im Kopf, Kälte in allen Gliedern; er griff nach seiner Jagdflasche, aber sie war leer, er hatte nicht daran gedacht, sie zu füllen, als er in die Berge stürmte. Noch nie war er krank gewesen, jetzt aber hatte er ein Gefühl, als befalle ihn eine plötzliche Krankheit; er war müde und spürte große Neigung, sich niederzuwerfen und zu schlafen, aber alles war mit Wasser überströmt. Er suchte sich zusammenzunehmen; seltsam zitterten die Gegenstände vor seinen Augen, da aber sah er, was er noch nie hier gesehen hatte, ein neu gebautes, niedriges Haus, das an den Felsen lehnte, und in der Tür stand ein junges Mädchen; er glaubte, dass es Schulmeisters Annette sei, die er einmal beim Tanzen geküsst hatte, aber es war nicht Annette, und doch hatte er das Mädchen früher schon gesehen, vielleicht bei Grindelwald, an jenem Abend, als er vom Schützenfest aus Interlaken heimkehrte.

»Wie kommst du hierher?«, fragte er.

»Ich bin hier zu Hause!«, sagte sie. »Ich hüte meine Herde!«

»Deine Herde? Wo weidet denn die? Hier ist ja nichts als Schnee und Felsen!«

»Du weißt gut Bescheid!«, sagte sie und lachte. »Da unten ein wenig weiter hin ist eine herrliche Weide. Da gehen meine Ziegen! Ich hüte sie gut! Auch nicht eine verliere ich! Was mein ist, bleibt mein!«

»Du bist verwegen!«, sagte Rudi.

»Du auch!«, antwortete das Mädchen.

»Hast du Milch, so gib mir welche, mich dürstet ganz unleidlich!«

»Ich habe Besseres als Milch!«, sagte das Mädchen, »und ich will es dir geben! Gestern kamen Reisende mit ihrem Führer hierher, die vergaßen eine halbe Flasche Wein, wie du wohl nie welchen gekostet hast; sie holen ihn nicht wieder ab, ich trinke ihn nicht; trinke du ihn!«

Und sie holte den Wein herbei, goss ihn in eine hölzerne Schale und reichte sie Rudi.

»Der ist gut!«, sagte er. »Nie habe ich einen so wärmenden, so feurigen Wein gekostet!« Und seine Augen strahlten, es durchrieselte ihn ein Leben, eine Glut, als seien alle Sorgen, aller Druck verdunstet; die sprudelnde, frische Menschennatur regte sich in ihm.

»Aber es ist ja doch Schulmeisters Annette!«, sagte er. »Gib mir einen Kuss!«

»Ja, gib mir den schönen Ring, den du am Finger trägst!«

»Meinen Verlobungsring!«

»Ja, gerade den!«, sagte das Mädchen und goss Wein in die Schale, setzte sie ihm an die Lippen, und er trank. Da strömte Lebensfreude in sein Blut, die ganze Welt, so schien es ihm, gehöre ihm, wozu sich grämen! Alles ist geschaffen, damit wir es genießen, damit es uns glücklich macht! Der Strom des Lebens ist der Strom der Freude, sich von ihm fortreißen, von ihm tragen zu lassen, das ist Glück. Er sah das junge Mädchen an, es war Annette und doch nicht Annette, noch weniger die Spukgestalt, wie er das Mädchen genannt hatte, dem er bei Grindelwald begegnet war; das Mädchen hier auf dem Berge war frisch wie eben gefallener Schnee, schwellend wie die Alpenrose und leicht wie ein Zicklein, und doch aus Adams Rippe geschaffen, ein Mensch wie Rudi. Und er schlang seine Arme um sie, sah ihr in die wunderbar klaren Augen, nur eine Sekunde währte der Blick, und in dieser Sekunde, ja, wer erklärt es, gibt es in Worten wieder – war es das Leben des Geistes oder des Todes, das ihn erfüllte? Ward er emporgehoben, oder versank er in die tiefe, tötende Eisschlucht, tiefer, immer tiefer? Er sah die Eiswände wie blaugrünes Glas, unendliche Abgründe gähnten ringsumher, und das Wasser tropfte, klingend wie ein Glockenspiel, und dabei so perlenklar, in bläulichweißen Flammen leuchtend. Die Eisjungfrau gab ihm einen Kuss, der ihn durch die Rückenwirbel bis in die Stirn hinein durchschauerte; er stieß einen Schrei des Schmerzes aus, riss sich los, taumelte und fiel, es ward Nacht vor seinen Augen, aber er öffnete sie wieder. Böse Mächte hatten ihr Spiel getrieben.

Verschwunden war das Alpenmädchen, verschwunden die schirmende Hütte, das Wasser trieb an der kahlen Felswand herab, der Schnee lag ringsumher; Rudi zitterte vor Kälte, bis auf die Haut durchnässt, und sein Ring war verschwunden, der Verlobungsring, den ihm Babette gegeben hatte. Sein Gewehr lag im Schnee neben ihm, er nahm es, wollte es abschießen, es versagte. Nasse Wolken lagen wie feste Schneemassen in der Schlucht, der Schwindel saß dort und lauerte auf die kraftlose Beute und unten in der tiefen Schlucht klang es, als stürze ein Felsblock herab, alles zertrümmernd und mit sich fortreißend, was seinen Fall hemmen wollte.

Aber in der Mühle saß Babette und weinte; Rudi war seit sechs Tagen nicht da gewesen; er, der Unrecht hatte, er, der sie um Verzeihung bitten musste, den sie von ganzem Herzen liebte.

13. *In der Mühle*

Wie sich doch die Menschen das Leben schwer machen!«, sagte die Hauskatze zur Küchenkatze. »Nun ist es mit Rudi und Babette wieder auseinander. Sie weint, und er denkt wohl nicht mehr an sie.«

»Das gefällt mir gar nicht!«, sagte die Küchenkatze.

»Mir auch nicht!«, sagte die Hauskatze. »Aber ich nehme es mir nicht zu Herzen. Babette kann sich ja mit dem Rotbart verloben! Der ist übrigens auch nicht wieder hier gewesen, seit er damals aufs Dach klettern wollte.«

Böse Mächte treiben ihr Spiel, in uns und um uns, das hatte Rudi erfahren und viel darüber nachgedacht. Was war um ihn und in ihm vorgegangen, damals hoch oben auf dem Berge? Waren es Gespenster oder Fieberträume? Er hatte bisher weder Fieber noch Krankheit gekannt. Einen Einblick in sein eignes Inneres hatte er getan, als er Babette richtete. Er dachte an die wilde Jagd in seinem Herzen, an den heißen Föhn, der dort gehaust hatte. Konnte er Babette alles beichten, jeden Gedanken, der in der Stunde der Versuchung bei ihm zur Tat werden konnte? Ihren Ring hatte er verloren, und gerade durch diesen Verlust hatte sie ihn wiedergewonnen. Konnte sie ihm beichten? Es war, als müsse sein Herz zerspringen, wenn er an sie dachte; es stiegen so viele Erinnerungen in ihm auf; er sah sie leibhaftig vor sich, lachend, ein übermütiges Kind; manch ein liebes Wort, das sie aus der Fülle ihres Herzens gesprochen hatte, drang wie ein Sonnenstrahl in seine Brust, und bald war alles da drinnen nur Sonnenschein im Gedanken an Babette.

Sie musste ihm beichten können, und sie sollte es tun.

Und er kam nach der Mühle; es kam zur Beichte, sie begann mit einem Kuss und endete damit, dass Rudi der Sünder war, sein großer Fehler war es, dass er an Babettens Treue hatte zweifeln können, das war geradezu abscheulich von ihm; so ein Misstrauen, so eine Heftigkeit konnte sie beide ins Unglück stürzen. Ja, gewiss. Und darum hielt ihm Babette eine kleine Predigt, die sie selbst belustigte und die ihr allerliebst stand; doch in einem Punkte hatte Rudi recht: der Neffe der Patin war ein Laffe; sie wollte das Buch verbrennen, das er ihr geschenkt hatte, sie wollte nicht das geringste besitzen, was sie an ihn erinnern konnte.

»Jetzt ist es überstanden!«, sagte die Hauskatze. »Rudi ist wieder hier; sie verstehen einander, und das ist das größte Glück, sagen sie.«

»Über Nacht«, sagte die Küchenkatze, »hörte ich die Ratten sagen, das größte Glück sei, Talglichter fressen und vollauf ranzigen Speck haben. Wem soll man nun glauben, den Ratten oder den Liebesleuten?«

»Keinen von beiden!«, sagte die Hauskatze. »Das ist immer das Sicherste!«

Das größte Glück für Rudi und Babette, der schönste Tag, wie man ihn nennt, der Hochzeitstag, stand nahe bevor.

Aber nicht in der Kirche in Bex, nicht im Hause des Müllers sollte die Hochzeit gefeiert werden; die Patin wollte, dass die Hochzeit bei ihr stattfinden und dass das junge Paar in der kleinen schönen Kirche zu Montreux getraut werden sollte. Der Müller bestand darauf, dass dieser Wunsch erfüllt werden sollte; er allein wusste, was die Patin den Neuvermählten bestimmt hatte; sie sollten von ihr ein Hochzeitsgeschenk erhalten, das wohl einer solchen kleinen Fügsamkeit wert war. Der Tag war festgesetzt. Schon am Abend vorher wollten sie sich nach Villeneuve begeben, um am Hochzeitsmorgen rechtzeitig nach Montreux hinüber zu fahren, damit die Töchter der Patin die Braut schmücken konnten! »Hier im Hause werden wir doch wohl eine Nachfeier bekommen«, sagte die Hauskatze, »sonst gebe ich nicht ein Miau für die ganze Geschichte!«

»Hier wird schon gefeiert werden!«, sagte die Küchenkatze. »Enten sind geschlachtet, den Tauben ist der Hals umgedreht. Und ein ganzer Rehbock hängt an der Wand. Mir jucken die Zähne, wenn ich ihn nur ansehe. – Morgen treten sie ja die Reise an!«

Ja, morgen! – An diesem Abend saßen Rudi und Babette zum letzten Mal als Brautpaar in der Mühle.

Draußen war Alpenglühen, die Abendglocken klangen, die Töchter der Sonnenstrahlen sangen: »Das Beste geschehe!«

14. Nächtliche Traumgesichte

Die Sonne war untergegangen, die Wolken senkten sich ins Rhonetal zwischen den hohen Bergen hinab, der Wind wehte aus Süden, ein afrikanischer Wind fuhr über die hohen Alpen hin, ein Föhn, der die Wolken zerriss; und als der Wind dahingefahren war, ward es einen Augenblick ganz still; die zerfetzten Wolken hingen in fantastischen Gebilden zwischen den bewaldeten Bergen über der eilenden Rhone; sie hingen in Gestalten wie die Seegetiere der Urwelt, wie der schwebende Adler der Luft und wie die hüpfenden Frösche der Sümpfe; sie senkten sich hinab auf den reißenden Strom, sie segelten darauf hin und segelten dennoch in der Luft. Der Strom führte eine entwurzelte Tanne mit sich, das Wasser bildete wirbelnde Kreise; es war der Schwindel, und zwar mehr als einer, und sie alle kreisten auf dem dahinbrausenden Strom. Der Mond beleuchtete den Schnee der Berggipfel, die dunkeln Wälder und die wunderlichen Wolken, die Nachtgesichter, die Geister der Naturkräfte; der Gebirgsbauer sah sie durch die Fensterscheiben, sie segelten in Scharen vor der Eisjungfrau dahin; die kam aus ihrem Gletscherschloss heraus, sie saß auf dem zerbrechlichen Schiff, auf der entwurzelten Tanne, das Gletscherwasser trug sie den Strom hinab, der offenen See zu.

»Die Hochzeitsgäste kommen!«, sauste und klang es in Luft und Wasser, Gesichte da draußen, Gesichte da drinnen. Babette träumte einen wunderlichen Traum.

Es war ihr, als sei sie mit Rudi verheiratet, und zwar schon seit vielen Jahren. Er befand sich auf der Gämsjagd, aber sie war daheim, und neben ihr saß der junge Engländer mit dem vergoldeten Backenbart; seine Augen waren so warm, seine Worte hatten eine Zaubermacht, er reichte ihr die Hand, und sie musste ihm folgen. Es ging fort von Hause. Immer abwärts! – Und es war Babette, als liege eine Last auf ihrem Herzen, sie wurde immer schwerer, es war eine Sünde gegen Rudi, eine Sünde gegen Gott; – plötzlich stand sie verlassen da, ihre Kleider waren von Dornen zerrissen, ihr Haar war ergraut, in ihrem Schmerz sah sie aufwärts, und am Felsenrande erblickte sie Rudi; – sie streckte die Arme nach ihm aus, wagte aber nicht zu rufen oder zu flehen, und das würde auch nichts genützt haben, denn bald sah sie, dass er es nicht war, sondern nur seine Jagdjoppe und sein Hut, die auf dem Alpenstock hingen, so wie die Jäger sie aufstellen, um die Gämsen zu täuschen. Und in namenlosem Schmerz jammerte Babette: »Ach, wäre ich doch an meinem Hochzeitstage, an meinem glücklichsten Tage gestorben! Herr du mein Gott, das wäre eine Gnade, ein unsagbares Glück gewesen! Dann wäre das Beste geschehen, was mir und Rudi widerfahren konnte! Niemand kennt seine Zukunft!« Und in gottlosem Schmerz stürzte sie sich hinab in die tiefe Felsschlucht. Da zersprang eine Saite, ein Trauerton erklang –!

Babette erwachte, der Traum war aus und verwischt, sie wusste nur, dass sie etwas Schreckliches geträumt, dass sie von dem jungen Engländer geträumt hatte, den sie seit mehreren Monaten nicht gesehen, an den sie nicht mehr gedacht hatte. Ob er in Montreux war? Würde sie ihn auf ihrer Hochzeit sehen? Ein kleiner Schatten glitt über den feinen Mund. Die Brauen zogen sich zusammen, aber bald umspielte ein Lächeln ihre Lippen, ihre Augen strahlten; draußen schien die Sonne so schön, und morgen war ihr und Rudis Hochzeitstag!

Er war schon in der Stube, als sie hinunterkam, und bald ging es von dannen nach Villeneuve. Sie waren so glücklich, die beiden, und der Müller auch, er lachte und strahlte in der besten Laune; ein guter Vater, eine ehrliche Seele war er.

»Jetzt sind wir die Herrschaft im Hause!«, sagte die Hauskatze.

15. *Schluss*

Es war noch nicht Abend, als die drei fröhlichen Menschen Villeneuve erreichten und ihre Mahlzeit hielten. Der Müller setzte sich mit seiner Pfeife in den Lehnstuhl und machte ein kleines Schläfchen. Das junge Brautpaar ging Arm in Arm zum Stübchen hinaus, den Fahrweg entlang unter den mit Buschwerk bewachsenen Felsen, an den blaugrünen, tiefen See; das düstere Chillon spiegelte seine grauen Mauern und dicken Türme in dem klaren Wasser; die kleine Insel mit den drei Akazien lag noch näher, sie sah aus wie ein Blumenstrauß auf dem See.

»Es muss entzückend da drüben sein«, sagte Babette; sie hatte wieder die größte Lust, hinüber zu fahren und dieser Wunsch konnte sogleich in Erfüllung gehen: am Ufer lag ein Boot, die Leine, mit der es angebunden, war leicht zu lösen. Da war niemand, den man um Erlaubnis hätte fragen können, und so nahmen sie ohne weiteres das Boot. Rudi verstand sich auf das Rudern.

Die Ruder griffen wie Fischflossen in das gefügige Wasser, es ist so biegsam und doch so stark, hat einen Rücken zum Tragen, einen Rachen zum Verschlingen, mild lächelnd, die Weichheit selbst und doch Schreck einflößend und stark zum Zermalmen. Ein schäumendes Kielwasser stand hinter dem Boot, das in wenigen Minuten die beiden zu der Insel hinüberführte, wo sie an Land gingen. Hier war nicht mehr Platz als zu einem Tanz für die Zwei.

Rudi schwang Babette zwei-, dreimal herum, und dann setzten sie sich auf die kleine Bank unter den herabhängenden Akazien, sahen sich in die Augen, saßen Hand in Hand da, und alles ringsumher erstrahlte im Glanz der sinkenden Sonne.

Die Tannenwälder auf den Bergen färbten sich lilarot wie blühendes Heidekraut, und wo die Bäume aufhörten und das Gestein hervortrat, glühte es, als sei der Felsen durchsichtig; die Wolken am Himmel leuchteten wie rotes Feuer, der ganze See war wie ein frisches, glühendes Rosenblatt. Und als die Schatten zu den schneebedeckten Bergen Savoyens aufstiegen, wurden diese schwarzblau, nur der oberste Gipfel schimmerte wie rote Lava, sie stellten ein Moment aus der Bildungsgeschichte der Berge dar, als diese Massen sich glühend aus dem Schoß der Erde hoben und noch nicht abgekühlt waren. Es war ein Alpenglühen, wie Rudi und Babette es noch nie gesehen zu haben glaubten. Die schneebedeckte Dent du Midi hatte einen Glanz wie die Scheibe des Vollmondes, die am Horizont aufsteigt.

»So viel Schönheit! So viel Glück!«, sagten beide – »Mehr hat die Erde uns nicht zu bieten«, sagte Rudi. »Ein Abend wie dieser ist – doch ein ganzes Leben! Wie oft fühlte ich mein Glück, wie ich es jetzt empfinde, ich dachte, wenn nun alles ein Ende hätte, wie glücklich hättest du doch gelebt! Wie schön ist doch die Welt! Und der Tag ging zu Ende, aber ein neuer begann wieder, und es schien mir, als sei der noch schöner! Wie unendlich gut ist doch Gott, Babette!«

»Ich bin so glücklich!«, sagte sie.

»Mehr hat die Erde mir nicht zu bieten!«, rief Rudi aus.

Und die Abendglocken klangen von den Bergen Savoyens, von den Schweizerbergen; gen Westen ragte im Goldglanz das schwarzblaue Juragebirge auf.

»Gott gebe dir das Herrlichste und Beste!«, sagte Babette.

»Das wird er tun!«, sagte Rudi. »Morgen werde ich es haben! Morgen bist du ganz mein! Mein eigenes, süßes Weib!«

»Das Boot!«, rief Babette plötzlich.

Das Boot, das sie zurückführen sollte, hatte sich losgelöst und trieb von der Insel fort.

»Ich hole es!«, sagte Rudi, warf seinen Rock ab, zog die Stiefel aus, sprang in den See und schwamm mit kräftigen Schlägen dem Boot nach.

Kalt und tief war das klare, blaugrüne Eiswasser von dem Gletscher des Berges. Rudi sah hinab, nur ein einziger Blick, und es war, als sähe er einen goldenen Ring rollen, glänzen, funkeln – er dachte an seinen verlorenen Verlobungsring, und der Ring wurde größer, weitete sich aus zu einem funkelnden Kreis und darin leuchtete der klare Gletscher; unendliche tiefe Schluchten gähnten ringsumher, und das Wasser tropfte, klingend wie ein Glockenspiel und mit weißblauen Flammen leuchtend; in einem Nu sah er, was wir mit vielen Worten sagen müssen. Junge Jäger und junge Mädchen, Männer und Frauen, die einst in die Schluchten der Gletscher hinabgesunken waren, starrten hier lebendig mit offenen Augen und lächelndem Mund, und tief unter ihnen klangen die Kirchenglocken versunkener Städte; die Gemeinde kniete unter dem Kirchengewölbe, Eisstücke bildeten Orgelpfeifen, der Gießbach orgelte. Die Eisjungfrau saß auf dem klaren, durchsichtigen Grund, sie schwebte zu Rudi hinauf, küsste seine Füße – ein Todschauer ging durch seine Glieder, ein elektrischer Stoß – Eis und Feuer! Man vermag es bei der kurzen Berührung nicht zu unterscheiden.

»Mein! Mein!«, klang es um ihn her und in ihm. »Ich küsste dich, als du noch klein warst, küsste dich auf den Mund! Jetzt küsse ich dich auf deine Zehe und deine Ferse, du bist ganz mein!«

Und er verschwand in dem klaren, blauen Gewässer.

Alles war still; die Kirchenglocken hörten auf zu läuten, die letzten Töne verhallten, als der Glanz an den roten Wolken dahinschwand.

»Mein bist du!«, tönte es in der Tiefe; »mein bist du!«, tönte es aus der Höhe, aus dem Unendlichen.

Herrlich, von Liebe zu Liebe schweben, von der Erde bis in den Himmel hinein.

Da zersprang eine Saite, ein Trauerton erklang, der Eiskuss des Todes besiegte das Vergängliche; das Vorspiel endete, damit das Liebesdrama beginnen konnte, der Missklang löste sich in Harmonie auf.

Nennst du das eine traurige Geschichte?

Die arme Babette! Für sie war es eine unsägliche Angst! Das Boot trieb immer weiter und weiter hinaus. Niemand am Lande sah, dass sich das Brautpaar auf der kleinen Insel befand. Es ward Abend, die Wolken senkten sich herab, die Dunkelheit nahm zu. Allein, verzweifelt, jammernd stand sie da. Ein Unwetter hing über ihr, Blitze leuchteten über dem Juragebirge, über dem Schweizerland und Savoyen auf; von allen Seiten Blitz auf Blitz, ein Getöse nach dem andern, minutenlang rollte der Donner. Die Blitze erhellten die Gegend oft wie mit Sonnenglanz, man konnte jeden einzelnen Weinstock sehen wie zur Mittagszeit, und gleich darauf herrschte wieder die tiefste Finsternis. Die Blitze bildeten Schleifen, Verschlingungen, Zickzacks, sie schlugen ringsum in den See ein, sie leuchteten von allen Seiten, während der Donnerfall durch das Echo wuchs. Am Ufer zog man die Boote auf den Strand, alles, was Leben hatte, suchte Schutz – und jetzt strömte der Regen herab.

»Wo mögen nur Rudi und Babette in diesem Unwetter sein!«, sagte der Müller.

Babette saß mit gefalteten Händen da, den Kopf in ihrem Schoß, stumm vor Schmerz von Schreien und Jammern.

»In dem tiefen Wasser!«, sagte sie in sich hinein. »Tief unten ist er wie unter dem Gletscher!«

In ihren Gedanken tauchte auf, was ihr Rudi von seiner Mutter Tod, von seiner Errettung erzählt hatte, als man ihn, scheinbar eine Leiche, aus der Gletscherkluft herausgehoben. »Die Eisjungfrau hat ihn wieder!«

Und ein Blitz leuchtete, so blendend wie Sonnenglanz aus dem weißen Schnee. Babette fuhr auf; der See hob sich in diesem Augenblick wie ein schimmernder Gletscher empor, die Eisjungfrau stand dort, majestätisch, bläulichbleich, und zu ihren Füßen lag Rudis Leiche. »Mein!«, sagte sie, und ringsumher war wieder Finsternis, wogende Wasser.

»Grausam!«, jammerte Babette. »Warum musste er doch sterben, als der Tag unseres Glückes anbrach! Gott, erleuchte du meinen Verstand! Erleuchte mein Herz! Ich verstehe deine Wege nicht! Ich tappe umher in deiner Allmacht und Weisheit!«

Und Gott erleuchtete ihr Herz. Ein Gedankenblitz, ein Strahl der Gnade, ihr Traum in der vergangenen Nacht durchzuckte sie.

Sie entsann sich der Worte, die sie gesprochen hatte: des Wunsches, dass ihr und Rudi des Besten beschieden sein möge.

»Wehe mir! War das der Keim der Sünde in meinem Herzen! War mein Traum ein Zukunftsleben, dessen Saite zu meiner Errettung zerrissen werden musste? Ich Elende!«

Jammernd saß sie in der finstern Nacht da. Durch die tiefe Stille meinte sie noch Rudis Worte zu hören, die letzten, die er hier zu ihr gesprochen: »Mehr Glück hat mir die Erde nicht zu bieten!« Sie klangen in der Fülle der Freude, sie wiederholten sich im tiefen Schmerz.

Jahre sind seitdem vergangen. Der See lächelt, die Ufer lächeln; der Weinstock setzt schwellende Trauben an; Dampfer mit wehenden Flaggen jagen vorüber, Lustboote mit ihren zwei ausgespannten Segeln stiegen wie weiße Schmetterlinge über den Wasserspiegel hin; die Eisenbahn über Chillon ist eröffnet, sie fährt tief ins Rhonetal hinein. An jeder Station steigen Fremde aus, sie kommen mit ihren in Rot gebundenen Reisebüchern und lesen daraus, was sie Bemerkenswertes sehen müssen. Sie besuchen Chillon und sehen draußen in dem See die kleine Insel mit den drei Akazien, und in ihrem Buch lesen sie von dem Brautpaar, das im Jahre 1856 in einer Abendstunde dort hinüberruderte, von dem Tod des Bräutigams und wie man »erst am folgenden Morgen am Ufer das verzweifelte Jammergeschrei der Braut vernahm.«

Aber das Reisebuch vermeldet nichts von Babettens stillem Leben bei ihrem Vater, nicht in der Mühle, dort wohnen jetzt fremde Leute, sondern in dem schönen Haus in der Nähe des Bahnhofs, wo sie vom Fenster aus noch manchen Abend über die Kastanienbäume hinweg nach den Schneebergen hinüberschaut, wo sich einstmals Rudi tummelte. Sie sieht zur Abendstunde das Alpenglühen, die Kinder der Sonne, sich dort oben lagern und das Lied vom Wanderer wiederholen, dem der Wirbelwind den Mantel entriss, die Hülle nahm er nicht, aber den Mann.

Es liegt Rosenglanz auf dem Schnee des Berges, es glüht Rosenglanz in jedem Herzen, in dem der Gedanke wohnt: »Gott lässt das Beste für uns geschehen!« Es wird uns nur nicht immer offenbart, wie es Babette in ihrem Traum geschah.

Die Windmühle

Auf dem Berge stand eine Windmühle, stolz war sie zu sehen, und stolz fühlte sie sich.

»Ich bin gar nicht stolz!«, sagte sie, »aber ich bin sehr aufgeklärt, draußen wie drinnen. Sonne und Mond habe ich zum äußeren Gebrauch und auch zum inwendigen, und dann habe ich außerdem noch Stearinkerzen, Tranlampen und Talglichte; ich kann wohl sagen, dass ich aufgeklärt bin; ich bin ein denkendes Wesen und so gut gewachsen, dass es ein Vergnügen ist. Ich habe ein gutes Mühlwerk in der Brust, ich habe vier Flügel, und die sitzen mir oben am Kopf, gerade unter dem Hut. Die Vögel haben nur zwei Flügel und müssen sie auf dem Rücken tragen. Ich bin ein Holländer von Geburt, das kann man an meiner Figur sehen; ein fliegender Holländer! Den zählt man zum Übernatürlichen, dass weiß ich sehr wohl, und doch bin ich sehr natürlich. Ich habe eine Galerie um den Magen und eine Wohnung im Unterleib; da hausen meine Gedanken. Mein stärkster Gedanke, der lenkt und leitet, wird von den andern Gedanken ›der Mann in der Mühle‹ genannt. Er weiß, was er will, er steht hoch über Mehl und Grütze, aber er hat doch seine bessere Hälfte, und die heißt Mutter; sie ist das Herz, sie läuft nicht kopflos herum, auch sie weiß, was sie will, sie weiß, was sie kann, sie ist sanft wie ein Windhauch, sie ist stark wie der Sturmwind, sie versteht, dem Mann um den Bart zu gehen und ihren Willen durchzusetzen. Sie ist mein weicher Sinn, ›der Alte‹ ist mein harter; sie sind zwei und doch eins, sie haben Kinder, die beiden: kleine Gedanken, die wachsen können. Die Kleinen, die machen einen Lärm! Neulich, als ich in einem Anfall von Schwermut den Alten und seine Gesellen Mühlgang und Räder nachsehen ließ, ich wollte wissen, was mir fehlte, denn es war nicht richtig in meiner Brust, und man soll sich selbst prüfen –, da machten die Kleinen einen grässlichen Spektakel, wie es sich nicht schickt, wenn man, wie ich, oben auf einem Hügel steht; man muss bedenken, dass man in Beleuchtung da steht. Aber was ich sagen wollte, es war ein grässlicher Spektakel, den die Kleinen machten! Der Kleinste fuhr mir sogar in meinen Hut hinauf und trällerte, sodass es mich kitzelte. Die kleinen Gedanken können wachsen, dass habe ich gemerkt, und von außen her kommen auch Gedanken, aber die gehören nicht zu meiner Sippe, denn von der sehe ich niemand, soweit ich sehen kann, niemand außer mir; aber die flügellosen Häuser, wo man das

Mühlwerk nicht hören kann, die haben auch Gedanken, und die kommen zu meinen Gedanken und verloben sich mit denen, wie sie es nennen. Sonderbar! Ja, höchst sonderbar! Es ist so über mich oder in mich hineingekommen: es hat sich etwas im Mühlwerk verändert. Es ist, als hätte der Alte eine andere, bessere Hälfte bekommen, als hätte er einen noch milderen Sinn, ein noch liebevolleres Weib bekommen, so jung und fromm und doch dasselbe, nur weicher, frommer mit der Zeit. Was herbe war, ist verdunstet; das Ganze ist sehr erfreulich. Die Tage gehen, und die Tage kommen, immer vorwärts zu Klarheit und Freude, und dann, ja, das ist gesagt und stehet geschrieben, dann kommt ein Tag, wo es mit mir vorbei ist und doch durchaus nicht vorbei: ich soll abgebrochen werden, um mich neu und besser zu erheben, ich soll aufhören und doch fortfahren zu sein! Soll eine ganz andere werden und doch dieselbe bleiben! Das wird mir schwer zu begreifen, wie aufgeklärt ich auch bin, durch Sonne, Mond, Stearin, Tran und Talg! Mein altes Holz- und Mauerwerk soll sich wieder aus dem Schutt erheben. Ich will nur hoffen, dass ich die alten Gedanken behalte: den Alten, Mutter, groß und klein, die Familie, die ich das Ganze nenne, eins und doch so viele, die ganze Gedankenkompagnie, denn die kann ich nicht entbehren! Und ich selbst, muss ich auch bleiben, mit dem Mühlwerk in der Brust, den Flügeln auf dem Kopf, dem Balkon um den Magen, sonst kenne ich mich selbst nicht, und auch die andern kennen mich dann nicht und können nicht sagen, da haben wir ja die Mühle auf dem Hügel, stolz zu sehen und doch durchaus nicht stolz!«

Das sagte die Mühle, sie sagte noch viel mehr, aber dies war doch das wichtigste.

Und die Tage kamen, und die Tage gingen, und dann kam der letzte Tag.

Die Mühle geriet in Brand; die Flammen stiegen hoch empor, schlugen hinein, schlugen hinaus, leckten an Balken und Brettern hinauf, fraßen sie auf. Die Mühle stürzte zusammen, und ein Aschenhaufen blieb zurück; der Rauch fuhr über die Brandstätte hin, der Wind trug ihn von dannen.

Was es an lebenden Wesen in der Mühle gab, das litt nicht unter dem Brand, im Gegenteil, es gewann nur dabei. Die Müllerfamilie, eine Seele, viele Gedanken und doch nur eins, bekam eine neue, schöne Mühle, die nicht zu verachten war, sie sah aufs Haar so aus wie die alte, die Leute sagten: da steht ja die Mühle auf dem Hügel, so stolz zu sehen! Aber die neue Mühle war besser eingerichtet, mehr zeitentsprechend, denn es geht vorwärts. Das alte Holzwerk, das wurmstichig und schwammig zerfressen war, lag in Staub und Asche; der Mühlenkörper erstand nicht wieder, so wie er geglaubt hatte, er nahm es alles so wörtlich, und man muss nicht alles so wörtlich nehmen.

In der Kinderstube

Vater und Mutter und alle Geschwister waren im Theater, nur die kleine Anna und ihr Pate waren allein zu Hause.

»Wir wollen auch eine Theatervorstellung haben!«, sagte er, »und die kann gleich anfangen.«

»Aber wir haben ja kein Theater!«, sagte die kleine Anna, »und wir haben niemand, der Theater spielt! Meine alte Puppe kann nicht, denn die ist so hässlich, und meine neue darf sich die feinen Kleider nicht zerknittern.«

»Schauspieler kann man immer bekommen, wenn man nur nimmt, was man gerade hat!«, sagte der Pate. »Jetzt bauen wir unser Theater auf. Hier stellen wir ein Buch auf, und da eins und da noch eins, ein Zickzack. Und dann drei auf der andern Seite; da haben wir die Kulissen! Die alte Schachtel, die hier steht, kann den Hintergrund bilden; wir kehren den Boden nach außen. Das Theater stellt eine Stube vor, das kann doch ein jeder sehen! Nun müssen wir für die Schauspieler sorgen. Sehen wir uns einmal in der Spielzeugschublade um, was sich da findet! Erst die Personen, dann machen wir die Komödie, dann passt das eine zu dem andern, und dann wird das Ganze ausgezeichnet! Hier liegt ein Pfeifenkopf, und hier liegt ein einzelner Handschuh, das könnten ja Vater und Tochter sein!«

»Aber das sind nur zwei Personen!«, sagte die kleine Anna. »Hier liegt meines Bruders alte Weste, kann die nicht mitspielen?«

»Groß genug ist sie dazu«, sagte der Pate. »Sie soll der Liebhaber sein. Sie hat nichts in den Taschen, das allein ist schon interessant, das ist halbwegs unglückliche Liebe! – Und hier haben wir den Stiefel des Nussknackers mit einem Sporn daran! Potz Blitz, Mazurka! Kann der trampeln und stolzieren! Er soll der unglückliche Liebhaber sein, aus dem sich das Fräulein nichts macht. Was für eine Art von Stück willst du nun haben? Ein Trauerspiel oder ein Familienstück?«

»Ein Familienstück!«, sagte die kleine Anna. »Das mögen die andern so gern. Kannst du eins?«

»Ich kann hundert!«, sagte der Pate. »Die beliebtesten sind nach französischen Originalen, aber das ist nichts für kleine Mädchen. Wir könnten ja freilich eins von den nettesten nehmen, sie haben alle Ähnlichkeit miteinander. Nun schüttele ich den Sack! Kuckelurum! Splinterneu! Jetzt sind sie splinterneu! Nun sollst du den Theaterzettel hören!« Und der Pate nahm eine Zeitung und las:

»Der Pfeifenkopf und der gute Kopf.
Familienstück in einem Akt.
Personen:
Herr Pfeifenkopf, der Vater, Fräulein Handschuh, die Tochter.
Herr Weste, Liebhaber, Von Stiefel, Freier.

Und nun geht es los! Der Vorhang geht auf; einen Vorhang haben wir nicht, also ist er aufgezogen. Alle Personen sind auf der Bühne; dann haben wir sie gleich da. Nun spreche ich als Vater Pfeifenkopf. Er ist heute böse; man kann sehen, dass er angerauchter Meerschaum ist.

›Schnick, Schnack, Schnurre, Basselurre! Ich bin der Herr in meinem Haus! Ich bin der Vater meiner Tochter! Ich bitte mir aus, dass man mir zuhört, was ich sage! Von Stiefel ist eine Person, in der man sich spiegeln kann, Saffian als Oberteil und ein Sporn am Unterteil; Schnicke, Schnicke, Schnack! Er soll meine Tochter haben!‹

Gib nun acht auf die Weste, kleine Anna!«, sagte der Pate. »Jetzt redet die Weste. Sie hat einen umgelegten Kragen, ist sehr bescheiden, kennt aber ihren eignen Wert und hat ein Recht zu sagen, was sie sagt:

›Fleckenlos bin ich. Auch die Bonität muss in Betracht gezogen werden. Ich bin aus echtem Seidenzeug, und ich trage Schnüre!‹

›Am Hochzeitstag, nicht länger! Die Farbe hält nicht in der Wäsche!‹ Herr Pfeifenkopf redet. ›Von Stiefel ist wasserdicht, stark von Leder und doch so fein, er kann knarren, mit dem Sporn klirren und hat eine Physiognomie, die an Italien erinnert.‹

»Aber sie sollten in Versen reden!«, sagte die kleine Anna, »das soll so reizend sein!«

»Das können sie auch!«, sagte der Pate. »Und wenn das Publikum befiehlt, so geschieht es! – Sieh nur das kleine Fräulein Handschuh an, wie es die Finger streckt:

›Tag aus, Tag ein,
So allein zu sein!
Ach, wären wir zwei!
Ich kann's nicht verwinden.
Kann mich nicht drein finden!‹

›Salbaderei!‹ Das war nämlich der Pfeifenkopf, der eben Salbaderei sagte; nun kommt Herr Weste:

›Geliebte du!
Dänischer Handschuh!
Mein sollst du sein!
Ich bin ewig dein!‹

Der Stiefel schlägt nach hinten aus, trampelt auf den Fußboden, klirrt mit dem Sporn und reißt drei Kulissen um.«

»Das ist wunderschön!«, sagte die kleine Anna.

»Still, still!«, sagte der Pate; »stummer Beifall bezeugt, dass du ein gebildetes Publikum im ersten Parkett bist! Nun singt Fräulein Handschuh ihre große Arie:

›Wie lang soll ich hier stehen!
Soll ich denn vergehen!
Wird niemand mich sehen!‹

Nun kommt das Spannendste, kleine Anna! Das Wichtigste in der ganzen Komödie. Siehst du, Herr Weste, der knöpft sich auf, er spricht zu dir gewendet, damit du klatschen sollst; aber lass es nur noch! Das ist viel feiner. Hör nur, wie es im Seidenzeug raschelt: ›Wir sind auf dem Höhepunkt angelangt! Nehmen Sie sich in Acht! Jetzt kommt die Intrige! Sie sind der Pfeifenkopf, ich bin der gute Kopf. – Wupp, da sind Sie weg!‹ Hast du das wohl gesehen, kleine Anna!«, sagte der Pate. »Das ist eine ausgezeichnete Szenerie, ein großartiges Spiel: Herr Weste ergriff den alten Pfeifenkopf und steckte ihn in die Tasche; da liegt er nun, und die Weste redet:

›Sie stecken in meiner Tasche, in meiner allertiefsten Tasche! Niemals kommen Sie wieder da heraus, ehe Sie mir versprechen, dass Sie mich mit Ihrer Tochter vereinen wollen, Handschuh links; ich strecke die Rechte aus!‹«

»Das ist schrecklich schön!«, sagte die kleine Anna.

»Und nun antwortet der alte Pfeifenkopf:

›Wie komm ich mir vor!
Es saust mir das Ohr!
Wo ist mein Humor?
Wo ist mein hohles Rohr?
Ach, nie zuvor
Kam ich mir so elend vor! –
Nimm meinen Kopf heraus
Aus der Tasche dein.
Dann ist Hochzeit im Haus.
Du darfst um meine Tochter frein!‹«

»Ist das Stück schon aus?«, fragte die kleine Anna.

»Ei bewahre!«, sagte der Pate; »es ist nur für Herrn von Stiefel aus. Die Liebenden knien. Die Braut singt:

›O, Vater, mein!‹

Und der Bräutigam singt:

›Der Kopf sei wieder dein!
Gib uns deinen Segen fein!‹

Und er segnet sie, und sie feiern Hochzeit, und alle Möbel singen im Chor:

›Pink! Pank!
Vielen Dank!
Das Stück ist aus!‹

Und nun klatschen wir!«, sagte der Pate, »rufen sie alle zusammen heraus, die Möbel auch. Die sind aus Mahagoni!«

»Ist unsere Komödie ebenso gut wie die, die sie in dem richtigen Theater sehen?«

»Unsere ist viel besser!«, sagte der Pate. »Sie ist kürzer, sie ist frei bearbeitet; und nun ist es Zeit zum Teetrinken!«

Der Goldschatz

Des Trommelschlägers Frau ging zur Kirche; sie sah den neuen Altar mit den gemalten Bildern und den geschnitzten Engeln; die waren ganz wunderschön, sowohl die auf der Leinwand mit Farben und einem Heiligenschein, wie auch die in Holz geschnitzten, die angemalt und vergoldet waren. Das Haar strahlte wie Gold und Sonnenschein, wunderschön war das; aber Gottes Sonnenschein war doch noch schöner; der schien klarer, röter zwischen den dunklen Bäumen, wenn die Sonne unterging. Wunderschön war es, in Gottes Antlitz hineinzusehen! Und sie sah in die rote Sonne hinein, und sie dachte so vieles dabei, sie dachte an den Kleinen, den der Storch bringen sollte, und die Frau des Trommelschlägers war so glücklich in dem Gedanken, sie sah und sah, und sie wünschte, das Kind möchte einen Widerschein von all diesem Glanz bekommen, möchte doch wenigstens einem von den strahlenden Engeln auf dem Altarbilde gleichen.

Und als sie dann ihr kleines Kind wirklich in den Armen hielt und es dem Vater hinreichte, da sah es aus wie einer von den Engeln in der Kirche, das Haar war wie Gold, der Schein der untergehenden Sonne lag darauf.

»Mein Goldschatz, mein Reichtum, mein Sonnenschein!«, sagte die Mutter und küsste die strahlenden Locken; und es klang wie Musik und Gesang in des Trommelschlägers Stube; da war Freude und Leben und Bewegung. Der Trommelschläger schlug einen Wirbel, einen Freudenwirbel. Die Trommel ging, die Feuertrommel ging:

»Rotes Haar! Der Junge hat rotes Haar! Glaub dem Trommelfell und nicht den Worten der Mutter! Trommelom! Trommelom!«

Man brachte den Kleinen in die Kirche, er wurde getauft. Er wurde Peter genannt; über den Namen war nichts zu sagen. Die ganze Stadt, die Trommel mit inbegriffen, nannte ihn Peter, den Trommelschlägerjungen mit dem roten Haar; aber seine Mutter küsste ihn auf das rote Haar und nannte ihn Goldschatz.

Im Hohlwege, an der steilen Lehmwand, hatten gar viele ihre Namen eingeritzt, zur Erinnerung.

»Ruhm!«, sagte der Trommelschläger, »das ist immer etwas!« Und dann ritzte er auch seinen Namen und den seines kleinen Sohnes dort ein.

Und die Schwalben kamen; sie hatten auf ihren langen Reisen dauerhaftere Schrift in den Felsabhang, in die Wand des Tempels in Hindostan eingeritzt gesehen: große Taten von mächtigen Königen, unsterbliche Namen, so alt, dass jetzt niemand sie mehr lesen oder aussprechen konnte.

Namenwert! Berühmtheit!

Im Hohlweg bauten die Schwalben; sie bohrten sich Löcher in den Abhang, Wind und Regen bröckelten und spülten die Namen hinweg, auch den des Trommelschlägers und seines kleinen Sohnes.

»Peters blieb doch anderthalb Jahre stehen!«, sagte der Vater.

»Der Tor!«, dachte die Feuertrommel, aber sie sagte nur: »Dum, dum, dum! Dumelum!«

Er war ein Knabe voll Lust und Leben, dieser »Trommelschlägerjunge mit dem roten Haar«. Eine wunderschöne Stimme hatte er, er konnte singen, und er sang wie der Vogel im Walde; da war Melodie und doch keine Melodie.

»Er muss Chorknabe werden!«, sagte die Mütter; »in der Kirche singen und dort unter den schönen, vergoldeten Engeln stehen, denen er gleicht!«

»Feuerroter Kater!«, sagten die witzigen Köpfe in der Stadt. Die Trommel hörte es von den Nachbarsfrauen.

»Geh nicht nach Hause, Peter!«, riefen die Straßenjungen. »Wenn du im Dachstübchen schläfst, so brennt es im obersten Stockwerk, und die Feuertrommel geht!«

»Nehmt euch in acht vor den Trommelschlägeln!«, sagte Peter; und wie klein er auch war, ging er doch dreist drauflos und hieb gleich dem nächsten die Faust in den Magen, sodass ihm die Beine unterm Leib wegrutschten und die andern die Beine in die Hand nahmen, das heißt die eigenen.

Der Stadtmusikant war so vornehm und fein, er war der Sohn eines königlichen Silberbewahrers; der fand Gefallen an Peter, nahm ihn stundenlang mit nach Hause, schenkte ihm eine Violine und lehrte ihn spielen; es war, als liege es dem Jungen in den Fingern, er würde mehr als Trommelschläger werden, er würde Stadtmusikant werden.

»Ich will Soldat werden!«, sagte Peter; denn er war noch ein ganz kleiner Junge und fand, das Schönste in der Welt sei, ein Gewehr zu tragen und so gehen zu können: eins, zwei! Eins, zwei! Und Uniform und Säbel zu tragen.

»Du sollst lernen, dem Trommelfell zu gehorchen! Trommelom! Komm, komm!«, sagte die Trommel.

»Ja, wenn er bis zum General hinaufmarschieren könnte!«, sagte der Vater; »aber dann muss Krieg sein!«

»Davor behüte uns Gott!«, sagte die Mutter.

»Wir haben nichts zu verlieren!«, sagte der Vater.

»Freilich, wir haben doch meinen Jungen!«, sagte sie.

»Aber wenn er nun als General zurückkommt!«, sagte der Vater.

»Ohne Arme und Beine!«, sagte die Mutter; »nein, meinen Goldschatz will ich heil und ganz behalten!«

»Trom, trom, trom!« Die Feuertrommel ging, alle Trommeln gingen. Es war Krieg. Die Soldaten zogen davon, und der Trommelschlägerjunge zog mit. »Rotkopf! Goldschatz!« Die Mutter weinte; der Vater sah ihn in Gedanken schon ruhmbedeckt, der Stadtmusikant meinte, er solle nicht in den Krieg gehen, sondern bei der Musik daheim bleiben.

»Rotkopf!«, sagten die Soldaten, und Peter lachte; sagte aber einer »Fuchspelz!«, dann biss er den Mund zusammen und sah in die weite Welt hinaus; das Schimpfwort ging ihn nichts an.

Tüchtig war der Junge; frisch war sein Sinn und seine Laune froh, und das sei die beste Feldflasche, sagten die alten Kameraden.

In Wind und Regen, bis auf die Haut durchnässt, musste er manch liebe Nacht unter offnem Himmel liegen, aber die gute Laune verließ ihn nicht. Die Trommelschlägel flogen: »Trommelom! Alle Mann auf!« Ja, wahrlich, er war ein geborener Trommelschläger!

Es war am Morgen der Schlacht. Die Sonne war noch nicht aufgegangen, die Luft war kalt, der Kampf war heiß. In der Luft hing Nebel, aber noch mehr Pulverdampf. Die Kugeln und Granaten flogen über die Köpfe hinweg und in die Köpfe hinein und in die Leiber und die Glieder; doch vorwärts ging es. Hier und da sank einer in die Knie, mit blutiger Schläfe, kreideweiß im Gesicht. Der kleine Trommelschläger hatte seine gesunde Farbe noch; ihm war kein Haar gekrümmt; mit strahlendem Gesicht sah er dem Regimentshund zu, der vor ihm hersprang, so fröhlich, als sei das Ganze ein Scherz, als schlügen die Kugeln nur nieder, um mit ihm zu spielen.

»Marsch! Vorwärts, marsch!«, so lauteten die Kommandoworte für die Trommel; und die Worte waren nicht zurückzunehmen; aber sie konnten dennoch zurückgenommen werden, und es kann ein tiefer Sinn darin liegen. Und jetzt hieß es auf einmal: »Rückwärts, marsch!« Aber da schlug der kleine Trommelschläger: »Vorwärts, marsch!« Er hatte das Kommando so verstanden, und die Soldaten gehorchten dem Trommelfell. Es waren gute Trommelschläge, sie verliehen denen, die im Begriff waren zurückzuweichen, den Sieg.

Leben und Glieder wurden in dieser Schlacht eingebüßt. Die Granate zerreißt das Fleisch in blutige Stücke; die Granate zündet den Strohhaufen an, zu dem sich der Verwundete hingeschleppt hat, um viele Stunden, vielleicht für dies ganze Leben verlassen dazuliegen. Es hilft nicht, darüber nachzudenken! Und doch denkt man daran, selbst in weiter Ferne, in der friedlichen Stadt; dort dachten der Trommelschläger und seine Frau daran: Peter war ja mit im Krieg!

»Jetzt hab ich das Gejammre satt!«, sagte die Feuertrommel.

Es war am Morgen der Schlacht; die Sonne war noch nicht aufgegangen. Der Trommelschläger und seine Frau schliefen; sie hatten fast die ganze Nacht gewacht und von dem Sohn geredet; er war ja da draußen – »unter Gottes Hand«. Und der Vater träumte, dass der Krieg beendet sei, die Soldaten kehrten heim, und Peter hatte das silberne Kreuz auf der Brust; aber die Mutter träumte, sie komme in die Kirche und sähe die gemalten Bilder und die geschnitzten Engel mit dem vergoldeten Haar an, ihr eigener lieber Junge, ihres Herzens Goldschatz aber stand in weißen Kleidern mitten zwischen den Engeln und sang so herrlich, wie wohl nur Engel singen können, und mit denen hob er sich in den Sonnenschein empor und nickte seiner Mutter so liebevoll zu.

»Mein Goldschatz!«, rief sie und erwachte im selben Augenblick.

»Jetzt hat der liebe Gott ihn zu sich genommen!«, sagte sie, faltete ihre Hände, lehnte den Kopf gegen den Kattun-Bettvorhang und weinte. »Wo ruht er jetzt? Unter den Vielen in dem großen Grab, das sie für die Toten graben? Vielleicht in dem tiefen Moor! Niemand kennt sein Grab! Kein Gotteswort wird darüber gesprochen!« Und ein Vaterunser glitt lautlos über ihre Lippen. Der Kopf sank herab, sie war so müde und schlummerte ein.

Die Tage gehen dahin, im Leben und im Traum!

Es war gegen Abend; ein Regenbogen spannte sich über dem Walplatz aus, er berührte den Wald und das tiefe Moor. Ein alter Aberglaube sagt: wo der Regenbogen die Erde berührt, liegt ein Schatz begraben, ein Goldschatz; auch hier lag einer; niemand dachte an den kleinen Trommelschläger außer seiner Mutter, und daher träumte sie das.

Und die Tage gehen dahin, im Leben wie im Traum!

Nicht ein Haar war auf seinem Haupte gekrümmt, nicht ein Goldhaar. »Trammeram, trammeram, da ist er!«, hätte die Trommel sagen, hätte seine Mutter singen können, wenn sie es gesehen oder geträumt hätte.

Mit Gesang und Hurra, mit Siegesgrün ging es heimwärts, als der Krieg beendet, als der Friede geschlossen war. Der Regimentshund sprang in großen Bogen voran, als wolle er sich den Weg dreimal so lang machen, wie er war.

Und Wochen vergingen, und Tage vergingen, und Peter trat in die Stube der Eltern; er war so braun wie ein Wilder, seine Augen waren so klar, sein Gesicht strahlte wie eitel Sonnenschein. Und die Mutter hielt ihn in den Armen, küsste seinen Mund, seine Augen, sein rotes Haar. Sie hatte ihren Jungen wieder; er hatte kein silbernes Kreuz auf der Brust, wie es der Vater geträumt hatte, aber er hatte seine heilen Glieder, was die Mutter nicht geträumt hatte. Und das war eine Freude! Sie lachten, und sie weinten. Und Peter umarmte die alte Trommel.

»Da steht ja das alte Gerümpel noch!«, sagte er. Und der Vater schlug einen Wirbel darauf.

»Es ist wirklich, als wenn hier Großfeuer wäre!«, sagte die Feuertrommel. »Feuer im Dach, Feuer in den Herzen, Goldschatz! Rattatatat, Rattatatat!«

Und dann? Ja, was dann? Fragt nur den kleinen Stadtmusikanten.

»Peter wächst über die Trommel hinaus!«, sagte der; »Peter wird größer als ich!« Und er war doch der Sohn eines königlichen Silberbewahrers; aber alles, was er in einem langen Leben gelernt hatte, das lernte Peter in einem halben Jahr. Es lag etwas so Frisches, so Herzensgutes in seiner Natur. Die Augen strahlten, und das Haar strahlte – das ließ sich nicht leugnen.

»Er sollte sein Haar färben lassen!«, sagte die Nachbarin. »Der Tochter des Polizeisergeanten ist es so herrlich geglückt! Und sie hat sich auch verlobt!«

»Aber das Haar ist ja gleich nachher grün wie Entenflott geworden, und muss nun fortwährend aufgefärbt werden!«

»Das erlauben ihr ihre Mittel!«, sagte die Nachbarin, »und Peter hat es ja auch dazu. Er kommt in die vornehmsten Häuser, selbst bei Bürgermeisters, und gibt Fräulein Lotte Klavierstunden.«

Ja, spielen konnte er! Aus seinem Herzen heraus spielen, das schönste Stück, das noch auf keinem Notenblatt geschrieben stand. Er spielte in den hellen Nächten, und er spielte in den dunklen Nächten. Es sei nicht auszuhalten, sagten die Nachbarn und die Feuertrommel.

Er spielte, sodass die Gedanken sich emporschwangen und große Zukunftspläne aufstiegen: Ruhm!

Und Bürgermeisters Lotte saß am Klavier; ihre feinen Finger tanzten über die Tasten hin, sodass es in Peters Herz hineinklang; es war, als werde es ihm viel zu groß. Und das geschah nicht einmal, sondern unzählige Male, und da umfasste er eines Tages die feinen Finger und die schön geformte Hand und küsste sie und sah Lotte in die großen, braunen Augen; der liebe Gott weiß, was er sagte, wir andern dürfen es erraten, Lotte errötete über Hals und Schultern, nicht ein Wort sagte sie; – im selben Augenblick kam Besuch, des Etatsrats Sohn, der eine hohe, blanke Stirn hatte, die bis ganz nach hinten, bis in den Nacken hineinreichte. Und Peter saß lange bei ihnen, und Lotte sah ihn am freundlichsten an.

Am Abend, daheim, sprach er von der weiten Welt und von dem Goldschatz, der für ihn in der Violine liege: Ruhm!

»Tummelum, tummelum, tummelumsk!«, sagte die Feuertrommel. »Nun ist es ganz arg mit Peter! Ich glaube, es brennt im Oberstübchen!«

Am nächsten Tag ging die Mutter auf den Markt.

»Weißt du das Neueste, Peter?«, sagte sie, als sie zurückkam. »Ganz was Wunderschönes! Bürgermeisters Lotte hat sich mit Etatsrats ihrem Sohn verlobt; gestern Abend haben sie Verlobung gefeiert!«

»Nein!«, sagte Peter und sprang vom Stuhl auf. Die Mutter sagte aber ja; sie hatte es von der Frau des Barbiers gehört, und der ihr Mann hatte es aus des Bürgermeisters eignem Munde.

Und Peter wurde bleich wie eine Leiche, und er setzte sich wieder hin. »Großer Gott, was fehlt dir nur einmal?«, sagte die Mutter.

»Nichts, nichts! Lasst mich nur!«, sagte er, und die Tränen rannen ihm an den Wangen herab.

»Mein Herzensjunge, mein Goldschatz!«, sagte die Mutter und weinte, aber die Feuertrommel sang inwendig, nicht auswendig: »Lott ist tot, Lott ist tot!« Ja, nun ist das Lied aus!

Das Lied war nicht aus, da waren noch viele Verse, lange Verse, die allerschönsten, der Goldschatz eines Lebens.

»Sie läuft wie verrückt herum und spielt sich auf!«, sagte die Nachbarin. »Alle Welt soll die Briefe lesen, die sie von ihrem Goldschatz kriegt, soll hören, was die Zeitungen von ihm und seiner Violine erzählen. Und Geld schickt er ihr, das hat sie ja auch nötig, jetzt, wo sie Witwe ist.«

»Er spielt vor Kaisern und Königen!«, sagte der Stadt-Musikant. »Das war mir nicht beschieden; aber er ist mein Schüler, und er vergisst seinen alten Lehrer nicht.«

»Vater träumte einmal, Peter käme mit dem silbernen Kreuz auf der Brust aus dem Krieg nach Hause«, sagte die Mutter. »Im Krieg hat er es nicht gekriegt, da ist es wohl sehr schwer zu kriegen! Aber nun hat er das Ritterkreuz! Das hätte Vater doch noch erleben sollen!«

»Berühmt!«, sagte die Feuertrommel, und die Geburtsstadt sagte es auch: der Trommelschläger-Junge, Peter mit dem roten Haar, Peter, den sie alle als kleinen Burschen mit Holzschuhen gekannt hatten, den sie als Trommelschläger gesehen, und der ihnen zum Tanz aufgespielt hatte, der war jetzt berühmt!

»Er hat uns was vorgespielt, ehe er vor Kaisern und Königen spielte!«, sagte des Bürgermeisters Frau. »Er war damals ganz weg in Lotte! Er hat immer hoch hinaus gewollt! Damals war es unverschämt und töricht! Mein eigener Mann hat gelacht, als er von dem Unsinn hörte! Jetzt ist Lotte Etatsrätin!«

Es war ein Goldschatz in das Herz und die Seele des armen Kindes gelegt, das als kleiner Trommelschläger »Marsch, vorwärts!« schlug. Siegestöne für die, die im Begriff waren, zu fliehen. In seiner Brust lag ein Goldschatz, ein Duell von Tönen, sie brausten aus seiner Violine, als stecke eine ganze Orgel da drinnen, als tanzten alle die Elfen einer Sommernacht über die Saiten hin; daher rief er auch Entzücken in aller Herzen wach, und sein Name ward durch alle Lande getragen. Es war eine große Feuersbrunst, das Feuer der Begeisterung brannte lichterloh.

»Und dann ist er so schön!«, sagten die jungen Damen, und die alten sagten es auch; ja, die Allerälteste schaffte sich ein Album für berühmte Haarlocken an, nur um sich eine Locke von dem reichen, schönen Haarwuchs des jungen Violinspielers ausbitten zu können, einen Schatz, einen Goldschatz.

Und in das ärmliche Stübchen des Trommelschlägers trat der Sohn, fein wie ein Prinz, glücklicher als ein König. Die Augen waren so klar, das

Antlitz war eitel Sonnenschein. Und er hielt seine Mutter in den Armen, und sie küsste seinen warmen Mund und weinte so glückselig, wie man vor Freude weint; und er nickte jedem alten Möbel im Zimmer zu, der Kommode mit den Teetassen und den Blumengläsern darauf; er nickte der Bettbank zu, in der er als kleiner Knabe geschlafen hatte; aber die alte Feuertrommel stellte er mitten in die Stube und sagte zur Mutter und zur Trommel: »Vater würde heute einen Wirbel geschlagen haben! Jetzt muss ich es tun!«

Und er schlug ein wahres Donnerwetter auf der Trommel, und die fühlte sich so beehrt dadurch, dass ihr das Trommelfell zerplatzte.

»Er schlägt eine prächtige Faust!«, sagte die Trommel. »Nun habe ich doch für immer eine Erinnerung an ihn! Ich denk mir, Mutter wird auch noch platzen vor lauter Freude über ihren Goldschatz.«

Das ist die Geschichte vom Goldschatz.

Der Kobold und die Madame

Den Kobold kennst du; kennst du aber die Madame, die Gärtnerfrau? Sie besaß Bildung, wusste Gedichte auswendig, sie konnte mit Leichtigkeit selbst welche schreiben; nur die Reime, »das Klingelingeling«, wie sie es nannte, machten ihr ein wenig Mühe. Sie besaß Schreibtalent und Rednertalent, sie hätte sehr gut Pastor sein können, oder doch wenigstens Pastorin.

»Die Erde ist herrlich in ihrem Sonntagskleide!«, sagte sie, und den Gedanken hatte sie in Verse und »Klingeling« gebracht, hatte ein schönes, langes Lied darüber gemacht.

Der Seminarist, Herr Kisserup, der Name tut nichts zur Sache, des Gärtners Schwestersohn, war zu Besuch im Gärtnerhaus. Er hörte das Gedicht der Madame, und es tue ihm wohl, sagte er, so recht innerlich wohl. »Sie haben Geist, Madame«, sagte er.

»Unsinn!«, sagte der Gärtner. »Setz ihr nicht so was in den Kopf! Eine Frau soll Körper sein, anständiger Körper, und auf ihren Kochtopf Acht geben, damit die Grütze nicht anbrennt!«

»Das Angebrannte nehme ich mit einer Holzkohle weg!«, sagte die Madame. »Und die Verstimmung bei dir nehme ich mit einem kleinen Kuss weg. Man sollte glauben, du dächtest nur an Kohl und Kartoffeln, und doch liebst du die Blumen.« Und dann küsste sie ihn. »Die Blumen sind der Geist!«, sagte sie.

»Pass auf deinen Kochtopf!«, sagte er und ging in den Garten. Der war sein Kochtopf, und auf den gab er Acht.

Aber der Seminarist saß bei der Madame und redete mit der Madame. Über ihre schönen Worte: »Die Erde ist herrlich« hielt er gleichsam eine ganze Predigt auf seine Weise.

»Die Erde ist herrlich; machet sie euch untertan, ward gesagt, und wir wurden die Herrschaft. Einer ist es durch den Geist, der andere durch den Körper; der eine ward in die Welt gesetzt als Verwunderungs-Ausrufezeichen, ein anderer als Gedankenstrich, sodass man wohl fragen kann, was soll der hier? Einer wird Bischof, ein anderer nur ein armseliger Seminarist, aber alles ist weise eingerichtet. Die Erde ist herrlich, und sie ist immer im Sonntagskleide. Ihr Gedicht, Madame, war gedankenerweckend, voll Gefühl und Geografie.«

»Sie haben Geist, Herr Kisserup«, sagte die Madame, »viel Geist, das versichere ich Sie! Man bekommt Klarheit über sich selbst, wenn man mit Ihnen redet!«

Und dann redeten sie weiter, ebenso schön und ebenso gut; aber draußen in der Küche, da redete auch jemand, nämlich der Kobold, der kleine grau gekleidete Kobold mit der roten Mütze; du kennst ihn! Der Kobold saß in der Küche und war Topfgucker; er redete, aber niemand hörte ihn, außer der großen, schwarzen Miezekatze, dem »Sahnedieb«, wie die Madame sie nannte.

Der Kobold war so böse auf die Madame, denn sie glaubte nicht an sein Vorhandensein, das wusste er; sie hatte ihn freilich niemals gesehen, aber bei all ihrer Belesenheit musste sie doch wissen, dass er existierte, und ihm dann eine kleine Aufmerksamkeit erweisen. Es fiel ihr niemals ein, am Weihnachtsabend auch nur einen Löffel voll Grütze für ihn hinzusetzen, das hatten alle seine Vorfahren bekommen, und zwar von lauter Madams, die gar keine Gelehrsamkeit besaßen. Die Grütze hatte in Butter und Sahne geschwommen. Der Katze wurde ganz feucht um den Bart, wenn sie nur davon hörte.

»Sie nennt mich einen Begriff!«, sagte der Kobold; »das geht wirklich über meine Begriffe. Sie verleugnet mich ja! Das hab ich ihr abgelauert, und nun hab ich wieder gelauert. Sie sitzt da und säuselt dem Seminaristen, diesem Büchsenspanner, was vor. Ich sage mit Vatern: ›Pass du auf deinen Kochtopf!‹ Das tut sie aber nicht, und nun will ich dafür sorgen, dass er überkocht!«

Und der Kobold blies ins Feuer, dass es aufflackerte und brannte. »Surre–rurre–rug!«, da kochte der Kochtopf über.

»Jetzt will ich hineingehen und Löcher in Vaters Socken zupfen!«, sagte der Kobold. »Ich will ein großes Loch in den Hacken und in die Zehe bohren, dann hat sie was zu stopfen, wenn sie nicht dichten muss. Dicht-Madame, stopf Vaters Strümpfe!«

Die Katze musste niesen; sie war erkältet, obwohl sie immer mit einem Pelz ging.

»Ich habe die Speisekammertür aufgemacht«, sagte der Kobold; »da steht aufgekochte Sahne, so dick wie Mehlpaps. Willst du nicht naschen, so werde ich es tun!«

»Wenn ich doch die Schuld und die Prügel bekomme, so will ich doch auch wenigstens von der Sahne schlecken!«, sagte die Katze.

»Erst die Sahne, dann die Haue!«, sagte der Kobold. »Aber nun will ich in des Seminaristen Stube gehen, seine Tragbänder über den Spiegel hängen und seine Socken in die Waschschüssel legen, dann glaubt er, dass der Punsch zu stark gewesen ist und dass ihm wirr im Kopfe ist. Über Nacht saß ich auf dem Holzstapel neben der Hundehütte; es ist mein größtes Vergnügen, den Kettenhund zu necken; ich ließ meine Beine herabhängen und baumelte damit. Der Hund konnte sie nicht erreichen, wie hoch er auch sprang; das ärgerte ihn. Er kläffte und kläffte, ich baumelte und baumelte; es war ein Spektakel. Der Seminarist erwachte davon; er stand dreimal auf und guckte hinaus, aber er sah mich nicht, obwohl er eine Brille aufhatte; er schläft immer mit der Brille!«

»Sag miau, wenn die Madame kommt!«, sagte die Katze. »Ich höre nicht gut, ich bin heute krank.«

»Du bist nur schleckkrank!«, sagte der Kobold. »Schleck drauflos, schleck die Krankheit weg! Aber trockne dir den Bart, damit keine Sahne daran hängen bleibt! Ich will jetzt hingehen und lauschen.«

Und der Kobold stand an der Tür, und die Tür stand angelehnt, da war niemand im Zimmer als die Madame und der Seminarist. Sie sprachen über das, was man, wie sich der Seminarist schön ausdrückte, in jedem Hause über Kochtöpfe und Kessel setzen sollte: über die Gaben des Geistes.

»Herr Kisserup!«, sagte die Madame, »nun will ich Ihnen in Bezug hierauf etwas zeigen, was ich bisher noch keiner menschlichen Seele, am allerwenigsten aber einem Manne gezeigt habe, nämlich meine kleinen Dichtungen; einige sind ja freilich ein wenig lang. Jetzt sollen Sie sie hören.«

Und sie entnahm der Schublade ein Schreibheft mit hellgrünem Umschlag und zwei Tintenklecksen.

»Es steht viel Ernst in dem Buch!«, sagte sie. »Ich habe am meisten Sinn für das Traurige. Da ist ›Der Seufzer in der Nacht‹, ›Mein Abendrot‹ und ›Als ich Klemmensen bekam‹. Das letztere können Sie überschlagen, obwohl viel Gefühl und tiefe Gedanken darin sind. ›Hausfrauen-Pflichten‹ ist das Beste! Aber alle Gedichte sind traurig, darin liegt nun einmal meine Begabung. Nur eins ist in scherzendem Ton gehalten, das sind einige muntere Gedanken, wie man sie ja auch haben kann. – Sie müssen nicht über mich lachen! – Gedanken darüber – wenn man Dichterin ist. Das kenne nur ich selbst und meine Schublade, und nun kennen Sie es, Herr Kisserup! Ich liebe die Poesie, sie kommt so über mich, sie neckt mich, sie beherrscht, regiert mich. Ich habe das in dem Gedicht ›Der kleine Kobold‹ zum Ausdruck gebracht. Sie kennen ja den alten Volksglauben von dem Hauskobold, der stets sein Spiel im Hause treibt. Ich habe mir gedacht, dass ich selbst das Haus bin, und dass die Poesie, die Gefühle in mir, der Kobold sind, der Geist, der regiert; seine Macht, seine Gewalt habe ich in ›Der kleine Kobold‹ besungen. Aber Sie müssen mir mit Hand und Mund geloben, dass Sie das niemals an meinen Mann oder an sonst jemand verraten. Lesen Sie es laut, damit ich hören kann, ob Sie meine Schrift lesen können.«

Und der Seminarist las, und die Madame hörte zu, und der kleine Kobold hörte zu; er horchte, wie du ja weißt, und war gerade in dem Augenblick gekommen, als die Überschrift ›Der kleine Kobold‹ gelesen wurde.

»Das betrifft mich ja!«, sagte er. »Was kann sie nur über mich geschrieben haben? Ja, ich will sie schon zwicken; ich nehme ihr die Eier weg, nehme ihr die Kücklein weg, jage dem Fettkalb das Fett ab. Sie sollen mich schon kennen lernen, Madame!«

Und er lauschte mit spitzem Mund und langen Ohren; aber je mehr er von der Herrlichkeit und Macht des Kobolds, von seiner Gewalt über die Madame hörte – damit meinte sie ja, wie du wohl weißt, die Dichtkunst, aber der Kobold hielt sich wörtlich an die Überschrift –, um so heller wurde sein Lächeln, um so mehr strahlten seine Augen vor Freude, es kam etwas Vornehmes in seine Mundwinkel; er hob seine Fersen in die Höhe, stand auf den Zehenspitzen, wurde einen ganzen Zoll größer als sonst; er war entzückt über alles, was von dem kleinen Kobold gesagt wurde.

»Die Madame hat Geist und große Bildung! Wie hab ich der Frau doch unrecht getan! Sie hat mich in ihre Dichtung eingereiht, ich werde gedruckt und gelesen werden! Von nun an soll die Katze nicht mehr Erlaubnis haben, ihre Sahne zu trinken, das werde ich selbst tun! Einer trinkt weniger als zweie, das ist immer eine Ersparnis, und die will ich einführen, und die Madame will ich achten und ehren.«

»Er ist ja der reine Mensch, dieser Kobold!«, sagte die Katze. »Nur ein süßes Miau von der Madame, ein Miau über ihn selbst, und dann ist er gleich andern Sinnes. Sie ist schlau, die Madame!«

Aber die Madame war gar nicht schlau, aber der Kobold war so, wie sonst die Menschen sind.

Wenn du diese Geschichte nicht verstehen kannst, so darfst du fragen; aber den Kobold musst du nicht fragen, und die Madame auch nicht.

Aufgeschoben ist nicht aufgehoben

Es lag einmal ein altes Schloss mit sumpfigen Gräben und einer Zugbrücke; die war häufiger aufgezogen als herabgelassen; nicht alle Gäste, die kommen, sind angenehm. Unter dem Dachfirst waren Öffnungen, durch die man hinausschießen und hin und wieder auch kochendes Wasser, ja, geschmolzenes Blei auf den Feind herabgießen konnte, wenn er zu nahe kam. Drinnen waren die Räume hoch, und das war gut für den vielen Rauch, der aus dem Kaminfeuer aufstieg, in dem die großen, nassen Holzscheite lagen. An den Wänden hingen Bilder von geharnischten Männern und von stolzen Frauen in steifen Kleidern; die stolzeste von ihnen allen ging hier drinnen lebendig umher, sie hieß Mette Mogens und war Herrin im Schloss.

Zur Abendzeit kamen Räuber; sie erschlugen drei von ihren Leuten und auch den Kettenhund, und dann legten sie Frau Mette an die Hundekette in der Hundehütte fest; sie selbst aber setzten sich oben im Saal hin und tranken den Wein aus ihrem Keller und all das gute Bier.

Frau Mette stand an der Hundekette; sie konnte nicht einmal bellen.

Da kam der Bursche der Räuber; er schlich so leise herbei, niemand sollte es merken, denn sonst hätten sie ihn totgeschlagen.

»Frau Mette Mogens«, sagte der Bursche, »weißt du noch, wie mein Vater auf dem hölzernen Pferd ritt, als noch dein Gemahl Herr im Schloss war? Da batest du für ihn, aber es half nicht, er sollte sich zuschanden reiten, du aber schlichst hinunter, so wie ich jetzt hinuntergeschlichen bin, und legtest selbst einen kleinen Stein unter seine beiden Füße, damit er Ruhe finden möge. Niemand sah es, oder auch, sie taten, als sähen sie es nicht, weil du die junge, gnädige Frau warst. Das hat mein Vater erzählt, und ich habe es nicht vergessen, der Dank ist aufgeschoben, aber nicht aufgehoben! Und darum löse ich jetzt deine Bande, Frau Mette Mogens!«

Und dann zogen sie ein Paar Pferde aus dem Stall und ritten in Sturm und Regen hinaus, um bei Freunden Hilfe zu suchen.

»Das war eine gute Bezahlung für das kleine Liebeswerk, das ich an dem alten Manne getan«, sagte Frau Mette Mogens.

»Aufgeschoben ist nicht aufgehoben!«, sagte der Bursche.

Die Räuber wurden aber gehängt.

Es lag einmal ein altes Schloss, es liegt noch heute da; es war nicht Frau Mette Mogens' Besitz, es gehört einer andern hochadeligen Familie.

Die Geschichte spielt in unserer Zeit. Die Sonne scheint auf die vergoldete Spitze des Turmes, kleine Waldinseln liegen wie Blumensträuße auf dem Wasser, und rings um sie herum schwimmen die wilden Schwäne. Im Garten wachsen Rosen, die Schlossherrin selbst ist das zarteste Rosenblatt, es strahlt vor Freude; die Freude der guten Werke strahlt nicht in die weite Welt hinaus, sie strahlt in den Herzen.

Jetzt verlässt sie das Schloss und begibt sich nach dem kleinen Ausmärkerhaus draußen auf dem Felde. Dort wohnt ein armes, gichtbrüchiges Mädchen; das Fenster in der kleinen Stube liegt nach Norden, die Sonne kommt nicht dahin; sie kann nur über ein Stück Feld hinaussehen, das der hohe Graben abschließt. Aber heute ist hier Sonnenschein, unseres lieben Gottes schöne, warme Sonne scheint hier drinnen; sie kommt aus Süden durch das neue Fenster, wo bisher nur eine Mauer war.

Die Gichtbrüchige sitzt in dem warmen Sonnenschein, sieht Wald und Strand, die Welt ist so groß und so schön geworden, und das alles durch ein einziges Wort der freundlichen Schlossherrin.

»Das Wort war so leicht, die Tat so gering!«, sagt sie; »die Freude, die mir ward, war unendlich groß und herrlich!«

Und darum übt sie so viele Liebeswerke, denkt an alle in den armen Häusern und in den reichen Häusern, wo es auch Betrübte gibt. Sie tut es im Stillen und Verborgenen, aber der liebe Gott sieht es und lohnt es ihr einst. Aufgeschoben ist nicht aufgehoben!

Drinnen in der großen, geschäftigen Stadt lag ein altes Haus. Da waren Zimmer und Säle, aber in die gehen wir nicht hinein; wir bleiben in der Küche, da ist es warm und hell, da ist es reinlich und zierlich. Das Kupfergeschirr blitzt, der Tisch ist so blank, als sei er gebohnert, die Abwasche sieht aus wie ein frisch gescheuertes Speckbrett; das alles hat das einzige Mädchen ausgerichtet, und dabei hat sie doch Zeit gehabt, sich so sauber anzuziehen, als wollte sie zur Kirche gehen. Sie trägt eine Schleife an der Mütze, eine schwarze Schleife; das bedeutet Trauer. Sie hat ja niemand, um den sie trauern könnte; sie hat ja weder Vater noch Mutter, weder Verwandte noch einen Liebsten; sie ist ein armes Mädchen. Einmal ist sie verlobt gewesen mit einem armen Burschen; sie hatten sich herzlich lieb. Da kam er eines Tages zu ihr.

»Wir haben beide nichts!«, sagte er. »Die reiche Witwe drüben im Keller hat mir warme Worte gesagt; sie will mich zum wohlhabenden Mann machen; aber du lebst in meinem Herzen. Was rätst du mir, dass ich tun soll?«

»Tue das, was du für dein Glück hältst!«, sagte das Mädchen. »Sei gut und liebevoll gegen sie, bedenke aber, von dem Augenblick an, wo wir uns trennen, können wir einander nicht wieder sehen!«

Und dann vergingen ein paar Jahre; da begegnete sie auf der Straße ihrem ehemaligen Freund und Liebsten; er sah krank und elend aus; da konnte sie es nicht lassen, sie musste fragen: »Wie geht es dir denn?«

»Reich und gut über alle Maßen!«, sagte er. »Die Frau ist brav und gut, aber du lebst in meinem Herzen. Ich habe meinen Kampf gekämpft, bald ist es zu Ende! Wir sehen uns erst beim lieben Gott wieder!«

Seitdem ist eine Woche vergangen; heute Morgen hat in der Zeitung gestanden, dass er gestorben ist. Und darum trägt das Mädchen Trauer. Der Geliebte ist gestorben, betrauert von seiner Frau und drei Stiefkindern, so steht es in der Zeitung; das klingt, als sei die Glocke gesprungen, und doch ist das Erz rein.

Die schwarze Schleife bedeutet Trauer, das Gesicht des Mädchens drückt noch mehr Trauer aus; die sitzt im Herzen und wird nie daraus verschwinden. Aufgeschoben ist nicht aufgehoben!

Das sind drei Geschichten, drei Blätter an einem Stängel. Wünschest du noch mehr Kleeblätter? Da sind viele im Buche des Herzens, und was darin aufbewahrt ist, wird nie vergessen!

Des Hauswarts Sohn

Der General wohnte im ersten Stockwerk, der Hauswart wohnte im Keller; es war ein großer Abstand zwischen den beiden Familien, das ganze Erdgeschoss und die Rangordnung; aber unter einem Dache wohnten sie und mit der Aussicht auf die Straße und den Hof. Und auf dem Hof war ein Rasenplatz mit einer blühenden Akazie, wenn sie blühte, und darunter saß zuweilen eine geputzte Amme mit dem noch mehr geputzten Kind des Generals, der »kleinen Emilie«. Vor ihnen tanzte auf seinen bloßen Beinen des Hauswarts kleiner Junge mit den großen, braunen Augen und dem dunklen Haar, und die Kleine lachte ihm zu und streckte die Händchen nach ihm aus, und wenn der General das von seinem Fenster aus sah, so nickte er hinunter und sagte: »Scharmant!« Die Generalin selbst, die so jung war, dass sie fast ihres Gatten Tochter aus einer frühen Ehe hätte sein können, sah nie zu dem Fenster auf den Hof hinaus, aber sie hatte Befehl gegeben, der kleine Junge aus dem Keller dürfe gern mit dem Kinde spielen, es aber nicht anrühren. Die Amme gehorchte genau dem Befehl der gnädigen Frau.

Und die Sonne schien zu den Bewohnern des ersten Stockwerks und zu denen im Keller hinein, die Akazie setzte Blüten an, und sie fielen wieder ab und im nächsten Jahr kamen neue; der Baum blühte und des Hauswarts kleiner Sohn blühte, er sah aus wie eine frische Tulpe.

Die kleine Tochter des Generals blieb fein und bleich wie das blassrosa Blatt der Akazienblüte. Jetzt kam sie nur noch selten hinunter zu dem Baum, sie schöpfte frische Luft in der Kutsche. Sie fuhr mit Mama spazieren, und dann nickte sie immer Hauswarts Georg zu, ja, warf ihm ein Kusshändchen zu, bis ihre Mutter sagte, dass sie jetzt zu groß dazu sei.

Eines Morgens sollte er dem General die Zeitungen und Briefe hinaufbringen, die der Postbote unten beim Hauswart abgegeben hatte. Als er die Treppe hinauflief und an der Tür zum Sandloch vorbeikam, hörte er etwas da drinnen piepsen; er glaubte, es sei ein Kücklein, das sich dahinein verirrt habe, und stattdessen war es des Generals kleines Töchterchen in Flor und Spitzen.

»Sag es nur ja nicht an Papa und Mama, denn dann werden die böse!«

»Aber was ist denn dies hier, kleines Fräulein?«, fragte Georg.

»Es brennt alles zusammen!«, sagte sie. »Es brennt lichterloh!«

Georg öffnete die Tür zum Kinderzimmer. Die Gardine am Fenster war fast heruntergebrannt, der Gardinenhalter stand in Flammen. Georg sprang hinauf, riss die Stange herunter, rief Leute herbei; ohne ihn wäre ein Hausbrand entstanden.

Der General und die Generalin examinierten die kleine Emilie.

»Ich hab nur ein einziges Streichholz genommen!«, sagte sie, »da brannte es gleich, und die Gardine brannte auch gleich. Ich spuckte, um zu löschen, ich spuckte, soviel ich nur konnte, aber ich hatte nicht Spucke genug, und da lief ich hinaus und versteckte mich, weil Papa und Mama böse werden.«

»Du spucktest!«, sagte der General. »Was für ein Wort ist das? Wann hast du gehört, dass Papa oder Mama spucken gesagt haben? Das wirst du unten gehört haben!«

Aber der kleine Georg bekam vier Schilling. Die wurden nicht beim Konditor angelegt, sie wanderten in die Sparkasse, und bald waren da so viele Schillinge, dass er sich einen Malkasten kaufen konnte, und nun malte er alle seine Zeichnungen an. Er hatte eine ganze Menge Zeichnungen, die kamen ihm förmlich aus den Fingern und aus dem Bleistift heraus. Die ersten bunten Bilder schenkte er der kleinen Emilie.

»Scharmant!«, sagte der General; selbst die Generalin gab zu, dass man deutlich sehen könne, was der Kleine sich gedacht hatte. »Genius hat er!« Die Worte brachte die Frau des Hauswarts mit in den Keller hinab.

Der General und seine Frau waren vornehme Leute; sie hatten zwei Wappen an ihrem Wagen, eins für einen jeden von ihnen; die gnädige Frau hatte das Wappen auf jedem Kleidungsstück, auswendig und inwendig, auf ihrer Nachtmütze und ihrer Nachtzeugtasche. Das eine Wappen, das der Gnädigen, war ein kostbares Wappen, ihr Vater hatte es für blanke Taler gekauft, denn er war nicht damit geboren, sie auch nicht; sie war zu früh gekommen, sieben Jahre vor dem Wappen; dessen erinnerten sich die meisten Leute, nur nicht die Familie. Das Wappen des Generals war alt und groß, es war keine Kleinigkeit, es mit Anstand zu tragen, geschweige denn, zwei Wappen zu tragen. Das sah man der Generalin denn auch an, wenn sie steif und stattlich zum Hofball fuhr.

Der General war alt und grau, aber er saß gut zu Pferd, das wusste er, und jeden Tag ritt er aus, seinen Reitknecht in passendem Abstand hinter sich. Wenn er in Gesellschaft kam, so sah es aus, als komme er auf seinem hohen Ross hereingeritten, und er hatte so viele Orden, dass es fast unbegreiflich war, aber das war nun wirklich nicht seine Schuld. Als ganz junger Mann hatte er die militärische Karriere eingeschlagen und hatte alle die großen Herbstmanöver mitgemacht, die in Friedenszeiten über die Truppen abgehalten wurden. Aus jener Zeit stammte eine Anekdote, die einzige, die er zu erzählen wusste: sein Unteroffizier schnitt einem der Prinzen den Rückzug ab und macht ihn zum Gefangenen, und nun musste der Prinz mit seinem kleinen Trupp gefangener Soldaten, selbst als Gefangener, hinter dem General her in die Stadt einreiten. Das war ein unvergessliches Ereignis, das während all der Jahre von dem General wieder erzählt wurde mit genau denselben denkwürdigen Worten, die er gesagt hatte, als er dem Prinzen den Säbel wieder überreichte: »Nur mein Unteroffizier konnte Eure Hoheit gefangen nehmen, ich hätte es nie gekonnt!«, und der Prinz halte ihm darauf geantwortet: »Sie sind unvergleichlich!« In einem wirklichen Krieg war der General niemals gewesen; als es wirklich Krieg gab, war der General zur Diplomatie übergegangen und hielt sich längere Zeit an drei verschiedenen ausländischen Höfen auf. Er sprach die französische Sprache so gut, dass er seine Muttersprache fast ganz vergaß; er tanzte gut, er ritt gut, eine Unmenge von Orden schmückte seine Brust; die Schildwachen präsentierten vor ihm, eins der schönsten jungen Mädchen ward seine Gattin, und sie bekamen ein entzückendes kleines Kind, es war so liebreizend, dass man hätte denken können, es sei vom Himmel gefallen, und der Sohn des Hauswarts tanzte auf dem Hofe vor ihm und schenkte ihm alle seine bunt gemalten Zeichnungen, und die Kleine sah sie an und freute sich darüber und zerriss sie. Sie war so fein und so niedlich.

»Mein Rosenblatt!«, sagte die Generalin. »Für einen Prinzen bist du geboren!«

Der Prinz stand bereits draußen vor der Tür, man wusste es nur nicht; die Menschen sehen nicht weit über die Türschwelle hinaus.

»Neulich hat unser Junge, weiß Gott, sein Butterbrot mit ihr geteilt!«, sagte die Frau des Hauswarts; »es war weder Käse noch Fleisch darauf, aber es hat ihr geschmeckt, als wenn es Rinderbraten gewesen wär. Das hätte was gegeben, wenn Generals die Mahlzeit gesehen hätten, aber sie haben es gottlob nicht gesehen!«

Georg hatte sein Butterbrot mit der kleinen Emilie geteilt; gern hätte er sein Herz mit ihr geteilt, wenn es ihr nur Vergnügen gemacht hätte. Er war ein guter Junge, er war aufgeweckt und klug, er besuchte jetzt die Abendschule der Akademie, um richtig zeichnen zu lernen. Die kleine Emilie machte ebenfalls Fortschritte in Bezug auf Kenntnisse; sie sprach französisch mit ihrer Bonne und hatte Unterricht beim Tanzmeister.

»Zu Ostern soll Georg eingesegnet werden!«, sagte die Frau des Hauswarts; so weit war Georg.

»Am richtigsten wäre es wohl, wenn er dann in die Lehre käme«, sagte der Vater. »Eine anständige Profession muss es sein! Und dann sind wir ihn aus dem Hause los!«

»Er wird doch bei uns schlafen müssen!«, sagte die Mutter; »es ist nicht leicht, einen Meister zu finden, der Platz hat. Kleiden müssen wir ihn ja auch, das bisschen Essen, was er isst, werden wir auch schon aufbringen, mit ein paar gekochten Kartoffeln ist er ja zufrieden, freien Unterricht hat er. Lass du ihn nur seinen Weg gehen, du sollst sehen, wir werden Freude an ihm erleben, das hat der Professor auch gesagt!«

Der Konfirmationsanzug war fertig, Mutter hatte ihn selbst genäht, aber er war vom Flickschneider zugeschnitten, und der hatte einen guten Schnitt; wäre er anders gestellt gewesen, sodass er eine Werkstatt mit Gesellen hätte halten können, so hätte der Mann sehr wohl Hofschneider werden können, sagte die Frau des Hauswarts.

Die Kleider waren fertig, und der Konfirmand war bereit. Georg erhielt an seinem Konfirmationstag eine große Tombakuhr von seinem Paten, dem alten Gehilfen des Speckhökers, der der wohlhabendste von Georgs Paten war. Die Uhr war alt und erprobt, sie ging immer vor, aber das ist besser, als wenn sie nachgeht. Das war ein kostbares Geschenk; und von Generals kam ein Gesangbuch in Saffianleder, von dem kleinen Fräulein gesandt, dem Georg so oft Bilder geschenkt hatte. Vornan im Buch stand sein Name und ihr Name und »huldvolle Gönnerin«. Das war nach dem Diktat der Generalin geschrieben, und der General hatte es durchgelesen und »Scharmant!« dazu gesagt.

»Das war wirklich eine große Aufmerksamkeit von einer so vornehmen Herrschaft«, sagte die Frau des Hauswarts; und Georg musste in seinem Konfirmationsanzug und mit dem Gesangbuch hinauf und sich bedanken.

Die Generalin saß ganz eingehüllt da und hatte ihre großen Kopfschmerzen, die sie immer hatte, wenn sie sich langweilte. Sie sah Georg sehr freundlich an und wünschte ihm alles Gute und dass er niemals ihre Kopfschmerzen bekommen möchte. Der General war in Schlafrock und Zipfelmütze und hatte russische Stiefel mit roten Schäften an; er ging dreimal im Zimmer auf und nieder, in Gedanken und Erinnerungen versunken, dann blieb er stehen und sagte:

»Lieber Georg, so bist du denn also jetzt in die Christenheit aufgenommen! Sei auch ein braver Mann, der seine Obrigkeit ehrt! Wenn du einstmals ein alter Mann bist, kannst du sagen, dass dir der General den Ratschlag mit auf den Weg gegeben hat!«

Dies war eine längere Rede, als wie sie der General sonst hielt, darauf kehrte er wieder zu seinen stillschweigenden Betrachtungen zurück und sah vornehm aus. Doch von allem, was Georg hier oben sah und hörte, haftete das kleine Fräulein Emilie am festesten in seinem Gedächtnis. Wie süß und sanft war sie doch, wie schwebend, wie fein! Wenn sie abgezeichnet werden sollte, musste es in einer Seifenblase geschehen. Es hing ein Duft in ihren Kleidern, in ihrem blond gelockten Haar, als sei sie ein eben erblühter Rosenstock; und mit ihr hatte er einmal sein Butterbrot geteilt! Sie hatte es mit mächtigem Appetit verzehrt und ihm bei jedem zweiten Bissen zugenickt. Ob sie sich dessen noch entsann? Freilich, sie hatte ihm ja in Erinnerung hieran das schöne Gesangbuch geschenkt, und als zum ersten Mal wieder der erste Neumond im neuen Jahr am Himmel stand, ging er mit einem Stück Brot und einem Schilling hinaus und schlug im Gesangbuch auf, um zu sehen, welcher Gesang für ihn bestimmt sei. Es war ein Lob- und Danklied; und dann schlug er auf, um zu sehen, was der kleinen Emilie bestimmt sein würde; er nahm sich recht in Acht, dass er nicht dort aufschlug, wo die Sterbelieder standen, und dann geriet er trotzdem zwischen Grab und Tod. Aber es war ja Unsinn, an so etwas zu glauben. Und doch ergriff ihn eine große Angst, als das reizende kleine Mädchen bald darauf das Bett hüten musste und jeden Mittag der Wagen des Doktors vor der Tür hielt.

»Sie behalten sie nicht!«, sagte die Frau des Hauswarts. »Der liebe Gott weiß auch, wen er gerne haben möchte!«

Aber sie behielten sie; und Georg zeichnete Bilder und schickte sie ihr; er zeichnete das Schloss des Zaren, den alten Kreml in Moskau, genau so wie er da stand mit Kuppeln und Türmen, sie sahen aus wie riesengroße, grüne und vergoldete Gurken, wenigstens auf Georgs Zeichnung. Sie machten der kleinen Emilie so viel Vergnügen, und deswegen schickte ihr Georg im Laufe der Woche noch ein paar Bilder, alles Gebäude, denn dabei konnte er selbst sich so viel denken hinter den Türen und Fenstern.

Er zeichnete ein chinesisches Haus mit einem Glockenspiel durch alle sechzehn Stockwerke; er zeichnete zwei griechische Tempel mit schlanken Marmorsäulen und einer Treppe ringsherum; man konnte sehen, dass er ganz aus Balken war, ausgehauen und wunderlich zusammengestellt, jedes Stockwerk sah so aus, als habe es Wiegengängeln. Am schönsten war aber doch auf einem Blatt das Schloss, das er »der kleinen Emilie Schloss« nannte. So sollte sie wohnen; das hatte sich Georg ganz genau ausgedacht, und er halte zu diesem Schloss alles genommen, was er an den andern Gebäuden am schönsten fand. Es hatte geschnitzte Balken wie die norwegische Kirche, Marmorsäulen wie ein griechischer Tempel, ein Glockenspiel in jedem Stockwerk, und ganz oben Kuppeln, grüne und vergoldete, wie am Kreml des Zaren. Es war ein richtiges Kinderschloss, und unter jedem Fenster stand geschrieben, wozu dieser Saal oder dies Zimmer dienen sollte: Hier schläft Emilie, hier tanzt Emilie, und hier spielt sie: Es kommt Besuch! Das war amüsant anzusehen, und es wurde gründlich angesehen.

»Scharmant!«, sagte der General.

Aber der alte Graf, denn da war ein alter Graf, der noch vornehmer war als der General, und selbst ein Schloss und ein Rittergut hatte, der sagte nichts; er hörte, dass es von dem kleinen Sohn des Hauswarts ersonnen und gezeichnet sei. Nun, so klein war er ja freilich nicht mehr; er war ja schon eingesegnet. Der alte Graf betrachtete die Bilder und hatte so seine eigenen, stillen Gedanken dabei.

Eines Tages, als das Wetter so recht grau und nass und grässlich war, sollte sich der Tag für den kleinen Georg zu einem der lichtesten und besten gestalten. Der Professor der Kunstakademie ließ ihn zu sich kommen.

»Höre einmal, mein Freund, lass uns ein wenig miteinander plaudern! Der liebe Gott ist in Bezug auf Fähigkeiten sehr gut gegen dich gewesen, er ist auch in Bezug auf gute Menschen gut gegen dich. Der alte Graf dort von der Ecke hat mir von dir gesprochen; ich habe auch deine Bilder gesehen, darüber wollen wir einen Strich machen, es ist viel daran auszusetzen! Nun kannst du zweimal wöchentlich in meinen Zeichenunterricht kommen, dann wird es damit schon besser werden. Ich glaube, du hast mehr Anlage zum Baumeister als zum Maler; aber du hast ja Zeit genug, um dir das zu überlegen! Du musst jedenfalls noch heute zu dem alten Grafen im Eckhaus gehen, und danke du deinem Schöpfer, dass er dir den Mann gesandt hat!«

Der Graf wohnte in einem großen Eckhaus; da waren ausgehauene Elefanten und Dromedare um die Fenster herum, alles aus alten Zeiten; aber der alte Graf interessierte sich am meisten für die neue Zeit und alles Gute, was sie brachte, mochte es aus dem ersten Stockwerk, aus dem Keller oder der Mansarde kommen.

»Ich glaube«, sagte die Frau des Hauswarts, »dass, je vornehmer die Leute wirklich sind, je weniger stellen sie sich an. Wie reizend und natürlich der alte Graf ist! Und er spricht, weiß Gott, geradeso wie du und ich; das können Generals nicht. Georg war ja gestern auch ganz aus dem Häuschen, weil der Graf so freundlich gegen ihn gewesen war; und heut, wo ich mit dem mächtigen Mann gesprochen hab, geht es mir geradeso! War es nun nicht ein Glück, dass wir den Jungen nicht in die Handwerkerlehre gegeben haben! Talent hat er!«

»Aber das nützt alles nicht, wenn man keine Unterstützung von außen hat!«, sagte der Vater.

»Die hat er jetzt!«, sagte die Mutter. »Der Graf sprach sich ganz klar und deutlich darüber aus!«

»Von Generals ist das Ganze aber doch ausgegangen!«, sagte der Vater. »Bei denen müssen wir uns auch bedanken.«

»Das können wir ja gern tun!«, sagte die Mutter, »wenn ich auch gerade nicht einsehen kann, was wir denen groß zu verdanken haben. Aber dem lieben Gott will ich danken, und ich will mich auch bei ihm dafür bedanken, dass die kleine Emilie wieder besser wird!«

Die kleine Emilie machte wirklich Fortschritte, und Georg machte auch Fortschritte; im Lauf des Jahres bekam er die kleine silberne Medaille, und später auch die große.

»Es wäre doch besser gewesen, wenn wir ihn in die Handwerkerlehre gegeben hätten!«, sagte die Frau des Hauswarts und weinte; »dann hätten wir ihn jetzt behalten. Was soll er in Rom? Ich krieg ihn nie wieder zu sehen, selbst wenn er je wieder nach Hause kommt, aber er kommt nie wieder nach Hause, das süße Kind!«

»Das ist aber doch sein Glück und sein Ruhm!«, sagte der Vater.

»Ja, das sagst du wohl!«, entgegnete die Mutter, »du sagst auch vieles, was du gar nicht meinst! Du bist ebenso betrübt wie ich!«

Und es hatte seine Richtigkeit mit der Betrübnis und mit der Abreise. Es sei ein großes Glück für den jungen Menschen, sagten alle Leute.

Und nun ging es ans Abschiednehmen. Auch beim General; aber die Gnädige ließ sich nicht blicken, sie hatte ihre großen Kopfschmerzen. Der General erzählte zum Abschied seine einzige Anekdote, was er zu dem Prinzen gesagt hatte, und was der Prinz zu ihm gesagt hatte: »Sie sind unvergleichlich!«, und dann reichte er Georg die Hand, eine flache Hand.

Auch Emilie reichte Georg ihre Hand und sah beinahe betrübt aus, aber am allerbetrübtesten war doch Georg.

Die Zeit vergeht, wenn man etwas tut, sie vergeht auch, wenn man nichts tut. Die Zeit ist gleich lang, aber nicht gleich nützlich. Für Georg war sie nützlich und gar nicht lang, außer wenn er an die Lieben in der Heimat dachte. Wie mochte es unten und oben aussehen? Ja, darüber ward geschrieben; und man kann so viel in einen Brief hineinlegen, den lichten Sonnenschein und die schweren, trüben Tage. Die lagen im Brief, sie meldeten, dass der Vater gestorben und die Mutter allein zurückgeblieben war. Die kleine Emilie sei ein wahrer Engel des Trostes gewesen, sie sei zu ihr in die Kellerwohnung gekommen, schrieb die Mutter, und über sich selbst fügte sie hinzu, dass man ihr erlaubt habe, den Hauswartposten zu behalten.

Die Generalin führte Tagebuch; darin war jede Gesellschaft, jeder Ball, den sie besucht hatte, aufgeführt, auch alle Visiten, die sie erhielt. Das Tagebuch war mit den Visitenkarten der Diplomaten und des höchsten Adels illustriert. Sie war stolz auf ihr Tagebuch, es wuchs im Laufe langer Jahre, vieler Jahre, unter vielen großen Kopfschmerzen, aber auch in vielen hellen Nächten, das heißt auf Hofbällen. Emilie war zum ersten Mal auf einem Hofball gewesen; die Mutter war in Rosa mit schwarzen Spitzen: spanisch! Die Tochter in Weiß, so klar und fein. Grüne, seidene Bänder flatterten wie Schilf in dem blonden Lockenhaar, auf dem ein Kranz von weißen Seerosen ruhte; die Augen waren so blau und klar, der Mund so fein und rot, sie glich einer kleinen Seejungfrau, so lieblich, wie man sie sich nur denken kann. Drei Prinzen tanzten mit ihr, das heißt, erst der eine und dann der andere; die Generalin hatte acht Tage lang keine Kopfschmerzen.

Aber der erste Ball blieb nicht der letzte, das konnte die kleine Emilie nicht aushalten, daher war es gut, dass der Sommer mit Ruhe und Aufenthalt in der frischen Luft kam. Die Familie war auf das Schloss des alten Grafen eingeladen.

Das war ein Schloss und ein Garten, die es sich zu sehen verlohnte. Ein Teil davon war ganz wie in alten Zeiten mit steifen, grünen Hecken, als gehe man zwischen grünen Schirmwänden, in denen Gucklöcher waren. Buchsbaum und Taxus standen zu Sternen und Pyramiden ausgeschnitten da, das Wasser sprang aus großen Grotten, die mit Muschelschalen belegt waren; ringsumher standen steinerne Figuren aus allerschwerstem Stein, das konnte man den Gesichtern und auch den Kleidern ansehen; jedes Blumenbeet hatte seine Gestalt, als Fisch, Wappenschild oder Namenszug, das war der französische Teil des Gartens; aus dem gelangte man gleichsam in den freien, frischen Wald hinein, wo die Bäume wachsen durften, wie sie wollten und daher so groß und prächtig waren; das Gras war grün, und man durfte darauf gehen, es wurde auch gewalzt, geschnitten, gepflegt und gehütet; das war der englische Teil des Gartens.

»Alte Zeit und neue Zeit!«, sagte der Graf, »hier gleiten sie ja auch so gut ineinander hinein! In zwei Jahren wird das Schloss selber sein richtiges Aussehen bekommen, das wird eine ganze Verwandlung zu etwas Schönem und Besserem werden; ich werde Ihnen die Zeichnungen zeigen, und auch den Baumeister werde ich Ihnen zeigen, er ist heute zu Tische hier!«

»Scharmant!«, sagte der General.

»Es ist paradiesisch hier!«, sagte die Generalin; »und da haben Sie ja eine Ritterburg!«

»Das ist mein Hühnerhaus!«, sagte der Graf. »Die Tauben wohnen im Turm, die Kalikuten im ersten Stockwerk, aber im Erdgeschoss da regiert die alte Else. Sie hat Fremdenzimmer nach allen Seiten: die Glucken für sich, die Hühner und Kücklein für sich, und die Enten, ja, die haben freien Zutritt zum Wasser!«

»Scharmant!«, wiederholte der General.

Und sie gingen alle hinein, um diese Herrlichkeit zu sehen.

Die alte Else stand mitten in der Stube und neben ihr stand Georg; er und die kleine Emilie sahen sich nach mehreren Jahren im Hühnerhaus wieder.

Ja, hier stand er, und er war gar schön von Aussehen; sein Gesicht war offen und bestimmt, er hatte schwarzes, glänzendes Haar und um den Mund ein Lächeln, das zu sagen schien: hinter meinem Ohr sitzt ein Schelm, der kennt euch aus und ein. Die alte Else hatte ihre Holzschuhe ausgezogen und stand aus Socken da, zu Ehren der vornehmen Gäste. Und die Hühner glucksten, und der Hahn krähte, die Enten watschelten »gack, gack!« Aber das feine, blasse Mädchen, die Tochter des Generals, stand da mit einem Rosenschimmer auf den sonst so bleichen Wangen, ihre Augen wurden so groß und ihr Mund redete, ohne dass er auch nur ein einziges Wort gesagt hätte, und der Gruß, den Georg erhielt, war der entzückendste Gruß, den ein junger Mann sich von einer jungen Dame wünschen konnte, mit der er nicht verwandt war, oder mit der er nicht sehr oft getanzt hatte; sie und der Baumeister hatten aber niemals zusammen getanzt.

Der Graf drückte ihm die Hand und stellte ihn vor: »Ganz fremd ist er Ihnen nicht, unser junger Freund, Herr Georg!«

Die Generalin verneigte sich, die Tochter war kurz davor, ihm die Hand zu reichen, aber sie reichte sie ihm doch nicht.

»Unser lieber Herr Georg!«, sagte der General. »Alte Hausfreunde! Scharmant!«

»Sie sind ja vollständig Italiener geworden!«, sagte die Generalin, »und sie sprechen die Sprache wohl wie ein Eingeborener?«

Die Generalin singe die Sprache, spreche sie aber nicht, sagte der General.

Bei Tische saß Georg zu Emiliens Rechten, der General führte sie, der Graf führte die Generalin.

Herr Georg sprach und erzählte, und er erzählte gut, er war das Wort und der Geist bei Tische, obwohl der alte Graf es auch sein konnte. Emilie saß stumm da, die Ohren hörten, die Augen strahlten.

Aber sie sagte nichts.

Auf der Veranda zwischen den Blumen standen sie und Georg, die Rosenhecke entzog sie den Blicken. Georg hatte wieder das Wort, hatte es zuerst.

»Vielen Dank für Ihre Freundlichkeit gegen meine alte Mutter!«, sagte er; »ich weiß alles, in der Nacht, als mein Vater starb, kamen Sie zu Mutter hinüber und waren bei ihr, bis seine Augen sich geschlossen hatten, ich danke Ihnen!« Er ergriff Emiliens Hand und küsste sie, das konnte er wohl tun bei der Gelegenheit; sie ward dunkelrot, drückte ihm aber die Hand und sah ihn mit ihren blauen, herzensguten Augen an.

»Ihre Mutter war eine liebevolle Seele! Wie hat sie Sie geliebt! Und alle Ihre Briefe ließ sie mich lesen, ich glaube fast, ich kenne Sie! Wie freundlich waren Sie gegen mich, als ich noch klein war, Sie schenkten mir Bilder –!«

»Die Sie zerrissen!«, sagte Georg.

»Nein, ich habe mein Schloss noch, die Zeichnung!«

»Nun muss ich es wirklich bauen!«, sagte Georg, und er wurde selbst ganz warm bei dem, was er sagte.

Der General und die Generalin sprachen in ihren eigenen Zimmern über den Sohn des Hauswarts, er wisse sich ja zu bewegen und drücke sich mit Verstand und Kenntnissen aus. »Er könnte Informator sein!«, sagte der General.

»Geist!«, sagte die Generalin, und dann sagte sie nichts weiter.

In der schönen Sommerzeit kam Herr Georg häufiger auf das Schloss des Grafen. Er ward vermisst, wenn er nicht kam.

»Wie viel doch der liebe Gott Ihnen vor uns andern armen Menschen voraus gegeben hat!«, sagte Emilie zu ihm. »Erkennen Sie das nun auch so recht an?«

Es schmeichelte Georg, dass das schöne junge Mädchen zu ihm aufsah, er fand sie so ungewöhnlich begabt.

Und der General gelangte mehr und mehr zu der Überzeugung, dass Georg unmöglich ein Kellerkind sein könne. »Die Mutter war freilich eine sehr anständige Frau!«, sagte er, »das muss ich ihr im Grabe nachsagen!«

Der Sommer verging, der Winter kam, da sprach man wieder von Herrn Georg; er war selbst höchsten Ortes gern gesehen und gut aufgenommen, der General war ihm auf einem Hofball begegnet.

Jetzt sollte im Hause ein Ball zu Ehren von Emilie stattfinden. Ob man Herrn Georg einladen konnte?

»Wen der König einladet, den kann auch der General einladen!«, sagte der General und erhob sich einen ganzen Zoll vom Fußboden in die Höhe.

Herr Georg wurde eingeladen, und er kam; und es kamen Grafen und Prinzen, und der eine tanzte immer noch besser als der andere; aber Emilie konnte nur den ersten Tanz tanzen; in dem vertrat sie sich den Fuß, nicht schlimm, aber sie fühlte es doch, und da musste sie vorsichtig sein, mit dem Tanzen innehalten und den andern zusehen. So saß sie denn da und sah zu, und der Baumeister stand neben ihr.

»Sie schildern ihr wohl die ganze Peterskirche?«, sagte der General, indem er vorüberging und wohlwollend lächelte.

Mit demselben wohlwollenden Lächeln empfing er Herrn Georg einige Tage später. Der junge Mann kam natürlich, um für die Balleinladung zu danken, was sollte ihn sonst auch herführen? Ja, das überraschendste, erstaunlichste führte ihn her: mit wahnsinnigen Worten kam er, der General wollte seinen Ohren nicht trauen; »pyramidale Deklamation«, ein ganz undenkbares Ansinnen: Herr Georg bat um Emiliens Hand!

»Mensch!«, sagte der General und bekam einen dunkelroten Kopf. »Ich begreife Sie nicht! Was sagen Sie? Was wollen Sie? Ich kenne Sie nicht! Mein Herr! Mensch! Wie kommen Sie darauf, in mein Haus einzubrechen! Darf ich hier sein, oder darf ich nicht hier sein?« Und damit ging er rücklings in sein Schlafzimmer, drehte den Schlüssel um und ließ Herrn Georg allein dastehen. Der blieb einige Minuten stehen und drehte sich dann ebenfalls um. Im Korridor stand Emilie.

»Nun, was sagte mein Vater?«, fragte sie, und ihre Stimme bebte.

Georg drückte ihr die Hand. »Er lief vor mir davon! – Aber es werden schon bessere Zeiten kommen!«

In Emiliens Augen standen Tränen; aus des jungen Mannes Augen strahlten Zuversicht und Mut; und die Sonne beschien die beiden und gab ihnen ihren Segen.

Kochend vor Wut saß der General in seinem Zimmer; ja, es kochte noch in ihm, es kochte über in Worten und Ausdrucken: »Wahnsinn! Hauswartsirrsinn!« –

Eine Stunde war vergangen, da hatte die Generalin es aus des Generals eigenem Munde vernommen, und sie rief Emilie zu sich und schloss sich mit ihr ein.

»Du armes Kind! Dich so zu beleidigen! Uns so zu beleidigen! Auch du hast Tränen in den Augen, aber das steht dir! Du bist bezaubernd in Tränen! Du gleichst mir an meinem Hochzeitstage. Weine nur, liebe Emilie!«

»Ja, weinen muss ich«, sagte Emilie, »falls du und Vater nicht ja sagt!«

»Kind!«, rief die Generalin, »bist du krank? Du redest im Irrsinn, und ich bekomme meine schrecklichen Kopfschmerzen. Ach, welch Unglück ist über unser Haus gekommen! Du willst doch nicht, dass deine Mutter stirbt! Emilie, dann hast du keine Mutter mehr!«

Und die Augen der Generalin wurden feucht, sie konnte es nicht aushalten, an ihren eignen Tod zu denken.

In der Zeitung stand unter andern Ernennungen zu lesen: Herr Georg zum Professor ernannt, fünfte Rangklasse Nummer acht.

»Schade, dass seine Eltern im Grabe liegen und das nicht lesen können«, sagten die neuen Hauswartsleute, die jetzt im Keller unter dem General wohnten; sie wussten, dass der Professor innerhalb ihrer vier Wände geboren und aufgewachsen war.

»Ja, für den Titel muss er ein gutes Stück Geld bezahlen!«, sagte der Mann.

»Ach, was macht der sich aus den paar Talern!«, sagte die Frau, »die kann er sich leicht wieder verdienen. Und eine reiche Frau kriegt er natürlich auch. Wenn wir Kinder hätten, dann sollte unser Kind auch Baumeister und Professor werden.«

Georg bekam eine gute Nachrede im Keller, aber auch im ersten Stockwerk wurde gut von ihm gesprochen; das erlaubte sich der alte Graf.

Die Zeichnungen aus der Kinderzeit gaben den Anlass dazu. Aber weshalb sprach man von diesen Zeichnungen? Die Rede war auf Russland gekommen, auf Moskau, und dann lag ja der Kreml so nahe, und den Kreml hatte der kleine Georg einmal für Fräulein Emilie gezeichnet, er hatte so viele Bilder gezeichnet; des einen erinnerte sich der Graf noch ganz besonders: »Emiliens Schloss«, wo sie schlief, wo sie tanzte, und »es kommt Besuch« spielte; der Professor besaß große Tüchtigkeit, er würde gewiss als alter Konferenzrat sterben, das war gar nicht unmöglich, und vorher würde er wohl auch ein Schloss für die jetzt noch so junge Dame gezeichnet haben; warum auch nicht?

»Das war ja eine sonderbare Ausgelassenheit!«, bemerkte die Generalin, als der Graf gegangen war. Der General schüttelte nachdenklich den Kopf, ritt aus, den Reitknecht in geziemendem Abstand hinter sich, und saß stolzer denn je zu Ross.

Es war Emiliens Geburtstag, Blumen und Bücher, Briefe und Visitenkarten wurden gebracht; die Generalin küsste sie auf den Mund, der General auf die Stirn; es waren liebevolle Eltern. Und es kam hoher Besuch, zwei von den Prinzen. Man sprach von Bällen und vom Theater, von diplomatischen Sendungen, von der Regierung der Länder und Reiche. Man sprach von Tüchtigkeit, von des eignen Landes Tüchtigkeit und dadurch kam die Rede auf den jungen Professor, den Herrn Baumeister.

»Der baut für seine Unsterblichkeit«, wurde gesagt, »er baut sich auch wohl in eine unsrer ersten Familien hinein!«

»Eine der ersten Familien!«, wiederholte später der General der Generalin gegenüber. »Wer ist eine unsrer ersten Familien?«

»Ich weiß, worauf angespielt wurde!«, sagte die Generalin, »aber ich sage es nicht! Gott lenkt die Geschicke! Wundern soll es mich aber doch!«

»Ich möchte mich gern mit dir wundern!«, sagte der General. »Ich habe keine Ahnung!« Und er versank in Gedanken – Erwartung.

Es liegt eine Macht, eine unaussprechliche Macht in dem Gnadenduell von oben; Hofgunst, Gottes Gunst; – und die Gunst all dieser Gnade besaß der kleine Georg. Aber wir vergessen den Geburtstag.

Emiliens Zimmer duftete von Blumen, die ihr Freunde und Freundinnen gesandt, auf dem Tische lagen schöne Geschenke als Gruß und zur Erinnerung, aber nicht die geringste Gabe von Georg. Die konnte nicht kommen, brauchte auch nicht zu kommen, das ganze Haus war eine Erinnerung an ihn. Selbst aus dem Sandloch unter der Treppe guckte die Erinnerungsblume hervor; dort hatte Emilie gepiepst, als die Gardine brannte, und Georg als erste Spritze kam. Ein Blick zum Fenster hinaus, und der Akazienbaum erinnerte an die Kinderzeit. Blüten und Blätter waren abgefallen, aber der Baum stand mit Reif bedeckt da wie ein ungeheurer Korallenzweig; und der Mond schien klar und groß zwischen den Zweigen hindurch, unverändert in all seiner Veränderlichkeit, ganz so wie damals, als Georg sein Butterbrot mit der kleinen Emilie teilte.

Sie nahm aus der Schublade die Zeichnungen von des Zaren Schloss und von ihrem eigenen Schloss, Erinnerungen an Georg. Und sie sah sie an und hatte ihre Gedanken dabei; sie gedachte des Tages, als sie unbemerkt von Vater und Mutter zu der Frau des Hauswarts hinabging, die in den letzten Zügen lag; sie hatte bei ihr gesessen, ihre Hand gehalten und ihre letzten Worte »Segen! – Georg!« gehört. Die Mutter dachte an ihren Sohn. – Jetzt legte Emilie ihre Bedeutung dahinein. Ja, Georg war an ihrem Geburtstag bei ihr!

Am nächsten Tage war wieder ein Geburtstag dort im Hause, der Geburtstag des Generals; er war am Tage nach seiner Tochter geboren, natürlich früher als sie, viele Jahre früher. Und es kamen wieder Geschenke, und unter diesen ein Sattel von prächtigem Aussehen, bequem und köstlich, nur einer von den Prinzen hatte einen ebensolchen. Von wem kam der? Der General war entzückt. Ein kleiner Zettel lag dabei und darauf stand geschrieben: »Von einem, den der Herr General nicht kennt!«

»Wen in aller Welt kenne ich nicht!«, sagte der General.

»Alle Menschen kenne ich!« Und sein Gedanke durchschweifte die ganze große Gesellschaft; er kannte sie alle. »Er ist von meiner Frau!«, sagte er schließlich; »sie will mich necken! Scharmant!«

Aber die neckte nicht mehr, die Zeiten waren vorüber.

Und es war abermals ein Fest, ein großes Fest, aber diesmal nicht bei Generals; es war ein Kostümball bei einem der Prinzen; Masken waren ebenfalls gestattet.

Der General erschien als Rubens, in spanischer Tracht mit kleinem Tollenkragen, Degen und guter Haltung; die Generalin war Madame Rubens, in schwarzem Sammet, hoch am Halse, schrecklich warm, mit einem Mühlstein um den Hals, das heißt natürlich mit einem großen Tollenkragen, ganz nach einem holländischen Gemälde, das der General besaß und an dem namentlich die Hände bewundert wurden, die sahen ganz so aus wie die der Generalin.

Emilie war Psyche, in Flor und Spitzen. Sie war wie eine schwebende Schwanenflaumfeder, sie brauchte gar keine Flügel, sie trug sie nur als Psyche-Abzeichen.

Da war ein Glanz, eine Pracht, da waren Licht und Blumen, Reichtum und Geschmack; da war so viel zu sehen, dass man Madame Rubens schöne Hände gar nicht beachtete.

Ein schwarzer Domino mit einer Akazienblüte auf der Kapuze tanzte mit Psyche.

»Wer ist das?«, fragte die Generalin.

»Seine königliche Hoheit!«, sagte der General, »ich bin meiner Sache ganz sicher, ich habe ihn gleich am Händedruck erkannt!«

Die Generalin zweifelte.

General Rubens zweifelte nicht, näherte sich dem schwarzen Domino und schrieb ihm königliche Buchstaben in die Hand; sie wurden verneint, aber es wurde ein Fingerzeig gegeben:

»Die Devise des Sattels! Einer, den der Herr General nicht kennt!«

»Aber dann kenne ich Sie ja!«, sagte der General. »Sie haben mir den Sattel geschenkt!«

Der Domino erhob die Hand und verschwand unter der Menge.

»Wer ist der schwarze Domino, mit dem du tanztest, Emilie?«, fragte die Generalin.

»Ich habe nicht nach seinem Namen gefragt«, antwortete sie.

»Weil du es wusstest! Es ist der Professor! Ihr Protege, Herr Graf, ist hier!«, fuhr sie fort und wandte sich an den Grafen, der in der Nähe stand. »Schwarzer Domino mit Akazienblüte!«

»Wohl möglich, meine Gnädige!«, antwortete der Graf. »Aber einer der Prinzen ist übrigens ebenso kostümiert.«

»Ich kenne den Händedruck!«, sagte der General. »Von dem Prinzen habe ich den Sattel! Ich bin meiner Sache so sicher, dass ich ihn zu uns einladen kann.«

»Tun Sie das!«, sagte der Graf. »Wenn es der Prinz ist, so kommt er sicher!«

»Und ist es ein anderer, so kommt er sicher nicht!«, sagte der General und näherte sich dem schwarzen Domino, der gerade dastand und mit dem König redete. Der General brachte eine sehr ehrerbietige Einladung vor, damit sie einander kennen lernen könnten. Er lächelte so sicher in seiner Gewissheit, wen er einlud; er sprach laut und deutlich.

Der Domino lüftete seine Maske: es war Georg.

»Wiederholen der Herr General die Einladung?«

Der General wurde allerdings einen Zoll größer, nahm eine festere Haltung an, trat zwei Schritt zurück und einen Schritt vor, wie bei einer Menuette, und es lag Ernst und Ausdruck in des Generals Gesicht, soviel sich hineinlegen ließ.

»Ich nehme niemals mein Wort zurück; der Herr Professor ist eingeladen!« Und er verneigte sich mit einem Blick auf den König, der sicher das Ganze gehört hatte.

Und dann war die Mittagsgesellschaft bei Generals, und es waren nur der alte Graf und sein Protege geladen.

»Wenn ich erst den Fuß unterm Tisch habe«, meinte Georg, »so ist auch schon der Grundstein gelegt!«

Und der Grundstein wurde wirklich unter großer Feierlichkeit bei dem General und der Generalin gelegt.

Georg war erschienen und hatte sich, wie der General das ja an ihm kannte, ganz wie ein Mann aus der guten Gesellschaft unterhalten, war höchst interessant gewesen, der General hatte mehrmals sein »Scharmant!« sagen müssen. Die Generalin sprach von ihrem kleinen Diner, sprach auch zu einer der Hofdamen davon, und diese, eine der geistreichsten Hofdamen, bat sich eine Einladung für das nächste Mal aus, wo der Professor kommen würde. Da musste er ja wieder eingeladen werden, und er wurde eingeladen und kam und war wieder scharmant, konnte sogar Schach spielen.

»Der ist nicht aus dem Keller!«, sagte der General, »er ist ganz sicher von vornehmer Herkunft, und daran ist der junge Mann ganz unschuldig!«

Der Professor, der in des Königs Hause verkehrte, konnte sehr wohl in des Generals Haus verkehren, aber von einem Festwachsen war keine Rede, außer in der ganzen Stadt.

Er wuchs. Der Tau der Gnade fiel von oben!

Es war daher gar keine Überraschung, dass, als der Professor Etatsrat wurde, Emilie Etatsrätin wurde.

»Das Leben ist eine Tragödie oder eine Komödie!«, sagte der General; »in der Tragödie sterben sie, in der Komödie kriegen sie sich!«

Hier kriegten sie sich. Und sie bekamen drei prächtige Jungen, aber nicht sofort.

Die süßen Kinder ritten auf ihren Steckenpferden durch Stuben und Säle, wenn sie bei Großvater und Großmutter waren. Und der General ritt auch auf dem Steckenpferd, ritt hinter ihnen her, »als Jockey hinter den kleinen Etatsrats!«

Die Generalin saß auf dem Sofa und lächelte, selbst wenn sie ihre großen Kopfschmerzen hatte.

So weit brachte Georg es und noch viel weiter, sonst wäre es ja nicht wert gewesen, die Geschichte von des Hauswarts Sohn zu erzählen.

Die Kröte

Der Brunnen war tief, darum war die Schnur lang. Die Winde ging sehr schwer, wenn man den Eimer mit Wasser über den Brunnenrand heben wollte. Die Sonne konnte niemals hinabgelangen und sich in dem Wasser spiegeln, wie klar es auch war, aber soweit sie in den Brunnen hineinscheinen konnte, wuchs Grün zwischen den Steinen.

Dort unten wohnte eine Familie aus dem Geschlecht der Kröten, sie war eingewandert, sie war eigentlich kopfüber hinuntergekommen mittels der alten Krötenmutter, die noch lebte; die grünen Frösche, die hier seit viel längerer Zeit zu Hause waren und im Wasser herumschwammen, erkannten die Vetterschaft an und nannten sie »Brunnengäste«. Sie hatten die Absicht, hier unten zu bleiben, sie lebten hier sehr angenehm auf dem Trocknen; so nannten sie die nassen Steine.

Die Froschmutter war einmal auf Reisen gegangen, war im Wassereimer gewesen, als der in die Höhe ging, aber es wurde ihr zu hell, sie bekam Augenschmerzen, glücklicherweise gelang es ihr, aus dem Eimer zu entweichen; sie fiel mit einem schrecklichen Plumps ins Wasser und lag drei ganze Tage danach an Rückenschmerzen. Viel konnte sie nicht von der Welt da oben erzählen, aber das wusste sie, und das wussten sie alle, dass der Brunnen nicht die ganze Welt war. Die Krötenmutter, die hätte erzählen können, aber sie antwortete niemals, wenn man fragte, und da fragte man lieber gar nicht.

»Dick und hässlich, fett und grässlich ist sie!«, sagten die jungen, grünen Frösche. »Ihre Jungen werden auch ebenso hässlich.«

»Das mag wohl sein!«, sagte die Krötenmutter, »aber eins von ihnen hat einen Edelstein im Kopf, sonst habe ich ihn.«

Und die grünen Frösche hörten es, und sie glotzten, und da ihnen das gar nicht gefiel, so schnitten sie eine Fratze und gingen auf den Grund. Aber die jungen Kröten streckten die Hinterbeine vor lauter Stolz; eine jede glaubte, den Edelstein zu haben, und daher saßen sie ganz still mit dem Kopfe da, aber endlich fragten sie, worauf sie eigentlich stolz seien und was so ein Edelstein eigentlich sei.

»Das ist etwas so Herrliches und Köstliches«, sagte die Krötenmutter, »dass ich es nicht beschreiben kann! Das ist etwas, das man zu seinem eignen Vergnügen trägt, und worüber die andern sich ärgern. Aber fragt mich nicht, ich antworte doch nicht!«

»Ja, ich habe den Edelstein nicht«, sagte die kleinste Kröte; sie war so hässlich, wie sie nur sein konnte. »Warum sollte ich auch eine solche Herrlichkeit haben? Und wenn sich andre darüber ärgern, kann ich mich ja nicht darüber freuen! Nein, ich wünsche mir, dass ich einmal an die Brunnenkante hinaufkommen und hinaussehen könnte; das muss herrlich sein!«

»Bleibe du nur, wo du bist!«, sagte die Alte, »da weißt du, was du hast, und das kennst du! Nimm dich vor dem Eimer in Acht, der zerquetscht dich! Und wenn du glücklich in ihn hineinkommst, so kannst du herausfallen; nicht alle fallen so glücklich wie ich und behalten ihre heilen Glieder und ihre Eier!«

»Quack!«, sagte die Kleine, und das war so, als wenn wir Menschen »Ach!« sagen.

Sie hatte so eine Lust, auf den Brunnenrand hinaufzukommen und sich umzusehen; sie empfand eine solche Sehnsucht nach all dem Grünen da oben; und als am nächsten Morgen zufällig der Eimer mit Wasser gefüllt und in die Höhe gezogen wurde und gerade vor dem Steine anhielt, auf dem die Kröte saß, durchzuckte es das Tier, es sprang in den vollen Eimer hinein, fiel bis auf den Grund des Wassers, das dann aufgezogen und ausgegossen wurde.

»Pfui Teufel!«, sagte der Knecht, der sie sah. »Das ist wahrhaftig das gräulichste, was ich je gesehen habe!« Und dann stieß er mit seinem Holzschuh nach der Kröte, die beinahe zerquetscht wäre, aber doch in die hohen Brennnesseln entkam. Da sah sie einen Stängel neben dem andern, sie sah auch aufwärts; die Sonne schien auf die Blätter nieder, sie waren ganz durchsichtig; das war für die Kröte so, als wenn wir Menschen auf einmal in einen großen Wald kommen, wo die Sonne zwischen den Zweigen und Blättern hindurch scheint.

»Hier ist es viel schöner als unten im Brunnen! Hier möchte man sein ganzes Leben bleiben!«, sagte die kleine Kröte. Sie lag dort eine Stunde, sie lag dort zwei Stunden. »Was wohl da draußen ist? Wenn ich so weit gekommen bin, muss ich sehen, dass ich weiter komme!« Und sie kroch, so schnell sie kriechen konnte, und kam auf den Weg hinaus, wo die Sonne sie beschien und der Staub sie bepuderte, während sie über die Landstraße hinübermarschierte.

»Hier ist man so recht auf dem Trocknen!«, sagte die Kröte, »ich bekomme fast zuviel von dem Guten; es kribbelt in mir!«

Jetzt kam sie an den Graben. Da wuchsen Vergissmeinnicht und Spirea, da waren lebende Hecken aus Holunder und Weißdorn, dort wuchsen Winden, »Marias weiße Hemdärmel«. Hier konnte man Farben sehen; auch ein Schmetterling flog da; die Kröte glaubte, es sei eine Blume, die sich losgerissen habe, um sich besser in der Welt umzusehen, das war ja so natürlich.

»Wenn man auch so schnell vorwärts kommen könnte wie die!«, sagte die Kröte. »Quack, ach, wie viel Schönes ist hier zu sehen!«

Acht Tage und Nächte blieb sie hier am Graben, und es fehlte ihr nicht an Nahrung. Am neunten Tage dachte sie: »Weiter!« – Aber ob sie etwas Schöneres finden würde? Vielleicht eine kleine Kröte oder ein paar grüne Frösche. Es hatte in der letzten Nacht so geklungen, als wenn Vettern in der Nähe wären.

»Es ist schön zu leben! Aus dem Brunnen herauszukommen, in den Brennnesseln zu liegen, auf dem staubigen Weg dahinzukriechen und in dem nassen Graben zu liegen! Aber Vorwärts! Man muss doch versuchen, Frösche oder eine kleine Kröte zu finden, die kann man nicht entbehren, die Natur allein genügt einem nicht!« Und dann machte sie sich wieder auf die Wanderung.

Sie kam aufs Feld an einen großen Teich, der ringsumher mit Schilf bewachsen war; dahinein schlüpfte sie.

»Hier ist es wohl reichlich feucht für Sie!«, sagten die Frösche; »aber Sie sind uns willkommen! – Sind Sie weiblichen oder männlichen Geschlechts? Aber das ist einerlei, Sie sind uns gleich willkommen!«

Und dann wurde sie zum Konzert am Abend eingeladen; Familienkonzert: große Begeisterung und dünne Stimmen; das kennen wir. Es gab keine Bewirtung, nur freie Getränke, der ganze Teich, wenn's möglich war.

»Jetzt reise ich weiter!«, sagte die kleine Kröte; sie hatte immer das Bedürfnis nach etwas Besserem.

Sie sah die Sterne schimmern, so groß und so klar; sie sah den Neumond leuchten, sie sah die Sonne aufgehen, höher und höher.

»Ich bin wohl noch immer im Brunnen, in einem großen Brunnen, ich muss höher hinauf! Ich habe eine Unruhe und eine Sehnsucht!« Und als der Mond ganz und rund wurde, dachte das arme Tier: »Ob das wohl der Eimer ist, der herabgelassen wird, und ob ich wohl hineinspringen muss, um höher hinaufzukommen? Oder ist die Sonne der große Eimer? Wie groß sie ist, wie strahlend, sie kann uns alle zusammen aufnehmen, ich muss die Gelegenheit benutzen! Ach, wie es in meinem Kopf leuchtet! Ich glaube nicht, dass der Edelstein besser leuchten kann! Aber den habe ich nicht, und ich weine deswegen nicht, nein, höher hinauf in Glanz und Freude! Ich habe eine Zuversicht und doch empfinde ich eine Angst – es ist ein schwerer Schritt, den ich tun will! Aber man muss es tun! Vorwärts! Immer die Landstraße entlang!«

Und sie machte so große Schritte, wie sie so ein Krabbeltier nur machen kann, und dann war sie auf der großen Landstraße, wo die Menschen wohnten; da waren Blumengärten und Kohlgärten. Bei einem Kohlgarten machte sie Rast.

»Wie viele verschiedene Geschöpfe es doch gibt, die ich nie gekannt habe! Und wie groß und herrlich die Welt doch ist! Aber man soll sich auch darin umsehen und nicht immer auf einem Fleck sitzen bleiben.«

Und dann hüpfte sie in den Kohlgarten hinein. »Wie grün es hier ist und wie schön!«

»Ja, das weiß ich recht gut!«, sagte der Kohlwurm auf seinem Blatt. »Mein Blatt ist das größte hier drinnen! Es verbirgt die halbe Welt, aber die kann ich gut entbehren!«

»Gluck, gluck!«, sagte es, da kamen Hühner; sie trippelten im Kohlgarten. Das erste Huhn war weitsichtig; es sah den Wurm auf dem krausen Blatt und pickte danach, sodass er an die Erde fiel, wo er sich wand und drehte. Das Huhn sah erst mit dem einen Auge und dann mit dem andern, denn es wusste nicht, was aus dem Drehen und Winden werden würde.

»Gutwillig tut er es nicht!«, dachte das Huhn und erhob den Kopf, um nach dem Wurm zu picken. Die Kröte erschrak so, dass sie ganz dicht an das Huhn heran kroch.

»So, er hat Hilfstruppen!«, sagte das Huhn. »So ein Wurmgezücht!«, und damit wandte es sich um. »Ich mache mir nichts aus dem kleinen grünen Mundvoll, der kitzelt ja nur im Halse!« Die andern Hühner waren derselben Ansicht, und dann gingen sie.

»Ich wand und krümmte mich, bis sie gingen!«, sagte der Kohlwurm. »Es ist gut, Geistesgegenwart zu besitzen; aber das Schwerste steht mir noch bevor, auf mein Kohlblatt hinaufzukommen. Wo ist das nur?«

Und die kleine Kröte kam und äußerte ihre Teilnahme. Sie freute sich, dass sie die Hühner mit ihrer Hässlichkeit verscheucht hatte.

»Was meinen Sie damit?«, fragte der Kohlwurm. »Ich habe mich ja selbst durch mein Krümmen und Winden befreit. Sie sind unangenehm anzusehen! Ich möchte gern in meinem eignen Hause allein sein! Jetzt reise ich im Kohl! Jetzt bin ich bei meinem Blatt angelangt! Es gibt doch nichts Schöneres als das eigne Heim! Aber höher hinauf muss ich noch!«

»Ja, höher hinauf!«, sagte die kleine Kröte, »höher hinauf! Er hat dieselben Empfindungen wie ich! Aber er ist heute schlechter Laune, das kommt von dem Schrecken! Wir wollen alle höher hinauf!« Und sie sah so hoch empor, wie sie nur konnte.

Der Storch saß im Nest auf des Bauern Dach; er klapperte, und die Storchenmutter klapperte auch.

In dem Bauernhause wohnten zwei junge Studenten; der eine war Poet, der andre Naturforscher; der eine sang und schrieb voller Freude von allem, was Gott geschaffen hatte, und wie es sich in seinem Herzen spiegelte; er sang es in die Welt hinaus, kurz, klar und reich in klangvollen Versen; der andre griff die Dinge selbst an, ja schnitt sie auf, wenn es nötig tat. Er fasste des lieben Gottes Schöpfung als großes Rechenexempel auf, subtrahierte, multiplizierte, wollte es in- und auswendig kennen und sprach mit Verstand davon, und es war wirklicher Verstand, und er sprach voller Freude und Klugheit davon. Es waren gute, fröhliche Menschen, alle beide.

»Da sitzt ja ein famoses Exemplar von einer Kröte!«, sagte der Naturforscher. »Die muss ich in Spiritus setzen!«

»Du hast ja schon zwei solche!«, meinte der Poet. »Lass die doch in Frieden sitzen und sich ihres Lebens freuen!«

»Aber sie ist so herrlich hässlich!«, sagte der andere.

»Ja, wenn wir den Edelstein in ihrem Kopf finden könnten«, sagte der Poet, »dann wäre ich gleich mit dabei, sie aufzuschneiden.«

»Den Edelstein!«, sagte der andere. »Du scheinst mir viel Naturgeschichte zu wissen!«

»Aber liegt nicht gerade viel Schönes in dem Volksglauben, dass die Kröte, das allerhässlichste Tier, in ihrem Kopf den köstlichsten Edelstein birgt? Geht es nicht mit den Menschen ebenso? Welchen Edelstein hatte nicht Äsop, und nun gar Sokrates!«

Mehr hörte die Kröte nicht, und sie verstand auch nicht die Hälfte von dem, was sie hörte. Die beiden Freunde gingen, und sie wurde davor bewahrt, in Spiritus gesetzt zu werden.

»Sie sprachen auch von dem Edelstein!«, sagte die Kröte. »Ein Glück, dass ich ihn nicht hatte, sonst wäre ich in Ungemach gekommen!«

Da klapperte es auf dem Dach des Bauern; der Storchenvater hielt seiner Familie einen Vortrag, und die sah schief hernieder auf die beiden jungen Leute im Kohlgarten.

»Der Mensch ist die eingebildetste Kreatur!«, sagte der Storch. »Hört nur, wie ihm der Schnabel geht! Und dabei können sie doch nicht ordentlich klappern. Sie brüsten sich mit ihrer Redegabe, mit ihrer Sprache! Eine nette Sprache, das! Sobald sie nur eine Tagesreise machen, können sie sich nicht mehr verständlich machen; einer versteht den andern nicht mehr! Unsere Sprache können wir über die ganze Welt reden, in Dänemark so gut wie in Ägypten. Fliegen können die Menschen auch nicht; sie behelfen sich mit einer Erfindung, die sie »die Eisenbahn« nennen, aber auch dabei brechen sie noch oft genug den Hals. Es läuft mir kalt über den Schnabel, wenn ich nur daran denke. Die Welt kann sehr gut ohne Menschen bestehen. Wir könnten sie entbehren! Wenn wir nur die Frösche und Regenwürmer behalten!«

»Das war ja eine gewaltige Rede!«, dachte die kleine Kröte. »Was für ein großer Mann das ist! Und wie hoch er sitzt, und wie er schwimmen kann!«, rief sie aus, als der Storch seine Flügel ausbreitete und durch die Lüfte dahinflog.

Und die Storchenmutter redete im Nest, sie erzählte von dem Land Ägypten, von dem Wasser des Nils und von all dem köstlichen Schlamm, der in dem fremden Lande war; das klang der kleinen Kröte ganz neu und lieblich.

»Ich muss nach Ägypten!«, sagte sie. »Wenn mich nur der Storch mitnehmen wollte, oder eins von seinen Jungen. Ich will ihm an seinem Hochzeitstage wieder dienen. Ja, ich komme nach Ägypten, denn das Glück ist mir hold! All die Sehnsucht und die Lust, die ich in mir trage, ist wahrhaftig besser, als einen Edelstein im Kopf zu haben!«

Und dabei hatte sie gerade den Edelstein: die ewige Sehnsucht und Lust, aufwärts, immer aufwärts! Die leuchtete da drinnen, die leuchtete in Freude, die strahlte in Lust.

Da kam im selben Augenblick der Storch; er hatte die Kröte im Gras erspäht, flog herab und packte das kleine Tier gerade nicht allzu sanft. Der Schnabel klemmte, der Wind sauste, es war nicht angenehm, aber es ging aufwärts, aufwärts nach Ägypten, das wusste die kleine Kröte, und darum strahlten ihre Augen, es war, als fliege ein Funke aus ihnen heraus: »Quack! Ach!«

Der Körper war tot, die Kröte war verendet. Aber der Funke aus ihrem Auge, wo blieb der?

Der Sonnenstrahl nahm ihn aus, der Sonnenstrahl trug den Edelstein aus dem Kopf der Kröte. Wohin?

Danach musst du den Naturforscher nicht fragen, frage lieber den Poeten; er erzählt es dir in Form eines Märchens. Und der Kohlwurm kommt auch darin vor, und die Storchenfamilie. Denk nur! Der Kohlwurm verwandelt sich und wird ein herrlicher Schmetterling! Die Storchenfamilie fliegt über Berge und Meere fort nach dem fernen Afrika und findet doch wieder den kürzesten Weg in die Heimat zurück, nach demselben Ort, demselben Dach! Ja, das ist wirklich alles fast zu märchenhaft, und doch ist es wahr! Du kannst gern den Naturforscher fragen, er muss es zugeben; und du selbst weißt es auch, denn du hast es gesehen.

– Aber der Edelstein in dem Kopf der Kröte?

Suche ihn in der Sonne! Suche ihn, wenn du kannst!

Der Glanz dort ist zu stark. Wir haben noch keine Augen, die in all die Herrlichkeit hineinsehen können, die Gott geschaffen hat, aber wir werden sie einstmals bekommen, und das wird das schönste Märchen! Denn darin kommen wir selber auch vor.

Des Paten Bilderbuch

Der Pate konnte Geschichten erzählen! Viele und lange. Er konnte auch Bilder ausschneiden und Bilder zeichnen, und wenn Weihnachten herannahte, nahm er ein Schreibheft mit reinen, weißen Blättern, und auf die klebte er die Bilder, die er aus Büchern und Zeitungen ausgeschnitten hatte. Hatte er nun aber nicht Bilder genug zu dem, was er erzählen wollte, so zeichnete er selbst welche. Ich bekam, als ich klein war, mehrere solcher Bilderbücher, aber das schönste von allen war doch das »aus dem denkwürdigen Jahr, als Kopenhagen Gas bekam an Stelle der alten Tranlaternen«, und das stand auf dem ersten Blatt bemerkt.

»Das Buch muss gut aufbewahrt werden«, sagten Vater und Mutter, »das darf nur bei festlichen Gelegenheiten zum Vorschein kommen.«

Auf den Einband hatte der Pate geschrieben:

»Reiß das Buch in Stücke, es taugt nicht viel,
Manch kleiner Freund trieb damit ein ärgeres Spiel!«

Am schönsten war es, wenn der Pate selbst das Buch zeigte, die Verse und das andre Geschriebene vorlas, und dann soviel dazu erzählte; dann wurde die Geschichte erst eine wirkliche Geschichte.

Auf dem ersten Blatt war ein Bild, das aus der »Fliegenden Post« ausgeschnitten war. Man sah darauf Kopenhagen mit dem runden Turm und der Frauenkirche, links daran war ein Bild angekleistert, das eine alte Laterne vorstellte, darauf stand geschrieben »Tran«, und an der rechten Seite stand ein Kandelaber, darauf stand »Gas« geschrieben.

»Sieh, das ist das Titelblatt!«, sagte der Pate. »Das ist die Einleitung zu der Geschichte, die du nun hören sollst. Man hätte sie auch als ganze Komödie geben können: ›Tran und Gas oder das Leben und der Lebenslauf von Kopenhagen.‹ Das ist ein sehr schöner Titel! Zu unterst auf dem Blatt sieht man noch ein kleines Bild, das ist nicht so leicht zu verstehen, darum will ich es dir erklären, das ist ein Höllenpferd. Das sollte eigentlich erst am Schluss des Buches kommen, aber es ist voraus gelaufen, um zu sagen, dass weder der Eingang, die inneren Teile, noch der Ausgang taugen; das Höllenpferd würde es besser gemacht haben, wenn es es hätte besser machen können. Es steht nämlich am Tage in der Zeitung angepflockt, da geht es auf Spalten, wie sie es nennen, aber des Abends geht es frei umher und stellt sich vor die Tür des Poeten und wiehert, dass der Mann da drinnen gleich sterben soll. Aber er stirbt doch nicht, wenn nur ordentliches Leben in ihm ist. Das Höllenpferd ist fast immer ein armer Bursche, der mit sich selbst nicht ins klare kommen kann, der seinen Lebensunterhalt nicht finden kann und sich Luft und Nahrung sucht, indem er umher geht und wiehert. Ich bin fest überzeugt, dass ihm des Paten Bilderbuch gar nicht gefällt, aber darum kann es doch das Papier wert sein, worauf es geschrieben ist. – Sieh, das ist das erste Blatt in dem Buch, das Titelblatt!«

Es war gerade am letzten Abend, an dem die alten Tranlaternen brannten; die Stadt hatte Gas bekommen und das strahlte, sodass die alten Laternen förmlich darin verschwanden.

»Ich war selbst an dem Abend auf der Straße«, sagte der Pate. »Die Leute gingen auf und nieder, um sich die alte und die neue Beleuchtung anzusehen. Da waren viele Menschen und doppelt so viele Beine wie Köpfe. Die Nachtwächter standen so traurig da, sie wussten nicht recht, ob sie auch verabschiedet werden sollten, so wie die Tranlaternen; diese aber dachten ganz weit zurück – in die Zukunft denken durften sie ja nicht. Sie erinnerten sich so vielerlei von den stillen Abenden und aus den dunklen Nächten. »Ich lehnte mich an einen Laternenpfahl!«, sagte der Pate. »Es spritzelte im Tran und Docht; ich hörte, was die Laterne sagte, und das sollst du nun auch zu hören bekommen.

›Wir haben getan, was wir konnten‹, sagte die Laterne. ›Wir haben unserer Zeit genügt, haben zu Freude und Trübsal geleuchtet; wir haben viel Merkwürdiges erlebt, wir sind, sozusagen, Kopenhagens Nachtaugen gewesen. Mögen uns jetzt neue Flammen ablösen und das Amt übernehmen; aber wie viele Jahre die leuchten werden und was sie alles beleuchten werden, das wird sich ja zeigen! Sie scheinen ja freilich ein wenig stärker als wir Alten, aber das ist ja auch keine Kunst, wenn man als Gaskandelaber gegossen ist und solche Verbindung hat, wie sie haben, und von denen immer die eine in die andre hineingreift! Sie haben Röhren nach allen Seiten und können Kräfte aus der Stadt und außerhalb der Stadt holen! Aber wir Tranlaternen, wir leuchten nur durch das, was man selber in sich hat, und nicht durch Verwandtschaft. Wir und unsere Vorfahren haben Kopenhagen seit undenkbar weit zurückliegenden alten Zeiten beleuchtet. Aber da es nun der letzte Abend ist, an dem wir leuchten und, sozusagen, im zweiten Glied hier auf der Straße mit euch, ihr strahlenden Kameraden, stehen, so wollen wir nicht schmollen und neidisch sein, nein, im Gegenteil, wir wollen fröhlich und gutmütig sein. Wir sind die alten Schildwachen, die von neu gegossenen Trabanten in besserer Uniform abgelöst werden. Wir wollen euch erzählen, was jede Generation bis hinauf zur Ururgroßmutter-Laterne gesehen und erlebt hat: die ganze Geschichte von Kopenhagen. Möchtet ihr und eure Nachkommen, bis zum letzten Gaskandelaber, ebensoviel erleben und ebenso merkwürdige Dinge erzählen können wie wir, wenn ihr einmal euren Abschied bekommt, und den werdet ihr bekommen! Darauf müsst ihr vorbereitet sein. Die Menschen werden sicher eine stärkere Beleuchtung erfinden als Gas. Ich habe einen Studenten sagen hören, man munkelte davon, dass in Zukunft Seewasser gebrannt werden solle!‹ Es spritzelte im Docht, als die Laterne diese Worte sagte; es war, als habe er bereits Wasser in sich.«

Der Pate hörte aufmerksam zu, dachte nach und fand, dass es eine ausgezeichnete Idee von den alten Laternen sei, an diesem Übergangsabend von Tran zu Gas die ganze Geschichte von Kopenhagen zu erzählen und darzustellen. »Eine gute Idee darf man sich nicht entgehen lassen«, sagte der Pate, »ich griff sie gleich auf, ging nach Hause und machte dies Bilderbuch für dich, es reicht noch weiter zurück als die Erinnerung der Laternen.

Hier ist das Buch, hier ist die Geschichte:

›Das Leben und der Lebenslauf von Kopenhagen‹; es fängt mit Stockfinsternis an, ein kohlschwarzes Blatt, das ist der dunkle Zeitraum.

Jetzt wenden wir das Blatt um«, sagte der Pate.

»Siehst du das Bild? Nur das wilde Meer und der stürmische Nordostwind, er treibt schwere Eisstücke vor sich her; niemand segelt auf ihnen außer den großen Steinblöcken, die oben in Norwegen von den Felsen herab auf das Eis gerollt sind. Der Nordostwind weht das Eis vor sich her;

er will den deutschen Bergen zeigen, was für Felskuppen es hier im Norden gibt. Die Eisflotte ist bereits unten im Sund, an der Küste von Seeland angelangt, dort, wo jetzt Kopenhagen liegt, aber damals gab es kein Kopenhagen. Unter dem Wasser lagen große Sandbänke, gegen eine von diesen stießen die Eisschollen mit den großen Granitblöcken; die ganze Eisflotille geriet ins Stocken, der Nordostwind konnte sie nicht vom Grund losbekommen, und da wurde er so unwirsch, wie er mir werden kann, und verfluchte die Sandbank, den ›Diebsgrund‹, wie er sie nannte, und schwur, dass wenn sie sich jemals über die Meeresfläche erheben würde, so sollten Diebe und Räuber dahin kommen, Rad und Schandpfahl sollten dort errichtet werden.

Aber während er noch so schimpfte und fluchte, brach die Sonne aus den Wolken hervor, und auf ihren Strahlen schaukelten und wiegten sich lichte, sanfte Geister, Kinder des Lichtes; sie tanzten über die kältebringenden Eisschollen hin, sodass diese schmolzen und die großen Granitsteine auf den Sandboden herabsanken.

›Sonnengelichter!‹, sagte der Nordostwind. ›Ist das kameradschaftlich, verwandtschaftlich? Das will ich euch gedenken, das werde ich rächen! Jetzt spreche ich den Fluch über euch aus!‹

›Wir spenden Segen!‹, sangen die Kinder des Lichtes. ›Die Sandbank soll sich heben, wir wollen sie schirmen. Das Wahre, das Gute, das Schöne soll sich dort ansiedeln!‹

›Unsinn!‹, sagte der Nordostwind.

Siehst du, von dem allem wussten die Laternen nichts zu erzählen«, sagte der Pate. »Aber ich weiß es, und das ist von großer Wichtigkeit für das Leben und den Lebenslauf von Kopenhagen.

Nun wenden wir das Blatt!«, sagte der Pate.

»Jahre sind vergangen, die Sandbank hat sich gehoben; ein Seevogel hat sich auf den größten Stein gesetzt, der aus dem Wasser aufragte. Das Meer warf tote Fische an den Strand, das zähe Riedgras sprosste hervor, welkte, verfaulte, düngte; es kamen mehrere Arten Gras und Kräuter, die Sandbank ward zu einem grünen Werder. Die Vikinge gingen an Land. Da war Holmgang und Todeskampf und guter Ankergrund am Werder vor Seeland.

Die erste Tranlampe brannte, ich glaube, sie brieten Fische darüber, und Fische gab es hier genug. Der Hering ging in großen Scharen durch den Sund, es war schwer, das Boot über ihn hinzuführen, es schimmerte im

Wasser wie Wetterleuchten, es leuchtete in der Tiefe wie Nordlichtschein, der Sund war reich an Fischen, deshalb baute man Häuser an den Ufern von Seeland; die Wände waren aus Eichenholz und das Dach aus Baumrinde, da waren Bäume genug zu dem Zweck. Schiffe fuhren in den Hafen ein; die Tranlaterne hing in dem schaukelnden Tauwerk; der Nordostwind wehte und sang: ›Uh-u-ud!‹ Leuchtete auf dem Werder eine Laterne, so war es eine Diebslaterne: Schmuggler und Diebe trieben ihr Wesen auf der ›Diebsinsel‹.

›Ich glaube wirklich, all das Böse, das ich herbeiwünschte, wächst!‹, sagte der Nordostwind. ›Bald kommt der Baum, von dem ich die Früchte schütteln kann!‹

Und hier steht der Baum!«, sagte der Pate. »Siehst du den Galgen auf der Diebsinsel? Da hängen die Räuber und Mörder an eisernen Ketten, genau so, wie sie damals hingen. Der Wind wehte, sodass die langen Gerippe klapperten, aber der Mond schien sehr vergnüglich auf sie herab, so wie er jetzt auf ein Tanzvergnügen im Walde herabscheint. Auch die Sonne schien vergnüglich herab, sodass die baumelnden Gebeine verwesten, und aus den Sonnenstrahlen sangen die Kinder des Lichts: ›Wir wissen es, wir wissen es! In künftigen Zeiten wird es hier doch schön werden! Es wird hier gut und herrlich werden!‹

›Papperlapapp!‹, sagte der Nordostwind.

•

Und nun wenden wir das Blatt um«, sagte der Pate.

»In der Stadt Roskilde läuteten die Glocken, dort wohnte Bischof Absalom. Der konnte seine Bibel lesen und sein Schwert schwingen, er besaß Macht und Willen; die betriebsamen Fischer am Hafen, deren Stadt aufblühte und Marktplatz wurde, wollte Absalom gegen Überfall schirmen. Er ließ den unehrlichen Grund mit Weihwasser besprengen: die Diebsinsel bekam ein ehrliches Kennzeichen. Maurer und Zimmerleute gingen da drüber an die Arbeit; auf des Bischofs Geheiß wuchs ein Gebäude empor. Die Sonnenstrahlen küssten die roten Mauern, während sie sich erhoben.

Die stattliche Burg Axels Hus stand da.

›Schloss mit Türmen,
Himmelragend;
Treppen, Säulen,
Erker tragend!

Buh!
Huh! –
Nordostwind
Bläst geschwind,
Brauset,
Sauset,
Doch die Burg steht felsenfest.‹

Und zu Füßen der Burg lag ›Hafn‹, der Kaufleute Hafen.

Die Fremden kamen dahin und kauften die vielen Fische, bauten Buden und Häuser mit Schweinsblasen vor den Fensteröffnungen, das Glas war zu teuer; es entstanden Speicher mit Giebeln und Wänden. Siehst du, da drinnen in den Läden sitzen die alten Gesellen, sie dürfen sich nicht verheiraten, sie handeln mit Ingwer und Pfeffer, die Pfeffergesellen!

Der Nordostwind weht durch die Straßen und Gassen, lässt den Staub aufwirbeln, reißt auch ein Strohdach ab, Kühe und Schweine weiden im Stadtgraben.

›Ich will unterwerfen, unterdrücken‹ sagt der Nordostwind; ›ich will um die Häuser sausen, um Axels Hus! Es kann mir nicht fehlen! Sie nennen die Burg die Schandpfahlburg auf der Diebsinsel.‹«

Und der Pate zeigte ein Bild davon, das er selbst gezeichnet hatte. Auf der Mauer stand ein Pfahl neben dem andern, auf jedem saß eines gefangenen Seeräubers Kopf und zeigte die Zähne.

»Das hat sich wirklich so zugetragen«, sagte der Pate, »es ist gut, wenn man es weiß, und gut, wenn man es versteht.

Bischof Absalom war in der Badestube und hörte dort durch die dünne Wand, dass ein Seeräuberschiff von draußen nahte. Schnell sprang er aus dem Bad und auf sein Fahrzeug; er stieß ins Horn und die Mannschaft kam, die Pfeile sausten den Räubern in den Rücken, sie wollten entfliehen, sie ruderten so schnell; die Pfeile bohrten sich in ihre Hände, sie hatten keine Zeit sie herauszureißen. Bischof Absalom fing sie allesamt bei lebendigem Leibe und hieb ihnen den Kopf ab; und alle Köpfe wurden auf die Ringmauer des Schlosses gesteckt. Der Nordostwind blies mit Pausbacken, er hatte schlechtes Wetter in den Backen, wie der Seemann sagt.

›Hier will ich mich recken‹, sagte der Wind, ›hier will ich mich strecken und mir den ganzen Kram mit ansehen.‹

Er ruhte stundenlang, er blies tagelang, die Jahre vergingen.

Auf dem Turm des Schlosses erschien der Wächter; er sah nach Osten, nach Westen, nach Süden, nach Norden. Da siehst du ihn leibhaftig«, sagte der Pate und zeigte das Bild. »Du siehst ihn dort, aber was er sah, das will ich dir sagen.

Von der Mauer der Schandpfahlburg bis hinaus an die Kjöger-Bucht ist offenes Wasser, und breit ist das Fahrwasser nach der Küste von Seeland hinüber. Vor dem offnen Felde, wo die großen Dörfer liegen, wächst die neue Stadt mit den Giebelhäusern aus Fachwerk mehr und mehr an. Da sind ganze Straßen für Schuhmacher und Schinder, für Gewürzhändler und Bierbrauer; da ist ein Marktplatz und ein Zunfthaus, und dicht am Strande, da wo ehemals eine Insel lag, steht eine prächtige Kirche für Sankt Nikolaus. Sie hat Türme und Spitzen, unendlich hoch; wie deutlich spiegelt sie sich in dem klaren Wasser! Nicht weit von hier steht die Kirche unserer lieben Frau, wo die Messen gelesen und gesungen werden, wo Räucherwerk duftet und Wachskerzen brennen. Kaufmanns-Hafen ist jetzt die Stadt des Bischofs; der Bischof von Roskilde herrscht und regiert.

Bischof Erlandsen sitzt in Axels Hus. In der Küche wird gebraten und gesotten, Bier und Claret wird eingeschenkt, Geigenklänge und Kesselgetrommel ertönen. Kerzen und Lampen brennen, das Schloss strahlt, als sei es die Laterne für das ganze Land und das Reich.

Der Nordostwind weht um Turm und Mauern, sie stehen aber fest; der Nordostwind weht um die Befestigung der Stadt im Westen, nur ein alter Lattenzaun; der wird wohl halten! Da draußen steht König Christopher I. Die Aufrührer haben ihn bei Skjelskör geschlagen; er sucht Zuflucht in des Bischofs Stadt.

Der Wind saust und sagt wie der Bischof: ›Bleib draußen! Bleib draußen! Das Tor ist für dich geschlossen!‹

Es ist eine Zeit des Unfriedens, es sind schwere Zeiten, jeder Mann will selber regieren. Das holsteinische Banner weht vom Turm des Schlosses. Da ist Not und Seufzen, es ist die Nacht der Angst: Zwietracht im Lande und der schwarze Tod, pechfinstere Nacht – aber dann kam Atterdag.

Jetzt ist die Stadt des Bischofs des Königs Stadt; sie hat Giebelhäuser und enge Straßen, sie hat Nachtwächter und Rathaus, sie hat einen ausgemauerten Galgen am Westtor. Kein Mann, der nicht zur Stadt gehört, darf daran gehängt werden: man muss ein Bürger der Stadt sein, um dort baumeln zu dürfen, um so hoch hinaufzukommen, dass man Kjöge sehen kann.

›Das ist ein prächtiger Galgen!‹, sagte der Nordostwind; ›das Schöne wächst!‹ Und dann fauchte und blies er.

Von Deutschland herauf wehte Verdruss und Not.

Die Hansen kommen!«, sagte der Pate. »Sie kommen von Speicher und Ladentisch, die reichen Kaufleute aus Rostock, Lübeck und Bremen, sie wollen mehr als die goldene Gans von Waldemars Turm rauben; sie herrschten mehr in des Dänenkönigs Stadt als der Dänenkönig selber, sie kamen mit bewaffneten Schiffen, niemand war vorbereitet; König Erik hatte auch keine Lust, mit den deutschen Blutsverwandten zu kämpfen, es waren ihrer so viele und sie waren so stark. König Erik und alle seine Hofleute sprengten eiligst zum Westtor hinaus nach Sorö, nach dem stillen See und den grünen Wäldern, zu Liebessang und Becherklang.

Eine aber blieb in Kopenhagen zurück, ein Königherz, ein Königsinn. Siehst du das Bild hier, das junge Weib, so fein und zart, mit meerblauen Augen und flachsblondem Haar; es ist Dänemarks Königin Philippa, eine Prinzessin von England. Sie blieb in der geängstigten Stadt, wo in den kleinen Gassen und Straßen mit den steilen Treppen, den Schuppen und mit Lehm verschlossenen Läden die Stadtbewohner umherwimmeln und nicht aus noch ein wissen. Sie hat Mannesmut und Mannesherz; sie ruft Bauern und Bürger herbei, ermahnt, ermuntert. Schiffe werden aufgetakelt, Blockhäuser bemannt, die Kartaunen knallen; da ist Feuer und Dampf, da ist gute Laune, der liebe Gott verlässt Dänemark nicht! Und die Sonne scheint in alle Herzen hinein, sie strahlt als Siegesfreude aus aller Augen. Gesegnet sei Philippa! Und man segnet sie in der Hütte und im Haus, und man segnet sie in des Königs Schloss, wo sie die Kranken und die Verwundeten pflegt. Ich habe einen Kranz ausgeschnitten und ihn um das Bild hier gelegt«, sagte der Pate. »Gesegnet sei Königin Philippa!

Nun überspringen wir eine Reihe von Jahren!«, sagte der Pate. »Kopenhagen springt mit. König Christian I. ist in Rom gewesen, ist vom Papst gesegnet, und auf dem langen Wege hat man ihn geehrt und ihm gehuldigt. Er baut in der Heimat ein Haus aus gebrannten Steinen; da soll die Gelehrsamkeit wohnen, auf Latein vorgetragen werden. Auch armer Leute Kinder vom Pflug und aus der Werkstatt können teil daran haben, können sich vorwärts betteln, den langen, schwarzen Mantel anlegen und vor den Türen der Bürger singen.

Dicht neben dem Haus der Gelehrsamkeit, wo alles Latein ist, liegt ein kleines Haus, da drinnen herrscht das Dänische in Sprache und Sitten. Da gibt es Biersuppe als Morgenkost, und da wird um zehn Uhr vormittags die Mittagsmahlzeit gegessen. Die Sonne scheint in die kleinen Fensterscheiben hinein, auf Speiseschrank und Bücherschrank; darin liegen geschriebene Schätze, Herrn Mittels ›Rosenkranz‹ und ›Göttliche Komödien‹, Henrik Harpestrangs Arzneibuch und Dänemarks Reimchronik von Bruder Niels in Sorö; ›die sollte jeder dänische Mann kennen‹, sagt der Hausherr, und er ist ganz danach angetan, sie bekannt zu machen. Er ist Dänemarks erster Buchdrucker, der Holländer Gotfred van Gehmen. Er übt die schwarze, gesegnete Kunst, die Buchdruckerkunst.

Und die Bücher kommen in des Königs Schloss und in des Bürgers Haus. Sprichworte und Lieder erhalten ewiges Leben. Was der Mensch nicht auszusprechen wagt in Freud und Leid, das singt der Vogel des Volkslieds, verblümt und doch klar; er fliegt so frei, er fliegt so weit durch Gesindestube, durch Ritterburg; er sitzt als Falke auf des Ritterfräuleins Hand und zwitschert, er schleicht sich als kleine Maus ein und piepst im Hundeloch dem in Leibeigenschaft gefesselten Bauern seine Melodie vor.

›Das Ganze ist nichts als Wortgeklingel!‹, sagt der scharfe Nordostwind.

›Es ist Frühlingszeit!‹, sagen die Strahlen der Sonne; ›sieh, wie das Grün hervorsprosst!‹

Jetzt blättern wir weiter in unserm Bilderbuch!«, sagte der Pate.

»Wie strahlt Kopenhagen! Da ist Turnier und Spiel, da sind Aufzüge mit Pracht; sieh die edlen Ritter in ihrer Rüstung, sieh die hohen, vornehmen Frauen in Seide und Gold! König Hans vermählt seine Tochter Elisabeth dem Kurfürsten von Brandenburg. Wie ist sie jung! Wie ist sie fröhlich! Sie tritt auf Sammet; da ist eine Zukunft in ihren Gedanken; das Glück des häuslichen Herdes! Dicht neben ihr steht ihr königlicher Bruder, Prinz Christjern mit den schwermütigen Augen und dem heißen, brausenden Blut. Ihn liebt die Bürgerschaft, er kennt ihre Bedrücktheit, die Zukunft des kleinen Mannes liegt ihm in den Gedanken.

Gott allein gebietet über das Glück!

Nun blättern wir weiter in unserm Bilderbuch!«, sagte der Pate. »Scharf weht der Wind, er singt von dem scharfen Schwert, von der schweren Zeit, der Zeit der Zwietracht.

Es ist ein eisigkalter Tag, mitten im April. Warum strömt die Menge draußen vor dem Schloss, vor der alten Zollbrücke zusammen, wo das Königsschiff mit Segeln und Flagge liegt? In den Fenstern und auf den Dächern sind Leute zu sehen. Es herrscht Kummer und Trauer, Erwartung und Angst. Sie sehen nach dem Schloss hinauf, wo einstmals Fackeltanz in den goldenen Sälen getanzt wurde, wo es jetzt aber so still und leer ist; sie sehen nach dem Erker hinüber, wo König Christjern so oft auf die Hofbrücke hinaussah und die schmale Hofbrückengasse entlang, hinüber zu seinem Täubchen, dem holländischen Mädchen, das er sich aus der Stadt Bergen geholt hat. Die Laden sind geschlossen; die Menge zieht nach dem Schloss hinüber, jetzt tut sich das Tor auf, die Zugbrücke wird herabgelassen. Da kommt König Christjern mit seiner treuen Gemahlin Elisabeth; sie will ihren königlichen Herrn nicht verlassen, jetzt, wo er so arg bedrängt ist.

Es war Feuer in seinem Blut, es war Feuer in seinen Gedanken, er wollte mit der alten Zeit brechen, wollte das Joch des Bauern brechen, wollte gut gegen den Bürger sein, den gierigen Habichten die Flügel stutzen; aber ihrer waren zu viele. Er verlässt Land und Reich, um da draußen Freunde und Verbündete zu finden. Seine Gattin und treue Mannen geben ihm das Geleite; jedes Auge ist feucht, jetzt in der Trennungsstunde.

Es mischen sich Stimmen in das Lied der Zeit, gegen ihn und für ihn, ein dreidoppelter Chor. Höre des Adels Worte, sie stehen geschrieben und gedruckt.

›Weh über dich, Christjern der Böse! Das vergossene Blut auf dem Marktplatz zu Stockholm schreit laut über dir, das Weh des Fluches!‹

Und der Mönche Ruf hat dasselbe Urteil: ›Du seiest verstoßen von Gott und von uns! Die lutherische Lehre hast du ins Land gerufen; ihr gabst du Kirche und Kanzel, ließest des Teufels Zunge reden! Wehe über dich, Christjern der Böse!‹

Aber Bauer und Bürger weinen so schmerzlich: ›Christjern, Volklieb! Nicht soll der Bauer als Vieh verkauft werden, nicht vertauscht werden für einen Jagdhund! Das Gesetz ist dein Zeugnis!‹ Aber kleiner Leute Wort ist wie Spreu im Winde.

Jetzt segelt das Schiff am Schloss vorüber, und die Bürger laufen auf den Wall, um von dort noch einmal das segelnde Königsschiff zu sehen.

Die Zeit ist lang, die Zeit ist schwer; trau weder Freunden noch Sippschaft mehr!

Oheim Friedrich auf dem Schloss zu Kiel möchte wohl König im Lande sein.

König Friedrich liegt vor Kopenhagen. Siehst du das Bild hier: ›Das treue Kopenhagen‹. Ringsumher türmen sich kohlschwarze Wolken auf, ein Bild nach dem andern; betrachte nur jedes einzelne! Das ist ein klingendes Bild, es klingt noch in Gesang und Erzählung: die schwere, harte, bittere Zeit durch viele Jahre voll Herzeleid.

Wie erging es König Christjern, dem verirrten Vogel?

Davon haben die Vögel gesungen, und sie fliegen weit, über Land und See. Der Storch kam früh zur Lenzzeit, von Süden her über das deutsche Land; er hatte gesehen, was man jetzt erzählt.

›Den fliehenden König Christjern sah ich auf der von Heidekraut roten Heide; da begegnete ihm ein elendes Fuhrwerk, mit einem Pferd bespannt; darin saß eine Frau, König Christjerns Schwester, die Markgräfin von Brandenburg; der lutherischen Lehre treu, war sie von ihrem Gemahl vertrieben. Auf der dunklen Heide begegneten die landstüchtigen Königskinder einander. Die Zeit ist lang, die Zeit ist schwer, trau weder Freunden noch Sippschaft mehr!‹

Vom Sonderburger Schloss her kam die Schwalbe mit kläglichem Gesang geflogen: ›König Christjern ist verraten! Er sitzt dort in dem brunnentiefen Turm; seine schweren Schritte schleißen eine Spur in den steinernen Fußboden, seine Finger hinterlassen eine Spur in dem weißen Marmor.‹

Der Fischadler kehrte heim aus der rollenden See! Die ist offen und frisch, dort fliegt ein Fahrzeug, das ist der kühne Mann aus Fünen, Sören Norby. Das Glück ist ihm hold – aber das Glück ist veränderlich wie Wind und Wetter.

In Jütland und Fünen schreien Rabe und Krähe: ›Rab, Rab, Rab! Wir sind so brav, brav, brav! Hier liegen die Kadaver von Pferden und von Menschen.‹ Es ist eine Zeit des Unfriedens, die Grafenfehde. Der Bauer greift zur Keule, der Städter zum Messer, und dann rufen sie laut: ›Wir schlagen die Wölfe tot, sodass auch nicht einmal die Jungen übrig bleiben!‹ Wolken und Rauch von den brennenden Städten treiben am Himmel dahin.

König Christjern sitzt gefangen auf dem Sonderburger Schloss; er kann nicht entkommen, er sieht weder Kopenhagen noch seine bittere Not. Auf dem Nordfelde steht Christian III., wo einst der Vater stand. In der Stadt herrschen Angst und Hunger und Seuche.

An die Kirchenmauer gelehnt, sitzt ein abgezehrtes Weib in Lumpen, eine Leiche; zwei lebende Kinder liegen auf ihrem Schoß und saugen Blut aus den Brüsten der Toten.

Der Mut ist gefallen, der Widerstand fällt. Du treues Kopenhagen!

Es wird Fanfare geblasen; höre die Pauken und Trompeten!

In reichen Kleidern aus Samt und Seide und mit wallenden Federn kommen auf goldverbrämten Rossen die adligen Herren: sie reiten nach dem alten Markt. Ist da Karussell oder Turnier nach alter Sitte? Auch Bürger und Bauer in ihrem feinsten Schmuck drängen dahin. Was ist da zu sehen? Ist da ein Scheiterhaufen errichtet, auf dem papistische Bilder verbrannt werden sollen, oder steht der Henker da, wie er bei Slaghoeks* Scheiterhaufen stand? Der König, der Herr des Landes, ist Lutheraner, das sei bekannt gemacht, aufrechterhalten und anerkannt.

Hochvornehme Frauen und adlige Jungfrauen sitzen mit hohen Kragen und perlengestickten Hauben hinter den offenen Fenstern und sehen all diese Pracht mit an. Auf einem ausgebreiteten Teppich unter einem Baldachin sitzt der Rat des Reichs in uralter Tracht, nahe dem Thron des Königs. Der König ist stumm. Jetzt wird in dänischer Sprache ein Wille verlesen, der Wille des Reichsrats; Bürger und Bauern müssen strenge Worte hören, Worte der Züchtigung für all den Widerstand, den sie gegen den hohen Adel erhoben haben. Der Bürger ward gedemütigt, der Bauer ward leibeigen. Jetzt lauten die Worte der Verdammnis gegen die Bischöfe des Landes. Ihre Macht hat ein Ende. Alle Güter der Kirche und der Klöster fallen dem König und dem Adel zu.

Da ist Hochmut und Hass, da ist Prunk und Jammer.

›Arme Vögel kommen gekrochen,
Haben Flügel und Beine gebrochen ....
Reiche Vögel kommen mit Sausen,
Kommen mit Brausen!‹

Die Zeit der Umwälzungen bringt dunkle Wolken, aber auch Sonnenschein; der schien jetzt gerade in das Haus der Gelehrsamkeit hinein, in das Heim der Studenten, und Namen strahlen von dort bis in unsere Zeit hinein.

* Slaghoek, der Ratgeber Christians II.

Da ist Hans Tausen, der arme Schmiedesohn:

›Ein armer Knabe aus dem Dorfe Birkende
In Dänemark ward geliebt und geehrt.
Sein Ruhm drang weit über Dänemarks Grenzen,
Wie Luther er singt mit des Wortes Schwert.‹

Da klingt der Name Petrus Palladius, lateinisch, aber auf Dänisch Peter Plade, der Bischof von Roskilde; auch er war der Sohn eines armen Schmieds aus Jütland. Und unter den Namen des Adels strahlt Hans Friis, der Kanzler des Reichs. Er setzte den Studenten an seinen Tisch, sorgte für ihn und für den Schüler.

Einem aber gebührt vor allem Lob und Ehre:

›So lang ein Student im Dänenland
Einen Buchstaben noch kann schreiben,
So lange soll König Christians Name
In hohen Ehren stets bleiben!‹

Es kamen auch Sonnenstrahlen zum Vorschein zwischen den dunklen Wolken in der Zeit der Umwälzungen.

Nun wenden wir das Blatt.

Was saust und seufzt im ›Großen Belt‹ unter der Küste von Samsö! Aus der See steigt ein Meerweib auf mit tanggrünem Haar, sie weissagt dem Bauer: Ein Prinz soll geboren werden, der wird ein König, mächtig und groß.

Auf dem Felde, unter dem blühenden Weißdorn wird er geboren. Jetzt blüht sein Name in Sage und Gesang, auf Ritterschlössern ringsumher. Die Börse sprosste empor mit Turm und Spitzen; Schloss Rosenburg erstreckte sich weit über den Wall hinaus; selbst der Student erhielt sein eignes Haus, und dicht daneben stand und steht noch heute der Runde Turm und zeigt gen Himmel, eine Urania-Säule, die nach Hveen hinüber sieht, wo die Uranienburg aufragte; ihre goldenen Kuppeln erglänzten im Mondschein, und Meerweiber sangen von dem Manne da drinnen, den Könige und Heroen des Geistes aufsuchten, dem Kluggebornen, aus adligem Geblüt, Tycho de Brahe. Er hob Dänemarks Namen so hoch empor, dass man ihn mitsamt dem Sternenhimmel in allen geistig aufgeklärten Landen der Erde kannte. Und Dänemark stieß ihn von sich.

Er tröstete sich mit Gesang in seinem Schmerz:

›Ist nicht der Himmel allerorten,
Was brauch ich da noch mehr?‹

Sein Gesang trägt das Leben des Volksliedes in sich, wie der Meerweiber Gesang von Christian dem Vierten.

Nun kommt ein Blatt, das du dir recht genau ansehen musst!«, sagte der Pate; »da folgt ein Bild dem andern, wie in den alten Heldenliedern ein Vers dem andern. Es ist ein Lied, das einen so fröhlichen Anfang hat und das so traurig endet.

Auf des Königs Schloss tanzt ein Königskind, wie ist sie lieblich zu sehen! Sie sitzt auf Christian des Vierten Schoß, seine geliebte Tochter Eleonore. In weiblichen Sitten und Tugenden wächst sie heran. Der vornehmste Mann des mächtigen Adels, Corfitz Ulfeldt, ist ihr Bräutigam. Sie ist noch ein Kind; sie bekommt sogar noch die Rute von ihrer strengen Hofmeisterin; sie beklagt sich bei dem Verlobten, und sie ist in ihrem Recht. Wie ist sie klug, gebildet und unterrichtet, sie kann Griechisch und Lateinisch, singt Italienisch zu ihrer Laute, weiß über den Papst und über Luther zu reden.

König Christian liegt in der Grabkapelle im Dom zu Roskilde, Eleonorens Bruder ist König. Glanz und Pracht herrschen auf dem Schloss in Kopenhagen, da sind Schönheit und Klugheit vereint, vor allem in der Person der Königin selbst: Sophie Amalie von Lüneburg will überall die Erste sein! Wer lenkt sein Ross so wie sie? Wer trägt beim Tanz eine Majestät zur Schau wie sie, wer redet mit Kenntnissen und Geist, so wie die Königin von Dänemark?

›Eleonore Christine Ulfeldt!‹ Die Worte wurden von dem französischen Gesandten ausgesprochen. ›An Schönheit und Klugheit überstrahlt sie sie alle!‹

Auf dem gebohnerten Tanzparkett des Schlosses sprosste die Klette des Neids auf, sie hängte sich fest, sie verfilzte sich, sie wirbelte den Hohn der Kränkung um sich auf: ›Der Bastard! Ihre Kutsche halte an des Schlosses Brück; wo die Königin fährt, trete sie demütig zurück!‹ Und der Klatsch wächst und die Lüge und die üble Nachrede spinnen sich weiter!

Und Ulfeldt nimmt sein Weib in der stillen Nacht an die Hand. Er hat die Schlüssel zu den Toren der Stadt; er öffnet eins davon, draußen warten die Pferde. Sie reiten am Strande entlang und segeln von dannen nach dem schwedischen Land.

Jetzt wenden wir das Blatt um, wie sich das Glück der beiden wendet.

Es ist Herbst, der Tag ist kurz, die Nacht ist lang; es ist grau und nass, der Wind ist so kalt und nimmt zu an Stärke. Es saust in dem Laub an den Bäumen des Walles, das Laub wirbelt hinein in Peder Oxes Schloss. Es steht leer und verlassen von seiner Herrschaft. Der Wind saust über Christianshafen, über Kaj Lykkes Haus, das ist jetzt Zuchthaus geworden. Er selbst ist des Landes verwiesen und aller Ehren beraubt, sein Wappen ist zerbrochen, sein Bild auf den höchsten Galgen gehängt. So wurden seine übermütigen, leichtfertigen Worte über die verehrte Königin des Landes geahndet. Laut heult der Wind und fährt dahin über den offnen Platz, wo das Haus des Reichshofmeisters gestanden hat; jetzt ist nur noch ein Stein davon übrig, ›den habe ich als Granitblock aus der segelnden Eisscholle hier hinabgeführt‹, saust der Wind, ›der Stein strandete da, wo später die Diebsinsel aufstieg, die ich verfluchte; so kam er in Herrn Ulfeldts Schloss hinein, wo die Burgfrau zur klingenden Laute sang, Griechisch und Lateinisch las und den Kopf so stolz trug. Jetzt ragt nur noch der Stein stolz auf mit der Inschrift:

Dem Verräter Corfitz Ulfeldt,
Zu ewigem Spott, zu Schmach und Schande.‹

Aber wo ist sie denn jetzt, die vornehme Frau? ›Hu – ih – hu – ih!‹, pfeift der Wind mit schneidender Stimme. Im Blauen Turm, hinter dem Schloss, wo die Wogen des Meeres gegen die schleimige Mauer schlagen, da hat sie schon seit vielen Jahren gesessen. Da ist mehr Rauch als Wärme in der Kammer; das kleine Fenster sitzt hoch oben unter der Decke. König Christian des Vierten verhätscheltes Kind, das feinste Fräulein, die vornehmste Frau, wie sitzt sie armselig, wie sitzt sie schlecht! Die Erinnerung hängt Gardinen und Tapeten an den verräucherten Wänden des Gefängnisses auf. Sie gedenkt der schönen Zeiten ihrer Kindheit, der milden, strahlenden Züge ihres Vaters; sie gedenkt ihrer prunkvollen Hochzeitsfeier, der Tage ihres Stolzes, der Zeiten ihrer Not in Holland, in England und auf Bornholm.

›Dem Eheweib, das liebt, nichts schwer erscheint,
Dem Gatten bleibt sie treu im Unglück auch vereint.‹

Doch dazumal war sie noch bei ihm, jetzt ist sie allein, für immer allein! Sie weiß nicht, wo sein Grab ist, und niemand weiß es.

›Dass sie dem Gatten Treue hielt,
War ihre ganze Schuld.‹

Jahre hindurch hat sie im Blauen Turm gesessen, viele und lange Jahre, während das Leben draußen weiterrollte. Es stehet nimmer still, wir aber wollen hier einen Augenblick stillstehen, ihrer gedenken und der Worte des Liedes:

›Dem Gatten hielt ich treu den Schwur,
In Not und großem Elend.‹

Siehst du das Bild hier?«, sagte der Pate.

»Es ist Winterzeit; der Frost hat eine Brücke zwischen Laaland und Fünen geschlagen, eine Brücke für Carl Gustav, der unaufhaltsam heranrückt. Da ist Plündern und Mordbrennen, Angst und Not in dem ganzen Lande.

Der Schwede liegt vor Kopenhagen. Es ist beißend kalt, und der Schnee wirbelt; aber ihrem König treu und sich selber treu, stehen Männer und Frauen zum Kampf bereit da. Jeder Handwerksmann, jeder Ladendiener, Student und Magister steht oben auf dem Wall zum Schutz und zur Verteidigung. Sie kennen keine Furcht vor den glühenden Kugeln, König Friedrich hat geschworen, dass er in seinem Nest sterben will. Er reitet dort oben und die Königin reitet an seiner Seite. Da sind Mut und Manneszucht und Vaterlandsliebe. Lasst den Schweden nur sein Leichenhemd anziehen und in den weißen Schnee hinausschleichen, lasst ihn nur versuchen zu stürmen! Balken und Steine werden auf ihn herabgewälzt, ja Frauen kommen mit Braukesseln herbei und gießen Pech und Teer auf die stürmenden Feinde herab.

In dieser Nacht sind König und Bürger eine vereinte Macht. Und da ist Erlösung, da ist Sieg. Die Glocken läuten, Dankgesang ertönt. Bürgervolk, hier errangst du Adelssporen!

Was kommt nun wohl? Sieh dir das Bild hier an!

Bischof Svanes Frau kommt in geschlossener Kutsche; das darf nur der hohe, mächtige Adel. Die stolzen Junker zertrümmern den Wagen, die Bischöfin muss zu Fuß nach ihrem Hause gehen.

Ist das die ganze Geschichte? – Weit Größeres soll gar bald gebrochen werden, die Übermutherrschaft.

Bürgermeister Hans Nansen und Bischof Svane reichen sich die Hand zum Handeln in des Herrn Namen. Sie reden mit Klugheit und Ehrlichkeit; man hört es in der Kirche und in des Bürgers Haus. Ein Handschlag des treuen Zusammenhaltens, und der Hafen wird gesperrt, die Tore werden geschlossen, die Sturmglocke erschallt, die Macht ist dem König allein gegeben, ihm, der zur Stunde der Gefahr in seinem Nest verblieb; er soll herrschen, er soll über Große und Kleine regieren!

Es ist die Zeit der Alleinherrschaft!

Jetzt wenden wir das Blatt und zugleich die Zeit.

›Hallo, hallo, hallo!‹ Der Pflug ist beiseite gelegt, das Heidekraut darf ruhig wachsen, aber die Jagd ist gut. ›Hallo, hallo!‹ Höre die gellenden Hörner und die kläffende Meute. Siehe die Jägerschar, stehe den König selbst, Christian den Fünften; er ist jung und fröhlich! Im Schloss und in der Stadt herrscht Frohsinn. In den Sälen flammen Wachskerzen, in den Höfen Fackeln, und die Straßen der Stadt haben Laternen bekommen. Alles strahlt wie neu! Der neue Adel, der aus Deutschland ins Land gerufen ist, Barone und Grafen, werden mit Gunst und Gaben überschüttet; jetzt gelten Rang und Titel und die deutsche Sprache.

Da ertönt eine Stimme so echt dänisch; es ist der Sohn des Webers, der jetzt Bischof geworden ist, es ist Kingos Stimme; er singt die schönsten Kirchenlieder.

Da ist der Sohn eines andern Bürgers, ein Weinküfersohn, sein Gedanke bringt Klarheit in Recht und Gesetz; sein Gesetzbuch ward der goldene Grund für des Königs Namen, jetzt und für künftige Zeiten. Der Bürgersohn, der mächtigste Mann des Landes, erhält das Adelsschild und er erwirbt sich zahllose Feinde, sodass des Henkers Schwert auf der Richtstätte über Griffendfeldts Haupt hängt. Da ward das Todesurteil in lebenslängliche Gefangenschaft verwandelt. Er wird nach einer Felseninsel an der Küste von Drontheim gesandt:

›Munkholm – Dänemarks Sankt Helena!‹

Aber der Tanz gleitet dahin in den Sälen des Schlosses, da ist Glanz und Pracht, da ist lustige Musik, da tanzen Höflinge und Damen.

Jetzt kommt Friedrich des Vierten Zeit!

Sieh die stolzen Schiffe mit der Siegesflagge! Sieh das rollende Meer! Ja, das kann von großen Taten erzählen, von Dänemarks Ruhm. Wir kennen die Namen, der siegesfrohe Sehested und Gyldenlöwe! Wir kennen Hvitfeldt, der, um die dänische Flotte zu retten, sein Schiff in die Luft sprengte und mit dem Danebrog gen Himmel fuhr. Wir denken an die Zeit und den Streit dazumal, und an den Helden, der zu Dänemarks Schutz von dem norwegischen Felsen sprang: Peter Tordenskjold. Über das herrliche Meer, über das schwellende Meer donnert sein Name von Ufer zu Ufer:

›Durch den Puderstaub flog ein greller Blitz,
Ein Donner durch der Zeiten Flüstern braust;
Ein Schneiderlehrling sprang vom Schneidersitz.
Von Norwegens Küste ein Schiff lief aus,
So jugendkeck und stahlumgürtet,
Der Wikingergeist über die Meere saust.‹

Von Grönlands Küste her kam ein frischer Luftzug, ein Duft wie aus Bethlehem; der erzählte von dem Licht des Evangeliums, das Hans Egede und seine Frau nach dem hohen Norden gebracht hatten.

Daher hat das halbe Blatt hier Goldgrund erhalten; das andre halbe, das Trauer bedeutet, ist aschgrau mit schwarzen Flecken, wie von Feuerfunken, von Krankheit und Seuche.

In Kopenhagen wütet die Pest. Die Straßen sind leer, die Türen verriegelt, ringsumher sind Kreuze mit Kreide gezeichnet: da drinnen herrscht die Seuche, wo aber das Kreuz schwarz ist, da sind alle tot.

In der Nacht werden die Leichen weggetragen, ohne Glockengeläute; sie nehmen die Sterbenden mit auf die Straße hinaus; die Leichenwagen rasseln, sie sind mit Toten angefüllt. Aus der Schenkstube aber tönt gar widerlich das Singen und das wilde Geschrei der Betrunkenen. Im Trunk wollen sie die bittere Not vergessen; sie wollen vergessen und enden – enden! Alles nimmt ja ein Ende. Hier endet das Blatt, auf dem die zweite Not- und Prüfungszeit für Kopenhagen niedergeschrieben steht.

König Friedrich der Vierte lebt noch; sein Haar ist im Laufe der Jahre ergraut. Von dem Fenster des Schlosses sieht er hinaus in das stürmische Wetter; es ist spät im Jahr.

In einem kleinen Haus am Westtor spielt ein kleiner Knabe mit seinem Ball; der fliegt auf den Boden hinauf. Der Kleine nimmt ein Talglicht, geht hinauf, ihn zu suchen; da fängt das kleine Haus Feuer, die ganze Straße fängt Feuer. Es leuchtet in der Luft, sodass die Wolken schimmern! Sieh, wie die Flammen wachsen! Da ist Nahrung für das Feuer, da ist Heu und Stroh, da ist Speck und Teer, da sind Holzstapel für die Winterzeit. Und alles brennt. Da ist Weinen und Schreien, da ist große Verwirrung. Mitten in dem Gewimmel reitet der alte König, ermuntert, befiehlt. Es wird mit Pulver gesprengt, Häuser werden niedergerissen. Jetzt brennt es auch im nördlichen Stadtteil, und die Kirchen brennen! Sankt Petri, die Frauenkirche! Höre, das Glockenspiel spielt seine letzte Melodie:

›Wend gnädig deinen Zorn von uns!‹

Nur der Runde Turm steht noch und das Schloss steht; ringsumher sieht man rauchende Trümmerhaufen. König Friedrich der Vierte ist gut gegen sein Volk, er tröstet, er sättigt, er ist bei ihm, er ist der Freund der Obdachlosen. Gesegnet sei Friedrich der Vierte!

Sieh jetzt dies Blatt!

Sieh die goldene Kutsche, mit Dienern ringsumher, mit bewaffneten Reitern voran und hinterher, die vom Schlosse daherrasselt, wo eine eiserne Kette gespannt ist, um das Volk zu verhindern, zu nahe zu kommen. Jeder unadlige Mann muss entblößten Hauptes über den Platz gehen; daher sieht man auch nicht viele, sie meiden den Ort. Da kommt nun einer mit gesenktem Blick, den Hut in der Hand, und das ist gerade der Mann aus jener Zeit, den wir besonders laut nennen:

›Ein reinigender Sturmwind seine Worte klangen,
Verhießen kommender Tage Glück;
Eingeschmuggelte Noten wie Heuschrecken sprangen
Den Weg, den sie gekommen, zurück.‹

Das ist Klugheit und Humor – Ludwig Holberg. Die dänische Bühne, das Schloss seiner Größe, hat man aufgehoben, als sei es die Wohnung des Ärgernisses. Alle Freude ist begraben; Tanz, Gesang und Musik sind verboten und verbannt. Jetzt herrscht das finstere Christentum.

›Der Dänenprinz!‹, wie ihn seine Mutter nannte. Jetzt kommt seine Zeit mit Sonnenschein, mit Vogelgesang, mit Freude, Dänentum und Frohsinn:

König Friedrich V. ist König. Und die Ketten werden vom Schlossplatz entfernt; die dänische Bühne wird wieder eröffnet, da ist Lachen und Lust, da ist gute Laune. Und die Bauern reiten den Sommer in die Stadt ein! Es ist die Zeit der Fröhlichkeit nach der Fastenzeit, nach der Zeit der Trübsal. Das Schöne gedeiht, setzt Blüten und Früchte an, in Tönen und Farben und in der bildenden Kunst. Höre Gretrys Musik! Sieh Londemanns Spiel! Und Dänemarks Königin liebt alles Dänische. Lovise von England, schön und sanft, Gott segne dich in seinem Himmel! Die Sonnenstrahlen singen lieblich im Chor von den Königinnen im dänischen Land: Philippa, Elisabeth, Lovise.

Was irdisch war, ist längst zur Erde bestattet, aber die Seelen leben, und die Namen leben. Abermals entsendet England eine Königsbraut: Mathilde, so jung und gar bald so verlassen! Von dir werden die Dichter zu allen Zeiten singen, von dem jugendlichen Herzen und der Prüfungsstunde. Und das Lied hat eine Macht, eine unsagbare Macht zu allen Zeiten und bei allen Völkern. Sieh den Brand des Schlosses, König Christians Burg! Man sucht das Beste zu retten, was es gibt. Siehe, wie die Seeleute einen Korb mit Silberzeug und Kostbarkeit fortschleppen; große Reichtümer sind es, plötzlich aber sehen sie durch die offne Tür, wo die Flammen leuchten, eine Bronzebüste von König Christian dem Vierten. Da werfen sie den Reichtum hin, den sie tragen; sein Bildnis da drinnen ist ihnen weit mehr wert! Das müssen sie retten, wie schwer es auch zu tragen sein mag. Sie kennen ihn ja aus Ewalds Lied, aus Hartmanns herrlicher Melodie. Da ist Macht im Wort und im Gesang, und Wort und Gesang werden einstmals laut klingend von der armen Königin Mathilde erzählen!

Jetzt blättern wir weiter in unserm Bilderbuch.

›Auf Ulfeldts Platz stand ein Stein der Schand;
Gibt's wohl noch einen solchen im Land?
Am Wassertor ward eine Säule erbaut,
Die Freiheit verkündet der Welt sie laut.‹

Die Sonnenstrahlen küssten den Granitblock, die Grundlage unter der Freiheitssäule. Alle Kirchenglocken läuteten, die Fahnen wehten; das Volk jubelte Kronprinz Friedrich zu. Alt und jung trugen im Herzen und auf der Zunge die Namen Bernstorff, Reventlow, Colbjörnsen. Mit strahlenden Augen und dankerfülltem Herzen liest man die herrliche Inschrift der Säule:

›Der König befahl, dass die Leibeigenschaft aufhören soll, den Landwirtschaftsgesetzen wird Ordnung und Kraft verliehen, alsodass der freie Bauer kühn und aufgeklärt, fleißig und gut werden kann, ein redlicher, glücklicher Bürger!‹

Welch ein Sonnentag! Welch ›Sommer in der Stadt‹!

Die Geister des Lichts sangen: ›Dass Gute wächst! Das Schöne wächst! Bald wird der Stein auf Ulfeldts Platz fallen, aber die Freiheitssäule soll im Sonnenschein stehen, gesegnet von Gott und Menschen!‹

›Eine alte Landstraße haben wir,
Die führt ans Ende der Erde.‹

Das offne Meer, offen für Freund und Feind, und der Feind war da. Er segelte heran, die mächtige englische Flotte; eine Großmacht zog gegen ein kleines Land. Der Kampf war hart, aber das Volk war mutig:

›Alle standen fest und unverdrossen,
Standen, stritten, fanden ihren Tod!‹

Errangen die Bewunderung ihrer Feinde und begeisterten die Skalden Dänemarks. Des Schlachttages wird noch heutigen Tages mit wehenden Flaggen gedacht: des ehrenvollen zweiten Aprils, der Gründonnerstag-Schlacht auf der Reede.«

»Die Jahre vergingen. Eine Flotte ward im Öresund gesehen. Galt es Russland oder Dänemark? Niemand wusste es, nicht einmal an Bord.

Eine Erzählung, die sich im Volksmund erhalten hat, lautet, dass in jener Morgenstunde auf dem Öresund, als die versiegelte Ordre erbrochen und verlesen ward und also lautete, dass die dänische Flotte genommen werden sollte – ein junger Kapitän, hochherzig in Wort und Tat, ein Sohn Britanniens, vortrat und sprach: ›Ich habe geschworen, bis an meinen Tod für Englands Flagge zu kämpfen, in offener, ehrlicher Schlacht, nicht aber zu vergewaltigen!‹

Und damit stürzte er sich über Bord!

Der Feind stand vor Kopenhagen; die Stadt ging in Flammen auf, Dänemark büßte die Flotte ein, nicht aber den Mut und den Glauben an

Gott, Er demütigt, richtet aber wieder auf. Die Wunden heilen. Die Geschichte von Kopenhagen ist reich an Trost.

›Von alters her der Volksglaube spricht:
Dänemark hat an Gott einen Freund.
Halten wir fest, so lässt er uns nicht,
Und morgen die Sonne wieder scheint.‹

Bald schien die Sonne auf die neu erbaute Stadt herab, auf reiche Kornfelder, auf Klugheit und Tüchtigkeit. Ein herrlicher Sommertag des Friedens, und die Fata Morgana der Dichtung strahlte herrlich aus Oehlenschlägers Werken.

Und in der Wissenschaft ward ein Fund gemacht, weit wichtiger als der Fund eines goldenen Horns in alten Zeiten, eine Brücke aus Gold ward gefunden:

›– – eine Brücke für des Gedankens Blitz
für alle Zeit, in Völker und Reiche hinein.‹

Hans Christian Örsted, der Erfinder der Telegrafie, schrieb dort seinen Namen ein.

Und siehe! Neben dem Schloss, an den Mauern der Schlosskirche ward ein Gebäude errichtet, dazu gaben selbst die ärmsten Männer und Frauen fröhlich ihr Scherflein.

Du entsinnst dich doch noch der alten Steinblöcke aus dem Anfang unseres Bilderbuches«, sagte der Pate, »die von den Felsen Norwegens herabrollten und auf den Eisschollen gen Süden geführt wurden; die sind auf Thorwaldsens Geheiß wieder aus dem tiefen Sandboden emporgehoben in der Schönheit des Marmors; herrlich zu sehen!

Vergiss nicht, was ich dir gezeigt habe und was ich dir erzählte! Der Sandboden im Meer hob sich, ward ein Schutz für den Hafen, trug Axels Hus, trug des Bischofs Burg und das Schloss des Königs und trägt jetzt den Tempel der Schönheit. Die Worte des Fluches sind verweht, aber was die Kinder des Sonnenlichts voller Freude von einer kommenden Zeit sangen, das ist in Erfüllung gegangen.

Manch ein Sturm ist über Kopenhagen hingefahren, er kann wiederkommen und wird wieder darüber hinbrausen. Das Wahre und Gute und Schöne trägt den Sieg davon.

Und hiermit ist das Bilderbuch aus, Kopenhagens Geschichte ist aber noch lange nicht aus. Wer weiß, was du selbst einmal erleben wirst.

Es hat oft finster ausgesehen. Stürme haben getost, aber der Sonnenschein ist doch nicht weggeweht, der bleibt! Und stärker noch als der stärkste Sonnenschein ist Gott! Der liebe Gott herrscht über mehr als über Kopenhagen.«

Das sagte der Pate, als er mir das Buch übergab. Seine Augen strahlten, er war seiner Sache so sicher. Und ich nahm das Buch so stolz, so froh, so zuversichtlich in Empfang, ganz so wie neulich, als ich mein kleines Schwesterlein zum ersten Mal in den Armen hielt.

Und der Pate sagte: »Du darfst sehr gerne diesem oder jenem dein Bilderbuch zeigen, du kannst auch gerne sagen, dass ich das ganze Werk gemacht, gekleistert, gezeichnet habe. Aber die Bedingung ist, dass sie gleich erfahren, woher ich die Idee dazu bekommen habe. Du weißt es, erzähle du es ihnen! Die Idee verdanke ich den alten Tranlaternen, die gerade an dem letzten Abend, als sie brannten, den neuen Gaskandelabern, als Fata Morgana, alles zeigten, was geschehen war, seit die ersten Laternen unten am Hafen angezündet wurden, bis jetzt, heute Abend, Kopenhagen durch Gas und Tran erleuchtet wurde.

Du darfst das Buch zeigen, wem du willst, das heißt, Leuten mit sanften Augen und freundlichem Sinn, kommt aber ein Höllenpferd – dann schließe schnell

des Paten Bilderbuch!«

Die Dryade

Wir reisen zur Pariser Ausstellung.

Jetzt sind wir da! Das war ein Flug, eine Fahrt, ganz ohne Zauberei; wir fahren mit Dampf auf der Landstraße dahin.

Unsere Zeit ist die Zeit des Märchens.

Wir sind mitten in Paris in einem großen Hotel. Blumen schmücken die Treppen bis oben hinauf, über die Stufen sind weiche Teppiche gebreitet.

Unser Zimmer ist gemütlich. Die Balkontür nach einem großen Platz hinaus steht offen. Da unten wohnt der Frühling, er ist nach Paris gefahren und zur selben Zeit eingetroffen wie wir, er kam in Gestalt eines großen, jungen Kastanienbaumes mit eben ausgeschlagenen, feinen Blättern; wie ist er in Lenzschönheit gekleidet vor allen andern Bäumen auf dem Platz! Einer von ihnen ist ganz ausgetreten aus der Zahl der lebenden Bäume und liegt, mit den Wurzeln ausgerissen, an die Erde geworfen, da. Wo er gestanden hat, soll jetzt der frische Kastanienbaum gepflanzt werden und wachsen.

Noch steht er, hoch aufgerichtet, auf dem schweren Wagen, der ihn heute Morgen nach Paris brachte, mehrere Meilen weit vom Lande her. Dort hatte er seit Jahren dicht neben einer mächtigen Eiche gestanden, unter der oft der alte, prächtige Geistliche saß, der zu den lauschenden Kindern sprach und ihnen erzählte. Der junge Kastanienbaum hörte alles mit an; die Dryade, die in seinen Zweigen wohnte, und die ja noch ein Kind war, konnte zurückdenken bis zu der Zeit, wo der Baum so klein war, dass er nur ein wenig über die hohen Grashalme und Farnkräuter aufragte. Die waren schon so groß, wie sie werden konnten, aber der Baum wuchs und nahm mit jedem Jahr zu, trank Luft und Sonnenschein, bekam Tau und Regen und wurde, was notwendig war, von den starken Winden gerüttelt und geschüttelt. Das gehört mit zur Erziehung.

Die Dryade freute sich ihres Daseins, freute sich über den Sonnenschein und den Vogelgesang, am meisten aber über die Stimme der Menschen, sie verstand ihre Sprache ebenso gut, wie sie die der Tiere verstand.

Schmetterlinge, Libellen und Fliegen, ja alles, was fliegen konnte, stattete ihr einen Besuch ab; plaudern konnten sie alle; sie erzählten von dem Dorf, den Weinbergen, dem Walde, dem alten Schloss mit seinem Park, in dem Kanäle waren und Teiche. Dort unten im Wasser wohnten auch lebende Wesen, die auf ihre Weise, unter dem Wasser, von Ort zu Ort fliegen konnten, Wesen mit Kenntnissen und Nachdenken; sie sagten nichts, so klug waren sie.

Und die Schwalbe, die ins Wasser hinabgetaucht war, erzählte von den schönen Goldfischen, von den fetten Brachsen, den dicken Schleien und den alten, bemoosten Karauschen. »Die Schwalbe machte eine sehr genaue Beschreibung, aber man sieht es doch besser selbst«, meinte sie; aber wie sollte jemals die Dryade die Wesen zu sehen bekommen! Sie musste sich damit begnügen, über die schöne Landschaft hinauszusehen und die geschäftige Menschenwirksamkeit zu spüren.

Schön war es, am schönsten aber doch, wenn der alte Geistliche hier unter der Eiche stand und von Frankreich erzählte, von den großen Taten von Männern und Frauen, deren Namen voller Bewunderung durch alle Zeiten hindurch genannt werden.

Die Dryade hörte von dem Hirtenmädchen Jeanne d'Arc, von Charlotte Corday, sie hörte von uralten Zeiten, von Heinrich dem Vierten und von Napoleons Zeit und, bis in die Jetztzeit hinauf, von Tüchtigkeit und Größe; sie hörte Namen, und in einem jeden war ein Klang, der in das Herz des Volkes drang: Frankreich ist das Land der Welt, der Erdboden der Klugheit mit dem Krater der Freiheit!

Die Dorfkinder lauschten andächtig, die Dryade nicht weniger; sie war ein Schulkind mit den andern. Sie sah in der Gestalt der segelnden Wolken Bild auf Bild von dem, was sie hatte erzählen hören.

Der Wolkenhimmel war ihr Bilderbuch.

Sie fühlte sich so glücklich in dem schönen Frankreich, hatte aber doch ein Gefühl, dass die Vögel, dass jedes Tier, das fliegen konnte, weit begünstigter sei als sie. Selbst die Fliege konnte sich umsehen, konnte weit umherfliegen, weit über den Gesichtskreis der Dryade hinaus.

Frankreich war so ausgedehnt und herrlich, aber sie sah nur einen kleinen Fleck davon, weltweit erstreckte sich das Land mit Weinbergen, Wäldern und großen Städten, und von diesen allen war Paris die herrlichste und mächtigste. Dahin konnten die Vögel gelangen, sie aber nie.

Unter den Dorfkindern war auch ein kleines, zerlumptes, ärmliches Mädchen, das aber wunderschön anzusehen war; immer sang und lachte die Kleine und wand rote Blumen in ihr schwarzes Haar.

»Gehe nicht nach Paris!«, sagte der alte Geistliche. »Arme Kleine! Wenn du dahin kommst, so wird es dein Verderben sein!«

Und doch ging sie dahin.

Die Dryade dachte oft an sie, sie hatten ja beide dasselbe Verlangen und dieselbe Sehnsucht nach der großen Stadt.

Es ward Frühling, Sommer, Herbst, Winter; einige Jahre vergingen.

Der Baum der Dryade trug seine ersten Kastanienblüten, die Vögel zwitscherten in dem herrlichen Sonnenschein umher. Da kam die Landstraße entlang eine stattliche Kutsche mit einer vornehmen Dame, sie lenkte selbst die leicht springenden, schönen Pferde; ein geputzter kleiner Jockei saß hinten auf. Die Dryade erkannte sie wieder, der alte Geistliche erkannte sie wieder, schüttelte den Kopf und sagte betrübt:

»Du kamst in die große Stadt! Das ward dein Verderben, arme Marie!«

»Die und eine Arme!«, dachte die Dryade, »nein, welch eine Verwandlung! Sie ist gekleidet wie eine Herzogin! Das geschah in der Stadt der

Verzauberung! Ach, wäre ich doch da, in all dem Glanz und der Pracht! Selbst die Wolken werden in der Nacht davon beleuchtet, das sehe ich, wenn ich den Blick dahin wende, wo, wie ich weiß, die Stadt liegt.«

Ja, dahin, nach der Richtung sah die Dryade jeden Abend, jede Nacht. Sie sah den strahlenden Nebel am Horizont; sie entbehrte ihn in hellen, mondklaren Nächten; sie entbehrte die segelnden Wolken, die ihr Bilder von der Stadt und aus der Geschichte zeigten.

Das Kind greift nach seinem Bilderbuch, die Dryade griff nach der Wolkenwelt, ihrem Gedankenbuch.

Der sommerwarme, wolkenlose Himmel war ihr ein leeres Blatt, und jetzt hatte sie seit mehreren Tagen nichts weiter gesehen.

Es war warme Sommerzeit mit sonnenheißen Tagen, ohne einen Lufthauch; jedes Blatt, jede Blume lag wie im Schlaf, auch die Menschen schienen zu schlafen.

Da türmten sich Wolken auf, und zwar in einer Richtung, wo in der Nacht der strahlende Nebel verkündete: Hier ist Paris.

Die Wolken ballten sich zusammen, formten sich zu einer ganzen Gebirgslandschaft, schoben sich durch die Luft über das ganze Land, soweit die Dryade zu sehen vermochte.

Gleich mächtigen, schwarzblauen Felsblöcken lagen die Wolken in Schichten übereinander hoch in der Luft, Die Blitzstrahlen fuhren heraus, »auch sie sind Diener des Herrn«, hatte der alte Geistliche gesagt. Und es kam ein blauender, blendender Blitz, ein Aufzucken des Lichtes, als wolle die Sonne selber den Felsblock sprengen, der Blitz schlug nieder und zersplitterte die alte, mächtige Eiche bis zur Wurzel; ihre Krone teilte sich, der Stamm teilte sich, zerspalten fiel er, als breite er sich aus, um den Sendboten des Lichts zu empfangen.

Keine Erzkanonen vermögen bei der Geburt eines Königskindes so durch die Luft und über das Land zu schallen wie das Dröhnen des Donners hier bei dem Heimgang der alten Eiche. Der Regen strömte herab, der erfrischende Wind lüftete aus, das Unwetter war vorüber, es ward so sonntagsfestlich. Die Leute aus dem Dorf versammelten sich um die gefällte alte Eiche; der alte Geistliche sprach ehrende Worte, ein Maler zeichnete den Baum selbst zur bleibenden Erinnerung.

»Alles fährt dahin!«, sagte die Dryade, »fährt dahin wie die Wolke und kehrt nimmer wieder!«

Der alte Geistliche kam nicht wieder hierher: das Schulbuch war zusammengestürzt, der Katheder war weg. Die Kinder kamen nicht mehr hierher, aber der Herbst kam, der Winter kam, und auch der Frühling kam, und in allen den wechselnden Zeiten sah die Dryade nach der Richtung hinüber, wo jeden Abend und jede Nacht, fern am Horizont, Paris gleich einem schimmernden Nebel leuchtete. Und aus dem Nebel heraus flog eine Lokomotive nach der andern, sausend, brausend, zu allen Zeiten, des Abends, um Mitternacht und am Morgen, und während des ganzen hellen Tages kamen die Züge, und aus einem jeden und in einen jeden hinein strömten Menschen aus allen Ländern der Welt; ein neues Weltwunder hatte sie nach Paris gelockt.

Wie offenbarte sich dies Wunder?

»Eine Prachtblüte der Kunst und Industrie«, hieß es, »ist auf dem pflanzenlosen Sand des Marsfeldes empor gesprosst: eine Riesensonnenblume, aus deren Blättern man Geografie, Statistik lernen, zu Kunst und Poesie emporgehoben, des Landes Größe und Umfang erkennen kann.« – »Eine Märchenblüte«, sagten andere, »eine bunte Lotuspflanze, die ihre grünen Blätter wie Sammetteppiche über den Sand ausbreitet, ist im frühen Lenz empor gesprosst, die Sommerzeit wird sie in ihrer ganzen Prachtentfaltung sehen, die Stürme des Herbstes werden sie verwehen, es wird weder Blatt noch Wurzel davon übrig bleiben.«

Vor der Militärschule dehnt sich die Kriegsarena zur Friedenszeit, das Feld ohne Gras, ohne Strohhalm aus, ein Stück Sandsteppe, aus der Wüste Afrikas ausgeschnitten, in der die Fata Morgana ihre seltsamen Luftschlösser und hängenden Gärten sehen lässt. Auf dem Marsfelde standen sie jetzt weit prächtiger, weit wunderbarer, denn sie waren durch Menschenklugheit Wirklichkeit geworden.

»Aladins Schloss ist erbaut!«, hieß es. »Tag für Tag, Stunde auf Stunde entfaltet es seine reiche Herrlichkeit mehr und mehr. Von Marmor und Farben prangen die unendlichen Hallen. Meister ›Blutlos‹ bewegt hier seine Stahl- und Eisenglieder in dem großen Ringsaal der Maschinen. Kunstwerke in Metall, in Stein, in Gewebe verkünden das Leben des Geistes, das sich in allen Ländern der Welt regt, Bildersäle, Blumenpracht, alles, was Geist und Hand in den Werkstätten der Natur schaffen kann, ist hier zur Schau gestellt; selbst die Erinnerungen des Altertums aus alten Schlössern und Torfmooren haben sich hier eingestellt.«

Der überwältigend große, bunte Anblick muss klein gemacht, muss zu einem Spielzeug zusammengedrängt werden, um wiedergegeben, aufgefasst und als Ganzes gesehen weiden zu können. Gleich einem großen Weihnachtstisch trug das Marsfeld ein Aladinschloss der Kunst und Industrie, und rund darum herum waren Nippesgegenstände aus allen Ländern aufgestellt; jede Nation erhielt eine Erinnerung an ihre Heimat.

Hier stand das Königsschloss Ägyptens, dort die Karawanserei des Wüstenlandes; der Beduine, der auf dem Kamel aus seinem Sonnenlande kam, jagte vorüber; hier breiteten sich russische Ställe mit feurigen, prächtigen Pferden aus den Steppen aus; das kleine, strohgedeckte dänische Bauernhaus stand mit seiner Danebrogflagge neben Gustav Wasas prächtigem holzgeschnitztem Hause aus Dalarne; amerikanische Hütten, englische Cottages, französische Pavillons, Kioske, Kirchen und Theater lagen wunderlich zerstreut, und zwischen dem allen der frische, grüne Rasen, das klare, rinnende Wasser, blühende Sträucher, seltene Bäume, Glashäuser, wo man sich in die tropischen Wälder versetzt glauben musste; ganze Rosengärten prangten unter Dach und Fach, als seien sie aus Damaskus geholt; welche Farben, welch ein Duft!

Tropfsteinhöhlen, künstlich aufgeführt, umschlossen Süß- und Salzwasserseen, gewährten einen Blick in das Reich der Fische; man stand unten auf dem Meeresgrund zwischen Fischen und Polypen.

Das alles, so hieß es, trägt jetzt das Marsfeld und bietet es dar, und über diese reich gedeckte Festtafel hin bewegt sich gleich geschäftigen Ameisenschwärmen das ganze Menschengewimmel, zu Fuß oder in kleinen Wagen gezogen, denn alle Beine halten eine so ermüdende Wanderung nicht aus.

Hier hinaus strömen die Menschen vom frühen Morgen bis zum späten Abend. Ein überfülltes Dampfschiff nach dem andern gleitet die Seine hinab, die Wagenzahl nimmt beständig zu, die Menschenmenge zu Fuß und zu Pferd ist in beständiger Zunahme begriffen, Straßenbahnen und Omnibusse sind voll gestopft, gepfropft, mit Menschen garniert; alle diese Ströme bewegen sich einem Ziel zu: der Pariser Ausstellung! An allen Eingängen prangen die Flaggen Frankreichs, rings um das Basargebäude wehen die Fahnen aller Nationen; es saust und summt aus der Maschinenhalle, von den Türmen herab klingen die Melodien der Glockentürme, in den Kirchen spielen die Orgeln, und in das alles mischen sich heisere, näselnde Gesänge aus den morgenländischen Cafés. Es ist wie ein babylonisches Reich, ein babylonisches Zungengewirr, ein Weltwunder.

Ja, so war es, so lauteten die Beschreibungen, die man darüber hörte. Und wer hörte sie nicht? Die Dryade wusste alles, was hier von dem »neuen Wunder« in der Stadt der Städte gesagt ist.

»Fliegt, ihr Vögel! Fliegt hin, um zu sehen, kommt wieder und erzählt!«, so lautete das Flehen der Dryade.

Die Sehnsucht schwoll zum Wunsch, ward zum Lebensgedanken. Und als in der stillen, schweigenden Nacht der Vollmond schien, da flog ein Funke aus seiner Scheibe heraus, die Dryade sah ihn, er fiel und leuchtete wie eine Sternschnuppe, und vor dem Baum, dessen Zweige erbebten wie in einem Sturmwind, stand eine mächtige, strahlende Gestalt, die redete in weichen und doch so starken Tönen wie eine Posaune des Jüngsten Tages, die zum Leben wach küsst und zum Gericht ruft.

»Du sollst hingelangen in die Stadt der Verzauberung, du sollst dort Wurzel schlagen, sollst die sausenden Strömungen dort spüren und die Luft und den Sonnenschein. Aber deine Lebenszeit wird alsdann verkürzt werden, die Reihe von Jahren, die deiner hier draußen im Freien harrte, wird verkürzt werden, wird da drinnen zu einer geringen Summe von Jahren einschrumpfen. Arme Dryade, es wird dein Verderben sein! Dein Sehnen wird wachsen, dein Verlangen, dein Begehren wird stärker werden! Der Baum selbst wird dir ein Gefängnis werden, du wirst dein schützendes Heim verlassen, wirst deine Natur verlassen, wirst aussteigen und dich unter die Menschen mischen, und da sind deine Jahre eingeschrumpft zu der halben Lebenszeit der Eintagsfliege, nur eine einzige Nacht wirst du leben; dein Lebenslicht wird ausgeblasen werden, die Blätter des Baumes werden welken und verwehen und nie wiederkehren.«

So klang es, so sang es, und der Lichtschimmer schwand, nicht aber das Sehnen und Verlangen der Dryade; sie zitterte voller Erwartung, in wildem Fieber der Vorfreude.

»Ich werde in die Stadt der Städte kommen!«, jubelte sie. »Das Leben beginnt, schwillt zur Wolke an, niemand weiß, wohin es geht!«

Bei Tagesgrauen, als der Mond bleich ward, und die Wolken erröteten, schlug die Stunde der Erfüllung, die Worte des Gelöbnisses wurden eingelöst.

Es kamen Leute mit Stangen und Spaten; sie gruben rings um die Wurzeln des Baumes, tief hinab, tief darunter; ein von Pferden gezogener Wagen fuhr vor, der Baum mit den Wurzeln und dem Erdklumpen, den die Wurzeln umschlangen, wurde in die Höhe gehoben, in Binsenmatten gewickelt wie in einen warmen Fußsack, und dann ward er auf den Wagen geladen und festgebunden, er sollte auf Reisen gehen, nach Paris, dort sollte er wachsen und bleiben, in Frankreichs stolzer Stadt, in der Stadt der Städte.

Die Zweige und Blätter des Kastanienbaumes bebten im ersten Augenblick der Erregung, die Dryade bebte in der Wollust der Erwartung.

»Fort! Fort!«, klang es in jedem Pulsschlag. »Fort! Fort!«, klang es in bebenden, hinschwebenden Worten. Die Dryade vergaß, ihrer Heimat Lebewohl zu sagen, Abschied zu nehmen von den wogenden Grashalmen und den unschuldigen Gänseblümchen, die zu ihr aufgesehen hatten wie zu einer großen Dame in des lieben Gottes Blumengarten, wie zu einer jungen Prinzessin, die hier draußen im Freien die Rolle einer Hirtin spielte.

Der Kastanienbaum lag auf dem Wagen, er nickte mit seinen Zweigen »Lebewohl« oder »Fort von hier!«, die Dryade wusste es nicht. Sie träumte von dem wunderbar Neuen und doch so Bekannten, das sich entrollen sollte. Kein Kinderherz in unschuldiger Freude, kein sinnlich wallendes Blut hat gedankenerfüllter wie sie die Reise nach Paris angetreten.

Das »Lebewohl!«, war ja »Fort von hier!«

Die Wagenräder drehten sich um ihre Achse, das Ferne ward nah, lag bald überholt; die Gegenden wechselten, wie die Wolken wechseln; neue Weinberge, Wälder, Dörfer, Villen und Gärten tauchten auf, kamen zum Vorschein, rollten vorüber. Der Kastanienbaum bewegte sich vorwärts und mit ihm die Dryade. Lokomotive auf Lokomotive sausten dicht aneinander vorüber, kreuzten sich; die Lokomotiven entsandten Wolken, die Gestalten bildeten, und diese erzählten von Paris, woher sie kamen, wohin die Dryade wollte.

Alles ringsumher musste und musste ja begreifen, wohin ihr Weg ging; es war ihr, als strecke jeder Baum, an dem sie vorüber kam, seine Zweige nach ihr aus, als flehe er: »Nimm mich mit! – nimm mich mit!« In jedem Baum saß ja auch eine sehnsuchtsvolle Dryade.

Welch ein Wechsel! Welch ein Flug! Es war, als schössen die Häuser aus der Erde auf, mehr und mehr, immer düsterer. Die Schornsteine ragten auf wie Blumentöpfe, die aufeinander und nebeneinander auf die Dächer gestellt waren; große Inschriften mit ellenlangen Buchstaben, gemalte Schilder schimmerten an den Häusern von unten bis unters Dach.

»Wo fängt Paris an, und wann bin ich da?«, fragte sich die Dryade. Das Menschengewimmel nahm beständig zu, Leben und Geschäftigkeit wurden immer reger, ein Wagen folgte dem andern, den Fußgängern folgten Reiter, und ringsumher lag ein Laden neben dem andern, ertönte Musik, Gesang, Geschrei und Geplauder.

Die Dryade in ihrem Baum war mitten in Paris.

Der große, schwere Wagen hielt auf einem kleinen, mit Bäumen bepflanzten Platz; ringsumher lagen hohe Häuser, in denen jedes Fenster seinen Balkon hatte; von dort oben sahen die Leute auf den jungen, frischen Kastanienbaum herab, der gefahren kam und nun hier an Stelle des ausgegangenen, ausgerissenen Baumes, der an der Erde lag, eingepflanzt werden sollte. Auf dem Platz standen die Menschen still und sahen mit Lächeln und Freude das Frühlingsgrün an; die älteren Bäume, die erst in Knospen standen, grüßten mit sausenden Zweigen: »Willkommen! Willkommen!«, und der Springbrunnen, der seine Strahlen in die Luft empor sandte und sie in die breite Kumme niederplätschern ließ, entsandte durch den Wind Tropfen zu dem neu angekommenen Baum hinüber, als wolle er ihm einen Willkommstrunk bieten.

Die Dryade fühlte, wie ihr Baum von dem Wagen gehoben und an seinen künftigen Platz gestellt wurde. Die Wurzeln des Baumes wurden in der Erde geborgen, frischer Rasen ward darüber gelegt; blühende Büsche und Töpfe mit blühenden Gewächsen wurden um den Baum gepflanzt; es entstand ein ganzer Gartenfleck mitten auf dem Platz. Der abgestorbene, ausgerissene Baum, der hier drinnen von Gasluft, Speisenduft und der erstickenden Stadtluft getötet war, wurde auf den Wagen gelegt und weggefahren. Die Volksmenge sah das alles mit an, Kinder und alte Leute saßen auf der Bank im Grünen und sahen zwischen die Blätter des eben gepflanzten Baumes hinauf. Und wir, die wir davon erzählen, standen auf dem Balkon, sahen hinab in den jungen Lenz von da draußen aus der frischen Landluft und sagten, was der alte Geistliche gesagt haben würde: »Arme Dryade!«

»Glückselig bin ich, glückselig!«, sagte die Dryade, »und doch, ich kann es nicht recht begreifen, kann nicht recht aussprechen, was ich empfinde; alles ist so, wie ich es mir gedacht habe, und doch ist es nicht so, wie ich es dachte!«

Die Häuser waren so hoch, standen so nahe; die Sonne beschien nur eine einzige Wand, und die war mit Anschlägen und Plakaten bekleistert, vor denen die Leute stehen blieben und sich drängten. Wagen jagten vorüber, leichte und schwere; Omnibusse, diese überfüllten fahrenden Häuser, rummelten über den Platz; Reiter sprengten vorbei, Karren und Equipagen verlangten das gleiche Recht. Würden sich, dachte die Dryade, die hoch gewachsenen Häuser, die so nahe standen, nicht auch bald auf- und davonmachen, ihre Gestalt verändern, so wie die Wolken des Himmels es können, zur Seite gleiten, damit sie in Paris hinein und darüber hinwegsehen konnte, Notre Dame musste sich zeigen, die Vendomesäule und das Wunderwerk, das alle die vielen Fremden hierher gerufen hatte und noch immer rief.

Die Häuser rührten sich nicht vom Fleck.

Es war noch Tag, als die Laternen angezündet wurden; aus den Läden leuchteten die Gasstrahlen, verbreiteten Licht zwischen die Zweige der Bäume; es war wie Sommersonnenschein. Die Sterne oben am Himmel kamen zum Vorschein, es waren dieselben, die die Dryade in ihrer Heimat gesehen hatte; sie glaubte, einen Lufthauch von da draußen zu spüren, so rein und mild. Sie fühlte sich gehoben, gestärkt und spürte eine Sehkraft durch jedes Blatt des Baumes, eine Empfindung in den äußersten Spitzen der Wurzeln. Sie fühlte sich in der lebenden Menschenwelt, von milden Augen gesehen; ringsumher herrschten Gewimmel und Töne, Farben und Licht.

Aus der Seitenstraße ertönten Blasinstrumente und zum Tanz anregende Melodien des Leierkastens. Ja, zum Tanz! Zum Tanz! Zu Freude und Lebensgenuss riefen die Töne.

Es war eine Musik, sodass Menschen, Pferde, Wagen, Bäume und Häuser dazu tanzen mussten, wenn sie tanzen konnten. Ein Freudenrausch stieg in der Brust der Dryade auf.

»Wie lieblich und herrlich!«, jubelte sie. »Ich bin in Paris!«

Der Tag, der kam, und die Nacht, die auf diesen Tag folgte, und abermals der nächste Tag und die nächste Nacht boten denselben Anblick dar, dasselbe Treiben, dasselbe Leben, wechselvoll und doch immer dasselbe.

»Jetzt kenne ich jeden Baum, jede Blume hier auf dem Platz! Ich kenne jedes Haus, jeden Balkon und jeden Laden hier, wo man mich in diesen kleinen engen Winkel gestellt hat, der die mächtige Stadt meinen Blicken entzieht. Wo sind die Triumphbogen, die Boulevards, die Wunderwerke der Welt? Nichts von alledem sehe ich. Eingeschlossen wie in einen Käfig stehe ich zwischen den hohen Häusern, die ich nun mit ihren Inschriften, Plakaten und Schildern auswendig weiß, alles ist nur ein Honig-um-den-Mund-streichen, das mir nicht mehr behagt. Wo ist doch nur alles das, wovon ich hörte, wovon ich weiß, wonach ich mich sehnte, und weswegen ich hierher wollte? Was habe ich erfasst, gewonnen, gefunden? Ich sehne mich ebenso wie ehedem, und doch weiß ich, es gibt ein Leben, das ich ergreifen, in dem ich leben muss! Ich will in die Reihen der Lebenden! Will mich dort tummeln, fliegen wie ein Vogel, sehen und fühlen, ich will ganz Mensch sein, will einen halben Tag des Lebens wählen statt eines jahrelangen Lebens in der Müdigkeit und Langweile des Alltagslebens, in dem ich hinwelke, sinke, falle wie die Nebel der Wiese und verschwinde. Strahlen will ich wie die Wolke, strahlen in der Sonne des Lebens, auf das Ganze hinabsehen wie die Wolke, hinfahren wie sie, niemand weiß, wohin!«

Das war der Seufzer der Dryade, der sich im Gebet emporschwang:

»Nimm die Jahre meines Lebens, gib mir das Leben der Eintagsfliege! Erlöse mich aus meinem Gefängnis, gewähre mir für eine kurze Weile Menschenleben, Menschenglück, nur diese eine Nacht, wenn es nicht anders sein kann, und strafe mich dann nur für meinen kühnen Lebensmut, für die Sehnsucht meines Lebens! Lösche mich aus, lass mein Heim, den frischen, jungen Baum hinwelken, möge er gefällt werden, zu Asche verbrennen, in alle Winde verwehen!«

Es sauste in den Zweigen des Baumes, ein kitzelndes Gefühl, ein Zittern durchrieselte jedes Blatt, als ströme ein Feuer hindurch oder gehe davon aus, ein Windstoß sauste durch die Krone des Baumes, und aus seiner Mitte erhob sich eine Frauengestalt, die Dryade selber. Im selben Augenblick saß sie unter den gasbestrahlten, blätterreichen Zweigen, jung und schön wie die arme Marie, zu der gesagt worden war: »Die große Stadt wird dein Verderben!«

Die Dryade saß am Fuße des Baumes, vor ihrer Haustür, die sie abgeschlossen und deren Schlüssel sie weggeworfen hatte. So jung, so schön! Die Sterne sahen sie, die Sterne blinkten, die Gasflammen sahen sie, strahlten, winkten! Wie schlank und doch wie fest war sie, ein Kind und doch eine erwachsene Jungfrau. Ihre Kleidung war seidenfein, grün wie die eben entfalteten, frischen Blätter in der Krone des Baumes; in ihrem nussbraunen Haar hing eine halberschlossene Kastanienblüte; sie glich der Göttin des Frühlings.

Nur eine kurze Minute saß sie regungslos still, dann sprang sie auf, und mit einer Geschwindigkeit wie die der Gazelle stürzte sie davon, bog um die Ecke; sie lief, sie sprang wie das Aufblitzen eines Spiegels, der in der Sonne getragen wird, das Aufblitzen, das bald hierhin, bald dahin geworfen wird; und hätte man genau zusehen können, hätte man sehen können, was da zu sehen war, wie wunderbar! An jeder Stelle, wo sie einen Augenblick verweilte, verwandelte sich ihr Gewand, ihre Gestalt, der Eigenschaft des Ortes, des Hauses entsprechend, dessen Lampe sie beschien.

Sie erreichte den Boulevard; hier strömte ihr ein Lichtmeer von Gasflammen aus Laternen, Läden, Cafes entgegen. Hier standen Reihen von Bäumen, junge und schlanke, ein jeder behauste seine Dryade, schützte sie vor den Strahlen des künstlichen Sonnenlichts. Der ganze, unendlich lange Bürgerstieg war wie ein einziger, großer Gesellschaftssaal, hier standen gedeckte Tische mit allen möglichen Erfrischungen, Champagner, Chartreuse bis hinab zu Kaffee und Bier, hier war eine Ausstellung von Blumen, von Bildern, Statuen, Büchern und bunten Stoffen.

Von dem Gewimmel unter den hohen Häusern sah sie hinaus über den Schreck einjagenden Strom außerhalb der Baumreihe: Da wogte eine Flut von rollenden Wagen, Kabrioletts, Kutschen, Omnibussen, Droschken, Reitern und aufmarschierten Regimentern. Es kostete Leben und Glieder, wenn man nach dem gegenüberliegenden Ufer hinüberkreuzen wollte. Jetzt leuchtete eine bewegliche Flamme auf, jetzt hatte wieder das Gaslicht die Herrschaft gewonnen, plötzlich stieg eine Rakete auf, woher, wohin?

Ja, das war die große Landstraße der Welt!

Hier ertönten weiche italienische Melodien, dort spanische Lieder, begleitet von den Schlägen der Kastagnetten, am stärksten aber, das Ganze übertäubend, schallten die Spieldosenmelodien, die kitzelnde Cancanmusik, die Orpheus nicht kannte, und die nie von der schönen Helena gehört wurde, selbst die Schubkarre musste auf ihrem einen Rad tanzen, wenn sie tanzen konnte. Die Dryade tanzte, schwebte, flog, wechselte die Farben wie der Kolibri im Sonnenlicht, jedes Haus und seine Welt da drinnen verliehen ihr den Reflex.

Gleich der strahlenden Lotusblüte, die von ihrer Wurzel losgerissen, von dem Strome davon geführt und auf seinen Wirbeln getragen wird, so trieb sie dahin, und wo sie stillstand, war sie immer wieder eine neue Erscheinung, daher vermochte niemand ihr zu folgen, sie wieder zu erkennen, zu beschauen.

Wie Wolkenbilder flog alles an ihr vorüber, Gesicht neben Gesicht, aber nicht ein einziges kannte sie, nicht eine Gestalt aus ihrer Heimat sah sie. Da blitzten in ihren Gedanken zwei strahlende Augen auf, sie dachte an Marie, an die arme Marie. An das zerlumpte, fröhliche Kind mit der roten Blume in dem schwarzen Haar. Sie war ja in der Weltstadt, reich, strahlend, so wie damals, als sie am Hause des Pfarrers, an dem Baum der Dryade und an der alten Eiche vorüber gefahren war.

Sie war sicher hier in dem betäubenden Lärm, war vielleicht eben ausgestiegen aus der harrenden, prächtigen Kutsche; elegante Wagen hielten hier mit galonierten Kutschern und seidenbestrumpften Dienern. Die Herrschaften, die ausstiegen, waren ausnahmslos Frauen, reich gekleidete Damen. Sie schritten durch die offnen Gitterpforten, die hohe, breite Treppe hinan, die zu einem Gebäude mit Marmorsäulen führte. War dies etwa das Weltenwunderwerk? Dort war sicher Marie!

»Sankta Maria!«, sangen sie da drinnen, der Räucherduft wogte hervor unter den hohen, gemalten und vergoldeten Bogen, wo Dämmerung herrschte.

Es war die Magdalenenkirche.

Schwarz gekleidet, in den köstlichsten Stoffen, nach der letzten, höchsten Mode, schritt hier die vornehme weibliche Welt über den blanken Fußboden. Das Wappen zierte den Silberbeschlag des in Sammet gebundenen Gebetbuches und das stark parfümierte feine Taschentuch mit den kostbaren Brüsseler Spitzen. Einige von den Frauen knieten in stillem Gebet vor den Altären, andere suchten die Beichtstühle auf.

Die Dryade empfand eine Unruhe, eine Angst, als sei sie an einen Ort geraten, den sie nicht betreten dürfe. Hier war das Heim des Schweigens, die Halle der Heimlichkeiten; alles wurde geflüstert und lautlos anvertraut.

Die Dryade sah sich selbst in Seide und Schleier vermummt, sie glich in der Erscheinung den andern Frauen des Reichtums und Adels; ob wohl eine jede von ihnen ein Kind der Sehnsucht war, so wie sie?

Da ertönte ein Seufzer, so schmerzlich tief; kam er aus der Ecke des Beichtstuhls oder aus der Brust der Dryade? Sie zog den Schleier fester um sich. Sie atmete Kirchenräucherduft und nicht die frische Luft. Hier war nicht die Stätte ihrer Sehnsucht.

Fort! Fort! In fliegender Eile, ohne Rast! Die Eintagsfliege hat keine Ruhe, ihr Fliegen ist Leben.

Sie war wieder da draußen unter strahlenden Gaskandelabern bei prachtvollen Springbrunnen. »Alle Wasserströme vermögen doch nicht das unschuldige Blut abzuspülen, das hier vergossen ist.«

Die Worte wurden gesagt.

Hier standen fremde Leute, die sprachen laut und lebhaft, wie niemand zu sprechen wagte in dem großen Hochsaal der Geheimnisse, von woher die Dryade kam.

Eine große Steinplatte wurde gedreht, in die Höhe gehoben; sie verstand das nicht; sie sah den offnen Abstieg in die Tiefe der Erde; da hinein verschwanden sie aus der sternklaren Luft, aus den sonnenstrahlenden Gasflammen, aus all dem lebenden Leben.

»Ich ängstige mich davor!«, sagte eine von den Frauen, die hier standen. »Ich habe nicht den Mut, da hinabzusteigen, ich mache mir auch nichts daraus, die Herrlichkeit da unten zu sehen! Bleibe bei mir!«

»Sollen wir denn nach Hause reisen, Paris verlassen, ohne das Merkwürdigste gesehen zu haben, das eigentliche Wunderwerk der Jetztzeit, das durch die Klugheit und den Willen eines einzigen Mannes ins Leben gerufen ist?«, entgegnete der Mann.

»Ich gehe nicht mit hinab!«, lautete die Antwort.

»Das Wunderwerk der Jetztzeit!«, ward da gesagt. Die Dryade hörte es, verstand es; das Ziel ihrer heißesten Sehnsucht war erreicht, und hier war der Eingang, er führte in die Tiefe hinab, unter Paris. Das hatte sie nicht gedacht, aber jetzt hörte sie es, sie sah die Fremden hinabsteigen, und sie schloss sich ihnen an.

Die Treppe war aus gegossenem Eisen, schraubenförmig, breit und bequem. Eine Lampe leuchtete da unten und noch tiefer wieder eine.

Sie standen in einem Labyrinth von unendlich langen, sich kreuzenden Hallen und Bogengängen; alle Straßen und Gassen von Paris waren hier zu sehen, wie in einem matten Spiegelbild, die Namen waren zu lesen, jedes Haus da oben hatte hier seine Nummer, seine Wurzel, die sich unter die menschenleeren, asphaltierten Bürgersteige schob, die sich um einen breiten Kanal mit einem fremden, sich vorwärts wälzenden Schlamm klemmte. Ein wenig höher ward über Bogen das frische, rinnende Wasser geführt, und ganz oben hingen, einem Netz gleich, Gasröhren, Telegrafendrähte, Lampen leuchteten in Zwischenräumen wie Widerscheinbilder aus der Weltstadt dort oben. Hin und wieder hörte man ein polterndes Rummeln, das waren schwere Wagen, die über die Abstiegbrücken führten.

Wo war die Dryade?

Du hast von den Katakomben gehört; sie sind nur ein verschwindender Strich in dieser neuen, unterirdischen Welt, dem Wunderwerk der Jetztzeit: den Kloaken unter Paris. Hier stand die Dryade und nicht draußen in der Weltausstellung auf dem Marsfelde.

Ausrufe der Verwunderung, Bewunderung, Anerkennung hörte sie.

»Von hier unten«, so wurde gesagt, »wachsen jetzt Gesundheit und lange Lebensjahre zu Tausenden und Abertausenden da oben hinauf! Unsere Zeit ist die Zeit des Fortschritts mit allen seinen Segnungen!«

Das war die Ansicht der Menschen, das waren die Worte der Menschen, nicht aber war es die Ansicht der Geschöpfe, die hier bauten, wohnten und geboren waren, der Ratten; sie pfiffen aus dem Spalt in einem Stück alten Mauerwerkes so deutlich, so hörbar, so verständlich für die Dryade.

Eine große männliche Ratte, mit abgebissenem Schwanz, pfiff durchdringlich ihr Empfinden, ihre Beklommenheit, ihre einzig richtige Meinung, und die Familie gab bei jedem Worte ihre Zustimmung zu erkennen.

»Mir wird schlimm und übel vor dem Menschenmiauen, den Worten der Unwissenheit! Ja, jetzt ist es hier herrlich mit Gas und Petroleum, ich fresse dergleichen nicht. Es ist so fein hier geworden und so hell, dass man da sitzt und sich über sich selbst schämt und nicht weiß, weswegen man sich schämt. Ach, lebten wir doch in der Zeit des Talglichts! Sie liegt ja gar nicht so weit zurück! Das war eine romantische Zeit, wie man zu sagen pflegt!«

»Was erzählst du da?«, fragte die Dryade. »Ich habe dich noch nie gesehen. Wovon redest du?«

»Von der schönen, alten Zeit!«, sagte die Ratte, »von den herrlichen Tagen der Urgroßvater- und Urgroßmutterratten; dazumal war es eine große Begebenheit, hier herunter zu kommen. Hier war ein ganz anderes Rattennest als in ganz Paris! Die Pestmutter wohnte hier unten; sie tötete Menschen, nie aber Ratten. Räuber und Schmuggler atmeten frei hier unten. Hier war eine Zufluchtsstätte für die interessantesten Persönlichkeiten, die man jetzt nur auf den melodramatischen Theatern da oben sieht. Auch in unserm Rattennest ist die Zeit der Romantik vorüber; wir haben hier unten frische Luft bekommen und Petroleum.«

So pfiff die Ratte! Sie pfiff auf die neue Zeit, zu Ehren für die alte mit der Pestmutter.

Da hielt ein Wagen, eine Art offner Omnibus mit kleinen, flinken Pferden bespannt; die Gesellschaft setzte sich hinein, fuhr davon, über den Boulevard Sébastopol, denn unter der Erde, unmittelbar darüber, erstreckte sich der bekannte, menschenwimmelnde oben in Paris.

Der Wagen verschwand im Halbdunkel, die Dryade verschwand, in den Lichtkreis der Gasflamme, in die frische, freie Luft hinaufgehoben; dort und nicht unten in den sich kreuzenden Wölbungen mit ihrer dumpfen Atmosphäre, war das Wunder zu finden, das Weltwunder, das sie in ihrer kurzen Lebensnacht suchte; es musste stärker strahlen als alle Gasflammen hier oben, stärker als der Mond, der jetzt aus den Wolken auftauchte.

Ja, sicherlich! Und sie sah es in der Ferne, es strahlte vor ihr, es blinkte, winkte, wie der Venusstern am Himmel.

Sie sah ein offnes Strahlentor, das in einen kleinen Garten voller Lust und Tanzmelodien führte. Gasflammen schimmerten dort als Rabatten um kleine, stille Seen und Teiche, wo künstliche Wasserpflanzen, aus Blechplatten ausgeschnitten, gebogen und angemalt, in all dem Lichtschimmer prangten und ellenhohe Wasserstrahlen aus ihren Kelchen empor sandten. Schöne Trauerweiden, wirkliche, lenzfrische Trauerweiden, senkten ihre frischen Zweige gleich einem grünen, durchsichtigen und doch verhüllenden Schleier herab. Zwischen den Büschen brannte ein Feuer, sein roter Schein beleuchtete kleine, dämmerige, verschwiegene Lauben, die von Tönen durchbraust waren, von einer Melodie, die das Ohr kitzelte, betörend, lockend, die das Blut durch die Pulse der Menschen jagte.

Junge Frauen sah sie, schön, festlich gekleidet, mit dem Lächeln der Unschuld, dem leichten, lachenden Sinn der Jugend, eine »Marie« mit einer Rose im Haar, aber ohne Equipage und Jockei. Wie wogten sie umher, wie schwangen sie sich in wilden Tänzen! Was war oben, was war unten? Wie von der Tarantel gebissen sprangen sie, lachten sie, lächelten sie, glückselig bereit, die ganze Welt zu umfangen.

Die Dryade fühlte sich mit fortgerissen in dem Tanz. Ihren kleinen Fuß umschloss der seidene Stiefel, kastanienbraun wie das Band, das aus ihrem Haar auf die unbedeckte Schulter herabflatterte. Das seidengrüne Kleid wogte in großen Falten, verbarg aber nicht das schön geformte Bein mit dem niedlichen Fuß, der vor dem Gesicht des tanzenden Jünglings Zauberkreise in die Luft zu schreiben schien.

War sie in Armidas Zaubergarten? Wie hieß der Ort?

Draußen erstrahlte der Name in Gasflammen:

»Mabille«.

Töne und Händeklatschen, Raketen und rieselnde Wasser knallten um die Wette mit dem Champagner hier drinnen, der Tanz war bacchantisch wild, und über dem Ganzen segelte der Mond, freilich mit etwas schiefem

Gesicht. Der Himmel war ohne Wolken, klar und rein, man glaubte von Mabille aus in den Himmel hineinsehen zu können.

Eine verzehrende, kitzelnde Lebenslust durchbebte die Dryade, sie fühlte sich wie in einem Opiumrausch.

Ihre Augen sprachen, die Lippen sprachen, aber man hörte die Worte nicht vor dem Klang der Flöten und Violinen. Ihr Tänzer flüsterte ihr Worte ins Ohr, sie wogten im Takt des Cancans; sie verstand sie nicht, wir verstehen sie nicht. Er streckte seine Arme nach ihr aus, umschlang sie und fasste nur die durchsichtige, gaserfüllte Luft.

Die Dryade wurde von dem Luftstrom getragen, wie der Wind ein Rosenblatt trägt. Hoch oben vor sich erblickte sie eine Flamme, ein blinkendes Licht, auf der Spitze eines Turmes. Das Feuer schien herab von dem Ziel ihres Sehnens, schien von dem roten Leuchtturm auf dem Marsfelde, der »Fata Morgana«. Dahin wurde sie von dem Frühlingswind getragen. Sie umkreiste den Turm; die Arbeiter glaubten, es sei ein Schmetterling, den sie da hinabschweben sahen, um sein zu frühes Kommen mit dem Tode zu büßen.

Der Mond leuchtete, die Gasflammen und Laternen leuchteten in den großen Hallen und in den zerstreut liegenden »Gebäuden der ganzen Welt«, warfen ihren Schein über die Rasenhügel und die durch Menschenklugheit hergestellten Felsblöcke, über die der Wasserstrahl durch »Meister Blutlos'« Kraft herabstürzte. Die Höhlen der Meerestiefen und die Tiefen des Süßwassersees, die Reiche der Fische erschlossen sich hier, man war auf dem Boden des tiefen Teiches, man war unten im Meer in der gläsernen Taucherglocke. Das Wasser presste gegen die dicken Glaswände, die nach außen und nach oben darüber lagen. Die Polypen, klafterlang, geschmeidig, sich windend wie Aale, bebende, lebende Därme, Arme, griffen um sich, hoben sich empor, wuchsen am Meeresboden fest.

Eine große Scholle lag bedenklich nahe, breitete sich übrigens bequem und behaglich aus; der Taschenkrebs krabbelte wie eine ungeheure Spinne über sie hin, während sich die Krabben mit einer Geschwindigkeit, einer Hast emporschwangen, als seien sie die Motten, die Schmetterlinge des Meeres.

In dem Süßwassersee wuchsen Wasserrosen, Röhricht und Schilf. Die Goldfische hatten sich in Reih und Glied aufgestellt, wie rote Kühe auf dem Felde, alle mit den Köpfen nach derselben Richtung, um die Strömung ins Maul hineinzubekommen. Dicke, fette Schleien glotzten mit dummen Augen durch die Glaswände; sie wussten, dass sie auf der Pariser

Ausstellung waren; sie wussten, dass sie in mit Wasser gefüllten Tonnen die ziemlich beschwerliche Reise hierher gemacht hatten und auf der Eisenbahn landkrank geworden waren, so wie die Menschen auf dem Meere seekrank werden. Sie waren gekommen, um die Ausstellung zu sehen und sahen sie aus ihrer eigenen Süßwasser- oder Salzwasserloge, sahen das Menschengewimmel, das sich vom Morgen bis zum Abend vorüberbewegte. Alle Länder der Welt hatten ihre Menschen ausgestellt, damit die alten Schleien und Brachsen, die flinken Barsche und die bemoosten Karpfen diese Geschöpfe sehen und ihre Ansicht über dergleichen austauschen konnten.

»Es sind Schaltiere!«, sagte eine schlammige kleine Bleie. »Sie wechseln die Schale zwei-, dreimal im Tage und geben Mundlaute von sich, Sprache nennen sie das. Wir wechseln nicht und machen uns auf eine leichtere Weise verständlich: Bewegungen der Mundwinkel und Glotzen mit den Augen! Wir haben viel vor den Menschen voraus!«

»Schwimmen haben sie aber doch gelernt!«, sagte ein kleiner Süßwasserfisch. »Ich komme aus dem großen See, da baden die Menschen in der heißen Zeit, zuvor aber legen sie die Schalen ab, und dann schwimmen sie. Die Frösche haben es sie gelehrt; Stoßen mit den Hinterbeinen und Rudern mit den Vorderbeinen; lange halten sie es aber nicht aus. Sie wollen uns gleichen, aber das gelingt ihnen nicht! Arme Menschen!«

Und die Fische glotzten; sie glaubten, dass das ganze Menschengewimmel, das sie in dem starken Tageslicht gesehen hatten, sich hier noch bewegte; ja, sie waren überzeugt, noch dieselben Gestalten zu sehen, die ihnen sozusagen zuerst auf die Auffassungsnerven gefallen waren.

Ein kleiner Barsch mit hübsch getigerter Haut und beneidenswertem rundem Rücken versicherte, dass der »Menschenmorast« noch da sei; er sehe ihn noch.

»Ich sehe ihn auch, ich sehe ihn so deutlich!«, sagte ein gelbsuchtgoldiger Schlei. »Ich sehe so deutlich die schöne, gut gewachsene Menschengestalt, ›hochbeinige Frau‹, oder wie sie sie nannten; sie hatte unsre Mundwinkel und Glotzaugen, hinten zwei Ballons und vorne einen Regenschirm, großes Entenflott-Gehängsel, Dingel-Dangel. Sie sollte das Ganze nur ablegen, so gehen wie wir, so wie sie geschaffen ist, und sie würde aussehen wie ein redlicher Schlei, soweit die Menschen das fertig bringen können!«

»Wo blieb der Mensch wohl ab, den sie an der Angel zogen?«

»Er fuhr in einem Stuhlwagen, saß mit Papier und Tinte und Feder da, schrieb alles auf, schrieb alles nieder. Was bedeutete er? Sie nannten ihn Referent.«

»Er fährt noch da!«, sagte eine bemooste, jungfräuliche Karausche, die die Prüfung der Welt in der Kehle halte, sodass sie heiser davon war; sie hatte einstmals einen Angelhaken verschluckt und schwamm nun geduldig damit im Halse herum.

»Referent!«, sagte sie; »das ist vom Fischstandpunkt aus, verständlich ausgedrückt, eine Art Tintenfisch unter den Menschen.«

So redeten die Fische auf ihre Weise. Aber mitten in der künstlich errichteten, wassertragenden Grotte ertönten Hammerschläge und Gesang der Arbeiter; sie mussten die Nacht mit zu Hilfe nehmen, damit alles vollendet werde. Sie sangen in dem Sommernachtstraum der Dryade; sie selber stand hier drinnen, um wieder von dannen zu fliegen und zu verschwinden.

»Das sind die Goldfische!«, sagte sie und nickte ihnen zu. »So bekam ich euch denn doch zu sehen! Ja, ich kenne euch! Ich habe euch lange gekannt! Die Schwalbe hat mir von euch erzählt in unserer Heimat! Wie schön seid ihr, wie schimmernd, wie liebreizend! Ich könnte euch alle nacheinander küssen! Auch die andern kenne ich! Das da ist gewiss die fette Karausche, dies hier der leckere Brachsen und diese da die bemoosten Karpfen! Ich kenne euch, aber ihr kennt mich nicht!«

Die Fische glotzten, sie verstanden nicht ein einziges Wort; sie sahen in das dämmernde Licht hinaus.

Die Dryade war nicht mehr da, sie stand im Freien, wo die »Wunderblume der Welt« ihren Duft aus den verschiedenen Ländern ausströmte, aus dem Schwarzbrotland, von der Stockfischküste, dem Juchtenlederreich, dem Eau de Cologne-Flussufer, dem Rosenölmorgenland.

Wenn wir nach einer Ballnacht halb wach heimfahren, klingen die Melodien, die wir gehört haben, noch deutlich in unsern Ohren; wir könnten eine jede singen. Und wie in dem Auge des Getöteten der letzte Blick von dem, was das Auge gesehen, noch eine Zeitlang fotografisch dort verweilen soll, so weilte auch hier in der Nacht noch das Getümmel und der Schein des Lebens am Tage, es war nicht verbraust, nicht erloschen; die Dryade fühlte das und wusste: so braust es auch noch morgen am Tage weiter.

Die Dryade stand zwischen den duftenden Rosen, glaubte sie aus ihrer Heimat wieder zu kennen. Rosen aus dem Schlosspark und aus dem

Pfarrgarten. Auch die rote Granatblüte sah sie hier; eine solche hatte Marie in ihrem kohlschwarzen Haar getragen.

Erinnerungen aus der Heimat ihrer Kindheit draußen auf dem Lande blitzten in ihre Gedanken hinein. Das Schauspiel rings umher sog sie mit der Begierde der Augen ein, während fieberhafte Unruhe sie erfüllte, sie durch die wunderbaren Säle trieb.

Sie fühlte sich ermüdet, und diese Müdigkeit nahm zu. Sie hatte ein Bedürfnis, sich auszuruhen auf den weichen morgenländischen Kissen und Teppichen hier drinnen, oder sich mit der Trauerweide hinabzuneigen zu dem klaren Wasser und darin unterzutauchen.

Aber die Eintagsfliege kennt keine Ruhe. In wenigen Minuten war ihr Tag zu Ende.

Ihre Gedanken zitterten, ihre Glieder bebten, sie sank im Gras an dem rinnenden Wasser nieder.

»Du entspringst der Erde mit ewigem Leben!«, sagte sie, »letze meine Zunge, schenke mir Erquickung!«

»Ich bin kein lebendiges Wasser!«, entgegnete der Bach. »Mich macht eine Maschine springen!«

»Gib mir von deiner Frische, du grünes Gras!«, bat die Dryade. »Gib mir eine von den duftenden Blumen!«

»Wir sterben, wenn wir abgerissen werden!«, sagten Gras und Blumen.

»Küsse mich, du frischer Luftstrom! Nur einen einzigen Lebenskuss!«

»Bald küsst die Sonne die Wolken rot!«, sagte der Wind, »und da bist du unter den Toten, bist hingefahren, wie alle Herrlichkeit hier hinfährt, ehe das Jahr um ist; dann kann ich wieder mit dem leichten, losen Sand hier auf dem Platz spielen, kann Staub über die Erde blasen, Staub in die Luft blasen. Staub, nichts als Staub!«

Die Dryade empfand eine Angst wie die Frau, die im Bade die Pulsader durchgeschnitten hat und verblutet, aber im Verbluten noch zu leben wünscht. Sie erhob sich, trat einige Schritte vor und sank vor einer kleinen Kirche wieder nieder. Die Tür stand offen, auf dem Altar brannten Lichter, die Orgel ertönte.

Welch eine Musik! Solche Töne hatte die Dryade noch nie gehört, und doch war es ihr, als höre sie bekannte Stimmen darin. Die kamen aus der Herzenstiefe der ganzen Schöpfung. Sie glaubte das Sausen der alten Eiche zu vernehmen, sie glaubte den alten Geistlichen zu hören, der von großen Taten erzählte, von berühmten Namen und von dem, was Gottes

Geschöpfe einer künftigen Zeit als Geschenk geben könnten, geben müssten, um selbst dadurch ein bleibendes Leben zu erringen.

Die Töne der Orgel schwollen und klangen, sprachen im Gesang: »Dein Sehnen, deine Lust rissen dich mit der Wurzel aus dem dir von Gott angewiesenen Platz aus. Das ward dein Verderben, arme Dryade!«

Orgeltöne, weiche und sanfte, klangen wie von Tränen erstickt, starben hin in Tränen.

Am Himmel schimmerten die Wolken rot. Der Wind sauste und sang: »Fahret hin, ihr Toten, jetzt geht die Sonne auf!«

Der erste Strahl fiel auf die Dryade. Ihre Gestalt erschien in Farben, wechselnd wie die Seifenblase, wenn sie zerplatzt, verschwindet; ein Tropfen wird, eine Träne, die zur Erde fällt und verschwindet.

Arme Dryade! Ein Tautropfen, nur eine Träne, gekommen, verschwunden!

Die Sonne schien auf die »Fata Morgana« des Marsfeldes herab, schien herab auf das große Paris, auf den kleinen Platz mit den Bäumen und dem plätschernden Springbrunnen zwischen den hohen Häusern, wo der Kastanienbaum stand, aber mit herabhängenden Zweigen und welken Blättern, der Baum, der gestern noch so lebensfrisch aufragte wie der Frühling selbst.

Jetzt sei er ausgegangen, sagte man.

Die Dryade war ausgegangen, war hingefahren wie die Wolke, niemand weiß, wohin.

An der Erde lag eine welke, geknickte Kastanienblüte, das Weihwasser der Kirche vermochte sie nicht ins Leben zurückzurufen; der Menschenfuß zertrat sie bald im Kies.

Dies alles ist geschehen und erlebt.

Wir sahen es selbst, in der Ausstellungszeit in Paris 1867, in unserer Zeit, in der großen, wunderbaren Zeit des Märchens.

Hühner-Gretes Familie

Hühner-Grete war der einzige ansässige Mensch in dem neuen stattlichen Haus, das für die Hühner und die Enten auf dem Rittergut gebaut war; es stand da, wo das alte Ritterschloss gestanden hatte, mit Turm, gezacktem Giebel, Wallgraben und Zugbrücke. Dicht daneben war eine Wildnis von Bäumen und Büschen; hier war einst der Garten gewesen, er hatte sich bis hinab an den großen See erstreckt, der jetzt nur noch ein Moor war. Krähen, Dohlen und Elstern flogen mit Schreien und Krächzen über die alten Bäume hin, eine wimmelnde Menge von Vögeln; es wurden ihrer nicht weniger, wenn man in den Schwarm hineinschoss, sie vermehrten sich eher noch. Man konnte sie bis ins Hühnerhaus hinein hören, wo Hühner-Grete saß, und die kleinen Entlein ihr über die Holzschuhe liefen. Sie kannte jedes Huhn, jede Ente, von dem Augenblick an, wo sie aus dem Ei krochen. Wie stolz war sie auf ihre Hühner und ihre Enten, stolz auf das stattliche Haus, das jetzt für sie gebaut war. Reinlich und nett war ihre kleine Stube, das verlangte die Frau des Gutsbesitzers, der das Hühnerhaus gehörte; sie kam oft mit ihren feinen vornehmen Gästen hierher und zeigte die »Hühner- und Entenkaserne«, wie sie das Hühnerhaus nannte.

Da war ein Kleiderschrank und ein Lehnstuhl, ja, da war auch eine Kommode, und darauf stand eine blankgeputzte Messingplatte aufgestellt, in die das Wort »Grubbe« eingraviert war, und das war gerade der Name des alten, hochadligen Geschlechts, das hier in der Ritterburg gewohnt hatte. Die Messingplatte war gefunden, als man hier grub, und der Küster sagte, sie habe keinen weiteren Wert, als den einer alten Erinnerung. Der Küster wusste gut Bescheid über das Gut und die alten Zeiten, er hatte seine Gelehrsamkeit aus Büchern; es lag so viel Geschriebenes in seiner Tischschublade. Er wusste viel von den alten Zeiten, aber die älteste Krähe wusste vielleicht doch noch mehr und schrie es auf ihre Sprache in die Welt hinaus, die verstand jedoch der Küster nicht, wie klug er auch war.

Nach einem warmen Sommertag konnte das Moor so dunsten, dass es vor den alten Bäumen, in denen die Krähen, Dohlen und Elstern hausten, da lag wie ein ganzer See; so hatte es hier ausgesehen, als Ritter Grubbe noch lebte und das alte Schloss mit roten, dicken Mauern da stand. Damals reichte die Hundekette ganz bis vor das Tor; durch den Turm gelangte man in den steingepflasterten Gang, der zu den Gemächern führte. Die Fenster waren schmal, die Fensterscheiben klein, selbst in dem großen

Saal, wo der Tanz abgehalten wurde, aber zur Zeit des letzten Grubbe war seit Mannesgedenken nicht getanzt, und doch lag da noch eine alte Kesseltrommel, die bei der Musik benutzt worden war. Hier stand ein kunstvoll geschnitzter Schrank, darin wurden seltene Blumenzwiebeln aufbewahrt, denn Frau Grubbe liebte es, zu pflanzen und Bäume und Kräuter zu ziehen; ihr Gemahl ritt lieber aus, um Wölfe und Wildschweine zu schießen, und stets begleitete ihn seine kleine Tochter Marie. In einem Alter von fünf Jahren saß sie stolz zu Ross und sah mit großen schwarzen Augen kühn um sich. Es war ihre Lust, mit der Peitsche zwischen die Jagdhunde zu schlagen; der Vater sah es freilich lieber, dass sie zwischen die Bauernjungen schlug, die kamen, um die Herrschaften vorbeireiten zu sehen.

Der Bauer in der Erdhütte dicht am Schloss hatte einen Sohn Sören, im selben Alter mit der kleinen hochadeligen Jungfer, er verstand sich auf das Klettern und musste immer in die Bäume hinauf, um Vogelnester für sie auszunehmen. Die Vögel schrien, so laut sie nur schreien konnten, und einer der größten hackte ihn gerade über das Auge, sodass das Blut herausströmte, man glaubte, das Auge sei mit draufgegangen, aber es hatte doch keinen Schaden gelitten. Marie Grubbe nannte ihn ihren Sören, das war eine große Gunst, und die kam dem Vater, dem dummen Jön, zugute; er hatte sich eines Tages versehen, sollte gestraft werden und auf dem hölzernen Pferd reiten: das stand auf dem Hofe mit vier Pfählen statt der Beine und einem schmalen Brett als Rücken; darüber sollte Jön rittlings reiten, und ein paar schwere Mauersteine sollten ihm an die Beine gebunden werden, damit er nicht allzu leicht saß; er schnitt schreckliche Grimassen, Sören weinte und flehte die kleine Marie an; sofort befahl sie, dass Sörens Vater heruntersteigen solle, und als man ihr nicht gehorchte, stampfte sie mit den Füßen auf das Steinpflaster und zerrte an des Vaters Rockärmel, sodass er zerriss. Sie wollte, was sie wollte, und sie bekam ihren Willen, Sörens Vater wurde befreit. Frau Grubbe, die herzukam, strich ihrer kleinen Tochter über das Haar und sah sie mit sanften Augen an, Marie verstand nicht, weshalb.

Zu den Jagdhunden wollte sie hinein und nicht mit der Mutter gehen, die dem Garten zuschritt, hinab an den See, wo die Wasserrosen in Blüte standen, wo sich Rohrkolben und Wasserviolen zwischen dem Röhricht wiegten; sie betrachtete all die Üppigkeit und Frische.

»Wie angenehm!«, sagte sie. In dem Garten stand ein zu jener Zeit seltener Baum, den sie selbst gepflanzt hatte, »Blutbuche« wurde er genannt, eine Art Mohr zwischen den andern Bäumen, so schwarzbraun waren die Blätter; er musste starken Sonnenschein haben, sonst würde er im Schatten grün werden wie die andern Bäume und also seine Eigentümlichkeit verlieren. In den hohen Kastanien waren viele Vogelnester, ebenso in den Büschen und zwischen den grünen Kräutern. Es war, als wüssten die Vögel, dass sie hier geschützt waren, hier durfte niemand mit der Flinte knallen.

Die kleine Marie kam mit Sören hierher; dass er klettern konnte, wissen wir, und es wurden Eier und flaumige Junge aus den Nestern geholt. Die Vögel flogen in Angst und Schrecken davon, kleine und große flogen! Der Kiebitz draußen vom Felde, Dohlen, Krähen und Elstern flogen in die hohen Bäume und schrien und schrien, es war ein Geschrei, wie es das Vogelvolk noch heutigen Tages anstimmen kann.

»Was macht ihr denn da, Kinder!«, rief die sanfte Frau. »Das ist ja ein gottlos Unterfangen!«

Sören stand ganz verlegen da, die kleine hochadelige Jungfer sah auch ein wenig zur Seite, dann aber sagte die kurz und energisch: »Mein Vater erlaubt es mir!«

»Raus! Raus!«, schrien die großen schwarzen Vögel und flogen davon; am nächsten Tage aber kamen sie wieder, denn hier waren sie zu Hause.

Die stille, sanfte Frau dahingegen behielt ihr Heim dort nicht lange, der liebe Gott nahm sie zu sich, bei ihm hatte sie auch ihre wirkliche Heimat, weit mehr als hier im Schloss; und die Kirchenglocken läuteten prächtig, als ihre Leiche zur Kirche gefahren wurde, die Augen der armen Leute wurden feucht, denn sie war ihnen eine gute Herrin gewesen.

Als sie heimgegangen war, nahm sich niemand ihrer Anpflanzungen an, und der Garten verfiel.

Herr Grubbe sei ein harter Mann, so sagte man, aber die Tochter, so jung sie auch war, konnte ihn zügeln; er musste lachen, und sie bekam ihren Willen. Jetzt war sie zwölf Jahre alt und starkgliedrig von Wuchs; sie sah mit ihren schwarzen Augen gerade in die Menschen hinein, ritt ihr Pferd wie ein Bursche und schoss ihre Büchse ab wie ein geübter Jäger.

Es kam hoher Besuch in die Gegend, der allervornehmste, der junge König und sein Halbbruder und Kamerad, Herr Ulrich Friedrich Gyldenlöve; sie wollten dort wilde Schweine schießen und in Herrn Grubbes Schloss übernachten.

Gyldenlöve saß bei Tische neben Marie Grubbe, er nahm ihren Kopf zwischen beide Hände und gab ihr einen Kuss, als wenn sie miteinander verwandt gewesen wären, sie aber gab ihm einen Schlag auf den Mund und sagte, sie könne ihn nicht ausstehen, und darüber ward weidlich gelacht, als wenn es etwas Ergötzliches sei.

Das ist es vielleicht auch gewesen; denn fünf Jahre später, als Marie ihr siebzehntes Jahr vollendet hat, kam ein Bote mit einem Brief; Herr Gyldenlöve bat um die Hand der hochadeligen Jungfer; das war etwas!

»Er ist der vornehmste und galanteste Herr im Reich!«, sagte Herr Grubbe. »Das ist nicht zu verachten!«

»Viel mache ich mir nicht aus ihm!«, sagte Marie Grubbe, aber sie wies den vornehmsten Mann des Landes nicht ab, der an des Königs Seite saß.

Silbergerät, Leinenzeug und gewebte Wollstoffe gingen per Schiff nach Kopenhagen; sie machte die Reise zu Land in zehn Tagen. Die Aussteuer hatte widrigen Wind oder gar keinen Wind; es vergingen vier Monate, bis sie ankam, und als sie kam, war Frau Gyldenlöve weg.

»Eher will ich auf hedenem Laken liegen als in seinem seidenen Bett!«, sagte sie. »Lieber gehe ich auf bloßen Beinen, als dass ich mit ihm in der Kutsche fahre!«

An einem späten Abend im November kamen zwei Frauen in die Stadt Aarhus geritten, es waren Gyldenlöves Gemahlin, Marie Grubbe, und ihre Magd; sie kamen aus Vejle, dahin waren sie per Schiff von Kopenhagen gekommen. Sie ritten nach Herrn Grubbes fest gemauertem Schloss. Er war nicht sehr erfreut über den Besuch. Er empfing sie mit zornigen Worten, gab ihr aber doch eine Kammer, in der sie ausruhen konnte. Speise und Trank erhielt sie, aber keine freundliche Behandlung; all das Böse, das im Vater wohnte, kam gegen sie zum Vorschein, und daran war sie nicht gewöhnt; auch sie war nicht sanften Sinnes, und wie man in den Wald hineinruft, so ruft es wieder heraus; sie gab bissige Antworten und sprach mit Hass und Bitterkeit von ihrem Eheherrn, mit dem sie nicht leben wollte, weil sie zu ehrbar und anständig war.

So verging ein Jahr, und es verging nicht gerade ergötzlich. Es fielen böse Worte zwischen Vater und Tochter, und das sollte niemals sein. Böse Worte tragen böse Frucht. Was für ein Ende sollte das nehmen?

»Wir beide können nicht unter einem Dache bleiben«, sagte eines Tages der Vater. »Ziehe du fort von hier auf unser altes Gut, aber beiße dir eher die Zunge ab, als dass du Lügen in Umlauf bringst!«

Und dann schieden die beiden voneinander; sie zog mit ihrer Magd nach dem alten Gut, wo sie geboren und aufgewachsen war, wo die stille, fromme Frau, ihre Mutter, in der Grabkammer der Kirche lag; ein alter

Viehhirte wohnte auf dem Gut, das war die ganze Dienerschaft. In den Zimmern hingen Spinnengewebe, schwarz und schwer von Staub, der Garten wuchs so, wie er wollte. Hopfenranken und Winden schlangen ein Netz zwischen Bäume und Büsche, Schilling und Nessel breiteten sich immer dichter und kräftiger aus. Die Blutbuche war überwuchert und stand im Schatten, ihre Blätter waren jetzt grün wie die der andern gewöhnlichen Bäume, mit ihrer Herrlichkeit war es vorbei. Dohlen, Krähen und Elstern flogen, ein wimmelnder Schwarm, über den hohen Kastanienbäumen hin, da war ein Lärmen und Schreien, als hätten sie einander wichtige Neuigkeiten zu erzählen.

Jetzt war sie wieder hier, die Kleine, die ihre Eier und Jungen hatte stehlen lassen; der Dieb selber, der sie holte, kletterte jetzt draußen auf blätterlosen Bäumen, saß in dem hohen Mast und bekam seine tüchtigen Prügel mit dem Tauende, wenn er sich nicht schickte.

Das alles erzählte in unserer Zeit der Küster; er hatte es gesammelt und aus Büchern und Aufzeichnungen zusammengestellt; es lag mit viel anderm Geschriebenen in der Tischschublade.

»Auf und nieder, das ist der Welt Lauf!«, sagte er, »es ist wunderlich zu hören!« – Und wir wollen gern hören, wie es Marie Grubbe erging, deswegen vergessen wir doch die Hühner-Grete nicht, sie sitzt zu unserer Zeit in ihrem stattlichen Hühnerhaus. Marie Grubbe saß zu ihrer Zeit auf dem alten Gut, aber nicht mit dem zufriedenen Sinn wie die alte Hühner-Grete.

Der Winter verging, der Frühling und der Sommer vergingen, dann kam wieder die raue, stürmische Herbstzeit mit den nassen, kalten Meernebeln. Es war ein einsames Leben, ein eintöniges Leben dort auf dem Gut.

Da nahm Marie Grubbe ihre Flinte und ging in die Heide hinaus, schoss Hasen und Füchse, schoss, was sie nur treffen konnte. Da draußen begegnete sie mehr als einmal dem adligen Herrn Palle Dyre aus Nörrebäk, auch er ging mit seiner Flinte und mit seinen Hunden. Er war groß und stark, des rühmte er sich, wenn sie miteinander redeten. Er hätte sich mit dem seligen Herrn Brockenhuus auf Egeskoo auf Fühnen messen können, von dessen Stärke soviel Wesens gemacht wurde. – Palle Dyre hatte nach seinem Beispiel in seinem Tor eine eiserne Kette mit einem Jägerhorn aufhängen lassen, und wenn er nach Hause ritt, ergriff er die Kette, hob sich mit dem Pferd von der Erde und blies auf dem Horn.

»Kommt selbst und seht es Euch an, Frau Marie!«, sagte er. »Auf Nörrebäk weht ein frischer Wind!«

Wann sie auf sein Schloss kam, steht nicht aufgezeichnet, aber auf den Leuchtern in der Nörrebäker Kirche war zu lesen, dass sie von Palle Dyre und Marie Grubbe auf Nörrebäk geschenkt seien.

Körper und Kräfte hatte Palle Dyre, er trank wie ein Schwamm, er war wie eine Tonne, die nicht zu füllen ist, er schnarchte wie ein ganzer Schweinestall; rot und aufgedunsen sah er aus.

»Verschlagen und boshaft ist er!«, sagte Frau Palle Dyre, Grubbes Tochter. Bald hatte sie das Leben satt, aber dadurch wurde es doch nicht besser.

Eines Tages stand der Tisch gedeckt, und das Essen wurde kalt; Palle Dyre war auf der Fuchsjagd, und die Hausfrau war nicht zu finden. – Palle Dyre kam um Mitternacht wieder, Frau Dyre kam weder um Mitternacht noch am Morgen, sie hatte Nörrebäk den Rücken gewendet, war ohne Gruß und Abschied davon geritten.

Es war graues, nasses Wetter; der Wind wehte kalt, es flog ein Schwarm schwarzer, schreiender Vögel über sie hin, sie waren nicht so obdachlos wie sie.

Zuerst zog sie gen Süden, ganz hinunter bis an das Deutsche Reich, ein paar goldene Ringe mit kostbaren Steinen wurden in Geld umgesetzt, dann ging sie gen Osten, dann kehrte sie um und ritt wieder gen Westen, sie hatte kein Ziel vor Augen, sie war zornig auf alle, selbst auf den lieben Gott, so elend war ihr Sinn; bald war auch ihr Körper elend, sie konnte kaum mehr den Fuß rühren. Der Kiebitz flog von seinem Erdhaufen auf, als sie darüber strauchelte; der Vogel schrie: »Du Dieb! Du Dieb!«, wie er immer zu schreien pflegt. Nie hatte sie ihres Nächsten Gut gestohlen, aber Vogeleier und junge Vögel hatte sie sich als kleines Mädchen aus Erdhaufen und Bäumen holen lassen; daran dachte sie jetzt.

Da, wo sie lag, konnte sie die Dünen am Strande sehen. Dort wohnten Fischer, aber so weit konnte sie nicht kommen, sie war zu krank dazu. Die großen weißen Strandmöwen kamen über sie hingeflogen und schrien, wie daheim die Dohlen, die Krähen und die Elstern über den Bäumen des Gartens geschrien hatten. Die Vögel flogen ganz nahe an sie heran, schließlich schien es ihr, als würden sie kohlschwarz, aber dann ward es auch Nacht vor ihren Augen.

Als sie die Augen wieder aufschlug, ward sie gehoben und getragen; ein großer, starker Bursche hatte sie auf seine Arme genommen. Sie sah ihm gerade in sein bärtiges Gesicht, er hatte eine Narbe über dem Auge, sodass die Augenbraue gleichsam in zwei Teile geteilt war; er trug sie, so elend sie war, nach dem Schiff, wo er von dem Schiffer mit bösen Worten empfangen wurde.

Am Tage darauf segelte das Schiff. Marie Grubbe kam nicht an Land; sie fuhr also mit. Aber sie kam doch wohl zurück? Ja, wann und wo?

Auch davon wusste der Küster zu erzählen, und es war dies seine Geschichte, die er selbst zusammensetzte, er hatte den ganzen eigentümlichen Verlauf aus einem glaubwürdigen alten Buch, das wir selber nehmen und lesen können. Der dänische Geschichtenschreiber Ludwig Holberg, der so viele lesewürdige Bücher und die ergötzlichen Komödien geschrieben hatte, aus denen wir so recht seine Zeit und ihre Menschen kennen lernen können, erzählt in seinen Briefen von Marie Grubbe, wie und wo er ihr in der Welt begegnet ist. Es verlohnt sich schon, das zu hören, darum vergessen wir die Hühner-Grete keineswegs, sie sitzt zufrieden und wohl geborgen in dem stattlichen Hühnerhaus.

Das Schiff segelte von dannen mit Marie Grubbe; da waren wir ja stehen geblieben.

Jahre auf Jahre vergingen.

In Kopenhagen wütete die Pest, es war im Jahre 1711. Die Königin von Dänemark begab sich in ihre deutsche Heimat, der König verließ die Hauptstadt des Reiches, wer konnte, wandte der Stadt den Rücken. Einer von den Studenten, die noch in Borchs Kollegium, der Freiwohnung für Musensöhne, geblieben waren, zog nun auch von dannen. Es war in der Frühe des Morgens um zwei Uhr; er kam mit seinem Ranzen, der mehr mit Büchern und beschriebenen Papieren gefüllt war als gerade mit Kleidungsstücken. Ein kalter, feuchter Nebel lag über der Stadt; auch nicht ein Mensch war in der ganzen Straße zu sehen, die er durchschritt; ringsumher an Haustüren und Torwegen waren Kreuze gemalt, da drinnen herrschte die Seuche oder die Bewohner waren ausgestorben. Auch in der breiteren, gewundenen Kaufmacherstraße, wie die Straße hieß, die vom Runden Turm auf das Schloss des Königs zuführte, war niemand zu erblicken. Jetzt rasselte ein großer Leichenwagen vorüber; der Kutscher schwenkte die Peitsche, die Pferde jagten im Galopp dahin, der Wagen war mit Toten angefüllt. Der junge Student hielt die Hand vor das Gesicht und roch an einem starken Spiritus, den er auf einem Schwamm in einer Messingbüchse bei sich trug. Aus einer Kneipe in einer der Seitengassen erscholl kreischender Gesang und unheimliches Gelächter von Leuten, die die Nacht vertranken, um zu vergessen, dass die Seuche vor der Tür stand und auch sie auf den Leichenwagen laden wollte zu den andern Toten. Der Student lenkte seine Schritte der Schlossbrücke zu, wo ein paar kleine Schiffe lagen; eins davon lichtete gerade die Anker, um aus der pestverseuchten Stadt fort zu kommen.

»Wenn uns Gott am Leben lässt und wir günstigen Wind haben, gehen wir in den Grönsund bei Falster«, sagte der Schiffer und fragte den Studenten, der mitwollte, nach seinem Namen.

»Ludwig Holberg!«, sagte der Student, und der Name klang wie jeder andere Name, jetzt klingt uns daraus einer der stolzesten Namen Dänemarks entgegen; damals war es nur ein junger unbekannter Student.

Das Schiff glitt an dem Schloss vorüber. Es war noch nicht heller Morgen, als sie in das offene Fahrwasser hinausgelangten. Es kam eine leichte Brise auf, die Segel blähten sich, der junge Student setzte sich so, dass ihm der frische Seewind ins Gesicht blies, und bald war er eingeschlafen. Das war nun auch das Vernünftigste, was er tun konnte.

Schon am dritten Morgen lag das Schiff vor Falster.

»Kennt Ihr hier jemand am Ort, bei dem ich gegen Entgelt Unterkunft finden kann?«, fragte Holberg den Kapitän.

»Ich glaube, Ihr werdet gut daran tun, zu der Fährfrau im Borrehaus zu gehen«, sagte der. »Wenn Ihr sehr galant sein wollt, so redet sie Mutter Sören Sörensen Möller an! Doch es kann sein, dass es ihr nicht ansteht, wenn Ihr zu fein mit ihr verkehrt; der Mann sitzt wegen einer Missetat; sie selber führt das Fährboot, ein Paar Fäuste hat sie!«

Der Student nahm seinen Tornister und ging nach dem Fährhaus. Die Tür war nicht abgeschlossen, der Türgriff gab nach, und er betrat eine gepflasterte Stube, in der die Bettbank mit einer großen Felldecke das hauptsächlichste Stück Möbel war. Eine weiße Henne mit Kücklein war an die Bettbank gebunden und hatte den Wassernapf umgestoßen, sodass das Wasser über den Fußboden floss. Weder hier noch in der Kammer nebenan war ein Mensch zu sehen, da war nur eine Wiege mit einem Kind darin. Das Fährboot kam zurück, es saß nur eine Person darin, ob Mann oder Frau, war nicht leicht zu sagen. Ein großer Mantel verhüllte die Gestalt, und der Kopf verschwand in einer Kapuze. Das Boot legte an.

Es war eine Frau, sie kam und trat in die Stube. Sie sah recht ansehnlich aus, als sie ihren Rücken gerade reckte; zwei stolze Augen sahen unter den schwarzen Brauen hervor. Es war Mutter Sören, die Fährfrau; Dohlen, Krähen und Elstern würden einen andern Namen schreien, den wir besser kennen.

Unwirsch sah sie aus, vieles Reden liebte sie offenbar nicht, aber so viel wurde doch geredet und abgemacht, dass der Student sich auf unbestimmte Zeit bei ihr einmietete, solange es in Kopenhagen so übel stand.

Und nach dem Fährhaus kamen aus dem nahe gelegenen Städtchen häufig ein paar ehrenwerte Bürger. Da kam Franz Messerschmidt und Sivert Sackgucker; sie tranken einen Krug Bier im Fährhaus und diskutierten mit dem Studenten; er war ein tüchtiger junger Mann, der seine Praktika, wie sie es nannten, konnte, er las Griechisch und Lateinisch und wusste Bescheid über gelehrte Sachen.

»Je weniger man weiß, je weniger bedrückt einen«, sagte Mutter Sören.

»Ihr habt es schwer!«, sagte Holberg eines Tages, als sie ihre Wäsche in der scharfen Lauge bückte und selbst die Baumknorren für die Feuerung zuhauen musste.

»Das ist meine Sache!«, sagte sie.

»Habt Ihr von klein an so arbeiten und schleppen müssen?«

»Das könnt Ihr doch von meinen Händen ablesen!«, sagte sie und zeigte zwei freilich kleine, aber harte, starke Hände mit abgebissenen Nägeln. »Ihr seid ja gelehrt genug, um lesen zu können!«

Um die Weihnachtszeit begann ein heftiges Schneetreiben; die Kälte biss gar arg, der Wind blies scharf, als führe er Scheidewasser mit sich, um den Leuten das Gesicht damit zu waschen. Mutter Sören ließ sich nicht anfechten, sie warf den Mantel um und zog die Kapuze über den Kopf. Dunkel war es im Hause schon am frühen Nachmittag; Holzscheite und Torf legte sie auf den Herd, und setzte sich dann hin und besohlte ihre Strümpfe, da war niemand sonst, der es hätte tun können. Gegen Abend sprach sie mehr mit dem Studenten, als das sonst ihre Gewohnheit war; sie sprach von ihrem Mann.

Er hat aus Fahrlässigkeit einen Mord an einem Schiffer aus Dragör begangen und muss deswegen drei Jahre auf der königlichen Schiffswerft in Ketten arbeiten. Er ist nur ein gemeiner Matrose, darum muss das Gesetz seinen Lauf haben.

»Das Gesetz gilt auch für den höheren Stand!«, sagte Holberg.

»Meint Ihr!«, sagte Mutter Sören und sah in das Feuer hinein, dann begann sie aber wieder. »Habt Ihr von Kai Lykke gehört, der eine seiner Kirchen niederreißen ließ, und als der Pfarrer Mads darüber von der Kanzel herabdonnerte, ließ er Herrn Mads in Eisen und Ketten legen, berief ein Gericht und verurteilte ihn selbst, dass er seinen Hals verwirkt habe, der wurde auch abgehauen; das war keine fahrlässige Tötung, und doch ging Kai Lykke damals frei aus!«

»Er war in seinem Recht – nach der damaligen Zeit«, sagte Holberg. »Jetzt sind wir darüber hinaus!«

»Das könnt Ihr Dummen einbilden!«, sagte Mutter Sören, stand auf und ging in die Kammer, wo »das Gör«, das kleine Kind lag, sie nahm es auf und bettete es frisch, machte dann dem Studenten sein Lager auf der Bettbank zurecht; er hatte die Felldecke bekommen, er war frostiger als sie, und doch war er in Norwegen geboren.

Der Neujahrsmorgen brach mit klarem, hellem Sonnenschein an, der Frost war scharf gewesen und war noch so scharf, dass der gefallene Schnee hart gefroren da lag, sodass man darauf gehen konnte. Die Glocken in der Stadt riefen zur Kirche; Student Holberg nahm seinen wollenen Mantel um und wollte zur Stadt.

Über das Fährhaus flogen mit Gekrächz und Geschrei Dohlen, Krähen, Elstern, man konnte vor dem Lärmen kaum die Kirchenglocken hören. Mutter Sören stand draußen und füllte einen Messingkessel mit Schnee, um ihn über das Feuer zu setzen und Trinkwasser zu schmelzen, sie sah zu dem Vogelgewimmel empor und hatte ihre eigenen Gedanken dabei.

Studiosus Holberg ging in die Kirche; auf dem Wege dahin und auf dem Heimwege kam er an Peter Sackguckers Haus am Tor vorüber, dort ward er auf ein Schälchen Warmbier mit Sirup und Ingwer eingeladen; die Rede kam auf Mutter Sören, aber der Sackgucker wusste eigentlich nichts über sie zu erzählen, es wisse wohl kaum jemand etwas. Von Falster sei sie nicht, sagte er, etwas Geld habe sie wohl einmal gehabt, ihr Mann sei ein gemeiner Matrose, von heftigem Sinn, einen Schiffer aus Dragör habe er totgeschlagen, »die Frau prügelt er, und doch verteidigt sie ihn«.

»Ich ließe mir solche Behandlung nicht gefallen!«, sagte die Frau des Sackguckers. »Ich bin freilich auch von besserer Herkunft! Mein Vater war königlicher Strumpfweber!«

»Daher habt Ihr auch einem königlichen Beamten zum Ehebund die Hand gereicht!«, sagte Holberg und machte eine Reverenz vor ihr und dem Sackgucker.

Es war Heiligerdreikönigsabend. Mutter Sören zündete ein Heiligendreikönigslicht für Holberg an, das heißt drei Talglichte, die sie selbst gezogen hatte.

»Ein Licht für jeden Mann!«, sagte Holberg.

»Für jeden Mann?«, sagte die Frau und sah ihn starr an.

»Ja, für einen jeden der Weisen aus dem Morgenland!«, sagte Holberg.

»Ach, so war es gemeint!«, sagte sie und schwieg lange. Aber an jenem Heiligendreikönigsabend bekam er doch mehr zu wissen, als er bisher gewusst hatte.

»Ihr habt einen liebevollen Sinn für den Mann, mit dem Ihr in der Ehe lebt!«, sagte Holberg. »Und doch sagen die Leute, dass er übel mit Euch verfährt!«

»Das geht niemand etwas an außer mir!«, entgegnete sie. »Die Schläge wären mir dienlich gewesen, als ich noch klein war; jetzt kriege ich sie wohl um meiner Sünden willen! Was er mir Gutes getan hat, das weiß ich!« Und sie richtete sich ganz auf. »Als ich krank auf der Heide lag und niemand etwas von mir wissen wollte, außer den Krähen und Dohlen, die nach mir hackten, da hat er mich auf seine Arme genommen und bekam harte Worte für den Fang, den er auf sein Schiff brachte. Ich bin nicht dazu gemacht, krank zu liegen, und so erholte ich mich denn. Ein jeder hat es auf seine Weise, und so auch Sören; man soll den Gaul nicht nach dem Zaumwerk beurteilen! Mit ihm hab ich trotz allem zufriedener gelebt, als mit dem, den sie den galantesten und vornehmsten von allen Untertanen des Königs nannten. Ich habe in Ehegemeinschaft mit dem Statthalter Gyldenlöve, des Königs Halbbruder, gelebt; später nahm ich Palle Dyre. Jacke wie Hose! Ein jeder auf seine Weise und ich auf meine. Das war eine lange Erzählung, aber nun wisst Ihr es!« Und damit ging sie zur Stube hinaus.

Das war Marie Grubbe! Ein so wunderlicher Spielball des Glückes war sie gewesen! Viele Heiligedreikönigsabende sollte sie nicht mehr erleben; Holberg hat niedergeschrieben, dass sie im Jahre 1716 starb, aber er hat nicht niedergeschrieben, denn er wusste es nicht, dass, als Mutter Sören, wie sie genannt wurde, im Borrehaus aus der Leichenbahre lag, eine Menge großer, schwarzer Vögel über das Haus hinflogen, ohne zu schreien, als wüssten sie, dass zu einem Begräbnis Stille gehört. Sobald sie in der Erde lag, waren die Vögel nicht mehr zu sehen, aber am selben Abend wurden in Jütland über dem alten Gut eine Unmenge Dohlen, Krähen und Elstern gesehen, sie schrien laut durcheinander, als hätten sie etwas zu verkündigen, vielleicht von ihm, der als kleiner Knabe ihre Eier und ihre flaumigen Jungen aus dem Neste nahm, von dem Sohn des Bauern, der auf der königlichen Schiffswerft ein Strumpfband aus Eisen bekam, und von der hochadeligen Jungfer, die als Fährfrau am Grönsund endete.

»Brav! Brav!«, schrien sie.

Und die Familie schrie: »Brav! Brav!«, als das alte Schloss niedergerissen wurde. »Sie schreien es noch, und da ist nichts mehr, worüber sie schreien könnten!«, sagte der Küster, wenn er erzählte. Die Familie ist ausgestorben, das Schloss ist niedergerissen, und wo es einst stand, da steht jetzt das stattliche Hühnerhaus mit der vergoldeten Wetterfahne und mit der alten Hühner-Grete. Sie ist so glücklich über ihre hübsche Wohnung, wenn sie nicht hierher gekommen wäre, hätte sie im Armenhaus enden müssen.

Die Tauben gurrten über ihr, die Kalikuten plauderten ringsumher, und die Enten schnatterten.

»Niemand kannte sie!«, sagten sie. »Angehörige hatte sie nicht. Es ist ein Werk der Barmherzigkeit, dass sie hier ist. Sie hat weder einen Entenvater noch eine Hühnermutter und keine Nachkommenschaft!«

Aber sie hatte eine Familie; sie kannte sie nur nicht, und der Küster kannte sie auch nicht, wie viel beschriebene Papiere er auch in seiner Tischschublade hatte, aber eine von den alten Krähen wusste davon, erzählte davon. Sie hatte von ihrer Mutter und ihrer Großmutter von Hühner-Gretes Mutter und ihrer Großmutter gehört, die auch wir kennen seit der Zeit, da sie als Kind über die Zugbrücke ritt und stolz um sich sah, als gehörten die ganze Welt und alle Vogelnester ihr, wir sahen sie auf der Heide in den Dünen und zuletzt im Borrehaus. Die Enkelin, die letzte des Geschlechts, war wieder in die Heimat zurückgekehrt, wo das alte Schloss gestanden hatte, wo die schwarzen, wilden Vögel schrien. Aber sie saß zwischen den zahmen Vögeln, von ihnen gekannt und mit ihnen bekannt. Hühner-Grete hatte nichts mehr zu wünschen, sie war bereit zu sterben, alt genug, um zu sterben.

»Grab! Grab!«, schrien die Krähen.

Und Hühner-Grete bekam ein schönes Grab, das niemand kennt, außer der alten Krähe, wenn die nicht auch schon tot ist.

Und nun kennen wir die Geschichte von dem alten Schloss, dem alten Geschlecht und von Hühner-Gretes ganzer Familie!

Was die Distel erlebte

Zu dem reichen Herrensitz gehörte ein schöner, gut gehaltener Garten mit seltenen Bäumen und Blumen; die Gäste auf dem Schloss äußerten ihr Entzücken darüber, die Bewohner der Umgegend, vom Lande wie aus den Städten, kamen an Sonn- und Feiertagen und baten um Erlaubnis, den Garten zu sehen, ja, ganze Schulen fanden sich zu ähnlichen Besuchen ein.

Vor dem Garten, an dem Gitter nach dem Feldwege hinaus, stand eine mächtige Distel; sie war so groß, von der Wurzel aus in mehrere Zweige geteilt, dass man sie wohl einen Distelbusch nennen konnte. Niemand sah sie an, außer dem alten Esel, der den Milchwagen des Milchmädchens zog. Er machte einen langen Hals nach der Distel und sagte: »Du bist schön! Ich könnte dich auffressen!« Aber die Leine, an der der Esel angepflockt stand, war nicht lang genug, als dass er sie hätte fressen können.

Es war große Gesellschaft im Schloss, hochadelige Verwandte aus der Hauptstadt, junge, niedliche Mädchen und unter ihnen ein Fräulein von weit her; sie kam aus Schottland, war von vornehmer Geburt, reich an Geld und Gut, eine Braut, deren Besitz sich schon verlohne, sagte mehr als ein junger Herr, und die Mütter sagten es auch.

Die Jugend tummelte sich auf dem Rasen und spielte Krocket; sie gingen zwischen den Blumen umher, und ein jedes der jungen Mädchen pflückte eine Blume und steckte sie einem der jungen Herren ins Knopfloch; aber die junge Schottin sah sich lange um, verwarf eine Blume nach der andern; keine schien nach ihrem Geschmack zu sein; da sah sie über das Gitter hinüber, da draußen stand der große Distelbusch mit seinen rot-blauen, kräftigen Blüten, sie sah sie, sie lächelte und bat den Sohn des Hauses, ihr eine davon zu pflücken.

»Das ist Schottlands Blume!«, sagte sie, »sie prangt in dem Wappen des Landes, geben Sie mir die!«

Und er holte die schönste, und sie stach ihn in die Finger, als wachse der stärkste Rosendorn daran.

Die Distelblüte steckte sie dem jungen Mann ins Knopfloch, und er fühlte sich hoch geehrt. Alle die andern jungen Herren hätten gern ihre Prachtblumen hergegeben, um diese tragen zu können, die von den feinen Händen der jungen Schottin gespendet war. Und wenn sich der Sohn des Hauses geehrt fühlte, wie mochte sich da die Distel vorkommen! Es war, als durchströmten sie Tau und Sonnenschein.

»Ich bin mehr, als ich glaube!«, sagte sie im Stillen. »Ich gehöre wohl eigentlich hinter das Gitter und nicht draußen auf das Feld. Man wird hier in der Welt wunderlich gestellt! Aber nun ist doch eine von den Meinen über das Gitter gekommen und sitzt obendrein im Knopfloch!

Jeder Knospe, die kam und sich entfaltete, erzählte sie diese Begebenheit, und es waren noch nicht viele Tage vergangen, da hörte der Distelbusch, nicht von Menschen, nicht aus dem Vogelgezwitscher, sondern aus der Luft selbst, die Laute auffängt und weiterträgt, aus den innersten Gängen des Gartens und aus den Zimmern des Schlosses, wo Türen und Fenster offen stehen, dass der junge Herr, der die Distelblüte aus der Hand der feinen jungen Schottin erhielt, nun auch die Hand und das Herz bekommen habe. Es sei ein schönes Paar, eine gute Partie.

»Die habe ich zusammengebracht!«, meinte der Distelbusch und dachte an die Blüte, die er für das Knopfloch hergegeben hatte. Jede Blüte, die aufbrach, bekam das Ereignis zu hören.

»Ich werde gewiss in den Garten gepflanzt!«, dachte die Distel, »vielleicht in einen Topf gestellt, der klemmt, das soll ja das allerehrenvollste sein!«

Und der Distelbusch dachte so lebhaft daran, dass er mit voller Überzeugung sagte: »Ich komme in einen Topf!«

Er versprach jeder kleinen Distelblüte, die aufsprosste, dass sie auch in den Topf kommen solle, vielleicht gar ins Knopfloch. Das war das Höchste, was erreicht werden konnte; aber keine kam in den Topf, geschweige denn ins Knopfloch; sie tranken Luft und Licht, sie schleckten Sonnenschein am Tage und Tau in der Nacht, blühten, bekamen Besuch von Bienen und Bremsen, die noch Mitgift suchten, nach dem Honig in der Blüte, und den Honig nahmen sie, die Blume ließen sie stehen. »Das Räubergesindel!«, sagte der Distelbusch. »Könnte ich sie doch auffressen! Aber das kann ich nicht!«

Die Blüten ließen den Kopf hängen, welkten hin, aber es kamen neue.

»Ihr kommt wie gerufen!«, sagte der Distelbusch. »Jede Minute erwarte ich, dass man uns hinter das Gitter verpflanzt!«

Ein paar unschuldige Gänseblümchen und Wegerichpflanzen standen da und hörten mit tiefer Bewunderung zu und glaubten alles, was der Distelbusch sagte.

Der alte Esel vom Milchwagen schielte vom Wegesrande zu dem blühenden Distelbusch hinüber, aber die Leine war zu kurz, er konnte ihn nicht erreichen.

Und die Distel dachte so lange an die Distel Schottlands, zu deren Familie sie sich zählte, dass sie schließlich glaubte, sie sei aus Schottland gekommen, und ihre Eltern wären selbst im Wappen Schottlands erblüht. Das war ein großer Gedanke, aber eine große Distel kann wohl einen großen Gedanken haben.

»Man ist oft von so vornehmer Familie, dass man es gar nicht zu wissen wagt!«, sagte die Nessel, die dicht daneben wuchs; sie hatte auch eine Ahnung davon, dass sie zu »Nesseltuch« werden könne, wenn sie nur richtig behandelt würde.

Und der Sommer verging, und der Herbst verging; die Blätter fielen von den Bäumen, die Blumen bekamen stärkere Farben und weniger Duft.

Die jungen Tannenbäume im Walde fingen an, Weihnachtssehnsucht zu bekommen, aber es war noch lange bis Weihnachten.

»Hier stehe ich noch!«, sagte die Distel. »Es ist, als wenn niemand an mich dächte, und ich habe doch die Partie gemacht; verlobt haben sie sich, und Hochzeit haben sie gefeiert, es sind jetzt acht Tage her. Ja, ich tue keinen Schritt, denn ich kann es nicht!«

Es vergingen noch einige Wochen; die Distel stand mit ihrer letzten, einzigen Blüte, groß und voll, ganz nahe an der Wurzel war sie empor gesprosst. Der Wind wehte kalt darüber hin, die Farben vergingen, die Pracht verging, der Kelch stand wie eine versilberte Sonnenblume da.

Da kam das junge Paar, jetzt Mann und Frau, in den Garten; sie gingen am Gitter entlang, die junge Frau sah darüber hinaus.

»Da steht die große Distel noch!«, sagte sie. »Jetzt hat sie keine Blüte mehr!«

»Ja, da ist das Gespenst von der letzten!«, sagte er und zeigte auf den silberschimmernden Rest der Blüte, der selbst eine Blüte war.

»Wie schön die ist!«, sagte sie. »So eine Distel muss in den Rahmen um unser Bild geschnitzt werden!«

Und der junge Mann musste abermals über das Gitter steigen und den Distelkelch abschneiden. Er stach ihn in die Finger, er hatte ihn ja Gespenst genannt. Und der Kelch kam in den Garten und in das Schloss und in den Saal; da stand ein Gemälde: das junge Ehepaar. In das Knopfloch des Bräutigams war eine Distelblüte gemalt. Man sprach davon, und man sprach von dem Distelkelch, den sie brachten, die letzte, jetzt silbern schimmernde Distelblüte, die in den Rahmen hineingeschnitzt werden sollte.

Und die Luft trug das Gespräch hinaus und weit umher.

»Was man doch alles erleben kann!«, sagte der Distelbusch. »Meine Erstgeborene kam ins Knopfloch, meine Letztgeborene kommt in den Rahmen! Wohin komme ich?«

Und der Esel stand am Wegesrande und schielte zu dem Busch hinüber.

»Komm zu mir, mein Fress-Schatz! Ich kann nicht zu dir kommen, die Leine ist nicht lang genug!«

Der Distelbusch antwortete nicht. Immer mehr versank er in Gedanken; er dachte und dachte, ganz bis an die Weihnachtszeit hinan, und dann zeitigte der Gedanke seine Blüte.

»Wenn die Kinder glücklich drinnen sitzen, findet eine Mutter sich darein, außerhalb des Gitters zu stehen!«

»Das ist ehrenwert gedacht!«, sagte der Sonnenstrahl. »Sie sollen auch einen guten Platz bekommen!«

»Im Topf oder im Rahmen?«, fragte die Distel.

»In einem Märchen!«, sagte der Sonnenstrahl.

Und hier ist es!

Der Komet

Und der Komet kam, schimmerte mit seinem Feuerkern und drohte mit seinem Schweif; er ward betrachtet aus dem reichen Schloss, aus der armen Hütte, aus dem Menschengedränge auf der Straße und von dem einsamen Wanderer, der über die wegelose Heide schritt. Ein jeder hatte seinen Gedanken dabei.

»Kommt und seht das Zeichen des Himmels! Kommt und seht den prachtvollen Anblick!«, sagte man, und alle beeilten sich zu sehen.

Aber drinnen im Zimmer saßen noch ein kleiner Knabe und seine Mutter; das Talglicht brannte, und die Mutter glaubte, einen Hobelspan im Licht zu sehen; der Talg bildete eine Spitze und krümmte sich, das bedeutete, so glaubte sie, dass der kleine Knabe bald sterben müsse, der Hobelspan wandte sich ja ihm zu.

Das war ein alter Aberglaube, und den teilte sie.

Der kleine Knabe sollte aber noch viele Jahre auf der Erde leben, sollte leben und den Kometen sehen, wenn sich der, nach mehr als sechzig Jahren, wieder blicken ließ.

Der kleine Knabe sah nicht den Hobelspan im Licht, dachte auch nicht an den Kometen, der zum ersten Mal in seinem Leben vom Himmel herab schien. Er saß, eine genietete Spülkumme vor sich, da; in der Kumme war Seifenwasser, und da hinein tauchte er den Kopf einer kleinen tönernen Pfeife, setzte dann die Röhre an den Mund und machte Seifenblasen, kleine und große; sie bebten und schwebten in den herrlichsten Farben, sie gingen von Rot in Gelb, in Lila und Blau über, und dann wurden sie grün wie das Blatt des Waldes, wenn die Sonne hindurchschimmert.

»Gott schenke dir so viele Jahre hier unten auf der Erde, wie du Seifenblasen machst!«

»So viele, so viele!«, sagte der Kleine. »Das Seifenwasser kann nie all werden!« Und der Kleine blies eine Blase nach der andern in die Luft hinein.

»Da fliegt ein Jahr! Da fliegt noch ein Jahr! Sieh nur, wie sie fliegen!«, sagte er bei jeder Seifenblase, die sich loslöste und flog. Ein paar flogen ihm gerade in die Augen hinein; das biss und brannte, Tränen traten ihm in die Augen. In einer jeden Blase sah er ein Zukunftsbild, schimmernd, glitzernd.

»Jetzt kann man den Kometen sehen!«, riefen die Nachbarn. »Kommt doch heraus und seht!«

Und die Mutter nahm den Kleinen bei der Hand, er musste die tönerne Pfeife hinlegen, das Spiel mit den Seifenblasen unterbrechen; der Komet war da.

Und der Kleine sah die schimmernde Feuerkugel mit dem strahlenden Schweif; einige sagten, er sei drei Ellen lang, andere behaupteten, er messe Millionen Ellen; man sieht so verschieden.

Die meisten von denen, die das sagten, waren auch tot und begraben, als er sich wieder zeigte; aber der kleine Knabe, für den sich der Hobelspan im Licht gebildet hatte, und von dem die Mutter glaubte, dass er bald sterben würde, der lebte noch, war alt und weißhaarig. »Weiße Haare sind die Blüten des Alters!«, sagt das Sprichwort, und er hatte viele von den Blüten; er war jetzt ein alter Schulmeister.

Die Schulkinder sagten, er sei so klug, er wisse so viel, er wusste Geschichte und Geografie und was man von den Himmelskörpern kennt.

»Alles kehrt wieder!«, sagte er, »gebt nur acht auf die Personen und Ereignisse, und ihr werdet erfahren, dass sie alle wiederkehren, in andrem Gewand, in andrem Land.«

Und der Schulmeister hatte gerade von Wilhelm Tell erzählt, der einen Apfel von seines Sohnes Haupt schießen musste, aber ehe er den Pfeil abschoss, barg er einen zweiten auf seiner Brust, um ihn dem bösen Geßler ins Herz zu schießen. Das geschah in der Schweiz, aber viele Jahre früher war genau dasselbe in Dänemark mit Palnatoke geschehen; der sollte auch einen Apfel von seines Sohnes Haupt schießen und steckte, wie Tell, einen Pfeil beiseite, mit dem er sich rächen wollte; und vor mehr als tausend Jahren ward dieselbe Geschichte niedergeschrieben, die sich in Ägypten zugetragen hatte; es kehrt alles wieder so wie die Kometen, sie fahren hin, werden kurz und kehren wieder.

Und er sprach von dem Kometen, der erwartet wurde, von dem Kometen, den er als kleiner Junge gesehen hatte. Der Schullehrer kannte die Himmelskörper, dachte über sie nach, vergaß aber darüber keineswegs die Weltgeschichte und die Geografie.

Seinen Garten hatte er in der Form der Landkarte von Dänemark angelegt. Hier standen Kräuter und Blumen, wie sie in den verschiedenen Gegenden des Landes heimisch sind. »Holt mir Erbsen!«, sagte er, und dann ging man nach dem Beet, das Laaland darstellte. »Holt mir Buchweizen!«, und dann ging man nach Langeland. Der schöne blaue Enzian und der Porsch waren hoch oben bei Skagen zu finden, der schimmernde Christdorn drüben bei Silkeborg. Die Städte selbst waren durch Postamente angedeutet. Hier stand St. Knud mit dem Lindwurm, das bedeutete Odense; Absalom mit dem Bischofsstab bedeutete Sorö; das kleine Fahrzeug mit den Rudern war das Kennzeichen, dass hier Aarhus lag. Aus dem Garten des Schulmeisters lernte man sehr gut die dänische Landkarte; aber erst musste man ja von ihm belehrt werden, und das war gar ergötzlich.

Jetzt war der Komet in Aussicht, und von dem erzählte er, und er erzählte auch, was die Leute in alten Zeiten, als er zuletzt hier war, gesagt und geweissagt hatten. »Das Kometenjahr ist ein gutes Weinjahr!«, sagte er. »Man kann den Wein mit Wasser verdünnen, ohne dass es jemand merkt. Die Wein-Händler sollen die Kometenjahre sehr lieben.«

Vierzehn Tage und vierzehn Nächte war die ganze Luft mit Wolken angefüllt, man konnte den Kometen nicht sehen, aber er war da. Der alte Schulmeister saß in seiner kleinen Kammer dicht neben der Schulstube. Die Bornholmer Uhr aus der Zeit seiner Eltern stand in der Ecke, die schweren Bleilote hoben sich nicht und sanken auch nicht, der Perpendikel rührte sich nicht; der kleine Kuckuck, der ehemals herauskam und die Stunden rief, hatte mehrere Jahre lang schweigend hinter dem geschlossenen Deckel gesessen; alles war stumm und still da drinnen, die Uhr ging nicht mehr. Aber das alte Klavier dicht dabei, das auch aus der Zeit der Eltern stammte, hatte noch Leben, die Saiten konnten noch klingen, freilich ein wenig heiser, konnten die Melodien eines ganzen Menschenalters singen. Der alte Mann ward dadurch an so vieles erinnert, an Frohes und Trauriges, während einer ganzen Reihe von Jahren, von der Zeit an, da er als kleiner Knabe den Kometen sah, bis auf heute, wo er wieder hier war. Er erinnerte sich dessen, was die Mutter von dem Hobelspan im Licht gesagt hatte, er erinnerte sich der herrlichen Seifenblasen, die er gemacht hatte; eine jede sei ein Lebensjahr, hatte sie gesagt, wie schimmernd, wie farbenreich! Alles Schöne und Erfreuliche hatte er darin gesehen: Kinderspiele und Jugendlust, die ganze, weite Welt lag im Sonnenschein offen vor ihm, und da hinaus sollte er! Es waren Zukunftsblasen. Als alter Mann tönten ihm aus den Saiten des Klaviers Melodien aus entschwundenen Zeiten entgegen: Erinnerungsblasen mit dem Farbenschimmer der Erinnerungen; da erklang Großmutters Stricklied:

»Wohl keine Amazone hat
Den ersten Strumpf gestrickt.«

Da erklang das Lied, das die alte Magd des Hauses ihm als Kind gesungen:

»Gar mancherlei Gefahren
Hienieden muss bestehn,
Wer jung und unerfahren
Und wenig hat gesehn!«

Ja, dann ertönten die Melodien von dem ersten Ball, ein Menuett und ein Molinaski; jetzt klangen weiche, wehmutsvolle Töne, die Augen des alten Mannes füllten sich mit Tränen, jetzt brauste ein Kriegsmarsch, jetzt kam ein geistliches Lied, dann folgten muntere Töne, eine Blase nach der andern, wie zu der Zeit, da er als kleiner Knabe Blasen aus dem Seifenwasser in die Luft hinausgesandt hatte.

Sein Auge war auf das Fenster gerichtet, eine Wolke da draußen am Himmel glitt fort, er sah in der klaren Luft den Kometen, seinen schimmernden Kern, seinen leuchtenden Nebelschleier.

Es war, als habe er ihn erst gestern Abend gesehen, und doch lag ein ganzes, reiches Menschenleben zwischen damals und jetzt; damals war er ein Kind und sah in den Blasen »vorwärts«, jetzt zeigten die Blasen »zurück«. In ihm regten sich Kindersinn und Kinderglaube, seine Augen strahlten, seine Hand sank auf die Tasten nieder; – es klang, als zerspringe eine Saite.

»Kommt doch und seht, der Komet ist da!«, wurde von den Nachbarn gerufen. »Der Himmel ist so herrlich klar! Kommt doch heraus, damit ihr ihn recht sehen könnt!«

Der alte Schulmeister antwortete nicht, er war auf dem Wege dahin, wo man so recht sehen kann; seine Seele schwebte auf größeren Bahnen, in einem weiteren Raume, als ihn der Komet durchfliegt.

Und der Komet ward wieder von allen betrachtet, aus dem reichen Schloss, aus der armen Hütte, aus dem Gedränge auf der Straße und von dem Einsamen auf der wegelosen Heide.

Die Seele des alten Mannes aber schaute Gott an, schaute die lieben Heimgegangenen an, nach denen er sich gesehnt hatte.

Das Unglaublichste

Wer das Unglaublichste fertig brachte, der sollte des Königs Tochter und das halbe Reich haben.

Die jungen Leute und die alten auch strengten alle ihre Gedanken, Sehnen und Muskeln an; zwei aßen sich tot, und einer trank sich tot, um nach ihrer Ansicht das Unglaublichste zu leisten, aber das war nicht die Art, wie es gemacht werden sollte. Kleine Straßenjungen übten sich darin, sich selbst auf den Rücken zu spucken, das hielten sie für das Unglaublichste.

An einem bestimmten Tage sollte gezeigt werden, was ein jeder als das Unglaublichste vorzubringen hatte. Als Richter waren Kinder von drei Jahren bis zu Personen hoch in die Neunzig hinauf angestellt. Es kam eine ganze Ausstellung von unglaublichen Dingen zusammen, aber alle waren sich bald darüber einig, dass das Unglaublichste hier eine große Stubenuhr in einem Futteral war, inwendig wie auswendig wunderbar ersonnen. Bei jedem Glockenschlag kamen lebende Bilder, die zeigten, was die

Glocke geschlagen halte; es waren zwölf Vorstellungen mit beweglichen Figuren und mit Gesang und Rede.

»Das ist das Unglaublichste!«, sagten die Leute.

Die Uhr schlug eins, und Moses stand auf dem Berge und schrieb auf die Gesetzestafeln das erste Gebot: »Ich bin der Herr, dein Gott, du sollst keine andern Götter haben neben mir!«

Die Uhr schlug zwei, da sah man den Paradiesgarten, in dem Adam und Eva einander begegneten, alle beide glückselig, obwohl sie nicht einmal einen Kleiderschrank besaßen, aber den brauchten sie ja auch gar nicht.

Mit dem Schlage drei erschienen die heiligen drei Könige, der eine kohlschwarz, wofür er nichts konnte, die Sonne hatte ihn so schwarz gemacht. Sie kamen mit Räucherwerk und Kostbarkeiten.

Schlag vier Uhr kamen die vier Jahreszeiten: der Frühling mit dem Kuckuck auf einem frisch ausgeschlagenen Buchenzweig, der Sommer mit einem Heimchen auf der reifen Kornähre, der Herbst mit einem leeren Storchennest, der Vogel war ausgeflogen, der Winter mit einer alten Krähe, die Geschichten in der Ofenecke erzählen konnte, alte Erinnerungen.

Als die Uhr fünf schlug, zeigten sich die fünf Sinne: das Gesicht kam als Brillenmacher, das Gehör als Kupferschmied, der Geruch verkaufte Veilchen und Waldmeister, der Geschmack war Koch und das Gefühl Leichenbitter mit einem Trauerflor bis auf die Fersen hinab.

Die Uhr schlug sechs: da saß ein Spieler, warf einen Würfel, der wendete die höchste Seite nach oben, und darauf stand sechs.

Dann kamen die sieben Wochentage oder die sieben Todsünden, darüber waren sich die Leute nicht einig, sie gehörten ja zusammen und waren nicht leicht zu unterscheiden.

Dann kam ein Mönchschor und sang die Achtuhrmesse.

Schlag neun Uhr folgten die neun Musen; eine war bei der Astronomie angestellt, eine im historischen Archiv, der Rest gehörte zum Theater.

Schlag zehn Uhr trat abermals Moses hervor mit den Tafeln des Gesetzes; darauf standen alle Gebote Gottes, und deren waren es zehn.

Die Uhr schlug wieder, da hüpften und sprangen kleine Knaben und Mädchen herbei, die spielten ein Spiel und sangen dazu: »Bra, bra, brille, die Uhr hat elf geschlagen!« Und dann hatte sie elf geschlagen.

Jetzt schlug sie zwölf; da trat ein Wächter mit Kapuze und Morgenstern vor und sang den alten Wächtervers:

»Es war zur Mitternachtsstunde,
Der Heiland ward geboren!«

Und während er sang, sprossten Rosen auf, und sie wurden zu Engelsköpfen, die von regenbogenfarbenen Schwingen getragen wurden.

Das war lieblich zu hören, das war herrlich zu sehen. Das Ganze war ein unvergleichliches Kunstwerk, das Unglaublichste, sagten alle Menschen.

Der Künstler war ein junger Mann, herzensgut, mit kinderfrohem Sinn, ein treuer Freund und seinen armen Eltern hilfsbereit; er verdiente die Prinzessin und das halbe Königreich.

Der Tag der Entscheidung war gekommen, die ganze Stadt stand geschmückt, und die Prinzessin saß auf dem Thron des Landes; der hatte frisches Krollhaar bekommen, war aber doch nicht bequemer und angenehmer geworden. Die Richter sahen den, der gewinnen sollte, so verschmitzt an, und er stand heiter und unverzagt da, sein Glück erschien ihm sicher, er hatte das Unglaublichste getan.

»Nein, das werde ich jetzt tun!«, rief im selben Augenblick ein langer, knochiger Kraftkerl. »Ich bin imstande, das Unglaublichste fertig zu bringen!« Und damit stürzte er mit geschwungener Axt auf das Kunstwerk los.

Kladderadatsch! Da lag das Ganze. Räder und Federn flogen umher, alles war zerstört!

»Das konnte ich tun!«, sagte der Mann; »mein Werk hat das seine geschlagen und euch alle miteinander; ich habe das Unglaublichste getan!«

»So ein Kunstwerk zu zerstören!«, sagten die Richter. »Ja, das ist das Unglaublichste!«

Das ganze Volk war derselben Ansicht, und folglich sollte er die Prinzessin und das halbe Reich bekommen, denn ein Wort ist ein Wort, selbst wenn es das Unglaublichste ist!

Vom Wall und von allen Türmen der Stadt wurde geblasen. »Die Hochzeit soll gefeiert werden!« Die Prinzessin war gar nicht froh darüber; aber entzückend sah sie aus, und köstlich gekleidet war sie. Die Kirche erstrahlte in hellem Lichtschimmer, spät am Abend, das macht sich am besten. Die adeligen Jungfrauen der Stadt sangen und führten die Braut an den Altar, die Ritterschaft sang und geleitete den Bräutigam; der ging so stolz und aufrecht, als könne er niemals durchbrechen.

Jetzt hielt der Gesang inne, es ward so still, dass man eine Stecknadel zur Erde hätte fallen hören; aber mitten in dieser Stille flog mit Krachen und Bullern die große Kirchentür auf – »Bum! Bum!« Da kam das ganze Uhrwerk mitten durch den Hauptgang der Kirche marschiert und stellte sich zwischen Braut und Bräutigam. Tote Menschen können nicht wiederkommen, das wissen wir sehr wohl, aber ein Kunstwerk kann das; der Körper war in Stücke zerschlagen, nicht aber der Geist; der Kunstgeist spukte, und das war kein Spaß.

Das Kunstwerk stand leibhaftig da wie damals, als es noch heil und unberührt war. Die Glockenschläge ertönten, einer nach dem andern, bis zum zwölften, und die Gestalten drängten sich hervor. Zuerst kam Moses; es leuchtete wie Feuerflammen aus seiner Stirn; er warf die schweren steinernen Tafeln des Gesetzes auf die Füße des Bräutigams und fesselte ihn an den Fußboden der Kirche.

»Ich kann sie nicht wieder aufheben!«, sagte Moses. »Du hast mir die Arme abgeschlagen! Stehe, wie du stehst!«

Dann kamen Adam und Eva, die Weisen aus dem Morgenland und die vier Jahreszeiten, und alle sagten sie ihm unangenehme Wahrheiten.

»Schäme dich!«

Aber er schämte sich nicht.

Alle die Gestalten, die jede Stunde aufzuweisen hatte, traten aus der Uhr heraus, und alle wuchsen sie zu entsetzlicher Größe an; es war, als wenn kein Platz da sei für die wirklichen Menschen. Und als beim zwölften Schlag der Wächter mit Kapuze und Morgenstern heraustrat, entstand eine wunderliche Bewegung: der Wächter ging geradeswegs auf den Bräutigam zu und schlug ihn mit dem Morgenstern vor die Stirn.

»Da liege!«, sagte er. »Wie du mir, so ich dir! Wir sind gerächt und der Meister auch; wir verschwinden!«

Und dann verschwand das ganze Kunstwerk; aber die Lichter ringsumher in der Kirche verwandelten sich in große Lichtblumen, und die vergoldeten Sterne unter der Decke entsandten lange, helle Strahlen, die Orgel klang von selber. Alle Menschen sagten, das sei das Unglaublichste, was sie erlebt hätten.

»Wollen Sie dann den Richtigen zu mir befehlen!«, sagte die Prinzessin. »Er, der das Kunstwerk schuf, sei mein Ehegemahl und Herr!«

Und er stand in der Kirche; das ganze Volk bildete sein Gefolge; alle freuten sich, alle segneten ihn. Da war auch nicht einer, der neidisch war.

Ja, das war das Unglaublichste!

Was die ganze Familie sagte

Was sagte die ganze Familie? Ja, höre nun erst, was die kleine Marie sagte.

Es war der Geburtstag der kleinen Marie, der schönste von allen Tagen, fand sie. Alle kleinen Freunde und Freundinnen kamen, um mit ihr zu spielen, und ihr feinstes Kleid hatte sie an; das hatte sie von der Großmutter bekommen, die bei dem lieben Gott war; aber die Großmutter hatte es noch selbst zugeschnitten und genäht, ehe sie zu dem hellen, schönen Himmel aufflog. Der Tisch in Mariens Stube strahlte von Geschenken; da war die reizendste kleine Küche mit allem, was zu einer Küche gehört, und eine Puppe, die die Augen verdrehen und »Au!« sagen konnte, wenn man sie auf den Magen drückte. Ja, da war auch ein Bilderbuch, in dem die schönsten Geschichten zu lesen waren, wenn man lesen konnte! Aber schöner als alle Geschichten war es doch, viele Geburtstage zu erleben.

»Ja, es ist schön zu leben!«, sagte die kleine Marie. Der Pate fügte hinzu, dass es das schönste Märchen sei.

In der Stube nebenan gingen die beiden Brüder; es waren große Knaben; der eine war neun, der andere elf Jahre alt. Sie fanden auch, dass es herrlich war zu leben, auf ihre Weise zu leben, kein Kind mehr zu sein wie Marie, sondern flotte Schuljungen, mit einer Eins im Zeugnisbuch, sich mit den Kameraden in aller Freundschaft zu prügeln, im Winter Schlittschuh zu laufen und im Sommer zu radeln, von Ritterburgen, Zugbrücken und Burgverliesen zu lesen, von Entdeckungen im Innern Afrikas zu hören. Dabei hatte freilich der eine von den Knaben einen Kummer, nämlich, dass alles entdeckt werden könne, ehe er groß war; dann wollte er auf Abenteuer ausziehen. Das Leben ist das schönste Märchen, hatte ja der Pate gesagt, und in diesem Märchen spielte man selbst eine Rolle.

Im Erdgeschoss lebten und tummelten sich diese Kinder; über ihnen wohnte ein anderer Zweig der Familie, auch mit Kindern; aber diese hatten die Kinderschuhe bereits vertreten, so groß waren sie. Der eine Sohn war siebzehn, der andere zwanzig, aber der dritte war schon sehr alt, wie die kleine Marie sagte; er war fünfundzwanzig Jahre und verlobt. Sie waren alle glücklich gestellt, hatten gute Eltern, gute Kleider, gute Geistesgaben, und sie wussten, was sie wollten: »Vorwärts! Weg mit all den alten Bretterzäunen! Aussicht in die ganze Welt hinaus! Das ist das Schönste, was wir kennen. Der Pate hat Recht; das Leben ist das schönste Märchen!«

Vater und Mutter, beides ältere Leute – natürlich mussten sie älter sein als die Kinder – sagten mit Lächeln um den Mund, mit Lächeln im Auge und im Herzen: »Wie jung sie sind, die jungen Leute! Es geht nicht ganz so zu in der Welt, wie sie glauben; aber es geht. Das Leben ist ein wunderbares, schönes Märchen!«

Oben über ihnen, dem Himmel ein wenig näher, wie man zu sagen pflegt, wenn Leute auf der Mansarde wohnen, da wohnte der Pate. Alt war er und doch so jung von Gemüt, immer guter Laune, und dann konnte er Geschichten erzählen, viele und lange. Weit in der Welt herum war er gewesen, und aus allen Ländern standen da die reizendsten Sachen in seinem Zimmer. Da waren Bilder von der Decke bis zum Fußboden, und mehrere Fensterscheiben waren aus rotem und aus gelbem Glas; wenn man da hindurch sah, dann lag die ganze Welt in Sonnenschein da, wenn draußen auch noch so graues Wetter war. In einem großen Glaskasten wuchsen grüne Pflanzen, und in einer Abteilung darin schwammen Goldfische; sie sahen einen so an, als wüssten sie so vieles, worüber sie nicht sprechen wollten. Immer duftete es hier nach Blumen, selbst zur Winterzeit, und dann brannte hier ein großes Feuer im Kamin; es war so amüsant, davor zu sitzen, hineinzusehen und zu hören, wie es knitterte und knatterte. »Es liest mir alte Erinnerungen vor!«, sagte der Pate, und auch der kleinen Marie wollte es scheinen, als zeigte ihr das Feuer viele Bilder.

Aber in dem großen Bücherschrank dicht daneben standen die wirklichen Bücher; in einem derselben las der Pate gar oft, und das nannte er das Buch der Bücher; das war die Bibel. Da stand in Bildern die Geschichte der Welt und aller Menschen, die Schöpfung, die Sündflut, die Geschichte der Könige und des Königs der Könige.

»Alles, was geschehen ist und geschehen wird, steht in diesem Buch!«, sagte der Pate. »So unendlich viel in einem einzigen Buch! Denke einmal darüber nach! Ja, alles, um was ein Mensch zu bitten hat, ist in den wenigen Worten des Gebets: ›Vater unser!‹ gesagt; das ist ein Gnadentropfen! Es ist eine Perle des Trostes von Gott. Die wird dem Kind als Geschenk in die Wiege gelegt, die wird ihm ans Herz gelegt. Kindchen, bewahre sie wohl! Verliere sie niemals, wie groß du auch wirst, dann bist du nicht verlassen auf den wechselnden Wegen! Wenn die Worte des Vaterunsers in dich hineinleuchten, bist du nicht verloren!«

Des Paten Augen leuchteten, wenn er so sprach, sie strahlten vor Freude. Einstmals in den jungen Jahren hatten sie geweint, »und das war auch gut«, sagte er, »es war die Zeit der Prüfung, da sah es trübe aus. Jetzt habe ich Sonnenschein um mich und in mir. Je älter man wird, desto deutlicher sieht man in Glück und in Unglück, dass der liebe Gott immer seine Hand über uns hält, dass das Leben das schönste Märchen ist, und das kann nur Er uns schenken, und seine Güte währet in alle Ewigkeit!«

»Es ist schön zu leben!«, sagte die kleine Marie.

Das sagten auch die kleinen und die großen Knaben; Vater und Mutter und die ganze Familie sagte das, vor allem aber der Pate, und er hatte Erfahrung, er war der älteste von ihnen allen, er kannte alle Geschichten, alle Märchen, und er sagte, und zwar so recht aus dem Herzen heraus: »Das Leben ist das schönste Märchen!«

DIE GROSSE SEESCHLANGE

Es war einmal ein kleiner Seefisch aus guter Familie, des Namens entsinne ich mich nicht mehr, den müssen die Gelehrten dir sagen. Der kleine Fisch hatte achtzehnhundert Geschwister, alle gleich alt; sie kannten ihren Vater und ihre Mutter nicht, sie mussten gleich selbst für sich sorgen und umher schwimmen, aber das war ein großes Vergnügen für sie. Wasser zum Trinken hatten sie genug, das ganze Weltmeer, an Nahrung dachten sie nicht, die würde wohl kommen; jeder würde seiner Neigung folgen, jeder würde seine eigene Geschichte haben, ja, daran dachte auch keiner.

Die Sonne schien in das Wasser hinab, es schimmerte um sie herum, es war so klar, es war eine Welt mit den wunderlichsten Geschöpfen, und einige waren so schrecklich groß, mit mächtigen Rachen, die konnten die achtzehnhundert Geschwister verschlingen, aber auch daran dachten sie nicht, denn bisher war noch keiner von ihnen verschlungen.

Die Kleinen schwammen zusammen, dicht nebeneinander, wie die Heringe und Makrelen schwimmen; aber während sie so im Wasser schwammen und an gar nichts dachten, sank, mit einem schrecklichen Geräusch, von oben herab, mitten unter sie, ein langes, schweres Ding, das gar kein Ende nehmen wollte; länger und länger streckte es sich, und jeder kleine Fisch, den es traf, wurde zerdrückt oder bekam einen Knacks, den er nie wieder verwinden konnte. Alle kleinen Fische, und auch die großen, von der Meeresfläche bis hinab auf den Grund, stoben erschreckt beiseite; das schwere, gewaltsame Ding senkte sich tiefer und tiefer, es ward länger und länger, meilenlang, durch das ganze Meer. Fische und Schnecken, alles was schwimmt, alles was kriecht oder von den Strömungen getrieben wird, spürte dies entsetzliche Ding, diesen unendlichen, unbekannten Meeraal, der so ganz auf einmal von oben herabgekommen war.

Was für ein Ding war dies nur einmal? Ja, wir wissen es! Es war das große, meilenlange Telegrafenkabel, das die Menschen zwischen Europa und Amerika versenkten.

Es entstand eine Angst, es entstand eine Bewegung zwischen den rechtmäßigen Bewohnern des Meeres, überall, wo das Kabel versenkt wurde. Der fliegende Fisch schnellte in die Höhe, über die Meeresfläche, so hoch er nur konnte, ja, der Knurrhahn sprang einen ganzen Büchsenschuss über das Wasser empor, denn das kann er; andre Fische flohen auf den Meeresgrund, sie schossen mit einer solchen Heftigkeit hinab, dass sie lange, bevor das Kabeltau noch gesehen war, dort anlangten; sie erschreckten Kabeljau und Scholle, die friedlich in der Meerestiefe wanderten und ihre Mitgeschöpfe fraßen.

Ein paar Meerwalzen erschraken so sehr, dass sie ihren Magen ausspuckten, aber trotzdem weiterlebten, denn das konnten sie. Viele Hummern und Taschenkrebse verließen ihren guten Harnisch und mussten die Beine zurücklassen.

Während all dieser Angst und Verwirrung kamen die achtzehnhundert Geschwister auseinander und begegneten sich nicht wieder oder kannten einander wenigstens nicht mehr; nur ein Dutzend blieb auf demselben Fleck, und als sie sich ein paar Stunden ruhig verhalten hatten, verwanden sie den ersten Schrecken und fingen an, neugierig zu werden.

Sie sahen sich um; sie sahen aufwärts, und sie sahen abwärts, und da in der Tiefe glaubten sie das schreckliche Ding zu erblicken, das sie so in Angst versetzt hatte, groß wie klein. Das Ding lag lang über den Meeresboden ausgestreckt, so weit sie sehen konnten; sehr dünn war es, aber sie wussten ja nicht, wie dick es sich machen konnte, oder wie stark es war. Es lag ganz still, aber, dachten sie, das konnte ja Hinterlist sein.

»Lasst es liegen, wo es liegt! Es geht uns gar nichts an!«, sagte der vorsichtigste von den kleinen Fischen, aber der allerkleinste von ihnen konnte es sich doch nicht versagen, sich Gewissheit darüber zu verschaffen, was das Ding wohl sein könne; von oben war es herabgekommen, von oben her musste man am besten Auskunft einholen können, und so schwammen sie denn zur Meeresfläche hinauf; es war windstilles Wetter.

Da begegneten sie einem Delphin; das ist so ein Springgesell, ein Meerstreicher, der Purzelbäume auf der Wasserfläche schlagen kann; Augen zum Sehen hat er, und er musste gesehen haben, musste Bescheid wissen; den fragten sie, aber er hatte nur an sich selbst und an seine Purzelbäume gedacht, hatte nichts gesehen, wusste nichts zu antworten, und da schwieg er denn und sah stolz aus.

Dann wandten sie sich an den Seehund, der gerade niedertauchte; der war höflicher, obwohl er kleine Fische frisst; aber heute war er satt. Er wusste ein wenig mehr als der Springfisch.

»Ich hab manch liebe Nacht auf einem nassen Stein gelegen und landeinwärts gesehen, meilenweit von hier; da gibt es hinterlistige Geschöpfe, die werden in ihrer Sprache Menschen genannt, sie stellen uns nach, gewöhnlich entschlüpfen wir ihnen aber doch, das habe ich verstanden, und der Seeaal, von dem ihr redet, hat es auch verstanden. Er ist oben an Land in ihrer Macht gewesen, wohl seit undenkbaren Zeiten; von dort haben sie ihn auf ein Schiff gebracht, wohl um ihn übers Meer nach einem andern fern gelegenen Lande zu schaffen. Ich sah, welch eine Mühe sie damit hatten, aber sie konnten ihn bezwingen, er war ja an Land matt geworden. Sie legten ihn in Kränzen und Kreisen zusammen, ich hörte, wie er sich wand und sich wehrte, als sie ihn an Bord brachten, aber er entkam ihnen doch, floh hier hinaus. Sie hielten ihn mit aller Gewalt fest, viele Hände hielten ihn, er entschlüpfte ihnen doch und gelangte auf den Meeresboden, da liegt er, denke ich, bis auf weiteres!«

»Er ist ziemlich dünn!«, sagten die kleinen Fische.

»Sie haben ihn ausgehungert!«, sagte der Seehund, »aber er wird sich bald erholen, wird seine alte Dicke und Länge wiedergewinnen. Ich nehme an, dass dies die große Seeschlange ist, vor der die Menschen so bange sind und von der sie soviel reden; bisher habe ich sie noch niemals gesehen und habe auch nie daran geglaubt; jetzt glaube ich, dass sie es ist!« Und damit tauchte der Seehund unter.

»Wie viel er wusste! Wie viel er redete!«, sagten die kleinen Fische. »Ich bin noch nie so klug gewesen! – Wenn es nur nicht Lügen sind!«

»Wir könnten ja hinabschwimmen und die Sache untersuchen!«, sagte der Kleinste; »unterwegs hören wir die Ansicht der andern!«

»Ich mache keinen Schlag mit meinen Finnen, um etwas zu erfahren!«, sagten die andern und wandten sich ab.

»Aber das tue ich!«, sagte der Kleinste und lenkte seinen Kurs hinab in das tiefe Wasser; aber er war weit entfernt von der Stelle, wo das »lange, versenkte Ding« lag. Der kleine Fisch sah und suchte nach allen Seiten tief unten auf dem Meeresgrund.

Noch nie war ihm seine Welt so groß erschienen. Die Heringe schwammen in großen Schwärmen, schimmernd wie ein Riesenband aus Silber, die Makrelen schlugen dieselbe Richtung ein und sahen noch prächtiger aus. Da kamen Fische in allen Gestalten und mit Zeichnungen in allen Farben; Medusen, die halbdurchsichtigen Blumen glichen, die sich von den Strömungen tragen und führen ließen. Große Pflanzen wuchsen aus dem Meeresboden auf, klasterhohes Gras und palmenförmige Bäume, jedes Blatt mit schimmernden Schaltieren besetzt.

Endlich gewahrte der kleine Seefisch einen langen, dunkeln Streif dort unten und steuerte darauf zu, aber das war weder Fisch noch Tau, es war die Reeling eines großen, versunkenen Fahrzeugs, dessen oberstes und unterstes Deck durch den Druck des Meeres zerbrochen war. Der kleine Fisch schwamm in den Raum hinein, aus dem die vielen Menschen, die umgekommen waren, als das Schiff sank, jetzt alle bis auf zwei weggeschwemmt waren: eine junge Frau lag dort ausgestreckt mit einem kleinen Kind in ihren Armen. Das Wasser hob sie und wiegte sie gleichsam, sie schienen zu schlafen. Der kleine Fisch erschrak sehr, er wusste ja nicht, dass sie nicht wieder erwachen konnten. Die Wasserpflanzen hingen wie Laubwerk über die Reeling herab, rankten sich um die beiden schönen Leichen der Mutter und des Kindes. Es war so still dort und so einsam. Der kleine Fisch machte sich, so schnell er nur konnte, von dannen, schwamm dahin, wo das Wasser beleuchtet war, wo Fische zu sehen waren. Er war noch nicht weit gekommen, da begegnete er einem jungen Walfisch, der schrecklich groß war.

»Verschlinge mich nicht!«, sagte der kleine Fisch; »ich bin ja nicht einmal ein Bissen, so klein bin ich, und es ist mir eine große Freude zu leben!«

»Was willst du so tief hier unten, wohin deine Art nicht kommt?«, fragte der Walfisch. Und dann erzählte der kleine Fisch von dem langen, wunderlichen Aal, oder was für ein Ding es sein mochte, das sich von oben herabgesenkt und selbst die allermutigsten Meergeschöpfe erschreckt hatte.

»Ho ho!«, sagte der Walfisch und sog so gewaltsam Wasser ein, dass er einen mächtigen Wasserstrahl von sich geben musste, wenn er an die Meeresfläche kam und Luft schöpfte. »Ha ha!«, sagte er, »das also war das Ding, das mir den Rücken kitzelte, als ich mich umwandte! Ich glaubte, es sei ein Schiffsmast, den ich gebrauchen könne, um mich zu jucken! Aber hier in dieser Gegend war es nicht. Nein, viel weiter hinaus liegt das Ding. Ich will es doch gleich mal untersuchen, ich habe gerade nichts weiter zu tun!«

Und dann schwamm er vorwärts, und der kleine Fisch schwamm hinterdrein, nicht zu nahe, denn wo der große Walfisch durch das Wasser schwamm, entstand gleichsam ein reißender Strom.

Sie begegneten einem Hai und einem alten Schwertfisch; die beiden hatten auch von dem wunderlichen Seeaal gehört, der so lang und so dünn war; gesehen hatten sie ihn nicht, aber sie wollten ihn sehen.

Jetzt kam eine Meerkatze.

»Ich komme mit!«, sagte sie; sie wollte doch denselben Weg. »Wenn die große Seeschlange nicht dicker ist als ein Ankertau, dann will ich sie schon in einem Biss durchbeißen!«, und dabei öffnete sie ihr Maul und zeigte ihre sechs Reihen Zähne. »Ich kann Merkzeichen in einen Schiffsanker beißen, da kann ich den Stängel wohl auch durchbeißen!«

»Da ist er!«, sagte der große Walfisch, »ich kann ihn sehen!« Er glaubte, dass er besser sehen könne als die andern. »Seht, wie er sich hebt, seht, wie er sich windet und beugt und krümmt!«

Aber das war er gar nicht, es war ein ungeheuer großer Seeaal, mehrere Ellen lang, der sich näherte.

»Den hab ich schon früher gesehen!«, sagte der Schwertfisch, »der hat nie großen Aufruhr im Meer verursacht oder irgendeinem großen Fisch Schrecken eingejagt!«

Und dann sprachen sie mit ihm von dem neuen Aal und fragten, ob er mit auf die Entdeckungsreise wolle.

»Ist der Aal länger als ich!«, sagte der Seeaal, »dann soll ihm ein Unglück geschehen!«

»Ja, dem soll ein Unglück geschehen!«, sagten die andern. »Wir sind genug, um ihn nicht zu dulden!« Und damit eilten sie weiter.

Aber da kam ihnen etwas in den Weg, ein wunderliches Ungeheuer, das größer war als sie alle zusammen.

Es sah aus wie eine schwimmende Insel, die sich nicht an der Oberfläche zu halten vermochte. Es war ein uralter Walfisch. Sein Kopf war mit Wasserpflanzen überwuchert, der Rücken mit so unendlich vielen Austern und Muscheln besetzt, dass seine schwarze Haut ganz weißgefleckt war.

»Komm mit, Alter!«, riefen sie ihm zu, »hier ist ein neuer Fisch angekommen, den wir nicht dulden wollen!«

»Ich will lieber liegen bleiben, wo ich liege!«, sagte der alte Walfisch. »Lasst mich in Ruhe! Lasst mich liegen! Ja ja, ja ja! Ich leide an einer schweren Krankheit. Die einzige Linderung gewährt es mir, wenn ich an die Meeresfläche hinaufsteige und den Rücken außer Wasser halte. Dann kommen die großen, guten Seevögel und kraulen mich, das tut so gut! Wenn sie die Schnäbel nur nicht zu tief hineinhacken, oft picken sie bis in meinen Speck hinein. Seht nur einmal! Das ganze Gerippe eines Vogels sitzt mir noch auf dem Rücken; der Vogel schlug seine Klauen zu tief ein und konnte nicht wieder loskommen, als ich auf den Grund tauchte. Jetzt haben die kleinen Fische ihn abgefressen. Seht nur, wie er aussieht, und wie ich aussehe! Ich bin schwer krank!«

»Das ist nichts als Einbildung«, sagte der Walfisch. »Ich bin niemals krank. Kein Fisch ist krank.«

»Entschuldigen Sie«, sagte der alte Walfisch, »der Aal hat die Hautkrankheit, der Karpfen soll Pocken haben, und wir alle haben Eingeweidewürmer!«

»Unsinn!«, sagte der Haifisch, er mochte nicht mehr hören, die andern auch nicht, sie hatten ja etwas anderes zu tun.

Endlich kamen sie an die Stelle, wo das Telegrafenkabel lag. Es hat ein langes Lager auf dem Meeresboden, von Europa nach Amerika hinüber, hinweg über Sandbänke und Meeresschlamm, über Klippengründe und Pflanzenwildnis, ja, über ganze Korallenwälder; und dann wechseln die Strömungen da unten, die Wasserwirbel drehen sich, Fische wimmeln hervor, mehr in einem Schwarm, als die zahllosen Vogelscharen, die die Menschen in der Zugvogelzeit sehen. Da ist ein Rühren, ein Plätschern, ein Summen, ein Sausen. Von diesem Sausen spukt es noch ein wenig in den großen, leeren Meeresmuscheln, wenn wir sie an unser Ohr halten.

Jetzt kamen sie an die Stelle.

»Da liegt das Tier!«, sagten die großen Fische, und die kleinen sagten es auch. Sie sahen das Tau, dessen Anfang und Ende ihrem Gesichtskreis entschwand.

Schwämme, Polypen und Gorgonen wiegten sich über dem Meeresgrund, senkten und beugten sich über das Tau, sodass es bald verdeckt war, bald wieder sichtbar wurde. Seestachelschweine, Schnecken und Würmer bewegten sich darum herum; riesige Spinnen, die eine ganze Besatzung von kriechenden Tieren mit sich schleppten, stolzierten auf dem Tau entlang. Dunkelblaue Meerwalzen, oder wie das Gewürm heißt, das mit dem ganzen Körper frisst, lagen da und beschnüffelten das neue Tier, das sich auf den Meeresboden gelagert hatte. Schollen und Kabeljau wendeten sich im Wasser, um nach allen Seiten zu lauschen. Der Sternfisch, der sich immer in den Schlamm hineinbohrt, und nur die beiden langen Stängel mit den Augen blicken lässt, lag da und glotzte, um zu sehen, was aus der Bewegung herauskommen würde.

Das Telegrafenkabel lag ohne alle Bewegung da. Aber Leben und Gedanken waren darin; Menschengedanken gingen da hindurch.

»Das Ding ist heimtückisch!«, sagte der Walfisch. »Es ist imstande, mich auf den Bauch zu schlagen, und das ist nun einmal meine schwache Seite!«

»Wir wollen uns vorfühlen!«, sagte der Polyp. »Ich habe lange Arme, ich habe geschmeidige Finger; berührt habe ich ihn schon, jetzt will ich ihn einmal etwas fester anfassen.«

Und er streckte seine geschmeidigen, längsten Arme nach dem Tau hinab, legte sie rund herum.

»Eine Schale hat er nicht!«, sagte der Polyp; »er hat keine Haut! Ich glaube, er wird nie lebende Junge zur Welt bringen!«

Der Seeaal legte sich längs des Telegrafenkabels und streckte sich so lang aus, wie er nur konnte.

»Das Ding ist länger als ich!«, sagte er. »Aber die Länge macht es nicht, man muss Haut und Magen und Geschmeidigkeit haben!«

Der Walfisch, der junge, starke Walfisch, neigte sich tief hinab, tiefer als er jemals gewesen war.

»Bist du Fisch oder Pflanze?«, fragte er. »Oder bist du nur ein Machwerk von oben, das hier unten bei uns nicht gedeihen kann?«

Aber das Kabel antwortete nicht; das ist nicht seine Art. Es gingen Gedanken durch seinen Leib hindurch, Menschengedanken; es führte sie in einer Sekunde die vielen hundert Meilen von Land zu Land.

»Willst du antworten, oder willst du durchgebissen werden?«, fragte der gierige Hai, und alle die andern großen Fische fragten dasselbe: »Willst du antworten, oder willst du durchgebissen werden?«

Das Tau rührte sich nicht, es hatte seinen ganz aparten Gedanken, und einen solchen kann derjenige haben, der mit Gedanken angefüllt ist.

»Mögen sie mich durchbeißen! Dann werde ich hinaufgezogen und komme in bester Ordnung wieder zurück; das ist schon andern meiner Art in weit kleineren Gewässern begegnet!«

Deswegen antwortete das Tau nicht, es hatte anderes zu tun, es telegrafierte, lag von Amts wegen auf dem Grunde des Meeres.

Oben auf der Erde ging jetzt die Sonne unter, wie die Menschen es nannten, sie glich dem rotesten Feuer, und alle Wolken des Himmels schienen wie Feuer, eine immer noch prächtiger als die andere.

»Jetzt bekommen wir die rechte Beleuchtung!«, sagten die Polypen, »dann sieht man das Ding am Ende besser, falls es nötig ist!«

»Drauflos! Drauflos!«, rief die Meerkatze und zeigte alle ihre Zähne.

»Drauflos! Drauflos!«, sagten der Schwertfisch und der Walfisch und der Seeaal.

Sie stürzten vorwärts, die Meerkatze voran; aber im selben Augenblick, als sie in das Tau hineinbeißen wollte, jagte der Schwertfisch aus lauter Aufgeregtheit sein Schwert in das Hinterteil der Meerkatze hinein; das war ein großes Versehen, und die Katze hatte nun keine Kraft mehr zum Biss.

Es entstand ein wirres Durcheinander unten am Meeresgrund: große Fische und kleine Fische, Meerwalzen und Schnecken gingen aufeinander los, fraßen einander, wurden zerquetscht, zerdrückt. Das Tau lag still und verrichtete seine Arbeit, und das soll man tun.

Oben brütete die finstere Nacht, aber die Milliarden und Milliarden von lebenden kleinen Tieren des Meeres leuchteten. Krebse, kaum so groß wie ein Stecknadelkopf, leuchteten. Es ist ganz wunderbar, aber so ist es nun einmal.

Die Tiere des Meeres sahen das Telegrafenkabel an.

»Was ist doch das Ding, und was ist es nicht?«

Ja, das war die Frage.

Da kam eine alte Meerkuh. Die Menschen nennen die Art: Meermann oder Meermaid. Eine Sie war es, sie hatte Schwänze und zwei kurze Arme, zum Plätschern, einen hängenden Busen und Tang und Muscheln im Haar, und darauf war sie stolz.

»Wollt ihr Kenntnis und Wissen erlangen«, sagte sie, »so bin ich wohl die einzige, die euch dazu verhelfen kann. Aber dafür verlange ich gefahrlosen Weideplatz auf dem Meeresboden für mich und die Meinen. Ich bin ein Fisch wie ihr. Und ich bin auch ein kriechendes Tier durch Übung. Ich bin die Klügste im ganzen Meer, ich weiß von allem, was sich hier unten regt, und von allem, was da oben vor sich geht. Das Ding da, über das ihr euch die Köpfe zerbrecht, stammt von da oben, und was von da oben herunterplumpst, ist tot oder wird tot und machtlos; lasst es liegen, wie es liegt. Es ist nur eine Menschenerfindung.«

»Ich glaube nun doch, dass etwas mehr daran ist!«, sagte der kleine Walfisch.

»Halt's Maul, Makrele!«, sagte die große Meerkuh.

»Stechling!«, sagten die andern, und das war eine noch größere Beleidigung.

Und die Meerkuh erklärte ihnen, dass das ganze Alarmtier, das ja übrigens keinen Muck sagte, nur eine Erfindung von dem trocknen Land sei. Und sie hielt einen Vortrag über die Verschlagenheit der Menschen.

»Sie wollen sich unser bemächtigen«, sagte sie, »das ist das einzige, wofür sie leben; sie spannen ihre Netze aus, stecken den Köder auf den Angelhaken, um uns zu locken. Dies hier ist eine Art großer Angelleine und sie glauben, dass wir daran anbeißen werden, so dumm sind sie! Aber das sind wir nicht! Berührt nur ja nicht das Machwerk, das löst sich in Fasern auf, wird zu Stückwerk und Schlamm, das Ganze. Was von oben kommt, hat alles einen Knacks, taugt nichts!«

»Taugt nichts!«, sagten alle Geschöpfe des Meeres und hielten sich an die Meinung der Meerkuh, um doch eine Meinung zu haben.

Der kleine Seefisch behielt seinen eigenen Gedanken. »Die unendlich dünne, lange Schlange ist am Ende der wunderbarste Fisch im ganzen Meer. Ich habe eine Empfindung davon.«

»Ja, der wunderbarste!«, sagen wir Menschen auch und sagen es mit Kenntnis und Gewissheit.

Es ist die große Seeschlange, von der schon längst in Liedern und Sagen erzählt ist.

Sie ist geboren und großgezogen, entsprungen aus der Klugheit der Menschen und auf den Meeresgrund niedergelegt, wo sie sich von den Ländern des Ostens bis zu den Ländern des Westens erstreckt und die Botschaft so schnell weiterträgt, wie der Strahl des Lichts von der Sonne zu unserer Erde hinabdringt. Sie wächst, wächst an Macht und Ausdehnung, wächst Jahr für Jahr, durch alle Meere, um die ganze Welt herum, unter den strömenden Wassern und den glasklaren Wassern, wo der Schiffer hinabsieht, als segele er durch die durchsichtige Luft, wo er wimmelnde Fische sieht, ein ganzes Farbenfeuerwerk.

Ganz tief unten erstreckt sich die Schlange, eine sagenhafte, Segen spendende Riesenschlange, die sich in den Schwanz beißt, indem sie die Erde umschließt, Fische und kriechendes Gewürm rennt mit der Stirn dagegen, sie verstehen die Dinge von oben doch nicht: der Menschheit gedankenerfüllte, in allen Sprachen redende und doch lautlose Schlange der Erkenntnis des Guten und Bösen, das wunderbarste von allen Wundern des Meeres, die große Seeschlange unserer Zeit.

Der Gärtner und die Herrschaft

Eine Meile von der Hauptstadt entfernt stand ein altes Schloss mit dicken Mauern, Türmen und gezackten Giebeln.

Hier wohnte, aber doch nur in der Sommerzeit, eine reiche, hochadelige Herrschaft; das Schloss war das beste und schönste von allen Schlössern, die sie besaß; es stand wie neu gegossen von außen da, und drinnen herrschten Traulichkeit und Bequemlichkeit. Das Wappen der Familie war in Stein über dem Tor eingehauen, wunderschöne Rosen schlangen sich um Wappen und Erker, ein ganzer Grasteppich breitete sich vor dem Schlosse aus, und da waren Rotdorn und Weißdorn, da waren seltene Blumen, selbst außerhalb des Treibhauses.

Die Herrschaft hatte auch einen tüchtigen Gärtner; es war eine Lust, den Blumengarten, den Obst- und Küchengarten zu sehen. An diesen grenzte noch ein Rest von dem ursprünglichen alten Garten des Schlosses mit Buchsbaumhecken, die so beschnitten waren, dass sie Kronen und Pyramiden bildeten. Hinter diesen standen zwei mächtige, alte Bäume; sie waren fast immer blätterlos, und man hätte leicht glauben können, dass ein Sturmwind oder eine Windhose sie mit großen Klumpen Dünger bestreut hätte, aber jeder Klumpen war ein Vogelnest.

Hier baute seit undenkbaren Zeiten eine Schar schreiender Dohlen und Krähen ihre Nester: es war eine ganze Vogelstadt, und die Vögel waren die Herrschaft, die Besitzer, die älteste Familie des Gutes, die eigentliche Herrschaft des Schlosses. Keiner von den Menschen da unten ging sie etwas an, aber sie duldeten diese niedrig gehenden Geschöpfe, obwohl diese zuweilen mit der Flinte knallten, sodass es den Vögeln im Rückgrat kribbelte und jeder Vogel vor Schreck aufflog und schrie: »Rack! Rack!«

Der Gärtner sprach oft mit seiner Herrschaft davon, dass man die alten Bäume fällen sollte, sie sähen nicht gut aus, und wenn sie wegkämen, würde man wahrscheinlich von den schreienden Vögeln befreit werden, die anderswohin fliegen würden. Aber die Herrschaft wollte weder die Bäume noch die Vogelschar entbehren, das war etwas, was das Schloss nicht verlieren durfte, es war etwas aus der alten Zeit, und die sollte man nicht ganz auslöschen.

»Diese Bäume sind nun das Erbgut der Vögel, mögen sie es behalten, mein guter Larsen!«

Der Gärtner hieß Larsen, aber das hat nun weiter nichts zu bedeuten.

»Ist Ihr Wirkungskreis nicht groß genug, lieber Larsen? Sie haben doch den ganzen Blumengarten, die Treibhäuser, den Obst- und Küchengarten?«

Das alles hatte er, und er pflegte und hegte es mit Eifer und Tüchtigkeit, und das wurde von der Herrschaft anerkannt, aber sie verhehlten ihm nicht, dass sie bei Fremden oft Früchte aßen und Blumen sahen, die das übertrafen, was sie in ihrem eigenen Garten hatten, und das betrübte den Gärtner, denn er wollte das Beste und tat das Beste. Er hatte ein gutes Herz und verrichtete seine Arbeit gut.

Eines Tages ließ ihn die Herrschaft rufen und sagte in aller Milde und Herrschaftlichkeit, dass sie am vorhergehenden Tage bei vornehmen Freunden eine Art Apfel und Birnen bekommen hatten, die so saftig und wohlschmeckend waren, dass sie und alle Gäste sich voller Bewunderung geäußert hatten.

Die Früchte waren gewiss nicht hier aus dem Lande, aber sie sollten eingeführt und hier heimisch werden, wenn unser Klima es erlaubte. Man wusste, dass sie drinnen in der Stadt bei dem ersten Fruchthändler gekauft waren. Der Gärtner sollte in die Stadt reiten und sich danach erkundigen, woher diese Äpfel und Birnen gekommen waren, und dann Pfropfzweige verschreiben.

Der Gärtner kannte den Fruchthändler sehr gut, denn gerade an ihn verkaufte er für seine Herrschaft den Überfluss an Obst, der im Schlossgarten wuchs.

Und der Gärtner ritt in die Stadt und fragte den Obsthändler, woher er diese hochgepriesenen Äpfel und Birnen habe.

»Die sind aus Ihrem eigenen Garten!«, sagte der Fruchthändler und zeigte ihm sowohl Äpfel und Birnen, die er wieder erkannte.

Wie sich der Gärtner freute; er eilte zu seiner Herrschaft und erzählte, dass sowohl die Äpfel als auch die Birnen aus ihrem eigenen Garten seien.

Das wollte die Herrschaft gar nicht glauben. »Das ist doch nicht möglich, Larsen! Können Sie ein schriftliches Zeugnis vom Fruchthändler verschaffen?«

Und das konnte er, er brachte ein schriftliches Attest.

»Das ist doch sonderbar!«, sagte die Herrschaft.

Nun kamen auf den herrschaftlichen Tisch jeden Tag große Schalen mit diesen prächtigen Äpfeln und Birnen aus ihrem eigenen Garten; scheffel- und tonnenweise wurden diese Früchte an Freunde in der Stadt und außerhalb der Stadt gesandt, ja, selbst nach dem Auslande. Das war ein wahres Vergnügen! Doch mussten sie hinzufügen, dass es ja auch zwei außergewöhnlich gute Sommer für Baumobst gewesen seien. Dies sei überall im Lande gut geraten.

Es verging eine Weile; die Herrschaft aß eines Mittags bei Hofe. Am Tage darauf wurde der Gärtner zu seiner Herrschaft gerufen. Sie hatten bei Tafel Melonen bekommen, überaus saftvoll, wohlschmeckend, sie waren aus dem Treibhause der Majestäten.

»Sie müssen zum Hofgärtner gehen, lieber Larsen, und uns einige von den Kernen dieser köstlichen Melonen verschaffen!«

»Aber der Hofgärtner hat die Kerne von uns bekommen!«, sagte der Gärtner ganz vergnügt.

»Dann hat der Mann verstanden, die Früchte zu einer höheren Entwicklung zu bringen!«, entgegnete die Herrschaft. »Jede Melone war ausgezeichnet.«

»Ja, dann kann ich stolz sein!«, sagte der Gärtner. »Ich will der gnädigen Herrschaft nur sagen, dass der Schlossgärtner in diesem Jahre mit seinen Melonen kein Glück gehabt hat, und als er sah, wie prächtig unsere standen, und sie kostete, da bestellte er drei davon fürs Schloss!«

»Larsen, bilden Sie sich doch nicht ein, dass diese Melonen aus unserem Garten waren!«

»Ich glaube es!«, sagte der Gärtner, ging zum Schlossgärtner und erhielt von ihm einen schriftlichen Beweis, dass die Melonen auf der königlichen Tafel aus dem Herrschaftsgarten gekommen seien.

Das war wirklich eine Überraschung für die Herrschaft, und sie verschwieg die Geschichte nicht, sie zeigte das Attest vor, ja es wurden Melonenkerne weit und breit versandt, so wie früher die Pfropfzweige.

Von diesen erhielt man Nachricht, sie waren angeschlagen, hatten Früchte angesetzt, ganz vorzüglich, und die waren nach dem Schloss der Herrschaft genannt, sodass der Name dadurch jetzt auf englisch, französisch und deutsch zu lesen war.

Das hätte man sich doch niemals träumen lassen.

»Wenn nur der Gärtner nicht zu große Ideen von sich bekommt!«, sagte die Herrschaft.

Er fasste die Sache ganz anders auf: er wollte jetzt bestrebt sein, seinen Namen als einen der besten Gärtner des Landes zu behaupten, jedes Jahr wollte er versuchen, etwas Vorzügliches von allen Gartenarten zu bringen, und das tat er; aber oft musste er doch hören, dass die allerersten Früchte, die er gebracht hatte, die Äpfel und die Birnen, eigentlich die besten gewesen seien, alle späteren Arten standen weit zurück. Die Melonen waren ja freilich sehr gut gewesen, aber das war ja auch eine ganz andere Art; die Erdbeeren könnte man ja vortrefflich nennen, aber doch nicht besser als die, die andere Herrschaften hatten, und als die Rettiche in einem Jahre nicht gerieten, sprach man nur von den verunglückten Rettichen und nicht von all dem andern Guten, was das Jahr gebracht hatte.

Es war fast, als ob die Herrschaft eine Erleichterung empfand, wenn sie sagen konnte:

»Dieses Jahr glückte es Ihnen nicht, lieber Larsen!« Sie waren wirklich ganz froh, wenn sie sagen konnten: »Dieses Jahr glückte es nicht!«

Ein paar Mal in der Woche brachte der Gärtner frische Blumen ins Zimmer, immer höchst geschmackvoll geordnet. Er setzte die Farben durch die Zusammenstellung gleichsam in ein stärkeres Licht.

»Sie haben Geschmack, Larsen!«, sagte die Herrschaft, »es ist eine Gabe, die der liebe Gott Ihnen gegeben hat, aus sich selbst haben Sie es nicht!«

Eines Tages kam der Gärtner mit einer großen Kristallschale, darin lag ein Wasserrosenblatt; auf dieses war, mit dem langen, dicken Stängel im Wasser, eine strahlende, blaue Blume gelegt, so groß wie eine Sonnenblume.

»Hindustans Lotus!«, sagte die Herrschaft.

Eine solche Blume hatten sie noch nie gesehen, und sie wurde am Tage in die Sonne und am Abend ins Reflexlicht gestellt. Jeder, der sie sah, fand sie wunderbar schön und selten, ja, das sagte selbst die vornehmste von den jungen Damen des Landes, und das war eine Prinzessin; klug und herzensgut war sie.

Die Herrschaft setzte eine Ehre darein, ihr die Blume zu überreichen, und sie kam mit der Prinzessin auf das Schloss.

Nun ging die Herrschaft in den Garten hinab, um selbst eine Blume von derselben Art zu pflücken, wenn noch eine solche da war, aber sie war nicht zu finden. Dann riefen sie den Gärtner und fragten, woher er den blauen Lotus habe.

»Wir haben vergebens gesucht!«, sagten sie. »Wir sind in den Treibhäusern und durch den ganzen Blumengarten gegangen!«

»Nein, da ist sie wirklich auch nicht zu finden!«, sagte der Gärtner. »Es ist nur eine geringe Blume aus dem Küchengarten! Aber, nicht wahr, wie schön sie ist! Sie sieht aus, als sei es ein blauer Kaktus, und ist doch nur die Blüte einer Artischocke!«

»Das hätten Sie uns aber gleich sagen müssen!«, sagte die Herrschaft. »Wir mussten glauben, dass es eine fremde seltene Blume sei. Sie haben uns vor der jungen Prinzessin blamiert! Sie sah die Blume bei uns, fand sie so schön, kannte sie nicht, und sie ist doch gut bewandert in der Botanik, aber die Wissenschaft hat gewiss nichts mit den Küchenkräutern zu tun. Wie konnte es Ihnen doch einfallen, lieber Larsen, eine solche Blume ins Zimmer zu setzen. Sie machen uns ja lächerlich!«

Und die schöne, blaue Prachtblüte, die aus dem Küchengarten geholt war, wurde aus dem herrschaftlichen Zimmer entfernt, wohin sie nicht gehörte, ja, die Herrschaft brachte eine Entschuldigung bei der Prinzessin vor, und erzählte, dass die Blume nur ein Küchengewächs sei, das der Gärtner hinzustellen sich erkühnt habe; aber er habe dafür auch einen ernsten Tadel erhalten.

»Das ist aber wirklich unrecht!«, sagte die Prinzessin. »Er hat ja unsere Augen für eine Prachtblüte erschlossen, die wir bisher nicht beachtet hatten. Er hat uns die Schönheit da gezeigt, wo es uns nicht eingefallen war, sie zu suchen! Der Schlossgärtner soll mir jeden Tag, solange die Artischocken blühen, eine Blume davon in mein Zimmer bringen!«

Und so geschah es.

Die Herrschaft ließ dem Gärtner sagen, dass er nun wieder eine frische Artischockenblüte bringen könne.

»Sie ist eigentlich sehr schön!«, sagten sie, »höchst eigentümlich!«, und der Gärtner erhielt ein Lob.

»Das geht dem guten Larsen glatt herunter!«, sagte die Herrschaft. »Er ist ein verhätscheltes Kind.«

Im Herbste brauste ein schrecklicher Sturm. Des Nachts wehte es so gewaltsam, dass viele große Bäume am Rande des Waldes mit der Wurzel ausgerissen wurden, und zum großen Kummer für die Herrschaft, sie nannten es einen Kummer, aber zur Freude für den Gärtner, wehten die beiden großen Bäume mit allen den Vogelnestern um. Man hörte im Sturm das Geschrei der Dohlen und Krähen, sie schlugen mit den Flügeln gegen die Fensterscheiben, sagten die Leute am Schloss.

»Jetzt freuen Sie sich wohl, Larsen!«, sagte die Herrschaft; »der Sturm hat die Bäume gefällt, und die Vögel sind nach dem Walde geflogen. Jetzt ist ja nichts hier von der alten Zeit zu erblicken, jede Spur, jede Andeutung ist verschwunden! Uns hat es betrübt!«

Der Gärtner sagte nichts, aber er dachte an das, was er lange gedacht hatte, nämlich daran, den prächtigen, sonnigen Platz zu benutzen, über den er bisher nicht hatte verfügen können, der sollte eine Zierde des Gartens und eine Freude für die Herrschaft werden.

Die großen, umgewehten Bäume hatten die uralten Buchsbaumhecken mit all ihrer Verschneidung zerdrückt und zerschmettert. Er pflanzte hier ein Dickicht von Gewächsen, von heimischen Pflanzen aus Feld und Wald.

Was kein anderer Gärtner in so reicher Fülle in einen herrschaftlichen Garten zu pflanzen gewagt haben würde, das setzte er hier in die Erde, die jedes einzelne Gewächs verlangte, und in Sonnenschein oder Schatten, so wie jede Art es bedurfte. Er pflegte in Liebe, und es wuchs in Herrlichkeit.

Der Wacholderbusch aus der jütländischen Heide prangte hier, in Form und Farbe wie die Zypresse Italiens, der blanke, stachlige Christdorn, immergrün in Winterkälte und in Sommersonne, stand herrlich zu sehen da. Im Vordergrund wuchsen Farnkräuter, viele verschiedene Arten, einige sahen aus, als wären sie Kinder des Palmenbaums, und andere, als wären sie die Eltern der feinen, schönen Pflanzen, die wir Venushaar nennen. Hier stand die verachtete Klette, die in ihrer Frische so schön ist, dass sie einem Bukett zum Schmuck gereichte. Die Klette stand auf dürrem Boden, aber niedriger; in dem feuchten Grunde wuchs der Ampfer, auch eine verachtete Pflanze, die doch durch ihre Größe und ihre mächtigen Blätter so malerisch schön aussah. Ellenhoch, mit unzähligen Blüten, wie ein mächtiger, vielarmiger Kandelaber, ragte die Königskerze auf, die aus dem Feld in den Garten verpflanzt war. Hier standen Waldmeister, Schlüsselblume und Maiglöckchen, die wilde Kalla und der dreiblätterige Sauerklee. Es war eine Pracht.

Davor aber, auf Stahldraht gestützt, wuchsen in Reihen ganz kleine Birnbäume aus französischem Erdboden; sie bekamen Sonne und gute Pflege und trugen bald große, saftige Früchte, wie in dem Lande, woher sie kamen.

Statt der beiden alten, blätterlosen Bäume wurde eine hohe Flaggenstange aufgerichtet, um die der Danebrog wehte, und dicht daneben noch eine Stange, um die sich zur Sommer- und Herbstzeit die Hopfenranken mit ihren duftenden Blütenbüscheln schlangen, wo aber im Winter nach alter Sitte eine Hafergarbe aufgehängt wurde, damit die Vögel des Himmels in der frohen Weihnachtszeit auch eine Mahlzeit hatten.

»Der gute Larsen wird in seinen alten Jahren sentimental!«, sagte die Herrschaft. »Aber er ist uns ja treu und ergeben!«

Zu Neujahr kam in einer der illustrierten Zeitungen der Hauptstadt ein Bild von dem alten Schloss; man sah die Flaggenstange und die Hafergarbe für die Vögel des Himmels in der frohen Weihnachtszeit, und es stand als ein schöner Gedanke besprochen und hervorgehoben, dass eine alte Sitte hier wieder zu Ehren gebracht war, so bezeichnend gerade für das alte Schloss.

»Alles, was dieser Larsen tut«, sagte die Herrschaft, »wird an die große Glocke gehängt. Er ist ein glücklicher Mann! Wir müssen ja fast stolz darauf sein, dass wir ihn haben!«

Aber sie waren gar nicht stolz darauf! Sie fühlten, dass sie die Herrschaft waren, sie konnten Larsen kündigen, aber das taten sie nicht, sie waren gute Menschen, und es gibt so viele gute Menschen dieser Art, und das ist ein Glück für jeden Larsen.

Ja, das ist die Geschichte »von dem Gärtner und der Herrschaft«.

Nun kannst du darüber nachdenken!

Was die alte Johanne erzählte

Der Wind saust in dem alten Weidenbaum!

Es ist, als hörte man ein Lied; der Wind singt es, der Baum erzählt es. Verstehst du es nicht, dann frage die alte Johanne im Armenhaus, sie weiß Bescheid, sie ist hier im Dorfe geboren.

Vor vielen Jahren, als die Landstraße noch hier vorüberführte, war der Baum schon groß und bemerkbar. Er stand, wo er noch jetzt steht, vor dem weißen Fachwerkhaus des Schneiders, dicht am Teich, der damals so groß war, dass das Vieh darin getränkt wurde, und wo im heißen Sommer die kleinen Bauernjungen nackt herumliefen und im Wasser plätscherten. Dicht unter dem Baum war ein Meilenzeiger aus gehauenen Steinen aufgestellt; jetzt ist er umgefallen, die Brombeerranken wachsen darüber hin.

Jenseits des reichen Bauernhofes wurde die neue Landstraße angelegt, die alte wurde Feldweg, der Teich eine Pfütze, mit Entenflott überwuchert; plumpste ein Frosch hinein, so trennte sich das Grüne, und man sah das schwarze Wasser; ringsumher wuchsen und wachsen noch heute Rohrkolben, Bitterklee und gelbe Iris.

Das Haus des Schneiders wurde alt und schief, das Dach ein Mistbeet für Moos und Hauslauch; der Taubenschlag war eingestürzt, und der Star baute da; die Schwalben hängten Nest an Nest unter dem Giebel des Hauses und unter dem Dach auf, als sei hier eine Stätte des Glücks.

Das war es hier auch einmal; jetzt war es einsam und still geworden. Einsam und willensschwach lebte hier drinnen »der dumme Rasmus«, wie sie ihn nannten; er war hier geboren, er hatte hier gespielt, war über Feld und Zaun gesprungen, hatte als kleiner Junge im offenen Teich geplätschert und war in den alten Baum hinaufgeklettert.

Der erhob seine großen Zweige mit Pracht und Schönheit, so wie er sie noch jetzt erhebt, aber der Sturm hatte den Stamm schon ein wenig schief gebogen, und die Zeit hatte ihm einen Riss beigebracht; jetzt haben Wind und Wetter Erde in den Riss hineingelegt, es wachsen Gras und Kräuter darin, ja, ein kleiner Vogelbeerbaum hat sich selbst dahinein gepflanzt.

Wenn im Frühling die Schwalben kamen, flogen sie um den Baum und um das Dach, sie klebten und besserten ihre alten Nester aus, der dumme Rasmus ließ sein Nest stehen oder fallen, wie es wollte; er besserte es weder aus, noch stützte er es. »Was kann das nützen!«, war seine Redensart, und das war auch die seines Vaters gewesen.

Er blieb in seinem Heim, die Schwalben flogen fort, aber sie kamen wieder, die treuen Tiere. Der Star flog fort, er kam wieder zurück und flötete sein Lied; einmal konnte Rasmus mit ihm um die Wette flöten; jetzt flötete und sang er nicht mehr.

Der Wind sauste in dem alten Weidenbaum, er saust noch, es ist, als hörte man ein Lied; der Wind singt es, der Baum erzählt es; verstehst du es nicht, dann frage die alte Johanne im Armenhaus, sie weiß Bescheid, sie ist klug in allen Geschichten, sie ist wie eine Chronik mit Aufzeichnungen und alten Erinnerungen.

Als das Haus neu und gut war, zog der Dorfschneider Ivar Olse mit seiner Frau Maren hinein; strebsame, rechtschaffene Leute alle beide. Die alte Johanne war damals ein Kind, sie war die Tochter des Holzschuhmachers, einer der ärmsten Leute im Dorf. Manch ein gutes Butterbrot bekam sie von Maren, in deren Hause kein Mangel an Essen war; die stand sich gut mit der Schlossherrin, immer lachte sie und war froh, sie ließ sich nicht einschüchtern. Sie brauchte ihren Mund, aber auch ihre Hände; sie führte die Nähnadel ebenso schnell wie den Mund, und besorgte dabei ihr Haus und ihre Kinder. Es war fast ein Dutzend, volle elf, das zwölfte blieb aus.

»Arme Leute haben immer das Nest voll von Gören!«, brummte der Schlossherr; »könnte man sie wie die kleinen Katzen ersäufen, und nur ein oder zwei von den stärksten behalten, so gäbe es nicht so viel Unglück!«

»Gott erbarme sich!«, sagte die Schneidersfrau. »Kinder sind doch ein Segen Gottes, sie sind die Freude im Hause. Jedes Kind ist ein Vaterunser mehr. Ist es knapp und hat man viele Münder zu versorgen, so strengt man sich stärker an, findet Rat und Tat in aller Ehrlichkeit, der liebe Gott verlässt uns nicht, wenn wir ihn nicht verlassen.«

Die Schlossherrin stimmte ihr bei, nickte freundlich und streichelte Marens Wange, das hatte sie oft getan, ja, sie hatte sie auch geküsst, aber da war die gnädige Frau noch ein kleines Kind, und Maren ihr Kindermädchen. Sie liebten einander, und diese Gesinnung veränderte sich nicht.

Jedes Jahr, zur Weihnachtszeit, kam vom Schloss Wintervorrat für das Haus des Schneiders: eine Tonne Mehl, ein Schwein, zwei Gänse, eine Vierteltonne Butter, Käse und Äpfel. Das half der Speisekammer auf. Ivar Olse sah denn auch recht vergnügt aus, kam aber doch bald wieder mit seiner alten Redensart: »Was kann das nützen!«

Rein und nett war es dort im Hause, Gardinen vor den Fenstern und Blumen auf den Fensterbrettern, Nelken und Balsaminen. Ein Namentuch prangte im Bilderrahmen und dicht daneben hing ein Gedicht, das Maren Olse selbst gedichtet hatte; sie wusste die Reime zu fügen. Sie war stolz auf den Familiennamen Olse. Immer bewahrte sie ihre gute Laune, niemals sagte sie wie der Mann: »Was kann das nützen!« Ihre Redensart war: »Halte auf dich, und halte dich am Herrn!« Das tat sie, und das hielt das Ganze zusammen. Die Kinder gediehen gut und wuchsen über das Nest hinaus, kamen weit umher und schickten sich gut. Rasmus war der kleinste; er war ein so hübsches Kind, dass einer der großen Bildermaler in der Stadt ihn sich lieh, um ihn zu malen, und zwar so nackt, wie ihn der liebe Gott erschaffen hatte. Das Bild hing jetzt im königlichen Schloss, da hatte die Schlossherrin es gesehen und den kleinen Rasmus erkannt, obwohl er keine Kleider anhatte.

Aber nun kamen schwere Zeiten. Der Schneider bekam Gicht in beiden Händen, es setzten sich große Knoten, kein Doktor konnte helfen, nicht einmal die kluge Stine, die »dokterte«.

»Man muss nur nicht verzagen!«, sagte Maren. »Es hilft nicht, den Kopf hängen zu lassen! Nun kann der Vater die Hände nicht mehr gebrauchen, da muss ich sehen, dass ich meine umso flinker gebrauche. Der kleine Rasmus kann auch die Nadel führen!«

Er saß schon auf dem Tisch, pfiff und sang, er war ein lustiger Junge.

Den ganzen Tag solle er nicht dasitzen, sagte die Mutter, das sei Unrecht gegen das Kind; spielen und springen sollte er auch.

Holzschuhmachers Johanne war sein bester Spielkamerad; sie hatte noch ärmere Eltern als Rasmus. Schön war sie nicht, barfüßig ging sie; die Kleider hingen ihr in Lumpen vom Leibe, sie hatte niemand, der sie ihr hätte ausbessern können, und es selbst zu tun, fiel ihr nicht ein; sie war ein Kind, und froh wie ein Vogel in des lieben Gottes Sonnenschein.

Am Meilenzeiger unter dem großen Weidenbaum spielten Rasmus und Johanne.

Er hatte hochfliegende Gedanken; er wollte einmal ein feiner Schneider werden und in der Stadt wohnen, wo Meister waren, die zehn Gesellen auf dem Tisch sitzen hatten, das hatte er von seinem Vater gehört; dort wollte er Geselle werden, und dort wollte er Meister werden, und dann sollte Johanne kommen und ihn besuchen; und wenn sie dann zu kochen verstand, sollte sie das Essen für sie alle machen und ihre eigene Stube haben.

Johanne wagte nicht recht daran zu glauben, aber Rasmus glaubte, dass es wohl geschehen würde.

Dann saßen sie unter dem alten Baum, und der Wind sauste in den Blättern und Zweigen, es war, als wenn der Wind sang und der Baum erzählte.

Im Herbst fielen alle Blatter vom Baum, der Regen tropfte von den kahlen Zweigen.

»Sie schlagen wieder aus!«, sagte Mutter Olse.

»Was kann das nützen!«, sagte der Mann. »Ein neues Jahr, neue Sorgen fürs Auskommen!«

»Die Speisekammer ist gefüllt!«, sagte die Frau. »Dafür können wir unserer guten gnädigen Frau danken. Ich bin gesund und habe gute Kräfte. Es wäre unrecht von uns, wenn wir klagen wollten!«

Während der Weihnachtszeit blieben der Schlossherr und seine Frau in ihrem Schloss auf dem Lande, aber in der Woche nach Neujahr zogen sie in die Stadt, wo sie ihren Winter in Freude und Lustbarkeit verbrachten. Sie gingen auf Bälle und zu Festlichkeiten beim König selbst.

Die gnädige Frau hatte zwei herrliche Kleider aus Frankreich bekommen; sie waren aus einem solchen Stoff, von einem solchen Schnitt und einer solchen Machart, dass die Schneiderfrau Maren noch nie eine solche Herrlichkeit gesehen hatte. Sie bat sich denn auch bei der gnädigen Frau aus, dass sie mit ihrem Mann auf das Schloss kommen dürfe, sodass auch er die Kleider sehen könnte. So etwas hätte ein Dorfschneider noch nie gesehen, sagte sie.

Er sah sie und hatte kein Wort dafür, bis er nach Hause kam, und was er dann sagte, war nur, was er immer sagte: »Was kann das nützen!«, und diesmal wurden seine Worte Wahrheit.

Die Herrschaft kam in die Stadt, Bälle und Lustbarkeiten begannen da drinnen, aber während all dieser Herrlichkeit starb der alte Schlossherr und die Frau kam gar nicht in ihre kostbaren Kleider. Sie war so betrübt, und von Kopf bis zu den Füßen in schwarze, dichte Trauerkleidung gehüllt; nicht einmal ein weißer Streifen war zu sehen; alle Dienstboten waren in Schwarz, selbst die Staatskutsche wurde mit schwarzem, feinem Tuch überzogen.

Es war eine eiskalte Frostnacht, der Schnee leuchtete, die Sterne blitzten; der schwere Leichenwagen kam mit der Leiche aus der Stadt nach der Schlosskirche, wo er in dem Erbbegräbnis der Familie beigesetzt werden sollte. Der Verwalter und der Dorfschulze hielten zu Pferde und mit

Fackeln vor der Kirchhofspforte. Die Kirche war erleuchtet, und der Pfarrer stand in der offnen Kirchentür und nahm die Leiche in Empfang. Der Sarg wurde in den Chor hinaufgetragen, die ganze Gemeinde folgte. Der Pfarrer redete, ein Gesang wurde gesungen; die gnädige Frau war auch in der Kirche, sie war in der schwarz überzogenen Staatskutsche dahin gefahren, die war inwendig schwarz und auswendig schwarz; so etwas war noch nie im Dorfe gesehen worden.

Von allen diesen Trauerfeierlichkeiten wurde den ganzen Winter hindurch geredet, ja, das war ein »herrschaftliches Begräbnis«.

»Da sah man, was der Mann bedeutete!«, sagten die Leute im Dorf. »Er war hochadelig geboren und er wurde hochadelig begraben!«

»Was kann das nützen!«, sagte der Schneider. »Jetzt hat er weder Leben noch Güter. Wir haben doch wenigstens einen Teil davon!«

»Rede doch nicht solche Worte!«, sagte Maren, »er hat das ewige Leben im Himmelreich!«

»Wer hat dir das gesagt, Maren!«, sagte der Schneider. »Ein toter Mann ist guter Dünger! Aber der Mann hier war gewiss selbst zu vornehm, um in der Erde Nutzen zu schaffen. Er soll in der Grabkapelle liegen!«

»Rede doch nicht so gottlos!«, sagte Maren. »Ich sage es dir nochmals: er hat das ewige Leben!«

»Wer hat dir das gesagt, Maren!«, wiederholte der Schneider.

Und Maren warf ihre Schürze über den kleinen Rasmus; er sollte solche Reden nicht hören.

Sie trug ihn hinüber in den Torfschuppen und weinte.

»Das was du vorhin gehört hast, lieber Rasmus, das waren nicht deines Vaters Worte, die sagte der Böse, der durch die Stube ging und die Stimme deines Vaters annahm. Bete dein Vaterunser! Wir wollen beide beten!« Sie faltete die Hände des Kindes.

»Jetzt bin ich wieder froh!«, sagte sie. »Halte auf dich, und halte fest an dem lieben Gott!«

Das Trauerjahr war zu Ende, die Witwe ging in Halbtrauer. Im Herzen trug sie volle Freude.

Es wurde davon geflüstert, dass sie einen Bewerber habe, und schon an Hochzeit denke. Maren wusste etwas davon, und der Pfarrer wusste noch ein wenig mehr.

Am Palmsonntag, nach der Predigt, sollten die Witwe und ihr Verlobter aufgeboten werden. Er war Pfahlhauer oder Bildhauer, den Namen seiner Beschäftigung wusste man nicht recht, damals waren Thorwaldsen und seine Kunst noch nicht recht im Volksmund. Der neue Schlossherr war nicht hochadelig, aber doch ein sehr stattlicher Herr; er war etwas, was niemand verstand, sagten sie, er haute Bilder aus, war tüchtig in seinem Beruf, jung und schön.

»Was kann das nützen!«, sagte Schneider Olse.

Am Palmsonntag wurde das Aufgebot von der Kanzel verlesen; dann folgten Gesang und Abendmahl. Der Schneider, seine Frau und der kleine Rasmus waren in der Kirche. Die Eltern gingen zum Abendmahl, Rasmus saß im Kirchenstuhl, er war noch nicht konfirmiert. Es hatte in der letzten Zeit in dem Haus des Schneiders an Kleidern gefehlt; die alten, die sie hatten, waren wieder und wieder gewendet, genäht und geflickt; nun waren sie alle drei in neuen Kleidern, aber es war schwarzes Zeug, wie zu einem Begräbnis, sie waren in den Überzug von der Trauerkutsche gekleidet. Der Mann hatte Rock und Hose davon bekommen, Maren ein hochhalsiges Kleid und Rasmus einen ganzen Anzug, in den er zur Konfirmation hineinwachsen konnte. Man hatte das auswendige wie auch das inwendige Zeug von der Trauerkutsche genommen. Niemand brauchte zu wissen, wozu es früher gebraucht worden war, aber die Leute bekamen es doch bald zu wissen, die kluge Frau Stine und ein paar andere ebenso kluge Frauen, die freilich nicht von ihrer Klugheit lebten, sagten, dass die Kleider Unglück und Krankheit ins Haus bringen würden. »Man darf sich nicht in eine Leichenkutsche kleiden, außer wenn man zu Grabe fährt.«

Holzschuhmachers Johanne weinte, als sie das hörte, und da es sich nun so traf, dass der Schneider seit jenem Tage mehr und mehr kränkelte, so würde es sich wohl zeigen, wer daran glauben müsse.

Und es zeigte sich.

Am ersten Sonntag nach Trinitatis starb Schneider Olse. Nun musste Maren das Ganze allein zusammenhalten; sie hielt es zusammen, sie hielt auf sich selbst, und sie hielt sich am Herrn.

Das Jahr darauf wurde Rasmus eingesegnet; nun sollte er zur Stadt, zu einem großen Schneider, freilich nicht mit zwölf Gesellen auf dem Tisch, sondern mit einem; der kleine Rasmus konnte für einen halben gerechnet werden; froh sah er aus, aber Johanne weinte, sie liebte ihn mehr als sie es selber wusste. Die Frau des Schneiders blieb in dem alten Haus und setzte die Profession fort.

Um die Zeit war es, dass die neue Landstraße eröffnet wurde, und die alte, die an dem Weidenbaum und an dem Hause des Schneiders vorüberführte, wurde Feldweg, der Teich wuchs zu, Entenflott legte sich über die

Wasserpfütze, die zurückgeblieben war, der Meilenzeiger fiel um, er hatte keinen Zweck mehr, aber der Baum hielt sich kräftig und schön, der Wind sauste in Zweigen und Blättern.

Die Schwalben flogen fort, der Star flog fort, aber sie kamen im Frühling wieder, und als sie nun zum vierten Mal zurückkehrten, kam auch Rasmus nach Hause. Er hatte sein Gesellenstück gemacht, war ein schöner Bursche, freilich ein wenig schmächtig. Jetzt wollte er seinen Ranzen schnüren, fremde Länder sehen; danach stand sein Sinn. Aber die Mutter hielt ihn zurück; daheim war es doch am besten! Alle die anderen Kinder waren ringsumher zerstreut, er war der jüngste, er sollte das Haus haben. Arbeit könne er genug bekommen, in der Gegend, als reisender Schneider, vierzehn Tage auf dem einen Hof, vierzehn Tage auf dem andern. Das war auch Reisen. Und Rasmus fügte sich seiner Mutter.

So schlief er wieder unter dem Dach seines Elternhauses, saß wieder unter dem alten Weidenbaum und hörte ihn sausen.

Gut sah er aus, pfeifen konnte er, und neue und alte Lieder singen. Gern gesehen war er auf den großen Höfen, namentlich bei Klaus Hansen, dem nächst reichsten Bauern in der Gemeinde.

Die Tochter Else war wie die schönste Blume anzusehen, und sie lachte immer; es gab ja Leute, die schlimm genug waren zu sagen, sie lache nur, um ihre schönen Zähne zu zeigen. Zum Lachen aufgelegt war sie, und immer bereit, Narrenspossen zu treiben; alles kleidete sie.

Sie verliebte sich in Rasmus, und er verliebte sich in sie, aber niemand von ihnen sagte es mit klaren Worten.

Und dann ging er hin und wurde schwermütig; er hatte mehr von dem Sinn seines Vaters als von dem seiner Mutter. Guter Laune war er nur, wenn Else kam, dann lachten sie alle beide, scherzten und trieben Narrenspossen, aber obwohl Gelegenheit genug da war, sagte er doch nicht ein einziges heimliches Wort über seine Liebe. »Was kann das nützen!«, war sein Gedanke, »die Eltern sehen auf Wohlstand für sie, und den habe ich nicht; am klügsten ist es, wegzureisen!« Aber er konnte sich nicht von dem Hofe trennen, es war, als halte ihn Else an Fäden fest, er war in ihren Händen wie ein abgerichteter Vogel, er sang und pfiff nach ihrem Belieben und nach ihrem Willen.

Johanne, die Tochter des Holzschuhmachers, war Dienstmagd auf dem Hof, bei der geringsten Arbeit angestellt. Sie fuhr den Milchwagen aufs Feld, wo sie mit den andern Mägden die Kühe molk, ja, Dünger musste sie auch fahren, wenn es nötig war. Sie kam nicht in die beste Stube hinein, und sie sah nicht viel von Rasmus und Else, aber doch hörte sie, dass die beiden so gut wie verlobt seien.

»Dann kommt Rasmus in Wohlstand!«, sagte sie. »Das kann ich ihm gönnen!« Und ihre Augen wurden ganz feucht, aber das war doch kein Grund zum Weinen.

Es war Markt in der Stadt; Klaus Hansen fuhr dahin, und Rasmus war mit dabei, er saß neben Else. Er war ganz berauscht vor Liebe, aber davon sagte er kein Wort zu ihr.

»Er muss mir doch etwas davon sagen!«, meinte das Mädchen, und darin hatte sie Recht. »Wenn er nicht reden will, dann will ich ihn aufschrecken!«

Und bald sprach man auf dem Hofe davon, dass der reichste Hofbesitzer im Kirchspiel um Else gefreit habe, und das hatte er auch getan, aber niemand wusste, welche Antwort sie ihm gegeben hatte.

Die Gedanken schwirrten Rasmus im Kopfe herum.

Eines Abends steckte Else einen goldenen Ring an den Finger und fragte Rasmus dann, was er glaube, dass das zu bedeuten habe.

»Verlobung!«, sagte er.

»Und mit wem glaubst du?«, fragte sie.

»Mit dem reichen Hofbesitzer!«, sagte er.

»Das hast du getroffen!«, sagte sie, nickte und schlüpfte davon.

Aber er schlich auch davon, kam heim in das Haus seiner Mutter wie ein verwirrter Mensch und schnürte seinen Ranzen. In die weite Welt hinaus wollte er; es half nichts, dass die Mutter weinte.

Er schnitt sich einen Stecken von dem alten Weidenbaume, er pfiff, als sei er guter Laune, er wollte hinaus, um die Herrlichkeit der ganzen Welt zu sehen.

»Das ist ein großer Kummer für mich!«, sagte die Mutter, »aber für dich ist es wohl am besten und am richtigsten, dass du fort kommst, dann muss ich mich darein schicken. Halte auf dich, und halte dich am Herrn, dann bekomme ich dich froh und vergnügt wieder.«

Er ging die neue Landstraße entlang, da sah er Johanne, die mit einem Fuder Dünger gefahren kam, sie hatte ihn nicht bemerkt, und er wollte nicht von ihr gesehen werden; er setzte sich hinter den Grabenzaun, da saß er gut verborgen – und Johanne fuhr vorüber.

In die Welt hinaus ging er. Niemand wusste wohin, seine Mutter dachte, er kommt wohl wieder nach Hause, ehe das Jahr um ist; nun bekommt er

Neues zu sehen, Neues zu denken und kommt dann wieder in die alten Falten hinein, die sich nicht mit einem Bügeleisen auspressen lassen. Er hat ein wenig zu viel von dem Sinn seines Vaters, ich sähe es lieber, wenn er meinen Sinn hatte, das arme Kind! Aber er kommt wohl heim, er kann ohne mich und das Haus nicht leben.

Die Mutter wollte Jahr und Tag warten. Else wartete nur einen Monat, dann ging sie heimlich zu der klugen Frau Stine Madstochter, die »doktern« konnte, und aus Karten und Kaffee wahrsagen und mehr wusste, als ihr »Vaterunser«. Sie wusste dann auch, wo Rasmus war. Das las sie aus dem Kaffeesatz. Er war in einer fremden Stadt, aber den Namen konnte sie nicht lesen. In der Stadt waren Soldaten und hübsche Mädchen. Seine Gedanken waren darauf gerichtet, die Flinte oder eins von den Mädchen zu nehmen.

Else konnte es nicht ertragen, das zu hören. Sie wollte gern ihr Spargeld geben, um ihn freizukaufen, aber niemand durfte es wissen.

Und die alte Stine versprach, dass er zurückkommen solle. Sie verstand sich auf eine Kunst, auf eine gefährliche Kunst für den, dem sie galt, aber das war das äußerste Mittel. Sie wollte den Kessel aufsetzen, um nach ihm zu kochen, und dann musste er fort, wo in der Welt er auch war, er musste heim, dahin, wo der Kessel und die Liebste ihn erwarteten; es konnten Monate darüber hingehen, ehe er kam, aber kommen musste er, wenn er noch am Leben war.

Ohne Ruhe und Rast, Tag und Nacht musste er wandern, über See und Berg, mochte das Wetter mild oder rau sein, mochten seine Füße noch so müde werden. Heim sollte er, heim musste er.

Der Mond war im ersten Viertel, das sei nötig für die Kunst, sagte die alte Stine. Es war stürmisches Wetter, es krachte in dem alten Weidenbaume; Stine schnitt einen Zweig ab, band einen Knoten hinein, das sollte schon helfen, Rasmus nach dem Hause seiner Mutter zurückzuziehen. Moos und Hauslauch wurden vom Dach genommen und in den Kessel getan, der auf das Feuer gesetzt wurde. Else sollte ein Blatt aus dem Gesangbuch reißen, sie riss zufällig das letzte Blatt heraus, das mit den Druckfehlern. »Das ist ganz egal!«, sagte Stine und warf es in den Kessel.

Alles Mögliche musste in die Grütze hinein, die kochen und immer kochen musste, bis Rasmus nach Hause kam. Der schwarze Hahn in der Stube bei der alten Stine musste seinen roten Kamm hergeben, der kam in den Kessel. Elses dicker, goldener Ring kam auch hinein, und den würde sie nie wieder zu sehen bekommen, das sagte ihr Stine im Voraus. Sie war so klug, Stine. Mancherlei, was wir nicht nennen können, kam in den Kessel hinein; er stand beständig auf dem Feuer oder auf glühenden Kohlen oder heißer Asche. Nur sie und Else wussten es.

Der Mond nahm zu, der Mond nahm ab; jedes Mal kam Else und fragte: »Siehst du ihn nicht kommen?«

»Vieles weiß ich!«, sagte Stine, »und vieles sehe ich, aber die Weglänge, die er zu gehen hat, kann ich nicht sehen. Nun ist er über die ersten Berge! Nun ist er auf der See bei bösem Wetter! Der Weg ist lang, durch große Wälder, er hat Blasen an den Füßen, er hat Fieber im Kopf, aber von dannen muss er.«

»Nein, nein!«, sagte Else. »Es tut mir so leid!«

»Jetzt kann er nicht zurückgehalten werden, denn wenn wir das tun, so stürzt er tot auf der Landstraße um!«

Jahr und Tag sind vergangen. Der Mond schien rund und groß, der Wind sauste in dem alten Baum, am Himmel zeigte sich ein Regenbogen im Mondschein.

»Das ist das Zeichen der Bestätigung!«, sagte Stine. »Nun kommt Rasmus.«

Aber er kam doch nicht.

»Die Wartezeit ist lang!«, sagte Stine.

»Jetzt habe ich es satt!«, sagte Else. Sie kam seltener zu Stine, brachte ihr keine neuen Geschenke.

Ihr Sinn wurde leichter, und eines schönen Morgens wussten sie alle im Dorfe, dass Else dem reichsten Hofbesitzer ihr Wort gegeben hatte.

Sie fuhr hinüber, um Hof und Acker, Vieh und Hausgerät anzusehen. Alles war in gutem Stande, da war kein Grund, mit der Hochzeit zu warten.

Sie ward mit einem großen Gastmahl, das drei Tage währte, gefeiert. Da wurde zu Klarinetten und Violinen getanzt. Niemand im Dorfe war bei der Einladung vergessen. Mutter Olse war auch da, und als das Fest zu Ende war und die Schaffner den Gästen gedankt hatten und die Trompeten abgeblasen hatten, ging sie nach Hause mit den Resten von der Festmahlzeit.

Sie hatte die Tür nur mit einem Pflocke geschlossen, der war herausgenommen, die Tür stand offen, und in der Stube saß Rasmus. Er war heimgekehrt, in dieser Stunde gekommen, Herrgott, wie sah er aus! Nichts als Haut und Knochen, bleich und gelb war er.

»Rasmus!«, sagte die Mutter; »bist du es, den ich da sehe! – Wie siehst du elend aus! Aber ich freue mich doch von ganzem Herzen, dass ich dich wiederhabe!«

Und sie gab ihm von den guten Speisen, die sie vom Gastmahl heimgebracht hatte, ein Stück vom Braten, und von der Hochzeitstorte.

Er habe in der letzten Zeit, sagte er, soviel an seine Mutter, seine Heimat und den alten Weidenbaum gedacht. Es war sonderbar, wie oft er in seinen Träumen den Baum und die barfüßige Johanne gesehen habe.

Else erwähnte er nicht. Krank war er und zu Bett musste er; aber wir glauben nicht, dass der Kessel schuld daran war, oder dass er seine Macht über ihn ausgeübt hatte. Nur die alte Stine und Else glaubten es, aber sie sprachen nicht davon.

Rasmus lag in heftigem Fieber, ansteckend war es; niemand kam daher in das Haus des Schneiders außer Johanne, des Holzschuhmachers Tochter. Sie weinte, als sie sah, wie elend Rasmus war.

Der Doktor verschrieb ihm etwas von der Apotheke; er wollte keine Medizin nehmen. »Was kann das nützen!«, sagte er.

»Ja, dann wirst du wieder besser!«, sagte die Mutter. »Halte auf dich, und halte dich am Herrn! Könnte ich doch nur sehen, dass du wieder Fleisch auf den Knochen hast, könnte ich dich doch wieder flöten und singen hören, dann wollte ich gern mein Leben lassen!«

Und Rasmus genas von der Krankheit, aber seine Mutter bekam sie. Der liebe Gott rief sie zu sich, und nicht ihn.

Einsam war es dort im Hause, und noch ärmer wurde es da drinnen. »Er ist verbraucht!«, sagten sie im Dorfe. »Der dumme Rasmus!«

Ein wildes Leben hatte er auf seinen Reisen geführt, das, und nicht der Kessel, der kochte, hatte sein Mark ausgesogen und ihm die Unruhe in den Körper gebracht. Das Haar wurde dünn und grau; etwas Ordentliches tun mochte er nicht. »Was kann das nützen!«, sagte er. Er ging lieber in den Krug als in die Kirche.

An einem Herbstabend kam er, in Regen und Wind, beschwerlich den schmutzigen Weg vom Kruge nach seinem Hause gegangen. Seine Mutter war lange fort, in ihr Grab gelegt. Die Schwalben und der Star waren auch fort, die treuen Tiere. Johanne, die Tochter des Holzschuhmachers, war nicht fort; sie holte ihn auf dem Wege ein, sie begleitete ihn eine Strecke.

»Nimm dich zusammen, Rasmus!«

»Was kann das nützen!«, sagte er.

»Das ist eine dumme Redensart, die du da hast!«, sagte sie. »Denke an die Worte deiner Mutter: Halte auf dich, und halte dich am Herrn! Das tust du nicht, Rasmus! Das muss man und das soll man tun. Sage niemals: ›Was kann das nützen‹, dann reißt du all dein Tun mit der Wurzel aus!«

Sie begleitete ihn bis an seine Haustür, da ging sie von ihm. Er blieb nicht im Hause. Er ging nach dem alten Weidenbaum, setzte sich auf einen Stein des umgestürzten Meilenzeigers.

Der Wind sauste in den Zweigen des Baums; es war wie eine Rede. Rasmus antwortete darauf, er sprach laut, aber niemand hörte es, nur der Baum und der sausende Wind.

»Mich überfällt eine solche Kälte! Es ist wohl Zeit, zu Bett zu gehen! Schlafen! Schlafen!«

Und er ging, aber nicht nach Hause, an den Teich hinab ging er; dort schwankte er und fiel. Der Regen strömte herab, der Wind war so eisig kalt, er fühlte es nicht; aber als die Sonne aufging und die Krähen über das Röhricht des Teiches flogen, erwachte er, halbtot. Hätte er seinen Kopf dahin gelegt, wo seine Füße lagen, dann hätte er sich nie wieder erhoben, das grüne Entenflott wäre sein Leichentuch geworden.

Als der Tag vorüber war, kam Johanne nach dem Hause des Schneiders. Sie war seine Hilfe, sie brachte ihn ins Krankenhaus.

»Wir haben einander von klein auf gekannt«, sagte sie. »Deine Mutter hat mir Bier und Essen gegeben, das kann ich ihr nie vergelten. Du wirst wieder gesund werden, du wirst ein Mensch werden und leben.«

Und der liebe Gott wollte, dass er leben sollte. Aber auf und ab ging es mit Gesundheit und Stimmung.

Die Schwalben und der Star kamen und flogen wieder fort. Rasmus ward alt vor den Jahren. Einsam saß er im Hause, das mehr und mehr verfiel. Arm war er, ärmer jetzt als Johanne.

»Du hast keinen Glauben«, sagte sie, »und wenn wir den lieben Gott nicht haben, was haben wir dann! – Du solltest zum Abendmahl gehen!«, sagte sie; »du bist seit deiner Einsegnung nicht da gewesen!«

»Ja, was kann das nützen!«, sagte er.

»Wenn du das sagst und glaubst, dann lass es nur sein! Unwillige Gäste will der Herr nicht an seinem Tische haben. Denke doch an deine Mutter und an deine Kindheit! Du warst einmal ein guter, frommer Junge. Soll ich dir einen Gesang vorlesen?«

»Was kann das nützen!«, sagte er.

»Mich tröstet es immer!«, antwortete sie.

»Johanne, du bist wohl unter die Frommen gegangen?«, und er sah sie mit matten, müden Augen an.

Und Johanne betete den Gesang, aber nicht aus einem Buch, sie hatte keins, sie wusste ihn auswendig.

»Das waren schöne Worte«, sagte er; »aber ich konnte nicht ganz folgen. Mir ist der Kopf so schwer!«

Rasmus war ein alter Mann geworden; aber Else war auch nicht mehr jung, wenn wir von ihr reden sollen; Rasmus redete nie von ihr. Sie war Großmutter; ein kleines, geschwätziges Mädchen war ihre Enkelin; die Kleine spielte mit den andern Kindern im Dorfe. Rasmus kam, auf seinen Stock gestützt; er stand still, sah dem Spiel der Kinder zu, lächelte ihnen zu, alte Zeiten schimmerten in seine Gedanken hinein. Elses Enkelin zeigte auf ihn. »Dummer Rasmus!«, rief sie; die andern kleinen Mädchen folgten ihrem Beispiel. »Dummer Rasmus!«, riefen sie, und verfolgten den alten Mann mit Geschrei.

Das war ein grauer, schwerer Tag, und dem folgten mehrere solcher Tage; aber nach grauen und schweren Tagen kommt auch wieder ein sonniger Tag.

Es war ein schöner Pfingstmorgen; die Kirche war mit grünen Birkenzweigen geschmückt; es war ein Duft wie im Walde drinnen, und die Sonne schien über die Kirchenstühle hin. Die großen Altarkerzen waren angezündet; es war Abendmahl. Johanne war zwischen den Knienden, aber Rasmus war nicht unter ihnen. Gerade an dem Morgen hatte der liebe Gott ihn zu sich gerufen.

Bei Gott ist Gnade und Barmherzigkeit.

Viele Jahre sind seitdem vergangen; das Haus des Schneiders steht noch da, aber niemand wohnt dort; der erste Nachtsturm kann es umwerfen. Der Teich ist mit Schilf und Bitterklee überwuchert. Der Wind saust in dem alten Baum, es ist, als hörte man ein Lied; der Wind singt es, der Baum erzählt es; verstehst du es nicht, dann frage die alte Johanne im Armenhaus.

Sie lebt dort, sie singt ihren Gesang, denselben, den sie Rasmus vorgesungen hat; sie denkt an ihn, sie betet zu dem lieben Gott für ihn, die treue Seele. Sie kann erzählen von der Zeit, die verging, und von den Erinnerungen, die in dem alten Baum sausen.

Der Haustürschlüssel

Jeder Schlüssel hat seine Geschichte, und es gibt viele Schlüssel: Kammerherrnschlüssel, Uhrschlüssel, St. Peters Schlüssel; wir können von allen Schlüsseln erzählen, aber jetzt erzählen wir nur von dem Haustürschlüssel des Kammerrats.

Er war bei einem Schlosser zur Welt gekommen, aber er hätte gern glauben können, dass es ein Grobschmied sei, so fasste der Mann ihn an, hämmerte und feilte. Er war zu groß für die Hosentasche, darum musste er in die Rocktasche. Hier lag er oft im Dunkeln, aber übrigens hatte er seinen bestimmten Platz an der Wand, neben der Silhouette des Kammerrats aus der Kindheit, da sah er aus wie ein Kloß mit Kalbsgekröse.

Man sagt, dass jeder Mensch in seinem Charakter und seiner Handlungsweise etwas von dem Himmelszeichen mitbekommt, unter dem er geboren wird, sei es nun der Stier, die Jungfrau, der Skorpion, oder wie sie alle im Kalender heißen. Die Kammerrätin nannte keins von diesen, sie sagte, ihr Mann sei unter dem »Zeichen der Schubkarre« geboren. Immer musste er vorwärts geschoben werden.

Sein Vater schob ihn aufs Kontor, seine Mutter schob ihn in den Ehestand hinein, und seine Frau schob ihn zum Kammerrat hinauf, aber das sagte sie nicht, sie war eine besonnene, brave Frau, die immer zur rechten Zeit schwieg und zur rechten Zeit sprach und schob.

Jetzt war er zu Jahren, »wohlproportioniert«, wie er selbst sagte, ein Mann mit Bildung, Gutmütigkeit und dazu schlüsselklug, etwas, das wir näher erklären werden. Immer war er guter Laune, alle Menschen hatte er gern und mochte gern mit ihnen reden. Ging er in die Stadt, so war es schwer, ihn nach Hause zu bekommen, wenn Muttern nicht mit war und ihn schob. Er musste mit jedem Bekannten reden, dem er begegnete. Er hatte viele Bekannte, und darunter musste das Mittagessen leiden. Vom Fenster aus gab die Kammerrätin auf ihn Acht. »Jetzt kommt er!«, sagte sie zu dem Mädchen. »Setze den Kochtopf auf! – Jetzt steht er still und spricht mit jemand, nimm den Kochtopf ab, sonst kocht das Essen zu lange! – Aber nun kommt er! Ja, dann setze den Kochtopf nur wieder auf!«

Aber deswegen kam er doch noch nicht.

Er konnte gerade unter dem Fenster des Hauses stehen und hinausnicken, aber dann kam ein Bekannter vorüber, dann konnte er es nicht lassen, er musste ihm ein paar Worte sagen. Kam dann, während er mit diesem sprach, ein andrer Bekannter, dann hielt er den ersten am Knopfloche fest und ergriff die Hand des andern, während er einen dritten, der vorüber wollte, anrief.

Das war eine Geduldprobe für die Kammerrätin. »Kammerrat! Kammerrat!«, rief sie dann. Ja, der Mensch ist unter dem Zeichen der Schubkarre geboren, vorwärts kann er nicht kommen, ohne dass er geschoben wird.

Er wollte gern in Buchläden gehen, in Büchern und Zeitungen blättern, er gab seinem Buchhändler ein kleines Honorar, um zu Hause bei sich die neuen Bücher lesen zu dürfen, das heißt, um Erlaubnis zu haben, die Bücher der Länge nach aufzuschneiden, aber nicht quer, denn dann konnten sie nicht als neu verkauft werden. Er war eine lebende Zeitung in aller Gutmütigkeit, wusste Bescheid mit Verlobungen, Hochzeiten und Begräbnissen, Büchergeschwätz und Stadtgeschwätz, ja, er ließ geheimnisvolle Andeutungen fallen, dass er Bescheid wusste, wo niemand Bescheid wusste, das hatte er vom Haustürschlüssel.

Schon als junges Ehepaar wohnten Kammerrats in ihrem eignen Hause, und seit der Zeit hatten sie denselben Haustürschlüssel, aber da kannten sie seine wunderbaren Kräfte noch nicht, die lernten sie erst später kennen.

Es war zu König Friedrichs des Sechsten Zeit. Kopenhagen hatte damals kein Gas, es hatte Tranlampen, es hatte kein Tivoli oder Kasino, keine Straßenbahnen und keine Eisenbahnen. Es gab nur wenige Vergnügungen im Vergleich zu jetzt. Des Sonntags machte man einen Spaziergang zum Tor hinaus bis nach den, Assistenzkirchhof, las die Inschriften auf den Gräbern, setzte sich ins Gras, aß aus seinem Vorratskorb und trank seinen Schnaps dazu, oder man ging nach Frederiksberg, wo vor dem Schlosse die Regimentsmusik spielte und es von Menschen wimmelte, die die königliche Familie in den kleinen, engen Kanälen umherrudern sahen; der alte König steuerte das Boot, und er und die Königin grüßten alle Menschen ohne Standesunterschied. Da hinaus kamen wohlhabende Familien aus der Stadt und tranken ihren Abendtee. Warmes Wasser konnten sie in einem kleinen Bauernhaus auf dem Felde außerhalb des Gartens bekommen, aber sie mussten selbst ihre Teemaschine mitbringen.

Da hinaus zogen Kammerrats an einem sonnigen Sonntagnachmittag. Das Dienstmädchen ging voran mit der Maschine, einem Vorratskorb und einer Schnapsflasche.

»Nimm auch den Haustürschlüssel mit!«, sagte die Kammerrätin, »damit wir in unser eignes Haus hineinschlüpfen können, wenn wir zurückkommen; du weißt, die Tür wird bei Abenddämmerung geschlossen, und der Klingelzug ist seit heute morgen kaputt. – Wir kommen spät nach Hause! Wir wollen, wenn wir in Frederiksberg gewesen sind, noch in Casortis Theater auf Vesterbro gehen und die Pantomime »Harlekin, der Vorarbeiter der Drescher« sehen. Darin kommen sie in einer Wolke herunter. Das kostet zwei Mark die Person!«

Und sie gingen nach Frederiksberg, hörten die Musik, sahen die königlichen Boote mit wehenden Fahnen, sahen den allen König und die weißen Schwäne. Nachdem sie eine gute Tasse Tee getrunken hatten, eilten sie davon, kamen aber doch nicht rechtzeitig ins Theater.

Der Seiltanz war vorüber, der Stelzentanz war vorüber, und die Pantomime hatte begonnen; sie kamen wie immer zu spät, und daran war der Kammerrat schuld; jeden Augenblick blieb er auf dem Wege stehen, um mit Bekannten zu reden; im Theater traf er auch gute Freunde, und als die Vorstellung vorbei war, mussten er und seine Frau notwendigerweise mit zu einer Familie in der Vorstadt kommen, um ein Glas Punsch zu trinken, das würde nur zehn Minuten dauern, aber aus diesen zehn Minuten wurde freilich eine ganze Stunde. Es wurde geredet und geredet. Besonders unterhaltend war ein schwedischer Baron, oder war es ein deutscher, das hatte der Kammerrat nicht genau behalten, dahingegen die Kunst mit dem Schlüssel, die er ihn lernte, die behielt er für alle Zeiten. Es war außerordentlich interessant! Er konnte den Schlüssel dazu kriegen, auf alles zu antworten, wonach man ihn fragte, selbst auf das allergeheimste.

Der Schlüssel des Kammerrats eignete sich besonders gut dazu. Er hatte einen schweren Bart, und der musste herunterhängen. Den Griff des Schlüssels ließ der Baron auf dem Zeigefinger ruhen, frei und leicht hing er da, jeder Pulsschlag an der Fingerspitze setzte ihn in Bewegung, sodass er sich drehte, und wenn das nicht geschah, dann verstand es der Baron so ganz unmerklich, ihn sich so drehen zu lassen, wie er es wollte. Jede Drehung bedeutete einen Buchstaben von A an und das ganze Alphabet hinunter, soweit man wollte. Wenn der erste Buchstabe gefunden war, drehte sich der Schlüssel nach der entgegengesetzten Seite; darauf suchte man den nächsten Buchstaben, und so bekam man das ganze Wort, ganze Sätze, Antworten auf Fragen. Eine Lüge war das Ganze, aber doch immer amüsant, das war auch eigentlich der erste Gedanke des Kammerrats, aber der hielt nicht Stich, er ging mit ihm ganz in dem Schlüssel auf.

»Mann! Mann!«, rief die Kammerrätin. »Das Westtor wird um zwölf Uhr geschlossen! Wir kommen nicht hinein, wir haben nur eine Viertelstunde, müssen uns beeilen.«

Ja, beeilen mussten sie sich; mehrere Personen, die auch in die Stadt wollten, überholten sie bald. Endlich näherten sie sich dem ersten Wachthaus, da schlug die Uhr zwölf, das Tor knallte zu; eine ganze Menge Menschen standen ausgeschlossen da, und zwischen diesen Kammerrats mit Mädchen, Teemaschine und leerem Vorratskorb. Einige standen dort in großem Schrecken, andre voller Ärger; jeder fasste es auf seine Weise auf. Was war dabei zu machen?

Glücklicherweise war in der letzten Zeit der Beschluss gefasst worden, dass eines der Tore der Stadt, das Nordtor, nicht geschlossen werden sollte, dort konnten die Fußgänger durch das Wachthaus in die Stadt hineinkommen.

Der Weg war gar nicht kurz, aber das Wetter war schön, der Himmel klar und voller Sterne und Sternschnuppen, die Frösche quakten im Graben und im Teiche. Die Gesellschaft selbst fing an zu singen, ein Lied nach dem andern, aber der Kammerrat sang nicht mit, sah auch nicht nach den Sternen, ja nicht einmal auf seine eigenen Beine, er fiel, so lang er war, dicht am Grabenrand hin, man hätte glauben können, er hätte zuviel getrunken, aber es war nicht der Punsch, sondern der Schlüssel, der ihm zu Kopf gestiegen war und sich dort umdrehte.

Endlich erreichten sie das Wachthaus des vorderen Tores, gelangten über die Brücke und in die Stadt hinein.

»Jetzt bin ich wieder froh!«, sagte die Kammerrätin. »Hier ist unsere Haustür!«

»Aber wo ist denn der Haustürschlüssel!«, sagte der Kammerrat. Er war nicht in der hinteren Rocktasche, auch nicht in der Seitentasche.

»Herr, du meines Leben!«, rief die Kammerrätin. »Hast du den Schlüssel nicht? Den hast du bei den Schlüsselkünsten mit dem Baron verloren. Wie kommen wir nun hinein! Der Glockenstrang ist, wie du weißt, seit heute morgen kappt, der Nachtwächter hat keinen Schlüssel zu unserm Hause. Wir sind ja in Verzweiflung!«

Das Dienstmädchen fing an zu heulen, der Kammerrat war der einzige, der die Fassung bewahrte.

»Wir müssen eine Fensterscheibe zum Laden des Fetthändlers einschlagen!«, sagte er, »ihn wecken und dann hineinschlüpfen.«

Er schlug eine Fensterscheibe ein, er schlug zwei ein. »Petersen!«, rief er und steckte den Schaft seines Regenschirms in das Fenster hinein; da schrie drinnen die Tochter des Kellermanns laut auf. Der Kellermann riss die Ladentür mit dem Rufe »Nachtwächter!« auf, und ehe er recht die

Familie des Kammerrats gesehen, erkannt und hineingelassen hatte, pfiff der Wächter und in der nächsten Straße antwortete ein anderer Wächter und pfiff. Leute kamen an den Fenstern zum Vorschein. »Wo ist das Feuer? Wo ist der Spektakel?«, fragten sie, und fragten noch, als der Kammerrat schon in seiner Stube war, den Rock auszog und – da lag der Haustürschlüssel, nicht in der Tasche, sondern in dem Futter; er war durch ein Loch hineingeschlüpft, das nicht in der Tasche hätte sein sollen.

Seit dem Abend bekam der Haustürschlüssel eine besonders große Bedeutung, nicht nur, wenn man des Abends ausging, sondern auch wenn man zu Hause saß und der Kammerrat seine Geschicklichkeit zeigte und den Schlüssel Antwort auf die Fragen geben ließ.

Er dachte sich die wahrscheinlichste Antwort aus, und dann ließ er den Schlüssel sie geben, schließlich glaubte er selbst daran; aber das tat der Apotheker nicht, er war ein junger Mann und ein naher Verwandter der Kammerrätin.

Der Apotheker war ein guter Kopf, ein kritischer Kopf, er hatte schon als Schuljunge Kritiken über Bücher und Theater geschrieben, aber ohne Nennung des Namens, das macht so viel. Er war, was man einen Schöngeist nennt, glaubte aber durchaus nicht an Geister, am allerwenigsten an Schlüsselgeister.

»Ja, ich glaube, ich glaube«, sagte er, »verehrter Herr Kammerrat, ich glaube an den Haustürschlüssel und an alle Schlüsselgeister so fest wie ich an eine neue Wissenschaft glaube, die anfängt, von sich reden zu machen; an den Tischtanz und die Geister in alten und neuen Möbeln. Haben Sie davon gehört? Ich habe davon gehört! Ich habe gezweifelt. Sie wissen, ich bin ein Zweifler, bin aber bekehrt worden, als ich in einem ganz glaubwürdigen, ausländischen Blatt eine ganz schreckliche Geschichte las. Kammerrat! Denken Sie nur, ja, ich gebe Ihnen die Geschichte wieder, wie ich sie gelesen habe. Zwei kluge Kinder hatten die Eltern den Geist in einem großen Esstisch erwecken sehen. Die Kleinen waren allein und wollten nun versuchen, auf dieselbe Weise Leben in eine alte Kommode hinein zu reiben. Das Leben kam, und der Geist erwachte, aber er duldete das Kinderkommando nicht; er erhob sich, es krachte in der Kommode, er schob die Schubladen heraus und legte mit seinen Kommodebeinen die Kinder jedes in seine Schublade, und dann lief die Kommode mit ihnen zur offenen Tür hinaus, die Treppe hinab und auf die Straße hinaus, nach dem Kanal, wo sie sich hineinstürzte und die beiden Kinder ersäufte. Die kleinen Leichen kamen in christliche Erde, aber die Kommode wurde aufs Rathaus gebracht, des Kindsmords angeklagt und bei lebendigem Leibe auf dem Markte verbrannt. Ja, das habe ich gelesen!«, sagte der Apotheker, »habe es in einem ausländischen Blatt gelesen, es ist nichts, was ich selbst erfunden habe. Es ist, hole mich der Schlüssel, wahr! Nun fluche ich einen schweren Fluch!«

Der Kammerrat fand, dass eine solche Rede ein zu grober Spaß sei, die beiden konnten ja doch nicht über den Schlüssel reden. Der Apotheker war schlüsseldumm.

Der Kammerrat machte Fortschritte in der Schlüsselwissenschaft; der Schlüssel war seine Unterhaltung und Weisheit.

Eines Abends, der Kammerrat war eben im Begriff, zu Bett zu gehen, er stand schon halb entkleidet, da klopfte es an die Tür nach der Diele hinaus. Es war der Kellermann, der so spät kam; er war auch schon halb entkleidet, aber er sagte, er habe plötzlich einen Gedanken bekommen, und er sei bange, dass er ihn nicht die Nacht über behalten könne.

»Es handelt sich um meine Tochter, Lotte-Lene, ich muss von ihr reden. Sie ist ein schönes Mädchen, sie ist konfirmiert, nun wollte ich sie gern gut angebracht sehen!«

»Ich bin noch nicht Witwer!«, sagte der Kammerrat lächelnd, »und ich habe keinen Sohn, den ich ihr anbieten könnte!«

»Sie verstehen mich, Herr Kammerrat!«, sagte der Kellermann. »Klavier spielen kann sie, singen kann sie, das muss man ja hier oben im Hause hören können. Sie wissen nicht, worauf das Mädchen alles verfallen kann. Sie kann genau so reden und gehen wie alle Menschen. Sie ist für die Komödie geschaffen, und das ist eine gute Karriere für nette Mädchen aus guter Familie, sie können sich eine Grafschaft erheiraten, aber daran denkt Lotte-Lene nicht und ich auch nicht. Singen kann sie, Klavier spielen kann sie. Da ging ich denn neulich mit ihr nach der Singschule. Sie sang; sie hat aber nicht, was ich einen Bierbass bei Frauenzimmern nenne, keinen Kanarienvogelgesang in den höchsten Tönen, so wie man es jetzt von den Sängerinnen verlangt, und dann riet man ihr ernstlich von der Karriere ab. Nun, dachte ich, kann sie nicht Sängerin werden, so kann sie immerhin Schauspielerin werden, dazu gehört ja nur die Sprache. Heute redete ich darüber mit dem Dramaturgen, wie sie ihn nennen. ›Hat sie Kenntnisse?‹ fragte der; ›nein‹, sagte ich, ›ganz und gar nicht!‹ – ›Kenntnisse sind notwendig für eine Künstlerin!‹, sagte er; ›die kann sie noch bekommen‹, meinte ich, und dann ging ich nach Hause. Sie kann ja in eine Leihbibliothek gehen und die Bücher lesen, die sie da haben, dachte ich, dann bekommt sie Kenntnisse. Aber wie ich nun heute Abend da sitze und mich ausziehe, fällt mir plötzlich ein: wozu soll man Bücher mieten, wenn man sie doch leihen kann. Der Herr Kammerrat hat Bücher in Hülle und Fülle, die kann sie ja lesen; dann hat sie Kenntnisse genug, und das kostet nichts!«

»Lotte-Lene ist ein gutes Mädchen!«, sagte der Kammerrat, »ein hübsches Mädchen! Bücher zum Lesen soll sie haben. Aber hat sie wohl das, was man Feuer des Geistes nennt, das Geniale, das Genie? Und hat sie, was hierbei ebenso wichtig ist, hat sie wohl Glück?«

»Sie hat zweimal in der Waren-Lotterie gewonnen«, sagte der Kellermann, »einmal hat sie einen Schrank und einmal sechs Paar Laken gewonnen, das nenne ich Glück, und das hat sie!«

»Ich will den Schlüssel mal fragen!«, sagte der Kammerrat.

Und er hängte den Schlüssel auf seinen rechten Zeigefinger und auf den rechten Zeigefinger des Kellermanns, ließ den Schlüssel sich schwingen und einen Buchstaben nach dem andern von sich geben.

Der Schlüssel sagte: »Sieg und Glück!«, und dann war Lotte-Lenes Zukunft bestimmt.

Der Kammerrat gab ihr gleich zwei Bücher: »Dyveke« und Knigges »Umgang mit Menschen«.

Seit dem Abend begann eine Art näherer Bekanntschaft zwischen Lotte-Lene und Kammerrats. Sie kam zu der Familie hinauf, und der Kammerrat fand, dass sie ein verständiges Mädchen sei, sie glaubte an ihn und an den Schlüssel. Die Kammerrätin sah in der Freimütigkeit, womit sie jeden Augenblick ihre große Unwissenheit offenbarte, etwas Kindliches, Unschuldiges. Das Ehepaar hatte sie, jedes auf seine Weise, gern, und sie schwärmte für das Ehepaar.

»Es riecht so reizend da oben!«, sagte Lotte-Lene.

Da war Geruch, ein Duft, ein Apfelduft auf der Diele, wo die Kammerrätin eine ganze Tonne Gravensteiner Äpfel hingelegt hatte. Da war auch ein Räucherduft von Rosen und Lavendel in allen Zimmern.

»Das gibt so was Feines!«, sagte Lotte-Lene. Und dann erfreuten sich ihre Augen an allen den schönen Blumen, die die Kammerrätin immer hatte; ja, mitten im Winter blühten hier Syringen und Kirschenzweige. Die abgeschnittenen, blätterlosen Zweige wurden ins Wasser gestellt, und in der warmen Stube trugen sie bald Blüten und Blätter.

»Man sollte glauben, dass das Leben in den nackten Zweigen erloschen sei, aber siehe nur, wie es von den Toten aufsteht.«

»Das ist mir früher noch nie eingefallen!«, sagte Lotte-Lene. »Die Natur ist doch reizend!«

Und der Kammerrat ließ sie sein Schlüsselbuch sehen, worin merkwürdige Dinge aufgeschrieben standen, die der Schlüssel gesagt hatte, selbst von einer halben Apfeltorte, die aus der Speisekammer verschwunden war, gerade an einem Abend, als das Mädchen Besuch von ihrem Bräutigam gehabt hatte.

Und der Kammerrat fragte seinen Schlüssel: »Wer hat die Apfeltorte gegessen, die Katze oder der Bräutigam?«, und der Haustürschlüssel antwortete: »Der Bräutigam!« Der Kammerrat glaubte es schon, ehe er fragte, und das Dienstmädchen gestand; der verdammte Schlüssel wusste ja doch alles.

»Ja, ist es nicht merkwürdig?«, sagte der Kammerrat. »Dieser Schlüssel, dieser Schlüssel! Und von Lotte-Lene hat er gesagt: ›Sieg und Glück!‹ – Das werden wir ja noch sehen! – Ich stehe dafür ein!«

»Es ist reizend!«, sagte Lotte-Lene.

Die Frau des Kammerrats war nicht so vertrauensvoll, aber sie äußerte ihre Zweifel nicht, wenn der Mann es hörte; später aber vertraute sie Lotte-Lene, dass der Kammerrat, als er ein junger Mensch war, ganz versessen auf das Theater gewesen sei. Hätte ihn damals jemand geschoben, wäre er bestimmt Schauspieler geworden, aber die Familie schob davon weg. Auf die Bühne wollte er, und um dahin zu kommen, schrieb er eine Komödie.

»Es ist ein großes Geheimnis, das ich Ihnen anvertraue, liebe Lotte-Lene. Die Komödie war nicht schlecht, sie wurde auf dem königlichen Theater angenommen und ausgepfiffen, sodass man später nie mehr davon gehört hat, und darüber freue ich mich. Ich bin seine Frau, und ich kenne ihn. Nun wollen Sie denselben Weg gehen; – ich wünsche Ihnen alles Gute, aber ich glaube nicht, dass es gehen wird, ich glaube nicht an den Haustürschlüssel!«

Lotte-Lene glaubte an ihn, und in dem Glauben begegnete sie dem Kammerrat.

Ihre Herzen verstanden einander in Zucht und Ehren.

Das Mädchen hatte übrigens allerlei Fähigkeiten, auf die die Kammerrätin Wert legte. Lotte-Lene verstand es, Stärke aus Kartoffeln zu machen, seidene Handschuhe aus seidenen Strümpfen zu nähen, seidene Tanzschuhe zu überziehen, obwohl sie in der Lage war, sich alles neu anzuschaffen. Sie hatte, wie der Fetthändler sagte: Schillinge in der Tischschublade und

Hypotheken im Geldschrank. Das wäre eigentlich eine Frau für den Apotheker, dachte die Kammerrätin, aber sie sagte es nicht, ließ es auch den Schlüssel nicht sagen. Der Apotheker wollte sich bald niederlassen, seine eigne Apotheke einrichten, und zwar in einer der nächsten größeren Provinzstädte.

Lotte-Lene las noch immer »Dyveke« und Knigges »Umgang mit Menschen«. Sie behielt die beiden Bücher zwei Jahre, aber dann konnte sie auch das eine auswendig, »Dyveke«, die sämtlichen Rollen, aber sie wollte nur in der einen, in der Dyvekes, auftreten, und zwar nicht in der Hauptstadt, wo so viel Neid ist und wo sie sie nicht haben wollten. Sie wollte ihre Künstlerlaufbahn, wie der Kammerrat es nannte, in einer der größeren Provinzstädte beginnen.

Nun traf es sich ganz merkwürdig, dass es gerade in derselben Stadt war, wo der Apotheker sich als der jüngste, wenn auch nicht der einzige Apotheker niedergelassen hatte.

Der große, erwartungsvolle Abend kam, Lotte-Lene sollte auftreten, Sieg und Glück erringen, wie es der Schlüssel geweissagt hatte. Der Kammerrat war nicht da, er lag zu Bett, und die Kammerrätin pflegte ihn; warme Servietten und Kamillentee waren ihm verordnet: die Servietten um den Leib, und der Tee in den Leib.

Das Ehepaar wohnte der »Dyveke«-Vorstellung nicht bei, aber der Apotheker war da, und der schrieb einen Brief darüber an seine Verwandte, die Kammerrätin.

»Der Dyveke-Kragen war das beste!«, schrieb er. »Hätte ich den Haustürschlüssel des Kammerrats in meiner Tasche gehabt, so hätte ich ihn herausgeholt und darauf gepfiffen, das hätte der Schlüssel auch verdient, der so schändlich gelogen hat: ›Sieg und Glück‹.«

Der Kammerrat las den Brief. Das Ganze sei Bosheit, sagte er, Schlüsselhass, und darunter musste jetzt das unschuldige Mädchen leiden.

Und sobald er aus dem Bett aufstand und wieder ein Mensch war, sandte er dem Apotheker einen kleinen, aber giftspeienden Brief, und der Apotheker antwortete wieder, als ob er den Brief nur als Spaß und gute Laune aufgefasst habe.

Er dankte ihm dafür, wie für jeden weiteren, freundlichen Beitrag zur Erkennung des unvergleichlichen Wertes und der Bedeutung des Schlüssels; ferner vertraute er dem Kammerrat an, dass er, außer seiner Apothekerwirksamkeit, an einem großen Schlüsselroman schrieb, in dem alle die handelnden Personen Schlüssel waren, einzig und allein Schlüssel. »Der

Haustürschlüssel« war natürlich die Hauptperson, und der Haustürschlüssel des Kammerrats war ihm das Vorbild, mit Wahrsagungsfähigkeit begabt; um ihn mussten sich alle die andern Schlüssel drehen: der alte Kammerherrnschlüssel, der den Glanz und die Festlichkeit des Hofes kannte; der kleine Uhrschlüssel, fein und vornehm zu vier Schilling beim Eisenkrämer; der Schlüssel zum Kirchstuhl, der sich mit zur Geistlichkeit rechnet und der, als er eine Nacht im Schlüsselloch in der Kirche sitzen geblieben war, Geister gesehen hatte; der Speisekammer-, der Holzkammer- und der Weinkellerschlüssel, sie alle treten auf, verneigen sich und drehen sich um den Haustürschlüssel. Die Sonnenstrahlen lassen ihn wie Silber schimmern, der Wind, der Weltgeist, fährt in ihn hinein, sodass er pfeift. Er ist der Schlüssel für alle Schlüssel, er war der Haustürschlüssel des Kammerrats, jetzt ist er der Schlüssel zur Himmelspforte, er ist Papstschlüssel, er ist »unfehlbar«!

»Bosheit!«, sagte der Kammerrat. »Pyramidale Bosheit!«

Er und der Apotheker sahen einander nicht mehr. Ja doch, bei dem Begräbnis der Kammerrätin.

Sie starb zuerst.

Es war Trauer und Kummer im Hause. Selbst die abgeschnittenen Kirschenzweige, die schon frische Blätter und Blüten angesetzt hatten, trauerten und welkten hin, sie standen vergessen, sie pflegte sie nicht mehr.

Der Kammerrat und der Apotheker gingen hinter ihrem Sarge drein, Seite an Seite, als die zwei nächsten Verwandten, hier war keine Zeit und Stimmung, sich auf Wortgefechte einzulassen.

Lotte-Lene band einen Trauerflor um den Hut des Kammerrats. Sie war längst zurückgekehrt, ohne Sieg und Glück auf der Bahn der Kunst. Aber es konnte noch kommen, Lotte-Lene hatte eine Zukunft. Der Schlüssel hatte es gesagt, und der Kammerrat hatte es gesagt.

Sie kam zu ihm hinauf. Sie sprachen von der Verstorbenen, und sie weinten. Lotte-Lene war weich, sie sprachen von der Kunst, und Lotte-Lene war stark.

»Das Theaterleben ist reizend!«, sagte sie, »aber da ist so viel Neid, da sind so viele Schwierigkeiten! Ich gehe lieber meinen eigenen Weg. Erst ich selbst, dann die Kunst!«

Knigge hatte die Wahrheit gesprochen in dem Kapitel von den Schauspielern, das sah sie ein, der Schlüssel hatte nicht die Wahrheit geredet, aber davon sprach sie nicht mit dem Kammerrat; sie hatte ihn lieb.

Der Haustürschlüssel war ihm übrigens während des ganzen Trauerjahres ein Trost und eine Ermunterung. Er stellte ihm Fragen und der Schlüssel gab ihm Antworten. Und als das Jahr vergangen war, und er und Lotte-Lene eines stimmungsvollen Abends beisammen saßen, fragte er den Schlüssel:

»Verheirate ich mich und mit wem verheirate ich mich?«

Da war niemand, der ihn schob, er schob den Schlüssel und der Schlüssel sagte: »Lotte-Lene!«

Und dann war es gesagt, und Lotte-Lene wurde Kammerrätin.

»Sieg und Glück!«

Die Worte waren gesagt, schon früher – vom Haustürschlüssel.

DER KRÜPPEL

Es war einmal ein altes Schloss mit jungen, prächtigen Edelleuten. Reichtum und Segen hatten sie, amüsieren wollten sie sich, und Gutes taten sie. Alle Menschen wollten sie froh machen, so wie sie selbst es waren.

Am Weihnachtsabend stand ein prächtiger, wunderschöner Weihnachtsbaum im alten Rittersaal, wo Feuer in den Kaminen brannte und wo Tannenzweige um die alten Bilder gehängt waren. Hier versammelten sich die Herrschaft und die Gäste, es wurde gesungen und getanzt.

Früher am Abend war schon Weihnachtsfreude in der Gesindestube gewesen. Auch hier stand ein großer Tannenbaum mit brennenden roten und weißen Lichtern, kleinen Danebrogflaggen, ausgeschnittenen Schwänen und Fischernetzen, die mit Bonbons gefüllt waren. Die armen Kinder aus dem Dorfe waren eingeladen; jedes hatte seine Mutter mitgebracht. Die sahen nicht viel nach dem Baume hin, sie sahen nur nach den Weihnachtstischen, wo Wolle und Leinwand, Stoff zu Kleidern und Hosen lag. Ja, dahin sahen die Mütter und die erwachsenen Kinder, nur die ganz Kleinen streckten die Hände nach den Lichtern, dem Flittergolde und den Flaggen aus.

Die ganze Versammlung kam früh am Nachmittag, bekam Reisbrei und Gänsebraten mit Rotkohl. Wenn dann der Tannenbaum besehen und die Gaben verteilt waren, bekam jeder ein kleines Glas Punsch und Apfelkuchen mit Apfelmus darin.

Sie kamen heim in ihre eigene, arme Stube, und es wurde von »der guten Lebensweise« geredet, das heißt, von den Esswaren, und die Gaben wurden noch einmal ordentlich besehen.

Da waren nun Garten-Kirsten und Garten-Ole. Sie waren miteinander verheiratet und hatten ihr Haus und ihr tägliches Brot, und dafür mussten sie im Schlossgarten jäten und graben. Jede Weihnachten bekamen sie ihren guten Anteil an den Geschenken; sie hatten auch fünf Kinder, alle fünf wurden von der Herrschaft gekleidet.

»Unsere Herrschaft, das sind wohltätige Leute!«, sagten sie. »Aber sie können es auch, und es macht ihnen Vergnügen!«

»Hier sind gute Kleider für die vier Kinder gekommen!«, sagte Garten-Ole. »Aber da ist ja nichts für den Krüppel. Den pflegen sie ja doch sonst auch zu bedenken, obwohl er nicht mit zum Tannenbaum kommen kann!«

Es war das älteste von den Kindern, das sie »den Krüppel« nannten, er war sonst auf den Namen Hans getauft.

Als kleines Kind war er das munterste und lebhafteste von ihnen allen, aber dann wurde er auf einmal »schlaff in den Beinen«, wie sie es nannten, er konnte weder stehen noch gehen, und lag nun schon im fünften Jahr zu Bett.

»Ja, etwas habe ich auch für ihn mitbekommen!«, sagte die Mutter, »aber es ist ja nichts weiter, es ist nur ein Buch, worin er lesen kann!«

»Davon soll er auch wohl fett werden!«, sagte der Vater.

Aber froh wurde Hans dadurch. Er war ein sehr aufgeweckter Knabe, der gern las, aber er benutzte auch seine Zeit zur Arbeit, soweit er, der immer zu Bett liegen musste, Nutzen schaffen konnte. Er machte sich mit seinen Händen nützlich, er brauchte seine Hände, strickte wollene Strümpfe, ja ganze Bettdecken. Die gnädige Frau auf dem Schlosse hatte sie gelobt und gekauft. Es war ein Märchenbuch, das Hans bekommen hatte; darin war viel zu lesen, vieles, worüber er nachdenken konnte.

»Das schafft gar keinen Nutzen im Hause!«, sagten die Eltern. »Aber lasst ihn nur lesen, dann vergeht ihm die Zeit schneller, er kann ja nicht immer Strümpfe stricken!«

Der Frühling kam; Blumen und Kräuter begannen zu sprießen, auch das Unkraut.

Es war viel zu tun im Schlossgarten, nicht nur für den Schlossgärtner und seine Lehrlinge, sondern auch für Garten-Kirsten und Garten-Ole.

»Das ist eine furchtbare Mühe!«, sagten sie, »und wenn man die Gänge eben geharkt hat und sie so recht hübsch gemacht hat, dann werden sie gleich wieder zertreten. Hier ist ein Ein- und Auswandern von Gästen auf dem Schloss. Was muss das kosten! Aber die Herrschaft ist ja reich!«

»Es ist doch sonderbar verteilt!«, sagte Ole. »Wir sind ja alle Kinder unseres lieben Gottes, wie der Pfarrer sagt. Warum dann solch ein Unterschied?«

»Das kommt vom Sündenfall!«, sagte Kirsten.

Darüber sprachen sie am Abend wieder, als der Krüppel-Hans mit seinem Märchenbuch da lag.

Bedrängte Verhältnisse, Mühe und Arbeit hatten die Hände der Eltern hart gemacht, aber sie waren auch hart in ihrem Urteil und ihren Ansichten geworden; sie begriffen es nicht, konnten es sich nicht erklären und redeten und redeten sich nun immer mehr in Zorn und Missmut hinein.

»Einige Menschen bekommen Wohlstand und Glück, andere nur Armut! Warum sollen wir für den Ungehorsam und die Neugier unserer ersten Eltern bestraft werden. Wir hätten uns nicht so betragen wie die beiden!«

»Ja, das hätten wir!«, sagte auf einmal Krüppel-Hans. »Es steht alles zusammen hier in diesem Buch!«

»Was steht in dem Buch?«, fragten die Eltern.

Und Hans las ihnen das alte Märchen von dem Holzhauer und seiner Frau vor: die schalten auch über die Neugier von Adam und Eva, die an ihrem Unglück schuld war. Da kam der König des Landes vorüber. »Kommt mit mir nach Hause!«, sagte er, »dann sollt ihr es ebenso gut haben wie ich: sieben Gerichte und ein Schaugericht. Das steht in einer geschlossenen Terrine, die dürft ihr aber nicht anrühren, denn dann ist es mit der Herrlichkeit vorbei!« »Was kann doch in der Terrine sein?«, sagte die Frau. »Das gehl uns nichts an!«, sagte der Mann. »Ja, ich bin nicht neugierig«, sagte die Frau, »ich möchte nur wissen, warum wir den Deckel nicht aufheben dürfen; es ist wohl was ganz Delikates!« »Wenn nur nicht eine Mechanik dabei ist!«, sagte der Mann, »so ein Pistolenschuss, der knallt und das ganze Haus aufweckt.« »Ach was!«, sagte die Frau, rührte aber nicht an der Terrine. Aber des Nachts träumte sie, dass der Deckel selbst sich hebe und ein Duft vom feinsten Punsch, wie man ihn auf Hochzeiten und Begräbnissen bekommt, der Terrine entsteige. Es lag eine große, silberne Münze da mit der Inschrift: »Wenn ihr von diesem Punsch trinket, so werdet ihr die Reichsten in der Welt und alle andern Menschen werden Bettler!« – Und dann erwachte die Frau, und sie erzählte ihrem Mann ihren Traum. »Du denkst zuviel an die Sache!«, sagte er. »Wir können ja mit Vorsicht den Deckel aufheben!«, sagte die Frau. »Ganz vorsichtig!«, sagte der Mann.

Und die Frau hob den Deckel ganz vorsichtig auf. – Da sprangen zwei kleine lebendige Mäuse heraus und verschwanden in einem Mauseloch. »Gute Nacht!«, sagte der König. »Nun könnt ihr nach Hause gehen und euch in euer eignes Bett legen. Scheltet nicht mehr auf Adam und Eva, ihr selbst seid ebenso neugierig und undankbar gewesen!«

»Wie ist doch die Geschichte da in das Buch gekommen?«, sagte Garten-Ole. »Es ist ja ganz, als ob sie uns gelten sollte. Das ist so recht zum Nachdenken!«

Am nächsten Tage gingen sie wieder auf Arbeit; sie wurden von der Sonne verbrannt und von dem Regen durchnässt; in ihren Herzen waren zornige Gedanken, an denen sie fortwährend kauten.

Es war noch heller Abend daheim, sie hatten eben ihren Milchbrei gegessen.

»Lies uns noch einmal die Geschichte von dem Holzhauer vor«, sagte Garten-Ole.

»Da sind so viele hübsche Geschichten im Buch!«, sagte Hans. »So viele, die ihr noch nicht kennt!«

»Daraus mache ich mir gar nichts!«, sagte Garten-Ole. »Ich will die hören, die ich kenne!«

Und er und die Frau hörten wieder dieselbe Geschichte.

Und immer wieder kamen sie auf die Geschichte zurück.

»So recht erklären kann ich mir das Ganze doch nicht!«, sagte Garten-Ole. »Es ist mit dem Menschen wie mit der süßen Milch, die gerinnt; ein Teil davon wird feiner Käse, und aus dem andern wird nichts als dünne, wässerige Molken! Einige Leute haben Glück in allem, sitzen alle Tage an der Festtafel und kennen weder Sorge noch Mühe!«

Das hörte der Krüppel-Hans. Wohl war er schlaff in den Beinen, aber er war klug. Er las ihnen die Geschichte von »dem Mann ohne Kummer und Sorge« aus dem Märchenbuch vor. Ja, wo war der zu finden, und gefunden werden musste er.

Der König lag krank danieder und konnte nur geheilt werden, wenn er das Hemd anbekam, das von einem Menschen getragen und auf dem Körper verschlissen war, der in Wahrheit sagen konnte, dass er niemals Kummer und Sorge gekannt hatte.

Boten wurden in alle Länder der Welt entsandt, auf alle Schlösser und Rittergüter, zu allen wohlhabenden und frohen Menschen; aber wenn man sie richtig ausfragte, so hatte doch jeder von ihnen Sorge und Kummer kennen gelernt.

»Ich habe sie nicht kennen gelernt!«, sagte der Schweinehirt, der am Grabenrand saß, lachte und sang. »Ich bin der glücklichste Mensch!«

»Dann gib uns dein Hemd«, sagten die Botschafter, »du sollst es mit einem halben Königreich bezahlt bekommen.«

Aber er hatte kein Hemd, und nannte sich doch den glücklichsten Menschen.

»Das war ein famoser Kerl!«, rief Garten-Ole, und er und seine Frau lachten, wie sie seit Jahr und Tag nicht gelacht hatten.

Da kam der Schullehrer vorbei.

»Wie vergnügt ihr seid!«, sagte er; »das ist etwas Seltenes und Neues hier im Hause. Habt ihr in der Lotterie gewonnen?«

»Nein, so was ist es nicht!«, sagte Garten-Ole. »Aber Hans hat uns aus dem Märchenbuch vorgelesen; er las von dem ›Mann ohne Kummer und Sorge‹, und der Kerl hatte gar nicht mal ein Hemd. Einem geht ein helles Talglicht auf, wenn man so was hört, und noch dazu aus einem gedruckten Buch. Jeder hat wohl seine Last zu ziehen; man ist wohl nicht der einzige. Das ist doch immer ein Trost!«

»Wo habt ihr das Buch her?«, fragte der Schullehrer.

»Das hat Hans vor mehr als einem Jahr zu Weihnachten bekommen. Die Herrschaft hat es ihm geschenkt. Sie wissen, dass er so gern lesen mag, und er ist ja ein Krüppel! Wir hätten es damals lieber gesehen, wenn er zwei Hemden aus Wergleinwand bekommen hätte. Aber das Buch ist sonderbar, das kann einem wirklich auf alle Gedanken antworten!«

Der Schullehrer nahm das Buch und öffnete es.

»Wir wollen dieselbe Geschichte noch einmal hören!«, sagte Garten-Ole; »ich weiß sie noch nicht richtig. Und dann muss er auch die von dem Holzhauer vorlesen!«

Die beiden Geschichten waren und blieben genug für Ole. Sie waren wie zwei Sonnenstrahlen in der armen Stube, in den niederdrückenden Gedanken, die sie verdrießlich und unzufrieden machten.

Hans hatte das ganze Buch gelesen, viele Male gelesen. Die Märchen trugen ihn in die Welt hinaus, wohin ihn die Beine nicht tragen konnten.

Der Schullehrer saß an seinem Bett; sie sprachen zusammen und das war ein Vergnügen für die beiden.

Seit dem Tage kam der Schullehrer öfter zu Hans, wenn die Eltern auf Arbeit waren. Es war wie ein Fest für den Jungen, jedes Mal wenn er kam. Wie lauschte er dem, was der alte Mann erzählte, von der Größe der Erde und von den vielen Ländern, und dass die Sonne noch fast eine halbe Million mal größer sei als die Erde, und so weit entfernt, dass eine Kanonenkugel in voller Eile fünfundzwanzig ganze Jahre von der Sonne bis zur Erde gebraucht, während die Lichtstrahlen die Erde in acht Minuten erreichen können.

Hierüber weiß nun jeder tüchtige Schuljunge Bescheid, aber für Hans war das alles neu und noch viel wunderbarer als alles, was in dem Märchenbuch stand.

Der Schullehrer kam ein paar Mal im Jahr an die Tafel der Herrschaft, und bei einer solchen Gelegenheit erzählte er, welche Bedeutung das Märchenbuch in dem armen Haus gehabt habe, und wie allein die zwei Geschichten zur Erweckung und zum Segen geworden seien. Der schwächliche, kleine Junge habe durch das Lesen Nachdenken und Freude ins Haus gebracht.

Als der Schullehrer sich verabschiedete, drückte ihm die Schlossherrin ein paar blanke Silbertaler in die Hand für den kleinen Hans.

»Die müssen Vater und Mutter haben!«, sagte der Junge, als der Schullehrer ihm das Geld brachte.

Und Garten-Ole und Garten-Kirsten sagten: »Der Krüppel-Hans ist doch zum Nutzen und Segen!«

Ein paar Tage später, die Eltern waren auf Arbeit im Schlossgarten, hielt der herrschaftliche Wagen draußen vor dem Hause; es war die herzensgute Schlossherrin, die kam, erfreut darüber, dass ihr Weihnachtsgeschenk zu einem solchen Trost und zu so viel Freude für den Knaben und die Eltern geworden war.

Sie brachte feines Brot, Obst und eine Flasche süßen Saft mit; aber was noch schöner war, sie brachte ihm in einem vergoldeten Bauer einen kleinen, schwarzen Vogel, der ganz allerliebst flöten konnte. Das Bauer mit dem Vogel wurde auf die alte Kommode gesetzt, ein wenig von dem Bett des Knaben entfernt; er konnte den Vogel sehen und seinen Gesang hören. Ja, die Leute, die auf der Landstraße vorüber kamen, konnten den Gesang hören.

Garten-Ole und Garten-Kirsten kamen erst nach Hause, nachdem die gnädige Frau wieder weggefahren war; sie merkten, wie froh Hans war, aber sie fanden doch, dass das Geschenk nur Mühe machte.

»Reiche Leute denken nicht recht nach!«, sagten sie. »Sollen wir nun auch auf den Vogel aufpassen. Der Krüppel-Hans kann es ja nicht. Das Ende wird noch sein, dass ihn die Katze frisst!«

Es vergingen acht Tage, und noch acht Tage vergingen; die Katze war während der Zeit manchmal in der Stube gewesen, ohne den Vogel zu erschrecken, geschweige denn, ihm etwas zuleide zu tun. Dann ereignete sich etwas sehr Großes. Es war am Nachmittag, die Eltern und die andern Kinder waren auf Arbeit gegangen, Hans war ganz allein; er hatte das Märchenbuch in der Hand und las von der Frau des Fischers, der sämtliche Wünsche erfüllt wurden. Sie wollte König sein, das wurde sie; sie wollte Kaiser sein, das wurde sie; aber dann wollte sie der liebe Gott sein – und dann saß sie wieder in dem Morast, aus dem sie gekommen war.

Die Geschichte stand nun in gar keinem Zusammenhang mit dem Vogel oder der Katze, aber es war gerade die Geschichte, die er las, als das Ereignis eintraf, das er nie wieder vergessen sollte.

Das Bauer stand auf der Kommode, die Katze stand auf dem Fußboden und sah starr mit ihren grüngelben Augen zu dem Vogel hinauf. Da war etwas im Gesicht der Katze, als wollte sie zu dem Vogel sagen: Wie bist du reizend, ich möchte dich wohl auffressen!

Das konnte Hans verstehen; er las es ganz deutlich aus dem Gesicht der Katze.

»Weg, Katze!«, rief er. »Willst du wohl machen, dass du aus der Stube hinauskommst!«

Es war, als schicke sie sich an zu springen.

Hans konnte sie nicht erreichen, hatte nichts anderes, womit er nach ihr werfen konnte, als seinen liebsten Schatz, das Märchenbuch. Das warf er denn auch, aber der Einband löste sich, flog nach der einen Seite und das Buch selbst mit allen seinen Blättern flog nach der andern Seite. Mit langsamen Schritten ging die Katze ein wenig in das Zimmer zurück und sah Hans an, als wollte sie sagen: Mische du dich nicht in diese Sache, kleiner Hans! Ich kann gehen, und ich kann springen, du kannst nichts von beiden!

Hans behielt die Katze im Auge und war in großer Unruhe. Der Vogel wurde auch unruhig. Kein Mensch war da, den er hätte rufen können; es war, als wisse die Katze das. Sie schickte sich wieder an zu springen. Hans schlug mit seiner Bettdecke nach ihr, die Hände konnte er gebrauchen; aber die Katze kehrte sich nicht an die Bettdecke; und als auch die nutzlos nach ihr geworfen war, sprang sie in einem Satz auf den Stuhl hinauf und in den Fensterrahmen hinein, hier war sie dem Vogel näher.

Hans konnte sein eignes warmes Blut in seinem Körper spüren, aber daran dachte er nicht; er dachte nur an die Katze und an den Vogel. Allein konnte er ja nicht aus dem Bett herauskommen; auf den Beinen konnte er nicht stehen, noch weniger konnte er gehen. Es war, als ob sich ihm das Herz im Leibe umdrehe, als er die Katze von dem Fensterbrett gerade auf die Kommode hinüber springen und an das Bauer stoßen sah, sodass es herunterfiel. Der Vogel flatterte ängstlich da drinnen.

Hans stieß einen Schrei aus, ein Schrecken durchlief ihn, und ohne daran zu denken, sprang er aus dem Bett, auf die Kommode zu, riss die Katze herunter und hielt das Bauer fest, in dem der Vogel in Todesangst umherflatterte. Er hielt das Bauer in der Hand und lief damit zur Tür hinaus auf die Landstraße.

Da rollten ihm die Tränen über die Wangen; er jubelte und rief ganz laut: »Ich kann gehen! Ich kann gehen!«

Er hatte seine Beweglichkeit wieder bekommen; so etwas kann geschehen, und bei ihm geschah es.

Der Schullehrer wohnte ganz in der Nähe, und zu ihm lief er auf seinen nackten Füßen, nur in Hemd und Jacke und mit dem Vogel in dem Bauer.

»Ich kann gehen!«, rief er. »Herr, mein Gott!«, und er schluchzte vor lauter Freude. Und Freude ward im Hause bei Garten-Ole und Garten-Kirsten. »Einen froheren Tag könnten wir nicht erleben!«, sagten die beiden.

Hans wurde auf das Schloss gerufen. Diesen Weg war er seit vielen Jahren nicht gegangen: es war, als ob die Bäume und Nussbüsche, die er so gut kannte, ihm zunickten und sagten: »Guten Tag, Hans! Willkommen hier draußen!« Die Sonne schien ihm ins Gesicht, bis ins Herz hinein.

Die Herrschaft, die jungen, herzensguten Edelleute, ließen ihn bei sich sitzen und sahen so froh aus, als ob er zu ihrer eignen Familie gehört hätte.

Am glücklichsten aber war die gnädige Frau, die ihm das Märchenbuch geschenkt und den kleinen Singvogel gebracht hatte, der war freilich vor Schrecken gestorben, aber er war gleichsam das Mittel zu seiner Genesung geworden, und das Buch war ihm und den Eltern zur Erweckung geworden; das Buch hatte er noch, das wollte er aufbewahren und darin lesen, wenn er auch schon ganz alt sein würde. Jetzt konnte er auch seinen Eltern von Nutzen sein. Er wollte ein Handwerk lernen, am liebsten Buchbinder werden, »denn«, sagte er, »dann kann ich alle neuen Bücher zu lesen bekommen!«

Am Nachmittag ließ die gnädige Frau die Eltern zu sich rufen. Sie und ihr Mann hatten zusammen von Hans geredet; er war ein frommer und kluger Junge, hatte Lust zum Lernen, und es ward ihm leicht. Der liebe Gott ist immer für eine gute Sache.

An dem Abend kamen die Eltern recht froh vom Schloss nach Hause, besonders Kirsten, aber eine Woche später weinten sie, denn da reiste der kleine Hans; er hatte gute Kleider bekommen; er war ein guter Junge; aber jetzt sollte er über das salzige Wasser, weit fort, in die Schule geschickt werden, in eine gelehrte Schule, und es wurden viele Jahre vergehen, ehe sie ihn wieder sahen.

Das Märchenbuch bekam er nicht mit, das wollten die Eltern zum Andenken behalten. Und der Vater las oft darin, aber immer nur die zwei Geschichten, denn die kannte er.

Und sie bekamen Briefe von Hans, einer immer glücklicher als der andre. Er war bei guten Menschen, in guten Verhältnissen, und am allerschönsten war es, zur Schule zu gehen; da war so viel zu lernen und zu wissen; er wünschte nur, dass er hundert Jahre alt werden möchte und dass er einmal Schullehrer werden könnte.

»Wenn wir das erleben sollten!«, sagten die Eltern, und sie drückten einander die Hände wie beim Abendmahl.

»Was ist doch nur aus Hans geworden!«, sagte Ole. »Der liebe Gott denkt doch auch an die armen Kinder! Gerade bei dem Krüppel sollte sich das zeigen! Ist es nicht, als ob Hans uns das alles aus dem Märchenbuch vorgelesen hätte!«

TANTE ZAHNWEH

Woher haben wir die Geschichte?

Willst du es wissen?

Wir haben sie aus der Tonne, aus der mit dem alten Papier.

Manch ein gutes und seltenes Buch ist zum Fettwarenhändler und zum Gewürzkrämer gewandert, nicht als Lektüre, sondern als Gebrauchsartikel. Sie müssen Papier gebrauchen zu Tüten für Stärke und Kaffeebohnen, Papier für gesalzene Heringe, Butter und Käse. Geschriebene Sachen sind auch brauchbar.

Oft wandert in die Bütte, was nicht in die Bütte wandern sollte.

Ich kenne einen Krämerlehrling, den Sohn eines Fettwarenhändlers; er ist vom Keller in das Erdgeschoss aufgestiegen, ein Mensch, der viel gelesen hat, Tütenlektüre, die gedruckte und die geschriebene. Er hat eine interessante Sammlung, und darin sind mehrere wichtige Aktenstücke aus den Papierkörben dieses oder jenes überarbeiteten, zerstreuten Beamten; manch ein vertraulicher Brief von einer Freundin an die Freundin: Skandalmitteilungen, die nicht weitergehen dürften, von niemand erwähnt werden sollten. Er ist eine lebende Rettungsanstalt für einen großen Teil der Literatur, er hat den Laden der Eltern und des Prinzipals, und hat da manch ein Buch oder Blätter von einem Buch gerettet, die wohl verdienen könnten, zweimal gelesen zu werden.

Er hat mir seine Sammlung von gedruckten und geschriebenen Sachen aus der Bütte gezeigt, am reichsten war die Sammlung aus der Bütte des Fettwarenhändlers. Da lagen ein paar Blätter aus einem größeren Schreibheft; die außerordentlich schöne und deutliche Handschrift zog gleich meine Aufmerksamkeit auf sich.

»Das hat der Student geschrieben«, sagte er, »der Student, der hier gerade gegenüber wohnte und vor einem Monat starb. Er hat an schrecklichen Zahnschmerzen gelitten, das sieht man aus seinen Aufzeichnungen. Das ist ganz amüsant zu lesen. Es ist nur noch wenig von dem Geschriebenen da, es war ein ganzes Buch und noch ein bisschen mehr; meine Eltern gaben der Wirtin des Studenten ein halbes Pfund grüne Seife dafür. Dies ist alles, was ich gerettet habe.«

Ich lieh es, ich las es, und jetzt erzähle ich es.

Die Überschrift lautete:

Tante Zahnweh.

1

Tante gab mir süße Näschereien, als ich klein war. Meine Zähne hielten es aus, wurden nicht schlecht dadurch; jetzt bin ich älter geworden, bin Student; sie verhätschelt mich noch immer mit Süßigkeiten, sagt, dass ich ein Dichter bin.

Ich habe etwas vom Poeten in mir, aber nicht genug. Oft, wenn ich in den Straßen der Stadt gehe, ist es mir, als ginge ich in einer großen Bibliothek; die Häuser sind Bücherregale, jedes Stockwerk ist ein Brett mit

Büchern. Dort steht eine gute, alte Komödie, dort stehen wissenschaftliche Werke aus allen Fächern, hier Schmutzliteratur und gute Lektüre. Ich kann über alle die Bücher fantasieren und philosophieren.

Es ist etwas vom Poeten in mir, aber nicht genug. Manche Menschen haben gewiss ebensoviel davon in sich wie ich, und tragen doch kein Schild oder Halsband mit dem Namen Poet.

Ihnen wie mir ist eine Gabe Gottes gegeben, ein Segen, groß genug an sich, aber zu klein, um ausgestückt und an andre gegeben zu werden. Es kommt ganz plötzlich, wie ein Sonnenstrahl, füllt die Seele und den Gedanken, es kommt wie ein Blumenduft, wie eine Melodie, die man kennt, ohne doch zu wissen, woher sie kommt.

Neulich abends saß ich in meinem Zimmer, hatte Verlangen, etwas zu lesen, hatte kein Buch, kein Blatt, da fiel ein grünes Blatt vom Lindenbaum. Der Wind trug es zum Fenster, zu mir herein.

Ich betrachtete die vielen verzweigten Adern; ein kleiner Wurm bewegte sich darüber hin, als wolle er ein gründliches Studium des Blattes unternehmen. Da musste ich an Menschenweisheit denken; wir krabbeln auch auf dem Blatt umher, kennen nur das, aber halten sofort einen Vortrag über den ganzen, großen Baum, die Wurzeln, den Stamm und die Krone; über den großen Baum: Gott, die Welt und die Unsterblichkeit, und kennen von dem ganzen Baum nur ein kleines Blatt.

Wie ich so da saß, bekam ich Besuch von Tante Mille.

Ich zeigte ihr das Blatt mit dem Wurm, sagte ihr meine Gedanken dabei, und ihre Augen leuchteten.

»Du bist ein Dichter!«, sagte sie, »vielleicht der größte, den wir haben! Wenn ich das erleben sollte, dann gehe ich gern in mein Grab. Du hast mich seit Brauer Rasmussens Begräbnis immer durch deine mächtige Fantasie in Erstaunen versetzt.«

Das sagte Tante Mille und dann küsste sie mich.

Wer war Tante Mille, und wer war Brauer Rasmussen?

2

Mutters Tante wurde von uns Kindern Tante genannt, wir hatten keinen andern Namen für sie.

Sie gab uns Eingemachtes und Zucker, obwohl das sehr schlecht für unsere Zähne war, aber sie war den süßen Kindern gegenüber schwach, das sagte sie selbst. Es sei ja grausam, ihnen das bisschen Süße vorzuenthalten, das sie doch so sehr liebten.

Und daher hatten wir Tante so lieb.

Sie war ein altes Fräulein, solange ich mich erinnern kann, immer alt! Sie stand im Alter still.

In früheren Jahren litt sie sehr an Zahnschmerzen und sprach immer davon, und dann war ihr Freund, Brauer Rasmussen, witzig und nannte sie Tante Zahnweh.

Während der letzten Jahre braute er nicht mehr, er lebte von seinen Zinsen, kam oft zu Tante und war älter als sie. Er hatte gar keine Zähne, nur ein paar schwarze Stummel.

Als kleiner Junge habe er zuviel Zucker gegessen, sagte er zu uns Kindern, und dann würde man so aussehen.

Tante hatte als Kind gewiss niemals Zucker gegessen, sie hatte die schönsten weißen Zähne.

Sie gehe auch sparsam damit um, schlafe des Nachts nicht mit ihren Zähnen, sagte Brauer Rasmussen.

Das war eine Bosheit, das wussten wir Kinder, er dachte sich aber nichts dabei.

Eines Vormittags, beim Frühstück, erzählte sie einen schrecklichen Traum; sie hatte in der Nacht geträumt, dass einer ihrer Zähne ausgefallen war.

»Das bedeutet«, sagte sie, »dass ich einen wahren Freund oder eine Freundin verlieren werde!«

»War es ein falscher Zahn«, sagte der Brauer lächelnd, »dann kann es nur bedeuten, dass Sie einen falschen Freund verlieren!«

»Sie sind ein unhöflicher alter Herr!«, sagte Tante so erzürnt, wie ich sie niemals, weder früher noch später, gesehen habe.

Später sagte sie, es sei nur eine Neckerei von ihrem alten Freund, er sei der edelste Mensch auf der Welt, und wenn er einmal stürbe, würde er ein kleiner Engel Gottes im Himmel werden.

Ich dachte viel über die Verwandlung nach, und ob ich wohl imstande sein würde, ihn in der neuen Gestalt zu erkennen.

Als die Tante jung war, und er auch jung war, hielt er um ihre Hand an. Sie besann sich zu lange, blieb sitzen, blieb zu lange sitzen, wurde ein altes Fräulein, blieb aber immer eine treue Freundin.

Und dann starb Brauer Rasmussen.

Er wurde im teuersten Leichenwagen zu Grabe geführt, und hatte ein großes Gefolge, Leute mit Orden und in Uniformen.

Tante stand in Trauerkleidern am Fenster mit allen uns Kindern, den kleinen Bruder ausgenommen, den der Storch vor einer Woche gebracht hatte.

Nun war der Leichenwagen und das Gefolge vorüber, die Straße war leer, die Tante wollte gehen, aber das wollte ich nicht, ich wartete auf den Engel Brauer Rasmussen; er war ja jetzt ein kleines, beschwingtes Kind Gottes geworden, und musste nun erscheinen.

»Tante!«, sagte ich. »Glaubst du nicht, dass er jetzt kommt? Oder dass, wenn der Storch uns wieder einen kleinen Bruder bringt, er uns dann den Engel Rasmussen bringt.«

Tante war ganz überwältigt von meiner Fantasie, und sagte: »Das Kind wird ein großer Dichter!«, und das wiederholte sie während meiner ganzen Schulzeit, ja nach meiner Konfirmation und auch jetzt noch, wo ich Student bin.

Sie war und ist meine treueste Freundin, sowohl in Dichterschmerzen als auch in Zahnschmerzen. Ich habe ja Anfälle von beiden.

»Schreibe nur alle deine Gedanken nieder«, sagte sie, »und lege sie in die Tischschublade; das tat Jean Paul: er wurde ein großer Dichter; ich mag ihn freilich nicht, er ist nicht spannend genug! Du musst spannend sein! Und du wirst spannen!«

In der Nacht nach dieser Rede lag ich in großer Sehnsucht und Schmerzen, in Drang und Lust, der große Dichter zu werden, den Tante in mir sah und spürte; ich lag in Dichterschmerzen, aber es gibt noch einen schlimmeren Schmerz: das Zahnweh; das wühlte und bohrte in mir; ich ward ein sich windender Wurm, mit Kräuterkissen und spanischer Fliege.

»Das kenne ich!«, sagte die Tante.

Ein Lächeln des Kummers umspielte ihren Mund; ihre Zähne schimmerten so weiß.

Aber ich muss einen neuen Abschnitt in meiner Geschichte und der Geschichte meiner Tante anfangen.

3

Ich war in eine neue Wohnung gezogen und hatte da während eines Monats gewohnt. Hierüber sprach ich mit Tante.

»Ich wohne bei einer stillen Familie; sie denkt nicht an mich, selbst nicht wenn ich dreimal klingele. Übrigens ist es ein wahres Spektakelhaus mit Geräuschen und Lärm von Wetter und Wind und Menschen. Ich wohne gerade über dem Torweg; jeder Wagen, der herein- oder hinausfährt, macht die Bilder an den Wänden erzittern. Die Haustür knallt und rüttelt, sodass das Haus schwankt, wie bei einem Erdbeben. Wenn ich im Bett liege, fühle ich die Stöße in allen Gliedern; aber das soll nervenstärkend sein. Wenn es weht, und hierzulande weht es ja immer, dann baumeln die langen Fensterhaken draußen hin und her und schlagen gegen die Mauer. Die Torglocke des Nachbarn auf dem Hof klingelt bei jedem Windstoß.

Unsere Hausbewohner kommen tropfenweise nach Hause, spät am Abend, tief in der Nacht; der Mieter, gerade über mir, der am Tage Stunden in Posaunenblasen gibt, kommt am spätesten nach Hause, und er legt sich nicht schlafen, ehe er einen kleinen Mitternachtsspaziergang mit schweren Schritten und eisenbeschlagenen Stiefeln gemacht hat.

Doppelte Fenster sind nicht da, aber da ist eine gerissene Fensterscheibe, die hat die Wirtin mit Papier verkleistert, der Wind bläst trotzdem durch den Riss hinein und bringt einen Laut hervor, wie von einer summenden Bremse. Das ist Schlafmusik. Schlafe ich dann endlich ein, dann werde ich bald vom Hahnengeschrei geweckt. Hahn und Huhn auf dem Hühnerhof bei dem Kellermann melden, dass es bald Morgen ist. Die kleinen Nordlandspferdchen, die keinen Stall haben, sondern im Sandloch unter der Treppe angebunden sind, schlagen gegen die Tür und das Paneel, um sich Bewegung zu machen.

Der Tag dämmert; der Pförtner, der mit seiner Familie auf der Mansarde wohnt, lärmt die Treppe hinab; die hölzernen Pantoffeln klappern, die Haustür knallt, das Haus erbebt, und wenn das überstanden ist, fängt der Mieter über mir an, sich im Turnen zu üben: er hebt in jeder Hand eine schwere Eisenkugel empor, die er nicht halten kann; sie fällt wieder und wieder herab, während gleichzeitig die Jugend des Hauses, die zur Schule gehen soll, schreiend die Treppe hinabstürzt. Ich gehe an das Fenster und mache es auf, um frische Luft zu haben, und das ist auch erquickend, wenn ich sie nur bekommen kann, und die Mamsell im Hinterhaus nicht gerade Handschuhe in Fleckwasser wäscht; das ist nämlich ihr Lebensunterhalt. Übrigens ist es ein gutes Haus, und ich wohne bei einer stillen Familie.«

Das war das Referat, das ich Tante über meine Wohnung gab; ich erzählte lebhafter, der mündliche Vortrag hat frischere Farben als der geschriebene.

»Du bist ein Dichter!«, rief Tante. »Schreibe nur deine Rede auf, dann kannst du es dreist mit Dickens aufnehmen! Ja, mich interessierst du viel mehr! Du malst, wenn du redest! Du beschreibst dein Haus, sodass man es sieht! Es schaudert einem! – Dichte nur weiter! Lege etwas Lebendes hinein, Menschen, nette Menschen, am liebsten unglückliche!«

Das Haus schrieb ich wirklich nieder, wie es mit allen seinen Geräuschen und Mängeln dasteht, aber nur mit mir selbst, ohne Handlung. Die kam später!

4

Es war zur Winterzeit, spät am Abend, nach dem Theater, ein furchtbares Wetter, Schneesturm, sodass man kaum vorwärts kommen konnte.

Die Tante war im Theater, und ich war gekommen, um sie nach Hause zu begleiten, aber man hatte Mühe, selber zu gehen, geschweige denn andre zu führen. Die Mietkutschen waren alle besetzt; die Tante wohnte weit draußen in der Vorstadt, meine Wohnung dahingegen lag dicht beim Theater, wäre das nicht der Fall gewesen, so hätten wir bis auf weiteres in einem Schilderhaus stehen müssen.

Wir stolperten vorwärts im tiefen Schnee, umsaust von den wirbelnden Schneeflocken. Ich hielt sie, stieß sie vorwärts. Nur zweimal fielen wir, aber wir fielen weich.

Wir erreichten meinen Torweg, wo wir unsere Kleider schüttelten; auch an der Treppe schüttelten wir uns und hatten doch Schnee genug mitgebracht, um den Fußboden auf dem Vorplatz damit anzufüllen.

Wir zogen die Überkleider und Stiefel und Strümpfe aus, befreiten uns von allem, was wir nur abwerfen konnten. Die Wirtin gab der Tante trockene Strümpfe und eine Morgenmütze; das sei notwendig, sagte die Wirtin und fügte hinzu, was auch richtig war, die Tante könne unmöglich in dieser Nacht nach Hause kommen; sie bat sie, mit ihrer Wohnstube fürlieb zu nehmen; da wollte sie ein Bett auf dem Sofa vor der immer zu meinem Zimmer abgeschlossenen Tür für sie ausmachen.

Und das geschah.

Das Feuer brannte in meinem Ofen, die Teemaschine kam auf den Tisch, es ward gemütlich in dem kleinen Zimmer, wenn auch nicht so gemütlich wie bei Tante, wo im Winter dicke Gardinen vor den Fenstern hängen, und doppelte Teppiche, mit drei dicken Schichten Papier darunter, auf dem Fußboden liegen; man sitzt da wie in einer fest zugekorkten Flasche mit warmer Luft, doch, wie gesagt, es ward auch gemütlich bei mir; der Wind sauste draußen.

Die Tante erzählte und erzählte; die Jugendzeit kam wieder, der Brauer kam wieder, alte Erinnerungen.

Sie erinnerte sich noch, wie ich den ersten Zahn bekam, und die Freude der Familie darüber.

Der erste Zahn! Der Zahn der Unschuld, schimmernd wie ein kleiner Milchtropfen, der Milchzahn.

Es kam einer, es kamen mehrere, eine ganze Reihe, nebeneinander, oben und unten, die schönsten Kinderzähne, und doch nur die Vortraber, nicht die richtigen, die für das ganze Leben dauern sollen.

Auch die kamen und auch die Weisheitszähne, die Flügelmänner in der Reihe, unter Schmerzen und großen Beschwerden geboren.

Die vergehen wieder, jeder einzelne, die vergehen, ehe die Dienstzeit um ist, selbst der letzte Zahn vergeht, und das ist kein Festtag, das ist ein Wehmutstag.

Dann ist man alt, selbst wenn das Gemüt noch jung ist.

Solche Gedanken und Reden sind nicht vergnüglich, und doch sprachen wir von all dem, wir kehrten zurück zu den Jahren der Kindheit, redeten und redeten, die Uhr wurde zwölf, ehe Tante sich in die Stube nebenan begab.

»Gute Nacht, mein süßes Kind!«, rief sie, »nun schlafe ich, als läge ich in meiner eigenen Kommode!«

Und sie war zur Ruhe gegangen; aber Ruhe war weder im Hause noch draußen. Der Sturm rüttelte an den Fenstern, schlug mit den langen, baumelnden eisernen Haken, klingelte mit der Türglocke im Hinterhof. Der Mieter oben war nach Hause gekommen. Er machte noch einen kleinen nächtlichen Spaziergang auf und nieder, warf dann die Stiefeln hinaus und legte sich endlich ins Bett zum Schlafen nieder; aber er schnarcht, sodass man es mit guten Ohren durch die Decke hindurch hören kann.

Ich fand nicht Ruhe, ich konnte nicht schlafen; das Wetter ward auch nicht ruhig, es war unmanierlich lebhaft. Der Wind sauste und sang auf seine Weise, meine Zähne fingen auch an lebhaft zu werden, sie sausten und sangen auf ihre Weise. Sie schlugen an zu großen Zahnschmerzen.

Vom Fenster her zog es. Der Mond schien auf den Fußboden hinein. Das Licht kam und ging im Sturm. Es war eine Unruhe in Schatten und Licht, aber schließlich sah der Schatten am Fußboden aus wie etwas; ich starrte nach diesem beweglichen Etwas hin und spürte einen eiskalten Wind.

Auf dem Fußboden saß eine Gestalt, dünn und lang, wie wenn ein Kind mit einem Griffel etwas auf die Tafel zeichnet, was einem Menschen gleichen soll, ein einziger dünner Strich ist der Körper, ein Strich und noch einer sind die Arme; die Beine sind auch nur ein Strich, der Kopf ist ein Vieleck.

Bald wurde die Gestalt deutlicher, sie bekam eine Art Gewand, sehr dünn, sehr fein, aber es deutete an, dass sie dem weiblichen Geschlecht angehörte.

Ich vernahm ein Summen. War sie es, oder war es der Wind, der wie eine Bremse im Fensterriss surrte.

Nein, sie war es selbst, Frau Zahnweh! Ihre Entsetzlichkeit Santania infernalis, Gott bewahre uns vor ihrem Besuch.

»Hier ist gut sein!«, summte sie, »hier ist ein gutes Quartier, Sumpfgrund, Moorgrund. Hier haben die Mücken mit Gift in den Stacheln gesummt, jetzt habe ich den Stachel. Der muss an Menschenzähnen gewetzt werden. Sie schimmern so weiß bei dem, der hier im Bett liegt. Sie haben Süß und Sauer, Heiß und Kalt, Nusskern und Pflaumenstein getrotzt! Aber ich will sie schon rütteln und schütteln, die Wurzeln mit Zugwind düngen, sie fußkalt machen!«

Das war eine schreckliche Rede, ein fürchterlicher Gast.

»Du bist also Dichter!«, sagte sie, »ja ich will dich in allen Versmaßen der Pein hinaufdichten! Ich will dir Eisen und Stahl in den Körper geben, dir Fäden in alle deine Nervenfasern hineinlegen!«

Es war, als führe sie einen glühenden Pfriem in den Kinnbacken hinein; ich wand und krümmte mich.

»Ein famoses Zahnwerk!«, sagte sie, »eine Orgel, auf der man spielen kann. Maulharfen-Konzert, großartig, mit Pauken und Trompeten, Flöte piccolo, Posaune im Weisheitszahn. Großer Poet, große Musik!«

Ja, sie spielte auf, und entsetzlich sah sie aus, selbst wenn man nichts weiter von ihr sah als die Hand, diese schattengraue, eiskalte Hand, mit den langen pfriemdünnen Fingern; jeder von ihnen war ein Foltergerät: der Daumen und der Zeigefinger waren Kneifzange und Schrauben, der Langemann endete in einem spitzen Pfriem, der Ringfinger war ein Handbohrer, und der kleine Finger eine Spritze mit Mückengift.

»Ich will dich Versemachen lehren!«, sagte sie. »Ein großer Dichter soll große Zahnschmerzen haben, kleine Dichter kleine Zahnschmerzen!«

»Ach, lass mich klein sein!«, bat ich. »Lass mich gar nicht sein! Und ich bin nicht Poet, ich habe nur Dichteranfälle, sowie Anfälle von Zahnweh. Fahre hin! Fahre hin!«

»Erkennst du denn, dass ich mächtiger bin als die Poesie, die Philosophie, die Mathematik und die ganze Musik!«, sagte sie. »Mächtiger als alle diese abgemalten und in Marmor gehauenen Empfindungen. Ich bin die älteste von ihnen allen. Ich bin dicht am Garten des Paradieses geboren, draußen, wo der Wind sauste und die nassen Pilze wuchsen. Ich veranlasste Eva, sich in dem kalten Wetter zu bekleiden, und Adam auch. Du kannst mir glauben, da war Kraft in dem ersten Zahnweh!«

»Ich glaube alles!«, sagte ich. »Fahre hin! Fahre hin!«

»Ja, willst du deine Dichterwirksamkeit aufgeben, nimmermehr Verse auf Papier, Tafel oder irgendeine Art von Schreibmaterial niederschreiben, dann will ich dich verlassen, aber ich komme wieder, sobald du dichtest!«

»Ich schwöre!«, sagte ich. »Lass mich dich nur niemals mehr sehen oder spüren!«

»Sehen sollst du mich, aber in einer volleren, lieberen Gestalt wie jetzt! Du sollst mich als Tante Mille sehen; und ich will sagen: Dichte, mein süßer Junge! Du bist ein großer Dichter, der größte vielleicht, den wir haben! Aber sobald du es glaubst und anfängst zu dichten, setze ich deine Verse in Musik, spiele sie auf deiner Mundharfe, du süßes Kind! – Denke an mich, wenn du Tante Mille siehst!«

Und dann verschwand sie.

Zum Abschied bekam ich noch einen glühenden Pfriemstich in den Kinnbacken hinein, aber das beruhigte sich bald, es war, als fließe ich auf dem weichen Wasser, als sähe ich die weißen Wasserrosen mit den grünen breiten Blättern sich neigen, sich unter mich senken, verwelken, sich auflösen, und ich sank mit ihnen, wurde in Frieden und Ruhe aufgelöst. – – –

»– – – – sterben, hinschmelzen wie der Schnee!«, sang es und klang es im Wasser, »in der Wolke verdunsten, hinfahren wie die Wolke! – – –«

Zu mir hinab durch das Wasser schimmerten große, strahlende Namen, Inschriften auf wehenden Siegesfahnen, das Patent der Unsterblichkeit – auf dem Flügel der Eintagsfliege geschrieben.

Der Schlaf war tief, der Schlaf ohne Traum. Ich hörte weder den sausenden Wind, die knallende Haustür, die klingelnde Torglocke des Nachbarn, noch die schweren Turnübungen des Mieters über mir.

Glückseligkeit!

Dann kam ein Windstoß, sodass die verschlossene Tür zu Tante aufsprang. Auch Tante sprang auf, kam in ihre Schuhe, kam in die Kleider, kam zu mir herein.

»Ich habe wie ein Engel Gottes geschlafen«, sagte sie, sie habe nicht gewagt, mich zu wecken.

Ich erwachte selbst, schlug die Augen auf, hatte ganz vergessen, dass Tante hier im Hause war, aber bald fiel es mir ein, meine Zahnweh-Erscheinung fiel mir ein. Traum und Wirklichkeit vermischten sich miteinander.

»Du hast gestern Abend, nachdem wir einander gute Nacht gesagt hatten, wohl nichts mehr geschrieben?«, fragte sie. »Ach, hättest du es doch getan! Du bist mein Dichter, und das bleibst du!«

Es war mir, als lächle sie hinterlistig. Ich wusste nicht, ob es die gute Tante Mille war, die mich liebte, oder die Entsetzliche, der ich des Nachts das Versprechen gegeben hatte.

»Hast du gedichtet, süßes Kind?«

»Nein, nein!«, rief ich. »Du bist doch Tante Mille?«

»Wer sollte ich sonst wohl sein!«, sagte sie. Und es war wirklich Tante Mille.

Sie küsste mich, kam in eine Droschke und fuhr nach Hause.

Ich schrieb nieder, was hier geschrieben steht. Es ist nicht in Versen und soll nie gedruckt werden. – – – –

Ja, hier hörte das Manuskript auf.

Mein junger Freund, der Krämergehilfe, konnte das fehlende nicht auftreiben, es war in die Welt hinausgegangen, als Papier um gesalzene Heringe, grüne Seife und Butter; es hatte seine Bestimmung erfüllt.

Der Brauer ist tot, die Tante ist tot, der Student ist tot, der, dessen Gedankenfunken in die Bütte wanderten: das ist das Ende der Geschichte – – der Geschichte von Tante Zahnweh.